# A cultura do romance

O ROMANCE 1

# A cultura do romance

Franco Moretti (org.)

tradução Denise Bottmann

COSACNAIFY

# Sumário

**APARATO CRÍTICO**

## 2 NARRAÇÃO E MENTALIDADE

## Apresentação geral

Inumeráveis são os romances do mundo; mas, como falar deles? *O romance* procurará combinar três perspectivas distintas. Em primeiro lugar, o romance é para nós um grande acontecimento cultural, que redefiniu o sentido da realidade, o fluxo do tempo e da existência individual, a linguagem e as emoções e os comportamentos. Romance como cultura, portanto; mas certamente também como forma, aliás, formas, no plural, porque na sua longa história encontram-se as criaturas mais surpreendentes, e o alto e o baixo trocam de lugar de bom grado, e os próprios limites do universo literário se tornam incertos. Às vezes, ocorre-nos pensar em Babel; mas é exatamente essa flexibilidade que fez do romance a primeira forma simbólica verdadeiramente mundial: uma fênix que onde quer que se encontre sabe retomar o voo, e que tem a astúcia de acertar sempre a linguagem justa para os seus novos leitores.

Uma história milenar; uma morfologia proteiforme; uma geografia planetária. Para dar ideia de tamanha riqueza, faremos uso de instrumentos diversos. Os ensaios propriamente ditos, uns vinte por volume, apresentam as linhas básicas do argumento: as grandes periodizações que dividem o terreno, e os conceitos teóricos que lhe conferem certo sentido unitário: um trabalho de abstração e síntese, de história comparada, de pesquisa interdisciplinar. As "leituras", mais breves, são por sua vez análises textuais próximas, em que vêm em primeiro plano os textos individualmente, examinados de quando em vez à luz de uma pergunta específica. Seguem-se, depois, os documentos – peças processuais, reflexões de semântica histórica, pesquisas estatísticas... – reunidos nos vários "aparatos críticos"; e por fim, no último volume da obra, as "lições" de autor que explicarão, cada qual a seu modo, por que vale a pena ler *Genji monogatari*, *Moby Dick* e também – por que não? – *Os noivos*.

Cinco volumes intitulados *O romance*... Nada mais fácil do que dar por certo o herói epônimo do acontecimento como se o romance fosse a coisa mais natural do universo. E em vez disso, não, o romance faz a sua aparição num mundo que não está de fato à espera da sua chegada, e em que, aliás, numerosas instituições culturais – a religião e a escola, a historiografia, a moral corrente, a lei... – não o veem na verdade com bons olhos, e procuram negar-lhe o direito de cidadania. Trata-se do embate reconstruído na primeira parte deste volume: uma batalha difícil, muitas vezes tola, e em certos aspectos ainda em curso; mas assim o romance se adapta: aqui se apoia nos valores aristocráticos, ali os trai, faz-se protestante, busca inventar os compromissos mais estranhos. Aprende a falar aos burgueses da cidade, às suas mulheres (e filhas!); difunde o seu ceticismo nos confrontos do sobrenatural, e o gosto por uma linguagem cotidiana e "mediana" (que será a dos estados-nações); faz com que os leitores se apaixonem pelo espaço invisível da interioridade bem como pelo visibilíssimo da grande cidade. Entre os séculos XVIII e XIX, já se disse, a cultura se "romanciza": a ideia de ficção afirma os próprios direitos, dissipando a antiga suspeita com relação à mentira; impõem-se figuras novas, como as mulheres escritoras da França e da Inglaterra; decola a indústria cultural, que lança os seus *bestsellers* à conquista do mercado internacional, e desencadeia as famigeradas "epidemias" do *Werther* e do bovarismo; mas já não se volta mais atrás. Assim que outros meios de comunicação de massa, o cinema em primeiro lugar, começam a lhe fazer concorrência, o romance se lança a novas e temerárias metamorfoses, abandonando até aquela linguagem comum que o servira tão bem nos séculos precedentes. São as grandes experiências do começo do século. E além disso...

Inumeráveis são os romances do mundo. Deles falaremos em cinco volumes. Algo faltará: é inevitável; mas esta não é a Arca de Noé. É uma obra coletiva, que procura reinterpretar o romance do ponto de vista do mundo de hoje; e o mundo de hoje, se tal é possível, à luz da longa aventura do romance. Portanto, boa leitura, e bom trabalho. Hoje, mais do que nunca, é bom ter perto de nós o prazer e o espírito crítico.

F. M.

# A cultura do romance

MARIO VARGAS LLOSA

# É possível pensar o mundo moderno sem o romance?

Muitas vezes me ocorre, nas feiras de livros ou nas livrarias, que um senhor se aproxime de mim com um livro meu nas mãos e me peça para autografá-lo, especificando: "É para a minha mulher, ou minha filha, ou minha irmã, ou minha mãe; ela, ou elas, são grandes leitoras e são apaixonadas por literatura". E eu lhe pergunto, de imediato: "E o senhor, não é? Não gosta de ler?".

A resposta chega pontual, quase sempre: "Bem, sim, é claro que gosto, mas eu sou uma pessoa muito ocupada, sabe como é". Sim, sei muito bem, porque ouvi essa explicação dezenas de vezes: esse senhor, esses milhares de senhores iguais a ele, têm tantas coisas importantes, tantas obrigações e responsabilidades na vida, que não podem desperdiçar seu tempo precioso passando horas e horas imersos num romance, num livro de poemas ou num ensaio literário. Segundo essa concepção bastante difundida, a literatura é uma atividade de que se pode prescindir, um entretenimento, seguramente elevado e útil para cultivar a sensibilidade e as boas maneiras, um ornamento que se podem permitir os que dispõem de muito tempo livre para a recreação, e que seria necessário computar na categoria dos esportes, do cinema, do bridge ou do xadrez, mas que pode ser sacrificado sem escrúpulos no momento de estabelecer uma escala de prioridades nos afazeres e compromissos indispensáveis da luta pela vida.

É verdade que a literatura acabou por se tornar, cada vez mais, uma atividade feminina: nas livrarias, nas conferências ou nas *readings* dos escritores e, naturalmente, nos departamentos e nas faculdades em que se estuda literatura, as saias ganham das calças de goleada. A explicação que disso se dá é que, na classe média, as mulheres leem mais porque trabalham menos horas que os homens, e que muitas delas tendem a considerar-se mais justificadas do que os homens quanto ao tempo dedicado à fantasia e à ilusão. Sou um tanto alérgico a essas explicações, que dividem homens e mulheres em categorias estanques com virtudes e fraquezas coletivas, de maneira que não partilho dessas interpretações; mas num aspecto não resta dúvida: os leitores de literatura – há muitos leitores, mas de lixo impresso – são, em geral, cada vez menos e, entre eles, as mulheres prevalecem. E o mesmo ocorre em quase todo o mundo. Na Espanha, uma pesquisa organizada recentemente pela SGAE (Sociedad General de Autores Españoles) forneceu um dado alarmante: metade dos habitantes daquele país jamais leu um livro. A pesquisa revelou, também, que na minoria leitora, o número de mulheres que declaram ler é superior em 6,2% ao dos homens, e a tendência é que a diferença aumente. Muito me alegro pelas mulheres, é claro, mas me preocupo pelos homens, e pelos milhões de seres humanos que, podendo ler, renunciaram a fazer isso. Não só porque desconhecem o prazer que perdem, mas porque, de uma perspectiva menos hedonista, estou convencido de que uma sociedade sem romances, ou na qual a literatura foi relegada, como certos vícios inconfessáveis, às margens da vida social e convertida mais ou menos num culto sectário – essa sociedade está condenada a se barbarizar no plano espiritual e a pôr em risco a própria liberdade.

Proponho-me, nestas linhas, a formular algumas razões contra a ideia de que a literatura, e em especial o romance, seja um passatempo de luxo; ao contrário, proporei considerá-la, além de uma das ocupações mais estimulantes e fecundas da alma humana, uma atividade insubstituível para a formação do cidadão numa sociedade moderna e democrática, de indivíduos livres, e que, por isso, deveria ser inculcada nas famílias desde a infância e deveria fazer parte de todos os programas de educação como uma das disciplinas básicas. Sabemos que ocorre o oposto, que a literatura tende a ser posta à parte e a desaparecer totalmente dos currículos escolares, como se se tratasse de um ensinamento de que se pode prescindir.

Vivemos numa época de especialização do conhecimento, causada pelo prodigioso desenvolvimento da ciência e da técnica, e da sua fragmentação em inumeráveis afluentes e compartimentos estanques, tendência que não poderá senão se acentuar nos anos por vir. A especialização traz consigo, sem dúvida, muitos benefícios, porque permite aprofundar a exploração e a experimentação, e é o motor do progresso; mas determina também, como consequência negativa, a eliminação daqueles denominadores comuns da cultura graças aos quais os homens e as mulheres podem coexistir, comunicar-se e sentir-se de algum modo solidários. A especialização leva à incomunicabilidade social, à fragmentação do conjunto de seres humanos em estabelecimentos ou guetos culturais de técnicos e especialistas a que linguagem, alguns códigos e informação progressivamente setorizada e parcial relegam naquele particularismo contra o qual nos alertava o antiquíssimo adágio: não é necessário se concentrar tanto no ramo nem na folha, a ponto de esquecer que eles fazem parte de uma árvore, e esta de um bosque. O sentido de pertencimento, que conserva unido o corpo social e o impede de se desintegrar em uma miríade de particularismos solipsistas, depende, em boa medida, de que se tenha uma consciência precisa da existência do bosque. E o solipsismo – de povos ou indivíduos – gera paranoias e delírios, aquelas deformações da realidade que sempre dão origem ao ódio, às guerras e aos genocídios. A ciência e a técnica não podem mais cumprir aquela função cultural integradora em nosso tempo, precisamente pela infinita riqueza de conhecimentos e da rapidez de sua evolução que levou à especialização e ao uso de vocabulários herméticos.

A literatura, ao contrário, diferentemente da ciência e da técnica, é, foi e continuará sendo, enquanto existir, um desses denominadores comuns da experiência humana, graças ao qual os seres vivos se reconhecem e dialogam, independentemente de quão distintas sejam suas ocupações e seus desígnios vitais, as geografias, as circunstâncias em que se encontram e as conjunturas históricas que lhe determinam o horizonte. Nós, leitores de Cervantes ou de Shakespeare, de Dante ou de Tolstói, nos sentimos membros da mesma espécie porque, nas obras que eles criaram, aprendemos aquilo que partilhamos como seres humanos, o que permanece em todos nós além do amplo leque de diferenças que nos separam. E nada defende melhor os seres vivos contra a estupidez dos preconceitos, do racismo, da xenofobia, das obtusidades localistas do sectarismo religioso ou político, ou dos nacionalismos discriminatórios, do que a comprovação constante que sempre aparece na grande literatura: a igualdade essencial de homens e mulheres em todas as latitudes e a injustiça representada pelo estabelecimento entre eles de formas de discriminação, sujeição ou exploração. Nada, mais do que os bons romances, ensina a ver nas diferenças étnicas e culturais a riqueza do patrimônio humano e a valorizá-las como uma manifestação de sua múltipla criatividade. Ler boa literatura é divertir-se, com certeza; mas, também, aprender, dessa maneira direta e intensa que é a da experiência vivida através das obras de ficção, o que somos e como somos, em nossa integridade humana, com os nossos atos e os nossos sonhos e os nossos fantasmas, a sós e na urdidura das relações que nos ligam aos outros, em nossa presença pública e no segredo de nossa consciência, essa soma extremamente complexa de verdades contraditórias – como as chamava Isaiah Berlin – de que é feita a condição humana.

Esse conhecimento totalizador e imediato do ser humano, hoje, encontra-se apenas no romance. Nem mesmo os outros ramos das disciplinas humanistas – como a filosofia, a psicologia, a história ou as artes – puderam preservar essa visão integradora e um discurso acessível ao profano, porque, por trás da pressão irresistível da cancerosa divisão e fragmentação do conhecimento, acabaram por sucumbir também às imposições da especialização, por isolar-se em territórios cada vez mais segmentados e técnicos, cujas ideias e linguagens estão fora do alcance da mulher e do homem comuns. Não é nem pode ser o caso da literatura, embora alguns críticos e teóricos se empenhem em transformá-la em uma ciência, porque a ficção não existe para investigar uma área determinada da experiência, mas para enriquecer de maneira imaginária a vida, a de todos, a vida que não pode ser desmembrada, desarticulada, reduzida a esquemas ou fórmulas, sem que desapareça. Por isso, Marcel Proust disse: "A verdadeira vida, a vida por fim esclarecida e descoberta, a única vida, pois, plenamente vivida, é a literatura". Não exagerava, guiado pelo amor a essa vocação que praticou com talento superlativo: simplesmente, queria dizer que, graças à literatura, a vida se compreende e se vive melhor, e entendê-la e vivê-la melhor significa vivê-la e partilhá-la com os outros.

O vínculo fraterno que o romance estabelece entre os seres humanos, obrigando-os a dialogar e os tornando conscientes de seu substrato comum, de fazerem parte de uma mesma linhagem espiritual, transcende as barreiras do tempo. A literatura nos transporta ao passado e nos irmana com todos os que, em tempos antigos, se entusiasmaram e sonharam com esses textos legados a nós e que, agora, também fazem com que nos entusiasmemos e sonhemos. Esse sentimento de pertencimento à coletividade humana através do tempo e do espaço é o maior êxito da cultura, e nada contribui tanto para renová-lo, uma geração após a outra, quanto a literatura.

Borges se irritava quando lhe perguntavam: "Para que serve a literatura?". Parecia-lhe uma pergunta idiota, e ele respondia: "A ninguém ocorreria perguntar-se sobre qual é a utilidade do canto de um canário ou das cores do céu no crepúsculo!"; com efeito, se essas coisas belas estão ali e graças a elas a vida, ainda que por um instante, é menos feia e menos triste, não é mesquinho procurar justificativas práticas?

Todavia, à diferença do gorjeio dos pássaros ou do espetáculo do sol fundindo-se no horizonte, um poema, um romance não estão pura e simplesmente ali, fabricados por acaso ou pela Natureza. São uma criação humana, e é lícito perguntar como e por que nasceram, e o que deram à humanidade para que a literatura, cujas origens remotas se confundem com as da escrita, tenha durado tanto tempo. Nasceram, como fantasmas incertos, no íntimo de uma consciência, projetados a ela pelas forças conjugadas do inconsciente, de uma sensibilidade e de algumas emoções, a que, numa luta às vezes implacável com as palavras, o poeta, o narrador, deram forma, corpo, movimento, ritmo, harmonia, vida. Uma vida artificial, feita com a linguagem e a fantasia, que coexiste com a outra, a real, desde tempos imemoriais, e à qual acorrem homens e mulheres – alguns com frequência e outros esporadicamente – porque a vida que têm não lhes basta, não é capaz de lhes oferecer tudo aquilo que gostariam de ter. O romance não começa a existir quando nasce, por obra de um indivíduo; só existe realmente quando é adotado pelos outros e passa a fazer parte da vida social, quando se torna, graças à leitura, experiência partilhada.

Um dos primeiros efeitos benéficos se verifica no plano da linguagem. Uma comunidade sem literatura escrita se exprime com menos precisão, riqueza de nuanças e clareza do que outra cujo instrumento principal de comunicação, a palavra, foi cultivado e aperfeiçoado graças aos textos literários. Uma humanidade sem romances, não contaminada pela literatura, muito se pareceria com uma comunidade de tartamudos e afásicos, atormentada por problemas terríveis de comunicação causados por uma linguagem ordinária e rudimentar. Isso vale também para os indivíduos, obviamente. Uma pessoa que não lê, ou que lê pouco, ou que lê apenas porcarias, pode falar muito mas dirá sempre poucas coisas, porque para exprimir-se dispõe de um repetório reduzido e inadequado de vocábulos. Não se trata apenas de um limite verbal; é, a um só tempo, um limite intelectual e de horizonte imaginário, uma indigência de pensamentos e de conhecimentos, porque as ideias, os conceitos, mediante os quais nos apropriamos da realidade existente e dos segredos da nossa condição, não existem dissociados das palavras, por meio das quais os reconhece e define a consciência. Aprende-se a falar com precisão, com profundidade, com rigor e agudeza, graças à boa literatura, e *apenas graças a ela*. Nenhuma outra disciplina, nenhum outro ramo das artes, pode substituir a literatura na formação da linguagem com que as pessoas se comunicam. Os conhecimentos que nos transmitem os manuais científicos e os tratados técnicos são fundamentais; mas eles não nos ensinam a dominar as palavras nem a exprimi-las com propriedade: pelo contrário, amiúde são muito mal escritos e revelam certa confusão linguística porque os autores, às vezes eminências indiscutíveis em sua profissão, são literariamente incultos e não sabem se servir da linguagem para comunicar os tesouros conceituais de que são detentores. Falar bem, dispor de uma linguagem rica e variada, encontrar a expressão adequada para cada ideia ou emoção que se queira comunicar, significa estar mais preparado para pensar, ensinar, aprender, dialogar e, também, para fantasiar, sonhar, sentir e emocionar-se. De uma maneira sub-reptícia, as palavras reverberam em todas as ações da vida, até mesmo nas que parecem muito distantes da linguagem. Isso, na medida em que, graças à literatura, evoluiu até níveis elevados de refinamento e de sutileza nas nuanças, elevou as possibilidades da fruição humana, e, com relação ao amor, sublimou os desejos e alçou à categoria de criação artística o ato sexual. Sem a literatura não existiria erotismo. O amor e o prazer seriam mais pobres, privados de delicadeza e de distinção, da intensidade a que chegam todos aqueles que se educaram e estimularam com a sensibilidade e as fantasias literárias. Não é exagero afirmar que um casal que haja lido Garcilaso, Petrarca, Góngora e Baudelaire ama e usufrui mais do que outro, de analfabetos semi-idiotizados pelas séries de TV. Em um mundo iletrado, o amor e a fruição não seriam passíveis de ser diferenciados dos que satisfazem os animais, não iriam além da mera satisfação dos instintos elementares: copular e devorar.

Os meios audiovisuais não estão em condições de substituir a literatura na função de ensinar o ser humano a usar com segurança, e talento, as riquíssimas possibilidades que a língua encerra. Esses meios tendem, como é natural, a relegar as palavras a um segundo plano em relação às imagens, que são a sua linguagem essencial, e a reduzir a língua à sua expressão oral, ao mínimo indispensável, o mais distante possível de sua vertente escrita, que, na tela, pequena ou grande, e nos alto-falantes, resulta sempre soporífera. Dizer de um filme ou de um programa que ele é "literário" é um modo educado de chamá-lo de chato. E, portanto, os programas dedicados à literatura no rádio e na TV raramente conquistam o grande público: que eu saiba, a única exceção a essa regra foi *Apostrophes*, de Bernard Pivot, na França. Isso me leva a pensar, também, embora sobre essa questão eu deva admitir que nutro certas dúvidas, que não só a literatura é indispensável para o conhecimento correto e para o domínio da língua, mas que o destino dos romances está ligado, em um matrimônio indissolúvel, ao do livro, produto industrial que muitos declaram já obsoleto.

Um deles é um senhor importante e a quem a humanidade deve muito no campo das comunicações, isto é, Bill Gates, o fundador da Microsoft. O senhor

Gates estava em Madri, há pouco tempo, e visitou a Real Academia Española, com a qual a Microsoft lançou as bases daquilo que, assim se espera, será uma fecunda colaboração. Entre outras coisas, Bill Gates assegurou aos acadêmicos que se ocupará pessoalmente de que a letra "ñ" nunca seja retirada dos computadores, promessa que, é óbvio, arrancou de nós um suspiro de alívio, de nós, 400 milhões de *hispanohablantes* dos cinco continentes, aos quais a mutilação daquela letra essencial no ciberespaço teria criado problemas babélicos. Pois bem, imediatamente depois dessa concessão amável à língua espanhola e, assim entendo, sem ter sequer deixado a Real Academia, Bill Gates declarou durante uma coletiva que espera não morrer sem ter realizado o seu maior projeto. E qual seria ele? *Acabar com o papel*, e, pois, com os livros, mercadoria que, a seu entender, já é de um anacronismo contumaz. O senhor Gates explicou que as telas dos computadores estão em condições de substituir com êxito o papel em todas as funções que este assumiu até agora, e que, além de custar menos, de ocupar menos espaço e de ser mais fáceis de transportar, as informações e a literatura por meio da tela (em vez de por meio de jornais e livros) terão a vantagem ecológica de pôr fim à devastação dos bosques, cataclismo que, pelo visto, é consequência da indústria de papel. As pessoas continuam a ler, explicou ele, mas nas telas, e, desse modo, haverá mais clorofila no meio ambiente.

Eu não estava presente – tomei conhecimento desses detalhes pela imprensa – mas, se houvesse estado lá, teria interrompido rumorosamente o senhor Bill Gates para contestar, sem o menor constrangimento, a sua intenção de nos aposentar a mim e a tantos colegas meus, a nós, pobres escritores de livros. Pode o monitor substituir o livro em todos os casos, como afirma o criador da Microsoft? Não estou seguro disso. Digo isso sem negar, de modo algum, a enorme revolução que no campo das comunicações e da informação representou o desenvolvimento das novas técnicas, como a internet, que todo dia me presta uma ajuda inestimável em meu trabalho; mas daí a admitir que a tela eletrônica possa substituir o papel no que concerne às leituras literárias há uma lacuna que não consigo preencher. Simplesmente não sou capaz de aceitar a ideia de que a leitura não funcional nem prática, a que não busca uma informação nem uma comunicação de utilidade imediata, possa conviver na tela de um computador com o sonho e com a fruição da palavra, gerando a mesma sensação de intimidade, a mesma concentração e o mesmo isolamento espiritual do livro. Talvez seja um preconceito, resultante da falta de prática, da já longa identificação na minha experiência da literatura com os livros de papel, mas, se bem que navegue com muito prazer na internet em busca de notícias do mundo, não me ocorreria servir-me dela para ler os poemas de Góngora, um romance de Onetti ou de Calvino, nem um ensaio de Octavio Paz, porque sei muito bem que o efeito dessa leitura jamais seria o mesmo. Estou convencido, ainda que não possa demonstrar isso, que, com o desaparecimento do livro, a literatura receberia um duro golpe, talvez mortal. O nome não desapareceria, naturalmente; mas com toda probabilidade serviria para definir tipos de textos tão distantes daqueles que hoje entendemos por literatura quanto os programas televisivos de fofocas sobre figuras do *jet-set* ou o Big Brother estão distantes das tragédias de Sófocles e de Shakespeare.

Outra razão para conferir ao romance um lugar de relevo na vida das nações é que, sem ele, o espírito crítico, motor da mudança histórica e o melhor defensor da liberdade de que dispõem os povos, sofreria um empobrecimento irreparável. Porque uma boa literatura é a que põe radicalmente em discussão o mundo em que vivemos. Em todo grande texto de ficção, e muitas vezes sem que os autores o hajam proposto, existe uma predisposição sediciosa.

A literatura não diz nada aos seres humanos satisfeitos com seu destino, de todo contentes com a vida do modo como a vivem. A literatura é alimento dos espíritos indóceis e propagadora da inconformidade, um refúgio para quem tem muito ou muito pouco na vida, onde é possível não ser infeliz, não se sentir incompleto, não ser frustrado nas próprias aspirações. Cavalgar junto ao esquálido Rocinante e a seu desregrado cavaleiro pelas terras da Mancha, percorrer os mares em busca da baleia branca com o capitão Ahab, tomar o arsênico com Emma Bovary ou transformar-se em inseto com Gregor Samsa, é um modo astuto que inventamos para nos mitigar a nós mesmos pelas ofensas e imposições desta vida injusta que nos obriga a ser sempre os mesmos enquanto gostaríamos de ser muitos, tantos quantos fossem necessários para satisfazer os desejos incandescentes de que somos possuídos.

Só momentaneamente é que o romance aplaca essa insatisfação vital, mas, nesse intervalo milagroso, nessa suspensão temporária da vida em que a ilusão literária nos imerge – que parece nos arrancar da cronologia e da história e nos converter em cidadãos de uma pátria sem tempo, imortal – somos outros. Mais intensos, mais ricos, mais complexos, mais felizes, mais lúcidos do que na rotina forçada da nossa vida real. Quando, fechado o livro, posta de parte a ficção, voltamos àquela e a comparamos com o território resplandecente que mal acabamos de deixar, espera-nos uma grande desilusão. Isto é, esta grande confirmação: que a vida sonhada do romance é melhor – mais bela e variada, mais compreensível e perfeita – do que a que vivemos quando estamos despertos, uma vida tolhida nos limites e na servidão a nossa condição. Nesse sentido, a boa literatura é sempre – ainda que não proponha isso nem se dê conta disso – sediciosa, insubmissa, em revolta: um desafio ao que existe. A literatura nos permite viver em um mundo cujas leis transgridem as leis inflexíveis em meio às quais transcorre a nossa vida real, emancipados da prisão do espaço e do tempo, na impunidade para o excesso e donos de uma soberania que não conhece limites. Como não nos sentirmos defraudados depois de termos lido *Guerra e paz* ou *Em busca do tempo perdido*, ao nos voltarmos a este mundo de mesquinharias infinitas, de fronteiras e proibições que estão à espreita e que em toda parte, a cada passo, perturbam nossas ilusões? Esta é, talvez, ainda mais do que conservar a continuidade da cultura e enriquecer a linguagem, a melhor contribuição da literatura ao progresso humano: recordar-nos (involuntariamente, na maior parte dos casos) de que o mundo se acha mal-acabado, de que mentem os que sustentam o contrário – por exemplo, os poderes que o governam –, e de que poderia ser melhor, mais próximo dos mundos que a nossa imaginação e a nossa palavra são capazes de inventar.

Uma sociedade democrática e livre tem necessidade de cidadãos responsáveis e críticos, conscientes da necessidade de submeter continuamente a exame o mundo em que vivemos para procurar aproximá-lo – empresa sempre quimérica – daquele em que queremos viver; mas, graças a sua obstinação em querer realizar aquele sonho inalcançável – conjugar a realidade com os desejos –, graças a isso é que a civilização nasceu e progrediu, e que o ser humano foi levado a derrotar muitos – não todos, naturalmente – demônios que o submetiam. E não existe melhor fermento de insatisfação diante do existente do que a boa literatura. Para formar cidadãos críticos e independentes, difíceis de manipular, em permanente mobilização espiritual e com uma imaginação inquieta, nada melhor do que bons romances.

Entenda-se bem: ora, chamar de sediciosa uma literatura porque as belas obras de ficção desenvolvem nos leitores uma consciência alerta em face das imperfeições do mundo real não significa, como creem as igrejas e os governos que se fiam da censura para atenuar ou anular sua carga subversiva, que os textos literários provoquem diretamente comoções sociais ou acelerem as revoluções. Aqui entramos num terreno escorregadio, subjetivo, em que convém mover-se com prudência. Os efeitos sociopolíticos de um poema, de um drama ou de um romance não podem ser verificados porque não se mostram quase nunca de maneira coletiva, mas individual, e isso significa que variam enormemente de uma pessoa para outra. Por isso é difícil, para não dizer impossível, estabelecer normas precisas. Por outro lado, muitas vezes esses efeitos, quando resultam evidentes no âmbito coletivo, podem ter pouco a ver com a qualidade estética do texto que os produz. Por exemplo, um romance medíocre, *A cabana do pai Tomás*, de Harriet Elizabeth Beecher Stowe, parece ter desempenhado um papel importantíssimo na tomada de consciência social nos Estados Unidos no que concerne aos horrores da escravidão; o fato de que esses efeitos sejam difíceis de identificar não significa que eles não existam, mas que se manifestam, de maneira indireta e múltipla, por meio dos comportamentos e ações dos cidadãos cuja personalidade os romances contribuíram para moldar.

A boa literatura, enquanto aplaca momentaneamente a insatisfação humana, incrementa-a e, fazendo que se desenvolva uma sensibilidade inconformista em relação à vida, torna os seres humanos mais aptos para a infelicidade. Viver insatisfeito, em luta contra a existência, significa empenhar-se, como Dom Quixote, bater-se contra os moinhos de vento, condenar-se, de certa forma, a viver as batalhas travadas pelo coronel Aureliano Buendía, em *Cem anos de solidão*, sabendo que as perderia todas. Isso é provavelmente verdadeiro; mas também é verdadeiro o fato de que, sem a insatisfação e a revolta contra a mediocridade e a sordidez da vida, nós, seres humanos, ainda viveríamos em condições primitivas, a história teria acabado, não teria nascido o indivíduo, a ciência e a tecnologia não se teriam desenvolvido, os direitos humanos não teriam sido reconhecidos, a liberdade não existiria, porque tudo isso nasceu de atos de insubmissão contra uma vida percebida como insuficiente e intolerável. Para esse espírito que se rebela com a vida do modo como ela é e procura concretizar o sonho, o impossível, com a insensatez de um Alonso Quijano, cuja loucura, recordemos, nasceu da leitura de romances de cavalaria,[1] a literatura serviu de combustível formidável.

Tentemos traçar uma reconstrução histórica fantástica, imaginando um mundo sem literatura, uma humanidade que não haja lido romances. Nessa civilização ágrafa, com um léxico liliputiano, em que talvez os grunhidos e a gesticulação simiesca prevalecessem sobre as palavras, não existiriam certos adjetivos formados a partir das criações literárias: quixotesco, kafkiano, pantagruélico, rocambolesco,

1 Nas últimas páginas da obra-prima de Cervantes se lê: "[...] eu já não sou Dom Quixote de La Mancha, senão Alonso Quijano, a quem meus costumes deram renome de 'bom'. Já sou inimigo de Amadis de Gaula e de toda a infinita caterva de sua linhagem; já me são odiosas todas as histórias profanas da andante cavalaria; já conheço minha necedade e o perigo em que me pôs a lição delas; já, por misericórdia de Deus escarmentado em cabeça própria, as abomino". Miguel de Cervantes, *O engenhoso fidalgo D. Quixote de La Mancha* [1605-15], Segundo livro, trad. Sérgio Molina. São Paulo: Editora 34, 2007, cap. LXXIV, p. 841.

orwelliano, sádico e masoquista, entre muitos outros. Haveria loucos, vítimas de paranoias e delírios de perseguição, e pessoas de apetite descomunal e de excessos desmedidos, e bípedes, que gozariam recebendo ou infligindo a dor, com certeza; mas não teríamos aprendido a ver por trás desses comportamentos extremados, em contraste com a pretensa normalidade, aspectos essenciais da condição humana, vale dizer, de nós mesmos, algo que só o talento criador de Cervantes, de Kafka, de Rabelais, de Sade ou de Sacher-Masoch nos revelou. Quando veio a lume o *Dom Quixote*, os primeiros leitores riam daquele homem iludido e extravagante, da mesma forma como riam as outras personagens do romance. Agora sabemos que o empenho do Cavaleiro da Triste Figura em ver gigantes em vez de moinhos de vento e em cometer todos os desatinos que comete é a forma mais elevada de generosidade, um modo de protestar contra as misérias deste mundo e de procurar mudá-lo. Os próprios conceitos de ideal e de idealismo, tão impregnados de uma validade moral positiva, não seriam o que são – ou seja, valores claros e respeitáveis – se não tivessem encarnado naquela personagem de romance com a força persuasiva que lhe conferiu o gênio de Cervantes. E o mesmo se poderia dizer desse pequeno Dom Quixote pragmático e de saias que foi Emma Bovary – o bovarismo não existiria, está claro –, que por sua vez se bateu com ardor para viver essa vida resplendente de paixões e de luxo que ela conhecera nos romances, e se queimou nesse fogo como a mariposa que se aproxima demais da chama.

Como as de Cervantes e Flaubert, as invenções de todos os grandes criadores literários, ao mesmo tempo que nos arrancam de nossa prisão realista, conduzem e guiam pelos mundos da fantasia, abrem-nos os olhos sobre aspectos desconhecidos e secretos da nossa condição, e nos dão os instrumentos para explorar e entender mais os abismos do que é humano. Dizer "borgeano" significa destacar-se da realidade racional costumeira e penetrar uma fantástica, rigorosa e elegante construção mental, quase sempre labiríntica, impregnada de referências e alusões livrescas, cuja singularidade não nos é, todavia, estranha, porque nela reconhecemos desejos recônditos e verdades íntimas do nosso ser que só graças às criações literárias de um Jorge Luis Borges puderam tomar forma. O adjetivo "kafkiano" nos vem à mente de maneira natural, como o *flash* de uma daquelas velhas máquinas fotográficas de fole, toda vez que nos sentimos ameaçados, como indivíduos inermes, por esses mecanismos opressores e destrutivos que tanta dor, tantos abusos e injustiças causaram no mundo moderno: os regimes autoritários, os partidos verticais, as igrejas intolerantes, as burocracias asfixiantes. Sem os contos e romances daquele atormentado judeu de Praga que escrevia em alemão e que viveu sempre à espreita, não teríamos sido capazes de compreender, com a lucidez, hoje possível, o sentido de fragilidade e impotência do indivíduo isolado ou das minorias discriminadas e perseguidas, ante as forças onipotentes que podem pulverizá-los e eliminá-los sem que os carrascos tenham sequer de mostrar as caras.

O adjetivo "orwelliano", primo em primeiro grau de "kafkiano", refere-se à angústia opressiva e à sensação de absurdo extremo que geraram as ditaduras totalitárias do século XX, as mais refinadas, cruéis e absolutas da história, em seu controle dos atos, da psique e até dos sonhos dos membros de uma sociedade. Nos seus romances mais célebres, *A revolução dos bichos* e *1984*, George Orwell descreveu, com acentos gélidos e de pesadelo, uma humanidade submetida ao controle do Grande Irmão, um senhor absoluto que, por meio de uma combinação eficaz de terror e tecnologia moderna, eliminou a liberdade, a espontaneidade e a igualdade – nesse mundo alguns são "mais iguais do que os outros" – e transformou a sociedade em uma colmeia de seres humanos autômatos, programados, nem mais nem menos, como os robôs. Não apenas as condutas obedecem aos desígnios do poder, mas também a língua, o *newspeak*, foi depurada de toda conotação individualista, de toda invenção ou matiz subjetivo, transformando-se numa enfiada de lugares-comuns e clichês impessoais, o que aumenta a servidão dos indivíduos ao sistema. Entretanto, haveria ainda sentido em falar de "indivíduos" com respeito àqueles seres humanos privados de soberania, de vida própria, àqueles membros de um rebanho que o poder do pesadelo orwelliano manipula desde o berço até o túmulo? É verdade que a profecia sinistra de *1984* não se materializou na história real, e que, como ocorreu com os totalitarismos fascista e nazista, o comunismo totalitário desapareceu na União Soviética e depois começou a se deteriorar na China e naqueles anacronismos que são ainda Cuba e a Coreia do Norte; mas a palavra "orwelliano" permanece como lembrança de uma das experiências político-sociais mais devastadoras vividas pela civilização, e que os romances e ensaios de George Orwell nos ajudaram a compreender nos seus mecanismos mais recônditos.

Do que resulta que a irrealidade e as mentiras da literatura são também um veículo precioso para o conhecimento de verdades ocultas da realidade humana. Essas verdades não são sempre atraentes. Por vezes a imagem que se delineia no espelho que os romances e os poemas nos oferecem de nós mesmos é a imagem de um monstro. Ocorre quando lemos as horripilantes carnificinas sexuais fantasiadas pelo Divino Marquês, ou as tétricas dilacerações e os sacrifícios que povoam os livros malditos de um Sacher-Masoch ou de um Bataille. Amiúde, o espetáculo é tão ofensivo e feroz, que resulta insuportável. E, todavia, o pior dessas páginas não são o sangue nem a humilhação, tampouco as torturas abjetas nem a sanha que as tornam febris; é a descoberta de que essa violência e os abusos não nos são estranhos, estão repletos de humanidade, de que esses monstros ávidos de transgressão e excesso estão entocados no mais fundo de nosso ser e que, das sombras onde estão ocultos, aguardam uma ocasião favorável para se manifestar, para impor a lei dos seus desejos, que acabaria com a racionalidade, com a convivência e talvez com a própria existência. Não a ciência, mas a literatura foi a primeira a examinar os abismos do fenômeno humano e a descobrir o apavorante potencial destrutivo e autodestrutivo que também o conforma. Portanto, um mundo sem romances seria parcialmente cego em face desses abismos terríveis onde com frequência jazem as motivações das condutas e comportamentos inusitados, e por isso mesmo tão injusto contra o que é distinto, como aquele que, em um passado não muito remoto, acreditava que canhotos, aleijados e gagos estivessem possuídos pelo demônio. Esse mundo talvez continuasse a praticar, como até há pouco tempo algumas tribos amazônicas, o perfeccionismo atroz de afogar nos rios os recém-nascidos com defeitos físicos.

Incivilizado, bárbaro, órfão de sensibilidade e pobre de palavra, ignorante e grave, alheio à paixão e ao erotismo, o mundo sem romances, esse pesadelo que procuro delinear, teria como traço principal o conformismo, a submissão generalizada dos seres humanos ao estabelecido. Também nesse sentido seria um mundo animal. Os instintos básicos decidiriam a rotina cotidiana de uma vida oprimida pela luta pela sobrevivência, pelo medo do desconhecido, pela satisfação das necessidades físicas, em que não haveria espaço para o espírito e a que, à monotonia sufocante da vida, acompanharia, como uma sombra sinistra, o pessimismo, a sensação de que a vida humana é aquilo que deveria ser e que sempre será assim, e que nada nem ninguém poderá mudar o estado das coisas.

Quando se imagina um mundo assim, há a tendência a identificá-lo de imediato com o primitivo, com o trapo cobrindo os órgãos genitais, com as pequenas comunidades mágico-religiosas que vivem à margem da modernidade na América Latina, na Oceania e na África. A verdade é que o formidável desenvolvimento dos meios audiovisuais em nossa época, os quais, por um lado, revolucionaram as comunicações tornando todos os homens e mulheres do planeta partícipes da atualidade e, por outro, monopolizaram cada vez mais o tempo que os seres vivos dedicam ao ócio e à diversão em vez de à leitura, permite imaginar, como possível cenário histórico do futuro, uma sociedade moderníssima, repleta de computadores, telas e alto-falantes, e sem livros, ou, mais precisamente, onde os livros – a literatura – se tornaram semelhantes à alquimia na era da física: uma curiosidade anacrônica, praticada nas catacumbas da civilização mediática por minorias neuróticas exíguas. Esse mundo cibernético, receio muito, apesar de sua prosperidade e poderio, de seus elevados níveis de vida e de suas façanhas científicas, seria profundamente incivilizado, letárgico, privado de espírito, uma humanidade resignada de robôs que abdicaram da liberdade.

Com certeza, é mais do que improvável que essa perspectiva sombria chegue a se concretizar. A história não está escrita, não há um destino preestabelecido que tenha decidido por nós o que seremos. Depende totalmente da nossa visão e da nossa vontade que aquela utopia macabra se realize ou se oculte. Se queremos evitar que com os romances desapareça, ou permaneça apartada no desvão das coisas inúteis, essa fonte que estimula a imaginação e a insatisfação, que nos aguça a sensibilidade e nos ensina a falar com força expressiva e rigor, e nos torna mais livres e nossas vidas mais ricas e intensas, é necessário agir. Há que ler os bons livros e incitar a ler, e ensinar a fazer isso a quantos venham depois de nós – nas famílias e nas aulas, nos meios de comunicação de massa e em todos os setores da vida comum – como uma ocupação imprescindível, pois que é a que imprime a sua marca em todos os demais, e os enriquece.

# O ROMANCE SE FAZ ESPAÇO

JACK GOODY

# Da oralidade à escrita

Reflexões antropológicas sobre o ato de narrar

## 1. Verdade, mentira e narração

Afirma-se com frequência que narrar histórias seja um traço significativo de cada discurso humano; e a narração, uma forma expressiva universal, presente tanto na experiência biográfica do indivíduo como nas vicissitudes alternadas da interação social. Também é difundida a ideia de que o romance tenha-se desenvolvido nas culturas dotadas de escrita a partir de formas narrativas típicas das culturas orais, e de que contar histórias seja a base de muitas atividades criativas. A figura arquetípica é o cego Homero que verte na epopeia a sua imaginação de analfabeto. Da narração à ficção e ao romance o passo seria curto; mas, como veremos, nem todas as histórias são inventadas, e afinal, nas culturas orais, as histórias talvez sejam menos frequentes do que se imagina.

É difícil fixar com certeza quando nasceu o romance. Em seu ensaio dedicado ao narrador, Walter Benjamin associa o desaparecimento da narração oral ao advento do romance, com os seus diversos modos de articular a experiência.[1] Mikhail

1 W. Benjamin, "Il narratore. Considerazioni sull'opera di Nicola Leskov", in *Angelus Novus*. →

Bakhtin – que utiliza o termo "romance" numa acepção muito mais ampla do que Benjamin – faz remontar suas origens aos romances de aventura gregos do século II d. C. e ao romance da vida cotidiana, assim como às *Metamorfoses*, de Apuleio, e também a um terceiro "espaço-tempo" centrado no tempo biográfico, ao qual, porém, não corresponde naquele período nenhuma obra efetiva. Todas essas três formas precedem o romance moderno, que é fundamentalmente uma consequência da invenção da imprensa no fim do século XV; porém, como fica claro com esses exemplos, a natureza da narração já tinha mudado radicalmente com a difusão da escrita. Acredito que, diferentemente do que em geral se pensa, a narração não seja uma característica universal da cultura humana, mas, antes, uma consequência da difusão da escrita, e, em seguida, da impressão.

Hoje, nos ambientes literários e das ciências sociais ocidentais, se abusa de tal maneira da palavra "narrativa" que esta perdeu quase completamente o sentido. A minha abordagem é bem diferente, considerando que pretendo usar o termo em uma acepção muito mais restrita, ou seja, no sentido de "trama dotada de uma rígida estrutura sequencial". Isso para evitar uma dilatação excessiva do significado análogo ao que Derrida procurou atribuir à palavra "escrita", chegando a incluir nela todos os tipos de "traços", compreendendo os traços mnemônicos, e tornando impossível fazer uma distinção, por exemplo, entre arquivos escritos e bancos de dados (a mesma coisa vale para o uso da palavra "literatura" com vistas a definir os gêneros da oralidade, que chamarei, ao contrário, de formas orais padrão, de modo a evitar toda confusão). Um uso recente, autorizado, do termo narração num sentido muito amplo encontra-se em *O inconsciente político*, de Fredric Jameson, cujo subtítulo reza *A narrativa como ato socialmente simbólico*. Jameson tem como objetivo

> reestruturar a problemática da ideologia, do inconsciente e do desejo, da representação, da História e da produção cultural em torno do processo *narrativa*, que [...] é por mim entendido [...] como a função básica ou *instância* da mente humana.[2]

→ *Saggi e frammenti*. Turim: Einaudi, 2001, p. 251 [ed. bras.: "O narrador: considerações sobre a obra de Nikolai Leskov", in *Obras escolhidas, vol. 1 – Magia e técnica, arte e política*, trad. Sergio Paulo Rouanet. São Paulo: Brasiliense, 1994].

2 F. Jameson, *O inconsciente político. A narrativa como ato socialmente simbólico*, trad. Valter Lellis Siqueira. São Paulo: Ática, 1992, p. 13.

Não há muito o que dizer sobre uma intenção tão extraordinariamente ambiciosa, baseada numa ideia de narração oniabrangente. E Jameson não é o único a fazer um tal uso do termo. Alguns psicólogos consideram o ato de contar histórias o modelo principal do ato cognitivo; e alguns filósofos julgam que a criação de narrativas seja uma das capacidades fundamentais do gênero humano. No uso que faço, ao contrário, a acepção do termo narração é sempre a mais restrita possível: uma forma padrão dotada de uma trama definida que se desenvolve segundo fases bem precisas.

Gostaria também de pôr em dúvida uma outra convicção muito difundida. Em um ensaio sobre a "estrutura narrativa da realidade", caracterizado ainda uma vez por um uso oniabrangente do termo, Stuart Hall afirmava, "tendemos a fazer uma distinção simples demais e falsa entre narrativa sobre o real e narrativa de ficção, isto é, entre notícias e histórias de aventura".[3] É realmente "simples demais e falsa"? De acordo com a minha experiência, a distinção existe, se não universalmente, pelo menos transculturalmente. Diria, de preferência, que se trata de um traço intrínseco do discurso linguístico. De outra forma, como entender se alguém está nos enganando, ou se está nos contando uma história inventada, de ficção?

Como observou Orwell a propósito da Catalunha em *Lutando na Espanha*:

> Essas coisas me assustam, porque me dão a sensação de que o próprio conceito de verdade objetiva está desaparecendo do mundo. Depois de tudo, poderia acontecer que essas mentiras, ou, de qualquer maneira, mentiras semelhantes, se tornam a história.

Que aquilo que nos é contado seja ficção ou realmente mentira (o que implica uma intenção) sempre se trata, todavia, de algo diverso da verdade literal. Nesse contexto não importa se existe ou não uma justificação filosófica para a verdade objetiva, e uma teoria correspondente da verdade. Importa a necessidade de distinguir entre verdade e não verdade.

A psicologia, a psicanálise e talvez também a sociologia nos acostumaram a olhar a mentira do ponto de vista do indivíduo, na tentativa de descobrir as razões pelas quais as pessoas não dizem a verdade; mas, na interação diádica, na convivência social entre duas ou mais pessoas, a questão da verdade ou falsidade de uma afirmação torna-se crítica por si mesma. A pessoa a quem confiei a minha

3 Citado em C. J. Sommerville, *The News Revolution in England: Cultural Dynamics of Daily Information*. Oxford: Oxford University Press, 1996, p. 173.

carta remeteu-a como afirma ou não? A não verdade também pode não ser mentira, pode ser ficção, ou narração fantástica (isto é, o equivalente não realista da ficção). A narração fantástica não induz a um confronto literal com uma notícia verídica dos acontecimentos; a ficção, porém, pode fazer isso, pode reivindicar um valor de verdade. Na Inglaterra do início do século XVIII era essa a diferença entre *romance* e *novel*. Os romances realistas de Defoe e de outros desafiavam explicitamente o leitor a julgar a verdade ou não da narrativa. Muitas vezes os escritores vendiam ficção por verdade, e não no sentido de uma verdade oriunda de uma experiência subjacente, mas de uma verdade literal, efetiva.

Na falta de escrita, nas culturas orais a comunicação deve basear-se predominantemente na fala; mas a minha experiência na África me leva a pensar que o discurso oral raramente consiste no ato de contar histórias, entendendo, com isso, histórias de invenção ou de vida vivida voltadas a alguns adultos. Os dagari da Gana setentrional distinguem entre o que eu traduziria como "discurso apropriado" (*yil miong*) e "mentiras" (*ziiri*), entre verdade e falsidade. Usa-se a expressão "discurso apropriado" também no caso do mito do Bagre, no qual se apresenta o problema da veracidade ou não do que é dito. As fábulas também não são consideradas mentiras, porque, apesar de não serem verídicas (por exemplo, nelas os animais falam e se comportam como seres humanos), elas nem mesmo têm essa pretensão.

O problema da narrativa de invenção é encarado de uma outra perspectiva numa biografia um pouco fantasiosa de certo expoente do mesmo grupo dos dagari, Malidoma Somé, segundo a qual o próprio povo não faria nenhuma distinção entre natural e sobrenatural, bem como entre real e imaginado (o que duvido). No seu livro *Dell'Acqua e dello Spirito* [Sobre a água e o espírito], o autor define a si mesmo "curador e adivinho", não obstante tenha-se doutorado em Brandeis e faça conferências em um centro espiritual norte-americano. Somé conta como decidiu pôr à prova a existência dessas distinções, mostrando aos anciãos da sua aldeia na África um dos filmes da série *Star Trek*, e o modo pelo qual eles interpretaram o filme como representação dos "fatos da atualidade absolutamente cotidianos, relativos a um grupo qualquer de pessoas que se encontrava em algum canto da Terra".[4] Ele escreve:

4 M. Somé, *Dell'Acqua e dello Spirito: rituali, magia e iniziazione nella vita di uno sciamano africano*. Vicenza: Il Punto d'Incontro, 1999, p. 16.

> Eu não conseguia fazê-los entender que se tratava de uma ficção. Ainda que a minha cultura seja abundante em histórias e narrativas, não temos nenhum termo que identifique a narrativa fantástica. O único modo pelo qual consegui explicar-lhes do que se tratava foi associar a ficção à mentira.[5]

Essa afirmação encontra correspondência também na minha experiência, pelo menos no que diz respeito aos adultos.

Entre os dagari se poderia falar de narrações verídicas em relação às histórias pessoais de vida, como, por exemplo, as narrações de emigração nas minas de ouro no sul do país; ou às histórias de inimizades e guerras do período anterior ao colonialismo. De tempos em tempos histórias desse tipo são narradas, mas o seu papel é muito marginal; contar histórias, ainda que não de invenção, não é tão difundido como gostariam de fazer crer os que, buscando reconstruir as formas do discurso nas antigas culturas dotadas de escrita, as fazem remontar a formas orais precedentes.

Tenho a impressão de que as argumentações de Derrida, Hall e Jameson pretendem renunciar a distinções histórica e analiticamente úteis para promover, ao contrário, uma ofensiva em perfeito estilo pós-moderno contra o "binarismo" e em favor do holismo; mas os prolegômenos adotados por nós não ameaçam inteiramente a unidade geral do *esprit humain*, tampouco necessariamente trazem em si uma visão de mundo baseada na contraposição nós/eles.

## 2. A narração nas culturas orais

Agora examinarei cinco formas de narração nas culturas orais: a epopeia, o mito, a lenda, a fábula e as narrações biográficas.

A epopeia é uma forma propriamente narrativa, e em certa medida de invenção, ainda que muitas vezes tire inspiração da gesta heroica executada no campo de batalha. Ali se pode definir um gênero de poesia narrativa que celebra os feitos de personagens históricos ou pertencentes à tradição (e que, por isso, pode conter certa parcela de acontecimentos reais). Hector Munro Chadwick,[6] o grande estudioso da literatura, considerava a epopeia o gênero típico do que chamava "idade heroica",

5 Id., ibid.

6 H. Munro Chadwick e N. Kershaw Chadwick, *The Growth of Literature*. Cambridge: Cambridge University Press, 1932-1940.

povoada de príncipes, guerreiros e tribos. Afirmou-se com frequência que a epopeia ter-se-ia desenvolvido em primeiro lugar nas culturas orais, e muitas pesquisas acadêmicas tentaram demonstrar que os poemas homéricos foram compostos em sociedades ainda sem escrita. Nos anos de 1930, os classicistas de Harvard Milman Parry e Albert Bates Lord[7] registraram uma série de canções em alguns cafés iugoslavos afirmando que, sobretudo pelo uso característico de fórmulas expressivas, o seu estilo pertencia com total direito à tradição oral da epopeia; mas a Iugoslávia não é, decerto, uma cultura exclusivamente oral, e suas formas verbais são fortemente influenciadas pela presença da escrita, e em particular de religiões baseadas na escrita. Alguns dos trechos registrados apareciam também em seleções de textos utilizados pelos cantadores, e havia uma influência recíproca. As sociedades da "idade heroica" em que floresceu a epopeia são aquelas em que já existia uma forma rudimentar de escrita, ao passo que nas culturas africanas puramente orais a epopeia ainda hoje é uma raridade, salvo nas regiões às margens meridionais do Saara, que sofreram uma forte influência do islã e das suas expressões literárias.

Até há bem pouco tempo, a África subsaariana era (juntamente com algumas partes da América meridional e do Pacífico) uma das poucas zonas do planeta em que a escrita era totalmente ausente, não obstante a influência das civilizações europeias no Ocidente, mediterrâneas no Norte e árabes no Oriente. A principal síntese sobre as (muito estudadas) literaturas orais do continente é a feita por Ruth Finnegan, cuja posição sobre a epopeia é clara:

> A epopeia é muitas vezes considerada a forma poética típica das populações não dotadas de escrita [...]. Surpreendentemente, porém, o caso africano não parece confirmar essa hipótese. Pelo menos na sua acepção mais comum de "poema narrativo de certa extensão", a epopeia parece quase totalmente ausente da África subsaariana, se se excluem gêneros, como o *utenzi* suaíli [escrito], que levam de volta à influência da literatura árabe.[8]

Aquela que na África foi às vezes chamada epopeia frequentemente é prosa e não poesia, ainda que alguns prolixos poemas encomiásticos sul-africanos possuam também elementos épicos. Muitas vezes são citadas as narrativas mongo-nkundo

7 M. Parry, *The Making of Homeric Verse*. Oxford: Clarendon, 1971; A. Bates Lord, *The Singer of Tales*. Cambridge (Mass.): Harvard University Press, 1960.

8 R. Finnegan, *Oral Literature in Africa*. Oxford: Clarendon, 1970, p. 108.

conguesas, mas também estas são quase sempre em prosa, e nos seus principais trechos fazem lembrar outros exemplos africanos, o mais célebre deles uma epopeia lianja cuja transcrição entre texto e tradução ocupa 120 páginas. Ela narra o nascimento e as atribulações do herói, suas viagens, sua ascensão ao poder e, finalmente, sua morte. Segundo Finnegan, na sua forma inicial ter-se-ia tratado de

> um *assemblage* muito pouco estruturado de episódios distintos, narrados em ocasiões diversas e não necessariamente considerados parte de uma única obra de arte (ainda que alguns narradores mais sofisticados afirmem hoje que ela deve ser narrada inteiramente no curso de uma única sessão).[9]

Sucedendo ao impacto da escrita verificar-se-ia, pois, uma unificação desse tipo de histórias breves e distintas, como ocorreu, ao que parece, no caso da epopeia mesopotâmica de Gilgamesh.

Encontramos lendas em versos também na literatura *muet* das populações fang no Gabão e em Camarões, bem como nas composições dos *griot* entre os mandi do Saara meridional. Finnegan conclui:

> Em geral, se se excluem as influências islâmicas, a epopeia parece de bem pouca monta na literatura oral africana. A convicção apriorística segundo a qual a epopeia é a forma natural de muitos povos não dotados de escrita parece, portanto, pouco fundamentada.[10]

Desde a época da pesquisa de Finnegan, o panorama das composições poéticas de certa extensão, de qualquer modo, enriqueceu-se, seja no que diz respeito ao material "mítico" seja no "lendário" (e épico). No que concerne aos "mitos", temos agora duas edições impressas do Bagre dos dagari,[11] a primeira das quais composta de 12 mil versos breves e necessitando de oito horas de recitação. Essa obra não trata das gestas dos heróis (como ocorre na epopeia), mas da criação do mundo do homem, da relação dos seres humanos com o seu Deus e os seus deuses, e de questões filosóficas e existenciais.

9 Id., ibid., p. 109.
10 Id., ibid., p. 110.
11 J. Goody, *The Myth of Bagre*. Oxford: Oxford University Press, 1972.

O Bagre é uma composição muito diferente da dos *griot* dos bambara e dos mali, que muito provavelmente sofreram a influência da literatura islâmica. Os *griot* são cantadores pertencentes a um grupo endógamo que se organiza em castas. Apresentam-se sobretudo à corte dos chefes, mas também em outras ocasiões públicas profanas, visto que as sociedades em que se encontram são reinos, e não sociedades tribais, sem chefes, como as dos dagari, entre os quais os cantos encomiásticos são pouco difundidos e as lendas não são mais do que histórias de emigração de expoentes do clã ou da casta.[12]

Eis a descrição da própria obra fornecida pelo *griot* Tinguidji e registrada por Christiane Seydou:

> Nós, os mâbo, não convidamos senão os nobres: lá onde há um nobre, ali também estou eu. Um mâbo não se ocupa de quem não tem valor: se vê um pobre e o convida, se o vê desprovido de tudo e o louva, um mâbo que se comporta assim não vale nada. Eu, alguém que não me é superior, este não louvo. Alguém que não vale mais do que eu não o louvo, dou-lhe alguma coisa. Eis como eu sou, Tinguidji.[13]

Não é necessário acreditar, porém, que todas as atividades dos *griot* fossem voltadas a agradar a aristocracia ou louvá-la em troca de gestos de liberalidade. Alguns deles adotavam um comportamento agressivo contra o mundo em geral,

> *griot* vulgares e sem escrúpulos, cujo único objetivo é extorquir presentes e favores, e que, para seus objetivos, se servem com a mesma desenvoltura e audácia do louvor e do insulto, do panegírico ditirâmbico e da diatribe vingativa, da língua nobre e do dialeto mais rude.[14]

Os *griot* divergem entre eles por esses e outros motivos, mas pertencem todos à "*gens castés*", os *nyeenybe*, que compreendem artífices, carpinteiros, curtidores, tecelões (os *mâbo,* que também são cantores). Esses cantadores, "artesãos da palavra e da arte musical", compreendem, por sua vez, os *griot*, intelectuais instruídos no o Alcorão; os *awlube*, tocadores de tambor, ligados a determinada família da qual

12 Id., "Tradizione orale e ricostruzione del passato nel Ghana del Nord", in *Quaderni Storici*, 1977, n. 35, pp. 481-92.

13 C. Seydou (org.), *Silamâka et Poullôri*. Paris: Armand Colin, 1972, pp. 13-14.

14 Id., ibid., p. 15.

cantam a história, genealogia e gesta; os *jeeli*, de origem mandinga, que tocam diversos instrumentos, não são ligados a ninguém e vivem da própria profissão; os *nyemakala*, cantores e violistas itinerantes que organizam saraus musicais.[15] O fato de os *griot* intelectuais terem estudado o Alcorão pareceria confirmar a ideia de Finnegan quanto às influências islâmicas. A maior parte da epopeia africana encontra-se, de fato, às margens do Saara, onde o contato com o islã foi forte e de longa duração. A epopeia fulani de Silâmaka e Poullôri conta a história do filho de um chefe e do seu escravo que com um companheiro tentam resgatar o seu país do tributo ao qual ele foi submetido. Trata-se da epopeia de um chefe, recitada no âmbito de uma cultura ligada à tradição escrita do islã. Amadou Hampaté Bâ descreveu a sociedade daquela época como estruturada em aldeias dirigidas por homens em condições de escrever em árabe,[16] e, de qualquer maneira, a língua e a literatura árabes eram conhecidas em todas as cidades da região e exerciam uma influência notável na vida e no pensamento local, sobretudo nas expressões artísticas e na história.

Foi nesse contexto que apareceram as composições narrativas épicas, recitadas nas capitais, onde os soberanos tinham à disposição profissionais de vários tipos, entre os quais também os executores de cantos encomiásticos. Concentrados nas gestas dos antepassados dos chefes (isto é, na história do Estado), esses cantos assumiam uma forma narrativa, contando as batalhas dos heróis dos tempos antigos.

Seria preciso ressaltar que o conteúdo da epopeia fulani se achava assim definido nos seus termos gerais, mas depois variava enormemente no momento da recitação. Seydou escreve como a lenda atravessara as fronteiras, difundida pela boca dos *griot*, que, "cada qual a seu modo e segundo sua própria arte, enriqueceram-na, transformaram-na e recriaram-na, servindo-se de elementos diversos retirados de outras composições". De modo que a epopeia tornou-se "um ciclo propriamente dito, que seria muito interessante reconstruir na sua inteireza, tanto na literatura bambara quanto no povo [isto é, entre os fulani]".[17] Deparamos com um grande número e variedade de versões, que desenvolvem um ou outro episódio e exaltam esse ou aquele herói, pois que aquela é recitada em benefício de ambas as partes adversárias, os fulani e os bambara. Os *griot*

15 Id., ibid., pp. 17-20.

16 A. Hampaté Bâ e L. Kesteloot (org.), *Kaïdara*. Paris: Julliard, 1969.

17 Seydou (org.), *Silamâka et Poullôri*, op. cit., pp. 9-10.

recitam toda vez diante de um público diverso. Eles "vivem" das reações do público; se mudam de lugar, tocam o alaúde e modificam a sua história de acordo com a comunidade para a qual se apresentam. Em outras palavras, se bem que a epopeia fulani, como toda epopeia, tenha se desenvolvido em uma sociedade influenciada pela escrita, as suas formas variam consideravelmente segundo o cantor, o momento e o contexto. Do meu ponto de vista, essas variantes não são consideradas partes de um ciclo bem definido – dado que esse ciclo só existe quando sua variação cessa e a epopeia é circunscrita a um texto –, mas parte de um universo em expansão em torno de um tema narrativo.

Tanto Finnegan quanto Dennis Tedlock rejeitam a tese segundo a qual a epopeia seria um traço característico das culturas puramente orais. Finnegan ocupou-se predominantemente da África, Tedlock das Américas. Este último chega à conclusão de que só "os textos épicos com longos ritmos métricos derivam das tradições populares no âmbito da cultura dotada de escrita".[18] Ao comentar essa conclusão, Rumsey afirma que as composições descobertas em um grupo de sociedades fronteiriças entre si nas Highlands da Nova Guiné constituem "uma tradição épica propriamente dita". Os exemplos por ele dados apresentam um acentuado conteúdo narrativo e se caracterizam por repetições expressas do tipo daquelas identificadas por Parry e Lord nas suas análises dos cantos iugoslavos. Ele examina dois tipos de histórias, *kange* e *temari*, a que correspondem as distinções entre *fiction* e *factual*, mas que do ponto de vista de outros estariam, de preferência, relacionadas à distinção entre mundo dos acontecimentos narrados e mundo do aqui e agora em que os acontecimentos são narrados. Em todo caso, parece estar em jogo certo potencial de verdade. Em regra, as histórias *kange* são contadas em casa à noite depois do jantar, com um único indivíduo que conduz a conversa por cerca de dez a vinte minutos, e um sistema de turnos regulado por um "mediador". Algumas histórias são contadas por mulheres que se dirigem, porém, às crianças, e não a todos os presentes.

Rumsey compara esses contos aos poemas épicos europeus, porém, embora sejam indiscutivelmente narrativos, e narrem os acontecimentos de um herói, trata-se de composições breves, o mais das vezes entre trezentos e setecentos versos. Com isso não tenho nenhuma intenção de negar a presença da narrativa de invenção nas culturas orais; quero apenas dizer que a narrativa longa é rara, e a narrativa em geral menos frequente do que muitas vezes se supôs. O fato de que Rumsey

18 D. Tedlock, *The Spoken Word and the Work of Interpretation*. Filadélfia: University of Pennsylvania Press, 1983, p. 8.

tenha deparado epopeias breves nas Highlands da Nova Guiné, enquanto não as encontraram nem Finnegan na África subsaariana nem Tedlock nas Américas – esse fato apresenta necessariamente a questão da presença (ou não) da epopeia nas culturas orais. Por que motivos a narrativa, e em particular a de invenção, não é dominante no discurso das culturas orais, e sobretudo nos gêneros artísticos, ao contrário do que haveria de prever muita teoria contemporânea acerca da narração? Esse é um problema de que ainda nos ocuparemos.

O que dizer, em vez disso, das outras formas de narração oral? As lendas amiúde mantêm relações com a epopeia, mas não assumem a mesma forma métrica. Não obstante a sua suposta associação com o mundo escrito (*lenda*, "o que é para ler"), e em particular com as histórias dos santos, elas também se difundiram nas culturas orais, nas tribais sob a forma de histórias do clã e nas politicamente mais estruturadas sob a forma de histórias dinásticas. Nesse último caso, elas são muitas vezes bem mais fragmentárias do que se pensa habitualmente; em alguns casos, as histórias dos Estados são apenas *drum titles*[19] e crônicas, não narrativas em sentido estrito.

Também os mitos, talvez o gênero mais estudado, muito frequentemente são considerados universais. Certamente o são as mitologias (compreendidas como construções universais de uma ordem sobrenatural), mas não os mitos (entendidos como longas composições de argumento sobrenatural, do tipo do Zuni da América do Norte e do Bagre dos dagari, cuja recitação completa requer muitas horas), que são, em vez disso, distribuídos muito irregularmente, e são de costume muito menos narrativos do que o *Mahabharata* (Grande poema dos Bharata) ou a epopeia do Gilgamesh (ambos produtos de culturas dotadas de escrita) fariam supor. Os mitos são formas orais padrão; as mitologias são um conjunto de crenças no sobrenatural derivadas de uma multiplicidade de fontes e reconstruídas pelo observador, como no caso das *Mitológicas*, de Claude Lévi-Strauss.

O mito desenvolve funções variadas. Contém, assim, um elemento narrativo, de resto superestimado pelos que coletam os mitos (e as mitologias), que aos seus informantes pediram de preferência algumas histórias, em detrimento dos aspectos filosóficos, teológicos e sapienciais. No passado, antes da invenção do gravador portátil, esse erro causou notáveis mal-entendidos. Por heterogeneidade das funções

19 *Drum titles* (ou *drum histories*) são os títulos de soberania concedidos aos soberanos africanos. Esses títulos, cuja enunciação é ritmada ao som do tambor e acompanhada pelo canto, amiúde se referem à história do reino, mas de forma descontínua e por vezes enigmática. [N.E.IT.]

desenvolvidas, o Bagre pode ser comparado à Bíblia, que apresenta entre outras coisas a narrativa etiológica do Gênesis, as fórmulas sapienciais dos Provérbios e as prescrições rituais do Levítico, sem implicações de consequência narrativa. Sobre isso Geoffrey H. Hartman fala não só de unicidade mas também de unidade.[20] Em certo nível, todo escrito tem sua unidade, mas nesse caso ela não é muito evidente: os vários livros passaram por um *assemblage* na forma canônica quase por acaso; a unidade é fornecida pelo contexto ritual, não pelo texto em si.

O que chamei de "mito do Bagre" servirá como exemplo. Ele trata de sérias questões sobrenaturais, que se enquadram na categoria do "discurso apropriado", e estão ligadas ao pertencimento à confraria do Bagre, que se supõe garanta a saúde física (e em certos aspectos espiritual). Essa longa composição prevê na sua forma canônica de seis a oito horas de recitação, com cada frase (ou "linha" na minha transcrição) repetida por um público composto de neófitos ou de membros da confraria (que desempenham o papel de guia), e com todo o conjunto repetido mais duas vezes por outros oradores. A duração varia segundo o orador e o nível de elaboração, e conforme o momento da cerimônia em que ocorre a recitação. O mito é composto de duas partes, o Branco e o Preto. O Branco consiste em um relatório das várias cerimônias realizadas no correr das semanas, e é recitado até o ponto já alcançado da sequência. O Preto, em vez disso, reservado aos homens que receberam a primeira iniciação (a essa altura da cerimônia as mulheres são excluídas), consiste em um relatório da criação da humanidade e da descoberta das bases de sua cultura: a agricultura, a caça, a criação, a metalurgia e a fabricação de cerveja.

Trata-se de um "discurso apropriado" porque concerne à relação do homem com a dimensão sobrenatural, e fundamentalmente com os seres da natureza que servem de intermediários, às vezes malignos, entre o homem e Deus. E se de fora ele pode ser considerado um "mito", uma expressão imaginária da relação do homem com o mundo e com o divino, não obstante, por muitas dúvidas que o próprio texto apresente, para os dagari trata-se de algo real. Entre outras coisas, no Bagre Preto a salvação dos males, entre os quais a própria morte, prometida pela medicina do Bagre aos novos iniciados, é definida como uma ilusão; as esperanças foram suscitadas só para não serem atendidas depois.

De todo modo, além da questão do caráter verídico ou da ficção, o aspecto narrativo da composição é de preferência limitado. No caso do Bagre Branco, existe

20 G. H. Hartman, "The Struggle for the Text", in *A Critic's Journey 1958-1998*. New Haven: Yale University Press, 1999.

uma estrutura, fornecida pelo relatório das cerimônias, que explica como o Bagre desenvolveu-se a partir da resposta dada por um adivinho depois de uma série de acontecimentos calamitosos considerados de origem divina. Obviamente também o relatório das cerimônias e das proibições e prescrições ligadas a elas tem lá seu caráter de consequência, mas não de tipo narrativo. Em três ou quatro pontos da composição, encontramos breves passos narrativos de tipo fabular dotados de uma forma narrativa propriamente dita, com um começo, um meio e um fim, que, com relação ao resto da composição, parecem também apresentar um comportamento diverso com respeito ao caráter verídico ou não do próprio conteúdo.

No que concerne ao aspecto narrativo, o exórdio do Bagre Preto é mais promissor. O maior dos dois "irmãos" tem alguns problemas que atribui a causas sobrenaturais, e consulta um adivinho para conhecê-las. Disso resulta uma longa e perigosa viagem ao Outro Mundo. Cruzando um rio, que provavelmente separa este mundo do outro, ele depara com um velho, provavelmente o Deus Supremo, e com a ajuda de uma aranha sobe ao Céu (ao "território de Deus"). Ali encontra "uma moça magra", e o Deus Supremo mostra-lhe a criação mística de uma criança. A composição continua com um longo litígio entre o homem e a mulher com respeito à posse e à educação da criança. Nesse ínterim, eles são introduzidos, com a ajuda dos seres da natureza ("fados"), em vários aspectos da cultura dagari: a metalurgia, a agricultura, a fabricação da cerveja e, enfim, a procriação, em vez da criação, dos filhos. Se bem que exista uma tênue trama narrativa, a maior parte da composição consiste na descrição dos principais aspectos da cultura, e sobretudo dos processos tecnológicos. O restante diz respeito na maioria das vezes a questões filosóficas (como o problema do mal) e teológicas (como a relação entre o Deus supremo e os seres da natureza). A característica predominante certamente não é a narratividade.

Também essas longas composições de tipo mítico não estão presentes em toda parte. Nós as encontramos entre os dagari, mas não entre os povos que lhe são vizinhos. As fábulas, em vez disso, parecem de fato universalmente difundidas, ao menos no Velho Mundo. Nós as encontramos em toda parte, e sempre de forma surpreendentemente homogênea – contos breves às vezes seguidos por uma nota explicativa ou por uma conclusão não narrativa, com protagonistas humanos, animais e às vezes divinos. Podemos considerar como protótipos desse gênero as histórias akan de Ananse (nas quais a aranha desempenha o papel do duende), ou as suas variantes caribenhas, os *nancy* de Fratel Coniglietto.

Alguns estudiosos consideraram esse tipo de história como exemplos de "pensamento primitivo", e sempre se afirma que ele é narrado à noite a um público misto reunido ao redor do fogo; mas a minha experiência na África ocidental é predominantemente diversa. As histórias desse tipo, a par das recolhidas pelos irmãos Grimm, são no mais das vezes dirigidas às crianças, e de fato não representam nas culturas orais o pensamento dos adultos. Trata-se em sua maior parte de fábulas, que ocupam a posição marginal reservada aos discursos para a infância e são representativas da "mentalidade primitiva" da mesma forma que *O pequeno polegar* o é da "modernidade contemporânea". Com efeito, a ficção é sempre voltada às crianças; os adultos se ocupam de coisas mais sérias, não de histórias inventadas sobre esse ou aquele mundo, mas de relatórios verídicos ou quase verídicos. O fato de que nas culturas orais grande parte da narrativa seja constituída de fábulas confirma esse fenômeno.

Chegamos enfim às narrações biográficas. Na psicanálise a cura fundada sobre a própria palavra pressupõe que tanto o analista quanto o paciente elaborem uma "história do caso clínico" a partir de conversas fragmentárias, "histórias" como as de Dora ou do Homem dos lobos, de Freud. A forma narrativa do caso clínico não se produz espontaneamente, mas é solicitada, e por conseguinte criada sob medida; trata-se além disso do produto de uma sociedade dotada de escrita e de procedimentos ligados à escrita; esta representa – assim como com toda a probabilidade o Gilgamesh mesopotâmico ou a epopeia mungo contemporânea – um *assemblage* de fragmentos montados de sorte a criar uma continuidade narrativa que não se apresenta nunca (ou muito raramente) como tal ao pesquisador.

Parece-nos natural fornecer um compêndio narrativo de nossa vida para um currículo ou para submetê-lo a um analista, para um diário ou uma autobiografia; mas estamos seguros de que isso seja verdadeiro também para as culturas orais? Não saberia dar muitos exemplos a respeito. Em vez disso, eu diria que sou eu, o antropólogo, o psicólogo, o historiador, a buscar criar histórias de vida (ou histórias de outro tipo) a partir dos fragmentos de conhecimento com que deparo em meu caminho, ou da árdua luta para fazer assim com que o informante responda às minhas perguntas, articulando, portanto, para mim um discurso que não faria em nenhuma outra ocasião. As histórias de tipo biográfico não afloram espontaneamente, são penosamente elaboradas.[21] A história não se limita a reproduzir os "fatos", mas fornece-lhes uma forma narrativa a partir dos fragmentos de experiência que se apresentam de modo muito diferente.

21 O caráter elaborado dos casos clínicos é ilustrado de modo emblemático em G. Lewis, *A Failure of Treatment*. Oxford: Oxford University Press, 2000.

As exceções parciais por mim constatadas se dão no decorrer das consultas com o adivinho, em que este pede uma explicação do problema; ou nos relatórios de acontecimentos passados no decorrer de audiências judiciais em assembleias ou tribunais. Em ambos os casos, porém, a reconstrução narrativa se limita aos acontecimentos em questão, sem se configurar numa narração biográfica propriamente dita. O adivinho solicitará que o cliente faça perguntas às quais tentará responder com a sua bagagem de instrumentos adivinhatórios, enquanto nas assembleias e nos tribunais os relatórios serão talvez mais estruturados, mas sempre voltados a exemplificar o caso específico, embora o conceito de pertinência possa ser mais amplo do que ocorre nas modernas cortes ocidentais.

Eu diria, pois, que a quase total ausência de narrativa de invenção nas culturas orais não depende apenas do estatuto infantil da maior parte da ficção, mas também da prolongada atenção de que necessita toda composição longa. As situações em que o público fica muito tempo sentado, escutando em silêncio uma história, parecem-me extremamente raras. No mais das vezes o discurso é dialógico: o ouvinte interfere naquilo que ouve, interrompendo sempre a sequência. Na vida real pode ocorrer que alguém comece a contar uma viagem a Kumasi para ir trabalhar nas minas, ou as férias em Maiorca, mas de pronto alguém o interromperá: "Eu também tive uma experiência semelhante...".

Um monólogo, pois que a narrativa é monológica em sua natureza, será possível apenas se tiver um caráter ou um contexto sobrenatural. Não se trata nesse caso de questões terrenas, mas de "obra dos deuses". E será o ritual, a cerimônia, mais do que o elemento narrativo, o fulcro da composição.

## 3. A escrita, a imprensa e o nascimento do romance

Walter Benjamin viu no advento do romance o ocaso da arte de narrar (considerada por ele fundamentalmente uma forma oral), um ocaso que tem início no final do século XV com a difusão da imprensa na Europa. Segundo Lévi-Strauss, o mito, ao contrário disso, cede passo ao romance no começo do século XVIII. Já expliquei como, do meu ponto de vista, nas culturas não dotadas de escrita a narração de histórias – ao menos as voltadas aos adultos, e, na verdade, a narrativa em geral – assumiu um papel menor do que habitualmente se supõe. Portanto, para mim a cisão é representada pelo advento da palavra escrita. A escrita toma forma no privado. Neste escrevemos uma autobiografia, ou um diário, e isso nos faculta evitar o problema da comunicação direta com o público e nos resguarda de eventuais interrupções: dispomos de toda a tranquilidade e conforto necessários. Em seguida o que foi escrito se tornará um documento público, e acabará assim por constituir um modelo, um esquema, também para as reconstruções do passado conduzidas de forma oral. A escrita impõe o próprio esquema na narração autobiográfica, e fornece um modelo às pesquisas médicas, sociológicas, psicológicas ou psicanalíticas em que se pede ao indivíduo que forneça uma "história", um *curriculum vitae.*

Não é difícil entender por que a narração foi estimulada pela escrita. O ato de escrever estabelece automaticamente uma distância entre quem conta e o seu público, e isso faz muita diferença. Quem conta ou quem lê tem tempo para refletir sobre aquilo que está fazendo. Uma folha em branco e uma caneta representam um convite a reorganizar uma narração, estruturando algumas recordações ou inventando certos fatos imaginários. Começa-se no alto da página e se prossegue até o final dela, depois passa-se à página seguinte. Não se veem (quase nunca) interrupções nem enquanto se escreve nem enquanto se lê. Ao contrário, o discorrer humano funciona de modo bem diverso; quem fala é interrompido continuamente, porque – exceto nos contextos autoritários – o discurso é dialógico, interativo. Uma história se inicia e de repente é interrompida por um interlocutor: "Isso me faz lembrar...". De certo ponto de vista, não há nenhuma distinção real entre o orador e quem o escuta. Todos são oradores, todos ouvintes, e a conversa prossegue aos trancos e barrancos, sempre com frases incompletas, sem que, exceto raramente, se consiga concluir uma história.

Naturalmente, nas culturas orais há situações em que quem fala detém uma posição respeitável que lhe permite fazer um discurso sem interrupções, quer em contextos particulares quer em formas orais padrão (que, se fossem escritas, se definiriam como "literatura"); mas trata-se de ocasiões raras e especiais: um viajante de volta de uma viagem que narra as suas peripécias e comunica as informações de que se apossou; um líder político ou o seu porta-voz que se dirige a uma multidão reunida em sua presença; ou alguém que endereça a um potestado cantos encomiásticos que recordam as façanhas dos antepassados, cantos que às vezes se aproximam da ficção.

A escrita torna possível não só a historiografia mas também as narrações biográficas. Com isso não pretendo afirmar que nas culturas orais não exista um sentido do passado no nível coletivo ou indvidual, mas que nelas a historiografia estruturada, narrativa, é rara, e, por falta de documentos, fragmentária.

Ao que parece, a palavra inglesa *novel*, de origem latina, entrou em uso no final do século XV com o significado de "notícia". Por volta de 1486, Henrique VII começou a publicar proclamações e notícias em opúsculos de propaganda impressos sem regularidade. No período elisabetano vários grupos próximos ao governo habitualmente faziam uso desse meio de comunicação, sempre na forma de balada. O termo usado para essas baladas sobre temas da atualidade era *novel*, a imitação do francês *nouvelle* e do espanhol *novela* (um termo que "indicava simplesmente algo de novo, além da contraposição entre realidade e ficção").[22] No século XVI o termo se referia, a exemplo do italiano, a narrativas tais como as de Boccaccio no *Decamerão*. No século XVII começou-se a utilizar o termo, como no inglês contemporâneo, para designar longas prosas de invenção, distintas dos *romance* pela estreita relação com a vida real; contudo, ressaltou-se o problema da sua legitimidade. No número 254 do *Spectator* (1711), Richard Steele exprimia as suas dúvidas: "Receio que os vossos Cérebros estejam um tanto perturbados por *romances* e por *novels*". A sua grande dificuldade estava ligada à mecanização da escrita derivada da imprensa, que reduzia a necessidade de leitura em voz alta no momento em que muitos podiam comprar a própria cópia, ou tomá-la de empréstimo a um amigo ou à biblioteca.

Difundiu-se, assim, a ideia de que a ficção levasse à loucura. Era o sintoma do bovarismo, que recebeu esse nome no século XIX depois do romance de Flaubert, mas que para os *romance* já fora diagnosticado muito antes, como se pode ver em *Dom Quixote de La Mancha*, de Cervantes (1605-1615), ou em *The Female Quixote*, de Charlotte Lennox (1751), bem como em muitas objeções ao romance expressas no século XVIII, na preterição dos leitores homens aos textos de ficção e no aumento de um público predominantemente feminino.

Embora sendo um produto das culturas dotadas de escrita bem como de tempo livre, o romance floresceu relativamente tarde na história cultural, e certamente não seguiu de perto a invenção da escrita. As primeiras obras narrativas apareceram na Grécia e em Roma, e ainda antes houve algumas no Oriente Médio; mas histórias como as *Metamorfoses*, de Apuleio, *Dafne e Cloé*, de Longo, ou os romances eróticos gregos precederam só remotamente o romance como o conhecemos hoje. Os primeiros exemplos de ficção grega, romana e egípcia, embora sempre sejam chamados romances, são obras um tanto breves, em suas intenções muito diversas dos romances chineses ou europeus que lhes sucederam.

22 Sommerville, *The News Revolution in England*, op. cit., p. 18.

E ainda que se dirigissem a um público popular, o conjunto dos leitores era muito restrito e elitista, também compreendendo homens e mulheres. No Egito (a partir de cerca do século XVII a.C.) a narrativa de invenção era escrita em demótico, e também nesse caso se tratava de obras "de extensão um tanto modesta", em que "modesta" poderia significar menos de 6 mil palavras (ou seja, mais ou menos vinte páginas). E quando se tratava de obras mais longas, "o principal artifício estrutural para que as histórias se alongassem além da medida da simples anedota era o mecanismo da história dentro da história".[23] Qual era, pois, o *status* de que usufruía essa *fiction*? Não foi documentado o uso de textos narrativos na esfera da instrução.

Depois do período clássico e do longo vazio que se seguiu, a *fiction* parece renascer na Europa só nos séculos XII e XIII. O historiador Norman Daniel relaciona esse renascimento às culturas orais:

> O aparecimento repentino de uma literatura de imaginação é por si mesmo a prova de que a Europa conservava certos vínculos com as outras culturas que haviam atingido as fontes antigas da civilização desenvolvida no Oriente Médio.

Em outras palavras, as culturas da idade do bronze em que se inventa a escrita.[24] Como exemplo ele identifica o mais antigo caso da história "à guisa de caixas chinesas" (ou da história dentro da história, como nas *Mil e uma noites*, cuja moldura deriva provavelmente de uma fonte indiana, e cujas origens remontam ao século IX) na *Disciplina clericalis*, de Pedro Alfonso. O autor era um judeu convertido que traduziu o conto do árabe e "foi o primeiro a dar ao conhecimento o gênero literário da fábula, que, por conseguinte, não era senão uma especificação do gênero literário conhecido como sapiencial".[25]

> No século XIII [na Espanha; na Grécia já no século XI] começaram a se difundir obras parecidas de origem indiana, tais como *Kalila e Dimna* e *O livro dos sete sábios*, depois, um pouco mais tarde, apareceu *O conde Lucanor*, de Dom Juan Manuel. O gênero narrativo em que um conto ou alguns contos são incluídos numa outra narração que

23 J. Tatum (org.), *The Search for the Ancient Novel*. Baltimore: The Johns Hopkins University Press, 1994, p. 206.

24 N. Daniel, *Gli Arabi e l'Europa nel Medio Evo*. Bolonha: Il Mulino, 1981, p. 459.

25 Id., ibid., p. 175.

> serve de moldura geral foi usado na *Confessio Amantis*, de Gower, nas *Novelle*, de Giovanni Sercambi, e praticado por autores como Boccaccio (não só no *Decamerão*, mas também no *Ameto*) e, em particular, por Chaucer nos seus *Canterbury Tales*, bem como no *Tale of Beryn* (por muito tempo atribuído ao mesmo Chaucer). Na verdade, as obras ora recordadas pertencem todas ao século XIV tardio e representam seguramente o que chamamos de "cultura mediterrânea". Em tais casos, elas se mostram tributárias de fontes árabes e, recuando ainda mais, de fontes indianas.[26]

O elemento interessante é o aparecimento relativamente vagaroso dessas formas narrativas, mais ou menos de maneira contemporânea nas diversas partes do globo.

Os problemas centrais da história do romance são o seu surgimento tardio em cena, não só na Europa, mas também na China, a sua distribuição inicialmente irregular e, enfim, a sua vastíssima popularidade a partir do século XVIII. Andrew Plaks ressalta "a coincidência significativa por que a difusão da narrativa em prosa ocorreu quase no mesmo momento, e com as mesmas fases, na China e na Europa", precisamente no século XVI.[27] Em resumo, não se trata de um fenômeno puramente ocidental; posto que ele não seja encontrado em todas as sociedades antigas dotadas de escrita, ele não se limita de modo nenhum à Europa, e menos ainda à Inglaterra do século XVIII.

Mas quais são as causas do aparecimento tardio do romance? Para achar a resposta creio que precisemos nos reportar à análise feita há pouco da narrativa nas sociedades orais. A difusão da literatura escrita não dissipa a desconfiança com respeito à ficção. A narração sempre foi uma atividade ambígua, que trazia em si o ato de "contar histórias", no sentido de coisas não verdadeiras, quando não de mentiras propriamente ditas. Não se tratava de uma coisa séria.

Havia dois modos de contornar o problema. A narrativa podia ser legitimada, como no caso do mito, na forma de relatório de acontecimentos sobrenaturais, o que eliminava automaticamente todas as objeções sobre a realidade do que se representava. As primeiras obras narrativas da Europa cristã eram legitimadas pelo fato de ser relatos de milagres celestiais (o Novo Testamento) ou da vida dos santos, do mesmo modo como na alta Idade Média a pintura e o desenho só eram lícitos se os assuntos escolhidos fossem de natureza religiosa. Ainda no

26 Id., ibid., p. 459.

27 A. Plaks (org.), *Chinese Narrative: Critical and Theoretical Essays*. Princeton (NJ): Princeton University Press, 1977.

século XVIII foi esse aspecto que tornou aceitável a muitos puritanos *The Pilgrims Progress*, de John Bunyan.

Depois de Defoe, ao contrário, o romance moderno se tornou essencialmente uma narrativa secular de acontecimentos terrenos, modalidade inserida no conceito de "realismo". A mão de Deus podia intervir, mas por meio de sequências "naturais", não através de milagres nem de maravilhas. As estruturas narrativas mais antigas sempre voltavam a propor semelhante intervenção, onipresente em um mundo pervagado de sobrenatural. Poder-se-ia dizer, aliás, que naquelas circunstâncias não ocorria nenhuma distinção clara entre natural e sobrenatural, tampouco na narrativa autobiográfica. Era o tempo das histórias de santos e das narrações fantásticas do *romance*.

Com o Renascimento e a invenção da imprensa, os romances seculares se afirmaram definitivamente, mesmo sendo sempre ridicularizados, considerados apropriados apenas a mulheres ociosas, não certamente a homens sérios, e acusados de exercer uma influência negativa sobre os leitores. Com o século XVIII na Inglaterra, aos *romance* fantásticos se aliaram os romances realistas de Defoe e dos seus seguidores, mais sérios e menos fantasiosos.

Esses romances adotaram uma estratégia de legitimação diferente, que consistia em pretender-se fiel à realidade da vida, como se torna evidente, por exemplo, no cuidado dispensado por Defoe há determinação do lugar e do momento histórico em que se desenvolve a narração (de fato, pelo menos no caso de *As aventuras de Robinson Crusoé* e do *Diário do ano da peste*, a narrativa oscilava entre verdade e ficção, incorporando detalhes de eventos reais). A mesma precisão na indicação de lugares e épocas se encontra novamente em Fielding e em Smollett. O modelo epistolar, adotado por Aphra Behn no final do século XVII e em seguida por Samuel Richardson, em *Clarissa*, talvez constitua um outro exemplo dessa tentativa de autolegitimação.

Empreguei os termos "verdade", "realidade" e "real" na acepção mais óbvia, literal, até mesmo banal. Os mesmos termos poderiam ser aplicados, de modo igualmente óbvio, à tentativa da ficção de representar a condição humana por meio da imaginação. Sempre se reconhece uma distinção entre verdade literal e verdade poética, que se referem a diferentes modalidades discursivas. A narrativa de invenção que aspira ao segundo tipo de verdade certamente foi favorecida pelo uso da escrita, ainda que o seu aspecto inventivo às vezes tenha sido encoberto por uma atenção ao sobrenatural, ou melhor, à alvorada do romance, encoberto pela falsa pretensão de uma verdade literal que solicitasse a cumplicidade do leitor e lhe silenciasse as perplexidades.

As objeções dirigidas ao romance, com a consequente preferência concedida aos outros gêneros literários, são bem exemplificadas pela história da atividade editorial americana. Não por acaso, o primeiro romance publicado foi o escrito ambíguo *Diário do ano da peste* (cujo título completo rezava: *A terrível calamidade em um breve relatório da manifestação e dos efeitos da peste* [...] *tirado das memórias de uma pessoa que vivia lá*), de Daniel Defoe. Essa obra, que hoje sabemos ter sido em grande parte fruto da imaginação, foi publicada em 1763 por Christopher Sauer, de Germanstown; *Robinson Crusoé* só apareceu uma década depois, em 1774. Os novos romances eram importados da Inglaterra; ainda no final do século XVIII na América eram publicados muito raramente, dado que a Nova Inglaterra naquela época opunha uma clara recusa à tendência à secularização afirmada com renovado vigor na Inglaterra no momento da restauração da dinastia Stuart. Os puritanos rechaçavam o ócio, o teatro e a literatura licenciosa, em que incluíam os romances, que se supunha exercessem um particular fascínio sobre as mulheres. Em 1693, Increase Mather escreveu sobre o "grave dano causado por falsas noções e imagens das coisas, e sobretudo pelo amor e pela honra". Conquanto os romances fossem importados e difundidos pelas bibliotecas circulantes, os árbitros da moral continuavam a desaprovar toda forma de ficção.[28]

A hostilidade para com a ficção da parte das autoridades culturais fazia assim com que o seu consumo, e em certos limites a sua produção, fossem reservados a elementos "marginais" como as mulheres. Na Europa do século XVII os leitores de ficção eram em sua maioria mulheres; os romances franceses sempre eram escritos por mulheres, e eram ainda estas que constituíam o público principal dos romances ingleses do século XVIII. Precisamente a predominância do público feminino era uma das razões que atraíam críticas ao romance. Sobretudo as mulheres é que eram desencaminhadas e enganadas, em particular pelos longos romances, mas não só elas. Cervantes fez com que o centro de *Dom Quixote* fosse a loucura provocada no herói pela leitura de velhos romances.

A ameaça não vinha apenas dos romances franceses; críticas análogas foram feitas aos romances góticos ingleses do final do século XVIII, sobretudo de Jane Austen com *A abadia de Northanger*. Q. D. Leavis ressalta

28 B. C. Daniels, *Puritans at Play: Leisure and Recreation in Colonial New England*. Nova York: St. Martin's Press, 1995, p. 46.

o grande peso que nos romances de Jane Austen tem a guerra travada por ela contra os romances. Para os romances da própria época (ou o doméstico à Fanny Burney, ou o gótico à Mrs. Radcliffe) Austen foi aquilo que Cervantes foi na sua.[29]

A heroína do romance é Catherine Morland, que faz amizade com Isabella Thorpe na sala das termas de Bath. A relação delas se desenvolve depressa. Quando chove, as duas se encontram juntas para ler romances. Declara a autora:

> Sim, romances, já que não adotarei aquele hábito tão pouco diplomático e mesquinho, tão difundido entre os romancistas, de envilecer com a sua desdenhosa censura justamente aquelas publicações que eles mesmos estão contribuindo para aumentar [...]. Deixemos que sejam os críticos a maltratar essas efusões de fantasia, e a falar, no lançamento de cada novo romance, com acentos já conhecidos, das coisas de mau gosto que se imprimem [...]. Embora o prazer oferecido pelas nossas obras tenha sido mais difundido e constante do que o de qualquer outra corporação literária do mundo, nenhum gênero foi denegrido de igual modo.[30]

Jane Austen compara a reputação ruim do romance com a boa fama de que gozam o *Spectator* e outros tipos de discursos não ficcionais ("os homens leem livros melhores", I, XIV, p. 124).

Toda a experiência de Catherine deriva da leitura de ficção ("lera demais para não saber perfeitamente com quanta facilidade se podia substituir um morto por um manequim de cera, e assegurar um falso funeral", II, IX, p. 207). Como no caso de Dom Quixote, com quem sempre é comparada, a leitura a distrai da realidade, precipitando-a nas "fantasias" destinadas a se revelarem "insensatas".

A recordação dos livros lidos condiciona toda a viagem até Northanger Abbey. Nada podia abalar as dúvidas de Catherine, que lera muito; os castelos e as abadias "constituíam em geral o encanto dos sonhos de olhos abertos", e lhe transmitiam a "esperança de descobrir alguma antiga lenda, ou os restos horripilantes de alguma pobre sóror desventurada" (II, II, p. 158). Enquanto se aproxima de caleça com o seu

29 A. Kettle, "*Emma*", in I. Watt (org.), *Jane Austen: A Collection of Critical Essays*. Englewood Cliffs (NJ): Prentice-Hall, 1965, p. 112.

30 J. Austen, *Northanger Abbey* (1818) [ed. it.: *L'abbazia di Northanger*, org. M. Skey, trad. L. Gaia. Roma-Nápoles: Theoria, 1995, livro I, cap. V, p. 55, daqui por diante citada diretamente no texto com número do livro, capítulo e página entre parênteses; ed. bras.: *A abadia de Northanger*, trad. Ivo Barroso. Rio de Janeiro: Barléu, 1982].

pretendente, Henry Tilney, ela imagina encontrar "uma morada antiga, justamente como aquelas que se encontram nos livros". Tilney ri das suas expectativas: "está pronta para enfrentar todos os horrores que uma construção semelhante àquelas 'que se encontram nos livros' pode apresentar?" (II, V, p. 174), divertindo-se ao mostrar as potencialidades "góticas" dessa abadia gótica. Ulteriormente, as reações dela são exacerbadas pelo temporal que se abate sobre a construção no decorrer da primeira noite da permanência deles, pelo arquibanco e pelo armário fechados à chave que, se descobrirá, não contêm senão uma colcha de algodão e um rol de roupa.

Catherine compreende enfim que sofre do "terror tão destituído de fundamento", da "alucinação voluntária" (I, X, pp. 214-15) devidos àquele tipo de leitura. Pois que não é nas obras de Mrs. Radcliffe que "se deveria ver [...] um espelho da natureza humana, pelo menos daquela dos condados da região central da Inglaterra" (II, X, p. 215). As suas suspeitas são infundadas, e Henry Tilney a repreenderá: "Lembre-se de que somos ingleses, e de que somos cristãos. Invoque a sua inteligência, o seu bom senso, aquilo que você pode observar, o que acontece a nossa volta". Não os livros, mas a experiência pessoal. A sua desilusão é completa. "As visões romanescas tinham acabado. Agora Catherine estava completamente desperta. O discurso de Henry, embora breve, revelou-lhe o absurdo de suas fantasias" (II, X, pp. 213-14).

A defesa do espírito crítico e realista levada adiante na *Abadia de Northanger* não é um caso isolado; uma crítica do romance gótico e romântico também aparece em *Belinda* (1801), de Maria Edgeworth, em que Lady Delacour comenta: "Minha querida, você estará terrivelmente enganada se esperar de minha história algo semelhante a um romance". Em seus escritos juvenis, Jane Austen dedicou-se a paródias que assumem a forma de "um simples exagero do estilo romanesco". Em *Amor e amizade* (1790), o pai de Edward pergunta: "Por Deus, Edward, de onde é que você tirou esses delírios absurdos? Foi achá-los em algum romance, suponho". O romance "romântico" foi severamente acusado de ser um simulacro ou um disfarce da vida real.

O exemplo mais conhecido desse tipo de ilusão é sem dúvida *Madame Bovary*, de Flaubert; a tal ponto que as vicissitudes da heroína epônima deram nome ao fenômeno do "bovarismo". O seu problema consiste em ser desencaminhada não só pelos romances, mas pela leitura em geral. A par de Dom Quixote e de Arabella (a protagonista de *The Female Quixote*), Emma Bovary se encontra "retirada", vive no campo casada com um médico aborrecido, sem nada a fazer senão ter na imaginação uma vida fantástica em que a leitura desempenha um papel dominante; mas a sua imaginação se volta à vida contemporânea, não ao passado; ela constrói para si uma realidade virtual. Compra um mapa de Paris e

> [...] com a ponta do dedo dava, no mapa, grandes voltas na capital. [...] Passou a assinar a *Corbeille*, jornal das mulheres, e o *Sylphe des Salons*. Devorava, sem nada esquecer, todos os relatos das primeiras representações, das corridas e dos serões, interessava-se pela estreia de uma cantora, pela abertura de uma loja. Conhecia as novas modas [...]; leu Balzac e George Sand, procurando em suas obras satisfações imaginárias para seus desejos pessoais. Trazia seu livro mesmo à mesa e virava as páginas enquanto Charles comia e lhe falava. A lembrança do Visconde voltava sempre em suas leituras. Ela estabelecia relações entre ele e as personagens inventadas.[31]

Emma usa os romances para fugir do seu presente para um outro presente imaginário. Os livros lhe dominam a vida. Ela entretém o jovem empregado Léon com as revistas de moda:

> colocava-se ao seu lado; olhavam juntos as gravuras, cada um esperando que o outro tivesse acabado a página. Frequentemente ela lhe pedia que recitasse versos [...]. Estabeleceu-se, assim, entre eles uma espécie de associação, uma conversa contínua sobre livros e romances.[32]

Quando certo romance difunde a moda dos cactos, ele lhe compra alguns em Rouen. Os livros deitam sua sombra sobre todas as coisas, e determinam o curso dos acontecimentos para os que são absorvidos por ela. Assim, desenvolve-se uma dependência da ficção, uma espécie de hábito mórbido, que traz em si o desprezo pelo ambiente em que nasceu e a ânsia por uma vida de luxo, de uma condição social mais elevada. Um comportamento que era atribuído em particular às "mulheres no ócio".

Naturalmente, as ressalvas quanto aos efeitos mórbidos provocados pela ficção não eram apresentadas apenas pelas páginas dos romances. Já em 1666, em *Visionnaires*, Pierre Nicole definia "o criador de romances e poeta de teatro" como um "envenenador público". Cem anos depois, em *Traité des affectives vapoureuses des deux sexes* (1767), o Dr. Pomme apresentava a hipótese de que entre as causas que punham em risco a saúde das mulheres "a principal era a infinita multiplicação dos romances nos últimos cem anos". Ainda em 1900, em *Le Cabinet de toilette*, Staffe

31 G. Flaubert, *Madame Bovary* (1857), trad. Fúlvia M. L. Moretto. São Paulo: Nova Alexandria, 2001, parte I, cap. IX, pp. 74-75.

32 Id., ibid., parte II, cap. IV, p. 117.

exprimia as suas preocupações com relação às mulheres: "Ficar sentada até altas horas da noite lendo romances, eis o que provoca aquelas terríveis rugazinhas que se cruzam sob os olhos e que desfiguram também o rosto mais bonito".

E a saúde moral corria ainda mais riscos. Em 1884, Gustave Claudin afirmava: "São sobretudo as mulheres levianas as grandes consumidoras de romances"; enquanto ainda em 1938 Jacques Leynon lamentava que em breve todo romance teria um capítulo ambientado em um bordel. Ao contrário, procurava-se estimular a leitura das Sagradas Escrituras e da literatura cristã. Eram elas obras destinadas às senhoras romanas nos primeiros séculos da cristandade, não os modernos e levianos romances, cuja leitura é tão perigosa. E a mania dos romances não se limitava às cidades: "No urzal se encontram pastorazinhas que enfiaram sob o mantelete o romance de quatro vinténs que já passou de mão em mão, que ainda têm o pudor de guardar escondido".[33]

Críticas ao romance e dúvidas quanto à sua legitimidade não foram suscitadas apenas na Europa, mas também em muitos outros lugares e momentos históricos. O antigo romance japonês do século XI *Genji monogatari*, de Murasaki Shikibu, não obstante tenha se tornado um texto canônico, foi muito hostilizado, sobretudo por parte dos estudiosos confucianos, por causa do "seu caráter de invenção e pela parte central destinada às relações amorosas".[34] Na tradição confuciana, a desconfiança com relação à ficção normalmente remonta a uma passagem dos *Diálogos* segundo a qual Confúcio não falava "daquilo que é anormal, sobrenatural, mágico ou sinistro". Segundo McMullen,

> essa desconfiança deriva, em parte, do tom racional, dialético, da tradição. Narrar acontecimentos destinados a satisfazer uma credulidade fantasiosa ou não natural significava não ter poder de persuasão, de força narrativa; tratava-se de falsidade, produtos de mentalidades indulgentes e indisciplinadas, que ameaçavam a verdade.

Um comportamento bem exemplificado pelo mesmo *Genji monogatari*, que, com efeito, um importante crítico do primeiro período Tokugawa, Banzan Kumazawa,

33 As citações foram tiradas de G. Bechtel e J.-C. Carrière, *Dictionnaire de la bêtise et des erreurs de jugement*. Paris: Robert Laffont, 1984.

34 I. J. McMullen, *Idealism, Protest and the Tale of Genji: the Confucianism of Kumazawa Banzan*. Oxford: Clarendon, 1999. Para uma tradução italiana do texto, cf. *Storia di Genji, il principe splendente*. Turim: Einaudi, 1995, org. A. Motti, e *La Signora della barca – Il ponte dei sogni*. Milão: Bompiani, 1981.

defendeu, afirmando que se tratava de um registro do real, não de um "receptáculo de mentiras". Banzan também seguiu uma outra linha de raciocínio, reforçando a legitimidade de um gênero em que "não se apresentam fatos reais, mas uma verdade moral e os fatos necessários para confirmá-la": é dessa verdade subjacente, relativa à experiência ou à imaginação, que se falava também na Europa.

Críticas semelhantes foram suscitadas em todos os lugares em que o romance se desenvolveu, como, por exemplo, na China, onde se discutiu o conceito de *wen* ("imitação") com relação à narrativa quer historiográfica, quer de invenção. A forma preferida de narrativa era normalmente a historiográfica; a ficção pura era duplamente suspeita. Escrever ficção significa "criar uma ilusão de realidade", e a fórmula de abertura do *Sutra do coração*, que aparece no *Jin Ping Mei*, reza: "a realidade é o vazio, o vazio é a realidade".[35] Os romances sempre criticam o modo de vida que descrevem, "o flagelo quádruplo da excessiva indulgência para com o vinho, as mulheres, o luxo e a ira",[36] e às vezes tomam cuidado com a indulgência na ficção. Como nos romances ingleses do século XVIII,

> o uso recorrente da retórica historiográfica nas introduções, nos comentários à margem ou nas conclusões dos romances, [...] volto a enfatizar, a sensação do proceder paralelo do julgamento de fatos e da apresentação mimética dos acontecimentos, [pode criar] a sensação de que a narração inventada transmite uma verdade geral também lá onde se renuncia à exigência da veracidade histórica.[37]

A narrativa chinesa tem um importante componente didático, e muitas vezes aparecem monges budistas ou eremitas taoistas prontos a "pregar uma mensagem de renúncia ao mundo a qual parece própria do autor" e a mostrar "a futilidade de tudo".[38] A mensagem moral contrasta com um conteúdo frequentemente concentrado em um "perdoar os excessos", e pode servir para alertar quanto aos perigos da ficção, pelo menos para os jovens. Evidentemente, era opinião corrente que o conteúdo dos romances era essencialmente frívolo, e, pois, lascivo e imoral; mas também há um problema mais geral de verdade e ficção que não pode ser resolvido ao se sobrepor narrativa e historiografia, e que emerge do exemplo das críticas

35 Plaks (org.), *Chinese Narrative*, op. cit., pp. 511-12.
36 Id., ibid., p. 505.
37 Id., ibid., p. 328.
38 Id., ibid., p. 352.

dirigidas pelos confucianos ao *Genji monogatari*. O equilíbrio entre verdade e ficção especificado por Plaks oculta uma contradição que, conforme o caso, pode levar à aceitação ou à recusa do romance.

Determinadas obras são rechaçadas por motivos casuais. Por exemplo, *Os arruaceiros* (*Shui Hu Chuan*) foi acusado de encorajar o banditismo. Ficção e realidade se misturavam; a obra atacava o abuso de poder e o desgoverno, e, apesar das "ações anárquicas dos seus heróis", possuía um tom reformista; todavia, "na longínqua época Ming, muitos líderes de rebeliões camponesas atribuíram a si mesmos nomes ou sobrenomes de personagens dos Arruaceiros";[39] assim as autoridades se sentiram ameaçadas, e em 1642 ordenaram a destruição da obra. O mesmo ocorre com *As alegres aventuras do imperador Yang*, não tanto por causa das "explícitas descrições das insólitas *performances* sexuais do imperador", mas pelo modo como ele levantava a questão dos limites da lealdade ao poder.[40] *O tapete de oração carnal* (*Rou Pu Tuan*) "foi condenado com mais firmeza".[41]

A distribuição geográfica dessas oposições ao romance remete à da oposição às imagens e ao teatro, e também às relíquias e às flores, de que me ocupei em outro lugar.[42] Reforça-se, assim, a suspeita de que se trata de um fenômeno de ordem geral. Tanto mais se pensamos na história recente da China, onde, mais uma vez, foram proibidas as flores, as imagens religiosas (e de outros tipos) e o teatro, e onde também o romance foi atingido. Na cidade de Yebin, em Sichuan, depois da revolução, a mãe de Chang Jung por algum tempo foi vista com maus olhos em sua célula de partido, onde foi submetida a contínuas críticas; mas quando foi transferida para um novo trabalho e uma nova célula, as coisas melhoraram.

> Em vez de ofendê-la como a senhora Mi, a senhora Ting a deixava fazer tudo o que queria, como, por exemplo, ler romances; antes disso, de fato, ler um livro que não fosse um texto marxista significava atrair sobre si uma chuva de críticas e a acusação de ser um intelectual burguês.[43]

39 R. Hegel, *The Novel in Seventeenth-century China*. Nova York: Columbia University Press, 1981, p. 77.
40 Id., ibid., p. 85.
41 Id., ibid., p. 227.
42 J. Goody, *La cultura dei fiori*. Turim: Einaudi, 1993.
43 Chang Jung, *Wild Swans* (1993) [ed. it.: *Cigni selvatici*, trad. L. Perria. Milão: Longanesi, 1994, p. 214; ed. bras.: *Cisnes selvagens*, trad. Marcos Santarrita. São Paulo: Companhia das Letras, 1994].

No âmbito do islã e do judaísmo, as objeções parecem ter sido ainda mais profundas. No primeiro caso, afirmou-se uma clara distinção entre verdade histórica e mitos religiosos, por um lado, e narrativa de imaginação, por outro. Certamente, a ficção, como, por exemplo, *As mil e uma noites*, podia servir como distração, mas sempre se tratava de distração da atividade mais séria. Por isso, no mundo árabe sempre se criticou a fabulação nas obras históricas ou exegéticas, e às vezes os eruditos demonstraram desprezo pelas *Mil e uma noites*, ainda que as narrativas desse tipo não fossem lidas somente diante de um público popular, mas fossem muito bem aceitas também pela corte, especialmente quando eram entremeadas de acontecimentos miraculosos, tais como no ciclo das viagens de Simbad. Mais uma vez, na raiz do comportamento ambivalente com relação à ficção, está a ideia de que ela representa a realidade, mas de que não é, em si mesma, verídica. Também a narrativa séria pode, então, ser considerada, com condescendência, como um modo de aproximar-se da verdade mais apropriado às crianças e aos que têm necessidade de um guia do que ao pesquisador sofisticado, a par dos ícones no budismo ou no cristianismo antigo.

Na Europa, esse tipo de crítica atenuou-se durante o século XIX. Nessa época, a ficção estava em plena florescência, e a enorme difusão do romance – para limitarmo-nos à Inglaterra: Scott, as Brontë, Dickens, Eliot, Hardy, Meredith, Trollope etc. – parecia comportar uma profunda transformação da emotividade e do comportamento dos leitores, sempre em direção a uma maior superficialidade, a uma emulação da gesta das personagens dos romances. Uma crítica comum no século XVIII e ainda presente no século XIX, quando mais uma vez os romancistas tiveram de se defender remetendo-se ao útil papel desenvolvido pelo romance (pelo menos quanto à qualidade): esquadrinhar sob a superfície em busca da "verdade subjacente"; mas uma abordagem desse tipo não leva em conta a maior parte da ficção, de Mills e Boon a Barbara Cartland e à maioria dos policiais, dos *thriller* e dos faroestes, nem também dos filmes e das transmissões televisivas, todos indubitavelmente produtos de evasão.

De cerca de cem anos atrás até os dias de hoje assistiu-se a uma notável mudança. Até a metade do século XIX, a maior parte dos livros publicados era de caráter teológico. No mais das vezes, os homens liam obras sérias não ficcionais, enquanto a ficção parecia reservada às mulheres. A situação mudou com os romances históricos de Scott, e hoje a leitura dos romances não pertence mais de modo privilegiado a um dos dois sexos, e é uma prática totalmente aceita, contra a qual quase nunca há críticas. Como a iconoclastia praticamente desapareceu com a difusão das imagens em toda a sociedade, assim também no caso da ficção as objeções foram submersas pela mesma quantidade de material saído das tipografias, e pela incorporação do romance à vida cotidiana; entretanto, as contradições inerentes ao processo da representação continuaram ocasionalmente a vir à tona. Também na esfera das artes visuais, em que a pintura e a escultura precederam em muito a difusão do romance, a hostilidade contra a representação não foi menor, dando origem, por exemplo, às obras dos abstratos franceses, segundo os quais o objeto representado não era senão a manifestação superficial de uma verdade mais profunda: uma essência, uma pureza que podia ser expressa apenas na ausência do objeto, de representação figurativa, de caráter iconológico. Talvez um mesmo tipo de hostilidade para com a representação pictórica se possa caracterizar também em certas manifestações da arte contemporânea: conserva-se em formaldeído a carcaça de uma ovelha porque a verdade só é procurada na coisa real, não na "natureza morta".

Será que se observou um processo semelhante também na narrativa de invenção? Certamente, foram feitas algumas tentativas de antirromance, ou esforços radicais de reorganizar-lhe a forma em linhas menos narrativas. James Joyce, Virginia Woolf, os autores do *nouveau roman* seguiram essa direção; mas, fundamentalmente, a forma baseada na narração de uma história resistiu, e é a que continua a encher as vitrinas das nossas livrarias, e as bancas de nossas estações ferroviárias e dos nossos aeroportos.

Ocorre-nos perguntar se, para a difusão do romance, pelo menos no nível popular, também não contribuiu uma presença cada vez mais maciça de conteúdos explicitamente sexuais. Surge aqui o problema de saber em que medida o ato de narrar histórias tem a ver com a sedução. Em *Otelo*, o mouro afirma que conquistou Desdêmona, filha de um senador veneziano, com as suas narrações sobre terras estrangeiras, sobre os

> [...] canibais, que se entrecomem
> E de antropófagos, cujas cabeças
> Lhes crescem entre os ombros; a escutar-me
> Desdêmona tendia seriamente:
> Os trabalhos da casa a afastavam,
> Mas tão logo depressa os atendesse,
> Ela voltava e com ouvido sôfrego.
> Devorava o narrado.

E conclui: "Ela me amou porque passei perigos".[44]

Narrar uma história, criar uma biografia inventada ou contar a própria vida faz parte de muitos galanteios. A narração seduz, ou protege da sedução, como no caso de Sherazade e Simbad. Essa mudança é indicativa de um novo modo de conceber a leitura como atividade a que se dedicar depois de passar o tempo na escola ou na universidade, por divertimento, para distrair-se. Os dados de venda de livros dão um amplo testemunho dessa perspectiva diversa, considerada uma real mudança de mentalidade. É verdade que agora se lê mais jornal, e provavelmente mais jornalismo "sério", mais biografias e autobiografias, e que em geral o conhecimento do mundo é mais profundo do que no passado, mas na raiz do consumo de ficção e filmes, e também de notícias e críticas, permanece o desejo de entretenimento, sobretudo doméstico, tornado possível graças ao caráter econômico das coisas para ler e pela presença de rádios, televisões e computadores nas moradias.

Às vezes ainda se ouve acusar o romance de ser fútil, de não servir senão à evasão, do mesmo modo que, no século XVIII, se considerava o romance apropriado às mulheres, que ficavam em casa, e não aos homens, que trabalhavam fora. Como pode o romance, que oferece uma versão imaginária da experiência, competir com a realidade da vida de todos os dias, sobretudo depois do Holocausto? É a questão levantada, entre outros, pelo romancista Wolfgang Holdesheimer, intérprete do processo de Nuremberg, que, em 1981, durante uma conferência em Dublin, previu o fim do romance, uma vez que, a seus olhos, a ficção era incapaz de calcular a complexidade da nossa época, e em particular dos horrores do extermínio em massa.

## 4. Conclusões

Em síntese, minha tese é a seguinte. Nas culturas exclusivamente orais, a narrativa, em particular a narrativa de invenção, não é um traço predominante da comunicação entre adultos. As longas sequências narrativas, de invenção ou não, requerem condições discursivas particulares. Quanto à narrativa de invenção breve, por exemplo, a fábula, ela se dirige no mais das vezes às crianças – os adultos já conhecem *A gata borralheira* e não necessitam ouvi-la novamente, mesmo porque seu conteúdo é com toda certeza dirigido a um público infantil. As composições mais

44 W. Shakespeare, *Otelo, o Mouro de Veneza*, trad. Barbara Heliodora. Rio de Janeiro: Lacerda, 1999, ato I, cena III, pp. 35-36.

longas, em que raramente o elemento narrativo prevalece, requerem ao contrário uma situação ritual capaz de manter a atenção de um público para o qual o ato de escutar represente de algum modo uma prova iniciática, e têm necessidade de ser valorizadas por um conteúdo sobrenatural. Ao contrário do que muitas vezes se pensa, a epopeia é característica não das culturas orais (se bem possa ser também exposta oralmente), mas das primeiras culturas dotadas de escrita. A meu ver, isso também é válido para Homero e para a epopeia védica.

As razões da escassa presença de ficção são diversas das razões da presença escassa mais geral de composições longas. Paralelamente às fábulas, toda a *fiction* pode ser considerada pouco séria, apropriada apenas às crianças, se comparada a uma exigência de verdade. Em outras palavras, a sua escassa presença relaciona-se ao problema intrínseco a cada tipo de representação, levantado por Platão mas em nada limitado à tradição ocidental, qual seja, o de que a ficção não é verdade histórica (evidente por si mesma); é, literalmente, uma mentira, se bem possa ambicionar a um outro tipo de verdade, a da imaginação. Pode ambicioná-lo, mas isso não significa que o alcance. Ao contrário, segundo alguns, se trata de uma ambição destinada a permanecer ilusória; por isso às vezes se prefere a biografia, que também apresenta elementos de ficção, à história inventada, capaz de oferecer apenas distração, não, certamente, "verdade".

Na vida real raramente ocorre que a narração não seja posta à prova. O melhor exemplo talvez seja o processo judicial, em que ela é parte integrante da disputa: quem acusa conta a sua história, quem defende conta uma outra; uma será julgada verdadeira, a outra, falsa (ou, pelo menos, não de todo confiável).

A história da ficção e do romance está constelada de dúvidas porque o fato de duvidar faz parte da condição humana. Com a afirmação da narrativa de invenção na Europa a partir do século XVIII graças à introdução da imprensa, das prensas rotativas e, enfim, da mídia eletrônica, do cinema e da televisão, a resistência à ficção e ao romance diminuiu. Contudo, algumas tensões permanecem, pois que a ficção continua a ser sempre o domínio da fantasia.

O forte contraste entre fantasia e realidade é o tema-chave dos poemas de John Keats, em que, quando a vida é insatisfatória, entra em jogo a fantasia, que, no entanto, traz em si um engano, mente, como diz a estrofe final da "Ode a um rouxinol":

> Desolado! a palavra soa como um dobre,
> tangendo-me de ti de volta à solidão!

Adeus! A fantasia é véu que não encobre
tanto como se diz, duende da ilusão.[45]

O meu interesse pela narrativa, e em particular pela narrativa de invenção, deriva de um interesse mais geral pelas representações. A narrativa a meu ver não é pervagante, como sugerem muitas pesquisas recentes, certamente não o é nas culturas puramente orais. Se se pensa nisso, é evidente que a vida não procede como uma narração consequencial. Está repleta de ações recorrentes (o café da manhã, os cumprimentos...) que não têm grande sentido narrativo. A narração, não o caráter consequente no sentido mais estrito, é interrompida por quem quer que bata à porta, por um e-mail que chega (como está acontecendo comigo agora, enquanto escrevo), por pensamentos de pouca relevância. Por isso, talvez o fluxo de consciência seja mais uma representação fiel da realidade do que propriamente narrativa.

A questão da narrativa de invenção, enquanto distinta da narrativa que se refere a acontecimentos reais, ainda é diversa. No nível superficial, a primeira simplesmente não é "verdadeira", embora afirme que é. Nesse sentido, trata-se de uma mentira, assim como Platão considerava toda a arte. Representar não equivale a apresentar, contém sempre um elemento de ilusão. É essa ambiguidade implícita em cada arte que atrai as críticas, e amiúde também as censuras. E a isso atribuo o dado histórico do quase total desaparecimento das grandes obras-primas artísticas do mundo clássico, esculturas e representações tri e bidimensionais, na Europa medieval. Também a representação teatral saiu de cena. Os teatros desmoronaram fisicamente (em Saint Albans e em outros lugares de fato parece que foram deliberadamente destruídos no século IV), e por cerca de 1500 anos não voltaram a aparecer senão de forma passageira.

A esse propósito, levem-se em conta dois fatores diversos. O primeiro consiste na polêmica contra os "luxos" da cultura posterior à idade do bronze: o surgimento do teatro e o desenvolvimento de atividades estéticas como a leitura de romances e a pintura de quadros, usufruídas pelas poucas pessoas que tinham tempo, instrução e motivação necessária. Essas sociedades do luxo eram elitistas no sentido tanto material quanto cultural, circunstância essa que fomentou uma oposição ideológica e não raro fatual, expressa sobretudo por moralistas, filósofos e teólogos.

45 J. Keats, *Poesie*. Turim: Einaudi, 1983, p. 71 [trad. Augusto de Campos, in *Linguaviagem*. São Paulo: Companhia das Letras, 1987, p. 149].

O segundo fator é que cada forma de representação não pode senão suscitar dúvidas e, portanto, reações ambivalentes, com respeito à relação com o original. A meu ver essas dúvidas são intrínsecas à condição humana de animais dotados de linguagem que se confrontam com o próprio ambiente. Intrínsecas à linguagem, e portanto à narrativa. Um cavalo (palavra) não é nunca um cavalo (animal). O relato de um acontecimento nunca é o acontecimento. E quando uma narração não pretende ser nem mesmo isso, porém se declara explicitamente inventada, a situação é ainda mais ambígua.

HENRY ZHAO

# Historiografia e ficção na hierarquia cultural chinesa

## 1. Toda escrita é historiografia

Desde os seus primórdios, a cultura chinesa caracterizou-se por uma estrutura piramidal baseada em uma rígida hierarquia dos gêneros do discurso. No topo da hierarquia, os clássicos confucianos e as histórias dinásticas oficiais usufruíam uma autoridade quase absoluta que, depois da canonização do confucionismo por volta do século II a.C. e de sua recanonização por parte dos neoconfucionistas no século XII d.C., nunca foi seriamente contestada; mas, diferentemente dos clássicos confucianos, que consistiam em um cânone de textos fixos e davam margem exclusivamente a uma erudição filológica e hermenêutica, a historiografia era uma prática de escrita e interpretação sempre viva. Por isso, dentre todos os gêneros, foi precisamente a historiografia o gênero dotado de maior poder de significação.

Na China, a historiografia tornou-se também o modelo narrativo por excelência. À luz do antigo dito segundo o qual "os seis clássicos *de fato* são todos história [*liu jing jie shi*]",[1] ela foi considerada o paradigma de todo discurso cultural, e de

1 Com os "seis clássicos" se definem, de fato, também, os seis protótipos de gênero →

novo se viu ocupando uma posição de predomínio semelhante à reservada em outras culturas à teologia. Além disso, por muito tempo, a historiografia conseguiu satisfazer a demanda de narração do povo chinês, já que a China é uma das pouquíssimas nações a não ter uma epopeia, e já que o primeiro romance surgiu ali apenas no século XII d.C., quase 2 mil anos depois dos mais antigos textos historiográficos.

Em conformidade com a filosofia social confuciana, à hierarquia dos discursos culturais corresponde uma gradual diminuição no poder de significação, de sorte que os discursos culturais de nível inferior podem ser definidos, com expressões extraídas da moderna sociologia ocidental, como "subalternos" ou "subculturais". Um exemplo disso é a narrativa chinesa tradicional, isto é, toda a narrativa anterior à modernização levada adiante pelo assim chamado Movimento de 4 de maio – o Iluminismo chinês iniciado por volta de 1917 –, narrativa essa que sempre foi dividida em duas grandes categorias de textos: aqueles em "língua literária" (*wenyan*), arcaica mas com prestígio cultural, e aqueles em vulgar (*baihua*), escritos a partir do século XII. Os primeiros consistiam quase sem exceção em breves trechos anedóticos, ao passo que os segundos, surgidos muito depois, eram sobretudo romances. Se bem tenham fixado o seu aparecimento por volta da época de Cristo, os textos narrativos em língua literária quase nunca foram considerados ficção, enquanto o romance e o drama não se tornaram gêneros populares capazes de se fecundarem reciprocamente de modo constante.

Por ser um dos gêneros mais modestos, o romance chinês apresentou, desde o início, uma série de características acentuadamente subculturais. As narrativas em língua literária se achavam, por outro lado, em uma posição ambígua: a sua língua refinada, a mesma em que eram escritos os textos historiográficos e os dos outros gêneros privilegiados, fascinava os leitores da elite; considerando, porém, que narravam acontecimentos inventados, em vez de verdades de fato, não eram apropriadas à transmissão de significados "fortes", já que a própria noção de invenção ia de encontro ao sistema filosófico confuciano. Portanto, ambas tiveram de sofrer, embora em graus diversos, uma discriminação cultural análoga. Nenhum dos problemas concernentes à narrativa tradicional chinesa pode ser plenamente compreendido se se prescinde das dificuldades particulares com as quais a ficção teve de se bater na cultura chinesa.

→ reconhecidos por Confúcio: *li*, ritual; *yue*, musical; *shu*, documentário; *shi*, poético; *yi*, divinatório; *chunqiu*, cronológico.

Subordinada a quase todas as outras formas literárias – historiografia, ensaísmo de todo tipo, poesia etc. –, a narrativa não podia produzir significação cultural de modo independente. Assim, visto que o gênero com mais prestígio era a historiografia, a narrativa devia justificar a própria existência, dela fornecendo uma espécie de versão vulgarizada, ou de integração plausível. A narrativa não representava, pois, o espírito genuíno da cultura chinesa, mas se afigurava uma exposição deformada dela. Por isso, alguns críticos contemporâneos chegam a considerá-la expressão do inconsciente social, silenciado nos discursos culturais "normais", mas com livre curso nos gêneros literários considerados inferiores.

A narrativa tradicional produziu em pouco tempo suas próprias convenções de gênero, e conseguiu impor-se como complemento necessário, se não como válvula de escape, da cultura mais elevada, dando a própria contribuição à transmissão da ideologia dominante em toda a sociedade. Graças a esse potencial de equilíbrio, a ficção conquistou para si um papel cultural, impondo a própria presença ao *establishment*. O romance em vulgar, por exemplo, apresentava o narrador como um contador que narrava uma história diante de um público, expediente que determinava toda uma série de convenções narrativas. Essa modalidade de significação altamente formalizada no decorrer dos séculos assegurou uma comunicação eficaz baseada em alguns códigos partilhados.

O público desses diferentes gêneros literários era muito diversificado. Dada a extrema dificuldade da língua – cuja mestria só é alcançada com muitos anos de estudo – e a história tão longa e bem documentada da China, os discursos dos gêneros mais elevados, de regra repletos de alusões históricas, só eram acessíveis aos leitores especializados ou semiespecializados, pertencentes às camadas cultas da sociedade. O romance, ao contrário, se valia de um estilo fácil, grosseiro, mais compreensível também aos setores da sociedade em desvantagem cultural e com menor grau de alfabetização. E diversa também era a fruição: a maior parte da narrativa decerto visava a ser passatempo, ao passo que, no caso dos gêneros literários elevados, que assumiam um tom mais sério, era mais difícil distinguir entre trabalho e tempo livre.

Isso não significa que a ficção não fosse parte integrante da cultura chinesa. Também numa cultura piramidal, os discursos subculturais são codificados pela ideologia dominante. Lendo a narrativa chinesa, seria equivocado pensar em rastrear uma encarnação direta dos valores da cultura oficial,[2] ou pretender especi-

2 Nesse sentido, é exemplar a indignação de Hsia Chih-Tsing, autor do conhecidíssimo →

ficar valores subversivos das normas culturais dominantes.[3] Em vez disso, não se encontra ali senão uma mistura ambígua das duas coisas. Na maior parte dos casos, a estrutura da narrativa é de todo conforme à ideologia dominante, mas em pontos particulares do texto se estabelecem elementos anticonvencionais. O potencial de subversão é, assim, garantido pela moldura, que assegura uma interpretação ideológica conforme às expectativas do público médio.

Assim, ainda que no gigantesco *corpus* da narrativa tradicional chinesa não faltassem formas de desvio cultural, tais desvios conformavam-se a certos limites e davam-se em termos atenuados, raramente apresentando mensagens de fato subversivas quanto às normas culturais, pelo menos até o momento em que a grande cisão representada pelo Movimento de 4 de maio modernizou a ficção, fazendo dela um discurso cultural consciente.

## 2. "Integrar as histórias oficiais"

Todo ato de significação é filtrado por determinado meio, que não é nem neutro nem passivo, visto que codifica os caracteres formais da mensagem em um esquema culturalmente reconhecido, que se costuma chamar de gênero. Por um lado, o gênero facilita a interpretação, mas, por outro, restringe o raio da significação.

As obras literárias e artísticas sempre tendem a violar os limites do próprio cânone na tentativa de obter os efeitos característicos de outros gêneros. Em geral, esse tipo de emulação ocorre no estágio inicial da consolidação de um novo gênero (assim, por exemplo, as primeiras fotografias tendiam a imitar a pintura, e os primeiros filmes se inspiravam nos espetáculos teatrais). Uma das principais razões dessa emulação, à parte os motivos de ordem estritamente técnica, está no fato de que os gêneros "baixos" necessitam demonstrar a própria semelhança com

→ *The Classical Chinese Novel: A Critical Introduction* (Nova York: Columbia University Press, 1968), para com alguns romances em vulgar, como, por exemplo, *Shuibu zhuan* (ed. it.: *I briganti*, trad. C. Bovero. Turim: Einaudi, 1956) ou *Jin Ping Mei* (ed. it.: *Chin P'ing Mei*, org. P. Jahier e M.-L. Rissler Stoneman. Turim: Feltrinelli, 1995). Ele afirma que aqueles não "representam o verdadeiro espírito da cultura chinesa". Cf. Hsia Chih-Tsing, na introdução a *Sui Shi yiwen*. Taipei: Youshi wenhua gongsi, 1975, p. 5.

3 Significativa a interpretação de *Os arruaceiros* dada por Mao Tse Tung. Segundo Mao, o romance representa a capitulação dos rebeldes ao imperador. A sua crítica, que remonta à metade dos anos 1970, no decorrer da Revolução Cultural, fomentou uma nova campanha de perseguição política, contra os "capitulacionistas".

os gêneros altos; mas, quando a sua posição cultural não está mais em discussão, eles tendem a pôr de parte a tática da emulação.

Em uma cultura piramidal como a da antiga China, todavia, a emulação dos gêneros mais altos tendia a se tornar um traço permanente, visto que os gêneros baixos dificilmente usufruíam uma mobilidade cultural que lhes permitisse elevar-se a níveis superiores. Por séculos e séculos, o romance chinês ocupou um lugar tão baixo na hierarquia dos gêneros, que continuou a imitar um gênero mais respeitável para justificar a própria existência – tanto assim que a emulação se tornou, na verdade, o paradigma específico do gênero, isto é, o esquema recorrente nos textos, contribuindo para formular sua significação. Trata-se de um paradigma que não concerne tanto aos temas tratados, mas sobretudo ao comportamento das várias partes interessadas – no nosso caso, os leitores, os autores, os críticos, os redatores e os editores dos romances.

Na cultura tradicional chinesa, o absoluto predomínio da historiografia exerce uma grande influência sobre todos os gêneros literários, altos ou baixos. Por exemplo, na poesia, as alusões históricas são numerosas a ponto de se tornarem um código essencial ao gênero, que torna o estilo sucinto e a significação muito mais rica, embora só compreensível aos leitores especializados que conhecem bem a história. Também na narrativa em língua literária, a influência da historiografia era muito sentida. Os escritores se gabavam de produzir narrativas capazes de "integrar as histórias oficiais". A maior parte dos traços narrativos dessa ficção são atribuíveis a essa emulação da historiografia. Apresentando-se sempre como histórias verdadeiras de pessoas que realmente existiram, essas narrativas começam com um breve resumo muito formalizado da história familiar e pessoal do protagonista, para depois fornecer claramente, antes do início da narrativa, o lugar e a data do acontecimento principal da história. No final (ou mais raramente no início), apresenta-se uma moldura em que o narrador, que invariavelmente leva o nome do autor, tece seus comentários sobre as personagens e sobre seu destino, da mesma forma que nos próprios livros também os historiadores intervêm a propósito das personagens e dos fatos narrados.

Defini-la como "fiel e semelhante a uma obra historiográfica" passa a ser, para os escritores e os críticos chineses, a maneira principal de louvar uma obra narrativa. Ge Hong (283-363 d.C.), um dos primeiros narradores chineses, disse que compilou sua coletânea de narrativas, *Xijing zaji* [Miscelânea de anotações da capital ocidental], com informações negligenciadas pelo célebre historiador Liu Xin (? – 23 d.C.), e que o seu livro devia ser considerado um complemento à celebrada bibliografia de Liu Xin. E, com efeito, no suplemento bibliográfico da posterior história dinástica oficial, *Xijing zaji* foi inserido na categoria das obras historiográficas. Quase 1500 anos depois, Ji Yun (1724-1805), o eminente estudioso e compilador do *Siku quanshu zongmu tiyao* [Obras completas das quatro urnas], louvou o livro de Ge Hong por razões que um milênio e meio antes o autor teria certamente agradecido:

> O seu conteúdo, embora de ficção, foi tirado de uma vasta gama de materiais. Li Shan o usou para anotar a sua *Wen xuan* [Antologia literária], Xu Jian se refere a ele no seu *Chu xue ji* [Primeiros rudimentos de consciência], e também o grande poeta Du Fu, sempre muito atento quanto a verificar as fontes das suas alusões, refere-se a ele muitas vezes. Depois de tantas centenas de anos de comprovada utilidade, podemos afirmar que essas anotações se mostraram fatos históricos bem fundamentados, e que não podem ser facilmente ignoradas.[4]

Como veremos a seguir, alguns poetas desafortunados que involuntariamente fizeram alusão a acontecimentos transmitidos só nos romances históricos em vulgar passaram o resto da vida na vergonha e no remorso. Ao contrário disso, tem-se a impressão de que as alusões às narrativas anedóticas em língua literária fossem mais toleráveis. Os casos em que se atribuía à ficção um papel semelhante ao da historiografia eram, porém, muito raros, e, não obstante isso, tratava-se de uma flexibilidade concedida apenas à poesia e a algumas formas de ensaísmo ligeiro, não certamente ao ensaísmo formal nem aos documentos oficiais.

Se até os gêneros com mais prestígio sofriam essa influência de modo tão forte, para um gênero de nível inferior como o romance a emulação da historiografia era praticamente inevitável. Em sua subordinação à historiografia, o melhor que o romance em vulgar poderia esperar era ser considerado não um complemento da história oficial, uma espécie de apêndice (*bu shi*), mas uma versão vulgarizada dela (*yuyi xin shi*). As restrições a que era submetido e a liberdade conferida a ele derivavam todas desse papel social, de que o célebre romancista do século XVII, Zhu Renhuo, fornece este exemplo interessante:

> É muito justo que os nossos antepassados considerassem o *Tongjian* [Crônica geral] como o grande livro mestre do passado; mas devem estar ao lado desse livro mestre

4 Ji Yun, *Siku quanshu zongmu tiyao*. Pequim: Zhonghua Shuju, 1965, p. 1182.

> também os pequenos registros específicos. É por isso que tantos romances narraram as vicissitudes das dinastias passadas.[5]

Nesse caso, a subordinação cultural da ficção é julgada positivamente e se torna aliás um critério para avaliar a qualidade dos romances.

Visto que a emulação com a historiografia era indispensável, o estudo da história era considerado fundamental para a educação do futuro romancista, mesmo que essa atividade nunca tenha sido de todo digna de consideração. Luo Ye, o estudioso do século XIII que esteve entre os primeiros compiladores dos romances chineses, afirma no seu *Zuiweng tanlu* [Anotações de um velho bêbado]:

> Embora seja uma forma de saber menos nobre, a narrativa requer um raio maior de conhecimentos. [Os narradores] não podem ser pessoas de cultura limitada – eles devem, ao contrário, ser eruditos. Desde jovens, devem estudar a coleção de anedotas *Taiping guangji* [Memórias vastas do reino da Grande Paz], e, quando adultos, devem se familiarizar com a história de cada dinastia.[6]

A emulação com a historiografia continuou pelo menos até o limiar do século XX. Liu E (1857-1909) não dava muita importância ao seu grande romance *Lao Can you ji* [As viagens de Lao Can], publicado em 1906 sob pseudônimo, como acontece normalmente na China tradicional; mas, num comentário feito com o seu verdadeiro nome no final do capítulo IV da obra, ele declarava:

> Esses fatos são desconhecidos por muita gente, mas felizmente foram registrados neste livro, que fornecerá o material necessário quando, no futuro, se compilará uma história oficial. Com esse exemplo, podemos entender como o desprezo pelo romance é desprovido de fundamento.[7]

É realmente curioso que o último dos grandes mestres do romance chinês tradicional defenda a sua arte com semelhante argumentação, ou que pelo menos uma pequena parte pudesse ser considerada registro de fatos históricos.

5 Assim disse Zhu Renhuo no prefácio a *Sui Tang yanyi.* Xangai: Shanghai Guji Chubanshe, 1965, p. 4.

6 Luo Ye, *Zuiweng tanlu.* Xangai: Gudian Wenxue Chubanshe, 1957, p. 3.

7 Liu E, *Lao Can you ji.* Taipei: Lian Jing Chubanshe, 1976, p. 38.

No começo do século XX, o uso de uma história de amor como moldura para uma sequência de acontecimentos históricos tornou-se expediente muito difundido, como o açúcar para adoçar a pílula, mas que, todavia, permanece o ingrediente principal. O exemplo mais conhecido é *Nie hai hua* [Uma flor no mar do pecado], de Zeng Pu (1872-1935), que se propunha "servir-se de uma personagem como do fio com que recoser, tanto quanto possível, a história dos últimos trinta anos". Outros romancistas do início do século logo seguiram esse modelo: Lin Shu, com *Jian xing lu* [O fedor do peixe-espada], Fu Ling, com *Qin hai shi* [O pássaro que leva uma pedra ao mar], Zhong Xinqing, com *Xin Chahua* [A nova dama das camélias], e outros, entre os quais Wu Woyao (1866-1924), com *Hen hai* [O mar do remorso], romance de qualidade bem mais elevada – muitíssimo açúcar e pouca pílula –, um romance trágico sobre dois casais no turbulento período da revolta dos Boxer de 1900. Não obstante isso, o historiador marxista da literatura A Ying (1900-1977) inclui o romance em sua antologia da literatura sobre a revolta dos Boxer, sem necessidade de justificativas posteriores.

Na realidade, é espantosa a facilidade com que A Ying pôde fazer uma antologia com quase todos os maiores romances do século XX em categorias históricas como guerra do ópio, movimento contra a exclusão dos imigrantes chineses dos Estados Unidos, revolução de 1911, movimento constitucional etc. Se pensarmos que A Ying foi ativo a partir dos anos 1930, podemos afirmar que a tradição de considerar o romance como "apêndice da historiografia" demorou a morrer.

Ao contrário, dentre os romancistas do século XX, a emulação com a historiografia se fez sempre mais forte, até se tornar realmente uma sujeição. O romance revolucionário *Shizi hou* [O leão ruge], de Chen Tianhua (1875-1905), narra a história imaginária de uma ilha de Utopia, e contém algumas passagens muito curiosas:

> Wen Mingzhong [...] escreveu uma outra canção e ensinou os seus estudantes a cantá-la todos os dias. No manuscrito do romance, falta o texto da canção, por isso, não podemos fornecê-lo.[8]

E ainda:

> De repente, chegou um lenhador que cantava pelo caminho. O autor não conseguiu achar o texto da canção.[9]

8 Chen Tianhua, *Shizi hou*. Taipei: Guangya Chuban Gongsi, 1984, p. 594.
9 Id., ibid., p. 612.

Não é fácil explicar essas tolas declarações. O romance podia tranquilamente omitir os textos das canções sem a necessidade de justificar-se, já que o primeiro e principal dever do narrador consiste em selecionar os detalhes necessários para narrar a história de modo interessante, deixando todo o resto no depósito de material supérfluo. O autor não era obrigado a citar os textos que faltavam; se não tinha a paciência nem a inspiração necessárias para escrever essas duas canções líricas (em outra parte, o romance está repleto de textos poéticos), as suas justificativas só conseguem tornar mais visível a falta delas; porém, talvez o autor tencionasse dar a impressão de que na história daquela ilha de Utopia tudo fosse fielmente registrado, de modo que, se qualquer documento faltava – como no caso da canção do lenhador –, a omissão também devia ser fielmente registrada, como ocorre nas obras historiográficas. Essa obsessão pela riqueza de detalhes foi por muitos séculos um dos traços estruturais evidentes do romance chinês. E não é difícil entender por quê, no começo do século XX – na última fase do romance tradicional chinês –, a emulação com a historiografia se transformou em real sujeição: o desmedido papel social e político atribuído ao romance pelos reformistas era mais do que o romance poderia suportar, e os romancistas se viram, pois, obrigados a enfrentar seu difícil dever disfarçando-se de historiadores.

Outro caso interessante é o de Lin Shu (1852-1924), narrador e primeiro tradutor profissional dos romances ocidentais. Ele afirmou muitas vezes que sua maior esperança consistia em poder contribuir para a história oficial escrevendo romances: "provavelmente, a minha obra poderá servir de material aos compiladores das histórias oficiais", declara, com palavras típicas da China tradicional; contudo, quando finalmente viu-se oferecer por parte do governo a oportunidade de participar da redação do *Qingshi* [História oficial dos Qing], Lin Shu declinou do convite, afirmando que estava em condições de produzir apenas "histórias não oficiais" (*yeshi*).

Por volta do final da dinastia Qing, alguns autores começaram a tomar consciência da contradição fundamental entre história e invenção. Em um dos últimos romances históricos em estilo tradicional, *Xiaoxian yanyi* [Romance para o tempo livre], a relação entre realidade e invenção é tratada de modo extremamente contraditório:

> A invenção induz ao erro. Neste meu romance, não está presente nenhuma invenção carente de fundamento, e não me permito nenhuma difamação. Se não acreditam em

> mim, podem examiná-lo com escrúpulo e controlar o quanto cada palavra minha é fiel à realidade dos fatos.[10]

Porém, depois de poucas páginas, encontra-se uma afirmação de teor oposto:

> Algumas pessoas se perguntarão como posso dizer que esse ministro foi morto por Boxer quando, na realidade, foi condenado à morte por causa de uma ordem imperial. A minha resposta é: o modo justo de descrever um romance equivale a torná-lo o mais interessante possível, com a condição de não se afastar em demasia do que foi planejado. Não devemos ser pedantes com relação à realidade dos fatos.[11]

Essas contradições patentes assinalam o fim de um milênio de emulação com a historiografia por parte da ficção, mas também o término do romance tradicional chinês.

## 3. O caráter não definível da ficção

Na base da emulação com a historiografia por parte da ficção, encontram-se outras causas, com raízes muito profundas na cultura chinesa. Os historiadores e os bibliógrafos chineses sempre acharam difícil classificar as obras de ficção, o que, para o estudioso moderno, pode parecer absurdo. Ao que parece, a própria ideia de invenção punha em crise o pensamento tradicional. As primeiras obras narrativas de imaginação foram produzidas sem que fosse possível classificá-las segundo alguma das categorias disponíveis nos apêndices bibliográficos dos livros de história, o único lugar em que os livros eram registrados como produtos culturais. A primeira tentativa de classificação foi feita pelo historiador Ban Gu (32-92), autor do *Han shu* [História dos Han]. Ele inventou a palavra *xiaoshuo* (literalmente "pequeno discurso"), que pouco a pouco assumiu o significado de ficção. Porém, definia tal categoria como "fofocas e boatos de rua", e considerava que os autores de *xiaoshuo* compunham o mais inferior dos dez grupos de escritores, advertindo que "só os primeiros nove são dignos de ser lidos". Todos os quinze livros por ele inseridos na

10 Cheng Daoyi, *Xiaoxian yanyi*, in *Gengzi shibian wenxue juan*. Xangai: Zhonghua Shuju, 1962, v. 1, p. 337.
11 Id., ibid., p. 405.

categoria de *xiaoshuo* se perderam já na época da dinastia Sui (século VI), mas, a julgar pelos títulos, não se tratava propriamente de ficção, mas de obras de gênero vário que Ban Gu não conseguiu enquadrar nas outras nove categorias. Naquela época, e por muitos séculos, a categoria de *xiaoshuo* foi de fato definida apenas pelo próprio caráter indefinível. O significado originário da palavra *xiaoshuo* seria, por isso, "miscelânea".

Havia na antiga China, ao contrário, pelo menos dois gêneros de obras que hoje seriam catalogados como *fiction*: narrativas fantásticas tais como as contidas em *Shan hai jing* [Clássico das montanhas e dos mares] e em *Shengyi jing* [Livro das coisas sobrenaturais], e as lendas, como, por exemplo, *Han Wudi neizhuan* [Vida privada do imperador Wu dos Han] e *Dongfang Shuo zhuan* [Vida de Dongfang Shuo]; mas, nas bibliografias em forma de apêndice às antigas histórias dinásticas, os livros desse tipo eram classificados como *shibu dilei* ("história: livros geográficos") ou *shibu zalei* ("história: livros vários").

Passou-se muito tempo antes que a categoria de *fiction* fizesse a sua aparição: na história dinástica oficial *Xin Tang shu* [Nova história dos Tang], compilada no século XI sob a direção de Ouyang Xiu (1007-1072), os livros elencados na categoria de *xiaoshuo* entravam novamente mais ou menos naquela que hoje definiríamos como ficção, embora a inclusão dos livros não narrativos, como, por exemplo, *Cha jing* [O clássico do chá], de Lu Yu (1125-1209), indicasse que o termo possuía ainda uma acepção mais ampla do que a atual; porém, embora a categoria de *xiaoshuo* tenha se aproximado paulatinamente da de *fiction*, ela raramente chegava a compreender os romances escritos em vulgar. Em seu *Shaoshi shanfang bicong* [Anotações do retiro de Shaoshi shanfang], Hu Yinglin (1551-1602) distinguia seis tipos de *xiaoshuo*, enquanto no seu volumoso *Siku quanshu zongmu tiyao*, Ji Yun, o mais importante bibliógrafo do século XVIII, descrevia três tipos de *fiction*; porém, nem um nem outro levavam em consideração romances em vulgar. Durante todo o século XIX, o termo *xiaoshuo* raramente foi aplicado ao romance em vulgar, chamado de preferência *pinghua* ou *shuobu* – definições ainda em uso na primeira metade do século XX, quando, enfim, já estava amplamente difundido o termo *xiaoshuo*.

Na China tradicional, em suma, a ficção, em sentido estrito, nunca foi um gênero bem definido. Ainda no começo do século XX, ela não se distinguia de outros gêneros populares tais como o drama ou a balada. O ensaio de Liang Qichao, *Xiaoshuo lingjian* [Anotações esparsas sobre *fiction*] inclui também, na sua análise, três textos teatrais, enquanto *Zhongguo lidai xiaoshuo lun* [Sobre a história da ficção chinesa], de Tian Liaosheng, trata da prosa *biji* da dinastia Tang, da prosa *zaji* Song, do drama Yuan e das baladas *tanci* da época Qing. Essa confusão entre os gêneros literários foi a regra até o Movimento de 4 de maio, quando o conceito de *xiaoshuo* foi redefinido por analogia com a ficção ocidental.

## 4. "Estes livros devem ser eliminados sem nenhuma exceção"

Como se viu, os historiadores oficiais sempre consideraram o romance em vulgar uma vergonha para a cultura. Os compiladores de histórias locais (*fangzhi*) partilharam essa atitude de desprezo, mencionando nas próprias obras toda festa ou rito popular, mas muito raramente um editor ou escritor de livros em vulgar. Ao que parece, o romance era tolerado na prática, mas não considerado digno de figurar em documentos oficiais: por exemplo, no que concerne à história local do Anhui, as edições publicadas no curso dos últimos anos da dinastia Qing dedicam a Wu Jingzi (1701-1754) menos de quarenta caracteres, e silenciam sobre a obra da sua vida, *Rullin waishi* [História não oficial do bosque dos literatos], considerada hoje um dos pouquíssimos grandes romances chineses de todos os tempos. As edições do início do século XX dedicam a Wu um espaço maior, mas *Rullin waishi* sempre é citado apenas de passagem, e só depois de coletâneas de prosa e poesia caídas no esquecimento. Se mesmo no início do século XX se reservava essa sorte a um dos mais conhecidos romancistas chineses, os outros autores de ficção evidentemente tinham bem poucas esperanças de ser lembrados nas histórias locais da própria região natal. Desde quando inesperadamente o romance se tornou um dos gêneros mais importantes da cultura chinesa, essa negligência flagrante forneceu à crítica muitas oportunidades de pesquisas literárias interessantes, e é por isso que aqui podem ser fornecidos com certa acurácia dados de nascimento e de morte de muitos dentre os literatos que se distinguiram em sua época; mas os estudiosos que contribuíram com o estudo do romance só raramente deixaram alguma coisa além dos próprios nomes, e muitos romancistas continuam inteiramente anônimos.

Na verdade, a posição cultural do romance em vulgar não estava muito distante de atividades como a prostituição. A comparação pode parecer estranha, mas está rigorosamente documentada. Sob a dinastia Ming se seguiram muitos decretos governamentais que previam penas severas contra quem praticava toda sorte de discurso subcultural – ficção, teatro, balada, cultos populares, práticas paranormais, prostituição etc. No decurso da dinastia Qing, o decreto do quarto mês de 1709 publicado pelo imperador Kangxi ordenava "a absoluta e perpétua proibição de adivinhações, de desenho de figuras mágicas, baladas e romances obscenos".[12] Cinco anos depois um outro decreto ia além disso:

> Eu governo o país prestando atenção especial à decência dos costumes e dos modos. Com o fim de corrigir os costumes sociais é imperativo promover o estudo dos clássicos confucianos e proibir rigidamente os livros blasfemos. Essa é uma regra inalterável. Recentemente nos mercados dos livros surgiram romances que sobejam em insensatez e vulgaridades indecentes e desatinadas. E não são apenas as pessoas tolas do vulgo que se deixam seduzir por isso, mas também os nobres e os literatos a quem ocorre folheá-los. Trata-se de um fenômeno que exerce uma influência perniciosa sobre os costumes sociais. Estes livros devem ser eliminados sem nenhuma exceção.[13]

Todavia, não obstante a linguagem severa desses e de outros decretos, e alguns breves períodos de censura rígida, os romances, a par da prostituição, nunca foram verdadeiramente extintos. Estes usufruiriam certa tolerância implícita por parte da cultura dominante, uma vez que se lhes reconhecia uma espécie de utilidade para a ordem social. A censura, nos casos em que era de fato exercida, limitava-se à capital e ao ambiente da elite literária: até o momento em que as atividades se desenvolviam em uma clandestinidade pouco evidente e em uma condição subordinada, aquela não era aplicada nem havia grandes lamúrias.

Mas a cultura chinesa continuava a rejeitar toda perturbação da rígida hierarquia dos gêneros literários, e sobretudo não aceitava confundir historiografia com romance histórico. Submetendo-se a falar do romance em vulgar, o já citado Hu Yinglin definia os romancistas como "vulgares escrevinhadores de província" e "pedantes mesquinhos da cidade", visto que as obras deles demonstravam uma "total falta de cultura no campo histórico". Em *Wen shi tong yi* [Meditações sobre literatura e historiografia], o grande historiador Zhang Xuecheng (1738-1801) discutia o romance no modo típico dos literatos tradicionais. A seu ver, o *San guo zhi yanyi* [O romance dos Três Reinos] era "setenta por cento constituído por fatos históricos e trinta por cento por invenções". Por conseguinte, mostrava-se indulgente para com os autores: "não devemos reprovar esses romancistas, porque

12 *Yuan Ming Qing sandai jinhui xiaoshuo xiqu shiliao*. Pequim: Zuojia, 1958, p. 33.
13 Id., ibid., p. 35.

não têm cultura suficiente, e não conseguem se libertar do hábito de inventar"; mas era, a seguir, inflexível ao advertir não só contra a eventualidade de confundir eventos históricos registrados pela tradição e fatos inventados, mas também contra o perigo de "ter ideias falsas no campo histórico". Os literatos tradicionais irritavam-se sobretudo com o fato de que os romances invadissem o âmbito da historiografia ao misturar história e invenção, porquanto dessa maneira era posta em discussão a hierarquia dos gêneros que estava entre os fundamentos da definição confuciana da ordem social.

Nos documentos do governo imperial, notamos um esforço constante para prevenir esse tipo de crime. Em 1602, o imperador Wanli publicou um decreto que proibia o uso de "palavras de ficção" nas comunicações oficiais. Em 1728, o imperador Yongzheng puniu severamente um funcionário de alto escalão, removendo-o de seu cargo e expondo-o ao vitupério público por três meses só porque em uma comunicação apresentada à corte ele fizera alusões a um acontecimento encontradiço nos romances históricos, mas não na historiografia oficial. Tampouco era a corte imperial a única a aplicar a distinção entre os gêneros literários com excessivo rigor. Muitos literatos tinham posições ainda mais rígidas. Em *Suiyuan shi hua* [Falando de poesia no jardim de Sui], Yuan Mei (1716-1789), conhecido entre os contemporâneos por sua extrema largueza de visão, relatou diversas "histórias verdadeiras" sobre como alguns poetas de coragem se serviam de alusões históricas tiradas de *San guo zhi yanyi* e assim recebiam em paga "passar o resto da vida no remorso depois de terem sido cobertos de ridículo".[14] Acusações semelhantes as encontramos também no livro de Hu Yinglin, segundo o qual os literatos dignos desse nome teriam tido que cuspir nos poemas que involuntariamente aludissem à "insensata" ficção, e quem se houvesse deixado corromper com aquele crime deveria ser "condenado à morte".[15]

Isso não significa que todos os literatos chineses sem exceção estivessem de acordo quanto à condenação da ficção. Nos séculos XVI e XVII (ou seja, entre o final da dinastia Ming e o início da Qing), alguns estudiosos lançaram o primeiro desafio sério a essa hierarquia rígida. A partir de críticos corajosos tais como Li Zhi (1527-1602) e Jin Shengtan (1606-1661), diversas gerações de literatos do Sul mais tolerantes buscaram revalorizar a literatura das camadas culturais inferiores. Eles se ocuparam diligentemente de nove edições dos romances em vulgar,

14 Yuan Mei, *Suiyuan shi hua*. Pequim: Renmin Wenxue Chubanshe, 1956, p. 67.
15 Hu Yinglin, *Shaoshi shanfang bicong*. Pequim: Zhonghua, 1958, p. 254.

e inventaram as notas à margem (*bianzhu*), um tipo de crítica literária de grande agilidade, particularmente capaz de promover a ficção. Embora oferecendo uma grande contribuição ao desenvolvimento da narrativa chinesa, na verdade eles não conseguiram abalar a hierarquia, e as suas brilhantes observações críticas, se bem apreciadas pelos leitores da narrativa em vulgar, em regra foram consideradas pelos literatos mais conformistas como divagações de excêntricos.

Um outro desafio à tradição foi levado adiante no início do século XX, antes da queda da dinastia Qing, quando alguns estudiosos invocaram um grande renascimento do romance, exaltando-o clamorosamente como o meio mais eficaz para dar novo ânimo à nação. Semelhantes supervalorizações não provinham só de autores e editores ansiosos por aumentar as vendas, mas também de líderes políticos do movimento reformista, cuja voz era muito mais influente. Liang Qichao (1873-1929), o mais eloquente entre os reformistas, arriscou declarações temerárias como esta:

> Lendo a história da civilização ocidental, descobrimos que em cada nação e em cada época os romancistas sempre estiveram com aqueles que mais contribuíram com a civilização. O povo venera esses mestres.[16]

Liang seguia o exemplo de Kang Youwei (1858-1927), o líder político dos reformistas que, num poema de 1900, havia incitado os seus discípulos a assumir um novo comportamento diante do romance popular:

> Quero salvar a nação a todo custo,
> Franzo o cenho, irado, quando o céu está coberto.
> [...]
> Quando visito as livrarias de Shanghai
> Que livros se vendem mais?
> A historiografia não pode competir com ensaios sobre rituais
> Que, por sua vez, devem ceder passo aos romances...
> Hoje, em nossa terra, predomina essa nova escola
> E as Seis Artes se tornam os Sete Picos.[17]

16 Liang Qichao, *Yinbingshi he ji*. Xangai: Zhonghua Shuju, 1916, vol. 1, p. 46.

17 Kang Youwei, *Kang Youwei shiwen ji*, org. Shu Wu e outros. Pequim: Renmin Wenxue Chubanshe, 1990, p. 232.

Como era até muito evidente, os reformistas viam no romance, dotado de maior força de atração sobre o povo em comparação à historiografia, uma nova arma, mais apta a seu programa político, por sua vez voltado à introdução na China de uma monarquia constitucional.

As campanhas publicitárias em favor do romance resultavam sempre mais férteis: se a revalorização dos séculos XVI e XVII preparara o terreno para os grandes êxitos do romance do século XVIII, com obras-primas como *O sonho do quarto vermelho*,[18] *Rulin waishi* e *Jing hua yuan* [Flores num espelho], a revalorização dos primeiros do século XX levou consigo a extraordinária onda da que é, por assim dizer, a "narrativa do período Qing tardio"; no entanto, resta dúvida sobre se esses literatos apreciavam de fato o romance, e se os tons hiperbólicos da revalorização na verdade permitiam ao romance fugir à sua condição subalterna. As tentativas de revalorização dos séculos XVI e XVII foram casos isolados, limitados a alguns literatos anticonformistas. O fracasso da revalorização do período Qing tardio deriva do pressuposto, explicitamente utilitarista, segundo o qual a ficção estava inclinada à educação política.

No início do século XX, os reformistas não se preocupavam muito em esconder sua própria opinião verdadeira no que tange ao romance, que aflora claramente na famosa apologia de Liang Qichao:

> Quando é impossível ensinar os clássicos aos leitores comuns de escassa cultura, ensinai-os por meio do romance; quando é impossível ensinar a historiografia, ensinai por meio do romance; quando é impossível ensinar a filosofia, ensinai por meio do romance; quando é impossível ensinar o direito, ensinai por meio do romance.[19]

Aqui se acha intacta a milenar hierarquia dos gêneros, em que a posição do romance não se eleva sequer um centímetro. Porquanto apoiavam o romance apenas para fornecer material propagandístico acessível a leitores "de escassa cultura", esses apologistas entusiastas perderam todo seu interesse com a falta do objetivo político imediato, quando, em 1911, a revolução pôs abaixo a dinastia, substituindo-a pela república, e a monarquia constitucional perdeu toda plausibilidade como perspectiva política. Em 1912, dez anos depois de sua hiperbólica apologia, Liang

18 *Hong lou meng* [ed. it.: *Il sogno della Camera Rossa. Romanzo cinese del secolo XVIII*, trad. C. Bovero e C. Pirrone Riccio, org. F. Khun. Turim: Einaudi, 1995].

19 Liang Qichao, *Yinbingshi he ji*, op. cit., v. 1, p. 34.

recuou para acusar o romance de "degradar moralmente o povo chinês", e, solicitado a recomendar uma lista de leituras aconselhadas aos jovens leitores, deixou de incluí-lo, e, pelo contrário, intimou os estudantes a "ler romances só no caso de tencionarem se tornar romancistas". Parecia ter esquecido suas antigas palavras e também o romance escrito não muito tempo antes.

Talvez a maior contribuição dos reformistas ao desenvolvimento do romance chinês tenha derivado da mistura entre os gêneros promovida nos acontecimentos de sua campanha de divulgação: a partir do início do século XX, as mesmas revistas acolhiam romances em vulgar a par da narrativa em língua literária, os romances estrangeiros eram traduzidos indiferentemente nas duas formas, e os mesmos romancistas escreviam em uma e outra língua. Essa mescla acabou por dar uma contribuição decisiva ao desmantelamento definitivo da hierarquia tradicional no segundo decênio do século XX.

## 5. O Movimento de 4 de maio

O Movimento de 4 de maio, vindo à luz por volta de 1917, deu o golpe de misericórdia na hierarquia dos gêneros, abandonando a milenar língua literária para substituí-la pela língua chinesa moderna, baseada no vulgar falado. Considerando que, como se viu, o principal gênero escrito em língua literária era a historiografia, e que o romance era de preferência escrito em vulgar para os leitores comuns, essa radical mudança linguística teve enorme repercussão também sobre a respectiva posição social dos dois gêneros literários. A língua moderna, baseada no vulgar falado, entrou triunfantemente em uso na sociedade chinesa depois de ter se refinado a tal ponto e ter sido usada com tamanha eficácia pelos narradores do Movimento de 4 de maio, que permitiu pôr de parte a língua literária arcaica. Superou-se, assim, o principal obstáculo linguístico que impedira o romance de se emancipar de seu *status* subcultural.

No número de janeiro de 1917 da revista radical *Xin Qingnian* [Juventude nova], Hu Shi (1891-1962), o líder liberal do Movimento de 4 maio, publicou o seu célebre manifesto *Wenxue gailiang chuyi* [Uma modesta proposta para a reforma da literatura]. Esse ensaio, breve e aparentemente sem graça, anunciava a gigantesca revolução literária por vir, limitando-se a sublinhar a potencialidade do vulgar como instrumento adequado à boa literatura. Hu Shi sintetizava as próprias opiniões numa proposta com oito pontos, num estilo moderado e sem nenhuma retórica revolucionária.

Muitos dos que procuram diminuir o papel desempenhado por Hu Shi afirmam que ele não foi o primeiro a promover o uso do vulgar. E é verdade que Qiu Tingliang, em um ensaio de 1898 – *Lun bainhua wei weixin zhi bei* [Sobre o vulgar como ponto de partida da reforma], publicado na conhecida revista de propaganda antimanchu *Su Bao* [Jornal de Suzhou] –, já sugerira a substituição da língua literária pelo vulgar falado. Ele levantou a questão da "abolição da língua literária" de modo certamente mais enfático do que Hu Shi faria vinte anos depois, mas o seu apelo teve pouca ressonância, enquanto o breve ensaio de Hu Shi provocou uma tempestade destinada a mudar totalmente a cultura chinesa.

Embora não tenha sido o Movimento de 4 de maio a levantar a proposta pela primeira vez, destaca-se a enorme diferença entre os literatos revolucionários de 4 de maio e os defensores anteriores do vulgar. Os apologistas do romance do período Qing tardio promoviam o uso do vulgar com o único objetivo de "ensinar" a gente comum de escassa cultura. É por isso que também os seus artigos em favor do vulgar paradoxalmente eram escritos em língua literária: a sua peroração se dirigia aos outros literatos. Tratava-se, pois, de pura manobra tática no interior da tradicional hierarquia dos gêneros literários.

Já em 1914, três anos antes da proposta de Hu Shi, a revista popular *Xiaoshuo huabao* [O romance ilustrado] começara a utilizar exclusivamente o vulgar. O jornal veiculava romances de entretenimento "próprios a todos: donas de casa, estudantes, comerciantes e trabalhadores", mas não apresentava nenhum objetivo revolucionário. Ali se movia nas mesmas diretrizes: línguas diversas para gêneros literários diversos. Esse paradoxo é bem exemplificado pelo romance utópico de Liang Qichao, *Xin Zhongguo weilai ji* [O futuro da nova China], escrito e publicado em 1902. Por ocasião do centenário da vitoriosa modernização da China, certo Dr. Kong – octogésimo descendente direto de Confúcio – faz um discurso contando a história do processo de reforma. No discurso é citada uma discussão entre os dois líderes reformistas, Huang e Li. Visto que o discurso do Dr. Kong – que constitui o corpo principal do romance – é feito em vulgar, também a discussão deve ser relatada em vulgar; mas o romance deveria contar a história da reforma da China. Disso advém inevitavelmente uma contradição. Quem transcreve o discurso do Dr. Kong, isto é, o narrador de todo o romance, se concede então uma intrusão estranha:

> Quando o senhor Huang e o senhor Li discutiam esse argumento, naturalmente o Dr. Kong não estava presente. Por isso, como podia saber aquilo que disseram um ao outro? De que modo teria podido relatar diante dos ouvintes toda a discussão sem

> omitir sequer uma palavra? Pôde fazer isso porque, quando anos antes estudava no exterior, escrevera um livro *biji* intitulado *Seguir a corrente*, e no quarto capítulo desse livro relatara todo o texto daquela discussão. Assim, em seu discurso, o Dr. Kong se limitara a ler palavra por palavra de seu livro, traduzindo a língua literária em vulgar. Eu que escrevo estas linhas vi tudo isso com meus próprios olhos.[20]

Embora sendo ele mesmo um escritor sério e um defensor entusiasta do romance em vulgar, o líder reformista Liang Qichao afirmava que também um século depois, na China do futuro, o vulgar seria usado exclusivamente para dirigir-se à gente comum e para escrever romances, ao passo que, para os documentos de valor histórico – nesse caso, o registro *biji* da discussão histórica –, ainda seria usada a língua literária. Liang continuava a sentir de modo forte o respeito pela hierarquia a ponto de ver-se obrigado a uma longa intromissão para justificar a discrepância de gêneros. Nesse contexto, a "modesta proposta" feita por Hu Shi quanto a adotar o vulgar como língua apropriada a todos os gêneros literários lançava, em vez disso, um desafio decisivo e radical a uma estrutura fundante da cultura chinesa. Desde aquele momento, muitos escritores se dedicaram à tarefa de remodelar o vulgar chinês de sorte a transformá-lo em uma nova língua passível de ser usada por qualquer tipo de escrito. Hu Shi elogiou as traduções "literais" dos romances ocidentais feitas por Zhou Zuoren (1885-1968) como "ponto de partida para a europeização do chinês". Fu Sinian (1896-1950), o mais ativo entre os discípulos de Hu Shi, afirmou que apenas a "linguagem do povo" não era suficiente para todos os âmbitos e disciplinas da modernidade, e que só nas línguas europeias teria sido possível encontrar um "modelo superior". A partir de 1917, alguns linguistas iniciaram uma controversa campanha pela europeização da língua chinesa adotando um sistema de pontuação modificado segundo o estilo ocidental, simples mas indispensável aos objetivos da reprodução de convenções de impressão, como, por exemplo, os parágrafos. Tentou-se, nem sempre com sucesso, toda sorte de experiências linguísticas, que acabaram por modificar profundamente a moderna língua chinesa baseada no vulgar. Levantou-se ainda o problema de quanto da língua literária tradicional deveria ser preservado e assimilado. Entre os narradores da época, a estilista mais refinada foi a escritora Bing Xin (1900-1999), que definiu a própria língua como "vulgar tornado literário" e "chinês tornado ocidental". O êxito do corajoso esforço coletivo da geração dos romancistas de 4 de maio foi a promoção

20 Id., ibid., v. XIII, p. 56.

do vulgar falado da trivialidade cultural ao requinte de elite. Certamente, não foi uma coincidência que, enquanto o romance tornava-se *o* gênero principal da nova cultura, o vulgar tornava-se *a* língua da cultura.

## 6. A verdade na historiografia e a verdade na ficção

Os textos narrativos de imaginação foram penalizados na hierarquia dos gêneros literários porque Confúcio, nos *Diálogos*, declara "não querer falar do que é anormal, sobrenatural, mágico ou sinistro". Em busca de uma base que legitimasse o caráter essencialmente imaginário das próprias obras, os narradores deveriam buscar uma justificativa no âmbito do predomínio do paradigma histórico.

No seu prefácio a *Gujin xiaoshuo* [Novelas antigas e novas], o célebre estudioso de narrativa Feng Menglong (1574-1646) faz esta interessante afirmação: "Quando falta a historicidade, afirma-se a ficção". E continua traçando uma genealogia da invenção narrativa através dos clássicos:

> Teve início na época dos Zhou (séculos IX-V a.C.), mas desabrochou no período Tang (séculos VII-IX d.C.). Na época dos Song (séculos X-XIII) já estava em plena florescência. Han Fei, Lie Yukou e outros deviam ser considerados os antecessores da narrativa.

Han Fei (280-233) foi um dos principais rivais da escola confuciana na época pré-Qin, e os seus escritos filosóficos, reunidos sob o título *Han Feizi*, estão repletos de lendas fabulosas. Admitindo-se que se trata de uma pessoa que realmente viveu, Lie Yukou (século III a.C.), suposto autor da coletânea de lendas e contos *Liezi*, é, provavelmente, o primeiro narrador chinês. Esses dois autores são exemplos da presença de discursos não confucianos e não historiográficos na antiga cultura chinesa, ainda que talvez tenham sido os escritos taoistas de Chuang Tse (c. 369-286) a fornecer o maior estímulo às obras de imaginação, e também os escritos budistas, que chegaram à China no século I ou II d.C., exerceram grande influência sobre o imaginário chinês. Feng Menglong mostra, pois, grande agudeza ao fazer remontar as origens do paradigma narrativo a textos considerados heréticos pelos confucianos ortodoxos.

Outro modo de justificar a ficção poderia ser o de demonstrar como a narrativa de invenção é uma modalidade de significação totalmente diversa da historiografia. Por outro lado, no pensamento chinês nunca se formulou uma distinção entre historicidade e invenção como a defendida por Aristóteles na *Poética*, que se tornou o principal ponto de referência da estética ocidental. A tese aristotélica, embora expressa com palavras muito simples, levou a uma série de conclusões filosóficas importantes, sobretudo a afirmação da superioridade da poesia sobre a historiografia, não só porque a história diz respeito ao que aconteceu e a literatura ao que poderia ter acontecido, e não só porque a história trata do particular e a poesia do universal, mas sobretudo porque a literatura está mais próxima à verdade do que a narração de eventos históricos.

A falta, na filosofia chinesa, de uma argumentação de tipo aristotélico revela alguns aspectos importantes da estrutura discursiva chinesa: a realidade dos fatos é transmitida somente pela história, que, apesar de guiada pelo Céu, tem a ver também com as regras basilares da sociedade – do modo como exposto pelo famoso ditado chinês "*tian ren heyi*" (Céu e homens são uma coisa só). O acontecimento histórico (isto é, o assim chamado "fato real") está, portanto, impregnado de verdade absoluta, e é por definição superior à invenção baseada na probabilidade, cuja correspondência à verdade universal está, todavia, por ser demonstrada. Aquilo que aconteceu, e a que se refere a historiografia, é sempre superior ao que poderia ter acontecido e é narrado pela ficção, e, consequentemente, o primado da historiografia como gênero literário é indiscutível.

*Meng liang lu* [Apontamentos sobre o sonho a respeito do painço], de Wu Zimu, um dos primeiros textos em que são mencionadas as narrações orais, escrito provavelmente no século XIII, alude a uma possível superioridade da ficção: "O romance pode narrar a história de uma dinastia ou de uma época, e, num instante, decretar-lhe o fim (*niehe*)". Outro texto entre os primeiros a tratar das narrações orais, *Ducheng jisheng* [Coisas fascinantes na capital], presumivelmente escrito no século XIV, usa palavras quase idênticas para descrever as potencialidades da narrativa da época, mas substituindo *niehe* por *tipo* (passível de ser traduzida mais ou menos por "remeter imediatamente à verdade").

O já citado Jin Shengtan foi um dos primeiros literatos a ter aprofundado esse tipo de argumentação: "A contribuição criativa [*xu*] do historiador está na manipulação dos acontecimentos por meio da narração [*yi wen yun shi*], ao passo que a contribuição criativa do escritor de invenção está na consideração dos acontecimentos próprios à narração [*yin wen sheng shi*]". Com suas palavras, Jin não faz nada além de descrever os diversos objetivos dos dois gêneros literários, sublinhando como a ficção desfruta de uma liberdade muito maior. Porém, maior liberdade não significa necessariamente verdade mais ampla. Zhang Zhupo (que provavelmente viveu no final do século XVII), o principal estudioso do *Jin Ping Mei* da China tradicional, tentou, ao contrário, uma outra via para demonstrar a superioridade da ficção:

> O *Jin Ping Mei* é como o *Shi ji* [Memórias históricas, de Sima Qian, século II a.C.], mas no *Shi ji* a cada pessoa e a cada argumento importante é dedicada uma biografia ou um tratado à parte, enquanto os cem capítulos do *Jin Ping Mei* formam uma única biografia de centenas de personagens, cada qual com uma história particular. É por isso que o autor do *Jin Ping Mei* certamente teria tido condições de escrever o *Shi ji*. Como posso estar seguro disso? Se foi capaz da coisa mais difícil, devia necessariamente ser capaz também da mais fácil.[21]

Embora fosse ele mesmo um convicto defensor da ficção, o entusiasmo de Zhang Zhupo baseia-se apenas na constatação de um primado técnico; difícil, portanto, assumi-lo como base de uma argumentação filosófica. Encontramos um raciocínio mais ou menos análogo no prefácio de Feng Menglong a *Jingshi tongyan* [Histórias para admoestar o mundo], que, porém, não chega a estabelecer qualquer superioridade da narrativa:

> A narrativa deveria ser de todo real? Digo: "Não necessariamente". Seria considerada falsa, então? Digo: "Não necessariamente". Devemos, então, recusar o falso e acolher somente o real? Digo: "Não necessariamente". [...] Os fatos reais que contêm alguma verdade têm o mesmo valor dos fatos irreais que contêm certa verdade: uns e outros não chocam a moral, não desmentem os ensaios, não contradizem os clássicos e as histórias oficiais. Por que deveríamos, então, recusar livros dessa maneira?

Esse tipo de argumentação no final não faz senão reforçar a dependência da narrativa quanto à historiografia, que, preferencialmente, é apresentada como pressuposto essencial da ficção.

Talvez o raciocínio que mais se aproxime do pensamento aristotélico seja o desenvolvido por Yuan Yuling, um literato do século XVI:

> A literatura sem invenção [*huan*] não é literatura. A invenção que não é levada a extremos não é invenção. Por isso, devemos concluir que a invenção mais extrema

21 Zhang Zhupo, *Zhang Zhupo piping Jin Ping Mei*. Jinan: Qi Lu Shushe, 1991, p. 5.

> é, também, a mais verdadeira, que o raciocínio mais fantasioso é, também, o mais verdadeiro. É por isso que vale mais a pena falar da invenção do que da realidade, de um demônio mais do que de Buda. O demônio não é outro além de mim mesmo.[22]

Nem mesmo Yuan Yuling, porém, lança um verdadeiro desafio ao predomínio da historiografia, e suas palavras se assemelham mais a um *koan* do budismo zen do que a uma argumentação teórica. Não admira que esse trecho apareça na introdução de um romance fantástico do século XVI, *O macaquinho*,[23] que narra a peregrinação de um mestre budista através de uma terra infestada de monstros, e talvez seja o romance chinês mais longevo da historiografia. Todavia, esse parece ser o maior grau de consciência da natureza da ficção alcançado pelos literatos chineses da antiguidade, embora se trate de um raciocínio um pouco vago, como talvez só possam ser os raciocínios anticonformistas. É uma pena que poucos estudiosos contemporâneos tenham se detido nessa descrição paradoxal do valor de verdade da invenção na literatura, com sua aguda intuição exposta em termos quase heréticos.

Para nosso grande pesar, entre os séculos XIX e XX, os estudiosos de ficção, embora tendo entrado em contato com as ideias aristotélicas, não demonstram mais o grau de consciência de Jin Shengtan, para não falar do de Yuan Yuling. Em um conhecido ensaio de 1897, Yan Fu (1853-1921) e Xia Zengyou (1865-1924) voltaram a colocar a questão: "Um livro que trate de pessoas e acontecimentos é historiografia, um livro que trate de pessoas e acontecimentos que talvez não tenham ocorrido é uma invenção narrativa". Cinco anos depois, Xia Zengyou publicou um outro artigo em que reforçou essas afirmações, mas com o acréscimo de uma explanação muito mais frágil, na qual se torna evidente como de fato ele realmente não tinha compreendido as ideias aristotélicas: "A invenção descreve a verdade já conhecida em detalhes, e é, portanto, superior. A história descreve a verdade já conhecida de maneira resumida, e é, portanto, inferior". Uma vez mais, trata-se de uma comparação entre meios técnicos, não de uma avaliação filosófica do respectivo valor de verdade dos gêneros diversos.

A dificuldade dos estudiosos chineses nesse debate deriva talvez do fato de que na mentalidade tradicional a superioridade cultural da historiografia era

22 Do mesmo modo, Yuan Yuling no prefácio a *Xi you ji*, in Sun Kaidi, *Riben dongjing suojian zhongguo xiaoshuo shumu tiyao*. Pequim: Beijing Tushuguan, 1931, p. 77.

23 Wu Chengen, *Xi you ji* [ed. it.: *Lo Scimmiotto*, trad. A. Motti. Turim: Einaudi, 1960; 1982].

considerada tão indiscutível, que se tornava difícil até mesmo apenas imaginar que a ficção pudesse colocá-la em discussão. Assim, toda tentativa de confronto terminava por se revelar inconsistente e, no que tange à estrutura do sistema cultural, irrelevante.

## 7. A influência da historiografia na estrutura do romance chinês

Em consequência dessa emulação do paradigma historiográfico, o romance chinês tradicional assume as seguintes características narrativas.

O *status* do narrador deve ser impessoal como o do historiador; ele nunca deve participar da trama, de modo que a narração possa parecer um registro objetivo de fatos reais.

Sendo fiador da realidade/verdade do que relata, o narrador, embora situado acima do universo narrado, intervém continuamente. A narração quase sempre se apresenta como de todo digna de fé, porquanto o narrador se propõe unicamente a registrar o quanto se sucedeu na história (ou, em termos narratológicos, na *histoire*), e por isso reduz ao mínimo a própria mediação, ou pelo menos assim quer fazer parecer.

À semelhança do historiador, o narrador presta grande atenção à cronologia dos acontecimentos, se mostra caprichoso em precisar o momento em que acontece cada fato e meticuloso em preencher cada vazio. As concatenações temporais e causais são sempre documentadas com cuidado, se bem que naturalmente sejam fruto de uma seleção.

Raramente o narrador faz uso de *flash-back*, exceto no caso em que se entrecortam duas linhas narrativas distintas. A fim de manter o suspense, em vez disso utiliza sempre os *flash-forward*, um expediente narrativo habitual também na historiografia em virtude de sua faculdade de consolidar a linearidade temporal. Além disso, preferem-se os inícios *ab ovo*, de modo que a narração possa apoiar-se firmemente no contexto histórico. Como na historiografia, o estilo tende à funcionalidade e confere à narração um caráter rápido e desembaraçado. Os acontecimentos tratados pela historiografia são narrados de modo mais apressado e prosaico, ao passo que são mais circunstanciados os de invenção ou tirados do folclore ou das lendas.

A exemplo do historiador, o narrador adota o mais das vezes o foco zero (isto é, a perspectiva onisciente), assumindo o ponto de vista de uma das personagens apenas em ocasiões particulares, uma vez que se impõe a meta de contar do modo mais objetivo possível tudo o que de fato ocorreu. Também o uso constante do diálogo contribui para dar essa impressão de objetividade.

Emulando um gênero literário mais prestigioso, e, portanto, conformando-se à tradicional hierarquia dos níveis de significação, os textos narrativos desse tipo não se afastavam da cultura dominante. Entretanto, enquanto discurso subcultural acessível às grandes massas, a ficção reforçava a instituição "do baixo", assegurando uma larga difusão da ideologia oficial. O romance terminava, portanto, por exprimir a própria posição subcultural em conformidade com o sistema interpretativo dominante.

Foi apenas com o Movimento de 4 de maio, como já se viu, que a ficção chinesa se libertou do já insustentável predomínio da historiografia. Zombar da historiografia oficial tornou-se, então, um dos jogos preferidos dos escritores e críticos iconoclastas de 4 de maio, implacavelmente avessos ao confucionismo. Na sua sátira mordaz *A verdadeira história de Ah Q*,[24] Lu Xun (1881-1936), o primeiro escritor chinês moderno, e até hoje o maior, desfecha um golpe mortal na emulação da historiografia. Arvorando-se ironicamente em historiógrafo, o narrador num primeiro momento tenta submeter a invenção à historicidade, mas fracassa miseravelmente. O breve romance se inicia com uma nota introdutória prolixa e grave em que se pergunta a que categoria do rígido sistema da historiografia chinesa, oficial e não oficial, pertence a história do trabalhador sem-terra Ah Q; mas a pergunta fica sem resposta. Lu Xun busca, então, iniciar a história com o convencional *ab ovo* – nome, local de nascimento, genealogia etc. –, mas de novo renuncia, porque essas categorias não se adaptam em nada à vida de Ah Q. Por conseguinte, a historiografia aflora disso como um discurso não só inútil, mas também estúpido. O narrador não perde uma única ocasião para ridicularizar a solenidade do gênero historiográfico:

> Toda vez que se encontravam, as mulheres do vilarejo falavam de como Zhuo, a Sétima Tia, comprara de Ah Q uma saia de seda azul que com certeza não era nova, mas que custava apenas noventa centavos, e de como a mãe de Zhao Olho Branco – porém, segundo uma outra versão ter-se-ia tratado da mãe de Zhao Sichen, coisa que está por ser esclarecida pelos futuros estudiosos –, de como ela

24 Lu Xun, *Ah Q zheng zhuang* (1923) [ed. it.: *Storia vera di Ah Q*, trad. P. Gigliesi, in *Fuga sulla luna*. Roma: Editori Riuniti/Albatros, 1988, pp. 88-134].

comprara uma camiseta de criança de seda carmesim setenta por cento nova por únicos 392 soldos.[25]

Zhou Zuoren, irmão de Lu Xun e grande precursor do Iluminismo chinês, recordou-se em suas memórias de como "as contínuas diatribes" contidas na *Verdadeira história de Ah Q* visaram ser uma zombaria da "fatuidade pela história" (*lishi pi*); mas Lu Xun levou adiante uma batalha ainda mais dura contra a fatuidade confuciana pela historiografia com o primeiro conto escrito em língua chinesa moderna, "Diário de um louco",[26] publicado em 1917, em que reinterpretava toda a história da civilização chinesa como uma história de canibalismo. O modo de ler a história do narrador participante – o "louco" – é extraordinariamente original:

> Peguei, então, um manual de história, mas não tinha cronologia, e em cada página havia estas duas palavras: VIRTUDE e MORALIDADE, escritas em todos os sentidos. Visto que não pudesse dormir, passei metade da noite imerso na leitura, e de repente me dei conta de que entre as linhas havia escrito alguma coisa: "Devorai a gente!" (p. 24).

A verdade não é, pois, procurada no âmbito da história, mas fora dela, aonde a linguagem da história não chega, ou seja, na versão oposta ao que é registrado. Dessa forma, Lu Xun chega a uma total negação do culto da história, e a uma completa refutação do valor de verdade do gênero no vértice da hierarquia discursiva. Meio século depois, Louis Althusser fará uma afirmação igualmente iconoclasta sobre a relação entre textos e história: "A história se encontra por trás do que foi escrito".

O ataque de Lu Xun tornou-se mais cortante pela forma narrativa escolhida. A estrutura do exórdio da literatura chinesa moderna é um símbolo poderoso da profunda transformação em curso. Do ponto de vista da técnica narrativa, no romance chinês moderno o narrador, mais do que a um historiador, se assemelha a um memorialista ou a quem quer que esteja escrevendo a própria autobiografia. Esse diário de um louco tem uma moldura introdutória em língua literária, no estilo "objetivo" típico da historiografia, mas a parte central – aparentemente uma invenção do louco, fruto de uma alucinação – é escrita em língua chinesa moderna.

25 A versão italiana citada se afasta sensivelmente da versão inglesa fornecida por Henry Zhao, que aqui é traduzida literalmente. [N.E.IT.]

26 Lu Xun, "Kuangren riji" (1917) [in *Fuga sulla luna*, op. cit., pp. 21-33], daqui em diante citada diretamente no texto com número de página entre parênteses.

O estilo da moldura em língua literária é sóbrio, racional e elegante, enquanto o da parte central é, como se diz na moldura, "incoerente e confuso, contendo muitas afirmações absurdas" (p. 21). Na moldura, o louco, já curado, retornou à vida civil ocupando uma posição pública, enquanto na parte central é uma pessoa mentalmente desnorteada, de todo marginalizada pela sociedade, que na sua hostilidade para com a cultura chinesa se subtrai a toda interpretação "racional". Todavia, é na parte central que é emitido o veredito contra a cultura tradicional concentrada na historiografia. Apenas os que não são contaminados por aquela cultura – em particular as crianças – se mantiveram inocentes o bastante para ver através do grande mal. Desse modo, a oposição normalidade/loucura torna-se irônica, e no registro da ficção são reconhecidos uma força moral e um significado cultural infinitamente superiores aos da historiografia.

O "Diário de um louco" é um vigoroso manifesto da ficção chinesa moderna contra a cultura tradicional. Desde esse momento, o poder de significação da ficção não estará mais na emulação da historiografia, mas na subversão do seu predomínio cultural. É por meio dessa consciência que a ficção logrou finalmente emancipar-se, ajudando toda a cultura chinesa a libertar-se da escravidão da tradicional hierarquia dos gêneros literários.

ADRIANO PROSPERI

# Censurar as fábulas

O protorromance e a Europa católica

> Por vezes a literatura surpreendia
> o olhar no olhar...
>
> DANTE, *Inferno* V

## 1. A verdade e as fábulas

O mais célebre Index italiano dos livros proibidos, seguramente um dos primeiros e o mais importante para a cultura livreira – elaborado em 1549 para a cidade que era a capital da imprensa, Veneza –, inscreve para sempre na história o nome de um refinado homem de letras: na verdade, chamava-se *Index de Monsignor Della Casa*. Na comissão nomeada pelo Concílio de Trento para a elaboração do Index, a literatura foi confiada a Ludovico Becaelli, um fino cultor da poesia, amigo de Bembo, ele próprio escritor: um homem que aproveitava o tempo livre para peregrinar pelos lugares em que viveu Petrarca, e que foi eleito com a missão de salvar da perseguição dos frades as obras de letrados que eram seus amigos (em primeiro lugar, Marcantonio Flaminio). Opunham-se de um lado os frades e, de outro, os cultores das letras. Mas o mundo da Igreja logo fez aliança com a literatura; ou melhor, os homens de letras é que se voltaram para a Igreja. Em todo caso, houve uma aliança. E seus efeitos foram vistos no momento da prestação de contas, quando o problema do controle da imprensa se tornou urgente. Então, o trabalho da censura literária foi confiado primeiramente às pessoas do ofício. Aos frades foi confiado o campo da teologia. Mas a literatura foi tratada por peritos em literatura. Além do mais, no vértice das instituições de controle eclesiástico na fase inicial, mais delicada e mais dura, a reação romana à ofensiva da reforma, encontramos grandes figuras de intelectuais, bibliófilos apaixonados, homens que tinham para com o livro um verdadeiro culto: o cardeal Marcello Cervini, mecenas, colecionador de manuscritos antigos; o cardeal Guglielmo Sirleto, homem de extraordinária cultura; o jesuíta Roberto Bellarmino, um erudito entre os mais importantes do seu tempo.[1] No delicado trabalho de expurgo dos textos, encontramos outros exemplos de competência e de amor pela cultura do livro: para a edição expurgada do *Decamerão* de Boccaccio, trabalhou com paixão o abade toscano Vincenzo Borghini, cuja extraordinária cultura humanística ainda hoje não se acabou de explorar. Poderíamos dar outros exemplos. Mas basta ter desembaraçado o terreno de uma representação obstinada: a ideia de que a literatura tivesse então de sofrer por parte da censura eclesiástica uma agressão bárbara, um verdadeiro saque e uma destruição deliberada, como a que sofreram naqueles anos a cultura dos povos do Novo Mundo por parte dos rudes conquistadores e dos frades fanáticos que os acompanhavam.

Essa representação do quadro histórico e dos protagonistas da censura literária não será bem recebida por quem deseja apagar da tradição do trabalho – por definição (autodefinição) criativo – a acusação de ser também um trabalho de destruição. Uma orientação rígida preferiu simplificar o relacionamento entre literatos e censura como uma oposição entre a cultura leiga oprimida e um mundo eclesiástico obscurantista. Mas a realidade da cultura literária da Itália na primeira idade moderna é a de um entrelaçamento entre clérigos e leigos: desde *Monsignor* Della Casa até Francesco Redi[2] e outros, a literatura foi deixada na maioria das vezes nas mãos dos literatos.

Mas o que era a literatura? A pergunta pode parecer extravagante, diante de uma tradição cultural tão ligada à literatura como a italiana: língua literária e cultura de elites, era, de algum modo, o sucedâneo daquela unidade política que o país não

1 Um estudo atualizado sobre a figura e a obra de Bellarmino como censor foi concluído a partir de fontes recentemente disponíveis junto ao Archivio do Sant'Uffizio por P. Godman, *The Saint as a Censor. Robert Bellarmine between Inquisition and Index*. Leiden: Brill, 2000.

2 Documentos das suas perícias como consultor literário da Inquisição florentina ainda são conservados no Archivio Arcivescovile de Florenza: cf. A. Prosperi, "L'Inquisizione fiorentina al tempo di Galileo", in *Novità celesti e crisi del sapere*, Atas do Encontro Internacional de Estudos Galileanos, org. P. Galluzzi, suplemento dos *Annali dell'Istituto e Museo di storia della scienza*. Florença: Salimbeni, 1983, pp. 315-25, em particular p. 324, nota.

possuía. E justamente na Itália modelos latinos e vulgares haviam dado vida a uma civilização literária de prestígio europeu. Nada era mais óbvio e evidente na profissão do literato. Todo o sistema do saber conhecia um âmbito preciso ao lado dos legistas e dos médicos: falava-se em "letras humanas" para indicar o conhecimento dos grandes escritores da Antiguidade, latinos e gregos; praticava-se a literatura nos seus vários gêneros, da poesia à prosa; discutiam-se as regras da arte e, sobretudo, a forma linguística, preocupação verdadeiramente capital na sociedade literária italiana que, diferentemente das outras, não tinha um horizonte linguístico determinado por um único Estado. Ao mesmo tempo, tornando altamente significativo o caso da Itália para a história do relacionamento entre censura eclesiástica e literatura, a presença do papado e das instituições centrais estabelecidos em Roma pelo governo da Igreja: instituições que, na época da difusão do livro impresso da reforma protestante, foram dominadas pelo problema do controle de tudo o que era impresso e lido.

Mas o que definia aos olhos da cultura eclesiástica o vasto e complicado mundo da produção literária e, em particular, da narrativa? Uma pergunta simples e sintética, como a de definir o seu objeto numa palavra, encontrava então uma resposta do mesmo modo simples: "histórias".

A expressão usada sistematicamente durante séculos para indicar o que hoje chamamos de "literatura" foi "obra de ficção". Ela definia uma relação com a realidade que não podia ser reduzida à simples noção de "falso". Uma ocasião para precisar o que se entendia a respeito foi oferecida justamente pela criação de índices sistemáticos pela censura eclesiástica. O testemunho mais interessante e que apresenta mais problemas de compreensão é o que se encontra numa carta escrita em 1557 pelo comissário geral do Santo Ofício romano, Michele Ghislieri, ao inquisidor de Gênova a propósito dos trabalhos da comissão para o Index nomeada por Paulo IV. Havia-se discutido sobre a proibição de obras literárias. A opinião de Ghislieri era que:

> Proibindo *Orlando*, *Orlandino*, *Cem novelas* e outros livros semelhantes provocaríamos o riso porque esses livros não são lidos como coisas nas quais se deva acreditar, mas como fábulas, e como se leem ainda muitos livros de gentios como Luciano, Lucrécio e outros que tais.[3]

3 Carta de Michele Ghislieri ao inquisitor de Gênova, 27 jun. 1557 (in L. von Pastor, *Storia dei Papi dalla fine del Medioevo*, v. VI. Roma: Desclée, 1922, p. 491). O texto é citado de forma atualizada na abertura do ensaio de P. Paschini, "Letterati ed Indice nella Controriforma.→

Tratava-se de uma distinção simples e clara. Os problemas apresentados por essa declaração da mais alta autoridade da Inquisição (depois do papa) são dois: de que modo se chegou a isso e qual foi sua real eficácia no futuro que então se abria para a censura. É bom que se diga logo que essas intenções não encontraram aplicação na política censória das autoridades romanas. As palavras de Michele Ghislieri, se lidas tendo em vista o horizonte de trabalho da censura eclesiástica que foi feita a seguir, parece-nos um documento de algum modo quixotesco *ante littera*, colocadas como estão como divisores de água entre duas épocas: uma dominada pelas histórias antigas e modernas, a outra, pela vontade de apagar tudo ou, em parte, de moralizar, de lhe permitir a leitura sob certas condições para determinadas categorias ou depois de cuidadosas operações de rigorosa limpeza. O problema que se apresenta é duplo: de um lado, trata-se de procurar compreender de que parte vinha a proposta de Ghislieri; de outro, tratava-se de seguir os modos reais da censura com respeito às "fábulas" – as que Ghislieri achava ridículo combater.

Vejamos, no entanto, quais eram os autores indicados como exemplo na sua carta: Ariosto, Folengo, Boccaccio, Luciano, Lucrécio são nomes que reúnem caracteres diferentes sob a unidade de pertencerem às obras de ficção. São textos em língua vulgar e em latim quanto à língua, e textos de poesia e prosa quanto à forma; tratam de assuntos de cavalaria e de mitologia, histórias de amor e opiniões filosóficas, que fazem parte da novelística medieval e da literatura clássica. No seu brevíssimo elenco, se reassume emblematicamente, portanto, a amplidão da tarefa que se abria aos censores no caso e no momento em que tivessem decidido transpor os confins da teologia cristã e da luta contra as doutrinas da Reforma protestante. Esses confins foram ultrapassados. Mas, antes de considerar como isso foi feito, é bom procurar compreender o modo de raciocinar de Michele Ghislieri.

Na sua rápida comunicação ao inquisidor de Gênova, o comissário geral do Santo Ofício tocava num ponto decisivo também para a história da literatura moderna: a relação entre ficção e realidade. Sua opinião baseava-se na diferença de qualidade entre teologia e fábula: a primeira era – para ele, dominicano – a ciência do Verdadeiro como objeto a propor a fé; a outra fugia, pela sua natureza,

→ Note", in *Atti dell'Accademia degli Arcadi*, XV-XVI (1936-37), pp. 37-62, em particular p. 37 (posteriormente recolhido, mudando "Controriforma" para "Riforma cattolica", in *Cinquecento romano e riforma cattolica*, número especial de Lateranum, XXIV (1958), p. 239; de onde o reproduz J. M. de Bujanda (org.), "Introduction historique", in *Index de Rome 1557, 1559, 1564. Les premiers index romains et l'index du Concile de Trente*, v. VIII da série *Index des livres interdits*. Sherbrooke-Genève: Droz, 1990, p. 32).

à alternativa entre verdadeiro e falso. A questão não havia mudado – pelo menos do seu ponto de vista – desde os tempos da polêmica que, no século XIV, havia oposto Albertino Mussato e o dominicano frei Giovannino de Mântua. O primeiro, coroado poeta em Pádua em 1315 pela sua tragédia latina *Ecerinis*, havia afirmado que a poesia deveria ser considerada uma segunda teologia: o que haviam feito os antigos poetas senão especular misticamente sobre Deus e sobre a origem das coisas? Mas o dominicano, sem atacar a poesia, limitara-se a constatar que, pela sua natureza, a poesia era a atividade intelectual mais afastada da verdade ("*minimum continet veritatis*") – aquela verdade que era justamente o objeto da teologia constituída como ciência. Esse episódio muitas vezes foi considerado um conflito entre a cultura humanística e o mundo eclesiástico hostil à poesia. Mas, como observou Ernst Robert Curtius, o dominicano "de modo algum se volta contra a poesia" em si mesma.[4] E isso, mais de dois séculos depois, valia também para o dominicano Michele Ghislieri. Não havia motivo para declarar guerra às fábulas. A batalha em curso referia-se às diversas verdades da teologia em conflito. Era ali que era preciso concentrar a atenção, armar as sentinelas, bloquear as infiltrações que a imprensa tentava todos os dias.

Na verdade, o tempo não havia passado em vão nem mesmo para os dominicanos: dois séculos depois, os termos da questão haviam se tornado mais amplos e complicados. E não apenas para os conflitos que os teólogos haviam visto aumentar no que tange ao mundo dos poetas, em razão direta do crescimento da moda humanística: Giovanni Dominici havia externado todo o furor de um mundo agredido com a sua *Lucula noctis*. Entretanto, a literatura havia elaborado por conta própria argumentos em defesa da sua peculiar via de acesso à verdade. "Teologia e poesia, pode-se dizer, são quase a mesma coisa – afirmara Boccaccio – [...] e digo mais, que a teologia nada mais é que uma poesia de Deus."[5] O argumento – os primeiros teólogos foram os poetas – não era novo; havia sido escrito por Aristóteles, repetido por Varrão nas suas *Antiquitates*, obra que havia fixado para os padres da Igreja – e sobretudo para Agostinho – o ponto de referência na polêmica contra a religião pagã (mas também contra a justificação política da religião). Contra ela deveria entrar em choque o cristianismo, já que a sua pretensão

4 Ernst Robert Curtius, *Literatura europeia e Idade Média latina*, trad. Teodoro Cabral e Paulo Rónai. São Paulo: Hucitec/Edusp, 1996, pp. 276-83, em particular p. 278.

5 G. Boccaccio, *Trattatello in laude di Dante*, edição crítica P. G. Ricci, in V. Branca, A. Balduino e P. G. Ricci (org.), *Tutte le opere*, v. III. Milão: Mondadori, 1974, parágrafos 154-55.

de verdade exclusiva se juntara a uma posição de poder, criando a intolerância no que concerne a qualquer outra fé religiosa. Mas o argumento da oposição entre verdadeiro e falso – em relação à única religião verdadeira, a mitologia como conhecimento poético era falsa – não fora nem o único nem o mais importante na reflexão cristã sobre a mitologia. Chegara ao fim o tempo dos deuses "falsos e mentirosos", mas nem por isso a mitologia havia perdido toda a capacidade de dizer algo de verdadeiro sobre o mundo supraterreno. Os próprios ídolos do mundo pagão não poderiam ser reduzidos à falsidade da não existência. O Olimpo podia encontrar espaço na geografia simbólica do cristianismo. São Paulo já havia aludido a "muitos deuses e senhores" (I Cor., 8) que depois, na tradição cristã, deviam assumir o rosto das potências demoníacas subordinadas a Deus, mas essenciais no governo do mundo e na explicação do mal. Dante colocou a fortuna no papel de "*general ministra*" do além (Inf. VII, v. 78) e não hesitou em encher o seu inferno com figuras da mitologia pagã.

Assim, mesmo que Agostinho houvesse oposto às opiniões de Varrão o argumento da falsidade dessa teologia mítica (que, aliás, não tinha nada para dividir com a verdade revelada do cristianismo), a ideia de um parentesco entre teologia e poesia não desapareceu. Agostinho havia feito a distinção entre *fictio* como mentira e *fictio* como "*figura veritatis*". Tratava-se de encontrar uma justificativa para não apagar como falsidade "tudo o que havia sido dito pelos sábios e pelos homens santos, ou até mesmo pelo próprio Deus em forma figurada".[6] O problema era o da linguagem metafórica. A mitologia e a teologia, segundo São Tomás, eram obrigadas a um uso continuado de metáforas porque tratavam, uma, de coisas inacessíveis à razão enquanto falsas, a outra, de coisas que fugiam à compreensão racional. Sendo assim, eram admitidos os dois usos da metáfora justamente no momento em que se reservava o espaço da verdade apenas para uma das duas. A metáfora, a alegoria, a procura do sentido oculto faziam parte do exercício exegético comum, do modo como era praticado com respeito à Escritura sagrada. Por meio da leitura figurada, a Bíblia hebraica no seu conjunto foi transformada, como escreveu Auerbach, "de um livro de leis, de uma história do povo de Israel, numa série de figuras de Cristo e da redenção"; só depois da Reforma é que o "Antigo

6 Essa passagem, como observou Carlo Ginzburg ("Mito. Distanza e menzogna", agora em *Occhiacci di legno. Nove riflessioni sulla distanza.* Milão: Feltrinelli, 1998, pp. 40-81, em particular p. 49), foi citada na *Summa* de São Tomás (III, q. 51, a. 4) [ed. bras.: *Olhos de madeira. Nove reflexões sobre a distância,* trad. Eduardo Brandão. São Paulo: Companhia das Letras, 2001].

Testamento, como história dos hebreus e lei hebraica, criou vida".[7] Auerbach distingue a concepção figurada, aplicada a temas cristãos, da concepção alegórica, aplicada preferivelmente a temas antigos, mas reconhece que "logo se interpretam figuradamente também os temas profanos e pagãos"; as Sibilas, as figuras da *Eneida*, as personagens do ciclo bretão, até a vida de Catão de Útica.[8]

Um fato é certo: durante séculos, a Bíblia foi considerada a palavra de Deus adaptada à linguagem e à capacidade de compreensão dos homens; isso explicava o recurso a analogias e metáforas do mesmo tipo das fábulas poéticas. "A linguagem da revelação", observou Amos Funkenstein, "usa elementos da linguagem familiar e natural para transcendê-las."[9] Continuava inabalada a distinção entre "verdadeiro" e "falso", entre as fábulas da literatura e a Escritura. Mas essa aliança era feita sem discussões: seguia-se daí que a prática da poesia, o exercício da literatura não estavam realmente ameaçados. Virgílio podia oferecer sua orientação a um poeta cristão na decifração de símbolos e representações do além. Por outro lado, o prestígio da poesia não dependia apenas do parecer dos teólogos: o nome de Virgílio é suficiente para recordá-lo. Não só a sombra do "altíssimo poeta" gozava de um verdadeiro culto, mas a matéria de sua poesia alimentava múltiplos rios de histórias: até no interior das casas, onde a mulher "contava histórias para a família/ de troianos, de Fiesole e de Roma" (Par. XV, vv. 125-26). Petrarca e Boccaccio reivindicaram a dignidade da poesia com a segurança de um valor ao fim e ao cabo adquirido. Como Boccaccio escreveu, não era um crime capital ler livros de poesia; mesmo um monge, uma vez recitado o seu breviário, devia poder ler Virgílio sem considerar um pecado essa maneira de empregar o tempo.[10] A interpretação figurada da Escritura sagrada podia criar uma relação de iluminações recíprocas entre a página da Revelação divina e todas as outras páginas e outras histórias. Não se tratava, portanto, da afirmação de valores "leigos", como aliás se

7 E. Auerbach, *Figura*, in *Archivum Romanicum*, XXII (1939), pp. 436-89; agora em *Studi su Dante*. Milão: Feltrinelli, 1966, pp. 165-235, em particular pp. 203-4 [ed. bras.: *Figura*, trad. Duda Machado. São Paulo: Ática, 1997].

8 Id., ibid., pp. 212-14.

9 A. Funkenstein, *Teologia e immaginazione scientifica dal Medioevo al Seicento* [1986]. Turim: Einaudi, 1996, p. 282.

10 "Avendo con divozione e con lagrime il divino officio detto, non è peccare in Spirito Santo il vedere gli onesti versi di qualunque poeta" [Tendo dito com devoção e lágrimas o ofício divino, não é pecar no Espírito Santo ver os honestos versos de algum poeta] (G. Boccaccio, *Esposizioni sopra la Comedia*, I, I, 95). E nas *Genealogiae deorum gentilium* (XIV, 18): "Non esse exitiale crimen libros legere poetarum" [Não é um crime pernicioso ler os livros dos poetas].

dizia;[11] quando muito, de uma cultura na qual a noção de verdade estava muito além da simples verdade literal. O fato de os autores serem leigos ou eclesiásticos é algo que, naturalmente, tem a sua importância, mas não no sentido de que, pela condição social, se deduza imediatamente a escolha cultural e o mundo de valores. O assunto diz respeito, de modo especial, à grande tradição literária italiana do século XIV ao XV. Como observou Carlo Dionisotti, Francesco Petrarca, "o fundador do Humanismo italiano e europeu, o mestre da nova poesia amorosa, e clérigo, capelão e cônego, vive dos proventos dos benefícios eclesiásticos": e foi justamente a segurança que lhe era dada pelo benefício eclesiástico e pela igreja que lhe garantiu a independência e tornou possível a sua obra.[12]

A ameaça devia vir de outros lugares: veio da crise profunda dessa maneira de entender a verdade e atacou, ao mesmo tempo, a Bíblia e a literatura. Antes ainda do nascimento da crítica bíblica, isto é, da pesquisa sobre a Bíblia considerada como documento puramente humano, tomou corpo uma noção muito mais concentrada e limitada da verdade teológica, e foram aumentando os motivos de conflito entre poesia e teologia. Nos tempos de Erasmo e Lutero, da Reforma e do Concílio de Trento, teologia e "fábulas" poéticas começaram a ser comparadas na mente dos literatos antes mesmo que na dos teólogos. A era do livro impresso, do Humanismo e da Reforma protestante apresentou, na interpretação da Escritura, um problema especial, por muitos motivos. Com a imprensa e a difusão da literatura pessoal e silenciosa, mudou profundamente o sentido da verdade do texto, justamente quando o público de leitores se ampliava em dimensões novas e nunca vistas: de um lado, pela substituição do único sentido literal pelo quádruplo sentido da exegese medieval; de outro, porque a quebra da unidade da Igreja cristã do Ocidente trouxe o afrontamento de interpretações divergentes. Foi assim que o exercício da leitura direta, do conhecimento das coisas necessárias para a salvação com o estudo pessoal da Sagrada Escritura tornou-se uma prática social difundida. Numa religião revelada, a fidelidade às origens era o critério de medida: daí nasceu, para as várias interpretações em conflito, a obrigação do estudo da história como tábua da verdade. A verdade da Escritura tornou-se exata e única, restringiu-se ao significado das palavras, ao seu domínio e vizinhança da forma mais antiga:

11 Cf. A. Asor Rosa, "La fondazione del laico", in *Letteratura italiana*, v. *Le Questioni*. Turim: Einaudi, 1986, pp. 17-124. O ensaio chama justamente a atenção para a importância de Varrão na tradição que vai de Santo Agostinho a Vico.

12 C. Dionisotti, *Geografia e storia della letteratura italiana*. Turim: Einaudi, 1967, p. 51.

com Erasmo, difundiu-se também um título novo e mais fiel do Livro sagrado, *Novum Instrumentum*, novo pacto, e não *Novo Testamento*. Com a verdade das palavras, novas e mais substanciais palavras foram necessárias: a da fé, como convicção interior, e a dos comportamentos e práticas exteriores. A suspeita da simulação e da mentira ocupou as reflexões dos juristas e dos teólogos numa combinação antes nunca vista. E começou a afirmar-se cada vez mais uma noção séria e rigorosa da verdade que nunca mais deveria dividir algo com as fábulas nem conceder coisa alguma ao divertimento ou à invenção poética. Foi uma longa campanha, promovida pelos homens do livro em nome de um novo ideal de severa concentração sobre o conteúdo da fé. Erasmo de Rotterdam viu como um sonho o advento de uma nova era, na qual pastores e camponeses, mulheres e operários entoassem os versículos dos Salmos e lessem a Bíblia; e, na Itália, Antonio Brucioli, ao traduzir o convite de Erasmo para a língua vulgar, acrescentou-lhe aquela passagem de Dante, mas para negá-lo: "melhor do que contar para a sua família histórias sobre troianos, Fiesole e Roma, recitasse alguma coisa do Evangelho às sobrinhas e filhas".[13]

Tanta insistência a respeito das leituras das mulheres é levada a sério. Por vários motivos, as mulheres ofereciam um ponto de referência obrigatório para tudo o que dizia respeito ao universo da leitura livre, em resumo, aquela não estritamente inerente às disciplinas universitárias e ao mundo masculino de teólogos e juristas. As mulheres liam; isso era sabido e temido. Elas podiam escolher entre leituras agradáveis – que os moralistas consideravam más leituras – e leituras "boas", feitas para elas como antídoto para as "más". As mulheres tornaram-se assim as destinatárias de uma grande produção literária. Refazer-lhe a tessitura é tarefa que vai além dos objetivos destas páginas. Duas coisas podem ser ditas sumariamente: 1. a característica fundamental dessa literatura era, obviamente, a de ser escrita na língua vulgar de cada país; 2. o assunto religioso era um componente prescrito; as histórias de amor eram, ao invés, toleradas e periodicamente proscritas.[14] A produção religiosa é a que recentemente foi mais pesquisada.[15] Mas foi espe-

13 *Il Nuovo Testamento di Christo Giesu Signore et Salvatore nostro, di greco tradotto in lingua toscana per Antonio Brucioli*, in Venetia por Bernardino Bindoni, 1541, dedicatória a Anna d'Este, cc. n. n.

14 Utilizo as categorias de C. Ginzburg, "Premessa giustificativa", in *Quaderni storici*, 1979, n. 41, "Le religioni delle classi popolari".

15 Cf. K. Gill, "Women and the Production on Religious Literature in the Vernacular, 1300-1500", in E. A. Matter e J. Coakley (org.), *Creative Women in Medieval and Early Modern Italy. A Religious and Artistic Renaissance*. Filadélfia: University of Pennsylvania Press, →

cialmente o variado acervo de romances e novelas que encontrou nas mulheres o seu público. Heroínas antigas e modernas povoavam essas histórias de amor e de aventura: François Villon evocou-lhes o nome numa apaixonante balada. Mas os seus sentimentos de leitor nostálgico documentam que essa literatura não era reservada às mulheres. Presumia-se que fosse assim toda vez que se tratava de depreciar e criticar os costumes da época. E isso, entretanto, porque às mulheres, como criaturas mais fracas, mais afastadas da cultura douta e obrigadas, por definição, à obediência às autoridades masculinas, a elas se adaptava uma linguagem pedagógica feita de repreensões e de propostas positivas. E, finalmente, porque as mulheres eram tidas, por natureza, como inclinadas ao consumo de frivolidades. Na verdade, os documentos desmentem essa convicção. Os livros de cavalaria figuravam entre as leituras de Isabella d'Este, mas tinham de se haver com uma densa série de autores clássicos, ao passo que, no inventário de seu filho Federico Gonzaga, a literatura romanesca era "uma verdadeira multidão".[16] Mas o estereótipo em voga era o de uma cultura feminina dominada por histórias de amor. "Armas e amores": esta, segundo Luis Vives (1492-1540), era a matéria principal das leituras das mulheres. Não eram pensamentos cristãos, de acordo com o humanista valenciano, os de uma mulher mergulhada nas representações de armas e força e músculos de heróis de papel.[17] Diante de tanto perigo, o humanista (leigo) se admirava e protestava contra os pregadores que não falavam do perigo, dos magistrados que não cumpriam o seu dever, dos pais e dos maridos que não orientavam com a devida severidade as filhas e as mulheres. Era preciso impedi-las de ler "*malos libros*", de cantar canções "*desonestas*" nas quais só se falava de amor. Não se trata, portanto, apenas de livros; de preferência, os livros são apenas um objeto secundário da preocupação dos censores. As canções desonestas que são

→ 1994, pp. 64-104. E ver agora a ampla investigação coordenada por G. Zarri, *Donna, disciplina, creanza cristiana dal XV al XVII secolo. Studi e testi a stampa*. Roma: Edizioni di Storia e Letteratura, 1996. Id., ibid., junto à preeminência de leituras prescritas às mulheres, uma pesquisa nos livros contábeis de um livreiro ajudou Paul F. Gehl a caracterizar alguns livros efetivamente preparados para um público de leitoras – que, porém, são freiras ("Libri per donne. Le monache clienti del libraio fiorentino Pietro Morosi [1588-1607]", pp. 67-80). Muito original é a pesquisa de M. P. Fantini, que veremos mais adiante.

16 A. Luzio e R. Renier, "La cultura e le relazioni letterarie di Isabella d'Este Gonzaga", in *Giornale Storico della Letteratura Italiana*, XXXIII (1899), pp. 1-62, em particular pp. 7-8.

17 "*Hágote saber que no es muy católico el pensamiento de la mujer que se ceba en pensar en las armas y fuerzas de brazos y cuerpo del varón*" (Juan Luis Vives, *Instrucción de la mujer cristiana*. Madri: C.S.I.C., 1944, p. 28).

cantadas pelas ruas da cidade corrompem os costumes; e com eles vão no mesmo rumo os inúmeros "*libros vanos*". O catálogo é o seguinte: em França, "*Lanzarote del Lago, París y Viana, Ponto y Sidonia, Pedro Provenzal e Magalona, Melusina*"; em Flandres: "*Flores y Blanca Flor, Leonela y Cananior, Curias y Floreta, Piramo y Tisbe*". E na Espanha já são muito numerosos: "*Amadis, Florisando, Tirante, Tristán de Leonis, Celestina*".[18] Muitos mais ainda deviam integrar essa lista até formar um verdadeiro labirinto de livros, cujos textos, tornando-se célebres – da *Celestina* ao *Lazarillo* – se acham cercados de uma densa série de concorrentes até encher aquela biblioteca de Dom Quixote, que o cura e o barbeiro examinaram atentamente para ver se algum podia ser salvo do "castigo do fogo".[19] Mas, enquanto a fortuna espanhola da literatura de amor e de aventuras atravessa todo o século, na Itália o florescimento extraordinário da primeira metade do século XVI parece como que ferido por uma geada inesperada. A censura agiu de modo diferente nos dois países; tentaremos compreender a razão disso. Entretanto, a extraordinária produção italiana de livros quinhentistas de histórias fabulosas e de romances de cavalaria espera ainda um levantamento de conjunto. Mas todas as vezes em que se fez um levantamento, abriu-se um horizonte assombroso pela sua riqueza. Basta consultar o catálogo da grande colheita de livros daquele bibliófilo apaixonado que foi Ferdinando Colombo para encontrar aí uma farta messe de livros em língua italiana que podiam fazer parte das proibições de Vives: o *Nascimento de Orlando*,[20] *O enamoramento de Rinaldo*,[21] e assim por diante. Se lançarmos um olhar sobre a produção editorial de Milão da época, encontraremos as personagens então popularíssimas dessa literatura: as mulheres (Trabisonda, Ancroia, Rovenza, Bradiamonte), os cavaleiros (Dragoncino, Guidon Selvaggio, Falconetto, Adolfo del Barbicone, Aspramonte), as armas, os amores ("as belas batalhas do enamoramento de Guidon Salvazo", "Tristano e Lancilotto e Galaso", "Enamoramento de Fiorio e Biancifiore").[22] O primeiro verso de *Orlando Furioso* – "As mulheres, os

18 Id., ibid., p. 30.

19 Cf. M. Peña Diaz, *El laberinto de los libros. Historia cultural de la Barcelona del Quinientos*. Madri: Fundación Germán Sánchez Ruipérez, 1997.

20 Veneza, 1515 (cf. K. Wagner e M. Carrera, *Catalogo dei libri a stampa in lingua italiana della Biblioteca Colombina di Siviglia*. Modena: Panini, 1991, n. 596, pp. 322-23).

21 Veneza, M. Sessa, 1515 (id., ibid., n. 720, p. 386).

22 Tiro os títulos do catálogo organizado por L. Sorrento, *Stampe popolari e libri figurati del Rinascimento lombardo*. Milão: Edizione de L'Arte, 1942, seção "Leggende e storie cavalleresche", pp. 52 ss.

cavaleiros, as armas, os amores" – pode ser usado como um catálogo sintético de um material de produção extraordinária que as tipografias insistiam em ilustrar com imagens de batalhas e de amores. O assunto era o mesmo de há muito tempo. E o fato de Ariosto ter iniciado o seu poema reescrevendo um verso de Dante (Purg. XIV, vv. 109-10) é a prova da longa duração daquele assunto romanesco a respeito do modo de vida senhoril sobre o qual se concentravam há tempo tantos autores para o prazer dos leitores e das leitoras.

As páginas de Vives oferecem uma boa amostra dos motivos da censura dos homens do livro sobre a questão da leitura: um ideal de seriedade e de severidade, de vigilância das fronteiras contra uma liberdade da correta vida social obrigava que se separassem os livros bons dos maus. Vives aconselhava a leitura dos Evangelhos e dos padres da Igreja, de Platão, de Sêneca e de Cícero para as mulheres que sabiam latim; para as outras, havia as cartas de Santa Catarina de Siena, de Boécio, de Gerson, de Cícero e de Petrarca no que se referia à moral. Mas sobretudo lamentava que um país cristão não tivesse aquela censura dos livros que Platão provara ser necessária na sua *República*, e que tivesse em circulação textos daquela grande poesia amorosa que o próprio Ovídio desaconselhava que fosse posta nas mãos de mulheres. Esses motivos e conselhos eram partilhados por muitos. Contra as "torpezas" dos poetas se atirou então o príncipe de Carpi, Gian Francesco Pico, cujas opiniões influenciaram as decisões do V Concílio de Latrão. Desse concílio derivou a censura duríssima do concílio provincial de Florença, em 1517, que também recaiu sobre o grande poema de Lucrécio; em vão o seu primeiro editor, Aldo Manuzio, tentara colocá-lo a salvo da distinção entre elegância estilística e conteúdo filosófico. E razões morais levaram depois um grupo de doutos prelados, alguns dos quais amigos pessoais de Erasmo, a sugerir, no célebre memorial ao papa *De emendanda Ecclesia* (1537), a proibição da leitura dos *Colloquia familiaria* do humanista holandês.[23]

Portanto, era justamente do mundo dos humanistas e dos literatos militantes que vinham os protestos contra a circulação imoderada dos livros; temia-se a ameaça de corrosão da moralidade tradicional em virtude da matéria amorosa de que tratavam, ou mesmo da invasão de um imaginário pagão cada vez mais em moda.

23 Cf. Vives, *Instrucción*, op. cit., pp. 29 e 31. Sobre o decreto do V Concílio de Latrão e sobre o concílio provincial florentino de 1517, cf. D. Cantimori, *Eretici italiani del Cinquecento e altri scritti*. Turim: Einaudi, 1992, pp. 23-25; a influência de G. F. Pico sobre o decreto de Latrão foi caracterizada por F. Gilbert, "Cristianesimo, umanesimo e la Bolla *Apostolici regiminis* del 1513", in *Rivista storica italiana*, LXXIV (1967), pp. 100-14.

## 2. Leituras de amor

Esse era um protesto que podia contar com a aliança da cultura eclesiástica, ligada por tantos laços à cultura literária, contra o amor como assunto. O avanço do controle eclesiástico no terreno da sexualidade foi impetuoso entre o século XV e o XVI. A literatura dos manuais para a confissão registrou o caminho percorrido: tomando os manuais como espelho, os pecados do sexo tornaram-se então a matéria dominante.[24] Os pecados foram catalogados com esquemas mnemônicos que os reconduziam aos cinco sentidos do homem; e o primado coube à visão. A associação entre a visão e os estímulos sexuais era antiga. O olhar era estimulado pela visão de imagens e representações; quanto à palavra, o órgão que lhe dizia respeito era o ouvido. Por ali passava o anúncio da fé ("*fides ex auditu*"), por ali se introduzia a sedução diabólica. O meio era sempre a palavra falada; a leitura era feita em voz alta. A passagem à leitura silenciosa acarretou uma mudança do órgão do sentido correspondente. Foi uma verdadeira revolução, realizada nas abadias da alta Idade Média, nas quais os monges, com o exercício da oração mental e da meditação, seguiam silenciosamente as palavras na página como um gato à caça do rato.[25] Houve também uma mudança na estrutura da página escrita, na qual se passou da escrita ininterrupta ("*scriptura continua*") à separação das palavras por espaços. Esse foi o sinal e a consequência (não a causa)[26] de uma profunda mudança na própria natureza do modo de ler e de pensar; a separação visível das palavras facilitava a leitura como um rápido e silencioso mergulho no fluxo das imagens mentais. E as imagens não eram mais apenas as da piedade religiosa individual: mediante os livros, avançavam as heresias religiosas, a subversão política e a pornografia. Uma causa e, ao mesmo tempo, uma consequência da mudança foi a aproximação do mundo da leitura de um público que nele procurava não apenas as palavras da religião, mas também, e sobretudo, as do amor e da aventura.

24 A observação foi apresentada, num ensaio fundamental para o nosso tema, por C. Ginzburg, "Tiziano, Ovidio e i codici della figurazione erotica nel Cinquecento", agora em *Miti, emblemi, spie. Morfologia e storia*. Turim: Einaudi, 1992, pp. 133-57, em particular p. 152. Pesquisas posteriores sobre a história da confissão confirmaram amplamente o avanço da confissão no terreno dos pecados do sexo [ed. bras.: *Mitos, emblemas, sinais: morfologia e história*, trad. Federico Carotti. São Paulo: Companhia das Letras, 1989].

25 A imagem é de um monge irlandês do século IX; é citada por P. Saenger, *Space between Words. The Origins of Silent Reading*. Stanford (Cal.): Stanford University Press, 1997, p. 98.

26 Como julga, ao contrário, Saenger, *Space between Words*, op. cit.

Esse público encontrou seus autores. E o amor, narrado e descrito na literatura romanesca, passou pelos olhos do coração e se tornou amor real. A maneira como isso se deu, ninguém a descreveu melhor que Dante. Arquétipo da descrição dos efeitos (condenados) da leitura e, ao mesmo tempo, obra-prima absoluta da poesia erótica é a sua narração do caso de Paulo e Virgínia:

> Li occhi ci sospinse
> quella lettura, e scolorocci il viso;
> ma solo un punto fu quel che ci vinse.
>
> Quando leggemmo il disiato riso
> esser baciato da cotanto amante,
> questi, che mai da me non fia diviso,
>
> la bocca mi baciò tutto tremante. (*Inf.* v, vv. 130-36)
>
> [Por vezes a leitura surpreendia
> o olhar no olhar, o rosto embranquecido,
> mas foi um ponto só o que nos perdeu.
>
> Quando lemos que o riso apetecido
> fora beijado pelo amante ardente,
> esse que nunca mais de mim divido
>
> a boca me beijou, todo tremente.]

Trad. Augusto de Campos, in *Invenção*. São Paulo: Arx, 2003, p. 211.

Em Dante, o perigo da leitura já havia sido decretado com a condenação de Paulo e Francesca ao círculo dos luxuriosos. A difusão do livro impresso multiplicou, com os perigos, as medidas da polícia eclesiástica. Mesmo porque, com o livro, tornando-o mais perigoso, entraram em cena as ilustrações. As carreiras de autor e a de gravador se encontraram, se fortaleceram reciprocamente e muitas vezes se sobrepuseram na mesma pessoa.[27] A forte e imediata carga erótica das figuras,

27 Como no caso de Eustachio Celebrino de Udine, ilustrador do *Libro d'arte e d'amore chiamato Gisberto da Mascona* (Perugia, 1511) e autor de histórias de santos, de contos boccaccianos →

sobretudo das imagens de nus femininos, levou a autoridade eclesiástica a intervir. Um decreto do Patriarca de Veneza ameaçou o impressor Lucantonio Giunta de excomunhão se ele publicasse uma vulgarização das *Metamorfoses* de Ovídio enriquecida com imagens "*inhonestae*": mulheres nuas, uma figura de Príapo e outras coisas ainda.[28] O caso é exemplar por vários motivos. Ovídio era o poeta do amor por definição; no seu caso, como no do *Cântico dos Cânticos*, só a leitura como alegoria tornara possível moralizar o texto e fazê-lo circular. Mas o disfarce da leitura alegórica já havia entrado em crise; como escreveu Savonarola, os pregadores que usavam citações de Ovídio faziam uma obra imoral, porque as "*fabulae*" ovidianas só narravam amores desonestos de homens e deuses. Outros ataques vieram da ordem dominicana, coração da Inquisição. Giovanni Dominici, referindo-se ao costume de se ensinar os princípios do latim baseando-se nos textos de Ovídio, escreveu que havia aí o perigo de se tornarem pagãs, antes de se tornarem cristãs, as mentes tenras dos meninos que ouviam "aqueles falsos milagres e vãs transmutações".[29] A irrupção por meio do livro impresso das imagens de nus à antiga sob os olhos de muitos leitores fez que se enfurecesse a proibição eclesiástica. As imagens da vulgarização de Ovídio foram modificadas e vestidas nas novas tiragens, ou apagadas, se já estavam em circulação, como aconteceu com as do *Hypnerotomachia Poliphili*.[30] Era o começo de uma longa história que daí por diante seguiu o duplo percurso de uma competição entre editores e censores: de um lado, a promoção do nu como apelo para atrair o público; de outro, a intervenção dos censores do mundo eclesiástico. O antigo foi o veículo dos nus, mais ou menos cobertos com objetivos pedagógicos e moralizantes; um exemplo disso é Lucrécia, heroína

→ em oitavas, de pequenos poemas astrológicos e de outros ainda (cf. M. Beer, *Romanzi di cavalleria. Il "Furioso" e il romanzo italiano del primo Cinquecento*. Roma: Bulzoni, 1987, pp. 181-85).

28 O decreto, de 21 de fevereiro de 1497, foi publicado por A. Niero, "Decreti pretridentini di due patriarchi di Venezia", in *Rivista di storia della Chiesa in Italia*, XIV (1960), pp. 450-52. Também é citado por B. Guthmüller, "Ein Beispiel von Bildzensur im italienischen Buchdruck der Renaissance (der 'Ovidio Methamorphoseos vulgare', Venedig 1497)", in J. Jankovics e S. Katalin Németh (org.), *Freiheitsstufen der Literaturverbreitung. Zensurfragen, verbotene und verfolgte Bücher*. Wiesbaden: Harrassowitz, 1998, pp. 11-36.

29 *Del governo di cura familiare*, in C. Varese (org.), *Prosatori volgari del Quattrocento*. Milão/Nápoles: Ricciardi, 1955, p. 25.

30 Cf. Guthmüller, "Ein Beispiel von Bildzensur", op. cit.; e L. Donati, "Il mito di Francesco Colonna", in *La bibliofilia*, VI (1962), pp. 247-70.

romana da castidade, representada nua na página de rosto.[31] À moda do nu reagiu a obsessão eclesiástica pelos perigos do sexo em palavras ou imagens. Houve intervenções normativas e de censores sempre mais numerosos, versados em pinturas e ilustrações, seja separadamente seja no uso associado de ambas. Os bispos, aos quais o decreto do V Concílio de Latrão encarregara de exercer a censura preventiva sobre as ilustrações, multiplicaram proibições nesse sentido. O "modelo dos bispos", Gian Matteo Giberti, sublinhou nas suas *Constituições* a proibição da leitura dos livros "lascivos". Seu exemplo foi seguido, entre outros, pelo vigário episcopal de Brescia, Gian Pietro Ferretti, que por sua vez proibiu que os professores lessem nas escolas os "*lascivi authores*".[32]

O fato é que livros desse gênero despertavam a curiosidade e a fantasia dos leitores, e que o trabalho dos censores e dos curas de almas tinha de enfrentar um público atraído pelos textos justamente pelo que eles continham sobre os segredos do sexo. Como observou um homem de fina inteligência e de agudo espírito crítico, bem diferente era a leitura passiva e devota de textos em latim não compreendidos da aguçada curiosidade dos leitores de Aretino.[33]

## 3. O nu, o antigo, a censura

O nu predominava nas fantasias da época pelo duplo efeito concomitante da moda do antigo e da descoberta das populações do Novo Mundo. Nus, belos e hospitaleiros, os habitantes das Índias ocidentais surgiram como a volta da idade de Saturno, a mítica idade do ouro. O sucesso estrepitoso de Cristóvão Colombo sobre as "ilhas

31 Igualmente em *Historia e morte di Lucrezia romana*, Milão, Io. Iacobo di Rixi, *ad instantia* de Meser Io. Iacobo e irmãos de Legnano, 20 de março de 1518. A gravura é reproduzida, a partir da cópia da Biblioteca Riccardiana, por Sorrento, *Stampe popolari e libri figurati del Rinascimento lombardo*, op. cit., p. 53.

32 Cap. XXXIII: "*De puerorum magistris et pedagogis et ne lascivi authores in scholis legantur*" (*Constitutiones, et edicta observanda in sancta Brixiensi Ecclesia, et eius tota Dioecesi, noviter per Reveren. in Christo Patrem, iur. utrius. Doct. D. Ioan. Petrum Ferrettum Rhavenn. Mylen. Episcopum, suffraganeum, locumtenentem, et vicarium generalem promulgata*), Brixiae, impressit Damianus Turlinus, die VII septembris 1545, c. D *2r*.

33 "*Secus enim res se habet in lectione prophana aut Petri Aretini aut cuiusvis alterius; ita enim quaeruntur ut diligenter intelligantur et ut legentis animum optabili voluptate afficiant immo erudiant ad omne genus vitiorum ac scelerum*" (*Apologia* de Camilo Renato [1540], in C. Renato, *Opere. Documenti e testimonianze*, A. Rotondò (org.). Florença/Chicago: G. C. Sansoni/The Newberry, 1968, p. 68).

recentemente descobertas" foi devido certamente também à imagem daquelas multidões de mulheres nuas que esperavam os "conquistadores" europeus daí por diante, o "sonho exótico" da conquista colonial foi também um sonho erótico. Era o sonho de uma cultura europeia que, nesse tempo, via triunfar o código cultural do antigo, os modelos da beleza estatuária e sem véus da idade clássica. Enquanto Colombo descrevia nos seus relatos aqueles povos desconhecidos que ignoravam o uso de roupas, as leis e as convenções da Europa, em Roma, sob os mesmos olhos dos papas e dos cardeais, e com a sua participação, estava em pleno desenvolvimento a procura de estátuas e objetos antigos.

Livros "lascivos" e autores antigos se entendiam perfeitamente. Francisco Delicado, na dedicatória da *Lozana andalusa*, se justificava antecipadamente pela matéria tratada afirmando que não havia feito nada mais do que descrever o que havia visto e sentido, mais inocentemente do que Juvenal teria feito na sua época. E acrescentava uma consideração que o tempo se encarregaria de desmentir: "acabou afinal o tempo em que só se apreciava quem produzia obras edificantes".[34]

O encontro entre lascívia e literatura antiga acontecia na perspectiva e com os ingredientes de Roma: de acordo com Delicado, os nus antigos como o "Spinario" obrigavam as senhoras romanas a andar veladas. Os guias para os peregrinos das belezas da Roma pagã descrevem seus monumentos; mas o encontro entre a presença da corte papal e o renascimento da Roma pagã – uma relação de causa e efeito, não uma justaposição – produzia a descrição, escandalizada ou divertida, da corrupção da capital do cristianismo. A nova literatura vulgar celebrava os seus triunfos com os diálogos das prostitutas que enchiam as páginas de Aretino e as de Francisco Delicado; a maneira de Giulio Romano na pintura e a matéria "lasciva" da literatura vulgar se encontravam no célebre episódio de sua colaboração com Aretino. A cultura pagã invadia o mundo das ideias e das representações, tendo Roma como pano de fundo entre o fim do século XV e os primeiros trinta anos do século XVI. A literatura vulgar se apossava agora da matéria lasciva da literatura antiga através das traduções, como a de Apuleio, que comprometeu Boiardo e Firenzuola.

Dos vinhedos de uma Roma dominada pelas ruínas dos templos pagãos afloravam estátuas belíssimas; procuravam-se moedas e camafeus, descobriam-se afrescos dos tempos de Augusto. Era um fenômeno completamente italiano. O nobre milanês Sabba da Castiglione, parente do mais célebre Baltasar, oferecia à marquesa de Mântua Isabella d'Este "um corpo sem cabeça, braços e pernas" de

34 F. Delicado, *La Lozana andalusa*. Milão: Adelphi, 1970, p. 3 (dedicatória).

grande beleza, escavado numa vinha de Rodi; mas era obrigado a dissimular seu amor pelas estátuas antigas porque os cavaleiros da sua ordem militar andavam dizendo "que nós italianos somos todos idólatras, e por isso nos deleitamos com essas loucuras". Precisava ter cautela, porque arriscava-se a ser entregue nas mãos dos inquisidores "como idólatra e herege", com a ameaça de fazê-lo acabar "em fumaça e cinzas, avivando o fogo".[35] O perigo não devia ser muito iminente, pois frei Sabba continuou cultivando o amor pelo antigo e pela poesia; aliás, ele havia criado em Rodi um "*strano Parnaso*", onde representava comédias, tragédias, éclogas e sátiras; e compunha "uma obra de cavalaria, onde lhes escrevo todas as condições e qualidades, que deve ter um verdadeiro e bom cavaleiro".[36] Deveria tocar a um outro Castiglione descrever condições e qualidades do ideal humano adaptado à idade das cortes; mas a mistura de cavalaria medieval e poesia antiga era justamente o que parecia dificilmente conciliável com uma moralidade cristã rigorosa. Esse era o motivo do avanço da sombra da Inquisição e dos seus frades em territórios nos quais o amor e a beleza retomavam a feição da idade pagã. Por ora, tratava-se de uma sombra e nada mais; o próprio papa, pelo que contava frei Sabba, pagava com ricos benefícios quem lhe levasse estátuas antigas. Mas os tempos mudaram rapidamente.

Foi justamente em Roma, sob o pontificado de Clemente VII, que foi ganhando terreno uma orientação cultural hostil às "fábulas antigas", à literatura classicizante. A questão dizia respeito à moda do antigo que invadia a cidade do papa. O episódio dos "sonetos luxuriosos" de Pietro Aretino foi o momento culminante e final de um conflito entre a cultura voltada para o antigo e a primeira retomada de uma moral cristã hostil à sexualidade e à liberdade. Foi um conflito duro, tendo como pano de fundo o pontificado de Clemente VII, enquanto o surgimento do evangelismo erasmista e da Reforma protestante impunham uma retirada e um novo pensamento. Erasmo de Rotterdam perguntava ironicamente se era mais supersticioso o colecionador de moedas antigas ou a pessoa que se entregava à proteção de um crucifixo ou de uma imagem da Trindade. Justamente em Roma – insistia Erasmo – os "ciceronianos" dedicavam um verdadeiro culto às cenas mitológicas; nas suas coletâneas, as imagens de Júpiter aparecendo a Diana eram mais apreciadas do que as do anjo à Virgem; a do rapto de Ganimedes era preferida à da ascensão

35 Carta a Isabella d'Este publicada por A. Luzio, "Lettere inedite di fra Sabba da Castiglione", in *Archivio storico lombardo*, s. II, XIII (1886), pp. 91-112, em particular pp. 98-99.

36 Id., ibid., p. 100.

de Jesus ao céu.[37] Chegava-se até a pintar Deus Pai como Júpiter, Cristo como Apolo, a Virgem como Diana, Santa Tecla como Laide.[38] Erasmo formulou suas acusações com termos próprios da Inquisição: blasfêmia, segundo ele, era o uso das Escrituras para assuntos profanos e ridículos. Era preciso punir com penas severas quem deformava de modo ridículo temas e episódios das Escrituras;[39] era preciso defender a pudicícia das solicitações de figuras de nus.[40]

Acusações semelhantes ressoaram também em Roma. E também nesse caso foi um literato e poeta leigo, e não um frade, que fez ouvir a sua voz a favor da censura e da Inquisição. Francesco Berni, que então fazia parte do círculo do poderoso homem da cúria Gian Matteo Giberti, apresentou uma proposta que parecia feita especialmente para provocar e escandalizar, mas que iria revelar-se rica de futuros êxitos: a de criar "uma inquisição particular sobre os poetas, como é feita com os hereges ou excomungados na Espanha".[41] A acusação que Berni fazia aos poetas retomava um jogo irônico e autoirônico. Mas o argumento era formulado de um modo pesadamente ameaçador: o poeta tem sempre algo do herege. "Antes, o que digo, do herege? De não acreditar em nada." É por isso que os poetas chamam "Jesus de Júpiter, de Netuno, de Tonante, de o pai dos Deuses".[42] Seguia-se uma lista de mortes infelizes de poetas antigos e modernos como sinal e castigo pela sua falta de fé; um exemplo

37 "*Si quando Romae conspicatus es Ciceronianorum 'mouseia', recole quaeso nuncubi videris imaginem Crucifixi, aut sacrae Triadis aut Apostolorum, paganismi monumentis plena reperies omnia. Et in tabulis magis capit oculos nostros Jupiter per impluvium illapsus in gremium Danaës, quam Gabriel sacrae Virgini nuncians coelestem conceptum*" (*Dialogus ciceronianus*, in Desiderii Erasmi Roterodami, *Opera*, J. Leclerc (org.). Leiden: 1703-06, v. I, col. 999, C-D).

38 Id., ibid., col. 991. Sobre a ligação entre Erasmo e as artes figurativas, cf. o estudo fundamental de E. Panofsky, "Erasmus and the Visual Arts", in *Journal of the Warburg and Courtauld Institutes*, XXXIII (1969), pp. 200-27, em particular pp. 207-14.

39 "*Et quemadmodum blasphemiae genus est sacras litteras ad ineptos ac profanos detorquere iocos, ita gravi poena digni sunt, qui cum pingunt Canonicarum Scripturarum argumenta, de suo capite miscent ridicula quaedam*" (*De amabili Ecclesiae concordia*, in Desiderii Erasmi Roterodami, *Opera*, op. cit., v. V, col. 501, B-D; a passagem é citada por Panofsky, "Erasmus and the Visual Arts", op. cit., p. 212, nota).

40 Id., ibid., pp. 211-12.

41 F. Berni, *Dialogo contra i poeti*, Roma, 1526; agora em *Poesie e prose*, edição crítica E. Chiorboli. Genebra/Florença: Leo S. Olschki, 1934, pp. 265-89, em particular p. 278. Cf. a recente edição organizada por A. Reynolds, *Renaissance Humanism at the Court of Clement VII. Francesco Berni's "Dialogue Against Poets"* in *Contest*. Nova York/Londres: Garland, 1997.

42 Nas notas a essa passagem, Anne Reynolds (id., ibid., p. 182, e pp. 228-29, notas 30-33) lembra que a acusação de não distinguir entre deuses pagãos e Deus cristão foi apresentada por Boccaccio nas *Genealogie* e por Erasmo em *Ciceronianus*.

entre todos ameaçador foi o de Lucrécio, que "pelas boas obras que fez contra a religião, primeiro enlouqueceu e depois se matou"; e, entre os modernos, "o Marullo, que fazia abertamente profissão de não acreditar em Cristo" e morreu afogado.

A infelicidade dos poetas e dos literatos era um tema destinado a voltar frequentemente nas autodescrições de poetas e escritores; um tema por certos aspectos paralelo ao da melancolia e loucura dos artistas, "nascidos sob o signo de Saturno". Mas sobre os poetas e sobre os escritores recaíam perigos muito mais concretos; um bom testemunho disso, na época, era o já célebre Pietro Aretino, obrigado a trocar Roma por Veneza depois de ter recebido uma punhalada de Achille della Volta, cavaleiro bolonhês também ele ligado a Gian Matteo Giberti e, por consequência, a Francesco Berni. O episódio, cujas circunstâncias imediatas continuam misteriosas, fez assim mesmo precipitar uma oposição e um choque aberto e direto entre um ambiente dominado pela vontade de moralizar e um autor capaz de manejar o vulgar e de tratar habilmente a matéria erótica sem ao menos recorrer à mediação das fábulas antigas: competindo com as imagens gravadas por Marcantonio Raimondi, os sonetos de Aretino haviam levado a matéria ao máximo da liberdade de expressão. O pensamento do que podia fazer a terrível língua de Aretino impelia Francesco Berni a pressagiar que se encontrasse finalmente "um punhal/ melhor que o de Aquiles e mais apropriado".

O poeta toscano evocava na sua obra temas que vinham caracterizando os ambientes da corte papal de Clemente VII: uma nova procura de pureza religiosa nos costumes e nas ideias e uma reação ao culto da antiguidade pagã. Para ironia da história, a tarefa de levantar a bandeira da moralidade e da religião coube justamente a ele, que aliás se vangloriava de ter nascido num lugar muito querido pelos leitores de Boccaccio, Lamporecchio ("que é castelo afamado segundo Masetto").[43] Poeta a serviço da Reforma católica com histórias de abadias mal governadas e de padres ignorantes, deparou com um trabalho mais valoroso na reedição expurgada e moralizada da matéria cavaleiresca; ao refazer *Orlando innamorato*, de Boiardo, Francesco Berni juntou, numa aliança rica de futuro, censura linguística e moralidade ortodoxa. "Tudo o que aí era indecente sai corrigido ou tudo o que era ofensivo à religião, não a religiosos apenas no nome, foi retirado e corrigido."[44] A "inquisição particular sobre os poetas" torna-se uma realidade.

43 Tirado de *Orlando innamorato*, canto III, oitava VII, vv. 36-56; ver Berni, *Poesie e prose*, op. cit., p. 3.

44 E. Chiorboli, *La vita e l'arte del Berni*, introdução a Berni, *Poesie e prose*, op. cit., p. XXVII.

A censura de Francesco Berni atingia ao mesmo tempo o conteúdo amoroso das fábulas cavaleirescas e a língua não toscana. Mas fazia mais: atingia o mundo eclesiástico, denunciava-lhe a hipocrisia ("*in sepolcri dipinti gente morta*") e fazia apelo em favor de uma reforma interior, não de fachada: "não vos importeis com o que está fora, mas antes reformai vossos corações". Berni opunha à corrupção eclesiástica "Um moralismo religioso radical; e laicíssimo".[45] O censor foi censurado. Sua reedição não foi publicada. Contudo, mais tarde, falou a esse respeito Pier Paolo Vergerio, o bispo italiano fugido da Itália para aderir à Reforma; e interpretou o anticlericalismo de Berni em termos de adesão às doutrinas protestantes. O episódio é emblemático da reviravolta então sofrida por toda a questão da censura: de preocupação do tipo moral à guerra de defesa teológica, de preocupação com os costumes a reações de um corpo eclesiástico em defesa de si mesmo e do patrimônio doutrinal da Igreja romana.

Porém, mais rápido do que ele percebe a direção do vento, foi o seu antigo adversário, Pietro Aretino, quem foi capaz de criticar Michelangelo por causa dos nus da Capela Sistina, mais apropriados a tavernas e prostíbulos, de acordo com ele, do que aos aposentos papais. A obsessão pelo nu, típica de uma cultura eclesiástica então dominante, tomava lugar ao lado da censura das ideias.

## 4. Heresia e censura

No campo das ideias, a questão central era a da heresia. Apareceram então os "novos cristãos, antes, os novos demônios".[46] E isso impunha um novo caráter a todo o problema da leitura e do controle da imprensa. Frei Sabba da Castiglione, literato e amante das antiguidades, nos seus últimos *Ricordi*, mostrou-se vivamente impressionado com a fama de eruditos atribuída a Lutero, a Melanchton e a outros reformadores: homens, dizia-se, versados no latim, no grego, no hebraico e no caldaico. E então, a reação do cavaleiro jerosolimita foi a de declarar o saber prejudicial: é melhor ser ignorante e viver santamente como os antigos eremitas, é melhor "ter sido Antão e os outros padres, sem tantas ciências e tantas línguas,

45 D. Cantimori, "Atteggiamenti della vita culturale italiana nel secolo XVI di fronte alla Riforma", *Rivista storica italiana*, LIII (1936), pp. 41-69, agora em *Umanesimo e religione nel Rinascimento*. Turim: Einaudi, 1975, pp. 3-39, em particular p. 10.

46 S. da Castiglione, *Ricordi ovvero ammaestramenti*, S. Cortesi (org.). Faenza: La Tipografia Faentina, 1999, p. 223 (Recordação 113).

que o demônio, que Martinho Lutero e que Platão e Aristóteles com todas as suas disciplinas e ciências".[47] Era o exato reverso da medalha daquilo que um amigo de frei Sabba, muito estimado por ele, Nicolau Maquiavel, havia dito no leito de morte; contando um sonho que teve, Maquiavel confessara preferir ao Paraíso, com seus santos andrajosos ignorantes, o Inferno, onde esperava conversar sobre o Estado com Platão e com os outros grandes da Antiguidade. A ameaça de subversão trazida pela Reforma protestante arrastava consigo motivos antigos de recusa ascética do saber, de suspeita em relação às ciências e às letras, de condenação das "loucuras do mundo".[48] E loucura era a daqueles que, "logrados, lisonjeados, antes enlouquecidos pela elegância das palavras de bom gosto e pela graça do estilo, acreditam em Salústio, em Lívio, em Justino, em Heródoto, em Plutarco, em Apiano e nos outros historiadores pagãos e gentios, que escreveram sobre coisas antigas e passadas",[49] e não querem acreditar na Escritura sagrada nem nos doutores da Igreja. Loucura, e não outra coisa, era, para frei Sabba, o fato de que se pudesse morar em Roma e não dar um passo sequer para visitar as relíquias dos mártires mas, em vez disso, atormentar-se para visitar "as antiguidades em ruína ou que ameaçam desmoronar, com os teatros, os arcos, as termas, aquedutos, obeliscos, colunas, templos, grutas e outros edifícios". Amor pelas ruínas? Mas toda a Itália estava em ruínas por causa das guerras. E isso era como uma advertência de que os bens mortais são caducos, que todo aquele investimento no culto dos antigos era um caminho profundamente errado. A crise italiana somava seus efeitos à crise da Igreja e obrigava um literato, requintado colecionador de antiguidades, a voltar-se para o elogio da piedade simples dos ignorantes. Contudo, Sabba foi um homem que sempre dedicara a sua vida à civilização do livro. E agora reagia com violência à pobreza do aspecto tipográfico dos livros de piedade se comparado com a edição dos romances cavaleirescos. As obras de devoção eram impressas "em letronas sórdidas, brutas, infelizes a ponto de pôr em fuga a vontade de ler de qualquer leitor estudioso. Os papéis são escuros, enegrecidos pela fumaça e ásperos e cheiravam a ranço ou a calendários bolonheses"; mas, ao contrário, eis "*Ser* Morgante, *Ser* Orlando, *Ser* Rinaldo, *Messer* Decamerone, Donna Fiammetta e outras obras do gênero, impressas com toda a diligência, com toda a solenidade e paciência em caracteres elegantíssimos, em

47 Id., ibid., p. 225.
48 Id., ibid., p. 218.
49 Id., ibid., p. 221.

papel delicadíssimo, como se fosse a lei escrita pelo dedo de Deus, que foi dada a Moisés no alto do monte Sinai".[50]

Essa reação de frei Sabba era uma reação que não expressava apenas o desconforto de ter de voltar atrás para quem, cultor da arte e da literatura, sentia um recuo senil e desiludia-se diante das loucuras do mundo. O impulso da censura e da devoção tinha raízes mais profundas. Mesmo se as autoridades eclesiásticas naquele momento tinham muitos outros motivos de preocupação no perigo representado pela Reforma luterana, bastaria o aparecimento do nome de *Ser* Morgante para tornar claro que, na perspectiva da cultura italiana daquele momento, era preciso também pedir explicações a respeito da irreligiosidade declarada, daquilo que Berni definira como "não acreditar em nada". No *Morgante maggiore*, de Luigi Pulci, o gigante Margutte havia afirmado muito claramente que só acreditava "no capão, cozido ou, se quiser, assado"; e justamente essa paródia do Credo apareceu significativamente na primeira redação dos estatutos impostos à diocese de Verona em 1542 pelo bispo Gian Matteo Giberti, protetor de Berni, no texto do decreto de censura sobre os abusos cometidos contra a Escritura sagrada.[51] Comparado a *Ser* Morgante, a voz de Lutero devia parecer – como de fato era – a expressão de um mundo de teólogos e de uma religiosidade que na Itália tinha-se a impressão de ter sido deixada para trás, num passado longínquo.

Se nas preocupações da censura do mundo eclesiástico o problema da poesia a princípio ficou em segundo plano, as coisas em seguida deviam mudar. A hierarquia editorial entre a novelística e a literatura devota devia sossobrar; os leitores do século XVI tardio tiveram entre as mãos obras-primas de livros de piedade impressos com todo o cuidado e ornados com imagens, enquanto a publicação de romances resvalava rapidamente para a clandestinidade. E isso aconteceu quando o veio profundo da vontade de moralizar, a recusa ascética do prazer da poesia e do amor se misturou à onda das medidas anti-heréticas: a Reforma católica e a Contra-reforma confluíram na impetuosa corrente que dominou o papado de Paulo IV Carafa.

Como é sabido, a questão da censura sobre a imprensa aconteceu num clima de emergência, dominado pelo problema da propaganda de ideias "heréticas" e pela difusão de livros "luteranos" (no sentido abrangente do termo então em uso).

50 Id., ibid., p. 226.

51 "*Alius plenis buccis 'Credo Marghut' publice intonat*", in R. Pasquali (org.), *Le costituzioni per il clero (1524) di Gian Matteo Giberti vescovo di Verona.* Vicenza: Istituto per le Ricerche di Storia Sociale e Religiosa, 2000, p. 614.

Iniciativas locais – foi fundamental a iniciativa veneziana de 1549 – e exigências aflitas de autoridades eclesiásticas obrigavam Roma a intervir na matéria.[52] Mas foi somente com a eleição de Gian Pietro Carafa ao pontificado que a questão encontrou uma resposta. Até essa data, a literatura havia sofrido pouco com as proibições da censura: o Index veneziano de 1549 havia proibido os *Capricci del bottaio*, de Giovan Battista Gelli, suspeito de simpatias luteranas. Mais grave havia sido o sinal contido no outro Index veneziano, de 1554: as proibições da *Monarquia*, de Dante, e de *Constantini donatione*, de Valla, haviam indicado a vontade de defender o sistema de poder eclesiástico de toda crítica, atual e passada. O fato novo era o apelo à tradição anticurial e anticlerical italiana por parte não apenas dos reformadores protestantes mas também daqueles italianos que, abraçando as ideias da Reforma, encontravam suas premissas na sua tradição literária. A crise, aliás, passava pelo mundo dos humanistas e dos letrados italianos.

Fautor, há anos, de uma "guerra espiritual", Paulo IV havia conhecido em Veneza o perigo representado pela livre circulação de livros de todo gênero; uma vez eleito, nomeou uma comissão para fixação de um Index dos livros proibidos. Foi no contexto dos trabalhos dessa comissão que o seu homem de confiança, Michele Ghislieri, expressou a já lembrada opinião a respeito das "fábulas". Mas não deveria encontrar muito consenso. Sua carta data de 27 de junho. Em setembro, com o fim da *drôle de guerre* de Paulo IV contra Filipe II, a comissão recebeu novo impulso, a vontade do papa tomou forma e as decisões começaram a chegar ao conhecimento do público, mandando sinais ameaçadores para as editoras italianas. O estilo foi o drástico, violento e aproximativo típico do fautor da "guerra espiritual", Gian Pietro Carafa. O primeiro a receber o choque destruidor foi o embaixador veneziano Bernardo Navagero, que a 7 de setembro contava que Paulo IV havia concordado com a proposta de "alguns frades" consultores para destruir um rico elenco de obras de vários autores. O papa, para não prejudicar demais os livreiros, ordenara que a destruição fosse feita "pouco a pouco". Para alguns autores, porém, impôs que a destruição fosse imediata: "Aqueles que ele quer que sejam queimados agora são todas as obras de Erasmo, de Boccaccio, de Maquiavel, as crônicas de Corion [Johannes Carion], as comédias de Poggio e as de Piovano Arlotto".[53] A lista é apresentada, com algumas variantes, por Giovanni Agostino Fanti que, escrevendo de Bolonha a Ludovico Beccadelli a 18 de setembro, informou que o bando já havia atingido

52 Cf. De Bujanda, "Introduction historique", op. cit., pp. 27 ss.

53 Pastor, *Storia dei Papi*, op. cit., v. VI, p. 491, nota 4.

"as *Cem novelas* de Boccaccio, as facécias de Poggio, de Piovano Arlotto, de Cornélio Agrippa, Erasmo, todas as bíblias vulgarizadas de dez anos para cá e outros livros".[54] A lista, na sua heterogeneidade, é uma demonstração eloquente de uma reação cega e violenta de quem se sentia agredido não apenas pelos ataques teológicos da Reforma, mas também pela ironia e a sátira, e por isso colocava no mesmo plano Maquiavel e Piovano Arlotto. O comentário de Giovanni Agostino Fanti expressa muito bem a desolação dos letrados: "é mesmo uma coisa de frades".

Esse era um comentário inteiramente justo: como vimos, a cultura fradesca dominicana não se considerava em guerra com as "fábulas" da literatura, mas com as obras dos "hereges". Mas, se as "fábulas" continham alguma crítica ao clero, então não se podia mais fazer distinções; no momento da luta corpo a corpo, quem não era amigo era inimigo, e a denúncia da irreligiosidade dos escritores vinha do seu próprio ambiente. Nós a encontramos nas páginas de Francesco Berni, e tornamos a encontrá-la, quase com o mesmo argumento, nas de Geronimo Muzio, polemista duríssimo contra reformados e dissidentes, adversário pessoal do mais conhecido deles, Pier Paolo Vergerio. Para ele, os literatos não são simples hereges, mas verdadeiros e legítimos infiéis, no sentido de que não acreditam em nada: "não tanto contra os hereges, quanto contra os infiéis é preciso empunhar as armas. Quanto a mim, não posso me convencer de que os literatos inimigos da Igreja acreditam em Cristo".[55] Para Muzio, a "inquisição contra os poetas" desejada por Berni foi uma opção de vida e uma verdadeira e legítima profissão, exercida em íntimo contato com o Santo Ofício.

## 5. Letrados entre a censura e a autocensura

O Index publicado por Paulo IV a 30 de dezembro de 1558 ficou célebre pela sua indiscriminada e duríssima agressão ao mundo do livro. Os letrados italianos encontraram ali, consternados, os nomes venerados de Dante (por causa da

54 O documento é citado por G. Fragnito, "Girolamo Savonarola e la censura ecclesiastica", in *Rivista di storia e letteratura religiosa*, XXXV (1999), pp. 501-29, em particular p. 503, nota.

55 *Lettere cattoliche del Mutio Iustinopolitano*, in Vinegia impresso por Giovanni Andrea Valvassori, 1571, p. 100. A passagem foi assinalada por P. Simoncelli, "Documenti interni alla Congregazione dell'Indice 1571-1590. Logica e ideologia dell'intervento censorio", in *Annuario dell'Istituto storico italiano per l'età moderna e contemporanea*, XXXV-XXXVI (1983-84), pp. 189-215, em particular p. 209, nota.

*Monarquia*), Petrarca (por causa de uma reunião de textos antirromanos recolhidos por Vergerio) e Boccaccio, mas também os de Enea Silvio Piccolomini, Lorenzo Valla, Luigi Pulci, Girolamo Savonarola, Francesco Berni, Giovanni Della Casa, Marcantonio Flaminio, Nicolau Maquiavel, Pietro Aretino e outros ainda, numa mistura desordenada e confusa de textos, reunida sem outro critério que não fosse a reação cega e violenta de um corpo que se sentia agredido e que olhava com suspeita todo o mundo do livro impresso. Enquanto os livreiros se apressavam a pedir alguma atenuação que lhes desse a oportunidade de evitar a ruína, o protonotário Pietro Carnesecchi comentava com evidente ironia que havia acabado o tempo das livres e desordenadas curiosidades e que era preciso colocar ordem nas próprias leituras; mas a ironia se transformava sem sarcasmo no reconhecimento do favor feito aos dois poetas toscanos Dante e Petrarca, apesar de ambos terem vibrado legítimas bastonadas contra os papas, escrevendo invectivas "contra o clero e a corte de Roma".[56] Alguns dias depois, Carnesecchi escrevia à sua amiga registrando com um tom não mais irônico, mas grave e alarmado, o fato novo, destinado a dominar daí para a frente o horizonte da Contra-reforma: chegara a Veneza "um breve do papa, pelo qual ordena a todos os confessores que não devem absolver ninguém que tenha algum dos livros proibidos no Index ou, sabendo quem o possua, não o acuse, levando o nome dessa pessoa ao inquisidor". Essa era uma

> incrível alteração, parecendo às pessoas que estão ateando fogo às suas vestes e não havendo ninguém que se considere seguro na própria casa, pois o filho é incentivado a acusar o pai e a mãe, o servo ao patrão, a mulher ao marido: e assim, aos poucos, todos terão de suspeitar mais das pessoas que lhes são mais familiares e dos próprios parentes.[57]

56 "Tinha já sabido do grande número de livros proibidos em Roma, e, por minha fé, não desagradei-me, parecendo-me que seja boa coisa pôr freio à curiosidade excessiva, na qual todos pecam universalmente, para que nos limitemos a ler as coisas boas e necessárias, deixando de parte as inúteis e supérfluas. Fiquei feliz pelo favor que foi feito – e em que nada opinei – a dois poetas meus compatriotas, Dante e Petrarca, apesar de que em um se encontrem alguns sonetos com invectivas contra o clero e a corte de Roma, e o outro tenha em muitos lugares desferido duros golpes sobre os papas e a Santa Sé, mas creio que se tenha perdoado a um por amor daquela bela canção feita em louvor da Virgem, e a outro por ter dado bom tratamento ao Purgatório". Carta a Giulia Gonzaga, 14 jan. 1559, publicada por Godman, *The Saint as a Censor*, op. cit., p. 320. Segundo Godman, é um documento de franca aprovação da obra censória de Paulo IV: ver id., ibid., pp. 14-15.

57 O texto da carta, de 7 de março, é conservado no fascículo processual relativo a Carnesecchi, no Archivio del Sant'Uffizio, *Stanza Storica R. 5-a*; devo a comunicação disso à cortesia de Massimo Firpo, que está cuidando da edição crítica do processo.

A literatura em tempos de guerra deveria realmente "deixar de lado as coisas inúteis e supérfluas", como havia comentado Carnesecchi, e concentrar-se no essencial. Era o fim dos "jardins de contemplação", isto é, da literatura devota anônima em língua vulgar, mas também dos outros jardins, aqueles representados no frontispício da literatura amorosa e romanesca que inspirara também o mundo da grande pintura italiana. Como uma bagagem supérflua, acabaram abandonados e proscritos os anônimos opúsculos devotos de orações e de lendas hagiográficas, as profecias e as adivinhações astrológicas, os romances de amor e de aventura. Moralidade e verdade ortodoxa eram as novas exigências; e isso produziu uma profunda transformação no panorama das leituras. Todos os âmbitos da literatura de maior consumo sofreram com essas disposições: em particular os livrinhos de devoção em língua vulgar, com episódios da vida de Jesus, da Virgem e de Sant'Ana, que atendiam à necessidade de preencher o silêncio dos Evangelhos canônicos sobre os trinta anos da vida de Jesus antes da sua pregação pública ou de elaborar a narração da sua paixão e morte. Era um setor de obras de conteúdo bíblico "muito mais amplo mas também muito menos definido"[58] do que as edições da Bíblia ou do Novo Testamento. Através dessa literatura, uma multidão de personagens de ficção invadira as leituras devotas: basta lembrar a personagem de Verônica na Paixão do modo como a conta Jacopo da Varazze na sua *Legenda aurea*, verdadeira mina no gênero. Disso se alimentava a literatura devota dos livrinhos que costumamos ver representados nas mãos de mulheres piedosas. Eram fábulas, embora de devoção. A *Legenda aurea* de Jacopo da Varazze era um campeão célebre dessa literatura, mas não era o único. As fantásticas histórias dos santos eram capazes de fascinar as fantasias, eram capazes de tirar o fôlego. Os próprios santos eram cavaleiros cristãos empenhados em mirabolantes empresas que nada ficavam a dever à literatura cavaleiresca: basta pensar na célebre imagem de São Jorge derrotando o dragão. São representações comuns numa literatura de grande popularidade, que agora tinha de passar pelo crivo de autoridades eclesiásticas desconfiadas. Entre os primeiros a serem proibidos e requisitados estavam os "livros de horas", livros de devoção popularíssimos que constituíam uma voz essencial na produção editorial e no consumo, tanto que a ordem de retirá-los de circulação criou um verdadeiro pânico. Em outros contextos católicos, como no Tirol habsburgo, a medida foi executada de forma tênue, permitindo a substituição gratuita dos textos que deviam ser reti-

58 G. Fragnito, *La Bibbia al rogo. La censura ecclesiastica e i volgarizzamenti della Scrittura (1471-1605)*. Bolonha: Il Mulino, 1997, p. 290.

rados e a leitura de versões alemãs da Bíblia.[59] Não houve nada disso no território italiano, onde a dureza e a suspeita foram a norma. O *Ofício da Beata Virgem* foi o texto fundamental ao qual se dirigiu a atenção das autoridades eclesiásticas. Tocou justamente a Ghislieri, como papa Pio V, publicar uma bula que impôs a retirada de circulação de todos os ofícios já impressos para serem expurgados ou substituídos.[60] Uma proibição rigorosa impedia que se recitasse o ofício em língua vulgar fosse qual fosse a língua em que estava escrito ("em italiano, ou em espanhol, ou em francês, ou em alemão, ou em qualquer outra língua vulgar");[61] e se proibia severamente "recitar fosse qual fosse a oração vulgar, embora inseridas nos ofícios latinos, pois é sabido que existem em muitas dessas orações muitas superstições".[62] Abria-se aqui um novo campo de batalha da censura, que se manteve até agora pouco conhecido, o das "orações" de tipo mágico: histórias, fórmulas e orações cuja leitura, se feita no modo devido, era dotada de um poder prático, isto é, agia sobre a realidade transformando-a.[63] Eram fórmulas ou aranzéis para conquistar o amor, para afastar as tempestades, para prejudicar os inimigos. O novo estatuto da leitura que se vem afirmando na era do livro impresso e da cultura humanística, com as suas exigências de luta contra as superstições e de superioridade exclusiva do significado literal do texto sagrado, estabeleceu as premissas do ataque dirigido contra esse tipo de texto.

Quanto aos autores maiores do cânone literário, para salvá-los foi preciso tornar a limpá-los de qualquer indício de crítica e de hostilidade à Igreja.

59 Cf. P. Ötvös, "Büchervisitation in einem katholischen Lande. Das Beispiel Tirol", in Jankovics e Katalin Németh (org.), *Freiheitsstufen der Literaturverbreitung*, op. cit., pp. 83-103.

60 A bula foi publicada pelo inquisidor de Asti, Giovanni Battista Porcelli, numa fonte cuja importância foi revelada por Fragnito, *La Bibbia al rogo*, op. cit.: o *Scriniolum Sacrae Inquisitionis Astensis*, Astae, apud Virgilium de Zangrandis, 1610, pp. 55-58.

61 Id., ibid., p. 56.

62 Id., ibid., p. 55.

63 A denúncia inquisitorial de um saber mágico contido nas "orações" e típico de uma certa categoria social – as prostitutas – torna-se explícita por volta de 1620, como demonstra, apoiada em documentação modenense, Maria Pia Fantini ("Les mots secrets des prostituées Modene, 1580-1620", in *Clio*, 2000, n. 11, pp. 21-47). Uma pesquisa realizada pela mesma estudiosa, "Sulla circolazione clandestina dell'orazione di Santa Marta", foi publicada in G. Zarri (org.), *Donna, disciplina, creanza cristiana dal XV al XVII secolo. Studi e testi a stampa*. Roma: Edizioni di Storia e Letteratura, 1996, pp. 45-65. A Fantini se deve, além disso, um precioso catálogo desse gênero literário: "Saggio per un catalogo bibliografico dai processi dell'Inquisizione: orazioni, scongiuri, libri di segreti (Modena 1571-1608)", in *Annali dell'Istituto storico italo-germanico in Trento*, XXV (1999), pp. 587-668.

A fronteira do "expurgo" era a que também devia ser transposta pelos textos mais importantes para consentir-se em sua livre circulação: e foi aqui que se desenvolveram as longas vicissitudes do *Decamerão*, um texto em que estava em jogo não apenas o "fruto que se colhe da pureza e elegância da língua", como escreveu o duque Cosimo de Medici, mas o próprio prestígio político de seu emergente ducado.[64] Tocava aos homens de letras dedicarem-se a este trabalho. Os frades não podiam estar à altura. Girolamo Muzio, quando se cuidou do expurgo do *Decamerão* para a publicação, reagiu com irritação ao modo fradesco de uma censura desrespeitosa em relação aos valores literários: esse frade havia "não, como dizem, censurado, mas tonsurado" a obra-prima de Boccaccio.[65] De resto, Michele Ghislieri não só não dava importância às "fábulas", como nem sequer as lia. Assim, ao recomendar ao núncio em Veneza Ippolito Capilupi que não imprimissem novelas de Boccaccio contrárias à religião, confessou sem embaraço que nunca as havia lido.[66]

Um após outro, os três grandes do cânone literário italiano – Dante, Petrarca e Boccaccio – tiveram de sujeitar-se ao controle; e chegou-se afinal, caso especial entre todos, a Maquiavel. A história de como esses autores foram talhados, transpostos para o "espiritual", ou simplesmente cancelados é substancialmente notável. Tratava-se de uma tarefa longa, difícil, cheia de conflitos e de emboscadas, de sagacidade e de burlas piedosas. Durante o percurso, surgiram as invectivas anticuriais de Petrarca, os frades alegres e corruptos de Boccaccio, as doutrinas políticas de Dante. Quanto a Maquiavel, procurou-se inutilmente salvar-lhe pelo menos a obra literária ao preço do cancelamento do nome do autor.[67] Os argumentos com os quais os censores se aproximavam dos textos literários eram os de uma suspeita sistemática e generalizada. Um olhar eclesiástico que não tolerava nenhuma crítica cancelava as ideias deixando subsistir uma forma vazia; uma prevenção aguçada extraía dos silêncios argumentos para acusar e submetia os textos a uma leitura teologizante e catequética de efeitos singulares. A poesia de amor de autores como Bembo e Ariosto, por exemplo, foi posta sob acusação

64 Carta de 17 out. 1562, citada por Paschini, *Letterati ed Indice*, op. cit., pp. 37-62, em particular p. 43.

65 Carta de 1º ago. 1562, id., ibid., p. 43.

66 Carta de 8 ago. 1562, publicada em *Archivio storico lombardo*, XX (1893), pp. 113-14.

67 Cf. Godman, *The Saint as Censor*, op. cit. Sobre as edições censuradas de Petrarca, cf. agora M. L. Cerrón Puga, "Materiales para la construcción del canon petrarquista: las antologías de *Rime* (libri I-IX)", in *Critica del texto*, II (1999), n. I, pp. 249-90.

porque, de acordo com um censor anônimo, colocava a mulher no lugar de Deus, invocando-a como uma divindade:

> É coisa ordinária e quase comum a todos os poetas louvar com tanto exagero a própria mulher, que, se não fazem dela um Deus, acham que não fizeram nada. E por isso é que costumam dizer muitíssimas vezes: "eu te adoro, és minha Deusa, o meu ídolo: só tu podes me fazer feliz". E mais adiante ainda se entusiasmam tanto em atribuir-lhes o efeito da divindade, que não se satisfazem em dizer que quando ela aparece os ventos se aplacam, o mar se acalma, as nuvens se afastam, a terra se enche de flores e o céu se torna sereno, mas dizem expressamente que é tão grande a alegria que sentem por ela que a do paraíso não pode ser maior; e, pelo contrário, a dor é tão grande que a do inferno não se lhe pode comparar. Todas essas afirmações são blasfêmias horrendas e, embora ditas por brincadeira ou por passatempo, nem por isso deixam de ser pecados mortais gravíssimos. Além disso, têm por costume atribuir sempre toda a sua vaidade ao céu, às estrelas, ao fado, ao destino; de modo que, se erram, dizem que foram forçados a fazer assim, e que a culpa é mais do céu e do destino do que sua; e por isso muitas vezes chamam as estrelas de orgulhosas, os fados de iníquos e cruéis, que são outras tantas tolices cheias de erros. São ainda, ou se fingem tão afeiçoados às coisas do Amor, que não fazem outra coisa senão louvar o Amor, e exageram tanto que consideram sem juízo e engenho e pouco amadurecido o homem que não segue o mesmo caminho que eles prezam tanto.[68]

Diante do avanço desses critérios, tratava-se de salvar o ensino da língua e do estilo proibindo tudo o que podia parecer suspeito de heresia ou irreverente para com a Igreja; significava então uma sociedade eclesiástica, fechada e compacta na defesa da dignidade de todos os seus membros, desde o papa até o último dos clérigos. A desconfiança que esse corpo eclesiástico alimentava no confronto com a tradição cultural italiana nascia de sentimentos diferentes mas convergentes: de um lado, o anticlericalismo, do outro, o culto à antiguidade, com seus êxitos no confronto com as doutrinas e instituições tradicionais do cristianismo. Daí derivou o caráter particular tomado pela censura eclesiástica na Itália, com a sua atenção

68 *Avertimento sopra le rime dell'Ariosto, del Bembo, et del Sannazaro*, de autor anônimo, contido no ms. Vaticano Latino 6207, cc. 59*r*-61*r*, assinalado por Paolo Simoncelli, que o liga à edição das *Rime* de Bembo com notas de Sansovino impressa em Veneza em 1561 (cf. *Documenti interni alla Congregazione dell'Indice*, op. cit., pp. 202-03). Ao *Avertimento* citado acima se segue uma relação particular dos lugares "por onde cada um desses três poetas errou".

especial à literatura profana, atenção que se intensificou com a intervenção do clero, que cuidava das almas. Às razões que tornavam o poder papal intolerante a toda crítica teológica ou política, os bispos e as novas ordens (como os teatinos e os jesuítas) acrescentaram uma vontade moralizadora que atacou, junto ao da leitura, também o mundo da escola. Uma tradição antiga vetava a leitura de autores "lascivos".[69] Na data da convocação do Concílio, como já vimos, essa tradição havia sido renovada por intervenções normativas dos bispos.

No Concílio de Trento, essas vozes esparsas encontraram expressão num contexto no qual o mundo das letras era bem representado entre os bispos: de Minturno a Vida, a Beccadelli e a outros ainda. O problema foi debatido aí em janeiro de 1562. As atas mostram que a quase totalidade dos participantes do debate falou exclusivamente da censura à heresia. O patriarca de Aquileia entrou no mérito da questão se deviam ser proibidos os livros de estudo ("*scientiarum et artium*") escritos por hereges, e propôs a solução destinada a retornar tantas outras vezes quando se trata deste problema: segundo ele, o que se deveria fazer era deixar que os livros fossem publicados e postos em circulação cancelando apenas o nome do autor. Ele propôs, além disso, que fosse revisada a lista dos livros proibidos, separando os "heréticos" dos "lascivos". Mas a voz dos homens de letras se fez ouvir dentro da comissão nomeada pelo concílio para resolver o problema do Index. Ludovico Beccadelli foi o encarregado de examinar as obras literárias italianas e, de modo particular, a obra de Boccaccio e os *Capricci del bottaio* de Gelli.[70] Beccadelli cumpriu sua tarefa convidando Gelli, com boas maneiras, a refletir sobre a possibilidade de ele mesmo corrigir sua obra tirando "algumas das coisas que no dito livro são impugnadas como demasiado licenciosas contra as cerimônias da Igreja"; assim fizeram os delegados do Concílio, "como Juízes benignos e amáveis", de modo a "livrá-lo desse aborrecimento".[71] Era um estilo doce, cativante, cerimonioso: um modelo que devia ser seguido na tradição da intervenção da Igreja em relação aos letrados, baseada no consenso e na participação comum na vida e nos interesses da "República das letras". Beccadelli chegou a se considerar o tutor das belas-letras e da obra dos amigos; ele comunicou triunfante a Galeazzo Florimonte

69 *Concilium Tridentinum*, Freiburg i. B. 1902 ss., v. VIII, pp. 308-9.

70 Isso resulta de um apontamento de Francisco Foreiro, publicado pela Tellechea, agora in De Bujanda (org.), *Index de Rome*, op. cit., pp. 106-08.

71 Carta a Lelio Torelli, secretário do duque de Florença, de abril de 1562 (cf. Paschini, *Letterati ed Indice*, op. cit., p. 41).

ter salvo da proibição a obra do amigo comum Marcantonio Flaminio ou, melhor ainda, tê-lo "chamado de volta à pátria, de onde fora injustamente exilado".[72]

Para estreitar a aliança entre a Igreja e a sociedade literária, para salvar a literatura, era preciso eliminar o que ameaçava o decoro e a moralidade, cancelar, em suma, aquelas características que haviam feito invocar a inquisição contra os poetas. Nas dez regras do Index tridentino afirmou-se o princípio de que não se tratava apenas de defender a boa doutrina ortodoxa, mas também de salvaguardar os costumes, a moralidade do povo cristão. Para isso, era preciso vetar todos os livros dedicados especificamente a tratar de "*res lascivas seu obscoenas*". A título de exemplo, citavam-se confusamente autores antigos e modernos: os *Diálogos* de Luciano com os *Ragionamenti* de Aretino, Marcial e Ovídio junto à *Celestina*.[73] O projeto amenizou algumas críticas, justamente porque indicava nominalmente os autores que deviam ser vetados. É melhor não citar nomes – foi o que se disse – porque tantos outros, muito piores, poderiam ser sugeridos. Quanto aos autores antigos ("*ethnici*"), não eram culpados apenas de imoralidade, mas também, em alguns casos, de polêmicas anticristãs; e por isso era preciso vetá-los.[74] A redação final das regras não citou nomes e deixou aberto o caminho ao arbítrio dos censores, consentindo todavia a leitura dos autores "antigos" para que se aprendesse com eles a elegância da língua; mas – acrescentavam – de nenhum modo se devia consentir sua leitura às crianças ("*pueri*").[75]

A formulação tridentina, com sua relativa moderação, abria as portas para o exercício de uma função moralizadora difusa e sistemática. Como a tutela da moralidade do povo cristão fazia parte da jurisdição episcopal, coube aos bispos a autoridade nesta matéria. E as regras dos inquisidores, fixadas pelo manual de

72 Carta de 4 maio 1564, citada por G. Fragnito, *Memoria individuale e costruzione biografica*. Urbino: Argalia, 1978, p. 161, nota.

73 "*Libri, qui res lascivas seu obscoenas ex professo tractant, narrant aut docent, cum non solum fidei, sed etiam morum ratio habenda sit eorum qui huiusmodi librorum lectione facile corrumpi solent, quales sunt aliqui Luciani dialogi, Petri Aretini dialogi, Celestina in quavis lingua, Martialis non expurgatus, de arte amandi Ovidii et similes*" (regra VII, *Concilium Tridentinum*, XIII, p. 605).

74 Assim Luciano, que devia ser vetado por ter escrito alguns diálogos "*non obscoeni, sed turpiter et impie de Salvatore nostro loquentes*"; era necessário, portanto, refletir sobre a necessidade de proibir autores pagãos ("*ethnici*") "*qui turpia de religione nostra scribunt*" (id., ibid., p. 607).

75 "*Libri, qui res lascivas, seu obscoenas ex professo tractant, narrant, aut docent* [...]. *Antiqui vero, ab Ethnicis conscripti, propter sermonis elegantiam, et proprietatem permittuntur. Nulla tamen ratione pueris praelegendi erunt*" (De Bujanda [org.], *Index de Rome*, op. cit., p. 817).

Eymeric na revisão de Francisco Peña, definiram com precisão o que deveria ficar sob vigilância. Tratava-se de impedir a leitura de todos aqueles livros que descreviam amores, obscenidades e comportamentos contrários aos bons costumes. Era esse um campo vastíssimo. Nele foram englobados muitos escritores antigos e modernos: todos aqueles (de acordo com uma descrição de tal modo genérica que abria o caminho para todo tipo de arbítrio) em cujas páginas se aprendiam coisas contrárias aos bons costumes e, portanto, podendo ser considerados corruptores da juventude. Sua arte consistia em escrever obscenidades e torpezas em matéria de amor. Verdadeiros inimigos da moral que não deviam, como sugeriu Platão, ser tolerados num estado bem organizado.[76] Acusações duríssimas, como todos podem ver, sem ter porém um destinatário preciso.

Contudo o argumento da elegância de estilo oferecia uma limitada proteção aos "antigos"; e sob essa proteção procurou-se colocar também um "moderno" que todos respeitavam, Boccaccio. Foi por ele que Pier Vettori pediu ao cardeal Sirleto que levasse em conta "o fruto que se colhe de seus escritos pelo grande ornamento das palavras e pelo grande número de belos conceitos que estão nesse livro, que sem isso ficaria mutilada e empobrecida a nossa língua, que hoje goza de grande apreço"; a língua era o refúgio do "amor da pátria" em nome do qual Pier Vettori pedia que ouvissem a sua súplica. E retomava a definição de Ghislieri: são fábulas, sim. Mas as fábulas têm uma grande função: permitem que enfrentemos a vida, encontrando um refúgio para "a lida diária". Neste caso, quem falava não era um frade, mas um verdadeiro homem de letras, que tinha uma consciência certa e plena de uma função essencial do mundo das representações:

> [...] finalmente, trata-se de fábulas – escrevia Vettori – e, como são chamadas, novelas; nas quais porém há isto de bom: ajudam muitas pessoas a passar o tempo, pois a nossa vida tem também necessidade de algum divertimento como remédio para tantas angústias que temos de suportar.[77]

76 "*Huc etiam referri possunt multi ex poetis tam antiquis quam recentioribus, qui multa docent obscaena et bonis moribus penitus adversa, quos propter iam olim Maximus Plato sua republica vivere non patiebatur*"; são corruptores da juventude, por tratar como parasitas e rufiões, "*quorum ars eo tandem evasit ut nihil ferme scribant nisi quod ad lasciviam et turpem amorem pertineat*". Proibi-los se já tiverem sido publicados, impedir-lhes a impressão, se inéditos (Eymeric, *Directorium Inquisitorum*, Romae, 1587, livro II, *Quaest.* 27, comm. 52, p. 315).

77 Carta de fev. 1573, publicada por Ch. Dejob, *De l'influence du Concile de Trente sur la littérature et les beaux arts chez les peuples catholiques*. Paris: E. Thorin, 1884, p. 394.

A posição é de defesa, mas nem por isso fraca nem carente de energia, como a julgaram.[78]

"Divertimento como remédio", para Vettori, era o que a própria poesia podia ser ou, pelo menos, podia ajudar a tomá-lo, com mais boa vontade, espargindo "com suave licor as bordas do cálice", como escreveu Torquato Tasso. No contexto da cultura dominante da segunda metade do século XVI, ficções poéticas e mentiras romanescas estavam sob acusação e tinham de procurar uma justificativa que ainda autorizasse a sua existência. E não só elas, naturalmente: haviam sido postas porta a fora, com Maquiavel, a reflexão histórica e política; com Erasmo, a filologia humanística; com o evangelismo e as tendências heréticas, "todas as expressões mais inquietas da cultura religiosa da primeira metade do século XVI".[79] E mesmo no território das "fábulas", o inventário da herança dos cinquenta anos precedentes mostrava muitas vozes cassadas. Estava encerrado definitivamente "o momento de expansão, de euforia da literatura italiana",[80] o esforço de elaborar uma defesa adequada e de obrigar a arte a se cobrir com as severas vestes da verdade ocupou vastíssimos espaços da reflexão e da doutrina poética.[81] A questão dizia respeito à Itália mais do que a outros países, em razão do especial vínculo italiano com a Roma papal. Muito diferente foi o caso de países sob a Inquisição católica como Espanha e Portugal, onde a censura aos livros ficou atenta de um modo quase que exclusivo à produção teológica e agiu em termos relativamente reduzidos no que dizia respeito à literatura. A rede da censura, sobre a qual afirmava ostensivamente o controle estatal, ocupou-se preponderantemente com a heresia como ameaça à ordem política e religiosa.[82] Somente na segunda metade

78 N. Longo, "La letteratura proibita", in *Letteratura italiana*, v. *Le Questioni*, op. cit. Turim: Einaudi, 1986, pp. 965-99, em particular p. 985.

79 A. Rotondò, "La cultura ecclesiastica e la censura", in *Storia d'Italia*, v. *I documenti*. Turim: Einaudi, 1973, pp. 1399-1492, em particular pp. 1424-25.

80 Dionisotti, *Geografia e storia*, op. cit., p. 196.

81 Cf. C. Scarpati e E. Bellini, *Il vero e il falso dei poeti*. Milão: Vita e Pensiero, 1990.

82 Esse é o quadro sintético proposto por J. Martínez Millán, "Aportaciones a la formación del estado moderno y a la politica española a través de la censura inquisitorial durante el periodo 1480-1559", in J. Perez Villanueva (org.), *La Inquisición española. Nueva visión nuevos horizontes*. Madri: Siglo XXI, 1980, pp. 537-78. Porém, ver A. Márquez, *Literatura e Inquisición en España (1578-1834)*. Madri: Taurus, 1980. Para Portugal, cf. J. M. de Bujanda, "L'exercice de la censure de l'Inquisition portugaise au XVI$^{e}$ siècle", in *Le Contrôle des idées à la Renaissance*. Genebra: Actes du Colloque de la FISIER tenu à Montréal, 1996, pp. 153-71.

do século XVI, quando se cogitou também na Espanha a questão da redação de um Index dos livros proibidos, foi preciso enfrentar o problema nos seus termos gerais e tratar explicitamente a questão das obras de ficção e de poesia. A solução espanhola foi diferente da romana, como mostra o fato de a regra VII do Index tridentino ter sido simplesmente suprimida no Index espanhol de Quiroga de 1583. Foi esse o resultado de uma discussão na qual se enfrentaram o jesuíta Mariana, partidário da proibição de muitas obras de literatura profana por seu caráter "licencioso", e outras vozes, como as de Jeronimo Zurita e Alvar Gomez, de parecer contrário. Mariana afirma que não era suficiente uma proibição de caráter geral, mas que se devia fazer uma lista nominal dos livros perniciosos do ponto de vista moral e nela incluiu a *Arte de amar,* de Ovídio, a *Priapeia,* de Marcial, Catulo e outros autores antigos; de seu tempo, apontou os livros de cavalaria e a *Celestina.* O historiador Jeronimo Zurita, por sua vez, pediu que não fossem proibidos os textos de literatura latina antiga nem os grandes escritores italianos como Petrarca e Boccaccio; ele afirmou que era preciso distinguir entre os textos exemplares pelo estilo – como o *Decamerão* e a *Celestina* – e os livros que insistiam nos assuntos amorosos de modo grosseiramente lascivo. De fato, a decisão de omitir a regra VII do Concílio de Trento no Index de dom Gaspar de Quiroga, em 1583, indicou a fragilidade da influência do Concílio sobre a literatura profana, e deu ocasião para se falar de uma abertura liberal.[83] O caráter eminentemente político do controle da Inquisição impediu que se criasse aquele contexto típico da cultura italiana, no qual autores e censores participavam de uma linguagem e de interesses comuns. Na Espanha, Cervantes podia brincar a respeito dos perigos de ler "*esas quimeras/ que llevano a los hombres al brasero/ y las mujeres a la casa llana*";[84] mas isso não impedia o nascimento de uma obra-prima como *Dom Quixote.* Entretanto, é preciso lembrar que durante o século XVII o clima deveria mudar também na Espanha: o Index de Antonio de Sotomayor (1640) introduziu a substância da regra VII do Index tridentino,

83 Cf. P. E. Russell, "El Concilio de Trento y la literatura profana", in *Temas de "La Celestina" y otros estudios. Del "Cid" al "Quijote"*. Barcelona: Ariel, 1978, pp. 443-78. Porém, ver M. L. Cerrón Puga, "Lectura y santa obediencia. Los criterios tridentinos del 'Index' de Sandoval y Rojas (1612)", in *Rivista di filologia e letterature ispaniche*", II (1999), pp. 109-31, que assinala a mudança de direção com a introdução da regra tridentina no Index de 1612.

84 M. de Cervantes, "Entremés de la elección de los alcaldes de Daganzo", in *Obras completas*, t. IV. Madri: Gráficas Reunidas, 1918, p. 47.

proibindo os livros que contivessem "coisas de propósito lascivas" ou, seja como for, contrárias ao bom costume.[85]

Na Itália, pelo contrário, a censura eclesiástica cedo avançou pelo território da literatura profana, com modos que não podiam ser avaliados apenas pelas normas oficiais. Normas que foram, não obstante, duríssimas: o Index de Sixto v, de 1590, as distribuiu em 22 regras, que investiam contra todo tipo de representação, dos epigramas aos poemas, da pintura ao teatro, com uma longa lista de obras em italiano. Só a morte do papa impediu que essas regras entrassem em vigor. A regra XIII proibia "*epigrammata, elegiae, emblemata, satyrae et poemata*" e a XIV

> *libri omnes qui res obscenas, lascivas, et amatorias vulgari sermone, etiam eleganter conscripti tractant. Necnon comoediae, tragediae, et fabellae fictae eiusdem idiomatis* [...]. *Picturae idem, ac imagines obscoenae, tamquam muti quidam libri* [...] *quo nomine etiam censentur libri musicae, in quibus obscenae, et amatoriae cantiones continentur.*[86]

A respeito desse documento, o veneziano Paolo Paruta expressou toda a sua reprovação,

> especialmente porque nele estavam incluídos livros nos quais não se tratava nem mediata nem imediatamente de coisas da religião, mas eram condenados apenas por alguma vaidade, como muitos livros de poetas.[87]

Mas os poetas deveriam encontrar um lugar a serviço da moral oficial, com as suas hipocrisias. Havia nascido o modelo cristão do "bom mestre", suficientemente distante do modelo erasmista para receber o endosso do mesmo binômio que tornara célebre o grande humanista: "*litterae*" e "*boni mores*". Em vez de corrigir os costumes, era mais fácil corrigir os textos. Por isso, nas escolas cristãs, que então estendiam o seu raio de ação muito além das cidades, sobre todo o território coberto pela rede das paróquias, valia o princípio formulado de modo cauteloso por Silvio Antoniato:

85 Cf. H.-J. Lope, "Zu Sprachnormierung und Zensurpraxis im spanischen *Siglo de Oro*", in Jankovics e Katalin Németh (org.), *Freiheitsstufen der Literaturverbreitung*, op. cit., pp. 106-24, em particular p. 118.

86 Cf. P. F. Grendler, "Introduction historique" a J. M. de Bujanda, U. Rozzo, P. Bietneholz e P. F. Grendler (org.), *Index de Rome 1590, 1593, 1596. Les premiers index romains et l'index du Concile de Trente*, v. IX da série *Index des livres interdits*. Sherbrooke-Genebra, 1994, pp. 271 ss.

87 Id., ibid., p. 283, nota 35.

"Os livros dos escritores gentios não devem ser excluídos de todo das escolas cristãs, mas devem ser admitidos depois de uma judiciosa escolha". Na realidade, da interdição moralista das páginas antigas salvava-se apenas Cícero, "escritor sério cujos livros podem ser lidos com segurança mesmo no que toca aos costumes". Em nome da "integridade da religião", o acesso aos livros tornou-se rigidamente controlado: com o sistema das escolas, nasceram ou se reforçaram as redes do sistema bibliográfico católico, da rede Vaticana ao Escorial, das bibliotecas dos bispos às dos párocos; mas eram as fortalezas de uma cultura em guerra pelo controle da memória, onde os livros permaneceram inacessíveis à livre consulta por trás dos armários fechados. A beleza do estilo deixara de ser um passaporte válido:

> Os preceptores não devem deixar-se seduzir pela beleza da língua de escritores gregos ou latinos, nem pelos chistes e agudezas de espírito de epigramas e coisas semelhantes, mas escolher aqueles escritores que com boa linguagem disseram coisas boas. E para isso observe – concluía o pedagogo católico – como os padres jesuítas expurgaram alguns escritores de trechos perigosos para a juventude.[88]

A oficina jesuítica trabalhava. E ali, o controle da censura armado de intenções moralizantes tornava-se sempre mais atento e cheio de suspeitas. Valha, por todos, o exemplo do jesuíta Antonio Possevino, incansável no controle de livros e professores no curso de suas missões mas também em localizar todos os lugares escondidos da página impressa onde podia aninhar-se a insídia da sensualidade; de acordo com ele,

> devem portanto os impressores e os tipógrafos tomar cuidado de não pôr nos cabeços dos livros ou dos capítulos, em lugar de ornamento, letras maiúsculas com a escultura e imagem de mulheres nuas, ou mesmo de coisas mais vergonhosas, pois essas coisas afastam os leitores de pensamentos honestos e os fazem voltar-se para o que é indecente às almas cristãs.[89]

88 S. Antoniano, *Dell'educatione christiana dei figliuoli*. Verona, 1584 (citado a partir da edição organizada por L. Pogliani. Turim: G. B. Paravia, 1926, pp. 383-84). Cf. A. Frajese, *Il popolo fanciullo, Silvio Antoniano e il sistema disciplinare della Controriforma*. Milão: Franco Angeli, 1987, pp. 36-37. Para uma biblioteca cardinalícia, cf. A. Saba, *La biblioteca di S. Carlo Borromeo*. Florença: Olschki, 1936.

89 Antonio Possevino, *Coltura degl'ingegni*. Vicenza, 1598 (reimpressão anastática, posfácio de A. Arcangeli. Roma: Forni, 1990, p. 109).

À nova *pruderie* também o teatro, objetivo principal das mais acirradas campanhas de moralização da época, pagou tributo. E pode ser considerado emblemático do tipo de compromisso que atingiu o aparecimento no palco da personagem de uma Madalena "lasciva e penitente".[90]

Mas aqui as mudanças que temos procurado acompanhar se confundem com a própria paisagem da cultura italiana, na qual a ligação entre censores e autores tornou-se um costume prolongado, associado aos critérios e aos poderes que impediam o acesso à imprensa, à troca de favores e de proteção no interior de um ambiente homogêneo que falava a mesma língua e partilhava os mesmos valores, de modo que se deveria falar não de censura, mas de autocensura.

No terreno da literatura, o compromisso podia ser alcançado com a separação entre conteúdo e forma, entre a elegância da língua e as ideias transmitidas por essa língua. Os prejuízos desse compromisso foram pagos por diversos autores, sobretudo pelos do mundo antigo. É emblemático o caso de Lucrécio, presença fundamental mas tácita na cultura poética da Contra-reforma. Citado por Michele Ghislieri como uma daquelas "fábulas" que seria ridículo proibir, o poema de Lucrécio foi proibido mais pela autocensura: sua resplendente beleza era inseparável do seu conteúdo irremediavelmente materialista, tanto mais perigoso quanto mais secretamente fascinante para as correntes libertinas e ateístas do pensamento moderno. Seu fascínio extraordinário continuou a ser exercido sobre muitos leitores, mas sempre encontrou no seu caminho uma proibição eclesiástica tanto mais decidida quanto mais as tendências heréticas do mundo cristão se aproximavam do materialismo antigo. O estudo da sua circulação subterrânea poderia revelar muito sobre os limites da eficácia da censura eclesiástica. Sobre esses limites, dizem-nos alguma coisa as declarações feitas diante dos inquisidores na forma de "comparecimento espontâneo" por parte daqueles que, em confissão, haviam admitido ter lido livros proibidos. Descobrimos assim que, no Friuli, em pleno século XVII os artesãos liam ou faziam ler romances de amor

90 Cf. N. Buommino, "Lo specchio nel teatro di Giovan Battista Andreini", in *Atti della Accademia Nazionale dei Lincei*, Classe de ciências morais, históricas e filológicas, Memórias, s. IX, v. XII, fasc. I, Roma, 1999. *La Maddalena lasciva e penitente* é de Giovan Battista Andreini, sobre a qual ver também M. Rebaudengo, "Grandissima forza a 'l piccolo fanciullo Amore: l'eterodossia erotica in 'Amor nello specchio' di Giovan Battista Andreini", in *Sodoma*, VI (1993), n. 5, pp. 57-74.

"à noite em torno da lareira".[91] Eram infrações de pouca importância, resolvidas rapidamente com uma simples abjuração secreta. Nas mãos dos inquisidores ficava o corpo de delito: os livros proibidos que os penitentes entregavam e que eram mandados a Roma ou destruídos periodicamente. Em todo caso, para Roma eram expedidas as listas com a indicação dos títulos e da quantidade de obras sequestradas ou espontaneamente consignadas. Um estudo sistemático desse material poderá fornecer o inventário da biblioteca ilegal que circulava nas mãos dos leitores italianos sob o regime da Inquisição. Os poucos campeões notados até agora colocam-nos diante de uma biblioteca muito reduzida, na qual a produção editorial da Europa está substancialmente ausente e na qual se repetem poucos nomes da grande floração do século XVI (em primeiro lugar, o *Cortegiano*, de Baltasar Castiglione).[92]

Um fato é certo: essa brandura do trabalho censório, que em anos longínquos, com infeliz definição, foi atribuída ao "equilíbrio da raça latina",[93] pertence à mitologia de autoabsolvição tão costumeira na história contemporânea da Itália. É verdade, contudo, que houve um entendimento bem italiano entre escritores e censores, porque "muitas vezes, sob o hábito do inquisidor, havia prelados de grande humanidade e versados em cultura".[94] Um exemplo notável entre todos foi o do cardeal Roberto Bellarmino, justamente empenhado em tirar das mãos dos protestantes as novelas de Boccaccio, fazendo uma distinção entre a descrição dos vícios de homens da igreja e a negação das doutrinas católicas (mas nem mesmo Bellarmino conseguiu defender a novela de *Ser* Ciappelletto).[95] Se os censores eram desse tipo, do outro lado havia autores prontos a calar-se ao lado de seus juízes para adotar estratégia que desse resultados. O caminho obrigatório criado por métodos docemente "pastorais" do controle eclesiástico era, afinal, o da autocensura, o da dissimulação, sob o véu da devoção ou da finalidade pedagógica, dos textos romanescos. Era preciso, como escreveu Torquato Tasso, que quem quisesse mesmo

91 Declaração de Giacomo Marinoni, udinense, de 6 jan. 1650, publicada por E. Kermol, *La rete di Vulcano. Inquisizione, libri proibiti e libertini nel Friuli del Seicento*. Trieste: Università degli Studi di Trieste, 1990, p. 96.

92 Esse é o caso das listas de livros proibidos reunidos pelo inquisidor de Pisa no século XVII (ver A. Prosperi, "Anime in trappola. Confessione e censura all'Università di Pisa", in *Belfagor*, LIV, 1999, n. 3, pp. 257-87).

93 A. Sorrentino, *La letteratura italiana e il Sant'Uffizio*. Nápoles: Francesco Perrella, 1935, p. 8.

94 Id., ibid.

95 Nisso se detém Sorrentino, id., ibid., p. 205. Ver também Godman, *The Saint as Censor*, op. cit.

manter os amores e os encantos se resignasse a "se fazer de santo".[96] Naturalmente, não era fácil secar o rio subterrâneo da narrativa de amor e de aventura: e por isso multiplicaram-se as tentativas de encontrar uma conciliação possível entre as normas e a realidade. No século XVIII, o jesuíta Giambattista Roberti observava preocupado que a leitura dos "livros de passatempo" por parte de "mulheres frívolas" (mas também de "rapazes afeminados") não estava realmente em crise; antes, segundo ele, "o mal estava crescendo na Itália".[97] Todavia, o longo peso de uma vigilância tanto mais profunda e difundida quanto aparentemente menos violenta não deixou de pairar sobre o destino do gênero, se é verdade – como se disse – que na Itália "a proibição dos moralistas usou os mecanismos de uma repressão de tal modo envolvente que condicionou a morfologia do romance moderno".[98]

## 6. Encantos e verdades das fábulas

Um problema, entre os muitos que continuam em aberto, merece ainda uma observação: a relação das "fábulas" com a verdade havia estado no centro dos ataques de quem queria uma literatura totalmente a serviço da "verdade" religiosa oficial. Mas também quem havia achado – como Michele Ghislieri – que não valia a pena ocupar-se com esse gênero de livros usara o mesmo argumento, afirmando que ninguém acreditava na verdade das fábulas. Era verdadeiramente assim? Vejamos dois casos de leitores que vão na direção oposta.

Como já havíamos mencionado, na prática dos leitores as histórias de santos cobriam um território vastíssimo, feito de acontecimentos extraordinários, de aventuras em terras estranhas e desconhecidas, de monstros e de meninas, de ações maravilhosas que colocavam em movimento demônios e anjos. A *Legenda aurea* de Jacopo da Varazze era popularíssima e era continuamente reeditada. Em 1590, Alessandro da Bergamo tinha na sua loja de especiarias, em Veneza, uma edição de 1585: foi ali que Andrea, seu empregado, leu a vida de São Basílio e encontrou a

96 A passagem da carta de Tasso a Luca Scalabrino, de junho de 1576, é citada por S. Zatti, *L'uniforme cristiano e il multiforme cristiano. Saggio sulla "Gerusalemme Liberata"*. Milão: Il Saggiatore, 1983, p. 36. Em sua leitura da *Jerusalém libertada*, Zatti demonstrou agudamente "a identificação emotiva do autor com os pagãos vencidos" (p. 32).

97 Cf. C. A. Madrignani, *All'origine del romanzo in Italia. Il "celebre abate Chiari"*. Milão: Liguori, 2000, p. 101.

98 Id., ibid., p. 100.

narrativa de como um servo, apaixonado pela filha do patrão, havia feito um pacto com o demônio para conquistá-la. Andrea estava apaixonado pela mulher de seu patrão e decidiu seguir o exemplo. Copiou do livro a fórmula de contrato com o demônio, acrescentou-lhe o nome da mulher do patrão e assinou. Depois, tomado pelo medo, lançou longe a folha e correu até o patrão pedindo que o deixasse ir se confessar com urgência. Mas o patrão, não desconfiando de nada, negou-lhe a permissão ("hoje temos muito que fazer. Você irá amanhã"). A folha foi encontrada e Andrea acabou diante da Inquisição. E ali se fez a comparação textual entre a fórmula usada por Andrea e o texto da *Legenda aurea.*[99] Evidentemente, para Andrea a história que havia lido não era uma "fábula".

O outro caso refere-se a um dos muitíssimos leitores de um poema de extraordinária popularidade, o *Orlando furioso.* O poema de Ariosto foi muito discutido entre os censores, que insistiram longamente com o argumento da licenciosidade moral.[100] Tomaso Moltedo de Rapallo, serralheiro e, na ocasião, ladrão e assassino, quando foi preso, em 1628, mandou dizer à mulher que lhe levasse "aquele livro que ele costumava ler à noite". Era, como constatou o capitão diretor da cadeia pública, "a obra de Ariosto"; mas dentro do livro, entre os encantamentos de Alcina, foi encontrado também um encantamento "para não confessar": um bilhete com o desenho da cruz e uma versão alterada das palavras de Jesus na cruz ("*Elí, elí, lamá sabahtaní*").[101]

Tomaso foi torturado, confessou os crimes e acabou na forca. Para nós fica uma pergunta que, se pudéssemos, gostaríamos de lhe fazer: ele queria o conforto da leitura daquele livro ou queria a proteção do encantamento? E uma outra pergunta, mais importante: um homem como Tomaso, que acreditava em encantamentos, de que modo lia as histórias de magia de Ariosto? Percebia a ironia do poeta ou tomava a sério as proezas de magos e encantadores?

Jamais o saberemos. Contudo, uma coisa é certa: na época, essa questão ocupou o pensamento dos censores que se puseram ao trabalho para tutelar os leitores

99 M. Milani (org.), *Streghe e diavoli nei processi del S. Uffizio. Venezia 1554-1592.* Pádua: Centro Stampa Palazzo Maldura, 1989, pp. 216-26. A sentença se refere às instruções recebidas a propósito do cardeal Santoro.

100 Há pouco tempo, Charles Dejob se escandalizava com o fato de o Concílio de Trento ter consentido na leitura do *Orlando furioso*, "*poème fort peu morale*" (*De l'influence du Concile de Trente*, p. 158).

101 O. Raggio, *Faide e parentele. Lo stato genovese visto dalla Fontanabuona.* Turim: Einaudi, 1990, p. 225.

quanto aos perigos da palavra impressa. E, se Tomaso conseguiu ler o seu livro, foi porque aqueles censores haviam celebrado uma aliança com o mundo dos literatos; eles decidiram que ninguém acreditava nas histórias de Ariosto e, portanto, elas podiam circular livremente. Antes, a consciência que tinham acerca da autonomia da literatura – das "fábulas" – foi tão clara que a decisão de consentir uma relativa liberdade nessa direção foi amparada por um argumento novo e moderníssimo: o medo do ridículo.

ANTONIO FAETI

# Um negócio obscuro

## Escola e romance na Itália

### 1. O ódio antigo

Se estudamos os acontecimentos, de preferência as vicissitudes, que definem a história de uma relação complexa e surpreendente como a que de imediato se estabelece, desde o início, entre a escola italiana do pós-*Risorgimento*, nascida também em consequência da unidade alcançada do país, e a leitura – é possível, de fato, enquadrar isso numa perspectiva em que o romance, a sua presença no imaginário, as modalidades do seu acolhimento ou da sua recusa, podem receber um olhar especial, não habitual, capaz talvez de iluminar também regiões que não raro permanecem na obscuridade.

Ocorrem sintomas, a se observar com especial cautela, porque aqui já se apresentam os casos controversos, intrincados, misteriosos daquela "história da literatura para a infância" que parece ainda incerta em cada uma de suas formas, ou que busca ainda novos caminhos, ao mesmo tempo que gostaria de fazer desaparecer o peso de antigas dívidas. Então, eis que se encontram contradições muito apetitosas, eis que entram em cena personagens, situações, imagens, locais densos de implicações nunca de fato definitivamente decifrados. Estamos em 1906, e a Itália vive a sua estação mais promissora, entre a sagaz ousadia de Giovanni Giolitti e um primeiro procedimento cauto nos meandros obscuros e temidos da modernidade. Em Florença, Luigi Bertelli, que assina Vamba, porque muitos homens de letras da época dão-se um pseudônimo programático, funda *Il Giornalino della Domenica* e nele começa a publicar os fascículos de seu *Giornalino di Gian Burrasca*. Não só quando é reunido em volume, mas desde o início, desde o momento em que o diário de Giannino Stoppani toma corpo, compreende-se bem que se trata de um "romance", e não só pelos caracteres, pela trama, pelo enredo, pelas saídas inesperadas, entre os ascendentes reconhecíveis de filões narrativos famosos, mas pela aristocrática, inequívoca árvore genealógica que o texto apresenta com arrogância dissimulada. Pertence, de fato, à "linha sterniana italiana" porque de Sterne possui os sobressaltos entre riso e melancolia, em que Giannino figura suspenso entre o "ponche" e o "sorvete", assim como confia depois em seu gibi para guiá-lo na viagem para alcançar a tia Bettina. E depois se une, muito claramente, ao romance carbonário, à narração de conspiração de tantos patriotas, exilados, encarceirados, nas vicissitudes da luta no colégio e nas da fuga; mas, de Manzoni a Guerrazzi, dos libertinos a Fogazzaro, todos aqui são acarinhados, citados, imitados.

A esplêndida veste editorial da revista, o pertencimento a uma editora amada e respeitada como a do sr. Bemporad, os extraordinários desenhos dos mais refinados e modernos ilustradores da época podem fazer pensar em uma acolhida escolar afetuosa, participativa, entusiasta; mas, paralelamente ao republicano Vamba, há, no *Giornalino della Domenica*, um sacerdote culto, um renomado estudioso de Dante, um filólogo muito estimado, o padre Ermenegildo Pistelli, que publica na revista *Le pístole di Omero* [As cartas de Omero], porque assumiu a identidade de um rapazinho a quem deu esse nome.

Omero Redi tem um alvo: a escola pública, que ridiculariza e de que escarnece. Adverte-se, diga-se de imediato, que a hostilidade expressa nas *Pístole di Omero* se ressente de certos componentes da nossa escola de então, ou seja: do laicismo, do positivismo, da hereditariedade do *Risorgimento*, enfim, de tudo quanto desagrada o padre Pistelli que morreria em 1927, em tempo de se alinhar convictamente com Mussolini; mas há ainda, de preferência, um daqueles sintomas acerca dos quais se indaga. Pistelli e o seu alter ego menino odeiam, nessa escola, a verbosidade conceituosa, o frio caráter de cátedra togada e vazia, o rigor inutilmente formalista. As *Pístole* também foram reunidas em volume, e aconteceria imprimi-lo: nele não há só o sintoma, há também a explicação paródica dos motivos por que a escola não faz ler, odeia os romances e é tão terrrivelmente fria e mesquinha.

Omero Redi se exprime, programaticamente, em vernáculo florentino, enche suas *Pístole* de disparates provocadores e pontuais, chama a si mesmo de Omero, é verdade, mas também de Francesco Redi, o refinado cultor das ciências, das artes e também do vinho, que foi autor da obra-prima enológica *Bacco in Toscana*. Precisamente do culto sacerdote que estuda Dante e Manzoni vem à escola italiana uma dura repreensão que ela merece ainda hoje, quase cem anos depois. Essa escola certamente não ajudou o *Giornalino* a sobreviver: a esplêndida revista morreu logo, para renascer com uma roupagem e uma vocação que traíam o espírito original. A escola, no que tange à leitura, e ao romance, era totalmente destituída de uma vocação para o prazer de ler, era dominada pelo medo de que a leitura, se dirigida às burlas exemplares e punitivas de Giannino, se revelasse portadora da desordem e da transgressão.

Naqueles mesmos anos, Collodi, que, para além do pseudônimo, era filho de um irmão de Carlo Lorenzini, publicou um romance para moços, *Sussi e Biribissi*, em que se fazia a divertida paródia da *Viagem ao centro da Terra*, de Júlio Verne, enviando dois rapazes florentinos a explorar as cloacas e tabernas de sua cidade; mas pareceu por demais ousado, quase blasfemo na turbação da atmosfera de Verne, que, segundo Guido Gozzano, tornava "meditativa", inevitavelmente, a adolescência.

O romance não foi bem aceito, os educadores o acharam vulgar: quando, no segundo pós-guerra, depois de dificuldades e desastres, Paolo Lorenzini julgou poder trabalhar para a rádio, foi obrigado a apor ao seu livro uma censura oblíqua, que exemplifica bem o sentido, de um modo geral, da Itália daqueles anos.

De imediato é possível dizer que a escola rechaçava os romances quando eles eram de fato romances, isto é, quando apresentavam uma irreverência labiríntica, quando escapavam dos limites, das imposições de uma didática e de uma pedagogia que eram ampla e sistematicamente "antirromanescas", subdividindo-os em "livros de leitura e de distinção", livros de texto e livros de Estado.

Muito consciente de ter escrito exatamente, entre outras coisas, um desses volumes (bem mais vivaz e passível de ser usufruído do que os outros, porém), Carlo Collodi também faz seu Pinóquio lançar aos peixes o seu *Giannettino*. É precisamente Collodi quem indica, de resto, o percurso temido, o negativo: também ele escrevera um dos "mistérios", era um sequaz de Sue, certamente a seu modo, porque os *Misteri di Firenze* não se ligam exatamente ao estatuto narrativo definitivamente confirmado pelos precursores franceses; mas, embora com a total valorização, também nesse livro, da paródia collodiana, reconhece-se que Sue de fato criara um modelo convincente: à cidade, às suas portas, aos seus becos, aos seus pátios se referia como a uma personagem e, mesmo que Collodi afirme que Florença não apresenta exatamente "mistérios", pois que ali todos são por demais faladores, também é verdade que não podem faltar as vicissitudes familiares, as desgraças genealógicas, as complicações quanto ao recenseamento.

A escola pôde aceitar *Giannettino*, e solicitaria a Collodi variantes didáticas desse livro: *Il viaggio per l'Italia di Giannettino, La grammatica di Giannettino*, mas hesita até mesmo em acolher *As aventuras de Pinóquio*, e com certeza não é por acaso que a valorização plena, absoluta e de todo clara do livro não tenha vindo de um italiano, mas de um francês, Paul Hazard, mais de trinta anos depois de sua primeira aparição, em folhetim.

Até o famoso e decisivo *Balilla Vittorio*,[1] de Roberto Forges Davanzati, a escola opõe energicamente ao romance e ao prazer de ler esses "antirromances" autônomos que sinalizam para a estrutura própria do romance, mas que lhe tornam estéril a proposta, pois que aprisionam o fluxo narrativo em escansões didáticas vigorosamente referidas de modo peculiar ao calendário escolar.

Nesse sentido, *Cuore*, de Edmondo De Amicis, constitui antes de tudo um êxito extremamente válido de uma grande intuição: o desafio é conduzido pelo autor precisamente no terreno já tão bem definido do "romance de escola", com os meses a estabelecer os capítulos, os protagonistas estudantes, a aula didática explorada com atenção participante; porém, no fundo, o imenso sucesso de *Cuore* dá-se fora da escola, devendo entre outras coisas superar a oposição inequívoca das autoridades eclesiásticas já advertidas a determinar que aquele livro sem cerimônias religiosas, sem menções a santos ou a festas, sem referências claras à grandeza da Igreja não podia ser aceito.

*Cuore* entrou na escola impelido pela acolhida extraordinária que lhe haviam dado os velhos leitores entusiastas dos *Bozzetti della vita militare* [Crônicas da vida militar], a quem o autor dirigia uma saudação de lembrança e gratidão com as alusões ao "quadrado do '66", com *Il tamburino sardo*, com *La piccola vedetta lombarda*,[2] e com as numerosas gentilezas dispensadas aos soldados, às guerras e ao *Risorgimento*. E também havia os leitores que, a exemplo do próprio autor, teriam dado a vida pelo Partido Socialista, leitores assaz atraídos pelos protagonistas

1 *Ballila* é o nome dado, no período fascista, a rapazes de oito a quatorze anos que se organizavam em grupos paramilitares. [N.E.B.]

2 Trata-se de narrativas breves e independentes que constituem capítulos do romance *Cuore*, de De Amicis. [N.E.B.]

operários, artífices, pedreiros, ofendidos do trabalho, pelas condições de vida das classes subalternas.

Os autênticos leitores de *Cuore* não se imaginam na escola, e, sabe-se, de resto, que esse livro não faltava nunca, roto, surrado pelo uso excessivo, nas bibliotecas das seções socialistas em que sempre se achava em companhia dos *Miseráveis*, de Victor Hugo, ou seja, do escritor com relação a quem De Amicis exprimira adoração convicta nas páginas da *Illustrazione Italiana* de Treves, declarando quais foram os seus débitos para com o autor francês, considerado seu profeta e seu mestre.

A amante e biógrafa de Mussolini, Margherita Sarfatti, começa o seu *Dux* com a esplêndida descrição de um "*filò*",[3] um serão, realizado em um estábulo ou celeiro, em que são lidas, precisamente, as páginas dos *Miseráveis*, enquanto um menino, consagrado a grandes destinos, escuta com olhos brilhantes e com trêmula atenção. Não é difícil imaginar uma substituição: o livro podia ser também *Cuore*, e a mesma comoção suscitada pelo nobre e solitário caminhar de Jean Valjean poderia dar-se depois da leitura do trecho dedicado aos "ofendidos do trabalho" no texto de De Amicis. Pode-se e deve-se abrir um parêntese para notar como as leituras dos serões nos estábulos – onde era costume refugiar-se do inverno para usufruir o calor animal gerado pelos bois e vacas –, como essas leituras foram uma alternativa didática evidente no que concerne à leitura em sala de aula. Além do testemunho preciso de Margherita Sarfatti, sobre essa modalidade de leitura levada a efeito fora de um controle pedagógico bem orientado, existem, por exemplo, algumas edições francesas em que se vê um homem, embaixo, no andar térreo, lendo e dirigindo-se a um público que o escuta nas varandas e nas escadas de outros andares do mesmo edifício. Trata-se de uma comprovação clara da existência de uma paradoxal "leitura analfabeta", em que se exibia especialmente o porteiro do edifício, uma leitura pouquíssimo apreciada pelos párocos, mestres, encarregados do controle dos sonhos e das ficções.

A propósito das ficções, Gianni Celati, em seu livro *Finzioni occidentali*, trata do percurso tortuoso de um conto policial que alcança um autor partindo do povo e passando por uma leiteria. As leituras de estábulo, as leituras nas escadas, toda leitura que resultasse subtraída ao controle educativo sancionado por quem detinha, nesse sentido, um poder específico e consciente, era temida a ponto de suscitar um elogio autêntico e arrazoado dos méritos e das vantagens do analfabetismo, como fez, por exemplo, Monaldo Leopardi, o pai do poeta.

3 *Filò* é um serão familiar em que se realizam, em geral no inverno, leituras comunais e outras formas de divertimento, no celeiro ou em espaços semelhantes de uma fazenda. [N.E.B.]

Na obra-prima de Gógol, *Noites na granja ao pé de Dikanka*, há o esplêndido antecedente dessa fruição alternativa das ficções: ali se demonstra muito bem como o estábulo foi um lugar buscado não só pelos recursos escassos que impediam a aquisição de madeira para aquecimento, mas também por sua identidade, sua colocação, aquele escárnio implícito que por força se deveria ligar àquele lugar em que se redimia, sem entretanto ocultar uma moldura excrementícia, um débito olfativo de que era necessário fazer parte. Exatamente como "o escravo americano do crepúsculo até o alvorecer" que aprendia a ler contrariamente à terrível proibição do patrão, um menino romanholo,[4] desde o início dotado do nome de um índio que fizera fuzilar um habsburgo,[5] escutava a leitura dos feitos do "maldoso Javert", o agente da polícia inflexível eternamente no encalço do herói operário.

À habilidade de De Amicis, a escola de resto contrapôs a própria consumada perspicácia didática, buscando pôr de parte o livro com a criação, para trabalho de homens e mulheres internos na escola, de "prolongamentos" insidiosos do volume: assim *Il cuore dei ragazzi*, de Fiorenza, *Il cuore delle bambine*, de Haydée (Ida Finzi), *Muso di lepre*, de Oreste Boni, *Testa*, de Paolo Mantegazza, *Mare*, de Eugenio Camillo Branchi, *Il cuore del Novecento*, de Giuseppe Fanciulli, aperfeiçoam de novo, redefinem, retalham o *Cuore* de De Amicis, logrando, pois que alguns desses volumes aparecem em várias edições e alcançam um sucesso notável, pôr em desvantagem o texto originário exatamente no seu próprio terreno.

Em todos esses livros, com efeito, falta o pano de fundo socialista de *Cuore*, não há aquela aura tanatológica que em grande parte caracteriza o volume, não há mais pais operários que se entregam à bebida porque destruídos pelo trabalho excessivo. Extraordinária estratégia, quando se observa bem, que se vale de refazer um percurso produzindo desvios nele: toda uma reflexão sobre a indústria cultural de hoje poderia partir dessa constatação. *Cuore* devia ter golpeado duramente os seus inimigos ocultos, se se pensa que *Il nuovo Cuore,* de Mario Dell'Arco, um *Cuore* católico-democrata de maneira rara, todavia resolvido com habilidade, na posse plena de ampla consciência pedagógica, aparece em 1957: um exorcismo que segue nos decênios posteriores.

4 Trata-se de Benito Mussolini. [N.E.B.]

5 O autor se refere a Ferdinand Maximilien Joseph (1832-1867), membro da família imperial austríaca dos Habsburg-Lorraine, que se tornaria Imperador do México sob o nome Maximiliano I em 1864. Benito Juárez (1806-1872), que pertencia à etnia zapoteca, restabelece a República e condena Maximiliano ao fuzilamento. [N.E.B.]

Ademais, quando publicou de novo, na sua coleção "Centopagine", muito apreciada por ele, aquele romance tão particular que é *Amore e ginnastica*, Italo Calvino escreveu que De Amicis devia tê-lo "escondido", em 1892, oferecido aos leitores "quase clandestinamente".

Depois da descoberta de Calvino, o romance obteve sucesso, recebeu também uma agradável adaptação cinematográfica; portanto, seu retorno à luz de 1971 provava a um tempo que se tratava de uma obra duradoura e também de que modo, malgrado o sucesso imponente de *Cuore*, De Amicis teve de resguardar-se de quem o tolerava custosamente; mas um livro notável de sua autoria, *La carrozza di tutti*, uma obra inteiramente dedicada à descrição e à interpretação do que ocorria nos vários percursos dos bondes turinenses puxados a cavalos, explica ainda mais como De Amicis soube provocar também censuras exatas nos confrontos de certas páginas que escreveu. O livro contém observações inteligentes e simpáticas sobre aquilo que o autor define como "erotismo de bonde": a escola, que deveria ter acolhido afetuosamente uma informação tão aguda e delicada (e bem anterior às observações sociológicas do mesmo tipo, que apareceram muitos anos depois), a rechaçava, encontrando, aliás, em De Amicis, um autor, no fim das contas, perigoso, não só por seu socialismo explícito, mas também porque emparelhava com *Cuore* livros como os dois citados, em que não censurava o eros, nem a pé nem de bonde. Assim, o romance *Primo maggio* permaneceu em uma gaveta, bem fechado, terminado, pronto para ser publicado, até 1980.

## 2. Cloacas, tabernas: até antros

Ainda não foi escrita uma história da complexa relação que liga a escola italiana à leitura, ou melhor, à não leitura, dado que o êxito atual, o que nos coloca em último lugar, exatamente em questões de leitura, entre os países industrializados do Ocidente, foi conseguido sobretudo pela escola, segundo uma estratégia secular que encontra o próprio fundamento mais eficaz na recusa do prazer do texto, em uma oposição profunda, radicada, mas estrategicamente mutável, contra quem oferecia aquilo que a escola não deixava entrar nas próprias aulas.

A hostilidade dos professores com relação ao romance é perfeitamente enquadrada na luta renhida e desprovida de dúvidas contra a fruição imputável ao romance, à sua forma, seus autores, sua tradição.

Os professores que levavam seus alunos a *La buona Bettina* ou a *Piccole faville*, os professores que defendiam os livros de texto contra as ilusões imoderadas dos autores que se esquivaram às ponderadas censuras educativas, encontraram em nossos dias herdeiros coerentes, depois de mais de um século de empenho constante. Hoje, com efeito, esforça-se para aceitar as obras de Roald Dahl e de Margaret Mahy, hoje se combate até mesmo a irreverência de *Pippi Meia-longa*, hoje se aceita *Mary Poppins* não pela forte bizarrice surreal e desfigurada que perpassa cada página de Travers, mas só porque isso se refere, equivocadamente, à versão fastidiosa e imprópria que a Disney nos deu.

Uma pungente demonstração, muito clara, muito convincente, embora ligada a um enigmazinho persistente, do ódio acirrado que opõe a escola ao romance, encontra-se na observação das famigeradas "fichas" didáticas, que aviltam, destroem, esgotam os textos que compõem a biblioteca ideal dos livros para ler nas escolas médias. O enigma, não resolvido, é bem conhecido dos especialistas: os professores interpelados afirmam que as fichas são impostas pelos editores, e os editores, consultados, rebatem dizendo que elas são solicitadas pelos professores.

Sobre o papel da ficha na destruição, também preventiva, da leitura, nos termos de uma vacinação resolutiva contra o prazer de ler, e especificamente contra a dimensão libidinosa com que o romance chama a si os leitores, pode-se dar um brevíssimo exemplo. Que se pense para isso na *Ilha do tesouro,* de Stevenson, e no capítulo em que Jim, que a tudo vê, que está em toda parte, que é o fiador adolescente de olhos grandes da realização da maravilhosa aventura, escorregou para dentro da pipa de mel colocada sobre a coberta do *Hispaniola*. Estão quase no fim da viagem, de modo que sobrou pouco do mel e, a fim de apanhá-lo, Jim caiu no interior. Adormeceu em virtude da quieta noite tropical, depois acordou por causa de algumas vozes e resolveu continuar ali para escutar. Não é só o olho, é também o ouvido da companhia dos adultos honestos, deve ver cada coisa e escutar tudo. Assim, o segredo que até aquele momento impregnou o proceder do *Hispaniola* é súbita e inteiramente revelado: os marinheiros musculosos, os escorbúticos mas muito corajosos componentes da chusma assalariada do Conde não propriamente exímio na percepção das identidades autênticas dos homens, na realidade são piratas extremamente ferozes que planejam assassinar todos os honestos, inclusive Jim. Um dos tipos truculentos que acabou de revelar a sua identidade e seu programa de trabalho tem necessidade de comer uma maçã, recosta-se no tonel em que Jim espera trêmulo, agora certo de que lhe cortarão a garganta antes do prazo estabelecido que acabou de ouvir, e... E aqui se coloca, necessária e inevitavelmente, uma "ficha" científica, só para equilibrar o excesso de aventura fascinante apresentado até aquele ponto. Assim, se falará de avitaminose genérica, de pelagra, de escorbuto e de escorbuto alpino, e assim por diante, até inibir toda possibilidade de fruir o prazer do texto, como se se procedesse a uma infibulação crítica, a uma castração literária.

Apontamentos e fichas proverbiais purgaram de toda libido textual páginas como as do afeto da menina pelo "monstro" em *O sol é para todos*, e não há Macondo que sobreviva, e o Condado não produz mais Erbapipa di Pianilungone, em Natascia nascem as espinhas, a Sanseverina traja-se mal, Marcel e Gilberte parecem irremediavelmente esquálidos. Poder-se-ia continuar, instituindo-se uma contra-história da literatura baseada na aversão a ler, no seu nascimento, na sua duração perene.

Com certeza não é fácil decifrar, interpretar, compreender a aversão da escola com relação ao romance. Uma hipótese, preliminar e a um tempo definitiva, é a que se pode resolver numa rara e implícita exaltação do romance, exatamente como se, com a sua invasão invencível, tomasse o lugar da instituição, atenuasse o papel dos professores, corroesse irresistivelmente a própria escola. Pensando nas duas histórias, a do romance em geral e a da escola italiana em particular, é possível considerar crível em si a referida hipótese. Como instrumento didático, o romance é muito forte na definição de identidades não passíveis de serem suprimidas, induz a se perscrutar, acolhe as comunidades dos leitores, mas prefere a solidão do leitor como momento definitivo de acesso ao texto, portanto, contraria a homologação imposta, a massificação miserável, a extinção da fantasia, ou seja, põe-se a si mesmo contrariamente aos eixos do ensino escolar.

Um antecedente precioso, seguríssimo e esclarecedor advém da atenta observação do desenvolvimento de uma batalha antecipadora que assistiu à luta destemida do padre Antonio Bresciani, com aqueles que Gramsci chamava de os seus "netinhos", e de um valioso aliado do jesuíta como Cesare Cantú, contra a podridão proveniente das cloacas francesas, assim doutamente definido, ou seja, contra o *feuilleton*. O romance popular revelou de repente suas terríficas ramificações, sua inextinguível capacidade de causar dano de qualquer modo, a sua vocação maléfica, o seu incontrolável e secreto poder de oposição aos dois cultos e agudíssimos perscrutadores da alma. Quando exprimiam o próprio desprezo pelo conteúdo das cloacas transalpinas, os dois autores tinham sempre presentes os professores, mesmo quando não se dirigiam diretamente a eles. Já se delineava, a quem tivesse bons olhos, o advento da escola de massa que, certamente, ter-se-ia dado muitos anos depois, com a reforma de 1962, mas qualquer um então também podia prever isso. E, já identificado e temido, havia o "leitor operário", de quem poderia ter-se aproximado o ainda mais temível "analfabeto-leitor" do "*filò*" e da varanda.

Mas como se constituía, o que tinha de tão temível, o esgoto francês? Tomem-se para exame *As aventuras de Rocambole*, um *feuilleton* saído da pena do visconde Pierre-Alexis Ponson du Terrail. O narrador, que ambienta as suas histórias nos anos luminosos do Segundo Império, não desperdiça uma página sem que invoque a Justiça divina, a Ordem, a severidade dos costumes, a fidelidade conjugal, a monogamia ferrenha, a santidade do trabalho, a obediência à autoridade constituída. Depois, no entanto, quando depôs essas repetidas oferendas em seus altares domésticos, combina o quanto segue: faz tranquilamente que transite o seu Rocambole da sua condição de ladrão disfarçado, de assassino iníquo de mais de doze pessoas, entre as quais a velha mãe adotiva – condição em que permaneceu por quinhentas páginas se arriscando, camuflando-se e tentando passar-se por par de Espanha – ao papel de bom herói, protetor dos fracos. E, na mudança, lhes deixa as belas roupas, os cavalos excelentes, os alimentos finíssimos e também as amantes, consideradas no plural, a quem se habituou na existência infame.

Ao lado de Rocambole é Zecchinetta, uma cortesã ávida, fria, belíssima, calculista, por quem se mataram senhores distintos e por quem outros dilapidaram grandes fortunas herdadas, cujo primeiro e nobre acúmulo remontava às Cruzadas. Também Baccarat – esse é o nome da irrefreável prostituta na versão francesa – se arrepende e começa a procurar agir no âmbito do bem; mas com certeza não se corrige: casa, na verdade, com o conde Artoff, um aristocrata russo muito mais jovem e até mais bonito do que ela, rico ao ponto de não conhecer a extensão de sua fortuna.

Rocambole está vivo, e luta ao nosso lado: num número recente de *Diabolik*, a criatura das irmãs Giussani declara tranquilamente provir exatamente dele.

Cesare Cantú e o padre Bresciani compreenderam tudo, descobriram tudo, intuíram tudo, previram tudo. Com Rocambole e com os infinitos colegas, de Nick Carter a Lord Lister, de Fantomas até Diabolik, o ambíguo delinquente dos apêndices é, exatamente como diz o refinado poeta Robert Desnos em seu poema "Complainte de Fantômas", o herói libertador do sonho, o noturno e desejoso alferes de uma libido sem censores, é o fiador de uma fantasia livre para se desdobrar.

Fantomas pertence à geração de heróis populares posterior à de Rocambole, é mais sagaz, mais irônico, mais onírico, mais positivamente voltado à subversão de tudo. Objetos de profundos amores clandestinos, protagonistas dos terríveis "fascículos Nerbini" que os mestres diligentes sequestravam e lançavam à fogueira, esses são os deuses do fantástico para gerações de jovens. Desses, por filiação direta (Fantomas – Phantom, Buffalo Bill – Tex...) nasceram os heróis das histórias em quadrinhos, sempre igualmente repelidos e censurados. Depois também a escola se arrependeu, como Baccarat, e hoje os acolhe rigorosamente nas antologias, com fichinhas apensas: agora correm, de fato, risco.

Pode ser ocioso mas também válido perguntar: o que teria ocorrido se a escola tivesse acolhido então, enquanto nasciam, enquanto eram lidos nos "*filò*" e nas varandas, os heróis do romance popular, os heróis do romance, os romances? Não se trata de uma pergunta inútil como poderia parecer, sobretudo porque o assassinato escolar do romance, com as fichinhas como solução final, está, mais do que nunca, em vigor.

Abandonando a história da pedagogia e das instituições educativas, isto é, abandonando o seu âmbito por demais limitado, na história da cultura observa-se certamente um estrago indizível. Foram muitos os *partigiani*: – italianos que se deram um nome tirado dos romances populares quando entravam na clandestinidade: era o único emblema verdadeiro de liberdade de que eram possuidores. Por um paradoxo educativo assim, que parece a quem se aferra à superfície das coisas, o futuro bom cidadão, disposto também a bater-se pelas instituições, decerto é aquele que quando jovem amou Rocambole, Fantomas ou personagens equivalentes. Só quem se move livremente entre papéis, máscaras, disputas, disfarces, altos e baixos na escala social sabe apreender de fato o sentido de certas aparições, sabe de fato individualizar, quando ainda não é muito forte, o histrião com os bigodinhos que está falando em pé sobre a mesa de uma cervejaria.

Censurando os fascículos, restringindo o romance dos romances nos limites das fiscalizações, afastamentos, censuras, proibições, a escola anulou o "efeito Sherazade", aquele que, segundo a grande Antonia Byatt, é o mais belo presente deixado a nós pelo segundo milênio que ficou para trás. Imersos no mar das histórias, a nado no rio do romance, velejando com a *Hispaniola* até a ilha-que-não-existe, tornamo-nos disponíveis, permanecemos abertos, damos crédito, libertamo-nos dos esquematismos, dos preconceitos.

A luta contra o estereótipo era requerida com amarga antecipação por Huxley, Orwell, Bradbury. Escritores de romances sobre o futuro, já com a escolha do meio lhe reforçavam a validade. Como recordava Paul Hazard, houve um tempo em que os meninos resolveram roubar dos adultos Gulliver e Robinson, deles se apoderaram, os detiveram ao ponto de acreditarem que todos, juntamente com Dom Quixote, fossem, na verdade, romances para crianças.

Também ali a escola pôs em ordem as coisas: recolocou nas estantes mais altas os clássicos maravilhosamente apropriados às crianças. Sancionou a morte didática de três deuses do Olimpo burguês da Idade Moderna.

Foi, propriamente, um empreendimento da alta burguesia, de todo exterior à escola, voltado a criar uma evidente escola paralela e de oposição, aquele que levou, nos anos 1930, a editora Utet a intentar "A Escala de Ouro" e a lhe confiar a direção àqueles burgueses cultos iluminados que eram o italianista Fernando Palazzi e o germanista Vincenzo Errante. O modelo pedagógico e didático da "Escala de Ouro" era resolutamente alternativo em relação ao da escola. Na coleção, dividida por idades correspondentes aos graus da escala áurea, deviam encontrar colocação todos os romances, todos os grandes textos de que a humanidade, vista em sua forma burguesa, iluminista, laica, venturosa, extraíra alimento. Assim, Tolstói, Dickens e Hugo eram dados às crianças, oportunamente "narrados de novo" por um grupo de literatos inacreditavelmente capazes de levar a efeito essa empresa belamente, tão repleta de riscos. Depois de uma acurada seleção, só os melhores desenhistas italianos eram chamados para dar aos textos as figuras, criando assim um aparato único, fundado na variedade que aflorava e na excelência dos estilos.

Conhecidas, transmitidas, saborosas, irresistíveis são as objeções dos mestres italianos contra "A Escala de Ouro", que ficou elitista, isolada, mas capaz de criar sua própria escola, portanto fundamental na formação autêntica de quantos (poucos) tiveram a sorte de possuí-la:

> [...] todos aqueles romances, eles enlouquecem, devem ser lidos na idade certa, não reduzidos dessa forma, lidos por inteiro ou não lidos; [...] coisas demais, a gente se perde neles, e além disso têm uma lombada muito fraca, que rasga logo.

De resto, o romance, o romance perigoso que faz de todos Gulliver, de todos Dom Quixote, de todos Robinson, o romance total em que pensava Paul Hazard, estava de qualquer modo na mira da escola, que individualizava agudamente o inimigo sob complexos disfarces e lhe revelava as tramas ocultas, perigosas em muitos sentidos.

A quem escreve estes apontamentos ocorre, em virtude da preciosa amizade de Italo Calvino e de Giulio Einaudi, poder reimprimir, colocar nos "Milênios" e introduzir com um longo ensaio precisamente o volume que, desde pequeno, mais tinha amado: *Le novelle della nonna* [As fábulas da vovó], de Emma Perodi. Ocorreu, ao prefaciador, a tentação de chamar de "romance" àquela coletânea de fábulas, pois que estas na verdade se sucediam como capítulos coerentes de uma longa saga dos Apeninos, encontradas que eram todas na tradição do Casentino.

Aluna, amiga e colaboradora de Pitré, Emma Perodi não cortou, não censurou, não reduziu, tampouco atenuou: a avó, Regina Marcucci, conta fábulas que teriam assustado Stephen King. E o seu fascínio consiste, por um lado, na dimensão dessa verdade imaginativa em que o diabo disfarçado de frade parece estar entre as verdadeiras faias e os verdadeiros castanheiros das florestas do Casentino, por outro, na livre alteridade que leva o Oriente do rei Salomão e da rainha de Sabá a uma gruta pouco distante da herdade Marcucci, ou um rapaz com duas cabeças a saltitar pelas sebes, não menos crível do que as mesmas sebes.

Na escola, Perodi, professora ela também, precisamente enquanto recolhia os contos, teve inimigos duradouros, coerentes, ativos, muito severos. Ainda no início dos anos 1960, enquanto os estudos sobre os gêneros literários se tornavam mais regulares e profundos, enquanto vampiros, bruxas e fantasmas entravam em belas coleções com prefácios cultos, um renomado especialista em literatura para a infância, Antonio Lugli, bem conhecido dos professores que estudavam seus textos para se apresentar em concursos de magistério, lançou-se contra as *Novelle della nonna*, acrescentando à excomunhão pedagógica um sarcasmo de exorcismo, em que tendia a ver, na publicação desse texto no final do século XIX, a degradação na educação de uma época, e, portanto, encontrando, com termos diversos, o sentido, não certamente próximo, da denúncia dos esgotos.

O romance-fábula de Perodi, em que as fábulas, posto que completas em si e autossuficientes, tendem a se definir também como capítulos, estava inserido na saga da família de Regina Marcucci, na herdade de Farneta, no Casentino. Trata-se de um expediente narrativo conhecido, pois que usado por quase todos os grandes contistas; mas, no caso de Perodi, a moldura estabelece um fascinante registro de leitura que prepara também um atualíssimo procedimento hermenêutico: trata-se do Aqui e do Em Outra Parte, ou melhor, da extraordinária contraposição de dois mundos, dois universos. A herdade, a avó, o capataz, os irmãos e as mulheres pertencem à era umbertina[6] e são, historicamente, reconhecíveis num Aqui perfeitamente individualizado e escandido também por meio de um calendário

6 Filho de Vittorio Emmanuelle II, o primeiro monarca após a unificação italiana, Umberto I reinou de 1878 a 1900, quando foi vítima de um atentado. [N.E.B.]

que cadencia os tempos do mundo camponês. E o Em Outra Parte contém o Supramundo e o Submundo de um Casentino em que de bom grado Cristo desce para tentar, sem êxito, reaver as almas que o diabo lhe arrebatara, ou onde o soberano de Narbona, chefe das milícias guibelinas no Pian di Campaldino, trava uma contenda contra um bando de esqueletos insepultos, que apresenta toda a força do horror atual.

Só se pode lamentar uma oportunidade perdida: os contos de Perodi foram lidos na primeira edição Perino, nas várias edições Salani, na mais recente edição Einaudi. Com um livro desse tipo a escola deveria ter começado um diálogo sistemático, fundado em premissas de um tempo concernente ao folclore, atualmente à antropologia cultural, que ligam o texto a nossas raízes profundas, àquelas que William Carlos Williams definia como as "veias" de um povo, de um país, de uma etnia.

Perodi escrevia tão bem, valendo-se de uma língua bela, apaixonada, plena de calidez e muito clara, a ponto de merecer o aplauso e a simpatia do jovem Gabriele D'Annunzio: mas nem mesmo um viático tão substancial podia ser utilizado para entrar naquela escola contra a qual Omero Redi apontava as suas "cartas".

De resto, é possível supor que alguns livros sintomáticos, em que a fábula e o romance de fato se fundiam, além de uma chave de leitura intencional como a aplicada nas *Novelle della nonna*, indiquem muito bem qual era o sentido da rejeição que a escola opunha ao romance. *Sua Altezza!* (*Favola Candida*), de Annie Vivanti, e *I sette capelli d'oro della fata Gusmara*, de Carolina Invernizio, são dois livros característicos que a escola rechaçava, encorajada nessa censura por autoridades específicas da crítica escassa mas alerta da literatura para a infância. Quem leu os livros de Invernizio custa a reconhecer a escritora nessa fábula que apresenta ressonâncias *liberty* e desenvolve um itinerário facetado, labiríntico, paródico, lúdico. Aqui, entre outras coisas, um êxito muito raro foi alcançado, êxito que consiste na criação de uma fábula de autor que não receia o confronto com as derivadas da tradição popular. A oposição da escola a livros desse tipo pode ter sido também determinante para o desaparecimento, na Itália, de toda literatura infantil que apresentava uma extravagância desmedida, em que triunfava o grotesco, aqueles livros em que, referindo-se à bela definição de Roger Caillois, poder-se-ia identificar o "cerne do fantástico", esquivo a formas de controle, a inibições, a áridas orientações pedagógicas.

O livro de Vivanti é um texto muito refinado em que se observa a profunda consciência que a autora tinha da cultura inglesa. A história das duas crianças que entram num quadro, ou melhor, numa tela em que se sobrepõem muitos estratos pictóricos correspondentes a paisagens diversas, a mundos e atmosferas variados, reconhecidamente se liga um pouco à poética de Lewis Carroll; mas a autora também a enche de anotações que nos são muito próprias, tornando patente um tipo de fantástico que alude à pintura italiana, ao panorama italiano, às lendas italianas. Vivanti mereceu uma segura interdição nas aulas da escola porque era autora de livros como *Naja tripudians*, mas, de resto, o seu livro fantástico, sem glosas, sem o acréscimo da moralidade, sem indicação de itinerários didáticos a seguir, estava muito longe de uma proposta educativa em que se reconheciam regras fixas e êxitos rígidos a se obter.

Tanto Invernizio quanto Vivanti tiveram plena consciência, como de resto tinha de si mesmo o padre Pistelli, muito distante de ambas, de sua colocação alternativa em relação à escola oficial. Também está presente nelas uma polêmica, já muito evidente em Collodi, contra um rigor apenas formal, contra um método repetitivo, abstrato, tão somente fundado na coerção, capaz apenas de produzir tédio. Pode-se tranquilamente notar como tudo o que ocorreu a partir de 1987 – quando, com a renascida Salani, deu-se uma reviravolta mais consistente na história da literatura infantil na Itália, expressa em diversas e novas traduções, na criação de muitas coleções novas, num empenho editorial vigoroso e de coragem –, tudo o que, em suma, felizmente a caracterizou por mais de uma década, permaneceu, uma vez mais, exterior à escola. Só alguma solução ocasional, como aquela contrariamente a que já acenara Margaret Mahy, por demais indulgente para com o eros e em nada atenta ao rigor com que se deveria sempre descrever a instituição familiar, indicou que a escola existia e que tinha consciência, embora incipiente, da grande mudança.

Historicamente, não só a já citada "Escala de Ouro" se constituía como escola paralela. Também a "Biblioteca dos meus rapazes" da Salani, nascida da vontade que o editor tinha de trazer a nós os romances surgidos em fascículos no semanário francês para crianças *La Semaine de Suzette*, precisamente nos mesmos anos em que a Utet publicava seus livros esplêndidos, tendia a propor um paralelismo emocional deliberado e significativo, de todo fundado em perfeitos "*feuilleton* para crianças" em que as intrigas, as peripécias, as expectativas e os sorrisos de uma familiaridade romanesca irresistível (certos títulos tinham, com o nível de alfabetização e pobreza dos anos 1930, até vinte edições) davam aos jovens leitores o que a escola censurava ou ignorava. Contra a coleção Salani interveio o regime, preocupado que estava com a existência dessa "escola paralela", por demais francesa. Ele não acabou com a coleção, não a proibiu, submeteu-a ao fascismo e a italianizou seja com a introdução, entre os *feuilletons* de Suzette, de romances absolutamente fascistas, como a série dedicada às aventuras dos *balilla* de Gino Chelazzi, seja com novas traduções que dissipassem cada ressonância francesa nos textos. Assim, *L'erede di Ferlac*, um dos mais apreciados, tornou-se *L'erede di Ferralba*.

## 3. Escreve mal, põe certas ideias na cabeça

O caso mais emblemático, paradigma mais evidente da rejeição que a escola opôs ao romance, é da longa, reiterada e severíssima condenação às obras de Emilio Salgari.

Há alguns anos, justificando com apaixonada clareza as razões de seu amor por Salgari, o filósofo Savater fornecia precisamente, sem que soubesse, uma relação detalhada dos delitos que o "capitão" cometera contra a escola. Na verdade, seus romances foram inspirados por uma escolha coerente, realizada de uma vez por todas, em favor de uma liberdade absoluta, insubmissa às exigências recorrentes que lhe limitavam e limitam as fronteiras.

Para Salgari, não havia conveniências, oportunismos, tendências, costumes. Um único alinhamento, ao lado do qual se colocava de qualquer maneira: *Gli orrori della Siberia, La capitana dello "Yucatan", Le stragi delle Filippine, La favorita del Mahdi* indicam o itinerário, no planeta, que não apresenta um projeto a ser seguido, que não é deduzido das preferências geográficas nem das sugestões de algum modo passíveis de serem documentadas, sobretudo se se considera que o "escravo da pena" fisicamente nunca saiu do triângulo obsessivo de sua prisão, com Verona, Gênova e Turim nos vértices. Os desvios oníricos mas extremamente documentados sobre atlas, livros de viagem, revistas geográficas e memórias de exploradores tinham apenas uma única meta: Salgari ia aonde lhe fosse dada a oportunidade de se pôr ao lado dos mais fracos, dos oprimidos e dos perdedores.

Ele muda de opinião a olhos vistos, apesar de permanecer fiel a sua opção definitiva: está com os espanhóis, contrariamente aos americanos, na guerra hispano-americana, mas considera os primeiros como dominadores imprudentes e tirânicos quando "visita" as Filipinas. Sua rebeldia não é anárquica de modo indeterminado, permeada de um exotismo predominante, como já se acreditou. Trata-se de uma escolha de campo documentada em que os opressores e os oprimidos são caracterizados com escrúpulo extremamente atento, conjugando as notícias mais recentes dos jornais com uma acurada tomada de consciência que é conduzida com base em documentos, mapas, dados, acontecimentos, imagens. Quando se compreendeu bem quem é o opressor: o czar, o império inglês, a Espanha, os Estados Unidos, os mercadores de escravos, e até os romanos com relação aos cartagineses, então o romance toma corpo, a trama começa a seguir o labirinto das pulsões.

Até o suicídio, tão coerente, pensando bem, com o sorriso de Stevenson que pedia para ser posto de parte juntamente a seus piratas quando se desse definitivamente por certo que a Aventura não agradava mais aos rapazinhos ajuizados, Salgari leva uma vida digna de absoluta, e nunca declarada, dedicação à literatura.

Se se compara isso à destacada ironia verniana, apreende-se nele um componente que falta aos outros escritores de histórias de aventura. Trata-se, justamente, de uma plena colocação do autor na página, precisamente com aquele eterno abandono de adolescente que Cesare Pavese nele reconhece quando o cita sem citá-lo, aludindo inequivocadamente a seus "piratas malaios", em "Os mares do sul".

Em suas ficções clamorosas, em seu universo inteiramente inventado, em suas borrascas, em suas salvas de tiros, nas praias de seus tantos náufragos, nisso Salgari acreditava com plena convicção. Era, principalmente, esse sincero pertencimento a um mundo em que triunfava o duelo – e com muita frequência se bateu, aliás também ele, entre outras coisas, com adversários que se riam de seu mundo verdadeiro e falso –, era esse pertencimento que o fazia viver numa dupla dimensão em que a placidez da Italiazinha umbertina continuava fora de sua casa e representava alguma coisa em que ele não se reconhecia. Envolvido na fumaça de seus inúmeros cigarros, a pena embebida naquela tinta incerta e tênue de bagas fabricada por ele mesmo numa obstinação neurótica que lhe feria as vistas fracas, fechava a porta e sentava a uma mesinha de quando em quando transformada em convés, em balsa, em bosques densos, em duras planíceis geladas.

Fechado ali, solitário, tendo ao lado apenas a loucura da mulher e o sofrimento dos filhos, posteriormente tomados eles também da tentação suicida, revisitava os mapas que anteriormente desenhara na biblioteca, e descrevia personagens de que antes recolhera os traços naquele estilo descarnado e preciso que, entre outras coisas, é propriamente o que se encontra nas figuras que aparecem nos livrinhos de apontamento dos verdadeiros viajantes. Em seu livro de 1909, angustiado mas divertido, *La bohème italiana*, descreve-se um momento de sua vida no qual, entre grandes goles e uma fome absoluta, protagonista de cada página, define-se com precisão o valor de uma vocação ilibada: está ali, em meio a seus amigos, renuncia com eles ao pão por ter de qualquer forma o vinho, mas jamais põe em dúvida aquela que sente ser sua vocação, fundada coerentemente, entre outras coisas, em convicções pedagógicas.

Tem em vista um leitor jovem, escreve para ele, não pensa com certeza em poder excluir os adultos de seus livros, mas pensa acima de tudo no adolescente sonhador, corajoso, leal, íntegro, cuja alma destila nos seus heróis.

Trata-se de uma contrapedagogia coerente e bem definida que será em pouco tempo determinada e combatida, com infinita coerência, por uma escola pronta a decifrar os perigos variados e numerosos presentes em seus romances.

As violentas censuras aplicadas ao estilo, às tramas, ao desenho das personagens, mostram que, paradoxalmente, a escola, ao declará-lo maldito, ao exercer proibições patentes e também autorizadas, o compreendera bem. Por meio de Salgari, aqueles mesmos esgotos franceses denunciados por Cantú e por Bresciani se aventuravam a transitar também nas aulas.

Salgari é leitor aficcionado de Ponson du Terrail e de Dumas, conhece muito bem as técnicas de que provinham os entrechos mais frenéticos e intrincados, ama aquele mundo de oposição que ele enche de malditos, marginalizados, de antagonistas perversos, até preencher todo um espaço antropológico. O *feuilleton* francês, o mais extremado, o menos açucarado e menos próximo do "gênero água com açúcar", é o antecedente de cada um de seus romances. Pode-se, aliás, dizer que Salgari não atenua, mas exalta as categorias imaginativas de seus mestres. Se se examina, por exemplo, a presença, no romance francês do século XIX, daquilo que Victor Brombert definiu precisamente como o "cárcere romântico", entre caminhos subterrâneos do abade Faria, banhos penais para Jean Valjean, fugas, escavações, celas, correntes, nota-se que nada do que se narra assim pode ser posto ao lado de *Gli orrori della Siberia*, de 1900.

Como sempre, Salgari buscou acuradamente documentos em jornais, revistas, memórias e, assim, pôde dar-se dois protagonistas realmente próximos aos tantos adversários políticos do regime czarista: um estudante e um coronel do exército, acusados de niilismo. Depois, a incrível visão da coluna de prisioneiros que avança negra na planície coberta de neve, perdendo, a intervalos, alguns dos seus componentes, é também ela descrita por jornalistas e viajantes, embora pudesse de fato parecer criada apenas por uma das fantasias horríveis do "capitão".

Então, como de resto também hoje, a escola não tolerava íncubos, visões, narrações alucinadas, entre outras coisas, saídos de documentos ou das incisões precisas dos grandes meios de informação do século XIX. A escola tendia a fechar-se em si mesma, possuía modelos próprios, próprias indicações a fornecer, acerca da vida e do mundo, que nitidamente contrastavam com a vertiginosa, mas muito coerente, proposta de Salgari. Foi acusado de escrever mal e de influenciar negativamente a língua, o estilo, o modo de exprimir dos rapazes. Em vez disso, teria podido fornecer-lhes uma lição determinante: é verdade, a sua impetuosidade verbal é o fruto da elaboração espontânea mais que da evolução meditada, continuadamente definida. Há o expediente, precioso para a percepção do adolescente, que consiste em encher a página de termos exóticos sem fornecer explicações sobre os animais, as árvores, as flores, as frutas, as armas a que essas palavras se referem. Assim, o *nagatampo* não é identificado, mas permanece ali, esplêndido som numa selva rutilante dessas presenças oníricas, fragmentos de obra aberta a sistematizar com a ajuda indispensável de um leitor mais do que nunca *in fabula*.

Um esplêndido exercício didático, em tudo oposto, porém, àqueles sempre dados prodigamente pela escola e dirigidos à realização de um único modelo, subtraído inteiramente às razões dos estilos individuais. E a oposição de tipo ético era ainda mais rigorosamente reforçada: não só escrevia mal, mas também enchia a cabeça dos rapazes de fantasias irrefreáveis, os levava a colocarem-se ao lado apenas de quem sofria injustiças, tinha em mente apenas o ideal do antigo cavaleiro errante.

De como Salgari acabava por ser de qualquer forma sempre impróprio a um diálogo verdadeiro e possível com a escola, é prova significativa também a oposição reforçada que, relativamente, manifestou a escola fascista. Depois da marcha sobre Roma, depois da glorificação recorrente da mentalidade da esquadra fascista e pouco antes da conquista do império, o narrador da ousadia, o Pai dos Heróis, deveria ter sido o escritor mais amado dos *balilla*, o precursor dos pré-militares e dos Campi Dux. De fato, o regime fez algumas tentativas voltadas a uma inserção das ficções de Salgari nos aparatos de propaganda e de convenção que criara; mas o "capitão" não podia ser colocado em nenhuma proposta organicamente definida. Numa explícita política imperialista, a escolha rigorosa de se pôr sempre ao lado dos rebeldes, de todos eles, não podia ter lugar. E além disso havia, em Salgari, um amor tão sincero e reavivado por toda sorte de liberdade, que fazia temer que uma ordem hierárquica recebesse de seus textos uma oculta mas sólida oposição imaginativa. O regime o pôs de parte, e preferiu eles aventureiros fiéis, escritores de "camisa negra", como Arnaldo Cipolla, Alfredo Fabietti, ou também a habilíssima Olga Visentini que, com *L'aquila lontana*, definiu o perfeito livro fascista para a infância, narrando, de resto, em uma língua fascinante e de elegância afetada, as cultas e refinadas peripécias de um nobre muito jovem que vai resgatar o pai prisioneiro nas Gálias.

Rechaçado, pois, pela escola fascista, e após muitos *partigiani* terem tirado de seus livros seus próprios nomes de batalha, tornados indispensáveis pela necessidade de ocultar o nome verdadeiro para evitar represálias contra as famílias, Salgari podia confiar numa boa aceitação por parte da escola republicana, a partir do pós-guerra; mas tratava-se de uma escola resolutamente da democracia cristã, que temia mais do que nunca a impetuosidade e a insubordinação da prosa do "capitão".

Entre outras coisas, viera à luz um componente silenciado, um momento fundamental, mas descurado, do romance de Salgari. Ele é, com certeza, para todos os efeitos, um escritor para jovens, rejeitado pela escola, mas apreciado por milhões de jovens, e a sua última colocação, junto ao Bemporad do *Giornalino della Domenica*, o editor de prestigiosas coleções para moços, devia indicar a indubitável definição de uma vocação em espaços coerentes e significativos; mas as capitãs, as mulheres que esfolavam porcos, as favoritas, as soberanas, as "joias", as heroínas, as "flores", para indicar apenas os repertórios metafóricos mais evidentes que Salgari criou para falar também de mulheres, moças, mocinhas, muito jovens, conferiram às suas páginas uma dimensão ainda mais longínqua da escola italiana, de quantas foram reveladas até este momento.

Com medo de sexo, limitada no âmbito de uma absoluta censura da sexualidade, do corpo, do prazer, do desejo, a escola, entre as tantas invectivas contra o "capitão", nunca pôs em certa evidência esta, tão especial, tão tipicamente salgariana.

De fato, é esta a forma derradeira da condenação: a censura absoluta que se vale do silêncio.

O erotismo salgariano é, ademais, um componente muito específico da unidade desse autor. Funda-se, entre outras coisas, numa adesão surpreendente a um modelo de feminilidade isolado, antecipando-se a épocas por vir, subtraído às expectativas católicas mas também às laicas. Suas heroínas são ardentes como suas "selvas ardentes", estão presentes em toda parte, vivem entre os peles-vermelhas, entre os piratas, entre os bandidos do Rif, na Malásia, em Tonchino, em Cuba, nas Filipinas, não são livres e indomáveis por pertencerem a uma cultura, mas são assim porque são mulheres. O erotismo que suscitam, mas que no entanto vivem também como protagonistas, as coloca num espaço de que se pode dizer apenas que é típico de Salgari.

Com efeito, as também frequentes heroínas vernianas, cercadas de ironia, envolvidas em *calembours* maliciosos por um autor no fundo misógino e que, de qualquer maneira, se coloca decididamente ao lado de Nemo, do capitão de quinze anos, do puro transitar pela planície russa do mensageiro do czar fazendo-se de cego em companhia da irmã, decerto não se enquadram na mesma definição de aventura de que se vale Salgari. Em Verne, beija-se o herói, no final do romance, quando o "raio verde" brilhando sobre o mar diz que o beijo é consentido, é necessário, é permitido às jovens em flor.

O erotismo salgariano deve algo de si, mas não muito, ao *feuilleton*, porque a selvagem, indômita Baccarat, que nas páginas de *Rocambole* corta a língua de seu rival Sir Williams, parece, e talvez positivamente seja, uma predecessora das heroínas salgarianas; mas o eros do "capitão", quando se quer conferir a ele uma hermenêutica específica, sem dúvida merecida, nasce de uma sincera adesão ao espaço visceral do melodrama italiano e, com efeito, liga-se estreitamente às heroínas de Puccini num tipo de calculada simetria, toca de leve o perfil das verdadeiras heroínas do *Risorgimento*, e, assim, oscila entre Cristina di Belgioioso e Virginia di Castiglione, e em seguida descende daquelas presenças, pictóricas não menos que romanescas, tão recorrentes no sonho e na iconografia italiana, das frementes Giudittes às veementes Madalenas, para definir um imaginário erótico muito específico e complexo.

Uma glosa a se apor às mais que centenárias vicissitudes da dolorosa relação entre Salgari e a escola italiana só pode fazer sorrir: atualmente, os romances do "capitão" são rejeitados por serem muito difíceis, muito carregados de informações, escritos numa língua que excede o vocabulário extremamente escasso dos jovens de hoje. Também foram feitas tentativas de recontá-lo e publicá-lo de novo depois de ser "traduzido" numa língua mais simples, menos tersa, menos culta.

A radical oposição da escola a Salgari equivale, propriamente, ao ódio da escola pelo romance. Não há um manual de pedagogia do romance que de fato tenha em conta as implicações educativas específicas do próprio romance. Se existisse algum, ele deveria conter a história desse antagonismo radical.

A alteridade, o individualismo consciencioso e responsável, o diálogo consigo mesmo, a aspiração a uma liberdade de consciência que se desenvolva em contato com os grandes paradigmas do humano, a invenção não controlada ao ponto de incluir um uso didático da categoria do bizarro, o incentivo à análise das personagens, o espírito aventuroso da pesquisa inovadora, tudo isso são formas de expressão e consciência que a escola rejeita e que, talvez, não possa justamente aceitar.

Esse antagonismo é dolorosamente colocado em algumas páginas do diário de Cesare Pavese. Pouco antes de morrer, Pavese, suicida como Salgari, escreve que a leitura de Salgari se encontra entre as poucas coisas que ainda lhe dão alívio. A seguir escreve que os livros de Yambo o fazem "revigorar-se". Desse modo, também é necessário referir-se a Enrico Novelli, que para si mesmo pretende o pseudônimo de Yambo, pseudônimo como sempre alusivo e programático, e que escreveu esplêndidos romances amorosamente paródicos em relação a Salgari e a Verne, imitador e quase discípulo como era do grande Albert Robida.

Yambo, exatamente como Robida, era em igual medida escritor e ilustrador, mas, entre suas diversas identidades, também há a do titereiro (amava, de qualquer forma, o teatro porque era filho de um grande ator), do jornalista, do diretor de periódicos.

Consciente de ser um "narrador a reboque", e, de resto, orgulhoso disso, Yambo quase sempre vai aonde alguém mais já esteve: *Ciuffettino* reencontra as *Aventuras* collodianas, *Capitan Fanfara* relaciona-se estreitamente a Salgari; impregnado das peripécias em que podia e devia perder-se um dedicado leitor do "capitão", atento em parodiar com toda evidência máscaras, heróis, personagens (*Alla conquista di un trono, Fior di lillà, I filibustieri della Lumaca, Ruggero il Rosso*), todavia acima de tudo é capaz de interpretar esses mundos, essas ficções, essas figuras ao ponto de elaborar um tipo de comentário esplêndido, imenso, que se mostra como um discurso do século XX rematado e prudente, aplicado ao patrimônio dos sonhos, da embriaguez, das loucuras que o século anterior compusera com o *feuilleton* no seu conjunto, com o romance histórico, a ópera lírica, as estampas de Épinal, as inumeráveis gravuras de que fascículos, artigos e semanários estavam repletos.

Todo esse mundo funambulesco que festejava vigorosamente, com os ritmos de Offenbach e de Strauss, o advento da modernidade, foi novamente retratado, narrado em paródia, feito em pedaços e recomposto por Yambo, zombeteiro e sério ao ponto de antecipar, em um romance de sua autoria para jovens, com um futurismo que ainda faz refletir, o estouro da Grande Guerra, caracterizando, entre outras coisas, causas e modalidades com uma precisão que tem algo de incrível.

Nacionalista, e a seguir fascista, imerso numa calorosa "florentinidade" mas glosador de seu amado Robida e da França, presentes em cada linha e em cada desenho do genial humorista e ilustrador, Yambo poderia ser estudado como uma das almas do romance, além da superfície irônica, portanto, e da lucidez rompante de um titereiro habilíssimo mas consciente também do fato de que o teatrinho de que é proprietário está para fechar. *Capitan Fanfara*, notável aventura em automóvel, com todo o mundo tornado uma pista única (em 1906), narrada por um piloto verdadeiro, precocemente cativo das delícias de se dirigir de modo perigoso, como era Yambo, deixa bem claro como certo sentido de crise, um prenúncio de desgraça, certa intuição da catástrofe de modo misterioso são postos justamente dentro dos labirintos desse carnaval mirabolante.

Rejeitado também ele, é claro, pela escola, Yambo espiava, assim, o frenesi, o ritmo incessante, a ironia anárquica irreprimível dirigida, por exemplo, contra a própria escola (em *Ciuffettino*), mas também contra instituições as mais variadas. Num romance que também é uma poética completa, *L'arcipelago della fantasia*, Yambo diz exata e claramente que a dele é uma ênfase do fim, é um triunfo tendo paralelamente a baixa, é um carnaval capaz de ver ao longe a quaresma.

A escola, acolhendo-o de todo, talvez estudando mais que lendo, teria prestado uma clara homenagem ao sumo pedagogo da idade romântica, àquele Jean Paul que, em *Levana*, exibe poeticamente os expedientes educativos do humorismo: mas Yambo representa uma dessas oportunidades perdidas mediante as quais se deveria, e se deve, refletir acerca dos desastres histórica e atualmente levados a efeito por uma instituição educativa capaz de desperdiçar recursos, inibir impulsos criativos, confundir itinerários essenciais e lhes impedir o acesso. Com os desenhos, as histórias, as paródias e as revisitações, Yambo tornou-se, em resumo, autor de uma espécie de romance-romance, em que a forma narrativa é agradavelmente ironizada, comicamente exaltada, parodicamente tornada de qualquer modo irresistível. Pavese deixava transparecer que Yambo era um lugar do espírito, um pretexto para "revigorar-se", uma oportunidade para se sentir livre e alegre no tormento da existência.

Com relação a toda a literatura infantil, não só a de Salgari, de Yambo ou da forma-romance aqui evocada para congregar o sentido de uma derrota, de uma negação, de uma impossibilidade, de uma ausência, a escola tem as mesmas responsabilidades, as mesmas culpas vergonhosas que lhe são atribuídas quando se fala de pedagogia da leitura.

Existiram, e felizmente ainda existem, grupos esporádicos de professores corajosos que souberam fazer ler ou que, pelo menos, não contribuíram para acabar com o prazer de ler de seus alunos; mas quando se alude à relação que de algum modo vincula o romance à escola, não se deve falar apenas dos pequenos e perdidos Forte Apaches, mas tão só da instituição como um todo.

Certamente, não é por acaso que *Il Giornalino della Domenica*, por exemplo, lograsse, desde a época de Giolitti, constituir uma espécie de escola paralela: a "Confederação da Ciranda", a que aderiram os Grilli e as Mezze-Signorine. Velhos, porém indômitos, encontram-se ainda agora, com insígnias e capas de livros memoráveis.

## 4. O fabuloso, o esquecido, o oculto Gianni

Tendo falecido com apenas sessenta anos, Gianni Rodari poderia ter oferecido um álibi à escola que o oculta e ignora; mas já fizera com que se dissipasse todo álibi, para qualquer pessoa, em qualquer época, quando, oito anos antes de morrer, publicou a sua *Grammmatica della fantasia*. Trata-se de um livro único, diferente, feito de modo a se constituir como um manual pequeno e delicioso, mas capaz de se dilatar em muitas direções, que vão do estudo das fábulas ao da matemática, dos jogos linguísticos à didática das histórias em quadrinhos, da ciência das palavras à análise do conceito de criatividade.

Absolutamente atual, aliás, ainda futurista há quase trinta anos de sua publicação, passível de ser lido com agrado do modo como é, claro, intenso, fácil, irônico, subtrai ainda outros álibis a quem o ignora, a quem sabe fingir que nunca foi escrito.

As indicações que contém derivam da viva experiência do autor, ocorrida nas escolas onde concebeu o desejo de escrevê-lo, mas trata-se também de um texto altamente teórico a seu modo, em que filosoficamente se examinam meios para mudar a humanidade e o mundo.

Uma aplicação plena e derradeira das ideias concentradas nesse livro pequeno e extraordinário, Rodari a pôde oferecer no *Gioco dei quattro cantoni*, cuja publicação não lhe foi dado ver. Trata-se de um livro cuja amargura se dissolve na ironia, e vice-versa; ele deveria também resultar em um documento pungente do sentido mais profundo dos terríveis anos 1970. Assim como de resto há bem poucos livros em condições, a exemplo de *Favole al telefono*, de destilar o substrato nunca descrito dos anos 1960, com o Oscar à lira[7], o boom, a conjuntura, a televisão, a massa motorizada. E, retrocedendo ainda mais, a metáfora vegetal insinuante de Cipollino, que explica a luta de classes utilizando de modo dissimulado e clamoroso o horizonte temático de um hortelão, se colocava entre a Guerra Fria, a Coreia, o macartismo, o sentido geral do pós-guerra, e uma visível esperança de redenção, de mudança, de progresso autêntico.

Por ser fundamentalmente autor de impetuosas e brevíssimas histórias (*Il topo dei fumetti, La vecchina che contava gli starnuti, La guerra delle campane*), Rodari poderia parecer incapaz de fornecer uma conclusão muito amarga a um discurso muito concentrado sobre a rejeição do romance por parte da escola.

7 Nos anos do chamado "milagre italiano", o jornal *Financial Times* conferiu um prêmio "Oscar" à lira, como moeda mais estável de 1959. [N.E.B.]

Poder-se-ia, por outro lado, citar de imediato aquele romance verdadeiro, extremamente cômico e terrível que é *C'era due volte il barone Lamberto*, para aludir a uma possibilidade real e concreta.

De fato, uma escola que não aceita, que não sabe tornar seu, que não sabe glosar e anotar um livro em que se pode falar às crianças sobre a morte, e então sorrir, já disse muito, de qualquer forma, de sua relação com o romance. Mas Rodari, desaparecido entre as reevocações de obrigação, as revisitações críticas inevitáveis, as hagiografias ocasionais, as festas de soldado desconhecido, as festas nacionais com crianças e canetinhas, e medalhões obrigatórios e as nostalgias suspirosas, Rodari, oculto ao ponto de poder ser tranquilamente deturpado nos livros de leitura, Rodari estava, de qualquer forma, no romance, no território do romance, onde o romance parece indispensável e inexistente. Rodari assumiu, de modo único e muito claro na *Grammatica della fantasia*, o papel de quem pode dizer e demonstrar que, sem fantasia, não há escola e que existe fantasia quando sua gramática é conhecida.

Há também um indício esclarecedor: exatamente no momento em que triunfava o termo "criatividade", Rodari recuperou aquela "fantasia" que lembrava o romantismo, o fabuloso, os sonhos de olhos abertos, uma homenagem silenciosa a Walt Disney (nada jamais é casual nesses níveis, talvez seja só inconsciente), a pesquisas experimentais empreendidas, porém, no final do século XIX.

De resto, amava Andersen e declarava isso. Quando concebeu sua *Grammatica*, já estava preocupado com o empenho dos "programadores" em tornar toda a escola italiana semelhante a um gigantesco sindicato de contadores, a um congresso maluco de comerciantes. Assim, devia pôr-se ao lado, com suas histórias breves, daqueles que, no romance, em seu uso didático, viram uma possível escola, feita de leitura, reflexão, comentário, sabedoria, autonomia. A história, da exclusão de Rodari, que continua, é idêntica à da exclusão da dimensão romanesca, as razões que a motivam são as mesmas. Era justamente o "diabo", no início, quando escrevia os aranzéis depois do morticínio operário de Módena: uma exclusão, pois, rica de história porque idêntica, nas razões, àquela de quem rejeitava *Cuore* porque, em suas páginas, era esquecida a Páscoa e a recorrência do santo patrono.

Depois seguiram-se também os processos aos pioneiros, como a caça às bruxas na América puritana e na macartista: e ele era justamente o diretor do *Pioniere*, o criador de Cipollino, o narrador astucioso de fábulas que tinham aquela tal moral tão imoral.

Tanto o semanário quanto o diretor eram então objeto de excomunhão, não metafórica, mas real, imediata, automática. Escreveu-se, ainda que pouco, sobre os processos aos pioneiros entendidos como crianças com o lencinho vermelho. Essa exclusão poderia lembrar a dos *Miseráveis*, e com certeza os pequenos Gavroche dos anos 1950 não tiveram uma vida fácil.

Por fim, munido dos desenhos de Munari como de um salvo-conduto, um passaporte para as boas salas de visitas, também Rodari transitou, entre um carro *Seicento*, uma Olímpiada em Roma, um *Carosello*, um retrato de Kennedy, uma foto dos Beatles. No fundo havia um socialista (democrático) no Quirinal, talvez esse cantor de crianças de Módena tivesse se arrependido, começasse a tomar juízo, houvesse completado quarenta anos.

As *Favole al telefono* eram, pois, surpreendentes: mais cruéis até do que o aranzel para o menino de Módena, mas estas, no entanto, era preciso decifrar.

Uma história exemplar, evocada para concluir um negócio tenebroso, de tom balzaquiano; mas os livros fazem mal, vamos queimá-los, tornam as pessoas infelizes, vamos queimá-los, dizem ao bombeiro Montag num livro de Ray Bradbury que não é queimado, certamente, na escola. Trata-se de um romance: fica de fora.

WALTER SITI

# O romance sob acusação

## 1. No lugar do livro sagrado

Flamenca, protagonista de um romance provençal do fim do século XIII,[1] depois de ser isolada numa torre pelo marido ciumento, só consegue encontrar na igreja, durante a missa, o homem que a deseja; com a proteção do livro dos Salmos, sussurra-lhe umas poucas palavras, que significam aceitação e reciprocidade do desejo; porém, tendo voltado à torre, às perguntas ansiosas das damas de companhia, cai presa da dúvida quanto a ter falado em voz muito baixa, e quanto ao amante não lhe ter ouvido as palavras; as donzelas lhe sugerem então que reconstitua ali a cena, a fim de que possa constatar se tudo funcionou. Flamenca diz a suas damas, rindo-se, "peguem o livro de Biancofiore", e simula o encontro, usando o romance de amor no lugar do livro sagrado.

Livro *galeotto*[2] na materialidade das folhas e da encadernação, vinte anos antes que a Francesca de Dante, lendo "por deleite" os amores de Lancelote e

1 "*Flamenca*". *Roman occitan du XIII^e^ siècle*, org. J.-C. Huchet. Paris: Union Generale d'Éditions, 1988 (Série "Bibliothèque médiévale" 10/18).

2 Adjetivo que qualifica objetos que intermediam o encontro amoroso; livro de galanteio. [N.E.B.]

Guinevere, foi tentada a reproduzir, no realismo da situação cotidiana, o beijo dos famosos amantes.

Pode parecer estranho que um dos livros mais tenazmente proibidos e impedidos de circular, nos longos anos da Inquisição, tenha sido justamente a Bíblia.[3] A Bíblia traduzida nas várias línguas nacionais, naturalmente, ou os comentários feitos a ela em língua vulgar. O que interessa, a nosso propósito aqui, é que os romances e livros sagrados são proibidos com as mesmas motivações e para as mesmas categorias de pessoas; são os "jejunos de latim" que devem ser protegidos, porque, se expostos diretamente aos livros, poderiam "facilmente incorrer em diversos erros", como escreve em 1582 Carlo Borromeo. Os jovens imaturos, pois, os artesãos humildes ou, de qualquer forma, os não profissionais da cultura, bem como as mulheres de qualquer classe. Michele Ghislieri, inquisidor "moderado", escreve em 1557 ao bem mais rigoroso inquisidor de Gênova: "Proibindo *Orlando*, *Orlandino*, *Cem novelas* e outros livros semelhantes provocaríamos o riso porque esses livros não são lidos como coisas nas quais se deva acreditar, mas como fábulas".[4] A Inquisição, optando pela linha dura, em vez disso demonstra temer que os "indefesos culturalmente" possam acreditar nos romances e se deixar transviar por eles (é por isso que o rei da Espanha proíbe na América a exportação de livros de cavalaria: os índios, semelhantes nisso aos humildes e às mulheres, poderiam se fiar das fábulas, e, quando se vissem iludidos, poderiam negar confiança a qualquer livro). Também os livros sagrados, ou, de qualquer maneira, os livros religiosos, são um perigo para as "mentalidades fracas", sobretudo os que apresentam mais motivos narrativos; não só e não tanto porque ali se podem esconder máximas heréticas ou ardis diabólicos (em um processo de 1590, em Veneza, certo Andrea[5] relata que, desesperado de amor, copiou de uma *Vita* de São Basílio o texto do pacto com o demônio e o assinou com o próprio sangue) – não tanto por isso,

3 Cf. G. Fragnito, *La Bibbia al rogo*. Bolonha: Il Mulino, 1997; no livro de Gigliola Fragnito (p. 135) encontra-se também a citação do cardeal Borromeo (extraída do edito *Che non si tengano Bibbie volgari, né libri di contro-versie con gli Heretici* [Que não se conservem Bíblias em vulgar, nem livros de controvérsias com os Hereges]).

4 A carta de Michele Ghislieri (o futuro papa Pio V) foi citada em N. Longo, *La letteratura proibita*, in *Letteratura italiana*, dirigida por A. Asor Rosa, v. *Le Questioni*. Turim: Einaudi, 1986, p. 980.

5 A informação se encontra em A. Prosperi, *Tribunali della coscienza*. Turim: Einaudi, 1986, p. 980.

mas porque deixam a mente livre para fantasiar. O cardeal Bellarmino, julgando o projeto de edições dos *Fasti Sanctorum* de Rosweyde em 1607, acha que nas paixões romanceadas dos mártires e nas vidas dos santos há "muitas coisas tolas, vazias, improváveis"[6] – quase as mesmas palavras com que vezes sem conta entre os séculos XVI e XVIII a Igreja se pronuncia acerca dos romances de cavalaria ou, de um modo geral, sobre os romances e as novelas. Nos conventos femininos, proíbe-se a leitura dos livros de edificação em vulgar; Teresa d'Ávila confessa ter sofrido muito com isso, "porque a leitura de alguns me causava deleite", enquanto não lhe aparece o Senhor que lhe diz "eu lhe darei um livro vivo".[7]

Em compensação, os livros de cavalaria foram muito amiúde um alimento e um modelo simbólico para os santos "novos": a partir de Francisco de Assis, que chama os seus pequenos frades de "soldados da Távola Redonda",[8] até o "castelo interior" criado pela mesma Teresa d'Ávila para entreter suas freiras, rico de "fontes, belos jardins, labirintos e outras coisas encantadoras". Em suma, existe um valor emblemático no fato de que na queima dos livros diante da catedral, com que o bispo de Santa Severina quis celebrar a Epifania de 1600, houvesse três versões da Bíblia e um exemplar do *Amadis de Gaula.*[9]

O ataque aos romances, como veremos, se faz mais indiscriminado e inflexível toda vez que predomina uma ideologia de guerra, quando há um inimigo para se sacudir como a um espantalho. No caso da Inquisição, obviamente, o grande inimigo é a Reforma, o diabo ideológico é o "livre pensar". Os livros colocados no *Index* são, pois, na grande maioria, livros doutrinários e de artes mágicas; mas, no que diz respeito aos contos e aos romances, tem-se a impressão de que por trás da devida condenação por parte do ofício das páginas "obscenas ou lascivas" se insinue uma condenação mais indeterminada e angustiada, ligada à liberdade de imaginação. A que corresponde, na vertente do texto, uma "liberdade de ponto de vista"; é curioso que Céline, numa entrevista de 1957,[10] para demonstrar que a

6 Para o julgamento do cardeal Bellarmino, cf. S. Boesch Gajano, "Le metamorfosi del racconto", in *Lo spazio letterario di Roma antica.* Roma: Salerno, 1990, v. III, p. 217.

7 Para a citação da *Vita* de Teresa d'Ávila e, mais adiante, para a citação do *Castello interiore*, ver A. Morino, Introduzione a T. D'Avila, *Il castello interiore.* Palermo: Sellerio, 1999, respectivamente nas pp. 28 e 42.

8 Ver a *Compilatio assisiensis* (cap. CIII, 13), in E. Menestò e S. Brufani (org.), *Fontes franciscani.* Assis: 1995, v. I, p. 1643.

9 A informação se encontra em Fragnito, *La Bibbia al rogo*, op. cit., p. 315.

10 *Louis-Ferdinand Céline vous parle*, transcrição de um disco gravado em 22 de outubro de 1957, in L.-F. Céline, *Romans II.* Paris: Gallimard, 1974, p. 935.

França não tem mais coragem o bastante para "mudar de estilo", cite o exemplo de um velho cura de Clichy que, em 1870, decidira dizer a missa em francês e foi "criticado severamente pela Comissão dos ritos".

Diferentemente do teatro, os romances pressupõem em geral uma fruição na solidão, um "face a face" com o texto que inclina à introspecção e à projeção imaginária. Os romances, diz um inimigo deles em *Berger extravagant*, de Sorel, são "piores do que livros calvinistas, porque estes pelo menos tratam de um só deus, ao passo que os romances tratam de muitos".[11]

Talvez não seja por acaso que as duas nações em que a Inquisição teve êxito em impedir uma leitura individual e não controlada pelo texto sagrado (a Itália e a Espanha) tenham assistido ao declínio irreversível do romance depois do final do século XVI, e que nas nações em que à leitura livre da Bíblia tenha-se acrescido uma limitada mas substancial liberdade política (o *Licensing Act* é de 1695), isto é, na Inglaterra, tenha, em vez disso, nascido o romance moderno.

## 2. Um gênero que renega a si mesmo

Entre todos os gêneros literários, o romance é o único que tem necessidade de renegar-se a si mesmo. O século XVIII, aquele em que o gênero se consolida, está repleto de romances que negam sua natureza: "hoje, o mundo se acha tomado de romances e de contos de aventura em tal grau, que é difícil uma história fatual ser tomada por verdadeira", escreve Defoe no prefácio a *Moll Flanders*; "esse romance não é um romance", escreve Rousseau no segundo prefácio de *A nova Heloísa*; "mas isso não é um romance", assegura Diderot em *Jacques, o fatalista*.[12] Já no final do século XVII, Madame de La Fayette, escrevendo ao cavalheiro de Lescheraine, falava acerca da *Princesa de Clèves*, "não é de forma alguma um romance: são, exatamente, algumas memórias";[13] e, ainda no final do século XIX, os veristas se recusam a chamar de romances os seus textos (Louis Desprez, defendendo-se

11 C. Sorel, *Le berger extravagant*. Paris: 1627 (reprodução anastática, Genebra, 1972), p. 26.

12 D. Diderot, *Jacques le fataliste et son maître* (1796), ed. S. Lecointre e J. Le Galliot. Paris/Genebra: Droz, 1976, p. 50 [ed. bras.: *Jacques, o fatalista*, trad. Jacó Guinsburg. São Paulo: Perspectiva, 2006].

13 A carta, datada de 14 de abril de 1678, é citada em A. Pizzorusso, *La poetica del romanzo in Francia (1660-1685)*. Caltanissetta/Roma: Salvatore Sciascia, 1962, p. 101.

no processo contra *Autour d'un clocher*, declara em aula: "a palavra romance não convém mais aos nossos estudos sociais").[14]

"Se este fosse um romance"; "não como ocorre nos romances" etc., tornam-se a tal ponto lugares-comuns que alguns romancistas fazem uma reivindicação de segundo grau: contrariamente àquilo que todos dizem, o meu, em vez disso, é justamente um romance. "Se tu és algum deles, a quem basta dizer que são verdadeiros os acontecimentos para que neles acreditem, ou a quem não seja admissível gozá-los porque são falsos, és por demais sério, por demais crédulo, e não escrevi para ti", assim Giovanni Ambrogio Marini, no prefácio a *Calloandro fedele*, demonstra o orgulho pela própria invenção; com mais malícia iluminista, Laclos adverte, "não garantimos a autenticidade desta coletânea, pois temos fortes razões para crer que se trate apenas de um romance", e acrescenta que as personagens das *Relações perigosas* manifestam tão maus costumes, que "é impossível supor que tenham vivido em nosso século".

Os paratextos (prefácios, notas, posfácios, advertências do editor etc.) são usados para desculpar-se, para justificar-se. Os motivos pelos quais o romance envergonha-se de si mesmo são concretamente dois: 1. o romance provoca nos leitores devastações psicológicas e, no grau máximo, faz enlouquecer; 2. o romance é conspurcado pelo dilúvio de romancistas péssimos e superficiais. Assim, quando o *Berger extravagant* se apresenta como "antirromance" e o *Ercole tedesco*, de Bucholtz, como "romance anti-Amadis", isso se deve ao primeiro motivo; quando *Jacques, o fatalista* ou *Tristram Shandy* pensam em si mesmos como "antirromances", fazem-no sobretudo pelo segundo motivo.

Na verdade, tem razão Gotthard Heidegger, um pastor luterano, autor de uma invectiva proferida em 1698 contra os romances: "um romance sempre se reduz à sátira venenosa de um outro".[15] Haveria *As relações perigosas* sem *A nova Heloísa*, ou *A princesa de Clèves* sem *Astrée*, ou *Anna Kariênina* sem *Madame Bovary*?

Comecemos pelo segundo motivo: o romance é, desde o início de sua história, e onde quer que tenha aparecido, um gênero desacreditado. Difundido de modo

14 A lembrança da defesa de Desprez, intitulada "Pour la liberté d'écrire", figura no apêndice a L. Desprez e H. Fevre, *Autour d'un clocher*. Kistemaeckers: 1885 (nova ed. Genebra, 1981, prefácio de H. Mittérand).

15 A invectiva de Heidegger, intitulada *Mitoscopia romantica: ovvero Discorso sul cosiddetto romanzo*, é citada em U. Bavaj, *Mythoscopia romantica. Teoria del romanzo in Germania 1629-1698*. Roma: Castelvecchi, 1996, p. 109; na p. 21 do mesmo livro está a citação de *Versuch über den Roman* (1774) de von Blanckenburg.

notável no mundo grego, em pouquíssimos casos os romances chegaram até nós, porque eram indignos de consideração e de comentários, e escritos geralmente sobre bases péssimas. Na literatura chinesa, enquanto os livros de poesia e os ensaios eram conservados com grande escrúpulo filológico, os romances foram mutilados e sofreram inserções de toda ordem. Os literatos, que não obstante os escreviam e compravam, ter-se-iam sentido menosprezados quando lhes reconhecessem a paternidade.

Aristóteles, na *Poética*, não fala dos romances; Horácio, na *Ars poetica*, silencia sobre eles; Tasso os considera um desvio da epopeia; Boileau, tocando de leve no assunto, com uma condescendência que é pior do que o silêncio, diz que em um romance frívolo pode-se perdoar tudo porque nada se pode pretender, basta que, transcorrendo, divirta.[16] Ainda em 1774, von Blanckenburg, perguntando-se por que não teria havido até aquele momento na Alemanha uma reflexão crítica sobre o romance, responde "porque se acreditou que não valesse a pena refletir sobre um gênero de escritos voltados apenas ao entretenimento das massas". Sem leis nem regras, sem sequer necessitar daquele pouco de técnica necessária para os versos, o romance serve para qualquer um e qualquer um pode escrevê-lo; "a composição de romances, ao contrário, requer apenas papel, pena e tinta, e a capacidade manual de servir-se deles", assim escreve Fielding em *Tom Jones*.[17] Muitos dos romances processados no correr dos séculos são de jovens desenfreados, que "escrevem aquilo segundo seu capricho [...] não sabem nada, escrevem segundo o que lhes vem à cabeça", como lamenta o núncio apostólico Francesco Vitelli, denunciando em 1642 à Cúria romana o *Corriero svaligiato*, de Ferrante Pallavicino.[18] A acusação geral é que os romances baixam o nível cultural, promovem a curiosidade e o mexerico em prejuízo da "*littérature savante*". Os romances acabam com o hábito de pensar: "não se relê um romance", escreve Vauvenargues ainda em 1745.[19]

16 A observação de Boileau está no canto III da *Art poétique*. [Para simplificar o aparato de notas, quando a citação de um clássico é indicada de modo inequívoco, por um número de canto, ou de parágrafo ou de capítulo ou de indicações como "prefácio", "posfácio" e semelhantes, o autor preferiu evitar as referências bibliográficas.]

17 H. Fielding, *The History of Tom Jones* (1749) [ed. it.: *Tom Jones*, trad. D. Pettoello. Milão: Feltrinelli, 1964, livro IX, cap. I, p. 336].

18 A carta do núncio foi publicada por L. Coci, *Ferrante a Venezia: nuovi documenti d'archivio* (*II*), in *Studi secenteschi*, XXVIII (1987), pp. 306-07.

19 L. de Clapiers, marquês de Vauvenargues, *Réflexions sur divers sujets*, in *Œuvres complètes*, prefácio e notas de H. Bonnier. Paris: Hachette, 1968, p. 256.

Em média, os romances custam menos do que outros livros, têm grandes tiragens e, portanto, dependem do índice de aceitação do público. Tasso conta que o padre Bernardo decidira compor o *Amadis* com base numa única ação, segundo as regras de Aristóteles, mas ocorreu que "quando ele começou a ler, os aposentos estavam cheios de gentis-homens que ouviam, mas, ao fim e ao cabo, todos haviam desaparecido; disso deduziu que a unidade da ação era pouco agradável por sua natureza".[20] O fato de "agradar ao vulgo" é a acusação que Trissino dirige ao *Orlando furioso*,[21] e Tasso admite, escrevendo a Scipione Gonzaga, haver procurado na *Jerusalém libertada* "o aplauso dos homens medíocres". Em 1642, em Gênova, Anton Giulio Brignole Sale se apresta a publicar os primeiros quatro livros de sua *Storia spagnola*, temendo que "a comichão de tais composições" deixe de "prurir", candidamente intentado a "secundar o curso da torrente, enquanto durar".[22] O romance do século XVIII inglês seria impensável sem a busca do sucesso de público: o próprio Fielding, que é o mais culto e que tenciona reagir ao descrédito do romance, admoesta que "um autor deveria considerar-se não como um senhor que dá um banquete particular ou beneficente, mas como quem dirige um restaurante".[23] Certamente, não faltam defensores do romance (e romancistas) que tentaram reabilitá-lo aproximando-o da epopeia e da tragédia, ou que afirmam, como Pierre-Daniel Huet em 1670, que um romance "não é julgado pelo número, mas pela competência de quantos o estimam".[24] É necessário, porém, chegar a Rousseau para que se ouça qualquer um dizer que "um romance deve ser vaiado, odiado, feito em pedaços pelas pessoas elegantes".[25] Nos séculos XIX e XX, um setor do romance se torna um gênero de elite, mas um outro setor muito amplo continua a ser um gênero de massa: as acusações que se faziam ao romance são as mesmas que ora se fazem à ficção televisiva.

20 T. Tasso, *Apologia*, in *Scritti sull'arte poetica*, org. E. Mazzoli. Turim: Einaudi, 1977, v. 1, p. 71.

21 "Com o seu *Furioso*, que apraz ao vulgo" é um verso do livro XXIV da *Italia liberata dai Goti*, citado em S. Zatti, *L'ombra del Tasso*. Milão: Mondadori, 1996, p. 63; no livro de Zatti (p. 69) é citada também a carta a Scipione Gonzaga, datada de 16 de julho de 1575.

22 A introdução à *Storia spagnola* de Brignole Sale é citada por Q. Marini, "Romanzieri liguri e imprese editoriali nel Seicento", in R. Gendre (org.), *Lathè Biósas. Ricordando Ennio S. Brunori*. Alexandria: Edizioni dell'Orso, 1998, p. 206.

23 Fielding, *Tom Jones*, op. cit., livro 1, cap. 1, p. 5.

24 P.-D. Huet, *Trattato sull'origine dei romanzi*. Turim: Einaudi, 1977, p. 32.

25 J.-J.Rousseau, *La Nouvelle Héloïse* (1761), segundo prefácio [ed. bras.: *A nova Heloísa*, trad. Fúlvia M. L. Moretto. 2ª. ed. São Paulo/Campinas: Hucitec/Editora da Unicamp, 2006].

As autoridades civis e religiosas, condenando o romance, sempre e em toda parte estiveram preocupadas com sua ampla difusão (tanto é verdade que um *leitmotiv* nas alocuções dos advogados de defesa é que, ao contrário, cada romance custa muito, e é escrito de maneira tão difícil, que não está ao alcance dos incultos); para proteger os fracos da obscenidade e da sedição, naturalmente, mas também (e nisso tiveram sempre como aliados os pedantes da academia e os críticos da alma bela) para defender a honra da cultura contra a vulgaridade de um círculo vicioso que, a pretexto de se adequar à demanda, acaba por perverter o gosto das massas mediante uma oferta de qualidade inferior.

A se fazer bem as contas, justamente a vocação que tem de obedecer ao prazer dos leitores é que leva o romance para perto daqueles centros delicados em que o prazer entra em atrito com a realidade; sua vulgaridade, em suma, é condição daquela perspicácia antissistemática que constitui sua força; costear (e cortejar) o "discurso dos ignorantes" favorece as "intensidades livres" (como as chama Gianni Celati)[26] do romance, e lhe promove uma forma particular de consciência que consiste, mais do que num generalizante "eu penso", numa "série de 'eu sinto' que é fruída por descontinuidade". A concessão proteiforme e indisciplinada às dobras do presente, o "não ter a honra", impele o romance a territórios pantanosos em que os outros gêneros não penetram. Exemplares são, acerca disso, as vicissitudes da língua; o desmazelo linguístico, que desde o início lhe é atribuído, abre as portas à "língua comum", entendida como adequação entre uma personagem e seu modo de falar – do "latim dos libertos" na "Ceia de Trimalquião", passando pela grosseria engraçada nas *Facezie* de Poggio Bracciolini, que foi o humanista descobridor da "Ceia" ("há coisas que não posso dizer de modo mais elegante, porque devo me referir a elas como as disseram as personagens que introduzi nessas conversas"),[27] até a atenção dos romances epistolares do século XVIII à conservação das imperfeições linguísticas dos remetentes etc.

"A publicidade clamorosa e romântica é uma perigosa sugestão aos espíritos fracos ou enfraquecidos. Eu disse o mesmo para as tragédias passionais a dois";[28] esse telegrama de Mussolini, de janeiro de 1926, endereçado aos diretores de jornais e não aos romancistas, atesta que o peso da repressão já se deslocara; o romance

26 G. Celati, *Finzioni occidentali*. Turim: Einaudi, 1975, p. 46 (2001, nova edição).

27 A passagem se encontra no prefácio às *Facezie*, intitulado "Ne aemuli carpant Facetiarum opus propter eloquentiae tenuitatem".

28 O telegrama de Mussolini é citado em P. Cannistraro, *L'organizzazione del consenso*. Bari: Laterza, 1975, p. 204.

não assusta mais porque é lido por uma minoria. Ao mesmo tempo, atribuindo aos "fatos relevantes" o mesmo influxo maléfico que sempre foi censurado nos romances, Mussolini involuntariamente faz o melhor elogio daquele "romance potencial" que todo o tempo se recusa à própria institucionalização como gênero, e que obstinadamente tenta reduzir (sem anular) a distância entre o acidente informe da vida e o abstrato absoluto da beleza.

Em 1735, *père* Bougeant distinguia entre "*Basse*" e "*Haute Romancie*";[29] mas, desde suas origens, o romance foi marcado por um destino de duplicidade. Aquiles Tácio e Heliodoro são já romancistas "reflexivos", que jogam ironicamente com os mecanismos triviais do gênero; o mesmo se diga do enorme esnobismo de Petrônio. Por isso, o romance se renega a si próprio, porque deve buscar a própria profundidade virando-se do avesso como uma luva. Nos *Discorsi dell'arte poetica*, Tasso teoriza acerca da possibilidade de um nível duplo de escrita, capaz de atrair quer o vulgo quer os "entendidos".

Poder-se-ia afirmar que até mesmo o realismo nasce no romance em virtude dessa "obsessão de duplicidade": não é a Loucura de Erasmo que diz que sem as ilusões, sua dádiva, "por trás de Minerva se encontra uma porca"?[30] Tal será a experiência do pobre Dom Quixote, mas já o autor refinado do Lazarilho purgava e parodiava nos infortúnios do pícaro os sonhos de aventura "nobre". A grande voga do *Dom Quixote* no século XVIII inglês relaciona-se ao fato de que a forma modesta e agressiva do *novel* se legitima no contraste paródico com os preciosos *in-fólio* dos *romance* franceses. Uma vez fixado que o nível trivial do entretenimento é o da aventura fabulosa e elevada, o problema do realismo moderno é sobredeterminar o cotidiano para torná-lo significativo e simbólico sem recorrer aos "truques" da fábula. A oposição "corriqueiro/extraordinário" não é senão um caso particular da oposição "verossímil/maravilhoso". Se uma escritora de romances como Mademoiselle de Montpensier foi obrigada a desdobrar o lugar exótico e fabuloso de Paflagônia na mais conhecida Paris ("nada se parecia mais com a *place* Royale do que a praça onde estava o seu palácio"),[31] nas *Cartas* de Valincour sobre a *Princesa de Clèves* se faz notar que a recusa "extravagante" de casar Némours transporta a

29 G.-Bougeant, *Voyage merveilleux du Prince Fan-Fédérin dans la Romancie*. Paris: 1735, p. 107.

30 Erasmo de Rotterdam, *Elogio da loucura*, cap. XXII [ed. bras.: *Elogio da loucura*, trad. Maria Arminda Galvão G. Pereira. 3ª. ed. São Paulo: Martins Fontes, 2000].

31 A citação da *Princesse de Paphlagonie*, de Mademoiselle de Montpensier, está em Pizzorusso, *La poetica del romanzo in Francia*, op. cit., p. 68.

protagonista "ao reino dos Amadis",[32] e Charles Gildon critica Defoe, dizendo que, no fundo, o seu *Robinson Crusoé* "é só um romance".[33] O autor, escreve Smollett no prefácio a *Roderick Random*, "representando cenas familiares de pontos de vista divertidos e incomuns, as investe do atrativo da novidade, ao passo que em todos os particulares se refere à natureza"; mas Rousseau pergunta a si mesmo, em *A nova Heloísa*, "vale a pena registrar o que alguém pode ver todos os dias em sua casa, ou na casa do seu vizinho?".[34] A resposta que o romance ocidental realista se dará a si mesmo será a psicologia, o "caráter surpreendente e insondável do coração".

Duplo por natureza, se o trivial é identificado na cansada repetição de estereótipos pseudorrealistas, eis que o romance reivindica seu próprio direito à fantasia: é o caso, obviamente, de Roussel ou de Borges, mas também de Blixen e de Morante (sem contar o "renascimento do romance" que foi provocado pelo entrecruzamento de tradições fabulatórias extraeuropeias, e o "romance coagido" produzido no Leste Europeu como reação ao otimismo censório e programático). Gênero bastardo e "*parvenu*", mas também imperialista, o romance contamina e macula os gêneros nobres (a tragédia, a lírica) com as próprias necessidades de banalidade, mas contemporaneamente corrompe as escrituras "positivas" (a história, o sermão moral) com os infantilismos do "querer ser". Não errava, pois, em demasia, o abade Porée, na conferência que fez contra o romance apresentada no Collège Louis-le-Grand em 1736 (e traduzida ao francês para que também as mulheres a pudessem ler): "[os romances] com seu contágio estragam todos os gêneros literários com que mantêm alguma relação".[35]

## 3. Com a cabeça nas nuvens

No capítulo 47 da primeira parte do *Dom Quixote*, o cônego, depois de ter resumido todas as críticas aos romances de cavalaria, acrescenta, no entanto, que neles é possível reconhecer pelo menos um mérito: que eles deixam campo livre em todas

32 J.-B.-H. du Trousset de Valincour, *Lettres à Mme la Marquise de *** sur le sujet de la Princesse de Clèves (1678)*. Paris: Brossard, 1925, p. 213.

33 C. Gildon, *The Life and Strange Surprizing Adventures of Mr. D. of London*. Londres: 1719, cap. II.

34 No segundo prefácio a *La nouvelle Héloïse*, op. cit.

35 A citação do abade Porée está em G. May, *Le Dilemme du roman au XVIII*e *siècle*. New Haven/Paris: 1963, p. 39; do livro de May são também as observações sobre *encanaillement* do herói, e sobre a incompatibilidade entre *vraisemblance* e *bienséance*.

as direções em que a pena pode correr sem embaraço, de modo que "o próprio tipo, tão livre, dessa escrita permite ao leitor apresentar-se ali como épico, lírico, trágico, cômico". Efeito camaleônico do romance, que, segundo Huet, permite que o leitor não se concentre numa única ideia: "[os romances] não dirigem a tal ponto o intelecto, e o deixam em condições de se encarregar de um número maior de ideias diversas";[36] justamente porque não obrigam a grandes operações intelectuais, dão lugar a uma outra faculdade: "não é necessário forçar a mente para compreendê-los, não ocorrem grandes argumentações, a memória não tem que trabalhar muito, basta imaginar".

Como já dissemos, além das quatro imputações que lhe foram feitas tradicionalmente (sedição, blasfêmia, difamação, obscenidade) e além dos procedimentos judiciais individuais que dependem das peripécias da tolerância, a verdadeira acusação que se dirige ao romance é a de fazer perder tempo. Diz, com particular acrimônia, Gotthard Heidegger: "Assim como as vespas, quando alguém lhes arranca as asas, por sua vez comem as asas de outras vespas, os escritores de romances dilapidam de maneira ignóbil o tempo precioso do leitor".[37] O que equivale a dizer: os romances fazem com que se perca tempo porque os próprios romancistas, escrevendo-os, perderam seu tempo. Se este serve para produzir riqueza e para aperfeiçoar-se moralmente, ele deve ser utilizado de modo retilíneo; desde as "*ambages pulcerrime*" [belíssimos desvios] de que fala Dante no *De vulgari eloquentia*, o romance sempre foi o lugar da digressão, do labirinto, do andar sem rumo. "E por ser o poema composto de pessoas errantes, ele também é errante, pelo fato de pilhar e introduzir infinitas vezes coisas infinitas", escreve Giovan Battista Pigna dell'Ariosto em 1554.[38] Sabe-se como o duplo significado de "errar", o físico e o moral, havia atormentado Tasso ao ponto de fazê-lo condenar o próprio poema. Bossuet, no discurso contra os "prazeres ilícitos" (citado pelo advogado de defesa no processo relativo a *Madame Bovary*), não fala de romances nem de romancistas, mas usa a mesma metáfora tassiana: "mister é que todo aquele que se apega ao sensível erre necessariamente de objeto em objeto [...], nesse movimento perpétuo não para de se distrair, atraído pela imagem de uma liberdade *errante*".[39] Em suma,

36 Huet, *Trattato sull'origine dei romanzi*, op. cit., p. 4.

37 Cf. aqui *Aparato crítico*, p. 201.

38 G. B. Pigna, *I romanzi divisi in tre libri*. Veneza: 1554, p. 56.

39 J.-B. Bossuet, *Contre les plaisirs illicites*, in *Œuvres philosophiques et morales*. Paris: 1843, p. 65; a citação no discurso de Sénard está em G. Flaubert, *Œuvres*. Paris: Gallimard, 1951, t. 1, p. 664.

o romance oferece a hipótese de um desejo infinito (no mesmo discurso, Bossuet, um pouco mais adiante, fala de uma "infinidade que se irrita por não poder ser aplacada") que não se dirige positivamente a nenhuma verdade filosófica e religiosa, mas detém-se numa *flânerie* psíquica que é, pois, indolência e "*delectatio morosa*". Em 1760, Claude de Marolles, examinando os três caminhos de perdição da alma, escreve a propósito da "alma romanesca": "tão reduzida a fragmentos, tombada no pó, perde-se entre as páginas, erra de livro em livro".[40] Não limitado aos "valores de grupo" como na epopeia, tampouco dilacerado pelas oposições radicais como na tragédia, o leitor de romances se deixa seduzir pelo prazer indolente da variedade e da passividade; a identificação romanesca é, tipicamente, uma identificação preguiçosa, lânguida, que nos transporta a um outro mundo. Uma pessoa racional e moderada como Madame de Sévigné relata a Madame de Grignan, numa carta datada de 12 de julho de 1671, as próprias reações à leitura de *Cleópatra* de La Calprenède:

> Estou perplexa ante essas tolices [...] considero seu estilo detestável e continuamente caio presa de uma armadilha [...] sinto-me arrastada como uma menina, me ocupo deles, e se não tivesse Monsieur de la Rochefoucauld para me consolar, me enforcaria pelo fato de constatar essa fraqueza ainda em mim.[41]

Eis aqui o que chamamos de o primeiro motivo por que o romance se renega a si mesmo: ele faz com que se perca a cabeça, enlouquece a pessoa. Aqui, o texto de referência é, obviamente, *Dom Quixote*, o pioneiro de uma série de romances que vai do *Berger extravagant*, de Sorel, ao *Pharsamon*, de Marivaux, depois de *The Female Quixote*, de Charlotte Lennox, até *Madame Bovary* e outros; mas já vinte anos antes de *Dom Quixote*, no longo prefácio a sua *Conversão de Madalena*, Malón de Chaide escrevia "que mais são os monstruosos livros e coletâneas de fábulas e de mentiras dos Amadis, Floriseles e Dom Belianis, postos nas mãos dos jovens, senão uma faca nas mãos de um louco?". E, mais adiante: "[às moças ocorre um desejo] de serem servidas e seduzidas, como o foram aquelas sobre as quais leram nos seus *Flos Sanctorum*, e dali seguem para más e torpes fantasias".[42] Há que

40 A passagem de Claude de Marolles é citada em P. Quignard, *Le lecteur*. Paris: Gallimard, 1976, pp. 31-32.

41 Madame de Sévigné, *Correspondance I*, org. R. Duchene. Paris: Gallimard, 1972, p. 294.

42 Cf. aqui *Aparato crítico*, p. 199.

notar duas coisas: o objetivo se desloca para as mulheres leitoras e retoma-se o paralelo sarcástico entre romances de amor e textos religiosos.

O romance parece ter uma afinidade particular com as mulheres: porque não podem ler livros mais eruditos; porque (ao menos em certos momentos da história) têm mais tempo para passar em casa, lendo; porque o seu temperamento nervoso parece torná-las mais aptas a fantasiar; porque (não por último) a tessitura mesma do romance se assemelha aos afazeres femininos ("sou filho de uma restauradora de rendas antigas – nos disse Céline –, conheço muito bem as finezas").[43] A "moça que lê romances" torna-se um tipo cômico já a partir de *The Tender Husband* [O marido gentil], de Richard Steele, de 1705. Fielding considera o romance de Lennox mais passível de crédito do que a obra de Cervantes, justamente porque tem uma mulher como protagonista.[44] Todo o século XVIII é o "século das mulheres" no romance, quer como leitoras quer como autoras; na crítica à *Cecilia*, de Fanny Burney, de 1784, Laclos declara que "as mulheres têm vocação particular para escrever esse tipo de obra".[45] Mais adiante, Hugo, nas *Contemplações*, vê a revolução (literária) "no romance, enquanto fala em voz baixa às mulheres";[46] da ligação, paradoxal e bastante tenaz, entre predisposição ao romance e estupidez se afasta, muito vigorosamente, George Eliot em 1856, atacando os "tolos romances das senhoras romancistas";[47] numa carta ao conde Salvagnoli de 1832, Stendhal estabelece uma relação com *Madame Bovary*: "a grande ocupação das mulheres de província, na França, é ler romances [...] não podendo fazer de sua vida um romance, se consolam lendo-os";[48] mas Pierre Nicole, no vigésimo segundo capítulo de *De la comédie*, já profetizara, de qualquer maneira, o destino de Emma, falando daquelas mulheres que, tendo a cabeça cheia de romances, "acham insuportáveis os pequenos afazeres de seu *ménage*", e quando voltam para casa com a cabeça nas nuvens acham "tudo desagradável, principalmente os maridos, que,

43 *Entretien avec Albert Zhinden*, difundido pela Radio Lausanne em 25 de julho de 1957; agora em Céline, *Romans*, op. cit., p. 945.

44 H. Fielding, "The Covent Garden Journal", 1752, n. 24, citado em I. Williams (org.), *The Criticism of Henry Fielding*. Londres: Barnes & Noble, 1970, p. 193.

45 Crítica a *Cecilia*, de Fanny Burney, publicada no *Mercure de France* de abril/maio de 1784; agora em P.-A. Choderlos de Laclos, *Œuvres complètes*, org. M. Allem. Paris: Gallimard, 1951, p. 525.

46 O verso é o 218 de "Réponse à un acte d'accusation".

47 G. Eliot, *Silly Novels by Lady Novelists*, in *Selected Critical Writings*, org. R. Ashton. Oxford: Oxford University Press, 1992, pp. 296-321.

48 Stendhal, *Correspondance II*, org. H. Martineau e V. Del Litto. Paris: Gallimard, 1967, p. 485.

por se empenharem nos afazeres, nem sempre estão com espírito para cumulá-las de cumprimentos ridículos".

O ataque mais enérgico e furioso de Nicole contra os romancistas (definidos como "envenenadores públicos")[49] se encontra nas *Lettres sur l'hérésie imaginaire*, escritas em 1664-65 para defender as religiosas de Port-Royal das ofensas de Desmarets de Saint-Sorlin. A ocasião típica de crônica foi transformada por Nicole num discurso de acusação rigoroso e psicologicamente muito sutil. Desmarets, autor de teatro e romancista, foi reciclado como exegeta do *Apocalipse* e do *Cântico dos cânticos*, transferindo aos textos sacros o léxico sexual que empregara nos romances e nas *pièces*: "amor perfeito, transportes da alma, prazeres divinos, doces lágrimas, ebriedade espiritual, ferida mortal, langor amoroso, êxtases, arrebatamentos, liquefações". O desdém de Nicole dirige-se a todos aqueles místicos (*alumbrados, illuminés, quakers*) que confundem o infinito da imaginação privada com o infinito da Graça divina:

> Esses senhores, que têm imaginação pobre, creem que as coisas sejam, na verdade, aquilo que eles imaginam deveriam ser; não apenas submetem aos seus caprichos a vontade dos homens, que fazem agir como lhes agrada, mas regulam, segundo a sua fantasia, também a vontade de Deus.

Eis aqui o pecado imperdoável: não só e não tanto em explicar a Escritura "como lhe passa pela mente", mas na soberba (Nicole a chama "pomposa humildade") de fazer passar por voz divina o que, ao contrário, é apenas inspiração literária.

Um dos problemas que a Igreja deparou entre os séculos XVI e XVIII é o da "afetada santidade";[50] falsos santos (e sobretudo santas) que se iludiam ao crer, e ao fazer crer, que falavam com Deus, enquanto, ao contrário, falavam com a própria sexualidade e com o demônio. Para impedir isso, a Igreja inventou a doutrina do "discernimento dos espíritos", que ensinava a distinguir se se tratava de espírito divino, humano ou diabólico; não admira que no tratado clássico sobre essa matéria, o *De discretione spirituum*, de Jean Bona (1674), as classes em risco sejam consideradas os jovens, os analfabetos, as mulheres. São muitos os pontos em comum entre a

49 As citações foram tiradas da *Lettera XI* ou *Prima visionaria* de P. Nicole, *Lettres sur l'hérésie imaginaire*. Liège: 1667.

50 Cf. G. Zarri, "Vera santità, simulata santità: ipotesi e riscontri", in *Finzione e santità tra medioevo ed età moderna*. Turim: Rosenberg & Sellier, 1991, pp. 9-31.

"doença fantástica" provocada pelo romance e a "desordenada fantasia" dos místicos. O caráter irresistível da inspiração, por exemplo: "muitas vezes sou tomado por certas impressões impensadamente e de improviso", escreve em 1585 Battistina Vernazza, envolvida no processo contra Battista Fieschi, acusado de expor "as Escrituras a seu modo";[51] mas sobretudo o contágio da identificação: na autobiografia ditada a um confrade, Inácio de Loyola conta que, tendo pedido durante uma convalescença alguns livros de cavalaria, por que era apaixonado, e não encontrando na casa do seu hóspede senão vidas de santos, começou a lê-las, dizendo a si mesmo, "São Domingos fez isso; então, eu também devo fazer isso. São Francisco fez isso; então, eu também devo fazer isso",[52] e daí começou a sua conversão. Isso é o que narra sobre si mesma Teresa d'Ávila na *Vida*, com a mesma passagem (em imitação constante) dos volumes de cavalaria às vidas dos eremitas e dos mártires: "planejávamos andar na terra dos mouros, mendigando por amor a Deus, na esperança de que lá nos decapitassem".[53] O remédio encontrado pela Igreja foi um controle cruel dos confessores sobre as "memórias espirituais" escritas nos conventos, com uma exaltação absoluta da disciplina. Mariana Francisca de Los Angeles exprime em 1677 o medo "de ser uma impostora, e de que tudo aquilo que escrevi aqui o inventara e compusera, como quando compunha romances e novelas";[54] em 1711, Gregoria Francisca de Santa Teresa chega a denunciar-se ao tribunal da Inquisição, implorando que as suas "fantasias, ou tolices" fossem queimadas na praça.

Oscilando entre o divino e o diabólico, a imaginação chega, nesses casos, ao ponto de máximo afastamento da terra, e a clausura do convento pode representar o sinal disso. Ar rarefeito, diríamos, e pouco respirável para o romance. Nos países em que o romance floresce, ao contrário, a relação com o absoluto não é tão esmagadora. No penúltimo capítulo de *The Female Quixote* (capítulo que a crítica suspeitou fosse da

51 A carta de Battistina Vernazza a Gasparo Scotto é citada por D. Solfaroli Camillocci, "La monaca esemplare. Lettere spirituali di madre Battistina Vernazza (1497-1587)", in G. Zarri (org.), *Per lettera. La scrittura epistolare femminile tra archivio e tipografia*. Roma: Viella, 1999, p. 252.

52 I. de Loyola, *Il racconto del Pellegrino. Autobiografia di Sant'Ignazio di Loyola*, org. R. Calasso. Milão: Adelphi, 1966, p. 23.

53 A passagem da *Vida* de Teresa d'Ávila é citada por Angelo Morino, in D'Avila, *Il castelo interiore*, op. cit., p. 22.

54 A citação de Mariana Francisca de Los Angeles está em I. Poutrin, *Le Voile et la plume*. Madri: Casa de Velásquez, 1995, p. 138; no mesmo livro (p. 193) encontra-se o episódio que diz respeito a Gregoria Francisca di Santa Teresa.

mão do doutor Johnson), os romancistas são acusados de "dividir o mundo em tantas partes quanto lhes apraz" e de "encorajar os jovens a confiar na sorte", de modo que o restabelecimento da protagonista assume as características de uma educação para a continuidade e a responsabilidade, sob o signo do *understanding*.

Os modelos com que sonhar, entre os séculos XVII e XVIII, são cada vez menos o santo e o cavaleiro; cada vez mais o herói romanesco tem uma vida, um nome, que se assemelham aos do leitor. A identificação torna-se mais fácil, mas também mais articulada e insidiosa: justamente porque o herói se assemelha a nós, põe em movimento a nossa introspecção e nos convida a considerar a nossa psique como uma terra desconhecida; as transgressões são levadas para a vida comum, não há necessidade de sair de si para violar os tabus:

> Os romances - escreve Madame de Staël na *Germania* - fazem mal, nos ensinando aquilo que há de mais secreto nos sentimentos [...], os antigos nunca teriam aceitado fazer da própria alma um argumento de ficção.[55]

O "querer ser aquilo que não é" encontra compromissos cada vez mais vagos e flexíveis com a realidade; em *Berger extravagant*, um parente do protagonista lança a maldição ritual contra os romances, mas a razão é que, seguindo-os, o pretenso pastor descura os interesses do próprio comércio, de mercador de seda na rue Saint-Denis. O jovem Robinson, na sua loucura de ir para o mar e de fugir à "condição mediana" de seu pai, certamente tem algo de "quixotesco" (como enfatiza Charles Gildon no seu panfleto): os seus heróis são Raleigh e Drake, "heróis cavaleiros errantes do mar";[56] mas a inquietação, recordara Locke, é a mola da iniciativa e do progresso econômico; Robinson se cura da "loucura errante" convertendo-se à aventura do trabalho. Também a Catherine da *Abadia de Northanger* é "louca" pelos romances góticos e tende a confundir os romances com a realidade; mas a sua inadaptação não lhe acarreta senão um vexame com o futuro marido; talvez os extremos sejam apropriados aos países mediterrâneos, glosa ironicamente Austen, não à Inglaterra, em que vigora "uma difusa, senão desigual, mistura do bem e do mal".[57]

55 Madame de Staël, *De l'Allemagne*, cap. XXVIII, "Des romans".

56 A definição, conradiana (de *Coração das trevas*), é relembrada por Giuseppe Sertoli na sua introdução a W. Defoe, *Le avventure di Robinson Crusoe*. Turim: Einaudi, 1998, p. VI [ed. bras.: *Robinson Crusoé*, trad. Celso M. Paciornik. São Paulo: Iluminuras, 2004].

57 A observação está em J. Austen, *Northanger Abbey* (1818), cap. XXV [ed. bras.: *A abadia de Northanger*, trad. Ivo Barroso. Rio de Janeiro: Barléu, 1982].

A realidade de que a imaginação romanesca faz evadir não é mais o mundo *tout court*, mas a cada vez mais exigente e conformista sociedade burguesa; em vez de se opor à natureza, portanto, a fantasia se enche da energia dos "genuínos impulsos naturais"; "o vosso Edouard será tomado por um Dom Quixote", diz o interlocutor a Rousseau no segundo prefácio de *A nova Heloísa*, e acrescenta: "as suas personagens são gente do outro mundo", mas Rousseau responde: "me desagrada este mundo aqui". O livro *galeotto* de Werther é Ossian e a aventura a que o conduz é o suicídio. *Os sofrimentos do jovem Werther* é um livro que ensina a insatisfação, e certamente Hegel pensava em *Werther* quando, a propósito do "romanesco", na *Estética*, escrevia:

> Esses novos cavaleiros são em particular alguns jovens que devem ir de encontro ao curso do mundo, o qual se realiza em lugar dos seus ideais, e que julgam uma desgraça que haja família, sociedade civil, Estado, leis, profissões etc.[58]

Em vez de oferecer castelos encantados e árvores de ouro, o ideal romanesco oferece agora a visão nua e desencantada do nada, do negro que é, de qualquer maneira, preferível a uma realidade hipócrita e mesquinha.

O século XVIII é o século-chave para a reabilitação do romance. Mesmo que Austen, no quinto capítulo da *Abadia de Northanger*, convide os romancistas a unirem-se enquanto "classe oprimida", não há dúvida de que o declínio irreversível da epopeia levou o romance para o primeiro plano; quanto às relações com o teatro, basta comparar os versos da *Art poétique* de Boileau (para os romances "demasiado rigor seria descabido/ enquanto a cena requer uma motivação exata")[59] com essa passagem de uma carta de Stendhal: "muitas nuanças de sentimento que o autor do *Rouge* emprestou a Madame de Rénal no teatro não teriam sido entendidas pela maioria dos espectadores".[60] Cento e cinquenta anos, e a hierarquia foi subvertida. Os ataques da primeira metade do século XVIII à falta de verossimilhança e ao caráter dispersivo dos romances (ataques que terminaram na Inglaterra com a plena afirmação do *novel* e na França com uma real proibição estatal dos romances

58 A passagem está em G. W. F. Hegel, *Estetica*, parte II, seção III, cap. III, par. 2c. Turim: Einaudi, 1976 [ed. bras.: *Cursos de estética*, trad. Marco Aurélio Werle e Oliver Tolle. 4 v., São Paulo: Edusp, 2001-2005].

59 N. Boileau, *Art poétique*, canto III.

60 Carta ao conde Salvagnoli de 2 de novembro de 1832; cf. Stendhal, *Correspondance II*, op. cit., p. 512.

em folhetins, em 1737)[61] tiveram grande parte na mudança do romance e na sua consolidação como gênero sério. A realidade secreta substituiu o maravilhoso, a indiscrição tomou o lugar da evasão. No final do século XVIII, deve-se assinalar uma reviravolta importante, aliás uma aparente inversão de trajetória: enquanto até aquele momento o romance tinha sido acusado sobretudo de mentir, desse momento em diante será acusado de dizer verdades por demais cruéis.

## 4. "Um gosto de tinta"

Privado de uma regra formal certa que lhe garanta e lhe torne evidente o artifício, o romance é o gênero literário que mais teve de pelejar com a questão da verdade. Por um lado, tem como limites, móveis, o puro gosto da fabulação e de disparar balas, por outro, o registro histórico e a observação científica; Huet, do ponto de vista estruturalista, define com precisão: as histórias são narrações de coisas que podiam acontecer e aconteceram, as fábulas são ficções de coisas que não podiam acontecer, os romances são simulações de coisas que podiam acontecer e não aconteceram. O "*proprium*" do romance consiste, portanto, em induzir o leitor a reagir ao falso como se fosse verdadeiro: a razão imediata e mais superficial pela qual o romance se nega a si mesmo é que quer se fazer passar por uma crônica – "com a aparência da verdade enganar os leitores", assim diz Tasso nos *Discorsi*.[62] Nisto, o romance é ajudado justamente pela indisciplina e pela aparente superficialidade da sua escrita: "o maior defeito dos romances comuns – explica o abade Desfontaines – é parecer, em demasia, romances [...]; a ilusão é essencial a um livro de ficção; é uma grande arte saber evitar a aparência da arte".[63]

Todos os inimigos do romance o acusaram de ser enganador; o romance reagiu ou com garantias periódicas de fidelidade à verdade (a fidelidade à verdade histórica no século XVI e no XVII; a moda das *mémoires*, a convocação às "últimas notícias da imprensa" e as técnicas de estenografia no século XVIII inglês; a concorrência ao Código Civil, o diagnóstico científico na segunda metade do século XIX etc.) ou com uma reflexão sobre as diferenças entre ficção e mentira. De maneira precoce,

61 Dessa proibição, na obra do chanceler de Aguesseau, fala F. Weil, *L'Interdiction du roman et la librairie: 1728-1750*. Paris: Aux amateurs de livres, 1986.

62 No terceiro parágrafo do Discurso primeiro.

63 No tomo XXIX (1742) das *Observations sur les écrits modernes*; a citação está em May, *Le Dilemme du roman*, op. cit., p. 42.

Scaliger, em 1557, notava que a necessidade de ficções é um testemunho da natureza infinita da nossa mente, que é grande demais para poder se satisfazer com o real e "ultrapassa os limites comuns da verdade".[64] A ficção pode exprimir, portanto, uma verdade mais profunda do que a verdade banal, não a verdade dos fatos, mas a dos desejos. "Quanto aos sentimentos e às paixões – escreve Laclos – a história se limita a ratificar algum efeito, mas esconde cuidadosamente as causas";[65] ao passo que o dever do historiador, rebate Sade nas *Considerações sobre os romances*, é o de mostrar-nos o homem como é ou como parece ser, o do romancista é o de mostrá-lo a nós "mas como pode vir a ser, como podem modificá-lo o vício e as várias urgências das paixões".[66] O século XX deu mais um passo, chegando a concluir que certas verdades, ao serem reprimidas ou removidas, devem necessariamente apresentar-se sob o manto da mentira.

A verdade em doses maciças faz mal, dizem os defensores do romance. O autor de *Tombeau des romans*, de 1626, acha uma bela metáfora barroca: como o sol é tão brilhante que se pode olhar apenas seu reflexo na água, assim também a verdade é de tal modo cruel, que só é possível aproximar-se dela por meio do vinho, "*in vino veritas*".[67] Outras metáforas são tiradas do campo da medicina: o romance doura a pílula amarga da verdade, o romancista é como o cirurgião que, devendo cortar os seios de uma princesa, esconde o bisturi em uma esponja (o romancista como "cirurgião da alma humana", sem esponjas mitigadoras, terá muita sorte na época realista e naturalista, quando o romance se apropriará dos argumentos tradicionais dos seus inimigos para voltá-los contra o romance açucarado e sentimental).

Oscilando entre engano e crueldade, entre doença e remédio, o romance encontra um compromisso duradouro nas construções razoáveis do "verossímil"; no período de máximo esplendor, digamos entre Austen e Dostoiévski, o mundo romanesco se apresenta como um mundo no qual se pode crer, mas, ao mesmo tempo, como a relação completa daquilo em que se pode acreditar – restabelece, em outras palavras, uma imagem tranquilizadora do mundo, produto de uma classe que cada vez mais reconhece a si mesma e cada vez mais relega o "bizarro"

64 Julio Cesar Scaligeri, *Exoticarum exercitationum liber* XV, *De subtilitate, Exercitatio 397, II*, Hanoviae, 1620, p. 835, parafraseado em F. Langlois, dit Fancan, *Tombeau des romans où il est discouru 1) contre les Romans 2) pour les Romans*, Paris, 1626.

65 Cf. a crítica a *Cecilia*, em Laclos, *Œuvres complètes*, op. cit., p. 524.

66 D. A. F. de Sade, *Considerazioni sui romanzi*, in *Opere*. Milão: Mondadori, 1997, p. 822.

67 Fancan, *Tombeau des romans*, op. cit., p. 52; na p. 63 estão as metáforas da pílula e do cirurgião.

sobre ou sob si mesma; mas embora forneça à burguesia o mais convincente dos espelhos, a vocação do romance não é a de tranquilizar: é, de preferência, a de verter o impossível no real, ou de descobrir no real o absoluto, sem nunca encontrar paz. Nem a *Metamorfose* de Kafka nem *Em busca do tempo perdido* são "verossímeis"; Swift, no final das *Viagens de Gulliver*, prediz positivamente uma lei segundo a qual "todo viajante, antes de ter a permissão de publicar os relatos de suas viagens, fosse obrigado a jurar diante do Lorde Chanceler que tudo aquilo que pretende publicar é absolutamente verdadeiro, da melhor maneira possível segundo seu conhecimento". Não é apenas ironia paradoxal, a misantropia nunca foi tão violenta no livro como quando o mito dos houyhnhnm se restringe à limitada e concretíssima realidade de uma casa inglesa, àquele cheiro de estábulo em que o protagonista se refugia para recuperar-se do cheiro repelente da mulher e dos filhos.

Condensar o símbolo nos fragmentos feios da realidade; a história do romance moderno não é senão uma longa descida ao particular, por fome de concretude. Até quando os protagonistas são príncipes e reis, e a história é a grande história pública, é difícil tornar crível o que foi inventado; Cervantes de antemão zomba (salvo depois de revalorizá-lo com uma espécie de gosto "*camp*") de *Tirante, o Branco*, que narra a conquista árabe da Inglaterra;[68] a Bibliothèque Française de Amsterdã, em 1741, ataca as *Mémoires pour servir à l'histoire de Malte*, de Prévost, e quem quer que busque "*tromper*", fazendo passar por históricos acontecimentos fictícios. Uma das razões pelas quais no século XVII o romance cai em desgraça é que, querendo introduzir o leitor na vida de "personagens que todos conhecem" e sendo obrigado a tornar aquelas vidas interessantes, com muita frequência incorre no crime de difamação. Fala-se apenas de gente comum, de "gente pequena", pois pode-se contar-lhe a vida sem que se possa controlar quanto há de verdadeiro e quanto de falso. Certamente, como já notava Mademoiselle de Scudéry, nem sempre a "*vraisemblance*" está de acordo com a "*bienséance*"; as pessoas comuns tendem a ser vulgares. No sétimo livro do *Tom Jones*, Fielding adverte que o décimo capítulo contém "vários argumentos talvez suficientemente naturais mas *baixos*". As "singularidades sociais" que tomaram o lugar do caráter exemplar fazem surgir latências perigosas, do "profundo" e do "exterior"; o interessante-verossímil dará à luz, do final do século XVIII em diante, a voga da delinquência e do abjeto – mas já a Pamela de Richardson confessa, na carta 102, ter lido poucos romances e que

68 O curioso juízo de Cervantes sobre *Tirante, o Branco* está no capítulo VI do volume I de *Dom Quixote*.

esses poucos não lhe agradaram porque "ou davam demasiado no maravilhoso e no improvável, ou inflamavam em demasia as paixões".

Quanto mais o romance burguês ocidental amadurece e toma consciência de si, entre os séculos XVII e XIX, mais o mal se expande. À clara oposição entre herói e vilão, versão laica da luta entre Deus e Satanás, sucede uma ramificação mais profunda: cada personagem traz em si motivos inconfessáveis e nenhuma é verdadeiramente boa. A verdade assume a forma do *desmascaramento*, à indignação moral contra o bandido sucede um sentido difuso de amargura e de desgosto. Em 1857, um crítico de *Madame Bovary* invoca para reconciliar-se com a vida "um belo romance falso, fantástico e fantasista, cheio de imaginação e de quimeras".[69] O culpado do mal cada vez mais se subtrai, torna-se "a natureza das coisas", ou a civilização, ou a ausência de Deus.

Analogamente se modificam as estratégias do romance para defender-se da acusação de que represente o mal. A estratégia mais simples, a princípio, era condenar o mal explicitamente, narrando o fim brutal dos vilões ou fazendo que se convertessem. A virtude recompensada e o vício castigado: a fórmula se torna tão modelar e repetitiva, entre os séculos XVII e XVIII, que já está pronta para a reviravolta sadiana. Os inimigos do romance, naturalmente, não se deixam enganar e apreendem a hipocrisia que está por trás dessa fórmula: "pouco a pouco, tornam – escreve Gotthard Heidegger – os homens escravos dos vícios, justamente graças à simulação astuta de querer puni-los".[70] Toda condenação do vício funciona, é claro, como uma denegação freudiana e comporta uma cumplicidade emotiva com o próprio vício. A crueldade da punição termina exaltando o vilão, enfatizando sua grandeza de rebelde.

"É claro que a parte do arrependimento não terá o mesmo brilho, a mesma força e vitalidade, que tivera a parte da delinquência", confessa Defoe de modo cândido no prefácio a *Moll Flanders*. O fascínio pela transgressão é tão mais forte do que a atração pela ordem, que até os romances edificantes, ou as vidas dos santos, entre os séculos XVI e XVII, preferem os grandes santos pecadores, como Madalena, porque isso permite multiplicar os pormenores da vida pecaminosa. Dessa fatal ambivalência ocupou-se a Igreja, como um caso particular da "*sollicitatio ad turpia*", que entrava nos confessionários por meio dos discursos demasiado minuciosos do

69 A crítica é de A. Claveau e foi publicada no *Courrier franco-italien*, 7 maio 1857.

70 Cf. Bavaj, *Mythoscopia romantica*, op. cit., p. 127.

confessor, ou porque o Santo Ofício chegou a condenar, em 1611, um tratado do jesuíta Andrea Nicosia "sobre os toques, os beijos, os abraços e as poluções".[71] Somente Tolstói em idade avançada, que repudiara *Anna Kariênina* e *Guerra e paz*, refuta radicalmente o ardil da ambivalência: "um artista ensina não o que quer, mas o que pode"; não conta aquilo que se diz, mas aquilo que se é, e é inútil invocar a necessidade do mal como contraste: o mal é de tal modo onipresente, que, "para que haja contraste, é necessário aspirar ao bem com todas as forças".[72] (Posição em direção contrária, e em oposição à essência da literatura, que ironicamente se vinga: por volta de 1890, a opinião pública russa se lançou contra as narrativas do tolstoiano Nikolai Lieskov, acusando-o de usar a vida cristã rudimentar como pretexto para mostrar cenas voluptuosas e sensuais.)

Uma outra estratégia é apostar na dinâmica entre as personagens, distinguindo acuradamente entre as afirmações de uma personagem e a posição do autor. "É um celerado que fala", escreve Molière à margem de *Tartufo*;[73] "é um celerado que narra a história", repete Barbey d'Aurevilly, defendendo-se no processo contra *Les Diaboliques*;[74] "são palavras do herói, mas exprimem o pensamento de Siniavski", insiste, ao contrário, o acusador no processo moscovita de 1966.[75] A reprovação irrompe, comumente, quando falta dinamismo e o herói monopoliza o campo: em todo o livro não há uma única personagem que "possa fazer-lhe abaixar a cabeça", diz sobre Emma, com admiração inconsciente, o acusador Pinard;[76] o acusador do processo de *O amante de Lady Chatterley* pergunta a uma das testemunhas: "vê nesse romance uma única palavra que implique reprovação quanto ao que a protagonista faz?";[77] um artigo do *Pravda* contra Siniavski e Daniel enfatiza

71 A informação sobre o tratado de Nicosia está em Prosperi, *Tribunali della coscienza*, op. cit., p. 513.

72 As duas frases de Tolstói foram tiradas dos seus *Diários*, respectivamente às datas 11 de julho de 1894 e 6 de novembro de 1892, citadas em L. Tolstoi, *Che cosa è l'arte*, org. F. Frassati. Milão: Feltrinelli, 1978, respectivamente nas pp. 88 e 91.

73 A famosa didascália, que provavelmente servia também como apontamento para a recitação, é posta por Molière à altura dos versos da cena v do ato iv, em que Tartufo fala das maneiras de se "acomodar as coisas" para se chegar ao Céu.

74 O interrogatório de Barbey, ocorrido em 15 de dezembro de 1874, figura como *Annexe* in Y. Leclerc, *Crimes écrits*. Paris: Plon, 1991, p. 351.

75 Cf. A. Ghinsburg, *Libro bianco sul caso Daniel-Siniavski*. Milão: Jaca Book, 1967; as palavras da acusadora Kedrina estão na p. 201.

76 Cf. *Aparato crítico*, p. 213.

77 Cf. C. H. Rolph (org.), *Processo a Lady Chatterley*. Milão: Longanesi, 1961; a frase do advogado Griffith-Jones, dirigida à testemunha Stephan Hopkinson, está na p. 123.

que a eficácia emocional das afirmações de uma personagem "deve-se à falta na obra de uma força que contraste com esses sentimentos".[78]

Com a progressiva turvação do horizonte romanesco, cada vez menos o romance condena explicitamente os vilões; sempre se limita a "ilustrar" o vício, entrincheirando-se atrás da desculpa de que basta a tristeza, o desespero atroz e lívido que emana do texto, para pôr o leitor em guarda; mas já a Baudelaire, que nas notas ao seu advogado usara um argumento do mesmo tipo, ocorrera a dúvida de que não era "são" insistir nisso.[79] A tristeza é, de fato, por si mesma um pecado, uma forma de acídia ou de ingratidão para com Deus; quem está tão desesperado a ponto de matar-se, dissera Goeze lançando-se contra o *Werther*,[80] mostra tão pouco respeito pela vida humana que pode chegar facilmente a matar (e Werther encontra no texto um "assassino por amor", pouco antes de atirar em si mesmo). Se Deus é substituído pelo mito cego do "progresso", a tristeza torna-se um crime de lesa-otimismo; a acusação de "desmoralização" é a mais forte entre as dirigidas a Soljenitsin por *O pavilhão dos cancerosos*, mas está presente, por exemplo, também no processo que o Segundo Império intenta contra Eugène Sue por *Mystères du peuple*[81] e naquele que a Terceira República intenta contra Lucien Descaves por *Sous-Offs* (a acusação dirigida a este último de "cuspir na bandeira" é muito semelhante àquela de "desonrar a mãe" dirigida a Soljenitsin).

Aos defensores do romance é fácil responder que não é quem soa o alarme, mas quem ateia o fogo que é o verdadeiro culpado; diante de uma sociedade filisteia, nomear o mal é quase um dever. Diante de uma sociedade que exalta o útil acima de qualquer coisa, a inutilidade do romance, que por séculos lhe foi imputada como acusação, torna-se um valor a se reivindicar (e, em 1835, Gautier faz precisamente isso no longo prefácio a *Mademoiselle de Maupin*, nos anos em que está em voga a "crítica do futuro"). Em face de uma sociedade que perdeu o contato com a natureza sagrada do sexo, escrever as "palavras de quatro letras" parece a Lawrence quase uma missão terapêutica. "Calar – responde Soljenitsin à União dos Escritores – não é uma saída e corrompe os jovens."[82]

78 Cf. Ghinsburg, *Libro bianco*, op. cit.; o artigo de Gh. Petrov, publicado no *Pravda* de 15 de fevereiro de 1966, é citado na p. 229.

79 Charles Baudelaire, "Notes pour mon avocat", in *Œuvres complètes*, org. C. Pichois. Paris: Gallimard, 1975, p. 195.

80 Cf. *Aparato crítico*, pp. 204-08.

81 Um relatório dos processos contra Sue e Descaves encontra-se em Leclerc, *Crimes écrits*, op. cit., respectivamente nas pp. 379 ss e 421 ss.

82 Cf. *L'affaire Soljenitsyne*. Paris: L'Herne, 1995, p. 244.

"Corruptor" e "moralista" são dois epítetos opostos e correlatos, a depender de como são vistos. "O romancista é um moralista", escreve em 1786 Restif de la Bretonne;[83] os romancistas são uns "moralistas experimentadores", replica Zola;[84] "pois alguém descobriu que era uma obra moral", ironiza Hardy no prefácio a *Judas, o obscuro*; durante o processo contra *O amante de Lady Chatterley*, um eclesiástico se declara convencido de que o livro é "um pequeno tratado moral, além de um romance".[85]

Todo esse vaivém é condensado e resumido nas vicissitudes de uma única grande metáfora, talvez a mais constante na história dos ataques ao romance: a metáfora do recipiente e do líquido contido nele. Retomando uma imagem de Lucrécio,[86] Tasso, na *Jerusalém libertada*, compara o próprio mister ao de um médico que, devendo fazer com que um rapaz doente bebesse um remédio amargo, cobre de açúcar as bordas do copo. A medicina é a verdade (histórica e ética), o açúcar é a sensualidade, unida ao maravilhoso. A metáfora se acha muito difundida nos prefácios aos romances do século XVII, com declinações diversas segundo as circunstâncias (no prefácio a *Roman Bougeois*, por exemplo, Furetière escreve que "o prazer que experimentamos ao zombar dos outros é o que nos faz ingerir serenamente o remédio que nos é tão salutar"; mas acrescenta que, para que nos divirta, é necessário que nas personagens possamos reconhecer a gente que vemos todos os dias – o açúcar é, pois, o realismo, não mais o maravilhoso). Tão difundida que, bem rápido, se lhe invertem os valores: aos que denigrem o romance, o açúcar é o *appeal* de que o romance se cobre, o líquido é a indisciplina passional e não é mais um remédio, mas um veneno: "tudo serve", escreve Zaccaria na *Storia polemica delle proibizioni de' libri* (1777), "para aspergir de suave licor as bordas da vasilha, em que se quer oferecer aos incautos o veneno mortal".[87] Que o romance seja um veneno torna-se um lugar-comum, compensado apenas pela formidável intuição flaubertiana segundo a qual o veneno real que Emma bebe "tem um gosto de tinta". Ainda em 1934, o juiz Woolsey, na sentença em que consente ao *Ulisses* ser publicado nos Estados Unidos, declara o romance de Joyce "uma bebida demasiado

83 N.-E. Restif de la Bretonne, *Les Françaises*. Neuchâtel/Paris: 1786, v. II, p. 16.

84 Émile Zola, *Le Roman expérimental*. Paris: 1881, p. 26 [ed. bras.: *O romance experimental*, trad. Italo Caroni e Célia Berretini. São Paulo: Perspectiva, 1982].

85 Cf. Rolph (org.), *Processo a Lady Chatterley*, op. cit., p. 103.

86 Lucrécio, *De rerum natura*, I, vv. 936-50.

87 F. Zaccaria, *Storia polemica delle proibizioni de' libri*. Roma: 1777, p. 233.

forte para ser ministrada a certas pessoas de sensibilidade delicada", e acha que "o efeito de *Ulisses* sobre o leitor, em muitas partes, é sem dúvida um pouco emético, mas nunca apresenta a tendência de ser afrodisíaco".[88] Um emético, ou seja, um remédio que faz vomitar, um veneno que se torna remédio.

Segundo Pinard, supor que um significado moral profundo compense em *Madame Bovary* os pormenores lascivos "significaria pôr o veneno ao alcance de todos, e o remédio ao alcance de pouquíssimos"; mas o remédio está, segundo outros, paradoxalmente, no próprio veneno: Heidegger dissera isso por sarcasmo, se quiséssemos salvar o romance, deveríamos supor que, como no epigrama IX de Ausônio, dois venenos combinados formam um antídoto; muitos levam a sério a observação: se o amor é um veneno e os romances alertam contra o amor, então os romances são um antídoto.[89] Uma leitora de Laclos está convencida de que prestaria um verdadeiro serviço à própria filha dando-lhe de presente *As Relações perigosas* no dia de seu casamento.[90] Os romances são necessários aos povos corruptos, diz Rousseau, que opõe a "doença fantástica" dos próprios heróis à "torrente de máximas venenosas que circulam pela cidade".[91] Um dos peritos chamados para testemunhar no processo declara que *O amante de Lady Chatterley* é "um verdadeiro antídoto aos valores superficiais e frívolos do sexo".[92]

## 5. O fim da obscenidade

Se se quisesse construir uma tipologia ou uma casuística dos processos intentados contra os romances nas várias épocas e países, inevitavelmente se acabaria por se dispersar em mil exceções; entre dois romances aos quais se atribua, num mesmo período, um grau semelhante de "nocividade", é só o concurso da análise das circunstâncias que definirá por que um é processado e o outro não, ou por que um é condenado e o outro, absolvido. O esquema, além do mais, não daria conta

88 Cf. *Aparato crítico*, p. 222.

89 Furetière fala, por exemplo, de uma jovem "curada do amor" depois de ter lido o *Roman bourgeois*; durante o processo intentado contra as edições Pauvert em 1956, para a edição integral das obras de Sade, Paulhan afirma paradoxalmente ter conhecido uma senhora que, por ter lido as obras do marquês, entrou para um convento.

90 A anedota é narrada pelo próprio Laclos, no prefácio ao romance.

91 No segundo prefácio de *A nova Heloísa*, op. cit.

92 Cf. Rolph (org.), *Processo a Lady Chatterley*, op. cit., p. 158.

da real pressão social sobre o romance, porque, ao contrário, lá onde a pressão é máxima, a censura é preventiva e os processos não se desenvolvem; é típico o fato de que uma maior "densidade" de processos frequentemente se siga a momentos de liberalizações (por exemplo, na França, depois da nova lei de 1881, ou na Inglaterra, depois de 1959, ou na Rússia, depois das aberturas kruschevianas no começo dos anos 1960). Igualmente impossível de se documentar brevemente é o enorme fenômeno da autocensura; muitos romancistas, em diferentes épocas e países, teriam podido repetir de modo bem aproximado aquilo que escreveu Leonardo Sciascia no posfácio a *Giorno della civetta* [O dia da coruja]:

> Não me sinto heroico a ponto de desafiar acusações de ultraje e vilipêndio; não sinto que faria isso deliberadamente. Por isso, quando percebi que a minha imaginação não avaliara devidamente os limites que as leis do Estado e, mais do que as leis, a suscetibilidade daqueles que as fazem respeitar, a impõem, me pus a eliminar, a eliminar.[93]

No máximo, é possível particularizar certas constantes e tendências; a principal delas no Ocidente é certamente a passagem de uma sociedade obcecada pelo perigo da heresia a uma sociedade segura do próprio poder de homologação. A divisão do trabalho relegou a literatura a um papel cada vez mais inofensivo, oscilando entre o entretenimento e o museu. No século XVII, por ter escrito um romance, podia-se perder a vida, hoje, em geral, os processos contra a literatura terminam com algumas absolvições e alguns vexames para quem acusa. A denúncia apresentada em 1956 contra *Ragazzi di vita* [Rapazes da vida] custou muito psicologicamente a Pier Paolo Pasolini, e contribuiu para orientar-lhe o destino de autor; isso não impede que na sentença o juiz quase se tenha desculpado pelo processo e afirmado que o debate se deu "num clima de serena elevação".[94] Num livro de 1968, Charles Rembar proclamava o "fim da obscenidade" e profetizava confiante, "agora, se um escritor é pelo menos um pouco escritor, ele e o seu livro não têm nada a temer".[95]

Constante é o efeito de propaganda que uma proibição exerce sobre o livro proibido; é o que reconhece Flaubert a propósito de *Madame Bovary*; já à época da

93 L. Sciascia, *Il Giorno della civetta*. Turim: Einaudi, 1991, p. 119 [ed. bras.: *O dia da coruja*, trad. Mario Fondelli. Rio de Janeiro: Rocco, 1995].

94 Cf. aqui *Aparato crítico*, p. 227.

95 C. Rembar, *The End of Obscenity*. Londres: Bantam, 1969.

Inquisição lia-se o Index para encontrar arroladas ali as obras interessantes; Diderot sintetiza em nome de todos, em *Lettre sur le commerce de la librairie*: "Quantas vezes o livreiro e o escritor, se tivessem ousado, não teriam dito aos magistrados: 'Senhores, uma condenaçãozinha, por favor'?".[96] A autoridade se sente cada vez menos "tutora" ou "sentinela", e também a Igreja insiste cada vez menos na "fragilidade da natureza humana"; o problema dos "mais fracos", por outro lado, parece ter-se resolvido com a lógica dos consumos diferenciados. A alternativa entre beleza formal como atenuante (na *Ratio studiorum* dos jesuítas os clássicos são permitidos "pela elegância e pelo caráter apropriado da língua"[97]) e beleza formal como agravante (*Madame Bovary* é considerado tão mais perigoso por Flaubert ter-nos prodigalizado "todos os artifícios do seu estilo"[98]) tende a esvaziar-se de sentido diante de um mercado que justapõe níveis diversos e não passíveis de confrontação de dignidade formal.

Certamente, houve um avanço no que se refere à liberdade, e também um avanço na compreensão do modo como funciona um organismo romanesco; estabeleceu-se uma distinção, me parece, precisamente com a lei inglesa de 1959, com a proibição de julgar um livro com base em frases recortadas arbitrariamente e a obrigação de considerá-lo "*as a whole*" ("como um todo"). Na mesma direção, vai a obrigação de distinguir entre o "resultado" de um texto e a intenção do autor. Todavia, é verdade que as garantias nunca foram dadas de uma vez por todas, que as acusações de obscenidade ou de blasfêmia ou de difamação com frequência são o disfarce para uma condenação política, e que a taxa de tolerância diminui drasticamente em situações de emergência (inesquecível o grito de lamento de Sholokhov, no XXIII Congresso do PCUS, pelo "tempo em que se julgava sem a delimitação severa dos artigos do Código Penal, mas deixando-se guiar pela consciência revolucionária da justiça").[99]

Curiosa é a relação que desde sempre o romance estabeleceu com a alegoria: dir-se-ia de busca de proteção e, contemporaneamente, de desconfiança. É graças à alegoria que um romance "licencioso" como *O asno de ouro*, de Apuleio, passou indene pela Idade Média; Defoe recorre confusamente à alegoria para defender o

96 D. Diderot, *Lettre sur le commerce de la librairie*, in *Œuvres complètes*. Paris: Le Club Français du Livre, 1976, t. VIII, p. 556.

97 Cf. G. Raffo (org.), *La "Ratio studiorum". Il metodo degli studi umanistici nei collegi dei gesuiti alla fine del secolo XVI*. Milão: San Fedele, 1989, p. 192.

98 Cf. a sustentação oral de Pinard, in Flaubert, *Œuvres*, op. cit., p. 621.

99 A frase de Sholokhov é citada em Ghinsburg, *Libro bianco*, op. cit., p. 81.

seu *Robinson*; para defender *Lady Chatterley*, se se propõe uma leitura alegórica (a paralisia de Clifford como paralisia da sociedade moderna etc.); mas os regimes totalitários, quando querem condenar um romance, salientam neles interpretações alegóricas que o autor deve apressar-se em desmentir: diante dos acusadores, que interpretam *O pavilhão dos cancerosos* como uma alegoria da sociedade soviética (vista exatamente como um "tumor incurável"), Soljenitsin responde que "existem detalhes médicos demais para um símbolo", e conclui que, "se algum de vocês for hospitalizado, verá se se trata ou não de uma alegoria".

Que o fanatismo religioso, ridicularizado nos *Versos satânicos*, tivesse sido uma alusão à situação atual no Irã foi uma das suspeitas que levaram, em 1989, à *fatwa* [100] de Khomeini contra Salman Rushdie.[101] Bastam poucos graus de longitude e de latitude, e novamente, por se haver escrito um romance, é possível arriscar-se a ser condenado à morte. Além das razões políticas contingentes que a favoreceram, a sentença contra Rushdie nos leva de volta ao início de toda essa discussão: lendo os mais inteligentes dos ataques da parte iraniana, parece claro que, sob a indignação pelos insultos à religião muçulmana (a cidade do profeta chamada "Ignorância", as prostitutas de um bordel que têm o mesmo nome das mulheres de Maomé e assim por diante), o verdadeiro pecado imperdoável é o de ter tratado a palavra revelada como se fosse literatura imaginária. Não é tanto o episódio em si da interpolação diabólica dos versos (episódio não inventado por Rushdie, entre outras coisas, mas presente na história da tradição corânica); de um ponto de vista "filológico", os *Versos* são menos subversivos do que certos estudos aceitos e discutidos nas universidades islâmicas; intolerável é a ideia de que o texto literário seja mais *forte* do que o texto sagrado, de que o possa englobar, fazendo dele matéria narrativa e inserindo-o no fluxo móvel das paixões – submetendo-o de fato às leis romanescas do *et-et* em vez de àquelas do *aut-aut*, que garantem ao texto sagrado a própria fixidez e, por isso mesmo, a própria autoridade. "A simples ideia", escreve Amir Taheri, jornalista iraniano autor de uma biografia de Khomeini, "de usar o profeta Maomé como personagem num romance é insuportável para muitos muçulmanos."[102]

100 Explicação de autoridade em direito islâmico no intuito de estabelecer a aplicação da lei diante de uma questão específica. [N.E.B.]

101 Cf. R. Aubert (org.), *L'affaire Rushdie*. Paris: Cerf, 1990.

102 Artigo do *Times* de 13 de fevereiro de 1989, reproduzido em L. Appignanesi e S. Maitland (org.), *The Rushdie File*. Londres: Fourth Estate, 1989, p. 93.

Vargas Llosa, em *La verdad de las mentiras* [A verdade das mentiras], observa que as culturas religiosas produzem poesia, teatro, mas raramente grandes romances. O romance é uma arte das sociedades em que a fé está se esfacelando. O romance é moldado no texto sagrado, mas é-lhe um substituto e uma paródia. Quantas vidas dos heróis de romance são, na realidade, das "*imitationes Christi*"! O texto sagrado, sobretudo o nosso, a Bíblia, está estruturado narrativamente; a sua tarefa é a de dar sentido ao mundo sem ir além da abstração lógica e matemática, mas usando a concretude das coisas reais. Porém, o texto sagrado precisa frear a ambivalência e a perpétua germinação da realidade, garantindo-lhe o significado de uma vez por todas.

O romance, ao contrário, queima-se no atrito entre contingente e absoluto, sem que haja "amortecedores": o seu alegorismo é sempre imperfeito e tem um constante complexo de inferioridade diante das variações de hoje. Não por acaso, o protagonista do romance de Hardy se chama Judas: é o "negativo" de Cristo, um "padre frustrado" que joga no fogo os seus livros de teologia e cujo filho morre de maneira atroz por ter tomado tudo ao pé da letra.[103] O romance é um desafio ao texto sagrado, porque, se é verdade que "isola" o absoluto na narrativa, também é verdade que tem a coragem de afrontar as mil faces mutáveis por trás das quais o absoluto continuamente se mascara. "O homem é o maior macaco que julga que deve imitar tudo", amaldiçoava Gotthard Heidegger em 1698; mas, quinze anos depois, Leibniz mudava a coisa em positiva: "ninguém imita nosso Senhor melhor do que o inventor de um belo romance".[104] Enquanto a poesia pode ser uma emanação alucinatória do Verbo divino, o romance é uma alternativa à ação de Deus, quando Deus deixou de agir – uma alternativa imprecisa e impotente: o Diabo expulso que se masturba longe dos céus é um romancista.

103 No capítulo II da parte VI do livro, Sue se acusa do suicídio do enteado: "Disse-lhe que o mundo estava contra nós, que era preferível estar fora da vida a estar aqui a esse preço e ele levou ao pé da letra [...]. Queria ser sincera. Não podia suportar a ideia de enganá-lo sobre os fatos da vida. [...] por que não lhe contei mentiras agradáveis em vez de meias verdades?". T. Hardy, *Jude the obscure* (1896) [ed. it.: *Jude l'oscuro*, trad. S. Cecchi d'Amico. Turim: 1990, p. 364, ligeiramente modificada; ed. bras.: *Judas, o obscuro*, trad. Otávio de Faria. São Paulo: Geração, 1994].

104 A frase de Leibniz está numa carta de 26 de abril de 1713, citada em E. Bodemann (org.), *Leibnizens Briefwechsel mit dem Herzoge Anton Ulrich von Braunschweig-Wolfenbüttel*, em "Zeitschrift des historischen Vereins für Niedersachsen", 1888, p. 232; a de Heidegger, em Bavaj, *Mythoscopia romantica*, op. cit., p. 128.

A progressiva legitimação do romance, pois, acompanhou o percurso da democracia e a passagem da necessidade do texto sagrado à relatividade das regras de uma convivência civil. A liberdade de narração parece, no Ocidente, não ter mais limites, a não ser, talvez, aqueles estabelecidos pela própria democracia. Uma narrativa que com toda seriedade exaltasse o racismo ou auspiciasse os campos de concentração também teria, da nossa parte, vida difícil (*Io e mio figlio*, da sueco-queniana Sara Lidman, teve problemas, não obstante o discurso racista ter sido entregue a uma "voz de personagem"). Não acredito que se chegaria a uma sentença de morte (quem declarou "compreensão" com relação à *fatwa* de Khomeini o fez com um tipo de paternalismo da cabana do pai Tomás), mas aqui começa, para nós ocidentais e para o romance, a reflexão a ser feita.

O "contágio" romanesco é quase auspicioso, a essa altura, numa época que, por trás dos gigantes de Dom Quixote, não sabe ver senão o Moinho Branco; comparada com a irrealidade cotidiana, a irrealidade romanesca conserva algo de nobre e ascético. Naquela "*summa*" sobre a utilidade e sobre o dano dos romances que é *Babel Tower* [A Torre de Babel] de Antonia Byatt, por um lado se insinua, perfidamente, que até mesmo a escolha antiliterária da protagonista (casar-se com um homem que "odeia as palavras") depende do seu "ser leitora" (foi influenciada por Forster e por Lawrence), por outro, no final se verifica que, para a protagonista, voltar ao próprio mundo de leitores cultos significa reencontrar a liberdade.

Porém, a indisciplina do romance é certamente mais ampla, e mais ambígua, do que a liberdade democrática. Mais uma vez, é Vargas Llosa quem salienta que, nas sociedades perfeitamente democráticas, a história e a ficção deveriam ser separadas e distintas; é nas sociedades totalitárias que a história e a ficção trocam de lugar. A Enciclopédia soviética estava tão cheia de invenções quanto um romance; *La ciudad y los perros* [A cidade e os cachorros] foi queimado numa praça de Lima como se se tratasse de memória a ser apagada. Os romances ocidentais (e sobretudo aquelas "histórias" romanescas que usam suportes não encadernados, como o *reality show* televisivo) tendem a confundir cada vez mais os limites entre realidade e ficção; será que se trata de saudade regressiva por parte do romance, vontade anárquica de desobedecer e vileza ao declarar isso (o doutor H. acusa Céline de "*lâcheté*", processando-o em 1964 por *Norte*)?[105] Ou será que se trata também da percepção aguda de uma passividade que corrói a nossa democracia?

105 Cf. a *Notice à Nord*, in Céline, *Romans*, op. cit., p. 1153.

"Nós nos acostumamos e o choque desaparece", diz o acusador no processo contra *Lady Chatterley*,[106] assinalando o ponto em que a tolerância se torna anestesia. Em vez de um confronto aberto, também duríssimo, de opiniões contrapostas, aquilo que é tolerável e aquilo que não é parece ser decidido pela inércia do mercado (por que é execrável contar na internet como uma menina de onze anos é *sexy*, mas é aceitável fotografar para uma revista de moda uma menina *sexy* de onze anos?). Em sua vocação de aderir à insensatez do mundo, para resgatá-lo nos mínimos detalhes, o romance talvez esteja colhendo uma mutação política. Empenhado em combater o próprio caráter inofensivo que lhe é inerente, busca aliados entre os produtos que o Poder usa para transformar a informação em sedução, e, portanto, em consumo – passivamente aliando-se àqueles, mas, ao mesmo tempo, conferindo-lhes realidade e fazendo com que se envergonhem. Então, romance "desertor" ou romance "crítico" da democracia? Eis um bom tema para o romance.

106 Cf. Rolph (org.), *Processo a Lady Chatterley*, op. cit., p. 283.

## APARATO CRÍTICO

Os quatorze documentos reunidos aqui são de natureza muito diversa. Alguns foram extraídos de processos autênticos promovidos contra os romances: por vezes falam os advogados de acusação ou de defesa, outras falam os próprios autores como testemunhas; em dois casos apresentamos a sentença final do juiz. Alguns são decretos, que não preveem contestação, emitidos por autoridades civis ou religiosas banindo um romance ou uma categoria de romances. Outros são denúncias de homens da Igreja, preocupados com a força corruptora do romance: podem assumir a forma de sermões em um púlpito, diálogos renascentistas, verdadeiros opúsculos morais. Outros ainda são apenas reflexões, realizadas a título não oficial por romancistas que defendem sua obra tomando distância das obras de outros. Há também a opinião de uma "leitora comum".

Também são diversas as culpas que estes documentos imputam ao romance: estão representados todos os tipos, da blasfêmia à sedição, da difamação à obscenidade. Apenas um tipo de documento foi excluído: aquele cujo teor são acusações "estéticas" dirigidas contra o romance, em nome de uma poética ou de um grupo. Quando se julga a literatura *iuxta propria principia*, não mais nos admira que existam aqueles estranhos textos que se chamam literatura e que qualquer um, à primeira vista, consideraria inúteis, quando não danosos, mas dos quais parece que as civilizações não conseguem abrir mão. Os documentos aqui apresentados, pelo contrário, alimentam a surpresa, olhando o romance por um outro ângulo, ético-prático ou religioso, em vez de estético. (O estranhamento, ademais, permite aos leitores não profissionais uma análise extraordinariamente aguda dos romances que dizem detestar; ou, vice-versa, impõe a um profissional como Thomas Mann reconhecer o cinismo subjacente à beleza, antes de seguir adiante em nome de um "amor segundo".)

Certamente (deixando de lado inteligência e sensibilidade pessoal) quem condena o romance, nestes documentos, corre o risco de parecer irremediavelmente repressor e retrógrado, pois nega a autonomia do literário. Não existe autonomia, obviamente; porém existe a ambivalência, e é a ambivalência que torna parciais todos os ataques. Qualquer moralista sério sempre terá razão contra um romance: sempre haverá aspectos de violência, niilismo, tolice que um romance, conscientemente ou não, valorizará e que não fazem bem à sociedade. Mas todo moralista estará errado se quiser abolir o prazer do mal e a sua necessidade;

formalizá-lo em fantasias moderadas será sempre melhor do que deixá-lo agir empiricamente e sem controle.

O Ocidente moderno parece ter aceitado o modo de funcionamento da literatura; parece tê-lo aceitado tão bem que usa a mesma ambivalência da literatura para regular os desejos de consumo dos seus cidadãos. A literatura corre o risco de perder não apenas a sua própria eficácia (submetida a uma tolerância entendida como indiferença), mas até a própria identidade, diante das fantasias reificadas da mercadoria e, principalmente, da mercadoria imaterial. O último documento aqui apresentado é um documento não ocidental, e não por acaso: o maior ataque dirigido ao romance hoje em dia no Ocidente não pode ser condensado em um documento, pois se encontra no que a teoria da informação chama de "ruído".

**1543**

Decreto dispondo que não se permita introduzir nas Índias livros de histórias profanas[107]

*O Rei. Ao presidente e aos ouvintes da nossa* Audiencia, *na Chancelaria real das províncias do Peru: estamos informados de que a introdução nestas terras de livros e cantares de temas profanos e fábulas, o livro de Amadis e outras semelhantes histórias mentirosas, causam muitos danos; decorre que os índios educados na leitura, atraídos por estas histórias, abandonam os livros da santa e reta doutrina e extraem destas obras mentirosas maus hábitos e vícios; se, além do mais, viessem a saber que esses livros de histórias vãs foram publicados sem a nossa permissão, poderiam perder a confiança na autoridade da Sagrada Escritura e de todos os outros livros dos Doutores, acreditando, como gente ainda pouco sólida na fé, que todos os nossos livros são vãos como aqueles.*

*Para evitar os supracitados e outros possíveis inconvenientes, ordenamos não consentir nem permitir que nesta terra se vendam e circulem os livros acima relacionados nem se introduzam novos. Ordenamos que deem*

107 "Real Conselho das Índias. Decretos. Decretos promulgados em diversas épocas que dispõem e regulamentam a leitura de livros proibidos nas Índias", in L. Pranzetti (org.), *L'America violata*. Milão: Feltrinelli, 1981, p. 37.

*provimento a que nenhum espanhol os possua e que índio algum os leia, para assim colocar um fim a tais inconvenientes.*

*Promulgado na cidade de Valladolid, no dia vinte e nove de setembro do ano mil quinhentos e quarenta e três.*

*Eu, o Príncipe. Por ordem de sua Alteza Real. Em seu nome Juan de Sámano. Por ordem do Conselho.*

**1588 · Malón de Chaide**
Conversão de Madalena – *Prólogo*[108]

*O engenho humano é tão propenso a investigar novas coisas, que nunca repousa nem encontra limite onde se deter; e assim procura encontrar coisas novas ou, quando não o são, faz com que novo seja o estilo de narrá-las, e com isso todos desejam fazer um livro. E entre os que escrevem, alguns são movidos pelo desejo de eternizar o próprio nome e celebrá-lo com a viva memória daquilo que foram, souberam e escreveram em outros tempos. Estes, na maioria dos casos, desenvolvem temas dos quais podem extrair mais aprovação entre os homens do que proveito e edificação entre os fiéis.*

*Outros se movem por caminhos diferentes, vendo que o mundo sente agora um cansado prazer pelas coisas santas e virtuosas, enquanto vivo se encontra o apetite por tudo o que é vício e destruição dos bons costumes; como se não bastassem os desprezíveis hábitos com que nascemos e que sugamos com o leite, e os que nos são transmitidos na infância como um presente recebido nessa idade; e como se a nossa deteriorada natureza, que sozinha corre desenfreada em direção ao mal, necessitasse de estímulos e incentivos para despertar o gosto pelo pecado, ainda alimentam-na com livros lascivos e profanos, em cujas rochas encalham frágeis naves de jovens imprudentes, e os bons costumes (se chegaram a assimilar de seus mestres) naufragam, soçobram, perdem-se e desaparecem. Pois o que são os livros de amor e as* Dianas *e os* Boscán *e os* Garcilaso, *e os monstruosos volumes em endecassílabos de contos fantásticos e mentiras dos* Amadis, Florisel *e* Don Benlianis, *e uma frota de semelhantes portentos, o que são tais escritos, colocados em jovens mãos, se não facas oferecidas a loucos furiosos?*

108 P. Malón de Chaide, *La conversión de la Magdalena*. Madri: BAE, 1959, pp. 23-28.

*Mas os autores dos primeiros respondem que são amores tratados com pudor e muita honestidade; como se não corroessem de maneira poderosa a vontade, como se não espargissem lentamente seu veneno mortal nas veias do coração, até alcançar a parte mais pura e viva da alma, onde, com seu ardor furioso, seca e faz fenecer a essência mais florida e verde das nossas obras. Encontrareis, diz Plutarco, animais tão pequenos, como certas espécies de moscas, que mal são perceptíveis, e com seu pequeno tamanho picam de maneira levíssima, mas depois de um momento vereis que está inchado e dolorido o local onde picaram. Assim são muitos livros de semelhantes temas, cujos danos não percebeis, mas estais feridos e perdidos.*

*O que pode fazer a jovenzinha que mal começou a andar, e já traz uma* Diana *no bolso? Se, como disse o outro poeta, o cálice novo se impregna e por longo tempo conserva o sabor do licor nele vertido, sendo um jovem ou uma jovem cálices novos, e vertendo neles vinhos tão venenosos, não é evidente que por longo tempo conservarão seu sabor? E como poderão conviver o vinho do Espírito Santo e o das vinhas de Sodoma, como afirmou Moisés? Como recitará o Pai Nosso nos Missais alguém que acabou de sepultar Príamo e Tisbe em* Diana*? Como poderá recolher-se para pensar em Deus por um momento, quando passou tantos momentos com Garcilaso? Como? E honesto se diz o livro que ensina a afirmar uma razão e a retrucar a uma outra, e a saber em que termos devem ser tratados os amores? Ali se aprendem as desenvolturas e os despudores e as tagarelices; e a partir deles o desejo de serem servidas e seduzidas, como o foram aquelas sobre as quais leram nos seus* Flos Sanctorum, *e dali seguem para más e torpes fantasias, e delas para os acertos ou desacertos com os quais perdem a si mesmas e insultam a casa do pai, dando-lhe uma desventurada velhice; e merecem-na os maus pais e as infames mães que não souberam criar as filhas, nem conseguiram queimar tais livros em suas mãos.*

*O* Cântico dos cânticos *de Salomão é mais honesto do que as* Dianas, *o Espírito Santo o compôs, o mais sábio dos homens o escreveu, entre o marido e a mulher consumam-se as razões: ali tudo é casto, limpo, sadio, divino e celestial e pleno de mistérios, e com isso os hebreus não permitiam aos jovens lê-lo antes de alcançarem uma idade mais madura. Portanto, o que fazer com os livros que são destituídos de tais benéficas circunstâncias, pelas quais se distingue* O Cântico dos cânticos, *para esclarecer quem toma licença de ler semelhantes obras alegando sua honestidade?*

*Outros leem aqueles prodigiosos e fabulosos sonhos e quimeras, sem pé nem cabeça, de que estão repletos os* livros de cavalaria, *que assim se chamam aqueles que, se a honestidade do termo o permitisse, num trocadilho melhor se definiriam como de asnaria, não de cavalaria. E se perguntardes àqueles que estudam e aprendem a ser cristãos com estes catecismos por que os leem e qual o fruto que obtêm de tais lições, responderão que ali aprendem coragem e audácia pelas armas, educação e cortesia para com as damas, fidelidade e verdade no comportamento, e magnanimidade e nobreza de espírito para perdoar os inimigos; de maneira que sereis persuadidos que* Don Florisel *é o* Livro dos Macabeus, *e* Don Belianis, *as* Morais *de São Gregório, e* Amadis, *os* Ofícios *de Santo Ambrósio, e* Lisuarte, *o* De Clementia *de Sêneca, para não falar na história de Davi, que tantos inimigos perdoou. Como se nas Sagradas Escrituras e nos livros escritos pelos Pais da Igreja faltassem puras verdades, sem precisar mendigar mentiras; como se não abundassem exemplos famosos de virtude em qualquer grau que quisermos, sem precisar imaginar monstros incríveis e prodigiosos. Que efeito causaria em uma inteligência medíocre uma tolice inventada no inverno diante de uma lareira, segundo o critério de alguém que a sonhou? Portanto, para defender-se dos muitos danos que de tais livros nascem, muitos tementes da honra de Deus e amigos do bem e do proveito dos fiéis tomaram a pena para escrever livros de santa doutrina, de altíssimos exemplos, de gravíssimas sentenças e de doce e aprazível estilo, os quais foram de muita serventia para todos os que se regozijaram com seus escritos.*

**1667 · Pierre Nicole**
Sobre a comédia – *Capítulo vigésimo segundo*[109]

*A Comédia e os Romances não apenas indispõem o espírito em relação às obras de religião e piedade, mas de alguma maneira despertam a aversão por todas as ações sérias e ordinárias. Visto que não se encontram senão galanteios e aventuras excepcionais, e visto que os discursos que neles se encontram estão muito distantes dos que são habituais nos assuntos sérios, eis que, ao lê-los, assume-se insensivelmente uma disposição de espírito toda romanesca; enche-se a cabeça de heróis e heroínas; e nas mulheres principalmente, lendo as adorações que se prestam àquelas de seu sexo (adorações cujas imagens e práticas veem*

109 P. Nicole, *De la comédie*, in *Les visionnaires, ou Seconde partie des Lettres sur l'hérésie imaginaire*. Liège, 1667, pp. 480-81.

*nas companhias de entretenimento, onde alguns jovens estão prontos a impingir-lhes as frases que aprenderam nos Romances, e tratam-nas como Ninfas e Deusas), imprime-se assim tão fundo na fantasia aquele tipo de vida que as pequenas incumbências de sua vida doméstica tornam-se insuportáveis; e quando retornam a suas casas, com a cabeça enfraquecida e abarrotada de tais insanidades, acham que em casa tudo é desagradável, principalmente os maridos, os quais, estando ocupados com os negócios, nem sempre estão com disposição de homenageá-las com as gentilezas ridículas que se prestam às mulheres nas Comédias, nos Romances e na vida romanesca.*

**1698 · Gotthard Heidegger**
*Mitoscopia romântica: ou Discurso sobre o chamado* romance[110]

LIII. *Assim como as vespas, quando alguém lhes arranca as asas, por sua vez comem as asas de outras vespas, os escritores de romances dilapidam de maneira ignóbil o tempo precioso do leitor. Os romances são, com efeito, construídos de tal modo que não se pode pular daqui para ali no decorrer da leitura. É preciso lê-los seguindo a ordem que o autor quis dar ao enredo. Esta ordem baseia-se na* curiosidade *ávida e incontrolável do homem: se iniciamos (refiro-me obviamente aos leitores simples e ingênuos), tornamo-nos vorazes, ficamos presos na rede, descuidamos do resto do mundo, preocupando-nos apenas em chegar ao fim do livro. Sêneca confessa que o mesmo lhe aconteceu com um livro de utilidade provavelmente maior. Conta tê-lo aberto apenas para correr-lhe os olhos, mas o tema divertido arrastou-o a tal ponto que não conseguiu parar de ler. Nem a hora, nem a fome e a sede e tampouco o tempo foram capazes de distraí-lo da leitura antes que chegasse ao final. Este é o destino de todos os leitores de romances. É mais fácil chamar de volta um cão de caça que se encontra no rastro de uma lebre do que subtrair a um fedelho o seu romance.* [...]

LVIII. [...] *No entanto, no que diz respeito à leitura de textos de história, às vezes parece que são usados como pretexto para sair a campo em defesa dos romances, como se fosse possível confundir bonicos de ovelhas com nozes-*

110 G. Heidegger, *Mythoscopia Romantica: oder der Discours von dem so benanten Roman*. Zurique: 1698 [ed. ital.: *Mythoscopia romantica. Teoria del romanzo in Germania 1629-1698*, trad. U. Bavaj. Roma: Castelvecchi, 1996, pp. 195-99].

*moscadas. Visto que os textos históricos podem e aliás devem ser lidos, os romances devem ser considerados exatamente como seu oposto, como um vão caudal de tinta sobre papel esfarrapado. A leitura das histórias aplaina o caminho para as belas leituras, favorece o recolhimento, engendra pensamentos sobre a Divina Providência, ensina a conduzir de maneira justa a própria vida e assim por diante. A propósito do escrever em versos, enfim, deve-se dizer que fortalece a mente e a memória, enriquece a língua e frequentemente produz boas ideias. Horácio descreve-o como um* mediocre vitium [*pequeno vício*].

LIX. *Continuando a debater o problema, encontramo-nos de acordo ao afirmar que a leitura dos romances não é uma coisa igualmente inocente; invenções de qualquer espécie, com expressões impetuosas e maquinações divertidas, os romances perturbam o ânimo do leitor, suscitam-lhe toda espécie de avidez, de inquietação, de lascívia e concupiscência que ocupam totalmente o cérebro, dão-lhe um banho de paixões, minam sua saúde, deixam-no melancólico e pusilâmine; o apetite se esvai, o sono diminui,* La porta gira sul suo cardine/ e il pigro sul suo letto [*A porta gira sobre seu eixo/ e o preguiçoso em seu leito*]: *quem antes era ativo torna-se preguiçoso e descontente, a memória se enfraquece, sendo ao mesmo tempo demasiado solicitada (visto que essas coisas permanecem impressas muito mais do que as úteis), fazem negligenciar os negócios e os estudos, e, em vez de enriquecer o saber, produzem enfim algo pior do que qualquer ignorância. Tudo isso, e principalmente o que se falou ao final, é amparado também por um grande defensor do romance. Alguns aspectos, em todo caso, serão examinados em detalhe mais adiante.*

LX. *Até agora nos opusemos aos romances pois considerava-se que fossem apenas pacotilha pagã, criados para desperdiçar um tempo precioso. Doravante será preciso considerá-los também como mentiras, como fábulas. Visto que – e é esta a opinião manifesta – é muito importante levar claramente em consideração que quem lê romances lê mentiras. As coisas são realmente assim! O leitor deve ficar obrigatoriamente insatisfeito ao se ver forçado a perguntar-se a cada vez que toma nas mãos um romance*: Mas veja só! Mas o que estou lendo? O que me desperta a admiração, por que rio, por que choro, me desespero e suspiro? Pelos sonhos e fantasias de outrem! Por coisas que nunca me aconteceram e nunca me acontecerão, escritas para que eu fizesse papel de bobo! Por que razão deveria sonhar os sonhos de um outro? Melhor, então, sonhar sozinho! *Assim desaparece o senso do prazer, mas decerto não o senso da vergonha. Não nos foram proibidas as mentiras, não só as que poderíamos dizer, mas também as que amávamos? Não fomos prevenidos sobre as fábulas e precisamente aquelas histórias para velhinhas, histórias tolas e intermináveis que se chamam justamente romances?*

LXI. *Estou convencido de que o leitor toma tudo por verdade, pois ninguém reflete quando é tomado pelo turbilhão da leitura. O leitor se assemelha àqueles insensatos que acreditam solidamente que, por trás dos chifres de um cervo pendurados à parede, encontra-se também o resto do animal. Ele se rende à fantasia de hipóteses e conjecturas sobre como ocorreram os fatos. Os romancistas nos enganam como o fazem os maus pintores e decoradores, que emporcalham as paredes com castelos, lagos, pontes e jardins inexistentes! Mas os simplórios ficam fascinados. Ah, dizem, que local ameno, como é gracioso este castelo! Quando lemos os romances, parece que vemos os personagens moverem os lábios ao falar, e há quem, devido a um excesso de fantasia, chega a jurar, muito tempo depois, ter visto isso ou aquilo com os próprios olhos em algum lugar. Tornar-se-á, por fim, mais louco do que aquela velha louca de Acco, que conversava com sua imagem no espelho convencida de que era uma comadre.*

LXII. *Agora, existem alguns romances que extraem seu argumento de histórias verdadeiras, como é o caso de* Arminius, *de* Cleópatra *e de* Stateira. *Mas quando se entrelaçam a circunstâncias inventadas, ou quando se acrescentam acontecimentos falsos a histórias verdadeiras, e no entanto conservam o nome original, como ocorre com* Arminius, *então são muito piores, pois transformam histórias verdadeiras em pura mentira. Não apenas mentem, mas promovem um verdadeiro ultraje à verdade, pois a contaminam com um rio de mentiras. No entanto, o que é ainda mais intolerável para um espírito reflexivo é o fato de falsificarem e inventarem inteiramente os eventos e o curso das coisas, que o Altíssimo no Céu criou com insondável sabedoria segundo Sua vontade e para Sua glória. Talvez fosse justamente a isso que se referia aquele sábio, ao criticar severamente tal gênero de romances, dizendo que assim corria-se o risco de ninguém mais conseguir, com o passar do tempo, distinguir entre o verdadeiro e o falso.*

**1775 · Johann Melchior Goeze**

Breves mas necessárias considerações sobre

*Os sofrimentos do jovem Werther* e uma resenha do mesmo[111]

*Como acredito que a crítica publicada no trigésimo quinto fascículo destas considerações sobre* Os sofrimentos do jovem Werther, *esse escrito vergonhoso para a nossa religião e perigoso para todos os leitores imaturos, é suficiente para desvendar seu verdadeiro caráter, neste artigo irei me contentar com algumas observações gerais sobre o próprio escrito, e tentarei sobretudo esclarecer meu pensamento sobre uma resenha em uma gazeta e algumas de suas considerações.*

*A todo cristão que ainda alimente um pouco de respeito pelas palavras de seu Salvador: "Mas vos digo: quem olha uma mulher para desejá-la, já cometeu adultério com ela em seu coração" (Mat. 5,28), que considere um dogma as palavras de São João: "E sabeis que nenhum homicida possui em si a vida eterna" (1 João, 3, 15), que em suma se fundamente no juízo imutável do nosso santíssimo e sublime Juiz, deve sentir sangrar o coração ao ler* Os sofrimentos do jovem Werther. *O juízo mais indulgente que se pode formular sobre tal escrito é, de fato, que se trata da mais temerária contradição destes dois princípios. Mas, poder-se-ia objetar, quem não percebe que o autor atribui ao seu herói apenas um amor platônico, que se deleita unicamente com as perfeições do objeto amado, e do qual nada está mais distante do que o apetite sensual, normalmente entendido como prazer? Esta justificativa talvez possa parecer crível a rapazinhos, mas pode apenas ofender as pessoas sensatas e maduras. Tivesse sido esta a intenção do autor, haveria caracterizado o seu herói de maneira inteiramente diferente, pintando-o como um ser descido das mais altas esferas, e além do mais teria dado cabo dele de um modo totalmente diferente. O que é, aliás, um amor platônico entre dois jovens de sexo oposto? Nada mais do que uma abstração vazia. E, admitindo que fosse possível, um escritor que quer fazer crerem seus leitores que é possível um amor platônico habitar no peito de um homem que pensa e age como ele faz agir e pensar o seu Werther, em especial nas páginas 206 e 207 da segunda parte, deve considerá-los igualmente tolos. Enfim, admitindo que*

111 J. M. Goeze, "Kurze aber notwentige Erinnerungen über die Leiden des jungen Werthers, über eine Recension derselben, und über verschiedene nachher erfolgte dazu gehörige Aufsätze", in *Goethe im Urteil seiner Kritiker. Dokumente zur Wirkungsgeschichte Goethes in Deutschland.* Munique: Beck, 1975, pp. 41-47.

*tivesse sido realmente um amor platônico, apropriando-se do coração de Werther de maneira tão violenta, então o amor platônico deveria ser amaldiçoado, pois conduz diretamente ao suicídio.*

*E até que ponto devemos nos preocupar que este escrito digno de maldição cause este exato efeito em algum adolescente? Que Deus misericordioso faça com que este temor, infelizmente fundado, nunca venha a se confirmar na prática. Mas o prefácio aos* Diálogos sobre os sofrimentos do jovem Werther[112] *demonstra que não sou o primeiro a sentir esta preocupação, que aliás foi precisamente o que levou o autor destes* Diálogos *a tentar prevenir consequências tão terríveis. Mas também estou convencido de que, visto que ele reúne os argumentos aconselhados pela religião, com suas razões friamente filosóficas pouco efeito logrará nos corações agitados pelas paixões.*

*Considere-se, pelo amor de Deus, quantos adolescentes nossos poderiam se encontrar nas mesmas condições de Werther, e sobretudo em nossa época, em que a máxima sabedoria parece consistir não em orientar jovens almas, com base na religião, para uma concepção verdadeiramente cristã, mas, pelo contrário, em preenchê-las com imagens fantásticas e impulsionar as sensações muito além dos limites. Assim os jovens atingem o mundo adulto imbuídos desses princípios, mas encontram homens que pensam e julgam de maneira totalmente diferente. Seu egoísmo e a certeza que adquiriram sobre suas supostas perfeições infundem-lhes a coragem de dar passos temerários e pretender que os outros devam admirar as suas fantasias: e, quando são obrigados a perceber que assim tornam-se apenas odiosos e ridículos, ficam furiosos. Pode-se crer que o autor de* Os sofrimentos do jovem Werther *exagerou a descrição ao fazer Werther exclamar: "Gostaríamos de nos vender ao diabo por todos os cães que Deus tolera na terra e que não têm nem senso nem sentimento pelas poucas coisas que sobre ela ainda têm valor!". E o que levou a sua pena a tal loucura? Alguém mandou derrubar as nogueiras que ele venerava, pois à sua sombra havia se sentado com a sua Lotte. Em seu amor, esses adolescentes seguem apenas a sua paixão, sem dar ouvidos à religião nem à razão. Mas se os seus desejos se revelam vãos, e o fruto da sua loucura*

112 Trata-se do texto *Über die Leiden des jungen Werthers. Gespräche* (Berlim, 1775), publicado anonimamente pelo sub oficial prussiano Riebe, originário de Frankfurt an der Oder, que na juventude fora candidato ao cargo de pregador da Igreja reformada de Berlim. Cf. a resenha deste texto in *Frankfurter Gelehrten Anzeigen*, 14 mar. 1775.

*é a vergonha, então pensarão imediatamente em explodir seus corações oprimidos. A única coisa ainda capaz de refreá-los é a ideia da vergonha e da desonra que tornam horrível o ridículo de um suicida. Mas* Os sofrimentos do jovem Werther *se prestam magnificamente a lhes varrer tais ideias do espírito. A falsa luz a que o autor apresenta seu herói, as lágrimas sobre a tumba derramadas pelas beldades que bem desejariam ter algum Werther como namorado, os louvores que lhe são prestados nas gazetas, as homenagens que lhe rendem os aduladores dos costumes corruptos, pelo ardor da virtude em seu peito, a bênção que um resenhista oferece às suas cinzas do alto de um trono que ninguém lhe atribuiu, que a paz o acompanhe, a fama de mártir com a qual mesmo quem afeta desaprovar o gesto honra o suicida, tudo isso somado embriagará tais pobrezinhos e haverá de conduzi-los pelo mesmo caminho de Werther.*

*Não posso crer que o autor de* Os sofrimentos do jovem Werther *fosse capaz de pensar que os grosseiros sofismas em defesa do suicídio, que coloca na pena de seu herói, possam causar algum efeito sobre pessoas maduras. E mesmo entre o povo terão pouco efeito. Pois o povo, na verdade, não se deixa guiar pelas motivações, mas sim pelos exemplos. Seria de fato uma grande vantagem para ele, e uma lembrança de Werther, se muitos jovens das classes elevadas decidissem demonstrar tal heroísmo. Seria um meio, aos olhos de certos superiores que se deixam transportar pelas baixas paixões como fazem os inferiores, de remover qualquer mancha de vergonha pelo suicídio de Werther. Deus nos livre dessas consequências naturais de tal escrito. Não quero afirmar que foram estas as intenções do autor. Mas ele poderia, e deveria, prevê-las. E, caso se concretizassem, seria de sua inteira responsabilidade. Como o provérbio que diz que quem não respeita a própria vida tampouco respeita a dos outros exprime uma verdade sacrossanta, as autoridades e os governantes têm boas razões para atentar a escritos que procuram sugerir à juventude impetuosa e imprudente que a ideia de poder abandonar a prisão terrena, apenas por assim desejá-lo, dá um doce sentimento de liberdade. Com efeito, escritos como* Os sofrimentos do jovem Werther *podem gerar alguns Cléments, Châtels, Ravaillacs e Amiens. Tão logo* Os sofrimentos do jovem Werther *vieram a público, as gazetas entoaram seus louvores. E certamente as nossas gazetas não foram as últimas. Basta citar como exemplo uma resenha. Em 26 de outubro do ano passado, no número 171 do* Correspondent *local, foi publicada esta resenha entusiasmada:*

> "Os sofrimentos do jovem Werther, *em duas partes*".
>
> *Leipzig, na livraria de Weigand, 1774.*
>
> *Este escrito não é apropriado às pessoas cuja ardente integridade impede de verter sequer uma única tépida lágrima de samaritano sobre as cinzas do infeliz adolescente cuja história é aqui narrada. A débil centelha de fogo celeste que arde em seus peitos apertados nunca os colocará em semelhantes perigos. Mas, com tanto maior razão, que uma coisa seja sagrada para todos os que, como Werther, sentem o calor do sangue nos seus jovens corações, e nas asas de seu espírito sentem forças para tentar um voo acima das esferas comuns: que eles aprendam com o destino de Werther a evitar o ponto em que a proximidade do sol não mais aquece, e sim incendeia, o ponto em que a força da imaginação, em vez de pintar e embelezar uma paisagem campestre, cria fantasmas que não existem na natureza, o ponto em que a origem celeste deixa de ser um título honorífico e se torna loucura, e o soberano de todas as inclinações, o amor, em vez de embelezá-las, envenena-as todas.*
>
> *Oh, então, advertidos pelo seu exemplo, eles deverão conseguir, com a mesma virtude que ardia em seus corações, difundir maior tranquilidade e serenidade no caminho determinado pelas suas vidas, e, depois de conseguir vencer melhor do que ele qualquer batalha no interior do seu ardente sangue, saberão descansar em um canto do cemitério, suavemente, como o bom camponês que após a colheita descansa à sombra. E, finalmente, desça a paz sobre suas cinzas, lá entre as duas tílias.*

*Esta resenha coincide com a verdadeira natureza e os previsíveis efeitos deste escrito da mesma forma como os elogios às panaceias universais que se leem nas gazetas podem coincidir com remédios verdadeiros. Como é insípida a expressão "lágrima de samaritano!". O samaritano pranteou um homem que tirou a própria vida ou um homem inocente caído nas mãos de assassinos? Como soa mal a oposição entre a débil centelha de fogo celeste que arde no peito apertado de quem possui uma ardente integridade e o sangue quente do jovem coração de Werther, e a força que ele sente nas asas do seu espírito! Se a primeira não representa um perigo, com certeza é mil vezes melhor do que a segunda, que tão facilmente pode conduzir ao abismo do suicídio. Quantas fantasias sobre o voo acima das esferas comuns, até onde o sol incendeia, e assim por diante! O destino de Werther deve servir de advertência aos que sentem o sangue quente do seu jovem coração e a força das asas de seu espírito, e por isso os* Sofrimentos de Werther *lhes devem ser sagrados! É como recomendar um veneno como medicamento. O peito de Werther devia arder de virtude! Não conheço outros Werthers a não ser o descrito nos* Sofrimentos. *Mas devo confessar sinceramente que, em toda a descrição, não encontro nenhum traço de verdadeira virtude, e sim inúmeras loucuras e verdadeiros vícios. Horror a qualquer subordinação, egoísmo exagerado, amor pela mulher de outrem, um amor que deveria ser apenas espiritual, e que ao cabo, ao ler* Ossian *junto a ela no canapé, na ausência do marido, apertando-a entre os braços e com os lábios frementes pela fúria de seus beijos, torna-se extremamente sensual: onde ficam, então, todas essas paixões e virtudes? Pode haver virtude verdadeira com um sentimento antirreligioso tal como o demonstra Werther, ao comparar uma ação patética com o batismo, e outra vez durante o jantar, na página 211? Pode residir a verdadeira virtude em um coração cuja ideia favorita é o suicídio, e que emprega todo seu engenho para torná-lo mais aceitável? Contudo, Werther era um filantropo não só caloroso, mas até ardente! Admito, mas, como prega a última moda, era-o apenas em relação a seus aduladores: o desejo de cravar a espada no corpo de quem lhe censurasse a loucura, a esperança de que as coisas sairiam melhor se tivesse visto correr sangue, não são propriamente compatíveis com um coração repleto de sentimentos filantrópicos.*

*Como deve conhecer mal o caminho da paz quem considera a leitura deste escrito como um meio de difundir tranquilidade e serenidade no decurso da vida! Como é irrefletida a conclusão da resenha: paz, finalmente, sobre suas cinzas, lá, entre as duas tílias! As duas tílias mostram perfeitamente as cinzas de que fala o resenhista. Mas, se ele se refere à paz de Deus, terá de admitir que este seu desejo, para não se resumir a um mero som vazio, deveria ser confirmado pelo Juiz supremo dos vivos e dos mortos. Talvez as Sagradas Escrituras lhe ofereçam alguma razão para esperar tal coisa.*

*Que Deus desperte, enfim, os responsáveis pela vigilância dos resenhistas dos jornais para pôr cobro a uma temeridade tão perniciosa para milhares de almas, e a essas exaltações de escritos antirreligiosos! Suas páginas são, para tais escritos, o que é o vento para os incêndios. O vento espalha por todas as partes o fogo que, sem ele, causaria apenas pequenos danos, e os jornais espalham o veneno desses escritos corruptores.* […]

**1857 · Gertrude Tennant**
Carta a Gustave Flaubert[113]

*Caro Gustave,*

*Escrevi-lhe várias vezes em pensamento – em inglês (pois estou começando a esquecer o meu francês), depois em francês, pois julguei que seria inútil contar-lhe os meus pensamentos, depois vi a bela carta que você escreveu a meu primo Hamilton, depois li* um pouco *de sua madame de Bovary* [sic] *– e foi isso que me levou à decisão de lhe dizer pelo menos o que penso a respeito, em memória à praia de Trouville.*

*Não vou tergiversar, mas digo apenas que estou surpresa que você, com a sua imaginação, com a sua admiração por tudo o que é belo, que justamente você tenha escrito, tenha se divertido em escrever algo* tão horrendo *como este livro! acho tão feio tudo isso! – e* o talento *que você colocou neste livro duplamente detestável! Para dizer a verdade, não li palavra por palavra; na verdade, conforme mergulhava aqui e ali no livro, sentia-me sufocar como aquele pobre cachorro que jogam no* "Grotto del Cane" [*Gruta do cão*].

*Não entendo como você pôde escrever tudo isso! – onde não há absolutamente nada de* belo, *nem de bom! E certamente virá o dia em que você vai perceber que tenho razão. Para que revelar tudo o que é esquálido, miserável… ninguém consegue ler este livro sem se sentir mais* infeliz e ruim.

*Não sei quais seriam os sentimentos de sua mãe, mas ela deve sentir um desgosto mortal ao ver uma semelhante obra!… agora chega de madame de Bovary* [sic] *e não falemos mais nisso!*

*Imagino que você lê inglês, pois as Poesias de meu primo lhe agradam; assim, termino minha carta dando-lhe motivo de reflexão com alguns belos apólogos de um dos meus Poetas prediletos, e que se aplica perfeitamente a você:*

[…] *We entreat Thee, that all men whom Thou*
*Hast gifted with* great minds *may love Thee well,*
*And praise Thee, for their power, and use them most*
*Humbly and holily, and, lever-like,*
Act *but in* lifting up the mass of mind
About them*; knowing well that they shall be*

113 "*Madame Bovary* jugée par un 'Fantôme de Trouville'", trad. S. Santamato, in *Revue de littérature comparée*, abr.-jun. 1957, pp. 277-79.

*Questioned by Thee of deeds the* PEN *hath done,*
*Or caused, or glozed; inspire them with delight*
*And power to treat of* noble *themes and things,*
*Worthily, and to leave the* low *and* mean –
*Things borne of vice or day-lived fashion, in*
*Their* naked *native folly: – make them know*
*Fine Thoughts are wealth,* for the right use of which
*Men* are *and ought to be* accountable,
*If not to Thee, to those they influence.*[114]

*Agora, adeus.*

*Meu marido e meus queridos filhos estão bem e esperam sinceramente que a carreira que se descortina à sua frente seja dedicada a algo* bom.

*I am ever your sincere friend*

*Gertrude Tennant*

*Transmita algumas palavras de minha parte a Madame Flaubert e à sua sobrinha, mesmo não me conhecendo.*

**1857 · Ernest Pinard [advogado de acusação]**
Sustentação oral no processo contra *Madame Bovary*[115]

[…] *É preciso resumir. Analisei o livro, contei sem esquecer uma página, em seguida incriminei, era a segunda parte de minha tarefa: precisei alguns retratos, mostrei a sra. Bovary em repouso, diante de seu marido, diante daqueles que*

114 Estes versos foram extraídos de *Festus* de Philip James Bailey. Publicado pela primeira vez em 1839, trata-se de uma imitação do *Fausto* de Goethe. Os versos citados fazem parte de uma longa prece a Deus da cena V: "Rogamos a Ti que todos os homens a quem/ Dotaste de *grandes mentes* possam Te amar/ E Te louvar por seus poderes, e usá-los/ Com grande humildade e devoção, e, como alavancas,/ *Agir* apenas *elevando as mentes/ A seu redor*; sabendo que serão/ Interrogados por Ti sobre os atos que a PENA fez,/ Causou ou mascarou; inspira-lhes o prazer/ E o poder de tratar de temas e coisas *nobres*/ Dignamente, e de abandonar as *vis* e *mesquinhas* –/ Coisas nascidas do vício ou da moda efêmera, em/ Sua *nua* loucura inata: – faz saberem/ Que os Bons Pensamentos são riquezas, por *cujo uso correto*/ Os homens *são* e devem ser *responsáveis*,/ Se não perante Ti, perante os que influenciam".

115 "O processo", in G. Flaubert, *Madame Bovary*, trad. Fúlvia M. L. Moretto. São Paulo: Nova Alexandria, 2001, pp. 382-84.

*ela não devia tentar e fiz-vos tocar as cores lascivas desse retrato! Em seguida, analisei algumas grandes cenas: a queda com Rodolphe, a transição religiosa, os amores com Léon, a cena da morte e em todas encontrei o duplo delito de ofensa à moral pública e à religião.*

*Preciso apenas de duas cenas: ultraje à moral, não o estareis vendo na queda com Rodolphe? Não o estareis vendo na glorificação do adultério? Não o estareis vendo sobretudo no que acontece com Léon? E, além disso, à moral religiosa, vejo-o no episódio da confissão, página trinta do primeiro fascículo, número de 1º de outubro; na transição religiosa, página 548 e 550 de 15 de novembro e enfim na última cena da morte.*

*Tende diante de vós, senhores, três réus: o sr. Flaubert, autor do livro; o sr. Pichat que o acolheu e o sr. Pillet que o imprimiu. Nesta matéria, não há delito sem publicidade e todos os que concorreram para a publicidade devem ser igualmente atingidos. Porém, apressamo-nos em dizê-lo, o gerente da* Revue de Paris *e o impressor estão na segunda linha. O principal acusado é o autor, o sr. Flaubert, o sr. Flaubert que, advertido pela nota da redação, protesta contra a supressão que foi realizada em sua obra. Depois dele vem, em segundo lugar, o sr. Laurent Pichat, ao qual pedireis satisfações não dessa supressão que fez mas daquelas que deveria ter feito e enfim vem em último lugar o impressor, que é uma sentinela avançada contra o escândalo. O sr. Pillet, aliás, é um homem honrado contra o qual nada tenho a dizer. Pedimo-vos apenas uma coisa, que lhe apliqueis a lei. Os impressores devem ler; quando não leram ou não mandaram ler, imprimem sujeitos a todos os riscos. Os impressores não são máquinas; têm um privilégio, prestam juramento, encontram-se numa situação especial, são responsáveis. Mais uma vez, são, se me permitis a expressão, sentinelas avançadas; se deixam passar o delito é como se deixassem passar o inimigo. Atenuai a pena quanto quiserdes para Pillet, sede mesmo indulgentes para com o gerente da* Revue; *quanto a Flaubert, o principal culpado, é para ele que deveis reservar vossa severidade.*

*Após ter cumprido minha tarefa, é preciso esperar as objeções ou adiantar-me a elas. Dir-nos-ão, como objeção geral: mas, finalmente, no fundo o romance é moral, visto que o adultério é punido.*

*Para esta objeção, duas respostas: como hipótese, considero a obra moral, uma conclusão moral não poderia anistiar os detalhes lascivos que nela podemos encontrar. E digo então: a obra, no fundo, não é moral.*

*Digo, senhores, que os detalhes lascivos não podem ser acobertados por uma conclusão moral, caso contrário poder-se-iam contar todas as orgias imagináveis, descrever todas as torpezas de uma mulher pública, fazendo-a morrer sobre uma miserável cama de hospital. Seria permitido estudar e mostrar todas as poses lascivas! Seria ir contra todas as regras do bom senso. Seria colocar o veneno ao alcance de todos e o remédio ao alcance de poucos, caso houvesse um remédio. Quem lê o romance do sr. Flaubert? Serão homens que se ocupam de economia política ou social? Não! As páginas levianas de* Madame Bovary *caem em mãos mais levianas, nas mãos de moças, algumas vezes de mulheres casadas. Pois bem! Quando a imaginação tiver sido seduzida, quando essa sedução tiver descido até o coração, quando o coração tiver falado aos sentidos, pensais que um raciocínio frio terá suficiente força contra essa sedução dos sentidos e do sentimento? E além disso, o homem não deve exaltar demais sua força e sua virtude, o homem tem instintos baixos e ideias elevadas e em todos a virtude é apenas a consequência de um esforço, muito frequentemente penoso. Em geral as pinturas lascivas têm maior influência do que os frios raciocínios. Eis o que respondo a essa teoria, eis minha primeira resposta, tenho porém uma segunda.*

*Afirmo que o romance* Madame Bovary, *do ponto de vista filosófico, não é moral. Sem dúvida a sra. Bovary morre envenenada; ela sofreu muito, é verdade; mas morre na hora e no dia exatos, não porque é adúltera, mas porque o quis; morre com todo o prestígio de sua juventude e de sua beleza; morre após ter tido dois amantes, deixando um marido que a ama, que a adora, que encontrará o retrato de Rodolphe, suas cartas e as de Léon, que lerá as cartas de uma mulher duas vezes adúltera e que, depois disso, ama-la-á ainda mais além do túmulo. Quem pode condenar essa mulher no livro? Ninguém. Esta é a conclusão. Não há no livro nenhum personagem que possa condená-la. Se encontrardes nele um personagem sensato, se encontrardes um único princípio em virtude do qual o adultério seja estigmatizado, eu estarei errado. No entanto, se em todo o livro não houver nenhum personagem que possa fazer-lhe abaixar a cabeça, se não houver uma única ideia, uma linha em virtude da qual o adultério seja aviltado, sou eu que tenho razão, o livro é imoral!*

*Seria em nome da honra conjugal que o livro seria condenado? Mas a honra conjugal é representada por um marido piedoso que após a morte de sua mulher, ao encontrar Rodolphe, procura no rosto do amante os traços da mulher que ama (fasc. de 15 de dezembro, p. 289). Pergunto-vos, será em nome da honra conjugal que podeis estigmatizar essa mulher quando não há no livro uma só palavra em que o marido não se incline diante do adultério?*

*Será em nome da opinião pública? Mas a opinião pública está personificada num ser grosseiro, no farmacêutico Homais, rodeado de personagens ridículos que essa mulher domina.*

*Condená-la-eis em nome do sentimento religioso? Mas este sentimento, vós o tendes personificado no pároco Bournisien, padre mais ou menos tão grotesco quanto o farmacêutico, que somente crê nos sofrimentos físicos, nunca nos sofrimentos morais, mais ou menos materialista.*

*Condená-lo-eis em nome da consciência do autor? Não sei o que pensa a consciência do autor; mas em seu capítulo* X, *o único capítulo filosófico da obra, fasc. de 15 de dezembro, leio a seguinte frase: "Há sempre, após a morte de alguém, uma como estupefação que se exala, de tal forma é difícil compreender a chegada do nada e resignar-se a acreditar nele".*

*Não é um grito de incredulidade, mas é pelo menos um grito de ceticismo. É sem dúvida difícil compreendê-lo e nele acreditar; mas finalmente por que essa estupefação que se manifesta diante da morte? Por quê? Porque essa chegada é algo que é um mistério, porque é difícil compreendê-lo e julgá-lo, mas a ele é preciso resignar-se. E eu digo que se a morte é a chegada do nada, se o marido piedoso sente crescer seu amor ao saber dos adultérios de sua mulher, se a opinião é representada por seres grotescos, se o sentimento religioso é representado por um padre ridículo, uma única pessoa tem razão, reina e domina: é Emma Bovary. Messalina tem razão contra Juvenal.*

*Eis a conclusão filosófica do livro, extraída não pelo autor mas por um homem que reflete e aprofunda as coisas, por um homem que procurou no livro um personagem que pudesse dominar essa mulher. Ele não existe. O único personagem que nele domina é a sra. Bovary. É preciso procurar então em outro lugar e não no livro, é preciso procurar nesta moral cristã que é a base das civilizações modernas. Por esta moral, tudo se explica e se esclarece.*

*Em seu nome o adultério é estigmatizado, condenado, não porque é uma imprudência que se expõe a desilusões e a remorsos, mas porque é um crime para a família. Estigmatizais e condenais o suicídio não porque é uma loucura, o louco não é responsável; não porque é uma covardia, ele exige às vezes uma certa coragem física; mas porque é o desprezo do dever na vida que acaba e o grito da incredulidade na vida que começa.*

*Esta moral estigmatiza a literatura realista não porque pinta paixões: o ódio, a vingança, o amor; o mundo somente vive disso e a arte deve pintá-las; mas, quando as pinta sem freios, sem medidas. A arte sem regras não é mais arte; é como uma mulher que tirasse todas as roupas. Impor à arte, como única regra, a decência pública, não é escravizá-la, mas honrá-la. Somente se cresce com regras. Eis, senhores, os princípios que professamos, eis uma doutrina que defendemos com consciência.*

**1890 · Monsieur Rau [advogado de acusação]**
Sustentação oral no processo contra *Sous-offs* de Lucien Descaves[116]

*Senhores,*

*O lançamento do livro de Monsieur Descaves produziu – podemos afirmar – uma notável emoção no público. Por quê? Porque, nesta obra, o autor tem a pretensão de oferecer um retrato fiel do exército, um quadro exato da sua vida. Mas qual é este retrato? Qual é este quadro? São tranquilizadores para o nosso patriotismo? Ora pois! Um* jovem, *como Monsieur Descaves, prefere mil vezes representar o exército francês como um exército sem honra, animado pelos mais baixos instintos, e deste edifício sobre o qual se eleva o futuro da pátria ele preferiu fazer uma espelunca podre e carunchada.*

*E assim logo se ergueram os protestos contra este infame libelo. Alguns suboficiais mandaram bilhetes de desafio a Monsieur Descaves, e as autoridades tiveram que intervir. O senhor Ministro da Guerra apresentou denúncia, e é ele, senhores, que lhes pede a condenação de um livro ultrajante para todos os soldados e, entendo eu, para todos os cidadãos.*

*Sem dúvida, os acusados são pessoas respeitáveis; não obstante, são malfeitores da pena, movidos exclusivamente por um desejo de publicidade e por um interesse comercial.*

*Mas vejamos o livro em questão. Qual é o pensamento do autor?*

*Ele se revela plenamente na dedicatória colocada no início do livro:*

> A TODOS *a quem a* Pátria *toma o sangue, não para derramá-lo, mas para submetê-lo, na obscura paz das cantinas militares, às práticas de falsificação e adulteração, dedico estas análises laboratoriais.*

*Encontro duas coisas nessa dedicatória:*

*1. Acusação à pátria de adulterar a alma dos que são obrigados ao serviço militar em tempo de paz. Tal é a ideia dominante em todo o livro.*

*2. A definição da obra. Não se trata de um romance, é uma análise científica. Portanto, diz fornecer a verdade ao leitor.*

[...] *Quanto ao romance, divide-se em três partes: Dieppe, Le Havre, Paris. O tempo inteiro, seguindo o homem do quartel ao lupanar e vice-versa, ele tem*

116 "Les procès", in Descaves, *Sous-offs* (1889). Genebra: Slatkine, 1980, pp. 448-53.

*uma única finalidade: denegrir e desprezar. Para o acusado, todo soldado é um Favières, todo suboficial é um covarde. Rupert é um "sujeitinho ignorante"; Boisguillaume é "um glutão"; Laprévotte é "um pederasta"; os primeiros-sargentos são "brutos domesticados que deviam usar os galões nas meias e nas mangas das camisas", Montsarrat é "um filho daquelas casas"... cujas janelas vivem fechadas. É "uma grande puta de uniforme" que vive às custas de uma moça e coleciona em diversos baús tudo o que recebe dela. Petit-Mangin é "um belo rapaz loiro, com longos bigodes, o ar insolente e cafajeste, que cheira como perfume estragado, mas, ao contrário de Montsarrat, é de uma imundície íntima irremediável", o qual, mais tarde, fará suas necessidades na marmita do sargento, e será por sua vez sustentado. Boisguillaume é um indigente, mas é pessoa honesta, e assim o autor o transforma em vítima do Estado.*

*Os filhos dos militares criados no quartel não recebem um tratamento melhor. A vida militar lhes imprime desde cedo vícios grosseiros.*

*Pelo menos serão corajosos os soldados de monsieur Descaves?*

*Não. Um dia, de fato, comenta-se a ida a Tonquim; apenas um suboficial se apresenta: o ajudante Ruppert.*

> *– Pois sabe que não vão aceitá-lo, devido à sua doença.*
>
> *– Sim, mas perante os superiores é uma esperteza.*
>
> *– É engraçado, notava Favières, no soldado os sentimentos residem nas partes baixas. A alma se divide, nas calças, entre o bolso, a braguilha e os fundilhos!*

*Fala-se em enviar dois soldados? Monsieur Descaves mostra como escapam à partida.*

> *Na mesma noite, vão passá-la fora. Alguns dias depois, entram na enfermaria. E às costas do oficial médico, preenchendo o questionário de registro das consultas médicas, murmuram ao recolocar as calças: "Vamos! ainda há um bom Deus!... se formos a Tonquim com isso!...*

*Exército de patifes, o exército do acusado é também um exército de ladrões. E também um exército de homens podres, devorados por parasitas.*

*Em Dieppe, quais são os tipos de mulheres que o sargento Favières e seu companheiro de quarto conhecem? A mãe e a filha, enquanto um terceiro desfruta de uma hóspede de uma casa de tolerância! E é justamente ao sair daquele pardieiro que Favières compreende o que é a vida militar!*

*A vida militar, restrita entre o 44 e o quartel, revela um novo aspecto, em uma perspectiva clara e precisa.*

> *Duas prostituições repartem entre si o soldado, com regularidade, sem cessar. A casa ia se deitar quando acordava o quartel: a alternância dos horários se combinava maravilhosamente bem para atender à higiene e à recreação do servidor da inquestionável pátria. Uma localização favorável tinha até encorajado a proximidade entre as duas corporações, julgando-as incompletas uma sem a outra, acercando-as, sonhando uma contiguidade ainda mais perfeita dos edifícios, como se o anexo e o corpo principal já não estivessem suficientemente ligados por uma ponte de obrigações comuns, de fraternal estado vegetativo, de harmoniosa imbecilidade. A mesma corneta soava para todos; só que no 44 o silêncio significava "despertar", enquanto a alvorada assinalava o crepúsculo do mourejar...*

*E a comparação entre o soldado e a prostituta prossegue por todo o livro.*

> *Moça e soldado – irmã e irmão, nascidos na mesma prostituição... Que uma marcha de quarenta quilômetros extenue um ou que algumas solicitações cansem a outra, a obrigação é a mesma, e absolutamente igual é a inércia bovina que se segue àqueles inúteis desperdícios de energia! Já temos no quepe o número da senha para o prostíbulo, e pronto.*
>
> *No final das contas, se examinarmos as relações entre o soldado e a moça, o bom entendimento entre eles se dá por simpatia, por invertebrada fraqueza, por concordância material e moral em que reside todo consolo.*
>
> *Todos os esforços são empregados para derrubar a tênue divisória que separa os dois edifícios, para ter, finalmente, uma só profissão, uma só obrigação, protegida pela tolerância universal dos Chefes Supremos!*

*Eis aqui o que se refere a Dieppe, senhores jurados.*

[...]

*Eis aqui a obra! Um tal livro se condena por si só. Será preciso justificá-lo? O bom gosto e o patriotismo dos respeitáveis defensores não o permitirão. Dirão que, com respeito pelo exército, Monsieur Descaves quis denegrir apenas os suboficiais? Dirão que seu objetivo foi chamar a atenção da administração superior para alguns abusos e que, para consegui-lo melhor, teve de carregar nas tintas?*

*Estes abusos, senhores, pertencem a todas as épocas e a todos os exércitos. E, além do mais, Monsieur Descaves indica talvez em algum lugar o remédio contra os abusos? Não, de forma alguma, e, para causar celeuma, para render dinheiro, seu livro faz eco dos rancores e reclamações de todos os maus soldados.*

*Senhores, não esqueçam. Não é a Procuradoria que o processa, é o senhor Ministro da Guerra.*

*O que dirá a defesa? Que se trata de uma obra literária? Que outros livros também apontaram os abusos que existem no exército? – Os senhores devem se perguntar se, a pretexto de ser uma obra literária, pode-se insultar o nosso exército, cuspir na nossa bandeira e afirmar que os nossos soldados, os filhos dos senhores, trazem uma senha de prostíbulo no quepe. Devem lembrar, enfim, que o livro de monsieur Descaves agradou a certas pessoas e que a* Gazeta de Berlim *declara ver nele a prova do nosso cansaço em relação ao serviço militar.*

*Os senhores certamente não dirão, como aquele jornal estrangeiro, que estamos fartos do serviço militar, e certamente desejarão, com seu veredito, fazer respeitar um exército do qual fazem parte seus filhos!*

**1906 · Thomas Mann**
Bilse e eu [117]

*Bilse, como podem lembrar, é aquele brilhante oficial apresentado na epopeia da* Piccola guarnigione [*A pequena guarnição*]. *Agora, em Lübeck, minha cidade natal, durante um processo de caráter jornalístico (um caso que suscitou muito alvoroço, mas que para nós tem pouca importância), falou-se muito e vivamente de nós dois, Bilse e eu, ou melhor, do meu romance* Os Buddenbrooks, *um livro que é sempre chamado à baila em qualquer processo sensacionalista, pelo fato de seus personagens se inspirarem parcialmente em pessoas reais e onde dei um pouco de vida a lembranças da minha cidade natal, lembranças de várias naturezas, ora decorosas, ora ridículas, de homens e coisas que haviam impressionado a minha receptiva juventude. O representante da acusação, em especial, várias vezes citou a mim e ao meu livro com extrema severidade, a ponto de indicar expressamente em seu discurso, ao falar dos "romances à*

117 Th. Mann, "Bilse und ich" [ed. it.: "Bilse e io", in *Nobiltà dello spirito e altri saggi*, org. A. Landolfi, trad. I. A. Chiusano. Milão: Mondadori, 1997, pp. 1409-21].

*Bilse", como exemplo deste novo e escandaloso gênero literário, o romance* Os Buddenbrooks. *"Não hesito", disse ele, "em afirmar abertamente que Thomas Mann também escreveu o seu livro* à Bilse, *que* Os Buddenbrooks *também são um romance à Bilse, e saberei sustentar esta minha asserção!" E se empertigou, orgulhosíssimo.*

*Sem dúvida estava convicto do que dizia. Ele crê, antes de mais nada, que o gênero literário que designa de "romance à Bilse" nasceu nos nossos tempos corrompidos, e que foi ele a descobri-lo e batizá-lo como tal. O grau de cultura que logrou alcançar não lhe permite saber que em todas as épocas, ao lado da literatura propriamente dita, sempre existiu um outro filão literário, escabroso, uma – digamos – literatura à Bilse, que em determinados períodos conheceu notável florescimento e cujos produtos, sem nenhum valor artístico, mas não desprovidos de interesse para a história dos costumes, frequentemente conservavam sua aura de escândalo quando todas as referências pessoais comprometedoras já haviam esvanecido muito tempo antes. Ele ignora que, em comparação às flores venenosas que desabrocham nos livros de fofocas e nas memórias literárias do século* XVIII, *a ervazinha Bilse se revela extremamente inócua e escrupulosa. Ele considera o senhor Bilse o pai de todo e qualquer escândalo e vê em mim seu irmão espiritual. Assim sou aos seus olhos. Deus o acuda. Ele não duvida que meus esforços literários tenham recebido algum consenso única e exclusivamente porque nos* Buddenbrooks *retratei agradavelmente alguns tipos verdadeiros burgueses de Lubeck: um fato, segundo seu modo de ver as coisas, que encheu de alegria maliciosa todo um público de leitores alemães, desde Maas a Memel. Ele não vê diferença alguma entre mim e o autor da* Pequena guarnição; *não veria nem mesmo se quisesse. "Sustentarei minha asserção!", diz. E se empertiga, orgulhosíssimo, na sua agressiva franqueza. E assim o deixaremos.*

[...]

*Desde pequeno, eu sempre me enfurecia com o costume de procurar sempre referências pessoais em cada obra original. Rabiscando a lápis uma folha de papel, eu gostava de desenhar alguns homenzinhos que não me pareciam feios. Mas logo que os mostrava a alguém na esperança de me elogiarem a habilidade, imediatamente me perguntavam: "Quem é?". "Não é ninguém!", gritava eu, prestes a chorar. "É um homem, não vê? É um desenho que eu fiz, um conjunto de linhas, ora bolas!..." As coisas não mudaram, infelizmente. Ainda hoje me perguntam: "Quem é?".*

*Alguém me perguntou a sério como eu reagiria se algum amigo de imaginação fértil me colocasse na boca de todos, ao escrever um magnífico romance cujo personagem, que seria o meu exato retrato, pratica um monte de velhacarias. Daria uns tapas, de verdade, nesse amigo de imaginação fértil? Bom, uns tapas certamente não. E, além do mais, depende... e não apenas da ousadia literária do amigo em questão. Não sou suficientemente esteta para justificar qualquer coisa em nome de um belo estilo. Não nego em absoluto que existem infâmias muito bem escritas. Mas se o conhecesse como dono de uma imaginação nobre e séria; se tivesse de reconhecer nele, com base em seus trabalhos anteriores, não apenas um hábil escritor, mas um verdadeiro poeta que, quando trabalha, trabalha para aperfeiçoar a si mesmo, e para o qual essa obra também fosse um gesto de autodisciplina e de autolibertação, então eu lhe diria: "Na verdade surpreende-me um pouco, meu caro, que você tenha escolhido para o seu malandro justamente a minha máscara. Mas que seja. Entre outras coisas, decerto também sou um malandro. Muito bem, em todo caso. E venha me visitar logo, meu caro, pois quero lhe mostrar meus novos livros."*

[...] *Mas, chegando a esse ponto, será melhor mencionar uma outra coisa que, a meu ver, muitas vezes intensifica os mal-entendidos entre o poeta e a realidade. É a aparente* hostilidade *entre o poeta e o mundo real, uma aparência provocada pela falta de tato, própria de quem observa para conhecer a fundo, e pelo potencial crítico da expressão. As coisas se explicam da seguinte maneira.*

*Existe na Europa uma escola de espíritos – fundada por Friedrich Nietzsche, poeta alemão do conhecimento – em que nos habituamos a fundir os conceitos de artista e de pensador. Nessa escola, o limite entre arte e crítica é muito mais indeterminado do que antes. Ali encontramos críticos dotados de um temperamento inteiramente poético e poetas cujo espírito e estilo são educados em uma rigorosa disciplina crítica. Mas justamente este criticismo poético, a aparente objetividade e distanciamento de sua visão artística, a cortante frieza enunciativa de sua expressão provocam essa aparente hostilidade.*

*Esse tipo de artista – e não creio que seja um gênero ruim – quer conhecer e configurar: conhecer em profundidade e configurar em beleza; e a orgulhosa e paciente aceitação da dor indissoluvelmente ligada a ambas as coisas confere à sua exigência uma alta consagração moral. Quem conhece tal dor? Sabe-se, ou se deveria saber, que todo tipo de criação, de configuração, de geração se resolve na* dor, *na luta e no penoso tormento, e por isso não se deveria reclamar se, vez por outra, o artista descuida daqueles escrúpulos humanos e sociais que se opõem à sua obra.*

*Mas será que se sabe também que o conhecimento, aquele tipo de conhecimento artístico que geralmente chamamos de "observação", é um tormento para ele? A observação como paixão, como martírio, como heroísmo, quem realmente a conhece? Aqui cabe mais a piedade do que a indignação furiosa. Um dia ouvi um poeta: "Olhem para mim. Não creio ter um aspecto muito alegre, não é verdade? Um pouco velho e encovado, não é mesmo? Bem, para voltar ao 'conhecimento', pensemos em um homem que, sendo de boa-fé por natureza, pacífico, bem-intencionado e um pouco sentimental, foi simplesmente consumido e arruinado pela clarividência psicológica* [...]. *Abençoados os maus! Quanto a mim, emagreço...".*

*Tenho a impressão que esse poeta expressou de maneira ao mesmo tempo melancólica e espirituosa exatamente o que quero dizer: em primeiro lugar, a divergência entre o homem e o artista, que pode levar aos mais violentos conflitos externos e internos. O olhar que o artista lança sobre as coisas externas e internas é diferente do olhar que lhes lança o homem: é a um só tempo mais frio e mais apaixonado. Você pode, como homem, ser bom, tolerante, amoroso, positivo o quanto quiser, pode ter uma índole totalmente acrítica, aprovar qualquer coisa, mas como artista o seu demônio o obriga a "observar", a captar muito rapidamente e com dolorosa malícia qualquer pequeno detalhe que seja característico do ponto de vista literário, que seja tipicamente significativo, que abra novas perspectivas, dê destaque à raça, ao ambiente social, à singularidade psicológica – obriga-o a notá-lo sem escrúpulos, quase como se não existisse nenhuma relação humana entre você e o que está sendo observado; e então tudo isso aflora de maneira bastante visível na "obra". E aí, se essa obra é um retrato, uma transposição artística de uma realidade próxima, surgem as queixas: "É assim, então, que você nos enxergava? Com tamanha frieza, com tamanha hostilidade e escárnio, com olhos tão desprovidos de amor?". Calem-se, por favor! E tentem encontrar dentro de si um mínimo de respeito por algo que é bem mais sério, mais ascético, mais profundo do que aquilo que vocês, com seu terno sentimentalismo, chamam de "amor"!*

*Tive a impressão, ademais, que esse poeta se referia ainda a um outro fato: à dolorosa sensibilidade da observação, cujo sinal externo é o "potencial crítico" do estilo que defini acima como fonte de mal-entendidos. Não se deve crer, na verdade, que o refinamento espiritual pode porventura alcançar um grau considerável, sem que ao mesmo tempo aumente a sua capacidade de sofrer. Esta pode atingir um grau em que toda experiência se transforma em sofrimento. Ora, a única arma à disposição da sensibilidade do artista para reagir às coisas e aos eventos externos, para se defender de maneira elegante, é a expressão, a definição poética, e essa reação expressiva que, para falar com um certo radicalismo psicológico, pode ser chamada de uma sublime* vingança *do artista contra a própria experiência vivida, será tanto mais violenta quanto mais delicada for a suscetibilidade que o fenômeno externo veio a atingir. Esta é a origem da sua fria e inexorável precisão enunciativa, este é o arco teso e vibrante que desfere a palavra, a aguçada, a alada palavra, que zune e acerta em cheio e permanece oscilante no alvo... Não seria o severo arco, como a doce lira, um instrumento de Apolo?... Nada é menos artístico do que acreditar que a frieza e a paixão se excluem mutuamente! Nada é mais errado do que querer deduzir do potencial crítico da expressão um ânimo hostil e malévolo em sentido humano!*

*Mas em vão. É absolutamente necessário se deter por um instante sobre esse fato surpreendente: a expressão nítida e adequada sempre guarda um pouco de rancor. A palavra exata fere. Deixo de lado os exemplos, as minhas experiências pessoais: limito-me à moral que se pode extrair. Sorte sua, se a sua inclinação em definir não reage demasiado vivamente aos estímulos do mundo real, se não pretende alcançar uma vigorosa e apaixonada exatidão de expressão. À realidade apraz que se lhe fale com frases descuidadas; cada precisão artística ao defini-la resulta numa porção equivalente de veneno. O verdadeiro amante da palavra, porém, prefere indispor-se com o mundo a sacrificar uma única nuance; ao verdadeiro artista, que o é não apenas em parte, mas integralmente, por vocação e por paixão, o sofrimento, repito, que lhe provoca o conhecer e o configurar oferecerá aquela satisfação ética que o eleva acima de todos os ressentimentos e os escândalos deste mundo. Nada é menos hipócrita, nada é mais profundamente sincero do que a enfática indignação que o faz explodir quando uma realidade externa se permite, com profundo egoísmo, pôr as mãos na obra da sua solidão. Como? Os seus sofrimentos teriam sido em vão? Estariam, pois, perdidos para a arte? Já se perde tanto! Já se vive e se sofre tanto, e nunca assumirá uma forma poética! E aquilo que recebeu forma e vida própria, a obra que o artista engendrou na dor, não deveria ele publicá-la, não deveria por ela receber honra e glória? Assim fala a ambição. Assim* se justifica *toda ambição.*

*Bilse e eu... há uma certa diferença, espero que se admita: a diferença, talvez, que existe entre desfaçatez e liberdade. Mas, quando falo em liberdade, refiro-me àquela independência, autonomia e solidão interior que é o pressuposto de toda criação nova e original. Ela não exclui de maneira alguma uma fraternidade humana cordial: mas nela residem a dignidade e a nobreza do artista, e sobre ela não têm poder algum as deferências humanas e as cautelas sociais. Hoje em dia, fala-se muito em ciência "sem preconceitos". Recusaremos a mesma ausência de preconceitos à bela e gaia ciência da arte? "O artista que não se sacrifica totalmente", disse um poeta e pensador, "não passa de um servo inútil." Palavras eternamente verdadeiras. Mas como posso me sacrificar totalmente sem sacrificar ao mesmo tempo o mundo, que é a minha representação?* A minha *representação,* a minha *experiência,* o meu *sonho,* o meu *tormento? Não falo de vocês, nunca, jamais, podem ter certeza, mas de mim, apenas de mim...*

*Leiam estas linhas! E tenham-nas em mente! É uma carta a todos vocês, um pequeno manifesto. Não perguntem sempre: "Quem é?". Ainda hoje desenho meus homenzinhos, um conjunto de linhas que não representam ninguém a não ser a mim mesmo. Não digam sempre: "Este sou eu, aquele é fulano". São apenas expressões do artista, para as quais vocês deram somente o pretexto. Não estorvem com injúrias e intrigas a sua liberdade, pois apenas ela o torna capaz de fazer aquilo que vocês próprios amam e louvam, e sem ela o artista não passaria de um servo inútil.*

**1933 · John M. Woolsey [juiz distrital dos Estados Unidos]**
Sentença que autoriza a entrada de *Ulisses* de Joyce nos Estados Unidos[118]

*Foi acolhida a petição para uma sentença de absolvição do crime em questão, e consequentemente foi arquivada a petição do governo para apreensão e destruição.*

*Pode-se, portanto, proceder à absolvição do crime livre de custas processuais.*

*1. O procedimento adotado no decorrer desta causa está em conformidade com as sugestões por mim requeridas no decorrer da causa* Estados Unidos contra o livro intitulado "Contracepção" *51 F.(2º)525, e é o seguinte:*

*Após abrir a sessão registrando em ata a resposta do autor ao mandado de apreensão contra* Ulisses, *foi lavrado um acordo entre o gabinete do procurador-geral dos Estados Unidos e os advogados da parte do autor, no qual ficou estabelecido:*

*1. Que o livro* Ulisses *seja considerado apenso ao crime como se tivesse sido incorporado em sua totalidade.*

118 In J. Joyce, *Ulysses.* Nova York: Random House, 1934, pp. IX-XIV.

*2. Que as partes abram mão do direito de um processo com júri.*

*3. Que as partes apresentem requerimento para uma sentença em favor próprio.*

*4. Que no mérito de tais requerimentos cruzados a corte tenha autoridade de deliberar sobre toda a questão de fato e de direito e de emitir uma sentença geral definitiva.*

*5. Que em relação a tais requerimentos a sentença da corte tenha a mesma validade de uma sentença emitida ao final de um processo.*

*Um procedimento deste tipo me parece extremamente apropriado a causas de apreensão de livros como a presente. Trata-se, além do mais, de um procedimento vantajoso especialmente nesta causa específica, visto que, dadas a extensão de* Ulisses *e a dificuldade de sua leitura, um processo com júri teria se revelado um sistema decididamente insatisfatório, se não quase impossível, para tratar da questão.*

*II. Li uma vez* Ulisses *na íntegra, e reli muitas vezes aquelas passagens que foram objeto especial nas representações do governo. Durante várias semanas, praticamente todo meu tempo livre foi dedicado a refletir sobre a decisão que me cabia tomar nessa questão.*

Ulisses *não é um livro de leitura fácil, nem de fácil compreensão. Mas escreveu-se muito sobre ele, e para avaliá-lo de forma correta é aconselhável ler alguns outros livros que acabaram por girar em torno dele. O estudo de* Ulisses *é, portanto, uma tarefa ingrata.*

*III. Todavia o renome de* Ulisses *no mundo literário demonstrava a necessidade de uma considerável quantidade de tempo para poder chegar a uma conclusão correta sobre o propósito com que foi escrito o livro, pois, como é óbvio, em toda causa em que um livro é acusado de obscenidade, é necessário em primeiro lugar determinar se a intenção com a qual foi escrito era ou não pornográfica, como hoje se costuma dizer, ou seja, se ele foi ou não escrito com o objetivo de abusar da obscenidade.*

*Se se chegar à conclusão de que o livro é pornográfico, pode-se dar o inquérito por encerrado, resultando em apreensão.*

*Mas em* Ulisses, *apesar da sua invulgar franqueza, não vejo em parte alguma a malícia do sensualista. Considero, portanto, que ele não é pornográfico.*

*IV. Ao escrever* Ulisses, *Joyce tentou uma experiência séria em um gênero literário novo, embora não totalmente inédito. Ele toma personagens da pequena burguesia que vive em Dublin em 1904, e tenta não apenas descrever o que fizeram em determinado dia do início de junho daquele ano, enquanto andavam pela cidade entregues às suas ocupações habituais, mas também narrar muitos de seus pensamentos nesse ínterim.*

*Joyce tentou – julgo que com extraordinário sucesso – mostrar como se projetam, como que sobre a tela da consciência com suas caleidoscópicas impressões em transformação contínua, como um palimpsesto flexível, não apenas os objetos físicos presentes no campo visual que cada homem tem diante de si, mas também em uma zona de penumbra, substâncias residuais de impressões passadas, algumas recentes e algumas obtidas por associação no território do subconsciente. Além disso, ele mostra como cada uma dessas impressões influi na vida e no comportamento do personagem descrito.*

*O que o autor procura obter não é diferente do resultado de uma dupla, se possível múltipla, exposição de uma película de filme, com a finalidade de criar um primeiro plano nítido sobre um fundo visível, mas parcialmente confuso e mais ou menos desfocado.*

*O uso de palavras para uma representação com efeitos evidentemente mais apropriados a uma técnica gráfica é o que, a meu ver, está na origem de grande parte da obscuridade que um leitor encontra em* Ulisses. *E explica também um outro aspecto do livro que ainda devo abordar, a saber, a sinceridade de Joyce, o seu esforço honesto em mostrar com exatidão como opera a mente dos seus personagens.*

*Se Joyce não tivesse tentado ser honesto ao desenvolver a técnica que adotou em* Ulisses, *o resultado teria sido psicologicamente ilusório, e portanto infiel à técnica preestabelecida. Uma tal atitude do ponto de vista artístico seria imperdoável.*

*E como Joyce foi fiel à sua técnica e não recuou diante das suas inevitáveis implicações, mas, pelo contrário, procurou honestamente narrar de uma maneira completa os pensamentos dos seus personagens, tornou-se alvo de inumeráveis ataques, e as suas intenções foram frequentemente mal-entendidas e distorcidas. Foi, de fato, a tentativa de realizar com sinceridade e honestidade este propósito que levou à eventual utilização de determinadas palavras que geralmente são consideradas vulgares, e ao que, no entendimento de muitos, é um excessivo interesse pelo sexo nos pensamentos dos seus personagens.*

*As palavras censuradas por sua vulgaridade são velhos termos saxões que quase todos os homens conhecem e, ousaria dizer, muitas mulheres também;*

*e são, creio eu, palavras usadas com frequência e naturalidade pelo tipo de indivíduos cuja vida, física e mental, Joyce estava tentando descrever. Quanto ao surgimento recorrente do tema do sexo na mente dos seus personagens, é preciso sempre levar em consideração que a ambientação é céltica e a estação é a primavera.*

*Apreciar ou não a técnica usada por Joyce é uma questão de gosto, e sobre isso é inútil discutir ou discordar, mas avaliá-la segundo os critérios de outra técnica qualquer é totalmente absurdo.*

*Considero, portanto, que* Ulisses *é um livro honesto e sincero, e penso que as críticas dirigidas a ele se desfazem quando compreende-se a sua lógica interna.*

*v. Além do mais,* Ulisses *é um assombroso* tour de force *se se considerar como Joyce conseguiu, no conjunto, atingir o difícil objetivo que se propusera. Como já afirmei,* Ulisses *não é um livro de leitura fácil. É, alternadamente, brilhante e tedioso, inteligível e obscuro. Em muitas partes parece-me desagradável, mas, apesar de conter, como lembrei acima, muitas palavras geralmente consideradas vulgares, não encontrei nada que me pareça vulgar por puro amor à vulgaridade. Cada palavra do livro contribui como uma peça de um mosaico na minuciosa composição do quadro que Joyce tenta oferecer aos seus leitores.*

*Se não quisermos manter relação alguma com o gênero de indivíduos descritos por Joyce, temos liberdade para tanto. Pode-se preferir não ler* Ulisses *para evitar um tal contato indireto, o que é bastante compreensível. Mas quando um grande artista das palavras, como Joyce incontestavelmente o é, procura pintar um quadro verídico da pequena burguesia de uma cidade europeia, deve a lei impedir que o público americano veja o quadro em questão?*

*Para responder a esta pergunta, não basta afirmar, como fiz anteriormente, que Joyce não escreveu* Ulisses *com o que geralmente é chamado de intenção pornográfica. É preciso também determinar o resultado efetivo alcançado pelo seu livro, independentemente da intenção com que o escreveu, e assim devo aplicar um critério mais objetivo.*

*vi. A lei em que se enquadra o crime em questão se limita a proibir, no que concerne a esta causa, a importação para os Estados Unidos de "qualquer livro obsceno" de qualquer país estrangeiro (Seção 305 do Tariff Act de 1930, Título 19 do Código dos Estados Unidos, Seção 1305). Esta formulação não alinha contra os livros aquela hoste de adjetivos condenatórios que geralmente encontram-se nas leis referentes a tal tipo de situação. Minha tarefa se restringe, portanto, a determinar se* Ulisses *é obsceno nos termos da definição jurídica desta palavra.*

*O significado da palavra "obsceno", segundo a definição jurídica apresentada pela corte, é: o que tende a suscitar impulsos sexuais ou induzir pensamentos lúbricos e sexualmente impuros.* [...]

*Se um livro específico tende ou não a excitar os impulsos e pensamentos é algo que deve ser examinado pela corte com base em seu efeito sobre uma pessoa de instintos sexuais médios – aquilo que em francês se chamaria* l'homme moyen sensuel *– que, neste âmbito do inquérito judicial, desempenha o mesmo papel de reagente hipotético o qual, no direito civil, cabe ao "homem de bom senso" e, no direito de registro de patentes, cabe ao "homem instruído na arte".*

*O risco ligado à utilização de tais reagentes nasce da tendência inata do experimentador, por mais corretas que sejam suas intenções, em influenciar o reagente com suas próprias idiossincrasias. Neste caso, procurei tornar o meu reagente o mais objetivo possível adotando o seguinte procedimento:*

*Depois de ter tomado minha decisão sobre o mérito do aspecto de* Ulisses *acima considerado, submeti a exame as minhas impressões comparando-as às de dois amigos meus que julgo possuírem o requisito necessário acima indicado.*

*Estes peritos literários – assim poderia defini-los – foram consultados separadamente, e nenhum dos dois estava a par da consulta feita ao outro. Trata-se de homens pelos quais, devido às suas opiniões sobre a literatura e a vida, nutro o mais alto apreço. Ambos leram* Ulisses, *e, naturalmente, ambos estavam alheios à causa em curso.*

*Sem que tivessem conhecimento da minha conclusão, apresentei a ambos a definição jurídica de obsceno, e perguntei-lhes se, ao seu ver,* Ulisses *seria obsceno nos termos dessa definição.*

*Foi muito interessante descobrir que ambos concordaram com a minha opinião: que* Ulisses, *lido na íntegra como deve sê-lo um livro para se realizar um exame como este, não tendia a excitar impulsos sexuais ou pensamentos lúbricos, mas que o seu efeito sobre eles era essencialmente o de uma crônica extremamente vívida e, em certa medida, trágica da vida interior de homens e mulheres.*

*A lei interessa-se apenas pelas pessoas normais. Uma prova como a aqui descrita é, portanto, a única prova de obscenidade adequada ao caso de um livro que, como* Ulisses, *é uma tentativa séria e honesta de desenvolver um novo método literário para a observação e a descrição do gênero humano.*

*Bem sei que, em virtude de algumas de suas cenas,* Ulisses *é uma bebida demasiado forte para ser ministrada a certas pessoas de sensibilidade delicada, embora normais. Mas, após uma longa reflexão, a minha opinião meditada é que o efeito de* Ulisses *sobre o leitor, em muitas partes, é sem dúvida um pouco emético, mas nunca apresenta a tendência de ser afrodisíaco.*

*Consequentemente,* Ulisses *pode ser autorizado nos Estados Unidos.*

**1956**

Sentença do tribunal de Milão proferida em 4 de julho de 1956 no processo contra *Ragazzi di vita* [Rapazes da vida] [119]

*Interrogados os acusados, ouvidas as testemunhas Bianchi e Bo, juntadas aos autos cópias fotográficas de resenhas sobre o romance em causa, reunidas as conclusões do ministério público e da defesa, que de comum acordo pediram a absolvição de Garzanti e de Pasolini, "pois o fato não constitui crime". O Tribunal, recolhendo-se à Sala do Conselho e basicamente acolhendo as petições apresentadas, emitiu as decisões que podem ser lidas no abaixo disposto.*

*Em favor das quais se deduzem os seguintes:*

*Motivos*

*O debate se desenvolveu em um clima de serena dignidade, tanto pela natureza das questões submetidas ao crivo do Colégio, como pela excelência das intervenções do Ministério Público e da defesa, e por fim pelo empenho do próprio acusado Pasolini em justificar a sua obra no plano moral, em esclarecer o significado artístico e literário, em revelar, por assim dizer, sua chave e fio condutor.*

*a) A obra se chama* Ragazzi di vita *[Rapazes da vida] (significando, declarou Pasolini, "Rapazes de* má *vida") e é definida como "Romance".*

*Talvez não tenha a amplitude de proporções de um romance, e tampouco o caráter unitário da trama e o foco do interesse do leitor em um ou poucos personagens.*

*Talvez não tenha as ambições, a estrutura, o fôlego de um romance. É um fenômeno típico, aliás, da literatura do pós-guerra (e, se quisermos, daquela*

119 Texto datilografado, in Fondo Pasolini, Roma.

*literatura mais nobre e autêntica, e não daquela outra, impingida como boa, mas na verdade destituída de temas, de inspiração, de conteúdo válido, difundida pelos chamados "produtores em série") a ocasional ausência de uma trama ou, em todo caso, de uma sequência de nexos e de aspectos que, mesmo como pretexto, servem para dar um pano de fundo aos personagens que a animam, e servem de ajuda ao leitor para acompanhá-los e compreender suas ascensões, perversões, sublimações, decadências, ou talvez suas simples peripécias; outro fenômeno é o de apresentar, por vezes, apenas os personagens, praticamente excluídos e subtraídos não só ao contato com outros homens, pertencentes a âmbitos diferentes, mas também ao contato entre eles mesmos, à comunhão com a natureza das coisas, à própria possibilidade de se redimir e até de se perder irremediavelmente.*

*E então é inevitável que todos tenham o mesmo direito de se dizerem protagonistas do livro; não se distinguem mais os personagens secundários e circunstantes, e todos, por outro lado, permanecem desconhecidos a si mesmos, desconhecidos aos outros, incognoscíveis, impenetráveis.*

*O campo, a rua do tabaco, a ponte, o pântano, o vilarejo, a pequena cidade, ou talvez apenas o subúrbio, servem para abrigar seus primeiros impulsos, sua ferocidade, suas inibições e, às vezes, seus problemas, sua generosidade e suas reflexões, mas constituem também a fronteira simbolicamente intransponível, o muro para além do qual não se pode esperar qualquer trégua, paz ou ilha dos sonhos, mas apenas o desconhecido, a desorientação e as trevas.*

*Estes personagens, forçados a viver em uniões necessárias, contra as quais não conseguem se rebelar, em hábitos antigos dos quais não podem se livrar, em conluios absurdos e humilhantes; que renunciaram à sua dignidade de homens, ou talvez nunca a conheceram; que raramente sabem sofrer, mas nunca conheceram a angústia e a dor, imóveis, incertos, fracassados, vacilantes, desconfiados de si mesmos e dos outros, ocupam grande parte da literatura moderna, conquistam cada vez mais o favor dos escritores mais reconhecidos, gozam quase sempre dos elogios da crítica e do aplauso, quando não da simpatia e do entusiasmo, do leitor médio.*

*b) Pois bem, seja o livro de Pasolini um romance, um conto ou apenas uma crônica romanceada, os "rapazes" se caracterizam, em princípio, por aquela mesma apatia moral, imobilidade, indiferença, incapacidade de se perder conscientemente e de conscientemente ressurgir, de se sublimar, de ansiar, que os associa a todos os outros, rapazes ou não, que povoam densamente as manifestações artístico-literárias dos nossos tempos.*

*Dito isto, não se ignoram os valores estilísticos, a caracterização da gíria na boca dos jovens protagonistas, sua persistência nas partes descritivas e não dialogadas (como que querendo sugerir uma continuação ideal da conversa, ou representando uma meditação ou um monólogo com a maior fidelidade possível), sem deixar de mencionar que Pasolini soube criar páginas de um autêntico lirismo, que dão fecho e coesão a alguns episódios do romance.* [...]

*c) Se tal é, pois, o clima do romance, ao qual não faltam reconhecimentos, aplausos, resenhas favoráveis ou até lisonjeiras, o objeto em causa deve ser examinado e avaliado em relação a esse clima, ao tema que inspirou o autor, à natureza e aos limites dos personagens.*

*A acusação identifica o conteúdo obsceno disseminado por todo o livro, e especialmente nas páginas assinaladas.*

*Mas o Colégio deve decididamente negar que se possa definir a publicação como obscena.*

*E isso porque as palavras vulgares, triviais, de baixo calão, usadas constantemente, são justificadas pela psicologia dos jovens personagens, pelos instintos que os impelem, pelos desejos que os movem (e, ademais, linguagem vulgar não significa linguagem obscena), e também porque o autor, nas páginas assinaladas, mesmo contendo exclamações pouco elegantes e locuções duras e escabrosas, não se detém com malícia, ou simples satisfação, em descrever situações objetivamente obscenas; não utiliza frases ou circunlóquios aliciantes ou tentadores, não estimula os baixos instintos, não exige, nem especificamente atrai, a atenção do leitor médio para eventos, figuras, acontecimentos que revelem a indiferença moral dos seus rapazes. Certamente aponta esses acontecimentos, certamente menciona essas figuras, esboça essas situações, mas com a finalidade de acrescentar mais um elemento que permita ao leitor apreciar mais plenamente o episódio apresentado e, portanto, avaliá-lo melhor, sobretudo como indicador do significado e da importância deste ou daquele personagem, nunca utilizando, por outro lado, um aspecto reprovável, uma circunstância ambígua, uma ambientação equívoca, para demorar-se ou apenas deter-se em narrações e episódios que poderiam ofender o sentimento médio de pudor.*

*Pasolini, por conseguinte, deve ser absolvido (e com ele o dr.* [Livio] *Garzanti), pois o fato não constitui crime. O sr. Aldo Garzanti, que se provou estar totalmente alheio à publicação da obra, deve ser absolvido por não ter cometido o feito. Fica determinada a liberação dos exemplares.* [...]

**1960 · Gerald Gardiner [advogado de defesa]**
Sustentação oral no processo contra *O amante de Lady Chatterley*[120]

*Senhores jurados, o ponto não é se este livro é adequado aos jovens, ainda que os acusados (e aqui reside em parte a sua força) não tenham necessidade alguma de declinar das próprias responsabilidades em relação a um setor do público. Os jovens que não estiverem maduros para ler este livro não irão além das primeiras vinte páginas. Não é um livro que possa ser lido pelos jovens delinquentes habituados às usuais histórias em quadrinhos. Devemos, porém, considerar o público em sua totalidade, e sob este aspecto, segundo a minha modesta opinião e pelas razões que me arrisquei a expor-lhes, este é um livro que, para o interesse geral, deve ser publicado.*

*Gostaria também de falar-lhes rapidamente sobre o artigo dois, que define a obscenidade. Como sabem, a Penguin Books sempre pensou e disse que, na realidade, não há nada neste livro que possa tender a depravar ou corromper alguém. Mas, a tal respeito, existem diversas questões que eu gostaria de solicitar que os senhores levassem em conta. Ouviram a minha modesta opinião, que expus a* my Lord, *de que, entre as decisões jurídicas de doutos juízes, lidas pelo meu douto colega na alegação introdutória deste debate, havia algumas que não apenas não eram lei, mas eram até opostas ao que a lei estabelece.* My Lord, *naturalmente, orientará os senhores a este respeito.*

*Em primeiro lugar, o Parlamento nos disse terminantemente que é preciso considerar o livro no seu conjunto, e não só alguns trechos específicos. Chamo a atenção sobre isso, pois a maioria dos contrainterrogatórios relativamente breves chamaram em causa, como se a nova lei nunca tivesse sido aprovada, não o livro em seu conjunto, mas apenas trechos específicos. Diz a lei: "que tende a depravar ou corromper". Não sei se existem diferenças dignas de nota entre os dois dicionários examinados (eu tenho o* Oxford Dictionary), *mas segundo a acepção usual do vocabulário, os verbos "depravar" e "corromper" significam ordinariamente "provocar uma mudança para pior no caráter". Este é o ponto. Existem vários significados que eles* não *têm, e vários pontos que não cabe aos senhores levar em consideração.* Não *se trata de estabelecer se os*

120 C. H. Rolph, *The Trial of Lady Chatterley*. Londres: Penguin, 1961 [ed. it.: *Processo a Lady Chatterley*, trad. E. Pelitti. Milão: Longanesi, 1962, pp. 259-63].

*senhores consideram o livro chocante.* Não *se trata de estabelecer se os senhores consideram o livro repugnante ou de mau gosto.*

*Em segundo lugar, num livro que custa três xelins e seis pences, deve-se considerar a questão em relação ao público em geral, e não a um setor específico. É muito importante que lembrem a primeira definição (e lembro-a aos senhores porque ela também foi lida, ademais, na alegação do ministério público), a primeira definição que, em acréscimo às palavras "depravar ou corromper aqueles a cujas mãos a obra pode chegar", aduz "e cuja mente está aberta a tais influências imorais".*

*Estas palavras foram expressa e cuidadosamente eliminadas pelo Parlamento no texto definitivo da lei, portanto não devemos considerar um tipo específico de pessoas ou grupos, mas o público no seu conjunto.*

*Em terceiro lugar, um livro não é obsceno apenas por tratar, em parte, de uma ligação entre pessoas não casadas ou casadas com outros. Se isso bastasse para definir um livro como obsceno, imagino que noventa por cento da literatura inglesa seria obscena.*

*Em quarto lugar, a lei não diz que os senhores devem decidir se um livro pode tender a depravar ou corromper. Comento este ponto, pois também foi colocado aos senhores na alegação introdutória. O meu douto colega usou a expressão "pode tender", e a partir daí repetiu várias vezes "possa tender". Vejamos o que diz realmente o artigo da lei. "Se o seu efeito, quando considerado no conjunto, é tal que tende a depravar e corromper as pessoas que venham a lê-lo." Não é, portanto, "pode tender" nem "possa tender".*

*Em quinto lugar, a lei não diz, a não ser quando assim o decida* my Lord, *que um livro que tenha a tendência de sugerir pensamentos impuros é um livro que tem a tendência a depravar e corromper. Lembro aos senhores também este ponto, pois foram lidas algumas observações de um juiz em um processo antiquíssimo e os senhores foram convidados a considerar se o livro tende a sugerir pensamentos impuros. Mas o que significa "pensamentos impuros"? Significa pensamentos maliciosos, impuros e lascivos, e se olharem o dicionário, à primeira acepção poderão acrescentar sensuais e luxuriosos.*

*O que significa isso, ninguém tem a menor ideia. Se significa pensamentos sobre relações sexuais, então toda a população foi depravada e corrompida desde os tempos mais antigos. Poderia ter tal significado apenas supondo-se que a relação sexual em si é suja e impura, e consequentemente qualquer pensamento a respeito é sujo e impuro. Mas isso, evidentemente, é muito diferente do único ponto estabelecido pela lei, a saber, se o efeito do livro tomado no seu conjunto é tal que tende a depravar e corromper as pessoas que venham a lê-lo.*

*Considerem que a acusação lhes pediu para determinar* seriamente *se este livro tende a depravar e corromper. Alguém poderia julgar um pedido surpreendente, do ponto de vista da vida real. Tomemos as "palavras de quatro letras", por exemplo. Os senhores realmente acreditam que alguém possa ser depravado pela leitura de palavras que conhecia muito bem? Por mais elevada que fosse a intenção do autor, os senhores poderiam desaprovar totalmente o que ele procurou fazer, mas naturalmente não é este o ponto. Porque liberdade significa justamente a liberdade para os outros de dizer o que aos senhores pode desagradar violentamente. Não se trata, portanto, de estabelecer se lhes agrada ou não o que este escritor procurou fazer.*

*Não vem ao caso dizer que, se este livro é obsceno, então existem outros livros obscenos no mercado, pois isso significaria apenas que outros livros deveriam ser processados. Mas, ao mesmo tempo, ao se considerar se este livro tem a tendência a depravar e corromper, não se pode deixar totalmente de lado a questão do clima literário, no sentido de que os tempos mudam. Todos sabemos que hoje se discutem abertamente assuntos que nunca seriam comentados até pouco tempo atrás. Existem livros que foram proibidos logo após a publicação, e que hoje não apenas não são proibidos, como tampouco sequer pensaríamos em julgá-los impróprios para publicação.*

*Nada, senhores jurados, impedirá jamais que os jovens procurem determinadas palavras no dicionário, ou nas obras de Shakespeare ou no Antigo Testamento, e enquanto houver livros de medicina nas lojas de livros usados, sempre haverá algum jovem que irá procurar um certo diagrama, talvez não só por amor ao conhecimento médico. Mas nem por isso diremos que textos de medicina não devem ser vendidos. A sociedade não pode estabelecer seu próprio nível baseando-se no que pode ser adequado aos rapazes de quatorze anos.*

**1966**
Audiência do processo contra Juli Daniel e Andrei Siniavski, Tribunal provincial de Moscou[121]

*Sessão matinal de 10 de fevereiro de 1966*

DANIEL [...] *Eis resumidamente o significado da narrativa:*[122] *o homem deve permanecer homem, em qualquer situação em que a vida o coloque, sob qualquer pressão que sofra às mãos de quem quer que seja. Ele deve permanecer fiel a si mesmo e não tomar parte em nada que contrarie a sua consciência, que desminta a sua humanidade. E agora algumas palavras a respeito do trecho "cano no ventre". Este trecho foi definido nos autos de acusação como uma instigação sobre um acerto de contas com os dirigentes do partido e do governo. Efetivamente, nesta passagem, o personagem fala dos funcionários da direção, refere-se justamente a eles, visto que recorda as perseguições em massa e considera que os culpados devem responder por elas. Mas a este ponto interrompe-se a citação e aqui se detêm os autos de acusação. O livro, porém, não termina aqui, e tampouco o monólogo; o protagonista relembra as cenas dos homicídios e derramamentos de sangue que conhece, que viu na guerra. E essa lembrança lhe provoca repugnância. Estamos em presença de uma interpretação tendenciosa desse trecho nos autos de acusação. De fato, mais adiante o protagonista diz abertamente: "Não quero matar ninguém". A qualquer leitor parece claro que o protagonista não quer matar.*

PRESIDENTE: *Mas os senhores negligenciam o fato mais importante: o protagonista pode matar graças a um decreto do regime soviético. Portanto, o governo é mau e o personagem bom, já que ele não quer matar ninguém, a não ser os governantes.*

DANIEL: *Não é o que se deduz do romance. O protagonista diz "ninguém". Ninguém significa ninguém.*

PRESIDENTE: *Mas aquele decreto encontra-se no romance?*

DANIEL: *Sim.*

121 In A. Ghinsburg (org.), *Libro bianco sul caso Daniel-Sinjavskij*. Milão: Jaca Book, 1967, pp. 166-71 e 213-16.

122 A narrativa em que se baseia o interrogatório de Daniel, e de onde foram extraídas as citações, é *Govorit Moskva* [Fala Moscou], publicado em russo em Washington, 1962, e na Itália (intitulado *Qui Parla Mosca*) pela editora Bietti (Milão), em 1966.

ACUSAÇÃO: *Peço a Daniel que leia a epígrafe do IV capítulo da sua narrativa.*

PRESIDENTE: *Não vejo nenhuma razão para que esta sala tenha de ouvir vulgaridades sórdidas.*

ACUSAÇÃO: *Peço igualmente a permissão para ler a epígrafe com alguns cortes, sem os insultos.*

PRESIDENTE: *Leia, mas sem os insultos.*

ACUSAÇÃO (lendo): *"Odeio-os até o limite, até o estertor, até tremer; oh, se pudesse juntá-las e destruí-las de uma vez por todas [...]." Daniel, como se deve entender esta epígrafe?*

DANIEL: *É uma epígrafe que precede as reflexões do protagonista.* (Ouvem-se risos na sala. Daniel olha nervosamente o público.)

ACUSAÇÃO: *Quem então o senhor odeia? Quem o senhor quer destruir?*

DANIEL: *A quem o senhor se dirige? A mim, à personagem ou a alguém mais?*

ACUSAÇÃO: *Quem é efetivamente o seu herói positivo? Quem exprime no relato o seu ponto de vista?*

DANIEL: *Durante a nossa entrevista preliminar, já lhe disse que no meu relato não há nenhuma personagem completamente positiva, e além do mais isso não é obrigatório.*

ACUSAÇÃO: *Não houve entre nós nenhum colóquio preliminar. Mas o que é que exprime o "credo" do autor? Onde ele está expresso?*

DANIEL: *Os personagens em parte exprimem as concepções do autor, em parte não. Nenhum personagem é o autor. Talvez a minha literatura seja ruim, mas ainda assim é literatura e não há nela apenas o preto no branco.*

ACUSAÇÃO: *Lerei as conclusões a que chegou Glavlit a propósito da narrativa de Arzhak.*[123] *"O conto 'Fala Moscou' é um monstruoso libelo [...]" e mais adiante há um juízo que concorda plenamente com os autos de acusação, com a única diferença de que, segundo as conclusões de Glavit, há antissemitismo na narrativa. Concorda com este juízo, Daniel?*

DANIEL: *De modo algum. No relatório está escrito que expresso as minhas ideias "através das palavras dos meus personagens". É uma acusação ingênua, para dizê-lo com cuidado. Desta forma pode-se acusar de antissovietismo qualquer obra de qualquer escritor soviético. Por exemplo, as guardas brancas manifestam suas opiniões em Lavreniev, Solokhov, Leonov...*

123 Arzhak e Terts eram os pseudônimos literários de Daniel e Siniavski.

ACUSAÇÃO (interrompendo): *Evidentemente os juízos da imprensa ocidental que o comparam a Dostoiévski afetaram sua cabeça a ponto de se colocar no mesmo plano dos maiores escritores soviéticos.*

DANIEL: *Eu não me comparo a ninguém. Quero dizer que o importante não é o que dizem os personagens, mas a atitude do autor em relação a eles, as suas posições.*

PRESIDENTE: *Quero declarar uma coisa. Imaginem um apartamento dividido por duas moradoras: Ivanova briga com Sidorova. Se Ivanova escrevesse que há uma senhora que dificulta a vida de uma outra senhora, seria uma alusão, uma alegoria. Mas se ela escrevesse que Sidorova joga lixo na sua sopa, isto já estaria sujeito a alguma providência jurídica, como uma espécie de delação, ou calúnia, ou qualquer coisa do gênero. Da mesma maneira, o senhor fala abertamente do governo soviético, não da antiga Babilônia, mas de um governo concreto, e diz que foi exatamente ele que proclamou o "Dia dos homicídios públicos", apontando a data: 10 de agosto de 1961. Trata-se de um artifício ou é pura e simplesmente uma calúnia?*

DANIEL: *Usarei também o seu exemplo. Se Ivanova escrevesse que Sidorova voa com uma vassoura ou se transforma em um animal no sentido literal, isto seria um artifício literário, não uma calúnia. Escolhi uma situação evidentemente fantástica.*

PRESIDENTE: *Eis o que escreve B. Fillipov: "Mas é talvez assim tão irreal o que escreve Arzhak?". Portanto, não se trata de um artifício literário, Daniel!*

DANIEL: *É um artifício literário.*

ACUSAÇÃO: *Daniel, seria de alguma forma possível que o senhor negue que o "Dia dos homicídios públicos", proclamado pelo poder soviético, é uma calúnia?*

DANIEL: *Considero que uma calúnia é algo em que as pessoas podem acreditar, mesmo que teoricamente…* (ouvem-se risos na sala).

PRESIDENTE: *Quero explicar* (lê o código). *Por calúnia entende-se a divulgação de notícias sabidamente mentirosas e desonrosas. Trata-se de uma lei jurídica.*

DANIEL: *Para que serve então a fantasia?*

PRESIDENTE: *Volto ao exemplo citado anteriormente. Se Ivanova afirma que Sidorova fez algo que na verdade Sidorova não fez, os juristas definem estas afirmações como calúnia.*

ACUSAÇÃO: *O senhor caluniou o povo soviético. Veja como os homens soviéticos reagem à proclamação do "Dia dos homicídios públicos":*

> *No dia seguinte, em Moscou, voltei ao trabalho. Já previa que haveria muitas conversas sobre o Decreto e sabia de antemão quem exprimiria a sua opinião e quem se calaria, mas, para minha surpresa, quase todos resolveram se calar. Na verdade duas ou três pessoas me perguntaram: "Bom, o que você acha?". Resmunguei algo como: "Não sei… provavelmente acontecerá…" e com isso se esgotaram as conversas.*
>
> *No dia seguinte a* Izvestia *publicou um longo editorial com o título "Aproxima-se o Dia dos homicídios públicos". Ele pouco comentava o conteúdo da medida, mas repetiam-se as frases usuais: "O crescimento do bem-estar – passos gigantes – autêntica democracia – somente no nosso país – unidade de propósitos – a primeira vez na história – a imprensa burguesa […]". Além do mais, dizia-se que o patrimônio nacional não deveria sofrer danos e, portanto, estavam proibidos os incêndios e explosões. Ademais, o Decreto não era válido para os prisioneiros. E só. Lemos a matéria de cabo a rabo, ninguém entendeu nada, como sempre, mas, sabe-se lá por quê, todos se tranquilizaram. Provavelmente tranquilizaram-se devido ao próprio estilo da matéria – ao mesmo tempo solene e indiferente, prosaico e pomposo. No fundo não havia nada de extraordinário: "O dia da artilharia", "O dia da imprensa soviética", "O dia dos homicídios públicos"… Os transportes públicos funcionariam normalmente, a milícia continuará intocável: a ordem pública está garantida. Normal.*

*Eis como reagem alguns intelectuais! Isso não seria calúnia? Eis o seu diálogo com Margulis…*

DANIEL (interrompendo)*: Não o meu, mas o do personagem.*

ACUSAÇÃO*: Isto não seria uma calúnia contra o homem soviético?*

DANIEL*: Da mesma maneira,* O banho *e* O percevejo *de Maiakóvski podem ser considerados calúnias contra o homem soviético. Por acaso Maiakóvski não caluniou o homem soviético Pierre Skripkin?*

ACUSAÇÃO*: Deixemos isto de lado! Mostre-me um personagem seu que pelo menos se pareça com um verdadeiro homem soviético. E como retratou os intelectuais!*

DANIEL*: O senhor fala dos intelectuais soviéticos como se fossem todos somente dignos de admiração!*

ACUSAÇÃO*: Mas pelo menos algum o senhor representou sob uma visão favorável?*

> *Chuprov era um pintor de esquerda e conhecido nos círculos liberais como um inovador* (a acusação omite as linhas que se seguem até "Aqui está

o interessante...”). *Mas não havia ninguém que lhe comprasse as telas, caracterizadas pela perniciosa influência do Ocidente, e ele tinha medo de se relacionar com os estrangeiros; no entanto, precisava comer. Assim, ele começou a fazer cartazes: moças com rostos radiantes tendo ao fundo os muros do Kremlin, mineiros completamente equipados, como se estivessem nas minas, marchando com andar decidido rumo a um futuro luminoso, jovens engenheiros uniformizados com o compasso no bolso da frente e a* História do PCUS *debaixo do braço. Era muito bem pago, ainda que irregularmente.*

*– Não aceitaram o seu trabalho? – perguntei. – Não havia um contrato?*

*– Aqui está o interessante, não havia. Pensei que não tinham muita escolha e assim decidi enfrentar o risco, devido à ocasião extraordinária. Executei-o ao meu modo de esquerda, livremente, entende? Levei a eles, e eles...*

*– Espere, de que ocasião extraordinária você está falando?*

*– Mas você está chegando da lua? O Dia dos homicídios públicos. Fique tranquilo pois, sem os cartazes, não conseguirão se sair bem!*

*Isso não seria uma calúnia contra o povo soviético, contra o governo soviético?*

DANIEL: *Nem no estatuto da União dos Escritores Soviéticos há qualquer cláusula obrigando a descrever apenas homens nobres, inteligentes e bons. Por que é que em uma obra satírica deveria falar de pessoas boas? Os escritores satíricos de Aristófanes a Gógol...*

ACUSAÇÃO: *O senhor está transtornado!*

DANIEL: *Solicito dar uma declaração. Sou um literato e não posso não me referir à história da literatura, à experiência de outros escritores. Isto não significa que eu me compare a eles, nem em inteligência, nem em talento. Que a acusação deixe de afirmar que eu me comparo com eles.*

ACUSAÇÃO: *Na sua narrativa, o senhor relembra o jornal* Izvestia, *a revista* Literatura i zhizn, *os escritores Bezimenski e Mikhalkov! E como é caluniada toda a imprensa soviética, todos os escritores soviéticos! Não é uma calúnia sua contra a imprensa soviética?*

DANIEL: *Não, não é uma calúnia contra a imprensa soviética. Refiro-me apenas a alguns autores oportunistas. É uma paródia do estilo oficial, dos lugares-comuns que frequentemente se encontram nos nossos jornais.*

ACUSAÇÃO: *Eu previa esta resposta e retornarei à citação do* Izvestia. *Nela, o senhor diz que, como de costume, o jornal publicou um editorial que convidava a apoiar o “Dia dos homicídios públicos”, comparecer a ele etc. Como de costume. Isso não seria uma calúnia contra toda a imprensa soviética?*

DANIEL: *É apenas uma paródia do estilo das matérias jornalísticas.*

[...]

*Sessão matinal de 10 de fevereiro – Última objeção de Siniavski*

[...] *Sempre as mesmas citações, e não só uma vez, nem duas, nem três: "Uma rajada, outra rajada... uma metralhadora na altura do ventre... em leque", "para destruir as prisões construímos novas prisões". Sempre as mesmas terríveis citações dos autos de acusação são repetidas dezenas de vezes, e estabelecem uma atmosfera monstruosa que não tem mais nenhum vínculo com a realidade. O método artístico que consiste na repetição ininterrupta das mesmas fórmulas tem grande poder. Cria-se uma espécie de diafragma, uma atmosfera singularmente excitada onde termina a realidade e começa o grotesco, quase como nas obras de Arzhak e Terts. É uma atmosfera de obscura clandestinidade antissoviética que se oculta por trás do rosto do douto Siniavski e do poeta-tradutor Daniel, ocupados em tramar complôs, golpes, atentados, homicídios, chacinas... Enfim, um "dia de homicídios públicos" com apenas dois executores: Siniavski e Daniel. A imagem artística perde – de maneira realmente terrível e inesperada – o seu caráter fictício e é interpretada em sentido literal, de maneira que o processo judicial se funde com o texto literário, com ele dividindo a continuação* [...].

*Portanto, dissolver esta atmosfera é extremamente difícil: para esta finalidade não servem nem as argumentações mais elaboradas nem os discursos sobre o processo criativo artístico. Já durante a instrução, compreendi que nada disso interessava à acusação: ela se interessou apenas em citações específicas, que são ininterruptamente repetidas. Não me deterei na explicação das minhas intenções, nem em discorrer sobre a situação que se criou: seria inútil. Quero apenas lembrar-lhes alguns conceitos elementares referentes à literatura. O seu estudo se inicia com isto: as palavras não são a realidade, mas apenas palavras: a imagem artística é convencional, o autor não se identifica com a personagem. Trata-se de verdades elementares, e quisemos falar a respeito* [...].

*Citaram-se trechos de artigos meus para demonstrar que eu escrevia sobre o realismo socialista a partir de posições marxistas, mas no exterior como um idealista. Se eu pudesse escrever a partir de posições idealistas na pátria, eu teria feito. Quando era-me oferecido algum trabalho, frequentemente recusava, tentava escrever sobre autores que me fossem próximos [...].*

*No relatório do Instituto de Literatura Mundial, que chegou quando eu já estava preso (até o instrutor se perguntou quando chegou este relatório, que rebaixaria* a posteriori *e com efeito retroativo minha qualificação de colaborador científico veterano), neste relatório, portanto, há também verdades: diz-se que as minhas posições ideológicas não são claras, que escrevia sobre Tsvetáieva, Mandelstam, Pasternak, mostrando simpatia por eles. Demonstrava simpatia, pois queria escrever sobre eles tudo o que fosse possível para expressar o meu verdadeiro pensamento, como Siniavski. Devido a isso enfrentei problemas e censuras, fui insultado na imprensa e nas reuniões e não recebia nenhuma outra remuneração além do salário [...].*

*O ministério público fez uma declaração que me impressionou tanto que cheguei a anotá-la: "Até a imprensa estrangeira diz que se trata de obras antissoviéticas". Segundo a lógica, se pensarmos bem, o que significa isso? Que para o ministério público a imprensa estrangeira é a mais objetiva? De fato, se até esta imprensa reconheceu, nós também já deveríamos tê-lo reconhecido há um bom tempo. Fiquei especialmente impressionado com esse "até". Mas eu o colocaria em outro lugar: se até uma certa parcela da imprensa antissoviética escreve que não se trata de obras antissoviéticas... Por exemplo, Karl Miller escreveu sobre a fidelidade quase inabalável de Terts ao comunismo. Ou: "Terts lembra com nostalgia a revolução, mas sua atitude em relação ao que veio a seguir não é ortodoxa". Por que esses burgueses deveriam dizer que Terts lembra com nostalgia a revolução, se são fascistas? [...].*

*Podemo-nos perguntar: o que é a propaganda e o que é a literatura? A posição da acusação é a seguinte: a literatura é uma forma de propaganda: a propaganda pode apenas ser pró-soviética ou antissoviética; portanto, se não é soviética, é certamente antissoviética. Eu concordo com essas afirmações; mas, se um escritor deve ser considerado e julgado segundo este critério, o que se faria com um homem que escrevesse declarações antissoviéticas? O seu gesto, na verdade, estaria submetido aos rigores do artigo 70. Se uma obra literária deve ser condenada à pena máxima prevista neste artigo, o que deveria ser feito para punir um manifesto de propaganda? Ou não há nenhuma diferença? Do ponto de vista da acusação, parece que não. O crítico literário Kedrina disse que ninguém atribui um significado político a borboletas voando sobre um gramado. Mas a realidade não se reduz a borboletas voando sobre um gramado. Não se julgou, porventura, que as obras de*

*Zoscenko apresentavam um conteúdo antissoviético? E onde, enfim, não ocorreu dessa maneira? Percebo a diferença: eles publicavam aqui suas obras. Mas, quanto ao significado antissoviético, encontram-no em todas elas, principalmente na sátira. Mesmo em Ilif e Petrov encontraram calúnias. Até em Demian Bedni quiseram ver calúnias, embora em um período diferente. Não conheço nenhum escritor satírico importante onde não tenham enxergado tal tipo de coisas [...].*

*Agora entra em ação o princípio "ou isto ou aquilo"; por vezes funciona de maneira adequada, por vezes de maneira terrível. Quem não está com você está contra você. Em determinados períodos, nas revoluções, guerras, guerras civis, isso é lógico, talvez até correto, mas se torna perigoso quando é aplicado em tempos de paz, quando é aplicado à literatura. Mas pergunta-se: onde está o herói positivo? Ah, não há? Ah, o senhor não é socialista? O senhor não é realista? Ah, o senhor não é marxista? Ah, é um autor fantástico? Ah, é um idealista? E ainda por cima são publicados no exterior! Certamente é um contrarrevolucionário!*

*No meu conto inédito "Pkhents"*[124] *há uma frase que considero autobiográfica: "Veja, basta que eu seja simplesmente diferente dos outros, que já começam a me insultar [...]". Muito bem, eu sou diferente. Mas não me considero um inimigo, sou um homem soviético e as minhas obras não são obras hostis. Nesta atmosfera alvoroçada, fantástica, qualquer pessoa "diferente" pode ser considerada inimiga. Mas não é um método objetivo de busca da verdade. E, acima de tudo, não entendo por que devemos inventar inimigos, evocar monstros, interpretando imagens literárias ao pé da letra.*

*Estou profundamente convencido de que no campo literário não se pode julgar com fórmulas jurídicas. De fato, a verdade da imagem artística é complexa, e muitas vezes nem o próprio autor consegue explicá-la. Acredito que se perguntassem ao próprio Shakespeare (não me comparo a Shakespeare, ninguém pensaria nisso), se perguntassem ao próprio Shakespeare: o que significa Hamlet? O que significa Macbeth? Não há talvez alguma segunda intenção?, acredito que o próprio Shakespeare não saberia responder exatamente. Os senhores juristas têm de lidar com termos que, quanto mais estritos, mais exatos são. Ao contrário desses termos, o significado da imagem artística, quanto mais amplo, mais exato é.*

124 O conto era inédito na URSS, mas publicado no Ocidente, cf. A. Terts, *Contes fantastiques*. Paris: 1961.

**1989 · Aiatolá Khomeini**
*Fatwa* contra *Versos satânicos* de Salman Rushdie[125]

*Em nome de Deus Todo-Poderoso. Existe um só Deus, a quem respondemos. Declaro a todos os fiéis muçulmanos no mundo que o autor do livro intitulado* Versos satânicos *- livro escrito, editado e distribuído contra o Islã, o Profeta e o Corão - e todos os editores e responsáveis pela produção que conhecem o seu conteúdo estão, com o presente decreto, condenados à morte. Conclamo todos os zelosos muçulmanos em qualquer parte do mundo a executar esta sentença, para que ninguém ouse insultar as prescrições islâmicas. Quem alcançar o autor do livro, mas não tiver meios de executá-lo, deve submetê-lo ao tribunal do povo, para ser punido pelas suas ações. Quem morrer neste gesto será considerado mártir e seguirá diretamente para o céu. Que Deus abençoe a todos.*

*Ruhollah Musavi Khomeini*

125 L. Appignanesi e S. Maitland (org.), *The Rushdie File*. Londres: Fourth Estate, 1989, p. 12.

# NARRAÇÃO E MENTALIDADE

2

FRANCESCO ORLANDO

# Estatutos do sobrenatural na narrativa

## 1. Uma credulidade limitada

Enquanto Dom Quixote dorme, tendo retornado para casa após as sovas que levou em sua primeira saída, o cura e o barbeiro queimam seus livros de cavalaria e emparedam o aposento onde estavam guardados. "Talvez, retirando a causa, cessasse o efeito." Mas nada tornará tão inexpugnável sua loucura quanto a justificativa que lhe desperta o desaparecimento de sua biblioteca. Foi obra de um mago, montado numa serpente e que saiu voando pelo telhado: ele aceita a explicação, coerente com a fantasia cavaleiresca, e logo encontra motivos e a enriquece com detalhes.[1] E assim está pronta para o capítulo seguinte, com a primeira aventura da segunda saída, a melhor justificativa para sua violenta queda por terra, que de outra forma apenas confirmaria as razões de Sancho e da realidade. "Quanto mais que eu penso, e assim é verdade, que aquele sábio Frestão que me roubou o aposento e os livros

1 M. de Cervantes, *O engenhoso fidalgo D. Quixote de La Mancha* (1605-1615), Primeiro livro, trad. Sérgio Molina. 4ª ed. São Paulo: Editora 34, 2007, parte I, cap. VIII, p. 110; Segundo livro, 2007. Doravante citado diretamente no texto com o número da parte, capítulo e página entre parênteses.

tornou esses gigantes em moinhos, para me roubar a glória do seu vencimento, tal e tanta é a inimizade que me tem [...]" (I, VIII, p. 120).

Passados dez capítulos, e sem a mesma escapatória, seria mais difícil não tirar sãs consequências das pedradas que lhe fraturaram costelas, dedos e dentes. Aquele patife daquele mago inimigo, a cujos comparsas "fazer-nos parecer o que querem", por inveja de sua glória "tornou os esquadrões de inimigos em manadas de ovelhas". Sancho duvida? Pois que os siga um pouco à frente, e verá que deixarão de ser carneiros e voltarão à forma de homens (I, XVIII, p. 236). Sancho acaba aprendendo tão bem a lição que inverte os papéis e passa a aplicá-la ao cavaleiro. Quando este julga ver tão somente uma camponesa feiosa e duas amigas montadas em três burricos, Sancho lhe garante que é Dulcineia com duas donzelas em seus corcéis. E Quixote, ao interpelá-la em suas feições transformadas, declara que um mago malévolo lhe pôs "nuvens e cataratas" nos olhos (II, X, p. 145).

Lamenta-se mais tarde: "Encantadores me têm perseguido, encantadores me perseguem, e encantadores me perseguirão [...]" (II, XXXII, p. 399). Mas nem todos os magos das histórias de cavalaria são malévolos. Assim, quando se surpreende que Sancho tenha ido e voltado de Toboso com tanta rapidez como se tivesse asas, Quixote entende quem o conduziu pelas alturas: "aquele sábio nigromante que tem conta das minhas coisas e é meu amigo, pois é força que tal haja e tenha de haver, senão eu não seria um bom cavaleiro andante". A eliminação das distâncias é um exemplo de magia benéfica: um cavaleiro pode ser apanhado "dormindo em sua cama e, sem saber como ou de que jeito, amanhece no dia seguinte a mais de mil léguas donde anoiteceu". Assim, quando um deles corre o risco de sucumbir combatendo dragões ou monstros nas montanhas da Armênia, pode acorrer-lhe em auxílio, numa nuvem ou numa carruagem de fogo, um outro que estava logo antes, na Inglaterra, para onde retorna na mesma noite (I, XXXI, p. 432).

Dom Quixote espera ser transportado da mesma maneira, à vista de um barco vazio, no episódio dos moinhos no rio (II, XXIX, p. 362). Para conciliar a aparente promessa inicial com o usual desfecho catastrófico, ele chega a postular, no final do episódio, uma dupla presença simultânea: "[...] e nesta aventura se devem de haver encontrado dois poderosos encantadores, um estorvando o que outro intenta: um me deparou o barco, o outro deu comigo na água" (II, XXIX, p. 369). É a única vez em que ele recorre a uma hipótese de poder explicativo tão ilimitado e infalível; mesmo a hipótese de um único mago bom em ação, na passagem antes citada, é mera indução. Mas simplesmente porque, para ele, Dom Quixote, tudo sempre corre mal. Garantindo um dos traços mais cômicos e simpáticos do personagem, ou seja, a imperturbabilidade, sua gnoseologia de fundo mágico permitiria aplicações ainda mais amplas de tudo o que é necessário à sua desventurada experiência.

Difícil dizer se tudo se explica porque não se explica nada, ou se não se explica nada porque se explica tudo. Sancho realmente ataca a pretensão de que a bacia de barbeiro é o elmo de Mambrino? Ele demonstra um "raciocínio curto":

> Será possível que neste tempo que andas comigo não tenhas percebido que todas as coisas dos cavaleiros andantes parecem quimeras, necedades e desatinos, e que são todas feitas às avessas? E não porque seja isto assi, mas porque sempre anda entre nós uma caterva de encantadores que todas as nossas coisas mudam e trocam, e as tornam segundo seu prazer e segundo a vontade que têm de nos favorecer ou destruir; e, assim, isto que a ti parece bacia de barbeiro a mim parece o elmo de Mambrino e a outro parecerá outra coisa (I, XXV, pp. 329-30).

Durante a disputa sobre o mesmo objeto na hospedaria, ele se sai com esta: "não todas as coisas deste castelo hão de ser guiadas por encantamento" (I, XLIV, p. 632), ou seja, algo que não fosse adulterado seria uma exceção. Pouco depois, ele não ousa "assegurar firmemente coisa alguma" sobre o que acontece no suposto castelo, porque imagina que tudo se dá "por via de encantamento" (I, XLV, p. 636). A astúcia de Sancho, como vimos, não deixa de se aproveitar dessa abertura tão prudente às possibilidades. Assim, ele obtém do patrão brevíssimas anuências coloquiais, que seriam insignificantes se não fossem tomadas literalmente pelo que são: o máximo da credulidade permissiva. Será que, no fundo da caverna de Montesinos, uma hora equivale por encanto a três dias e três noites? Resposta de Dom Quixote: "Assim será" (II, XXIII, p. 298). O que lhe gruda no rosto, por dentro do elmo, não é requeijão escondido ali; será então uma prova de que Sancho é perseguido por magos? "Tudo pode ser que seja" (II, XVII, p. 213).

Tudo pode ser, as coisas são todas ao contrário. Pouco menos vertiginosa do que a primeira, a segunda proposição hoje pode lembrar um postulado das linguagens do inconsciente segundo Freud: a "representação pelo contrário", que é desgraçadamente impossível de prever:

> Os sonhos se sentem em liberdade, além disso, para representarem qualquer elemento pelo desejo contrário [*Wunschgegensatz*] a ele, de modo que não há maneira de

decidir à primeira vista se qualquer elemento que admite um contrário está presente nos pensamentos oníricos como positivo ou como negativo.[2]

Não terá sido por causa deste irritante postulado que tanto se contestou a seriedade pré-científica da psicanálise? E antes de uma cientificidade acostumada a evitar o chamado irracional, a absoluta racionalidade já não se irritara com o irracional absoluto? A meio caminho entre Cervantes e Freud, não existira o Iluminismo?

O que Voltaire ridicularizou sem tréguas era uma lógica avessa a estabelecer uma distinção nítida entre os contrários, sobretudo no simbolismo bíblico. Mas, em termos sucintos, basta citar o oráculo consultado por devoção, na *Princesa da Babilônia*, do qual é difícil extrair qualquer conclusão: "Mistura de tudo; morto vivo, infidelidade e constância, perda e ganho, calamidade e boa sorte".[3] Sem dúvida, Cervantes adotara uma lógica semelhante, em larga medida, a partir dos romances de cavalaria que pretendia, por sua vez, ridicularizar. E, no entanto, duvido que o sobrenatural tenha gozado nos romances e poemas em questão, desde o século XVI remontando até a adoção literária do tema bretão no grande século XII francês, de toda a liberdade de que ele desfruta na mente de Dom Quixote. Se ele nos aparece como louco, não é esta a razão principal. Em seus livros, entre as várias regras que ele sabe de cor e salteado, existem regras do sobrenatural, mas não há necessidade de estendê-las a este ponto. Não ao ponto de recobrir qualquer desmentido infligido pela realidade às ilusões que o tornam cômico e simpático.

## 2. Os limites necessários do crível

Regras do sobrenatural: quem não se lembra delas em alguma fábula, quem não sabe como, às vezes, são explícitas e precisas? Voltemos ao século XII. No *Ivan* de Chrétien de Troyes, um cavaleiro de Artur em busca de aventuras chega a uma fonte ao mesmo tempo gélida e fervente, sob uma árvore. Usando-se uma bacia que pende da árvore para verter a água sobre uma pedra, desencadeia-se na floresta

2 S. Freud, *A interpretação dos sonhos*, trad. Walderedo Ismael de Oliveira. Edição *standard* brasileira das obras psicológicas completas de Sigmund Freud, v. IV-V, org. Jayme Salomão, Rio de Janeiro: Imago, 1972, v. IV, cap. VI, C, p. 295.

3 Voltaire, *La Princesse de Babilone* (1768), cap. IV, in *Romans et contes*. Paris: Jean de Bonnot, 1979, p. 368; doravante citado diretamente no texto com o número do capítulo e a página entre parênteses [ed. bras.: *A princesa da Babilônia*, trad. Renata Cordeiro. São Paulo: Landy, 2006].

uma tempestade terrível. As prescrições são seguidas quatro vezes, por diferentes personagens;[4] quaisquer que fossem o sentido e a origem delas no folclore celta, sua eficácia enquadra e dá acabamento ao enredo do poema. Mas a questão é que as regras do sobrenatural não se limitam de forma alguma a casos evidentes, como o fazem as prescrições.

No *lai* mais encantador de Maria de França, "Guigemar", o príncipe bretão belo e valoroso, que foge ao amor feriu uma cerva. A flecha ricocheteia e vem a feri-lo, o animal fala e profetiza que a cura virá apenas pela mão de uma jovem que sofra de amor como ele.[5] As profecias ainda guardam uma vaga semelhança com as prescrições. Mas não neste caso: Guigemar vislumbra um porto que julga desabitado, embarca num navio sem vivalma, mal se deita e o navio já está em alto-mar, e ele adormece (vv. 145-203). O velho rei da terra onde aportará o navio, enciumado com a jovem esposa, mantém-na reclusa num aposento situado entre o mar e uma muralha intransponível. À chegada do navio, a rainha com sua dama de companhia desperta o jovem, cura-lhe a ferida e o esconde (vv. 209-378). Seus amores se prolongam por um ano e meio, antes de serem surpreendidos pelo rei. O rival trazido pelo mar é devolvido às águas do oceano com os piores augúrios, mas o navio o conduz de volta à pátria (vv. 527-42 e 577-632); a rainha é encarcerada, mas um dia encontra a fechadura aberta e o navio pronto (vv. 655-90); após algumas peripécias, o casal se reencontra na Bretanha.

É, portanto, um sobrenatural nada cristão, propício à naturalidade do amor. Corrige um dado inicial estranho, a relutância do protagonista em relação às mulheres; estranho também, sonhador, é o tom que se perde ao resumirmos o enredo. A solidão precede e acompanha o episódio da cerva falante, caracteriza a nau mágica que anda por si só, tacitamente situa fora do mundo a reclusão da bela jovem e a felicidade do adultério. Teoricamente, o que interessa é o seguinte: se o sobrenatural tivesse apenas a função de um expediente narrativo para contornar os obstáculos, ele poderia vencer muralhas e vigilâncias das mais variadas maneiras, embora

4 Chrétien de Troyes, *Le chevalier au lion* (*Yvain*) (segunda metade do séc. XII). Paris: 1982, vv. 380-450, 800-10, 2174-75, 2220-24, 6508-16 e 6523-32 [ed. bras.: *Romances da távola redonda*, trad. Rosemari Costhek Abilio. 2ª ed. São Paulo: Martins Fontes: 1998].

5 Marie de France, "Guigemar" (segunda metade do séc. XII), in *Les Lais*. Paris: Champion, 1981, vv. 37-68 e 89-121. Doravante citado diretamente no texto com o número do verso entre parênteses [ed. bras.: "Guigemar", in *Lais de Maria de França*, trad. Antonio L. Furtado. Petrópolis: Vozes, 2001].

menos imprevisíveis. Na verdade, ele é não só tematicamente orientado, sorrindo apenas aos dois amantes, mas também, digamos, espacialmente localizado.

E esse local, excetuando-se a floresta da cerva, está sempre relacionado com o mar: ou seja, com uma distância e um trajeto. A distância que separa as situações iniciais dos amantes, e que mantém ambos afastados do amor. O trajeto que, colocando-os em contato, revela a misteriosa complementariedade dessas duas situações: em sentido temático e também espacial, pois o amor chega pelo lado em que a jovem se encontra segregada apenas pelo mar, natureza sem muralha nem vigilância. Mas estamos muito longe da alegoria. Estamos mais perto de entender algo que outros textos de toda espécie podem nos confirmar, e que a louca licença da lógica de Dom Quixote ocultava.

Em suas articulações literárias, as únicas de minha competência, o sobrenatural vem necessariamente configurado, delineado, recortado por regras, a tal ponto que quase se confunde com elas. A justificativa dessas regras também pode se manter oculta e latente (escolhi deliberadamente um texto como "Guigemar"); no limite, sua mera presença pode ser justificativa suficiente. Elas valem num âmbito imaginário, mas não só por ser *fictio* literária. No interior da *fictio*, esse âmbito consiste na suposição de entidades, relações, acontecimentos que contrastam com as leis da realidade, percebidas como naturais ou normais, numa determinada situação histórica. (E não anuladas por convenções de gênero literário: na fábula esopiana, não é sobrenatural que os animais falem; na lírica, nunca é sobrenatural que a fantasia metafórica reúna quaisquer elementos entre si.) Se a definição de sobrenatural acima exposta é mais abrangente do que as costumeiras, seu uso permitirá uma maior quantidade de aproximações e diferenciações.

Neste âmbito duplamente imaginário, cabe às regras a tarefa de limitar, determinando-as, e determinar, limitando-as, a infinitude da fantasia, a ausência de formas do não ser, a plasticidade do vazio preliminar. Em cada época, em cada texto, as regras são inventadas e/ou retomadas de códigos preexistentes, culturais e/ou já literários. Se uma remissão a códigos mitológico-religiosos pode explicar as razões de um certo sobrenatural numa certa obra, a remissão a códigos literários, por outro lado, cria um círculo vicioso: explicar as obras ou, melhor, o sucesso das obras mediante o código significa esquecer que o código se explica pelo sucesso das obras. Em todo caso, não existe sobrenatural capaz de substituir imaginariamente toda a ordem da realidade; ele a modifica apenas em parte, mesmo que seja em grande parte. É inconcebível uma verdadeira alternativa radical. Mesmo que consistisse na mera e anárquica representação de um caos.

### 3. Num outro mundo, ou num mundo outro

Leis naturais ou normais da realidade: se a *fictio* literária abre mão delas, situar-se-á inteira em algum outro lugar? Inspirando-se ou não em códigos culturais, criará com plenos poderes uma outra realidade? É precisamente o caso, com a ajuda da teologia e da fantasia, da *Comédia* de Dante. Poema com um único personagem vivo, que começa alegorizando a saída do mundo dos vivos e termina no momento do retorno a ele, dando uma solução extrema às exigências de localização do sobrenatural.

A travessia do mundo dos mortos evoca e segue uma topografia física e moral. Ela se mostra tão pouco acidental que chega a surpreender, como se fosse uma manifestação da racionalidade infalível de Deus, e não uma invenção do autor:

> O somma sapienza, quanta è l'arte
> Che mostri in cielo, in terra e nel mal mondo,
> E quanto giusto tua virtú comparte![6]

O espaço, aqui, é um conjunto complexo, determinado, grandioso e totalizante de espaços: o contrário de um além revelado em visões isoladas. Um tremendo *horror vacui* proíbe imaginá-lo a não ser como continuidade da experiência sensorial terrena. Ele pode ditar comparações pormenorizadas que, partindo às avessas de um outro mundo, reconduzem constantemente a nosso mundo – e nem sempre como termo submetido a uma superioridade hiperbólica. Uma oposição genuína entre os dois mundos seria uma perpétua subversão moral: a ordem da justiça divina pressupõe, ao substituí-la por castigos ou prêmios, a desordem do mundo pecador.

Aqui, mais do que nunca, o sobrenatural é feito de regras. Pode até ser uma regra – de psicologia supraterrena – que apressa desesperadamente a aplicação das normas distributivas: nos condenados mais próximos ao castigo, "*la tema si volve in disio*" [o temor se converte em desejo].[7] Longe de ser arbitrárias, elas equivalem à racionalidade divina, a topografia equivale a elas, e a viagem equivale

6 D. Alighieri, *A divina comédia*, trad. Italo Eugenio Mauro. 3 v., *Inferno*. São Paulo: Editora 34, p. 133 (*Inf.*, XIX, vv. 10-12) [Ó supremo Saber, quanta é a tua arte/ no céu, na terra e nos perversos mundos;/ quanta justiça o teu prazer comparte!].

7 Ibid., p. 54, *Inf.*, III, v. 126.

à topografia: avançamos, literalmente, de regra em regra. O itinerário no *Inferno*, onde possui mais credibilidade material, não foi preparado para o ser vivo de Dante nem para o falecido Virgílio; os deslocamentos contrastantes, engenhosos ou penosos, encenam um sobrenatural de segundo grau. No *Purgatório*, as dificuldades enfrentadas na subida pelas encostas da montanha assumem um valor não só expiatório, mas também alegórico-moral, sem perder muito em materialidade. No *Paraíso*, com passagens súbitas, inadvertidas ou refletidas em êxtases, as localizações luminosas dos bem-aventurados, embora ilusórias *ad personam*, não deixam de ser visionárias.

Certamente a recusa do sobrenatural, desse sobrenatural tão concreto em seu racionalismo do final da Idade Média, contribuiu para os disparates da tese de Croce sobre o caráter não-poético da "estrutura" ("a representação do outro mundo, do Inferno, do Purgatório e do Paraíso, não podia ser tema intrínseco de sua poesia").[8] Assim vemos indiretamente, entre altos expoentes de uma cultura laica, como a proximidade secular da Igreja católica veio a embotar a sensibilidade ao suprassensível sob os céus italianos. Infelizmente, Contini atualizou à sua maneira ("portanto adeus, viagem") a tese de Croce.[9] O melhor e mais exato desmentido dessa tese se encontra nos versos de Dante: é a suprema poesia do olhar retrospectivo do alto, no último canto, para a imensidão da viagem e a sucessão de etapas:

> Or questi, che da l'infima lacuna
> de l'universo infin qui ha vedute
> le vite spiritali ad una ad una.[10]

E o caso em que uma realidade totalmente outra é criada sem se apoiar em códigos preexistentes, com os plenos poderes da *fictio* literária? Será documentável? Com um salto de séculos, sim: é exatamente o caso do conto de Borges, "A biblioteca de Babel". A substituição total é apenas aparente, como em Dante, como sempre. Mas ela se impõe na primeira frase com a prepotência imediata de um soco na mesa: "O universo (que outros chamam a Biblioteca) é composto de um número

8 B. Croce, *La poesia de Dante*. Bari: Laterza, 1966, p. 49.

9 G. Contini, "Un'interpretazione di Dante", in *Varianti e altra linguistica*. Turim: Einaudi, 1970, pp. 369-70.

10 D. Alighieri, *A divina comédia*, op. cit., *Paraíso*. São Paulo: Editora 34, p. 230 (*Par.*, XXXIII, vv. 22-24) [Ora, este que da ínfima para a suma/ situação do Universo olhando vem/ vidas espirituais de uma em uma].

indefinido, e talvez infinito, de galerias hexagonais [...]".[11] A biblioteca, que perdurará após a extinção da espécie humana (p. 78), é uma natureza; enquanto tal, é objeto que foge a interrogações e investigações. Deixo de lado, como no poema de Maria de França, qualquer veleidade de interpretação: não porque a maior das tarefas saiu de moda ou porque Borges toma a interpretação como o próprio tema do conto, agnóstico e místico, livresco e, ainda assim, tremendo. A ambição destas páginas, mais modesta, é trazer uma contribuição à teoria.

No universo transformado em biblioteca, as informações avançam com os poços de ventilação entre os hexágonos, as prateleiras que cobrem quatro de seus seis lados, os corredores estreitos que desembocam em outras galerias idênticas. Mas, à esquerda e à direita, há "dois gabinetes minúsculos. Um permite dormir em pé; o outro, satisfazer as necessidades finais" (p. 69). Resíduos de nosso universo, cuja permanência é imprevisível: fala-se em suicídios, doenças pulmonares, epidemias (pp. 72, nota, e 78); nunca se fala em comer, digamos, ou em fazer amor. Tampouco em mulheres; todos os homens, ao que parece, são bibliotecários. Como entender concretamente que suas peregrinações degenerem "em banditismo" (p. 78)? Os mortos são enterrados e se dissolvem, precipitando-se nos poços ao infinito (p. 70). A permanência de tudo o que provém de nosso mundo exige estranhas modificações.

Primeiro resíduo, a própria biblioteca, com suas partes e predicados. Aquele que diz e informa que "viajou" na juventude (p. 70) quer dizer que deixou "o doce hexágono natal" por outros hexágonos (p. 74). São poucas as informações seguras sobre as conjeturas, opiniões, demonstrações, descobertas, cuja pluralidade e precariedade correm risco com a compreensão do universo. Sabe-se o número de prateleiras, livros, páginas, linhas e letras por hexágono (p. 70), mas "a natureza informe e caótica de quase todos os livros" torna estranha a biblioteca e contraditória a substituição de universos. Para considerar anormal um livro com três letras "perversamente repetidas desde a primeira até a última linha", ou "um mero labirinto de letras", para falar de "insensatas cacofonias, de mixórdias verbais e de incoerências", é necessária a noção de livro normal. Mas de onde pode vir essa noção, se aqui, na massa inteira dos livros, só se encontra no máximo "uma linha razoável ou uma informação correta" (pp. 71-72)?

11 Jorge Luis Borges, "A biblioteca de Babel" (1941), in *Ficções*, trad. Davi Arrigucci Jr. São Paulo: Companhia das Letras, 2007, p. 69. Doravante citado diretamente no texto com o número da página entre parênteses.

A casuística tende àquela anarquia acima sugerida, alternativa à impossibilidade de substituir totalmente a realidade. "Somente fica excluído o impossível. Por exemplo: nenhum livro é também uma escada" (p. 76, nota). Os resíduos se entrecruzam com surreal amenidade, desprezando em escala continental a geografia e a distribuição das línguas: ao final confirma-se que as "quase duas folhas de linhas homogêneas", que um "decifrador ambulante" julgara escritas em português, e outro em iídiche, são "um dialeto samoiedo-lituano do guarani, com inflexões de árabe clássico" (p. 73). E afirma-se com apreensiva solenidade que as letras "dhcmrlchtdj" devem encerrar, em alguma língua secreta da biblioteca, "um terrível sentido", pois não se pode pronunciar nenhuma sílaba que não seja, em alguma língua, "o nome poderoso de um deus" (p. 77). Tudo é sentido ou não sentido, mas aqui também a superação de todas as regras não passa de uma hipótese ideal.

## 4. Um estatuto entre outros, o único estudado

A dimensão realista do cotidiano é deformada pela loucura de Dom Quixote, posta a distância pelo tema bretão, transcendida em Dante, abolida em Borges. Mas é dentro dela que, nos últimos séculos, estamos mais acostumados e sentimo-nos mais emocionados ao ver irromper o sobrenatural. *A Vênus de Ille*, de Mérimée, de 1837, era uma novela com ambientação contemporânea, que se passava no Roussillon, mas narrada por um parisiense. Cético, naturalmente, em relação ao que lhe foi confiado pelo jovem marido provinciano, tomado de terror. Ele havia colocado seu anel no dedo da estátua recém-desenterrada de Vênus, para poder jogar bola, e quando foi pegá-lo de volta, arrancou-lhe o dedo. "É minha esposa, evidentemente, pois lhe dei meu anel."[12] Essa dedução supersticiosa, que provoca um arrepio no outro, só pode explicar o inexplicável porque pode, como uma regra, trazer consequências posteriores. De fato, logo surgirão motivos para temer sua trágica confirmação.

Essa novela consta entre os exemplos mais puros do "fantástico" definido como a hesitação diante do sobrenatural, no livro de Todorov que relançou o conceito

12 P. Mérimée, *La Vénus d'Ille* (1837), in *Théâtre de Clara Gazul. Romans et nouvelles*. Paris: Gallimard, 1978, pp. 750-51 [ed. bras.: "A Vênus de Ille", in *Contos fantásticos do século XIX*, org. Italo Calvino. São Paulo. Companhia das Letras, 2004].

e inaugurou toda uma bibliografia.[13] Tirando algumas ressalvas, tenho para com este livro uma dupla dívida. Adoto e utilizo no presente ensaio sua definição de fantástico e a respectiva periodização histórico-literária, fazendo apenas alguns ajustes importantes. Mas há mais. O livro demonstrava que é possível definir de maneira convincente *um* estatuto literário do sobrenatural e documentá-lo em *um* determinado período, em *um* conjunto de gêneros. Por que, pergunto-me há anos, o que foi possível para um estatuto não haveria de sê-lo para *outros* estatutos em *outros* períodos e gêneros – praticamente para *todos*?

Estas páginas apresentam um procedimento experimental, com alguns exemplos. Nunca julguei mero acaso que a abordagem inaugural de Todorov versasse sobre um estatuto, digamos, central ou simétrico do sobrenatural – estatuto que, ao colocar o sobrenatural sob o sinal da dúvida, deixa-o num equilíbrio instável entre reconhecimento e rejeição de sua consistência ontológica. Observando nossos exemplos anteriores, alguém negaria que a consistência emprestada ao sobrenatural em Chrétien ou Maria, em Dante ou até Borges, é maior do que permite a hesitação em Mérimée, e menor do que em Cervantes, expulsa pela comicidade e pela loucura? Mais vale inverter as coisas e responder às seguintes perguntas: quando a consistência é maior, e mesmo quando atinge o máximo, também é sempre plena, isto é, isenta de limitações ou fendas? Quando é menor, e mesmo mínima, é sempre deficitária, isto é, privada de qualquer apelo ou fascínio?

Já tentei mostrar que é impossível responder afirmativamente a essas perguntas, pois colocam em termos de tudo ou nada a confiança no sobrenatural defendida por várias espécies de literatura. Rimos da credulidade de Dom Quixote em coisas mágicas e de outras extravagâncias suas, mas, paralelamente, simpatizamos ou identificamo-nos com ele, nos dois aspectos. E certamente não é o único exemplo. Por outro lado, subimos no navio de Guigemar, percorremos o além com Dante, sentamo-nos na biblioteca de Babel, mas "aquela suspensão voluntária da incredulidade no momento, que constitui a fé poética" (mostrando-se as famosas palavras de Coleridge mais oportunas do que de hábito),[14] não é incondicionada. E isso depende do conceito que introduzi a princípio, atribuindo-lhe um alcance mais geral, a saber, as regras.

13 T. Todorov, *Introdução à literatura fantástica*, trad. Maria Clara Correa Castello. São Paulo: Perspectiva, 1992, 2ª ed.

14 S. T. Coleridge, "Biographia Literaria". Londres: Oxford University Press, 1967, v. II, cap. XIV, p. 6 [ed. bras.: *Poemas*, trad. Paulo Vizioli. São Paulo: Nova Alexandria, 1995].

## 5. Crédito, crítica e formação de compromisso

Se não é uma questão de tudo ou nada, é uma questão de proporções. Entre que coisas? O objetivo de tal pergunta, a essa altura, não é tanto apontar os casos já vislumbrados nessa oscilação de consistências fortes ou fracas do sobrenatural, e sim escolher os nomes a lhes atribuir. Será legítimo (para além do gosto mnemônico pela aliteração) falar em *crédito* e *crítica*? O crédito, evidentemente, é concedido ao sobrenatural para que ele exista; mas a crítica se opõe ao sobrenatural pois ele não existe? Os inconvenientes ficam especialmente claros nessa segunda formulação. A crítica corre o risco de se desviar do sobrenatural para o sujeito que emprega a palavra *crítica* ou, pior, a própria palavra *sobrenatural*.

Recorro a uma lúcida página de Durkheim, agora distante no tempo e insuspeita de relativismos fáceis. A ideia de sobrenatural pressupõe o sentido de uma ordem natural, de leis irrevogáveis a que estão ligados os fenômenos; esse determinismo universal é bem posterior a uma Antiguidade para a qual os eventos mais maravilhosos não apareciam como milagres, na acepção moderna do termo.[15] Assim, antes de falar em sobrenatural e crítica, teremos de esperar Bacon, Galileu e Descartes? Os três nasceram no arco de cinquenta anos depois de Cervantes, cujo nome leva nossos escrúpulos ao outro extremo: talvez nem seja o caso de falarmos em crédito para *Dom Quixote*, que termina reafirmando a intenção de "tornar abomináveis aos homens as falsas e insensatas histórias dos livros de cavalaria" (II, LXXIV, p. 1223). Quem dirá, então, os romances de um Voltaire... Se, no caso de Todorov e tantos outros, era prudente se ater apenas ao fantástico, talvez fosse porque a balança de crédito e crítica não pode pender demais para nenhum dos lados.

Tentemos não ceder a um historicismo que não é o único, nem o melhor: a saber, aquele historicismo que, tomado de vertigens diante das durações demasiado longas, fecha os olhos a elas e fica cego à dimensão teórica. Esta se abre justamente pela necessidade de comparar um determinado fenômeno existente com algum outro qualquer, mesmo que extremamente recuado no tempo – e, por vezes, com fenômenos inexistentes, por vias hipotéticas. Sem dúvida, nossos dois termos, crédito e crítica, cuja oscilante incompatibilidade alimenta o fantástico do século XIX, podem, alhures, ser ou se tornar alternadamente anacrônicos. Suponho que existem textos de hagiografia medieval que podemos ler sem que jamais

15 Émile Durkheim, *As formas elementares da vida religiosa*, trad. Joaquim Pereira Neto. São Paulo: Paulinas, 1989.

tragam à consciência, como elemento limitador do crédito, aquele mínimo de regras que apresentei como indispensáveis. E esse mínimo de limitação está menos relacionado a uma instância crítica do que aos direitos mais simples e empíricos do senso de realidade.

Por outro lado, a prática me ensinou que existem textos iluministas que são lidos sem que a crítica antirreligiosa permita um recalque inconsciente ou admita o desdobramento do fascínio em prodígios, lendas ou dogmas. E se isso ocorre nos textos mais ideológicos, também pode acontecer que, nos textos mais literários ou narrativos, o crédito mal consiga sair do zero. Os dois termos soam impróprios nos casos extremos, a saber, a confiança no sobrenatural ou sua desmistificação: o nome de crítica no polo positivo das crenças a custo mantidas sob regra, e o nome de crédito no polo negativo da incredulidade militante. Mas ambos são adequados quando a instância contrária aparenta desaparecer, talvez descer para o subconsciente; não bastará talvez que, teoricamente, ambos sejam apropriados para todos os casos intermediários? Creio que sim, sob uma condição: que a série dos casos intermediários possa ser disposta de maneira gradual ou escalonada, ligando os dois extremos.

Quem não se sente persuadido por esses raciocínios, irá manter, se continuar a leitura, uma reserva que no fundo é inócua: na verdade, pouco pertinente em relação aos exemplos que serão apresentados. E suspeitará também que o autor, um modernista, está projetando na Idade Média e na Antiguidade modelos cabíveis somente depois da fratura criada pelo amadurecimento do espírito crítico moderno, entre a Reforma e o Iluminismo. Ou mesmo que está projetando nos séculos XVIII, XVII ou XVI modelos sugeridos pelo contato com os séculos XIX e XX. Não nego: o pressuposto que me leva a manter os termos crédito e crítica é de origem freudiana. Está relacionado com opiniões difíceis de resumir e, ainda mais, de defender sucintamente neste ensaio.

Ele se liga à ideia de que, após Freud, não faz mais sentido falar num irracional contraposto a uma racionalidade, sendo mais adequado falar em racionalidades distintas, mais ou menos tolerantes ou exigentes. À ideia de que a verdadeira estrutura portadora do que Freud descobriu, e "infelizmente chamou de inconsciente",[16] é uma estrutura de ordem lógica ou, melhor, antilógica: o conceito de "formação de compromisso". E de que o mesmo conceito se mostra fecundo e até imprescindível

16 I. Matte Blanco, *L'inconscio come insiemi infiniti. Saggio sulla bi-logica*. Turim: Einaudi, 2000, p. 105.

para a teoria e a análise da literatura. Freud é rigoroso no uso dos conceitos na mesma medida em que é avesso às definições; por isso, apresento a minha: "Definimos como formação de compromisso uma manifestação semiótica – linguística em sentido amplo – que ocupa o lugar, simultaneamente, de duas forças psíquicas contrastantes que se tornaram significados contrastantes".[17]

O conceito está subjacente na seguinte passagem freudiana sobre a psicogênese do chiste, no respectivo livro. Uma passagem, a meu ver, extremamente aplicável, como outras teorizações daquele grande livro, à literatura em geral. Trata-se do gosto pelo absurdo e pelos jogos infantis com as palavras:

> Qualquer que seja o motivo que leva a criança a iniciar esses jogos, creio que, em seu desenvolvimento posterior, ela própria desiste deles pela consciência de que são absurdos, divertindo-se algum tempo com eles devido à atração exercida pelo que é proibido pela razão. Usa agora tais jogos para se evadir da pressão da razão crítica. Muito mais poderosas são as restrições impostas à criança durante o processo educacional, quando se a introduz no pensamento lógico e na distinção entre o que é falso e verdadeiro na realidade; por essa razão a rebelião contra a compulsão da lógica e da realidade é profunda e duradoura. *Mesmo o fenômeno da atividade imaginativa pode ser incluído nessa categoria.*[18]

Historicizar essas linhas extraordinárias não é tão simples quanto parece. *Razão crítica* e *pensamento lógico* são, acima de tudo ou apenas, os que Freud podia pensar em 1905, no final do período positivista. Mas a *educação* mencionada não se resume a *pensar corretamente*, e inclui também *distinguir* o *verdadeiro* e o *falso*; a *coerção* não é apenas da lógica, é também *da realidade*. Terão de fato existido épocas históricas em que esta última exigência nem sequer se colocava? Ou em que ela não representava minimamente uma coerção, e não podia despertar nenhuma forma, nem mesmo superficial e intermitente, de *revolta*? Em todo caso, o que nos interessa é a última frase, que destaquei em itálico. Ela apresenta o mesmo prazer como origem da literatura em geral (a partir, hipoteticamente, do chiste) e da literatura com temas sobrenaturais em particular. De um âmbito imaginário e do âmbito que eu afirmei

17 F. Orlando, *Per una teoria freudiana della letteratura*. Turim: Einaudi, 1992, p. 211.

18 S. Freud, "Os chistes e sua relação com o inconsciente", trad. Margarida Salomão. Edição *standard* brasileira das obras completas de Sigmund Freud, v. VIII, Jayme Salomão (org.). Rio de Janeiro: Imago, 1996, pp. 122-23. Grifo nosso.

ser duplamente imaginário. Qualquer literatura requer a presença simultânea de instâncias opostas, e é em si mesma uma formação de compromisso: entre o real e o irreal. Esses temas demandam uma certa suspensão adicional da incredulidade, passando do máximo ao mínimo, e introduzem na primeira formação de compromisso uma segunda. Como se produzissem uma literatura ao quadrado.

Sei que esses temas, que percorrem a poesia, a prosa e os mais diversos gêneros literários, podem ser estudados de vários pontos de vista. Os quais não se excluem mutuamente; podem se combinar como respostas às perguntas que surgem em número proporcional às variáveis dignas de atenção. *De onde vem* o sobrenatural? Quando não é inventado *ex novo*, as variáveis das tradições histórico-nacionais são: grega e latina, judaica e cristã, celta, germano-escandinava, oriental importada, folclórica intercontinental. *Em que consiste ele?* Inventado, reinventado ou não, ele oferece variáveis temáticas, nos próprios assuntos ou nos mitos e heróis: magia e fantasmas, metamorfoses e animismo, deuses e personificações da natureza, profetas e santos, fadas e demônios, Medeia, Moisés, Jesus, Lancelot, Siegfried, Armida, Fausto. *O que significa ele?* Ressalvados todos os imprevistos da interpretação, ele apresenta variáveis no sentido alegórico-moral, como o eterno conflito entre o bem e o mal, na denúncia moderna do preço do progresso etc., e no sentido do simbolismo psicanalítico, desde o trauma do nascimento a qualquer transfiguração do erotismo. *Que efeito produz?* Funcionam como variáveis, digamos tonais ou afetivas com todas as nuances e contaminações, o sorriso do prazer e o riso do escárnio, o encanto dos prodígios e o arrepio do sagrado, a inquietude do sinistro e o tormento do terror. *Que épocas percorre?* As variáveis histórico-cronológicas, de máxima importância, mas impossíveis de abordar sem uma distinção prévia entre as várias formas assumidas pela temática, remetem preliminarmente a todas as outras variáveis.

Ora, a questão de método é a seguinte: além das variáveis histórico-cronológicas, histórico-nacionais, míticas ou propriamente temáticas, alegóricas ou simbólicas, tonais ou afetivas, sempre resta uma outra variável e uma outra pergunta. Em que proporções o sobrenatural se presta, respectiva e simultaneamente, ao crédito e à crítica? Em outras palavras, do mesmo ponto de vista: *em que formações de compromisso ele se forma?* A aproximação de textos diferentes ou distantes por data, língua, assunto, sentido implícito, emoções despertadas, pode ser esclarecedora, se baseada em analogias de fundo entre os estatutos que dão título às presentes páginas. Isto é, em analogias referentes aos modos de convivência entre duas racionalidades: uma mais complacente e a outra mais intransigente, sempre.

É preciso levar em conta todas as variáveis precedentes, mas, a meu ver, o mais interessante a estudar é uma outra questão. Minha hipótese de trabalho é estudar, de texto em texto, a temática do sobrenatural na literatura como uma série de formações de compromisso.

## 6. Das fábulas de Homero às zombarias de Voltaire

No princípio eram as regras (pela boa razão de que, em um princípio ainda anterior, era o caos). A primeira regra do sobrenatural parece ser a localização, que o delimita e determina imaginando-o ali e não em outro lugar. Parte-se idealmente do poema homérico mais abundante em monstros e prodígios, a *Odisseia*. Ao longo do relato de Ulisses a Alcínoo, os destinos do herói incluem localizações do sobrenatural fabulosamente geográficas: ora as terras, ora, melhor ainda, as ilhas, dos Lotófagos, dos Cíclopes, de Éolo, dos Lestrigões, de Circe, dos Cimérios, das Sereias, do Sol, de Calipso, além da descida ao Hades e do estreito entre Cila e Caribdes (cantos IX-XII). Mais tarde, as ilhas dos mares nórdicos é que serão as etapas portentosas de uma viagem de seres vivos até a ilha dos bem-aventurados. *A navegação de São Brandão*, de um anônimo irlandês, em prosa latina alto-medieval, teve tanto sucesso durante três ou quatro séculos que chegou a Dante.

Durante milênios, até os séculos XVII-XVIII, até os últimos poemas épico-religiosos, o crédito concedido ao sobrenatural foi pleno. Sabemos que mesmo o mais pleno crédito não dispensa regras, e sim reduz a elas uma instância limitadora à qual não cabe propriamente o nome de crítica. Por outro lado, a localização não é a única regra possível, e tampouco as únicas formas de localização consistem nas que foram espacialmente exemplificadas até agora: espaço de transição, espaço ultraterreno, espaço remoto. Há também localizações temporais. Para não nos delongarmos em todos os precedentes do romance moderno, indico as localizações temporais cuja evidência nos poupa citações: o tempo recorrente da noite, e dentro dele a meia-noite; o tempo remoto e irrepetível do passado mítico. Irrepetível, ou seja, incontrolável, qualificações que originariamente não lhe conferiam senão majestade; aliás, se quisermos, é pequeno o passo do incontrolável para o incrível. Os primeiros que quiseram se aperceber disso foram autores latinos e gregos.

No primeiro livro das *Metamorfoses*, Ovídio discorre sobre o dilúvio que poupou apenas Deucalião e Pirra, e sobre o oráculo que lhes ordena jogar pedras por sobre os ombros para renovar a espécie humana. Quando chega na metamorfose das pedras em homens, Ovídio intercala em menos de um hexâmetro: "quem acreditaria, se não fosse a Antiguidade a atestá-lo?".[19] Pergunta maliciosa que inverte a relação estabelecida: a autoridade do tempo não certifica o incrível, e já é muito que ele não a desacredite. Aqui não é descabido falar de crítica. Mas e se, neste verso e em todo o poema, uma crítica inversamente proporcional ao crédito tiver talvez a mesma força que virá a ter em Cervantes? Responder pela negativa significa deixar entrever um outro caso intermediário, e com isso o escalonamento gradual entre eles.

Uma aproximação que se queira basear em proporções máximas de crítica e mínimas de crédito na literatura antiga leva a Luciano de Samósata. Em seu "Zeus ator trágico", os deuses assistem do alto à disputa entre um estoico e um epicurista, diante de uma multidão: o primeiro, que toma o partido dos deuses, é derrotado pelo segundo, que nega a existência deles. A obra que mais guarda semelhança com a onda de simpatia que se reserva Dom Quixote, isto é, com um crédito oculto, é a *História verdadeira*. O mais deliberadamente inverossímil dos relatos também faz uma caricatura de outros romances; foi justamente Ulisses, pelo que narra a Alcínoo, o "iniciador e mestre de tais charlatanices". Aqui, o narrador é veraz na proporção inversa em que se apresenta como mentiroso: "Assim, escrevo coisas que não vi, não vivi, não soube de terceiros, nem sequer existem e nem podem absolutamente vir a acontecer".[20]

Nessas alturas, vamos querer uma terminologia? Designarei como sobrenatural literário *de tradição* o mais forte deles: com o máximo de crédito, convalidado por reificações duradouras do imaginário coletivo, limitado apenas por suas próprias regras. Por mais que seja recriado em novas formas por novos textos, as matérias se transmitem ao longo dos séculos, de maneira mais ou menos fiel. Em contraposição, chamarei o mais fraco deles, criticado ao máximo, de sobrenatural *de derrisão*: nunca originário, sempre possibilitado historicamente pela superação de uma racionalidade inferior. Embora muito próximo a ele, distinguirei um terceiro: o sobrenatural *de indulgência*. O sorriso em vez do riso, se quisermos; em termos psicológicos, porém, as transições são ainda mais fluidas, as distinções mais flutuantes do que nas categorias definidas às quais, no final das contas, pode aspirar a teoria da literatura.

Melhor dizer que o terceiro estatuto se diferencia do segundo, embora partindo da mesma incredulidade tácita, porque deixa aflorar o gosto pela credulidade

19 Ovídio, *Metamorphoses*. Leipzig: Teubner, 1988, livro I, v. 400, p. 14.

20 Luciano, "Storia vera", in *Luciani Opera*, tomo I. Oxford: Oxford University Press, 1972, livro I, par. 3 e 4, doravante citado no texto com o número do livro e do parágrafo entre parênteses.

arcaica, pela regressão irracional. A questão do verdadeiro e do falso é posta de lado por ilusões hedonistas. Por um prazer que não é um fim em si mesmo, mas se encontra "na atração por aquilo que é proibido pela razão", nas palavras de Freud. Na Antiguidade predominou o sobrenatural de tradição. Mas bastariam Luciano e Ovídio para provar que o de derrisão veio se lhe contrapor e o de indulgência lhe retirou peso. Creio que a Idade Média pouco, raras vezes ou tardiamente se aproximou destes dois últimos; renuncio por prudência a escolher entre as duas categorias, devido às ambiguidades dos casos de frei Alberto e, principalmente, de frei Cipolla em Boccaccio (*Decamerão*, IV, 2, e VI, 10).

Em todo caso, a verdadeira redescoberta do sobrenatural de indulgência se deu na Itália renascentista. Em Boiardo, o tema bretão traz uma grande abundância de regras e localizações fabulosas, e não está isento de uma ironia que atribui a agradável inverossimilhança ao arcebispo Turpino, à tradição personificada como "fonte". Se a metade de Orilo que continuou a cavalo, após ser cortado ao meio por um golpe de espada, vem a se recompor com a metade caída no solo (é o que Dom Quixote vai querer fazer: I, X, p. 114), é coisa que, "embora Turpino a isso me mova,/ Eu me envergonho de contá-la".[21] Ariosto, como se sabe, eclipsou o predecessor também na ironia. Se o hipogrifo voando é "uma excelsa maravilha,/ que, lida, não se acreditaria",[22] aos dois casos se aplicariam dois versos referentes a algo não sobrenatural, a virgindade da aventurosa Angélica: "Talvez fosse verdade, mas não era crível a quem estivesse em posse de seus sentidos".[23] Em Rabelais, pelo contrário, pretende-se obrigatório acreditar que Gargântua nasceu da orelha esquerda de sua mãe. "Se não acreditarem, o que me importa, mas um homem de bem, um homem de bom senso sempre acredita no que lhe é dito, e no que encontra escrito", ainda mais porque não há nada em contrário nas Sagradas Escrituras e nada é impossível à onipotência divina, e os precedentes anormais se estendem da mitologia à ciência de Plínio.[24]

O surgimento do protestantismo na França influiu nas variantes das diversas edições de Rabelais, com a censura de passagens desse tipo. Direi que, de modo geral

21 M. M. Boiardo, *Orlando innamorato*, livro III, canto II, oitava LIV, in *Tutte le opere di Matteo M. Boiardo*. Milão: Mondadori, 1937, v. II, p. 371.

22 L. Ariosto, *Orlando furioso*, canto IV, oitava IV, in *Tutte le opere di Ludovico Ariosto*. Milão: Mondadori, 1964, v. I, p. 63. [ed. bras.: *Orlando furioso*, trad. Pedro Garcez Ghirardi. São Paulo: Ateliê, 2005, 2ª ed.]

23 Id., ibid., p. 15 (canto I, oitava LIV).

24 F. Rabelais, *Gargantua* (1534), in *Œuvres complètes*. Paris: Gallimard, 1994, cap. VI, p. 22 [ed. bras.: *Gargântua*, trad. Aristides Lobo. São Paulo, HUCITEC, 1986]

e a longo termo, a Reforma e a Contra-reforma tiveram influência no sobrenatural de tradição e no de indulgência, ou seja, no sistema de alternativas que, juntos, eles formavam. Era como se, agora, o sobrenatural de tradição, para ter a profundidade de uma obra-prima, precisasse se adensar com alguma representação de problemas a meio caminho entre a teologia e a moral. Os exemplos por excelência são o inferno, o demônio ou demônios, magos e feiticeiras instrumentos do demônio, que, mantendo-se ideologicamente condenados, podiam granjear a preferência do leitor nos grandes poemas épico-religiosos: desde o católico Tasso aos protestantes Milton e Klopstock. A queda, o livre-arbítrio, o pecado, a danação, a redenção, a ressurreição estimulam a inventividade poética, na mesma medida em que a tornam mais problemática. (No teatro, Shakespeare coloca por trás do espectro paterno que aparece a Hamlet o horror de um crime contra a natureza; Racine, por trás dos monstros parentes de Fedra, a tremenda predestinação jansenista; em Calderón, a vontade humana resiste aos prodígios mágicos do demônio que move montanhas.)

Por outro lado, o novo espírito crítico, nada estranho à renovação religiosa, favoreceu a passagem do sobrenatural de indulgência para o de derrisão. No começo do século XVII, enquanto o tema bretão se tornava alvo genial de Cervantes, na Itália e França a mitologia greco-romana sofria ofensivas de nível mais modesto, nos poemas herói-cômicos ao estilo de Tassoni ou burlescos ao estilo de Scarron. A Querela dos Antigos e dos Modernos só eclodiu na França no final do século. Mas as premissas já existiam antes e em outros lugares, incubadas naquele aspecto modernista do barroco que o tornava bifronte e o predestinava a repúdios violentos. Não por acaso foi Perrault, o líder dos Modernos franceses, que, a partir da herança folclórica, chegou a um sobrenatural inócuo: diferente do bretão desacreditado, do clássico gasto, do cristão comprometedor.

Dizem os versos no começo de *Pele de asno*:

> Por que haveria de admirar
> que a razão mais sensata,
> cansada de tanto velar,
> com contos de ogros e fadas
> engenhosamente embalada
> tenha prazer em dormitar?[25]

25 Charles Perrault, "Peau d'âne" (1697), in *Contes*. Paris: Garnier, 1967, p. 57 [ed. bras.: *Contos de Perrault*, trad. Regina Regis Junqueira. Belo Horizonte: Villa Rica, 1994].

Também no final do século XVIII alemão, Wieland, no início de seu medievalizante *Oberon*, aponta os ouvintes à musa: "Dispostos à convenção recíproca,/ Se souberes enganá-los,/ De se deixar de bom grado enganar".[26] Epígrafes para o sobrenatural de indulgência, voltado, mais do que os outros, não tanto ao tema das narrativas e sim a delicadas ironias da escrita. É o único estatuto que não consigo encontrar no romance, pelo menos no romance para adultos. Com as fábulas de Perrault, em 1697, ele ingressava na literatura infantil, onde perduraria até o século XIX, com as fábulas de Andersen, *As aventuras de Pinóquio* de Collodi, *Alice no país das maravilhas* de Carroll. Tal como o sobrenatural de tradição, com as fábulas genuinamente arcaicas dos irmãos Grimm.

Em 1704, com *As mil e uma noites* traduzidas do árabe, Galland dotou a prosa francesa de um fabuloso inédito por várias razões. Tomado de baixo, de fora, de uma literatura exótica, apto a reelaborações indulgentes, quando não derrisórias. Contribuiu para que a narrativa iluminista madura, desde as *Cartas persas* e *Zadig*, desse preferência a motivos orientais. No vaievém epistolar do romance de Montesquieu, ser persa permite olhar o Ocidente, Paris, o catolicismo, seus dogmas, com distanciamento crítico. Mas o Oriente é e continua a ser a antiquíssima pátria de várias coisas sob acusação: mito, metáfora, poesia, religião revelada, lógica falha que os reúne num conjunto depositado em livros sacros. Remeto à análise que fiz das cartas 16-18, onde o Corão, na aparência digno das *Mil e uma noites*, aos poucos se presta ao papel de Bíblia. E Montesquieu se comporta com eles como Luciano ou Cervantes com seus romances, como se comportam os autores irreverentes com qualquer texto sério. O sobrenatural de derrisão triunfa num impossível diálogo entre a boa e a má lógica: no duplo sentido de que, diante da filosofia, o mito está ridiculamente errado, mas que há um gosto secreto em lhe ouvir a retórica regressiva.[27]

O primeiro conto filosófico de Voltaire praticamente não concede nem isso. Discute-se na Babilônia: ou o grifo não existe, e então por que proibir comê-lo; ou, como é proibido comê-lo, ele deve existir. É o inexistente que acaba pagando pela sabedoria conciliatória de Zadig, a nulidade de consequências se torna passível de respeitosas gradações: "Se os grifos existem, não vamos comê-los; se não existem, comeremos ainda menos [...]". E é por pouco que Zadig não tem de pagar por sua

26 Christoph Martin Wieland, *Oberon* (1780), in *Epen und Verserzählungen*. Munique: Winkler, 1964, canto I, oitava VIII, p. 10.

27 F. Orlando, *Illuminismo, barocco e retorica freudiana*. Turim: Einaudi, 1997, pp. 29-64.

sabedoria, acusado pelo douto autor de treze volumes sobre os grifos;[28] o inexistente é loquaz e persecutório. *A princesa da Babilônia* desperta, vez por outra, o sorriso da indulgência, mas brota o riso involuntário diante dos patriarcas bíblicos citando, por exemplo, a idade da mãe de Amazan: "era uma dama com cerca de trezentos anos; mas ainda restava algo de sua beleza, e via-se claramente que dos duzentos e trinta aos duzentos e quarenta anos, mais ou menos, tinha sido encantadora" (IV, p. 376). *O touro branco*, a obra-prima menos lida, é a fábula de uma propaganda que se tornou particularmente agressiva em seus últimos anos. Se, como é notório, com Voltaire a derrisão tem a última palavra, como nunca antes, isso se deve à qualidade literária de suas dezenas de libelos antirreligiosos, a tal ponto que o sobrenatural mal consegue preservar o eco de um apelo e é tendencialmente reduzido ao silêncio.

## 7. A tematização da dúvida

Em que condições, após o Iluminismo, poderia ressurgir um sobrenatural forte? É a pergunta histórica a que respondem os estudos sobre o fantástico, em geral sem o saber. Definindo o conceito com base na hesitação, Todorov atraiu várias reservas contra uma intuição no fundo correta. Depois de muitas outras objeções, o que quero contestar é a excessiva importância por ela atribuída aos desfechos narrativos: o fantástico seria aquilo que, no final, não se racionaliza no "estranho" nem se confirma no "maravilhoso". A tese exclui os maiores sucessos do gótico inglês: *Os mistérios de Udolfo*, de Radcliffe, em que o sobrenatural termina racionalizado, e *O monge*, de Lewis, onde não tarda a se confirmar. Agora, na produção gótica que se estende de *O castelo de Otranto*, de Walpole (1764), até *Melmoth, o errante*, de Mathurin (1820), observarei sobretudo o significado adquirido pela série das localizações: espaciais e temporais.

No tempo, há um avanço, de romance em romance e ocupando épocas intermediárias, desde o século XI de Walpole até a contemporaneidade do ano de 1816 de Maturin. Mas, no espaço, partindo de uma extremidade sul-oriental como Otranto, por que os romances se passam quase sempre no sul da Itália, na Espanha e nunca acima da França central? Porque, a meu ver, tal espaço também é tempo: escritores e leitores do país mais avançado da Europa projetam na área meridional

28 Voltaire, *Zadig, ou la destinée* (1747), in *Romans et contes*, op. cit., cap. IV, pp. 65-66 [ed. bras.: *Contos e novelas*, trad. Mario Quintana. São Paulo: Globo, 2005].

católica, supersticiosa, feudal, turbulenta, passional, seu próprio passado superado. A localização em negativo pressupõe uma em positivo, assegurando que os limites da verdadeira civilização se encontram na Inglaterra. Prova disso é o romance de Austen, o qual está para o romance de Radcliffe assim como *Dom Quixote* está para os romances de cavalaria, que beira deliciosamente o sobrenatural de derrisão. A jovem Catherine, depois de crer que revivera Udolfo na modernizada *Abadia de Northanger* que a hospedava, se desilude e recupera o juízo. Não, certos horrores não ficariam ocultos, aqui "onde estradas e jornais colocam tudo a descoberto"; pelo menos, se não for garantido nas áreas marginais, certamente não no centro do país.[29]

No início dos *Mistérios de Udolfo*, em 1584, estamos entre a Gasconha e o Languedoc. Mas a poética do romance histórico pertence ao futuro: a protagonista Emily, tal como o pai, cultiva valores abertamente setecentistas, burgueses e protestantes – ingleses. A racionalidade superior que será submetida a uma séria indecisão condiz com uma intimidade individualista, familiar e sentimental.[30] Estabelece-se um sólido plano realista, no contraste entre esses valores e os valores contrários de parentes mundanos e ambiciosos; uma realização digna de outros gêneros de romance é a figura petulante da tia, Madame Cheron, depois Montoni. Perdido o pai, ficando nas mãos do temível italiano, segundo marido da tia, a jovem é conduzida a Udolfo nos Apeninos. A horrível sublimidade da montanha, referência fundamental na redescoberta pré-romântica da natureza, já contemplada a distância diante dos Pireneus, agora se transforma na outra face do sublime: aquela que Burke relacionou ao terror.[31]

Um terror de ordem social, além do natural e anterior ao sobrenatural: viajando "por regiões de profunda solidão", a garganta mais selvagem e afastada parece a Emily "um lugar perfeitamente adequado como esconderijo de bandidos".[32] O verdadeiro objeto daquilo que, desde cedo, ela temia em Montoni, mesmo admirando-o como homem duvidoso, belo e ousado que era, se revela um arbítrio que não respeita direitos, não responde por atrocidades, faz justiça com as próprias

29 J. Austen, *Northanger Abbey* (1818), in *Northanger Abbey, Lady Susan, The Watsons, and Sanditon*. Londres: Oxford University Press, 1990, v. II, cap. IX e X, pp. 159 e 160-61 [ed. bras.: *A abadia de Northanger*, trad. Ivo Barroso. Rio de Janeiro: Barléu, 1982].

30 A. Radcliffe, *The Mysteries of Udolpho* (1794). Londres: Oxford University Press, 1966, v. I, cap. I e II, pp. 1-26; cap. VI, pp. 56-73; cap. VIII, pp. 82-98; v. IV, cap. X e XI, pp. 580-95.

31 Ibid., v. I, cap. I, p. 1; v. II, cap. V, pp. 224-26; v. II, cap. VI, pp. 241-42; v. III, cap. X, pp. 467-68.

32 Ibid., v. III, cap. VI, p. 402.

mãos.[33] A desconfiança anticatólica se mantém virtual, exceto em breves passagens contra os conventos[34] (a autora retornará muitas vezes a eles em *O italiano*). Entre os dois grandes arquétipos de construção que, naqueles anos revolucionários, foram alçados a símbolos do antigo regime, é o outro que dará suposto abrigo ao sobrenatural: o castelo. Localização na localização do superado. Tornando-se tão fantasmática, com o olhar estranho de uma classe acostumada a habitações muito mais acanhadas, a morada dos senhores anteriores está sob todos os títulos habilitada a funcionar como pano de fundo sinistro. A imensidão vazia das orgulhosas proporções desde longa data inúteis;[35] a irracionalidade labiríntica de corredores, curvas, passagens e aposentos afastados;[36] a decadência dominante que transforma em ruínas torres, tetos, paredes, capelas, alas inteiras.[37]

Imensidão, irracionalidade e decadência em que as pessoas ficam isoladas, perdidas, respirando morte. Um só castelo não basta e, escapando a Udolfo, Emily prossegue e termina suas peripécias em Château-le-Blanc, no Languedoc. Ela havia passado ali perto, com o pai moribundo: exemplarmente arrepiantes os breves diálogos com os camponeses que os dissuadiram, mais do que as estranhezas vistas ou ouvidas, de tentar pernoitar no castelo, não com informações alarmantes, mas com reticências inquietantes.[38] Mas cabe ao castelo italiano colocar à prova a coragem e a razão da heroína, e a tal ponto que ambos, o lugar e o sujeito, se tornam complementares. Um impõe as condições de dúvida a que a outra deve resistir: "Enquanto percorria as galerias amplas e solitárias, sombrias e silenciosas, sentiu-se abandonada e temerosa [...] não sabia bem de quê".[39]

Essa "apreensão do desconhecido que aumenta até o grau absoluto do pavor infantil"[40] nos leva a perdoar os frequentes desfalecimentos e nos permite sentir a originalidade um pouco baça do romance. Os lamentos atrás de uma das inúmeras

33 Ibid., v. I, cap. XII, p. 122; v. III, cap. III, p. 361; cf. v. II, cap. V, pp. 224-25 e 240; v. II, cap. XI, p. 329; v. III, cap. III, p. 367; v. III, cap. V, p. 384; v. III, cap. VIII, p. 435.

34 Ibid., v. III, cap. XI, pp. 475-76; v. III, cap. XII, p. 489; cf. também v. IV, cap. XV, pp. 639-40.

35 Ibid., v. II, cap. V, pp. 226-28; v. II, cap. VI, pp. 244-45.

36 Ibid., v. II, cap. V, pp. 230-32; v. II, cap. VI, pp. 257-58; v. II, cap. X, pp. 317, 318, 320-21 e 322; v. III, cap. VIII, pp. 429-33; v. III, cap. IX, pp. 457-60.

37 Ibid., v. II, cap. V, pp. 229-30, 232; v. III, cap. I, pp. 344-46; v. III, cap. V, pp. 376-77.

38 Ibid., v. I, cap. VI, pp. 62-64.

39 Ibid., v. II, cap. IX, p. 308.

40 F. Orlando, *Gli oggetti desueti nelle immagini della letteratura*. Turim: Einaudi, 1994, p. 175.

portas,[41] os silêncios ou sons distantes,[42] as perseguições tortuosas,[43] as vozes saindo das paredes,[44] as figuras indistintas na escuridão,[45] os cadáveres decompostos, reais ou de cera,[46] as músicas misteriosas da meia-noite,[47] tornam-se inesquecíveis como figuras do sobrenatural ilusório, geralmente noturno. As inevitáveis racionalizações não dissolvem a atmosfera, justamente porque se distribuem de maneira imprevisível nas mais variadas medidas: desde os equívocos esclarecidos em poucas linhas ou parágrafos até os enigmas que, ao longo de centenas de páginas, sustentam todo o enredo.

A hesitação é um conceito necessário, mas insuficiente, na medida em que, sob a temporalidade mais linear e lábil, suas soluções se tornam quase indiferentes. Como designar o conceito, após a devida adequação? Levando em conta que o medo tem raízes numa profundidade onde é indelével o sopro do sobrenatural, não é preciso se preocupar senão com a tematização da dúvida: pouco importa o quanto se prolonga e como é solucionada. Burke (ao dizer que a escuridão é necessária para o terror, e a causa de seus poderes reside em "nossa ignorância das coisas")[48] nos autoriza a falar num sobrenatural não de incerteza, e sim *de ignorância*. Teoricamente, nossa tipologia se estruturaria em torno da simetria das três respostas possíveis à questão da consistência ontológica: um *sim* e um *não* nos extremos, com as atenuantes contrárias que vimos, e no centro um *talvez*. Trata-se, porém, de um centro oscilante, que tende a se inclinar imperceptivelmente para o *sim*.

Em Radcliffe, o pessimismo da razão faz parte da herança iluminista: em Château-le-Blanc, quando se discute se os espíritos podem voltar à terra, o cavalheiro que nega a hipótese encontra mais argumentos e menos seguidores.[49] A camareira

41 Radcliffe, *The Mysteries*, op. cit., v. II, cap. VI, p. 258; v. II, cap. IX, p. 309; v. II, cap. X, p. 321.

42 Ibid., v. II, cap. VI, p. 253; v. II, cap. X, p. 318.

43 Ibid., v. III, cap. VIII, pp. 430-32.

44 Ibid., v. II, cap. VII, pp. 289-91; v. III, cap. VI, pp. 394-95; cf. v. III, cap. IX, pp. 459-60.

45 Ibid., v. III, cap. II, pp. 355-57; v. III, cap. III, pp. 367-68; v. III, cap. IV, pp. 373-74.

46 Ibid., v. III, cap. I, pp. 347-48; cf. v. III, cap. III, p. 365; v. II, cap. VI, pp. 233-34; v. II, cap. VI, pp. 248-49; v. II, cap. XVII, pp. 662-63.

47 Ibid., v. I, cap. VI, pp. 68-69; v. IV, cap. III, pp. 525-26; v. IV, cap. V, pp. 541-42; v. IV, cap. VI, pp. 550-51; v. IV, cap. XVII, p. 661; v. II, cap. XI, pp. 330-31; v. III, cap. V, pp. 386-88; v. III, cap. VIII, pp. 437-40; v. III, cap. IX, p. 459.

48 E. Burke, *A Philosophical Enquiry into the Origin of our Ideas of the Sublime and Beautiful* (1757). Londres: Oxford University Press, 1990, parte II, seções III-IV, pp. 54 e 57 [ed. bras.: *Uma investigação filosófica sobre a origem de nossas ideias do Sublime e do Belo*, trad. Enid Abreu Dobránszky. Campinas: Papirus, 1993].

49 Radcliffe, *The Mysteries*, op. cit., v. IV, cap. VI, pp. 549-50.

Annette é fonte de boatos acolhidos com uma fé tão ilógica que o canhão ao lado do qual teria aparecido "alguma coisa" se converte em prova da aparição.[50] Mas Emily não está exposta apenas à loquacidade inculta de Annette. A dúvida brota dentro dela, e com muitas frases recorrentes constrói sucintas formações de compromisso, nas quais o vocabulário quer desacreditar aquilo a que a informação dá crédito. Eis um exemplo: "embora sorrisse ao ouvir essa ridícula superstição, não pôde, em seu estado de ânimo naquele momento, resistir por completo ao contágio".[51] E a tematização da dúvida seria inconcebível sem a outra grande inovação introduzida, para se justificar, pelo sobrenatural de ignorância. Pela primeira vez, embora a narrativa seja feita na terceira pessoa, ele sempre aparece na perspectiva não do autor, e sim na do personagem: filtrado por uma subjetividade, olhado de um ponto de vista.

Agora abordaremos o sobrenatural de ignorância num caso em que as razões para não falar em fantástico são contrárias às do exemplo gótico. Neste, o sobrenatural, plausível num tempo e num espaço fora do alcance, acabava desmentido; no novo exemplo, o sobrenatural, inadmissível em contato com o aqui e agora, é definitivamente comprovado. Hoffmann havia inaugurado desde 1809 ("O cavaleiro Gluck") as ambientações contemporâneas e cotidianas, quase renunciando à localização: "O vaso de ouro", de 1813, traz o subtítulo de "Fábula da nova era".

O estudante Anselmus poderia alimentar boas esperanças de chegar a secretário pessoal ou mesmo a conselheiro da corte em Dresden, se não fosse atingido por uma aziaga sucessão de infortúnios grotescos, como o que abre o conto. Ele se refugia aflito sob um sabugueiro e, quando começa a ouvir tinidos e sussurros e a ver entre os ramos a cintilação de três pequenas serpentes verde-douradas, diz consigo mesmo: é apenas o vento da tarde, que hoje sopra palavras; é o sol, que refulge em esmeraldas na folhagem. Conhecemos esse dilema: gigantes ou moinhos, elmo ou bacia? Mas ele é um romântico Quixote às avessas. O estudante, bem-apessoado, mas com roupas fora de moda, como se o alfaiate só conhecesse fraques modernos de ouvir falar,[52] tem razão em se entregar a suas alucinações e se tornar suspeito de insanidade. No arquivista Lindhorst temos um bom mago de verdade, e é de verdade a feiticeira que o persegue sob vários disfarces; encarnado

50 Ibid., v. II, cap. V, pp. 233 e 236-39; v. II, cap. VI, pp. 254-55.

51 Ibid., v. I, cap. VI, p. 68.

52 E. T. A. Hoffmann, "Der goldene Topf" (1814-1815), in *Sämtliche Werke in sechs Bänden*, II, 1. Frankfurt am Main: Suhrkamp/Insel, 1993, pp. 229-35 ("Primeira vigília"); doravante citado diretamente no texto com o número da vigília e da página entre parênteses [ed. bras.: "O vaso de ouro", in *Contos fantásticos*, trad. Claudia Cavalcanti. Rio de Janeiro: Imago, 1993].

em sábios funcionários como o codiretor Paulmann e o chanceler Heerbrand, o senso de realidade de Sancho está errado.

Mas, como vimos, a oscilação é, em primeiro lugar, interiorizada no protagonista. Ele abraça o sabugueiro, invoca as serpentes desaparecidas; os passantes se apiedam, ele esquece qualquer lembrança dos prodígios; ela lhe volta no barco, ao reflexo dos fogos de artifício sobre o Elba; está para se lançar à agua, novamente se expõe ao ridículo, enfrenta uma louca desavença; ouve sussurrar: "acredite em nós", revê as três faixas brilhantes, não, é o reflexo das janelas iluminadas... (II, pp. 186-89). Recorri a três ou quatro páginas entre uma centena delas; as oscilações nos dois sentidos são igualmente numerosas ao longo do texto. Às vezes são admiráveis, se substituirmos as indubitáveis localizações por uma perspectiva duvidosa. Como quando, à noite, um homem alto e magro "lhe apareceu de súbito"; e, após um diálogo em que a identidade do arquivista se vê comprometida pelo inverossímil, isso se dá devido à incerteza se é um homem ou um abutre que se afasta no crepúsculo, se é o vento que ergue as abas da sobrecasaca ou se são grandes asas levantando voo (IV, pp. 253-58).

Escrevendo na terceira pessoa, Hoffmann antecipa, como já fizera Radcliffe, o uso perspectivo da primeira pessoa que se mostrará o mais adequado ao sobrenatural de ignorância.[53] A incessante tematização da dúvida, as recaídas do crédito e da crítica, se distribuem especularmente sob os sinais contrários. Com a mesma intermitência, Anselmus se mantém fiel às aparições, mesmo no mundo burguês de Veronika, filha de Paulmann; volta a pecar por um cético bom senso à medida que se aproxima da concretização feminina de Serpentina, filha de Lindhorst. O qual, além de arquivista, é mago e salamandra.

A "antiga casa afastada" de Lindhorst (II, p. 242), para onde Anselmus se dirige para copiar manuscritos, e onde a biblioteca se alterna com uma estufa encantada, dá uma localização ao sobrenatural e o intensifica até demais, pois Hoffmann geralmente é melhor quando é mais conciso. A multiplicação desenfreada de metamorfoses e transfigurações roçaria o kitsch, mas cabe lembrar que, aqui, o sobrenatural de ignorância custa a se desvincular não do sobrenatural de tradição, e sim do de indulgência. E com maior razão no relato mágico de Lindhorst no café, que provoca risadas clamorosas por duas vezes seguidas. Para Heerbrand, parece uma "grandiloquência oriental", ao passo que ele o apresenta como "literalmente verdadeiro"; não faltam ironias engraçadas ("uma figura e tanto, metida a negromante, que tinha comprado na Lapônia uma moradia para o verão", III, pp. 244-48).

53 Cf. Todorov, *Introdução à literatura fantástica*, op. cit., pp. 90-94.

No relato análogo de Serpentina a Anselmus, fala-se do presente como um "tempo desventurado em que a língua da natureza não será mais entendida pela estirpe degenerada dos homens", a menos que possuam "um ânimo poético infantil" (VIII, pp. 290-91). Num apelo ao leitor, o sobrenatural é objeto de uma nostalgia "que o espírito, como um menino severamente educado e tímido, não ousa exprimir" (IV, pp. 250-52). No final, quem se torna conselheiro é Heerbrand; e Veronika, superadas as tentações do sobrenatural negro da feiticeira, se casa com ele. Anselmus se une a Serpentina; e onde? Em Atlântida. A dificuldade do narrador em dar um desfecho é resolvida: escreve-lhe uma carta e estende-lhe uma bebida, quem? O arquivista-salamandra (XII, pp. 315-21). A dúvida temática se anula no imaginário ao quadrado, elevado a literatura por antonomásia; mas não foi a contragosto que o grande porvir do sobrenatural de ignorância seguiu esse caminho.

## 8. A nova justificativa do mistério

Os estudos sobre o fantástico quase nos levam a crer que ele foi o único estatuto do sobrenatural vigente entre o final do século XVIII e o final do século XIX. Difícil esquecer a existência e a fortuna europeia do *Fausto*, de Goethe, do *Anel dos Nibelungos*, de Wagner; sem dúvida, mas eles não podem ser tragados pela onívora categoria do maravilhoso? O ponto de partida de minha pesquisa foi desconfiar dessa assimilação retrospectiva anti-histórica e preguiçosa. E logo se seguiu uma convicção: nas últimas décadas do século XVIII surgiram dois, e não um, estatutos pós-iluministas do sobrenatural. O *Fausto* ultrapassa a narrativa. Mas devo recorrer, pelo menos com uma observação, ao modelo original do outro estatuto, também fecundo na narrativa, no mesmo período do século. Nas fontes (livro popular de 1587, espetáculo de marionetes no final do século XVII), a figura com quem o doutor faz um pacto podia assumir o nome de Mefistófeles, responder a perguntas sobre o inferno, ter características próprias. Mas nem por isso representava algo que fosse substancialmente além de uma tautologia própria do sobrenatural de tradição: o diabo é o diabo. Em Goethe, as coisas não são tão simples.

A identidade diabólica já despertara uma discussão entre o mestre e o discípulo, segundo o dilema quixotesco: cão espectral ou cachorrinho inofensivo?[54] Depois

54 J. W. Goethe, *Fausto. Uma tragédia* (I, 1797; II, 1833), v. I, trad. Jenny Klabin Segall. São Paulo: Editora 34, 2004, pp. 123 ("Diante da porta da cidade").

Fausto assiste a algumas metamorfoses, e chega ao ponto: "Mas quem és então?". A resposta não parece minimamente previsível, e nunca poderia ser imediatamente clara: "Sou parte da Energia/ Que sempre o Mal pretende e que o Bem sempre cria". O doutor tem de insistir: "Com tal enigma que se alega?". A resposta seguinte é pouco menos obscura e imprevisível;[55] nem a reproduzo, pois talvez isso nos baste. Aqui me cabe menos ainda aquilo que, por sorte, não é necessário para a contribuição teórica, a saber, interpretar.

Indaguemos apenas sobre o efeito da resposta de Mefistófeles sobre leitores cultos que não estejam recorrendo a comentaristas. É uma *força* que *quer o mal* e *opera o bem*, que faz *sempre* assim, e de que o diabo *é uma parte*... Que tipo de discurso é este? Não invoca citações das Sagradas Escrituras, não parece provir de uma teologia; embora seja pronunciado pelo diabo, também poderia não se referir a uma esfera sobrenatural. Estaremos no âmbito de uma metafísica ou de uma ética laica? Daquilo que Voltaire começava a chamar de filosofia da história? Uma coisa é certa: aqui o diabo define a si mesmo, e a autodefinição é tão singular que chega a ser uma *re*-definição.

Para que um sobrenatural literário forte se tornasse novamente aceitável num mundo dessacralizado, havia um caminho apenas na aparência menos moderno do que a dúvida e a perspectiva, do que o cotidiano e o contemporâneo. Podia-se retomar, como se nada fosse, a tradição: suas localizações, ambientações lendárias ou distantes, apresentações em perspectiva. O sobrenatural que pretendo apontar, de fato, convive muitas vezes com o sobrenatural de tradição, alterna-se com ele em transições pouco perceptíveis. O importante é que, em momentos essenciais, as antigas justificativas, enfraquecidas ou desaparecidas, sejam substituídas por novas justificativas eficazes. O inatual adquire então uma atualidade ainda maior por ser esta absolutamente problemática. Explico as razões.

Com a guinada histórica que acelerou como nunca os ritmos do progresso, o presente começava a mostrar aspectos percebidos como enigmáticos, e não só traumáticos. Transpô-los para o sobrenatural, com o fito de lhes conferir significado, consistia em recorrer a algo que é misterioso por excelência, e o é *a priori*, sendo também algo, por excelência, anterior. Assim, o sobrenatural reencontra uma consistência ontológica. Toma-a de empréstimo ao recorrer de modo peremptório, embora latente, a referentes da realidade: recurso este que chamarei de alegórico-referencial (para evitar confusões com a alegoria, antiga ou nova). E esses

55 Id., ibid., p. 139 ("Quarto de trabalho [I]").

referentes, lugares de menor resistência da realidade, encontram no sobrenatural uma expressão enigmática adequada. Apenas eles são suficientemente férteis para justificá-lo mais uma vez, e apenas o sobrenatural tem mistério suficiente para exprimir tais referentes.

Chamamos de sobrenatural *de transposição* aquele que, ao invés de se entremostrar ou se ocultar, é tido como cognoscível se lhe for dado falar. Não é uma voz desconhecida que relata o que pode a partir de fora, e sim uma voz autêntica que revela o que quer a partir de dentro. Se me abstenho de decidir a que remete a autodefinição do Mefistófeles de Goethe, asseguro, em compensação, que ele não será o único demônio, no século XIX, a se justificar a partir de si mesmo. Ao fazê-lo, vários descendentes literários seus remetem presumivelmente à racionalidade do progresso – mesmo que em negativo, como se atribui a seus semelhantes. Pena que "O jogador generoso", de Baudelaire, seja um poema em prosa, e que eu não possa ler *Os irmãos Karamázov*, de Dostoiévski, no original (livro XI, cap. X). Para não me afastar da gênese do sobrenatural de transposição, tal como do de ignorância, tomarei um texto datado entre 1781 e 1787. *Vathek, um conto árabe* foi escrito em francês pelo inglês William Beckford, com pouco mais de vinte anos.

Nele ressoam outros gêneros narrativos: a fábula ao estilo oriental, o conto filosófico, o gótico em seus primórdios (para nós, três estatutos diferentes). O sobrenatural de derrisão à maneira de Voltaire é tão saboroso, na impertinente desenvoltura de mais de noventa por cento do texto, que poderíamos considerar, sem ferir a unidade do conjunto, o terrível final como um desfecho inesperado. No entanto, quem é Giaurro, o estrangeiro que de repente aparece como duplo monstruoso de Vathek, o califa com apetites físicos exagerados e sede desmedida de conhecimentos? Ultrapassa-o nos apetites e aponta-lhe uma meta misteriosa no saber. Com isso, pouco fala de si, e apenas de maneira ambígua – mas fala. E o que significam as mercadorias "extraordinárias", "impossíveis" que ele apresenta, tão logo aparece em cena: "chinelos que, por meio de molas espontâneas, auxiliavam os pés a caminhar; facas que cortavam sem que a mão se movesse; sabres que feriam a pessoa que se designava atingir"?[56]

Quando Vathek desce degraus intermináveis e atravessa um portal, entendemos que o local a que ele chegou e a figura que o acolhe, Giaurro, são versões

56 W. Beckford, *Vathek* (1781-87), trad. Henrique de Araújo Mesquita. Porto Alegre: L&PM, 2007, p. 21. Doravante citado diretamente no texto com o número da página entre parênteses.

muçulmanas do inferno e do diabo. A tradição a ser novamente justificada se apresenta como oriental; mas não existe nada mais ocidental do que a rejustificativa. Fantasmagóricas são a imensidão do lugar, a altura dos arcos, a distância de onde irradia uma luz crepuscular. Mas na multidão dos que passeiam pálidos como cadáveres, com olhos que parecem fosforescências de cemitérios e uma mão sobre o coração ardendo em chamas, todos são taciturnos; absortos ou frenéticos, todos se evitam vagando a esmo, como se estivessem sozinhos. Por todas as partes se espalha uma verdadeira profusão de riquezas, iguarias, atrativos. De mercadorias, em suma: uma profusão tão colossal quanto a que, segundo Marx, virá a caracterizar as sociedades capitalistas. Livres para percorrê-la à vontade, sem quaisquer portas fechadas, todos a tratam com desatenção e indiferença (pp. 113-14 e 118-19).

Se este é o inferno, ao qual se chega por uma escadaria sem se ter a percepção da morte, já estaríamos nele em vida? A identificação implícita com o mundo contemporâneo leva a procurar o local inaudito e a penetrar na região desconhecida, de onde provinha Giaurro (pp. 20 e 20-30), sem saber onde se penetra e o que se procura. Abundância e desdém, saciedade e inapetência artificiais se revelam profeticamente por trás dos vigorosos apetites da época burguesa heroica em que viveu Beckford (as origens de sua imensa fortuna familiar não eram sequer comerciais ou industriais, e sim coloniais e escravistas).

Borges afirma que "se trata do primeiro inferno realmente atroz da literatura":[57] ele percebeu sua modernidade, mesmo lendo-o em chave apenas metafísica. E sem uma chave metafísica não é possível cruzar o terrível portal. Seja dito com toda a clareza: o sobrenatural de transposição é um sobrenatural a pleno título, mais forte do que o de ignorância e pouco menos forte do que o de tradição. Sua remissão alegórico-referencial não se resolve numa alegoria dos referentes, mas reverbera numa transfiguração deles. Prova disso: não é preciso que o leitor, ou sequer o autor, tenham consciência da remissão e dos referentes. Basta sentir algo conhecido e familiar, mesmo que não seja reconhecido (mais ou menos como na definição freudiana do estranho-familiar [*unheimlich*], sem que o efeito dos textos seja sempre sinistro).

Como a pesquisa começou por esse estatuto, ouso tomar a mim mesmo como testemunho: e comentarei Wagner, teatro também musical, ainda mais fugazmente do que Goethe. Faz tempo que me parece incompreensível que se veja, que se ouça a

57 J. L. Borges, "Sobre il *Vathek* de William Beckford". *Otras inquisiciones*, in *Obras completas*, v. II, *1952-1972*. Barcelona: Emecé, 1996, pp. 108-09 [ed. bras.: *Outras inquisições*, trad. Davi Arrigucci Jr. São Paulo: Companhia das Letras, 2007].

terceira cena do *Ouro do Reno* sem se perceber por trás da magia mítica o pesadelo de uma fábrica capitalista do século XIX. E sem se vislumbrar por trás do elmo mágico, ali e no final do primeiro ato do *Crepúsculo dos deuses*, a ameaçadora onipotência técnica moderna. Mas não esqueci a audição ingênua de outrora: aqueles metais pesados de máquinas opressoras, aqueles sopros em *pianissimo* sombrios, insidiosos, equívocos, já me transmitiam uma margem de perturbação que não era de fábula, mas de ficção científica. Entender que eles traduzem a antinatureza em sobrenatural, e vice-versa, não impede que me façam estremecer.

*A tentação de Santo Antônio*, de Flaubert, cabe na narrativa, apesar da forma teatral (mesmo sem subir ao palco por um século), quando menos por causa da intensidade estilística das numerosas didascálias. A propósito, confesso uma outra experiência. Mesmo em sua versão definitiva e menos prolixa, por muito tempo tomei a novela como um exercício de prosa artística e erudição decadente, duas das coisas de leitura mais enfadonha que conheço. No momento em que me surgiu a remissão alegórico-referencial, descobri sua beleza: a coerência movimentada, a equivocada monotonia obsessiva. Na *Vida de Antônio*, de Santo Atanásio, no século IV, puro sobrenatural de tradição, compareciam demônios e tentações no plural. É a pluralidade que Flaubert transforma em tema.

Uma pluralidade milenar, intercontinental, de civilizações e crenças, a custo contida na unidade política do império romano em sua fase avançada, já comprimida na unidade religiosa do cristianismo vitorioso: é isso que o tentador mobiliza contra o santo. Com a precariedade, a relatividade, a intercambialidade de todo patrimônio cultural, de toda elaboração ideológica, ele parte para o assalto aos fundamentos exclusivos de uma fé. Se, por um lado, é uma remissão à pluralidade muito mais vasta de culturas no mundo inteiro, um mal que foi unificado pelo imperialismo moderno, por outro lado ele investe contra as certezas do etnocentrismo oitocentista. O sobrenatural de transposição muitas vezes tem algo de profético; hoje, tudo sofre uma desagregação eclética pós-moderna (sem a satisfação).

As visões, sobrenaturais ou não, e, em caso afirmativo, imaginárias ao cubo, funcionam como tentações de duas maneiras opostas. Prevalece o impulso centrífugo, que visa a dissolver a unicidade do cristianismo na heterogeneidade de todo o resto. Mais raro e angustiante é o ataque centrípeto: semelhanças inesperadas, vindas de diversas partes, assediam essa unicidade. Não é fácil arrolar as inúmeras pluralidades evocadas. Formalmente, dá-se preferência ao arrolamento em si e a uma onomástica luxuriante; materialmente, prefere-se o exótico, o periférico, o hiperbólico, o fabuloso. Entre didascálias, monólogos e diálogos, alternam-se a voz do autor e as vozes de Antônio, de seu discípulo Ilarião e do demônio que assumiu seus traços, mas sobretudo alternam-se as vozes de todas as espécies de seres que se apresentam em sucessão e, na maioria das vezes, definem a si mesmos.

Pluralidade de povos, de comidas, de moedas.[58] De heréticos ("todos se reúnem ali para discutir e convencer"), e desenfreadas correm as asserções, as narrações, as exclamações (I, p. 5, e IV, pp. 69-120). De regiões, cidades, distâncias percorridas ("como a terra é grande!", pensa Antônio [IV, pp. 136-44]; para alguns mercadores, "são necessários 43 intérpretes durante a viagem" [II, p. 45]). De divindades, cada povo ignorando as dos demais, que vão ("que quantidade! o que querem?") desde os fetiches e ídolos até os deuses orientais e olímpicos, chegando a Jeová (V, pp. 162-68 e 176-228). De animais (VII, pp. 263-75) que entrariam, ou poderiam entrar, no manual de zoologia fantástica de Borges.[59] E quantos e tão diversos complementos do objeto; por exemplo, nas oferendas da rainha de Sabá ("Eis...", "Gostarias...", "Tenho...", II, pp. 44-48) ou de Apolônio de Tiana ("Far-te-ei...", "Conhecerás...", "Explicar-te-ei...", IV, pp. 157-58).

Mas há coisa pior, como dizia eu. A reaparição de Apolônio, tido como morto, leva o santo a exclamar: "Como Ele!" (IV, p. 153). Entre as divindades que desfilam, as mais sanguinárias dão pretexto ao falso discípulo para mencionar suplícios desejados pelo Deus hebraico-cristão; um deus com três faces lhe fornece a ocasião para enunciar o dogma da trindade (V, pp. 164 e 166). A vida de Buda, em vários pontos, faz lembrar os Evangelhos; as lágrimas de Vênus pela morte de Adônis, a mãe de Jesus (V, pp. 170-72 e 192). Há uma sucessão de falsas religiões à verdadeira, mesmo que não guardem relações de semelhança nem de descendência. Se Antônio, que é egípcio, chama Ísis de impudica, respondem-lhe: "Respeita-a! Era a religião de teus avós! Trouxeste seus amuletos no berço" (V, p. 195). Os deuses gregos ainda têm adoradores, a beleza do culto merece ser idealizada, a nostalgia patriarcal dos lares domésticos parece afetuosa (V, pp. 203-4, 223-24).

Mais a leste, porém, havia deuses monstruosos: "O que viste era a crença de muitas centenas de milhões de homens!" (V, p. 176). Por último, o Deus do Antigo

58 G. Flaubert, *La Tentation de Saint Antoine* (1874). Paris: Garnier, 1954, episódio I, p. 5; IV, pp. 69-70; V, p. 180; II, pp. 25 e 27-29; doravante citado diretamente no texto com o número do episódio e da página entre parênteses [ed. bras.: *As tentações de Santo Antão*, trad. Luís de Lima. São Paulo: Iluminuras, 2004].

59 Cf. J. L. Borges, *El libro de los seres imaginarios: El Catoblepas, El Mantícora, El Mirmecoléon, El Nesnás*, in *Obras completas en colaboración*. Barcelona: Emecé, 1997, pp. 603, 663, 665 e 672 [ed. bras.: *O livro dos seres imaginários*, trad. Heloísa Jahn. São Paulo: Companhia das Letras, 2007].

Testamento: "Sobro eu!", diz Ilarião; mas não pode revelar-se como o demônio sem se redefinir de imediato: "Chamam-me Ciência" (v, pp. 228-30). E no diálogo pelos ares, enquanto transporta Antônio por entre as estrelas, as visões sugerem apenas objetos racionais de crenças modernas: astronomia e panteísmo. Júpiter e Saturno sobrevivem como nomes de planetas. Numa didascália, as palavras "todos os astros que os homens descobrirão mais tarde" (vi, p. 235) são as únicas em que o voo sobrenatural mostra de modo direto e explícito o contato entre o moderno e o antigo: entre aquilo cuja atração fica dissimulada pela remissão alegórico-referencial, e portanto é sempre desviada para outro lugar, e aquilo que se oferece como sugestão, sendo assim adotada.

Não era provável que os dois últimos estatutos contrários convivessem por mais de um século, sem entrecruzar e mesclar suas características. Parece-me que raramente a ambientação lendária, cuja retomada caracteriza o primeiro deles, é compatível com a apresentação em perspectiva típica do outro. No entanto, é o que ocorre em *Ondina*, de De La Motte-Fouqué (1811), nos sete primeiros capítulos, até o momento em que a criatura elementar começa a explicar pessoalmente, ela também, sua própria natureza. Por outro lado, quando e parte do contemporâneo e do cotidiano, é frequente que a dúvida da ignorância continue como tema, sem se aplicar especificamente, ou depois de ter deixado de se aplicar, a uma questão de consistência. Em outras palavras, não se duvida tanto, ou não se duvida mais, *se* o sobrenatural existe ou não existe; ignora-se *o que* ele é, por que é, o que significa. Pelas respostas que brotam dos respectivos textos, quando comparadas à remissão alegórico-referencial tal como a documentei até agora, o maior elemento faltante parece ser a historicidade: até que ponto ela é fundamental?

Em todo caso, o deslocamento da ênfase do "se" para o "o que" não pode senão reduzir, de várias maneiras e em várias medidas, as distâncias entre o sobrenatural de ignorância e o de transposição. Além disso, diga-se de passagem, ele fornece um antídoto ao difundido passatempo de negar consistência ao primeiro nos textos em primeira pessoa: subtraindo o terror e o interesse à dúvida, aplicando a todo custo a categoria de "narrador não confiável", reduzindo tudo a alucinações, à psicologia e à subjetividade. Vítimas ilustres: *A volta do parafuso*, de James, e, ainda mais anacronicamente (1824!), as assombrosas *Memórias e confissões privadas de um pecador justificado*, de Hogg. No registro não do "se", mas do "o que", *O demônio enamorado*, de Cazotte, de 1772, recupera melhor a posição precursora que lhe é atribuída por Todorov. Resta apenas nomear indistintamente, em ordem cronológica: *A maravilhosa história de Peter Schlemihl*, de Chamisso, *Frankenstein*, de Mary Shelley; *O estranho caso de Dr. Jekyll e Mr. Hyde*, de Stevenson, *Drácula*, de Stoker...

## 9. A prepotência do gratuito

*A metamorfose* apresenta sua dispensa do verossímil em três linhas, com a mesma prepotência do soco na mesa da "Biblioteca de Babel". Quanto ao estatuto para incluir os dois textos, falarei de bom grado num sobrenatural de *imposição*: "Quando certa manhã Gregor Samsa acordou de sonhos intranquilos, encontrou-se em sua cama metamorfoseado num inseto monstruoso".[60] Mas esses dois bruscos inícios também estão numa relação de oposição especular. Em Borges, se não fossem os inevitáveis resíduos, a substituição de universo seria total; em Kafka, o rompimento é absolutamente único, dentro da totalidade inalterada de nosso mundo. Se o estatuto em questão é corrente no século XX, não o confrontamos unilateralmente com o fantástico, e sim com os dois estatutos precedentes.

Comparando-se ao sobrenatural de ignorância, permanece a conquista do cotidiano. Mas mediações formais como a perspectiva ou a primeira pessoa, adequadas para uma consistência ontológica sob dúvida, deixam de ser necessárias ao ato da imposição instantânea de tal consistência. Tudo pode ser dito ao leitor, manifestado aos personagens, e tudo de uma vez só: como, em uma linha, a metamorfose de Gregor. Comparando-se ao sobrenatural de transposição, o novo não é apenas mais absoluto e agressivo. Utiliza de outra maneira aquela remissão alegórico-referencial, embora herdando-lhe o mesmo caráter necessário: não se indicam mais referentes unitários, determinados e muito menos históricos, e aliás nem existem mais entidades que definem a si mesmas.

Atenção, porém. Não que, na ausência de referentes precisos, o transcurso se dê no sem sentido ou num sentido qualquer. Há alguma coisa entre os extremos: em nosso caso, entre entender a metamorfose como doença mortal ou castigo edípico ou discriminação do judeu, e pretender que seu significado é indecidível, que seu tremendo efeito é inexplicado. Em meio a eles, estendem-se classes de significado

60 F. Kafka, *A metamorfose*, trad. Modesto Carone. São Paulo: Companhia das Letras, 2009, 22ª reimp., p.7. Doravante citado diretamente no texto com o número da parte e da página entre parênteses.

menos restritas e menos amplas; bastante abrangentes e bastante estreitas para que o leitor se sinta incomodamente ofegante dentro delas. O imprevisto, o irreversível, a incomunicabilidade unilateral, a marginalização, a degradação, o reconhecimento, a progressão, a adaptação, a resignação, a eliminação e tudo o mais.

Não menos estranho do que o dado inicial é sua acolhida pelos sujeitos envolvidos. É eminentemente antirrealista que isso não seja problema ou, pelo menos, não como seria, caso a absurda hipótese ocorresse na realidade; afora isso, nada mais realista do que todo o restante. São coisas observadas constantemente. Se são verdadeiras, repensamo-las como formação de compromisso: as regras que dão forma ao sobrenatural e o grau de crédito que ele conquista, aqui também, guardam uma relação de mútua implicação. Por vias totalmente diferentes, o sobrenatural de imposição adquire, como o de transposição, plena força (mais do que o de ignorância, pouco menos do que o de tradição).

O que dá o tom é a desconcertante impropriedade dos primeiros pensamentos da personagem. Preocupação corriqueira com o horário dos trens e as consequências médico-burocráticas, deslocamentos quase humorísticos de reações emotivas: "O olhar de Gregor dirigiu-se então para a janela e o tempo turvo – ouviam-se gotas de chuva batendo no zinco do parapeito – deixou-o inteiramente melancólico" (I, p. 8). As reações de todos os outros, irmã, pais, contador, duas empregadas, em seguida, três pensionistas, mesmo os mais horrorizados ou enojados, sempre manifestam falta de especificidade problemática. O que atingiu a família foi, embora maior do que qualquer outra no círculo dos parentes e amigos, "uma desgraça" (I, p. 22; III, p. 62). A pronta e indignada saída dos hóspedes da pensão pouco difere do que poderia acontecer perante o espetáculo nojento de uma verdadeira barata ou rato (III, pp. 69-73).

Além disso, os problemas colocados pelo dado inicial, enquanto mero dado, a Gregor e aos demais, tampouco contrastam com a normalização do sobrenatural enquanto tal. Para Gregor, logo se inicia um reconhecimento do próprio corpo, ou melhor, da relação entre este e o mundo: corpo e relação que de súbito se tornaram, no início, totalmente desconhecidos. E isso é necessário para partir das primeiras percepções consternadas (o ventre e as patas para cima, coceiras e arrepios, voz fina e lamurienta), passar por descobertas tranquilizantes ou desmoralizantes (o dorso é elástico, as patas têm aderência, não possui dentes, mas tem maxilares robustos, adere perfeitamente ao terreno, mas não consegue andar para trás), até chegar a um bem-estar livremente animal (rastejar pelas paredes, pendurar-se no teto, I, pp. 7-13, 16-23, 28-30; II, p. 47). Se há um avanço do conhecimento, ele se dá no saber, não no compreender. Não toma como objeto a metamorfose, isto é, o sobrenatural; dirige-lhe um míope olhar e deixa-lhe intacta a gratuidade.

À redescoberta física segue-se a moral, ainda mais dilacerante: adaptação à adaptação, resignação à resignação. Enquanto isso, em avanço lentamente complementar e divergente, os outros vão se habituando a ele. Cada vez menos no sentido de uma aceitação compadecida, cada vez mais no de uma indiferença irritada, até a rejeição mortal e a remoção da carcaça. Sob uma protelada figura de reticência ou litote, a imposição não remete a nada mais vago do que um núcleo patético inequívoco, mas por isso mesmo inexprimível por vias naturais. Gregor não é entendido sendo que continua a entender, e os outros estão seguros de que ele não os entende. Para poupar a irmã de sua visão, não basta se esconder debaixo do sofá, é preciso pôr um lençol por cima, e "levou quatro horas para realizar este trabalho" (II, p. 46). Apenas quando o moribundo é uma barata, tornam-se de novo pungentes frases como as últimas interiorizadas em Gregor: "Recordava-se da família com emoção e amor" (III, p. 78). Então a terceira pessoa pode se fechar sobre ele, enfocar calmamente a perspectiva no alívio dos outros, mais extrovertida do que recatada.

O que acontecerá, daqui a cinquenta anos, com a palavra surrealismo? Será também usada, como ocorreu com o romantismo, num sentido histórico-literário mais amplo do que a acepção rigorosa de escola ou vanguarda? Em termos de reivindicação sistemática do sobrenatural no século XX, entre outras coisas, o surrealismo mereceria anexar um Kafka e um Borges. Seria curioso refletir, extensamente, sobre a relação da literatura francesa com o sobrenatural. Foi a literatura francesa que modelou os mitos arturianos no século XII, oferecendo à Europa material inesgotável entre os séculos XIII e XIV. Mas não a partir da época da razão cartesiana, e sim da escolástica, é como se ela tivesse se empobrecido dos estatutos fortes – em termos comparativos, claro. A ponto de não ter, nem mesmo no século XIX, seu próprio Goethe ou Wagner, tampouco (sem menosprezar Gautier, Maupassant e outros) seu Hoffmann ou Poe, seu Stevenson ou James.

E na narrativa surrealista mais famosa, *Nadja*, de Breton, a opção pela veracidade autobiográfica, da condição civil, fotográfica, impede o recurso à invenção; o pressuposto de que o maravilhoso se infundiu no cotidiano desdramatiza a busca do maravilhoso. Por um efeito de proibições cruzadas, porém, o sobrenatural prossegue contumaz. Temos de retornar aos grandes precursores que Breton se atribuía; senão ao distante Swift, sobretudo ao feroz, impassível e caricatural Lautréamont, em cujos *Cantos de Maldoror* a derrisão se voltava contra o Positivismo imperante. Ou temos de sair do surrealismo em sentido estrito, sair da França e, mais cedo ou mais tarde, da própria Europa.

Indubitavelmente pertencem à literatura ocidental, mas àquela nascida longe do velho centro, os textos que mais lamento não ter aqui incluído. Possa eu ao menos enriquecer com alguns grandes títulos, à guisa de conclusão, o último de meus estatutos em ordem cronológica (*tradição, derrisão, indulgência, transposição, imposição*; deslocando para o final o primeiro dos seis, e equiparando os dois últimos, teremos de fato uma sequência de proporções de crédito crescente e crítica decrescente, ou vice-versa, no sentido contrário).

Penso em *Mestre e Margarida*, de Bulgakov, se eu conhecesse o russo, com seu sobrenatural tautológico alegre, feroz, sanguinário, satânico, suntuoso, mirabolante: negação punitiva dos próprios negadores materialistas e burocráticos. Em Cortázar, numa novela como "Cartas de minha mãe", em que o desmoronamento de uma insinceridade defensiva, a não impunidade de uma culpa acabam por se reificar, sem sequer ser muito impressionante, em anulação da morte. Em *Cem anos de solidão*, de García Márquez: na hipérbole de uma natureza equatorial tão escaldante para o real que as primeiras a dar crédito ao surreal são as manias de ciência e técnica de um incurável Quixote progressista.

L. O. ARANYE FRADENBURG

# Passar o tempo
## A historicidade do romance medieval

> O elemento de perene infantilidade típico do romance é sublinhado por sua nostalgia extraordinariamente persistente, por sua busca de uma idade de ouro imaginária através do tempo e do espaço. Nunca existiu, que eu saiba, na literatura inglesa, um período gótico, mas o elenco dos cultores do gótico se estende por todo o curso da história inglesa, dos poetas de Beowulf aos escritores de hoje.
>
> NORTHROP FRYE, *Anatomia da crítica*[1]

### 1. A fantasia aguça o engenho

Quando se procura alguma coisa para contrapor ao *romance*, acaba-se comumente mencionando a historiografia e o *novel*.[2] O interesse dos medievalistas

1 N. Frye, *Anatomia della critica*. Turim: Einaudi, 1969, p. 247. Ver também R. Field, "Romance in England: 1066-1400", in D. Wallace (org.), *The Cambridge History of Medieval English Literature*. Cambridge: Cambridge University Press, 1999, pp. 152-76: "O *romance* é um gênero particularmente avesso a sair da moda [...] tira proveito do próprio arcaísmo" (p. 175) [ed. bras.: *Anatomia da crítica*, trad. Péricles Eugênio da Silva Ramos. São Paulo: Cultrix, 1973].

2 Sobre a relação entre *romance* e historiografia, cf. o respeitado L. Patterson, "The Romance of History and the Alliterative *Morte Arthure*", in *Negotiating the Past: The Historical Understanding of Medieval Literature*. Madison: University of Winsconsin Press, 1987, pp. 197-230. Além disso: G. Margherita, *The Romance of Origins. Language and Sexual Difference in Middle English Literature*. Filadélfia: University of Pennsylvania Press, 1992; K. Biddick, *The* →

pela ligação entre história e *romance* deve-se à complexidade da sua relação, a começar pelo menos da *Historia Regnum Britanniae*, de Geoffrey of Monmouth. A passagem do *romance* para o *novel*, ao contrário, forneceu a muitos historiadores um modelo conceitual aplicável à análise da transição do feudalismo para o capitalismo, ou da pré-modernidade para a modernidade. Em *O inconsciente político*, por exemplo, Fredric Jameson contrapôs com inteligência o universo anacrônico do *romance* (a sua faculdade de se mover entre juventude e velhice, entre passado e futuro) e o acabado mundo do realismo literário, no qual personagens e objetos carregam a marca do tempo, cujo transcorrer inexorável é decisivo, seja pelas formas seja pelos materiais da narração (como é evidente no caso do *Bildungsroman*).[3] É preciso dizer, porém, que ambos os termos, *romance* e *novel*, dizem respeito à relação entre o tempo e o prazer, ou melhor, ambos testemunham o desejo de algo novo, prometem prazeres que derivam de alguma ruptura com o passado (a língua vulgar que toma o lugar do latim; coisas novas, notícias, contos).

Neste ensaio, examinarei o anacronismo do *romance*, não como uma fuga da história, mas como *uma forma específica de historicidade*. Northrop Frye escreveu que "o *romance* é, entre todas as formas literárias, a que mais se aproxima da representação do sonho ou da satisfação dos desejos humanos", e a narrativa fantástica típica do *romance* muitas vezes foi considerada uma "evasão" dos problemas do

→ *Shock of Medievalism*. Durham: Duke Univesity Press, 1999; P. Ingham, *Sovereign Fantasies*. University of Pennsylvania Press, 2000.

Este ensaio estabelece uma relação triangular entre os termos ingleses *novel* (que indica um romance do tipo "realista"), *romance* (romance fantástico, de aventura, amor...) e *roman* (termo usado no período medieval para definir o romance cavaleiresco). Visto que o *roman* faz parte da mais ampla família do *romance*, foi usado o termo *romance* quando o argumento versa sobre a classificação narrativa de hoje, e *roman* quando se quer enfatizar a percepção que teve do romance cavaleiresco a cultura inglesa medieval. [N.E.IT.]

3 F. Jameson, "Narrazioni magiche. Sull'uso dialettico della critica di genere", in *L'inconscio politico. Il testo narrativo comme atto socialmente simbolico*. Milão: Garzanti, 1990, pp. 126-86 [ed. bras.: *O inconsciente político. A narrativa como ato socialmente simbólico*, trad. Valter Lellis Siqueira. São Paulo: Ática, 1992]. Para uma discussão sobre o desgastado mundo do realismo no "Prólogo" e no "Conto da mulher de Bath", de Chaucer, cf. L. O. Fradenburg, "*The Wife of Bath*'s passing fancy", in *Studies in the Age of Chaucer*, 1986, n. 8, pp. 31-58. Para importantes análises marxistas das relações entre pré-moderno e moderno, cf. R. Hilton, *Una società medievale. L'Inghilterra centro-occidentale alla fine del XIII secolo*. Bolonha: Il Mulino, 1992; P. M. Sweezy, *La transizione dal feudalesimo al capitalismo*. Roma: Savelli, 1983; R. J. Holton, *The Transition from Feudalism to Capitalism*. Nova York: Macmillan, 1985.

mundo "real".[4] Estudos mais recentes problematizaram essas fórmulas,[5] caracterizando porém a historicidade do *romance* no fato de que este oferece soluções mágicas, ou pelo menos de imaginação, às contradições e às tensões ideológicas. A função histórica do *romance* consistiria então, fundamentalmente, em produzir "extravagâncias" individuais ou coletivas: sonhos de glória que, diante das frustrações do presente, voltam a idealizar o passado, ou então projeções de culpas ou impulsos destrutivos sobre os outros.[6] O estudo do *romance* como narrativa fantástica, e justamente por isso historicamente significativa, abre caminho para interessantes hipóteses sobre como a narrativa torna a levar em consideração acontecimentos (psíquicos) remotos mas também ameaçadoramente familiares. Quanto a mim, continuo convencida de tudo o que afirmei na época em "*The Wife of Bath*'s passing fancy": ou seja, que o *romance* estimula desejos utópicos, quer sejam revolucionários ou reacionários. Mas, além disso, são também reexaminadas duas teses ainda válidas: a primeira, que os *romances* permitem sejam frustrados os perigos da *jouissance* enquanto oferecem prazeres fáceis; e, segundo, que o seu efeito seja subjetivo (com a afirmação da subjetividade individual no século XII) e reativo (eles influiriam na ordem da produção graças à sua capacidade de nos fazer sonhar).[7]

Experimentemos começar o reexame do "desejo" (*wish*). O desejo, é sabido, pode narrar a própria inverossimilhança justamente porque se volta para coisas fantásticas que nada têm a ver com o mundo real. Mas essa fórmula cria mais problemas do que resolve. Antes de tudo, como explicar essa função psíquica ou cognitiva? De acordo com o cognitivista Merlin Donald, a aquisição da faculdade de imaginar, de narrar e de enfrentar hipóteses contrafatuais foi um passo decisivo

4 N. Frye, *Anatomia della critica*, op. cit., p. 247.

5 Sobre a historicidade do *romance*, cf. M. Mills, J. Fellows e C. M. Meale (org.), *Romance in Medieval England*. Cambridge: D. S. Brewer, 1991, pp. 163-73; F. Ingledew, "The Book of Troy and the Genealogical Construction of History: The Case of Geoffrey of Monmouth's *Historia Regum Britanniae*", in *Speculum*, 1994, n. 69, pp. 665-704; M. B. Schichtman e L. A. Finke, "Profiting from the Past: History as Symbolic Capital in the *Historia Regum Britanniae*", in J. P. Carley e F. Riddy (org.), *Arthurian Literature XII*. Cambridge: D. S. Brewer, 1993, pp. 1-36; J. Fichte, "Caxton's Concept of *Historical Romance* within the Context of the Crusades: Conviction, Rhetoric and Sales Strategy", in R. Rield (org.), *Tradition and Transformation in Medieval Romance*. Cambridge: D. S. Brewer, 1999, pp. 101-14.

6 S. Freud, "Escritores criativos e devaneios", in Edição *standard* brasileira das obras psicológicas completas de Sigmund Freud, v. IX (1906-1908), org. Jayme Salomão. Rio de Janeiro: Imago, 1996, pp. 131-43.

7 Sobre o nexo entre *romance* e "subjetividade individual", cf. S. Kay, *The Chansons de Geste in the Age of Romance: Political Fictions*. Oxford: Oxford University Press, 1995, p. 2.

para o desenvolvimento da nossa espécie, sobretudo em relação à invenção dos utensílios e do fogo.[8] Entre tecnologia, desejo e ficção há uma ligação indissolúvel. Jane Jacobs também sublinhou o aspecto criativo da vida econômica, insistindo na importância da faculdade inventiva e comparando o modo como "os seres humanos criam novos tipos de atividades com base em atividades anteriores" à "faculdade de compreender e usar a linguagem como um sistema aberto".[9] A vida humana se baseia no desejo, na imaginação, enfim, na invenção de coisas que (ainda) não existem. Mas como explicar essa situação?

A palavra *wish* corresponde ao *Wunsch* de Freud. Mas o significado de *Wunsch* em Freud avizinha-se do que hoje se chama *desire* – termo que no inglês americano atual soa muito menos inocente do que *wish*. Falamos sem enrubescer dos *birthday wishes*, mas preferimos manter em segredo os nossos *birthday desires*; analogamente, a linguagem teórica fala em *simple wish-fulfillment*, mas não de *simple desiring-production*.[10] No raio semântico de *wish* entram porém outros significados que o avizinham de *desire*, e que se relacionam ao fato de que os obstáculos são gerados pelos próprios desejos a fim de superá-los graças ao desvio – o *clinamen* – que constitui o modo que temos para nos aproximarmos da satisfação.

A presença de obstáculos à satisfação faz parte da lógica do *wish*, que em geral indica "o desejo de algo que não pode ser conseguido apenas com o próprio esforço", e muitas vezes comporta "certa falta de confiança no efetivo caráter de realização do acontecimento desejado".[11] O uso medieval do termo muitas vezes enfatiza a obstinada resistência do desejo à própria satisfação, e, no *Middle English, desire* designa as energias postas em circulação nesse processo: no templo de bronze do *Parlamento dos pássaros*, de Chaucer, os suspiros

> [...] são gerados pelo desejo
> do mesmo modo como em todo o altar se propaga
> uma nova chama [...].[12]

8 M. Donald, *L'evoluzione della mente*. Milão: Garzanti, 1996.

9 J. Jacobs, *Cities and the Wealth of Nations: Principles of Economic Life*. Nova York: Random House, 1990, pp. 224-25.

10 A expressão "produção desejante" é, no entanto, usada por G. Deleuze e F. Guattari, *L'anti-Edipo: capitalismo e schizofrenia*. Turim: Einaudi, 1975 [ed. bras.: *O anti-Édipo*, Georges Lamazière. Rio de Janeiro: Imago, 1976].

11 "Wish" in *Oxford English Dictionary, s.v.*

12 G. Chaucer, *The Parliament of Fowls* (1478) [ed. it.: *Il parlamento degli uccelli*, trad. V. La Gioia, in *Opere* I. Turim: Einaudi, 2000, pp. 207-09, vv. 248-50].

No contexto da discussão sobre o princípio de realidade/princípio do prazer, a teoria freudiana usa a palavra *wish* para indicar a alucinação da satisfação e a defesa do organismo contra impulsos hostis "externos" e "internos".[13] Mas, que tipo de realidade podemos atribuir aos impulsos hostis, já que na teoria freudiana a "realidade psíquica" não distingue entre impulsos "externos" e "internos"? Além do mais, a ideia de que desejos contrafatuais sejam diretamente responsáveis pela invenção e pela produção não exclui a ideia de que a aproximação ao "objeto" do desejo pode ser complicada. Hesitar diante da realização do próprio desejo, talvez definindo-o como "bizarro", traz-nos de volta a lógica do *wish*. Do mesmo modo que *roman* ou *novel*, *whish* indica o desejo de (uma) diferença, de interrupção ou obstáculos que obrigam o desejo a mudar de rumo ou a sugerir novas direções.

Também o desejo de verossimilhança é uma forma de posse, passional e potencialmente destrutiva como qualquer outra. Se entre o desejo e a sua satisfação acontece uma rejeição (será, talvez, esta a "probabilidade"?), esse é o lugar da História no processo da invenção. Se a rejeição é inevitável – se não por outro motivo, porque as tentativas de realização dos desejos são geradas sempre no nível do grupo e não do indivíduo – esse hiato será então o lugar da produção, do fato perturbador pelo qual, como diz Lacan, "é possível ao homem tornar os próprios desejos comerciais, vendáveis sob a forma de produtos".[14] Mas *como* será isso possível? E como nos parece então o "romance" se o observamos do ponto de vista da "possibilidade originária de uma função como a função poética num consenso social em estado de estrutura?".[15] Podemos muito bem perguntar se a história pode esclarecer a nossa surpreendente faculdade de conferir valor de troca ao "divertimento", às "novidades" e às "maravilhas".

Em *Sir Gawain e o Cavaleiro Verde*, a maravilha é literalmente a matéria de que é feita a história. É a maravilha que esclarece a ligação entre experiências de descoberta (encontro, aprendizagem, invenção) e prazer, pois estar suspenso entre o conhecido e o desconhecido é muitas vezes um estado de fascinação. Como nos lembra Richard Kieckhefer – mas essa ligação já é encontrada na época medieval –, tecnologia e magia, ambas produzem o prazer da maravilha.[16] Historiadores da ciência como Michel Serres e Bruno Latour afirmam que a imaginação, e mesmo

13 S. Freud, "Escritores criativos e devaneios", op. cit.; cf. também J. Lacan, "Prazer e realidade", in *O seminário*, livro 7 – *A ética da psicanálise*, trad. Antônio Quinet. Rio de Janeiro: Jorge Zahar, 1997, p. 44.

14 Id., ibid., p. 367.

15 Id., ibid., pp. 184-85.

16 R. Kieckhefer, *La magia nel medioevo*. Roma/Bari: Laterza, 1993.

a invenção de novas tecnologias podem ir muito além de sucessivas realizações (que por sua vez não encerrarão o discurso); a inventividade tecnológica tem uma história picaresca e arrítmica – que volta à luz; ali ela encontra um obstáculo – que não pode ser atribuída a um tempo nem a um lugar específicos.[17] Desse ponto de vista, as ideias de Roger Bacon sobre as máquinas voadoras e os veículos com propulsão autônoma pertencem à história da tecnologia; não são produtos de uma mente aguda mas desviada do amor medieval pelo maravilhoso. Em suma, a história da tecnologia é uma história de extravagâncias. Jacobs tem razão: não é preciso aguçar o engenho, mas a fantasia. E a fantasia inventa modelos, experimentos, técnicas, substâncias que alteram o corpo e a mente, próteses, maquinismos, frioleiras, coisas que retinem, zunem e explodem. A fantasia não é apenas a paixão de imaginar um outro lugar, mas também de conhecê-lo de verdade.

## 2. Maravilha, história e "romance"

Num belo ensaio sobre a história dos estudos sobre o romance, John Ganim sublinha "a circularidade que a forma do seu objeto obriga o estudo do romance a assumir".[18] Os medievalistas são também cultores do gótico, e às vezes nós já os encontramos na Idade Média. Embora o nascimento da historiografia e da filologia como disciplinas científicas – e não apenas como passatempo aristocrático – costume ser situado no início do século XIX, as crônicas do antiquário John Leland (c. 1506-1552) seguem de perto as de John Shirley (1596-1669) e as de William Caxton (c. 1421-1491), o mesmo acontecendo com John Bourchier (c. 1466-1533) e Jean Froissart (1337-1404).[19] A Idade Média – e, por extensão, o romance com o qual ela costuma ser identificada – sempre foi popular: demonstram-no os romances góticos e históricos tão

17 Cf. nota 5.

18 J. M. Ganim, "The Myth of Medieval Romance", in R. Howard Bloch e S. G. Nichols (orgs.), *Medievalism and the Modernist Temper*. Baltimore: The Johns Hopkins University Press, 1996, pp. 148-66, e em particular p. 149.

19 Cf., por exemplo, a tradução de Ramon Llull feita por W. Caxton em A. T. P. Byles (org.), *The Book of the Ordre of Chyualry*. Nova York: Oxford University Press, 1971; J. Bourchier (Lord Berners), *The Chronicle of Froissart*. Nova York: The Modern Library, 1967, 6 v.; J. Leland, *Joanni Lelandi antiquarii de rebus britannics collectanea* [...]. Farnborough (Hampshire), 1970. Para um estudo sobre John Shirley e sobre outros aspectos da recepção de Chaucer no século XV, cf. S. Lerer, *Chaucer and His Readers: Imagining the Author in Late-Medieval England*. Princeton: Princeton University Press, 1993.

difundidos justamente no período no qual o medievalismo acadêmico ia-se diferenciando do medievalismo popular.[20] O romance como "'ficção' idealizada e fantástica produzida [...] na Idade Média, que acabou representando por metonímia a própria Idade Média [...] visto ora como cavalheiresco, ora como sentimental, infantil e, sobretudo, arcaico",[21] não foi suplantado pelo realismo, mas, quando muito, ficou a seu lado, disseminando-se em sempre novas "estações" e "campos".[22]

Costuma-se dizer que os dramas históricos de Shakespeare (e *The Faerie Queene*) constituem um modo de imaginar a nação moderna; mas, se o fizeram, foi graças àquelas lendas medievais e obsessões dinásticas que muitos estudiosos do Renascimento haviam relegado à era do manuscrito e do "reino" privado de qualquer regra.[23] O século XVIII não produziu apenas uma grande quantidade de erudição difícil sobre formas poéticas medievais, mas também comentários ensaísticos – como por exemplo as *Letters on Chivalry and Romance* (1762), de Richard Hurd – e "guirlandas" de poesia medieval dirigidas ao "leitor comum" e, para isso, modernizadas, como as *Reliques of Ancient English Poetry* (1765), de Thomas Percy. No fim do século XIX, na Inglaterra, compareciam, nos papéis de parede e nos romances pornográficos, os mesmos motivos medievais – em particular aqueles legados ao romance – que a Idade Média já havia apreciado como sinais da "época medieval". Nietzsche, que definia a Idade Média como "um longo entreato", se serviu de imagens tiradas do romance medieval para descrever a Germânia passada e futura[24] – enquanto o uso político da lenda arturiana ainda está vivo em nossos dias (basta pensar no Camelot kennediano).

20 Para uma análise geral dessa diferenciação, cf. Biddick, *The Shock of Medievalism*, op. cit., pp. 1-16.

21 R. Copeland, "Between Romans and Romantics", in *Texas Studies in Literature and Language*, 1991, n. 33, pp. 215-24, e em particular p. 220.

22 As "estações" são "lugares onde sucedem certas atividades: trabalhar, gastar, e assim por diante"; os "campos" são lugares "em que prevalecem certas interações sociais". Cf. D. Harvey, *La crisi della modernità. Alle origini del mutamenti culturali*. Milão: Il Saggiatore, 1997, p. 259.

23 O *locus classicus* dessa posição é B. Anderson. *Comunidades imaginadas*, trad. Denise Bottmann. São Paulo: Companhia das Letras, 2008.

24 "O espírito alemão repousava e sonhava num inacessível abismo, incólume na sua esplêndida saúde, profundidade e força dionisíaca, semelhante a um cavaleiro num plácido sono [...]. Um dia ele se encontrará desperto, em toda a frescura matinal proporcionada por um sono prodigioso: então matará dragões, aniquilará os anões malignos e despertará Brunilde – e tampouco a lança de Wotan poderá opor-se a seu caminho!" F. Nietzsche, *La nascita della tragedia*. Milão: Adelphi, 1977, pp. 160-61 [ed. bras.: *O nascimento da tragédia*, trad. J. Guinsburg. São Paulo: Companhia das Letras, 1992].

Quando observa que "nunca existiu, que eu saiba, na literatura inglesa um período gótico", Northrop Frye parece portanto sugerir que as construções medievais do gótico, e por extensão do romance, já eram tão anacrônicas quanto as nossas.[25] "Para os leitores da Idade Média" escreveu Rita Copeland, "o mundo do romance era tão arcaico e absurdamente fantástico quanto para autores da primeira idade moderna como Puttenham."[26] E, com efeito, o exotismo do passado (a "persistente nostalgia" de que fala Frye) e a aventura como encontro com o maravilhoso são explicitamente tematizados e colocados no tempo já no romance. Para Michael Camille, o romance medieval queria trazer de novo à vida um passado remoto: no fim do século XIII, "salas inteiras eram mobiliadas segundo a moda cavalheiresca do rei Artur, [tornando incerta] a distinção entre descrições de invenção e produtos artesanais reais".[27] Também a visão totalizante de Morris e Pugin tinha seus precedentes na Idade Média[28] na decoração dos interiores dos romances, por exemplo. Em *Sir Gawain e o Cavaleiro Verde*, em que são narrados os inícios da corte de Artur, o costume de ouvir uma história maravilhosa antes de todos os banquetes classifica Artur como "infantil", e, examinando bem, todo o livro versa sobre a questão da verdadeira natureza do maravilhoso: se enfrentar bichos-papões num mundo sem fronteiras, ou (o que constitui o verdadeiro trauma da passagem para a idade adulta) falar com uma mulher no quarto de dormir. O "Conto do escudeiro", de Chaucer, começa na corte de "Cambuscán" (Gengis Khan),

> e lhe esperava a grande fama
> de não haver iguais em valentia,
> e por grande valor na guerra,
> em nenhuma região da terra.[29]

25 John M. Ganin discute as teses de Frye sobre o estatuto sempre revivalista do gótico em "The Myth of Medieval Romance", in R. Howard Bloch e S. G. Nichols (orgs.), *Medievalism and the Modernist Temper*, op. cit., p. 161.

26 Copeland, *Romans and Romantics*, op. cit., p. 220.

27 M. Camille, *The Gothic Idol: Ideology and Image-Making in Medieval Art*. Cambridge: Cambridge University Press, 1989, p. 252.

28 Cf. A. Chandler, *A Dream of Order: The Medieval Ideal in Nineteenth-Century English Literature*. Lincoln (Nebraska): University of Nebraska Press, 1970; P. Atterbury (org.), *Pugin: A Gothic Passion*. New Haven: Yale University Press, 1994, e também, organizado pelo mesmo autor, *A. W. N. Pugin: Master of Gothic Revival*. New Haven: Yale University Press, 1995; Ch. Harvey e J. Press, *William Morris: Design and Enterprise in Victorian Britain*. Manchester: Manchester University Press, 1991; sobre "ornamento gótico", cf. também Biddick, *The Shock of Medievalism*, op. cit., pp. 19-57.

29 G. Chaucer, *The Canterbury Tales* (1478). Ed. it.: *I racconti di Canterbury*, trad. V. La Gioia, in →

Quando é mandado como presente um cavalo de bronze a Cambuscán, uma grande multidão se reúne em torno dessa maravilha (mecânica): "daquilo que era capaz, mesmo sendo de bronze./ Encantado, parecia àquela gente". Ou então

> era o cavalo grego de Sínon
> que de Troia provocou a destruição
> como nas histórias se lê ainda.[30]

A "vulgaridade", aqui na veste da "grande multidão", anseia pelo maravilhoso; como em *Sir Gawain e o Cavaleiro Verde*, o desejo de maravilhas, e as reações diante delas (incluindo a curiosidade científica), são por sua vez fantasiosas.

No romance, reparando bem, a reflexão explícita sobre o maravilhoso não falta quase nunca.[31] A longevidade, a popularidade – a obviedade, quase – do romance (e também o seu "infantil" desejo de maravilha) são colocadas em relevo no "Conto de Sir Topázio", de Chaucer, enquanto no "Prólogo" e no "Conto da mulher de Bath" ele se serve da distância no tempo para dramatizar a complexa relação entre o romance e o desencantado realismo da comadre. A corte de Artur é algo que aconteceu há muitos séculos, ela observa friamente no início do conto; ninguém mais vê duendes, mas frades excitados que se encolhem entre moitas.[32] Um desencanto tão enérgico deve levar-nos a refletir sobre a suposta ingenuidade medieval. Tipos com os pés no chão, como Gerson (que na famosa *querelle* com Christine de Pizan a propósito do *Roman de la Rose* afirma que um testículo era chamado de testículo), eram perturbados também pela presença do inexistente, e em particular do maravilhoso, na historiografia medieval. De acordo com Lee Paterson

> as tensões [...] que percorriam a reflexão medieval sobre a história [...] eram expressas como uma oscilação de "gênero" entre história e romance [...]. Os romances

→ *Opere* II. Turim: Einaudi, 2000, fragmento V, p. 1317, vv. 13-16 [ed. bras.: *Contos de Cantuária*, trad. Paulo Vizioli. São Paulo: T. A. Queiroz, 1991, em prosa, p. 212].

30 Id., ibid., V, p. 1327, vv. 209-11 [ed. bras., em prosa, p. 215].

31 Richard Kieckhefer analisa a complexidade do tratamento da magia (tramas de desencanto, "subordinação da magia à psicologia" etc.) no *romance* (cf. Kieckhefer, *La magia nel medioevo*, op. cit., pp. 134-50).

32 Cf. Fradenburg, "*The Wife of Bath*'s passing fancy", op. cit., e "'Fulfild of fairye': The Social meaning of Fantasy in *The Wife of Bath*'s Prologue and Tale", in P. G. Beidler (org.), *Geoffrey Chaucer: The Wife of Bath*. Nova York: Bedford Books of St. Martin's Press, 1996, pp. 205-20.

> arturianos projetaram sobre as crônicas contemporâneas uma aura de ficção [...]. Os textos arturianos nunca conseguiram livrar-se dessa ambiguidade.[33]

Na origem da preocupação de Gerald of Wales com a popularidade da *Historia Regum Britanniae* de Geoffrey of Monmouth apareceria justamente essa ambiguidade. Geoffrey conta a história de um profeta chamado Meilyr que "logo percebia" se "alguém dizia uma mentira na sua presença", pois "via um demônio dançar de alegria sobre a língua do mentiroso". Meilyr tinha também o poder de descobrir os "trechos falsos" de todo livro que contivesse imprecisões ou enganos:

> Quando os tormentos dos espíritos impuros ficavam intoleráveis, era colocado no seu colo o Evangelho de João, e eles desmaiavam no mesmo instante, voando para longe como se fossem passarinhos. Se depois, justamente para ver o que teria acontecido, o Evangelho era tirado e substituído pela *Historia Regum Britanniae*, eis que os demônios voltavam a descer sobre o seu corpo, e sobre o livro, e ficavam ali por muito tempo com modos ainda mais molestos.[34]

Que história fabulosa: os demônios impuros atraídos pelo erro, e particularmente pela *Historia Regum Britanniae*. Não apenas a fraude, mas também a imprecisão científica evoca aqueles desejos impuros, tentações diabólicas e ilusões que induzem a gente a consultar oráculos como Meilyr. O engraçado conto de Gerald indica como a crença no maravilhoso não exclui de fato a capacidade de refletir sobre o desejo de maravilhas: o romance medieval é encantado pelos encantamentos, e é cheio de encantamentos criticados pelos intelectuais medievais não menos desencantados que seus pósteros.[35] Mas, além do mais, o discurso do romance é fascinado pela relação entre familiar e extraordinário, entre tédio e curiosidade, entre espanto e (justamente) fascinação; poderíamos também dizer que ele *consiste* nessas relações, e que um discurso não centrado na ligação entre indiferença e curiosidade não possa ser considerado romance. O primitivismo do arcaico e/ou o atraso do novo são as figuras do tempo através das quais o romance

33 Patterson, *The Romance of History*, op. cit., p. 204.

34 Gerald of Wales, *The Journey through Wales. The Description of Wales*, org. L. Thorpe. Harmondsworth: Penguin, 1978, pp. 117-18.

35 Cf. também o que, acerca dos estudos do século XVII, afirma M. de Certeau em *La scrittura della storia*. Roma: Il Pensiero Scientifico, 1977 [ed. bras.: *A escrita da história*, trad. Maria de Lourdes Menezes. Rio de Janeiro: Forense, 1982].

se indaga sobre a nossa necessidade de divertimento, ou seja, de continuar a sentir interesse pela vida.

Se na ordem do significante uma corrente chega a um ponto morto, nada impede que ela seja religada a uma outra corrente logo que um gancho se torne disponível. Entre "passado" e "futuro" existe um relacionamento complexo, justamente – ou sobretudo – por meio de sua oposição: e o discurso do romance, e sobre ele, evidencia uma historicidade "rizomática", com seus muitos modos de estruturar o prazer.[36] Mesmo quando o romance transforma o rizoma numa fantasia melancólica – o medo de perder o objeto é uma das coisas que mantém grande o interesse pela vida – as suas figuras cifradas respondem a uma temporalidade rizomática, não linear.[37] O romance conta os riscos e as promessas de uma temporalidade capaz de recomeçar de onde havia parado, talvez rompendo com violência o tempo que segue. Não se trata apenas de imaginar um tempo mágico que nos ajude a fugir dos sofrimentos da história, mas de entender como o desejo *conjunto* de novidade e de tranquilidade organiza (na Europa ocidental) a experiência do tempo e a representação da história.

No romance, o desejo de voltar à nobreza dos tempos antigos não está portanto em contradição com o orgulho pela própria modernidade enquanto gênero literário. Rita Copeland observa como no século XII Chrétien de Troyes punha em relevo o fato de que seus *romans* fossem modernos e de língua vulgar, reivindicando para eles uma bem precisa "autoridade cultural"; o *roman* é uma escritura baseada em um *livre* (que para Chrétien significa: "um livro latino de uma biblioteca eclesiástica") que contém materiais tirados da tradição oral, e que depois é traduzido para o vulgar, quer para torná-lo acessível aos contemporâneos, quer para preservá-lo para uma nova posteridade. Para Copeland, essa nova definição do romance é por sua vez um conto, que narra como uma forma se insere numa série discursiva, numa ordem simbólica considerada do ponto de vista da sua historicidade. É um conto caracterizado pelo duplo nível temporal típico do romance.

36 Gilles Deleuze e Félix Guattari contrastam os modelos interpretativos "arborescentes" com os "rizomáticos"; nestes últimos nenhuma direção é privilegiada, e as ramificações latentes podem ser reveladas e reconhecidas com novas partes do rizoma. Cf. *Millepiani: capitalismo e schizofrenia* I, *Rizoma*. Roma: Castelvecchi, 1997 [ed. bras. *Mil platôs. Capitalismo e esquizofrenia*, v. I, trad. Ana Lúcia de Oliveira. São Paulo: Editora 34, 1995].

37 Uso o termo "melancolia" na acepção freudiana, isto é, para designar organizações do prazer que resguardem do luto.

Toda expressão passa a fazer parte da história do significante: e o romance sublinha a imprevisibilidade da palavra, daquilo que um determinado nome comportará para aquele que o carrega, e a necessidade de interpretar *de novo* os objetos e as palavras (mágicas) da ordem simbólica. A conhecida dificuldade de precisar o que seja o romance, e quando teve início, é uma consequência desta modalidade de significação, que evidencia a historicidade do significante. Paul Strohm saiu-se com a hipótese de que na Idade Média os termos *roman* e *romance* não se referem apenas ao uso de uma língua vulgar, mas também a outros critérios, como por exemplo o ciclo de Troia.[38] No uso muito conhecido do termo *roman* feito por Chrétien estão em jogo seja a forma seja o conteúdo; na Inglaterra do século XIV, o termo é bastante difundido, e Chaucer o usa (mas não sabemos exatamente qual o significado) para definir a própria poesia e ainda outros textos. De acordo com Derek Pearsall, o *romance* inglês se desenvolve "num contexto social [...] decididamente popular, não de corte", e se divide em dois gêneros, épico e lírico, com estrofação distintas, (dístico com quatro acentos ou *tail rhyme*); quanto à sua "tradição central", ela seria caracterizada por algumas constantes temáticas ("afastamento ou exílio, prova, perseverança e recompensa"). Mas depois Pearsall reconhece que não é possível classificar com certeza esses textos, e define as próprias categorias como simples "estruturas sobre as quais outros, depois, poderão construir".[39]

Construir uma definição, e depois, de repente, limitar o seu alcance, é um traço recorrente da historiografia sobre o romance, e a oscilação testemunha duas grandes dificuldades: definir um objeto em contínua mudança e interpretar a relação entre forma e conteúdo. Talvez também estivesse em jogo uma espécie de nostalgia, um desejo de que os romances medievais fossem simplesmente histórias de prodígios, de amor e de cavalaria? Essa é uma ideia que não deve ser desprezada: essa "nostalgia do conteúdo" é compreendida, não liquidada como algo retrógrado. No modo pelo qual as diferentes escolas críticas dão mais destaque à forma ou ao conteúdo há sempre alguma ideologia. John Graham, por exemplo, nota que a ideia de François-Juste-Marie Raynouard, segundo a qual na poesia trovadoresca merecem ser estudados "tanto o conteúdo quanto a forma", é, em 1816,

38 P. Strohm, "The Origin and Meaning of Middle English Romance", in *Genre*, 1977, n. 10, pp. 1-28.

39 D. Pearsall, "The Development of Middle English Romance", in D. Brewer (org.), *Studies in Medieval English Romances: Some New Approaches*. Cambridge: Brewer, 1988, pp. 11-36.

"nova".[40] Na verdade, talvez não fosse "nova", mas era certamente uma desforra do conteúdo no século XIX e parte da revolta do nacionalismo filológico contra o racionalismo do século precedente. É preciso levar a sério aqueles momentos nos quais são apresentadas teses "fortes" sobre a relação entre forma e conteúdo.

A principal inovação formal do romance foi provavelmente a tradução para o vulgar de contos em latim. O que essa mudança implica? De acordo com Maria Rosa Menocal, todo tipo de "horrores": "os ecos de outros poetas, que não podem mais ser apresentados na ordem cronológica, e que assim tornam a aparecer quando bem entendem"; "a linguagem das mulheres e dos contadores de histórias das ruas"; "o deslocamento do morto ao vivo"; uma poesia "legada de modo materno e visceral [...] ao público, aos ouvintes".[41] *Translatio imperii et studii*: o *topos* da transferência de línguas e tradições de um povo a outro fascinava os historiadores medievais, em parte porque a ligação com a *Eneida* lhes conferia um enorme prestígio. Mas a passagem do latim para as línguas vulgares da Europa parecia horrível a muitos – dos primeiros inimigos do franciscanismo a um humanista como Petrarca. A tradução para o vulgar fazia temer o entusiasmo de massa daquele imprevisível "povo" que ainda não tinha nome, nem deveria tê-lo; suscitava o medo de resultados incertos, de coisas que antes nunca haviam acontecido, da competição brutal, da abjeção de uma familiaridade excessiva.

A escolha formal da tradução para o vulgar foi portanto fundamental para o nascimento do romance, porque envolveu a problemática da história e da viagem, da tutela e da perda do passado. O interesse pelo anonimato e pela identidade, pela função dos nomes e pela sua circulação histórica (muitas vezes tida como o espião de um novo interesse pela subjetividade) é uma das mais significativas "tematizações" do vulgar dentro do romance. Como muitas outras versões da história de Parsifal, o *Peredur* galês põe em grande relevo a questão do nome e da identidade: Peredur, escondido na floresta da mãe que quer protegê-lo da guerra, vê um dia passar três cavaleiros, que a mãe lhe diz serem "anjos"; somente quando lhe revelam que são cavaleiros toma forma em Peredur o desejo de ser um cavaleiro da corte de Artur. A história de Degare é semelhante: ele cresceu num bosque ermo, e o seu nome significa mais ou menos "quase perdido". O mesmo acontece em *Sir Gawain e o Cavaleiro Verde*, onde

40 J. M. Graham, "National Identity and the Politics of Publishing the Trobadours", in Howard Bloch e Nichols (orgs.), *Medievalism and the Modernist Temper*, op. cit., pp. 57-94, e em particular pp. 59-60.

41 M. R. Menocal, *Shards of Love: Exil and the Origins of the Lyric*. Durham/Londres: Duke University Press, 1994, pp. 49, 101 e 104.

a reputação e a identidade são continuamente postas à prova: "É esta, então, a casa de Artur?", pergunta o Cavaleiro Verde quando ninguém aceita o seu desafio;[42] "pode este ser mesmo Gawain?", pergunta a mulher de Bertilak, quando Gawain se nega a tomar muita liberdade com ela (p. 89). O torneio – com a contínua disputa entre *chevaliers mesconnus*, a elaborada arte da heráldica, e a importância das "soleiras" – é a forma espetacularizada dessa obsessão pelo travestimento e pela identidade, pelo anonimato e pela fama. Na *Femme Sauvage* (1470), de Antonio di Borgogna, "as feridas do Campeão da Busca Gloriosa são curadas pela *Femme Sauvage* quando ele deixa a terra de *Enfance* pela de *Jeunesse*".[43] Em Malory, Lancelote muitas vezes combate anonimamente pelo puro desejo de *tornar-se novo* – para não ter de estar sempre à altura do próprio nome, para conseguir ainda causar assombro, especialmente se o assombro fizer com que se diga: "Pelo modo como este cavaleiro combate, só pode ser Lancelote!". A passagem para o vulgar é assim dramatizada graças aos nomes, a denominação e o atravessar de soleiras nas quais os nomes são conquistados e são perdidos: o nome tem o poder de conferir uma identidade, porque também pode aniquilá-la.

## 3. Uma nova ocupação: passar o tempo

Além das soleiras espaciais, o romance trabalha também nas soleiras do tempo, que atravessa frequentemente – não sem as necessárias precauções éticas – sobre a base do amor humano pela novidade (em Middle English, *newfangelnesse*). Chrétien lamenta o abismo entre "esse tempo" da corte de Artur, quando a "regra" do Amor era "doce e benigna", e "agora", quando "os que não alimentam nenhum sentimento afirmam que amam, mas mentem". Para falar "daqueles que existiram", diz Chrétien, temos de "deixar os vivos", o que faz do poeta uma figura um tanto perturbadora: e outra vez é o significante – o "nome" (*renons*) de Artur que "sempre vivera" (*toz jorz durra*) – que nos permite ter acesso ao passado.[44] Um dos momentos mais líricos de Malory o associa também à ruptura do tempo, à *newfangelnesse*:

42 *Sir Gawayne and the Grene Knight* (c. 1375) [ed. it.: *Sir Gawain e il Cavaliere Verde*, org. e trad. P. Boitani. Milão: Adelphi, 1986, p. 56, daqui em diante citada diretamente no texto com número de página e verso entre parênteses].

43 L. O. Fradenburg, *City, Marriage, Tournament: Arts of Rule in Late Medieval Scotland*. Madison: University of Winsconsin Press, 1991, pp. 208 e 211.

44 Ch. de Troyes, *Le Chevalier au lion* (*Yvain*) (Segunda metade do século XII) [ed. it.: *Ivano*, org. G. Agrati e M. L. Magini, trad. D. Pettoello. Milão: Mondadori, 1983, p. 3].

> Mas hoje em dia os homens não podem amar durante sete dias se todos não tiverem os seus desejos satisfeitos. [...] É assim o amor de hoje: logo quente e logo frio [...]. Não era assim antigamente o amor.[45]

Guinevere é o seu modelo da antiga fidelidade, que continuara a viver no "enorme livro" (*lytyll mencioun*) de Malory, não apenas porque era "uma amante fiel", mas também porque celebrava adequadamente o mês de maio; os amantes modernos são convidados a fazer o mesmo: "Portanto, todos vós que sois amantes, lembrai-vos do mês de maio, como fez a rainha Guinevere [...] e por isso teve um bom fim".[46] O enfraquecimento do significante por causa da sua excessiva familiaridade sofre uma viravolta na surpresa daquilo que retorna depois de muito tempo: o pai/rei ideal, perdido, de quem somos/devemos ter sido filhos; a mãe que, sendo sempre/outrora sexual, pode ser considerada fiel porque não se esquece de celebrar os ritos do mês de maio.[47] O vulgar se manifesta por meio de figuras de reanimação e de debilitação – coisas mortas que voltam à vida (o significante poético; a reiteração do salvamento em Malory) ou coisas vivas levadas à imobilidade (encantamento, sono, morte).

A escrita em vulgar significa também "campos" e "estações" diferentes: realizada e desfrutada de modo diferente do latim, por pessoas diferentes, em lugares e ocasiões diferentes. O romance não tematiza apenas a sua ruptura com o passado, que é ao mesmo tempo uma volta ao passado, mas também a cena da sua fruição. A literatura na língua vulgar, e o romance em particular, se associam à ideia do "passatempo";[48] uma poesia que pretende evocar "maravilhas" (coisas ou fatos surpreendentes) que nos livrem do "cansaço" (aquela sensação que nos faz desejar o fim de algo que durou demais, ou se repetiu muitas vezes). Cansa-nos o que é aborrecido, pesado, penoso, trabalhoso, interminável, iniludível (sensações todas geralmente associadas com a melancolia); o tempo se manifesta como um excesso – nos prostra, não suportamos mais, é continuidade *demais*, muito pouca mudança: "os homens que são/ inclinados à mudança".[49] Gostamos da caducidade das coisas, em parte também para cobrir o eco da pulsão de morte, e a decisão de

45 Sir Th. Malory, *La storia di re Artú*. Turim: UTET, 1958, v. II, p. 1059.

46 Id., ibid.

47 S. Freud, "Escritores criativos e devaneios", op. cit.

48 Rosalind Field (in *Romance in England*, op. cit., p. 153) define o *romance* como "uma nova literatura para o divertimento".

49 Chaucer, *I racconti di Canterbury*, op. cit., fragmento V, p. 1347, vv. 609-10 [daqui em diante citado diretamente no texto com número de fragmento, página e verso entre parênteses].

usar uma língua diferente, "nova", a língua do "povo", pretende justamente desfrutar a volubilidade do desejo.

Todavia, o fenômeno do passatempo não é de fácil explicação. A distração nos agrada porque nos diverte. Concordamos... mas em que sentido? O termo "necessidade" não é o certo: portanto, não direi que temos necessidade da distração – mas não há dúvida de que a distração pode tornar-se uma espécie de obrigação ou de coação. Muitas vezes não conseguimos dispensá-la. Aqui (na Califórnia) não conseguimos mais passear sem ouvir música, ou viajar na Internet sem a televisão no ângulo alto do monitor, e muitas vezes acabamos em grupos de *self-help* para nos desintoxicar dos videogames. Todavia, apesar da força desta relação, o discurso intelectual obriga a tratar o divertimento como uma coisa insignificante, e que justamente em virtude dessa sua insignificância consegue idiotizar as massas. Faz pouco tempo que a historiografia presta atenção aos passatempos, porque estes se desenvolvem nos momentos de interlúdio, quando não acontece nada de importante. Pelo contrário, é importante compreender qual seja a função que nos permite criar objetos capazes de proporcionar prazer (aos outros, e, por esse meio, a nós mesmos). A este propósito, continua fundamental a pergunta de Lacan: "[há] a possibilidade para o homem de tornar comerciais seus desejos, vendáveis sob a forma de produtos. [...] como, portanto, isso é possível?".[50] E como é que sentimos prazer justamente pelo fato de fazer comércio, além do objeto específico que se vende ou se compra? E por que a interrupção semanal dessa atividade nunca é apenas uma alegre libertação, mas uma festa *comandada*?

> Acho que este extraordinário imperativo [de santificar as festas] [...] que, limitando-nos aos provérbios humorísticos, para o homem comum não oferece alternativa entre a ocupação do amor e o tédio mais tétrico, essa interrupção, esse vazio, introduz seguramente na vida humana o sinal de um buraco, de um além a respeito de toda lei de utilidade.[51]

Se a interrupção é o sinal de "um mais além a respeito de toda lei de utilidade", então a interrupção em si, que é, paradoxalmente, o momento em que estamos conscientes da passagem do tempo, demonstra que a produção cria o desejo, e não se pode portanto explicar apenas com o conceito de necessidade. A nossa inquietação num dia de repouso mostra que na verdade não queremos repousar,

50 Lacan, "A demanda de felicidade e a promessa analítica", in *O seminário*, livro 7 – *A ética da psicanálise*, op. cit., pp. 351-52.

51 Id., ibid., p. 102.

e sugere também a razão disso: no repouso torna-se difícil distinguir entre a vida e a morte. E não apenas porque o repouso nos faz pensar na morte: ele nos lembra também que, em si e por si, a vida nem sempre é algo muito interessante.

## 4. Troca, dons e objetos mágicos

"A dama da fonte", um dos contos de *Mabinogion*, se desenrola num momento de pausa, no qual a corte está à espera do jantar. Enquanto espera, Artur quer dormir: abreviar o tempo mediante esta comuníssima forma de animação interrompida. Uma outra coisa que faz o tempo passar como que por magia é o conto, e é justamente um conto de magia que recompensa Cei pela comida e pela bebida. Sendo assim, "A dama da fonte" sugere que fazer comércio faz parte do prazer inerente para se alcançar o próprio objeto, porque a troca ajuda a passar o tempo. O nosso comportamento econômico, que compreende também os meios através dos quais um conto pode circular como objeto dotado de valor, está ligado à procura do prazer, porque a "troca" "restitui-nos" o nosso desejo de um outro[52] lugar. O desejo volta atrás, estranho, renovado, talvez até surpreendente.

A troca, é escusado dizer, pode levar-nos facilmente a acreditar que o novo objeto não é a costumeira coisa de sempre; a frase "passado e futuro" promete não apenas a volta do rei, mas de um rei transfigurado pela ausência, pelo encanto misterioso da circulação. (Onde esteve o objeto? Devem existir segredos, *e* um segredo: quero entrar na posse desse segredo, e apropriar-me do seu segredo antes que o seu possuidor se conscientize do seu valor.) Mas, por mais que procuremos nos iludir, pensando que o objeto volta *como tal* (apenas transfigurado), ou que não se trata de uma fixação travestida de um novo amor, é também verdade que o objeto *não pode* em nenhum caso voltar simplesmente como tal. A troca introduz uma ruptura, e seus resultados continuam imprevisíveis. O elegante itinerário do dom não pode encobrir a sua dependência em relação à caótica ausência de limites da ordem simbólica, com a sua capacidade de juntar estranhos mediante a troca.[53]

52 A ordem simbólica "com barra" (A̸) indica tudo aquilo que no mundo é simbolicamente organizado, mas só quando essa ordem simbólica é considerada aberta, em contínua mudança, nunca "completa", e não um "sujeito". A ilusão de um sistema simbólico inteligível, completo, talvez inspirado por alguma Intenção benigna, é designada por Lacan com o "A" sem barra.

53 Cf. M. Mauss, *Teoria generale della magia e altri saggi*. Turim: 2000 [ed. bras.: *Sociologia e antropologia*, São Paulo: Cosac Naify, 2007, 2ª reimp.].

No mundo, os presentes são enviados na tentativa de endividar, de controlar ou, talvez, de assimilar quem os recebe, mas uma das poucas coisas divertidas nas relações em dinheiro é o modo com o qual tomam o dinheiro e fogem, com a desenvoltura do ladrão. É por isso que, em *Sir Gawain e o Cavaleiro Verde*, Gawain define a própria culpa como "avidez" (*coveityse*). Gawain e o seu hóspede, Bertilak, decidem entreter-se trocando todos os dias os respectivos "ganhos"; mas quando a mulher de Bertilak oferece a Gawain uma mágica faixa verde que deveria protegê-lo da decapitação por parte do Cavaleiro Verde, Gawain fraqueja e esconde de Bertilak o presente recebido. Muitos intérpretes julgaram a *coveityse* como um modo um tanto chato, ou pedantemente doutrinal, de definir o comportamento de Gawain. Mas a *coveityse* comporta uma falta de "lealdade" (*trawthe*) na medida em que é dirigida para isso, o fator x, a Coisa, o que existe no objeto mais do que o próprio objeto. No caso da avidez, "o que existe no objeto mais do que o próprio objeto" é o prazer do vizinho, a avidez quer roubar o prazer do vizinho, como admite francamente a fada Morgana no fim do poema. A *coveityse* mostra como é importante a troca neste *romance*: aí se expressa a centralidade do segredo, do "levá-Lo embora", na *jouissance* (e, portanto, na prática) da troca.

Para Lacan certas práticas artísticas – o exemplo fornecido por ele é a pintura rupestre – podem ser vistas como a tentativa de expressar uma economia "sob o ângulo da Coisa".[54] À parte o dinheiro, para as aristocracias medievais os mais importantes objetos de troca eram sencientes, vivos, ou próximos às "passagens" da vida: prisioneiros, crianças, irmãos, pupilos, filhos adotivos, servos e terras. É uma economia que troca objetos nos quais o aspecto mais significativo é serem sencientes, ou um vínculo estreito com os seres humanos (presas de guerra, tesouros, terras herdadas ou conquistadas). Portanto quando o *romance* olha a economia aristocrática pré-moderna do ponto de vista da Coisa, vê a beleza e o horror do morto-vivo, do legalmente defunto, da minoria, da criadagem, da estranheza – em suma, todas aquelas diminuições da personalidade jurídica da qual essa economia dependia (e que podiam em teoria envolver todos os sujeitos, incluindo os homens livres e adultos).

Assim, o *romance* evidencia também o "pegajoso resíduo" da sensibilidade, ou corporeidade, ou *jouissance*, que não pode ser posta em circulação completamente

54 Lacan, "O amor cortês em anamorfose", in *O seminário*, livro 7 – *A ética da psicanálise*, op. cit., p. 174. "A Coisa" é a fruição excluída pelo significante; isto é, a fruição é sempre designada pelo significante no inconsciente, e a Coisa é "o resto" – a fruição *não* designada pelo significante. Uma fruição a que não existe nenhum acesso direto.

ou com a mesma eficácia que os significantes. O amor cortês explora a *jouissance* de estruturas de parentesco e práticas matrimoniais que tratam o objeto morto-vivo com extrema brutalidade, e em consequência encontram aí uma Coisa que não pode ser extirpada *se o objeto deve continuar a funcionar como tal* – uma Coisa cujo fascínio imperioso se torna inextinguível. Em geral o *romance* se concentra nas "relações vividas" entre objetos cujo estatuto senciente está em discussão, indeterminado, embora sempre ineliminável como resíduo, e cuja incerta condição, ao mesmo tempo abjeta e sublime, provoca uma grande curiosidade (como no "Conto do escudeiro"). Os seres humanos estão acordados ou sonham? Estão mortos ou sob o efeito de um encantamento? São pessoas ou fadas? Prisioneiros travestidos ou herdeiros do trono? Quando encontramos outra pessoa, quais trocas acontecerão, e como? É claro que aqui está em jogo o maravilhoso, mas também coisas mais prosaicas, cuja vizinhança com o maravilhoso muitas vezes foi subentendida como um sinal da cegueira medieval para o valor abstrato. Em *Sir Launfal*, a questão da pobreza cavaleiresca é colocada bruscamente ("Quem não tem bens não pode fazer bem") e depois resolvida – por que não? – quando Launfal faz enamorar-se dele uma esplêndida rainha das fadas (a filha do rei de Amylion, isto é, de Avalon), que o recompensa pelo seu voto de amor com dons mágicos, apropriados à generosidade das fadas, mas descritos também com um notável senso prático: "Muito ouro, e um grande tesouro".[55]

Essas ligações entre magia, tecnologia, riqueza e ambiguidade do vivente emergem com clareza na produção medieval de objetos do *romance*. Richard Kieckhefer observa que:

> O mundo dos romances às vezes parece uma grande loja de brinquedos cheia de delícias mágicas. Os objetos mágicos [...] assemelham-se muitas vezes aos autômatos e a outras maravilhas mecânicas fabricadas realmente para divertimento da corte, e sem dúvida os exemplares imaginários e reais atraíam os cortesãos pelo mesmo entrelaçamento de motivos: o fascínio das máquinas combinado com o mistério do inexplicável.[56]

O nexo entre máquina e objeto nos introduz no âmbito do "perturbante", onde o limite entre humano e inumano, entre familiar e desconhecido, torna-se permeável. O objeto é perturbante quando não sabemos se é animado ou inanimado:

55 *Sir Launfal* (séc. XIV) [aqui, a edição contida em S. H. A. Shepherd (org.), *Middle English Romances*. Nova York: Norton, 1995, pp. 351-64].

56 Kieckhefer, *La magia nel medioevo*, op. cit., p. 137.

e, no caso de um artefato, jamais teremos certeza porque – mesmo apresentando-se como algo de externo – esses objetos são sempre "extensões" de nós mesmos. Nesse sentido, todo artefato é um potencial "duplo": algo que pode ameaçar a forma humana e também idealizá-la. Michael Camille reconduz justamente ao *romance* a "estética do animismo" da ficção científica e da *fantasy*, e inicia o seu esplêndido capítulo sobre os "ídolos da sociedade" falando das estatuetas de ouro de Tristão e Isolda e do Deus do Amor "mandadas em 1340 por Eurico, duque de Derby, ao rei Eduardo III como garantia de um empréstimo".[57] Na Idade Média, a cultura árabe produziu numerosos tratados sobre a fabricação de autômatos, seus ensinamentos passaram para o que restava do Império do Ocidente, e em 1242 um ourives parisiense de nome Guillaume Boucher construiu para o Khan mongol, em Belgrado, uma fonte mágica com trombeteiros e pássaros que cantavam.[58] (Portanto, o "Conto do escudeiro" não é de todo inverossímil.) Camille também fala do célebre castelo de Hesdin, no Artois, abarrotado de "máquinas para divertimento", entre as quais um artefato "para dar banho nas damas que nele pisem".[59] Também neste caso não é a necessidade que estimula o engenho, embora o século XIII tenha sido uma época de "grandes progressos no campo da mecânica e da engenharia".[60] Roger Bacon fantasiava não só com máquinas que se movimentavam sozinhas, mas também com "maquinismos óticos capazes de aterrorizar uma armada criando a ilusão de um grande exército inimigo".[61] Conrad Kyeser, definido por Kieckhefer como "um homem de notável cultura [que] tinha prática de medicina e de engenharia, mas [que] também gostava de disfarçar de mistério seus conselhos",[62] dedicou ao imperador Roberto o seu *Bellifortis*, no qual "abundam [prescrições mágicas e] descrições e representações de maravilhosas e fantásticas máquinas de guerra",[63] entre as quais a minha preferida é um carro de batalha com a forma de "um gato gigantesco com as garras ameaçadoramente esticadas".[64] O fascínio pelas máquinas característico do entretenimento medieval é uma das formas de divertimento que foi ao mesmo tempo causa e efeito do sujeito/objeto perturbante da troca aristocrática.

57 Camille, *The Gothic Idol*, op. cit., p. 242.
58 Id., ibid., p. 252.
59 Id., ibid., pp. 247-48.
60 Kieckhefer, *La magia nel medioevo*, op. cit., p. 128.
61 Id., ibid., p. 129.
62 Id., ibid., p. 126.
63 Id., ibid., p. 125.
64 Id., ibid., p. 129.

A historiografia da economia medieval muda de aspecto quando cuida de examinar a invenção e a produção de objetos "supérfluos", sem subordiná-los automaticamente a atividades econômicas mais "concretas". Falar de colheitas ou de vagabundagem não é o único modo de se ocupar das "classes inferiores": aqueles que cultivavam a terra, fabricavam instrumentos e ocupavam as bancas no mercado queriam distração e beleza tanto quanto os aristocratas e o clero. Os ciclos do *Corpus Domini* que chegaram até nós são um tardio testemunho disso, mas antes já encontramos alusões a esses dramas, ou a dramas bastante semelhantes, a exemplo do "Conto do Moleiro", de Chaucer. Nesse conto (escrito pelo filho de um abastado vinhateiro), Absalão, embora tolo, gosta de música; o próprio Moleiro lança abertamente o seu desafio de classe anunciando no "Prólogo" que o seu é um "conto nobre"; e o Hóspede, autodenominando-se mestre de cerimônias dos peregrinos, tem todo tipo de ideias sobre a literatura, e as expressa sem demora no texto dos *Contos de Cantuária*.

Elaborados espetáculos de palco precederam em vários séculos as *máscaras* renascentistas. A ação principal de *Sir Gawain e o Cavaleiro Verde* começa com Artur sentado na corte, no dia de ano-novo, à espera de comer "até que todos estivessem servidos":

> E um outro costume assim lhe ditava:
> empenhou a palavra quanto a jamais comer
> num dia como aquele festivo
> enquanto não lhe fosse narrada
> a estranha história de alguma aventura,
> de alguma grande maravilha (p. 50, vv. 90-95).

A alternativa é esperar até que "alguém procurasse um cavaleiro leal com quem lutar, tudo aventurar, arriscar vida por vida" (p. 50, vv. 96-98). O *freke* [cavaleiro] que se apresenta, ante cuja "cor todos suspiram" – o Cavaleiro Verde, com a sua decapitação, e a incrível recuperação da cabeça –, podia bem ser o espetacular produto dos fabricantes de "máquinas" ou dos alfaiates das cortes medievais. Não devemos imaginar um público que fica boquiaberto diante de uma simples exibição: como eu já disse, a poética do *romance* coloca em cena a *relação* entre requinte e ingenuidade, entre truques banais e questões de vida e de morte.

O narrador, a um certo ponto, define Artur como "pueril": "gostava da vida alegre [*light*] e não lhe agradava/ ficar por muito tempo deitado ou sentado" (p. 49,

vv. 87-88). Na época medieval, o âmbito semântico de *light* compreende ocasiões sublimes e objetos de amor, mas também passatempos, prazeres rápidos..., coisas que vêm e vão. O que é "leve" circula facilmente, se desloca e é deslocado sem esforço, não causa incômodo, não oprime, não pesa sobre o corpo e os sentidos. É frívolo, deixa-se facilmente que vá embora, sem ansiedade ou dor. O que é "leve" cura a melancolia, a ansiedade e o cansaço.[65] É fácil de se obter ou de pagar, e não cria "dívidas *pesadas*". É fácil "extingui-lo". Além do mais, uma pessoa pode tomar as próprias responsabilidades muito levianamente (*lightly*); ou também, como certos objetos, pode *ser* muito leve, ou não o bastante. Artur quer uma "estranha história": se não for possível, ficará satisfeito também com um torneio no qual a vida seja colocada em risco; mas o que lhe é oferecido é, por assim dizer, um *freke* em carne e osso (cujo caráter desagradável, porém, tem um quê de mecânico). Um conto equivale a um jogo; um torneio é um jogo com consequências potencialmente fatais, mas continua mesmo assim sendo um jogo, porque as regras garantem certa igualdade entre os contendores mas quem se apresenta, inesperado, na corte do rei Artur é um "homem tremendo" (*aghlich mayster*), e nenhum dos paladinos da corte, nem mesmo Gawain, pode rivalizar com a sua capacidade de sobreviver a golpes mortais.

## 5. O trabalho do "romance"

A "leveza" (*lightness*) é circulação sem atrito, bem-estar do corpo e dos sentidos. Ao contrário, o "peso" e o resíduo do prazer podem dificultar a circulação, ou acelerá-la caso volte para o alvo ou desviá-la para direções imprevistas. O âmbito semântico de *lightness/heaviness* mostra a íntima ligação que existe entre a troca e o corpo. Tanto em "A dama da fonte" como em *Sir Gawain e o Cavaleiro Verde* trata-se do *peso* do tempo, de como o tempo pesa às nossas costas, aprofundando-se na nossa corporeidade. O *romance*, "a coisa mais maravilhosa", rompe e irrompe nesse estado de coisas; é um antídoto contra a viscosidade do tempo no qual não nos divertimos (e que pode mergulhar-nos na melancolia tanto quanto a fugacidade). "A coisa mais maravilhosa" mantém em movimento o desejo, além do rude repetir-se do impulso. E é esse movimento que impele o homem a "tornar os próprios

65 G. Olson, em *Literature as Recreation in the Later Middle Ages*, Ithaca (NY): Cornell University Press, 1982, discute a ideia da arte como terapia para a melancolia.

desejos comerciais, vendáveis sob a forma de produtos", pois é o movimento que faz o desejo voltar do lugar do Outro.

No *romance* o passatempo lega as atividades do mundo histórico ao impulso que as anima. O passatempo não se contrapõe à atividade produtiva (fazer coisas, fazer que as coisas aconteçam), mas é, antes de tudo, o espaço-tempo do trânsito entre o desejo e o impulso, no qual leveza e peso desaparecem e reemergem um do outro. É também por isso que o passatempo do *romance*, e o passatempo que *é* o *romance*, se desenvolvem muito frequentemente durante uma festa, esse intervalo entre repetições periódicas, no qual as coisas acabam onde haviam começado: tempo litúrgico, volta sazonal. "Num dia de Páscoa, na nova estação [*au tans novel*] o rei Artur tinha sua corte no Castelo de Cardigan. A assembleia é a mais rica que jamais se viu [...]."[66]

O novo e talvez também o único – "a mais rica que jamais se viu" – emergem quando o recordamos, no tempo da recelebração do sacrifício. Já que o sacrifício é uma morte que dá vida, que salva e reanima, nessas ocasiões voltamos a nós mesmos de forma transfigurada. Chrétien nota no seu prólogo que não estaria fazendo o próprio dever se negligenciasse "uma matéria que poderia ser muito apreciada"; mas o seu conto será lembrado, sobreviverá "enquanto durar o mundo cristão".[67] A capacidade do conto de transmitir maravilhas e tesouros tornou-se ainda mais maravilhosamente agradável com a presença no seu interior de prazeres secretos, esquecidos. A unidade da corte – seus sublimes prazeres, sua vivacidade e irrepetível vitalidade – torna impossível a circulação, porque esta não é comparável a nenhuma outra coisa. Todavia, essa mesma unicidade a faz circular na forma daquela meia-vida que é a recordação. Também *Sir Gawain e o Cavaleiro Verde* oscila entre os pólos da novidade e daquilo que agora é definitivamente passado. O conto sublinha tanto o refinamento quanto a ingenuidade da corte de Artur, a qual, por continuar acreditando na própria reputação, deve respeitar antecipadamente e por procuração (com Gawain) o encontro com a mortalidade. O encontro é com uma criatura que não se sabe se está viva, e num lugar que, como o Cavaleiro Verde, lembra a antiga religião, os velhos tempos das sepulturas pagãs – os segredos esquecidos de um passado muito anterior aos tempos de Artur. Quando, pois, Gawain fica sabendo que não será decapitado de verdade, que apenas foi posto à prova, fica-se sabendo que a ideia da prova partiu da fada Morgana (de quem o Cavaleiro

66 Ch. de Troyes, *Erec et Enide* (segunda metade do século XII) [*Erec e Enide*, org. G. Agrati e M. L. Magini. Milão: Mondadori, 1983, p. 3.]

67 Id., ibid.

Verde é apenas um instrumento): uma maga poderosa, que o texto apresenta como a verdadeira e própria encarnação da velhice, em contraste com a juventude da mulher de Bertilak. Essas sobreposições e reviravoltas entre juventude e velhice, entre o novo e o velho, entre o mais do que sabido e o segredo, não derivam de uma incapacidade medieval de conceber o tempo como uma *durée* mensurável ou como cronologia histórica, mas mostram-no antes como a produção e a troca dependem da modalidade de fruição do tempo, isto é, de como o gozo volta às suas fascinações. O trauma é, por definição, uma "ferida" causada pela intrusão de algo externo, de algo imprevisto, de inadmissível; São Tomás diz "nós ficamos mais maravilhados diante de coisas inusitadas e a alma é tomada por elas de modo mais forte e mais veemente: por isso nos lembramos melhor de coisas vistas na infância".[68] Mas as coisas maravilhosas que ficam impressas na nossa memória se transformam em novas obras graças à diferença introduzida pelo tempo.

O *romance* se desenvolve, portanto, como um trabalho, o trabalho da memória. É um artefato que funciona como um passatempo, porque introduz alguma coisa de extraordinário na densidade do tempo sofrido pelos viventes. A questão da destreza, da bravura do romancista ao cantar ou narrar uma história extraordinária é posta em relevo por Chaucer, nos *Contos de Cantuária*, no "Prólogo a Sir Topázio", com o qual o peregrino Geoffrey tenta atender ao pedido apresentado por Harry Bailey, o albergueiro, de "de uma história engraçada" (ed. bras., em prosa: p. 101). Geoffrey explica que a única maneira de fazê-lo é com "uns versos que aprendi de cor há muito tempo", porque, "verdadeiramente, contos eu não conheço". Muitos críticos compararam a "estupidez", "o canto insípido" (*lewednesse*, definição dada pelo albergueiro) de "Sir Topázio" com a *gravitas* do "Conto de Melibeu", interpretando a atribuição por parte de Chaucer dessas histórias a "si mesmo" como uma irônica disjunção entre o "alegre" e o "instrutivo" ou entre o *doce* e o *útil*. *Lewednesse*, nesse caso, significa vulgar, ignorante, tolo, banal. O albergueiro repreende Geoffrey: "narre alguma coisa" (ed. bras., em prosa: p. 101). Pois é claro que o seu único objetivo é fazer passar o tempo – nada é posto em circulação, não surge nada de novo –, os peregrinos põem em evidência a opressão do tempo.

Mas "Sir Topázio" mostra ainda como a impossibilidade de um movimento retilíneo para a frente – que se expresse como inação ou como circulação – pode ser também uma obstinação ou suspensão que torna possível a antecipação (de nada

68 *Summa Theologiae*, II, II, *Quaestio* XLIX, *De Singulis prudentiae partibus: articulus* I, *Utrum memoria sit pars prudentiae*, apud F. Yates, *L'arte della memoria*. Turim: Einaudi, 1993, p. 69.

em particular) e/ou a risada pós-traumática. E, além do mais, "Sir Topázio" faz compreender que a opressão do tempo pode deformar o sujeito senciente em algo de perturbador – quer para o bem, quer para o mal: quando o "Conto do Monge" (uma sucessão de tragédias célebres entre os medievalistas pela sua entediante recorrência) é interrompido, o albergueiro lamenta que, se não fosse pelo retinir das campainhas das rédeas do Monge, seria "tomado por um enorme sono". Esta hipnótica situação entre a vida e a morte representa o triunfo do impulso e a falência da circulação:

> aquele conto vale tão pouco,
> nele não há burla, não há jogo,
> e já está cansada a companhia
>
> (ed. it., VII, p. 1629, vv. 2789-91, ausentes na ed. bras.)

O Cavaleiro, que é exatamente o tipo de pessoa sempre pronta a ouvir as tragédias do Monge, e que afirma preferir os contos de desventuras com final feliz (não obstante o final um tanto tétrico do seu próprio conto), fica profundamente melancólico com isso. Mas ambos os insucessos – num caso falta e, no outro, excesso de identificação – oferecem o tema para os contos ulteriores.

A comicidade de "Sir Topázio" depende da reversibilidade do tempo do *romance*. O que é antigo é precoce, e portanto jovem: o que acontece agora é a conclusão de tudo o que aconteceu antes.

> A Sir Horn, Sir Ipotis,
> Sir Libeus e Sir Bevis
> Muito poeta elogia,
> E a Sir Guy e a Pleindamour.
> Mas a Sir Topázio era a flor
> Da real cavalaria
>
> (ed. bras., p. 106)

Os homens falam dos *romances,* não dos seus heróis; o catálogo que segue poderia ser lido como uma lista de títulos (uma lista que ameaça sobrepujar "Sir Topázio" na forma miniaturizante das estrofes *tail rhyme*). Os tempos passados tornam-se passatempos: o catálogo é estranhamente inserido no conto, dando a impressão de que Sir Topázio está atrasado no tempo, "leve" no sentido de que não lhe resta nada mais a fazer, exceto talvez uma coisa decisiva: está vivo, e provavelmente no século XIV ("Calças de Bruges vestia/ E botas de cordovão", ed. bras., p. 102). Ser contemporâneo significa estar em atraso e ao mesmo tempo adiantado. Sir Topázio é "leve" porque não lhe resta mais nada por fazer, mas também porque não está realmente pronto para fazer o que quer que seja. Quando o gigante desafiado por ele responde ao desafio, Sir Topázio rebate: "[...] vou medir-me contigo/ amanhã" (ed. bras., p. 104). É claro que não acontece nada e nada pode acontecer: como se os motivos do *romance* amortecessem em puro e simples passatempo, até que a sua natureza etérea se transforma, para o albergueiro, na pesada corporeidade do tempo como tal, do tempo "perdido", não resgatado em valor de troca.

> [...] o que sou eu
> verdadeiramente cansado com esse canto insosso,
> [...]
> doem-me as orelhas de escutar.
> Ao diabo mando aqui o teu rimar,
> não são versos, estes, são abortos.
>
> (ed. it., VII, p. 1495, vv. 920-25, ausentes na ed. bras.)

Para terminar, eu gostaria de esboçar três consequências da minha tese, segundo a qual o *romance* representa a passagem para a língua vulgar e se liga ao fenômeno do "valor de passatempo". Em primeiro lugar, o discurso do *romance* é mais bem compreendido se se deixa de identificar as atividades da elite com a época histórica no seu conjunto, e se nos dedicamos contrariamente ao estudo da função cultural e econômica desses objetos frívolos, invenções extravagantes, coisas sem importância, maquinismos engenhosos, festas etc. produzidos e fruídos por todos os estratos da sociedade medieval.[69] Segundo, tendo em vista a crucial importância da "vida" do objeto na economia medieval, o estudo da produção medieval poderia lançar uma luz sobre o modo de agir do desejo nas atividades econômicas de épocas sucessivas. Enfim, nada de tudo isso deveria tirar a atenção dos temas tradicionais da história econômica (agricultura, moinhos de vento, comércio, finanças). Creio que a minha tese é coerente com as intuições marxistas acima, como a produção reconstrói o próprio produtor, e eu gostaria de estender essas análises à produtividade do desejo e da maravilha na nossa reconstrução do mundo.

69 P. Fumerton analisa a importância dos objetos fúteis (por exemplo, as miniaturas) na cultura do Renascimento em *Cultural Aesthetics: Renaissance Literature and the Practice of Social Ornament*. Chicago: University of Chicago Press, 1991.

DORIS SOMMER

# Pelo amor e pela pátria
## Romance, leitores e cidadãos na América Latina

### 1. *Laissez-faire*

"Dizem os franceses, *l'amour fait rage, et l'argent fait marriage* [o amor causa arrebatamento, e o dinheiro casamento]; aqui, porém, o amor faz ambas as coisas, *rage* e *marriage*!" Esse dito espirituoso, posto na boca de um personagem cômico no romance chileno de Alberto Blest Gana, *Martín Rivas* (1862), apreende surpreendentemente bem a moral da história. Aquele que fala vê-se escandalizado pelo fato de que a irmã esperta demonstre o desejo de desposar o provinciano, ainda que sagaz, que estuda direito e administra o patrimônio da família. Obviamente, isso não é o que aconteceria num romance de moldura trágica como *O vermelho e o negro*, de Stendhal. Os latino-americanos não se davam conta disso, mas, embora admirando os modelos franceses e ingleses, não se contentavam com imitá-los, preferindo, a isso, adaptar às modalidades locais os estilos romanescos de importação. Com o seu *bon mot*, o desastrado janota, recém-chegado a Santiago e tendo vindo de Paris, pondera bem sobre a principal diferença ideológica entre os romances europeus e os latino-americanos do mesmo período. A mesma diferença caracterizada entre decadência e desenvolvimento levará José Martí a advertir os leitores da ficção estrangeira. Lá, na Europa, o amor era destrutivo, representava uma ameaça para a harmonia e a prosperidade. O tema de grande parte das histórias aristocráticas, e, portanto, antiburguesas, era a separação entre desejo e dever. Em vez disso, "aqui", no Novo Mundo, lamenta com embaraço o irmão em *Martín Rivas*, o amor parece ter-se tornado o único responsável por toda a felicidade.

É compreensível que o surpreenda a simplicidade dessa fórmula. As convenções romanescas europeias não podiam decerto prepará-lo para tal inovação, tanto mais que disso derivavam consequências um tanto incomuns: um tratamento imparcial de homens e mulheres, com heroínas que sempre são aquilo que querem e heróis vez por outra tímidos ou inteiramente hipersensíveis; desenvolvimentos imprevistos e estimulantes nascidos de uma mistura bem calculada de razão e arrebatamento. E ainda mais surpreendente é o fato de que a fórmula se repita de modo invariável de país em país. A existência de um gênero internacional com base na exaltação de um desejo construtivo representa, com efeito, uma novidade aos estudiosos da literatura. Os vários romances nacionais – os que os governos introduzem nas escolas e que, a partir desse momento, se tornam parte da história da pátria – parecem variações locais de um único tema. Um fenômeno difícil de perceber, visto que esses livros, escritos o mais das vezes entre 1850 e 1880, no período de consolidação das nações latino-americanas, tiveram nas primeiras uma escassa circulação e, em seguida, após o *boom* da literatura experimental nos anos 1960, pareceram por demais simples a gostos já sofisticados. Assim, quase ninguém teve oportunidade de lê-los simultaneamente nem de ter deles uma visão geral. Não obstante, as semelhanças são extraordinárias: só pra começar, são todas histórias de amor.

Por que os romances nacionais, promovidos pelo Estado, deveriam tratar do amor romântico? Uma primeira resposta, e fácil, poderia ser a de que na América Latina no século XIX os romances eram todos histórias de amor; mas ainda faltaria entender o que o amor teria a ver com a educação cívica. Os romances não se tornaram, de imediato, objeto de estudo nas escolas públicas, excetuando-se, talvez, a República Dominicana, onde *Enriquillo* (1882) apareceu bem tarde, e o limitado número de estudantes assegurou, assim, que estivesse disponível um número suficiente de cópias.[1] Nos outros casos, os romances

1 Franklin J. Franco diz que *Enriquillo* "já no século passado foi elevado ao grau de literatura obrigatória no sistema de escolas públicas" (*Trujillismo: Génesis y rehabilitación*. Santo Domingo: Cultural Dominicana, 1971, p. 67). Mas outros romances nacionais tornaram-se leituras obrigatórias somente em seguida, quando os governos tiveram à disposição os recursos necessários para publicar em grandes tiragens livros que não fossem apenas os de texto (sobretudo de direito natural, filosofia, literatura, antologias de clássicos latinos e, em seguida, história). →

sentimentais folhetinescos raramente foram considerados de fato literatura, ao menos a julgar pela sua exclusão das primeiras histórias literárias nacionais, que preferiam voltar-se à poesia na tentativa de consolidar uma tradição de "conservadorismo progressista".[2] Esse gênero de histórias, de fato, omitia justamente as obras que mais testemunhavam essa tentativa paradoxal de consolidação: os romances que celebravam ou anunciavam previamente uma identificação entre a Nação e o seu Estado.[3] Deveriam passar algumas gerações antes que essas leituras se tornassem obrigatórias; estabelecer quando isso ocorreu precisamente, e em que circunstâncias particulares envolvendo cada país, poderia ser objeto

→ Assim também nos Estados Unidos, onde a literatura americana não recebeu inicialmente certa legitimação acadêmica. O primeiro *Programa de literatura española y de los estados hispanoamericanos* documentado na Argentina é o curso dado em 1884 pelo professor Calixto Oyuela para a classe do quarto ano do Colegio Nacional de la Capital (Buenos Aires, 1884). Na página 16 desse documento, *Amalia* (1851), de José Mármol, figura ao lado da *La cautiva* (1837), de Esteban Echeverría, e da poesia "gauchesca". Mas, em *La restauración nacionalista* (Buenos Aires, 1922, primeira edição 1909), Ricardo Rojas convidava ainda a considerar a literatura parte da educação patriótica. No México, os primeiros cursos universitários de literatura foram instituídos em 1912, no início da revolução, com o seu caráter antipositivista (cf. A. Reyes, *Pasado inmediato* (1939), in *Obras completas*. México: Fondo de Cultura Económica, 1960, v. XII, p. 214). Em 1933, as leituras obrigatórias compreendiam há algum tempo Altamirano, Fernández de Lizardi, Payno, Sierra e outros (cf. *Programas detallados para las escuelas secundarias*. México: 1933, p. 54). Ainda no Chile está documentado um exemplo análogo no ensino da história nacional; trata-se do culto *a posteriori* de Arturo Prat, o herói de 1879 da guerra do Pacífico (cf. W. F. Sater, *The Heroic Image in Chile: Arturo Prat, Secular Saint*. Berkeley/Los Angeles/Londres: University of California Press, 1973).

2 Escrita na metade do século no mesmo período dos romances, e em grande parte movida pelo mesmo impulso de legitimação, a poesia era composta por autores com credenciais políticas semelhantes às dos romancistas, mas com uma postura mais clássica. Os historiadores da literatura selecionaram uma espécie de "pré-história de elite" da consolidação desse "conservadorismo progressista" sobre os quais estavam se estabelecendo os novos Estados (cf. B. González Stephan, *La historiografía literaria del liberalismo hispanoamericano del siglo XIX*. La Habana: Casa de las Américas, 1987, em particular p. 193 e p. 159). A maior parte dos historiadores da literatura havia recebido uma educação rigidamente religiosa, e alguns também tinham estudado para se tornar padres. Tiravam suas teorias estéticas de Aristóteles, Boileau e Luzán, e trabalhavam nos partidos políticos, como advogados, professores universitários ou eclesiásticos; em sua grande maioria eram senadores, deputados, ministros e diplomatas. Muitas vezes, o seu projeto de história literária ficara apenas na intenção, já as novas nações, ainda muito dependentes do seu passado colonial – à parte o Brasil –, não tinham muita literatura de que tratar.

3 Também as literaturas indígenas, as tradições orais em espanhol, muitas crônicas e diversas formas híbridas foram excluídas das primeiras histórias literárias (cf. González Stephan, *La historiografía literaria*, op. cit., pp. 191-92).

de um outro estudo.[4] Em geral, todavia, os romances do século XIX representaram para os diversos Estados um meio de preencher a distância entre poder e desejo, e isso ocorria numa hora em que o renascimento dos movimentos de oposição interna arrancava ao rosto dos Estados que de fato existiam a máscara da nação ideal, e o nacionalismo começava a ser considerado um movimento político contrário ao Estado.[5] Livros capazes de atrair leitores da elite, cujos desejos particulares coincidiam com os das instituições públicas, conseguiram reescrever para cada cidadão do futuro o (natural e irresistível) desejo fundante pelo governo e pelo poder.

Erotismo e política estão lado a lado – também nas escolas – em quase todo canto da América Latina. No âmbito de cada tradição nacional um romance particular pode ser considerado autóctone, peculiar e, de qualquer modo, não passível de imitação; todavia, cada *romance* tem em comum com os outros muito mais do que o simples estatuto institucional. Essas semelhanças podem ser consideradas sintomáticas de um paradoxo mais geral do nacionalismo, isto é, traços culturais

4 À espera de uma sociologia da leitura desse tipo, um modo possível de afrontar a história da institucionalização é aquele sintomático, isto é, a partir do número das edições, em geral limitado até os anos de 1920 ou 1930, quando começaram a suceder-se grandes tiragens quase a cada ano. Do inventário declaradamente incompleto fornecido pelo *National Union Catalog Pre-1956 Imprints*, deduz-se que, antes de 1930, apareceram várias edições de *Amalia* (mais na Europa do que em Buenos Aires; existem também duas edições escolares para estudantes americanos, com notas e exercícios), mas foi somente a partir de 1930 que a editora Sopena começou – primeiro em Barcelona e depois em Buenos Aires – a reimprimi-lo pelo menos a cada dois ou três anos. Além disso, no mesmo período o publicaram também a editora Espasa-Calpe – em Madri e em Buenos Aires – e a Estrada. *El Zarco* (*O homem dos olhos azuis*) de Altamirano (outro entre os livros favoritos dos professores americanos de espanhol, o que, de resto, vale para quase todos esses romances nacionais) aparece em 1901 e, sempre segundo o mesmo inventário, antes de 1940 é reeditado três vezes. Na década seguinte, Espasa-Calpe – em Buenos Aires e Cidade do México – o publica novamente quatro vezes, e em 1951 a Editora Nacional da Cidade do México também o publica. *Tabaré*, de Zorilla de San Martín, para dar ainda um último exemplo do *Catalog*, teve à época um grande número de reimpressões e reedições, também nesse caso sobretudo a partir de 1920 (o catálogo dedica duas páginas inteiras apenas a essa obra). O *Martín Rivas*, de Blest Gana, parece ter-se tornado depressa uma leitura habitual (quer para os chilenos quer para os estudantes americanos graças à edição de D. C. Heath). Da *Bibliografia anotada de y sobre Alberto Blest Gana*, de Jorge Román-Lagunas (in *Revista Iberoamericana*, 1980, n. 112-113, pp. 605-47) deduz-se que durante o século XIX o romance foi publicado cinco vezes, ao passo que no século XX já tivera trinta edições antes de 1980.

5 Esta é a definição geral fornecida por J. Breuilly, *Il nazionalismo e lo stato*. Bolonha: Il Mulino, 1995.

considerados únicos e portanto dignos de (auto)celebração patriótica podem pertencer também a outras nações, ou se inspirarem diretamente em modelos estrangeiros. Contudo, cada livro individualmente exprime uma posição peculiar que corre o risco de fazer perder de vista a estrutura comum; e, com efeito, lidas uma a uma, essas histórias de fundação são muito diversas entre si: vez por outra acolhem o racismo, outras vezes defendem o abolicionismo; em certos casos, defendem o livre comércio, em outros, sustentam a necessidade do protecionismo. Eis um panorama rápido.

No argentino *Amalia* (José Mármol, 1851), o contraste entre a civilização branca e a barbárie negra se exprime numa história de amor elitista entre um rapaz de Buenos Aires e sua namorada da província, uma aliança que acaba por triunfar sobre o obscurantismo. O chileno *Martín Rivas* mitiga as oposições geográficas e de classe entre mineiros do Norte e banqueiros do Sul; mas, nos trágicos romances cubanos, escritos antes da independência, talvez na esperança de fazer com que se levantasse um exército multirracial capaz de obtê-la, a diminuição das diferenças passa a depender de mudanças mais radicais. O mulato *Sab* (Gertrudis Gómez de Avellaneda, 1841) tenta desesperadamente obter amor e legitimidade por parte da sua amante crioula apaixonada por um inglês loiro. Na época de *Cecilia Valdés* (Cirilo Villaverde, 1882), a frustração é já endêmica num sistema de códigos raciais que os amantes nunca esquecem. As relações inter-raciais são trágicas também no Peru de *Aves sin nido* [Aves sem ninho] (Clorinda Matto de Turner, 1889), dessa vez entre índios e brancos, ao passo que *El Zarco* [O homem dos olhos azuis] (Manuel Altamirano, 1901) mostra uma regeneração nacional por meio da história de um índio que aprende a amar a própria pretendente mestiça nos mesmos anos em que os mexicanos estavam aprendendo a admirar o presidente de origem índia Benito Juárez. Em *María* (Jorge Isaacs, 1867), o romance latino-americano mais popular do século XIX, a cor da pele nunca parece entrar em jogo, embora as perturbações raciais irrompam na paradisíaca plantação colombiana com o corpo palpitante de uma Maria de origem hebraica, duplamente maldita por representar ao mesmo tempo a elite incestuosa dos colonos e a impossível assimilação dos negros. No romance brasileiro *O guarani* (José de Alencar, 1857), os escravos negros são representados por um índio apaixonado e ao fim e ao cabo transformado pela amada, ao passo que, em *Iracema* (1865) a paixão de uma jovem tupi por um português produz o primeiro brasileiro, a um só tempo tupi e não tupi. Da mesma forma, o *Enriquillo* (Manuel de Jesús Galván, 1882), de Santo Domingo, substitui os negros rebeldes pelos nativos pacíficos há muito extintos.

Nesses romances-nação, a solução retórica às crises representadas pela mestiçagem consiste sempre na subordinação do elemento "primitivo" ou "bárbaro" a algumas relações racialmente mais aceitáveis entre liberais crioulos e conservadores. São exemplo disso os romances brasileiros, ou também o romance equatoriano *Cumandá* (Juan León Mera, 1887), em que a heroína índia se revela a filha perdida do missionário, e o uruguaio *Tabaré* (Juan Zorrilla de San Martín, 1888), em que o heroico mestiço (que poderia representar o Brasil imperialista) é morto para que a civilização espanhola possa predominar. Com *Doña Barbara* (Rómulo Gallegos, 1929), o pai autoritário, que nas histórias de amor do século XIX ficara à parte, volta a ocupar o centro do palco. A Venezuela não estava pronta para a conciliação, e tampouco se achava unida ao ponto de transferir a soberania a um Enriquillo indígena. Assim, o herói desse romance anti-imperialista se exercita com a vamp mestiça, e depois termina por substituí-la ao lhe esposar a filha.

Portanto, o que têm em comum a integração vertical chilena, o amálgama racial cubano, as manobras retóricas argentinas, o retrógrado idílio colombiano, o paternalismo jesuítico equatoriano e o assédio à vamp venezuelana? Como já havia sugerido, em toda parte impera a lógica distorcida de um amor mediado e intensificado pelo patriotismo. Lidos em seu conjunto, esses romances compõem um palimpsesto em que não contam tanto as peculiaridades históricas ou políticas, mas a intenção comum de reconciliar os diversos componentes nacionais, representando-os como amantes destinados a se desejar uns aos outros. Quer as tramas se concluam ou não com um final feliz, trata-se invariavelmente de histórias de amor. Reivindicam-se apaixonadas histórias de amor heterossexuais para mover os protagonistas (e os leitores de carne e osso) nos países em que se reivindicam a própria legitimidade natural e o direito de se rebelar contra a Espanha e Portugal.

Até depois da metade do século XIX, as novas nações continuaram a ser dilaceradas por lutas internas, sempre entre centralistas e federalistas. Entrementes, os romances saíam em jornais na forma de folhetins com frequência suficiente para poder comunicar aos leitores os sentimentos de pertença e cidadania implícitos nas histórias. Os romances eram escritos pelos mesmos que construíam as nações (generais, futuros presidentes, legisladores) durante a trégua entre uma guerra civil e outra, ou quando a paz permitia reparar os danos e convidava os cidadãos (virtuais) a depor as armas a fim de que se tornassem cidadãos reais, capazes de dar vida a uma nação composta por inúmeras famílias.

Façam amor, não façam guerra, era o slogan por vezes transmitido explicitamente tanto pela legislação quanto pela literatura. Juan Bautista Alberdi, autor da

Constituição argentina de 1853, não se limitou aos slogans, mas os transformou em programas concretos para favorecer o crescimento da população. Programas fundados não só em políticas de imigração pelas quais são recordados, mas também no encorajamento dos casamentos entre os industriosos anglo-saxãos e o "exército" de belas mulheres argentinas, equipadas para servir em favor da campanha eugênica destinada a "corrigir" a "ineficiente" cepa hispânica local. No correr de seus vinte anos de propaganda matrimonial, quando volta a transformar as espadas de Josué da luta pela independência nos arados de Isaías, também os romancistas se dedicaram a um trabalho análogo, transformando a coragem em sentimentalismo, a epopeia em romance, o herói em marido. Tudo isso contribuiu para legitimar a posse do Novo Mundo por parte do homem branco depois da caçada dos conquistadores ilegítimos. Sem poder reivindicar uma genealogia que os radicasse na terra, os crioulos deviam ao menos afirmar direitos conjugais e, pois, de paternidade: na falta de genealogia, se lançaria mão de um liame de genitura. O coração e o corpo da América deviam ser subjugados para que os pais a pudessem fecundar e se reproduzir como homens civis. Para que fosse legítimo, no entanto, o amor devia ser recíproco: os pais ditavam as condições, mas as mães é que deviam mudar.[6]

Os romances na prática funcionavam como manuais, intencionalmente escandidos em longos períodos de modo a dissuadir pouco a pouco os leitores das paixões inúteis e a encorajar neles o desejo produtivo. Em geral, a trama começava com um engodo erótico capaz de atrair os leitores convencionais, mas em pouco a

6 O militarismo intransigente e heroico que a Espanha impôs à maior parte da América constituía agora uma ameaça a seu desenvolvimento. A América precisava de civilizadores, de patronos para fundar a indústria e o comércio, não de guerreiros. Juan Bautista Alberdi – que afirma que a Constituição argentina de 1853 tornou-se um modelo de filosofia política para toda a América Latina – escreveu que "a glória foi superada pela utilidade e pela comodidade, e o heroísmo militar deixou de ser o meio mais profícuo em favor da *prosaica* necessidade do comércio e da indústria" (como diz que a prosa do romance doméstico devia agora substituir a grandiloquência da poesia épica; cf. J. Bautista Alberdi, "Las bases y puntos de partida para la organización política de la República Argentina" (1852), in T. Halperín Donghi, *Proyecto y construcción de una nación (Argentina, 1846-1880)*. Caracas: Ayacucho, 1980, p. 92, itálico nosso). Alberdi e Domingo F. Sarmiento concordavam inteiramente sobre a necessidade de ocupar o deserto, de fazê-lo desaparecer. Que sentido havia transformado heroicamente os corpos quentes em corpos mortos, quando Alberdi afirmava que na América "governar significava povoar" (p. 107)? Poucos slogans revelaram-se tão pertinentes e influentes. "Sejam esposos para a vossa terra e pais da vossa nação", dizia Alberdi. Agora estavam conquistados e deviam ser amados e cultivados.

narração deixava cair por terra os enredos aristocráticos para seguir o desdobramento de novas paixões que ultrapassam as barreiras funestas de classe, religião e raça. Um saudável objeto do desejo assumia, assim, o lugar de uma fantasia corrompida. Por exemplo, o herói índio de *El Zarco* sofre por uma loira cruel antes que a heroína mestiça o faça perder a cabeça; para poder sobreviver na Argentina, o noivo *snob* de *Amalia* deve adotar a flexibilidade de um agente secreto; a cubana Carlota compreende tarde demais que está desperdiçando a sua paixão por um inglês quando o seu amante ideal é o mulato Sab; e a altiva herdeira chilena rechaça tantas vezes o pobre Martín Rivas que corre o risco de perdê-lo.

Como se viu, em *Martín Rivas* a capitulação final da heroína deixa o irmão terrivelmente impaciente, fazendo dele um personagem bufão – bufão nas duas acepções do termo, espirituoso e ridículo. Evidentemente, o fato de se escandalizar com a simplicidade e com a aparente vulgaridade de uma corte doméstica impede uma personagem que se torne um herói. Os heróis não conhecem nem surpresa nem embaraço em face da simplicidade. Os leitores ideais desses livros, pertencentes à elite liberal, evidentemente consideravam a opção de fazer do amor e do dinheiro uma força única e fundamental. Em toda a América Latina, a "cidadania ativa" começava a considerar o desejo pessoal como motor quer dos desígnios passionais quer dos patrióticos. O desejo era o propulsor da modernidade, o aguilhão para o acúmulo capitalista e a um só tempo um modo simples e natural de entender o amor (entre sexos opostos e entre setores nacionais em conflito), o sentimento intensamente pessoal que levava a arriscar uniões íntimas entre cidadãos diferentes. Seria possível celebrar isso sem pudor. As velhas convenções que o resto do mundo distinguia entre paixão ilícita e produtividade vulgar não tinham cabimento na América, hemisfério que Hegel considerava a pátria da modernidade.

Os latino-americanos que liam Hegel deviam se sentir lisonjeados e encorajados na própria missão de promotores da modernidade. Sabiam que a ética encontra o seu terreno fecundo no amor e seu início no núcleo familiar em que cada um subordina o próprio interesse ao interesse comum; mas, decerto, percebiam também quão rápido Hegel passava dos liames paritários à hierarquia patriarcal em que as mulheres se submetem voluntariamente aos próprios homens. Os romancistas eram mais pacientes; protelavam o ato de levar ao fundo as tensões do desejo recíproco, embora concordassem com o fato de que as famílias devessem ser microestruturas políticas naturalmente guiadas pelos pais, núcleos hegemônicos de cidadãos ativos e dedicados protetores do Estado. *Martín Rivas* se encerra com um final feliz quando a resoluta heroína desposa Martín e se torna o seu "anjo de submissão", mas isso ocorre ao término das quinhentas páginas de atribulações necessárias para unir os dois amantes. Não era, de fato, a submissão final que parecia tão convincente aos patriotas, mas o desejo recíproco inicial - que se desenvolvia entre os dois amantes, igualmente idealizados e tímidos, no correr de muitas páginas e longos meses de publicação em folhetins nos jornais.

O significado derradeiro de todos esses enredos consistia na promessa de uma solução. E a promessa consistia numa solução às lacerações da guerra civil. O romance nacional chileno não teria podido funcionar sem retratar o produto e o lucro como rivais igualmente potentes que necessitam um do outro (embora as classes populares pareçam simpatizar com o herói dotado de espírito empreendedor). A energia que impele os heróis uns contra os outros, e depois os mantém unidos por meio de vários contratos, entre os quais também o de matrimônio, é o desejo. E este também é o dinamismo na base do *laissez-faire*, termo aplicável quer ao amor quer ao dinheiro - *faire* amor, *faire* dinheiro. Os longos romances sentimentais unem heróis idealizados a heroínas igualmente idealizadas além das diferenças raciais, regionais e econômicas nas quais chafurdavam os seus países em conflitos ainda pré-modernos. Graças a seu entusiasmo, os amantes conseguem superar os obstáculos que os separam da modernidade e, por conseguinte, consolidar o seu novo país. Em histórias movidas por um intento patriótico, os sentimentos pessoais subjetivos levam a resultados nacionais objetivos. Na ficção e na filosofia liberal, quando lhes é concedido fazer o que querem, os cidadãos se associam em uniões construtivas.

Evidentemente, na América Latina (e também algures), o liberalismo não era apenas argumentação econômica, a menos que se considere a economia no seu significado originário de gestão das relações familiares e domésticas. Como sabemos por John Locke, Adam Smith e outros, o liberalismo comporta uma dimensão de sociabilidade e solidariedade. Os românticos latino-americanos tomaram liberdades pouco ortodoxas ao estender essa dimensão até incluir nela o amor passional, mas semelhante extensão não os perturbava. O rigor filosófico era um obstáculo de que podiam libertar-se sem muitos problemas, à diferença dos obstáculos concretos representados pelas dívidas de guerra, pelos acampamentos e pelas minas devastadas, outras tantas causas de tensões locais e raciais. A vontade de remediar os danos era indubitavelmente razoável, e os agentes da modernidade não podiam senão apreciá-la. A energia necessária parecia, contudo, ultrapassar toda esperança razoável em países cujas elites estavam acostumadas a impor a submissão em vez de obtê-la através de acordos hegemônicos; mas essa energia era o amor, irracional e benévolo como o resto da Criação.

## 2. Sexualidades imaginadas e comunidades históricas

Já aludi à razão de o erotismo e o nacionalismo se terem tornado figuras um do outro nos romances da modernização. Agora gostaria de explicar como isso ocorre do ponto de vista retórico, como o jogo de prestígio literário transforma a paixão heterossexual em patriotismo e, ao contrário, os Estados hegemônicos em objeto de desejo sexual. Começarei levando em consideração essas forças distintas, e tratarei no próximo parágrafo da questão da alegoria que as une. Veremos como as paixões particulares e políticas se alimentam alternadamente, e como isso determina o fato de que os romances nacionais pertencem todos a um único gênero literário.

Graças à distância no tempo, tanto o amor romântico quanto o patriotismo podem hoje nos parecer naturais, se bem saibamos que talvez tenham sido produzidos justamente pelos romances que os (re)presentavam. Quando nos romances latino-americanos os heróis e as heroínas se desejavam apaixonadamente, violando as barreiras tradicionais, e desejavam o novo Estado que teria garantido a sua união, eles não conheciam sentimentos arquetípicos nem atemporais. Semelhantes paixões não poderiam ter nascido de antemão. Os amantes dos romances da modernização aprendiam a sonhar fantasias eróticas ao ler os frustrantes romances europeus e ao esperar poder corrigi-los.

Seria o caso de perguntar, com um raciocínio semelhante ao de Benedict Anderson quando descreve de que forma as nações europeias imitaram os americanos,[7] se não se pode fazer uma leitura às avessas da adequação da ficção europeia aos fundadores da América Latina, caracterizando nela uma interseção cultural direcionada em ambos os sentidos. Embora me concentrando num momento histórico particular e em determinado gênero literário latino-americano, acredito que possa fazer algumas considerações mais gerais. Por exemplo, é possível que até mesmo fora da América Latina a paixão política tenha se fundado no erotismo? O desejo sexual como forma *in nuce* de cada gênero de associação entre seres humanos tinha se tornado de fato a "razão de tudo", como afirmou Michel Foucault?[8] Trata-se de uma hipótese em nada hiperbólica e com certeza não original. Já em 1865, na

7 B. Anderson, *Comunidades imaginadas*, trad. Denise Bottmann. São Paulo: Companhia das Letras, 2008.

8 M. Foucault, *La volontà di sapere*. Milão: Feltrinelli, 1998, p. 70 [ed. bras.: *História da sexualidade 1. Vontade de saber*, trad. Maria Theresa da Costa Albuquerque e J. A. Guilhon Albuquerque. Rio de Janeiro: Graal, 1977].

Inglaterra, John McLennan, em seu *O matrimônio primitivo*, considerava "a atração sexual como o princípio por trás de todas as formações sociais" em conformidade com outros textos da antiga antropologia cultural, como os de Herbert Spencer, que teriam tanta fortuna entre os positivistas latino-americanos.[9] Por outro lado, se não existisse nenhum investimento erótico ou sentimento no Estado, se este não representasse para nós, na condição de sujeitos modernos sexualmente definidos, um objeto primário e, por conseguinte, o parceiro de quem depende a nossa identidade, como se explicaria a nossa paixão pela pátria?[10] E será que não é possível conjecturar o fato de que o romance representa uma sinédoque do matrimônio entre Eros e Pólis que se celebrava na cultura ocidental? Hesito em dizer cultura burguesa porque a burguesia é tanto o fruto quanto o artífice dessa união. A leitura da ficção doméstica como constitutiva da sociedade burguesa inglesa feita por Nancy Armstrong[11] também funciona para a América Latina, em que os romances ajudaram as constituições e os códigos civis na definição dos costumes modernos; mas, à diferença dos livros ingleses, que privilegiavam a domesticidade feminina desembaraçando-a da política masculina, os romances latino-americanos se valem da urdidura para fabricar um tecido grosso de homens capazes também de sentimentalismo.

Ao propor para esses romances tão amplas possibilidades de leitura, não tenciono (apenas) sugerir que os latino-americanos tenham algo mais geral a ensinar. Essas possibilidades são corroboradas pela imprevista coincidência

9 Cf. A. Levy, "Blood, Kinship, and Gender", in *Gender*, n. 5, 1989, pp. 70-85, e particularmente p. 75.

10 Naturalmente a paixão patriótica tem uma longa história, que Ernst H. Kantorowicz reconstruiu magistralmente como progressiva reconquista do patriotismo clássico em "Pro Patria Mori", in *Medieval Political Thought* (in *Selected Studies*. Lucust Valley (NY): J. J. Augustin, 1965, pp. 308-24). É possível resumir muito esquematicamente a progressão do seguinte modo: na alta Idade Média se negava a pátria terrena; em seguida ela foi identificada (inicialmente na França) a Jerusalém; se passou depois do corpo místico da Igreja ao corpo jurídico do Estado; o indivíduo público passou a ser visto como corpo da nação em cuja cabeça estava o rei; e, finalmente, o rei foi eliminado. Mas, nesse meio-tempo, a nação antiga (a cidade, a *polis*) foi substituída pela ideia de nação orgânica, como aquela que se desenvolveu ao longo da Idade Média.

11 N. Armstrong, *Desire and Domestic Fiction: a Political History of the Novel*. Nova York: Oxford University Press, 1987, p. 9. "Em lugar de compreender a ascensão da nova classe média em termos de mudanças econômicas que tiveram impacto sobre a cultura", ela mostra "como a formação do Estado político moderno – particularmente na Inglaterra – ocorre, em grande parte, por meio da hegemonia cultural, principalmente por meio do romance doméstico".

entre dois textos fundamentais – um sobre o desejo (*A vontade de saber*, de Michel Foucault) e um sobre nacionalismo (*Comunidades imaginadas*, de Benedict Anderson). Embora tratando temas diferentes, os dois livros partilham o mesmo âmbito cronológico (é o final do século XVIII que constitui o ponto fulcral do seu discurso)[12] e a mesma estratégia de desmistificação (ambos descrevem como historicamente determinado um discurso há muito considerado intrínseco à condição humana).[13] Eles podem, pois, se iluminar reciprocamente? Para descobrir isso, Anderson e Foucault poderiam ser convidados a um cara a cara, ou um coração a coração, que restitua a cada um a parte retirada da própria argumentação.

Foucault parece quase totalmente indiferente à mais evidente manifestação da sexualidade burguesa, a legítima relação conjugal sem a qual não existiria a diversidade da perversão. E a mesma indiferença ele demonstra para com o gênero de discurso burguês mais difuso, os romances que tanto contribuíram para determinar a hegemonia heterossexual na cultura burguesa.[14] Ele defende esse relativo silêncio sob o comportamento majoritário, afirmando que ele é em si mesmo discreto e sóbrio;[15] mas pelas preocupações de médicos e mães em face da epidemia de leitores românticos sabemos que também o amor heterossexual era escandalosamente exibicionista. Foucault concentra sua atenção nas "patologias" do desejo, diminuindo a importância dos dispositivos positivos de educação do desejo, esse tipo de aprendizado na "condição de genitura" republicana. A par das "espirais perpétuas do poder e do prazer" entre os profissionais e seus pacientes[16] existiam também os romances que envolviam multidões de leitores nos enredos românticos. No século XIX, todos liam os textos proibidos – essa foi uma das razões por que o mexicano Ignacio Altamirano, entre muitos outros, os utilizava com intenções patrióticas. "Indubitavelmente, os romances são o gênero mais amado do público", escrevia ele em 1868. "São o artifício por meio do qual os melhores

12 Quanto à periodização, Foucault dirige sua atenção ao período elisabetano de preferência ao século XVIII, que coincidiria com a ascensão do capital, e essa seria a razão.

13 Cf. Foucault, *La volontà di sapere*, op. cit., p. 112, e Anderson, *Comunità immaginate*, op. cit., p. 25.

14 D. A. Miller observa que "talvez a mais evidente ressalva à obra de Foucault seja precisamente em relação à leitura de textos literários" como se estes não pudessem constituir objetos de análise. Cf. *The Novel and the Police*. Berkeley/Los Angeles/Londres: University of California Press, 1988, p. VIII, n. 1.

15 Foucault, *La volontà di sapere*, op. cit., p. 38.

16 Id., ibid., p. 45.

pensadores de nossa época transmitem às massas doutrinas e ideias que de outra forma seria bem difícil partilhar."[17]

O óbvio discurso público do amor conjugal "normal" devia exercer um enorme apelo para conseguir alimentar os muitos discursos causadores de patologias; mas, que "corpo" poderia alardear uma sexualidade pública tão monumental? Só havia um que fosse ao mesmo tempo onipresente e inseguro ao ponto de precisar de uma exibição pública de ousadia: a ainda frágil nação antimonárquica estava à procura de um discurso de autolegitimação, e o encontrou no desejo erótico. O amor sexual se tornou a metáfora para a vida associada, para as relações comerciais de livre troca e para a Natureza em geral.

São essas as conclusões a que chega Benedict Anderson: o nacionalismo é considerado uma ligação afetiva, que não pode ser confundida com as ideologias abstratas, misticamente derivado dos sistemas culturais religiosos "dos quais, ou contra os quais, ele nasceu".[18] A completude e a total visibilidade dos Estados modernos – que, embora possuíssem peculiaridades próprias, no Ocidente haviam proliferado em toda parte – recordam um outro tipo de corpos em formação no mesmo momento. Enquanto as nações tomavam vulto, traçando com cuidado os próprios limites e territorializando os próprios recursos, o mesmo acontecia aos corpos sexuais analisados por Foucault. Este considerava o próprio projeto como "uma história de corpos",[19] e, de modo semelhante, o de Anderson pode ser definido como um estudo sobre corpos nacionais. Os dois quase puseram na base do próprio trabalho o discurso do outro – Foucault descreve os corpos sexuais como lugares de produção nacional e vigilância governamental, ao passo que Anderson se indaga sobre o investimento libidinal em relação ao Estado. O século XVIII não só racionalizou o sexo,[20] mas também produziu uma cartografia do desejo; todavia, Foucault não se pergunta sobre que predicados de gênero são atribuídos à nação, e Anderson não se refere ao fato de que os limites impostos aos novos corpos (nacionais) os tornavam continuamente objetos de um desejo burguês de posse.

Enquanto Foucault faz sempre remontar a definição da sexualidade a uma classe clerical de moralistas e pseudocientistas, Anderson situa a origem do nacionalismo na nossa imaginação democraticamente partilhada, no espaço privado constituído

17 I. M. Altamirano, "La literatura nacional" (1868), in J. L. Martínez (org.), *La literatura nacional*. México: Porrua, 1949, pp. 9-40, particularmente p. 17.

18 Anderson, *Comunità immaginate*, op. cit., p. 33.

19 Foucault, *La volontà di sapere*, op. cit., p. 135.

20 Id., ibid., pp. 25-26.

por romances que nos unem serial e horizontalmente em uma "comunidade impressa". Seguramente, para a burguesia em ascensão eram os jornais que constituíam o foco da informação comercial e política, mas os próprios jornais, afirma Anderson, de qualquer maneira teriam sido inconcebíveis sem a formação precedente de uma comunidade impressa por meio dos livros e, em particular, dos romances. Estes produziram pela primeira vez o que Walter Benjamin definiu como "um tempo homogêneo e vazio", medido por todos no mesmo calendário de modo a poder incluir simultaneamente toda a sociedade. Trata-se de algo muito diverso do tempo figural ou "messiânico" em que não existe nenhuma "atualidade" mas apenas uma relação paratática com a verdade revelada.[21] Assim, longe de considerar os romances (sempre publicados em folhetins ao lado das notícias) uma função dos jornais, Anderson sugere que de preferência são os jornais que derivam dos romances, e que, na profunda "arbitrariedade" de suas justaposições caleidoscópicas de pessoas e acontecimentos, os jornais são, para todos os efeitos, "*bestsellers* por um dia".[22] E serão justamente as comunidades imaginadas de leitores produzidas por essas justaposições arbitrárias que constituirão as nações modernas, em um processo cuja origem Anderson faz brilhantemente remontar às elites linguisticamente homogêneas do Novo Mundo, quer dizer, essas elites que, na parábola circular completada pelo nacionalismo, acabaram por servir de exemplo concreto àquela mesma Europa que a princípio imaginara as nações modernas.[23] Portanto, pode não ser por demais faccioso afirmar que os romances latino-americanos estavam "corrigindo" os romances europeus, ou, pelo menos, estavam fazendo bom uso deles – talvez um uso verdadeiramente exemplar – com a intenção de realizar os próprios desejos frustrados.

Porém, a atenção de Anderson não se voltou a esses desejos. Do romance, como também dos jornais diários, ele enfatiza a sincronicidade, a partilha "horizontal" e

21 O tempo "messiânico" contraposto àquele "homogêneo e vazio" – sobre o qual, afirma Benedict Anderson, "todo conceito moderno essencial é baseado", in *Comunità immaginate*, op. cit., p. 56, n. 34 (*Comunidades imaginadas*, trad. Denise Bottmann. São Paulo: Companhia das Letras, 2008) – é um conceito extraído de W. Benjamin, *Tesi de filosofia della storia* (in *Angelus novus*. Turim: Einaudi, 1962, pp. 75-86). Homi K. Bhabha sustenta que a utópica leitura errônea do tempo homogêneo por Anderson não leva em conta a advertência de Benjamin a propósito da incomensurável diferença de nossa percepção do *tempo*: "Introduzione" a *Nazione e narrazione*. Roma: Meltemi, 1997, pp. 33-42.

22 Anderson, *Comunità immaginate*, op. cit., p. 50 [*Comunidades imaginadas*, trad. Denise Bottmann. São Paulo: Companhia das Letras, 2008].

23 Id., ibid., pp. 69 e 99-100.

democratizadora do tempo, e não o desejo que impele o tempo adiante. Não faz, por exemplo, nenhuma distinção entre o picaresco *Periquillo Sarniento* (1816) e os romances sentimentais que faziam transcorrer adiante o calendário por meio da publicação em folhetins, e sobretudo a espera espasmódica de desenvolvimentos narrativos. As comunidades impressas se consolidavam por meio da leitura comum das mesmas notícias, mas também através das risadas, e (com mais frequência) dos suspiros e das lágrimas, suscitados pelo último folhetim do romance do momento. Se Anderson tivesse se concentrado por mais tempo no exemplo escolhido por ele mesmo para ilustrar o tempo homogêneo – quer dizer, a recepção que se desenvolve no início de *Noli me tangere* (1886), o romance nacional filipino de José Rizal –, teria podido observar como, no curso dessa mesma festa, o tempo mostra também a sua tensão em primeiro lugar. Nessa situação difícil, o protagonista entediado se transforma num herói dinâmico mal deixa o círculo dos homens e se aproxima da heroína:

> O salão está quase cheio, os homens separados das mulheres como nas igrejas católicas ou nas sinagogas [...]. O jovem viu-se sozinho bem no meio do salão: o dono da casa havia desaparecido e não encontrava ninguém que pudesse apresentá-lo às senhoritas, muitas das quais olhavam para ele com interesse. Depois de alguns instantes de hesitação, dirigiu-se a elas com uma graça simples e natural. "Permitam-me – disse – passar por cima das habituais regras de etiqueta. Por sete anos estive longe de meu país e agora que estou de volta não posso me eximir de prestar homenagem a seu ornamento mais precioso, as mulheres."

## 3. Alegoria dialética

Instituindo um tipo de traduzibilidade recíproca entre desejos românticos e desejos republicanos, os escritores e os leitores dos romances nacionalistas latino-americanos estavam de fato construindo uma relação alegórica entre narrações pessoais e narrações políticas, uma relação que a minha leitura não pode fazer mais do que reiterar. Alegoria é uma palavra mal empregada, mas indispensável para descrever o modo como um discurso representa obstinadamente um outro, convidando a uma dupla leitura dos acontecimentos narrativos. Por isso, se insisto em meu vaivém entre intrigas românticas e intenções políticas é porque era essa a regra do jogo.

O que torna difícil o uso do termo alegoria é que nesse caso o vaivém não consiste num simples para frente e para trás, mas se assemelha de preferência ao movimento de um tear, já que o fio da história se volta sobre si mesmo para tecer um novo nó sobre o nó preexistente. As tramas amorosas e as intrigas políticas não param de sobrepor-se. Em lugar do paralelismo metafórico – e nesse caso entre paixão e patriotismo – que o leitor poderia esperar da alegoria, temos aqui uma associação metonímica entre um amor romântico que necessita das bênçãos do Estado e uma legitimidade política que necessita fundar-se no amor. Walter Benjamin fornece uma saída para esse *impasse* terminológico ao conjugar de modo heterodoxo alegoria e dialética, e permitir assim contornar concessões da alegoria de preferência convencionais, como a de Fredric Jameson, ou ascéticas, como a de Paul de Man.[24]

Foi por volta de 1980 que defendi uma leitura alegórica do populismo latino-americano. Alguns anos depois, Jameson generalizou a ideia, aplicando-a a toda a "literatura do terceiro mundo", unindo-se, assim, a numerosos outros críticos que lamentavam a escassa fortuna de que então usufruía a alegoria. De qualquer forma, os textos aqui analisados remontam a bem antes da já desgastada diatribe geo-literária, e a muito antes das ilusões, repletas de sentimento de culpa, provocadas pela literatura "subdesenvolvida". No período em que foram escritos os romances nacionais latino-americanos, "primeiro" e "terceiro" mundos não existiam, existia tão só um Velho Mundo que produzia textos-modelo e um Novo Mundo em que esses textos se tornavam grão para o moinho, que por sua vez produzia a identidade nacional. É possível que essa escolha já dê conta do uso explicitamente heterodoxo, se bem não de todo original, que faço da alegoria.

Walter Benjamin indicou o caminho definindo a multiplicidade barroca como um veículo para o tempo e para a dialética. Nesse sentido, o termo alegoria pode indicar uma estrutura narrativa em que cada fio é o traço do outro, assim como li Benedict Anderson e Foucault: caracterizando em um os traços do projeto do outro. Uma definição mais trivial vê na alegoria uma narração com dois níveis de significação paralelos e distintos no sentido temporal, um dos quais revela, ou "repete", o nível anterior (ou buscando desesperadamente mudar-se nele ou contemplando com distanciamento metanarrativo a futilidade desse desejo); mas as alegorias nacionais latino-americanas fazem coisa diferente, tecem uma tela nacional entrelaçando os fios do erotismo e da política.

24 Tratei desta questão em "Allegory and Dialetics: A Match Made in Romance", in *Boundary 2*, XVIII (1991), n. 1.

É claro que, a leitores habituados às definições comuns, a combinação de alegoria e dialética parecerá uma contradição em termos, mas, para Benjamin, representava uma tentativa de salvaguardar a alegoria pela escrita historiográfica, e provavelmente também de proteger a própria história do amor do romantismo tardio pelo imediatismo tão difuso na cultura nazista. A alegoria opera através dos vazios, ao passo que os símbolos "orgânicos" sacrificam a distância entre signo e referente, opondo, assim, resistência ao pensamento crítico pelo que produz sujeição em vez de ironia. Dada a sua postura a-histórica, talvez Paul de Man tenha voluntariamente negligenciado as diferenças entre alegorias medievais e barrocas. Se me detenho nele é porque a sua interpretação (surpreendentemente convencional no seu rígido paralelismo) da alegoria como inevitável falência da capacidade das palavras de extrair um sentido difundiu-se ao ponto de anular o pressuposto dialético de Benjamin.[25]

Porém, Benjamin estranhamente nunca entendeu a sua dialética como algo construtivo. Ela só se move para trás e para baixo, numa infinita regressão na "irresistível decadência".[26] E também seria irresistível o consequente sentido trágico da vida daqueles entre nós que padecem mais a dupla visão alegórica do que as explosões/implosões simbólicas, não fosse o fato de que, antes de nos entregarmos ao conforto do pessimismo, deveríamos ter em mente o modelo alternativo fornecido pelas narrativas de fundação.

Negligencio propositadamente as questões máximas da significação, porque prefiro explicar de que modo esses livros obtêm sua força persuasiva em vez de me perguntar se têm ou não o direito de fazer isso. As narrativas de fundação são filosoficamente modestas, na verdade defeituosas. Incapazes de manter certos níveis de significado não explicitados, e incapazes ainda de declarar a impossibilidade de fazer isso, esses romances personificam o desejo como verdade e, pois, deslizam com desenvoltura entre um e outro. Talvez à exceção de *María*, eles se recusem a se deixar enredar por *impasses* improdutivos. Não se queixam da incomensurabilidade entre verdade e justiça, a aporia que de Man

25 Cf. Paul de Man, *Cecità e visione – linguaggio letterario e critica contemporanea*. Nápoles: Liguori, 1975.

26 Cf. M. W. Jennings, *Dialectical Images: Walter Benjamin's Theory of Literary Criticism*. Ithaca (NY): Cornell University Press, 1987. Jennings sublinha com precisão o uso ambivalente que Benjamin faz da alegoria. Não se tratava apenas do registro da autoalienação, do desastroso resultado dos esforços de totalização, mas, uma vez que os projetos históricos eram reinterpretados a partir da ruína, também de uma moldura para "imagens vivas" (pp. 172-73).

colhe em Pascal.[27] Em vez disso, contentam-se com a própria eficácia e com o próprio fascínio.[28] Sua intenção consiste em triunfar no amor e na política, não em amarrar a narração, tampouco em reconhecer o custo da vitória. Felizes por construir o discurso pessoal e o público "um sobre o outro num círculo sem fim", para usar as palavras com que Pascal descreveu a própria alegorização terrena,[29] e privadas de todo terreno filosófico firme para violar ou desejar, as narrativas de fundação são exatamente aquele tipo de narração que tenta passar por verdade, fornecendo, assim, as bases para a associação política.

Se tivessem seguido de perto um modelo popular como o constituído por Rousseau, os romancistas talvez tivessem se colocado o problema daquilo que estavam fazendo. Rousseau de fato se mortificou por muito tempo por causa do "erro referencial" contido na palavra amor. Ele sentia que o amor não era a causa mas o efeito do desejo,[30] porém, os romancistas edificadores de nações não faziam caso disso. A eventualidade de que a paixão personificada fosse substituída por uma realidade empírica não era um "perigo", ao contrário lhes oferecia a oportunidade de edificar uma cultura nacional legitimadora. Enquanto *A nova Heloísa*, de Rousseau, contrapunha a paixão à piedade de modo contraproducente do ponto de vista literário, os latino-americanos em vez disso faziam do amor uma virtude. Se para Rousseau a paixão erótica tinha qualquer coisa de patológico, para eles representava um remédio para curar a patologia de uma sociedade estéril.

Esse "passo adiante" não assinala para os romances nacionais um progresso no que concerne aos romances europeus; pelo contrário, eles são menos inovadores. O gênero latino-americano contempla todas aquelas "personagens estereotipadas

27 P. de Man, "Pascal's Allegory of Persuasion", in S. J. Greenblatt (org.), *Allegory and Representation*. Baltimore: Johns Hopkins University Press, 1981, pp. 1-25, em particular p. 23.

28 Graças a Richard Rorty posso definir estes posicionamentos pragmáticos e "pós-filosóficos" (abandonando o sólido terreno da natureza humana) de modo mais satisfatório. "Se passamos a ver o romance e não o tratado teológico, científico ou filosófico como depositário paradigmático da sabedoria, não estaríamos mais inclinados a afirmar [...] que 'a filosofia e a democracia nasceram no mesmo momento e no mesmo lugar'. Seria mais provável que disséssemos que foram a ficção e a democracia que nasceram juntas" (*Comments on Castoriad's "The End of Philosophy"*, in *Salmagud*, 1989, n. 82-83, pp. 24-30, em particular p. 18).

29 P. de Man, "Pascal's Allegory of Persuasion", op. cit., p. 17.

30 Do segundo prefácio de *A nova Heloísa*, citado por P. de Man, *Allegorie della lettura*. Turim: Einaudi, 1997, p. 213 [ed. bras.: *Alegorias da leitura*, trad. Lenita Esteves. Rio de Janeiro: Imago, 1996].

numa situação de tragédia sentimental, vítimas das desigualdades sociais e dos caprichos de um pai tirânico"[31] contestadas pela *Nova Heloísa*. Ele está mais próximo em espírito do que diz de Man sobre "*Werther*, ou o capítulo sobre Mignon no *Wilhelm Meister* ou *Sylvie*" do que sobre *Nova Heloísa*, que "teria sido um texto bastante diverso (e muito mais breve) [...] se à narrativa fosse concedido estabilizar-se".[32] Mais previsíveis, e, por conseguinte, menos difíceis para a leitura, esses romances põem em movimento uma dialética entre o amor e o Estado – como faz também a primeira parte da *Nova Heloísa* –, mas não se detêm, como faz Rousseau, para voltar-se (no sentido agostiniano de converter-se)[33] a fim de olhar para trás.

Seu olhar está sempre inflexivelmente voltado para frente, como os mortais que Benedict Anderson deixa com as costas voltadas ao nostálgico Anjo da História de Benjamin;[34] esses romances não conduzem, pois, o desejo àquele sentido de perda regressivo que parece inevitável na alegoria,[35] mas lhe impõem um movimento em espiral ou em ziguezague no âmbito de uma dupla estrutura que projeta a narração no futuro por meio da alimentação recíproca de erotismo e patriotismo. Longe de aborrecer-se com seu caráter artificial, esses romances celebram os próprios resultados como pontos de partida revolucionários. A perda/castração que suscita a narrativa não comporta nenhuma crise. Ao contrário, a ferida abre um espaço, porque quem foi castrado é o pai, não o herói da história.

Ao definir uma dupla estrutura de correspondências entre romance pessoal e políticas desejadas não pretendo privilegiar um registro em relação a outro. Afirmo, em vez disso, que Eros e Pólis são cada qual efeito da performance do outro, um tanto como na explanação que Sade faz do desejo sexual como efeito da perturbação do outro (ainda que essa analogia haja escandalizado os fundadores latino-americanos).[36] O interesse erótico desses romances deve a sua intensidade

31 De Man, "Pascal's Allegory of Persuasion", op. cit., p. 228.

32 Id., ibid., p. 238.

33 K. Burke, *The Rhetoric of Religion: Studies in Logology*. Boston: Beacon Press, 1961, p. 51.

34 Anderson, *Comunità immaginate*, op. cit., p. 186.

35 J. Fineman, "The Structure of Allegorical Desire", in S. J. Greenblatt (org.), *Allegory and Representation*. Baltimore: The Johns Hopkins University Press, 1981, pp. 26-60, em particular p. 46.

36 Cf. Bersani, "Representation and Its Discontents", in id., ibid., pp. 145-62. Este autor descreve a "visão sádica da excitação sexual como perturbação compartilhada [...]. Não fazemos sexo porque estamos excitados; a excitação é a consequência do sexo, não sua causa [...]. A excitação sexual deve ser representada antes de poder ser sentida; ou, mais exatamente, essa é a representação de perturbação alienada" (p. 145).

aos obstáculos postos à união dos dois amantes pelas barreiras raciais ou geográficas. E, por sua vez, os compromissos e acordos políticos tornaram-se urgentes e "naturais" em função do desejo dos amantes por um Estado que lhes torne possível a união. Tomemos como exemplo *Amalia*. Os historiadores discutem ainda acerca do perfil político de Juan Manuel de Rosas. Foi um bárbaro sanguinário e vingativo que varreu a inteligência argentina com o terror e as torturas? Ou se tratou, antes, de um sofisticado defensor da autonomia cultural e econômica do país, não mais violento e extravagante, pois, do que seus opositores, desejosos de europeizar o mais rápido possível a Argentina? Se da leitura de *Amalia* "compreendemos" que Rosas era um ditador sem escrúpulos, nossa convicção deriva em grande parte do fato de que partilhamos a frustração erótica de Amalia e Eduardo. E vice-versa, se lhes percebemos de modo tão intenso a frustração é porque sabemos que um terrível ditador os está obstando.

No romance nacional, cada um dos dois níveis representa o outro e, simultaneamente, o alimenta, o que equivale a dizer que ambos são instáveis. A paixão amorosa não consumada produz um excedente de energias que pode ajudar a superar os obstáculos políticos que se interpõem aos dois amantes. E ao mesmo tempo a enormidade do abuso social, a imoral potência do obstáculo, projeta na história de amor certo sentido de transcendência quase sublime. Com o prosseguimento da história, ao ápice do sentimento corresponde um chamado ao compromisso, até que o fragor torne cada vez mais difícil distinguir entre fantasias eróticas e fantasias políticas.

No funcionamento desses romances, parece-me engenhoso, se não genial, o fato de que cada um dos dois investimentos libidinais constitua o pressuposto do outro, que todo obstáculo deparado pelos amantes estimule não só o desejo erótico recíproco deles, mas também o seu/nosso desejo de uma nação em que esse amor se possa consumar. Os dois níveis de desejo são diversos, o que nos autoriza a falar de estrutura alegórica, mas não são distintos.[37] No desejo, família individual e família pública se entrelaçam ao ponto de tornar os dois termos não apenas análogos, mas contíguos e coextensivos. E se o desejo entrelaça os dois níveis, ou simplesmente se duplica em pessoal e político, isso é porque os obstáculos com que depara ameaçam a felicidade em ambos os planos. Esses obstáculos consistem quase sempre em convenções sociais ou *impasses* políticos, quer dizer, são questões públicas e

37 Catherine Gallagher leva adiante uma dupla leitura de tipo semelhante em *Industrial Transformation in the English Novel*. Chicago: University of Chicago Press, 1985.

interpessoais, não só conflitos íntimos e particulares entre os dois amantes. O fato de que estes quase nunca briguem provavelmente relaciona-se ao caráter aristocrático residual desses romances, em que heróis e heroínas aparecem de todo em cena, imutáveis e talhados a contento no pano de fundo constituído pelas massas e pelos servos. Esses heróis românticos não vivem aquele tipo de amadurecimento que esperaríamos das personagens de romance; movem, em vez disso, a narração como os ímãs aos metais soltos, seletivamente e para um centro. Ao cruzarem o mar, quando foram importados para a América Latina, os romances sofreram algumas alterações, e o mesmo ocorreu com a ideologia contemporânea da democracia liberal.[38] Com certeza, a elite latino-americana queria se modernizar e prosperar, mas ao mesmo tempo não tencionava perder a situação privilegiada, na prática feudal, que herdara do período colonial. E naturalmente uma aristocracia, independentemente do nome que tenha, prefere se apresentar nos termos ideais e incorruptíveis que Northrop Frye considera característicos do romance, "o núcleo estrutural de toda ficção".[39] Na situação latino-americana de ascensão burguesa apenas começada, os heroicos heróis de Frye, os maus extremamente maus e as belas heroínas do romance são virados ao avesso, espicaçados, violam os estereótipos de classe, gênero e raça de maneiras impensáveis no romance europeu. Todavia, permanecem válidas as observações de Frye sobre ideais de masculinidade e feminilidade. Aqui, voltam-se para trás, para os *quest-romance* em que a vitória traz em si a restauração da fertilidade, a união do herói e da heroína.[40] Poder-se-ia afirmar que também os romances da modernização foram escritos com olhar voltado para trás, como nos mitos e relatos religiosos, partindo-se de algo sagrado para reconstruir o percurso que permitiu chegar a nós. Do ponto de vista conceitual, a narração teve início com a resolução (não importa se real) do conflito, e funciona como veículo para o amor e para a nação, que, *a posteriori*, parecem ter existido antes da escrita. Os heróis dessas histórias não são os protagonistas sensatos, ingênuos e em contínuo amadurecimento que os teóricos europeus esperam encontrar em um romance. São, em vez disso, invariavelmente nobres, por nascimento ou

38 Cf. R. Schwarz, "Misplaced Ideas: Literature and Society in Late Nineteenth-Century Brazil", in *Comparative Civilizations Review*, 1979, n. 5, pp. 33-51 [ed. bras.: "As ideias fora do lugar", in *Ao vencedor as batatas*. São Paulo: Duas Cidades/Editora 34, 2000].

39 N. Frye, *La scrittura secolare. Studio sulla struttura del romance*. Bolonha: Il Mulino, 1978, p. 30.

40 Id., *Anatomia della critica*. Turim: Einaudi, 1969, pp. 257-59 [ed. bras.: *Anatomia da crítica*, trad. Péricles Eugênio da Silva Ramos. São Paulo: Cultrix, 1973].

mérito. Os amantes que não são brancos quase sempre são príncipes indígenas ou imigrantes, como a mãe de Sab, o guarani, de Alencar, Enriquillo, Tabaré e os amantes africanos de *María*.

Recordar o "caráter aristocrático" dos heróis burgueses latino-americanos significa sublinhar uma vez mais uma peculiar carência narrativa das suas histórias: a falta de antagonismo pessoal e de dissabores de caráter íntimo entre os amantes (à parte talvez a luta pelo predomínio erótico em *Martín Rivas*), que, ao contrário, constituem em geral a matéria do romance sentimental. Nessas histórias, os únicos problemas parecem exteriores ao casal, e o fato de que eles ameacem impedir a aventura amorosa não faz senão exacerbar o nosso desejo de que ela se desenvolva. Não é apenas, pois, o desejo que se duplica em dois níveis, privado e público; também os obstáculos públicos refreiam (e acabam por reforçar) quer as expectativas eróticas quer as nacionais. No momento em que o casal depara o obstáculo, impõe-se também o desejo de consolidar a nação, e essa pulsão para a consolidação acaba por constituir um outro nível de desejo a par da pulsão erótica, que, por sua vez, se torna um microcosmo da nação.

Esse movimento em ziguezague funciona como alegoria operante em primeiro lugar por associações metonímicas entre Família e Estado. Nessas epopeias sentimentais, o significado não consiste em uma resposta a um outro registro infinitamente sublime, ele depende de outro registro. Naturalmente, porém, cada alegoria necessita de um princípio legitimador. Nesse caso, tratando-se de uma obra de justificação de projetos políticos modernos e antiautoritários, esse princípio é sempre a Natureza redefinida como interativa em vez de hierárquica, nos termos iluministas dos dias da independência. Foi graças a essas redefinições que o desejo erótico pôde parecer um fundamento natural, e portanto eterno, para casamentos felizes e prolíficos (e portanto para famílias nacionais). A Natureza não era mais o espaço clássico de leis imutáveis, mas o cenário de um fluxo em que a energia, deparando alguns obstáculos, podia transformar a frustração em excesso; um mundo capaz de produzir anjos e monstros, não mecanismos de relojoaria. Se às vezes as alegorias parecem forçadas, isso é porque, por um lado, a elite que escrevia era avessa a perder os próprios privilégios hierárquicos no âmbito dos processos de conciliação, e, por outro, porque as personagens podiam exagerar ou diminuir o significado idealmente atribuído a eles.

Acima de tudo, porém, tenha-se em mente o inacreditável sucesso de tais alegorias. Esses romances em nível duplo contribuíram realmente para dar expressão cognitiva e estabilidade emocional às formações sociais e políticas por eles articuladas. Nos respectivos países, os romances históricos se tornaram romances nacionais, uma definição que não se refere tanto à sua popularidade de mercado, embora de fato alguns tenham se tornado imediatamente muito populares, mas ao fato de que nas primeiras décadas do século XX vieram a ser leituras obrigatórias. Talvez o abraço criador de uma nação revelada por eles resultasse particularmente atraente no momento em que em algumas nações a imigração maciça parecia pôr em crise a identidade cultural, e, diante da depressão e concorrência de ideologias "estrangeiras", os regimes optavam por programas patrióticos de desenvolvimento econômico e civil. Quer dizer, esses Estados transformaram os *bestsellers* ordinários do século XIX em narrativas de fundação capazes de tirar da matéria-prima do amor erótico o desejo de um governo prestigioso.

## 4. Há quem não esteja de acordo

Em *Foundational Fictions: The National Romances of Latin America* procurei descrever e seguir as alegorias narrativas em seu intenso e contínuo vaievém entre eros e política.[41] Para ser um leitor ideal desses romances é necessário deslizar na narração como observador partícipe da história de amor. A identificação com os amantes frustrados, cuja união teria podido produzir o Estado moderno, era exatamente o efeito que se queria exercer sobre a ainda inconsistente cidadania de nações em vias de consolidação. Tratava-se de um jogo de espelhos entre os amantes de elite e um vasto raio de leitores, uma negação da diferença num forçado abraço coletivo de educação cívica. Por outras palavras, procurei examinar as narrativas de fundação em busca de uma teoria capaz de conjugar comunidades imaginadas e sonhos de amor.

Mas alguns livros se permitem divergir dos próprios leitores, como aprendi de maneira dolorosa. Em 1999, em *Proceed with Caution, when Engaged by Minority Writing in the Americas* esbocei, portanto, um programa de educação para a releitura de alguns livros básicos (de Whitman, Morrison, Menchú, Villaverde, Cortázar, Vargas Llosa e outros). Uma educação que requer tempo; no círculo vicioso hermenêutico de familiaridade e previsibilidade em que nos encontramos, é difícil prestar atenção às inesperadas lições que esses textos nos podem dar. Como podem

41 D. Sommer, *Foundational Fictions: The National Romances of Latin America*. Berkeley: University of California Press, 1991.

esses livros nos ensinar a ler de modo eficaz quando aprendemos apenas a passar por cima de suas lições? O máximo que reconhecemos, com os New Critics e com a desconstrução, é que não se pode tirar vantagem da ambiguidade; mas um distanciamento ético do objeto do desejo? Uma legítima ignorância? Alguns sinais de proibição de acesso que levam a proceder com cautela? Ainda devemos aprender a reconhecer esses engodos resolutamente dissuasivos.

Meu conselho é que sejamos cautelosos com alguns livros. Eles podem ferir o orgulho de leitores que julgam saber tudo quando se aproximam de um texto, praticamente de cada texto, com a familiaridade conspiratória de um parceiro potencial. Os leitores inclinados a entender sempre tudo poderiam não aceitar um trabalho diverso que os obrigue a respeitar algumas regras de leitura. O golpe da recusa de intimidade recebido pelos livros que não tencionam colaborar pode refrear os leitores, barrá-los no limite entre contato e conquista. O próprio hábito do universalismo como termo de comparação do valor literário, quando o termo "particularismo" contraposto a ele soa mal para a crítica contemporânea, indica quão unilateral tende a ser a interpretação, também em face de textos das "minorias". Aprendemos a considerar a distância entre escritores e leitores superficial e circunstancial, uma perturbação mínima no caminho da compreensão, mas, na escrita particularista, essa circunstância assume um peso determinante, e a linha que nos separa está recém-pintada com sinais de *stop*, sinais que sempre passam despercebidos, porque não têm nenhum nome no sistema retórico. O estudo da retórica de fato geralmente pressupôs uma continuidade cultural entre orador e público, escritor e leitor.

Um dos meus propósitos é dar um nome a essas figuras da descontinuidade, contribuindo assim para construir uma retórica do particularismo capaz de revelar as estratégias utilizadas para marcar a distância cultural. Que a compreensão sempre se situe em lugares diversos e, portanto, esteja limitada pode parecer novo apenas a quem troca a própria particularidade pela universalidade. Os leitores bem-intencionados que almejam superar os próprios limites por meio da empatia e do estudo involuntariamente cometem violência à diferença, pois que a tentam expurgar. Privados dos próprios limites, o escritor e o leitor acabam por ser redundantes, por se tornar uma única coisa. Dificilmente a crítica literária atual se sentirá aborrecida se são os leitores que fazem desaparecer os autores; mas semelhante desaparecimento prejudica também os próprios leitores, privando-os da peculiaridade estética, do fascínio específico de tais livros. As experiências formais e a tensão estética, derivadas do suposto e defensivo entrelaçamento do particularismo com o universalismo se perderam para aqueles leitores que não imaginam essas coisas; mas a descontinuidade abre um espaço entre as históricas específicas, como um golpe que bloqueie um abraço produz uma síncope na comunicação e estimula o prazer do abraço sucessivo graças à intensidade de sua dependência de um outro abraço autônomo. Será necessário que as lições de leitura incluam esses sinais de *stop*; de outra forma, continuaremos a sonhar romances simétricos e a desejar de modo impróprio, isto é, a não ter a oportunidade quer de um prazer literário quer de um confronto extraliterário na esfera pública. A uma educação que funde histórias conflitantes numa compreensão universal pode se seguir um diálogo necessariamente difícil? Aprender a interpretar a diferença historicamente constituída é de fato um dever civil, além de um bom conselho para leitores que estejam despertando para o romance.

NANCY ARMSTRONG

## A moral burguesa e o paradoxo do individualismo

Edward Waverley é um "desajustado". Neste sentido, ele descende de Robinson Crusoé e antecipa uma série de outros personagens incapazes de ocupar a posição social que lhes coube pela fortuna. Se Elizabeth Bennet, Pip, Jane Eyre, Maggie Tulliver, Michael Hanchard, Dorian Gray e Stephen Dedalus são os campeões do individualismo não reconhecido, é sobretudo porque vão além do papel tradicional que lhes foi atribuído. A história literária privilegiou o modelo do romance em que um protagonista se opõe à ordem social estabelecida, e chega-se a um equilíbrio atendendo a duas condições essenciais: a) que o protagonista conquiste uma posição compatível com seu valor; b) que o campo inteiro das possíveis identidades humanas se modifique para lhe garantir essa posição. Quaisquer que sejam as dificuldades, tal deve ser o desfecho de uma obra que mereça o nome de romance. De fato, tendemos a atribuir o estatuto de romance às narrativas que colocam sob juízo o protagonista e também o campo das possibilidades em que ele consegue adquirir, em maior ou menor medida, uma identidade social. Este modelo e sua retórica da disciplina são o que costumamos entender pela expressão "moral burguesa".

À diferença da opinião crítica mais difundida, a moral burguesa não é tanto um valor em si, e sim um modo de ler, avaliar e rever categorias de identidade já existentes e os aparatos culturais que as autorizam, entre eles o próprio romance. Deste ponto de vista, a moral burguesa não obtém sua autoridade a partir da religião institucional, nem da Bíblia, nem – de modo mais geral – da ética hebraico-cristã. Ela parece brotar do próprio núcleo do indivíduo, no momento em que ele enfrenta e se opõe ao sistema dos valores sociais. Amiúde desconfiando do prazer, indiferente ao lucro e pouco se importando com as pequenas necessidades da vida cotidiana, a moral burguesa parece, pois, defender a individualidade enquanto tal. Na verdade, ela atribui a esse indivíduo algo que não é – em sentido estrito – individual: a possibilidade de conquistar uma posição social gratificante, por razões que ultrapassam a esfera puramente econômica. Com isso, a moral burguesa também legitima como bons e humanos os sistemas sociais que garantem os lugares justos aos indivíduos. Não definirei esse aspecto da moral burguesa como um componente "material" na acepção comum do termo. Mas acredito que a moral burguesa plasma a riqueza material de uma nação moderna com a mesma força com que o berço e a casta plasmaram as primeiras nações modernas e a antiga aristocracia. Assim, podemos entender a moral burguesa como nossa forma específica de pensamento mágico, e o romance como seu modo de difusão mais eficaz. Tentarei explicar as razões.

Sempre que nos referimos a uma sociedade de indivíduos, estamos utilizando involuntariamente uma contradição nos termos. Com efeito, como herdeiros do pensamento liberal ocidental, não podemos definir a singularidade de cada indivíduo a não ser por sua transgressão de um determinado papel social, uma norma ou um estereótipo. Por outro lado, a sociedade civil, no exato momento em que estabelece limites para a expressão da indivualidade, garante a todos o direito de expressá-la. O pressuposto é que a pessoa não pode realizar plenamente sua individualidade a não ser usurpando aos outros a possibilidade de fazê-lo: para cultivá-la, portanto, é necessário impor algumas restrições. É um paradoxo que reflete a situação em que se encontram os protagonistas dos romances ingleses mais apreciados. Para ser membros respeitáveis da sociedade, eles devem se adaptar e observar as regras respeitadas pelos concidadãos. Mas, para concretizar algumas aspirações individuais, precisam, porém, encontrar o modo de se expressar, o que só é possível forçando as regras que lhes definem a posição dentro da sociedade. São claramente "desajustados". O romance assume o dever de resolver essa contradição, criando situações imaginárias em que o protagonista pode se tornar um bom membro da sociedade, justamente ao se arriscar à exclusão.

O romance resolve o conflito entre interesses individuais e interesses coletivos de duas maneiras. O círculo social se amplia, torna-se mais flexível e heterogêneo, acolhendo os excluídos. Ou o protagonista se adapta às normas culturais sufocando seus impulsos antissociais, e se torna ao mesmo tempo mais profundo e complexo, cada vez mais atormentado por conflitos internos.[1] No primeiro caso, a sociedade se diversifica à medida que incorpora e atenua os excessos do individualismo. No segundo, o romance produz um efeito antitético e termina com uma ordem social moralmente vinculante, dentro da qual se movem indivíduos que sublimaram ou esgotaram seus piores desejos, ou conseguiram uma solução de compromisso com eles, tornando-se mais maduros e interessantes. Esses personagens incorporam a contradição entre um individualismo moralmente autorizado e uma normalidade também moralmente autorizada. Há muitos romances que demonstram a compatibilidade formal entre essas duas soluções ideologicamente incompatíveis. Estamos pensando especificamente nas heroínas de Jane Austen: de um lado, arrependem-se de sua irreverência diante da complexa hierarquia social em que vivem; de outro lado, com o casamento, conseguem ascender a uma posição social mais alta do que seria lícito esperar em função de suas origens econômicas e culturais. O que aqui me interessa são as estratégias formais com que o romance inglês tentou recriar o contrato social a partir dos mais díspares elementos, e sobretudo o procedimento dialético que, do século XVIII até hoje, manteve a vitalidade do individualismo e do romance inglês que lhe deu representação.

Franco Moretti afirma que o mercado literário não distribuía os romances ao público tomando como base a nacionalidade:

1 E. Balibar, "Subjection and Subjectivation", in J. Copjec (org.), *Supposing the Subject*. Londres: Verso, 1994. Esta é, talvez, a análise mais concisa dos problemas a que me refiro em minha leitura da ficção inglesa e na individualização da lógica cultural que denominamos "moral burguesa". Esta lógica origina-se e remete sempre ao duplo significado de "sujeito". Na acepção "neutra e impessoal de *subjectum*", designa "uma substância ou substrato individual de propriedade"; traduzimos, porém, "sujeito" para indicar a acepção pessoal de *subjectus*, termo político e jurídico que alude à "sujeição" e "submissão", ou seja, à subserviência de uma pessoa à autoridade política mais ou menos absoluta ou mais ou menos legítima de um poder superior" (p. 8). Segundo Balibar, em alguns casos, à semelhança do que ocorre com as guerras nacionais pela independência, estes dois significados entram em conflito: "A humanidade da pessoa não se identifica com uma *natura data* ou essência, mas com um *padrão de comportamento* e com uma missão: a da própria emancipação de todo domínio e sujeição", por meio de um esforço ou de uma reforma coletiva. Essa redefinição política do indivíduo tem um corolário ético: "O valor da ação humana nasce do fato de que ninguém pode ser libertado ou emancipado *pelos outros*, bem como ninguém pode libertar-se *sem os outros*" (p. 12).

> [...] no século crucial, entre 1750 e 1850, a consequência da centralização é que, na maior parte dos países europeus, a maioria dos romances são, muito simplesmente, *livros estrangeiros*. Os leitores húngaros, italianos, dinamarqueses, gregos se familiarizam com a nova forma por meio dos romances franceses e ingleses: e também, inevitavelmente, os romances franceses e ingleses se tornam *modelos a ser imitados*.[2]

No século XIX, o mercado editorial inglês se distinguia de todos os demais porque os editores continuavam a vender no exterior; nas vendas nacionais, porém, tornavam-se cada vez mais anglocêntricos. Assim, o romance inglês constitui um observatório privilegiado para verificar como a resistência individual a determinações de berço e casta, ao longo de três séculos, conseguiu dar autoridade moral à classe média moderna. O que me interessa em particular é identificar as estratégias formais com que ela continua a se autolegitimar, mesmo quando o capitalismo industrial vem a substituir a economia agrícola: por exemplo, quando a rainha Vitória, em 1851, não só inaugura a Exposição do Palácio de Cristal, celebrando as conquistas científicas e as inovações industriais e comerciais, mas também se comporta em público como ditam os rituais sociais de quem ocupava uma posição bastante inferior. Por fim, analisarei as modalidades com que o modernismo e o romance contemporâneo fundam seu princípio de autoridade na oposição a uma moral que lhes parece sufocar qualquer originalidade artística e qualquer alternativa cultural.

## 1. "Eu precisava falar": moral e direito de resistência em *Jane Eyre*

Ao reconstruir a genealogia da moral burguesa que dá forma ao romance e é por ele alimentada, apresentarei um conhecidíssimo exemplo dessa lógica cultural, a saber, uma cena do quarto capítulo de *Jane Eyre*, de Charlotte Brontë. Talvez não exista nenhum caso no romance inglês mostrando tão claramente como a resistência social pode gerar autoridade moral e inverter os destinos previstos pelas condições econômicas e pelo estrato social de origem. A jovem Jane contesta a autoridade da tia, a qual, de acordo com a hierarquia familiar tradicional, quer reforçar a subordinação da sobrinha:

2 F. Moretti, *Atlas do romance europeu, 1800-1900*, trad. Sandra Guardini Vasconcelos. São Paulo: Boitempo, 2003, p. 197.

– Vá para o seu quarto; volte para o quarto das crianças – foi a sua ordem. Minha expressão, ou qualquer outra coisa, deve ter-lhe parecido ofensiva, pois ela falou com extrema irritação, embora contida. Levantei-me; encaminhei-me para a porta; tornei a voltar; fui até a janela do outro lado da sala, depois me aproximei dela.

Tinha de *falar*; fora severamente espezinhada, e *tinha* de retribuir, mas como? Que força tinha eu para lançar retaliação à minha antagonista? Reuni minhas energias e lancei-as nessa sentença sem rodeios:

– Eu não sou mentirosa: se fosse diria que amo a *senhora*; mas declaro que não a amo, detesto-a mais que a qualquer pessoa no mundo, com exceção de John Reed [...].

Tremendo dos pés à cabeça, tomada de incontrolável excitação, continuei:

– Estou satisfeita por a senhora não ser minha parenta. Jamais a chamarei de tia outra vez enquanto viver. Jamais virei vê-la quando for adulta; e se alguém me perguntar o quanto gostava da senhora, e como a senhora me tratou, direi que só a ideia da senhora me deixa doente, e que a senhora me tratou com miserável crueldade.

– Como ousa você afirmar isso, Jane Eyre?

"Como ouso, sra. Reed? Como ouso? Porque é a *verdade*. [...]"

Antes de acabar essa resposta, minha alma começou a se expandir, a exultar, com a mais estranha sensação de liberdade, de triunfo, que já senti. Era como se uma cadeia invisível se houvesse rompido, e eu tivesse lutado até uma inesperada liberdade. Esse sentimento não era sem causa: a sra. Reed parecia assustada; o trabalho escorregara-lhe dos joelhos; ela erguia ambas as mãos, balançando-se para a frente e para trás, e contorcia mesmo o rosto, como se fosse chorar.[3]

Por que uma pobre órfã haveria de ostentar tanta ingratidão para com a benfeitora, arriscando-se a perder a relativa segurança de uma sólida residência no campo? E, acima de tudo, por que os leitores e leitoras de classe média haveriam de lhe permitir condenar a tirania da benfeitora, se, nesse episódio, Jane não aparece a ninguém como autoridade moral?

Temos de supor que um personagem capaz de ser porta-voz de todos os que são oprimidos, de alguma maneira, por uma ordem social injusta, pode encarnar uma forma absolutamente moderna de autoridade. Uma autoridade que Brontë faz surgir exclusivamente da personalidade de sua heroína, aqui se manifestando na agressão verbal. "Tinha de *falar*" é uma afirmativa que subentende a força de derrotar sua

3 Ch. Brontë, *Jane Eyre* (1847), trad. Marcos Santarrita. Rio de Janeiro: Francisco Alves, 1983, pp. 46-47.

adversária. Jane já está seguindo para o quarto das crianças, gesto que teria confirmado sua relativa estranheza dentro daquela casa, mas algo a retém e reivindica a possibilidade de falar com a tia, espécie de madrasta que define como sua "antagonista", de igual para igual. Como que encarnando a antítese, Jane se pergunta: "Que força tinha eu para lançar retaliação à minha antagonista?", e logo responde: "Reuni minhas energias e lancei-as *nessa sentença* sem rodeios" (grifo meu). Essa resposta transforma explicitamente o conflito: deixa de ser uma interação dinâmica entre quem possui status e riqueza e alguém despossuído, e se torna uma guerra de palavras. No campo de batalha linguístico, é sua própria posição marginal que dá a Jane a coragem de questionar, isto é, colocar em discussão e condenar as formas tradicionais de domínio.

Jane reage à ordem da tia com um acesso de raiva que surge como uma autoafirmação. Mas é apenas na aparência que essa revolta brota do íntimo, porque há na narrativa um *deux ex machina* semelhante ao que encontramos nas narrações de culturas pré-modernas. O leitor moderno tende a esquecer que Jane, além de protagonista, é também teoricamente a autora da história, e que sua decisão de tomar a palavra escrita é um protesto contra o primo que a privou de sua querida *História das aves inglesas*, de Bewick. Se a revolta de Jane contra a benfeitora afirma sutilmente a superioridade da palavra em relação à propriedade, a representação romanesca desse gesto afirma com sutileza ainda maior a superioridade da palavra escrita em relação à palavra oral da jovem rebelde. Singularmente privada de encantos e virtudes femininas, Jane possui uma grande cultura. É só por isso que ela acaba representando um critério para julgar os valores que sustentam a hierarquia social. Devido à sua capacidade de decifrar o que lhe é socialmente superior e inferior, de perceber a distância entre comportamento público e dotes intelectuais, íntimos e individuais, ela se encontra numa posição em que pode moldar sua própria história. A mesma tia que queria injustamente confiná-la no quarto das crianças acaba diminuída diante dela. Repetindo outros estratagemas narrativos semelhantes, o romance moraliza os hábitos cotidianos e, ao mesmo tempo, confere força às explosões verbais que remodelam tais hábitos de acordo com as necessidades do indivíduo.

Como Jane extrai de uma superioridade cultural específica a autoridade para contar sua história pessoal de um indivíduo que se autodetermina, é evidente que não se pode considerar que a afirmação "Tinha de *falar*" provenha da própria Jane. O produto deste discurso é um outro eu, independente das instituições responsáveis por sua manutenção e educação. "Antes de acabar essa resposta, minha alma começou a se expandir, a exultar, com a mais estranha sensação de liberdade, de triunfo, que já senti", diz ela. Reconhecendo as razões de tudo o que extrapola o papel tradicional atribuído a Jane, o romance parece aquela máquina de fabricar almas citada por Gayatri Spivak, capaz de conferir sensibilidade a categorias inteiras de indivíduos que se tornam companhias insubstituíveis para o leitor.[4] Se a conduta verbal de Jane Eyre coincide com a do romance, este, portanto, também adquire autoridade moral contrapondo o poder da escrita à autoridade de família e de classe, tida como mais categórica e duradoura. Em 1848, o estilo de vida socioeconômico dos leitores de romances tinha suplantado o da aristocracia rural. Como a cultura dominante era a deles, cabe perguntar como os leitores de classe média podiam aprovar a indômita heroína de Charlotte Brontë. Era como se a moral burguesa tivesse se identificado tanto com a resistência política que esse vínculo não se desfez nem mesmo quando a classe média conquistou o poder. Para entender como a resistência pôde adquirir autoridade moral e, ao mesmo tempo, confirmar o *status quo*, sem o ameaçar, é preciso compreender quando e como a moral e a resistência política começaram a ser vistas como elementos intercambiáveis.

## 2. O contrato social de Robinson Crusoé

Se Daniel Defoe pode ser considerado o primeiro romancista do individualismo possessivo, é porque *As aventuras de Robinson Crusoé* configuraram a resistência como expressão necessária de certas qualidades mentais, sobretudo a propensão não só à crítica, mas também à autocrítica. No entanto, o que aqui me interessa é o tipo de autoridade que surge quando Crusoé descobre que existem outros homens na ilha. Para conviver com eles, Robinson deve vinculá-los ao código de comportamento a que ele mesmo se submete, e que revela dívidas filosóficas e narrativas cada vez mais explícitas em relação às teorias do contrato social. No *Segundo tratado sobre o governo*, de John Locke, o indivíduo não se substitui diretamente ao pai em seu papel, e sim, quando entende a lei, obtém a cidadania.[5] Entender a lei

4 G. Chakravorty Spivak, "Three Women's Texts and a Critique of Imperialism", in H. L. Gates Jr. (org.), *"Race", Writing and Difference*. Chicago: University of Chicago Press, 1985, pp. 262-80.

5 Quando, segundo Locke, "dispõe de entendimento" [o filho] torna-se "capaz de governar a vontade. Depois disso, porém, pai e filho estão igualmente livres, tanto quanto tutor e menor depois da maioridade; igualmente sujeitos juntos à mesma lei, sem que o pai possua qualquer domínio sobre a vida, a liberdade ou o estado do filho [...]". J. Locke, *Segundo tratado sobre o governo*, trad. Anoar Aiex e E. Jacy Monteiro. →

significa respeitá-la e, portanto, satisfazer os requisitos fundamentais necessários para governar os outros. Segundo o modelo político sobre o qual se fundava e ainda se justifica esse tipo de governo, ser cidadão depende exclusivamente da capacidade de conter a agressividade com que o indivíduo exprime sua individualidade, como vimos no caso de Jane Eyre. Neste sentido, o Estado moderno pode ser visto como uma ordem defensiva, uma comunidade pronta para proteger não só seus cidadãos, como também os que dependem deles, ou seja, todos os incapazes de ser cidadãos por representarem alguma agressão ou ameaça ao direito à propriedade e à autonomia pessoal. O Estado moderno, em outras palavras, é justificado pela necessidade de defender o individualismo de formas contra agressão que, muitas vezes, são sinistramente parecidas com o próprio individualismo. A moral burguesa estabelece uma diferença fundamental entre a expressão individual que brota diretamente do coração e aquilo que é ditado apenas pelas obrigações culturais e pelas circunstâncias. Mas, paradoxalmente, ela também estabelece uma diferença entre as paixões e os impulsos que refreamos em prol do bem comum e os que transgridem a ordem social. Assim, consideramos Jane virtuosa pela vitória momentânea sobre sua benfeitora, ao passo que Bertha Mason, que faz a mesma coisa, é uma clara ameaça para as pessoas que a cercam.

A primeira metade da história de Robinson constitui um ótimo exemplo do paradoxo do individualismo. Seu impulso de classificar a paisagem da ilha ultrapassa sua condição de estrangeiro, e recai sobre o cenário circundante. Conforme vai organizando suas informações, ele também adquire controle sobre os elementos naturais instáveis, entre os quais – como aprende depois de tomar uma sopa de tartaruga estragada – se incluem também o corpo e a mente. Enquanto a ilha o dobra à sua ordem natural, ele a submete a seu controle racional, dela se apropriando. O objetivo de Defoe, nessa parte do romance, é evidente, confirmado por gerações e gerações de críticos (entre eles Rousseau e Marx). Menos interessante para os leitores é o processo pelo qual Crusoé se torna governador de uma pacífica nação cosmopolita, pois aqui ele não interpreta mais a individualidade singular, e sim as razões de um conjunto de cidadãos que requer o sacrifício da individualidade para obter, em troca, a proteção da propriedade privada. Nessa perspectiva de governo, os indivíduos que querem continuar em suas respectivas posições se tornam bons cidadãos, ao passo que os que resistem ao *status quo*

→ in *Carta acerca da tolerância*; *Segundo tratado sobre o governo*; *Ensaio acerca do entendimento humano*. 3ª ed. São Paulo: Abril Cultural, 1983 (Coleção Os Pensadores), cap. VI, 59, p. 57.

agem contra o bem comum, e não mais contra as instituições corrompidas das origens da cultura moderna.

O paradoxo do individualismo, a meu ver, reproduz a lógica do contrato social, que obriga o indivíduo a limitar voluntariamente sua individualidade, entendida como desejo, em troca da proteção contra os desejos de terceiros, concedida pelo Estado a essa individualidade entendida como propriedade. Crusoé deve não só conter seu desejo, como também ficar na defensiva. Se nunca pensamos em Crusoé como uma personagem de desejos é porque Defoe representou sua sede de independência e prosperidade não como desejo, e sim como medo de perder seu direito exclusivo à propriedade. Sua ascensão se dá por uma série de conflitos em que ele salva outros indivíduos dos instintos ferozes dos indígenas e depois dos europeus, implicitamente ligados a uma aristocracia internacional e às práticas supersticiosas que lhe legitimam a violência. À força física Crusoé contrapõe a instrução: a capacidade de fazer contas, desenhar mapas, medir, classificar e apresentar relatórios imaginários sobre a ilha e seus habitantes para os que não possuem esse seu domínio intelectual. É assim que Crusoé mostra a diferença entre sua resistência e a resistência dos prisioneiros e rebeldes. Ele considera a violência necessária, mas ao mesmo tempo incompatível com sua nova identidade social, fato que se evidencia quando ele pede a Sexta-Feira que o ajude a se livrar de alguns inimigos. Apenas renegando sua violência Crusoé pode erigir a razão como baluarte contra a superioridade física dos invasores. No entanto, seu uso indireto da violência tem por implícito que o Estado fundado no contrato social precisa manter o consenso por meio da força.

Enquanto o trabalho manual, que Crusoé acaba delegando inteiramente a Sexta-Feira, lhe permite viver na ilha, o trabalho intelectual lhe permite um domínio estratégico do território. O único objetivo do trabalho manual é criar a propriedade, que depois ele defende apenas com o trabalho intelectual. Paralelamente, conforme vão sendo eliminados os padres, os capitães de navios, os proprietários rurais, os canibais e os amotinados contra os quais cumpre se defender, a energia moral da história parece se debilitar. No momento em que assume o papel de governador, Crusoé se torna a imagem praticamente invisível de um eu reprimido, mais do que de um eu que se exprime. Por mais que possamos considerar de classe média sua atitude de reivindicar para si o trabalho dos subordinados, por mais ingleses que possam aparecer seus métodos de controle, Crusoé, de volta à pátria, se mostra curiosamente incapaz de repetir essa ascensão ao poder. Na Inglaterra, ele se sente deslocado. A recompensa do sucesso é tal que ele deixa de ser o herói de uma resistência merecedora de admiração.

### 3. Moralidade sexual: *Moll Flanders* e *Lady Roxana*

Ao se tornar um indivíduo capaz de se autogovernar, Crusoé aprende a controlar sua personalidade ameaçada pelo medo e por forças externas, as quais consegue dominar graças à observação, à coleta de informações, à classificação: atividades estritamente ligadas à racionalidade iluminista. Moll Flanders e Roxana também são esforçadas e trabalhadoras, mas, em vez de contar com os frutos de um trabalho que teria um fluxo contínuo assegurado pela razão, fazem comércio do sexo. No entanto, tornam-se o que são seguindo um percurso instrutivamente parecido com o de Crusoé. Quando aprendem a controlar seu trabalho, aprendem a controlar também sua sexualidade, e assim podem alcançar posições sociais respeitáveis. Se, nas origens da cultura moderna, a prerrogativa de montar esse arranjo cabia aos pais, irmãos, tutores ou empregadores, agora Moll e Roxana se promovem sozinhas. Assim adquirem a autonomia do indivíduo moderno, e também dão nome e rosto à irracionalidade que leva Crusoé a deixar o pai e os patrões. Tornando-se senhora de sua sexualidade, a mulher aventureira toma para si a sexualidade moderna, ou seja, aquela forma específica de irracionalidade que não é possível governar com a razão. Apenas a moral o consegue, subordinando o desejo sexual à lógica do contrato social. Aderindo ao contrato social, o indivíduo aceita trocar o desejo explosivo pelo desejo que poderíamos dizer reprodutivo, a vontade de se reproduzir numa família.

Nesse sentido, *Moll Flanders* e *Lady Roxana* dão uma contribuição especial para a lógica cultural que defini como moral burguesa. A história de Robinson Crusoé sugere que, para construir algo que se aproxime da sociedade ideal, é preciso remodelar radicalmente o indivíduo, transformando-o num cidadão capaz de se exprimir por meio da aquisição da propriedade, mas também capaz de limitar esse impulso, dividindo a ilha com seus semelhantes movidos pelo mesmo ímpeto. Da mesma forma poderíamos dizer que Moll e Roxana, após conquistarem a posição respeitável de onde observam e julgam seus comportamentos anteriores, demonstram a mesma capacidade de autogoverno. Todavia, a julgar pela reação a esses romances, é de se perguntar se Defoe realmente permite que suas protagonistas femininas se tornem pessoas completas, cujas vicissitudes permitiriam imaginar uma nova classe dirigente. Muitos leitores consideram que o sucesso de ambas mostra apenas a cobiça que permeia as relações sociais. Em vez de levar os leitores a condenarem essas mulheres que sobem na vida graças ao sexo, Defoe faz com que qualquer eventual juízo negativo sobre elas resulte num descrédito bem maior para os que lhes são superiores na escala social.

O homem que impõe a uma mulher a prestação de serviços sexuais sem assumir o papel que pertencera ao pai se subtrai ao contrato – metáfora, por muito tempo, do Estado ideal fundado no contrato social – entre o chefe de família e seus dependentes. Locke, por exemplo, substituiu a moral da alma cristã pela ética racional desse contrato. Junto com a mulher, todo chefe de família reproduziria idealmente sua racionalidade em cada filho.[6] O indivíduo criado nesse tipo de família respeitaria todos os demais familiares, visto que tal respeito era indispensável para a prosperidade geral. Pretender favores sexuais de uma plebeia como Moll, ou de uma mulher socialmente decaída como Roxana, significa inverter esse princípio. A corrupção da velha sociedade aumenta ao par da ascensão social das heroínas de Defoe. Quanto mais elas sobem na escala da sociedade, mais denunciam aqueles que, ocupando altas posições, estão acostumados a corromper seus inferiores. Até os mais propensos a vê-las como vítimas acham difícil aceitar a falta de remorsos de Moll por ter se casado, sem saber, com o irmão, e imperdoável que Roxana tenha encorajado o assassinato da filha.

*Roxana*, sobretudo, apresenta uma perspectiva privilegiada da história da moral burguesa. Apesar das palavras finais de arrependimento, Roxana transpõe constantemente a linha de separação entre a mulher explorada e a mãe dissoluta, e acaba por se assemelhar aos seus corruptores. Ela reproduz sua licenciosidade na camareira Amy, assim estendendo a corrupção de sua classe de origem. A ascensão social, neste caso, implica trocar o domínio de si, prerrogativa do indivíduo moral, por um eu que pode ser explorado por outros indivíduos. Eis como Roxana conclui sua narrativa:

> Aqui, após alguns anos de esplêndidas e aparentemente felizes circunstâncias, experimentei um terrível trajeto de calamidades, e *Amy* também; justamente o contrário de nossos bons dias de antigamente. A maldição do Céu pareceu suceder ao dano feito à pobre moça por nós dois; e novamente decaí tanto, que minha contrição pareceu ser apenas a consequência de meu infortúnio, como meu infortúnio era de meu próprio crime.[7]

6 Para contestar a existência de direitos concedidos por Deus sobre os filhos, Locke afirma que "[...] o poder que os pais têm sobre os filhos resulta do dever que lhes cabe – cuidar da progênie durante o estado imperfeito da infância. Informar o espírito e governar as ações dos menores ainda ignorantes, até que a razão venha a ocupar o lugar que lhe compete [...]". Locke, *Segundo tratado sobre o governo*, op. cit., cap. VI, 58, p. 56.

7 Defoe, *Roxana; The Fortunate Mistress*. Oxford: Oxford University Press, 1998, pp. 329-30.

Defoe morreu em 1731. Em 1745, um editor publicou uma versão revista do romance, da qual podemos deduzir que as vicissitudes na relação entre Roxana, Amy e a filha – que lhes ameaça a posição dentro do sistema de troca dominante – haviam provocado uma reação negativa do público. De fato, a nova edição trazia um segundo volume que dava um espaço muito maior à mudança dos destinos da heroína, alongando-se sobre seu arrependimento e o nascimento de seu amor materno. Uma nova edição revista de 1775 também caiu no gosto dos leitores setecentistas e oitocentistas. Nesta edição, observa um crítico da época:

> O vocabulário da narradora se torna mais respeitável, e suas ações, das quais ainda não se arrependeu, são menos graves. Em particular, a parte mais estranha e inquietante do enredo, a saber, a obstinação da filha abandonada em procurar a mãe, foi totalmente eliminada. Em longos acréscimos ao texto de Defoe, Roxana redescobre a alegria de ser uma boa esposa e mãe.[8]

Essas reedições, revistas por terceiros, indicarão talvez que Roxana, ao contrário de Crusoé – o qual também havia manifestado a mesma falta de sentimento paterno –, parecia moralmente censurável? Na verdade, é mais provável que Defoe e seus leitores estivessem mais preocupados com a condição econômica da mulher do que com o sentimento materno. E que, antes da *Pamela*, de Richardson, o que determinava a moralidade da heroína eram as circunstâncias materiais, e não tanto as inclinações emocionais. Não há razão para crer que, quanto ao contrato social, Roxana deveria ter tomado alguma outra iniciativa, além de pagar a um casal de confiança para criar os filhos de maneira relativamente saudável. Neste caso, as versões seguintes devem ser entendidas como tentativas de adequar sua conduta à moral de um momento histórico posterior. No entanto, como destaca Homer Brown, o vínculo entre *Roxana* e a tradição do romance inglês continuou de certo modo frágil, até o momento em que os modernistas começaram a escrever romances contrariando a moral burguesa.[9]

Outra coisa é o contrato que *Roxana* estabelece com o leitor. Como se trata das memórias de uma mulher de vida fácil, sem alternativas profissionais, a aventureira

8 J. Mullan, "Appendix: The Textual History of Roxana", in *Roxana, or the fortunate mistress*, op. cit., p. 338.

9 H. Brown, *Institutions of the English Novel: from Defoe to Scott*. Filadélfia: University of Pennsylvania Press, 1997, pp. 171-202.

de Defoe fez com a escrita aquilo que Jane Eyre faria com o discurso: adotou-a como um ato de resistência. É verdade que Moll e Roxana escrevem numa posição de respeitabilidade conquistada a duras penas, sinal de uma vida marcada mais pela onda do desejo do que pelas obrigações do contrato social. Neste sentido, nenhuma delas alcança a autonomia física que funda o individualismo moderno. Mas as coisas mudam de figura na escrita. Suas histórias – tal como a de Richardson – constituem uma crítica lúcida e coerente às práticas sexuais do antigo regime. Com efeito, a falta de autocontrole sexual é desmentida pelo nível de autocontrole textual de ambas, que antecipa a política da integridade pessoal mais tarde sustentada por Richardson. Este, ao escrever *Pamela* e depois *Clarissa*, aproveitou as vantagens do picaresco masculino e feminino. Se, por um momento, tentamos imaginar um Crusoé de saias que recorre a cartas pessoais para repelir uma sequência ininterrupta de agressões sexuais, temos aí Pamela, cujo corpo é propriedade exclusiva sua. A seguir imaginemos Moll e Roxana, que resistem às carícias dos patrões com a mesma energia com que Crusoé resiste ao pai, a deus, à natureza e aos estrangeiros. Depois tiremos essas mulheres do anonimato e façamos com que se tornem autoras da narrativa – para leitores capazes de compartilhar sua indignação –, contando como foram obrigadas a receber atenções sexuais indesejadas para não perder a única fonte de sustento econômico. Somando Moll e Crusoé, teremos como resultado o discurso agressivo de uma protagonista como Clarissa. E então, reconhecendo a dívida de Richardson para com os romances lascivos tradicionalmente atribuídos aos franceses, poderemos ter uma noção mais clara da distância entre a nova moralidade e as definições anteriores da virtude.

## 4. Um novo *ethos* de classe: de Richardson a Austen

Se é verdade que a moral burguesa deriva e se adapta à lógica do contrato social, na medida em que o indivíduo resiste a qualquer outro tipo de relação social, cumpre perguntar por que Richardson, em sua primeira experiência como romancista, decidiu se concentrar na relação entre pai e filha. Locke, por seu lado, quando formulou sua versão do contrato social e imaginou a subsequente reorganização das relações sociais, pensou exclusivamente em termos da relação entre pai ou genitor e filho. Mas, quando o romance começou a imaginar como se reproduziria a lógica do contrato social num micronível, família por família, conforme havia sugerido Locke, a figura da filha aparece como um veículo adequado para a reprodução cultural. A tradição da dissidência religiosa já havia defendido, muito antes de Defoe, a ideia de um governo fundado sobre as obrigações morais dentro do lar. No início do século XVIII, o romance procedeu a uma mudança decisiva na antiga fórmula. Se a filha obstinada lança uma luz negativa sobre o pai a ponto de colocar em risco sua posição dentro da estrutura social, o pai autoritário não contribui para a imagem da comunidade como um todo, a qual, por implicação, se mostra incapaz de cuidar das pessoas sob sua responsabilidade. O único modo de contornar esse duplo nó, como intuiu Richardson, era autorizar a filha a escolher sozinha o marido, homem socialmente igual ou superior a ela, que a apreciasse mais pelas qualidades do intelecto e do coração do que pelos dotes físicos ou sociais. Pamela consegue delinear esse tipo de matrimônio escrevendo cartas, e na escrita toda a sua família aparece enaltecida. Ainda mais decisivo foi o sucesso internacional de *Clarissa*, que imprimiu sua marca em toda a tradição posterior do romance na Europa e nas colônias. A moral burguesa que chegou até nós surgiu com a cultura moderna, por meio de narrativas que pretendiam orientar para fins bioculturais específicos o desejo sexual, que só podia ser refreado por determinadas formas de escrita.

Entre os prolixos romances epistolares de Richardson e a precisão novelística de Jane Austen, o romance deu um salto qualitativo sem o qual seria difícil imaginar a heroína de Charlotte Brontë, que encara de cima sua tutora. A tese de Fielding, de que as heroínas de Richardson se autocensuram para atrair admiradores ricos, implicava que, no fundo, um romance com tantas cenas de sedução e tantos escrúpulos aparentes não passaria de mais um mero enredo complicado. Austen, por sua vez, não deixa espaço a dúvidas sobre a autêntica relutância de sua heroína em entrar em contato com os homens: o narrador percorre de novo seus gestos e palavras, remontando-os a sentimentos íntimos que nem ela mesma conhece. A voz da verdade, neste caso, exprime não o pensamento da protagonista ou do autor, e sim o ponto de vista de uma cultura que nos diz o que o personagem, o autor e o leitor devem pensar. Se não fosse pelo fato de que, nos romances de Austen, o portador da verdade é sempre uma minoria, sentiríamos a tentação de identificar o narrador, que afirma com axiomática sensatez "Solteiro e muito rico [...]. Que coisa boa para as garotas", com uma comunidade de cidadãos respeitáveis que estabelecem um modelo para conhecer e avaliar o caráter individual.[10]

10 J. Austen, *Orgulho e preconceito* [*Pride and Prejudice*, 1813], trad. Lúcio Cardoso. Rio de Janeiro: Civilização Brasileira, 2006, cap. 1, p. 8, doravante citado diretamente no texto com o número do capítulo e página entre parênteses.

O narrador de Austen avaliza apenas pequenos gestos de resistência às regras complicadas que governam as relações entre os sexos de uma estreitíssima camada da sociedade inglesa, revoltas exclusivamente verbais que, no entanto, representam intensas manifestações de individualidade. Suas heroínas tendem a recusar pedidos de casamento que garantiriam a ascensão social e a segurança econômica, e cada uma dessas recusas provoca um pequeno escândalo. A relutância de Elizabeth Bennet em aceitar Collins, futuro herdeiro da propriedade dos Bennet, é tão inacreditável que ele a descarta considerando que "as moças costumam rejeitar as propostas do homem que secretamente tencionam aceitar, da primeira vez em que são feitas" (XIX, p. 218). Elizabeth, para eliminar qualquer suspeita de que suas razões possam se assemelhar às das heroínas de Richardson, rebate de pronto:

> Asseguro-lhe que não sou dessas moças, se é que existem, que cometem a ousadia de arriscar a sua felicidade confiando nas possibilidades de um segundo pedido. Minha recusa é perfeitamente séria. O senhor não *me* poderia tornar feliz. E estou convencida de que sou a última mulher do mundo capaz de *fazê-lo* feliz (XIX, p. 128).

Essa declaração de Elizabeth Bennet é a encarnação perfeita do paradoxo que estou tentando descrever. Ao recusar o casamento nos termos em que lhe foi proposto, ela infringe as regras da única maneira realmente justa. Luta por um contrato baseado na qualidade do sentimento, sem se preocupar com a segurança econômica. É uma atitude que brota da resistência de Elizabeth à arrogância de Darcy, à sua ostentação de superioridade social e à riqueza desproporcional da casa e do ambiente dele em comparação às condições precárias da família dela. Não é uma resistência fácil de superar ou que possa ser dobrada pelo dinheiro. A distância social entre ambos é tão grande que o pai, que normalmente se sentiria feliz em dar a filha em casamento a um homem na posição de Darcy, pergunta a ela: "Lizzy [...], o que você está fazendo? Você está em seu juízo perfeito aceitando esse homem? Você não o odiava?". E, vendo que ela negava sentimentos que havia manifestado antes, ele continua: "Ele é rico, certamente, e você pode ter roupas e carruagens ainda mais belas que as de Jane. Mas você será feliz?" (LIX, pp. 697-99). Para garantir que os leitores respondam com um sonoro "não" categórico, Austen já lhes havia dado o exemplo de Charlotte Lucas, que aceita se casar com o detestável Collins só porque isso lhe garantiria uma bela casa. Elizabeth, informa-nos o narrador:

> [...] sempre desconfiara de que a opinião de Charlotte sobre o casamento não se parecia muito com a sua. Mas nunca poderia ter suposto que, no instante de confrontar as suas ideias com a realidade, ela fosse capaz de sacrificar todos os seus melhores sentimentos às vantagens mundanas (I, XXII, p. 241).

Expressando os pensamentos de Lizzy, o romance e seu horizonte cultural compartilham implicitamente sua indignação moral.

Se está claro que o casamento de Charlotte Lucas não representa um exemplo a ser seguido, devemos então pensar que *Orgulho e preconceito* encoraja um casamento que vai contra seus próprios princípios? Austen responde a essa pergunta no momento em que a heroína convence o pai incrédulo,

> [...] afirmando repetidamente que Mr. Darcy era de fato o homem que ela tinha escolhido, explicando-lhe a mudança gradual por que tinha passado a sua estima por ele, relatando a absoluta certeza que tinha de sua afeição, que não era uma coisa de momento, mas tinha resistido à experiência de muitos meses de incerteza (LIX, p. 418).

O episódio em que Elizabeth contempla o retrato de Darcy, enquanto a governanta lhe tece elogios, constitui, segundo a maioria dos críticos, o momento em que ela se apaixona por ele. Lizzy reinterpreta os sinais da classe superior à sua, associando-os, no caso de Darcy, a qualidades humanas que lhe permitem reavaliá-lo segundo a moral burguesa:

> Nenhum louvor é mais valioso que o de um criado inteligente. A felicidade de muitas pessoas dependia dele como irmão, como proprietário e como patrão. Ele tinha o poder de dispensar o prazer e a dor, e a faculdade de praticar em larga escala o bem e o mal. Tudo o que Mrs. Reynolds falara a seu respeito tinha sido favorável. E, diante da tela em que o seu rosto fora retratado e cujos olhos pareciam fitá-la, Elizabeth pensou na admiração de Mr. Darcy por ela própria, com uma gratidão que jamais sentiria (XLIII, p. 280).

Se o objetivo dessa obra fosse apenas reconduzir a heroína em ascensão social a uma posição subordinada, convencendo-a da superioridade de Darcy, *Orgulho e preconceito* nunca teria se tornado um romance exemplar. Se, por um lado, Elizabeth é conquistada no momento em que o nível de Darcy começa a se manifestar como o conjunto das virtudes do chefe responsável pela família, por outro lado Austen atribui a Darcy uma plena lucidez a esse respeito:

> Em criança me ensinaram o que era *direito*, mas não me ensinaram a corrigir o meu gênio. Deram-me bons princípios. Mas deixaram-me praticá-los orgulhosamente. Infelizmente, sendo durante muito tempo único filho, e mais tarde único filho homem, fui mimado pelos meus pais e, embora eles fossem bons, [...] permitiram, encorajaram e quase me ensinaram a ser egoísta e tirânico, a pensar apenas nas pessoas da minha família, desprezar todos os outros e a pensar, com desprezo, no bom senso e valor das outras pessoas, comparados com os meus (LVIII, pp. 409-10).

Com esse reconhecimento, Darcy volta a contextualizar os sinais de posição social (que tanto haviam chocado Elizabeth em Pemberley) no interior da tradição que, originariamente, havia dado sentido a tais distinções de status. Mas, com a afirmativa seguinte, Darcy confere um novo valor moral às divisões tradicionais de classe, com uma explicação econômica que toma Elizabeth como fonte de um valor agregado: "Assim fui eu dos oito aos 28 anos. E, se não fosse a minha querida e adorada Elizabeth, talvez ainda não tivesse mudado!". Em sua explicação, primeiro ele minimiza o valor de seu nível social ("Por suas mãos recebi a humilhação que devia. Aproximei-me de você sem duvidar de que seria aceito"), depois mostra que esse valor, em si, pouca valia tem ("Revelou-me como eram insuficientes as minhas pretensões de agradar uma mulher digna de ser amada"), e assim finalmente é possível adquirir um valor de tipo mais elevado: "O que não lhe devo? A lição que me deu foi certamente a princípio muito dura, mas muito vantajosa" (LVIII, p. 410). Assim, do antagonismo recíproco entre os códigos que ambos respectivamente encarnam – ele perante a família e a condição social dela, e ela perante a convicção dele de que uma família importante e a superioridade social equivalem a uma superioridade moral – brota uma síntese sutil: uma nova "verdade" que identifica os atributos de classe tradicionais com a moral do contrato social. O próprio romance prepara essa verdade, pois coloca em causa os fundamentos da superioridade de classe e, ao mesmo tempo, ensina ao leitor a lição que Darcy aprendeu com Elizabeth: saber transformar os meros sinais exteriores de *status* naqueles princípios sociais antiegoístas que o romance associa ao controle do desejo sexual e, portanto, à moral burguesa.

## 5. A época da disciplina: *Waverley* e *Frankenstein*

A partir do século XVIII, o contrato social pressupunha o compromisso dos indivíduos de controlar a individualidade. Os intelectuais iluministas, entre os quais incluo Austen, consideravam este controle do egoísmo como a primeira e melhor garantia do verdadeiro cidadão. Para eles, esse autocontrole não significava a perda da individualidade, e sim, pelo contrário, um aumento dos direitos do indivíduo. O indivíduo iluminista era essencialmente um sujeito dotado de direitos, mesmo que fosse uma mulher cujo único título a tais direitos dependia da generosidade do marido. Nas décadas subsequentes à Revolução Francesa, porém, o romance inglês inaugurou a crítica daquele tipo de individualismo que tinha se popularizado no romance do século anterior. Os grandes romances de 1800 a 1830 começaram a discutir aquilo que, em Defoe e Richardson, aparecia como uma negociação saudável envolvendo o compromisso de controlar a agressividade em relação aos outros e à propriedade alheia, em troca da garantia dos direitos do indivíduo e da inviolabilidade da propriedade privada. Os intelectuais oitocentistas, que identificavam a animosidade irracional do selvagem, de um lado, com a lealdade tribal e o código de honra da velha aristocracia, e, de outro lado, com aqueles instintos que, para Darwin, mostravam a origem natural do homem, passaram a atribuir um novo valor a essa animosidade.

O romance vitoriano transformou a ausência desse elemento selvagem no homem moderno em perda da individualidade primordial que ligava os indivíduos a um passado heroico ou a uma competitividade que lhes era natural. Para ingressar na relação contratual que lhes garantiria o acesso a uma ordem social moderna, os protagonistas vitorianos deveriam renunciar a esse componente essencial de sua individualidade. Pense-se na tranquila recusa de Anne Elliot em *Persuasão*, de Austen, rejeitando o capitão Wentworth, na renúncia involuntária de Waverley a Flora Mac-Ivon, no romance homônimo de Scott, ou no repúdio enérgico de Jane Eyre a um casamento com Rochester em estado de bigamia: nos três casos, as regras familiares a que os protagonistas oitocentistas devem obedecer sempre colidem com uma outra moral, fundada no respeito aos próprios desejos. Não por acaso esse movimento anti-individualista da moral burguesa, nos trinta anos que se interpõem entre Austen e Brontë, coincide com a afirmação da hegemonia do romance e da classe que tinha no romance o intérprete coerente de seus interesses.

Pode-se ver a insensível passagem dessa nova personagem para uma posição dominante naqueles romances que ampliam hiperbolicamente a individualidade, definindo os limites para além dos quais o indivíduo deixa de ser membro de uma comunidade. Assim, apesar de todas as diferenças de sexo, ideologia, nacionalidade e gênero literário, tanto Walter Scott quanto Mary Shelley apresentaram o individualismo iluminista sob formas que lhe atribuíam um feitio heroico e, ao mesmo tempo, extinguiam nele o desejo originário que encontrara expressão na literatura do século anterior. Não lhes foi fácil representar o individualismo – sua falta, no caso de Scott, e seu excesso, no caso de Shelley –, pois o meio literário utilizado havia dado uma forma popular à convicção setecentista de que a nação era o veículo do individualismo, e vice-versa. O romance do século XVIII simplesmente era inadequado para inverter o sentido do fluxo de transmissão ideológica e, em termos mais amplos, cultural, a qual estabelecia que a melhor maneira de realização possível do indivíduo se dava dentro da ordem social dominante. O romance setecentista teve o mérito de dar forma concreta a vastos territórios da interioridade individual, que não podiam caber nas categorias sociais existentes. Pelo mesmo critério, devemos responsabilizar o romance oitocentista por ter transformado essas exclusões em excessos espetaculares de individualidades que ameaçavam uma comunidade estável e internamente coerente. Para preparar essa mudança de rumo, os romancistas da época romântica criaram protagonistas divididos por uma forte contradição cultural (Waverley está dividido entre a Escócia e a Inglaterra, por exemplo, e Frankenstein, entre a ciência e os laços familiares). Autores tão diferentes como Scott e Shelley inauguram juntos os novos caminhos do romance inglês, que então se volta contra aquelas expressões do individualismo capazes, talvez, de levar a uma nova ordem social, mais abrangente. Esses autores enfocaram aquela energia revolucionária que havia dado à comunidade a força moral para se expandir e abrigar novas formas de individualismo. Mas criaram personagens de certa forma sobre-humanos, como Fergus e o monstro, que, a despeito de uma dose de afeto com que os cercaram seus autores, serviam apenas para condenar a tentativa de realização pessoal em detrimento da comunidade.

Scott e Shelley, quando colocaram seus protagonistas numa situação de extremos e de potencial exclusão, estavam pensando em leitores muito diferentes. Scott apresenta Waverley transportando sua identidade inglesa para as Terras Baixas da Escócia, para moldar uma identidade britânica imaginária capaz de incluir a Inglaterra e a Escócia, mas ao mesmo tempo ele mostra que esse jogo de prestígio só pode dar certo sob a condição de eliminar a cultura das Terras Altas. Mary Shelley, por sua vez, atribui ao protagonista a decisão de superar os próprios limites da humanidade, permitindo que o leitor imagine uma república transnacional capaz de representar praticamente todos os tipos de individualidades. No final de *Waverley* temos uma comunidade que se amplia para abarcar a identidade britânica moderna, mas, ao mesmo tempo, se contrai para excluir o sistema especificamente escocês dos clãs. O romance de Shelley, num movimento aparentemente contrário ao de Scott, transforma uma comunidade pan-europeia, como um conjunto organicamente integrado, numa unidade composta por várias partes hostis, que só podem adquirir coesão se recorrerem a algum gesto extraordinário de violência. Os dois autores, de início, parecem levar o indivíduo para além dos limites da identidade coletiva, para expandir o contrato social além das fronteiras de uma nação, de uma classe ou de uma raça, e incluir membros de um grupo externo que ameaça essas mesmas fronteiras. *Waverley* e *Frankenstein* abrem a porta da inclusão, mas apenas para estabelecer as diferenças irredutíveis entre os materiais culturais que podem caber na identidade coletiva e os materiais que a aniquilariam. Para marcar este limite, ambos utilizam figuras da narrativa épica e de gesta hostis ao romance, e neste sentido os montanheses de Scott desempenham a mesma função da "raça infernal" dos monstros de Shelley. Eles afirmam alguns elementos de individualidade em forte oposição ao papel social que os indivíduos modernos devem assumir para ser considerados morais. No final dos dois romances, a moral burguesa se alinha decididamente ao lado da comunidade, em detrimento de um individualismo mais arcaico.

O próprio Scott reconhece que usa os montanheses da Escócia para evocar desejos imemoriais que habitam homens e mulheres, mas que não podem mais se traduzir em ação.[11] Para formar uma nação unitária, homens e mulheres devem dirigir esse componente de sua humanidade a um mesmo objetivo comum. Scott, que identifica o elemento insociável na mais profunda individualidade do protagonista, é historicamente diferente de Austen (desde Catherine Moreland, na *Abadia de Northanger*, todas as heroínas de Austen renunciam a uma concepção das classes superiores filtrada pela leitura excessiva de romances ou pelos mexericos de amigos e parentes rancorosos). Shelley, por sua vez, parece pensar por abstrações, e é por abstrações que fala seu duplo protagonista, como se a única preocupação

11 W. Scott, *Waverley; or 'Tis Sixty Years Since* (1814). No primeiro capítulo, Scott explica o que pretende demonstrar com essa viagem ao passado: "A cólera de nossos antepassados amava o *vermelho*, e se desafogava em atos de violência aberta e sanguinária contra os objetos de seu desprezo. Quanto a nossos ressentimentos, que devem se desafogar por vias mais indiretas, e minam em silêncio os obstáculos que não podem derrubar abertamente, caberia pintá-los de *amarelo-areia*".

fosse os limites de uma humanidade universal, e como se tudo o que é humano pertencesse a uma única categoria e pudesse se exprimir na mesma língua. No fundo, porém, o diálogo semifilosófico que ocupa grande parte do romance não passa de um longo discurso que Frankenstein atribui a Walton, o qual o transcreve, por sua vez, na forma de uma carta à irmã, que está na Inglaterra. Assim, o leitor descobre que a estrutura do enredo de Shelley, embutida em vários níveis, encerra o caráter cosmopolita e universal de sua comunidade imaginária num recipiente requintadamente inglês. Como Scott, Shelley amplia a tolerância inglesa em relação aos outros povos muito além dos limites previstos, estabelecendo um limite extremo além do qual nada mais é compatível com a identidade britânica. Se levar o individualismo além desse limite, o romance deixará de ser romance.

Eu diria, portanto, que Shelley e Scott compartilham a mesma ambivalência quanto às limitações do gênero literário escolhido. Sem dúvida a potencialidade monstruosa de uma individualidade sem freios, no romance de Shelley, contrasta com a interioridade domesticada em que Scott recoloca o indivíduo moderno em *Waverley*. Ambos, porém, atestam com igual eloquência a perda do potencial estético implícita no abandono dos gêneros heroicos de uma tradição mais antiga, a fim de acolher as categorias mundanas do realismo moderno. Como os limites do gênero literário condizem com a forma do imperativo ideológico do romance, é inevitável que este desenvolva estratégias para defender as práticas sexuais da classe média contra formas de desejo que poderiam corrompê-las e ameaçar sua continuidade. A meu ver, se algumas formas de desejo sexual acabaram expressando não só a individualidade do sujeito, mas também a denúncia dos limites de uma sociedade, deve-se em grande parte ao romance. Em vista de sua missão original, não admira que a relação entre o romance e a moral burguesa entrou numa crise cada vez mais profunda, à medida que os romancistas vitorianos tentavam banir aquelas formas de desejo inicialmente expressas pelo próprio romance.

O romance da época romântica criou uma síntese cultural, simultaneamente nacional e literária, que abrangia as economias culturais locais e, ao mesmo tempo, as práticas de uma classe abastada cosmopolita. Para isso, a própria forma narrativa e a missão ideológica do romance sofreram modificações significativas. O romance abandonou o objetivo de imaginar uma nação cada vez mais democrática e começou a representar a nação como uma entidade que exige dos cidadãos sublimações cada vez maiores. A moral burguesa se transformou paralelamente, tal como antecipara Robinson Crusoé, ao conquistar a hegemonia na ilha. Para os vitorianos, tal como para os leitores do século anterior, a moral burguesa era algo que parecia provir do íntimo do protagonista, no momento em que resistia aos limites impostos à individualidade por seu papel social. A moral devia ser própria, não de outrem. Mas, nas primeiras décadas do século XIX, o romance, à semelhança de Crusoé, passou a desconfiar cada vez mais do individualismo, procurando refrear sua energia e canalizá-la para fins coletivos. Prosseguindo com a analogia entre o romance oitocentista e os últimos capítulos da história de Crusoé, diríamos que o romance começou a se ver como instrumento mais de disciplina do que de resistência. Ou seja, como o próprio Crusoé, que constrói a imagem de um "governador" e assume esse papel para os amotinados que povoam sua ilha. É essencial que esse governador se mantenha como uma função, como explicou Michel Foucault.[12] À medida que Crusoé vai assumindo esse papel, aumenta a dificuldade do leitor em apreciá-lo por aquele corajoso individualismo que o levara a resistir ao pai, ao patrão e a deus. Na verdade, ele acaba exercendo a mesma autoridade contra a qual se insurgira.

No final do século XVIII, o problema é redimensionado segundo os termos da distância entre a heroína e o narrador. Elizabeth precisa adotar a sabedoria coletiva do narrador para se tornar a senhora de Pemberley. Poderíamos definir o narrador como a melhor parte da personalidade de Elizabeth Bennet, que paira nas margens de sua consciência até o momento em que a protagonista desenvolve uma capacidade própria de autocontrole e termina por compartilhar aquela forma de autoridade puramente cultural. O romance vitoriano transforma a moral burguesa em algo que faz parte da ordem do governador de Defoe e do narrador de Austen. Não sendo função do desejo individual nem uma forma de autoridade social, a moral burguesa vem a constituir uma categoria que não corresponde a nenhum desses dois casos, mas estabelece uma mediação entre eles. Em sua aguda leitura do *Contrato social*, de Rousseau, Louis Althusser destaca a contradição que se encontra no cerne daquela retórica contratualista, à qual depende todo o seu poder de persuasão. O contrato se apresenta – também na Inglaterra, a meu ver – como um ato de vontade do indivíduo pré-social. Esse indivíduo, ao aceitar

12 Em sua famosa descrição do "panoptismo", Foucault explica as estratégias espaciais do poder institucional moderno como um círculo periférico de celas onde os detentos ficam absolutamente visíveis para uma torre central que tudo vê, sem nunca ser vista: "Dispositivo importante, pois automatiza e desindividualiza o poder. Este tem seu princípio não tanto numa pessoa quanto numa certa distribuição concertada dos corpos, das superfícies, das luzes, dos olhares; numa aparelhagem cujos mecanismos internos produzem a relação na qual se encontram presos os indivíduos". M. Foucault, *Vigiar e punir: Nascimento da prisão*, trad. Ligia M. Pondé Vassalo. 2ª ed. Petrópolis: Vozes, 1983, p. 178.

as leis do Estado, não perde sua capacidade de ação individual porque esse gesto de submissão – como o de Sexta-Feira baixando a cabeça aos pés de Crusoé – é voluntário. Submetendo-se a uma coletividade composta por indivíduos igualmente submetidos, ademais, o indivíduo pré-social conquista a liberdade, na medida em que, na essência, não se submete senão a si mesmo. O pressuposto não é apenas que todos os indivíduos se submetam, e sim que, ao fazê-lo, compartilhem também a mesma concepção sobre si próprios e seus interesses pessoais.

Essa fantasia, afirma Althusser, só pode se realizar com uma terceira instância garantindo que o intercâmbio entre individual e coletivo se realize entre um indivíduo e um conjunto de indivíduos mais ou menos semelhantes.[13] Para que a ideologia da troca se torne realidade psicológica e sociopolítica, insiste Althusser, é indispensável que exista um tecido cultural comum, assegurando que muitos indivíduos diferentes imaginem suas relações com o real de modo mais ou menos parecido. Esse terceiro componente do contrato, com função de mediação, consiste na educação. É aqui, a meu ver, que o romance tem um papel fundamental. À diferença da cultura doméstica e das instituições oficiais de ensino, o caráter puramente ficcional do romance oitocentista o transformou numa forma de mediação pura. Mas, a exemplo do governador de Defoe ou do narrador de Austen, essa ficção também tinha o poder especial de dar coesão às duas partes que, teoricamente, deveria apenas mediar. Falando em nome da coletividade, o governador de Defoe e o narrador de Austen davam uma nova forma aos autores que os criavam, tal como o indivíduo pré-social de Rousseau, no momento em que se submetia ao Estado, adquiria nova forma como cidadão. Da mesma maneira, a comunidade de cidadãos se modificava a cada vez que outro indivíduo decidia se submeter. Crusoé não fica nada satisfeito quando sucessivas ondas imigratórias alteram a identidade coletiva de sua comunidade, a qual, logo após sua partida, se torna instável, passa a se dividir em facções e, para manifestar os sofrimentos individuais, dá preferência a meios violentos em lugar de optar pela via discursiva.

Assim, não havia instrumento melhor do que o romance para reconstruir a relação imaginada entre o indivíduo (o leitor) e a comunidade nacional (de leitores). Por meio do contrato que assim estipulou com os leitores, o romance não só influenciava a imagem desses leitores a respeito das duas partes do contrato social, como dava

13 L. Althusser, *Montesquieu, Rousseau, Marx: Politics and History*. Londres: Verso, 1982, pp. 113-60 [ed. port.: *Montesquieu: a política e a história*, trad. Luz Cary e Luisa Costa. Lisboa: Presença, 1972].

também uma sanção moral àquela troca que lhes garantia a normalidade e uma relativa homogeneidade. Para autorizar uma cultura que, como Crusoé, dependia de uma autoridade imaginada, a moral burguesa deu uma súbita guinada e começou a autorizar a resistência não ao papel atribuído ao indivíduo, e sim aos desejos que levavam a ocupar o papel de outrem. Com os romances das irmãs Brontë, de Dickens, Thackeray, Gaskell, Hardy e Trollope, o desejo a ser reprimido assumiu múltiplas formas – adultério, fraude comercial, falsidade ideológica –, mas que se reduziam sempre à mesma condição: a resistência do protagonista o levava a ocupar, injusta e provisoriamente, o lugar de outra pessoa. Para conquistar a aprovação moral do público de leitores, esses protagonistas deviam mostrar que tinham adquirido a capacidade de se autogovernar. Mas, ao mesmo tempo, deviam defender a comunidade dos efeitos niveladores da cultura de consumo de massa, da reivindicação crescente de plenos direitos civis para as mulheres e os trabalhadores, e de formas de violência culturalmente endêmicas. Como se quisesse preparar o público para uma época de expansão imperialista crescente, o romance colocou a moral burguesa na defensiva contra aquelas forças que ela tentaria conter e governar em escala mundial.

## 6. A moral vitoriana e seus inimigos

Concordo com a tese de Georg Lukács de que o romance do começo do século XIX tomou a si a tarefa de representar um sistema político cada vez mais aberto a novas inclusões.[14] Concordo também com o diagnóstico de Jürgen Habermas sobre o tipo de cultura que, idealmente, deveria sustentar a democratização crescente e as razões pelas quais ela não chegou a se concretizar.[15] Mas discordo de ambos quando afirmam

14 G. Lukács, *Il romanzo storico*. Turim: Einaudi, 1965. Lukács descreve Walter Scott como um autor que, em sua arte, expressa à perfeição a tendência progressista fundamental de sua época. A ameaça representada por um proletariado armado e organizado, em 1848, levou a burguesia a abandonar aspirações e ideais anteriores, com uma guinada que "se manifesta em todos os campos da ideologia burguesa" (p. 228), inclusive no romance.

15 J. Habermas, *Mudança estrutural da esfera pública*. 2ª ed. Rio de Janeiro: Tempo Brasileiro, 2003, A ideia de uma esfera pública, na formulação inglesa do século XIX, teria vinculado todas as políticas, ações e decisões governamentais à avaliação da opinião pública. Mais ou menos na mesma época em que Lukács aponta a traição do romance diante de sua missão cultural, Habermas destaca a erosão do princípio mesmo da esfera pública, ou seja, de uma dimensão pública crítica, afirmando que esta pareceu perder força quando se alargou, até minar a dimensão privada.

que foi apenas na metade do século XIX que o romance trocou de missão e se dissociou da esfera público-política que antes havia defendido. Em Scott, que Lukács apresenta como o paladino da tendência progressista do romance, já se pode observar uma semelhança estrutural com a obra-prima gótica de Shelley. Em *Waverley*, tal como em *Frankenstein*, já se observa um refluxo em que a resistência política não serve mais ao bem comum, sendo antes uma vontade de domínio semelhante à da velha aristocracia. Assim reconceitualizada, a resistência já não cria uma unidade que se autorregenera, como em Austen. Pelo contrário, esse tipo de resistência mina a família de um modo que lhe anula a capacidade de se reproduzir social e biologicamente como unidade. Logo, devemos concluir que o romance simplesmente não era feito para se revoltar contra a classe cujo surgimento ele mesmo havia tomado como objeto de análise e moralização, apesar das críticas que o próprio romance viria a levantar contra as práticas dessa classe na época do realismo e do modernismo.

Agora vou me concentrar no irreversível estreitamento da comunidade imaginada que acompanhou a tomada de poder da classe média e a expansão mundial da Grã-Bretanha. É apenas neste contexto, onipresente no romance vitoriano, que as exclusões concomitantes à cultura consumista do capitalismo puderam encontrar justificativa moral. Já tentei demonstrar que, para Defoe, era bastante fácil justificar a ascensão de um deserdado social. Mas seu romance se torna moralmente desconcertante, pelo menos para os padrões oitocentistas, quando a personagem conquista uma posição de poder. Como parecia ter previsto Defoe, a velha política oposicionista deixava de ser viável com a ascensão da classe média ao poder, e os romancistas tiveram de imaginar soluções para o dilema da incompatibilidade entre domínio político e superioridade moral. Para que a dialética entre o indivíduo não reconhecido e os papéis sociais admissíveis gerasse uma síntese, os romancistas tiveram de rever os termos do contrato social. Minha tese é que o imperativo de resolver o problema criado pelos próprios pressupostos do gênero foi o grande responsável pelas mais importantes inovações formais do romance entre o final do século XIX e o começo do século XX.

Vejamos, em primeiro lugar, como o romance vitoriano transformou um protagonista gerado pela antiga sociedade agrária, ainda portando seus sinais, na figura mesma de sua antítese. Trata-se do capítulo imediatamente seguinte à paradigmática desavença entre Jane e a tia. Charlotte Brontë começa a imaginar outras formas de resistência, que devem ser eliminadas antes que Jane conquiste uma posição dentro do corpo social, onde possa realmente vir a representar todos os seus membros. Não admira que, desde que Sandra Gilbert e Susan Guber sustentaram que a mulher de Rochester, nascida nas colônias e acometida de loucura, encarna a oposição protofeminista da autora ao predomínio masculino, a crítica tenha se concentrado obsessivamente em Bertha Mason.[16] Além disso, esse personagem foi o cavalo de batalha da tese de Edward Said, defendendo que as colônias têm presença constante no romance inglês, e da tese de Gayatri Spivak, afirmando que o romance inglês nega "alma" aos que resistem à colonização.[17] Mas, ao identificar Berthe com uma perspectiva contemporânea, deixamos de lado o fato de não ser ela a primeira personagem feminina recalcitrante que, por ser expressão de um individualismo inaceitável, é eliminada pelo romance. Como muitos personagens de Dickens, Helen Burns, a colega malvada de Jane na escola feminina de Lowood, mostra com seu sacrifício que tem condições espirituais de transcender os limites de sua posição social e, portanto, de ter a capacidade moral, mas não a de resistência. Como diz George Eliot, melancolicamente, a respeito de Dorothea Brook, a heroína de *Middlemarch*:

> Sua natureza repleta, como a daquele rio de que Ciro quebrou o ímpeto, escoou por canais que não tiveram grande nome na terra. Mas o efeito de sua pessoa nos que a rodeavam foi incalculavelmente difusivo: pois o bem crescente do mundo depende em parte de atos não históricos; e se as coisas não estão tão mal, nem com você nem comigo, como poderiam estar, isso se deve em grande parte ao número dos que fielmente viveram uma vida oculta, e repousam em túmulos não visitados.[18]

Essa passagem mostra o lirismo de Eliot, celebrando e ao mesmo tempo redimensionando os "sacrifícios mais tristes" que, segundo a narradora, os romances e os

16 S. M. Gilbert e S. Gubar, *The Madwoman in the Attic: The Woman Writer and the Nineteenth Century Literary Imagination*. New Haven: Yale University Press, 1979. Gilbert e Gubar, como se sabe, afirmam que, ao investir contra a autoridade patriarcal, Bertha Mason se torna o duplo de Jane Eyre, na medida em que dá vazão à raiva que a heroína não podia exprimir. Brontë tinha de refrear Jane, segundo Gilbert e Gubar, porque a submissão da heroína ao futuro marido coincidia com a submissão da autora ao gênero masculino.

17 Edward Said sustenta que encontramos alusões ao império em quase toda a cultura inglesa e francesa do século XIX e do começo do século XX, e na ficção inglesa talvez com maior regularidade e frequência do que em qualquer outra parte (cf. *Cultura e imperialismo*, trad. Denise Bottmann. São Paulo: Companhia das Letras, 1995). Gayatri Chakravorty Spivak afirma que "Bertha em Jane Eyre tem a função de tornar indistinto o limite entre humano e animal, e portanto de enfraquecer seu direito a uma alma aderente ao espírito, se não à letra, da Lei". Cf. Chakravorty Spivak, "Three Women's Text", op. cit., p. 286.

18 G. Eliot, *Middlemarch* (1871-72), trad. Leonardo Fróes. Rio de Janeiro: Record, 1998, "Final", p. 877.

leitores preparavam para futuras Dorotheas.[19] Desse ponto de vista, seria mais correto entender Bertha Mason não como a outra face de Jane, e sim como a outra face de Helen Burns, visto que ambas, por razões opostas, não preenchem os mínimos requisitos para a adesão ao contrato social. Se uma é pura espiritualidade, a outra é pura resistência. Privando Helen e Bertha do conflito interior essencial para a formação de um cidadão que se autogoverna, o romance configura as duas personagens como indivíduos demasiado distantes da moral burguesa. Sua exclusão de uma boa sociedade é tanto mais significativa no caso de Helen, pois, para Brontë, ela encarna a perfeição do espírito cristão.

Como as memórias de Moll e as cartas de Clarissa, a reivindicação de Jane à moral burguesa se funda totalmente no fato de que sua conquista de respeitabilidade é, ao mesmo tempo, uma crítica das pessoas de que depende para a sobrevivência econômica. As protagonistas setecentistas, de Moll a Clarissa, tendem a formular a crítica numa posição externa à cultura dominante, dentro da qual estão expostas a todas as opressões e exclusões que essa cultura inflige a seus dependentes. A heroína do romance vitoriano, pelo contrário, fala de uma posição crítica interna a essa cultura que retira qualquer autoridade ao verdadeiro *outsider*. A representação de Bertha como figura culturalmente inadequada para ocupar um papel em Thornfield Hall é o que permite a Jane assumir a posição de injusta, excluída do aconchego e da sociabilidade doméstica. Jane pode ser uma heroína vitoriana e falar – ao mesmo tempo – como uma *outsider*, visto que recusa transpor aquele limite moral que a converteria numa verdadeira *outsider*. Ela nunca pode ceder ao desejo sexual por Rochester. O romance oitocentista, significativamente, coloca na posição de *outsider* uma pessoa como nós, um indivíduo extremamente articulado, depois mostra, ao colocar sua moral à prova, que ele está deslocado nessa posição. Ao acolher a ingrata Jane, aquele romance abre possibilidades legítimas de crítica e de oposição no interior da cultura dominante. De fato, *Jane Eyre* pode ser lido como um documento histórico do processo que leva essa crítica interna a receber o beneplácito da moral burguesa. O protesto de Jane – a saber, "esta ordem social é má porque me exclui" – agora se revela plenamente compatível com "essa ordem social é boa na medida em que me inclui". A primeira afirmativa expressa uma crítica, a segunda restringe essa mesma crítica a um pedido de modernização do *status quo*, que lhe sanciona a adequação.

Bertha está para Jane assim como Orlick está para Pip em *Grandes esperanças*, ou como Jo está para Esther em *Casa desolada*, ou Bradley Headstone está para

19 Id., ibid.

Eugene Wrayburn em *Nosso amigo comum*, para citar apenas alguns exemplos daquela "divisão do eu" tão característica da cultura da época. Com esses densos aglomerados de traços culturais, o romance vitoriano conseguiu acolher e, ao mesmo tempo, excluir justamente aquilo que ele apontava como elemento mais hostil à moral burguesa. Isso fica claro quando comparamos *Jane Eyre* e *Villette*, de data posterior. Esse romance transfere Lowood, a instituição de ensino não reformada, para a Bélgica, onde a Inglaterra protestante enfrenta a França católica e aparentemente abranda o rigor de sua disciplina. Assim remodelada, a cultura institucional parece oferecer à heroína reprimida a alternativa de desposar o jovial Monsieur Paul ou de ensinar o autogoverno a suas alunas. Mas nada disso se consumará. Monsieur Paul, tão fascinante e sociável dentro do contexto belga, acaba por ocupar a mesma função de Bertha Mason, e segue para uma morte igualmente artificiosa, voltando de uma viagem de negócios às colônias. O final do romance ("deixe a imaginação esperar um pouco. Seja ainda permitido sonhar as delícias da alegria que renasce do grande terror, o êxtase da salvação frente ao perigo, o maravilhoso alívio da angústia, o gozo do retorno. Que se possa imaginar também a união e a vida feliz que se seguirá")[20] mostra que Monsieur Paul deve ser exorcizado do contexto da sala de aula antes que Lucy possa assumir um papel de autoridade dentro dela.

Para entender a metamorfose que o romance vitoriano impõe à moral burguesa, é necessário, portanto, dissociar essa cultura de uma *pruderie* ingênua e interpretar tais figuras como sintomas. O surgimento do *outsider* que deve ser excluído para que a protagonista possa aceder à ordem social estabelecida assinala uma guinada histórica importante. Passa-se de uma cultura em que a identidade individual se baseia na identificação com algo parecido ("Eu sou eu porque, em algum aspecto fundamental, sou como você") para uma cultura em que a identidade se baseia na diferença em relação a alguma coisa ("Sou como você enquanto nem eu nem você somos aquela outra coisa"). Essa mudança coincide com a passagem de uma identidade positiva para uma identidade que se afirma apenas negativamente. Enquanto os protagonistas setecentistas se tornam aquilo que realmente são, por diferirem das posições sociais predeterminadas, os protagonistas oitocentistas se tornam o que são superando sua diferença e ocupando uma posição social bastante comum, mas absolutamente respeitável. Para isso, todas aquelas Janes e aqueles Pips devem se sentir muito seguros de que conseguirão resistir a seus instintos mais íntimos e às pulsões mais secretas que são sempre criminosas, e não progressistas ou capazes

20 Ch. Brontë, *Villette* (1853). New York: Derby & Jackson, 1859, cap. XLII, p. 502.

de regeneração. No entanto, o desejo individual é o ator principal nesses dramas vitorianos da adesão ao contrato social, tal como ocorria em Defoe e Richardson. De Fagin e Bertha a Drácula e Dorian, o romance vitoriano é famoso por seus criminosos, loucos, prostitutas, dissipados, meninos predadores e pervertidos sexuais, e há uma razão para isso. Essas figuras são centrais no romance vitoriano como Darcy era central para Austen: de fato, é em comparação a elas que as outras escolhas – diferentes – de conduta no romance adquirem valor moral. Com uma estatura semelhante à de Darcy, mas à diferença dele, essas figuras encarnam aquilo que um indivíduo *não pode vir a ser*, se quiser continuar pertencendo à comunidade dos leitores.

Mas o que acontece com o outro polo do modelo contratual, a saber, a comunidade imaginada, quando acolhe em seu interior um indivíduo com base em sua identidade negativa, ou simplesmente com base naquilo que ele *não é*? Em *In Darkest England and the Way Out*, de William Booth, os pecadores se salvam do inferno da miséria e do crime graças a um trabalho redentor, e alcançam a vida relativamente feliz dos cidadãos que podem gozar os frutos de uma prosperidade conquistada a duras penas.[21] O que me parece mais significativo, porém, é que essa versão moderna de uma iconografia medieval mostra, não as várias estações do calvário, e sim um fluxo migratório da alma. No centro do mapa de Booth temos o coração da metrópole, onde ele coloca, sem levar em conta a geografia natural, um imponente farol que irradia feixes de luz entre cúmulos de nuvens que simbolizam várias instituições de reforma social. Aqui, pobres e criminosos gravitam à espera de adquirir capacidade de trabalho e autocontrole. Figuras de capa vermelha – o exército da salvação de Booth – conduzem o fluxo dessa humanidade indigente dos abismos da depravação rumo às regiões costeiras, onde embarcam para as colônias. Em outras palavras, ao invés de fazê-los subir os degraus da escada que leva à salvação cristã, Booth transforma uma estrutura hierárquica num mapa que, tal como ocorre na prisão de Bentham, redistribui a população inglesa, dividindo-a entre um centro metropolitano e uma periferia colonial.

Ao desenhar esse mapa, Booth apenas reproduz de modo mais explícito a fantasia imperial que, por cerca de cinquenta anos, esteve implícita em todos os romances, em todas as crônicas de jornal sobre os empreendimentos coloniais ingleses, nas fotografias populares e nos programas da política governamental. Assim, por exemplo, *Jane Eyre* representa a transformação da propriedade de Rochester,

21 W. Booth, *Darkest England and the Way Out*. Montclair (NJ): Patterson Smith, 1975.

outrora um antro de loucos, dissipadores, bastardos e mestiços, no centro moral de uma classe média inglesa regenerada:

> Meu Edward e eu, assim, somos felizes; e tanto mais porque aqueles a quem amamos são igualmente felizes. Diana e Mary casaram-se; e todo ano, alternadamente, elas vêm ver-nos, e nós vamos vê-las. O marido de Diana é capitão da Marinha, um galante oficial, e um bom homem. O de Mary é um clérigo, colega de colégio de seu irmão, e, por seus feitos e princípios, digno dessa ligação. Tanto o capitão Fitzjames quanto o Sr. Wharton amam suas esposas, e são amados por elas.[22]

Com um processo que faz lembrar a circulação dos corpos no mapa de Booth, o romance nos leva a imaginar a nação imperial como um centro moral que é reintegrado a cada vez que há disciplina suficiente para gerar indivíduos capazes de autocontrole. Como no mapa, a quantidade dessas almas regeneradas é bastante pequena, ao passo que o número que permanece num limbo cultural ou sucumbe é incrivelmente elevado. Como demonstram os alunos obtusos de Jane, na época em que está morando em Moore House com os primos, ou Adèle, que lhe é confiada em Thornfield, a maioria dos indivíduos não possui a consciência necessária para se corrigir. A falta dessa matéria-prima necessária para construir a alma destina perpetuamente esses indivíduos à periferia moral da cultura, junto com os pobres e os indígenas, a despeito do máximo empenho da cultura dominante em reformá-los.

O mapa de Booth mostra claramente que pertencer ao centro moral depende mais da atividade da pessoa do que do lugar em que ela se situa geograficamente. A inclusão numa família homogênea, na qual prevalece a identidade fundada na semelhança, sempre significa redenção moral em Dickens, o que fica evidente nos romances que transferem o centro da sociedade inglesa dos lugares simbólicos da riqueza tradicional – como Dedlock Hall ou a residência de Miss Havisham – para o frágil ninho doméstico unido por laços afetivos – o de Mr. Brownlow, de Biddy e Joe, da segunda *Casa desolada*... Como Dickens parece sugerir implicitamente, apenas esses bolsões de identificação permitem a sobrevivência daquele tipo de afeto que cresce quando os indivíduos renunciam às diferenças que os individualizam segundo a cultura vitoriana. Esse centro moral, que não é gerado pela riqueza tradicional nem pelos novos-ricos, mas é misteriosamente sustentado ora pela primeira, ora pelos segundos, e muitas vezes por ambos ao mesmo tempo, santifica

22 Brontë, *Jane Eyre*, op. cit., cap. XXXVIII, pp. 549-50.

o indivíduo capaz de se identificar como membro do grupo, nem mais nem menos. Visto que a maioria dos indivíduos não é capaz de aderir aos termos do contrato social, como o entendiam os vitorianos, o centro moral sempre coincide com uma comunidade na defensiva diante do individualismo ganancioso que a circunda.

Desse ponto de vista, o realismo do século XIX não passa de uma série de confrontos imaginados entre um protagonista e uma ordem social rebarbativa, onde cada parte remodela a outra para gerar novos meios limitados de gratificação, conservando a ordem perfeitamente intacta. O romance vitoriano não transforma o modo como imaginamos o real. O que ele nos propõe, de modo geral, é a regeneração de um homem de classe média que desistiu de lutar para satisfazer seus desejos pessoais, e recebe em troca uma satisfação de tipo cultural. Nas pegadas de Pip e de Rochester, segue-se uma série de homens com manchas indeléveis – Mr. Dombey e Eugene Wrayburn, de Dickens, Stephen Guest e Silas Marner, de Eliot, e inúmeras personagens masculinas nos romances de Thomas Hardy e Anthony Trollope. O esforço do romance em administrar esse componente do individualismo, que os vitorianos vinham de considerar intrinsecamente antissocial, cria uma nova categoria, que podemos definir como cultura, com C maiúsculo. Foi quanto à conveniência ou não do predomínio da moral burguesa na cultura que os modernistas se dissociaram dos vitorianos.

## 7. O retorno do reprimido[23]

O que caracteriza literariamente um romance modernista, além de um estilo muito peculiar, é a crítica à moral burguesa presente no romance que tivera popularidade no século anterior. Os romancistas vitorianos tentavam fazer uma mediação entre o indivíduo e um corpo social que crescia numericamente, se estendia geografi-

23 Fredric Jameson insiste que a crítica deve abandonar "um projeto de salvação puramente individual e meramente psicológico" e explorar "os múltiplos caminhos que conduzem à revelação dos artefatos culturais como atos socialmente simbólicos" (F. Jameson, *O inconsciente político. A narrativa como ato socialmente simbólico*, trad. Valter Lellis Siqueira. São Paulo: Ática, 1992, p. 18). Tomando ao vocabulário freudiano a expressão "retorno do reprimido", invoco a noção de inconsciente político de Jameson, em particular as estratégias com que o romance estabeleceu uma relação de autorização recíproca com a moral burguesa, relação esta que obrigou muitos escritores, por um considerável período de tempo, a condenar, aviltar, humilhar e depois ressuscitar e idealizar uma figura do desejo feminino.

camente e se tornava cada vez mais heterogêneo. Os modernistas, pelo contrário, opuseram a arte, no sentido de um estilo altamente rebuscado, à superfície facilmente legível de uma cultura que intermediava as mônadas individuais e o mundo social. Baixando ao romance, esse estilo fez com que as duas partes do contrato social se confrontassem, como Leopold Bloom e a sociedade dublinense, em sua plena realidade de entidades radicalmente incompatíveis. Eis, por exemplo, o memorável retrato que Virginia Woolf pinta sobre os horrores da guerra, revividos pelo veterano Septimus Smith, sentado num banco de parque em Londres, antes de uma consulta psiquiátrica:

> Cantou. Evans respondia por detrás da árvore. Os mortos estavam na Tessália, Evans cantava, entre as orquídeas. Ali tinham esperado que a guerra terminasse, e agora os mortos, agora o próprio Evans...
>
> – Pelo amor de Deus, não se aproximem! – gritou Septimus. Não podia fitar os mortos.
>
> Mas os ramos se afastavam. Um homem de gris vinha vindo na sua direção. Era Evans! Mas não estava enlameado; não tinha ferimentos; não mudara coisa alguma.
>
> – Devo dizer ao mundo inteiro – gritou Septimus, erguendo a mão (enquanto o morto de gris se aproximava), erguendo a mão como uma colossal figura que houvesse lamentado o destino dos homens, durante séculos, no deserto, sozinho, com as mãos na fronte, sulcos de desespero na face, e que, agora, na orla do deserto, vê uma luz que aumenta, uma luz que bate a figura de ferro negro (e Septimus se erguera a meio), e, com legiões de homens prostrados às suas costas, ele, o carpidor gigantesco, recebe por um momento na face toda a...[24]

Esse trecho cria uma distância intransponível entre os verdadeiros desejos e medos do indivíduo e as formas de autoexpressão socialmente permitidas. A diferença entre o mundo que Septimus vê (Evans, seu companheiro de armas morto) e o mundo que o observa (Woolf identifica Peter Walsh como o homem vestido de cinza) é apenas um exemplo extremo, sugere o romance, de uma distância mais geral entre os indivíduos e os papéis que devem desempenhar, sejam soldados, psiquiatras, celebridades sociais, esposas, filhas ou parlamentares.

24 V. Woolf, *Mrs. Dalloway* (1925), trad. Mário Quintana. Rio de Janeiro: Nova Fronteira, 1980, pp. 69-70.

D. H. Lawrence aponta a moral burguesa como a força que mantém os indivíduos em seus lugares. Para libertar o leitor de uma forma de moralidade que lhe parece perniciosa e repressora, Lawrence opta por descrever cenas de amor explicitamente eróticas. Na passagem abaixo, extraída de *O amante de Lady Chatterley*, em que o casal adúltero converte um encontro potencialmente pornográfico numa sofisticada paródia de um *romance*, assiste-se à tentativa de desfazer o contrato sexual autorizado por *Jane Eyre*:

> – Sabe no que pensei? – disse Constance. – Que você é o cavaleiro do Pilão de Fogo.
>
> – E você a dama do Almofariz Vermelho!
>
> – Sim, sim! Sir Pilão e Lady Almofariz!
>
> – Muito bem. Estou armado cavaleiro. John Thomas é o Sir John de Lady Jane.
>
> – Sim! John Thomas está armado cavaleiro. Eu sou a dama do Tufo Louro. E é preciso que John receba flores – e Constance entreteceu dois amores-perfeitos nos pelos dourados de onde lhe emergia o pênis.
>
> – Isso! Que encanto, Sir John![25]

Nem pornografia nem *romance*, essa cena faz uma síntese entre ambos, graças a uma linguagem que desloca o *romance* vitoriano para os órgãos sexuais e, ao mesmo tempo, insere um material potencialmente obsceno no interior de uma categoria reservada estritamente à arte.

Nesses dois romances, a mulher dominada pelo desejo funciona como figura da própria sexualidade e como ponto de irradiação da recuperação modernista daqueles elementos de humanidade, sacrificados no esforço de ancorar homens e mulheres respectivamente no trabalho e na propriedade. Essa figura retorna no romance modernista para exercer um poder perturbador – familiar, mas absolutamente outro – que tem sua origem na filha de Roxana. A história da filha que não quer desaparecer, apesar de todas as tentativas para evitá-la, ludibriá-la, corrompê-la, ameaçá-la e até matá-la, antecipa aquela repressão que o próprio romance deveria sofrer para se tornar o *novel*, a nova forma de expressão da moral burguesa. Desde que *Clarissa*, de Richardson, levou os leitores a preferirem a morte à desonra de uma mulher, o romance inglês não permitiu que nenhum de

25 D. H. Lawrence, *O amante de Lady Chatterley* (1928), trad. Rodrigo Richter. 3ª ed. Rio de Janeiro: Bestbolso, 2008, cap. XV, p. 281, doravante citado diretamente no texto com o número da página entre parênteses.

seus ilustres protagonistas aceitasse um convite sexual sem sofrer uma punição que ultrapassava em muito o crime. As mortes espetaculares de Clarissa, Catherine Earnshaw, Lady Dedlock, Maggie Tulliver, Tess e Lucy Westenra são apenas alguns exemplos da lógica que transformou a mulher dominada pelo desejo em sintoma da moral burguesa. Com a repetição desse esquema, os romancistas garantiram a coerência e a continuidade ideológica daquela moral. O indivíduo mulher se tornava um membro da sociedade respeitável negando o desejo sexual, que vinha vinculado exclusivamente à reprodução da família nuclear, para assegurar a divisão dos papéis sexuais e sociais típica do capitalismo. No entanto, quando surge no romance modernista, essa figura é quase irreconhecível. Penso particularmente em *Mrs. Dalloway*, onde o desejo emerge em formas radicalmente deslocadas. Os fantasmas das relações não vividas com Peter Walsh e Sally Seaton invadem a festa de Clarissa e influenciam a dinâmica da noite com uma força infinitamente maior do que a dos próprios indivíduos.

Molly Bloom e Clarissa Dalloway provêm visivelmente de universos sociais diferentes e vivem segundo modelos morais opostos, mas o romance lhes confere o poder de reorganizar a vida na cidade moderna de maneiras curiosamente semelhantes. Ambas funcionam como centro de um fluxo interpessoal, onde correntes submersas de desejo se entrecruzam e descarregam suas energias em várias formas de relações – sexuais e verbais – para revitalizar uma sociedade debilitada pela comunicação massificada. Para se tornar a depositária da autenticidade da natureza humana num mundo preso no vórtice da produção, reprodução e troca de meros signos, a figura não mais idealizada da sexualidade feminina passa por uma transformação curiosa. Molly Bloom, Clarissa Dalloway, Ursula Brangwen e muitas outras figuras femininas apresentam alguns traços de Bertha Mason, a mulher que Charlotte Brontë reduz a animal em *Jane Eyre*, combinados com alguns traços de Helen Burns, sua contraparte desencarnada e espiritual. A lógica cultural que preside a essa síntese fica evidente na revisitação de Jean Rhys ao romance de Brontë. Em *O grande mar de sargaços*, encontramos Bertha na figura de Antoinette, filha de fazendeiros coloniais e destinada a Rochester numa troca puramente econômica. Dando a Antoinette o nome da mãe Bertha, Rochester lhe transforma a paixão por ele na sexualidade degradada de uma mulher de raça inferior. Na narrativa de Rhys, essa classificação diz mais a respeito do homem inglês do que da mulher que ele degradou. Seu gesto dramatiza o terror europeu perante a beleza natural da ilha e sua inquietante afinidade com a mulher das colônias:

> Eu odiava seus crepúsculos, de qualquer cor que fossem, odiava sua beleza, sua magia e o segredo que jamais conheceria. Odiava sua indiferença e a crueldade que fazia parte de seu encanto. Odiava sobretudo a ela. Porque ela pertencia àquela magia e àquele encanto.[26]

Ao revelar o que Rochester reprime no momento em que rebatiza sua esposa das colônias, Rhys confere a Bertha a plenitude que Brontë havia reservado apenas para Jane. Essa plenitude mostra os limites do sistema classificatório de Rochester e as consequências fatais da sujeição do desejo à moral burguesa. É com as seguintes palavras que a camareira Christophine acusa Rochester de destruir sua patroa:

> Ela é uma moça das colônias, e traz o sol no coração. Agora diga a verdade. Não é ela que vem à sua casa aqui na Inglaterra, de que todos sempre me falam, não é ela que vem à sua bela casa pedir-lhe que se case com ela. Oh não, você percorre o longo caminho até a casa dela, você a pede em casamento. E ela o ama e lhe dá tudo o que possui. E você, o que faz com o dinheiro dela, hein? (II, p. 170)

Brontë se empenha em demonstrar que, na verdade, um homem como Rochester preferia uma jovem inglesa, não bonita, mas reservada, em vez de mulheres muito mais sensuais. Rhys demonstra que o desejo por moças como Jane lhe servia para negar aquele desejo muito mais autêntico pela beleza natural e pela sexualidade livre associada às colônias. Apavorado com a ideia de regredir à cultura indígena, Rochester precisa degradar o objeto de seu desejo: "Vi o ódio desaparecer de seus olhos. Obriguei-o a desaparecer. E com o ódio desapareceu sua beleza. Ela se tornou um fantasma. Um fantasma na luz cinza do dia" (II, p. 184). Rochester recusa Bertha, considerando-a subumana, porque acredita que uma coisa tão bela não pode ser moral. Tal agressão é um gesto em defesa do individualismo? Não, respondem os modernistas.

O modernismo enfrenta a contraposição vitoriana entre estética e moral para se alinhar decididamente com a arte, e para defender aqueles elementos de humanidade que o romance vitoriano havia sacrificado no altar da moral burguesa. Além disso, ao aceitar essa contraposição, o modernismo afasta a arte da política. Cabe à moral reunir e regulamentar vários elementos da sociedade, parecem dizer os modernistas,

26 J. Rhys, *Wide Sargasso Sea* (1966) [ed. it.: *Il grande mare dei sargassi*, trad. A. Motti. Milão: Adelphi, 1980, parte II, p. 186], doravante citado diretamente no texto com o número da parte e da página entre parênteses.

mas nós, homens de imaginação, todos desajustados, vamos sugerir outras maneiras para organizar esse mundo e extrair prazer dele. A mulher tomada pelo desejo, o louco, o pervertido e a criança nos sugerem os modos de fazê-lo. Daí resulta que, para o modernismo, não existe uma síntese final, como a que os leitorres esperavam em romances como *Jane Eyre* ou *Middlemarch*. Os romances modernistas, pelo contrário, acrescentam sinais de uma insuficiência essencial a todos os gestos destinados à mútua interpenetração do eu e do social. A conclusão de *Mrs. Dalloway* poderia transmitir ao leitor uma sensação de plenitude atingida – "O que me enche de tão extraordinária excitação? É Clarissa, descobriu. Pois ela estava ali" (p. 187) –, se essa presença já não tivesse sido definida negativamente, como uma ausência de presença. Sabemos desde o início do romance que Clarissa nunca esteve ali de verdade:

> Começou a subir lentamente a escada, com a palma no corrimão, como se tivesse deixado uma reunião onde um amigo e outro houvessem só por um instante dado atenção ao seu rosto, à sua voz; [...]. Era um vazio perto do centro da vida; um sótão (p. 33).

O final de *O amante de Lady Chatterley* enfatiza talvez demais que a existência social exige constantes gestos de autoanulação. Em continentes diferentes, os amantes esperam o divórcio de Constance, e Mellors escreve:

> [Sir Clifford] Terá necessidade de vomitar você fora de sua vida, como uma abominação.
>
> Estamos reunidos por uma grande parcela de nós mesmos. Temos de ficar firmes e nos prepararmos para o próximo encontro. John Thomas, de cabeça caída, diz boa-noite a Lady Jane. De cabeça caída, sim, mas cheio de esperanças.[27]

Com todas as suas críticas ao materialismo superficial do realismo vitoriano, o romance modernista nunca aponta uma categoria capaz de permitir a plena realização e integração do indivíduo numa ordem social existente.

Na verdade, o modernismo entrega os potenciais desejos de síntese de Molly, Constance, Ursula ou Antoinette a uma esfera externa e separada do mundo material. Devido a essa separação da história social, qualquer eventual reimaginação da ordem social permanece apenas como imagem, como ideia, identificada com o sonho, a alucinação, a arte. Se se confundem os limites entre psicológico e real, e se,

27 Lawrence, *O amante de Lady Chatterley*, op. cit., cap. XIX, p. 376.

por conseguinte, o desejo prevalece sobre o princípio de realidade, isso significa que estamos em poder de um pensamento primitivo ou de um desejo infantil longamente reprimido. A arte, segundo Freud, tem uma capacidade especial de gerar efeitos perturbadores.[28] A inegável diferença entre descrições vitorianas e descrições modernistas da chamada vida inconsciente reside não tanto no inevitável retorno do reprimido no modernismo, e sim na forma que o reprimido assume nesse retorno. No século XVIII, a figura da mulher dominada pelo desejo encarnava a ameaça de um individualismo excessivo para uma nação imaginada como conjunto de indivíduos capazes de autogoverno. Era intrépida, inteligente, honesta e sem qualquer sincero arrependimento. Os vitorianos deram à moral burguesa a tarefa de degradá-la. Ela se torna incapaz de discurso, desagradável, muitas vezes acometida de uma doença mortal e constantemente arrependida. Os exemplos extraídos de romances modernistas nos dizem que o paradoxo do individualismo se intensificou depois que a classe média moderna conquistou o poder. Mas, com o advento do modernismo – que maravilha! –, justamente o que tinha sido degradado e marginalizado ressurgiu em toda a sua inocência, exótico, fresco, arcaico, familiar, estranho, capaz de operar sua vigorosa magia feminina dentro de um espaço estritamente delimitado.

## 8. Uma classe que não é uma classe

É difícil imaginar uma definição da classe média inglesa que não faça referências a uma moral capaz de reproduzir a família nuclear e preservar as relações sociais dentro do capitalismo. Esta moral era uma moral sexual, que decretava que o pior inimigo de cada indivíduo eram aqueles desejos internos que não levavam diretamente a um amor monogâmico e heterossexual. O individualismo, sem dúvida, era uma energia para a comunidade, desde que suas expressões respeitassem a pessoa e a propriedade dos outros. Mas o individualismo também poderia destruir

28 S. Freud, *Il perturbante*, in *Opere*, v. IX. Turim: Bollati Boringhieri, 1996, pp. 77-118. Contemporâneo de Woolf, Lawrence e Joyce, Freud naturalmente pensa o estranho-familiar [*unheimlich*]nos termos da estética modernista: "Diante da vida real, em geral comportamo-nos de modo uniformemente passivo e submetemo-nos à influência do que acontece. Diante do artista, por outro lado, somos estranhamente dóceis: mediante o estado de ânimo para o qual ele nos transpõe e as expectativas que deposita em nós, o artista pode retirar nossos processos emocionais de um certo rumo e dirigi-los para outro rumo, e muitas vezes pode extrair do mesmo material efeitos extremamente díspares" (p. 113).

a comunidade, se o desejo individual subvertesse o contrato social. A maior ameaça para a formação do núcleo familiar era uma mulher tomada pelo desejo: era justamente um gesto de violência à espera de se consumar. Sempre em guarda contra tal ameaça, a moral burguesa ensinava a reprimir esse desejo, destinando-o oportunamente a finalidades reprodutivas. O modernismo apresenta seu antagonista como uma maioria monolítica e detentora exclusiva do poder – uma extensão da maioria tirânica que levou John Stuart Mill a se retirar da esfera pública do debate político para se dedicar à poesia e à autobiografia. Com isso em mente, os romancistas imaginaram a sociedade do ponto de vista dos excluídos do centro moral – as mulheres, as crianças, os homossexuais, os irlandeses ou os operários. Para escrever romances de alto valor artístico, esses escritores não se limitaram a introduzir na linearidade narrativa do romance vitoriano fraturas libidinais que amiúde se aproximam da pornografia; escolheram também levar uma vida boêmia que transgredia as regras mais importantes da monogamia heterossexual. Todavia, com suas existências contrariando a moral burguesa, esses intelectuais e artistas, que se inspiraram nas primeiras vanguardas do século XX, em vez de desafiar as normas do romance vitoriano, acabaram lhes dando uma visibilidade que, de outra forma, não teriam para os leitores contemporâneos. Assim, provavelmente contribuíram para reproduzir a moral burguesa, tanto quanto aquela literatura menos artística e aquele discurso evangélico que lhe haviam dado sustentação.

Venho utilizando o termo "burguês" sem me deter sobre seu significado. Assim, gostaria de concluir este ensaio perguntando se, na verdade, algum dia existiu uma classe social com um *ethos* tão homogêneo e tão atento ao controle da sexualidade feminina, como a classe média retratada por três séculos de romance inglês. Os romances acima analisados indicam, na verdade, que a moral burguesa conseguiu perdurar, apesar das mudanças ocorridas na cultura inglesa, graças à sua definição negativa, isto é, ao fato de que esses romances repetiram exemplos daquela "coisa abominável" – para usar a definição de Mellors no romance de D. H. Lawrence – que é a mulher tomada pelo desejo masculino. O predomínio dessa definição por negação, a meu ver, sugere que não estamos diante do tipo de autodefinição que provém do interior do grupo em questão e circula entre seus membros. Se o cânone do romance realmente representasse a vida, as práticas, os valores, os limites, os desejos e as esperanças da classe média dentro e em favor do grupo, o romance não teria se preocupado tanto em alargar os limites em torno do grupo e em mostrar que suas categorias internas eram capazes de conter indivíduos diversos. Como já sugeri várias vezes, a crítica modernista da moral burguesa não subverte a lógica cultural do romance de Defoe, mas acaba por perpetuá-la. Para se legitimar como autores e defensores daqueles aspectos da individualidade até então desconhecidos, esses romancistas se colocaram fora e contra uma classe dirigente ao mesmo tempo rígida e permissiva, sempre precisando do incentivo dos indivíduos que ocupavam uma posição social imediatamente abaixo ou em torno dela. Nessa perspectiva, a autenticidade modernista, sua originalidade e vontade de redenção podem ser vistas como apropriações da função da própria moral burguesa.

Rita Felski apoia essa tese, redimensionando a tendência histórico-literária de pensar a história social moderna como história da contraposição entre uma classe trabalhadora bakhtiniana malandra, licenciosa, escrava dos prazeres do corpo e extremamente avessa a limites e uma classe dirigente puritana, industriosa e frugal.[29] A classe média moderna incluía e ainda inclui múltiplas colocações de classe, todas extremamente fluidas e sem definição cultural precisa. Deste ponto de vista, alguém na posição de Samuel Richardson teria dado tanta atenção à respeitabilidade exatamente porque sua relação com a respeitabilidade não era especialmente sólida. Como expoente da pequena burguesia, é provável que ele tenha atribuído uma moral coercitiva a seus superiores sociais para negar sua posição de inferioridade. Seu excessivo moralismo exprimia a vergonha de uma classe incapaz de se autodefinir em termos positivos. Se é verdade que os autores e leitores fragilmente inseridos na classe média atribuíram a moral burguesa aos membros de classes mais elevadas, então os romancistas que atacaram a moral burguesa nos séculos XIX e XX provavelmente eram mais classe média do que nos davam a entender. Em consonância com a tradição inaugurada pelo próprio grupo criticado, o romance modernista apresentou a moral burguesa a partir de uma posição periférica frente aos representantes desse *ethos* de classe. Segundo Pierre Bourdieu, na verdade as críticas do modernismo eram dirigidas não à alta burguesia, e sim à pequena burguesia.[30]

Há uma dupla razão para destacar essa definição negativa da classe média. Em primeiro lugar, em termos simples, o caráter "nem isso/nem aquilo" da definição

29 R. Felski, "Nothing to Declare: Identity, Shame and the Lower Middle Class", in PMLA, CXV (2000), n. 1, pp. 33-45.

30 Rita Felski recorre ao conceito de "distinção" de Pierre Bourdieu (*La distinzione: critica sociale del gusto.* Bolonha: Il Mulino, 1983), para sustentar que "a divisão entre a classe média baixa e a intelectualidade brota mais de uma diferença de estilos do que dos objetos de consumo [...]. Mas as distinções fundamentais entre esses agrupamentos de classe", continua, "ou seja, a ironia oposta à convicção, o conhecimento cultural oposto à ignorância cultural, se mantêm constantes" (Felski, "Nothing to Declare", op. cit., p. 41).

da classe cujos interesses são atendidos pelo romance sugere que é a ficção dos romances que dá uma unidade a essa classe, e que muito provavelmente ela mesma é uma ficção, como ficções são os indivíduos ditos normais. Tendo a crer que quem insiste demais sobre sua normalidade provavelmente não é normal, ao passo que as pessoas que nunca reivindicam a normalidade provavelmente são normais. Em segundo lugar, ao repensar o romance inglês como veículo de transmissão da moral burguesa, é impossível deixar de notar que tal romance se mantém fiel à lógica cultural que deu origem a esse tipo de narrativa, denominando-o *novel*. Quanto ao perfil individual representado em relação à moral burguesa, o romance continua fiel à sua missão original, que consistia em abrir espaços nas posições sociais para formas de individualismo antes menosprezadas. Esse princípio sustenta de Defoe a Brontë, de Dickens a Woolf, de Joyce a Angela Carter e Salman Rushdie. Além disso, a retórica da inclusão progressiva se revela uma estratégia de eficiência milagrosa para conseguir que tudo continue exatamente igual. De fato, o romance caracteriza os contornos de qualquer novo sistema de classificação social como ficção científica ou *romance* gótico e, portanto, como pesadelo. À medida que ondas sucessivas de integração entravam na Grã-Bretanha e procuravam se adaptar, o romance reconhecia a presença de várias subculturas como um fluxo subterrâneo de práticas étnicas que atraíam a sensibilidade turística do leitor. E sem dúvida poderíamos descrever a relação do romance com a moral burguesa como a história das "impurezas" que ele identificou com essa moral ou excluiu de sua comunidade imaginada.

É como se os marginais à classe que eles mesmos definiram como unidade em torno da obsessão pela pureza sexual de suas mulheres sempre rendessem sistematicamente seus tributos à moral burguesa. Mas os que mantinham uma relação periférica com a classe média imaginária constituíam, por sua vez, um grupo dotado de pouquíssima estabilidade. É, talvez, o grupo mais fluido. Se, desde que a classe média afirmou sua hegemonia, o romance não imaginou nenhuma transformação estrutural radical, por outro lado também é verdade que uma combinação de infiltrações étnicas na pequena burguesia e na vanguarda intelectual transformou radicalmente a composição demográfica de ambas. E, conforme essa composição ia se alterando, alteravam-se também os modos de expressão da individualidade dos ocupantes dessas categorias sociais, modos estes que fugiam ao controle da moral burguesa. Mesmo que o romance inglês tenha se mantido sempre fiel à lógica natural que lhe deu origem, resta o fato de que ele também conserva, talvez mais do que qualquer outro gênero literário, sua capacidade original de reagir às transformações históricas.

VITTORIO COLETTI

## A padronização da linguagem: o caso italiano

O romance italiano traz consigo, como fardo e como recurso, o problema da língua. É, acima de tudo, uma questão de gênero. O romance dialoga com a realidade mais de perto do que qualquer outro tipo de texto literário e, entre todos, é o mais misto, compósito, capaz de conter e simular outras tipologias textuais. O ponto médio linguístico, como local onde se igualam níveis sociolinguísticos e registros estilísticos diferentes, lhe é, por assim dizer, inato. O romance precisa de uma referência linguística ao menos virtual, a meio caminho entre o escrito e o falado, a literatura e a praça pública, o individual e o coletivo. Sem essa referência, o romance nem sequer se inicia. Assim, mesmo produzindo desde cedo seus anticorpos e sua própria paródia, logo fugindo a suas próprias regras, o romance moderno nasce de um consolidado linguístico onde se destacam as manifestações mais ostensivas, em qualquer direção que seja (o excesso de cultura ou o demasiado popularesco).

Ora, esse ponto médio é assegurado apenas pela circulação viva de uma língua numa sociedade complexa. Ele não existe nos dialetos nem nas línguas mortas ou artificiais. Sem ele, em sua ausência, o romance não consegue decolar. A poesia, a lírica (no verso e na música) podem florescer e se desenvolver mesmo em línguas totalmente abaixo (a poesia dialetal do século XX) ou totalmente acima (a poesia em latim) da média fornecida pela soma de usos e falantes diversos e podem até tirar grande proveito da especificidade do meio, para efeitos de estranhamento que lhes são próprios, ao passo que o romance deve encontrar uma língua viva e de grande circulação na sociedade, e de preferência numa sociedade complexa, ampla, articulada. Não nos enganemos com o caso dos grandes romances iídiches do século XX, visto que o iídiche não era um dialeto, e sim uma espécie de língua étnica e franca, com tradição popular, mas também literária e douta; ademais, como se sabe, Singer ou Shalom Aleichem existiram, narrativamente falando, muito mais nas diversas traduções (em primeiro lugar, o inglês) do que no original.

É por isso que, para surgir na Itália no começo do século XIX, o romance precisou procurar e até inventar um ponto médio linguístico, que não era fornecido pela sociedade dos falantes nem pela dos escritores. Sabia-o muito bem Alessandro Manzoni, justamente o primeiro a tentar criar esse ponto médio; eis o que ele diz na introdução a *Fermo e Lucia*, primeiro esboço de *Os noivos*:

> Para escrever bem, é preciso saber escolher aquelas palavras e frases que, por convenção geral de todos os escritores e todos os falantes [...], têm aquele determinado significado: palavras e frases que, nascidas no povo ou inventadas pelos escritores, ou derivadas de uma outra língua, seja como for, mesmo assim são geralmente aceitas e usadas. Palavras e frases que passaram do discurso para os escritos sem parecer vulgares, dos escritos para o discurso sem parecer afetadas; e são geralmente e indiferentemente aplicadas num e noutro uso.[1]

Enquanto Manzoni não começou a construir de alguma maneira um italiano para o romance, o romance não conseguiu funcionar na Itália. Na Inglaterra publicavam-se os romances de Defoe, Richardson e Fielding, na França os de Madame de La Fayette e Prévost, ao passo que na Itália circulavam *Calloandro fedele* e os romances estrambóticos de Piazza e Chiari. A comparação, além de impossível devido à diferença abissal de qualidade, também é surpreendente porque, além do valor das obras individuais, os romances dos estrangeiros citados ainda hoje continuam a ser plenamente legíveis (no original), seja pelo interesse literário ou pela linguagem,

1 A. Manzoni, *Introduzione a Fermo e Lucia*, org. A. Chiari e F. Ghisalberti, Milão, 1964, pp. 14-15.

enquanto os romances dos italianos são intragáveis sob qualquer ponto de vista. Mesmo sem levar em conta o romance mais antigo e barroco de Marini, nem sequer as patacoadas de grande consumo popular (na época) de Chiari e Piazza conseguem ingressar na narrativa moderna, sobretudo por causa da insuficiência de sua linguagem em relação às exigências do gênero.

Luca Serianni explica o "incômodo [...] sobretudo linguístico" que podem sentir os leitores modernos dos romances italianos setecentistas, com a oscilação, a instabilidade da prosa entre o registro elevado (lírico e melodramático) e o baixo (cômico), com a ausência de um eixo que sirva de eventual sustentação para esses saltos sempre casuais e imprevisíveis. Por outro lado, não se deve equiparar e confundir a expectativa do leitor contemporâneo com a do leitor setecentista, que aceitava e, talvez, exigia da escrita uma busca do áulico hoje inconcebível.[2] A busca do registro falado nem se colocava como objetivo para os autores setecentistas. Para o leitor da época, qualquer personagem, de qualquer nível social (exceto, talvez, as caricaturas cômicas), podia se exprimir com a mesma língua nobre do narrador-autor. A língua do romance setecentista muitas vezes pendia para o lado do hiperaulicismo próprio da época (como foi bem documentado por Giuseppe Antonelli), e até se aceitava no romance um índice de literariedade linguística superior inclusive ao da comédia, se tomarmos como verdade que, pelo menos em Chiari, as inversões doutas da linearidade sintática (particípio + auxiliar, infinito + auxiliar) são mais numerosas nos textos narrativos do que nos teatrais. Contrabalançando essa tendência para a língua ilustre (também expressa por estereótipos recorrentes da linguagem, sobretudo a amorosa), intervinham os coloquialismos, as expressões idiomáticas, os provérbios, em geral extraídos dos repertórios da comédia. Antes de Manzoni, de fato, os romancistas setecentistas já tinham iniciado uma tentativa de reabilitar o material linguístico cômico, que devia funcionar como sucedâneo de uma linguagem falada, à qual, fora da Toscana, faltavam fontes e autoridade.

Mas mesmo este recurso é inevitavelmente suspeito (ainda que provavelmente agradasse aos leitores da época) de literariedade, e revela com toda a clareza suas dívidas para com a tradição cômica e burlesca, mostrando-se, portanto, rígido e repetitivo, sendo no fundo mais uma língua escrita do que uma língua falada.

2 L. Serianni, *Prefazione* a G. Antonelli, *Alle radici della letteratura di consumo. La lingua dei romanzi di Pietro Chiari e Antonio Piazza*, Milão, 1966.

### 1. "Escrever bem um romance italiano é uma das coisas mais difíceis..."

Não por acaso, o primeiro romance moderno da literatura italiana se apresenta em forma epistolar. O romance epistolar, embora certamente fosse uma homenagem ao sucesso setecentista do gênero, ofereceu a Ugo Foscolo a oportunidade de evitar, pelo menos em parte, o terreno movediço daquela língua necessária ao romance, que ele sabia inexistir na Itália:

> a raiz (dos problemas da língua) é apenas esta: a língua italiana nunca foi falada; é língua escrita e só; por isso, literária e não popular; e se algum dia as condições da Itália a tornarem língua escrita e falada, literária e popular ao mesmo tempo ... a Nação não será uma multidão de Chineses, mas Povo capaz de entender o que se escreve.[3]

O valor sociocultural do problema linguístico aponta no campo irreconciliável dos dois polos (o literário e o do uso corrente: "usá-la, literária tal como é, mas torná-la familiar") uma lacuna que afeta o falado (que não se cristaliza e não se enriquece) e o escrito (que "permanece artificial"), e portanto a nação e a literatura. Apesar disso, como mostrou Giuseppe Patota,[4] as *Ultime lettere di Jacopo Ortis* [Últimas cartas de Jacopo Ortis] se orientam para soluções linguísticas que, pelo menos em parte, prenunciam as soluções manzonianas, sobretudo na sintaxe, evitando cada vez mais inversões, mesóclises, hipérbatos violentos, colocação do verbo no final da frase, num afastamento bastante claro dos costumes da prosa literária setecentista e numa aproximação decidida às opções da escrita jornalística inicial. Todavia, a densidade literária e escrita do italiano do *Ortis* ainda é palpável, sobretudo quando a narração gostaria de ter (ainda mais para os olhos e ouvidos do leitor atual) uma linguagem mais ágil e vivaz. É significativo o trecho em que surge um camponês.

Na carta de 11 de maio, Jacopo conta que estava descansando à sombra de uma árvore no campo, fazendo uma pausa numa longa caminhada. Ali é surpreendido por um camponês, que lhe pergunta:

> – O que faz o sr. aqui? – Como vê, estou descansando. – O sr. tem posses? – batendo na terra com o cano de sua espingarda. – Por quê? – Por quê? Deite-se em seus campos,

3 Cit. M. Vitale, *La questione della lingua*, Palermo, 1978, p. 386.

4 G. Patota, *L'"Ortis" e la prosa del secondo Settecento*, Florença, 1986.

> se os tiver, e não venha pisar a erva dos outros – e partindo – ai se eu, voltando, encontrá-lo aqui!
>
> [– *Che fate voi qui? – Sto, come vedete, riposando. – Avete voi possessioni? – percotendo la terra col cálcio del suo schioppo. – Perché? – Perché? sdraiatevi su i vostri prati, se ne avete; e non venite a pesatre l'erba degli altri – e partendo – fate ch'io tornando vi trovi!*]

Mais tarde, chegando em casa, Jacopo encontra à sua espera o camponês que, nesse ínterim, havia se apercebido do engano: "Senhor, eu estava à sua espera; se o sr. ficou zangado para comigo, peço-lhe perdão. – Pode pôr o chapéu; não fiquei ofendido" ["– *Signore, vi stava aspettando; se mai vi foste adirato meco; vi domando perdono. – Riponete il cappello; io non me ne sono già offeso*"].[5]

O diálogo entre o camponês e Jacopo se desenvolve linguisticamente entre dois pares: o camponês pospõe o sujeito pronominal na interrogativa, usa um douto "para comigo" [*meco*] e é óbvia sua conjugação tradicional no imperfeito ("estava"). O "bom homem" não consegue, nem mesmo adiante ("*Pagheremo del caro*" para "*pagarla cara*" que Nievo não hesitará em usar), colocar-se no plano que lhe cabe sociolinguisticamente, e fala da mesma forma ao interlocutor ou a Teresa (que se exprime da seguinte maneira: "Ai, prosseguiu após um longo silêncio, para amar a virtude será, pois, preciso viver na dor?"),[6] com uma entonação mais adequada para a cena de um melodrama do que de um romance. Não por acaso, numa outra passagem (carta de 22 de janeiro), novamente tendo de ceder a palavra a uma "camponesinha", Foscolo-Jacopo retoma o discurso usando suas próprias palavras, multiplicando a mediação da escrita epistolar, que, se não anula, ao menos reduz a estridência de uma conversa demasiado literária e amaneirada em personagens dessa extração. Por outro lado, Foscolo já havia entendido que não seria conveniente usar o dialeto, que limitaria o alcance linguístico da narração, e tampouco um italiano demasiado suspeito de literatismo, ao passo que uma língua comum (que Foscolo via em leves traços naquilo que chamava de italiano "comercial e de viagem") ainda estava longe de oferecer ao romance uma solução devidamente rica, estável e confiável.

O caminho italiano para o romance era linguisticamente impraticável, fato de que, como já sugerimos, Alessandro Manzoni tinha uma angustiada consciência.

5 U. Foscolo, *Le ultime lettere di Jacopo Ortis* (1798) [edição in id., *Opere*, tomo I, F. Gavazzeni (org.), Milão-Nápoles, 1974, pp. 597-98].

6 Ibid., p. 605.

Na célebre carta ao amigo Fauriel,[7] ele lamentava "*la difficulté qu'oppose la langue italienne à traiter*" ["a dificuldade que a língua italiana opõe ao se tratar"] os temas romanescos e a falta, para o "pobre escritor", de "*ce sentiment pour ainsi dire de communion avec son lecteur, cette certitude de manier un instrument également connu de tous les deux*" ["esse sentimento, por assim dizer, de comunhão com seu leitor, essa certeza de manejar um instrumento conhecido igualmente por ambos"]; reivindicava "*une langue convenue entre ceux qui écrivent et ceux qui lisent*" ["uma língua convencionada entre os que escrevem e os que leem"], e concluía: "*je pense avec vous que bien écrire un roman en italien est une des choses les plus difficiles*" ["concordo com você que escrever bem um romance em italiano é uma das coisas mais difíceis"]. A causa de toda essa situação era a substancial "*pauvreté de la langue italienne*" ["pobreza da língua italiana"], na qual o escritor não podia encontrar aquela "*abondance*" e aquela "*varieté de* modi" que seu vizinho francês encontrava naquele idioma que sempre falou.

Portanto, é na realidade linguística da sociedade italiana, na ausência de uma língua culta e popular, comum e difundida, que Manzoni situava a lacuna que só podia ser deplorada pelo romancista, tomando no social o ponto ideal de mediação entre as direções múltiplas e amiúde divergentes da palavra. O romance, como ele explica na já mencionada introdução a *Fermo e Lucia*, devia ser escrito numa língua que circulasse entre os vários lugares e níveis da sociedade, da cultura, da conversação polida, e por sua vez favorecesse a circulação de tal instrumento de comunicação na Itália.

Esta língua deveria consistir em:

> palavras e frases tão familiares a todos que o falante comum e o ilustre retirem do mesmo fundo [...], tão conhecidas pelo uso e tão identificadas com seu significado que, quando um escritor engenhoso [...] fize-las servirem a um significado diferente, este novo uso seja entendido sem obscuridade e sem equívoco, e todo leitor aí sinta num ponto a ideia comum [...] e aquela extensão que tem naquele uso particular.[8]

Ora, se a realidade não lhe oferecia isso, o que podia fazer o escritor em busca do romance?

7 I. Botta (org.), *Carteggio Manzoni-Fauriel*, Milão, 2000.

8 Manzoni, *Introduzione*, op. cit., p. 15.

A solução adotada por Manzoni na primeira edição (1827) de *Os noivos*, se para ele não passou de um momento ou uma etapa num percurso rumo a uma codificação mais firme e estável da língua, necessária aos romancistas e à sociedade, por outro lado foi importantíssima para a história oitocentista do romance. Poderíamos afirmar, talvez, que foi nela que se basearam todas as grandes tentativas da narrativa oitocentista de construir um romance que extraísse a linguagem, não de um lugar (social, geográfico, cultural) único e compartilhado, mas da soma de lugares e pontos diferentes do mapa histórico-linguístico e literário nacional, confiando à inclusão a capacidade de construir aquele centro que o próprio Manzoni, a partir da segunda edição (1840), julgaria localizável apenas através da exclusão.

> A edição de 1827 colocava lado a lado idiomatismos lombardos fonomorfológicos (*il zimbello, un zucchero, pontava*, advérbios como *mo'* e *ben(e)*, o pronome pessoal reto pleonástico: "*la è chiara*", "*le son cose*", "*la è forse*") e lexicais (*testa busa, galuppo, tosa, tondo* para "prato", *brancare, cantone, pressa* para "fúria, pressa", *latino* para "ágil"), lexicais e morfológicos (como os verbos sintagmáticos do tipo *scapar su, torlo giù, metter su, dire su, tor via*), até recuperações literárias de todos os tipos e níveis, usuais no século XIX (*gittare, dimandare, romore, maladetto, offerirvi, diciferare, giugnere, capegli, cangiare, palagi, ragunate, risguardare, ei* como pronome de caso reto da terceira pessoa, *eglino, dessi*), formas como *meco, teco, seco, seco lui, niuno, appo, lungi, onninamente*, toda a morfologia verbal do repertório, desde o imperfeito em *-a* até os vários *chiegga, veggia, veggo, deggio, rimaso, bee*, a lexemas como *affisare, animavversione, amare* para "preferir", *assisa* para "insígnia", *coltrice* para "colchão", *corcarsi, crasso, fallare, guatare, uopo, sicurtà* para "liberdade", construções como *v'ha* para "há" [*c'è*], conjuntivas hipercorretivas: "*sanno benissimo come vadano queste faccende*", "*l'Adda ha buona voce e quando le sai* (= *sarò*) *vicino*" etc.), num conjunto que certamente já não é o "composto indigesto" de *Fermo*, mas que, sobretudo aos olhos do autor, ainda é demasiado instável e pouco normatizado.[9]

Com esses componentes variados, embora em menor quantidade (principalmente pelo lado dialetal) e menor distância entre eles do que no caso de *Fermo e Lucia*, a edição de 1827 pretendia indicar o meio-termo na língua do narrador, mais elevada do que a de muitos personagens e mais baixa do que a da tradição. O fato de não ter encontrado esse ponto de equilíbrio, não ter aceitado que aquela "*perfection aproximative de style*" preconizada a Fauriel bastasse para atender à necessidade,

9 Cf. M. Vitale, *La lingua di Alessandro Manzoni*, Milão, 1992.

ter intuído que não era uma "questão de estilo, e sim de língua", tudo isso explica a pronta guinada corretiva que se segue à edição de 1827 e se consuma, após longa gestação, na publicação da edição de 1840.

## 2. O "falado-escrito" de *Os noivos*

A edição de *Os noivos* de 1840-42 parte do projeto de usar e, ao mesmo tempo, fixar uma norma linguística, uma língua unitária, reconhecível, escrita e falada, capaz de desempenhar na Itália a função que o francês, desde séculos antes, desempenhava na França. Essa língua adaptada ao "comum" e ao "elevado", ao "usual e ao douto, ao doméstico e ao técnico",[10] devia ser o florentino. Por isso o minucioso banho do italiano da edição de 1827 nas águas do florentino vivo, com os resultados que todos conhecemos, seja em termos do abandono de formas regionais ou hipercultas, seja em termos da adoção de fonomorfologias toscanas (por exemplo, a redução dos ditongos *uo* para *o*, principalmente depois de palatais, apócopes pós-consonantais e pós-vocálicas, diminuição de alótropos, privilegiando a opção toscana etc.) e inclusão de muitos materiais musicais, polirrêmicos e idiomáticos (as "frases feitas", como dizia Manzoni). Mas, ao adotar uma norma fixa e acessível, o escritor coloca limites ou, quando menos, segue trilhas que o teórico da língua (mais radical e rigoroso) talvez não compartilhe inteiramente. De fato, a toscanização avança sem excessos pelo lado vernacular e, portanto, apenas falado, corriqueiro, da língua de referência, mas abranda a dialetalidade sempre que esta fere demais o costume vigente na língua escrita. Assim, muitas formas continuam em ditongo (desde "*figliuolo*" a "*buono*", "*cuore*", "*fuoco*", tanto mais que, nesses casos, o toscanismo poderia ser tomado por um resíduo literário), e a toscanização serve, mais do que para ativar procedimentos locais, para autorizar processos morfossintáticos difundidos em outras áreas dialetais, como acontece com a preferência pelo final em *-o* na primeira pessoa do imperfeito do indicativo, em lugar do final literário (e, no entanto, também dialetal) em *-a*, com o emprego maciço de "*lui*", "*lei*" na função de pronomes pessoais retos em lugar de "*egli*", "*ella*", com a opção de "*ci*" em vez de "*vi*" etc. Em suma, a toscanização é, na verdade, um processo de aplainamento das vertentes opostas do dialetal e do literário, e não uma uniformização maciça do italiano segundo a língua de Ponte Vecchio.

10 A. Manzoni, *Della lingua italiana*, org. R. Librandi, Nápoles, 1986, p. 92.

Mais analiticamente: *egli* é substituído por *lui* ou por elemento nominal ou é eliminado e sobrevive apenas em 64 casos, dezoito deles em referência a Deus. *Ella* é quase sempre eliminado ou substituído por nome próprio ou por "*lei*", e continua apenas em seis casos; *essi, esse* muitas vezes cedem lugar a *loro*, ao qual deixam espaço os arcaísmos *eglino, elleno, dessi*, também suprimidos. Os pronomes demonstrativos do sujeito, *questi, quegli, altri*, são substituídos pelas formas universais em *–o*. O pronome oblíquo plural *loro* é frequentemente substituído por *gli*.[11] Além disso, Manzoni reforça a base já utilizada em *Fermo e Lucia* e, ainda mais, na edição de 1827, com aquelas estruturas pan-italianas de oralidade sintática (deslocamentos do tema, anacolutos, "*che*" sem declinação) que hoje são típicas da língua falada e escrita.

Francesco Sabatini[12] mostrou como esses procedimentos sintáticos da oralidade, presentes desde o começo, dão "um súbito salto" em relação à edição de 1827, com variantes como as seguintes: "*Ella lascerà ben entrar Tonio e suo fratello*" -> "*Tonio e suo fratello, li lascerà entrare*" (cap. VI); "*Avrete pane*" -> "*Pane, ne avrete*" (cap. XII); "*Io mi figuro di sì*" -> "*A me mi par di sì*" (cap. XVI); "*di quella notte non si ricordava*" -> "*di quella notte non se ne rammentava*" (cap. XXXVII); "*e dal loro parlatorio erano uscite vittoriose da impegni nei quali le piú gran dame erano rimaste al di sotto*" -> "*e, dal loro parlatorio, avevano ottenuto cose che le piú gran dame, nelle loro sale, non c'eran potute arrivare*" (cap. X).

Disso resulta um "falado-escrito" em que os dois polos não se fixam em figuras e funções contrapostas e não comunicantes, mas interagem e diferem apenas pela quantidade e densidade de fenômenos específicos, conforme falam estes ou aqueles personagens ou até o próprio narrador. A primeira consequência é que a simulação do falado sai do âmbito das tipologias caricaturais, de tradição cômica, e se coloca, participando de recursos que também pertencem ao uso culto e escrito, como um ponto médio, ora abaixando, ora se elevando, de acordo com os casos e as *personae*.

Podemos ver como essas duas realidades ainda eram distantes na época, e como, portanto, o romance pretendia aproximá-las entre si, tomando um dos episódios mais divertidos e verossímeis do romance, no capítulo XVII, onde Manzoni reconstrói a dinâmica e os inconvenientes de uma correspondência entre

11 L. Serianni, *Le varianti fonomorfologiche dei "Promessi Sposi" 1840 nel quadro dell'italiano ottocentesco*, in id., *Saggi di storia linguistica italiana*, Nápoles, 1989, pp. 141-214.

12 F. Sabatini, *Questioni di lingua e non di stile. Considerazioni a distanza sulla morfosintassi nei "Promessi Sposi"*, in VV.AA., *Manzoni. L'eterno lavoro*, Milão, 1987, pp. 157-76.

dois analfabetos (ou quase), os quais, para ler e escrever, precisam recorrer aos préstimos de algum "douto daquele calibre". O epistolário entre Renzo e Agnese é marcado pela dificuldade (agravada pelo escrivão como intermediário) de verter o oral no escrito sem distorcer o sentido e a intenção. Quando a incomunicabilidade entre ambos, fruto da história linguística e social secular da Itália, atinge um grau insuportável (para Renzo), o narrador cede a palavra diretamente ao personagem, que dita pessoalmente ao "secretário" invisível e procura traduzir num discurso adequado, com a mediação da escrita, um fluxo comovido de palavras que só podiam ser ditas (e ouvidas) ao vivo:

> escreva [...] que paz no coração eu não quero, e nunca vou querer; e que pra mim isso não é conselho que se dê a um filho; e que não vou pegar o dinheiro, que lhe devolvo, e deixo em depósito, pro dote da moça; que sim a moça vai ser minha; que não sei de nenhuma promessa; e que sempre ouvi dizer que Nossa Senhora serve pra ajudar os aflitos, e pra conseguir graças, mas pra fazer desaforo e pra não ter palavra, nunca ouvi dizer; e que isso não pode ser; e que, se agora estou um pouco atrapalhado, é uma agitação que logo vai passar.[13]
>
> [*scrivete* [...] *che io il cuore in pace non lo voglio mettere, e non lo metterò mai; e che non son pareri da darsi a un figliuolo par mio; e che i danari non li toccherò; che li ripongo, e li tento in deposito, per la dote della giovine; che già la giovine dev'esser mia; che io non so di promessa; e che ho sempre sentito dire che la Madonna c'entra per aiutare i tribolati, e per ottener delle grazie, ma per far dispetto e per mancar di parola, non l'ho sentito mai; e che codesto non può stare; e che, se ora sono un po' imbrogliato, l'è una burrasca che passerà presto.*]

A longa parataxe seguindo-se ao imperativo inicial e a sucessão de construções sintáticas da oralidade com deslocamentos, regionalismos ("*metter su*", "*l'è una burrasca*", "*imbrogliato*"), acentuam a característica oral do discurso, depois reforçada pelos rebaixamentos estilísticos feitos na revisão de 1840 (de "*entra*" para "*c'entra*", de "*inteso*" para "*sentito*") e certamente não amenizada pela florentinização (de "*adesso*" para "*ora*", mesmo que, a nosso ver, outras escolhas, "*codesto*" e "*giovine*", talvez a comprometam um pouco). E, no entanto, nem mesmo nesse

13 A. Manzoni, *I promessi sposi*, ed. org. A. Chiari e F. Ghisalberti, Milão, 1958, cap. XXVII, pp. 459-74 [ed. bras.: *Os noivos*, trad. Luis Leal Ferreira. Petrópolis: Vozes, 1990, 2ª ed.].

ponto extremo da oralidade tem-se uma distância muito grande do literário (*"li ripongo e li tengo in deposito"*). E menos ainda, claro, em todo o resto da obra, que converteu essa aproximação dos dois polos historicamente opostos do italiano num programa não só literário, mas também político. Além disso, um italiano estabelecido (um pouco radicalmente) com as partes de uma Florença moderada na língua e na ideologia condiz plenamente com a posição de um narrador que extrai sua superioridade (em relação ao assunto, aos personagens e ao hipotético "autor" barroco que supostamente relata a história) não de uma especificidade linguística, e sim do domínio de todo o leque da expressão aceita.

Mas o século XIX não recebe a mensagem linguística da edição de 1840. As reservas à edição revista do romance são, no fundo, as mesmas levantadas pouco tempo depois contra as enunciações teóricas e programáticas de Manzoni sobre a língua que serve à Itália (em vias de unificação e depois unificada). As objeções mais claras e agudas (de Graziadio Isaia Ascoli), baseadas na impossibilidade de fixar com autoridade um centro linguístico de referência, na inevitabilidade de uma marcha mais lenta rumo à norma, seguindo o ritmo da alfabetização geral e progressiva do país, na inaplicabilidade do modelo francês, com sua díade Paris-nação, num Estado multipolar como a Itália dos mil (prestigiosos) campanários, têm um reflexo imediato na prática narrativa, que compartilha com Manzoni a necessidade de um termo médio, mas é contra chegar a ele pela adoção de normas de uso, ainda mais deduzidas à maneira iluminista e não concretamente situadas na realidade. Sem contar que continua a existir um grande fascínio pelas normas literárias e por muito tempo (até no século XX) será atraente a ideia de aproveitar a pluralidade das línguas e dos níveis estilísticos para sustentar e reforçar a eficácia da narrativa.

Assim o romance italiano prossegue nas linhas dadas pela edição de 1827. Esta havia fabricado uma língua poliglota, na qual, porém, os traços centrípetos e uniformizantes prevaleciam sobre os centrífugos e distanciados, e havia lançado as premissas para um plurilinguismo não expressionista e tampouco paródico, para uma língua capaz de se adaptar, sem muitas explosões e colisões de áulico e prosaico, aos diversos registros e línguas do repertório. É esta a variante válida, ainda mais porque o titular dessa mistura linguística poderá ter credibilidade ainda maior na medida em que o narrador terá se transferido (e, portanto, inevitavelmente deslocado, descentrado) para um personagem interno à história ou para outro mediador, mais autorizado do que o manzoniano (que, além disso, também se ocultava por trás de "nosso autor", o intermediário seiscentista da história de Renzo e Lucia) a caracterizar seu *dictum* com um dizer específico.

A impossibilidade de resolver (ou, melhor, de enfrentar) o problema da língua tem, assim, um reflexo imediato na estratégia da narração e sugere vários procedimentos, todos claramente reunidos e descritos por Enrico Testa em seu *Lo stile semplice* [O estilo simples]. Por exemplo, em *Demetrio Pianelli* (1890), de Emilio De Marchi, "entre o autor e a sociedade dos personagens coloca-se uma terceira pessoa, ou melhor, uma máscara oral", um figurante (um morador da mesma casa do protagonista) narrativo infiltrado entre os protagonistas, sendo amplamente "isomorfo" com a linguagem deles. Em *Fede e bellezza* [Fé e beleza] (1840) de Niccolò Tommaseo, linguisticamente mais voltado para formas da tradição literária carregadas de abundantes toscanismos livrescos, o romance, para autorizar sua elaboração linguística, incorpora e ressalta, a exemplo do *Ortis*, gêneros variados de escrita (memórias do protagonista, cartas, testamentos, poemas, textos litúrgicos). Escreve Testa:

> Deste modo o romance, texto ao quadrado devido às formas e gêneros de escrita que ele acolhe dentro de seus limites, realiza sua natureza de mecanismo de reprodução do já escrito, exibindo neste processo uma função metalinguística interna cujo tema é mais o estilo do que o "dizer" do protagonista.[14]

Assim, entra em campo a organização do relato, para suprir a omissão de uma língua capaz de deslizar sem saltos nem abalos do polo escrito ao polo falado, do nível culto ao nível popular. É preciso legitimar com a solidez estrutural esse terreno linguístico cediço em que, por décadas, continua a se erguer o romance italiano.

## 3. Uma soma de todos os italianos possíveis: as "Confissões" de Ippolito Nievo

O expediente de uma orientação narrativa específica é utilizado inclusive por Ippolito Nievo em *Confissões de um italiano*, a obra-prima do século XIX depois de *Os noivos* e antes de *Os Malavoglia*. Aqui o narrador é o protagonista da obra, uma personagem entre outras, mesmo que distanciado pelos anos e pela escrita. Ippolito Nievo acumula todos os recursos linguísticos disponíveis, do italiano literário ao regional e aos

14 E. Testa, *Lo stile semplice*, Turim, 1997.

dialetos, numa mescla em que os diversos elementos se mantêm distintos, embora não apartados daquele meio que servia para dar a incontrolável vivacidade da narração. Manzoni, em *Fermo e Lucia*, já havia realizado "um composto indigesto de frases um pouco lombardas, um pouco toscanas, um pouco francesas, um pouco também latinas", mas de repente teve dúvidas e mudou o projeto, com comedimento, porém grande rapidez. Em Nievo, os regionalismos, os deslocamentos ("*dei pareri non ce n'è che uno*",[15] "*me ne dirà qualcosa del suo Raimondo*", p. 86; "*di quel matrimonio non bisogna piú parlarne*", p. 100; "*ma già le ciarle essa le avea perdute*", p. 73), as redundâncias pronominais ("*E lei ci dice niente, lei?*", p. 82), inclusive do "*ci*" ("*sentiamo cosa sarai buono di farci una volta uscito dal castello*"), o "*che*" polivalente ("*e stetti lunga pezza con quel braccio gelato tra mano che non avrei saputo dire se fosse vivo o morto*"), o indicativo em lugar do subjuntivo ("*mi dolsi che quando partii l'Aglaura non c'era*"), os modos populares ("*gracchiava di non volerne credere un'acca*", "*se l'era legata al dito*", "*non me ne fido un cavolo*", "*in questa faccenda l'andava da marinaio a galeotto*") convivem tranquilamente com os adornos morfológicos tradicionais (abundância de "*egli*", "*ella*" no papel de sujeitos, alótropos pronominais hiperdoutos como "*essolui*", "*dessa*", "*elleno*", "*meco*", "*seco*" – "*si complimentò secolui che il bene dettogli di lui*", p. 59 – terminações em *-a* na primeira pessoa do imperfeito do indicativo, ênclises pronominais em abundância: "*erasi egli*", ordem acusativo + dativo dos pronomes átonos: "*a lui essa se le avvicinava*", p. 62), e com um léxico de perfil fortemente literário (as palavras com o sufixo *-anza*, formas como "*augelletti*", "*pelago*", "*pristina*" etc.) e construções hiperurbanas ou toscanizantes ("*Ho poi udito dire che ci domini troppo il vento*"; "*Se egli vorrà, spero che non siano nulla più che ragazzate; ma bisogna meritarselo colla pazienza il bene che egli vorrà concederci*", p. 80; "*Le lusinghe della signora Contessa pel collocamento della Clara parve sulle prime che non dovessero andar deluse*", p. 77; "*ma sempreché acquistai poscia quelle crudeli certezze, mi toccò ogni volta rimpiangere la sdegnata felicita di poter tuttavia dubitare*", p. 63; "*non ho capito punto*", p. 619), além dos deslizes gramaticais de uma língua não muito dominada e permeada de regionalismos, tanto no vocabulário quanto na morfologia e na sintaxe ("*e mi avrei lasciato pestare, premere e sputacchiare... e mi diceva che gli avrebbe quase piaciuto di più*", p. 73, "*egli non le avea sembrato mai né bello né amabile*", p. 65; "*non vidimo altro che il guardiano*", p. 634).

15 I. Nievo, *Le confessioni di un italiano* (1867) [ed. Bolonha, 1968, p. 25, doravante citado diretamente no texto com o número da página entre parênteses; onde não houver a referência à página, a citação foi extraída de Testa, *Lo stile semplice*, op. cit.].

É exatamente essa instabilidade da língua do narrador que constitui a diferença mais significativa entre o primeiro Manzoni e Nievo. Como o grande lombardo, Nievo também utiliza, com maior liberdade e amplitude, toda a gama linguística disponível. Além disso, o que ele cria não é uma sábia mistura de diversos ingredientes, e sim uma livre e pura soma de todos os italianos possíveis, com uma inclinação pelo literário alimentado não pela literatura, e sim pelo costume (todos os traços doutos da língua das *Confessioni* também se encontram no epistolário do autor: ênclises abundantes, subjuntivos hiperurbanos, inversões entre complemento e verbo ou entre infinitivo e modal, antecipação do adjetivo etc.), e com incursões pelo dialeto e pelos níveis populares da língua que não tinham veleidades expressionistas ou miméticas. Enrico Testa observou que a pluralidade dos componentes das *Confessioni*, em especial (mas não só) os mais populares e dialetais, serve a "uma espécie de simulação macroestrutural da oralidade, que faz com que a única palavra objeto de intensa estilização seja a do personagem-narrador".[16] Nas *Confessioni*, a adição das partes linguísticas não produz uma soma ideal, um ponto médio identificável, ao fim e ao cabo, nas palavras do narrador (aliás, Mengaldo notou que as vozes dos personagens mais "individualizados e vitais" "atravessam" a voz do narrador),[17] mas indica, no máximo, um centro móvel, uma ausência de regras que erige a variabilidade, a instabilidade como o traço essencial da escrita. Este centro é a voz de Carlino, narrador e personagem, que legitima e unifica todos os excursos da língua reduzindo-os a seu idioleto pessoal,[18] onde o dialetismo acompanha e se funde com o toscanismo livresco e até com a hiperliterariedade de praxe, em nome daquilo que foi impecavelmente definido como "afabilidade sem a fala", "uma espécie de versão literária do relato oral".[19] Por outro lado, o predomínio inevitável de um italiano livresco e douto é excelente para permitir o distanciamento irônico dos eventos mais miúdos e verídicos, com os quais, do alto de seus oitenta anos, repetidamente se compraz o narrador.

Assim, a estruturação narrativa do livro é uma maneira de evitar os grandes obstáculos linguísticos de um romance não manzoniano e de transformar em vantagem estilística a insuficiência normativa da própria língua. A posição da voz

16 Testa, *Lo stile semplice*, op. cit., p. 78.

17 P. V. Mengaldo, *Colori linguistici nelle Confessioni del Nievo*, in id., E. G. Zaccaria, *Lingua e stile nell'Ottocento italiano. Due saggi*, Novara, 1999, pp. 13-33.

18 Id., ibid., p. 21: "transformou num toque de varinha de condão uma deformidade numa uniformidade".

19 Testa, *Lo stile semplice*, op. cit., p. 79.

do narrador, ocupando também todas as demais, permite evitar diferenciações estilísticas excessivas entre os diversos personagens (exceto nos raros casos de estilização caricatural deliberada) e, portanto, favorece o amálgama dos vários componentes linguísticos que circulam por todas as partes e por todas as bocas. Ademais, e acima de tudo, é o personagem-narrador que serve de base para uma língua que não existe, de forma que a unificação e a relativa normalização se justificam mais no plano literário (da posição narrativa) e psicológico (de Carlino) do que no plano gramatical. A falta de padrão pode se tornar uma característica cultural, histórica e psicológica e, a partir do personagem que a possui mais do que todos os outros, reverberar sobre toda a sociedade dos falantes ali reunida.

Além disso, o problema da língua é reiteradamente exposto pelo narrador, e a insuficiente competência é uma característica narrativa não de todo secundária. Quando Nievo, no primeiro capítulo, introduz páginas não muito diferentes das manzonianas sobre os editais, ele não deixa de comentar algo que Manzoni, imbuído de seu mimetismo irônico e divertido, apenas sobrevoa (mas retoma no encontro entre Renzo e Azzeccagarbugli), a saber, que a língua das leis era incompreensível para a maioria:

> que todos entendiam o toscano, não creio; e que ninguém o falava, provam-no suficientemente seus decretos e os Partidos tomados, em que, após uma pequena introdução em latim, cai-se numa mixórdia de italiano de friulano e de veneziano que não deixa de ter suas belezas para quem queira dar risada (p. 53).

Mais adiante aparece a dificuldade de encontrar uma palavra para traduzir o francês *viveur*, que Nievo verte para "*buontempone*" e fica, com razão, insatisfeito:

> repare que uso a palavra *buontemponi* sem saber como traduzir melhor a francesa *viveurs* que antes me havia surgido em mente. Tendo vivido bastante com franceses este incômodo me perturba amiúde; e nem sempre tenho conhecimento suficiente de minha língua para me desembaraçar bem. Aqui, por exemplo, escrevi *buontemponi*, para designar aqueles que aproveitam a vida aonde a leva o acaso; assim tirando dela como da filosofia a parte alegre e agradável. De resto se por *buontempone* se entende um ocioso, um feliz material, nenhum daqueles senhores era assim. Todos tinham suas ocupações, todos davam à alma sua parcela de prazeres; só que tomavam as coisas por prazer, não por obrigação e vantagem material. Sempre de acordo que espirituoso e espiritual são epítetos mais contrários do que sinônimos (p. 54).

O léxico impreciso, a sintaxe escorregadia se tornam parte do relato e introduzem no romance de Nievo aquelas considerações metalinguísticas que Manzoni havia eliminado de seu texto para desenvolvê-las ao infinito na série inesgotável dos escritos sobre a língua:

> acalento a esperança de que no futuro até mesmo quem escreve se lembrará de ser acostumado a falar e que o objetivo do falar é justamente o de se fazer entender. Fazer-se entender por muito oh não é talvez melhor do que se fazer entender por poucos? Na França imprimem-se vendem-se e leem-se muitos livros apenas pela universalidade da língua e a clareza do discurso [...] escrevendo pense que muitos devem ler. E assim se verá nossa literatura oferecer maior ajuda do que fez até agora para a renovação nacional (p. 186).

## 4. "Quell car linguagg sincer e de bon pes"

Assim, a própria busca da língua, sem consequências práticas, demasiado lenta para as expectativas dos escritores, se torna tema e recurso do romance, acompanhando-o como um motivo recorrente e central. Antonio Fogazzaro preenche seus romances com as diversas línguas da sociedade nacional e representa uma oralidade que não consegue se destacar do dialeto ou da língua regional sem se tornar artificial e áulica. O padre em *Piccolo mondo moderno*,[20] referindo-se (estamos no capítulo I) a um relato que ouvira, passa do dialeto que lhe pertence ("*E la mia xe sicura*" ["E a minha é segura"]) para a "língua áulica": "É preciso saber que tais senhoras haviam colocado como condição que o piquenique fosse feito no domingo em respeito à quaresma". Mas retruca "em dialeto" a quem o interrompe: "Que descarado", para logo voltar a subir "em seu púlpito do italiano". Mas o italiano é um púlpito "um pouco desconexo e resvaladiço", uma língua que parece áulica por ser artificial, que não lhe pertence, fruto de leituras indesejadas e distantes. Na verdade, é uma língua impregnada de dialeto, avivada pela fala local que se insere continuamente:

> Então escolhe-se o domingo, o próximo. Enquanto isso acontece que Pittimela, vocês sabem quem é, encontra em passeio os Zigiotti, marido e mulher, e, como um

20 A. Fogazzaro, *Piccolo mondo moderno* (1900) [ed. org. M. Santoro, Milão, 1990, doravante citado diretamente no texto com o número do capítulo entre parênteses].

> tonto, convida-os. Os Zigiotti, imaginem só, beatos, beatos! A coisa aumenta, vira um escarcéu.

O italiano que está perante os dialetos não é mais necessariamente a língua culta dos literatos; é a língua forçada de quem deixa a fala materna sem nem mesmo ter chegado ainda a possuir outra.

Assim se cria uma espécie de bolsa de valores moral-linguísticos, em que a naturalidade da língua compõe uma unidade com sua beleza, numa espécie de racismo linguístico *ante litteram*, segundo o qual a língua nacional prevalece sobre as estrangeiras, e os dialetos (ou variedades regionais) prevalecem sobre a língua nacional. Em *Piccolo mondo moderno*, basta que alguém fale em inglês para que algum outro responda em latim macarrônico ("*Eheu, Troiae fili*"):

> "Sim, sim, latim troico", disse Gonneli. "Troicíssimo. E juro… que Destemps, Bessanesi e eu falaremos e minha filha ficará quieta em troico o jantar inteiro, por Deus, se você não parar com o ânglico" (cap. v).

A ironia escorrega para o nacionalismo e as chacotas sobre o italiano diante dos dialetos se transferem para as línguas estrangeiras diante do italiano. Estropiados os outros idiomas, finalmente "a conversação" pode prosseguir "em italiano".

Em *Demetrio Pianelli*,[21] de Emilio De Marchi, também se percebe um quadro de valores que atribui às falas locais um índice de autenticidade que permite utilizá-las, protegendo-as de deslizes (que no entanto existem) esquemáticos ou caricaturais. O dialeto é "*quell car linguagg sincer e de bon pes, che adess el se vergogna de parlà*" ["aquela cara linguagem sincera e honesta, que agora ele tem vergonha de falar"],[22] língua, como observa Testa, da emoção imediata, da expressão espontânea e verdadeira (De Marchi fala da "clara e expressiva concisão moral do dialeto lombardo", I, 1), em comparação à qual o italiano é uma língua afetada e artificial:

> Pianelli, homem paciente, discreto, de poucas palavras, nem parecia estar ali. Copiava, recopiava, escrevia o ditado, com uma caligrafia grossa e precisa, sem fazer tantas perguntas de língua e gramática como pretendem certos tagarelas sabidinhos (II, 2).

21 E. De Marchi, *Demetrio Pianelli* (1890) [ed. org. E. Mazzali, Milão 1991, doravante citado diretamente no texto com o número da parte e do capítulo entre parênteses].

22 Id., *Opere*, org. G. De Rienzo, Turim, 1978, p. 694.

Mas, entrementes, outras línguas (as estrangeiras) vieram multiplicar um repertório que, a essas alturas, tem de tudo, exceto uma norma unívoca e geral. Em *Malombra*, de Fogazzaro, tem-se o alemão, o italiano e o dialeto, e o vencedor no confronto é o veneziano:

> Nossa língua pode ser o que o sr. quiser, mas pelo menos não é cheia de ossos e espinhas como as outras. [...] Falo até turco, mas francês e inglês de jeito nenhum. O pobre Alvise pensava como eu. Que me excomunguem se algum dia falei duas palavras que não fosse em veneziano. Mas agora não é mais assim. Agora toca a ter vergonha de ser veneziano. [...] Não não não. Não digo com o estrangeiro, paciência; mas aqui entre a gente? Si, si, si, siú, siú, siú? Quantos fricotes![23]

O romance, em suma, retrata a multiplicidade, o dinamismo do real, mas transforma a *sancta simplicitas* linguística em sonho e ideal.

> Desculpe, conde; qual, inglês! qual, francês! Quando tem-se a sorte de nascer com o mel perfumado na boca daquele caro dialeto feito pelas Graças na escola de Vênus, por que estragar o palato com o francês e com o inglês? [...] Nossa língua pode ser o que o sr. quiser, mas pelo menos não é cheia de ossos e espinhas como as outras.[24]

Assim, a precisão das diversas línguas se apoia na idealização da língua única, a materna, que precede o surgimento das outras. A transcrição filológica do oral favorece o dialeto, o específico (à diferença das línguas estrangeiras e do próprio italiano) que não sai estropiado pelo registro escrito. Em *Piccolo mondo antico*,[25] o sr. Giacomo tem um italiano "mistura de todos os ingredientes" e se sai assim: "*La mi perdoni, ingegnere pregiatissimo. Gavaria propriamente necessita* [...]" (I, III). Só o dialeto não sofre contaminações (eventualmente, é ele que contamina o italiano), e o romance é uma comédia, ou melhor, uma tragédia das línguas, como logo veremos. Aqui o italiano é sempre "particular": "*Posso fare un poco di sporgimento? Quattro delle mie ciliege? Magara con un tochello di pane? Maria,*

23 A. Fogazzaro, *Malombra* (1881) [ed. org. L. Baldacci, Milão, 1991, parte II, cap. VII]. ["*sci, sci, sci, sciú, sciú, sciú*" – o veneziano pronuncia o *sci* como "s" brando, à diferença do italiano, que o pronuncia como "ch" – N.T.]

24 Ibid., parte II, cap. VII.

25 Id., *Piccolo mondo antico* (1895) [ed. org. L. Baldacci, Milão, 1973, doravante citado no texto com o número da parte e do capítulo entre parênteses].

*tajee giò on poo de pan*" (I, V), entremeado de vêneto, "nasal, modulado como o trentino", "de Porta Tosa", "de Porta Ticinese", "um quarto italiano e três quartos bergamasco", e todos, como o comissário, são indiferentes "a todas as cores, exceto a de seu próprio ar e de sua própria língua" (II, I). A pureza da língua é também uma prisão, e quem escapa a ela corre o risco de ser condenado, sobretudo se não for socialmente autorizado (mas mesmo a "marquesa" de *Piccolo mondo moderno* fica "embaraçadíssima com as pessoas que falavam italiano", II, I). O policial de Ampezzo que "falava muito bem o italiano" se dirige a seu interlocutor em *Piccolo mondo antico*: "Senhor deputado político ... teria visto esta manhã o senhor Maironi di Oria?" (II, XIII), e o senador de *Daniele Cortis* prorrompe primeiro "em seu dialeto" e depois traduz: "*I è andac in malúra à quei*, sono andati in malora quelli ['que vão se danar']".[26] É uma "familiaridade" com o dialeto que distingue um mundo ainda não corrompido, talvez em vias de extinção, mas justamente por isso digno de ser protegido e examinado. É significativo que, na obra-prima de Fogazzaro, essa familiaridade seja atribuída a Luisa, a mulher de Franco, cujo falar é mais límpido e concreto, menos literário e nacional do que o do marido, muitas vezes beirando o dialeto. Se for verdade que Luisa representa um modo de viver e entender a própria religião mais livre e essencial do que o do marido, atormentado e retorcido, é significativo também que a candura moral e religiosa de Luisa se reflita num italiano não distante do falado e não alheio a dialetismos, consciente de seus limites, mas sem hesitações, como no seguinte trecho:

> Custant nos mandou de presente uma magnífica tinca que ele pescou hoje cedo para grande despeito de Biancòn que pesca o dia inteiro, não pega nada e fica com raiva porque as tincas, muito bem!, pouco se importam com S.M.I.R.A. e seu Carlascia. "Coitado!", disse a dona Peppina. "Ele come fígado" (II, IX).
>
> [*Il Custant ci ha mandato a regalare una magnifica tinca presa da lui stamattina con gran dispetto del Biancòn che pesca tutto il giorno, non prende niente e si arrabbia perché le tinche, brave!, se ne impipano di* S.M.I.R.A. *e del suo Carlascia. "Poer omàsc!", dice la sura Peppina. "El se mangia el fidegh!"*]

Um italiano isento daquelas sequências de "períodos" com "forma demasiado clássica", com "excesso de vocábulos e modos toscanos" que, por outro lado, agrada a

26 Id., *Daniele Cortis* (1885) [ed. org. M. Santoro, Milão, 1988, cap. XII].

Franco, o qual, quando cita um amigo que fala em dialeto, tenta agradar a mulher: "vê que te imito, pois longe de mim brandir a palmatória dos pedantes, em tuas escandalosas familiaridades com o dialeto" (II, IX).

Mas também é verdade que a superioridade intelectual de Franco já não é compatível com o dialeto e dialoga necessariamente com o italiano, porque é nessa direção que caminham a cultura, o saber, e o dialeto, mesmo sendo autêntico, também é (embora nem sempre) comédia, ao passo que o italiano, mesmo sendo postiço e livresco, é ciência e drama.

Por isso os vários dialetos (Testa identificou cada um deles) de *Piccolo mondo antico* são estranhos à posição linguística do autor, que os observa do plano mais elevado da língua e da cultural. O valor moral, a pura simplicidade dos idiomas locais não podem evitar que sua recuperação tenha um sentido arqueológico, que os transfere da realidade para o mito e revela um respeito distanciador, que, no momento em que os exalta, confina-os à minoridade. Eles pertencem ao passado, com todo o valor e autenticidade que Fogazzaro lhe reconhecia, mas também com sua inviabilidade num futuro que atraía e assustava a província burguesa italiana.

Todavia, mesmo dentro dessas coordenadas, os dialetos, os italianos regionais se tornam personagens da obra, asseguram-lhe vivacidade e verossimilhança. O narrador lhes cede a palavra com a disposição e o gosto do dialetólogo e obtém um ingrediente narrativo pronto para o uso, de bom rendimento. A ausência de norma, o desinteresse por uma verdadeira padronização do italiano (e até a desconfiança regionalista, a indiferença pré-unificação frente a uma gramática nacional) se tornam valores ideológicos, estilemas literários e senhas narrativas que perdurarão por muito tempo no romance italiano.

## 5. O ponto médio de Giovanni Verga

O primeiro a entender os limites e o equívoco do recurso aos dialetos foi Giovanni Verga. Empenhado, se não em ceder a palavra a seus "humildes" em "sua língua ininteligível para grande parte dos italianos, pelo menos [em] dar a fisionomia de seu intelecto à língua que estes falam", Verga rejeita a opção dialetal (em nome dos "pulmões largos"), asfixiante e localista, e procura imprimir no italiano a marca do dialeto. Mas a regionalidade específica do italiano de Verga em *Os Malavoglia* é visível principalmente em alguns lugares bem circunscritos, por exemplo nas expressões idiomáticas, nos provérbios estudados por Gabriella Alfieri,[27] e muitas vezes reduzidos a uma versão toscano-nacional; afora isso, ela não aparece, pois está fundida numa densa "estrutura profunda" de "traços de oralidade com relevância suprarregional", que resulta "numa língua ao mesmo tempo 'nacional e etnicizada'". Quase todos esses traços se situam no plano da sintaxe e da morfossintaxe, e se enquadram naquela tipologia de fenômenos que hoje oscila entre o italiano popular e o italiano de uso médio.

Ao primeiro polo pertencem o uso reiterado do "*ci*" atualizante ("*non ci avevo legna per il focolare*" ["não tinha lenha para o fogão"],[28] "*prese quelle cento lire che ci erano nel canterano*" ["apanhadas aquelas cem liras que estavam na cômoda"], IX, p. 162), "*gli*" para "*le*", a concordância pelo sentido, o "*che*" sem declinação com "retomada pronominal corretiva" ("*siete asini che vi manca soltanto la coda*", "sete burricos aos quais falta apenas a cauda", X, p. 236), o "*che*" polivalente como "introdutor não marcado" da oração ("*Egli era un buon diavolaccio, e viveva imprestando agli amici, non faceva altro mestiere che per questo stava in piazza tutto il giorno*" ["Ele era uma alma simples e vivia emprestando aos amigos, não tinha outra ocupação e por isso ficava na rua o dia inteiro"], IV, p. 62) e, em geral, das subordinadas: "*le aveva lasciato quella nidiata di figliuoli, che Rocco, il piú grandicello, non le arrivava alle ginocchia*" ["tinha-lhe deixado aquela ninhada de filhos, dos quais Rocco, o maiorzinho, não lhe chegava aos joelhos"], II, p. 37; "*il ragazzaccio allora se ne ando strillando e dandosi dei pugni nella testa, che tutti lo pigliavano per minchione perché era figlio della Locca*" ["o rapagão então foi embora gritando e dando socos na cabeça, pois todos o tomavam por pateta porque era filho da Louca"], II, p. 46. O "*che*" polivalente, aliás, em seus usos mais difundidos, como introdutor de causais, consecutivas, completivas variadas (em geral dependendo de *verba dicendi*, explicitados ou não), é um dos traços mais típicos do italiano médio e também começava a aparecer como tal na primeira italianização. Depois, ganharam grande difusão os procedimentos de deslocamento, sobretudo o do tema (principalmente para a direita), com antecipação ou retomada pronominal; menos sucesso tiveram os indicativos no lugar dos subjuntivos ou os condicionais nos períodos hipotéticos.

27 G. Alfieri, *Lettera e figura nella scrittura de "I Malavoglia"*, Florença, 1983; cf. também G. Nencioni, *La lingua dei Malavoglia e altri scritti*, Nápoles, 1988.

28 G. Verga, *I Malavoglia* (1881) [ed. org. F. Cecco, Turim, 1997, cap. II, p. 40, doravante citado diretamente no texto com o número do capítulo e da página entre parênteses].

Mas não é o caso de pensar que, com tais escolhas, Verga teria optado ou talvez mesmo consolidado um padrão linguístico nacional. O italiano falado e regional no romance é largamente contrabalançado por traços da língua culta e tradicional, bem como pelo toscano aprendido nos livros e nos períodos de permanência em Florença. Seu projeto, como veremos, era outro. Disposto a aproximar, por razões mais poéticas do que linguísticas, a palavra do escritor ao mundo de seus personagens, disposto também a ocultá-la na viva expressão desse mundo, Verga adotou uma sintaxe de grande complexidade, na qual os traços específicos do oral e do escrito se fundem para dar voz a uma entidade textual que monta um relato em coro, e aponta, para além da viva oralidade, o longo murmúrio de uma voz popular subjugada, tão lírica e literária, à sua maneira, quanto qualquer outra. Esse coro étnico que narra a aventura dos Malavoglia recebeu de Verga uma tipologia comunicativa específica: o discurso indireto livre, em que diz com suas palavras aquilo que pensa a coletividade à qual deu voz. O resultado é que *Os Malavoglia* se apresenta como um discurso ininterrupto, com formas características da fala improvisada (nexos textuais de coordenação como "*e*", "*ma*", "*allora*") e ligações lógicas fortes típicas da palavra escrita ("*onde*", "*giacché*", "*sicché*" etc.), um discurso que sustenta a repetitividade dos acontecimentos e evidencia como narrador um sujeito múltiplo, coral (com o imperfeito modal usado como tempo dominante, tal logo no início: "Então em Trezza não restavam senão os Malavoglia do patrão 'Ntoni'", a dependência implícita de um verbo muitas vezes oculto: por isso os inúmeros "*che*" já mencionados), que compartilha de perto tudo o que acontece e que está a relatar (com a insistência do dêitico "*quello*" mostrando claramente esse compartilhamento: "Finalmente alcançou o trem, e viram-se todos aqueles rapazes que gesticulavam", "Parecia São Miguel Arcanjo em carne e osso, com aqueles pés pousados no tapete, e aquela cortina sobre a cabeça").

Tem-se um romance que constitui o maior exemplo de língua experimental na história de nossa narrativa, o único equivalente (e precedente) italiano daquela escrita (ainda mais expressionista e metafórica) que emana da voz de um sujeito múltiplo, coletivo, que hoje lemos nas obras-primas de García Márquez ou de Manuel Scorza. De fato, a instância antropológica que percorre o arcabouço histórico desses grandes romances latino-americanos não é muito diferente da do Verga de *Os Malavoglia*. Verga, a exemplo de Manzoni, reduziu a distância linguística entre narrador e personagens, mas situando a voz narrativa num coro dramático que observa e comenta os acontecimentos, simulando, novamente

percorrendo por dentro os pensamentos e as palavras dos protagonistas com os modos da oralidade, mas também olhando de fora, com a piedade e a ternura da poesia.

Por seu caráter excepcional, o caso de *Os Malavoglia* não poderia fazer escola e, com efeito, não teve seguidores importantes, mesmo que algumas estruturas narrativas (em especial o discurso indireto livre) tenham obtido muito sucesso.

Mais importante para a história da língua (mas bem menos para a história literária) é o outro grande romance de Verga, *Mastro-don Gesualdo*. Contado por um narrador quase invisível que desloca, como um diretor de cinema, a tomada de cena para os diversos locais da história (os palácios, os aposentos, as cidades etc.), o romance é escrito numa língua que reduz ao mínimo os resíduos literários ("*poscia*", "*onde*", algumas ênclises pronominais em excesso: "*udivasi*", "*dibattevasi*") e os socorros toscanistas a que os escritores costumavam recorrer, além de todas as significativas incursões no dialeto. Aqui surge um italiano essencial, homogêneo, uniforme, em que nem mesmo a maior exposição dos procedimentos típicos da oralidade nos diálogos (deslocamentos: "*a mio figlio ci penso io*";[29] "*non l'ha fatta lui la roba*", I, II, p. 46; "*lo pigliate il farro, sí o no*", I, II, p. 29; o uso do "*ci*" com o verbo "*avere*": "*ci ho ancora i covoni sull'aia*", I, IV, p. 93; "*ci ho accanto la mia casa, capite?*", I, I, p. 13; partitivos: "*dei piccioni calarono a stormi* [...] *dei conigli allungavano* [...] *le orecchie*", I, II, p. 38; alguns "*che*" polivalentes: "*state tranquillo, che mastro-don Gesualdo fa tutti i mestieri in cui c'è da guadagnare*", I, II, p. 31; "*andate a pigliare un bicchiere d'acqua per Bianca, che le fara bene*", I, I, p. 21) basta para introduzir diferenças, afastamentos de alguma relevância (mesmo os fatídicos pronomes pessoais retos, "*lui*"/"*egli*", agora ambos, com óbvia preferência pelo "*lui*" para os usos enfáticos: "*rispose lui*", "*disse lui*", "*anche lui*", "*lui pure*", mas nem sempre: "*se non ci fossi io egli sarebbe sotto*", "*anch'egli*", "*Egli, un gran signore...*"; o mesmo vale para "*lei*"/"*ella*").

A grande sensibilidade de Verga em relação às estruturas profundas da língua, reforçada pelo fluxo dos períodos em *Os Malavoglia*, se revela em *Mastro* no emprego de uma sintaxe fortemente nominalizante, elencadora, com formas verbais indefinidas (por exemplo, o gerúndio), especialmente adequada para descrever paisagens, personagens, situações. É uma tipologia sintática (cuidadosamente

29 Id., *Mastro-don Gesualdo* (1889), ed. org. G. Mazzacurati, Turim, 1993, parte I, cap. II, p. 46, doravante citado diretamente no texto com o número da parte, do capítulo e da página entre parênteses [ed. bras.: *Don Gesualdo*, trad. Vera Mourão. São Paulo: Global, 1983].

estudada por Maurizio Dardano)[30] que acompanhará a padronização do italiano, ligada cada vez mais à escrita jornalística, mas sem perder e até exaltando sua funcionalidade na escrita literária (sobretudo no último D'Annunzio).

Trata-se de uma forma sintática que com frequência prevê um procedimento de introdução baseado nos dois-pontos após uma frase inicial e generalizante ou após um pronome indefinido ou, ainda, uma fórmula sinóptica catafórica. Seguem-se, portanto, as séries nominais ou de escassa verbalidade como adendos à súmula já fornecida. Eis alguns exemplos extraídos do célebre capítulo III do romance (a procissão): "Ali todos pareciam pouco à vontade: a tia Macrí fingindo olhar a praça, Bianca quieta num canto, e dom Ferdinando, o único que tratava de aproveitar a festa, virando a cabeça daqui e dali" (I, III, p. 55).

> Desta vez era a família inteira dos Margarone: dona Fifí, dona Giovanna, dona Mita, a mãe Margarone, dona Bellonia, nada menos do que dos Brancalanti de Pietraperzia, que sufocava num corpete de cetim verde, arroxeada, sorridente; e atrás o pai Margarone, digno, inflando as faces, apoiando-se à bengala com o castão de ouro, sem sequer voltar a cabeça, segurando pela mão o último dos Margarone, Nicolino (I, III, p. 64).

E ainda:

> Agora que o santo tinha retomado o caminho de casa, parecia que a festa era para ele [Gesualdo]: dona Marianna falando-lhe disso e daquilo; o cônego Lupi batendo-lhe no ombro; Macrí que até lhe havia cedido o lugar; mesmo dom Filippo Margarone lhe vertia cumprimentos do alto de sua grande gravata (I, III, p. 73).

A sintaxe da descrição, dos detalhes, era um velho problema da língua do romance. Manzoni o resolvera dando ao narrador um palavreado mais culto e lírico, uma mobilidade maior do que o habitual (pense-se na cena da emboscada dos capangas na casa de Renzo, com a mudança do tempo verbal, a sucessão de frases alteradas etc.). Verga empregou essa estrutura sintática e formas sucedâneas, como "*con*" + um detalhe da figura ("*coi capelli ricciuti*" ["com os cabelos encaracolados"], "*con certi denti*" ["com certos dentes"], "*colla faccia arcigna*"

30 M. Dardano, *Aspetti della tecnica narrativa nel Mastro-don Gesualdo*, in "Nuovi annali della Facoltà di Magistero dell'Università di Messina", VII (1989), pp. 13-39.

["com o rosto sisudo"], que ressaltam ainda mais o avanço do substantivo, a retirada do verbo, que constituem exatamente um traço linguístico que, depois, será característico de todo o século XX.

## 6. Uniformidade e desvios

De diferentes maneiras, *Os Malavoglia* e *Mastro-don Gesualdo* atingem (ou quase) o objetivo de uma língua com polos pouco afastados, em que é possível reconhecer o escritor e os personagens, o narrador e os atores. O ponto médio se situava, naturalmente, em locais muito distintos. No romance dos "vencidos", tudo residia na decisão de um relato-comentário de acontecimentos, em que o autor assume o ponto de vista e a posição linguística e mental de toda uma comunidade. No segundo livro, o ponto médio era fruto de eliminação, subtração e redução de excessos e de posições linguísticas diferentes, de modo que mesmo os toscanismos consagrados[31] acabavam por se inserir, bem mais do que em outros romances coetâneos, como os de Capuana, na superfície de um italiano sem adjetivos e passavam despercebidos.

No final do século XIX, mesmo que a sociedade italiana ainda estivesse longe de ter montado e formulado uma plataforma linguística de referência para o elevado e para o vulgo, e se debatesse entre o dialeto e italianismos hiperurbanos, o romance havia lançado as bases para aquela solução em que se dissolveriam e se anulariam os ingredientes demasiado díspares da nossa antiga e recente tradição linguística. Se *Os Malavoglia* construiu o ponto de Arquimedes por vias inteiramente literárias, elaborando uma língua tão irreal que parecia verdadeira, e tão verdadeira que parecia simbólica, o *Mastro* rumou decididamente para um italiano capaz de reduzir, quando não de eliminar, os impulsos opostos que o perturbavam.

Poucos anos depois de *Mastro-don Gesualdo*, Federico De Roberto, em *Vicerè*, tem condições de apresentar um italiano que faz amplo uso, em todos os níveis narrativos, de formas orais (o "*che*" polivalente, deslocamentos sintáticos etc.), convertendo-os, como demonstrou Testa, na base em que se sustentam e se diferenciam vários estratos linguísticos, desde os dialetais e populares dos personagens mais humildes até aqueles visivelmente cultos, mas residuais, dos personagens nobiliárquicos, e chegando aos tiques, aos idioletos muito marcados de alguns

31 Cf. L. Salibra, *Il toscanismo nel Mastro-don Gesualdo*, Florença, 1994, e F. Bruni, "Sondaggi su lingua e tecnica narrativa del verismo meridionale", in *Filologia e critica*, VII (1982), pp. 198-266.

protagonistas memoráveis. Assim, o romance de De Roberto apresenta, ao mesmo tempo, um ponto médio linguístico bem estruturado (plenamente capaz de absorver os resíduos de um italiano livresco com sobrevivências aqui e ali) e uma variedade que parece documentar quase todo o repertório do italiano da época, visto que estão (parcamente) representados os traços lexicais da regionalidade, os estilos familiares (modos de falar populares, como "*gli importava un fico secco*" ["não estava nem aí"] ou "*fare l'indiano*" ["dar de joão-sem-braço"] ou "*rispondere picche*" ["fazer ouvidos moucos"]), os léxicos setoriais ("déficit", "taxa", "juspatronato", "plano regulador"), aulicismos e cultismos variadamente residuais.

Assim, estava constituída a gramática do romance, precisando apenas daqueles retoques e ampliações que novos projetos narrativos (de tipo mais psicológico e menos histórico-social) trariam na primeira metade do século XX, com Pirandello e Svevo.

Mas a sensação de pisar num terreno suficientemente sólido já gerava descontentamento e curiosidade, estimulando a vontade de explorar novas trilhas. A irritação com uma língua empobrecida por seu próprio processo de consolidação, o desejo do escritor (sempre vivo na Itália) de não trocar sua língua rica por uma insípida expressão cotidiana, o eterno amor itálico pela forma (apontado por Ascoli, naqueles anos, no famoso *Proemio* ao "Archivio glottologico italiano") tinham se aliado, desde a segunda metade do século XIX, em experimentações de um italiano que se negava a convergir para o centro, orgulhoso de seus recursos díspares e contrastantes (do dialeto até a língua literária arcaica). Desde o final dos anos 1870, várias iniciativas desregradas levaram a textos narrativos com forte exposição linguística, em que a língua, ao invés de atenuar, ressaltava suas próprias cores, ao invés de reduzir, enfatizava a diversidade de seus componentes, mostrando com orgulho dialetismos e arcaísmos, toscanismos e italianos regionais. Com Carlo Dossi (mas não só; lembremos também Giovanni Faldella), nascia a narrativa expressionista, inteiramente apoiada na escrita, na vivacidade dos diversos sabores, no idioleto do autor, no caráter linguístico não comercial do romance. Como mostrou Contini, esse impulso literário-estilístico se prolongará em pleno século XX, atingindo o ápice com Gadda.

Detendo-nos, aqui também, apenas nas primeiríssimas páginas de *L'Altrieri*, encontramos de tudo, da palavra literária ("*tenebria*", "*aura*") ao dialetismo ("*si sbassa*"), ao toscanismo de dicionário ("*succio*") e até um toscano (quase) inventado ("*rimpennato*", "*giravoltando*", "*sbracia*", "*ammagliando*").[32]

32 C. Dossi, *L'Altrieri. Nero su bianco* (1868) [ed. in id., *L'Altrieri. Vita di Alberto Pisani*, org. D. Isella, Turim, 1972, pp. 10-11].

Dante Isella[33] mostrou a quantidade e a qualidade dos constituintes do léxico dossiano (pois seu expressionismo se resolve quase por inteiro no plano lexical), muitas vezes importados diretamente dos dicionários. A escolha dos termos depende do grau de imprevisibilidade formal (e fônica) do material, do gosto pela surpresa verbal. No conjunto, eles devem compor um idioleto nos limites do associal, que a técnica de um narrador "interno", como notou Mengaldo, procura legitimar, sem conseguir, porém, traduzir num percurso narrativo.

A decisão de uma língua que exaspera as distâncias entre seus constituintes, os quais não sofrem qualquer mínima redução e são, na verdade, acentuados nas mãos do autor-narrador, de fato não é compatível com alguns princípios constitutivos da narratividade: acima de tudo, a progressão e a concatenação da trama. O expressionismo linguístico, se não avança do léxico para a sintaxe, onde se organiza o relato, estorva e retarda o desenrolar da ação. Ele atrai a atenção para o estilo, mas na verdade não tem muitas outras coisas para mostrar; coloca as próprias palavras no centro e faz delas as protagonistas. O livro se fragmenta em páginas, em trechos, em passagens antológicas, muitas vezes felizes, cômicas, divertidas, mas sem nexo narrativo. Não por acaso, os livros de Dossi e, depois, os de Gadda se constroem reciclando materiais e figuras que surgem em diversos textos, neles a estrutura narrativa é frágil e, no fundo, sem importância para o leitor, que se contenta com o virtuosismo linguístico do momento. É com razão que Isella, ao analisar Dossi, tal como Contini ao analisar Gadda, observa que são poemas em prosa ou uma prosa artística, com um "desinteresse" essencial pelo romance.

Apenas uma dosagem precisa de ingredientes lexicais heterogêneos, e principalmente sua distribuição numa sintaxe não menos ambiciosa e elaborada, é compatível com o romance: uma solução bastante difícil, e muitos malograram na tentativa de chegar a ela (em anos recentes, Stefano D'Arrigo), sendo pouquíssimos os que conseguiram (Fenoglio, Gadda?); em todo caso, a única modalidade de subversão linguística que realmente se mostra compatível com o grande romance é a sintática.

O caminho empreendido pelo romance italiano rumo a uma língua média havia encontrado dificuldades principalmente no lado baixo, popular. O que faltava, como se sabe, era a língua falada, coloquial, rala e insegura numa relação inversamente proporcional à abundância dos dialetos, prontos a lhe ocupar o lugar.

33 D. Isella, *La lingua e lo stile di Carlo Dossi*, Milão, 1968.

A estabilização do polo oral foi longa e complicada, e seria ainda mais difícil encontrar seu ponto de contato e continuidade com a vertente oposta da tradição literária e escrita. Mas havia como aproveitar a nova abertura à língua falada, não tanto tomando seus aspectos mais visíveis, e sim assumindo sua perspectiva mais interna. Foi o que fez, de maneira absolutamente especial, Verga em *Os Malavoglia*. É o que D'Annunzio também tentou fazer no longo monólogo que constitui o primeiro romance de uma neurose, *Giovanni Episcopo*. A adoção dos modos e, acima de tudo, da textualidade do falado (pouco planejamento, repetições, hesitações, mudança de planos, perguntas retóricas etc.) é uma solução eficaz para um relato que se apresenta como o desabafo do protagonista diante de um público de ouvintes-leitores.

> Julgam-me louco? Ah, não? Parecia ler em seus olhos... Não, senhores, ainda não estou louco. Isso que lhes conto é verdade. *Tudo é verdade.* Os mortos voltam. Volta também *o outro*, às vezes. Horrível! Oh, oh, oh, horrível! Vejam: noites inteiras tremi assim.[34]

O romance pode se situar (ou fingir que se situa) abaixo do limiar médio e adotar seu andamento para restituir a impressão de um fluxo descontrolado e retorcido de palavras, simular a agitação da fala emocional e neurótica, com uma técnica que também será adotada por Pirandello (o que mostra quão teatral ela é!). Como falta (ou é fragílima) qualquer outra posição linguística além da do narrador-personagem, a língua se torna o único meio, revelando-se como o lugar em que tudo se manifesta e se justifica. Este lugar tem a aparência de uma conversa, de um monólogo que incorpora os resíduos de um diálogo e, portanto, carrega o feitio, os traços sintáticos (mais do que lexicais) da oralidade.

Assim, o romance deve resolver grande parte de seus problemas pelo lado mais escorregadio, justamente o falado, multiplicando-se aos poucos os sinais de um discurso estilizado, teatral (cômico ou melodramático), que antes fazia as vezes do oral cotidiano inalcançável. Um exemplo típico é o repertório das interjeições, que agora deve se enriquecer, se diversificar, brotar da soma de outros acréscimos, como sucederá em Pirandello. Ao lado das interjeições, notam-se também os sinais discursivos, os ganchos com o interlocutor invisível ("vejam", "diga", "entendeu?"), os trejeitos, os movimentos de uma língua falada que entra na escrita e expulsa (ou parece expulsar) todos os demais componentes.

34 G. D'Annunzio, *Giovanni Episcopo* (1891) [ed. Milão, 1979, pp. 10-11].

Começa-se a entender que o ponto médio linguístico, como o denominamos, considerando-o praticamente indispensável para o romance moderno, pode ser definido com mais precisão como uma uniformidade linguística, não sendo necessário (embora seja preferível), portanto, que coincida com um meio-termo entre opostos (conforme, porém, exigia a história particular do italiano), mas que corresponda, mais simplesmente, a um ponto isento de oscilações excessivas, de demasiadas inclinações de um polo expressivo ao outro.

O mesmo D'Annunzio que mostrou desde cedo que o romance suporta bem o desequilíbrio para a vertente falada, pois não há saltos e guinadas entre polaridades demasiado distantes, também é o narrador que demonstrou como é possível sustentar um romance acima da norma, além da língua média, escrito num italiano de pátina literária. Eis um trecho de *Il piacere*:

> *Poi tacque; poi di nuovo parlò, a intervalli, su la necessità della partenza, su la necessità della rottura, con un accento pieno di tristezza. Il vento furioso le rapiva le parole di su le labbra. Ella seguitava. Egli interruppe, prendendole la mano e con le dita cercando tra i bottoni la carne del polso: - Non piú! Non piú!* [...] *- Segui, segui - disse Elena.*[35]
>
> [Depois se calou; depois de novo falou, a intervalos, sobre a necessidade da partida, sobre a necessidade da ruptura, com um acento repleto de tristeza. O vento furioso lhe arrebatava as palavras dos lábios. Ela prosseguia. Ele interrompeu, tomando-lhe a mão e com os dedos procurando entre os botões a carne do pulso: - Basta! Basta! [...] - Siga, siga - disse Elena.]

Morfologia tradicional dos pronomes e dos verbos; regime precioso das preposições... E há romance e a narrativa se sustenta, também porque, de caso pensado, o autor dotou esse italiano culto de personagens congruentes, que podem dizer "*tu risorgevi*" para "*ti tiravi su*", "*segui, segui!*" para "*continua*", "*non piú, non piú*" para "*basta*", e sobre os quais o narrador, por sua vez, pode dizer, sem despertar um sorriso no leitor, que eles retêm "a tênue luz do ocaso".

Este caso de máximo distanciamento de uma solução linguística padronizada, com um italiano elevado e hiperescrito, não constitui um modelo importante para a história do romance, mas seu sucesso, que não foi breve nem pequeno, mostra que o gênero aqui tratado admite desvios das regras que ele próprio estabelece.

35 Id., *Il piacere* (1889) [ed. Milão, 1972, p. 80].

E mais: lembra-nos que a cultura moderna delegou ao romance (especialmente o popular) tarefas outrora assumidas pelo melodrama, com aquela dose de elegância, maneirismo e *kitsch* própria de tal gênero literário.

Entramos na narrativa do século XX, tendo assim verificado que a demanda de um ponto médio e de normas é, acima de tudo, uma exigência de uniformidade, de redução de impulsos divergentes ou, pelo menos, sua legitimação a partir de posições narrativas específicas. O romance cujos traços linguísticos são demasiado díspares ou pouco justificados (pela voz narrativa) não avança; ele mostra a página, mas não o relato; os personagens excessivamente caracterizados por um tique, por um determinado dado linguístico, sempre correm o risco de parecer esquemáticos e caricaturais. Mas se a língua se apresenta num terreno não demasiado irregular, se continua atestando a maior praticidade do plano efetivamente médio, entre o escrito e o falado, o romance não levanta excessivos problemas e pode ser escrito tanto numa roupagem oral e descuidada quanto (embora mais raramente) em trajes letrados e literários.

Os augúrios de Manzoni, na época de *Fermo e Lucia* – que o estilo suprisse as carências da língua –, acabaram, pelo menos em parte, por se concretizar. Não que a língua seja um dado indiferente, de forma alguma. Mas a mescla geral permite aceitar ingredientes que seriam incongruentes, e acolher elementos cultos, escritos, hiperurbanos como se fossem médios e pouco formais.

Um dos artifícios estilísticos mais eficazes é o que já vimos em *Giovanni Episcopo* de D'Annunzio, e que Pirandello utiliza de forma mais comedida e com maior abundância de meios em *O falecido Mattia Pascal*. Apresentando o romance como um discurso confessional do protagonista, a língua simula um estágio falado até superior ao permitido pelos materiais fonomorfológicos e lexicais disponíveis para o autor naquele momento. Assim o romance fala uma língua em que se lê que (a mãe) "*non capiva piú nei panni, dalla consolazione, poveretta!*" ["não cabia em si de alegria, pobrezinha!"],[36] e um personagem (siciliano) pergunta: "*Ti sei davvero fatta codesta corsa per cosí poco?*" ["e você correu até aqui só por causa disso?"] (IV, p. 33); da mesma forma, um outro diz: "*Il suo uomo era riuscito a far la prova che non mancava per lui aver figliuoli*" ["Seu marido tinha conseguido provar que podia ter filhos"] (IV, p. 38), e um outro ainda exclama: "*Mi fu sonata non so che campana. Eccomi qua.*

36 L. Pirandello, *Il fu Mattia Pascal* (1904). Ed. org. G. Mazzacurati, Turim, 1993, cap. IV, p. 29, doravante citado diretamente no texto com o número do capítulo e da página entre parênteses [ed. bras.: *O falecido Mattia Pascal*, trad. Rômulo A. Giovelli e Francisco Degani. São Paulo: Nova Alexandria, 2007].

*Via, presto!*" ["Andei ouvindo umas coisas por aí. Então vim. Vamos logo!"] (V, p. 49). Dobrando a sintaxe aos modos orais (deslocamentos: "*a lui, che glien'importa*" ["a ele, o que lhe importa"], V, p. 43; "*non l'aveva sposata lui, Romilda*" ["não tinha se casado com ele, Romilda"], V, p. 52), em larga medida acolhendo seus sinais mais típicos (interjeições, sinais discursivos, conectivos textuais de retomada etc.), o italiano também pode conservar sem muitos traumas certos achados morfológicos mais formais e antiquados (embora muito mais usados no começo do século XX do que se costuma pensar hoje em dia): "*egli*", "*ella*" como pronomes retos, termos como "*le gomita*" [plural em *-a*, em vez de *-i*], "*le pugna*" [*idem*], "*cagionare*" ["causar"], "*cangiare*" ["mudar", para *cambiare*], "*menomo*" ["mínimo"]. Mas é importante observar que a evidência das formas e modos de enunciação (perguntas em rápida sucessão, mesmo de um hipotético interlocutor, em diálogo com o narrador) imita, como demonstrou Testa, não tanto a linguagem da realidade (não há, por exemplo, dialetismos realistas, morfossintaxes popularizantes, rebaixamentos lexicais e morfossintáticos ostensivos), e sim a realidade de um discurso a alguém, de uma confissão (ao leitor, a si mesmo), que reúne num alto grau de mediania os recursos díspares do cânone expressivo à disposição, desautorizando "os extremos", quando considerados demasiado populares ou excessivamente cultos e livrescos.

## 7. Estilo e língua: *A consciência de Zeno*

*A consciência de Zeno* é um romance extremamente moderno em termos linguísticos, ainda mais do que *O falecido Mattia Pascal*, e no entanto é construído com muitos materiais da velha gramática. Svevo ainda usa pronomes como "*dessa*" ("*attirare a sé Ada, ma fu dessa che se ne schermì*")[37] e "*desso*" ("*e fu desso che m'indusse a guardare*", cap. V); "*egli*" é mais frequente do que "*lui*" como pronome no caso reto, e "*ella*" se alterna tranquilamente com "*lei*"; "*vi*" ocupa o lugar de "*ci*" com ousadia formal (cap. IV: "*nell'incapacità al commercio v'era una somiglianza fra di noi, ma non ve ne erano altre*" ["na incapacidade para o comércio havia uma semelhança entre nós, mas não havia outras"]; pode aparecer um "*fu d'uopo*" ["foi mister"] como se nada fosse; encontram-se hipercorreções como o abuso de "*ciò*" ("*Ciò gli*

37 I. Svevo, *La coscienza di Zeno* (1923). Ed. org. M. Lavagetto, Turim, 1990, cap. V [ed. bras.: *A consciência de Zeno*, trad. Ivo Barroso. Rio de Janeiro: Nova Fronteira, 2006]; as outras citações provêm de F. Catenazzi, *L'italiano di Svevo*, Florença, 1994.

*piacque*" ["Isso lhe agradou"], "*capisco ora perché egli mi avesse detto ciò*" ["agora entendo por que ele me disse isso"], cap. IV), pretéritos perfeitos como o de Augusta no dia das núpcias (cap. V): "*Non dimenticherò mai che, pur non amandomi, mi sposasti*" ["Nunca esquecerei que, mesmo não me amando, você me desposou"], ou do narrador: "*A lei s'indirizza tutta la gratitudine e maggiore ancora se lo sforzo riuscì*" ["A ela se destina toda a gratidão, maior ainda se o esforço deu resultado"], "*io, che lavoro tanto poco, conservai sempre un grande rispetto per il giorno festivo*" ["eu, que trabalho tão pouco, sempre conservei um grande respeito pelos feriados"], ou certas construções extremamente engessadas: "*ma certo fu da lui inteso il mio affetto*" ["mas decerto meu afeto foi por ele entendido"], "*tutto da me doveva migliorarsi*" ["tudo comigo devia se amelhorar"]. Esses formalismos que vinham sendo gerados pela produção linguística, inclusive na primeira metade do século XX, não se destacavam nem incomodavam demais, porque vinham acompanhados de uma cascata de negativos informais como "*mica*" ("*non sarebbero mica avvenute di grandi cose*" ["nunca que aconteceriam grandes coisas"], "*non mica per ipocrisia*" ["de jeito nenhum por hipocrisia"]), de auxiliares de motivação regional ("*avrei potuto essere obbligato*" ["poderei ter sido obrigado"], "*abbia dovuto intervenire*" ["tenha precisado intervir"]), de "*ci*" redundantes ("*ci hanno ora il Giolitti*" ["têm agora Giolitti"]), de solecismos ou regionalismos nos tempos e modos verbais (cap. III: "*Vorrei che questa donna sai avvisata di non seccarmi*" ["Esperarei que esta senhora tenha o cuidado de não me amolar"]; "*non fu poi la mancanza di denaro che mi rendesse difficile*" ["não que fosse a falta de dinheiro que me dificultou"], cap. VII: "*pensai che Luciano per ingraziarsi Guido sai stato capace di qualunque azione*" ["pense que Luciano para cair nas graças de Guido tenha sido capaz de qualquer ação"]), nos pronomes pessoais (cap. VI: "*di quanto si avrebbe potuto attendersi*" ["do que se poderia ter-se esperado"]), nas preposições ("*mi piaceva di vederlo*" ["me agradava de vê-lo"], "*non amava di bere*" ["não apreciava de beber"]), em suma, um grande desleixo na língua, uma indiferença total pela gramática. O conjunto concorre para uma língua rápida e descuidada, que não se preocupa com os meios que utiliza para chegar ao objetivo ("mero veículo de outra coisa", como bem diz Baldelli), na qual podemos encontrar hipercorreções e incorreções, excessivas complicações sintáticas e simplificações drásticas.

> *Corsi allora in cerca di una data che stesse in bella relazione con la data della scommessa per fumare un'ultima sigaretta che cosi in certo modo avrei potuto figurarmi fosse registrata anche dall'Olivi stesso.*

[Corri então em busca de uma data que tivesse uma boa relação com a data da aposta para fumar um último cigarro pois assim de certo modo eu poderia imaginar também fosse registrada pelo próprio Olivi.]

*Intravvidi la possibilità che intanto ch'io mi crucciavo al pensiero che mia moglie approfittasse della mia reclusione per tradirmi, forse il dottore si trovasse tuttavia nella casa di salute, nel qual caso io avrei potuto riavere la mia tranquillità.*

[Entrevi a possibilidade de que, enquanto eu me atormentava à ideia de que minha mulher se aproveitaria de minha reclusão para me trair, talvez o médico ainda se encontrasse na casa de saúde, caso em que eu poderia reaver minha tranquilidade.]

*Anzi per qualche ora l'infermiere aveva sperato che fosse ritornato perché un malato avrebbe avuto bisogno di esser visto da lui* (cap. III).

[Aliás por algumas horas o enfermeiro esperara que tivesse voltado porque um doente precisaria ser visto por ele.]

A modernidade linguística da *Consciência* reside em seu estilo, que aproveita ao máximo a imperfeição da língua, utilizando-a para apresentar uma confissão sem empecilhos, que não recua diante de nenhuma tortuosidade do pensamento, para desenvolver um discurso de reflexão lúcida e maliciosa do narrador sobre si mesmo. O estilo, assim, se disfarça de língua uniforme, média, escorreita, uma massa linguística na verdade permeada por movimentos internos irredutíveis, confusamente atraído pelo polo literário e apurado do italiano, instintivamente disponível para o regionalismo, e até para o dialeto, repleto de tropeços, de desvios e de incertezas. A língua da obra-prima de Svevo é, digamos, um exemplo concreto do italiano em fase de padronização, em busca de um equilíbrio entre a velha gramática, a oralidade e os dialetos. É a língua de uma geração em avanço rápido, mas não seguro, para um italiano médio, que chegou à meta antes de ter tido tempo e meios de se libertar de todos os obstáculos que impediam alcançá-la e, por assim dizer, levou-os consigo até um resultado definitivo, mas ainda fundado em dados instáveis e não muito bem assimilados.

A língua do romance se inclina cada vez mais (pelo menos na impressão que desperta no leitor, mediante vários artifícios estilísticos) para a da realidade, onde encontrava pela primeira vez um italiano habilitado para o uso cotidiano da sociedade nacional pós-unificação. Se, antes, o ponto médio era uma ficção literária (quase) pura, agora ele também começa a existir na prática nacional, onde circula uma língua escrita e falada, um italiano adequado para a conversação e a literatura. Mesmo antes que a linguística (os gramáticos) conseguisse percebê-lo em seus traços constitutivos, o romance havia engatado no italiano médio, seja adotando estruturas morfossintáticas próprias da oralidade, seja recorrendo a mecanismos compositivos que produziam uma perspectiva informal e um tom de conversa, aos quais era apropriada uma língua simplificada, ágil, capaz de passar quase despercebida.

## 8. A estabilização da língua: de *Os indiferentes* aos anos 1960

Tem-se em *Os indiferentes* (1929), de Alberto Moravia, o uso de uma língua média, estabilizada, de um padrão que não coincide necessariamente por completo com o padrão em evolução na realidade, mas que lhe é bastante próximo. Tal como *A consciência de Zeno* e bem mais do que *O falecido Mattia Pascal*, o romance de Moravia pode ser lido pelo leitor do ano 2000 sem que ele sinta obstáculos ou uma distância da própria língua. E no entanto também constam "*egli*" e "*ella*" como sujeitos pronominais na mesma ou talvez em maior quantidade do que os "*lui*" e "*lei*", estilemas (séries de adjetivos, similitudes) cultos e literários. Mas são traços contrabalançados por coloquialismos já consolidados (deslocamentos, redundâncias pronominais, simplificações lexicais, sinais discursivos, amplo uso do partitivo), presentes no discurso dos personagens e do narrador. O italiano de Moravia se situa solidamente no centro de tensões agora extintas, numa zona de indiferença linguística cujo valor ideológico e narratológico foi muito bem captado, mais uma vez, por Enrico Testa. O centro do livro, aliás, consiste na incomunicabilidade do autêntico (que não existe) entre personagens de um mundo burguês arrastado por suas ficções, por suas hipocrisias, desnudado (pelo narrador) em seus silêncios e omissões. É sintomático o uso do "*lei*" com que Mariagrazia trata Leo, acompanhando uma modalidade agressiva, ciumenta e atormentada de alocução em que se usaria apenas o "*tu*" da intimidade, mesmo que torturada e em crise, que existe entre dois amantes à beira do rompimento.

A língua não só permite o convívio de polaridades diversas (agora descaracterizadas, privadas de seus valores sociolinguísticos e culturais mais explícitos), anulando suas diferenças numa massa "viscosa" e uniforme, como aproveita outros recursos em desenvolvimento na escrita, também destinados a traduzir uma simplicidade, uma imediaticidade de impressões e comunicações que estão próximas, se não do oral, pelo menos do ponto de surgimento e manifestação da palavra na pessoa que pensa ou fala. Aqui me refiro ao duplo andamento da sintaxe moraviana que, além do alcance de complexidade média ("Ah, Merumeci? – repetiu a mãe incerta e impressionada, olhando o amante como se lhe quisesse ler no rosto se era capaz de tal traição"),[38] introduz "acelerações" intensas, realizadas em sequências paratáticas (largo emprego do ponto-e-vírgula) reiteradas:

> A mãe entendeu, um grande medo se lhe abriu diante dos olhos como uma voragem; empalideceu, fitou o amante; mas Leo, totalmente absorto na contemplação de seu charuto, não a tranquilizou [...]. Silêncio; o medo da mãe se agigantava (p. 26).

e entre frases nominais também curtíssimas, notas rápidas de estilo entre o lírico e o jornalístico, que reduzem ou aliviam o peso da escrita ("Silêncio; obscuridade; o cicio da chuva: depois Michele sentiu uma mão pousar sobre a sua e sorriu sem piedade", p. 142).

Mais uma vez, a sintaxe se revela decisiva. É o lugar de compensação dos componentes díspares (residuais) de uma língua que se encaminha para o centro, descendo do escrito para o falado, aproximando as duas polaridades, não comunicantes por séculos, do italiano. Tudo está se normalizando na língua do romance, antes mesmo que isso ocorra na gramática e na realidade.

O romance começa a apontar para uma língua transparente, leve, que não atrai sobre si a atenção do leitor, dirigindo-a para as coisas e para o significado. Para consegui-lo, ele deve se situar no âmbito de uma norma que o italiano vinha preparando na vida social, nos jornais, nas conversações urbanas. Não é mais o italiano com fortes inclinações para a tradição literária (ou o toscano) ou para o interior dialetal. É uma língua que se instala no centro, reduzindo os opostos, mimetizando-os quando (e se) ainda persistem, desbastando os resíduos mais vistosos (os lexicais) do velho plurilinguismo nacional.

O papel da sintaxe neste percurso é decisivo. O alinhamento paratático das frases, a quebra frequente do período, a familiarização com ordens das palavras enfatizantes, típicas do falado, a redução do peso do verbo são alguns dos procedimentos

38 A. Moravia, *Gli indiferenti* (1929). Milão: Bompiani, 1964, p. 29, doravante citado diretamente no texto com o número da página entre parênteses [ed. bras.: *Os indiferentes*, trad. Alvaro Lorencini e Letizia Zini Antunes. Rio de Janeiro: Bertrand Brasil, 1988].

mais recorrentes para aproximar o escrito e o falado, velho sonho dos narradores do começo do século XIX.

Em 1933, *Barnabo delle montagne* e depois, em 1940, *O deserto dos tártaros*, de Dino Buzzati, são agora escritos num italiano que oculta seus sabores, que poderia ser uma tradução do francês ou a matéria de um jornal. Mesmo quando esbarramos em formas literárias (mas hoje principalmente é que parecem literárias), como "*mirare*" para "*contemplare*" ("*Ora Drogo mirava il mondo del settentrione*" ["Agora Drogo mirava o mundo do setentrião"]),[39] ou "*donde*" para "*da dove*" ("*donde si intravedeva un grande cortile deserto*" ["de onde se entrevia um grande pátio deserto"], p. 41), ou em antecipações do adjetivo ("apáticos olhos", "paciente pó"), não paramos nem ficamos surpresos, pelo menos não mais do que diante de coloquialismos mais acentuados ("*Si sono sognati, si sono. Vacci a credere ai soldati, tu*" ["Foi só sonho. Vai agora acreditar nos soldados"], p. 49; "*mi pare fino impossibile*" ["me parece até impossível"]). Quando Drogo imagina o que vai escrever à mãe, ele usa um período hipotético com um pretérito imperfeito do indicativo: "*ho saputo che se volevo potevo tornare in città*" ["soube que se quisesse podia voltar à cidade"] (p. 63), que depois atenua e evita no escrito, que acaba ficando: "*mi ha lasciato completamente libero di tornare in città se volevo*" ["me deixou completamente livre de voltar à cidade, se quiser"]. As oposições são mínimas, imperceptíveis. As frases se sucedem, geralmente curtas, e principalmente no mesmo plano ou com pequenos relevos sintáticos:

> Uma sentinela estava de guarda logo acima da porta de entrada. Na penumbra viu duas figuras negras que avançavam no cascalho. Deviam estar a duzentos metros. Não se importou, achou que era uma alucinação (p. 116).

Com uma língua sem maiores diferenças dignas de nota, o narrador pode se dirigir diretamente ao leitor, na certeza de escrever e falar com ele: "Veja, Giovanni Drogo e seu cavalo, pequenos na encosta da montanha que vão ficando maiores e mais selvagens" (p. 27); "Mas como faz Barnabo, tão jovem, para ficar de lado?".[40]

Assim, nos anos 1930 já existe um modelo de italiano narrativo que, na aproximação dos polos opostos do escrito e do falado, é ainda mais avançado do que

39 D. Buzzati, *Il deserto dei Tartari* (1940). Milão: Mondadori, 1970, p. 49, doravante citado diretamente no texto com o número da página entre parênteses [ed. bras.: *O deserto dos tártaros*, trad. Aurora Bernardini e Homero Freitas de Andrade. Rio de Janeiro: Nova Fronteira, 2005].

40 Id., *Barnabo delle montagne* (1933). Milão: Mondadori, 1984, p. 17.

o italiano dos jornais, em todo caso o lugar mais próximo da realidade comunicativa cotidiana. O romance avançará decididamente nessa linha, embora, como veremos, não sem interrupções, retrocessos e desvios. Na verdade, uma língua sem cores, média, será sempre um fato tão (relativamente) excepcional na história da narrativa italiana que chamará a atenção e a curiosidade dos leitores inclusive nos anos 1970.

O italiano médio construído pelos jornais, pelo cinema, pelo rádio, pela circulação linguística metropolitana, é caracterizado pelo abandono progressivo de fonomorfologias antigas ou toscanizantes (a próstese do *i* na frente de um grupo consonantal inicial, "*ella*" como pronome feminino do caso reto, "*ci*" para "*vi*" etc.) e pela adoção de procedimentos orais na escrita (deslocamentos do tema com cópia pronominal, o "*che*" polivalente, o período hipotético com o duplo imperfeito indicativo etc.). Mas, antes de concluído o percurso, suas etapas são percebidas pelos falantes como rebaixamentos do nível da norma para o plano da informalidade, do italiano popular. Assim, em meados do século, os planos baixos da língua ainda dispunham de um poder bastante grande de conotação socioambiental de personagens e relatos, e um amplo fluxo de traços coloquiais, que hoje seriam recebidos como substancialmente neutros, se apresenta como sinal de imediaticidade linguística e variedade diastrática popular ou, quando menos, programaticamente não culta. Aqui também Enrico Testa apontou com justeza a "estilização da oralidade" em romances da metade do século XX, que eliminam qualquer exuberância literária da língua e apontam para uma escrita muito dialogada, com forte redução dos comentários do autor, um destaque seco aos mais elementares verbos do dizer, uma hospitalidade generosa para os coloquialismos mais correntes nos discursos diretos.

> *Non gli disse ch'ero uscito con Linda. Adesso entrando, prima cosa si sentiva quel profumo. La finestra era aperta, ma nel freddo sentiva il profumo. Guardavo in terra i mozziconi se eran sporchi di rossetto.*
>
> *– Vedrai che guarisci – dicevo – basta fare esercizio.*
>
> [...]
>
> *Non mi parlava piú dei fiori. Non si faceva piú la barba. La bottigilia del cognac l'aveva finita.*
>
> [...]
>
> *Un mattino mi disse di portarmi la chitarra. Io in quei giorni bastava dicessi a bassa voce "Buono, Pablo" per sentirmi felice. Venni con la chitarra e, seduto sul letto, cercai*

*di suonare. Lui mi ascoltava con la testa sul cuscino.* [...] *Io gli dissi: – Domani porto qualcosa da bere.* [...] *Senti, – gli dissi una mattina, – hai avuto fortuna che ti sei fatto male tu.*[41]

[Não lhe disse que saí com Linda. Agora entrando, primeira coisa se sentia aquele perfume. A janela estava aberta, mas no frio sentia o perfume. Olhava as bitucas no chão se estavam manchadas de batom.

– Você vai ver que melhora – eu dizia –, é só fazer exercício.

[...]

Não me falava mais das flores. Não fazia mais a barba. A garrafa de conhaque ele tinha acabado.

[...]

Uma manhã me disse para trazer o violão. Eu naqueles dias, se ele dizia baixinho "Bom, Pablo", já ficava feliz. Vim com o violão e, sentado na cama, tentei tocar. Ele me ouvia com a cabeça no travesseiro. [...] Disse a ele: – Amanhã trago alguma bebida. [...] Ouça – disse a ele uma manhã – você teve sorte que se feriu.]

Numa única página concentram-se quase todos os traços sintáticos hoje quase universalmente usados, mas nos anos 1940 ainda muito marcados em sentido diastrático: o presente em lugar do futuro ("*Domani porto*" ["Amanhã trago"]), deslocamentos do tema para a esquerda ("*la bottiglia del cognac l'aveva finita*" ["a garrafa de conhaque ele tinha acabado"]), o "*che*" polivalente ("*hai avuto fortuna che*" ["teve sorte que"]), indicativo em vez de subjuntivo ("*guardavo se eran*" ["olhava se estavam"]) etc. São fenômenos, segundo Testa, que se encontram no limite máximo em *La malora* de Beppe Fenoglio, principalmente o "*che*" onivalente:

*I nostri zii di Mombarcaro, coi soldi che non sapevano piú dove metterli e non buoni a passare il resto della vita a goderseli da signori, aprirono una censa anche a Monesiglio e, per chiamare un altro, chiamarono mio fratello Stefano da primo garzone. Stefano non aspettava altro che lasciare la terra che tanto era diventata troppo bassa per la sua schiena e io era il mio sogno tornarmene a casa a farla andare io.*[42]

41 C. Pavese, *Il compagno* (1947) [ed. Turim, 1989, cap. II, p. 14].

42 B. Fenoglio, *La malora* (1954) [ed. in id., *Romanzi e racconti*, org. D. Isella, Turim, 1992, p. 200].

[Nossos tios de Mombarcaro, com o dinheiro que não sabiam mais onde pôr e não querendo passar o resto da vida como grandes senhores, abriram uma loja em Monesiglio e, para chamar outra pessoa, chamaram meu irmão Stefano como vendedor-chefe. Stefano não esperava outra coisa a não ser sair da terra que havia se tornado estreita demais para ele, e eu, meu sonho era voltar para casa e cuidar dela.]

Entre 1940 e o começo dos anos 1960, a exploração do mundo popular, a curiosidade pela Itália não oficial, pelo interior e pelo campo, ademais legitimada por motivações ideológico-políticas, leva os narradores a pender para o polo baixo da língua ou até retornar ao dialeto, em suma, a recuperar na página, de maneira mais ou menos ostensiva, a oralidade cotidiana.

A apresentação direta e imediata do dialeto não é frequente, mas se vê em autores e obras de grande importância naquele período. Os pequenos industriais vigevanenses de Mastronardi (*Il maestro di Vigevano*) falam em lombardo puro e se aprofundam em seu submundo linguístico à semelhança, na verdade, dos rapazes da periferia romana de Pasolini (*Ragazzi di vita, Una vita violenta*), mesmo que o dialeto dos primeiros seja a língua da arrogância econômica e o dos segundos a língua da inferioridade social. Domenico Rea atribui a cores dialetais um papel importante na representação do mundo popular de *Spaccanapoli* e o primeiro Sciascia também lança mão de dialetismos explícitos para descrever *Le parrochie di Regalpetra*. Mais do que uma dialetalidade explícita, que, como dissemos, é modesta e muitas vezes aparece destacada em itálico (quando não em traduções ou glossários, como no final de *Una vita violenta* de Pasolini), porém, trata-se, como diz Corrado Grassi, de uma "dialetalidade de essência", que leva ao emprego de uma sintaxe dialetalizante (por exemplo, nos escritores meridionais notam-se posposições do verbo, como em *I giorni della fera* de D'Arrigo, citado por Grassi: "*Vecchio mi feci*" ["Velho fiquei"]; "*Allegri giovanottelli e mansi mi sembrano*" ["Alegres rapazolas e mansos me parecem"]), muito aberta às morfologias regionais (novamente D'Arrigo com um caso de passado perfeito para eventos imediatos: "*Ma che bevetti?... Sta muccosa veramente mi dette il filtro*" ["Mas o que você bebeu? ... Esse catarro me deu foi o filtro"].[43]

43 C. Grassi, *Corso di storia della lingua italiana*, Turim, s/d, pp. 125-33.

## 9. Uma língua que não propicia um estilo

Mas a estrada principal e inevitável é a que se dirige para a prosa média, nacional, não regional. O dialeto é entendido quase como limite; segundo Calvino, reeditando em 1964 *Il sentiero dei nidi di ragno*:

> Aqui o tema língua-dialeto está presente em sua fase ingênua: dialeto aglomerado em manchas de cor (ao passo que, nas narrativas que escreverei a seguir, tentarei absorvê-lo totalmente na língua, como um plasma vital, mas oculto)[44]

e como "subestória", conforme notava Pavese:

> O ideal dialetal é o mesmo de todos os tempos. O dialeto é subestória. Mas é preciso arriscar e escrever em língua...
>
> Não escrevi imitando o jeito de Berto [...] mas traduzindo seus espantos, seus escárnios etc., como ele mesmo diria se falasse italiano. Só coloquei erros de gramática quando o erro de gramática indicava uma quebra, uma involução, uma monotonia de seu estado de espírito. Não quis mostrar como Berto fala ao se esforçar em falar italiano (o que seria um impressionismo dialetal), mas como ele falaria se suas palavras se tornassem – por obra de Pentecostes – italianas.[45]

Mas o dialeto também pode se tornar o "plasma" de uma língua ameaçada de pobreza, de generalidade e aridez devido à sua própria consolidação como padrão. É ainda Calvino que nota o problema com sua usual lucidez, quando, por um lado, deseja uma língua "clara" e traduzível, mas, por outro lado, vê o risco de abstração, de generalidade, de "antilíngua" burocrática, tecnicista, como um relatório policial.

Com efeito, o italiano de muitas narrativas compartilha com a língua jornalística e burocrática diversos procedimentos sintáticos e marcas lexicais típicas, que Ignazio Baldelli[46] catalogou, sem deixar de lhes assinalar a insipidez e a presença no italiano médio de Giorgio Bassani, conforme tentou atingir na revisão de suas *Cinque storie ferraresi*.

44 I. Calvino, *Prefazione* a id., *Il sentiero dei nidi di ragno* (1947), Turim, 1964.

45 C. Pavese, *Il mestiere di vivere*, Turim, 1973, p. 151. Cf. também p. 237: "Agora o dialeto é diferente da língua, e não se pode voltar atrás a não ser se mascarando de regionalista".

46 I. Baldelli, *Conti, glosse, riscritture*, Nápoles, 1988, pp. 256-57.

Aqui se veem correções que levam de "*aveva servito da carbonaia*" ["tinha servido de carvoaria"] para "*veniva adibita a legnaia*" ["era empregada como lenheiro"], de "*affermava Oreste Benetti*" ["afirmava Oreste Benetti"] para "*asseriva Oreste Benetti*" ["declarava Oreste Benetti"], de "*che ... aveva sempre avuto per Ireneo*" ["que... sempre tivera para Ireneo"] para "*di cui... aveva fatto oggetto Ireneo*" ["de que... fizera objeto Ireneo"], de "*una strada piena di movimento e di strepito*" ["uma rua cheia de movimento e estrépito"] para "*una arteria piena di movimento e di strepito*" ["uma artéria cheia de movimento e estrépito"], de "*il qual possedeva in via Salinguerra una bottega di legatore di libri*" ["o qual possuía na rua Salinguerra uma oficina de encadernação de livros"] para "*titolare in via Salinguerra di una bottega di legatore di libri*" ["proprietário na rua Salinguerra de uma oficina de encadernação de livros"], além do mais acompanhadas por outras alterações que introduzem uma grande quantidade de formas orais, como conectivos ("em todo caso", "pelo menos"), quebras sintáticas ("o que é que", "como é que"), sinais discursivos.

Assim, a língua do romance se apoia no novo padrão italiano da segunda metade do século XX, com suas características sintáticas e hábitos jornalísticos. Já nos anos 1960, Guido Morselli usa uma língua jornalística de categoria, ao mesmo tempo adotando uma distância irônica em relação a ela.

Em duas páginas de *Roma senza papa* (1974), os policiais são "guardiães da ordem", um confiante helicóptero "plana no céu", há um "tem-se a opinião" e toda a sintaxe é formada por frases curtas, muitas vezes nominais, construídas em parataxes:

> Passo não sem vagos ressentimentos e perplexidades pela entrada da Gregoriana. Piazza della Pilotta: está vazia, abafada. (Toda a Roma urbana está preguiçosa, esvaziada, com um certo ar deprimido: sabendo como era, esforço-me em reencontrá-la.) Atinge-me a estratificação vertical de odores que atravesso ao caminhar, asfalto mole, poeira velha, fritura recente. Bafos azedos de vinho e mofo pelas janelinhas das cantinas.[47]

A linguagem jornalística se ajusta ao romance, e o próprio Morselli faz sua paródia ridicularizando, por exemplo, uma típica aglutinação jornalística dos termos: "a arrogância tecnológico-socioeconomicista da tese solidarista".[48]

É uma língua média no ponto exato, mas perigosamente plana, repetitiva, previsível. Alguns, como Andréa De Carlo, aproveitam essa pobreza para convertê-la,

47 G. Morselli, *Roma senza papa*, Milão, 1974, pp. 30-31.
48 Ibid., p. 72.

exasperando-a, num traço estilístico identificável. No mesmo capítulo de *Tecniche di seduzione* em que ironiza os estilemas jornalísticos que impõem o uso de toda "a gama de sinônimos e equivalentes do verbo 'dizer'":

> se a atriz "contava", o sociólogo devia "acrescentar" e o poeta "prorromper" e a cantora "confiar", o político "objetar" ou "rebater" ou "afirmar" ou "mencionar" ou "revelar" ou "declarar" ou "sustentar".[49]

De Carlo introduz os discursos diretos com "pediu", "gritou", "ele disse", "eu disse", estes dois últimos repetidos várias vezes, ou seja, reduzindo fortemente o espectro admissível dos *verba dicendi*, assim exasperando e, em certo sentido, minando por baixo o ponto médio estilístico imperante nos meios de comunicação. Por outro lado, os jornais institucionalizaram antigos módulos narrativos, que agora devolvem totalmente "desestilizados" à língua do romance. Um caso típico é a prolepse dos traços descritivos de um personagem ou de um lugar em relação ao tema de que fazem parte. Giuseppe Antonelli[50] observou esse procedimento já nos romances setecentistas e o aponta também nos romances contemporâneos, aos quais ele chega potencializado por seu vasto uso na prosa do jornalismo oral e escrito. Eis um caso exemplar, apresentado por Antonelli, extraído de *La chimera* (1990), de Sebastiano Vassalli:

> Nobre por nascimento, refinado por educação e cultura, bom conhecedor do latim e do espanhol, isto é, das duas línguas internacionais da época, escritor brilhante em latim e italiano, especialista em direito eclesiástico e civil e, ademais, dotado de um talento natural de organizador e de administrador: Bescapè tinha todos os requisitos para aspirar a mudar o mundo.[51]

Os melhores escritores sentem os limites e os perigos de uma língua sem estilo e intervêm para corrigi-la, integrá-la, enriquecê-la em várias direções.

Há quem continue a evitar o ponto lexical e sintático médio, dando destaque aos deslocamentos construtivos e à informalidade verbal da linguagem juvenil,

49 A. De Carlo, *Tecniche di seduzione* (1991) [ed. Milão, 1993, p. 47].

50 G. Antonelli, *Sintassi e stile della narrativa italiana dagli anni Sessanta a oggi*, in N. Borsellino e W. Pedullà (orgs.), *Storia generale della Letteratura italiana*, XII. *Il Novecento. Sperimentalismo e tradizione del nuovo*, Milão, 1999.

51 S. Vassalli, *La chimera*, Turim, 1990, p. 21.

dos níveis diafásicos básicos, da língua pré-racional do inconsciente. Desde o Sanguinetti de *Capriccio italiano* (com seus pronomes redundantes, o indicativo no lugar do subjuntivo, o "*che*" onivalente e invasivo), descendo cada vez mais, até os jovens narradores "bárbaros", os romancistas organizam incursões pelos territórios subgramaticais do italiano, acentuando ao máximo seus traços populares, informais e orais:

> O jogo é o que todo mundo conhece, que a gente dá volta nas cadeiras, e as cadeiras estavam lá todas em fila, todas no meio, e quando termina o trecho todo mundo senta depressa nas cadeiras. Mas cada vez tiravam uma cadeira. Assim um fica de fora, e os outros agora ficavam dando volta nelas. Então de repente sobrou de pé a de cinto preto, e depois G., acho, e depois C., que parecia que fez de propósito para sobrar de pé.[52]

Em narradores mais jovens, a descida linguística para os territórios da gíria adolescente, dos tiques de uma oralidade incerta e insegura, é mais rápida e abrangente. Basta dar uma olhada no melhor deles (infelizmente falecido em idade prematura), Pier Vittorio Tondelli:

> Mmmm Johonny ouça bem. Faz um mês que não aparece um mísero papelote nesse puteiro e você sabe muito bem disso, porque a coisa está na tua mão, não tem como fugir disso, não dá pra fazer porra nenhuma. Se você quiser espremer esses mafiosos, problema teu, mas ganhe você ou eles, aqui você não vai encontrar mais ninguém do pessoal de antes, todos desaparecidos, destroçados, sumidos! Então que porra você quer saber, se a carestia está matando a gente, diga lá, o que você quer saber?[53]

E há quem submeta os mesmos procedimentos da língua falada a uma estilização do essencial, a uma ostensiva subtração do excesso, convertendo-os em elementos úteis para fugir ao termo médio e, em certos casos, para se afastar da prosa e reativar a poesia. Ou seja, a essencialidade é assumida, em termos fictícios, não só como sinal da pobreza ou parcimônia das palavras de quem não frequenta a literatura, mas também como equivalente em prosa de uma dicção lírica, depurada de todas as redundâncias, cercada de silêncios. Como ocorre amiúde na poesia, um traço oralizante se converte em instrumento de enobrecimento estilístico da linguagem.

52 E. Sanguinetti, *Capriccio italiano* (1963) [ed. Milão, 1987, p. 97].

53 P. V. Tondelli, *Altri libertini*, Milão, 1980, p. 16.

Elio Vittorini escreveu um livro que, no título, invoca a dialogicidade: *Conversa na Sicília*, mas depois se apoia inteiramente nas potencialidades líricas, poéticas de uma língua enxuta, sem enfeites, de aparência despojada, em que a essencialidade do oral despido chega às raias do isolamento e do martelamento lírico da palavra. Tem-se desde um diálogo construído sobre uma interjeição:

> Mas eu buscava aquele que tinha dito: "Ehm!".
> "Ehm?" disse. "Ehm?"
> "Ehm! Ehm! Ehm!", respondeu a voz terrível.[54]

a um diálogo em que se reúnem uma literariedade refinada (o quiasmo e a sintaxe em "vingue os vencidos, perdoe os vencedores") e a cadência coloquial (aqui, o indicativo no lugar do subjuntivo: "imagino que sofram muito"):

> Eu: "E o que representam?".
> O soldado: "As ações pelas quais são gloriosos".
> Eu: "Como? Todas as noites?".
> O soldado: "Sempre, senhor. Até que Shakespeare ponha em verso toda a história deles, e vingue os vencidos, perdoe os vencedores".
> Eu: "O quê?".
> O soldado: "Já disse".
> E eu: "Mas então é terrível".
> O soldado: "É assustador".
> Eu: "Imagino que sofram muito".[55]

E poderíamos dizer a mesma coisa em relação à prosa liricizante do romance mais sugestivo de Cesare Pavese, *A lua e as fogueiras* (1950).

O aumento do índice de literariedade da língua, por outro lado, é uma opção sempre recorrente na narrativa italiana. Podemos observá-lo nos anos 1990, nas páginas elaboradas de Gesualdo Bufalino, transbordantes de ouropéis literários atenuados apenas por um delicado distanciamento irônico do escritor em relação à sua própria linguagem:

54 E. Vittorini, *Conversazione in Sicília* (1941), ed. bras.: *Conversa na Sicília*, trad. Valêncio Xavier e Maria Helena Arrigucci. São Paulo: Cosac Naify, 2002, p 242.

55 Ibid., cap. XLIII, pp. 247-48.

> Comeram pouquíssimo ou nada. Os pratos, embora mais ricos do que o habitual, pois que um solícito carcereiro se empenhara em temperá-los, tinham um sabor inimigo, e não havia bocado que, na garganta, não se transformasse em cinzas.[56]

A elegância, a densidade culta também são marcas estilísticas claras em *Donna di Porto Pim*, de Antonio Tabucci, e apenas os referenciais literários diferem: onde Bufalino remonta à tradição nacional e clássica, Tabucchi recorre às erudições formais do grande Borges.

Outra saída do ponto médio linguístico legitima o eterno jogo italiano do expressionismo, a mescla de línguas e registros diferentes, montagens habilidosas e irônicas, neocunhagens intelectualistas que enfatizam o papel da escrita. Gadda e Fenoglio, embora muito distintos entre si, constituem, na maioria de seus romances, os dois casos mais extremos dessa estratégia da tensão linguística, resposta secular e sempre renovada da cultura italiana diante das pretensões do monolinguismo.

São soluções (de grande eficácia nesses autores de maior relevo, menos convincentes e mais discutíveis nos manipuladores mais cerebrais e demasiado ostensivos, como Stefano D'Arrigo ou Antonio Pizzuto) que apontam na prosa narrativa a existência de uma dimensão de linguagem inventiva, de língua não compartilhada, exuberante e particular (os célebres neologismos de Fenoglio nos *Partigiani*, os substantivos abstratos como "*squallorosità*" ["esqualicidade"], "*trucità*" ["crudidade"], "*rossità*" ["rubridade"], "*caldità*" ["caloridade"], "*intattità*" ["intactidade]", "*pronità*" ["pronidade"], os verbos como "*carosellare*" ["carrosselar"], "*distallare*" ["dinstalar"], "*microscopizzare*" ["microscopizar"], os adjetivos como "*apungioglionati*" ["aferroados"], "*lemurale*" ["lemural"], "*lastroso*" ["laminoso"], "*giocattolesco*" ["brinquedoso"]; as invenções ou raridades de Gadda,[57] como "*polizzottaglia*" ["policitalha"], "*viscerame*" ["viscerame"], "*novecenteria*" ["novecenteria"], "*benignazione*" ["benignação"], "*scaricabarilistico*" ["despejabarrilístico"], "*sonnambulesco*" ["sonambulesco"], "*baffoso*" ["bigodoso"], "*gargarizzativo*" ["gargarejativo"], "*intingolare*" ["mixordiar"], "*gorgonzolante*" ["gorgonzolante"] etc.), e ativam uma transversalidade linguística variegada (espanhol, pseudoespanhol, dialeto, italiano literário e técnico em Gadda, italiano, inglês em Fenoglio).

56 G. Bufalino, *Le mensogne della notte*, Milão, 1988, p. 1.

57 Cf. P. Italia, *Glossario di C. E. Gadda 'milanese'*, Alexandria: Edizioni dell'Orso, 1998; M. Prandi, *Procedimenti di deformazione astrattiva nei "Partigiani"*, in G. Ioli (org.), *Beppe Fenoglio oggi*, Milão: Mursia G.E., 1991, pp. 174-84.

O romance, até o final do século XX, frequentou esse território idioletal, aliás de vasta tradição europeia (pense-se em seu sucesso na França, desde o refinado Céline até o popular Dard), mas progressivamente com menor convicção e maior comedimento, e por fim reduzindo sua extensão, limitando-o a elementos lexicais, com raras incisões nas profundidades da sintaxe.

O veículo constante de distanciamento da narrativa italiana em relação à língua média continua a ser, como vemos também nos casos mencionados, o dialeto, mas cada vez menos apresentado como mimese das cores orais (todavia, Laura Pariani, em *Signora dei porci*, retoma o dialeto numa operação de grande empenho filológico e pouca eficácia narrativa) e cada vez mais como "dialetalidade transcendida", "mais idioleto do que dialeto", como diz Maria A. Grignani.[58] Deste ponto de vista, é exemplar o caso de Andrea Camilleri, em que o siciliano quase sempre cobre as mesmas zonas verbais, apresentando-se antes como língua específica para espaços narrativos determinados, e não tanto como instrumento de reevocação de certos ambientes sociais e geográficos, com uma mudança de função que indica o valor agora muito mais literário e simbólico do que realista e mimético, adquirido pelo dialeto em nossa narrativa.

## 10. Novos recursos estilísticos

Mas os autores e os romances mais convincentes se situam na linha linguística que arquivou definitivamente a questão secular da língua e recolocou a questão do estilo, evitando recorrer ao auxílio das variedades linguísticas nacionais (solução pronta, com um automatismo previsível) e procurando partir do padrão para compor uma escrita linguisticamente média e estilisticamente rica, articulada, capaz de movimentos sintáticos variados, estendendo-se por um amplo léxico, chegando também às linguagens setoriais. Italo Calvino, por algum tempo, optou por um italiano sem marcas muito vistosas e logo percebeu os riscos de generalidade e abstração da língua média. Assim, prontamente começou a corrigi-la com doses robustas de precisão e concretude (duplas bem calibradas de adjetivos como, nos primeiros capítulos de *O visconde partido ao meio*, "o ar opaco e parado",[59]

58 M. A. Grignani, *Tempi i piani del racconto ne "La Malora"*, in Ioli (org.), *Beppe Fenoglio oggi*, cit., p. 118.

59 I. Calvino, *Il visconte dimezzato* (1952). Turim: Einaudi, 1971, p. 9 [ed. bras.: *O visconde partido ao meio*, trad. Nilson Moulin. São Paulo: Companhia das Letras, 1997].

"mulheres aneladas e espessas", p. 12; "um esforço anguloso e convulso", p. 21; emprego de terminologia técnica e exata, busca da denominação mais adequada, aproveitando as linguagens setoriais, os jargões profissionais etc.).

Nos dois primeiros capítulos de *O cavaleiro inexistente*, Calvino demonstra seu empenho em evitar a generalidade linguística, utilizando fartamente toda a nomenclatura especializada das armaduras antigas, nomeando com precisão os vários componentes: celada, respiradouro (da viseira), mordaça, elmo, cimeira, penacho, barbela, bacinete, gorjal, coxote, perneira, cotoveleira, punho, joelheira.

Na famosa cena do banquete dos paladinos, há um elenco de pratos ("peru recheado, ganso no espeto, carne de vaca grelhada, vitelinhos de leite, enguias, dourados")[60] que faz uma boa dupla com as variedades oferecidas pela charcuteria onde Palomar faz suas compras:

> Pelos invólucros de gelatina apontam as grossas marcas de tartufo negro enfileiradas como os botões na túnica de um Pierrô, como notas de uma partitura, cravejando as róseas variegadas platibandas dos patês de *foie gras*, dos salsichões, das terrines, as galantines, as fatias de salmão em leque, os fundos de alcachofra guarnecidos como troféus.[61]

Os verbos acompanham essa profusão pormenorizada e, em *O cavaleiro*, surgem os que indicam o ataque desenfreado dos paladinos famintos aos acepipes ("se jogam em cima, agarram com as mãos, despedaçam, emporcalham as couraças, espirram molho por toda parte", p. 72) ou os gestos precisos do gélido Agilulfo ("trincha uma fatia de javali assado, coloca a carne num prato e o molho num pratinho, depois corta [...] a carne em muitas tirinhas finas", p. 73).

A exploração da língua em suas especialidades (aqui a gastronomia, em outros lugares a biologia, a astronomia etc.) amplia o italiano de Calvino, como ele mesmo escreve em *Palomar*, com "uma riqueza inesgotável de sinônimos, usos idiomáticos, conotações e nuances de significados, como todas as línguas alimentadas com a contribuição de uma centena de dialetos" (p. 75), permitindo que uma língua padronizada, contida dentro do sistema vigente, sem excursões temerárias pelas variedades do repertório, seja, ainda assim, rica, articulada, incomum.

60 Id., *Il cavaliere inesistente* (1959). Milão: Garzanti, 1985, p. 72 [ed. bras.: *O cavaleiro inexistente*, trad. Nilson Moulin. São Paulo: Companhia das Letras, 2005].

61 Id., *Un chilo e mezzo di grasso d'oca*, in id., *Palomar* (1983) [ed. Milão, 1995, p. 70].

As linguagens setoriais se tornam um recurso importante numa língua que aceita o termo médio, mas não quer compartilhar sua generalidade. Encontram-se tecnicismos não ostensivos, mas perfeitamente calibrados, nos romances de Giuseppe Pontiggia e, sobretudo, com grande papel narrativo, nos contos e romances de Daniele Del Giudice.

A terminologia técnica e o léxico culto, juntos, robustecem o italiano médio de Primo Levi. Comentou Pier Vincenzo Mengaldo a respeito da língua do autor de *É isto um homem?*: "acima de tudo a opção de base [...] pelo 'italiano marmóreo, bom para as lápides' [...] e [a seguir...] o ideal [...] de uma língua precisa, clara e distinta, transparente no sentido e na comunicação [...] o gosto pela *brevitas* expressiva, pela economia e essencialidade linguística". E é justamente um termo técnico que Levi emprega como imagem de seu trabalho com a língua: "uma bomba filtrante, que aspira a água turva e a expele decantada, talvez estéril", e ainda: "minha própria escrita se tornou [...] uma obra de química que pesa e divide, mede e avalia a partir de certas provas". À expressividade se soma a "literariedade elegante ou solene" (que não descarta aulicismos como "albergar", "antever", "pesar", "erradio", às vezes induzidos por vias técnicas: "poluída", "secretado", "excreções", "panspermia"; prefere "*vi*" a "*ci*", usa a concordância do particípio passado com o objeto, favorece a colocação do adjetivo antes do substantivo: "espectral aurora de neve", "contínuo surdo frêmito", "em sua remota juventude", "viciosa pertinácia" etc.), num equilíbrio que respeita a norma e a alimenta com substância e personalidade estilística. Mesmo a língua "de todos" pode ter uma "assinatura".[62]

As melhores narrativas dos últimos anos trazem uma profusão de meios e manobras que, mesmo sem ultrapassar os padrões, ressaltam, de uma ou outra maneira, sua dimensão escrita e literária. Francesco Biamonti, por exemplo, procura no italiano os ingredientes necessários para pintar a paisagem, que é a verdadeira protagonista de seus romances. Comparecem termos técnicos ("argila margosa", "waldorf", "parietária", "aroeiras", "urzes") e traços mais literários, como um léxico variegado, rico e capaz de muitas nuances.

Outros simulam ritmos e prosódias de um discurso ao vivo, de confidências e piscadelas ao leitor, com procedimentos cultos de desmembramento sintático,

62 P. V. Mengaldo, "Lingua e scrittura in Levi", in id., *La tradizione del Novecento. Terza serie*, Turim, 1991, pp. 314, 321 e 329-31; do mesmo Mengaldo há o fundamental *Storia della língua italiana. Il Novecento*, Bolonha, 1994.

sequências nominais já conhecidas na prosa artística, uma "ênfase na pontuação" que acompanha o ritmo oral e ao mesmo tempo evidencia a forma escrita do italiano. No primeiro capítulo de *Candido*, de Leonardo Sciascia, há uma segmentação aparentemente oral e na verdade rítmica, muito culta, das frases:

> E falou da mãe, mostrou ao advogado sua foto em cores. Siciliana, a mãe, de uma aldeia próxima, a quinze quilômetros. Mas não lembrava, a mãe, de ter parentes, naquela aldeia. O advogado, pelo sobrenome, tentou encontrá-los: aquela aldeia, ele conhecia bem.[63]

E, depois dela, o leitor não se surpreende ao se encontrar em plena literatura, deparando com uma utilização explícita de recursos literários:

> nele começou a crescer obscuramente, como um tumor, um pensamento que não se podia chamar de pensamento, uma suspeita que não se podia chamar de suspeita, um sentimento que não se podia chamar de sentimento.[64]

No começo de sua história, no início do século XIX, o romance tinha um problema de linguagem, pois lhe faltava o polo falado, oral e popular do italiano. Ao longo do tempo, ele procurou um padrão que reduzisse as distâncias sociolinguísticas tradicionais. Depois de dois séculos, encontrou-o e finalmente compartilha-o com uma sociedade que também o utiliza. Mas agora o romance mostra problemas de estilo, pois a indistinção entre oral e escrito ameaça a qualidade da língua; o centro alcançado corre o risco de se tornar demasiado plano e uniforme. Por isso ressurgiram manobras de aproximação ao polo escrito, formal e culto do italiano, num movimento pendular em torno da língua média que, ao final, reforça a centralidade para o próprio gênero do romance.

63 L. Sciascia, *Candido ovvero un sogno fatto in Sicilia* (1977) [ed. Turim, 1977, p. 10].
64 Ibid., p. 12.

MARIA TERESA ORSI

# A padronização da linguagem: o caso japonês*

## 1. Um salgueiro frágil e flexível

O estilo clássico é aquele conhecido como *wabun* ("estilo japonês"). As suas qualidades de indeterminação e nobreza o tornam, por natureza, o mais apropriado a uma prosa alusiva e elegante, mas ele não possui os dotes necessários de largueza de visão e vivacidade. Se quisermos recorrer a uma comparação, talvez devêssemos dizer que ele se assemelha a um salgueiro, frágil e flexível, agitado pelo vento. Se o quisermos comparar a um ser humano, ele é como uma dama da corte, que enlanguesce além das cortinas de bambu. Não é apenas por essas qualidades que tal prosa exerce um fascínio delicado, também o seu ritmo é de um sereno comedimento de sabor clássico; no entanto, por esse motivo não se presta a descrever emoções violentas, façanhas de fôlego, situações excepcionais. De forma nenhuma esse estilo indeterminado se

* Os nomes próprios japoneses foram adaptados ao uso corrente no Brasil, país que recebeu o maior contingente de imigrantes oriundos do Japão, ou seja, primeiro o nome, seguido do sobrenome – ao contrário do uso original, pelo qual o sobrenome precede o nome. Assim, por exemplo: "Junichiro Tanizaki" e não, como em japonês, "Tanizaki Junichiro". Nos últimos anos, tal opção tem sido também adotada como critério editorial no crescente número de títulos da literatura japonesa traduzidos para o português. [N.E.B.]

> presta a cenas de brutalidade [...]. O estilo vulgar utiliza a língua do dia a dia assim como esta se apresenta. Por isso, tem a vantagem de ser compreensível e, além de possuir certa energia dinâmica, apresenta as qualidades de simplicidade e clareza necessárias a uma boa prosa. [...] Mas a língua coloquial de nosso país em geral tem o defeito de ser prolixa em excesso, não apresenta regras fixas na gramática, o seu ritmo não é elegante e, por isso, acaba sendo desagradável sempre que é usada quer nas partes narrativas (ou nos trechos que narram a história e as causas de fatos e coisas) quer nas partes descritivas (ou nos trechos que registram a forma e a natureza dos fatos e coisas).[1]

Quando, em 1885, Shoyo Tsubouchi escrevia o ensaio *Shosetsu shinzui* [A essência do romance], hoje considerado o primeiro manifesto explícito para a criação de um romance japonês moderno, não só afirmava a necessidade de que ele fosse entendido como forma de arte, justificada apenas pelo fato de existir, e que tivesse como escopo a representação da vida humana – expressa não mediante uma adesão puramente exterior ao fato, mas, sim, por meio das análises dos sentimentos –, mas tratava também do tema da busca de uma linguagem que pudesse ser um veículo imediato e eficaz dessa realidade: linguagem que na situação particular japonesa se identificava com a que se chamava *buntai*, "estilo literário".

Não era absolutamente um problema simples, visto que no final do século XIX a língua escrita japonesa possuía um amplo espectro de tipologias que iam do chinês clássico, ou uma das suas variedades anômalas, aos estilos mistos sino-japoneses, ao japonês "puro" (*wabun*), moldado na literatura clássica, ou seja, na língua da nobreza da corte durante o período Heian (794-1185), assim como fora consignada e conservada nas obras literárias da época. Eram todos estilos solidamente atestados e codificados na esteira de uma tradição que destinava a cada um deles um papel preciso e lhes reconhecia a importância de produto culto, dotado de uma grade própria de referências e de uma bagagem de formas retóricas de prestígio certo. No passado, particularmente o estilo "chinês" (*kanbun*) ou "chinês anômalo" (*hentai kanbun*) foi patrimônio quase exclusivo das classes privilegiadas, situação que reforçou a distinção entre as diversas classes sociais; no extremo oposto do espectro estilístico, o japonês "clássico", que todavia usufruía um prestígio altíssimo, estava já por demais distante, era

1 Shoyo Tsubouchi, *Shosetsu shinzui* [A essência do romance]. Tóquio: Nihon Kindai Bungakkan, 1999, pp. 102 ss.

por demais indistinto e arcaico na elegância de suas expressões para poder responder às exigências de um romance que se propunha adequar-se à realidade presente. Ulteriormente, a situação complicou-se em virtude da quase total falta de sinais de pontuação, fazendo com que a possibilidade de atribuir sentido a uma passagem fosse confiada ao reconhecimento por parte do leitor de sinais gramaticais, como os elementos de fim de frase, indicadores de tal função.[2] Em comparação com uma língua literária em suas formas padronizadas que mantinham um forte vínculo com o passado, a língua coloquial, que refletia a fala real e que também ganhara espaço em obras de narrativa, apresentava-se como uma entidade não definida, com êxitos múltiplos e sem um reconhecimento no plano estético e cultural.

A questão com que Shoyo deparava no seu tratado fazia parte, por outro lado, de um amplo debate que envolvia todo o país e que, embora já tendo sido delineado na primeira metade do século XIX, conhecera uma retomada depois da assim chamada restauração Meiji (1868), que por sua vez marcara o fim do velho regime shogunal e dera início a toda uma série de mudanças radicais levadas a efeito também por meio da adoção de uma política de importação de instituições e tecnologias do Ocidente. Tratava-se de transformar o sistema da comunicação escrita a fim de torná-lo mais versátil, prático e acessível a uma vasta massa de beneficiários, isto é, adequado ao programa de "iluminismo e civilidade" posto em prática pelo governo e pela estrutura burocrática e centralizada do moderno Estado japonês unificado.

A necessidade de uma renovação radical foi expressa conforme um programa de "unificação da língua escrita e falada" (*genbun itchi*) que apresentava, em termos mais ou menos genéricos, a adoção de uma língua próxima à coloquial.[3] Propostas foram apresentadas por vários intelectuais "cultos" que, empenhados num intenso programa cujo objetivo era de colocar o país no caminho do progresso, deparavam, a par de questões políticas, religiosas e filosóficas, também as relativas ao sistema de instrução e

2 N. Twyne, "The Adoption of Punctuation in Japanese Script", in *Visible Language*, XVIII (1984), n. 3, pp. 229-37.

3 O movimento para a unificação, que achava os seus pressupostos teóricos já no fim do século XVIII no ambiente dos assim chamados "cultores de estudos holandeses", teria tido um prosseguimento também nos anos seguintes à era Meiji (1868-1912), até a segunda metade do século XX, depois da Guerra do Pacífico, com a redação do esboço da nova constituição em língua coloquial em 1946. Cf. N. Twyne, "The Genbunitchi Movement, Its Origin, Development, and Conclusion", in *Monumenta Nipponica*, XXXIII (1978), n. 3, pp. 333-56.

às reformas de língua e escrita. Yukichi Fukuzawa (1835-1901), um dos mais convictos defensores do próprio papel de divulgador de uma cultura moldada no conhecimento prático que abrisse a estrada ao progresso, adotava em seus livros – entre os quais o mais famoso *Gakumon no susume* [Estímulo à cultura], publicado em intervalos entre 1872 e 1876 – uma língua relativamente acessível também ao leitor menos culto, sem preocupações de retórica nem estética, em que misturava palavras "vulgares" a um léxico culto, revolvendo sem nenhum respeito o "solo sacro" do chinês clássico. Na mesma direção se moviam também outras iniciativas ligadas por uma intenção comum de experimentar formas coloquiais, embora como expediente provisório de apelo ao público e sem precisamente uma vontade de reforma: por um lado, a atividade dos assim chamados "pequenos jornais", de patente caráter informativo e popular, por outro, a dos primeiros tradutores de obras literárias ocidentais a se bater com o problema de encontrar uma linguagem adequada à original. *Self Help*, do inglês Samuel Smiles, traduzido por Masanao Nakamura e publicado em 1870-71, ainda que mantendo uma rígida estrutura sino-japonesa, mostrava a vontade do tradutor de vir em auxílio do público por meio da inserção, ao lado de caracteres chineses de difícil compreensão, de uma versão mais simples das mesmas palavras. Mais adiante, no decorrer dos anos 1880, também a breve temporada do "movimento pela liberdade e pelos direitos civis", empenhado em pedidos de reforma democrática, teria feito uso nos próprios editoriais e ensaios de uma língua mais imediata e compreensível.

Nesses mesmos anos, intensificara-se o esforço de jovens intelectuais como Shoyo Tsubouchi, empenhados em experimentar o *genbun itchi* no interior do romance, quando a urgência de uma língua "coloquial" encontrava uma justificativa não só numa necessidade prática de simplicidade e clareza, mas sobretudo na criação de um instrumento que permitisse exprimir as raízes mais profundas da própria interioridade, já dificilmente compatível – além dos esquemas retórico-literários que eram acusados de obsoletos, não por acaso, pelos prosadores muito mais do que pelos poetas – com os tradicionais percursos estilísticos.

Num segundo momento, o programa de reforma da língua escrita seguiria paralelo e entrelaçado, embora dotado de cadências diversas, ao da criação de uma língua falada padrão (*hyojungo*).[4] Os dois objetivos acabaram por influenciar-se

4 A política de isolamento regional posta em prática pelo xogunato Tokugawa de fato favorecera a existência de uma complexa rede de dialetos, situação que se manteve mais ou menos inalterada mesmo depois da transformação dos domínios semiautônomos em regiões administradas diretamente por Tóquio. Todavia, entre as variedades regionais do japonês falado, algumas conquistaram no correr do tempo um status privilegiado com respeito →

alternadamente. E se a princípio escritores como Shimei Futabatei ou Bimyo Yamada eram obrigados a experimentar várias possibilidades na tentativa de dar vida a uma forma escrita próxima àquela falada, obtendo resultados incertos e contraditórios devido à falta de um conjunto de normas, as propostas deles no movimento para a unificação da língua escrita e falada influenciariam a evolução da língua padrão, que, por sua vez, teria sido apresentada como modelo e ponto de referência para a língua literária, numa relação circular de empréstimos e imitações.

Justamente esse caráter dialógico entre língua literária – não mais necessariamente elitista – e uma língua falada programaticamente, identificada com a língua literária simplificada, dá a razão, de resto, da unicidade do processo que se desenvolve entre as últimas décadas do século XIX e as primeiras do século XX, no contexto japonês. É nessa fase que, de fato, chegam à maturidade e que, nessa maturidade, têm a necessidade de interagir entre si uma série de fatores decisivos do ponto de vista histórico-social e literário em sentido estrito. Cada língua, pelo simples fato de ser definida como tal, já traz em si uma alta dose de padronização. A evolução de cada língua – e o japonês não é exceção – se configura como a passagem de uma língua-padrão a outra. É o ritmo dessas passagens, sua capacidade de exercer influência sobre a realidade, o que determina sua importância histórica. E até o período Meiji sempre faltou à língua literária, embora isso correspondesse às exigências das classes dirigentes, aquela força propulsora interior que consente em superar a dimensão elitista a fim de ampliar-se em nível social e geográfico, pondo abaixo as barreiras que impedem uma fruição geral. Nunca até aquele momento

→ às outras, paralelamente ao surgimento de áreas hegemônicas no plano cultural, além do político e do econômico. Em particular durante o período Tokugawa (1600-1867) verificou-se uma polarização entre duas áreas geográficas contrapostas, a zona do Kinki, que tem Kioto e Osaka como centros urbanos principais, e a do Kanto, sede de Edo (a atual Tóquio). A partir do século XVII, o prestígio cultural de Edo reverberou também na variedade linguística ali falada, que se desenvolvera como uma espécie de língua franca, compreensível bem além da cidade, embora de maneira limitada às classes mais cultas. De qualquer forma, portanto, as bases para uma "língua comum" oral (*kyotsugo*) já se haviam delineado antes da criação de um Estado unificado. Como prova disso, quando em meados dos anos 1890 o problema da criação de uma língua "nacional" (*kokugo*) foi abordado em termos concretos, o governo decidiu, depois de incertezas e debates, reconhecer como língua padrão a falada pelas "classes instruídas" de Tóquio, designada em 1868 como nova capital do país. Cf. H. B. D. Clarke, "The Development of Edo Language", in C. A. Gerstler (org.), *19th Century Japan*. Sidney: Allen & Unwin, 1989, pp. 63-72; P. Calvetti, *Introduzione alla storia della lingua giapponese*. Nápoles: 1999, a que remetemos para informações sobre a evolução diacrônica da língua japonesa.

houvera uma concomitância tão afortunada de vontade de mudança entre o mundo literário e uma classe em ascensão – a burguesia de Edo/Tóquio –, não mais disposta a tolerar os freios impostos pela tradição. E nesse contexto não podia ser senão o romance a forma literária conclamada a desenvolver um papel de análise, experimentação e, depois, embora com certos limites, de ruptura, pelo simples fato de que o romance, pelas suas qualidades intrínsecas, não pode basear-se na utopia de uma língua puramente poética, subtraída à realidade, como pode fazer a poesia, mas busca necessariamente vínculos e inspirações na língua viva, concreta, determinada historicamente.

Em virtude dessa ligação, o romance japonês, embora mantendo as suas finalidades artístico-estéticas, faz-se instrumento de uma reforma que vai além do âmbito literário, quer dizer, se propõe como intérprete de uma necessidade profundamente salientada e partilhada pelos intelectuais da época, e dessa forma se enriquece, abandonando os modelos clássicos com sua perfeição estilística, e chegando àquela pluridiscursividade (social), uma das características essenciais do romance moderno. Papel, este, que não significa sujeição ao poder. Se aos propósitos dos políticos interessa a criação de uma língua nacional, aos romancistas de fato se apresenta o problema de conferir unidade estilística a uma pluridiscursividade que não é mais possível obstar a fim de obter resultados esteticamente válidos. E se depois a unidade estilística ajuda a dar consistência a projetos políticos, isso ocorre porque o romance tende a criar uma língua "ideologicamente saturada", segundo a expressão de Bakhtin, garantindo o máximo de compreensão recíproca.

## 2. Damas da escrita delicada

É um duplo paradoxo o que acompanha a evolução da língua escrita japonesa em sua história complexa e variada, que se prolonga por mais de um milênio. Por um lado, a matriz feminina da língua, termo a ser entendido no sentido sociológico e ideológico, num país em que as mulheres apareciam e aparecem relegadas a um papel secundário. Por outro, a relação, por assim dizer, circular com línguas e culturas "outras", percebidas como dominantes. Uma relação que começa com um esforço para desvincular-se do chinês, que consegue no conjunto, embora com limitações evidentes (que se pense na incapacidade de renunciar aos caracteres chineses, *kanji*) e cuja conclusão está no reconhecimento da necessidade de "aprender com o Ocidente", ainda que ao preço de aceitar a incorporação de barbarismos. São paradoxos que absorvem em si a história do Japão em seu conjunto, mas que na literatura, e no romance em particular, encontram substância, confirmação, estímulos propulsores. O modo por que esses dois fatores tenham se fundido e condicionado alternadamente constitui um profundo elemento qualificador da formação da língua literária japonesa, desde seu nascimento até aquela fase de sua padronização que, na maioria das vezes, se faz coincidir com a instituição em língua nacional.[5]

A língua literária japonesa se afirma com a poesia (*waka*) nascida em torno do século VI d.C. e com as obras em prosa (*monogatari*) do século X, embora os textos mais antigos do cânone literário, *Kojiki* [Crônica de antigos acontecimentos] e *Nihon shoki* [Anais do Japão], surgidos ambos em inícios do século VIII, forneçam no interior dos mitos, das lendas, das baladas e cantos que apresentam uma prova ampla da existência de uma antiga tradição de literatura oral que, por falta de um sistema de escrita nativo, não foi registrada antes da introdução dos caracteres importados da China, por volta do século V d.C. A necessidade de recorrer aos caracteres chineses, criados por uma língua privada de toda relação genética com o japonês, estrutural e foneticamente muito diversa, traduziu-se num enorme desenvolvimento cultural. Ao mesmo tempo, a escrita e a literatura chinesa exerceram uma influência de importância incalculável sobre toda a civilização japonesa, enquanto o chinês clássico tornou-se depressa a língua escrita da cultura e da burocracia, monopolizando, assim, uma posição de prestígio que não abandonaria mais até o despontar do século XX.

Não admira que, na evolução inicial da língua escrita, os esforços voltados a modificar o sistema de escrita importado da China tenham um papel que não pode ser desprezado, esforços que se sucedem quando uma língua literária japonesa (transmitida, no entanto, não sem dificuldade, por meio de caracteres chineses) já se havia afirmado plenamente na poesia, mas não na prosa, fosse esta instrumento de comunicação erudita, de necessidades administrativo-burocráticas ou de manifestações artísticas. Entre as tentativas mais significativas de libertação da escravidão dos caracteres chineses encontra-se o nascimento dos alfabetos fonéticos, hoje conhecidos como *hiragana* e *katakana*. Em particular o *hiragana* – apesar de nascido das exigências práticas e ter sido alimentado nos escritórios de um

5 Para a relação entre língua padrão e língua nacional faz-se referência a D. Baggioni, *Langues et nations en Europe*. Paris: Payot, 1997.

Estado que se organizara sobre bases burocráticas – ter-se-ia tornado um elemento-chave na criação do assim chamado estilo japonês (*wabun*), que por sua vez teria dado vida, no decurso dos séculos X e XI, a uma produção em prosa que conscientemente excluía o máximo possível de palavras de origem chinesa, acrescentando o contato com a língua coloquial; mas, não menos importante é que, por meio do *hiragana*, com seus caracteres arredondados, delicados e fluentes, derivados de uma simplificação dos *kanji*, o mundo das damas da corte entra na história da língua e da literatura no Japão. Tão estreitamente o *hiragana* estava ligado ao universo feminino, que foi denominado também *onnade* ("escrita das mulheres").

A prosa em japonês, que, usufruindo do novo código de escrita, teria conhecido entre os séculos X e XI um extraordinário florescimento, foi tão influenciada desde seu surgimento pelo esforço de libertação do chinês e pela presença feminina, que – é oportuno enfatizar – se realiza em parte por meio de textos escritos diretamente pelas damas da corte. O dado característico dessa passagem historicamente fundamental para o caminho que desembocará na prosa em japonês é o papel das mulheres como beneficiárias privilegiadas, isto é, destinatárias em condição de favorecer a aproximação à língua por parte do escritor. Esse papel é posto em evidência pela hipótese proposta por Seiji Koike, segundo a qual o berço da grande literatura em prosa seriam as cartas de amor que homens e mulheres da aristocracia cortesã trocavam dentro daquele pequeno e restrito mundo, dominado por complexas regras que fixavam com igual rigor cerimônias e passatempos, onde mesmo o amor tornava-se parte integrante de um complicado ritual que previa como prova de *bon ton* trocas de cartas escritas de modo impecável.[6] E se nas cartas de amor não podia faltar um poema, era igualmente razoável que elas recorressem ao japonês "puro", coloquial, o japonês que era usado na esfera privada, ideal para exprimir sentimentos e estados de espírito, o mesmo que as damas usavam em seus discursos e nas narrativas que provavelmente eram contadas como passatempo. A condição subalterna das mulheres e o seu papel predominantemente passivo continuam a ser dados irrefutáveis numa situação em que a presença masculina não permitia alternativas no plano das decisões práticas e políticas; mas, no âmbito da vida da corte, especialmente quando o amor tornava-se objeto de reflexão em prosa, libertando-se também dos vínculos sempre estereotipados da poesia, a mulher conquista um papel de relativa importância, certamente nunca mais igualado nos séculos seguintes. Em parte, isso pode ser interpretado como um simples

6 Seiji Koike, *Nihongo wa ika ni tsukurareta ka?* Tóquio: Chikuma Shobô, 1999, pp. 59 ss.

reflexo da estratégia das famílias aristocráticas, empenhadas na difícil empresa de monopolizar os principais cargos políticos e de manter o soberano firmemente vinculado à própria esfera de influência; nessa estratégia, um papel não indiferente era confiado justamente à presença feminina, à possibilidade de que uma ou mais moças das famílias ilustres conseguissem obter privilégios e honras que lhe facultassem aspirar ao papel máximo de esposa imperial. Por outro lado, nota-se que o sucesso e a ascensão das damas da corte não eram determinados apenas pela beleza nem pela juventude – que todavia continuavam a ser condições essenciais. A par dessas qualidades, buscava-se numa mulher também a cultura, o profundo conhecimento da arte poética, a capacidade de recordar os mais famosos poemas das grandes antologias, de citá-los sem erros, de transcrevê-los sem hesitações ou, no caso de compor novos versos, que também mantivessem, como toque de sofisticada erudição, um vínculo com os modelos mais apreciados.

Dois elementos, no período que vai do século X ao XI, justificam a importância da presença feminina na formação da prosa japonesa e em seu entrelaçamento com o processo de libertação do chinês. Antes de examiná-los, porém, é útil lançar um olhar sobre a evolução linguística ligada às primeiras *monogatari* (literalmente, "narrar coisas"), obras literárias em prosa que se formavam nos ambientes da corte.[7] O húmus cultural em que elas se enxertam não contempla, pelo menos inicialmente, uma presença feminina relevante; não obstante as dificuldades e as diversas hipóteses apresentadas sobre a autoria de obras que continuam substancialmente anônimas, tende-se a crer que os primeiros autores fossem, com toda probabilidade, homens, expoentes da nobreza que, privados de sólidos apoios, viam-se excluídos do caminho do sucesso político e encontravam uma compensação intelectual na

7 O termo *monogatari* se refere em geral a vários tipos de obras em prosa surgidas do século IX ao XIV, que vão de longos "romances" em narrativas de ambientação histórica a coletâneas de anedotas. Aventou-se a hipótese de que sua origem pudesse remontar às narrativas transmitidas oralmente, relativas a seres sobrenaturais ou a antepassados divinizados. Os primeiros exemplos de *monogatari* escritas remontam ao século IX e circulavam nos ambientes das damas da corte, embora a maior parte tenha se perdido e se conheça apenas o título ou algum poema contido nelas, citados em obras posteriores. Eram duas as principais variedades: a primeira era caracterizada por elementos fantásticos ou sobrenaturais, às vezes inspirados no folclore, ao passo que a segunda, que foi considerada um desenvolvimento especificamente japonês, consistia prevalentemente em poemas precedidos de partes em prosa que narravam as circunstâncias em que haviam sido compostos. Da confluência dos dois filões narrativos, por volta do século X tardio, teriam derivado as principais obras em prosa do período Heian. Cf. D. Keene, *Seeds in the Heart, Japanese Literature from Earliest Times to the late Sixteenth Century.* Nova York: Henry Holt, 1993, pp. 433-34.

arte de escrever.[8] O dado sociológico tem uma precisa reincidência no nível da linguagem, no momento em que certas carências e certos limites foram superados, recorrendo a esquemas lexicais, gramaticais e de escrita que eram próprios da cultura masculina dominante e que levavam inevitavelmente de volta ao chinês. As primeiras *monogatari*, de fato, embora revelassem, na construção das frases, uma consciência literária, estavam também amplamente baseadas na reprodução direta das formas coloquiais, mesmo que fossem aquelas reservadas a uma limitada elite de personagens cultos; isso se traduzia numa fraqueza essencial, constituída por repetições, redundâncias, prolixidade ou, ao contrário, por uma excessiva contração quando a relação direta entre falante e ouvinte teria subentendido uma série de significados que era supérfluo exprimir. Portanto, era necessário que a língua fosse refreada por uma sólida estrutura que a libertasse dos seus limites mais evidentes; e, de modo paradoxal, foi precisamente o chinês, que constituíra a ossatura cultural dos homens da corte, o chinês de que a prosa japonesa estava tentando libertar-se, o fornecedor da grade indispensável para que ela adquirisse a estrutura lógica e a concisão necessárias. A *História de um cortador de bambu* [*Taketori monogatari*, c. 909], considerada já na antiguidade um dos primeiros exemplos da narrativa em prosa, contribui para demonstrar essa evolução. E a presença em seu interior de termos e estruturas tiradas do chinês, como enfatiza Seiji Koike, não deriva do fato de que ela fosse a versão japonesa de uma obra anterior escrita em chinês anômalo, mas confirma a impossibilidade, nessa fase, de elaborar uma língua totalmente desvinculada do chinês.[9] Em suma, as primeiras *monogatari* parecem incapazes de criar uma língua literária desvinculada do chinês e se é talvez excessivo afirmar que um dos motivos de tal insucesso é a irrelevância da presença feminina entre autores, referentes e inspiradores das obras, essa irrelevância é um dado que, à luz dos desenvolvimentos sucessivos, vale a pena sublinhar.

A presença feminina se manifesta de preferência – esse é o primeiro elemento a que se aludiu – na escolha (não só fruto de originalidade, mas, de qualquer modo, sugerida por uma necessidade literária) operada por Ki no Tsurayuki, poeta e funcionário da corte, ao se fazer passar por "autora" do *Tosa nikki* [O diário de Tosa, 935] e ao se fazer condicionar por tal escolha tanto no que tange ao ponto de vista da narração, quanto ao código linguístico que resulta amplamente independente do

8 Susumu Ono, *Nihogo no nenrin* [1966]. Tóquio: Shinchôsha, 1989, p. 210.

9 Seiji Koike, *Nihongo wa ika ni tsukurareta ka?*, op. cit., pp. 72-73. Sobre *Taketori monogatari*, ver Anônimo, *Storia di un tagliabambú*, org. e trad. A. Boscaro. Veneza: Marsilio, 1994.

chinês. É verdade que o *Tosa nikki* certamente tirara dos diários escritos em língua chinesa a prática de elencar os fatos em ordem cronológica, dia a dia, a técnica dos paralelismos, e utilizava uma série de empréstimos lexicais chineses; mas, ao mesmo tempo, também era uma obra que, dando forma literária à prosa japonesa, usava com consciência uma escrita, o *hiragana*, e uma língua, precisamente o japonês, que até hoje permanecem à margem da vida cultural oficial. O diário, escrito em 935, na volta de Tosa, onde Tsurayuki ocupara o cargo de governador, é em grande parte a crônica da viagem de navio até Kyoto, permeada por 57 poemas, por considerações sobre os perigos da viagem, em que o medo de tufões e ataques de piratas é acompanhado pelo desejo de rever rapidamente a capital e a melancólica lembrança da filhinha, morta antes da partida.

O *incipit* é famoso: "Os diários são escritos por homens, dizem-me, mas escrevo um para ver o que uma mulher pode fazer",[10] declara a "autora", uma dama a serviço de certa personagem de condição sob cujas roupagens se reconhece Tsurayuki, que, desse modo, se propunha, evidentemente, vários objetivos. Em primeiro lugar, com toda probabilidade, a decisão de escrever o diário sob vestes fictícias nascia de uma exigência estritamente literária, ou da vontade de operar uma separação entre autor e personagens, na tentativa de dar vida a uma obra de ficção, e, portanto, literária, expediente, por outro lado, a que ele já recorrera na composição das suas poesias.[11] De modo semelhante, quase mil anos mais tarde Natsume Soseki, um dos maiores escritores japoneses do século XX, em sua primeira obra de sucesso *Wagahai wa neko de aru* [Eu sou um gato], confia ao eu que narra, um gato sem nome, a tarefa de descrever a vida e as frustrações de um intelectual a se bater com um mundo que muda rápido demais.

Em segundo lugar, falando por meio de uma personagem imaginária e, além do mais, mulher, Tsurayuki podia mais facilmente se libertar das dificuldades impostas pelo chinês e pela sua posição de funcionário da corte em favor do *wabun*, com o qual estava em condições de exprimir os sentimentos mais ocultos e particulares. Além disso, é possível que, como propôs Lynne K. Miyake, a decisão do autor não devesse ser considerada apenas como oriunda da vontade de superar o uso do chinês em favor da linguagem coloquial ligada à esfera feminina, mas também como um desafio

10 Tomotaro Suzuki, Yoshimoto Endo e Kyoichi Nishishita (org.), *Tosa nikki, Kagero nikki, Izumi shikibu nikki, Sarashina nikki*, em *Nihon koten bungaku taikei* [Grande coleção de clássicos japoneses], v. XX. Tóquio: Iwanami Shoten, 1965, p. 27.

11 Cf. Jinichi Konishi, *A History of Japanese Literature*, v. II. Princeton (NJ): Princeton University Press, 1986, p. 284.

à dicotomia fundamental homem/mulher – chinês/japonês, entendidos como dois opostos, a fim de desenvolver uma nova língua literária que transcorresse fluida entre os dois polos.[12] Enfim, foi sugerido que, como o *leitmotiv* é constituído pela melancolia e pela saudade da menina perdida, o autor tivesse conservado esse argumento pouco digno de um "homem", preferindo usar uma mulher como mediadora.

Com o *Tosa nikki* criou-se, por assim dizer, um código de escrita que teria sido utilizado por outros autores e que teria encontrado o seu melhor resultado em obras escritas por damas da corte: é esse o outro elemento, certamente mais importante, a que se referiu. Dessas mulheres não lhes conhecemos o nome verdadeiro, só o apelativo com que foram identificadas: a mãe de Michitsuna, autora do *Kagero nikki* [Diário de uma efeméride, c. 974], Shonagon Sei que escreve *Makura no soshi* [Notas do travesseiro, início do século XI] Shikibu Murasaki, autora de *Genji monogatari* [A história de Genji, c. 1010], a filha de Takasue, autora do *Sarashina nikki* [O diário de Sarashina, c. 1050].

Foi sobretudo *Genji monogatari* que se impôs desde o momento da sua criação como uma obra de extraordinário interesse, tornando-se um modelo a que vezes sem conta se recorreu nos séculos seguintes, identificando-a como a obra clássica por excelência da prosa japonesa. Concentrada em boa parte na vida e nos amores do protagonista, o príncipe Genji, chamado de "Genji o esplêndido", a obra foi escrita em *hiragana*; a linguagem, no entanto, era sempre o japonês usado nos ambientes da corte, especialmente pelas mulheres, mas, ao mesmo tempo, interpretado e enriquecido por um estilo rigorosamente pessoal, pelo desenvolvimento amplo e fluente das frases que transmitem o livre curso do pensamento e o deambular da imaginação – em que a intervalos a autora se dirige ao leitor, criando uma relação direta de narrador e ouvinte –, pela presença de inúmeros poemas dispersos no texto que, à distância de séculos, parecem acrescentar bem pouco à narração, mas que representavam uma contribuição indispensável no plano estético.

A ambiguidade poética de muitas frases, a aparente incongruência de certas passagens, elementos que hoje são invocados como demonstração das dificuldades quase insuperáveis para a compreensão da obra por parte dos leitores modernos, em nada diminuem o fato de que *Genji monogatari* havia criado uma "língua comum" que certamente pertencia a um ambiente muito limitado, mas que se reconhecia naquele estilo e voluntariamente o retomou e imitou. Do século XI ao

12 Cf. L. K. Miyake, *The Tosa Diary: In the Interstices of gender and Criticism*, in P. G. Schalow e J. A. Walker (org.), *The Woman's Hand*. Stanford (Cal.): Stanford University Press, 1996.

XVI, pelo menos, esse tipo de *monogatari*, que reproduzia a vida, os passatempos, os amores e as preocupações da nobreza da corte, presa de sua visão estética e social, escrito ainda por mulheres, mas também por aristocratas para aristocratas, propusera de novo temas e situações inspirados em *Genji monogatari*, evitando deliberadamente o uso de novas palavras ou construções gramaticais. Ou seja, essas obras teriam acabado por isolar não só a língua mas também o contexto cultural que insistia em se inspirar nela, separando-se da realidade de um país que mudava de modo radical, mas criando igualmente uma sólida base para a literatura em prosa que não mais renunciaria – nem mesmo em épocas mais próximas – a buscar identificações, referências, paralelismos com um passado que acabava por ser idealizado como a idade de ouro da cultura japonesa.

A força propulsora que emana das páginas de *Genji monogatari* não teria sido porém suficiente para garantir o extraordinário sucesso que lhe foi reservado, se justamente sobre este não houvesse operado o esforço para criar uma versão definitiva e codificada, que teria alcançado grandes repercussões, embora contraditórias, na língua japonesa escrita. Esse esforço de "normalização" com o claro objetivo de criar de uma vez por todas um modelo canônico se manifesta sobretudo por meio da obra de Teika Fujiwara (1162-1241).

Teika passou a juventude num dos momentos mais conturbados da história do Japão, que via o país atravessado pela guerra civil e o delinear-se de uma nova ordem, da qual ele parecia, aliás, manter-se orgulhosamente separado. Enquanto a aristocracia da corte via seu papel político suprimido pelo poder dos clãs guerreiros, em meio a um mundo em tumulto, consolidava-se nela o desejo de investigar a cultura criada pela nobreza no momento do seu esplendor, de fixar modelos de referência, de transmitir uma tradição "ortodoxa", de estabelecer um cânone. Teika Fujiwara, poeta, crítico, estudioso, que o próprio *shogun* Minamoto no Sanetomo, representante do poder militar, chamara para perto de si a fim de se tornar mestre na arte poética, foi um dos principais artífices e promotores desse processo de revisão e conservação de um patrimônio que a própria autoridade indiscutida de Teika fazia reconhecer como "clássico". Ele foi igualmente o mais respeitável depositário da tradição e o mais influente crítico de *Genji monogatari*.[13]

13 *Genji monogatari*, de que não restam cópias hológrafas, não foi escrito e difundido como uma unidade individual, mas surgiu capítulo por capítulo ou por grupos de capítulos, que eram copiados e transmitidos um por vez e provavelmente revistos pela autora, embora já estivessem em circulação. Esse processo de escrita e reprodução sem dúvida levara à existência de variantes textuais mesmo quando Murasaki estava viva, e a →

Em torno da *Genji*, já se disse, completa-se uma primeira tentativa consciente de padronização de uma língua literária que se define a si mesma como japonesa, embora por evidentes razões históricas esteja bem distante de qualquer hipótese de língua nacional. Justamente a dicotomia entre as aspirações culturais e a tendência histórico-política que leva ao fim daquele mundo de que a *Genji monogatari* extraíra a linfa vital – justamente essa dicotomia priva rapidamente a língua de Murasaki da característica essencial de toda língua padrão, ou seja, da capacidade de se desenvolver. E esse é um outro paradoxo, talvez o mais visível na história da literatura japonesa. Não obstante se assiste, a partir do século XIII, a uma lenta regressão do *wabun*, pertencente ao espaço linguístico das damas da corte, em favor do assim chamado "estilo híbrido sino-japonês" (*wakan konko buntai*), que caracteriza os romances "guerreiros", as coletâneas de anedotas conhecidas como *setsuwa*,[14] e também a abundante prosa de inspiração budista.

## 3. Heróis capazes de amar

O estilo híbrido – do qual o japonês moderno constitui substancialmente uma derivação – acolhia na estrutura da gramática clássica, que em certos limites tendia

→ situação piorou no século seguinte antes que se organizassem as tentativas de padronização do romance em versões definitivas. À primeira metade do século XIII remontam as principais iniciativas de ordenação dos manuscritos em circulação: a primeira foi obra de Minamoto Mitsuyuki († 1244), levada adiante pelo filho e completada em 1255; a segunda é levada a efeito por Teika em torno de 1225. Num primeiro momento, a maior parte das versões comentadas de *Genji* se basearam na comparação feita por Mitsuyuki, mas, a partir do século XV, a fama de Teika como indiscutida autoridade poética e a apreciação do seu método de estudo por parte dos principais intelectuais da época fez, assim, com que a sua resenha se impusesse à outra e que a linha transmitida por ele se tornasse a base das edições seguintes, uma situação que permanece ainda hoje substancialmente inalterada. Cf. A. Gatten, "Three Problems in the Text of *Ukifune*", in A. Pekarik (org.), *Ukifune: Love in the Tale of Genji*. Nova York: Columbia University Press, 1982, pp. 83-111; Nakano Koichi, *Genji monogatari yoran*. Tóquio: Musashino Shoin, 1995, pp. 148-51. De *Genji monogatari* existe atualmente a versão italiana da Einaudi, *Storia di Genji, il principe splendente*, org. A. Motti. Turim: 1995, e para o capítulo XLII-LIV: *La Signora della barca – Il ponte dei sogni*, trad. P. Jahier. Milão: Bompiani, 1981.

14 Com *setsuwa* se indica hoje um gênero amplo, que inclui fábulas, lendas, mitos, narrativas de batalhas, episódios históricos, anedotas da vida cotidiana que aparecem nas narrativas compostas entre os séculos IX e XIV. A coleção que assume maior importância na literatura japonesa é o *Konjaku monogatari* [Narrativas do passado] composto por volta de 1120.

a permanecer inalterada, uma quantidade crescente de empréstimos chineses ou de formas lexicais aparentemente de origem chinesa mas criadas no Japão, cuja presença reincidia também nos êxitos da sintaxe. Tratava-se predominantemente de palavras tiradas do léxico religioso ou militar, mas também de termos sino-japoneses de uso cotidiano ou tomados do assim chamado estilo chinês (*kanbun*) ou chinês anômalo (*hentai kanbun*), em suma, daqueles elementos linguísticos que no passado foram considerados não pertinentes à prosa narrativa e que foram voluntariamente rejeitados. O afloramento do estilo híbrido advinha da exigência de caráter literário, mas refletia também a reviravolta da situação social e política. A literatura feminina – e com ela os "círculos literários" que a haviam alimentado – como vimos, mesmo sem perder o seu prestígio, retirava-se para a sombra. Os autores dos novos gêneros eram predominantemente homens, membros da aristocracia, guerreiros ou monges, muitos dos quais preferiam renunciar a todo papel público para isolar-se do mundo ou percorrer o país a fim de narrar o sofrimento de uma vida de errância.

Justamente dessa matriz nasciam as assim chamadas *gunki monogatari*, "narrativas guerreiras" inspiradas nas batalhas travadas durante as guerras civis que em muitas fases atravessaram o país, histórias concentradas na luta pelo poder político e militar, profundamente permeadas pela visão budista que insistia na caducidade das coisas, na importância da salvação exterior a um mundo caótico que mostrava uma irrefreável decadência social e moral. A nova sensibilidade e os novos ideais requeriam uma linguagem diversa com respeito ao elegante idioma da corte, delicado e refinado, e o *wakan konko buntai* parecia corresponder a essas exigências. Ao mesmo tempo, a mudança do centro político de Kyoto para Kamakura trouxe à língua falada, e desta à escrita, formas derivadas dos dialetos do Leste, as mesmas que, na época da *Genji monogatari*, tinham aparecido como rudes e deturpadas.[15]

15 "Os dias transcorriam monótonos no alojamento provisório, enquanto no jardim onde as ervas cresciam tão espessas que eram opressivas, iam e vinham apenas pessoas que falavam com a rude pronúncia das províncias orientais e nem mesmo uma flor crescia que pudesse confortá-las", in Shigeshi Yanai e outros (org.), *Genji monogatari*, v. v, in *Shin Nihon koten bungaku taikei*, v. XIII. Tóquio: 1997, p. 171. "As mulheres que haviam crescido/ nas províncias orientais/ falam com pronúncia/ deturpada como/ a concha do molusco", in Teruhiko Komachiya (org.), *Shui wakashu*, poema n. 413, in *Shin Nihon koten bungaku taikei*, op. cit., v. VII. Tóquio: 1990, p. 117.

Além disso, as principais *gunki monogatari* surgidas entre os séculos XIII e XIV, tais como a *Heike monogatari* [História da família Taira], a *Taiheiki* [Crônica da grande paz] e a *Soga monogatari* [História dos irmãos Soga], entraram bem rápido num circuito de difusão "vocal",[16] através da recitação de declamadores itinerantes, geralmente cegos, que eram acompanhados com o som do *biwa*, uma espécie de alaúde de quatro cordas. Eles eram chamados *biwa hoshi* (literalmente, "monges do *biwa*") porque tinham a cabeça raspada e envergavam as vestes dos monges peregrinos, embora não pertencessem em sentido estrito a nenhuma ordem religiosa. Foi sobretudo a *Heike monogatari*, destinada a evocar novamente a história da ascensão e da decadência da poderosa família Taira, que mereceu o máximo sucesso, impondo-se como um exemplo de prosa "épica" e tornando-se fonte de inspiração para a literatura seguinte quase como o foi a *Genji monogatari*. A preponderância de elementos budistas em seu interior, que pode ser atribuída ao fato de que ela se desenvolvera por meio da recitação dos *biwa hoshi*, reflete-se também na linguagem, de que o famoso *incipit* representa um exemplo cada vez mais celebrado:

> O som do sino
> do convento de Gion
> ecoa a finitude
> das coisas humanas.
> A cor das flores
> das árvores de *Sharasoju*
> mostram que o que floresce
> há também de fenecer.[17]

Equilibrando palavras de origem chinesa e estrutura gramatical clássica, sempre baseada num ritmo que alterna frases de cinco e sete sílabas, a linguagem da *Heike*

16 O termo "literatura vocal", na acepção usada por Barbara Ruch, refere-se a uma literatura que mantém estreitos vínculos com a língua escrita contrapondo-se à "literatura oral", entendida como produto de um mundo analfabeto. Cf. B. Ruch, "Medieval Jongleurs and the Making of a National Literature", in J. W. Hall e Takeshi Toyoda (org.), *Japan in the Muromachi Age*. Berkeley/Los Angeles/Londres: University of California Press, 1977, pp. 279-309.

17 "*Gion shoja*/ kane no koe/ *shogyo mujo* no/ hibiki ari./ *Sharasoju* no/ hana no iro/ *josha hissui* no/ kotowari o arawasu", trad. it. M. Muccioli. "Letteratura giapponese", in *Storia delle letterature d'oriente*. Milão: 1969, p. 551. O grifo, que é nosso, indica as palavras sino-japonesas.
*Sharasoju*: nome do jardim em que Buda morreu ou alcançou o nirvana, sob duas árvores gêmeas. Versão do poema por Iuri Pereira. [N.E.B.]

*monogatari* obtinha um resultado novo, sóbrio e vigoroso, perfeitamente apto a enfatizar cenas de ação e episódios de batalhas e heroísmo.[18]

A difusão "vocal" da *gunki monogatari* teve consequências importantíssimas nos planos literário e linguístico: a primeira e mais evidente foi a sua propagação quer em sentido geográfico quer em sentido social. O público das novas *monogatari*, lidas ou declamadas, não se limitava mais à elite aristocrática da corte de Kyoto, mas compreendia vários estratos da população, incluindo os analfabetos, ao passo que a área de circulação se estendia da capital até as províncias. Essa difusão não só se traduziu na adoção, por parte dos textos, de palavras novas comuns e "vulgares", mas significou também o ingresso na fala de um léxico sino-japonês que foi monopólio da aristocracia, do clero e da burocracia; a ele deram uma contribuição ulterior a pregação dos grandes mestres das escolas budistas que percorriam as províncias e a atividade dos *etoki* (literalmente, "ilustradores, expositores de quadros"), leigos e religiosos, que usavam textos ilustrados para narrar suas histórias. A par dos *etoki* agia a sua contraparte feminina, a assim chamada *Kumano bikuni* ("monja de Kumano"), e isso autoriza afirmar a existência de uma forte contribuição feminina também no campo da literatura vocal, contribuição que em particular se manifesta por meio da inserção de episódios de amor no repertório das guerras civis, mudando, assim, "heróis que eram em geral hostis às mulheres em homens capazes de amar".[19]

## 4. A fala da cidade

A página da literatura vocal abria a estrada para o grande florescimento do romance popular da época Tokugawa (1600-1867). A narrativa que se afirma de maneira enérgica nos dois séculos e meio de paz que distinguem esse período tem suas raízes e sua razão de ser na cultura das classes mercantis e urbanas, a assim chamada *chonin* (literalmente, "gente da cidade"), e encontra dois incentivos fortíssimos na difusão da imprensa e na alfabetização cada vez maior da população. Os novos

18 A versão original da *Heike monogatari* talvez remonte ao início do século XIII, e reunia materiais tirados de várias fontes, inclusive narrativas orais. A partir da metade do século se desenvolveu um grande número de textos destinados à recitação, cuja tradição continuou mesmo no período Muromachi (1333-1568). A versão padrão hoje aceita é a do *biwa hoshi* Kakuichi Akashi, que remonta a 1371.

19 Ruch, "Medieval Jongleurs", op. cit., p. 301.

gêneros em prosa, romances e narrativas, não eram caracterizados por uma única definição: se *monogatari* parecia um termo já por demais ligado à literatura clássica, e se, como tal, era de novo apresentado apenas nos romances que nela se inspiravam, a nova narrativa era reagrupada sob rótulos vários, heterogêneos, não uniformes, justamente como vário e heterogêneo era o seu conteúdo e a sua linguagem. A falta de uma definição unívoca era um reflexo do escasso prestígio de que usufruía esse gênero "popular" junto à cultura oficial que via ser apresentado de novo, com ênfase ainda maior do que no passado, o papel do chinês como língua culta por excelência, enquanto, por outra parte, os cultores dos "estudos nacionais",[20] filólogos e exegetas, voltando-se aos clássicos, tentavam renovar o gosto pelas belas-letras e o elegante *wabun* da época Heian. Escritos por *chonin*, mas também por intelectuais de extração samurai, que compartilhavam o ideário dos primeiros embora mantendo às vezes um distanciamento de diletantes, os romances da época Tokugawa se valem de uma linguagem que varia de gênero para gênero, de escritor para escritor. Os diferentes êxitos, que se refletem também na escrita e no recurso a formas alternativas de caracteres e sinais fonéticos não codificados pela inteligência, retomam elementos reminiscentes da língua clássica, mas os colocam ao lado da língua coloquial. Esta, por sua vez, distingue-se quer nas variedades regionais quer naquelas ligadas à estratificação social imposta pelo governo Tokugawa, o que levava a notáveis diferenciações do vocabulário e à criação de jargões particulares. A mudança do centro cultural do país para Edo com seu sentido de ruptura do passado acentua essa tendência. E se, por um lado, o registro das peculiaridades linguísticas continua confiado a opções individuais e não conhece um conjunto de normas, ele consente, por outro, em aproveitar com vivacidade e presteza as nuanças da linguagem cotidiana.

Por meio das variantes linguísticas era possível, assim, caracterizar as personagens muito melhor do que por qualquer outro recurso do narrador. Se o professor Higgins, do *Pigmalião* de George Bernard Shaw, podia reconhecer a proveniência das pessoas que encontrava nas ruas de Londres apenas tendo ouvido algumas palavras pronunciadas por elas, os autores dos romances populares do último período Tokugawa vão além: em poucas linhas conseguem transmitir ao leitor indicações inequívocas sobre classe social, sexo, idade e profissão dos falantes. O ancião que

20 Por "estudos nacionais" (*kokugaku*) se entende em geral o movimento voltado aos estudos textuais e interpretativos da literatura clássica e antiga, iniciado no século XVII e com vistas à revalorização do patrimônio autóctone.

irrompe no sonho do protagonista adormecido em *Kinkin sensei eiga no yume* [O sonho de esplendor do mestre Kinkin, 1775], antes mesmo de apresentar-se já se qualifica como um samurai pelo uso pedante de formas pertencentes ao chinês anômalo, como *somosomo* ou *shikaru ni*, ou pelo auxiliar de final de frase *soro*, solene ao ponto de soar ridículo. Poucas páginas adiante, a linguagem das moças da "casa de chá", incompreensível aos não iniciados, as coloca num mundo à parte, regido por regras e convenções próprias.[21] O *Keiseikai shijuhatte* [Quarenta e oito movimentos para obter uma cortesã, 1790] nos transfere, por sua vez, ao mundo dos bairros de prazer de Edo e ao jargão das suas cortesãs. Shunsui Tamenaga, aclamado autor de *Shunshoku Umegoyomi* [Almanaque das ameixeiras, cenas de primavera, 1832-33], usou esse tipo de linguagem amplamente em seu romance, marcando-o de quando em quando com certa pedanteria de conhecedor e homem do mundo: "dizer *kuresassharu* ou também *kuresasshitta* em lugar de *kudasareshi* é um uso particular do bairro",[22] quando o "bairro" sem sombra de dúvida é o famoso Yoshiwara de Edo.

Yoshiwara, o único lugar de prazer da cidade que teve a aprovação do governo, em sua longa história não só teria inspirado romances, peças teatrais, *ukiyo-e* e poemas, mas também desenvolvido hábitos, padrões de etiqueta, comportamentos e formas de indumentária únicos. E a linguagem das cortesãs, nascida como uma espécie de língua "comum" artificial, sobreposta às variedades dialetais das moças que vinham de toda a província, ter-se-ia consolidado em torno de 1750, tornando-se também um sinal distintivo da peculiaridade do bairro.[23] Não só isso, mas influenciou até o japonês moderno, sobrevivendo em inúmeras formas lexicais: a forma-padrão do pronome de primeira pessoa (*watakushi*) encontra provavelmente a sua origem nos bairros de prazer bem como uma variante do auxiliar de frase final (*desu*), que depois foi aceita como forma cortês oficial da língua-padrão;[24] mas, a par da linguagem das cortesãs, um outro importante papel na formação da língua de Edo foi desempenhado por uma categoria diversa de mulheres, colocada na extremidade oposta da escala social: damas da corte ou a

21 Minoru Mizuno (org.), *Kibyoshi Sharebonshy*, in *Nihon koten bungaku taikei*, op. cit., v. LIX. Tóquio: 1965, pp. 37 e 43.

22 Yukihiko Nakamura (org.), *Shunshoku ume goyomi*, in *Nihon koten bungaku taikei*, op. cit., v. LXIV. Tóquio: 1965, p. 60.

23 Cf. C. Seigle Segawa, *Yoshiwara, The Glittering World of the Japanese Courtesan*. Honolulu: University of Hawaii Press, 1993.

24 Cf. Clarke, *The Development of Edo Language*, op. cit., p. 69.

serviço da aristocracia militar. Sua linguagem particular, já definida por volta de 1400 como *nyobo kotoba* (linguagem das damas), não só influenciou amplamente a linguagem das mulheres das famílias ilustres da "burguesia" de Edo, mas sobreviveu na língua moderna, quer naquela identificada como "feminina", quer também na forma-padrão usada por homens e mulheres.[25]

A tendência geral, em suma, parece a de um gênero narrativo que se inspira de modo cada vez mais consciente – e em certa medida diretamente proporcional à rápida mudança do ambiente urbano – no modo de se expressar de classes sociais inferiores, criando novos sistemas de referência linguísticos. A peculiaridade do caso japonês, em questão, é mais uma vez dada pela presença do elemento feminino, em conformidade com a função social particular das mulheres dos bairros de prazer, herdeiras, também, na fase do grande desenvolvimento da burguesia, de uma tradição que impunha às cortesãs refinamento e cultura.

Na literatura do início do século XIX o recurso à fala nos diálogos talvez consiga o resultado mais visível com Ikku Jippensha e Sanba Shikitei, que encontram um modelo direto de inspiração na linguagem dos declamadores de recitativos, muito populares em Edo no mesmo período.[26] Escritores profissionais e prolíficos, representantes da última fase da narrativa japonesa antes da renovação, na qual deixarão, contudo, uma marca evidente, os dois ligaram seus nomes a obras brilhantes em que as personagens se exprimem livremente, misturando jargão e dialeto numa caleidoscópica variedade. Em *Ukiyofuro* [O mundo no banho público, 1808-13], talvez a obra mais famosa de Sanba, a intervenção do narrador/observador capta "visualmente" o aspecto exterior dos protagonistas, uma multidão de personagens de cada classe e categoria que se reúne nos banhos públicos, enquanto a parte dialógica lhe reflete "auditivamente", quase com a precisão de um gravador, cadências, pausas, inflexões e entonações.

Nessas premissas se insere na segunda metade do século XIX a reviravolta crucial marcada pelo fim do sistema shogunal e pela assim chamada abertura ao Ocidente, com o processo de renovação em todos os campos que ela alcança. E é essa coincidência, normalmente ligada ao crescimento da "dignidade" de inúmeras línguas subalternas, que acaba por transformar os impulsos centrífugos num

25 A existência de diferenças entre linguagem masculina e feminina já havia sido caracterizada no século XI, mas é sobretudo a partir do século XIV que se registra a presença notável de formas alternativas, definidas exatamente como *nyobo kotoba*.

26 M. Mastrangelo, "Japanese Storytelling: a View on the Art of *Kodan*. The Performances and the Experience of a Woman Storyteller", in *Rivista degli Studi Orientali*, LXIX (1995), fasc. 1-2.

impulso decisivo em sentido centrípeto. Em pouco tempo o chinês vê diminuir o seu prestígio como única língua de cultura, e, se os primeiros intelectuais do novo Japão não renunciam à bagagem tradicional, colocam-na ao lado do estudo das línguas ocidentais, alemão, inglês ou francês, escolhidas menos por uma ascendência cultural do que pelo seu valor prático. O romance que floresceu sob o *ancien régime* num primeiro momento não encontrou favor junto aos reformadores que, em seu entusiasmo pragmático, tendiam a renegar o passado e a rejeitar tudo o que não tivesse uma utilidade concreta: a literatura podia, na maior parte dos casos, ser um instrumento para a difusão das novas ideias, para a doutrinação das massas. Todavia, quando ao primeiro vagalhão de entusiasmo seguiu-se um momento de reflexão por volta de 1880, os jovens intelectuais, aproveitando-se também das lições aprendidas com a descoberta da literatura ocidental, voltaram-se à criação de um tipo de romance que correspondesse a novos critérios e para o qual o movimento de unificação da língua escrita e falada tornava-se um compromisso de importância fundamental. O romance moderno, definido dessa vez como *shosetsu*, com um termo unívoco embora de valor ambíguo, visto que fora cunhado na China para indicar um gênero de segunda ordem, encaminhava-se, por sua vez, à criação de uma língua literária unificada.

## 5. "Uma língua que tenha cidadania japonesa"

Em seu *Shosetsu shinzui*, Shoyo Tsubouchi, mesmo enfrentando, como vimos, o problema de uma língua escrita que desse ao romance uma nova fisionomia, não conseguiu propor uma solução satisfatória. Convicto defensor de que uma obra narrativa devesse sobretudo reproduzir a realidade e basear-se na descrição da psicologia humana, ele reconhecia que as formas próximas ao coloquial eram o veículo mais indicado a sublinhar estados de espírito e emoções, mas, ao mesmo tempo, intuía a dificuldade de proceder, na falta de um modelo normativo de língua falada a que todo escritor pudesse referir-se e ao qual pudesse sobrepor o próprio ato linguístico individual. Restava a possibilidade de fazer coexistir os dois níveis, o "vulgar" nos diálogos e o "elegante" (quando o adjetivo se referia ao exemplo da literatura clássica) nas partes diegéticas, mas, se esse expediente podia ser aceito como mistura pragmática e provisória, era igualmente evidente que a criação de um novo estilo requeria, entre outras coisas, a formação de um espaço diverso em que a parte dialógica (*kotoba*) e a narrativa (*ji no bun*) se equilibrassem de modo orgânico e funcional.

O interesse de Shoyo com respeito à elaboração do coloquial foi estimulado pela sua amizade com o jovem Tatsunosuke Hasegawa, depois famoso com o nome de Shimei Futabatei, que lhe fora apresentado a fim de pedir conselhos e indicações. Sob a orientação de Shoyo, mas numa relação que também teria sido de trocas e sugestões recíprocas, Shimei ter-se-ia transformado, de jovem e inteligente estudioso de literatura russa que era, num escritor hábil e num brilhante tradutor, hoje considerado o primeiro e verdadeiro expoente do romance moderno japonês.[27] E talvez valha a pena enfatizar que justamente a "descoberta" da tradução como apoio indispensável da literatura – portanto, como algo mais complexo do que a também difícil transmissão de ideias de um país a outro – justamente essa descoberta teve um papel fundamental no desenvolvimento da língua japonesa. Se uma criação literária autóctone encontra a sua validade estética na capacidade que o autor, com base em uma invenção original sua, tem de conferir unidade estilística e linguística à relação entre forma e conteúdo, a tradução exige que já se disponha de uma língua não só suficientemente padronizada, mas também bastante maleável e estruturada, a ponto de tornar possível uma transferência de estilos e de registros linguísticos; e se a tradução "com o objetivo de dar notícias" alimenta a suposição de novas palavras e expressões da língua de origem, a tradução literária não consente uma solução semelhante e rápida.

Pondo-se ao lado de Shoyo na proposta de uma narrativa que se baseasse na descrição da realidade, Shimei reelaborava o conceito à luz das teorias do crítico G. V. Belinski afirmando, num ensaio de sua autoria, breve mas incisivo, datado de 1886, *Shosetsu soron* [Teoria geral do romance], que o objetivo da arte era o de captar a essência universal e invariável por trás das formas contingentes, e que só o romance baseado no realismo (*shujitsushugi, riarizumu*) podia alcançar esse objetivo.[28] Os esforços do escritor teriam se concentrado, portanto, na tentativa de seguir nessa direção, dando vida a um romance "realista" e propondo uma linguagem que desse forma concreta a ele.

Justamente Shoyo teria sugerido ao seu discípulo tomar como modelo a linguagem do mais famoso declamador do momento, Encho Sanyutei (1839-1900), a seu ver instrumento ideal para refletir as nuanças emotivas das personagens.

27 Cf. M. Grayer Ryan, *Japan's First Modern Novel: Ukigumo of Futabatei Shimei*. Nova York/Londres: Columbia University Press, 1971, pp. 37 ss.

28 Shimei Futabatei, *Shosetsu soron*, in *Gendai Nihon bungaku taikei*, v. 1. Tóquio: Chikuma shobo, 1980, p. 372.

O exemplo dos escritores da época Tokugawa, como Sanba Shikitei ou Shunsui Tamenaga, podia, por sua vez, oferecer sugestões por meio dos diálogos que, como vimos, na sua heterogeneidade refletiam a fala, mas, ao mesmo tempo, eram por demais caracterizados no sentido social e geográfico para poder servir de modelo nas partes narrativas.

Uma vez rejeitado o estilo literário clássico, ficavam em aberto vários problemas de difícil solução, cuja importância se evidenciava dramaticamente no momento de passar do programa simplista de "escrever como se fala" à criação de uma língua literária. A formulação de uma voz narradora com um registro linguístico peculiar não era apenas um problema formal de elegância, como parecia sugerir Shoyo: ela implicava a escolha, por assim dizer, de uma "posição expressiva", do modo de colocar-se com relação a destinatários hipotéticos. A língua japonesa, e em particular a coloquial, apresentava (e apresenta ainda hoje) uma forte orientação para a situação em que é formulada a mensagem verbal, e o uso da linguagem relacional ou onírica, que se tornou parte integrante do japonês moderno, manifesta por meio da escolha de formas lexicais ou morfológicas do predicado quer o tipo de relação (social, de caráter geral, psicológica) entre falante e interlocutor, quer o nível de familiaridade ou "gentileza" com relação ao destinatário. Se na língua falada a escolha de uma linguagem de tipo relacional é um elemento de suma importância, justificada por uma situação concreta e regulada por convenções precisas, no romance, a linguagem referencial que era formulada sobre o pressuposto de uma situação concreta e que, em consequência, criava um "espaço relacional" tanto quanto concreto, podia se definir como um obstáculo. O papel desempenhado pelos auxiliares usados na parte final do enunciado para marcar o nível de cortesia e formalidade explica por que a escolha do "final de frase" se tornou central no debate sobre o estilo literário a ser adotado;[29] ao mesmo tempo, esse elemento se tornava essencial também para marcar os limites da frase como entidade autônoma, à qual a introdução da pontuação dava novo relevo.

O dilema sobre qual registro teria sido oportuno adotar é expresso de modo esclarecedor num famoso trecho em que Shimei Futabatei pergunta a si mesmo se seria o caso de usar a forma de tratamento gentil do pronome de primeira pessoa *watakushi* e o final de frase cortês, exemplificado pela cópula *de gozaimasu*, ou

29 Yoko Kubota, "Il genbun'*itchi* e il problema dello stile di fine frase", in *Il Giappone*, XXVII (1989).

um tipo mais familiar e "neutro", caracterizado no pronome pessoal da linguagem masculina *ore* e na cópula *da*.

> Restava ainda um problema. Tratava-se de escolher entre o estilo: "*Watakushi ga* [...] *de gozaimasu*", ou "*Ore wa iya da*". Segundo o meu mestre Tsubouchi, era melhor usar frases sem formas honoríficas. Da minha parte, não que não houvesse objeções, mas, visto que se tratava do mestre a quem me dirigi para que revisasse o meu trabalho, tentei abster-me de usar o honorífico. Foi assim que comecei a usar o *genbun itchi*. Pouco depois surgiu o *genbun itchi* de Yamada Bimyo. Usava "*watakushi wa desu*", era de uma corrente diversa da minha. Em suma, eu pertencia à escola "*da*" e ele, à escola "*desu*". Mais tarde, disse-me que em primeiro lugar tentara com a "*da*" sem formas oníricas, mas, visto que não estava satisfeito, decidira-se pelo "*desu*". Eu, que no início optara pelo "*desu*", no final usara "*da*". Em suma, percorrêramos caminhos opostos.[30]

O *desu* proposto pelo escritor Bimyo Yamada, como mencionamos anteriormente, embora encontrando a sua origem na linguagem das cortesãs dos bairros de prazer, por volta do final do século se difundira amplamente em todos os estratos sociais, identificando-se como uma forma cortês da língua coloquial, e como tal teria sido inserido nas partes dialógicas também por Shimei, que, todavia, na tentativa de operar um processo de abstração da língua falada com relação à escrita, teria escolhido o final de frase que menos parecia próximo à forma honorífica.

Em seguida, por volta do final dos anos 1880, um outro escritor, Koyo Ozaki, teria sugerido como final de frase *de aru*, usado já durante o período Tokugawa pelos estudiosos de coisas ocidentais e em particular pelos tradutores de obras holandesas, que identificavam essa forma com a cópula *zijn*, equivalente do inglês *be*.[31] A proposta teve muito sucesso, ao ponto do *de aru* ter sido adotado pelos maiores escritores do início do século XX, levando a uma conclusão paradoxal: a busca de um registro que parecesse o máximo possível neutro e objetivo, com respeito a outros na maior parte ligados ao sentido relacional, levava à escolha de uma forma que não era de uso comum naquela língua coloquial, cuja adoção foi o objetivo declarado do movimento de unificação da língua escrita e falada.

30 Shimei Futabatei, *Yo ga genbun itchi no yurai*, in *Gendai Nihon bungaku taikei*, op. cit., v. 1. Tóquio: 1980, p. 372.

31 Kubota, "Il genbun'*itchi* e il problema dello stile di fine frase", op. cit., p. 199.

Aliás, era evidente que o caminho do *genbun itchi* não se limitava apenas à determinação do registro linguístico da voz narradora. Era necessário que, no momento em que se afrontava uma nova linguagem, se operasse uma transformação conceitual do texto escrito e que a língua coloquial, como a clássica, fosse definida por um processo de gramaticalização e posta em condições de desenvolver um repertório de formas retóricas próprio – diversas daquelas do passado – capaz de transformar a fala numa prosa artística.[32] Desse ponto de vista, portanto, estava claro que o conclamado programa de "unificação" não era muito mais do que um entusiástico slogan para o qual talvez tenha contribuído também o interesse pela literatura ocidental, mas que, na realidade dos fatos, requeria uma elaboração muito mais complexa.

Os caminhos escolhidos por Shoyo, que tentou pôr em prática as próprias teorias em inúmeros romances, foram diversos e procederam por meio de tentativas. *Tosei shosei katagi* [Retrato dos estudantes de hoje, 1885-86] representa o exemplo mais evidente das incertezas que acompanhavam as decisões do autor. O progresso com relação a um novo tipo de romance, a que dava apoio o exemplo da literatura inglesa de que ele era bom conhecedor, era impedido pela persistência de modelos e linguagens (ou, se se preferir, por códigos simbólicos e estilísticos) já definidos. Demasiado grande era a discrepância entre o modo expressivo que percorria o romance europeu que ele tomava como modelo (Dickens, Dumas, Bulwer-Lytton) e a língua literária que havia se formado no Japão na prática expressiva dos vários gêneros. Em suma, a sobrevivência de elementos convencionais – a intervenção dos personagens que dão informações "de segunda mão" sobre aquilo que ocorreu no passado, a interferência forçada do "autor" nos momentos determinantes, com divagações prolixas numa língua em dívida com o clássico ou com o estilo "chinês", a presença de subenredos desnecessários à economia da narrativa – impedia o romance de Shoyo de estabelecer a ruptura com o passado a que também ele se propunha. Em seguida teria experimentado a possibilidade de tornar transparente a presença do narrador, conformando o seu ponto de vista ao de uma personagem e confiando ao diálogo a tarefa de desenvolver uma história paralela e sempre em contradição com a que o protagonista estava vivendo. A tendência a privilegiar o ponto de vista de um ou mais personagens na história, ou, para usar a terminologia

32 Sobre o desenvolvimento de estudos de retórica e a contribuição ocidental, conferir: M. Tomasi, "Quest for a New Written Language, Western Rhetoric and the genbun Itchi Movement", in *Monumenta Nipponica*, LIV (1999), n. 3, pp. 333-60.

de Genette, a criar uma narrativa de "focalização interior", evidente nas obras de Shoyo, seria em seguida retomada e desenvolvida pela assim chamada escola do naturalismo que, nos primeiros anos do século XX, querendo insistir na transcrição direta da realidade, teria sempre privilegiado a narração em primeira pessoa ou limitada às experiências e às percepções pessoais dos protagonistas.

A pesquisa estilística de Shoyo, em muitos aspectos inovadora, sobrepõe-se de qualquer maneira à vocação programática de buscar inspiração no mundo dos declamadores, e, em particular, nos cânones expressivos de Encho. Um mundo em relação ao qual também *Ukigumo* [Nuvens flutuantes], a obra à qual Shimei Futabatei ligou seu nome, escrita a partir do pressuposto de "não usar uma língua que não tivesse obtido cidadania japonesa",[33] revela em muitos pontos um débito preciso. Isso se manifesta na presença de inúmeras onomatopeias que constelam o texto narrado, ou na intervenção do autor que se dirige ao seu público, anunciando: "Neste ponto, haveria uma historiazinha romântica a ser narrada, mas, antes de fazer isso, escutemos uma breve biografia de Osei, a filha mais velha de Magobei [...]. E, agora, sigamos em frente e passemos ao ponto principal".[34] Ou, ainda, a influência de uma linguagem que desfrutava ao máximo a "fisicalidade" da palavra é proposta de novo nos monólogos do protagonista, Bunzo, para refletir emotivamente as hesitações e dúvidas, as pausas e as incertezas:

> Mas principalmente agora, uhm, portanto de que coisa se tratava... ah, certo que é necessário dizer à tia que me despediram... com certeza se a receberá... mas devo dizer-lhe a todo custo e farei isso esta mesma noite... porém, justamente diante de Osei... bem, também diante dela não importa, devo falar para a tia... porém, se depois vai me repreender justamente diante dela... mas daí não importa... falarei com Osei... não, não, não com Osei, com a tia, quando Osei não estiver... certamente me olhará feio... me olhará feio me dirá coisas... coisas terríveis... ah, não entendo mais nada...[35]

Ao mesmo tempo estava clara no escritor a consciência da diferença substancial separando a arte de Encho, que ao vivo se dirigia a um público de ouvintes, e a que pressupõe um texto escrito. Com respeito a Shoyo Tsubouchi, Shimei era muito

33 Futabatei Shimei, *Yo ga*, op. cit.

34 Id., *Ukigumo* (1887-89) (cito a edição contida em *Gendai Nihon bungaku taikei*, op. cit., v. I. Tóquio: 1985, pp. 251 e 253).

35 Id., ibid., p. 258.

mais radical em sua convicção da necessidade de uma restituição imediata e direta da realidade também no plano formal. Estudioso de literatura russa, tradutor de Turguêniev e Gógol, pudera conhecer a fundo a introspecção de Dostoiévski e a grandiosa caracterização das personagens de Tolstói, mas reconheceu-se sobretudo em Gógol e na sua linguagem, capaz de traçar em poucas linhas, quase um bosquejo, o retrato físico e moral das personagens. Aliás, Shimei encontra inspiração também na literatura japonesa, pelo menos quando declara perceber uma afinidade, quase por associação de ideias, entre Gógol e Sanba Shikitei, que, por sua vez, será um ponto de referência na criação de *Ukigumo.*[36]

O trecho inicial do romance, embora a tradução altere inevitavelmente o registro linguístico, pode ser dado como exemplo:

> Por volta das três da tarde do vigésimo oitavo dia ainda quando no mês sem deuses, os deuses poderosos que agitam o mundo, restam apenas dois dias, da porta que dá para Kanda atravessavam a estrada em fila, fervilhantes como formigas e se dispersavam aqui e ali como aranhas, todos senhores que se preocupavam com o próprio pão diário. Todavia, se os olharmos bem, notaremos uma grande variedade de tipos diversos, e se quisermos partir da descrição das barbas e dos bigodes, encontraremos bigodes e barbas à inglesa e barbas, barbas napoleônicas em desarranjo, preferidas por Bismark, que lembram um pequinês, e ainda barbinhas de texugo, barbas evanescentes que não se percebe bem se são ou não, outras cerradas ou menos cerradas que crescem em todas as direções...[37]

É evidente a perseverança de elementos da tradição, a começar pela definição do décimo mês do ano como "mês sem deuses" e pelo epíteto *chihayafuru,* "poderoso, que agita o mundo", com referência às divindades; também o inventário dos "tipos e personagens" era, por sua vez, um lugar-comum familiar; mas, ao mesmo tempo, a linguagem popular tirada da literatura existente anteriormente, embora com todas as convenções retóricas que lhe limitavam a importância, foi utilizada para captar com uma ironia à Gógol a presença e o aspecto da nova classe de burocratas e empregados e, se a caricatura e os jogos de palavras não têm a força incisiva do grande escritor russo, conseguem libertar-se do papel de estereótipos para serem inseridos num novo e mais eficaz contexto. Além disso, por meio desse tipo de

36 Yoichi Komori, *Kozo to shite no katari.* Tóquio: Shin'yosha, 1994, pp. 103 ss.
37 Shimei Futabatei, *Ukigumo*, op. cit., p. 247.

linguagem, Shimei tentava criar uma voz narrativa que, embora seguindo passo a passo o protagonista na sua melancólica falência social e sentimental, embora falando por ele (numa forma de mimese não privada de toques irônicos) ou acabando por identificar-se com os seus pensamentos e as suas palavras, fornecia ainda a intervalos uma perspectiva diversa, tomando dele distância e criando um efeito que ia da caricatura ao patético e ao grotesco.

O esforço para se libertar da herança literária do passado parece evidente à medida que, da primeira parte do romance, publicada em 1887, passa-se à segunda e à última, de 1889. Trabalhava nesse sentido também a experiência de tradutor da língua russa, que Shimei nos mesmos anos ia aperfeiçoando. *Aibiki* [O encontro, 1888], uma das narrativas tiradas das *Memórias de um caçador*, de Turguêniev, nascia do esforço deliberado de encontrar o equivalente coloquial japonês para cada palavra do original, da vontade de respeitar o ritmo do discurso e de manter no limite do possível a mesma pontuação. Era uma tentativa de superar o vínculo com as formas literárias tradicionais por meio de uma mudança radical, em que o elemento estritamente linguístico ocupava apenas uma parte, ainda que importante, da tentativa de criar o romance realista que Shimei se havia proposto.

*Ukigumo* permaneceu inconcluso, e acerca dos motivos dessa decisão por parte do autor muito se especulou, embora talvez a razão principal possa ser encontrada na insatisfação que ele próprio sentia em relação à própria obra, na dificuldade de encontrar um método adequado ao projeto que estava desenvolvendo. Uma insatisfação que tinha suas raízes no fato de que, como ressalta Koike Seiji, "essa obra apareceu rápido demais. O autor era imaturo, mas também a língua japonesa era imatura".[38] Perseguir a todo custo uma língua coloquial, ou, para usar as palavras de Shimei, uma língua que tivesse "nacionalidade japonesa", era por si só um discurso válido, mas havia ainda o fato de que uma língua nacional não é criada da noite para o dia e tampouco por obra de um único escritor.

## 6. *Eu sou um gato*

Cerca de vinte anos depois da publicação de *Ukigumo*, quando Natsume Soseki (1867-1916), uma das maiores figuras da literatura japonesa do século passado, publicou o seu primeiro romance, *Wagahai wa neko de aru* [Eu sou um gato, 1905],

38 Koike Seiji, *Nihongo wa ika ni tsukurareta ka?*, op. cit., p. 169.

o percurso do *genbun itchi* havia assinalado novas e importantes etapas. Seu papel determinante na revalorização do "vulgar" dera um impulso ao processo de gramaticalização da língua coloquial, que teve um precursor em Otsuki Fumihiko (1847-1928) por meio de seu *Ko Nihon bunten* [Gramática do japonês, 1897], que, à luz dos estudos de linguística ocidentais, propunha uma sistematização em categorias gramaticais e semânticas. Em pouco tempo se seguiram numerosos outros textos de gramática e linguística que contribuíram para a normalização da nova língua escrita. A par desse processo estava, como mencionamos, a decisão do governo de promover a criação de uma língua falada padrão (*hyojungo*) que seria difundida por meio de trechos escritos em *genbun itchi* inseridos nos livros de texto para as escolas primárias, publicados sob o controle de um ministério.[39]

Entrementes, um número cada vez maior de escritores insistia na necessidade de "objetivar", no limite do possível, a descrição da realidade, usando a língua coloquial como veículo de registro imediato e transparente, ao passo que, por volta de 1900, por meio do assim chamado *shasei* ("retrato ao vivo"), proposto por Shiki Masaoka (1867-1902) em seu programa de reforma da poesia, realizava um tipo de "realismo seletivo",[40] que abria as portas à inserção, no campo até hoje rigorosamente intacto da poesia em língua japonesa, dos neologismos e dos termos de origem inglesa recentemente em uso.

Nessa agitação de ideias e propostas, Natsume Soseki tinha tranquilidade para desenvolver uma escrita própria, explorando formas e gêneros, partindo de uma língua padrão escrita e falada que já estava consolidada e que os seus predecessores em ampla medida haviam ajudado a criar. Os primeiros dois romances escritos por ele, *Wagahai wa neko de aru* e *Botchan* [O jovem senhor, 1906], embora sendo narrados em primeira pessoa, não tomariam a via iniciada pela escola do naturalismo que, na sua busca de *verité vrai*, tendia a anular toda distância estética entre escritor e protagonista. De resto, teria sido uma operação difícil, ao menos no que tange ao primeiro dos dois romances, visto que o narrador de *Wagahai* é um gato vira-lata que narra as próprias experiências na casa de um professor que aceitou – contra a vontade – hospedá-lo; vagando livremente de um cômodo a outro, do jardim à cozinha e ao escritório, o gato descreve com habilidade e ironia os hábitos de seu dono, cujo caráter, cujas idiossincrasias e diálogos com os amigos

39 Tadao Doi *et al.*, *Nihongo no rekishi*. Tóquio: Iwanami Shoten, 1989, pp. 223 ss.
40 Makoto Ueda, *Modern Japanese Poets and the Nature of Literature*. Stanford (Cal.): Stanford University Press, 1983, p. 9.

põe-se a registrar, esquecendo de quando em quando sua posição de observador para ler também a mente do homem e examinar-lhe neuroses e inseguranças. Uma capacidade, a de ler o pensamento alheio, que transforma a voz do narrador em primeira pessoa em um narrador exterior, onisciente, e que leva Soseki a dar uma justificação bem pouco convincente:

> Eu sou um gato. Alguém talvez se pergunte como, mesmo sendo um gato, posso descrever com tanta precisão os pensamentos do meu dono, mas, para um gato, essa é uma coisinha de nada. Tenho condição de ler o pensamento. E é inútil que você me pergunte quando aprendi a fazer isso.[41]

O gato de *Wagahai*, mas sobretudo *Botchan*, fazem livre uso do dialeto de Tóquio, que, no segundo caso em particular, torna-se o meio essencial para conferir à voz narrativa uma "feição" inconfundível: a do arrogante, brigão, irascível e generoso protagonista, protótipo do *edokko* legítimo,[42] na sua cruzada contra hipocrisias e injustiças.

Porém, com Soseki se abre – embora existam precedentes ocasionais – uma outra página importante na padronização da língua do romance japonês: a da incorporação de estruturas conceituais (traduzíveis, pois, em estruturas gramaticais) de línguas ocidentais e em particular do inglês. Uma nova página que, também na base de desenvolvimentos políticos e sociais de todo inimagináveis, na época de Soseki, teria sido traduzida numa transformação linguística irrefreável na segunda metade do século XX. O que importa aqui ressaltar é que, bem antes da introdução na língua coloquial de uma grande quantidade de barbarismos o mais das vezes tomados de empréstimo ao inglês – fenômeno complexo e só em parte passível de ser remetido a uma necessidade de simplificação, de imposições políticas externas ou da impossibilidade de resistir à internacionalização de linguagens técnicas e comerciais, e também da moda – muitos intelectuais advertiram para a exigência de tornar a língua aberta a formas e expressões importadas não mais da China, mas da Europa, em consonância com os projetos de racionalização concebidos tanto no nível cultural quanto no político. O romance não podia deixar de ser o veículo

41 Natsume Soseki, *Wagahai wa neko de aru* (1905) cito aqui a edição contida em *Iwanami bunko*, n. 410, Tóquio, 1990, p. 372 [ed. bras.: *Eu sou um gato*, trad. Jefferson José Teixeira. São Paulo: Estação Liberdade, 2008].

42 *Edokko* (literalmente, "filho de Edo") indica ainda hoje aquele que nasceu ou cresceu em Tóquio/Edo, e, como tal, por antonomásia, é dotado de um caráter impetuoso e extrovertido, briguento e generoso.

privilegiado dessa nova abordagem, de que Soseki foi um atento observador. Dependia da sua longa familiaridade com o inglês, por exemplo, a presença repetida e explícita do sujeito gramatical, que, ao contrário, tinha expressão apenas implícita em grande parte da prosa japonesa precedente. O gato utiliza um presunçoso *wagahai*, pronome em geral reservado aos discursos oficiais e aos comícios políticos, criando um efeito cômico de estranhamento; em *Botchan*, o narrador se apresenta como *ore*, pronome de primeira pessoa masculino e de nível positivamente popular, que dá uma conotação ulterior à personalidade do protagonista. Do mesmo modo, também *kare*, que a partir da era Meiji se estabilizara como equivalente do pronome de terceira pessoa das línguas europeias – e em particular do inglês – e que Futabatei parecia evitar, preferindo outras soluções ("aquele homem", "o tal"), começava a fazer parte do léxico dos romances de Soseki.[43]

A escrita de Soseki, portanto, na tentativa de desenvolver ao máximo as possibilidades oferecidas pelo japonês moderno, propunha modelos que superavam as propostas feitas pelo *genbun itchi* e que tinham sido aceitas oficialmente como exemplos de língua já codificada, e as reelaborava em nome do próprio livre-arbítrio do escritor. O uso do dialeto de Tóquio – ressaltado como bem diferenciado da língua padrão baseada nele, mas, na verdade, modificada em seu próprio processo de organização por meio da incorporação de elementos de proveniência diversa – e o recurso a formas arcaicas, além dos débitos com modelos gramaticais ingleses, eram todos fatores que ele utilizava não como instrumentos voltados para a criação de uma língua a todo custo próxima da coloquial, mas de uma língua literária que lhe pertencesse.

Em outras palavras, a constituição de um núcleo sólido e estável da língua literária oficialmente reconhecida permitia influir na língua falada em sentido inevitavelmente unificador (pelo simples fato de que codificava as diversas nuanças da linguagem, conferindo, de qualquer forma, dignidade a todas), e lançava, outrossim, as bases para a busca de uma heterogeneidade que caracterizasse a produção com respeito ao modelo reconhecido. A seguir, as novas vanguardas que surgiram em cena em meados dos anos 1920 tornam claro o caráter artificial e ideológico da língua padrão do romance, feita mais para traçar novos caminhos do que para completar os projetados pelos outros. Ao slogan "escrever como se fala" do *genbun itchi* se respondia com o novo "escrever como se escreve".[44]

43 Seiji Koike, *Nihongo wa ika ni tsukurareta ka?*, op. cit., pp. 183-88.

44 Tomi Suzuki, *Narrating the Self, Fictions of Japanese Modernity*. Stanford (Cal.): Stanford University Press, 1996, p. 97.

Essa intuição foi reelaborada por Junichiro Tanizaki, que em 1929 publicava *Gendai kogobun no ketten* [Os defeitos da língua coloquial moderna]. Nesse ensaio, embora avaliando os resultados alcançados por seus predecessores, entre os quais mencionava em particular Natsume Soseki, ele colocava em questão muitas aquisições que o *genbun itchi* – agora considerado norma unitária e institucionalizada – adotara, sobretudo por meio dos modelos oferecidos pelos escritores do naturalismo, em sua busca de uma linguagem que fosse clara e transparente:

> Me agrada utilizar ao máximo o que pode servir ao dia de hoje, embora se trate de formas e expressões dos tempos passados, mas resta a minha convicção de que o estilo coloquial está matando a beleza e os valores peculiares que a nossa língua nacional [*kokugo*] possui.[45]

Segundo Tanizaki, a língua padrão aceitara escolhas aritificiais e, por conseguinte, estranhas justamente àquela fala que se propunha imitar. Assim, a forma de final de frase "*no de aru*" não só não pertencia à língua coloquial, como também não pertencia ao dialeto de Edo/Tóquio, e não era sequer uma forma usada pelos *samurai* durante o *ancien régime*. Segundo o escritor, tratava-se, ao contrário, de uma convenção, criada por políticos e burocratas provenientes da periferia do país, que, tendo chegado a Tóquio durante a restauração Meiji, tentaram esconder de tal modo as formas dialetais, que teriam revelado a sua origem provinciana.[46]

Do mesmo modo, ele colocava em discussão a tendência em indicar explicitamente o sujeito gramatical, moldada na gramática inglesa. A literatura japonesa, a começar pelas obras-primas da época Heian, especialmente a *Genji monogatari*, sempre utilizou a ambiguidade que podia nascer (se bem não necessariamente) da identificação incerta do sujeito gramatical, ou de fato da presença no mesmo enunciado de dois sujeitos diversos não explicitamente marcados: justamente esse procedimento, na verdade, permitia ao leitor identificar-se com as personagens, as suas experiências, as circunstâncias da sua vida, superando o contexto pessoal e histórico. Ao mesmo tempo, era possível remediar essa ambiguidade, recorrendo às formas relacionais, que tornam possível identificar o sujeito também na falta

45 Junichiro Tanizaki, *Gendai kogobun no ketten ni tsuite* [Os defeitos da língua coloquial moderna], *Tanizaki Junichiro zenshu*, v. XX. Tóquio: Chuo Koronsha, 1974, p. 183.
46 Id., ibid., p. 185.

de uma identificação específica, enquanto os diversos níveis e as diversas formas "honoríficas", embora admitindo ulteriormente possibilidade de indeterminação, contribuem para enriquecer infinitamente a potencialidade expressiva do japonês. Em suma, segundo Tanizaki:

> O inglês, em que para dizer "sim" existe apenas uma única forma "*yes*", ou em que para dizer "eu" existe uma única forma "*I*", será uma língua conveniente e simples, mas, em muitos casos, quando se escreve um romance é tudo menos conveniente.[47]

Entretanto, contrariamente às expectativas do escritor, o desenvolvimento da língua literária na segunda parte do século XX conheceu um poderoso fenômeno posterior de assimilação de empréstimos e de formas sintáticas do inglês. É bem verdade que o léxico introduzido passava por um processo de "naturalização", transformando-se no nível gráfico ou fonético, mas isso não impedia que a presença chegasse ao ponto de suscitar entre os assim chamados puristas preocupações e desconfiança, alimentadas também por propostas periódicas apresentadas não só por políticos, mas também por intelectuais, sobre a possibilidade de adotar o inglês como segunda língua oficial, segundo o modelo de Cingapura. Todavia, isso é só uma parte, e talvez nem mesmo a mais evidente, de um fenômeno de transformação profunda que acometeu o mundo da literatura, sobretudo a partir dos anos 1970, com o surgimento de uma nova geração de escritores, Ryu Murakami, Yasuo Tanaka, Michitsuna Tahakashi, cujos romances – estigmatizados como "literatura que não é literatura" – invariavelmente suscitaram polêmicas e críticas. Ao mesmo tempo, assiste-se a uma forte presença – acompanhada por um sucesso de vendas extraordinário – de romances escritos naquilo que de imediato foi definido o "novo *genbun itchi*", ou seja, uma linguagem coloquial, sempre declaradamente caracterizada em termos de geração ou de pertencimento a um grupo (adolescentes, mulheres estudantes da escola média ou superior), e que tem como modelo o *Momojiri no musume* [A garota da bunda de pêssego, 1977], de Osamu Hashimoto, ou as narrativas da escritora Motoko Arai. Como observou Yoichi Komori, esse tipo de linguagem, embora nascido como uma espécie de jargão em grupos particulares, teve um percurso de massificação mais ou menos imediato. E a quem tende a tachá-lo de um instrumento impróprio a assumir dignidade literária, talvez valha a pena lembrar a sua origem, que soa como uma significativa

47 Id., ibid., p. 198.

repetição histórica. Como a linguagem dos primeiros romances japoneses dos séculos X e XI foi tomada de empréstimo da linguagem das cartas de amor, assim também a linguagem da última geração de romances japoneses de alguma forma parece derivar das cartas enviadas pelos ouvintes de certas rádios. Linguagem que, inserida num circuito "vocal" por meio dos *disk jockeys*, foi retomada pelas estudantes da escola média e superior, criando uma rede de trocas e influências. Contemporaneamente, a linguagem das histórias em quadrinhos que aflorava do mundo da assim chamada subcultura se apresentava como base de formas linguísticas e expressivas das novas gerações de escritores, de que Haruki Murakami e Banana Yoshimoto se tornavam os porta-vozes. Essa linguagem, apoiada por uma faixa de jovens leitores formados na escola das histórias em quadrinhos e que não faziam caso de nenhum contraste com respeito à tradição, e rapidamente colocada em circulação pelas editoras, receosas da concorrência da televisão – essa linguagem parece ter sido aprovada vigorosamente. Pode-se deduzir disso, como sugere Yoichi Komori, que o velho *genbun itchi* – aquela fase na padronização da língua que deu vida ao romance japonês moderno – já esteja no final da sua parábola;[48] o interesse cada vez maior pela definição do conceito de estilo, atestado pelo nascimento da revista *Buntai* [Estilo literário] em 1977, seria definitivamente uma confirmação disso.

48 Komori Yoichi, *Shosetsu to hihyo*. Tóquio: Seori Shobô, 1996, p. 50.

SERGIO GIVONE

# Dizer as emoções

## A construção da interioridade no romance moderno

### 1. Em si e fora de si

Completamente fora de si, e no entanto mergulhado em si, vítima de suas alucinações: eis Dom Quixote. Bastou se distrair um pouco, deixar vagar a imaginação, e Alonso Quijano, "outrora cognominado o Bom", já não é mais quem costumava ser. Tudo culpa, como se sabe, de sua paixão desenfreada pela leitura dos livros de cavalaria, à qual se dedica com tanto arrebatamento que logo:

> Encheu-se-lhe a fantasia de tudo aquilo que lia nos livros, tanto de encantamentos como de contendas, batalhas, desafios, ferimentos, galantarias, amores, borrascas e disparates impossíveis; e se lhe assentou de tal maneira na imaginação que era verdade toda aquela máquina daquelas soadas sonhadas invenções que lia, que para ele não havia no mundo história mais certa.[1]

Uma espécie de duplo sentido confunde o protagonista daquele que pode ser considerado o primeiro romance moderno. Quanto mais o mundo se afigura uma

1 M. de Cervantes, *O engenhoso fidalgo D. Quixote de La Mancha* (1605-1615), Primeiro livro, trad. Sérgio Molina. 4ª ed. São Paulo: Editora 34, 2007, parte I, cap. I, p. 57.

miragem para este irremediável sonhador, tanto mais a miragem lhe aparece verossímil, carregada de múltiplos segredos ocultos; inversamente, quanto mais o sublime e o extraordinário se mostram inquietantes, tanto mais o pobre louco se perde em arroubos fantasiosos. Prova disso é a necessidade de dar novos nomes às pessoas, aos animais e até às coisas. Quijano se torna Dom Quixote de la Mancha, à espera de ser coroado pelo menos imperador de Trebisonda; Aldonza Lorenzo, que ele amara incognitamente, agora é Dulcineia de Toboso; o rocim até então anônimo passa a se chamar Rocinante, e assim por diante. Mas não se trata propriamente de um novo batismo ou de uma regeneração, e sim de uma anamnese que extrai de profundezas imemoriais significados desde sempre ali presentes, e apenas agora reconhecidos e compreendidos. Assim o cotidiano é entregue à fábula. E, portanto, libertado da banalidade e da insignificância, visto ser a fábula mais verdadeira do que a verdade.

Essas profundezas imemoriais: naturalmente ninguém ainda sabe dizer o que são elas; Dom Quixote não sabe, e tampouco o sabe Cervantes, simplesmente porque faltam as palavras para dizê-lo. O eu: o que é o eu? Claro, para a gramática é um pronome, um substantivo. Mas a emancipação do sujeito frente ao tecido da linguagem, até se converter em princípio psíquico não só autônomo, mas produtor de sentido e de realidade, é um processo ainda incipiente. Se a teologia havia concebido a alma em oposição ao mundo, semente divina que germinaria no mundo, mas para vir a consumar seu destino no próprio local de origem, ou seja, no além, agora a literatura e a filosofia (primeiro a literatura, depois a filosofia) trabalham para restabelecer um nexo não simplesmente antitético entre a alma e o mundo. E se o mundo fosse uma coisa da alma? E se a alma fosse o nascedouro do mundo? São perguntas que, nos séculos seguintes, iriam dar muito o que pensar. Um episódio não secundário dessa história é a vida de Dom Quixote. Mas o que sabe o "engenhoso fidalgo" sobre o que lhe está acontecendo, o que sabe sobre o que nele se anuncia e adquire forma? A concepção quixotesca da alma é exatamente a mesma que foi elaborada pela tradição teológica – e Cervantes a adota, seja para finalidades literárias ou por convicção íntima. A alma: ou a perdemos, ou a salvamos. Perdemos a alma deixando que o mundo a seduza e a capture com seus enganos, suas ilusões, suas quimeras. Salvamos a alma redespertando nela a memória daquilo a que está destinada. Como indica essa coisa divina que é a própria razão.

No final da vida (no final do livro de sua vida), Dom Quixote recobra a razão e, com a razão, a salvação da alma – aquela salvação que equivale à sólida ancoragem da mente na realidade terrena. E, muito paradoxalmente, ensina-lhe a morte:

> – As que até aqui passei – replicou D. Quixote –, que foram verdadeiras em meu dano, há de torná-las minha morte, com a ajuda do céu, em meu proveito. Eu, senhores, sinto que vou morrendo a toda pressa: deixem as burlas de parte e tragam-me um confessor que me confesse e um escrivão que faça meu testamento, pois em tais transes como este o homem não se há de burlar da alma; e assim suplico que, enquanto o senhor padre me confessa, vão chamar o escrivão.[2]

A doença que mata Dom Quixote é a melancolia; mas, mais profunda do que a melancolia, que pune quem acreditou no mundo tirando-lhe o siso e, com o siso, a paz, é a tomada de consciência de seu aturdimento. A quem cabe "morrer sábio e viver louco", a morte não pode fazer mal, nem mesmo com a morte. O que pode ocorrer, no máximo, é o contrário.

No entanto, se Alonso Quijano se liberta de Dom Quixote, Dom Quixote se liberta de Alonso Quijano. E vive para sempre aquela sua vida fabulosa, a "mais verdadeira" de todas as vidas. Dom Quixote não tem nenhuma necessidade de voltar a si. Seu eu mais íntimo está no mundo e o mundo é a expressão de seu mais íntimo eu. Infindável, o movimento do interior ao exterior e do exterior ao interior. Parafraseando Santo Agostinho, diríamos que, para Dom Quixote (não para Alonso Quijano, certamente), o mundo lhe é mais íntimo do que ele mesmo.

## 2. A consciência como partida dobrada

O mesmo vale para Robinson Crusoé. Mas com uma diferença. Ambos, cavaleiro e marinheiro, se deixaram tentar pelo mundo; mas no mundo, lugar aventuroso, Dom Quixote perde a razão, vindo a recuperá-la apenas no retorno ao lar; Robinson, pelo contrário, reencontra a razão no mundo mais amplo e mais distante, após o irracional abandono do lar paterno.

A condição de Robinson, enquanto condição exemplarmente humana, é a de quem se encontra, contra a vontade e sem escapatória, num lugar desconhecido,

2 M. de Cervantes, *O engenhoso fidalgo D. Quixote de La Mancha* (1605-1615), Segundo livro, trad. Sérgio Molina. São Paulo: Editora 34, 2007, parte II, cap. LXXIV, pp. 841-42.

hostil, pleno de ameaças reais e imaginárias. Para descrevê-la, Defoe usa as mesmas palavras que os antigos gnósticos já haviam usado em seus dias, e que serão retomadas pelos existencialistas: o homem é "lançado" num lugar estranho, sem qualquer relação com seu local de origem. Por acaso ou por um misterioso decreto divino? Defoe dá a entender que seu herói se inclina para a segunda hipótese, o que faria dele um herdeiro da gnose em vez de um precursor do existencialismo.

> Minhas perspectivas sobre a situação em que estava eram negras. Havia naufragado naquela ilha depois de ter sido impelido [...] por uma tempestade violenta para muito longe do curso de nossa viagem programada. Estava a grande distância, qual seja, a de algumas centenas de léguas do curso ordinário do comércio humano. Tinha, pois, boas razões para considerar aquilo como uma determinação dos Céus, e que nesse lugar desolado e dessa maneira desolada eu haveria de terminar meus dias. As lágrimas rolavam em profusão por minhas faces quando eu fazia essas reflexões. Às vezes, acusava a Providência de arruinar tão completamente suas criaturas e torná-las tão miseráveis, tão desamparadas, tão completamente deprimidas, que não seria nada razoável ser grato por uma vida assim.[3]

Até que intervém a razão. E repõe nos eixos uma subjetividade que parecia destinada a afundar em si mesma (um segundo naufrágio ainda mais irreparável do que o primeiro). Esse senso de irremediável aturdimento que se apodera do eu, arrancando-o ao pacto que liga céu e terra, vem a se converter numa tomada de consciência mais elevada. Como se o eu voltasse a se orientar no mundo depois de ter experimentado a dissociação entre interno e externo, entre pensamento e realidade. É verdade, diz a razão, essa solidão é lastimável, mas não será verdade também que é melhor ser do que não ser? Assim avança-se um passo rumo à superação do solipsismo e do pesadelo que o acompanha, a saber, as ideias fixas. O mal, que é terrível, já não consegue, porém, toldar o bem. A tal ponto que o bem e o mal são sopesados com um imparcial espírito contabilista. A interioridade se torna um livro contábil. Onde os débitos e os créditos resultam num saldo positivo. Com efeito, Robinson lança na coluna dos débitos a reclusão numa ilha deserta sem esperança de salvação, mas na coluna dos créditos lança

3 D. Defoe, *Robinson Crusoé* [*The Life and Strange Surprising Adventures of Robinson Crusoe*] (1719), trad. Celso M. Paciornik. São Paulo: Iluminuras, 2004, p. 60.

o fato de estar vivo; nos débitos, uma solidão pavorosa, mas nos créditos uma salvação que tem algo de milagroso e, portanto, encerra uma promessa; nos débitos, a perda do essencial e a exposição ao desconhecido, nos créditos o barco encalhado a pequena distância da orla, oferecendo-se como reserva preciosa de bens, e assim por diante.

Exatamente como partida dobrada. É assim que Robinson faz as contas com sua consciência. A qual, pois, deixa de ser o que era, um severo tribunal particular, para se tornar um instrumento de avaliação de sua condição. Robinson conclui: por mais infeliz e miserável que seja o estado em que ele se encontra, isso não significa que não possa tirar daí "alguma coisa para obter conforto". O náufrago olha ao redor. Mas não mais para escrutar apenas a linha do horizonte, e sim o perfil das coisas próximas, que já não são tão hostis, visto que, apesar de estranhas, parecem servir para a satisfação de suas necessidades e, assim, revelam o espaço de uma vida possível. Depois de tê-lo perdido, Robinson parte para a conquista do mundo arrancando-se às trevas de uma introversão estéril e desesperada. E o mundo retribui permitindo-lhe que ele veja seu rosto ali espelhado. A ação, o domínio da realidade natural, a subordinação mesmo do hostil a seus próprios fins permitem humanizar o mundo a tal ponto que o homem reconhece a si mesmo nesse mundo. O "eu" do homem não se oculta nas profundezas, mas está na superfície, ali fora. Robinson adquire clareza de seu destino na medida em que aprende a se mover como senhor naquela sua "Ilha do Desespero", como a chamara antes.

### 3. Papéis sociais, máscaras e desenvolvimento da personalidade

O interno deve se inverter em externo, e só assim consegue encontrar seu centro: é o que gera perplexidade em Wilhelm Meister. Numa carta em resposta ao cunhado, que lhe sugeria que extraísse de sua viagem todos os conhecimentos que lhe poderiam ser úteis em suas atividades, Wilhelm responde levantando dúvidas:

> De que me serve fabricar um bom ferro, se meu próprio interior está cheio de escórias? E de que me serve também colocar em ordem uma propriedade rural, se comigo mesmo me desavim?[4]

4 W. Goethe, *Wilhelm Meister Lehrjahre* [1795-96] [ed. bras.: *Os anos de aprendizado de Wilhelm Meister*, trad. Nicolino Simone Neto. São Paulo: Editora 34, 2006, p. 284].

Wilhelm tem ideias claras sobre seu futuro. Diz que, desde jovem, tem um único desejo e uma única intenção: "Instruir-me a mim mesmo, tal como sou". Isso faz pensar num traço intimista, no mínimo um distanciamento do mundo, se não um franco *rede in te ipsum* de linhagem agostiniana. Embora o eu seja pensado não como entidade imutável, e sim sujeita ao desenvolvimento, é sempre no sentido de uma transparência de si para si. Para este eu, valem os imperativos que logo haverão de se afigurar exemplares: seja você mesmo, torne-se o que você é etc. E aí o jogo parece se dar antes na interioridade, e somente depois no mundo. De outra maneira, não entenderíamos como estar "em harmonia" consigo mesmo pode constituir uma condição prioritária e essencial, à qual o mundo deve abrir passagem.

E, no entanto, é no mundo, e não no segredo da consciência, que se decide sobre o homem. Por isso Wilhelm continua e avisa que adquiriu experiência com o mundo: sabe como atingir seu objetivo, que, justamente, é o desenvolvimento do eu. Não bastasse, Wilhelm não hesita em definir o eu apenas a partir de sua posição mundana, e sim, a partir de sua condição de classe. À diferença do nobre, que pode aspirar a uma formação integral de sua personalidade, o burguês (como ele é por nascimento) pode, sem dúvida, obter cultura, educar o espírito, adquirir vários méritos, "mas sua personalidade se perde, apresente-se ele como quiser". Pela simples razão de que o burguês é aquele que faz, ao passo que o nobre é aquele que é. Se reconhecemos o burguês por suas ações e, portanto, pelo que ele realiza, reconhecemos o nobre pelo comportamento, pelo modo de ser, pela atitude. "Não cabe perguntar ao burguês: 'Quem és tu?', e sim 'Que tens tu?'." No sentido dos bens que possui. Mas também no sentido do que conseguiu na vida, do que anda fazendo ou acha que vai poder fazer. Para o nobre, o importante é saber "dominar-se exteriormente em qualquer momento de sua vida", graças à harmonia interior que lhe é inata e irradia de sua pessoa. Coisa que o burguês não pode imitar sequer em sonho. Se tentasse, seria ridicularizado e humilhado, se tornaria "ridículo e de mau gosto".

Wilhelm acha tudo isso errado. Na verdade, sua intenção, como diz ele, é o desenvolvimento harmonioso de seu eu. Mas como fazer, se esse desenvolvimento harmonioso é prerrogativa da nobreza? Existe uma maneira. O que não é possível (para o burguês) no plano da realidade, é possível no plano da simulação. Ou seja: como teatro. Wilhelm Meister, primeiro jovem titereiro e depois ator, já não havia aprendido pela experiência que o palco ajuda a substituir pela arte aquilo que o nascimento parecia lhe negar irremediavelmente? O palco ensina o indivíduo a se mover numa dimensão espiritual mais ampla, refina-lhe o gosto, aperfeiçoa-lhe o espírito, em suma educa-o a se comportar como pessoa em que o ser e o parecer coincidem. Wilhelm conclui:

> Só nesse elemento [o teatro] posso mover-me e cultivar-me à vontade. Sobre os palcos, o homem culto aparece tão bem pessoalmente em seu brilho como nas classes superiores [...].[5]

Se o teatro pode ser o equivalente do mundo, é porque o mundo é um teatro – assim pensa Goethe. O desenvolvimento harmonioso é próprio de quem se move no mundo como se fosse um palco. Mas o desenvolvimento harmonioso também é próprio de quem se move no palco como se, ali, o mundo se deixasse recapitular inteiramente no espaço da representação. Tal é a dignidade do ator teatral. Sua "vocação", como diz Goethe.

Mas o que acontece quando o mundo e o teatro, por si sós já tão parecidos, são sobrepostos e até identificados? Aonde leva o jogo das máscaras? O que significa viver pondo e tirando livremente as máscaras, todas as máscaras? Quem tentará responder a essas perguntas, mais do que Goethe, serão os românticos. E tentarão convertendo em negativo aquilo que Goethe havia apresentado como positivo. Não o desenvolvimento da personalidade, e muito menos um desenvolvimento harmonioso: pelo contrário, sua desintegração, até a loucura e a morte. É o que os românticos (veja-se, por exemplo, aquele romance talvez malogrado, mas que expressa claramente essa posição, a saber, *A história do sr. William Lovell*, de Tieck) veem no eu que se expõe a experiências contraditórias, imaginando governá-las de um ponto de vista mais elevado, como um titereiro com seus fantoches. Na verdade, o eu acaba se tornando tragicamente vítima de si mesmo. Não existe força titânica do eu conquistador ético de si mesmo (Fichte) capaz de conciliar uma discórdia agora irreparável de si consigo mesmo, não existe odisseia do espírito (Hegel) capaz de reconduzir ao lar o protagonista de uma vazia libertinagem intelectual.

## 4. Buscando a profundidade que não existe

O que os românticos colocam sob o signo do trágico, Flaubert atribui ao cômico. Para Flaubert, tal como para os românticos, o mundo não passa do teatro de uma encenação carnavalesca e ilusionista. Mas não é dada ao homem a possibilidade de extrair qualquer verdade dessa comédia. Não há como desmascarar o autoengano. Apenas representá-lo.

5 Id., ibid., p. 286.

Emma Bovary não tem dúvidas de que o verdadeiro mundo está aí. E aí está a felicidade. Onde, não sabe dizer, mas certamente em algum outro lugar, não aqui. Em todo caso, é onde os amantes podem ouvir o cantarolar do cocheiro ecoando pela montanha e o reboar das cascatas, ou aspirar o perfume dos limoeiros, enquanto o sol se põe no mar, além das varandas dos casarões. E onde o marido usa um belo traje de veludo negro, com botas macias e chapéu em ponta, e das mangas do casaco despontam punhos rendados. "Parecia-lhe que certos lugares na terra deviam produzir felicidade, como uma planta peculiar a um certo solo que cresce com dificuldade em qualquer outro lugar."[6]

Emma se consome por esse mundo verdadeiro, que não é senão o mundo fantasiado e alimentado de sonhos e leituras poéticas, desejando-o com todas as suas forças. Até que o encontra. Mas para perder a si mesma. Na verdade, aquele mundo é ilusão, e Emma se ilude, se ilude o tempo todo. Do fundo de sua alma brota apenas uma inesgotável vontade de fábulas, de histórias de amor. E sua alma, sua interioridade, se reduz a este nada. No final, o que resta é o sabor acre do veneno que contorce as entranhas, prende-se à garganta, mata.

Bouvard e Pécuchet também tentam a passagem ousada do cotidiano decepcionante e insignificante para a dimensão de um saber (sobretudo o saber de si, a autoconsciência) de ordem superior. Mas, mais concretos do que Emma Bovary, eles põem mãos à obra com espírito científico. Ao modo deles, claro. Como diletantes incuráveis que copiam seus sonhos, suas utopias, suas aspirações das ideias correntes. Por isso saem-se bem na tarefa realmente admirável de identificar esse espírito científico com o espírito da época, o espírito da época com a estupidez universal, a estupidez universal com as convicções mais íntimas e vitais, em suma, com suas interioridades mais autênticas, que não passam de pura e simples imitação. Mais do que nunca, o interior é o exterior, o exterior é o interior. Realização da dialética hegeliana sob a forma de farsa.

Bouvard e Pécuchet se encontram, e pronto: "Ligaram-se de imediato por laços secretos".[7] Assim, o que os une é uma espécie de vocação que provém do coração e da mente. E leva-os a procurar a verdade – a verdade do mundo, que soa falsa para quem tem ouvidos, mas é sedutora, fascinante, inesgotável para todos os outros, e

6 G. Flaubert, *Madame Bovary* [1857], trad. Fúlvia M. L. Moretto. São Paulo: Nova Alexandria, 2001, parte I, cap. VII, p. 57.

7 Id., *Bouvard et Pécuchet* (1881), trad. Marina Apenzeler. São Paulo: Estação Liberdade, 2007, cap. I, p. 44. Daqui em diante, os números de capítulo e da página em que se encontram as citações, sempre extraídas dessa edição, serão indicadas diretamente no texto.

esses outros somos todos nós. A aventura espiritual que os aguarda não poderia ser mais completa: do saber à fé. Começam submetendo tudo ao crivo da crítica: a última peça, o custo de vida, as decisões do governo. E tudo lhes atrai a curiosidade. Frequentam com o mesmo empenho museus de arte e de história natural, não hesitam em se assombrar com os animais empalhados, em se arrepiar diante de plantas venenosas, em se entusiasmar com Rafael. Tentam um curso de árabe na universidade, atarefando-se em tomar notas sob os olhos espantados do professor. Conseguem entradas para uma sessão da Academia. Veem o horizonte se alargar dia a dia.

E então, depois de se transformar em agricultores, depois de se dedicar à política, depois de se devotar ao estudo da química, da literatura, de todo o conhecimento, depois de se entregar à atividade de colecionadores, em suma, depois de ter experimentado tudo o que havia para experimentar, roça-os a asa congelante do nada e são socorridos pela religião. Não sem um *intermezzo* filosófico:

> Tentavam imaginar a morte sob a forma de uma noite intensa, de um buraco sem fundo, de um desvanecimento contínuo. Qualquer coisa era melhor do que essa existência monótona, absurda e sem esperança (VIII, p. 270).

Decidem se suicidar. E estão a ponto de se matar, mesmo porque, "de tanto comentá-lo, acostumaram-se a ele". Já com a corda, se não no pescoço, pelo menos na mão, ocorre-lhes que não fizeram testamento. E depois, fosse o cintilar das estrelas no céu, ou das candeias nas mãos dos fiéis dirigindo-se para a missa da meia-noite, fossem os hinos ou a emoção difusa, o fato é que uma "curiosidade os levou até lá". E vem a conversão. Ali, na igreja, os dois amigos unem suas vozes às orações e sentem "como que uma aurora radiando em sua alma".[8]

Uma comédia irredimível. Uma bufoneria. E eles? Eles são cegos. Em relação a si e ao mundo (que são a mesma coisa).

## 5. No subsolo da alma

"Juro-vos, senhores, que uma consciência muito perspicaz é uma doença, uma doença autêntica, completa."[9] Quem fala assim é o dostoievskiano homem do subsolo.

8 Id., ibid.
9 F. Dostoiévski, *Memórias do subsolo* [1864], trad. Boris Schnaiderman. São Paulo: Editora 34, →

O qual leva a introspecção até o mais cruel desdobramento, que o faz se tornar vítima e carrasco de si mesmo; mas, como nele o eu que observa e o eu observado são o único e o mesmo eu, está-lhe vedada a possibilidade de uma análise fria e objetiva, sendo condenado a se descarnar sem fim, a sofrer dores indizíveis. Exceto por extrair desse tormento um prazer de segundo grau. Por isso sua atitude é de caráter patológico. E essa doença tem até um nome: "hipertrofia da consciência".

Tais são as palavras que Dostoiévski atribui ao herói epônimo do romance:

> Remordia-me então em segredo, dilacerava-me, rasgava-me e sugava-me, até que o amargor se transformasse, finalmente, em certa doçura vil, maldita e, depois, num prazer sério, decisivo! Sim, num prazer, num prazer! Insisto nisso. Se abordei o assunto, foi porque desejo insistentemente saber ao certo o seguinte: terão outras pessoas semelhantes prazeres? Vou explicar-vos: o prazer provinha justamente da consciência demasiado viva que eu tinha da minha própria degradação; vinha da sensação que experimentava de ter chegado ao derradeiro limite; de sentir que, embora isso seja ruim, não pode ser de outro modo; de que não há outra saída; de que a pessoa nunca mais será diferente, pois, ainda que nos sobrasse tempo e fé para isto, certamente não teríamos vontade de fazê-lo e, mesmo se quiséssemos, nada faríamos neste sentido, mesmo porque em que nos transformaríamos? E o principal, o fim derradeiro, está em que tudo isto ocorre segundo leis normais e básicas da consciência hipertrofiada [...] (p. 20).

Note-se como nesta passagem, que logo seria lida até a exaustão em chave psicanalítica, Dostoiévski segue num rumo contrário ao que será tomado pela psicanálise. Longe de envolver uma suspensão da ética, a prática da análise interior apenas confirma o homem na culpa, sendo essa prática assinalada por marcas de autossatisfação, de gosto pela turpitude, de fascínio pelo mal. Culpado, de qualquer forma o homem sempre é, e é impossível deixar de reconhecê-lo a um sério exame de consciência. Demonstra-o aquela singular forma de perversão que consiste em se deixar seduzir pela própria capacidade de extrair do fundo da alma materiais sórdidos e abjetos. E isso nunca tem uma verdadeira função de catarse. Ao invés de indicar uma saída, a análise apenas precipita o homem cada vez mais fundo, quando menos pelos seguintes motivos. Em primeiro lugar, mostra como sempre existe uma intenção, um desejo na raiz de toda e qualquer

→ 2000, p. 18. Daqui em diante, o número da página em que se encontram as citações, sempre extraídas dessa edição, será indicado diretamente no texto.

maldade. Em segundo lugar, revela a inconsistência dos projetos de conversão ou, pelo menos, de recuperação.

Não poderia ser maior a distância da psicanálise. O homem do subsolo aprendeu a duvidar dos ideais e das boas intenções, em suma, da boa alma, mas não se detém nisso. Para ele, o reconhecimento da hipocrisia moralista, ou seja, o fato de que a moral oculta pulsões e conflitos de uma espécie totalmente diferente, funciona como pressuposto para uma consciência mais alta e mais amarga. Na verdade, a pretensão de desmascarar a moral é, por sua vez, profundamente equívoca, visto que há algo de torpe no autodenegrimento, no autodesmascaramento. Não existe meta reconfortante, não existe possibilidade de autorreconciliação, nem mesmo na percepção de que somos o que somos. Nada autoriza ninguém a ter paz de espírito. É sempre a boa alma que acredita que, tirada a máscara, revelada a miserável realidade que está na base de seus comportamentos, é possível alcançar um fundo de sinceridade e verdade.

Para o homem do subsolo, porém, a verdade não é uma certeza última, mesmo que desoladora, ou seja, aquela que surge quando todos os fingimentos caem por terra e cedem lugar à verdade desmascarada, desnudada, mas abissal e "horrível". Não: o homem do subsolo está muito além do chamado "*homme de la nature et de la vérité*". Este, com seu espírito forte, em seu desencanto cínico e desiludido, mas também "em sua estupidez inata", vai em busca das supostas motivações autênticas dos comportamentos dos seres humanos e, se alguém o ofende, julga poder se vingar com justiça, encerrando o ofensor em sua baixeza. Mas quem lhe dá o direito? Como ele legitima sua ação? Não é assim para o homem do subsolo, o "camundongo". Devido à sua consciência hipertrofiada, ele "nega haver nisso qualquer justiça" (p. 23). De modo que "no seu ignóbil e fétido subsolo, o nosso camundongo, ofendido, machucado, coberto de zombarias, imerge logo num rancor frígido, envenenado e, sobretudo, sempiterno" (p. 24). E é precisamente nessa situação sem saída, "neste consciente enterrar-se vivo, por aflição" (p. 25), que o homem do subsolo encontra o estranho prazer em que se compraz.

A verdade é reabsorvida pela mentira. E a mentira, essa comédia, essa obscena exibição de si, diz a única verdade humana, verdade horrivelmente humana. "Com efeito, ao cabo de um minuto, mais ou menos, já me acontecia perceber, enraivecido, que todos aqueles arrependimentos, todos aqueles estados comovidos, aquelas juras de regeneração, eram mentira, uma repugnante e afetada mentira" (p. 28). E, no entanto, há aí uma verdade. "No fundo da alma, não acreditamos estar sofrendo, há uma zombaria que desponta, mas, assim mesmo, sofria de verdade [...]" (p. 29).

Ninguém obriga o homem do subsolo a se comportar como ele se comporta. Mas é exatamente este o ponto. Seu lúcido delírio é fruto daquela força que leva o homem a criar e a destruir, sem outra razão além da gratuidade, da liberdade (a liberdade de quem não se importa com lei alguma, nem mesmo com o "dois mais dois são quatro"). Assim ele "verifica" a irredutível falta de fundamento da experiência.

Por fim, se o fundo da alma não tem fundo é porque a natureza não pode representar um limite objetivo para a alma, visto que a alma é invenção, artifício, produto fantasmático e alucinatório. Confessa o homem do subsolo, evocando um aspecto que, de modo muito singular, mas também significativo, aproxima-o de Dom Quixote, de um lado, e de Madame Bovary, de outro lado, eles também devoradores de livros e vítimas dessa paixão: "Esta crueldade era tão artificial, mental, inventada, *livresca,* que eu mesmo não a suportei um instante sequer [...]" (p. 143). Para ser desmascarado? Ou para se libertar de suas obsessões? Ou, de qualquer modo, para ser restituído a uma dimensão não "fingida"? Certamente não. Supô-lo seria como não entender "o que há de trágico em tudo isso". E o que há de trágico é que, se a verdade é tragada pela mentira, por trás da mentira "[...] brilhava já a verdade. Uma verdade ignóbil" (p. 122).

## 6. A infinita barbárie do eu

Em *Coração das trevas*, Joseph Conrad põe nos lábios de Marlow, no papel de narrador: "A verdade interior se esconde – felizmente, felizmente. Mas eu a sentia mesmo assim, sentia muitas vezes aquela calma misteriosa que assistia às minhas cabriolas simiescas [...]".[10]

Por mais oculta que esteja a verdade interior, por mais inconfessável e repugnante que seja, ela está presente de maneira obscura e, no entanto, paradigmática, como se fosse uma medida de nossa sórdida e ridícula mesquinharia, uma luz negra lançada sobre a exterioridade até mostrá-la como coisa risível, uma sedução ofuscante que irradia das trevas mais impenetráveis e não dá trégua. E não só: por mais que faltem palavras para dizê-la e conceitos para exprimi-la, quem tiver meramente roçado por ela, tiver sentido um leve pressentimento, uma intuição mais ou menos vaga, não poderá se furtar a procurá-la e se deixar invadir por ela.

10 J. Conrad, *Heart of Darkness* [1902] [ed. bras.: *Coração das trevas*, trad. Sergio Flaksman. São Paulo: Companhia das Letras, 2008, cap. II, p. 109].

E o barco que, partindo da costa da África Central, sobe um rio até o interior do continente: não é uma metáfora do eu? Lá, no coração da floresta equatorial, no "coração das trevas", mora Kurtz, ele mesmo o "coração das trevas", que exerce um domínio absoluto na região, como agente de uma empresa que saqueia e vende marfim. E lá Kurtz celebra seus rituais inomináveis (canibalismo? feitiçaria? ambos? pouco importa). Daí a pergunta: o coração das trevas é o da floresta equatorial ou o de Kurtz, ou, melhor, o lugar onde ambos se identificam à perfeição?

> Ou imaginem um jovem e decente cidadão de toga [...] vindo para cá [...]. O desembarque num pântano, a marcha através das matas, e algum posto de interior a sensação da presença da selvageria. A selvageria mais extrema se fechara à sua volta – toda aquela vida misteriosa e desconhecida que pulsa nas matas, nas florestas, no coração dos homens selvagens. E não existe iniciação para esses mistérios. Ele precisa viver no meio do incompreensível, que também é detestável. E tudo isso ainda tem um fascínio, que começa a atuar sobre ele. O fascínio da abominação [...] (1, p. 14).

Epifenômeno de uma vontade mais originária de dominação e exploração, o colonialismo, em seus trajes de atividade dedicada ao saque e à destruição indiferente à ruína do outro, apenas prolonga no plano da sociedade civil aquilo que já se agita e se manifesta nos ritos tribais dos indígenas. Mas esses ritos, por sua vez, dão vazão a um obscuro anseio da alma, um impulso, uma necessidade, que nos "selvagens" certamente se manifesta, por assim dizer, no estado de natureza, embora se trate, evidentemente, de um estado de cultura, cultura camuflada de barbárie, mas que o "jovem e decente cidadão", europeu moderno, não hesita em reconhecer em seu próprio coração, e por isso "toda aquela vida misteriosa que se agita no ermo das florestas" não é senão um epifenômeno da vida comum a todos. O coração das trevas é o coração da floresta. O coração das trevas é o coração dos selvagens e de Kurtz, que se tornou igual a eles para explorá-los ao máximo. O coração das trevas é o coração do homem, de todos os homens. Por isso o eu que penetra na floresta, rumo ao desconhecido e inaudito, na verdade adentra em si mesmo.

Marlow, depois de encontrar Kurtz, não pode deixar de admitir consigo mesmo que os sinais exteriores de ferocidade e desumanidade (cabeças fincadas nas estacas etc.) são, justamente, sinais de uma dimensão interior diversamente estarrecedora, e de fato ele diz que:

> me sentira transportado num salto, a selvageria pura e sem complicações constituía um autêntico alívio, por ser alguma coisa que tinha o direito de existir – com toda a obviedade – à luz do sol. (III, p. 93)

E, quando é o momento de "olhar dentro" do abismo da alma (a alma bárbara de Kurtz, mas alma irmã da de todos nós), é a revelação do horror puro e infinito.

> Vi surgir naquele rosto de marfim a expressão de um orgulho sombrio, de um poder impiedoso, de um terror abjeto – de um intenso e irremediável desespero. Será que ele revivia a sua vida em cada detalhe de desejo, tentação e abandono naquele momento supremo de conhecimento completo? E exclamou num sussurro, diante de alguma imagem, de alguma visão – exclamou duas vezes, um palavra que era pouco mais que um arquejo: "O horror! O horror!" (III, p. 109)

## 7. A memória do eterno sepultado dentro de nós

E se o ponto cego do eu, o lugar em que a realidade se abisma e se aniquila, fosse também o lugar em que tudo é resgatado da dispersão, da insignificância, do nada? Em *O tempo redescoberto*, conclusão de *Em busca do tempo perdido*, Proust mostra que se aprofundando em si mesmo, e apenas se aprofundando em si mesmo, o eu salva aquilo que, de outra maneira, estaria irremediavelmente perdido.

Duplo movimento antifrástico. Da memória e do esquecimento. É por causa do esquecimento que uma determinada experiência pode ser restituída à memória, ali se conservando e se mantendo salva para sempre. Na verdade, esquecer significa desprender alguma coisa de suas ligações, subtraí-la ao fluxo temporal, deixá-la permanecer numa espécie de imobilidade fora do tempo. Então sucede que "o gesto, o mais simples ato era encerrado como em mil vasos fechados, dos quais cada um contivesse uma substância de cor, cheiro e temperatura absolutamente diversas"[11] e eis que "aqui na rósea luz crepuscular a bater no muro florido de um albergue campestre, [...] em volutas azuis do mar matinal a envolverem frases

11 M. Proust, *À La recherche du temps perdu* [1913-1927] [ed. bras.: *Em busca do tempo perdido*, v. VII, *O tempo redescoberto*, trad. Lúcia Miguel Pereira. 9ª ed., São Paulo: Globo, 1989, pp. 151 ss.; a página em que se encontram as citações, sempre extraídas dessa edição, será indicada diretamente no texto].

musicais delas emergindo parcialmente como ombros de ondinas" (p. 151), tudo isso adquire valor de eternidade e de iluminação intemporal, desde que tenha "permanecido em seu lugar", no isolamento, porque a libertação é "a essência das coisas". Enquanto a inteligência separa o que deve ser lembrado para fins utilitários e descarta o essencial, é precisamente o essencial que desliza e se deposita no fundo da alma. Fortuitamente redespertado, ele é alimento e deleite do espírito. Quem o frui não teme mais a morte.

> Um minuto livre da ordem do tempo recriou em nós, para o podermos sentir, o homem livre da ordem do tempo. E é compreensível que este, em sua alegria, seja confiante, [...] situado fora do tempo, que poderá temer do porvir? (p. 154)

Essa alquimia espiritual, interior ao duplo movimento da memória e do esquecimento, produz no crisol da alma "nosso verdadeiro eu". O esquecimento toma à corrente da vida fragmentos de realidade em estado puro e os entrega à dimensão inconsciente da memória enquanto lembranças sepultas e olvidadas. Quando elas reafloram à memória (que de inconsciente passa a consciente, e de involuntária passa a voluntária), o que se julgava findo no nada é de súbito recuperado. E com um valor adicional. Valor de conhecimento, valor de verdade. Mas também de catarse e regeneração. Com efeito, o passado volta a nós envolto por uma luz de eternidade que o torna ainda mais precioso. Nessa luz, não só o passado, mas nós também somos subtraídos à velhice. A ponto de despertar em nós "uma profunda sensação de renovação". A qual só tem razão de ser porque "os verdadeiros paraísos são os paraísos que perdemos".

Um mundo de fantasmas adormecidos nos acompanha sem que o saibamos e, conforme passa o tempo, ele se dilata, se transforma, pesa sobre nós. Naturalmente poderíamos nos indagar (é o que faz a psicanálise) se essa silenciosa sombra psíquica age sobre a mente, se deixa traços ou marcas, e assim por diante. Mas, segundo Proust, isso não é tão importante. Para ele, trata-se de captar a raiz do imutável e do eterno no momento que suspende e liberta o tempo. Por isso leva o eu narrador a dizer: "fui obrigado a descer de novo dentro de mim mesmo". Onde? Em que região da alma? E em busca de quê? Começando pela última pergunta, responderemos: em busca das essências puras das coisas (todas as coisas, mesmo este rumor, este perfume, este deslumbramento luminoso). Elas não estão em lugar algum. Simplesmente são. E são onde não importam mais os nexos causais que governam o modelo de uma existência segundo o antes e o depois, e onde todas as imagens que habitam o homem podem sempre voltar a ser (portanto eternamente, portanto mais ricas e mais vivas), simplesmente porque foram. Isso ainda é um onde? Se o é, é apenas no sentido de um lugar a que chega o eu depois de ter atravessado toda a distância temporal que o separa da origem. Um tempo quase infinito. Necessário para secretar o vivido e eternizá-lo. Perante o qual o eu não mais tem consciência de si, sendo a consciência inteiramente absorvida por "ele":

> [...] ao verificar que todo esse tempo tão longo não só fora, sem interrupção, vivido, pensado, segregado por mim, era minha vida, era eu mesmo, como ainda o devia incessantemente manter preso a mim, pois me sustentava, eu me via jungido a seu cimo vertiginoso, não me podia locomover sem comigo o deslocar (p. 291).

Isso comporta uma dupla ordem de consequências. Na medida em que o eu é redespertado para a visão das essências, o tempo já não tem influência sobre ele e não pode fazer-lhe nada, muito menos aquilo que costuma fazer: desorientá-lo, desintegrar sua identidade, expô-lo ao jogo das aparências e das metamorfoses. Deste ponto de vista, a descida (descida do eu para dentro do eu) é salvação. Mas a descida também é uma passagem pelas "horas do passado". Recordações, desejos não mais atuais, tudo está inscrito no corpo: é nele que ocorre o milagre da "ressurreição" desses desejos e lembranças. É o que explica por que o corpo do outro, por exemplo o corpo do ser amado, pode fazer tanto mal a quem o contempla na perspectiva do tempo, pois agora aquele escrínio de delícias se transforma, para ele, no mais cruel signo de exclusão. É a incurável ferida do ciúme.

Ao amante, só resta fazer o mesmo que faz o artista. Procurar nos rostos, que são mutáveis e criam, cada um deles, a mais atordoante ciranda de máscaras, o essencial – aquilo que não está sujeito a mudanças. Mas, para tal, existe apenas um caminho, justamente o caminho estético: representar fatos e pessoas a partir "não do exterior, mas de nosso íntimo", e assim pode ser que a mais leve nuance e o mais insignificante gesto repercutam na sensibilidade a ponto de provocar a máxima perturbação, e no entanto é precisamente esta ruptura da disposição das coisas que as restitui envoltas numa luz de verdade e de eternidade, salvando-nos com elas.

O artista como amante, o amante como artista... Proust, último neoplatônico, não oculta mais as origens de seu pensamento. E como poderia? Tal é sua tese, exatamente a mesma de Plotino, e tal é a admirável visão: enquanto o eu soçobra, a constelação das essências surge no céu interior da mente e se mostra a ele.

## 8. Autodissolução do sujeito

Joyce, por sua vez, parece preferir Aristóteles (e São Tomás). Aristotélica é a citação que, em *Ulisses*, abre o terceiro episódio, "Proteu; A praia", ou seja, o episódio em que sua ideia da interioridade que dialoga consigo mesma é desenvolvida mais extensamente.

"Ineluctável modalidade do visível."[12] Trata-se de uma referência ao *De anima*, em que Aristóteles menciona o princípio psíquico por meio do qual a realidade se desdobra diante de nossos olhos segundo uma ordem e uma disposição que permitem ao homem reconhecê-la, identificá-la, pensá-la. "Modalidade do visível", portanto, é recíproca implicação entre sujeito e objeto ou, em linguagem aristotélica, é o que confere dignidade de conhecimento aos fantasmas da mente. "Pensado através dos meus olhos", comenta Stephen Dedalus. E um pouco mais adiante, repetindo que se trata da alma enquanto forma que percebe (intelecto passivo) todas as formas e até as produz (intelecto ativo): "Minha alma caminha comigo, forma das formas". Segue-se que, para Stephen, esta "modalidade do visível" parece "ineluctável".

Sim, mas não é este o problema de Stephen Dedalus. Para ele, a questão não é que a realidade se configure de um certo modo a partir de seu encontro com as faculdades da alma. A questão, se tanto, é o que ela é primeiro ou independentemente, e se ela é alguma coisa. É este *quid* misterioso que precisa ser apreendido, o eventual em si, o selo ontológico – precisamente o selo que nos exclui do segredo do ser. "Assinaturas de todas as coisas estou aqui para ler", diz Stephen Dedalus, passando com desenvoltura da psicologia de Aristóteles para a mística de Jacob Böhme.

Mas leiamos a passagem por extenso:

> Ineluctável modalidade do visível: pelo menos isso se não mais, pensado através dos meus olhos. Assinaturas de todas as coisas estou aqui para ler, marissêmen e maribodelha, a maré montante, estas botinas carcomidas. Verdemuco, azulargênteo, carcoma: signos coloridos. Limites do diáfano. Mas ele acrescenta: nos corpos. Então ele se compenetrava deles corpos antes deles coloridos. Como? Batendo com sua cachola contra eles, com os diabos. Devagar. [...] Fecha os olhos e vê (pp. 47-48).

12 J. Joyce, *Ulysses* [1922] [ed. bras.: *Ulisses*, trad. Antônio Houaiss. São Paulo: Abril Cultural, 1983, p. 47. A página em que se localizam as citações, sempre dessa edição, será indicada daqui em diante diretamente no texto].

Stephen procura um caminho que permita a passagem do *a priori* do conhecimento para as coisas mesmas. Se a matéria é ali, se os corpos são antes das cores, se o homem é consciente disso, independentemente de enxergá-los ou não, como dizer esta matéria, como alcançar estes corpos? Esta matéria, certo, não conseguimos dizê-la direito, e dizemos com dificuldade, até inventando palavras ou distorcendo as que já usamos até transformá-las em jamais usadas, e aí surge a irônica "assinatura", a marca reveladora: "maribodelha [...] verdemuco, azulargênteo, carcoma". Quanto a estes corpos, tanto pior se a ironia faz chacota: só resta bater a cachola. E, no entanto, basta fechar os olhos para ver – e se dar conta de que a realidade continua a existir, mas segundo uma modalidade outra, absolutamente outra.

Isso significa que se dirigir à realidade atravessando o véu das aparências (o visível) comporta um movimento de introversão. É preciso fechar os olhos. Desativar as faculdades da percepção. Ver o invisível. Depois que fecha os olhos, Stephen chega a se perguntar: "Estou eu andando para a eternidade ao longo do areal de Sandymount?". A pergunta é menos insensata do que pode parecer. Basta manter os olhos fechados por mais alguns instantes. E pensar que a eternidade é, assim como é a realidade, para sempre, em sua perfeita independência de quem a percebe. "Vê agora. Aí todo o tempo sem ti: e sempre o será, mundo sem fim" (p. 48).

Em *Ulisses*, o terceiro episódio, protagonista Stephen Dedalus, tem seu contraponto no décimo oitavo, "Penélope". "A cama", protagonista Molly, a mulher de Leopold Bloom. Tal como Stephen, Molly mantém um longo solilóquio. Com a diferença de que ela não tem qualquer interesse intelectual, e menos ainda pela epistemologia. Divaga. Repensa o passado. Repercorre as etapas de sua vida sentimental: encontros, acontecimentos, fatos. Tudo é exterioridade, sexo. Mas é como se Molly mantivesse os olhos fechados. Caída para o lado de cá (ou de lá) do visível. Por isso, o que ela "vê" correr na memória é, sim, a realidade, mas a realidade como é em si, e não como o eu gostaria que fosse.

## 9. Identidade e ironia

A descida às profundezas, talvez para descobrir o passado aí enterrado, pode se dar por outros caminhos. E também por outros motivos e razões. No caso do protagonista de *A consciência de Zeno*, foi por ordens médicas.

E isso já deveria ser uma advertência ao leitor tentado a desmontar o romance com os instrumentos da psicanálise, hipótese muito pouco irônica nessas circunstâncias, porém, em que a ironia certamente é um elemento decisivo na estruturação do texto, e não só uma luz impiedosa lançada sobre a ciência da alma. No Prefácio, o médico declara que quer publicar as memórias do paciente "por vingança". Talvez ele achasse que havia zombado do doutor, mas na realidade enganou a si mesmo. Mas e se levássemos nosso Zeno ao pé da letra, quando, no Preâmbulo, parece se referir à introspecção como um passatempo, aliás nem tão divertido e sem qualquer fundamento ("De repente, vejo uma criança de fraldas, mas por que tem de ser eu? Não se parece nada comigo")?[13] Seja como for, a operação inteira parece um jogo de espelhos em que a verdade escapa irremediavelmente, reabsorvida por um ponto de fuga que é o próprio infinito. Não estaria Svevo olhando, de um lado, para Freud, sim, mas de outro lado para o homem do subsolo dostoievskiano?

Parecemos ter uma confirmação disso especialmente no famoso capítulo "A morte de meu pai". Que, diz Zeno, só é relembrada na medida em que "puder reavivar as recordações de mim mesmo". A escavação da memória e o recolhimento na interioridade nunca atingem o que está fora, o que é real e objetivo. Se voltamos no pensamento à morte de uma pessoa querida, é para nos comprazer com nossa dor, talvez para mitigá-la, talvez para obter alguma vantagem. E isso continua a ser verdade mesmo que não seja entendido em sentido puramente egoísta: "Chorava por ele e por mim, e por mim apenas porque ele havia morrido". Sim, mas de que verdade se trata? A que Zeno quer impingir ao médico, reservando uma outra para si, ou a que ele conta a si mesmo, para afastar imagens e pensamentos desagradáveis? Ele não saberia responder, e esse não saber responder também é suspeito. "Recordo tudo, mas não compreendo nada" (p. 34).

Todavia, este pai pranteado por Zeno, e pelo qual sempre vivera, diz ele (p. 46) – mas um pouco antes ele disse o contrário (p. 34) –, exatamente no momento da morte, desperta no filho um obscuro sentimento de culpa: teria sido ele, o filho, a desejar essa morte. Mas o que Zeno nos está contando? A morte do pai? Por um lado, parece reconstruí-la para se justificar da acusação de parricídio. Por outro lado, porém, é como se ele se justificasse para que a acusação pudesse surgir com maior clareza. Ou seja, a acusação que ele volta contra si próprio, para se defender dela.

Jogo de curiosas antífrases. A suspeita aflora quando Zeno, de tanto recordar, recorda um clamoroso esquecimento. O pai sofre um derrame, e Zeno: "Não me

13 I. Svevo, *La coscienza di Zeno* [1923] [ed. bras.: *A consciência de Zeno*, trad. Ivo Barroso. Rio de Janeiro: Nova Fronteira, 1980, p. 10].

lembrava de que neste mundo havia médicos e que era suposto vez por outra nos trazerem a salvação" (p. 45). Então, após algumas dificuldades, chega o médico. Mas, quando o ilustre clínico propõe uma terapia que faria o doente recobrar a consciência, mas não o curaria, a resposta de Zeno é que seria uma crueldade inútil. Resultado: "Falou que eu parecia querer partir até mesmo o tênue fio de esperança que ainda nos restava. Disse-me isso exatamente assim, de maneira crua" (p. 50). E sem razão? Segundo Zeno, sem razão. Mas depois é ele quem descreve nas memórias como o pai caiu fulminado, quando tentava se desvencilhar da pressão do filho, que queria mantê-lo imóvel. E é ele que interpreta o último gesto do pai como uma tentativa de esbofeteá-lo. É sempre ele quem lamenta não mais poder provar sua inocência.

Poderia a psicanálise restaurar a verdade, extraindo-a das profundezas? Ou, pelo menos, apaziguar a consciência de quem se submete pacientemente a ela? É de se duvidar. O fato é, observa Zeno, que a vida é uma doença – uma doença que, "à diferença das outras moléstias, é sempre mortal". E, a seguir, "a vida atual está contaminada até as raízes". Contaminada a terra, contaminado o ar. Por isso: "Qualquer esforço de restabelecer a saúde será vão" (p. 402). Imaginemos atingir esse objetivo com a psicanálise, a introspecção, o retorno para dentro de si. A última imagem que Zeno anota no caderno é a de um gigantesco desastre cósmico. Mas Zeno acredita nisso? Ou é apenas mais uma tirada sua? Um último lance de ironia, de trágica ironia? Zeno acaba de aventar a hipótese de que "talvez por meio de uma catástrofe inaudita, provocada pelos artefatos, havemos de retornar à saúde", e já se põe a explicar o sentido dessa saúde: "a Terra, retornando à sua forma original de nebulosa, errará pelos céus, livre dos parasitas e das enfermidades" (p. 403).

# Leituras

## A paisagem interior

ROBERTO GILODI

## A melancolia: *Anton Reiser*

Karl Philipp Moritz (1785-90)

> Lembrem que vocês são atores de um drama, e o drama quem decide é o autor: um drama breve se ele o quiser breve; um longo, se ele o quiser longo. Se quiser que você faça o papel de mendigo, trate de recitar bem essa parte, e o mesmo para a parte do manco, do magistrado, do cidadão privado: de fato, é este o seu dever, recitar bem o papel que lhe foi atribuído; escolhê-lo, cabe a outrem.

Esse sedimento de antiga sabedoria estoica, extraído do *Manual* de Epiteto, expõe com evidência cristalina os termos de um conflito que está no centro de muitos romances setecentistas, em particular do romance de formação, mas que talvez possa ser considerado traço distintivo do longo arco do romance moderno: o conflito entre destino e sujeito, entre uma *ratio* que se impõe do exterior e subjaz ao curso do mundo e uma razão do eu que tenta opor-se a ela ou medir-se com ela.

Digamos logo, para evitar equívocos, e para a sorte do romance moderno, que a solução de Epiteto, ou seja, a aceitação da divisão de papéis entre "autor" e "ator" na representação do "drama" da vida, é exatamente o que os heróis "modernos" não podem e não querem aceitar. Pelo contrário, o desafio é o de se tornarem os autores do texto que vão recitar.

Deste ponto de vista, Anton Reiser, o protagonista do romance homônimo de Karl Philipp Moritz, não é exceção, e sua história representa a inversão espetacular de uma ideia de ética como a tentativa de seguir a lei da natureza através da razão. Pelo contrário, sua aspiração máxima é imprimir aos acontecimentos o signo de sua vontade de apropriação do mundo. Adequar as ocorrências externas às suas representações mentais, às suas fantasias, mas sobretudo à sua personalíssima representação da vida.

Mas a peculiaridade deste romance, isto é, o que o distingue radicalmente dos outros romances de formação – justamente por isso ele foi definido como um "anti-*Bildungsroman*" –, é que o confronto com o mundo se realiza quase exclusivamente numa espécie de grandiosa e prazerosa representação fantástica da realidade, na qual o herói protagonista pretende imprimir seu selo. O resultado é que, a cada momento, a narração se desdobra na representação de dois mundos: o real, em que Anton vive uma existência mísera e infeliz, e o fantástico, em que ele projeta suas atitudes heroicas.

Assim desliza uma galeria variegada de retratos em dois planos rigorosamente paralelos: de um lado, herói e heroína de *romanças*, de tragédias antigas e dramas coevos, e de outro uma população variada de estudantes e artesãos: alfaiates, peruqueiros, chapeleiros, sapateiros e balconistas com quem Anton, de vez em quando, se põe a discutir questões filosóficas.

A história, apresentada por uma voz narrativa impessoal, é a crônica simples de uma vida deliberadamente privada de sutilezas poéticas: não há moldura nem enredo, inexistem digressões, antecipações, retornos ao passado, e, como veremos, não há epílogo. *True history of facts*, mas com uma diferença decisiva em relação ao modelo robinsoniano: inexiste também a aventura, pelo menos no sentido habitual de narração de fatos incomuns.

Então, que gênero de texto é *Anton Reiser*? A resposta está no subtítulo, *Ein psychologischer Roman* [Um romance psicológico], que o autor explica, no prefácio à primeira parte, editada em 1785, da seguinte maneira: "Este romance psicológico poderia também ser chamado de biografia, porque as observações são extraídas em grande parte da vida real";[1] e, prevenindo-se de seus possíveis críticos, ele acrescenta:

1 Karl Philipp Moritz, *Anton Reiser* (1785-1790). Frankfurt am Main: Insel, 1979, parte 1, Prefácio, p. 9. Todas as citações posteriores foram extraídas dessa edição do romance, e estão indicadas diretamente no texto, com o respectivo número da parte e da página entre parênteses [versão para o português por Oliver Tolle].

> Quem conhece o curso das coisas humanas e sabe quão importante no desenvolvimento da vida pode se tornar algo que, a princípio, parecia mínimo e insignificante, não se escandalizará com a aparente irrelevância de algumas situações que são aqui relatadas. Por outro lado, num livro que se dedica a contar principalmente a história interior do homem, não se pode esperar encontrar uma grande variedade de personagens: ele não deve dispersar a capacidade de representação, e sim concentrá-la e reforçar o olhar que a alma dirige a si mesma (I, Prefácio, p. 9).

A intenção programaticamente declarada é explorar uma dimensão a que as narrativas nunca haviam dado prioridade: a interioridade do protagonista. Dez anos antes, em 1775, Friedrich von Blanckenburg, em seu *Versuch über den Roman* [Ensaio sobre o romance], recomendava aos futuros romancistas que representassem o "ser do homem", a "totalidade de uma pessoa", acompanhando seu "devir interior". A exemplaridade heroica da intenção épica originária devia se configurar como exemplaridade de um processo de formação; o paradigma da virtude, prerrogativa de um herói identificado na fixidez de um personagem, devia aparecer como o fruto de uma conquista interior. Esse processo de redefinição semântica da épica comporta uma inversão do paradigma da aventura, a qual se torna viagem interior, exploração introspectiva. E é exatamente nesta acepção que Moritz emprega a caracterização do "romance psicológico".

Esse deslocamento da aventura para os espaços da interioridade comporta fatalmente um redimensionamento da qualidade heroica da ação, que se despoja da excepcionalidade para adquirir os traços do cotidiano. As coisas que acontecem a Anton Reiser não são diferentes das que aconteciam na época – estamos na Alemanha setentrional, na segunda metade do século XVIII – a muitas outras pessoas de sua idade e condição social. A diferença em relação aos outros consiste exclusivamente na qualidade da percepção e em sua elaboração na mente de Anton. Aqui se esboça uma especificidade do personagem que agora merece ser mais amplamente ilustrada.

O protagonista tem sete anos quando se inicia o relato de sua vida, e cerca de vinte quando termina a narrativa. Um tempo, portanto, suficientemente longo para desenhar completamente um processo de formação e aprendizado para a vida. Mas, como se verá, o longo tempo desta história é surpreendentemente privado de evolução, ou seja, privado de *Bildung*, de formação, de maturação.

Anton Reiser nasce numa família de condições modestíssimas. O pai, adepto das doutrinas místicas de Madame Guyon, amiga de Fénelon e máxima representante francesa do quietismo, tiraniza a família à qual impõe seu entusiasmo religioso. Sobre a mãe, lemos que:

> quanto mais os ensinamentos de Madame Guyon sobre a mortificação e o despojamento total de todas as paixões, inclusive as de natureza branda e delicada, se conciliavam com a têmpera dura e insensível do marido, tanto menos lhe era possível concordar com aquelas ideias que seu coração não suportava (I, p. 14).

Nesse clima de desconfiança e incompreensão mútuas nasceu Anton, "e dele pode-se dizer que sofreu a opressão desde o berço". "Ira", "lágrimas", "lamentos" foram as primeiras impressões de sua vida em família, e elas, informa-nos o narrador, permaneceram como sinais indeléveis de toda a sua vida.

Uma vida sob a égide da ausência de afetos, sobretudo familiares, de humilhações contínuas, sempre oscilando entre a aspiração em partilhar os sentimentos e a mortificação dos mesmos.

Os anos da infância constituíram para Anton uma espécie de aprendizado de sobrevivência espiritual: Moritz descreve minuciosamente as estratégias, as extravagantes modalidades de fuga das angústias da vida cotidiana graças ao imprevisto inflamar-se de suas compensações imaginárias. O instrumento privilegiado são os livros, os que ele encontra em sua primeira formação escolar: em primeiro lugar a Bíblia, depois a tradução alemã dos "cantos espirituais", de Madame Guyon, por obra de um adepto alemão, o senhor von Fleischbein; mas no repertório de Anton encontram-se também *As aventuras de Telêmaco*, de Fénelon, e a mitologia antiga. Às escondidas do pai, lerá *Die Asiatische Banise* [A asiática Banisa, ou seja, a terra sangrenta, mas corajosa de Pegu], de Heinrich Anselm von Zigler, *As mil e uma noites* e *A ilha de Felsenburg*, de Johann Gottfried Schnabel. Anton é dominado por uma necessidade de mundos possíveis, pouco importa se de natureza ficcional, romanesca, edificante ou religiosa. As narrativas prendem sua imaginação e despertam nele a visão do que poderia ser uma vida além da estrita contingência em que é obrigado a passar seus dias.

Aos doze anos, superado o ciclo inicial de formação escolar, apresenta-se a primeira oportunidade de experimentar o mundo fora do círculo familiar.

O pai o envia a Braunschweig, à loja do chapeleiro Lobenstein, também seguidor das doutrinas religiosas de Madame Guyon.

> Um homem de meia-idade, mais baixo do que alto, com um rosto ainda bastante jovem, mas pálido e melancólico, que vez por outra assumia um vago sorriso doce

> e amargo, negros os cabelos, e os olhos ardentes, com um toque fino e delicado nas palavras, nos gestos, nas maneiras, como muito raramente se encontra nos artesãos, falava uma língua pura, mas extremamente lenta, indolente e arrastada, detendo-se nas palavras com incrível prolixidade, especialmente quando o discurso versava sobre questões devotas. Além disso, tinha um modo de olhar insuportavelmente intolerante, quando franzia as sobrancelhas negras diante da insanidade e maldade dos seres humanos, enxergando-as sobretudo em seus vizinhos e dependentes (I, p. 51).

Nesse local de trabalho – que o narrador nos apresenta como uma espécie de antro infernal, onde a exploração encontra sua justificação ideológica na mortificação religiosa do corpo –, Anton passará dois anos de duros trabalhos físicos, aos quais oporá uma prática sistemática de dissociação entre corpo e mente: como já ocorria na casa paterna, buscará refúgio em sua índole visionária e na extrema excitabilidade de sua fantasia. Anton experimenta novamente o poder da ficção e a descrição de suas evasões fantasiosas rende um capítulo admirável de antropologia da leitura.[2] O esquecimento do tempo e a libertação das necessidades físicas se tornam possíveis por uma espécie de apropriação fisiológica do sublime. Por isso a fuga para o fantástico, que ele empreende nos momentos difíceis de sua vida, é sempre propiciada pela retórica, pelo poder evocativo e sugestivo da palavra. Nos anos sombrios de Braunschweig, são as prédicas dominicais do pastor Paulmann que transformam o sofrimento do cotidiano em paixão, a monotonia repetitiva das tarefas diárias em exaltação do gesto teatral e da palavra evocadora de profundidades metafísicas.

> Finalmente apareceu e, antes de subir, ajoelhou-se no primeiro degrau do púlpito. Depois levantou-se, reto diante do povo reunido. Um homem ainda no vigor da idade – seu rosto era pálido, a boca parecia esboçar um sorriso suave, os olhos resplendiam de devoção celestial – naquela posição imóvel já estava pregando com a expressão do rosto e as mãos unidas. Mas quando iniciou, que voz, que força na expressão! De início lento e solene, depois cada vez mais rápido e impetuoso, e à medida que entrava na essência íntima de sua matéria, o fogo da eloquência começava a soltar lampejos em seus olhos e a emanar de seu peito, faiscando até a ponta dos dedos. Tudo nele estava

2 "A leitura tinha se tornado para ele uma necessidade tal como o ópio pode ser para os orientais", id., ibid., parte II, p. 174.

> em movimento: sua fala unida aos gestos, à mímica e ao porte ultrapassava largamente as regras da arte, e no entanto era natural, bela e irresistivelmente atraente.
>
> Não se concedia pausas em seu poderoso fluxo de pensamentos e sentimentos, a palavra seguinte estava sempre a ponto de irromper antes mesmo que tivesse acabado de pronunciar a anterior: como uma onda engole a outra na maré flutuante, cada nova sugestão se perdia na seguinte, a qual, porém, teria sido uma veemente potencialização de tudo o que a precedera (I, p. 69).

Os retratos do chapeleiro Lobenstein e do pastor Paulmann formam uma síntese paradigmática da dicotomia sobre a qual se sustenta todo o romance e que se traduz na dissociação de Anton: de um lado, a "prosa" triste do mundo, com sua opacidade amorfa de sentido e a inanidade sentimental dela derivada; do outro, a iluminação súbita da paixão, a deflagração do sentimento que se acende diante do maravilhoso, e da representação retórico-cênica da verdade. Em tudo isso veem-se detalhadamente muitos traços da estética e da poética da segunda metade do século XVIII. Em primeiro lugar, há a concepção totalmente moritziana de uma natureza que atinge sua plena realização no artifício, sem por isso deixar de ser natureza, o que fascinará Goethe durante sua primeira estada em Roma.[3] Há depois a ideia de ascendência winckelmanniana de uma fisiognomonia como hermenêutica estética: o rosto e a voz do pastor Paulmann são a aparência visível da completude artística da verdade, veiculada através de seus gestos e de sua voz. Por fim, tem-se a ideia da representação do mundo na dimensão do teatro: eficácia emotiva da representação e completude mimética.

Goethe esteve um dia a lamentar-se com Schiller que toda a arte da época estava sendo irresistivelmente atraída para a órbita do drama: tudo tendia sutilmente à representação do "completamente atual" e à eliminação da distância épica.[4] A geografia das evasões fantásticas que Anton realiza para se subtrair às coerções do mundo parece a tradução simbólica desse destino da arte. O teatro é o espaço a que chega sua imaginação depois de ter passado pelos cenários das narrativas infantis. A vida adquire sentido no palco, e racionalidade e paixão encontram um ponto de equilíbrio.

3 Moritz encontrou Goethe em Roma em novembro de 1786.

4 "[...] bem pude notar como vem a ocorrer que nós, modernos, estejamos tão inclinados a misturar os gêneros, que não cheguemos nem mesmo a ter condições de diferenciá-los entre si. [...] vê-se também curso da poesia que tudo é impelido para o drama, para a representação do *completamente atual*", carta de Goethe a Schiller, 23 dez. 1797, *Goethe e Schiller – Companheiros de viagem*, trad. Claudia Cavalcante. São Paulo: Nova Alexandria, p. 142.

A experiência de Braunschweig se encerra com um retorno aos livros de escola, que marca o início de um período de novos tormentos sociais, devido à extrema indigência em que Anton se encontra neste seu segundo período escolar. Aqui tampouco ocorrem eventos extraordinários, mas desencadeia-se uma sequência de sucessos e fracassos, todos inscritos no ambiente da escola e dos alojamentos ocasionais arranjados pelo rapaz, cujo único recurso econômico é uma modesta bolsa concedida pelo príncipe de Hanover.

A anatomia e a meteorologia da alma de Anton desenham um quadro patológico latente que, de vez em quando, explode no desejo de ser reconhecido por suas qualidades artísticas, e encontra a recusa trocista dos colegas de escola ou a desaprovação de seus professores.

O canto de sereia do teatro o levará a interromper novamente os estudos para procurar uma companhia teatral. Hanover, Gotha, Erfurt, Eisenach, Mülhausen são as estações de seus *Wanderjahre* [Anos de peregrino] inconclusos, em que o destino brinca continuamente com ele e a evanescência de seus múltiplos e contraditórios propósitos segue paralela às pequenas crueldades que a vida lhe reserva.

Se observarmos *Anton Reiser* da perspectiva da ideia de formação, tal como ela se apresenta, por exemplo, na enunciação programática de Friedrich von Blanckenburg, ficaremos surpresos com a ausência de um desígnio teleológico: a formação se revela, ao final, uma promessa irrealizada. Anton não "cresce", nem moral nem socialmente. Os anos de sua pseudoformação constituem uma soma ininterrupta de tentativas de socialização frustradas, de projetos falidos, e o aspirante a ator das últimas páginas do livro sela, pelo menos na intenção, uma existência vivida até ali sob o signo da ficção. A "vocação teatral", sempre à espreita nos momentos de virada de sua vida, parece agora conduzi-lo definitivamente para a terra prometida, consentindo-lhe que se afaste para sempre do mundo.

A razão dessa escolha, tão visivelmente contrária à orientação dominante no *Bildungsroman* – pense-se no *Agathon*, de Wieland, e no posterior *Os anos de aprendizado de Wilhelm Meister*, de Goethe –, encontra-se também naquela escavação analítica da sensibilidade e das paixões que Moritz empreende na revista *Magazin zur Erfahrungsseelenkunde* [Revista de psicologia experimental].[5] Nesse singular laboratório de "psicologia empírica" são avaliadas algumas das grandes

5 Sob a rubrica "*Seelennaturkunde*" [psicologia natural] aparecem em quase todos os números da revista observações sobre as "Lembranças dos primeiríssimos anos da infância", com interessantes referências ao fenômeno da memória involuntária.

questões da filosofia teórica setecentista: o caráter inato das ideias e das formas do conhecimento, a relação entre sensibilidade e racionalidade, o impacto cognitivo da percepção sensível, o sublime como prerrogativa do belo, mas também como necessidade antropológica latente do homem. Questões jamais situadas em um horizonte sistemático e definitivo, mas observadas pelas lentes do caso individual e, como tais, abertas à dúvida e à provisoriedade da aquisição experimental.

O campo de observação privilegiado é a infância, e não por acaso: é a idade da indeterminação, do imprevisível, das potencialidades antagônicas. Escreve Moritz num artigo publicado no quarto número da revista:

> A questão, portanto, é se são as múltiplas impressões desagradáveis da infância que fazem surgir aquela disposição melancólica do ânimo, ou se é a disposição melancólica preexistente do ânimo que produz as impressões desagradáveis.

O cientista da alma, que Moritz se propõe a ser, suspende o juízo porque não se pode dizer como a vida deve efetivamente ser; na melhor das hipóteses, pode-se descrevê-la. Se Goethe, como explicou Franco Moretti,[6] assume nos *Anos de aprendizado de Wilhelm Meister* a juventude como forma simbólica de uma modernidade projetada para o desafio da conciliação entre os opostos, para Moritz o confronto entre subjetividade e objetividade social é uma dialética aberta aos resultados mais imprevisíveis. É definitivamente o acaso das vidas individuais que decide o jogo. Somente *a posteriori*, sob a forma de memória autobiográfica ou de reconstrução biográfica, o percurso se torna inteligível e o acaso se converte em necessidade causal.

Mas o que é a biografia ou a autobiografia, se não um artifício literário? O círculo da vida, portanto, fecha-se somente na distância do texto, que permite dar aos hieróglifos e às intermitências dos sinais aparentemente indecifráveis a unidade de um sentido completo.

No prefácio à segunda parte, escrita em 1786, lê-se:

> Muitas vezes, quem considera atentamente sua vida passada a princípio não crê descobrir nada além da ausência de sentido (*Zwecklosigkeit*), um amontoado de fios rompidos, uma noite escura, mas quanto mais o olhar se concentra, mais a escuridão se dissolve, a aparente ausência de sentido se dispersa, os fios rompidos se reatam, a

6 Franco Moretti, *Il romanzo di formazione*. Turim: Einaudi, 1999 [nova edição].

> confusão informe e a desordem se dispõem num conjunto ordenado e todas as dissonâncias se recompõem imperceptivelmente num som suave (II, *Prefácio*, p. 107).

Estamos na presença de uma ideia de biografia como exercício hermenêutico voltado para a reconstrução da trama oculta sob a superfície informe e caótica das vidas individuais. Mas iria se desiludir quem pretendesse ver nessa exegese das *petites choses* ou das "*petites perceptions*" leibnizianas o sentido de uma redenção religiosa ou de uma atribuição de verdade filosófica à disseminação empírica da vida: a leitura dos fatos miúdos se limita a indicar os nexos causais que os unem, mas a urdidura que daí surge não remete a nada além de si mesma: o *sensus literalis* dos eventos não prenuncia nenhum *sensus allegoricus*. A vida de Anton Reiser é um desfile ininterrupto de pequenos infortúnios e frágeis êxitos, de esperanças e desilusões, de sonhos e realidade; sua história não termina, mas se interrompe num ponto qualquer, enquanto ainda persegue o desejo de subir num improvável palco para atender a sua necessidade de dar um sentido completo à vida. "No teatro parecia-lhe, digamos assim, que se reencontrava depois de ter-se perdido em seu mundo real" (II, p. 158). A sedução do teatro, para Anton, é exatamente isso: experiência sensível da totalidade de sentido porque "a separação, a dilaceração, a fragmentação que tinham acompanhado sua vida sempre lhe haviam causado náusea e repulsa" (IV, p. 388). Mas o desejo de teatro, assim como todo o universo de suas paixões, mantém-se insatisfeito.

O leitor desse "romance psicológico" fica admirado com a extraordinária "precisão filológica" do narrador que, para usar sua metáfora, amarra laboriosamente ao longo de toda a narrativa os "vínculos" que ligam os acontecimentos externos à interioridade do protagonista. É indubitável que o "hipocondríaco metafísico" Anton é um doente crônico, e o romance pode ser lido como uma grandiosa etiologia de sua doença, iluminada em todas as suas fases. O que impressiona nessa narrativa é, no mínimo, seu caráter aberto e potencialmente infinito. Não há cura da doença, nem integração social, nem *happy end* matrimonial. Anton continua como estudante eventual, futuro professor, poeta diletante, aspirante a ator, mas ignorando até o fim qual será seu destino no mundo.

Na enciclopédia moritziana das formas e dos saberes, o "romance psicológico" ocupa um lugar especial. Sobretudo porque "ele é, no sentido próprio e verdadeiro da palavra, uma biografia, e mais precisamente uma representação verdadeira e fiel da vida de um homem como muito raramente se encontra igual" (II, Prefácio, p. 107). Como tal, ou seja, como reconstituição obsessivamente realista de uma vida, esse "romance psicológico" está aquém da ficção, mas enquanto texto ele é, como dizíamos, artifício, vale dizer, reconstrução de uma ordem mediante a visualização das causas e dos efeitos. Essa posição intermediária entre fatualidade e ficção abre a Moritz um espaço "experimental" extremamente amplo, onde pode reproduzir os estágios mais secretos da "doença" de seu herói. Dele emerge um catálogo das sensações, uma anatomia dos sentimentos e das paixões observadas na rede dos microeventos que lhes deram origem.

> A prepotência que sofria encontrava mais de uma razão em seu próprio comportamento; Reiser era apático em relação a tudo o que acontecia fora de seu mundo interior, abatia-se e se enervava com qualquer fato que o abstraísse de seu cosmo ideal. É de admirar que, não se interessando por nada, os outros não sentissem qualquer interesse por ele, e até o desprezassem, o negligenciassem e o ignorassem? Mas ele não percebia que seu próprio comportamento, pelo qual o atormentavam, era por sua vez o efeito de tormentos sofridos anteriormente. Na origem estava, não seu comportamento, como se acreditava, mas os tormentos que, por um encadeamento de circunstâncias, haviam-no causado (II, p. 176).

A condição predominante do espírito de Anton é a melancolia, descrita com uma variedade lexical que explora toda a extensão semântica do conceito. Anton se retira sistematicamente do mundo quando lhe é negado o reconhecimento que espera obsessivamente de seus semelhantes, fecha-se então em si mesmo ou faz longos passeios solitários, e quando o desespero atinge o máximo e o *tedium vitae* é insuportável ele acaricia a ideia do suicídio, do qual é salvo por um longo sono reparador.

Esse livro singular, por longo tempo esquecido, talvez simplesmente porque foi obscurecido pela grande temporada filosófica e poética da época de Goethe, foi lido no começo do século XX como um documento secularizado de introspecção pietista e, depois, como testemunho *ante litteram* de denúncia social. Trata-se de aspectos certamente presentes e entrelaçados com uma genealogia conceitual bastante ramificada que parte, mesmo que longinquamente, do dualismo cartesiano entre *raison* e *sentiment*, e sofre de perto a influência que a rousseauista *sensibilité du coeur* exerceu na Alemanha, inserida na fundação da psicologia empírica de Wolff e da estética como ciência da percepção sensível de Baumgarten. Mas o dado mais relevante e certamente mais original dessa anômala experiência narrativa é a determinação com que Moritz anula qualquer ideia de *Bildung* teleologicamente orientada e, com ela, a utopia do sujeito burguês em seu alvorecer. A extemporaneidade dessa posição aparece com toda a sua clareza quando pensamos no que acontecerá na Alemanha poucos anos mais tarde (a quarta e última parte do romance traz a data de 1790). A conciliação dos opostos será o tema programático fundamental que dará vida a uma gama variada de tendências filosófico-poéticas a partir do ensaio *Sobre a poesia ingênua e sentimental* (1796), de Schiller, até a utopia schlegeliana do romance como gênero literário destinado a reunir os gêneros separados da tradição passada e presente.

O limiar no qual se detém Moritz não leva a nenhuma terra prometida; ele marca, muito mais modestamente, a fronteira que, em medidas diversas, atravessa toda e qualquer existência fatual: aquela que separa a inatingível completude estética e a verdade irredimível do caráter acidental do presente.

FRANCESCO FIORENTINO

## A ambição: *O vermelho e o negro*

Stendhal (1830)

A ambição foi por muito tempo um sentimento sujeito à desaprovação, do qual se deveria sentir vergonha. "Não podemos pronunciar a palavra ambicioso" escrevia La Mothe Le Vayer,[1] "sem lançar uma nódoa na pessoa de quem falamos, porque é uma palavra que por si é sempre tomada em uma acepção negativa." Enquanto "paixão desregrada pela glória e pela fortuna" (dicionário de Furetière), constituía uma forma de concupiscência, voltada para a obtenção não tanto de bens (como a avareza) e prazeres materiais (como a luxúria), e sim do poder e daquilo que se chamaria o sucesso. Era orientada mais para o ser do que para o ter. Portanto desviava a atenção do verdadeiro bem; sempre segundo Furetière, de fato, "toda a ambição de um homem deve ser a de ganhar o céu". Daí a condenação de teólogos e pregadores, que a encontravam claramente expressa pelos pais da Igreja e pela *Summa theologica*.

À desaprovação religiosa correspondia uma certa desconfiança também por parte dos pensadores laicos. Se Montaigne (*Ensaios*, II, 33), pouco afetado por tal paixão, constata sua força, mas não se ocupa de seus efeitos, além do já citado

1 François de La Mothe Le Vayer, *Œuvres*. Paris: 1662, v. II, p. 88.

La Mothe Le Vayer, também Charron[2] é explícito em sua reprovação. Em uma sociedade como a do *Ancien Régime*, baseada no princípio de que a identidade era sancionada pela condição social, por sua vez determinada pelo nascimento (nascia-se nobre ou burguês, e em tempos não muito distantes havia-se nascido também servo da gleba), a ambição era interdita porque gerava um movimento contrário a tudo o que fora estabelecido por natureza ou por vontade divina. Com efeito, todos os que a deploram, laicos ou não, concordam em denunciar como seu principal sintoma uma espécie de avidez febril, um nervosismo e uma instabilidade que consomem a vida. A este diagnóstico o grande pregador Massillon (1718) empresta as sublimes armas de sua eloquência:

> A ambição, este desejo insaciável de elevar-se acima dos outros e até de suas ruínas, este verme que rói o coração e não lhe dá paz; esta paixão que é a grande mola das intrigas e de todas as agitações dos corações; que forma as revoluções dos Estados e oferece diariamente ao universo novos espetáculos, esta paixão que tudo ousa e para a qual nada tem valor, torna infeliz quem por ela é possuído.[3]

Enquanto o romance europeu se ocupava apenas de paixões heroicas e de deslocamentos geográficos, não se importando com os deslocamentos sociais, a ambição não podia fazer parte do enxoval moral de seus protagonistas. Por outro lado, convencionou-se também que, quando jovens, eles seriam agitados por outros sentimentos. Pascal, La Rochefoucauld, La Bruyère, com efeito, concordam em considerar a ambição principalmente como uma paixão de velhos. A antropologia sentimental da época clássica (muito diferente, também neste ponto, da oitocentista) previa que os jovens se dedicassem ao amor. Decoro e verossimilhança tendem, pois, a excluir a ambição dos romances. Mas uma sociedade e uma literatura como as do século XVII não podiam condená-la sem recorrer a uma virtude que consentisse sublimar, em uma perspectiva cristã e aristocrática, aspirações e comportamentos de outra forma censuráveis: os heróis se tornaram magnânimos.[4]

2 Pierre Charron, *De la sagesse*. Paris: 1607, pp. 118-23.

3 Jean-Baptiste Massillon, *Sermons*, in *Œuvres choisies*. Paris: 1868, v. II, p. 438.

4 Primeiramente teorizada por Aristóteles, a magnanimidade constituía, como observou R.-A Gauthier (*Magnanimité*. Paris: Vrin, 1951, p. 489), "um ideal especificamente pagão, que se opunha ao ideal especificamente cristão da humildade", e que "por um golpe de gênio surpreendente" de São Tomás veio a se combinar com ela. Numa fórmula exemplar da engenhosidade jesuítica, o ilustre padre Galluzzi sustentava que "a humildade é o inverso da →

Como se sabe, no século XVIII irrompem nos romances ingleses e franceses novos protagonistas ao lado de novas ideias. Não mais pícaros miseráveis às voltas com as peripécias da sobrevivência, nem príncipes que conquistam reinos para depô-los aos pés da amada, e sim jovens de origem camponesa, que agradam às mulheres, capazes e dispostos a abrir caminho nas hierarquias sociais. Jacob, o *paysan parvenu* de Marivaux, é na França o primeiro daquela interminável fila de personagens de província vindos a Paris com "a intenção de promover[-se] e tornar-se alguém".[5] Um século depois, Julien Sorel e Lucien de Rubempré não querem outra coisa. Mas Jacob, embora realize a escalada social de um ambicioso, não é apresentado como tal: não tem o desejo febril nem as estratégias do ambicioso. A virada em sua vida se dá como que por acaso. Salva, sem saber sua identidade, o conde d'Orsan, sobrinho do primeiro-ministro, agredido na rua por três homens. Seu gesto é resultado de um ímpeto generoso e instintivo. É inocente, e é premiado justamente porque exclui o cálculo. A plena reabilitação da ambição parece estar ainda por vir. A dos jovens heróis romanescos da segunda metade do século tende, de fato, a se transformar numa exigência de reforma moral da sociedade. Como o protagonista da *Nova Heloísa*, eles parecem ter perdido a espontaneidade de Jacob, sua vitalidade camponesa não neurótica. O excluído não aspira a um bom lugar, mas coloca em discussão os próprios princípios em que se funda a ordem social.

É a revolução que redime a ambição. Hérault de Séchelles escreve uma teoria a respeito.[6] É ela, sobretudo, que encontra no início do século XX seu herói por antonomásia. Não só o pequeno nobre de província se tornou imperador dos franceses e seus irmãos e generais, como Bernadotte e Murat, se tornaram reis, mas uma geração inteira de homens de mérito foi premiada para além de qualquer expectativa. A história de Napoleão legitima todas as aspirações. Com sua queda, para restabelecer a ordem, a Restauração se empenhará em desencorajar os desejos de uma geração de Juliens Sorels saudosos das oportunidades oferecidas a seus pais. A ambição se torna um sentimento subversivo. Mas sua condenação dura tão pouco quanto a própria

→ magnanimidade, não o seu contrário" (citado por Marc Fumarolli, *Eroi e oratori: retorica e drammaturgia secentesche*. Bolonha: Il Mulino, 1990).

5 Pierre Marivaux, *Le Paysan parvenu* (1735-36, incompleto), parte V. Por outro lado, os historiadores do século XVIII francês parecem concordar que, naquele século, longe de aumentar, o fenômeno das escaladas sociais culminando com enobrecimentos diminui consideravelmente. Em todo caso, tal ascensão demandava pelo menos quatro gerações. Assim, a literatura não reflete a sociedade; no máximo interpreta suas aspirações e temores.

6 Marie-Jean Hérault de Séchelles, *Théorie de l'ambition*. Paris: Stendhal et Compagnie, 1927.

Restauração. Logo se converte num dos princípios sobre os quais se funda a sociedade liberal oitocentista. Ao invés de sinal de um caráter ignóbil, ela se transforma num dote de que o próprio Estado pode tirar proveito. Até seus aspectos degenerativos são resgatados, como sustentará o mais lúcido e coerente teórico francês do liberalismo:

> A corrupção que nasce de perspectivas ambiciosas é muito menos funesta do que a que resulta de cálculos ignóbeis. A ambição é compatível com mil qualidades generosas, a probidade, a coragem, o desinteresse, a independência: a avareza não poderia existir com nenhuma dessas qualidades. Não se podem afastar dos cargos os homens ambiciosos: afastemos os cúpidos.[7]

Paralelamente, o romance oitocentista é o gênero literário naturalmente indicado para representar a ambição triunfante no universo burguês. Aos evidentes motivos ideológicos (o sentimento democrático representa o combustível que alimenta o motor da nova sociedade pós-revolucionária, e ao mesmo tempo constitui uma das perspectivas mais eficazes para observar as resistências da realidade ao desejo individual) somava-se um motivo perfeitamente técnico-narrativo: enquanto paixão antilírica, implicando transformações e movimentos, a ambição produz histórias. Assim se afirma, ao lado do "romance erótico" mais tradicional, um verdadeiro e propriamente novo "romance de ambição", cuja obra fundadora pode ser vista em *O vermelho e o negro*.

Sobretudo após um famoso ensaio de René Girard,[8] torna-se muito claro o papel fundamental que Napoleão desempenha em *O vermelho e o negro*. É o exemplo de sua vida que encoraja as ambições de Julien, e sobretudo lhe dá forças para suportar a dura disciplina necessária para realizá-las. O fato de Napoleão ser estranho a seu espaço (na classificação de Girard, trata-se justamente de um mediador externo, e não interno) dá origem ao caráter quixotesco do jovem, o qual, devido a esse modelo tão desproporcional, se revela em muitas situações incongruente até o ridículo, mas por outro lado exime-o de qualquer mesquinhez. O mediador externo, por sua própria estatura, pode ofuscar a percepção da realidade. No entanto, quanto à elevação do caráter, ele é muito exigente.

7 Benjamin Constant, *Principes de politique*. Paris: Alexis Eymery, 1815, p. 52 [ed. bras.: *Princípios de política aplicáveis a todos os governos*, trad. Joubert de Oliveira Brízida. Rio de Janeiro: Topbooks, 2007].

8 René Girard, *Mensonge romantique et vérité romanesque*. Paris: Grasset, 1961.

Seu exemplo intervém nos momentos decisivos da vida de Julien. Como quando recusa a oferta do amigo Fouqué para abandonar tudo e se associar a ele porque em breve estaria com 28 anos: "[...] mas, com essa idade, Bonaparte já havia realizado os seus maiores feitos".[9] Impor-se um prazo final constitui para Julien uma autêntica coerção. Sua ambição vem vinculada, através de Napoleão, à chantagem do tempo. Sempre se inspirando em seu herói (se bem que, como inimigo, tenha à sua frente apenas uma encantadora e inerme senhora de província), no jardim de Vergy, decide tomar a mão de Madame de Rênal na base desse desafio: "No momento exato em que soarem as dez horas, executarei o que o dia inteiro me prometi que faria esta noite, ou então vou subir para o quarto e estourar os miolos" (I, IX, p. 72). Às dez: não se pode esperar mais. A rapidez da ascensão do imperador abreviou os tempos da vida. Os jovens da sociedade pós-revolucionária, os jovens modernos, devem realizar logo suas ambições, antes de envelhecer. Ou serão uns fracassados.

O romance stendhaliano mostra como o tempo é um elemento essencial da ambição: não apenas o futuro, mas também o passado com o qual os ambiciosos bem-sucedidos, os *parvenus*, mantêm quase sempre uma relação intensa e perversa. Ele deve ser ocultado ou falseado na medida em que constitui uma ameaça para o presente. Os contatos com passagens mais modestas, de fato, só podem prejudicar o estado mais elevado que eles atingiram. É uma lei inexorável da escalada social: o passado é um peso que prende a uma condição subalterna que deve ser esquecida, sobretudo pelos outros.

Mas essa eliminação do passado, como notou Georges Blin,[10] não marca aquele ambicioso atípico que é Julien. Monologando, ele pode se dirigir a Mademoiselle de La Mole: "Não vá imaginar, sra. de La Mole, que me esqueci de minha condição. Vou fazê-la entender e sentir muito bem que é pelo filho de um carpinteiro que estará traindo um descendente do famoso Guy de Croisenois" (II, XIII, p. 348). Esse complexo de inferioridade, como frequentemente o designam os stendhalianos,[11]

9 Stendhal, *O vermelho e o negro* (1830), trad. Raquel Prado. 2.ª ed. São Paulo: Cosac Naify, 2008, parte I, cap. XII, p. 93. Todas as citações foram extraídas dessa edição do romance, e estão indicadas diretamente no texto com o número da parte, capítulo e página entre parênteses.

10 Georges Blin, *Stendhal et les problèmes de la personnalité*. Paris: José Corti, 1958, pp. 191-205, particularmente p. 199. Recomenda-se também a leitura do capítulo integral "Se voir inférieur", análise insuperada dessa constante stendhaliana.

11 A partir de R. Schwob, "Notes sur Stendhal", in *Revue hebdomadaire*, 29 jul. 1939, p. 534.

em Julien apoia-se sobre aquilo que Mathilde define como "um entendimento profundo e inato da diferença das posições sociais" (II, XXXII, p. 463) e alimenta continuamente seu orgulho, tornando-lhe inadmissível qualquer mistificação. Discípulo de Rousseau, que pode até criticar por seu esnobismo em relação aos aristocratas, considera o mundo dividido em castas antagônicas.

> Ela é boa e gentil [diz a si mesmo acerca de Madame de Rênal], tem por mim uma afeição viva, mas foi criada no campo inimigo. O que eles mais temem deve ser essa categoria de homens de fibra que, depois de receber uma boa educação, não têm dinheiro suficiente para iniciar a carreira (I, XVII, p. 115).

Como no discurso que dirigirá aos jurados, ele reconhece seu pertencimento à parcela mais perigosa da classe dos "plebeus": aqueles que tiveram acesso à cultura e não aos privilégios. Esse ambicioso é também um herói solitário da luta de classes. Quer vencer, mais do que se integrar. Sob uma hipócrita impecabilidade social alimenta sua índole de revoltoso.

Se Julien, enquanto considera ainda não ter atingido uma sólida posição social, não oculta sua origem humilde, não é o que fazem aqueles que entram em contato com ele, a títulos variados, e sentem-se maculados por essa extração. A começar pelo cavaleiro de Beauvoisis que, não podendo admitir que se bateu com um criado, apresenta-o como filho natural de um amigo do marquês. E sobretudo o marquês e sua filha, que estão para criar vínculos de parentesco com ele, devem apagar seu passado. Assim, por um jogo de prestígio reservado aos poderosos, Julien Sorel é transformado em Monsieur le chevalier Julien Sorel de La Vernaye, e depois diretamente em Monsieur de La Vernaye. "Como lhe agradeço, caro papai," escreve Mathilde, "por ter-me salvado desse nome Sorel" (II, XXXV, p. 476). De filho de carpinteiro é transformado em filho de ninguém. Condição civil, porém, menos comprometedora e que, por outro lado, se mostra mais compatível com a condição moral. Tanto é que, no final, ele mesmo começa a crer que não é filho de seu pai.

Mas mesmo Julien não pode subtrair-se à lei inexorável da ambição, pela qual o ambicioso de origem humilde corre o constante risco de que o ressurgir de um passado indecoroso deslegitime a nova e mais brilhante condição alcançada. Sua derrota, com efeito, advirá da interferência do espaço-tempo provinciano de seus inícios no mundano de seu sucesso. Da carta que Madame de Rênal envia ao marquês de La Mole.

Ainda mais do que o passado, o futuro, entendido basicamente como capacidade de prever e calcular, desempenha um papel essencial na ambição. Cada comportamento é justificado por um plano que contempla movimentos subsequentes. Errar pode significar comprometer para sempre, ou pelo menos por muito tempo, a possibilidade de avançar. Como numa espécie de jogo de ludo, com um lance infeliz pode-se voltar atrás ou ficar parado durante três voltas.

Cada gesto deve levar em consideração o próximo, e traz seu peso. O aspecto calculista da ambição certamente é seu lado mais feroz, e Julien só consegue se manter tão simpático por parecer isento dele. A inferioridade de sua posição social é tão desproporcional às suas metas que estas precisam se manter necessariamente nebulosas ("as grandes ações", I, XII, pp. 91-92; a "realização de coisas extraordinárias", I, XII, p. 94), não sendo possível definir um caminho que una dois extremos tão distantes entre si. Os outros ambiciosos que povoam o romance, Valenod, Frilair, os seminaristas, aspiram a metas visíveis e próximas. Querem se tornar prefeitos, bispos, párocos de ricas paróquias. E têm táticas precisas para atingi-las. Julien, pelo contrário, vislumbra o futuro através de uma fantasia, mais do que pelo cálculo. Sua conduta parece ligada ao vínculo de uma impossível emulação de Napoleão ou à elegância de seu espírito que o induz naturalmente a preferir os melhores, mesmo que não pareçam ser os mais favoráveis a ele. Assim, no seminário (I, XXVI, p. 198), ele escolhe como confessor o austero diretor Pirard, e não seu vice, o intrigante Castanède que o desprestigiou. A escolha não será jamais revogada, mesmo prontamente se mostrando equivocada e expondo-o a uma verdadeira perseguição. Mas, olhando bem, ela se revelará acertada: será graças a Pirard – com toda a austeridade, por sua vez um *parvenu* (II, IV, p. 265) – que Julien será contratado pelo marquês de La Mole como secretário. A escolha, de fato, está em conformidade com suas aspirações, que são totalmente diferentes das dos outros seminaristas, mortos de fome que sonham com uma modesta paróquia para se arranjar na vida. São eles que os Castanèdes e os Frilairs devem agradar (e portanto agradam), por suas afinidades de moral e de estilo. Julien, que também tenta granjear-lhes as simpatias, não consegue. Escolher Pirard se mostra um gesto eficaz porque coerente com as metas elevadas que Julien se estabelece. *O vermelho e o negro* mostra como coexistem lado a lado diversos tipos de ambições, que podem impor escolhas contraditórias: que na mesma raia correm velocistas e fundistas, que no entanto não estão participando da mesma competição.

Portanto, mesmo quando não parece, Julien está calculando (conforme o narrador que, ao destacar sua posição, atribui interesse à história). Mas o peso do futuro que se impõe a cada instante do presente aparece ostensivamente apenas quando ele é obrigado a renunciar a qualquer ambição. Na prisão, a perspectiva de uma sentença de morte se revela decisiva para suas expectativas: "Cada uma das esperanças da ambição teve de ser arrancada sucessivamente de seu coração por essas palavras terríveis: vou morrer" (II, XXXVI, p. 487). A prerrogativa de não precisar fazer nada em vista de um objetivo – a abolição do futuro – lhe traz leveza: "Não tenho mais nada a fazer na terra, pensou Julien, e dormiu profundamente" (II, XXXVI, p. 487). E devolve-o pela primeira vez à plenitude do presente: "A vida não lhe era absolutamente tediosa, considerava cada coisa sob um novo aspecto. Não tinha mais ambição. Pensava raramente na srta. de La Mole" (II, XXXVI, p. 490). A negação da ambição, proporcionada pela inevitável proximidade da morte, liberta Julien e lhe consente o acesso à autenticidade.

Talvez a própria aspiração à leveza, obtida apenas através da recusa da ambição, possa contribuir para explicar a tentativa de homicídio perpetrada contra Madame de Rênal, cuja motivação parece insuficiente e contraditória no romance. Esse gesto extremo contraria qualquer cálculo: Julien poderia ainda vencer as resistências do marquês, graças à chantagem de uma Mathilde apaixonada e grávida. Poderia conseguir um matrimônio para reparar a situação, ou pelo menos muito dinheiro e uma colocação decorosa em algum outro lugar. Uma vez comprometida sua nova posição social, devido à carta da ex-amante que o denuncia como um aventureiro, seriam necessários novos esforços imensos, talvez ainda mais duros do que os anteriores, pois agora destinados a recuperar, e não mais a conquistar posições: destinados a não recuar, e não a avançar. Os presentes do marquês de la Mole ao futuro genro, para torná-lo menos indecente, já haviam transformado profundamente Julien: "Aquela fortuna imprevista e bastante considerável para um homem tão pobre fez dele um ambicioso" (II, XXXIV, p. 472). O jovem filho de carpinteiro sem posição social definida passou, mesmo que por uma brecha, a fazer parte da classe dos privilegiados. Sua própria ambição sofreu uma mudança. O "Tudo está perdido", com que Mathilde inicia a carta onde lhe comunica as reações de seu pai, recobre uma dimensão moral e ao mesmo tempo material. Com o gesto homicida, Julien se liberta para sempre da incumbência da ambição. Disparando contra Madame de Rênal, alija-se voluntariamente, de uma vez por todas, da responsabilidade em relação a seu futuro e, portanto, do cálculo.

Escreve Michel Crouzet:

> Julien se diminuiria se desejasse apenas alguma coisa e a obtivesse. Daí a ambiguidade de uma ambição sem termo positivo, que parece pedir reparação por uma insuportável inferioridade social, que se revolta contra "o horror do desprezo"; mas que apenas pode desprezar tudo o que apontaria sua inferioridade e a superioridade dos outros, todas as vantagens que possuem, tudo o que deveria pedir; no momento do julgamento, não quer ficar devendo nem mesmo sua vida aos outros.[12]

Então a ambição de Julien não tem objeto? Seria apenas o desejo de preencher uma falta originária, destinada a continuar perpetuamente insatisfeita?

A ambição de Julien, com efeito, parece se identificar com o orgulho e se resumir em ocupar uma posição onde não sofra o desprezo dos outros. Por isso ela sempre corre o risco de se contradizer na medida em que, pedindo reparação por uma inferioridade, acaba por denunciá-la como tal. Se essa sua demanda de respeito parece prescindir das coisas, por outro lado, na realidade social (e num romance "realista" que se propõe representá-la), uma posição capaz de impor respeito não se restringe a uma dimensão moral: identifica-se com a posse de bens materiais e de privilégios. Enquanto os rendimentos de Julien se limitavam a um lauto estipêndio e os privilégios eram concedidos pelo prestígio de servir a uma família nobre, não havia fundamento suficiente para edificar tal posição. Já a patente de oficial, terras, 20 mil francos por ano e um novo sobrenome nobre, além, naturalmente, da perspectiva de desposar Mathilde, constituem base para tanto. Julien conseguiu o que queria. O fim do capítulo XXXIV da segunda parte é explicitamente um final:

> "Afinal de contas", pensou, "meu romance está terminado, e o mérito é todo meu. Soube conquistar o amor desse monstro de orgulho", acrescentava, olhando Mathilde; "seu pai não pode viver sem ela, nem ela sem mim."

Eis aí aflorando a uma luz fria e cruel o prazer do ambicioso: calculista, capaz de tratar as pessoas como simples meios, sem sentimentos e pronto a se aproveitar dos alheios. Se o romance realmente terminasse aqui, Julien seria um arrivista, fascinante e um pouco patife, que obteve tudo o que queria: não "um *parvenu*

12 Michel Crouzet, *"Le Rouge et le Noir". Essai sur le romanesque stendhalien*. Paris: PUF, 1995, p. 121.

que não chegou a nada", para usar uma definição cara aos stendhalianos. E a seu modo teria sido um final feliz.

"Meu romance acabou": Julien emprega para o final de seu romance de formação as mesmas palavras de Waverley. No caso do protagonista do romance homônimo de Walter Scott, o fim de seu romance e de sua juventude se identificam com o fim da irresponsabilidade.[13] No caso de Julien, com a chegada a uma posição social: no momento em que consegue *parvenir*, o ambicioso se transforma em um conformista e sua história perde o potencial romanesco. Essa diferença poderia fornecer a medida para a distância entre o romance histórico e o romance realista (e talvez entre o romance oitocentista inglês, "mais moral", e o francês, "menos preconceituoso").

O verdadeiro final de *O vermelho e o negro*, porém, inverte a posição moral do protagonista: na prisão, as ambições são abandonadas em nome da autenticidade dos sentimentos e das relações. Se não chega a nada, é porque agora Julien não tem mais os desejos do *parvenu*, que a esta nova luz se mostram inferiores. Mais do que um vestígio da antiga incompatibilidade entre ambição e moral, este final me parece prefigurar uma nova incompatibilidade que assinalará o romance vindouro: aquela entre um sentimento que passou a ser de todos, dos Julien, mas também dos Valenod e dos seminaristas, um sentimento socialmente encorajado, prosaico, pequeno-burguês, e a legitimidade literária de sua coroação.

13 Cf. E. Villari, "Romance and History in *Waverley*", in F. Marucci e E. Sdegno (orgs.), *Athena's Shuttle. Myth Religion Ideology from Romanticism to Modernism*. Milão: Cisalpino, 2000, pp. 106-07.

ALESSANDRO PORTELLI

# O sentimentalismo: *A cabana do pai Tomás*

Harriet Beecher Stowe (1852)

## 1. Tomás e o pai Tomás

> Era um homem grande, com o peito largo e o físico potente, de um negro brilhante, e um rosto cujos traços autenticamente africanos eram caracterizados por uma expressão de grave e tranquilo bom senso, unida a uma grande gentileza e benevolência. Toda a sua atitude exprimia um ar de altivez e dignidade, unido a uma simplicidade confiante e humilde.[1]

Assim, seria este o famoso *pai Tomás*, o velho escravo dócil que o patrão utilizava para "vigiar os negros que trabalhavam nos campos" (Malcolm x), o antepassado epônimo de todos os "pais Tomás negros que nos dizem para depor as armas enquanto a polícia nos massacra"?[2]

1 Harriet Beecher Stowe, *Uncle Tom's Cabin* (1852). Nova York/Londres: Norton, 1994, cap. IV, p. 18. Todas as citações posteriores são extraídas dessa edição do romance, e estão indicadas diretamente no texto com o número do capítulo e página entre parênteses. Salvo indicação em contrário, os grifos são do próprio texto.

2 Malcolm x, *Message to the Grass Roots*, in *Malcolm x Speaks*. Nova York: Grove, 1965, pp. 3-17; Keith Peddler, porta-voz da Piru Nation Gang, intervenção na conferência de cúpula →

Num ensaio famoso, James Baldwin o define como "encanecido, crespo e analfabeto".[3] No livro, não aparece em nenhuma passagem que ele tenha cabelos brancos; já no início, o vemos empenhado em aprender a ler e, mais tarde, em escrever uma carta aos seus ex-patrões. É forte, musculoso, majestoso, "peito largo e braços fortes", capaz de se lançar ao Mississipi e salvar a pequena Eva, de resistir sem nenhuma queixa às chicotadas, de ultrapassar sua cota de produção de algodão para ajudar uma outra pessoa (XXX, p. 285; XIV, pp. 128-29; X, p. 85, e XXXIII, p. 306).

Tem dois meninos pequenos e uma recém-nascida nos joelhos: portanto, não é um velho, e apenas as crianças o chamam pelo apelativo reservado aos escravos anciãos, "Pai". Na verdade, sua estatura mítica deriva também da capacidade de assumir alternadamente todas as idades: em poucas linhas, ora é "um patriarca em todas as questões religiosas", ora é dotado de "uma franqueza quase infantil"; é "pai" e genitor biológico e espiritual: Cassy o chama de "Father Tom". Somente à beira da morte dirá "este pobre velho corpo" (XIV, p. 127; V, p. 26; XXXVIII, pp. 343 e 345).

Os traços de servilidade e velhice do pai Tomás estereotipado não derivam tanto do romance quanto das versões teatrais, do *minstrel show*, da literatura regional e de uma publicidade difusa que o converteram numa figura de destaque no imaginário coletivo. "Os espectadores americanos", disse uma vez Duke Ellington, "estão treinados para esperar que um negro em cena seja o palhaço e o 'pai Tomás'"; o dever do artista negro, portanto, é "tirar o pai Tomás de cena".[4] Uma recente versão cinematográfica produzida por afro-americanos (*Uncle Tom's Cabin*, 1987, direção de Stan Lathan, cenografia de John Gay, depois lançado na Itália com o título *La capanna dello zio Tom*) derruba o estereótipo com o simples fato de escolher atores que correspondem à descrição dos personagens e de suas ações no romance.

→ dos grupos afro-americanos, Kansas City, 30 abril-2 maio 1993, cit. in R. C. de Prospo, "Afterword/ Afterward: Auntie Harriet and Uncle Ike – Prophesying a Final Stowe Debate", in M. I. Lowance, E. E. Westbrook e R. C. de Prospo (orgs.), *The Stowe Debate, Rhetorical Strategies in "Uncle Tom's Cabin"*. Amberst: University of Massachusetts Press, 1994, pp. 271-92.

3 J. Baldwin, "Everybody's Protest Novel" (1949), apêndice à Norton Critical Edition de Stowe, *Uncle Tom's Cabin*, cit., pp. 495-501.

4 E. Lott, "Uncle Tom's Fooleries: Racial Melodrama and Modes of Production", in *Love and Theft: Black Face Minstrelsy and the American Working Class*. Nova York: Oxford, 1993; H. Birdoff, *Uncle Tom's Cabin: The World's Greatest Hit*. Nova York: S. F. Vanni, 1947; Duke Ellington, cit. in M. Denning, *The Cultural Front*. Londres/Nova York: Verso, 1996, pp. 312-13, a propósito de sua revista musical "Jump for Joy" (1941).

Sem atribuir a Tomás nenhuma palavra e nenhum gesto que não estejam no texto, o filme o apresenta como um herói daquela "resistência interior" que amiúde era a única possível para os escravos, e daquela resistência não violenta teorizada por seu contemporâneo Thoreau.[5] Seu conflito com Simon Legree começa com um ato de solidariedade em relação a uma companheira de escravidão; ajuda Cassy e Emmeline a fugirem e prefere ser morto a traí-los; aceita ser vendido somente para evitar o mesmo destino aos companheiros de escravidão. Longe do servilismo: este é um homem que morre para não trair seus semelhantes nem a si mesmo: "Patrão, se quiser me matar, mate-me; mas prefiro morrer a levantar as mãos contra uma outra pessoa!" (XXXIII, p. 309).

É uma leitura parcial, filtrada pela ideologia do movimento dos direitos civis, mas institui relações não arbitrárias: quando Cassy lhe sugere matar Legree, Tomás responde que "nosso caro e abençoado Senhor nunca verteu nenhum sangue além do seu próprio" (XXXVIII, p. 344); Martin Luther King havia dito "se deve correr sangue, é melhor que seja o nosso" – e tinha sido rotulado de "pai Tomás". "Tomás tinha uma voz suave, sem asperezas, e modos usualmente respeitosos, que haviam sugerido a Legree que seria um covarde fácil de submeter" (XXXIII, p. 308): muitos leitores e críticos cometem o mesmo erro, confundindo seu tom de voz, e a voz que narra, com seu caráter.

Ora, o Tomás resistente e digno realmente existe; mas a linguagem fluente e a matéria que o envolve e o transforma no pai Tomás tampouco são transparentes ou insignificantes. Stowe escreve sem economizar golpes, o senso de medida é um hóspede apenas ocasional, abundam torrentes de lágrimas e sangue, prédicas religiosas e políticas, amor materno, amor filial, amor universal, visões, preces, e aquele *topos* patético de injustiça absoluta e esperança supraterrena que deriva da morte dos inocentes e das crianças.[6] Baldwin exagera quando diz que seu "sentimentalismo" é "a exibição ostensiva de emoções excessivas e espúrias", sinal de desonestidade e "crueldade"; mas permite-nos entender que "Tomás" e o "pai Tomás" são distintos, sim, mas também indissociáveis.

5 Ann Douglas, "Introduction to the Art of Controversy", in H. B. Stowe, *Uncle Tom's Cabin*. Harmondsworth: Penguin, 1998.

6 Para uma definição do patético na literatura, ver A. Portelli, "Dai diamanti nella polvere all'angelo dei sotterranei: per una tipologia del patetico", in *Calibano*, VI, 1981, pp. 101-33.

## 2. Texto, extratexto, metatexto

"Assim, a senhora é aquela pequena dama que provocou esta grande guerra", disse Abraham Lincoln a Harriet Beecher Stowe, encontrando-a em plena guerra civil. Como se sabe, Mark Twain, por sua vez, achava que a guerra civil era culpa de Walter Scott. É claro que ambos estavam falando com uma dose de ironia, mas mesmo assim sugeriam a ideia, hoje bastante obsoleta, de que os romances exercem um impacto direto e concreto no mundo circundante: instilando a indignação pela escravidão no Norte e a ideologia heroico-cavalheiresca no Sul, Stowe e Scott teriam realmente contribuído para, se não alimentar o conflito, ao menos lhe dar forma.[7]

*A cabana do pai Tomás* se recusa a funcionar como um ícone autossuficiente feito de palavras, um mundo possível de pura textualidade: para Stowe, o *hors-texte* existe, e como! O mundo do livro e o mundo dos leitores conhecem a mesma dor da separação (por venda ou por morte), são movidos pelas mesmas leis (a *Fugitive Slave Law* que obriga devolver os escravos fugitivos a seus donos legais), e em ambos são as mesmas leis que movem a trama; condenar a escravidão sem lutar pela sua abolição, quer se trate da cética indolência de Augustin St. Clare ou da passividade da opinião pública, significa contribuir para perpetuá-la. O texto apela a nós com apóstrofes diretas e embaraçosas ("lágrimas como as que você, homem, deixou cair sobre o caixão onde jazia seu primeiro filho; lágrimas como as que você, mulher, derramou ouvindo o pranto de seu menino moribundo", V, p. 34); e através das conversões, das iluminações, dos arrependimentos e das redenções que o constelam, o texto dita a mudança que levará o leitor a "sentir corretamente" e a agir de acordo. É inevitável que se torne ilegível para críticos e leitores acostumados a procurar no texto, como Baldwin, "nossa inquietante complexidade, [...] essa rede de ambiguidade e paradoxo",[8] em vez de suas projeções para nós.

Essas projeções, porém, são mais ambíguas do que podem parecer à primeira vista. A introdução e as conclusões do livro explicam que seu objetivo é despertar "*sympathy*" (participação e compaixão) e convidam os leitores a perscrutar suas próprias "*sympathies*", enquanto nesse ínterim ouvimos a egoísta e hipocondríaca Mrs. St. Clare lamentando-se de que ninguém tem "*sympathy*" por suas dores (VII, pp. 43-44, e XVI, p. 154). As palavras fundamentais da retórica sentimental e democrática

7 E. Moers, *Literary Women*. Londres: The Women's Press, 1978, p. 14; B. Placido, *Le due schiavitù. Per un'analisi dell'immaginazione americana*. Turim: Einaudi, 1975, pp. 41-50.

8 Baldwin, "Everybody's Protest Novel", op. cit., p. 501.

são colocadas na boca de personagens odiosos: o traficante de escravos Haley é o primeiro a usar "religião" ("a religião é uma coisa ótima num negro, se for genuína") e "humanidade" ("a humanidade é a base de minha gestão dos escravos"; a voz do narrador ironiza também a "humanidade" de legisladores que proíbem o tráfico negreiro, mas protegem o comércio interno); o lema da liberdade americana é um paradoxo na boca do cruel escravocrata Mr. Harris: "É um país livre, caro senhor; este homem é meu e faço o quiser com ele" (I, p. 2 e 5; XII, p. 115, e II, p. 12).

É como se uma ironia metatextual nos convidasse a suspeitar da própria retórica do texto, e portanto da nossa. Se nos comprazemos em nossa comoção, a ironia sugere que talvez nossos sentimentos sejam tão espúrios quanto os de Haley, Harris ou Mrs. St. Clare. A poética de espectadores do patético nos convida a contemplar o sofrimento dos outros e senti-lo como se estivéssemos no lugar deles ("Se fosse o *seu* Harry, mamãe, ou o seu Willie, que estivesse para lhe ser arrancado por um comerciante brutal [...] você também não iria correndo com toda a pressa?", VII, pp. 43-44). Mas se somos tentados a nos consolar pensando que, afinal, no lugar deles estão eles e não nós – que a criança vendida é de Eliza e não minha – a ironia trata de nos alertar novamente, dizendo-nos: vejam em que lugar vocês estão.

> O comerciante tinha chegado àquele estágio de perfeição cristã e política recentemente recomendado por alguns pregadores e políticos do Norte, em que qualquer fraqueza e preconceito humano estão totalmente superados. Seu coração se encontrava exatamente ali aonde o seu, caro senhor, e o meu poderiam ser conduzidos com o justo empenho e educação (XII, p. 112).

Todavia, enquanto se apresenta como uma intervenção abrangente na realidade material, o livro propõe apenas comportamentos pertinentes a uma outra ordem de realidade imaterial: a fé e o sentimento ("O que pode fazer alguém sozinho? [...] Pode tentar *sentir corretamente*", XLV, p. 385). A um leitor que não compartilha essa fé e essa gramática das emoções, os comportamentos e estados de ânimos propostos correm o risco de parecer penosamente inadequados, e os personagens meras alegorias hagiográficas ou demonológicas: "Ninguém, nem mesmo em sonhos, jamais foi tão bom como Tomás, tão puro como Eva, tão endiabrado como Topsy, tão totalmente malvado como Simon Legree".[9] Mas é justamente esta a substância

9 L. Fiedler, "Uncle Tom as White Mother", in *The Inadvertent Epic*. Nova York: Touchstone, 1979, p. 34.

de um projeto que não é medido com os cânones do romance realista, e sim com os da *tipological narrative* religiosa.[10] E agora, se suspendermos a incredulidade e aceitarmos que as realidades imateriais da espiritualidade religiosa e do sentimento são tão verdadeiras e operacionais quanto as do corpo e das relações sociais, que a salvação e a danação não são menos tangivelmente verdadeiras do que as chicotadas e as correntes, poderemos provisoriamente ler este romance como ele pede para ser lido e pelo menos levá-lo a sério, mesmo que não adotemos seus pontos de vista.

### 3. Fé

"This is all real to you!", diz estupefato Augustin St. Clare a Tomás: você realmente acredita! O que torna Tomás e Eva tão pouco críveis é o fato de acreditarem realmente naquilo em que o mundo deles afirma crer. Tomás nutre a absurda pretensão de levar a sério o preceito mais elevado e difícil do cristianismo: "ama o teu inimigo". É devido a essa convicção que ele diz a Simon Legree que daria a última gota de seu sangue para salvar-lhe a alma, ou que se ajoelha diante de St. Clare exortando-o a se redimir, em cenas que de outra maneira seriam abjetas e embaraçosas.

O romance, diz Jane Tompkins, "reescreve a Bíblia sob a forma da história de um escravo negro". Tomás se torna uma figura da imitação de Cristo: sua humanidade, temperada no martírio, é uma humanidade que se aproxima do divino. Stowe pensava que o livro era um ato de comunicação entre céu e terra ("Escreveu-o Deus", chegou a dizer); Tomás e a pequena Eva são, por sua vez, veículos de comunicação entre terra e céu. Eva é tão espiritual que só pode morrer e ir para o céu; pelos seus olhos "fita-nos a luz da imortalidade", e através deles, na passagem crucial da morte, podemos espiar a imortalidade: "Quando aquela abençoada menina entrar no reino, as portas se escancararão de tal maneira que até nós poderemos dar uma espiada na glória", diz Tomás (XXVI, p. 255).

Ora, o Cristo representado em Tomás é o que agoniza na cruz, não o que expulsa os mercadores do templo: "Nosso sofrimento é redentor", dizia ainda Martin Luther King, e é na base disso que a crítica coloca, seja Martin, seja Tomás, no

10 J. Tompkins, "Sentimental Power. *Uncle Tom's Cabin* and the Politics of Literary History" (1978), apêndice à Norton Critical Edition de *Uncle Tom's Cabin,* op. cit., pp. 501-22.

banco dos réus.[11] Suas virtudes da brandura, da simplicidade, da humildade são as do "Sermão da montanha", e por isso, escreve Baldwin, "seu triunfo é [somente] metafísico, supraterreno".[12] Além do mais, Stowe participa plenamente do "racialismo romântico" de sua época,[13] segundo o qual as virtudes de Tomás são atribuídas não só a sua índole pessoal, mas às características intrínsecas dos "africanos": "Tomás possuía a natureza branda, receptiva (*impressible*) de sua raça gentil, que sempre aspira ao simples e ao infantil". Eva e Topsy são "a representação de suas raças. A saxã, nascida de séculos de educação, comando, instrução, eminência física e moral; a africana, nascida de séculos de opressão, submissão, ignorância, trabalho e vício!" (XIV, p. 127, e XX, p. 213).

O texto é pontuado por generalizações que atribuem tanto aos "anglo-saxões" quanto aos "africanos" qualidades meta-históricas e hereditárias: os primeiros, principalmente se forem do Sul, possuem tendências inatas à ação e ao domínio, "um espírito altivo e indômito"; os segundos, por sua vez, são "cheios de paixão e imaginação", "não naturalmente audazes e empreendedores, mas caseiros e afetuosos", "tímidos, pacientes", "sensíveis e impressionáveis", "compassivos e imitadores", dotados de "afetos instintivos" e "exóticos das mais esplêndidas e soberbas terras do mundo", dotados de um senso de beleza instintivo, embora rústico. Tudo isso, Stowe dizia com intenções elogiosas, chegando até a imaginar um milênio em que a África – "chamada aos espinhos, ao chicote, ao suor ensanguentado, à cruz do tormento [...] reinará com Cristo quando seu reino vier à terra" (XXXVIII, p. 345):

> a raça negra [...] em sua doçura, em sua humilde docilidade de coração, na tendência a se confiar a mentes superiores e sustentar-se sobre um poder superior, em sua infantil simplicidade e capacidade de perdão [...] mostrará a forma mais alta de vida cristã [...]; como Deus castiga aqueles que ama, Ele escolheu a pobre África para a fornalha do sofrimento, para torná-la a mais elevada e a mais nobre no reino que constituirá (XVI, pp. 155-56).

11 J. Donovan, *Uncle Tom's Cabin. Evil, Affliction, and Redemptive Love*. Nova York: Twayne, 1991.
12 Baldwin, "Everybody's Protest Novel", op. cit., p. 497.
13 G. M. Frederickson, *The Black Image in the White Mind: The Debate on Afro-American Character and Destiny, 1817-1914*. Nova York: Harper Collins, 1972; S. M. Nurnberg, "The Rhetoric of Race", in Lowance, Westbrook e De Prospo (orgs.), *The Stowe Debate*, op. cit., pp. 255-71; Donovan, *Uncle Tom's Cabin. Evil, Affliction, and Redemptive Love*, op. cit.

É a clássica forma americana da jeremiada: Deus põe seus eleitos à prova, e a queda, portanto, é o signo renovado da missão.[14] Pena que o chicote, o suor e o tormento não sejam apenas metáforas, mas experiências concretas e tangíveis, enquanto o milênio da missão cumprida e da recompensa espiritual é adiado para os tempos futuros.

## 4. Influências

A qualidade que sedimenta as virtudes atribuídas aos "africanos" reside naquela curiosa invenção lexical: *impressible*. Tal como a cera que traz impressa a marca do sinete, os "africanos" são portadores de virtudes receptivas, afetivas, passivas – virtudes, em outras palavras, rotuladas como femininas.

Escreve Leslie Fiedler que Tomás representa "tudo aquilo que na autora aspira às qualidades femininas de indulgência e perdão, e amorosa capacidade de adaptação". Tomás é "a verdadeira 'Boa Mamãe' do livro", numa "inversão xamânica dos papéis sexuais".[15] Mais desabrido, Baldwin conclui que Tomás "foi despojado de sua humanidade e espoliado de seu sexo". Ora, já notamos que Tomás é "viril" o suficiente para ter mulher e filhos pequenos: pode ser verdade que eles servem sobretudo para encenar o drama das separações familiares, mas, uma vez admitidos no texto por qualquer razão, não podemos fingir que eles não existem. Mas há mais. Como demonstração da feminilização de Tomás, Fiedler lembra que lhe é atribuído "o coração meigo, doméstico que, ai deles!, é uma característica particular de sua infeliz raça". O que há de mais feminilizante do que a domesticidade? Porém, ela não se dá conta de que, poucas linhas abaixo, quando Tomás consola Chloe e as crianças, Stowe comenta: "Ah, valoroso coração viril [*manly*] – que sufoque sua dor para confortar seus entes queridos!" (x, p. 81).

Portanto, pode-se ser doméstico e afetuoso sem deixar de ser *manly*. Se tentássemos ler Tomás, não através de Baldwin e Fiedler, e sim de Bell Hooks, ele poderia nos aparecer como prefiguração de uma *black masculinity* possível e alternativa: a impossibilidade de exercer o papel patriarcal, escreve Bell Hooks,

14 S. Bercovitch, *The American Jeremiad*. Madison: The University of Wisconsin Press, 1978; para uma proposta de leitura de todo o livro *Uncle Tom's Cabin* como uma "jeremiada", cf. Tompkins, "Sentimental Power", op. cit.

15 Fiedler, *The Inadvertent Epic*, op. cit. pp. 33 e 35-36. Fiedler interpreta também a cena da tortura de Tomás como uma cena de estupro em que o protagonista feminilizado tem o papel da vítima.

induziu nos homens negros uma tensão específica para a confirmação de sua *manhood* sob a forma de domínio sobre as mulheres, mas deixou também espaço para projetos alternativos:

> Durante todo o curso da história dos negros nos Estados Unidos, existiram homens que não estavam absolutamente interessados no ideal patriarcal. Na comunidade negra em que fui criada, não existia um padrão monolítico de masculinidade negra.[16]

A "feminilização" de Tomás se funda na analogia explícita entre a condição das mulheres e a condição dos negros (e das crianças): sem direitos na sociedade patriarcal, eles afirmam uma superioridade moral fundada sobre valores alternativos meta-históricos. Sua distância do *patriarchal ideal* poderia, pois, reforçar a recente reavaliação de *A cabana do pai Tomás* em nome de um "poder sentimental" feminino e de uma economia "matriarcal" contraposta à economia masculina do mercado. Assim, na cena doméstica da cozinha da comunidade quacre, Jane Tompkins identifica a encenação de uma utopia de poder feminino administrado em termos de "delicadas moralidades", "amorosa gentileza materna", eficiência e harmonia perfeitas: a única figura masculina está à parte ("*in the corner*"), dedicando-se à "antipatriarcal operação de se barbear" (XIII, pp. 120-22).[17]

No entanto, como leitor do sexo masculino, não me sinto particularmente questionado por estar fazendo a barba enquanto as mulheres de casa preparam meu desjejum.[18] Sei também que o momento da desforra está próximo, e coincide com o persistente monopólio masculino na esfera da ação. A sra. Bird induz o marido a ajudar os fugitivos, mas é ele quem prepara o carro e os leva pelo lamaçal e pela floresta até o "*Quaker settlement*". A cozinha quacre é um espaço utópico feminino, mas serão os homens a transportar George e Eliza até a fronteira, e será a boa mira de George na pistola que os salvará dos caçadores de escravos que os perseguem.

A relação entre ação e sentimento sustenta todos os pares temáticos do romance: anglo-saxão e africano, masculino e feminino, adulto e criança. O termo de

16 Bell Hooks, "Reconstructing Black Masculinity", in *Black Looks. Race and Representation.* Boston: South End Press, 1992, pp. 87-113.

17 Tompkins, "Sentimental Power", op. cit., pp. 518-20; Moers, *Literary Women*, op. cit., pp. 36-40.

18 Sobre os limites da utopia matriarcal e doméstica, S. I. Roberson, "Matriarchy and the Rhetoric of Domesticity", in Lowance, Westbrook e De Prospo (orgs.), *The Stowe Debate*, op. cit., pp. 116-57.

mediação mais importante se refere às relações entre os sexos, e recebe o rótulo de *influence*: a capacidade das mulheres, através do sentimento, de induzir os homens à ação. Nesse sentido, a *influence* define também a função do livro, palavra feminina que, através do sentimento, induz os homens à ação masculina de guerrear. Aqui tampouco faltam as contraindicações: mesmo Cassy tem *influence* sobre Legree, mas certamente não se trata de um influxo benéfico; a *influence* e a *sympathy* não bastam a Mrs. Shelby para evitar que seu marido venda Tomás e o pequeno George. E tampouco o senador Bird, depois de salvar Eliza, pretenderá defender a revogação da *Fugitive Slave Law*, na qual votou: a *influence* pode gerar exceções, mas quase nunca mudar as regras.[19]

## 5. Finais

Como tantos clássicos americanos, *A cabana do pai Tomás* tem um final múltiplo, homenagem à forma aberta do país e à impossibilidade de respostas para todas as suas contradições. Tomás morre; George, Eliza e Topsy vão como missionários para a África; os outros escravos são emancipados *motu proprio* por George Shelby Jr. Essa combinação de morte, expatriação e outorga da emancipação tem sido vista como sinal de que Stowe não consegue aceitar a imagem de afro-americanos livres nos Estados Unidos: o retorno à África era criticado pelos abolicionistas negros justamente porque parecia ser animado pelo desejo de se livrarem tanto da escravidão quanto dos escravos. Ora, à parte o fato de que Stowe conhecia e frequentava muitos afro-americanos livres nos Estados Unidos (ela faz uma relação deles no final do livro), observe-se que George explica sua escolha nos termos de um protonacionalista negro: "O desejo de minha alma é uma nacionalidade africana. Quero um povo que tenha uma existência própria, concreta e independente" (XLIII, pp. 374-75). Assim falaria, quase um século depois, Marcus Garvey.[20]

19 A. Douglas, "The Art of Controversy", op. cit.; E. Barnes, *States of Simpathy. Seduction and Democracy in the American Novel*. Nova York: Columbia University Press, 1997; C. E. O'Connell, "The Magic of Real Presence of Distress: Sentimentality and Competing Rhetorics of Authority", in Lowance, Westbrook e De Prospo (orgs.), *The Stowe Debate*, op. cit., pp. 13-36.

20 M. Burnham, *Captivity and Sentiment*. Hanover/Londres: Dartmouth, 1997; R. S. Levine, "A Nation within a Nation. Debating *Uncle Tom's Cabin* and Black Emigration", segundo capítulo de *Martin Dalny, Frederick Douglass, and the Politics of Representative Identity*. Chapel Hill/Londres: University of North Carolina, 1997, pp. 58-98; Placido, *Le due schiavitù*, →

E, no entanto, ficaríamos satisfeitos com outra solução? Vivos e livres nos Estados Unidos, Tomás e George seriam uma simplificação otimista; vivos e escravos (ou ambos mortos), confeririam um caráter tragicamente irremediável a um texto que quer ter esperanças na salvação. Se Tomás e George só podem morrer ou emigrar, é porque são os Estados Unidos, e não tanto Stowe, que não têm lugar para eles. Para ser possível um outro final, seria necessária uma catástrofe que destruísse os Estados Unidos tais como são. Stowe então teria apoiado a tentativa de insurreição de John Brown; mas, quando sai *A cabana do pai Tomás,* estamos na época mais sombria para as esperanças abolicionistas: a *Fugitive Slave Law*, o novo compromisso entre Norte e Sul, a eleição para presidente de um simpatizante sulista como Pierce são algumas das motivações que a levam a escrever.

Retorna, portanto, a contradição entre intervenção na realidade e a sensação de que, nas condições dadas, qualquer intervenção não passa de paliativo. Pode gerar raiva e desespero (as tentativas ateístas de George), ou uma denúncia acompanhada de simpatia moral e sentimental. Um escritor bem menos sentimental, Nathaniel Hawthorne, confiava a perspectiva de abolição da escravidão a uma eventual vontade da Providência e, portanto, sem intervenção humana:

> um daqueles males a que a Divina Providência não permite que se remedie com expedientes humanos, mas que, a seu devido tempo e em modos que agora não é possível imaginar, mas com a mais simples e fácil das ações, quando todas as suas finalidades estiverem cumpridas, Ela fará com que se desvaneça como num sonho.[21]

Stowe também acha que o desaparecimento da escravidão depende da divina providência, mas não conclui disso que mais vale lavar as mãos.

O fato de vê-la em primeiro lugar como uma contradição moral é sua força – não é possível uma solução de compromisso – e ao mesmo tempo seu limite.

→ op. cit., pp. 37-40. O personagem de George Harris tem sido lido, e não arbitrariamente, como uma confirmação da superioridade atribuída ao "sangue" branco, que lhe dá capacidade de se rebelar. Mas creio que estaria mais próximo à intenção do texto, e a uma sensibilidade pós-moderna, ver aí também uma tentativa (pesadamente comprometida pela ideologia "racialista") de síntese e superação: a representação de uma identidade nem negra nem branca, ou as duas ao mesmo tempo.

21 Cf. E. Cheyfitz, "The Irresistibleness of Great Literature. Reconstructing Hawthorne's Politics", in *American Literary History*, VI (1994), n. 3, pp. 539-58.

A *influence* só se exerce se sua base moral é compartilhada pelos destinatários; por isso, a moral a que apela Stowe é a mesma moral cristã e doméstica em que os Estados Unidos dizem acreditar e que delegam aos sujeitos sem poder como as mulheres, os negros e as crianças. Acusar os Estados Unidos de violar seus próprios valores reforça os valores que estão na base da ideologia americana. É a gramática da jeremiada, mas é também a gramática do sentimentalismo que, escreve Ann Douglas, "afirma que os valores negados pelo funcionamento de uma determinada sociedade são precisamente aqueles que essa sociedade diz privilegiar". A poética do patético consiste justamente na encenação do sofrimento de sujeitos fracos, mas portadores de valores – sofrimento injusto porque os sofredores são valorizados; inevitável, porque são fracos e justamente sua fraqueza os torna portadores de valores; necessário, porque são justamente o sofrimento, o martírio e a coroa de espinhos que dão direito ao triunfo futuro.[22]

Todavia, o senso de injustiça permanece. E se os instrumentos propostos por Stowe nos parecem inadequados ou até contraproducentes, não é motivo para não a levar a sério. Afinal, o que permanece é a figura imponente, de modos suaves e princípios incorruptíveis, desse "pai" Tomás, que prefere morrer a trair seus companheiros e a si mesmo. Não será um modelo para revolucionários e libertadores, mas merece todo o nosso respeito.

22 A. Douglas, *The Feminization of American Culture*. Nova York: Alfred A. Knopf, 1977, p. 10; Portelli, "Dai diamanti nella polvere all'angelo dei sotterranei", op. cit., pp. 101-33.

ROSSANA ROSSANDA

## A bondade: *O idiota*

Fiódor Dostoiévski (1868-69)

A bondade não tem sorte na literatura. Alguns heróis são "também" bons – como Federico no *Príncipe de Homburg* ou Levin em *Anna Kariênina* –, mas antes são alguma outra coisa: Federico é um grande guerreiro e soberano, Levin é um justo. A bondade deles se acrescenta ao caráter, é uma modalidade sua. Bons são certos homens de Deus, mas antes de tudo são de Deus, e frequentemente boas são as heroínas secundárias, sobretudo as adultas e mães, como se a bondade fosse uma qualidade privada e menor. Porém Brigitta de Stifter, modelo de heroína privada, não é especialmente boa.

A bondade tem poucos ícones. Não é uma das virtudes teologais – fé, esperança e caridade –, mesmo sendo parente da caridade; e menos ainda uma das cardeais – fortaleza, sabedoria, prudência, temperança –, tão fecundas em personagens. Evocada familiarmente – "seja bom, não é bom" –, permanece vaga e, em todo caso, escassamente representada.

Em 31 de dezembro de 1867, Fiódor Dostoiévski – 46 anos, tendo nas costas *Humilhados e ofendidos, Recordações da casa dos mortos, Memórias do subsolo, Crime e castigo, O jogador* e uma floresta de contos – escreve ao amigo A. N. Maikov dizendo que há tempos pensa em "representar um homem inteiramente bom", mas "temia fazer um romance, porque é difícil demais. Nada mais difícil, principalmente na nossa época".[1] E no dia seguinte repete numa carta à sobrinha S. A. Ivanova: "É uma tarefa descomunal"; no mundo existiu apenas uma pessoa "positivamente boa, Cristo, e por isso a aparição deste homem desmedidamente, ilimitadamente bom é um ilimitado milagre". E acrescentava:

> Todos os escritores, não só russos, mas também europeus, que enfrentaram a representação de um homem positivamente bom falharam [...]. De homens bons na literatura cristã, o único completo é Dom Quixote. Mas é exclusivamente bom porque é também cômico. Pickwick, de Dickens, é uma ideia mais fraca, mesmo assim enorme, e ele também é cômico, e por isso nos prende.[2]

E no entanto continuava a se medir com esse inquietante personagem: "O romance se chama *O idiota* [*Idiot*]".[3]

Menos de um mês depois, entregava ao prelo a primeira das quatro partes do romance - tinha previsto oito -, e ao longo de 1868 ditaria o texto à esposa, revisando-o rapidamente. Em outubro, escreve ainda a Maikov: "A ideia do *Idiota* me escapou [...] mas estou amargamente convencido de que nunca tive uma ideia poética mais bela e rica do que a que me ocorreu agora no plano da quarta parte".[4] E em janeiro de 1869 à sobrinha: "Finalmente o *Idiota* está terminado! Compus os últimos capítulos dia e noite num estado de angústia [...]. Não estou contente com esse romance, ele não exprime nem a décima parte do que eu queria". Mas diz que ainda ama muito "minha ideia abortada".[5]

1 Apollon Nikolaievitch Maikov, poeta (1821-97), é um dos amigos e correspondentes mais íntimos. Cf. E. Lo Gatto, "Nota introduttiva" a F. Dostoevskij, *L'idiota*. Florença: Sansoni, 1958, p. 3. Uma parte mais conspícua da carta foi publicada em F. Dostoevskij, *Lettere sulla creatività*, org. e trad. G. Pacini. Milão: Feltrinelli, 1994, p. 81. Outras passagens em V. Strada, "Il 'santo idioto' e il 'savio peccatore'", introdução a F. Dostoevskij, *L'idiota*, trad. A. Polledro. Turim: Einaudi, 1994 [ed. bras.: *O idiota*, trad. Paulo Bezerra. São Paulo: Editora 34, 2002]. A correspondência completa se encontra em Pis'ma, org. S. Dolinin, v. II, Moscou/Leningrado: 1930, pp. 59-66.

2 Sofia Aleksandrovna Ivanova é a sobrinha mais amada, à qual será dedicado *O idiota*. Cf. Lo Gatto, "Nota introduttiva", op. cit., e mais amplamente in Dostoevskij, *Lettere sulla creatività*, op. cit., p. 84.

3 Id., ibid.

4 Lo Gatto, "Nota introduttiva", op. cit., p. 14. Um outro trecho in Dostoevskij, *Lettere sulla creatività*, op. cit., p. 92.

5 Lo Gatto, "Nota introduttiva", op. cit., p. 14.

Uma ideia que parece ter-se imposto com grande força. Prova disso são os cadernos de notas: a tentação de um herói absolutamente, positivamente bom se apresenta no outono de 1867, enquanto trabalha num romance em que aparece um "idiota", um jovem de origem incerta e de comportamento surpreendente, mas é uma figura menor. A história não girava em torno da bondade, e sim da culpa; fora-lhe sugerida por uma notícia de jornal, daquelas que sempre o atraíam como sintomas de uma época doentia. Uma jovenzinha, Olga Umeckaia, havia ateado fogo à casa dos pais, mas o tribunal a absolveu porque humilhavam-na terrivelmente. Em suma, uma culpa quase necessária. Mas, enquanto se desenvolvem algumas intrigas do romance, aos poucos ocorre que a jovenzinha continua fugida e logo se converte numa heroína secundária numa alternância de reconhecimentos, violências e dinheiro, onde também aparece um idiota. Dostoiévski trabalha nesse enredo durante três meses.

Entre 30 de novembro e 30 de dezembro de 1867, há uma interrupção nas anotações. Como se nesse intervalo *O idiota* tivesse se desvinculado e libertado, demolindo a base original. Desaparece a jovem delinquente, desaparecem as figuras circundantes, e o idiota, saído da crisálida, torna-se o protagonista. Não é mais um misto de pulsões opostas, é o homem absolutamente bom. E não um marginal, mas um príncipe. O príncipe Miskin.

Porém Miskin não só não se assemelha aos "idiotas" do romance anterior, como tampouco se assemelhará a Dom Quixote. Não vive num mundo fantástico, nem combate moinhos de vento, não se enamora pelo que não existe: pelo contrário, afunda-se no real, no demasiado humano. Não é risível e não riem dele, mesmo que considerem sua generosidade excessiva e sua coerência de conduta embaraçosa. Dizem "idiota" como que por despeito, sua disponibilidade fere a tibieza dos outros. Mas quem começa a ouvi-lo com um sorriso termina sério. Miskin nunca é cômico.

E tampouco é uma figura cristã, mesmo que grande parte da crítica tenha-o visto assim, com entusiasmo ou fúria conforme pertencesse à corrente mística ou marxista nos anos soviéticos: não tem nada de messiânico, não se sente portador de uma missão na terra (não mais do que a que Dostoiévski atribui ao bom povo russo), não será coroado de espinhos e ridicularizado porque jamais se diz rei, não faz milagres, conhece a incerteza e o medo. Além disso, carrega a tara de um mal, é verdade que quase divino – o grande mal –, a epilepsia. Um mal que sobe numa inquietação crescente até atingir um breve estado de extrema lucidez e se precipitar na escuridão. Da qual a pessoa se recupera lúcida, apenas cansada e ciente de que o acesso voltará. Dostoiévski sabia do que se tratava.

É, portanto, um personagem sem precedentes. O que talvez aproxima Miskin ao cavaleiro da Mancha é a derrota de uma criatura à sua maneira excepcional. Mais tarde, no *Diário de um escritor*, Dostoiévski escreve sobre *Dom Quixote*: "O homem não esquece de levar consigo, para o juízo final, o mais triste dos livros [...] que afinal é o que resta da vida".[6] Também ao príncipe Miskin não resta nada. A ironia – "a mais amarga ironia que se possa exprimir"[7] – reside na derrota da bondade. Mensagem paradoxalmente anticristã.

Louro, os olhos meigos e azuis, o príncipe Miskin aparece no trem que chega a Petersburgo num tedioso amanhecer de novembro, neve e gelo que se derrete, estação impura. Está voltando de uma clínica suíça, para onde fora enviado desde menino e tratado por um psiquiatra com método suave, vivendo feliz entre os garotos. Conversa com um coetâneo, 26 anos, mas moreno e o olhar carregado. Miskin é luminoso e aberto na mesma medida em que o outro, Rogozin, filho de um comerciante rico, é sombrio e desconfiado. Entre eles intervém o falante Lebedev, coro dos *clientes* que fará o fundo da história, um Prometeu da humilhação. No mesmo dia, em Petersburgo, Miskin encontra as outras *personas dramatis*, todas elas, a começar por Aglaia Epantchina, a linda mocinha que se expõe à vida, irmã de Natacha Rostova e Kitty Tcherbatskaia, e uma criatura de olhar altivo e trágico, cujo retrato o impressiona, e para a qual, antes de anoitecer, estará abrindo a porta. É Natacha Filippovna que, tendo ficado órfã e sido criada por um amigo da casa, descobriu que cresceu não como mulher, e sim como bela amante, coisa que não perdoa nem a ele nem a si própria. O príncipe entrará desde o primeiro dia no destino dos três, acompanhando-o e quase empurrando-o para resultados fatais.

Porque o mal já aconteceu. O companheiro de viagem dos olhos ardentes, Rogozin, é devorado de paixão por Natacha Filippovna, paixão que é frustração, necessidade e arrogância. Natacha Filippovna também é obcecada pela queda que considera irreparável: o ex-amante colocou à disposição uma grande soma de dinheiro para que alguém a despose e a leve dali honrosamente, e ela aceitará o jovem ambicioso que precisa daquele dinheiro, mas se envergonha dela. Mas as

6 Id., ibid., p. 7. Cf. também F. Dostoevskij, *Diario di uno scrittore*. Turim: Einaudi, 1943.
7 Id., ibid.

pessoas têm de saber dessa abjeção. Enquanto ela o desmascara em público para humilhar a si mesma e a ambos, Rogozin chega com uma soma maior: compro-a eu. Para o príncipe, esse desnudamento é insuportável. Pede que Natacha aceite sua mão. Natacha se sente fulminada, foi-lhe restituída a dignidade a que pensava não ter mais direito. Mas é apenas um instante: como arrastar para uma queda já consumada aquele ser nobre e inocente? E diz a Rogozin: leve-me embora. Mais cedo ou mais tarde, casarei com você.

Isso é bondade. Mas não é esmola. Miskin não suporta aquela sentença de morte simbólica, e penetra no sofrimento de Natacha, humilhada e ofendida. Natacha não se engana a respeito dele, jamais o chamará de idiota, é o único homem, dirá ela, que conheceu. Ao não o aceitar, pensa ela, retribui o bem com o bem. Mas não se decide a desposar Rogozin, está e não está com ele, entretanto, é o casamento que ele deseja ardentemente, o único vínculo que a faria sua. Há em Rogozin uma necessidade atormentada, um ter para ser, e não conseguir, que assusta o príncipe como uma outra dor.

No inverno que se segue em Moscou – sabemos apenas de longe, por meio das vozes de Petersburgo – o príncipe se descobre rico, falam dele na casa de Aglaia, Natacha deixa Rogozin, corre até o príncipe, mas vai embora de novo, o olhar de Rogozin não abandona Miskin, sentindo um ciúme doentio. Mas os dois se atraem como polos magnéticos, como opostos (a crítica psicanalítica entenderá Rogozin como uma projeção do príncipe e vice-versa); quando Miskin volta a Petersburgo, algo o impele a procurar a casa de Rogozin. Reconhece-a pelo aspecto sombrio e, naquela que talvez seja a cena mais bela do romance, Rogozin, que nunca fala, fala com ele, confessa-se na medida do possível, pede à velha mãe, quase um ícone, que abençoe Miskin. E diante de uma cópia da descida da cruz de Holbein na Basileia, falam de Cristo, que lhes parece tão finito a ponto de duvidarem da ressurreição, chave do cristianismo. Que é amor e esperança, como a Rússia simples e fiel, a qual no entanto é o lugar dos excessos, e vai sempre "além", mesmo no erro. E Rogozin propõe que troquem os crucifixos que levam no peito, mas mal se despedem – e Rogozin balbuciou uma renúncia a Natacha – e uma febre se reapodera dele, persegue o príncipe e o mataria se Miskin não sofresse um acesso epiléptico sob a faca.

Essa faca e os olhos de Rogozin serão os fantasmas que perseguirão Miskin no luminoso mês de junho, atraído por Aglaia Epantchina nas conversas na casa de férias onde Natacha faz suas aparições provocantes. O amor do príncipe por

Aglaia é temeroso e humano, permeado de ternura por aquela inquieta juventude. Mas Natacha se sente doente de dor, e Rogozin não lhe havia dito "Sua compaixão é mais forte do que meu amor"? Aglaia não suporta aquele primado de Natacha, vai à sua procura, convida-a cruelmente a deixar de se cobrir com o manto do martírio, de pesar sobre os outros com sua tragédia, que vá trabalhar, case-se com um bom homem, acabe com isso – e Natacha, ofendida naquilo que mais lhe queima, revolta-se: se eu lhe pedir, grita a Aglaia, o príncipe escolherá a mim. Miskin, transtornado pelo ódio entre as duas mulheres, hesita por um instante e, quando Natacha parece desmaiar, corre para segurá-la. Aglaia vai embora como uma morta.

Todavia, mais uma vez, Natacha não se permitirá desposá-lo, e já vestida de noiva fugirá para Rogozin e para a morte. O príncipe a procura na noite branca de Petersburgo, na mente confusão, presságios e angústias como ocorrem antes de um acesso, até que encontra Rogozin, e juntos entram no escuro e no silêncio até o escritório, atravessado por alguns raios de luar, onde jaz o corpo frio de Natacha, que aguardou com os olhos abertos a faca de Rogozin. E a última troca fragmentada de palavras, está calor, daqui a pouco vai se sentir o cheiro, vamos cobri-la de flores... Miskin e Rogozin passam a noite abraçados diante da cortina que oculta a criatura assassinada, as palavras se esgotaram, o príncipe acaricia lentamente sua cabeça. Até que vêm o amanhecer, as pessoas e a polícia, e um terminará na Sibéria e o outro voltará para a clínica suíça.

Durou de novembro a junho a epifania do príncipe Miskin, sobre o fundo de uma Rússia que se perde nas ilusões do progresso, da técnica, da democracia, do socialismo, representadas no estudante Ippolit, dividido entre suicídio e morte, entre ódio e amor por Miskin. Há entre eles um discorrer trágico entre grandes antinomias, acima das modestas agitações dos ricos, das disputas dos decaídos, da avidez dos usurários, de uma época sem bússola em que o crime como escapatória se tornou banal.

Uma *hybris* arrastou para a perda Natacha, Rogozin, Ippolit, e sofrer com eles leva o príncipe de volta à loucura. Apenas Aglaia terá um destino medíocre – a única não extremada, não atingida pelo mal, portanto na impossibilidade de compreender, sem tragédia, mas sem felicidade.

O que é, então, a bondade? A absoluta disponibilidade para o outro. O outro vem em primeiro lugar. O príncipe escuta sempre, entende sempre. Não porque partilhe dos motivos – na maioria das vezes, não partilha. Pensa que Natacha está doente, e tem razão. Que Aglaia erra com frequência, e tem razão. Que Rogozin está toldado pela paixão, e tem razão. Mas penetra no ânimo deles como ninguém, detém o juízo diante da condição humana, aquele debater-se até a vertigem do bem e do mal. Sente uma infinita compaixão no sentido próprio de compartilhar o sentimento. Nunca dá as costas, não abandona ninguém, faz sempre aquele pouco que os homens podem fazer uns pelos outros, não se deixarem sós, perdoarem-se.

A condição dessa abertura é a simplicidade. Como se apenas alguém que cresceu como o príncipe, longe da agitação do mundo, em relação com a natureza e os pequeninos, fosse capaz de ouvir o próximo – *naturaliter* cristã. Naturalmente capaz de captar aquele debater-se do intelecto e do coração, aquela labuta do pensar e do esperar que é a joia preciosa no fundo de qualquer ser vivo.

A bondade não é um fazer nem dar – mesmo que o príncipe seja generoso e nada tolo –, é ser. Ser com o outro na cruz. Mas quem quer se ver nesse espelho? Miskin quase dá medo, exceto à generala Epantchina, "boa" à sua maneira um tanto confusa. Sentem-no perto os ladrões, Natacha Filippovna crucificada por sua queda, Rogozin crucificado por sua necessidade. Sente-o Aglaia, como impossível companheiro de uma vida normal.

A bondade é inerme. O príncipe Miskin se percebe fraco, teme não aguentar, não é capaz de superar as ondas turvas do presente; neste sentido, é "idiota". Mas a quem supera? Não a classe a que ele pertence, que falta a seus deveres, não os que gostariam de mudar seguindo os sonhos do progressismo. Aos cultos nobres ou burgueses, ou a Terentiev – ele também na cruz, mas, pensa Miskin, uma cruz errada –, o príncipe opõe seu raciocínio lúcido e caloroso. Miskin não delira. Mas não conseguirá impedir nada; quanto mais entende, menos poderá modificar. O mundo é do mal. O pecado é prova disso.

A bondade é inútil. Ou pelo menos não pertence ao universo da utilidade. Tampouco Cristo pertence a ele. A salvação continua a ser um mistério, o mistério da cruz. Depois da breve passagem por Petersburgo e Moscou, não restará ao príncipe senão retornar à sua clínica suíça, ou a Dostoiévski mandá-lo de volta para lá.

Terrível é a bondade. Tinha razão Rogozin. É mais do que cristã, é cristã ortodoxa – porque o catolicismo se corrompeu no mundo. Sua morada é a antiga Rússia do coração extremado, a espada erguida contra a modernidade devastadora, o liberalismo, a democracia, o socialismo, a questão feminina, todos eles corrupções de um bem originário, todos eles, no sentido próprio do termo, idolatria.

Poder-se-ia até duvidar que a bondade seja algo além de uma virtude ocidental paroxística e fantasmagórica. Ao rodar o filme *O idiota* (1951), Akira Kurosawa desenha a tragédia dos quatro num gélido Japão pós-guerra, sem o esfumaçado século russo da segunda metade do século XIX, sem socialismo e sem cristianismo. É uma obra-prima. Dostoiévski reconheceria a esplêndida Natacha (Setsuko Hara), a esplêndida Aglaia (Yoshiko Kuga), o esplêndido Rogozin (Toshiro Mifune), mas não reconheceria Miskin naquela criatura doce e estupefata (Masayuki Mori). Como se amor, ciúme, desespero e violência fossem universais, e a bondade absoluta não.

ENRICA VILLARI

## O dever: *Middlemarch*

George Eliot (1871-72)

*Middlemarch* é o romance da reforma de 1832 numa pequena cidade do interior inglês. Desempenhar seu papel naquele projeto de "mudar um pouco o mundo" é a aspiração dos dois jovens protagonistas, Dorothea Brooke e Tertius Lydgate. À diferença de tantos protagonistas oitocentistas, movidos pela ambição de ter e consumir (dinheiro, sucesso, ascensão social), estes são movidos pelo instinto oposto da entrega pessoal a uma causa, da busca de um dever. Mas, no caso deles, não se trata de deveres tradicionais, e sim de modernas vocações solitárias.

É um erro considerar o dever como um acervo de proposições externas ao homem, escrevia Kierkegaard em 1843. A vida ética, nesse caso, seria feia e aborrecida, e "a menos que o ético tivesse uma ligação muito profunda com a personalidade, seria muito difícil defendê-lo diante do elemento estético".[1] O interesse oitocentista pelo dever não era um "amor à lei em si, mas antes uma espécie de interesse pela higiene do eu".[2] Retirado da dimensão abstrata, o dever se torna legítima matéria de

1 Soren Kierkegaard, *L'equilibrio tra l'estetico e l'etico nell'elaborazione della personalità*, in *Enten-Eller*. Milão: Adelphi, 1976-89, v. v, pp. 17-249, em esp. p. 146.

2 L. Trilling, "Mansfield Park", in *La letteratura e le idee*. Turim: Einaudi, 1962, pp. 267-88, em esp. p. 277.

romance. Em Eliot, de fato, o dever – mesmo o tradicional – nunca é conformidade a um dogma, mas um componente fundamental do equilíbrio da personalidade. Já nos personagens humildes de seus primeiros romances, onde o dever parecia se esgotar na conformidade à lei tradicional, o que conta não é o pequeno dever cumprido, mas o modo como ele se torna parte constitutiva de suas identidades, de modo que "manter a cozinha limpa", escreve Proust sobre *Adam Bede*, "é um dever essencial, quase um dever religioso e um dever cheio de atrativos".[3] Essa noção de dever é um valor em si. Em *Jacob e seu irmão*, conto cômico escrito dez anos antes de *Middlemarch*, Eliot mostrava que a emancipação das mulheres em relação aos deveres humildes – ao lado de todas as emancipações obtidas com a cultura da revolução – podia gerar, não deveres mais nobres, mas apenas a esterilidade do ócio e da corrupção, e a dispersão da personalidade na passividade do consumo de prazer e de luxo.[4] Os jovens protagonistas de *Middlemarch*, Dorothea e Lydgate, estão imunes a este risco moderno. A dignidade deles consiste justamente na resistência que sua vocação opõe ao princípio do prazer. Mas, não se reconhecendo em nenhuma das noções tradicionais de dever, eles têm de forjar para si uma noção individual, na solidão, sem a garantia de nenhuma lei. Dominadas pelo imperativo ético do dever, suas histórias, porém, são histórias de erros ou fracassos existenciais.

Com menos de vinte anos, possuindo um bom dote, deslocada em Middlemarch como "uma bela citação da Bíblia – ou de um de nossos velhos poetas – num parágrafo do jornal de hoje",[5] Dorothea se prepara para escolher um marido com uma atitude singular. Desdenha os deveres tradicionais de mãe e de esposa. Dotada de uma "mente teórica" que "ansiava por alguma elevada concepção do mundo que pudesse francamente incluir a paróquia de Tipton e sua própria regra de conduta lá" (I, I, p. 18), escolhe um velho erudito que poderia ser seu pai. Ele lhe parece uma reencarnação de John Locke ou de Pascal, um grande homem com o qual poderia condividir sua grande obra. É seu erro fatal. O pobre Casaubon não está à altura das

3 M. Proust [Sur George Eliot], in *Contre Sainte-Beuve. Pastiches et mélanges. Essais et articles.* Paris: Gallimard, 1971, pp. 656-57, em esp. p. 656 [ed. bras.: *Contre Sainte-Beuve: notas sobre crítica e literatura,* trad. Haroldo Ramanzini. São Paulo: Iluminuras, 1998].

4 Cf. E. Villari, "Introduzione" a G. Eliot, *Jacob e suo fratello.* Veneza: Marsilio, 1999, pp. 9-34, em esp. pp. 23-29.

5 G. Eliot, *Middlemarch* (1871-72), trad. Leonardo Fróes. Rio de Janeiro: Record, 1998, livro I, cap. I, p. 17. Todas as citações posteriores foram extraídas dessa edição do romance (composto por um *Prelúdio*, oito livros divididos em capítulos e um *Finale*), indicados diretamente no texto com o número do livro, capítulo e página entre parênteses.

expectativas de Dorothea. Sabe que seu trabalho intelectual está fadado ao insucesso, e essa amarga consciência o torna incapaz de ser não só um mestre, mas também um marido para Dorothea. O matrimônio se revela um doloroso fracasso.

Tão antitradicional quanto Dorothea, Lydgate despreza os privilégios de seu nascimento aristocrático e venera como modelos os grandes médicos de todos os tempos. Depois de estudar medicina nas grandes capitais europeias, ele se retira em Middlemarch com a intenção de se afastar da sedução das vaidades das grandes metrópoles, para reformar em bases científicas a prática médica em Middlemarch (fundando um hospital para a cura das febres) e dedicar-se a uma ousada pesquisa anatômica (a descoberta do tecido humano originário). "Realizar um pequeno trabalho em Middlemarch e um grande empreendimento para o mundo", tal é sua vocação. Por causa de um casamento equivocado com uma mulher caprichosa e mundana e de uma grande dívida imprudentemente contraída, ele acaba se tornando um médico rico e da moda em Londres, autor de um modesto tratado sobre a gota. Parecendo aos olhos do mundo um homem de sucesso, "ele mesmo se considerava um fracasso" ("Finale", p. 873).

Poderíamos pensar nesses fracassos como variantes do tema que, segundo Leslie Stephen, retorna em todos os personagens eliotianos. Os leitores são chamados a simpatizar com as aspirações nobres de espíritos generosos e ardentes, sabendo, porém, que não podem receber "nenhuma satisfação verdadeira nas condições banais deste mundo prosaico".[6] Mas não é assim. Essa versão oitocentista do problema da relação entre o eu e o mundo é, segundo George Eliot, uma meia verdade, porque é uma verdade com aspectos demasiado consoladores:

> Alguns senhores fizeram bela figura na literatura por um descontentamento geral com o universo como uma armadilha de insipidez na qual suas grandes almas caíram por engano; mas a ideia de um ser estupendo e um mundo insignificante pode ter suas consolações. O descontentamento de Lydgate era muito mais duro de suportar; compunha-o a ideia de haver uma grandiosa existência no pensar e na ação eficaz que à sua volta jaziam, enquanto seu ser se constringia no isolamento deplorável das apreensões egoístas e na vulgar ansiedade por fatos capazes de aquietar estas apreensões (VII, LXIV, p. 682).

6 "Leslie Stephen on George Eliot", necrológio não assinado, in *Cornhill*, fev. 1881, agora in D. Carroll (org.), *George Eliot. The Critical Heritage*. Londres: Routledge, 1971, pp. 464-89, em especial p. 482.

Mesmo que o afresco social de *Middlemarch* seja tão vigoroso quanto o dos romances de Balzac em sua capacidade de mostrar a força da "filiforme e embaraçosa pressão das pequenas contingências sociais, e sua complexidade frustradora" (II, XVIII, p. 201), e mesmo que sua autora achasse que não havia criatura alguma "cuja vida interior seja tão forte para não ser grandemente determinada pelo que está fora dela" ("Finale", p. 877), o fracasso de Dorothea e de Lydgate tem sua origem nas características de suas vocações, e na natureza problemática de suas noções modernas de dever.

Em Dorothea, a imaginação do dever se tinge de cores inequivocamente romanescas:

> "Aí então eu aprenderia tudo." [...] "Seria de meu dever estudar, para que eu pudesse auxiliá-lo melhor em suas grandes obras. Nada haveria de banal em nossas vidas. As coisas do dia a dia, para nós, seriam justamente as mais importantes. Seria como se casar com Pascal. Eu aprenderia a ver a verdade pela mesma luz em que os grandes homens a viram. E então saberia o que fazer, quando ficasse mais velha: veria como era possível viver uma grande vida aqui – agora – na Inglaterra [...]" (I, III, p. 39).

Ao imaginar o dever, Dorothea tece fantasias em que ele se diferencia da prosa do mundo da mesma maneira vaga e indistinta com que Emma Bovary tece suas fantasias ao imaginar o prazer de seu primeiro adultério:

> Entrava em algo maravilhoso, onde tudo seria paixão, êxtase, delírio; uma imensidão azul a circundava, os cumes do sentimento cintilavam sob seu pensamento, a existência comum só aparecia ao longe, lá embaixo, na sombra, entre os intervalos daquelas alturas.[7]

Essa curiosa semelhança, essa imaginação quixotesca que as aproxima, diminui as distâncias entre a heroína do dever e a heroína do prazer. A indulgência em fantasias românticas desempenha na imaginação do dever de Dorothea um papel tão importante quanto na imaginação do prazer de Emma. Casaubon corresponde tão pouco às promessas que estão no espírito de Dorothea quanto Rodolphe às que estão no espírito de Emma. A própria Emma, num momento crucial de

7 G. Flaubert, *Madame Bovary* (1857), trad. Fúlvia M. L. Moretto. São Paulo: Nova Alexandria, 2001, parte II, cap. IX, p. 178.

sua vida, vive uma crise mística e mostra como a busca absoluta do prazer e sua negação igualmente absoluta podem, no fundo, servir à mesma causa. O tédio e a impaciência com uma vida comum são os mesmos, e são o ponto essencial. E é nessa impaciência que a vocação moderna se diferencia da noção tradicional de dever. "Manter a cozinha limpa" é um dever sem atrativos para Dorothea, e não só por uma questão de classe.

Assinalado no "Prefácio" pelo motivo das modernas Santas Teresas nascidas com atraso, com que se inicia o romance, o tema de *Middlemarch* é, de fato, a vocação sublime num mundo anti-heroico. Não é um tema estranho ao culto dos heróis de Carlyle. Poderíamos dizer que Dorothea e Lydgate reagem contra aquilo que, para o "sábio vitoriano", parecia ser o inimigo essencial do heroísmo: a "doutrina dos moventes" como impulso motor do universo, que ensina que

> não há nada além de [...] um infeliz amor ao prazer, e de um medo igualmente infeliz à dor; que o desejo de aplauso, de dinheiro ou de qualquer outra satisfação material é o objetivo final da existência humana.[8]

Mas essa nota inicial que lembra o culto dos heróis, que lamenta a ausência de condições para uma vida épica para as modernas Santas Teresas retardatárias, tem ocultado com demasiada frequência o fato de que o romance é construído, se não contra eles, certamente contra o componente sublime e abstrato da concepção de dever de seus protagonistas oitocentistas.

No início do romance, Dorothea nos impressiona com sua nobreza. Mas impressionam-nos igualmente as notas negativas que acompanham sua caracterização. A concepção de dever de Dorothea é uma espécie de culto aos heróis, os "heróis como homens de letras" de Carlyle: seus modelos são Locke, Pascal, Milton, Hooker e todos os grandes sábios de todos os tempos. Mas é uma noção de dever livresca, abstrata, marcada por uma veia de fanatismo herdado dos antepassados puritanos. O ascetismo com que ela evita os prazeres inocentes da vida (desde a recusa das

8 T. Carlyle, *On heroes, Hero-Worship and the Heroic in History* (1841). Londres: George Routledge and Sons, 1888, p. 160. Muito negligenciada, a influência de Carlyle sobre G. Eliot é enorme e capilar. Toda a sua obra, com sua celebração do realismo e dos atrativos do cotidiano, é um corretivo do culto dos heróis. Mas ela seria impensável sem Carlyle e a vitalidade de seus "perigosos paradoxos", como definiu G. Eliot: G. Eliot, "Thomas Carlyle", in *Leader*, 27 out. 1855, agora in *Selected Essays, Poems and Other Writings*, org. A. S. Byatt. Harmondsworth: Penguin, 1990, pp. 343-48, em especial p. 344.

joias da mãe à renúncia de andar a cavalo, até a escolha de um marido velho e fanado) não está isento de uma forte presunção de superioridade em relação aos desejos mais normais da irmã Célia. Em sua escolha de Casaubon, ela é tão surda aos verdadeiros desejos dele quanto ele aos dela, como claramente nos convida o narrador a meditar, no célebre início do capítulo XXIX: "Uma manhã, algumas semanas depois de sua chegada a Lowick, Dorothea – mas por que sempre Dorothea? Porventura o ponto de vista dela era o único possível em relação a este casamento?" (III, XXIX, p. 302). Esse ascetismo abstrato e sublime de sua noção inicial de dever não a emancipa daquilo que o narrador define como nossa "estupidez moral":

> Todos nós nascemos na ignorância moral, tomando o mundo por um ubre para nutrir nossos insignes seres: Dorothea começou ainda cedo a emergir desta ignorância, apesar de lhe ter sido mais fácil conceber como iria devotar-se a Mr. Casaubon, tornando-se ela mesma sábia e forte com sua força e sapiência, do que imaginar com aquela nitidez que já não é reflexo, mas sentimento – uma ideia que se entrelaça de volta com o imediatismo da percepção, como a solidez dos objetos, que ele tinha um centro equivalente de existência própria, donde as luzes e as sombras deviam sempre provir com alguma diferença (II, XXI, p. 233).

O leitor de *Middlemarch* sabe que este é o motivo recorrente mais significativo do romance. Quase uma obsessão analítica da autora, que encontra traços dele nos lugares e nos personagens mais surpreendentes, a começar por Dorothea. Essa estupidez moral é o escolho contra o qual se quebram todas as falsas noções de dever no romance. Ela surge em sua forma mais ostensiva na religiosidade de Bulstrode. Esse banqueiro puritano, mestre do autoengano, é o homem moderno que dobrou a lei superior da religião aos desejos do eu:

> Era simplesmente um homem cujos desejos haviam sido mais fortes do que suas crenças teóricas, e que gradualmente explicara a gratificação de seus desejos em concordância satisfatória com tais crenças. Se isto for hipocrisia, é um processo que eventualmente se mostra em todos nós, seja qual for a nossa fé [...] (IV, LXI, p. 653).

Essa miopia do egoísmo desempenha um papel importante também na imaginação romântica, o traço que aproxima Dorothea e Emma Bovary e que é uma constante de caráter em quase todos os personagens. Frente à estranheza da escolha matrimonial de Dorothea, Will pensa – e não se engana – que "era provável que ela houvesse imaginado algum *romance* original para si neste casamento" (II, XXI, p. 231). Há um romance de Rosamond, que estava totalmente ocupada, não propriamente com a ideia de Tertius Lydgate tal como ele de fato era, mas de sua relação com ela, e há um romance sobre suas origens prestigiosas (II, XVI, p. 187). Há o romance de Casaubon e Lydgate sobre as mulheres, não menos distante da realidade do que os de Dorothea e Rosamond.

A emancipação de Dorothea daquela "estupidez moral" começa com a mudança de sua noção de dever, a partir da experiência de seu casamento infeliz. O episódio da lua de mel em Roma é sua etapa fundamental. Ali Dorothea se dá conta do abismo entre sua fantasia de casamento com o grande estudioso e a realidade: a realidade da difícil convivência com um homem que se tornou árido e amargo devido à consciência de seu fracasso como intelectual. Além disso, a beleza artística e monumental de Roma lhe aparece em penoso contraste com a realidade mísera e degradada de seus habitantes. Uma desconfiança puritana inata diante das artes pictóricas leva-a a se questionar sobre a relação entre arte e vida. E ao constatar ingenuamente a distância entre elas, Dorothea não hesita em tomar partido. A magnífica Roma católica é para ela uma revelação: a demonstração de que existem tantas coisas no mundo "mais necessárias ao mundo do que quadros" (II, XXI, p. 229). Esse parêntese estético no romance, em que se fala muito de arte, artistas e romantismo alemão, tem uma função essencial para preparar o passo decisivo na existência de Dorothea. De volta à Inglaterra, ela explicará a Mr. Brooke que a razão de sua impaciência diante dos quadros de Tipton Grange se devia ao contraste com a pobreza e a miséria dos camponeses ao redor. Fruir a beleza dos quadros lhe parecia uma "tentativa imoral de encontrar prazer no que é falso, quando não nos incomoda saber como a verdade é dura, fora das paredes que nos protegem, para os nossos vizinhos" (IV, XXXIX, p. 415). O mesmo contraste entre falsidade da abstração e verdade dolorosa da vida se apresenta a ela sob a forma do conflito entre sua noção inicial de dever, sublime e abstrata, e a realidade desagradável e sofredora de Casaubon:

> Ela não mais lutava contra a percepção dos fatos, mas sim ajustando-se à sua percepção mais clara; quando agora ela olhava de frente o fracasso de seu marido, e ainda a possível consciência que ele tinha deste fracasso, parecia seguir no rumo certo, onde o dever se transformava em ternura (IV, XXXVII, p. 390).

Numa cena memorável do romance, dominada pelo ressentimento contra a dureza com que o marido a trata, Dorothea se força a contemplar "uma litania de sofrimentos retratados e de mudos prantos" (IV, XLII, p. 427) daquele homem que tivera diagnosticada uma doença do coração, e que "se via, pela primeira vez, olhando a morte nos olhos" (IV, XLII, p. 450). A simpatia acaba por triunfar sobre o ressentimento. Dorothea espera até tarde da noite que o marido saia da biblioteca e consegue arrancar-lhe o milagre da única frase gentil em todo o romance. Um dever concreto substituiu um dever abstrato, e a tendência sublime à distinção e à definição dos limites do eu se transformou em ternura e *pietas* humana. É esta a verdade secreta da história de Dorothea no romance.

Em *O destino do prazer*, Lionel Trilling afirma que o tipo de espiritualidade moderna do protagonista solitário e ressentido das *Memórias do subsolo*, de Dostoiévski, com sua desvalorização absoluta do princípio do prazer, era o resultado da reação à cultura da primeira metade do século XIX e àquela noção simples formulada por Wordsworth, de que "o grande elementar princípio do prazer" constituía "a dignidade nua e originária do homem". Trilling acrescentava também que, justamente porque nascera numa época determinada, aquela espiritualidade "podia ser considerada uma modalidade de pensamento contingente e não necessária".[9] A parábola de Dorothea é uma crítica contemporânea precoce desse tipo de espiritualidade moderna. Responde ela a Célia, que no final do romance pergunta-lhe a razão de sua submissão a Casaubon: "era meu dever; era o que eu sentia por ele" (VIII, LXXII, p. 772). Com o segundo casamento com Ladislaw e sua dedicação a um homem vinte anos mais novo do que Casaubon, e com o qual terá dois filhos, o dever não comporta mais aquela mortificação da carne e aquela negação da vida que haviam inspirado sua escolha inicial de Casaubon. No final do romance, Dorothea acaba por se assemelhar a Mary e Caleb Garth, os personagens tradicionais – muitas vezes comparados a personagens de Jane Austen –, para os quais a fidelidade a Fred e a ética do trabalho são deveres cheios de atrativos. Mas para a Santa Teresa de *Middlemarch* é o ponto de chegada de um penoso processo, o sentido de sua "formação": chegou a ele a partir da condição moderna do perigoso afastamento entre o dever e aquele princípio do prazer em que consiste a verdadeira ligação do homem com a vida.

A ligação com a vida e com a experiência também está presente na vocação de Lydgate. A profissão médica, "a melhor do mundo" por permitir "a aliança mais direta

9 L. Trilling, "The Fate of Pleasure", in *Beyond Culture*. Nova York: Harcourt Brace and Company, 1965, pp. 57-87, em esp. pp. 58 e 79.

entre a conquista intelectual e o benefício social" (II, XV, p. 166), salva Lydgate do risco da abstração sublime que ameaça as vocações solitárias modernas. A solicitude com todos os pacientes garante a seu trabalho intelectual aquele vínculo com a vida que falta na estéril busca da "chave de todas as mitologias" de Casaubon, cuja relação com a experiência é representada pela refutação de Carp, "que estava trancada numa gavetinha da sua mesa de trabalho, como também num compartimento escuro de sua memória verbal" (III, XXIX, p. 304). E no entanto, também no caso de Lydgate, o erro tem raízes profundas em sua concepção sublime e heroica do dever.

De fato, nessa concepção não cabe o respeito pelos pequenos deveres. O primeiro erro de Lydgate, o início da ligação com Bulstrode que o arrastará à ruína, é o de aceitar a chantagem e votar em Tyke contra Farebrother e a própria consciência. A alternativa de votar em Tyke ou em Farebrother lhe parece mesquinha demais para preocupá-lo seriamente, empenhado como está no projeto muito mais importante de fundar o hospital para as febres em Middlemarch e salvar as vidas de milhões de pessoas com descobertas científicas. "Era de modo bem distinto que, em seu quarto dos tempos de estudante, ele havia prefixado sua ação social" (II, XVIII, p. 202), vale dizer, de modo altamente sublime. Considerando a alternativa indigna de sua atenção, Lydgate decide não escolher e confiar-se ao acaso. Numa cena memorável do romance, chegando atrasado à reunião do comitê, o acaso se vingará de sua renitência na escolha e fará com que seu voto seja fundamental para a decisão. Sem pensar muito, vota pela causa injusta, mas "a questão da capelania ficou em sua memória como um ponto doloroso, como um caso no qual o ambiente medíocre de Middlemarch, para ele, fora forte demais" (II, XVIII, p. 208). Na concepção sublime de Lydgate, não há lugar para o dinheiro nem para as mulheres, e serão justamente as dívidas e Rosamond as causas do fracasso de suas aspirações.

Já se observou que o dinheiro – a herança subtraída a Will e depois recusada por ele quando Bulstrode vem oferecê-la, as dificuldades econômicas de Farebrother, as dívidas de Fred e Lydgate, o infame codicilo do testamento de Casaubon – desempenha um papel fundamental no romance. Em nenhum romancista a ética burguesa protestante e mercantil se manifesta de modo mais claro do que em George Eliot, de modo que reconhecer a realidade do dinheiro se torna um dever, uma forma de responsabilidade moral. Não lhe dar importância – como fazem Fred, Lydgate e Rosamond – é uma forma de egoísmo que corrompe a personalidade do mesmo modo que sua busca obsessiva, que transforma os parentes de Featherstone nos "cristãos carnívoros" da cena de seu funeral. A originalidade de George Eliot consiste, porém, na clareza com que apresenta "a recusa de entender as realidades econômicas [...] como uma forma de vulgaridade",[10] e a concepção sublime da existência, que mostra uma alma nobre num mundo mesquinho, como uma forma de banalidade. A essa concepção, o narrador opõe, no capítulo XV, o impiedoso diagnóstico das "manchas de banalidade" de Lydgate, aqueles preconceitos nos quais ele se assemelha a todos os outros homens, e que sua perspectiva sublime o impede de ver.

Numa carta a John Blackwood, da época em que estava escrevendo *Middlemarch*, George Eliot declarou que sua intenção era mostrar "a ação gradual de causas comuns, e não tanto excepcionais".[11] No verão de 1870, quando já trabalhava em *Middlemarch*, ela leu em voz alta com Lewes *As ilusões perdidas*, de Balzac. A referência a Balzac, "talvez o mais extraordinário gênio romanesco que o mundo conheceu",[12] implícita ou explícita, é uma constante na obra de George Eliot, a ponto de configurar-se como um verdadeiro contramodelo seu. De fato, não existem diabólicos e irresistíveis Carlos Herrera em *Middlemarch*, somente a resistível força da "opressiva, sutil pressão de pequenas condições sociais, e de sua frustrante complexidade". Uma epistemologia das causas comuns substitui em *Middlemarch* a epistemologia das causas sublimes. A história das ilusões perdidas de Lydgate, de como, apesar do autêntico valor de suas aspirações a melhorar o mundo e a ser melhor, terminará com o "devo fazer como os outros homens, pensar no que agrada ao mundo e dá dinheiro" (VIII, LXXVI, p. 803), é uma história de pequenas, repetidas e sutis influências às quais se cede insensivelmente, porque não mostram o rosto impressionante de Carlos Herrera, e sim os traços inofensivos de um gracioso rosto feminino:

> Pois na multidão de homens de meia-idade que cumprem suas vocações numa rotina diária, a elas determinados de modo bem semelhante ao do nó de suas gravatas, sempre há um bom número que pretendeu alguma vez dar forma às suas ações e alterar o mundo um pouco. Raramente é contada, mesmo na consciência deles, a história de como receberam da média sua forma, tornando-se próprios para serem empacotados em bloco [...]. Nada mais sutil no mundo do que o processo de sua gradual mudança! No começo a inalaram sem saber: você e eu podemos ter mandado para infectá-los

10 D. Daiches, *George Eliot: "Middlemarch"*. Londres: Edward Arnold, 1973, p. 47.

11 Carta de 24 jul. 1871, in G. S. Haight (org.), *The George Eliot Letters*, 19 v. New Haven/Londres: Yale University Press, 1954-1978, v. v, pp. 168-69, em especial p. 168.

12 G. Eliot, "The Morality of *Wilhelm Meister*", in *Leader*, 21 jul. 1855, agora in *Selected Essays, Poems and Other Writings*, op. cit., pp. 307-10, em especial p. 309.

> um pouco do nosso bafo, quando proferimos nossas falsidades conformantes ou tiramos nossas conclusões apressadas: ou talvez ela tenha vindo com as vibrações do olhar de uma mulher (II, XV, p. 165).

É a premonição de Rosamond, muito antes que Lydgate a encontre no romance, e que acabará por chamar de "seu manjericão [...], uma planta que havia florescido maravilhosamente sobre o cérebro de um homem assassinado" ("Epílogo", p. 835).

Essa epistemologia das causas comuns, sustentada no romance contra a concepção sublime da existência, tem uma importância fundamental na história da cultura oitocentista. Comporta, de fato, a restituição da responsabilidade ao indivíduo e a reabertura de um espaço em que o antigo exercício do dever readquire sentido. Isso significava ir contra um outro dogma contingente que vinha se afirmando na melhor cultura do romance francês da época, como logo entenderam os críticos franceses dos anos 1880, quando criticaram o romance zoliano, contrapondo-lhe o modelo eliotiano:

> Nós cremos que cada homem faz seu próprio destino, que ele é o verdadeiro artífice de sua felicidade ou o canhestro e criminoso autor de suas desventuras: é uma maneira de conceber a vida. Zola crê, pelo contrário, segundo o dito famoso, "que o vício ou a virtude são produtos como o vitríolo ou o açúcar", e que somos uma matéria mole que as circunstâncias modelarão conforme a proporção casual de suas misturas: é um outro modo de conceber a vida.[13]

13 É a resposta de Ferdinand Brunetière a Zola na *Revue des Deux Mondes* de 15 de fevereiro de 1880, cit. in John Phillip Couch, *George Eliot in France*. Chapel Hill: The University of North Carolina Press, 1967, p. 88.

RACHEL BOWLBY

## O desejo: *O paraíso das damas*

Émile Zola (1883)

Quando Denise Baudu chega a Paris, vinda da província, para iniciar uma nova vida com os dois irmãos mais jovens, a primeira coisa que vê, a que mais a impressiona enquanto se afasta da estação, é um novo tipo de comércio. De fato, fica boquiaberta diante das "vitrines" resplandecentes de O Paraíso das Damas.[1] Para encontrar a sua Paris, Denise não precisa ir além: o Paraíso das Damas e o bairro em que se encontra são praticamente o único lado da cidade que ela enxerga; para ela, aquilo é Paris, a imagem urbana que detém seus passos de uma vez por todas e a leva para uma carreira que irá coroá-la como rainha de um império comercial. A grande loja é um universo novo, autossuficiente, que desfoca a percepção de tudo o que está fora dele. Baseado nas pesquisas de Zola sobre o verdadeiro *Bon Marché*, o romance avança descrevendo a progressiva criação de novas formas de comércio e desejos inéditos de consumo, sob a direção do inovador Octave Mouret.

1 É. Zola, *Au Bonheur des Dames* (1883) [ed. bras.: *O paraíso das damas*, trad. Joana Canêdo. São Paulo: Estação Liberdade, cap. I, p. 32, citado diretamente no texto com o número do capítulo e página entre parênteses].

Nas cenas iniciais, enquanto se imprimem em seus olhos as imagens das mercadorias expostas, algo se transforma no espírito de Denise, que esquece a situação crítica sua e dos irmãos, órfãos sem um tostão, encaminhados para a casa de um tio que os hospedaria:

> Mas Denise permanecia absorta diante do mostruário da entrada principal. No meio da calçada havia uma cascata de mercadorias a preços baixos, o chamariz da porta, belas barganhas que faziam parar as mulheres que passavam por ali (I, p. 32).

Essa cena constitui o protótipo de outras parecidas, em que a atenção de uma mulher, dentro ou fora do grande magazine, é subitamente capturada – detida, bloqueada, arrebatada – pela mercadoria exposta. Cenas que para Denise, e também para seus irmãos, parecem ter algo de irresistível.

> O tio Baudu fora esquecido. [...] sem se darem conta eles entraram na rua Neuve-Saint-Augustin acompanhando as vitrines, detendo-se de novo diante de cada mostruário (I, p. 33).

O talento criativo e peculiar de vitrinista de Mouret será descrito mais adiante. E no entanto, desde o início, o que impressiona nas mercadorias expostas não é tanto a qualidade, mas o fato de estarem ali, e que o grande magazine se apresente como um espetáculo convidando o passante a parar e se assombrar. Ao lado de seus modelos históricos, o novo tipo de loja de Octave Mouret faz do *shopping* improvisado, sem intenção definida de compra, um novo tipo de passatempo urbano feminino. Saldos e vendas da estação conquistam um lugar no ciclo anual dos eventos públicos, como as festas religiosas; atraem as mulheres, nas ruas da cidade, para gozar o prazer de uma casa luxuosamente decorada; um número crescente de produtos encontra um setor adequado e vitrines específicas no grande magazine, dos tapetes orientais às roupas íntimas, das rendas às confecções, ou seja, o *prêt-à-porter*, já difundidíssimo. Os clientes podem olhar à vontade, sem ter de comprar. Para entretê-los por mais tempo, Mouret chega a oferecer refrescos grátis, exposições de arte e uma sala de leitura que funciona também como ponto de encontro para os namorados.

As novas modalidades de compra incluem também alterações significativas nos hábitos. O fascínio irresistível do grande magazine moderno arrasta as mulheres – e às vezes também os homens – sempre para novas necessidades prementes.

Uma vez capturados pelas mercadorias expostas, devem providenciar um novo arranjo em seu mundo interior. Alguns conseguem, e graças às ofertas de Mouret conseguem economizar no orçamento doméstico, outros gastam demais ou roubam. *O paraíso das damas* documenta o êxito, ora trágico ora triunfal, da chegada do Paraíso: nesse relatório darwiniano de mudanças sociais e sentimentais, quem não se adapta, sucumbe. As vítimas não são apenas os clientes, levados a reações patológicas: são também os vendedores, que atrás dos bastidores suportam duras condições de trabalho, e os donos e empregados das lojas tradicionais, para quem as atrações do Paraíso são fatais.

A esta última categoria pertence a outra família Baudu, a do tio de Denise, que administra uma loja à maneira antiga, daquelas que estão sendo suplantadas e levadas à falência pelo Paraíso das Damas. Na mesma noite em que chega à casa do tio (na noite seguinte já estará contratada no Paraíso, logo em frente), Denise se sente atraída para a soleira da porta, "cedendo à sedução" de contemplar o grande magazine, que "a essa hora da noite, com seu brilho de fornalha, o Paraíso das Damas acabava de capturá-la por inteiro" (I, p. 59). Com ela, o tio e a tia também são impelidos, mas dolorosamente, a olhar aquele "espetáculo que lhes fendia o coração" (I, p. 60). No final do romance, a mãe e a filha morrerão, mortas pelos receios e preocupações, enquanto o pai irá se recuperar em uma casa de repouso – arrasado, como os outros comerciantes locais, pela invasão tentacular do novo grande magazine.

À luz de suas vitrines cintilantes, o Velho Elbeuf dos Baudu parece triste e desolado, com suas "vitrines lamentáveis" (XIII, p. 444). A nova loja mata a velha não só lhe tirando os clientes, mas também mudando a percepção de seu aspecto externo: as janelas que deixavam entrar a luz, jamais concebidas como local de exposição, agora aparecem a Denise, que as vislumbra de dentro do Paraíso das Damas, como "vitrines mortas" (II, p. 84).

O fascínio de Denise ao primeiro contato com o revolucionário estilo expositivo do Paraíso prenuncia a atmosfera de extático empenho consumista feminino que encontraremos amiúde no romance. As mulheres, seja individual ou coletivamente, estão ora aturdidas, ora transtornadas pelas paixões despertadas pelo grande magazine; em todo caso, a "febre" e o tropel do exterior cedem lugar, quando as clientes entram, a sentimentos mais pacatos:

> Era uma baralhada de senhoras vestidas de seda, de pequeno-burguesas vestidas com pobres vestidos, de moças sem chapéu, todas alvoroçadas, inebriadas pela mesma paixão. [...]

> Muda, com o rosto ainda fresco do ar de fora, a senhora Marty se colocava na ponta dos pés para ver antes das outras, por cima das cabeças, além das profundezas do magazine. As pupilas de seus olhos cinza eram finas como as de uma gata chegando da claridade, e ela tinha a mente atenta, o olhar lúcido de uma pessoa que acaba de despertar.
>
> – Ah! Enfim!, disse soltando um suspiro.
>
> As senhoras se deixaram levar. Tinham alcançado o saguão Saint-Augustin e ficaram extremamente surpresas de encontrá-lo quase vazio. Mas um bem-estar as invadia, parecia que entravam na primavera ao sair do inverno da rua. Enquanto do lado de fora soprava um vento gélido, nas galerias do Paraíso a bela estação amornava com tecidos leves, o brilho florido das nuanças delicadas, a alegria campestre das roupas de verão e das sombrinhas.
>
> – Olhem!, exclamou a senhora de Boves, imobilizada, olhando para cima (IX, pp. 289-90).

Fora do grande magazine, a mescla legitimadora de classes sociais abole a diferença não natural, porque as mulheres são tomadas e unidas pela mesma paixão contagiosa. No interior, essa emoção coletiva se rarefaz numa postura de admiração e deleite mais solitário e tranquilo, reservada às senhoras mais abastadas. Tal transformação é representada fisicamente, como a reação instintiva de uma gata que ajusta o foco da visão e desperta na tepidez. Mas essa nova sensação de bem-estar depende de um tipo de perturbação diferente da do exterior: graças ao deslocamento das estações, no Paraíso é verão. Num primeiro nível, isso reflete o modo como os grandes magazines de fato alteram o calendário: vender artigos da próxima estação faz com que deem um salto à frente do tempo "real", externo, cujo tom cinza pode parecer superado e substituído pelo luminoso futuro que se desdobra no interior. Num outro nível, o verão interno corresponde ao efeito vitrine: em comparação à luz e ao verão que Mouret criou dentro do grande magazine, o mundo externo só pode ser equiparado ao inverno. Assim, de fato, era o que a loja do tio parecia a Denise, recém-chegada e ainda pouco à vontade, como um "antro glacial do antigo comércio" (I, p. 46). Um após o outro, clientes de longa data abandonam o Velho Elbeuf: Madame Marty é "conquistada pelas seduções das vitrines da frente" (VIII, p. 277).

A própria Denise, que agora trabalha na loja que está arruinando a de seus parentes, sente profunda compaixão, e no entanto "sentia-se conduzida por uma força superior, sentia que não havia nada a fazer, e que isso não era fazer o mal"

(VIII, pp. 279). E Mouret fala de inevitabilidade, quando tenta convencer a moça de que não é pessoalmente responsável pelos sofrimentos dos concorrentes:

> Não, não, ele não tinha nenhum remorso, ele seguia simplesmente os ares do tempo, e ela o sabia bem, ela que amava a vida, que tinha a paixão pelos negócios vastos, concluídos à luz da publicidade (XIII, p. 431).

Como foi várias vezes ressaltado, a trama do livro, em que a moça pobre se casa com o "rei", lembra a das fábulas, tornando-se cinicamente cúmplice do Paraíso (ou de Mouret), ao dar aos sonhos femininos uma satisfação imaginária ainda maior. Ao mesmo tempo, porém, a "vitória" de Denise sobre Mouret, que se vangloria de seu poder sobre as mulheres, tanto como pessoas quanto como clientes, constitui um desafio à suposta onipotência do homem, ou das forças históricas que ele afirma encarnar. Denise é a comprovação do fato de que nem sempre se pode "comprar a mulher desejada" (XI, p. 375), assim redimensionando o ar de ensaio socioeconômico do romance, que de outra forma demonstraria o contrário. Denise consegue tornar o grande magazine mais "humano", através de reformas e inovações que lhe valem a acusação risonha de Mouret, apontando seu "socialismo", e às quais, porém, ele se rende, seduzido por aquela "voz jovem, ainda trêmula pelos males enfrentados, tão convencida de suas ideias quando propunha reformas que deviam consolidar a casa" (XII, p. 411). Graças às suas diligências, os empregados conquistam garantias contra demissões arbitrárias nos períodos de queda nas vendas; é introduzido um sistema de aposentadoria e organizam-se várias formas de entretenimento, salas de recreação, escolas noturnas, concertos. Denise faz "o que os tempos exigem" de maneira diferente da de Octave, e o narrador nos informa que esses novos direitos dos empregados são o "embrião das grandes sociedades operárias do século XX" (XII, p. 410); Denise (e talvez também Zola) antecipa os tempos, muito mais do que Mouret, desde o momento em que o romance é publicado em 1883.

Como vimos, Denise é tão atraída pelo Paraíso quanto qualquer outra pessoa; para ela, como para as outras mulheres, ele exerce um obscuro poder de sedução. Mas à diferença da maioria das mulheres, Denise jamais se imagina como potencial cliente; como o irmão mais velho prontamente percebe, seu maravilhamento é de quem está do outro lado do balcão:

> – Puxa! – exclamou Jean. – Isso aí acaba com Valognes... A tua não era tão bonita.

> Denise abanou a cabeça. Ela passara dois anos na loja de Cornaille, o primeiro comerciante de modas da sua cidade; e esse magazine encontrado bruscamente, esse edifício gigantesco para ela, enchia-lhe o coração, deixava-a paralisada, emocionada, curiosa, esquecida do resto (I, p. 32).

Denise nunca manifesta o desejo de possuir aquelas mercadorias, e Mouret notará mais tarde sua "paixão pelos negócios vastos" (XIII, p. 431), e não o interesse por rendas. Quando é usada como manequim para mostrar os novos modelos às clientes, ela pensa no dinheiro:

> E enquanto se posicionava, procurando a graciosidade imposta nas gravuras de moda, pensava nos quarenta francos da pensão de Pepe que prometera pagar à noite (V, p. 165).

Denise nunca imagina o prazer de poder ela mesma vestir as roupas que prova para as outras. Dessa maneira, de um lado destaca-se a diferença entre a moça e as outras mulheres – suas colegas vendedoras, de fato, decidem ter amantes para poder comprar coisas que seus magros salários não lhes permitiriam –; de outro lado, ela se torna o homólogo feminino do próprio Mouret, alinhada ao lado do vendedor, não do comprador. É sua feminilidade, "sua alma feminina" que restringe sua aceitação da "lei da vida" (XIII, p. 436), e a leva a modificar a impiedosa lógica econômica que regula o tratamento reservado aos empregados do grande magazine, mas ela nunca vem associada à feminilidade consumista de que depende a loja.

Uma cena patética no meio do romance põe na boca de Baudu uma fervorosa filípica contra toda a transformação social acarretada pelo novo comércio: "Tudo se desmantelava, a família não existia mais, vivia-se num hotel, em vez de comer honestamente a sopa em casa" (VIII, p. 269). Significativamente, a previsão do declínio da família ocorre durante uma incursão narrativamente moderna na privacidade da câmara conjugal, num momento em que Baudu não consegue dormir. Mostra-nos um casal com intimidade e distanciamento, duas pessoas que falam dos problemas comuns, vendo-os e vivendo-os de maneiras muito diferentes. Baudu, destroçado pela humilhação de ter de vender sua pequena propriedade rural, e ainda por cima para alguns empregados do Paraíso, a família anticonformista Lhomme, vê nisso um sinal dos tempos; por outro lado, não enxerga o que mais atormenta a esposa, ou seja, o progressivo abatimento físico da filha Geneviève, causado pela atração que seu noivo sente por uma das vendedoras do grande magazine. Baudu tinha comprado a loja depois de trabalhar como aprendiz e se casar com a filha do dono; do mesmo modo, estava previsto que seu auxiliar se casaria com Geneviève. Mais do que os hábitos modernos da família Lhomme, a causa imediata do desabafo conservador do homem é a romântica defecção do futuro genro, que no caso dos Baudu assinalará o desaparecimento definitivo da família, conforme a concebiam.

À chegada de Denise e seus irmãos, Baudu pergunta à sobrinha por que ela não se casou, e Denise responde: "– Ah! Meu tio, me casar? O senhor não fala sério!... E os pequenos?" (I, p. 42). Denise fala de si como mãe solteira, e nesta perspectiva se explica a atitude de Baudu, que os chama de "ciganos", só porque chegam imprevistamente a Paris. Mas, no código moral do romance, Denise é também, obviamente, um exemplo de virtudes familiares, com sua luta para prover aos irmãos depois da morte dos pais. Sua gradual reabilitação aos olhos das colegas invejosas se dá quando elas são obrigadas a reconhecer que os dois rapazes que às vezes passeiam com ela não são seu amante e respectivo filho, mas simplesmente seus irmãos.

Neste sentido, Denise retorna ao modelo literário consolidado da "moça maternal", ainda mais atraente aos olhos de seus pretendentes pela grande dedicação devotada aos irmãos. No *Pântano do diabo* (*La Mare au diable*, 1846), de George Sand, Marie, com dezesseis anos, conquista o coração do viúvo Germain empenhando-se em curar o filho dele; nas *Ilusões perdidas* (1843), de Balzac, o amor incondicional de Eva pelo irmão Lucien é motivo de atração para David Séchard, também ele profundamente ligado a Lucien. Essas jovens partilham uma outra característica, a de serem cheias de recursos e espírito de iniciativa: Marie mostra dotes práticos superiores aos de Germain; Eva, quando a família está em dificuldades, cria um novo comércio, a venda de almanaques; Denise, como vimos, se empenha na reforma das condições de trabalho do Paraíso, e além disso é-lhe confiada a gerência do novo setor de vestuário infantil, cargo em que suas inclinações empresariais e o senso de família se fundem à perfeição.

Portanto, apesar de todas as associações com velhos modelos de feminilidade, "Denise, simples e doce" (IX, p. 287), encarna algumas características marcantes da mulher moderna. Em sua constante recusa de se tornar amante de Mouret, é sempre pintada como uma mulher de espírito bastante livre, certamente nem tímida nem virtuosa. Quando sua amiga Pauline lhe aconselha encontrar um amante para melhorar sua condição econômica, Denise simplesmente recusa: "Ela não estava revoltada, aceitava que cada qual vivesse como bem entendesse quando estava só e livre no mundo" (V, p. 171).

Mas, se a venda de artigos infantis representa a moldura ideal para o desenvolvimento de uma feminilidade ligada aos valores familiares, é também a mais cínica das iniciativas empresariais:

> A única paixão de Mouret era triunfar sobre a mulher. Ele a desejava rainha em sua casa, e erguera esse templo para tê-la à sua mercê. Toda a sua tática era inebriá-la de atenções galantes, extasiá-la em seus desejos, explorar seu fervor. Assim, noite e dia, ele quebrava a cabeça à procura de novas ideias. [...] Mas sua ideia mais inusitada era para a mulher sem vaidade: conquistar a mãe pela criança; ele não perdia nenhum impulso, especulava sobre todos os sentimentos, criava seções para meninos e meninas, parava as mães que passavam oferecendo a seus bebês imagens e balões (IX, pp. 282-83).

Mouret escrutina todos os sentimentos, com vistas a transformá-los em oportunidades de proveito comercial. E será justamente Denise, a única mulher que opõe resistência a seu poder de sedução, a garantir a essa estratégia um sucesso duradouro. Insistindo para manter a relação com o chefe dentro de certos limites ao velho estilo, e utilizando o poder assim adquirido sobre ele para introduzir um sistema de trabalho mais humano, Denise consegue conter as especulações emotivas de Mouret, que de outra maneira seriam desenfreadas. Moralmente rigorosa e ao mesmo tempo moderna, ela faz suas escolhas e salva a família, reinventando-a como fundamento ético de uma instituição capitalista de vastas dimensões. Transformados pelo amor de uma boa mulher, tanto o homem quanto o grande magazine avançam para um século XX que confirmará as intuições antecipatórias de Denise, mãe-gerente de um grande empreendimento econômico atento ao bem-estar social.

LUISA VILLA

## A culpa: ***Lord Jim***

Joseph Conrad (1900)

Escrito por Conrad entre 1898 e 1900, e portanto concluído – a duras penas – justamente quando a deflagração do conflito anglo-bôer assinalava a crise irreversível de uma determinada autoimagem (liberal-burguesa) da Inglaterra vitoriana, *Lord Jim* é, acima de tudo, uma indagação torturada sobre uma negociação falhada entre indivíduo e sociedade, sobre uma adaptação fracassada, sobre uma juventude que não consegue se recompor e se transcender como maturidade viril completa. Por que o jovem Jim jamais concluiu sua formação – por uma fraqueza intrínseca (uma culpa)? Ou por uma conjuntura maligna de circunstâncias adversas (um destino)? Tal é a pergunta inquietante em torno da qual se desenvolve e se fragmenta a narrativa conradiana.

Cumpre notar desde já que a radical inimizade entre indivíduo e mundo, presente nessa *Bildung* abortada, não constitui de maneira alguma uma exceção, no final do século, na representação literária da juventude anglo-saxã: basta pensar nas desesperadas adolescências mostradas na *História de uma fazenda sul-africana*, de Olive Schreiner, nas renúncias forçadas que coroam as aventuras das heroínas jamesianas na década de 1890 (em *Os espólios de Poynton* ou em *The Awkward Age*), nas dolorosas peripécias de Sue e Jude no último romance de Hardy, na alienação dos jovens intelectuais gissinghianos[1], como o paradigmático Godwin Peak de *Nascido no exílio* – em suma, em todos os desvios, os xeques-mates e as frustrações que constelam a ficção decadente. Inversamente, o que confere uma especificidade inconfundível a *Lord Jim* é colocar a questão em termos de infração e culpa – sinal de que, para Conrad, o moderno não é a vertigem desorientadora, mas sobretudo o enrijecimento do perfil do mundo: os fenômenos de concentração econômica que restringem fortemente o papel do empreendimento individual, o crescimento da máquina burocrático-reguladora da administração estatal que controla e arregimenta áreas cada vez maiores da vida pública e privada, as normas que regulam a relação com as instituições. Perante eles, a experiência se converte em trauma, e a resistência – ou simplesmente a impossibilidade de se adequar – se configura como "culpa".[2]

Em *Lord Jim*, portanto, como em quase todo o Conrad maduro, é esse regime paranoico de suspeita em relação ao indivíduo que dita inicialmente as condições de representação. Para começar, o desejo de autorrealização do jovem Jim – sua paixão por si, sua justa reivindicação de felicidade – é desde logo, e irremediavelmente, um "sonho": ou seja, fuga dos "fatos" da vida e imprevidente apreço por uma imagem vaidosamente gratificante de si mesmo. E na medida em que é "sonho", esse desejo não é o instrumento de um questionamento talvez inútil, mas legítimo, da ordem do mundo tal como aparece dada; é antes a medida da inclinação do sujeito a desconhecer a face severa da realidade, ou, em primeira instância, a evitar a tomada de consciência dos próprios limites e falhas. Jim, com efeito, é um jovem oficial inglês, um dos tantos que optaram pela dura profissão do mar, movido por um imperioso e ingênuo desejo de aventura e então obrigado, como todos, a enfrentar os aspectos mais prosaicos da vida marítima, e depois – no imprevisto surgimento de uma emergência que o leva a uma deserção covarde – a experimentar sua própria incapacidade de viver à altura do sonho.

Ora, a tendência a aviltar o desejo de autorrealização, representando-o *tout court* como uma consequência bovarista das más leituras do jovem Jim, se une, no início do romance, a uma tendência de culpar a individualidade geradora de sonhos. No entanto, a imaginação de Jim já aparece excessivamente desenfreada,

1 Seguidores de George Gissing [1857-1913], escritor realista inglês. [N.E.B.]

2 Franco Moretti abordou sinteticamente a transformação sofrida pelo *Bildungsroman*, e pelo conceito de experiência, na passagem do século XIX para o século XX, em "'Un'inutile nostalgia di me stesso': la crisi del romanzo di formazione europeo, 1898-1914", in *Nuova Corrente*, XXXVII (1990), n. 106, pp. 163-84, e depois em *Il romanzo di formazione*. Turim: Einaud, 1999, pp. 257-73 [nova edição].

talvez já como resultado de uma inadequação constitutiva e certamente mancomunada com ela. Seu próprio embarque num navio como o *Patna*, dotado de um *pedigree* que, para um anglófilo como Conrad, com certeza é pouco respeitável ("Pertencia a um chinês, fora fretado por um árabe e estava sob o comando de um renegado alemão de Nova Gales do Sul"),[3] é construído como uma forma (censurável) de fugir às colocações profissionalmente mais exigentes nos navios da marinha mercante inglesa, "com suas condições mais severas e sua visão mais estrita dos deveres, e aos riscos dos oceanos tempestuosos" (II, p. 20). Tal fuga é resultado da sedução exercida pelos "langores" orientais (os "perfumes", as "sugestões de repouso infinito, uma dádiva de sonhos sem fim", II, p. 20) sobre um exemplar de varão britânico minado por uma indecorosa "fraqueza", uma suscetibilidade fatal à "decadência". E é justamente por causa desse imbricamento entre sonho e degeneração de caráter que, longe de sustentar as veleidades heroicas do marinheiro sonhador, o poder da imaginação – "mãe de todos os terrores" (II, p. 19) – o conduz à deserção diante do primeiro perigo concreto que se apresenta, levando-o a abandonar o navio à própria sorte, com sua carga de peregrinos, e a infringir o código dos homens do mar. E como tal código é, em Conrad, a representação daquelas regras sobre as quais se funda a própria possibilidade de uma convivência civil, baluarte supremo da civilização contra o caos e a barbárie de um mundo sem leis, a falta de respeito pelo "decoro profissional" se configura como um "crime" no sentido mais pleno do termo. É, em suma e sem meias medidas, "uma quebra de compromisso para com a comunidade" (XVI, p. 109).

Mas não basta. A imaginação impossibilita até o pleno assumir da responsabilidade, isto é, a aceitação desencantada do real que constitui o eixo da maturidade conradiana. A imagem irrealista que Jim elaborou de si mesmo condena-o fatalmente a uma juventude perpétua e um tanto patética e àquela revolta contra as circunstâncias, inútil e protelada, que se chama ressentimento. Em Conrad – como em Scheler –, este é o afeto demoníaco *par excellence*, produto de uma modernidade democrática, inepta e falastrona, e por sua vez fonte de todos os males. Jim não se tornará, evidentemente, um *homme de ressentiment* à maneira de Willems, Schomberg, Cornelius e tantos outros "malvados" conradianos; é inegável, porém, que partilha com eles a tendência a atribuir suas falhas ao

3 J. Conrad, *Lord Jim* (1900), trad. Marcos Santarrita. Rio de Janeiro: Francisco Alves, 1982, cap. II, p. 21. Todas as citações foram extraídas dessa edição do romance e serão indicadas diretamente no texto com o número do capítulo e página entre parênteses.

destino: já no navio-escola, quando era rapazinho – incapaz de lançar-se com os outros numa operação de salvamento –, sente-se fraudado pela conjuração das circunstâncias ("O tumulto e a ameaça do vento e do mar pareciam agora bastante desprezíveis a Jim, aumentando o arrependimento pelo temor que sentira diante daquela insignificante ameaça", I, p. 17); e depois, naturalmente, após o episódio infamante do *Patna*: "Fora apanhado desprevenido – e murmurou para si mesmo uma maldição às águas e ao firmamento, ao navio, aos homens. Tudo o tinha traído" (VIII, p. 79).

O que diferencia este romance das outras representações contemporâneas do conflito entre o eu e o mundo é, portanto, o radicalismo com que Conrad, ao construir inicialmente o "caso Jim", se alia àquelas posições "moralistas" que, no final do século XIX, tendiam a incriminar o indivíduo, interpretando sua resistência à "normalidade" como fruto de suas patologias, de sua "perversão [...] dos nervos" (V, p. 42). Como se sabe, Conrad também sente o fascínio da vanguarda do final do século XIX pelo excêntrico, pelo subjetivo, pelo marginal e disforme, mas de maneira tão conflituosa que passa a ser alinhado mais com os detratores (*à la* Max Nordau) do que com os apologistas das particularidades *fin de siècle*. Com efeito, *Lord Jim* é dominado por uma intensa ambivalência, especialmente em seu início: não só a apresentação do protagonista, jovem, atraente e impecavelmente civilizado, logo vem marcada de conotações negativas, como tais conotações, para se legitimar, precisam do acúmulo de circunstâncias excepcionais que se desenrolam no episódio do *Patna*: o ar enganoso da calmaria ("As hélices giravam sem o mínimo problema, como se seu ritmo fosse parte do esquema de um universo seguro", III, p. 23), a lânguida sonolência no turno de vigia na ponte ("Sentia-se também um pouco cansado, e um agradável torpor lhe invadia os membros, como se todo o sangue do corpo se houvesse transformado em leite morno", III, p. 26); os misteriosos restos que vão à deriva logo debaixo da água; a antepara enferrujada que parece a ponto de ceder, e mesmo assim resiste à pressão do mar; a tempestade que se vai avolumando aos poucos e cujas trevas ocultarão as luzes do navio; por fim, a inexperiência de Jim, que se deve – informa-nos o solerte narrador – a um fatal infortúnio que o privou da única outra ocasião diante de uma verdadeira emergência, e que portanto deixa-o ainda mais só e psicologicamente desarmado diante de seus malvados companheiros de infortúnio. Trata-se – admitamos – de um mecanismo narrativo persecutório, uma verdadeira armadilha para "prender" a individualidade sonhadora do protagonista, e obrigá-la a revelar que sua "fraqueza" constitutiva é inequivocamente criminosa.

Por outro lado, este é apenas o início do romance, o qual, avançando, tende essencialmente a desarmar o potencial degenerativo do personagem, reduzindo a pressão da máquina culpabilizante em que ele está preso, e assim realizando uma operação muito complexa de discussão de seus próprios pressupostos. O instrumento através do qual se faz essa revisão é Marlow, e sua narrativa em primeira pessoa corresponde, com efeito, a um interrogatório paralelo e alternativo ao que transcorreu diante dos juízes – um interrogatório que tem o objetivo de problematizar o "caso Jim", reconduzindo as fáceis distinções entre bem e mal, coragem e covardia, verdade e mentira, com que se iniciou o romance, para um regime de incerteza relativista. Trata-se de uma inversão drástica da perspectiva que domina inconteste os três primeiros capítulos do romance, onde os "fatos" trazidos à baila desmistificam as ilusões que alimentam a consciência. No relato de Marlow, inversamente, é desde logo a fascinante complexidade de Jim (sua interioridade densa e atormentada) que passa a ser reavaliada contra a evidência aparente e inconclusiva dos "fatos": "Exigiam dele fatos, como se os fatos pudessem explicar alguma coisa!" (IV, p. 31). A postura ética do começo, em suma, cede diante da sedução "estética" do individual,[4] e o exercício distanciado do julgamento é substituído por uma empatia cúmplice. Não por acaso, Marlow – que ao perseguir Jim com sua "curiosidade mórbida" declara ter tentado o "impossível" ("a exposição do mais obstinado fantasma [...], a dúvida sobre o poder soberano entronizado num fixo padrão de conduta", V, p. 47) – encontrará exatamente o contrário do que procurava. Diante do enigma representado por seu interlocutor, e por sua experiência extremamente pessoal ("Que faria o senhor, agora, se sentisse [...]", IX, p. 84; "Como pode saber o que eu senti? [...] Que direito você tem de duvidar? [...]", XII, p. 135), Marlow descobre, de fato, que não se pode emitir um veredito de inocência nem de culpa, e também termina por se espelhar (por se reconhecer) em seu jovem *alter ego*. É assim que a necessidade de encontrar uma explicação (uma desculpa) para o comportamento do oficial desertor se confunde, para o marinheiro maduro, com a necessidade de se desculpar ele mesmo: afinal Jim não é, reiteradamente, *one of us*? e sua "fraqueza" não é talvez "como a insinuação de um fato destruidor à espera de todos nós cuja juventude – em sua época – se assemelhava à dele!" (V, p. 47)?

4 A referência aqui não é tanto a Kierkegaard, e sim a Georg Lukács, cujos textos da juventude, principalmente *A alma e as formas* (1911) e *Cultura estética* (1912), se situam num patamar histórico-ideológico *grosso modo* coincidente com o da narrativa conradiana, dividida entre a suscetibilidade em ceder ao fascínio estético da "vida" e a necessidade de discipliná-la.

Ora, talvez o indício mais significativo desse conluio entre a narrativa em primeira pessoa de Marlow e o ponto de vista do protagonista seja o fato de que a própria lógica do *ressentiment* – o protesto infantil contra as circunstâncias, o traço mais seguramente "culpado" de Jim – é validada pela reconstrução dos acontecimentos do *Patna*. Mesmo nas palavras de Marlow, o episódio se configura como "um arranjo especial de uma providência malévola" (XIV, p. 123), uma conjura entre mar, céu, navio, ventos e homens em detrimento do jovem marinheiro. E por isso Jim não é (apenas?) um sonhador desajustado e medroso, em essência um "criminoso" mancomunado com as forças da desordem, mas (também, talvez?) uma criatura da luz, vítima de um complô metafísico por parte das trevas ("além da balaustrada a noite parecia esperá-lo muito quieta, como se ele tivesse sido marcado como sua presa", XIII, p. 120), e que às trevas resiste tanto ou mais obstinadamente do que os outros:

> Ele era branco da cabeça aos pés, e permaneceu persistentemente visível com o bastião da noite às suas costas, o mar a seus pés [...]. Para mim, aquela figura branca na quietude da costa e do mar parecia erguer-se no meio de um imenso enigma. O crepúsculo recuava rapidamente do céu acima dele, a faixa de areia já afundara sob seus pés, ele próprio não parecia maior que uma criança – e depois apenas um ponto, um minúsculo ponto branco que parecia captar toda a luz ainda existente num mundo escuro... (XXXV, p. 248)

Orquestrada pelo paradoxo dessa violenta inversão de perspectiva, a passagem da narrativa impessoal para o relato de Marlow assinala, agora, que seu direcionamento coincide em essência com um afastamento dos rígidos cânones da maturidade conradiana, um deslizamento do texto que passa da intransigência "ética" para uma disponibilidade "estética" em relação à particularidade "degenerada". Trata-se de uma disponibilidade em simpatizar com quem, como Jim, se situa além da reconfortante paliçada da "norma", subscrevendo e assim legitimando sua percepção de si e do mundo. Justamente por isso, o longo e fragmentado relato do interrogatório feito por Marlow – "um dos mais vertiginosos exercícios de produção textual ininterrupta de que se pode vangloriar a literatura inglesa"[5] – corresponde a uma viagem perigosa da

5 Fredric Jameson, *L'inconscio politico. Il texto narrativo come atto socialmente simbolico*. Milão: Garzanti, 1990, p. 271 (tradução levemente modificada) [ed. bras.: *O inconsciente político: a narrativa como ato socialmente simbólico*, trad. Valter Lellis Siqueira e Maria Elisa Cevasco. São Paulo: Ática, 1992].

consciência para além das margens daquilo que é normalmente iluminado pela "civilização", uma viagem, a bem dizer, não muito diferente da que é narrada em *Coração das trevas*, da mesma época. Com a ressalva de que Kurtz, em sua entrega indiscriminada aos poderes da noite e da floresta, seduz ao final somente a parte "criminosa" de Marlow, enquanto Jim tenta seduzi-lo, por assim dizer, para todos os lados – "ao lado perpetuamente voltado para a luz do dia, e para aquele lado de nós que, como o outro hemisfério da lua, existe furtivamente em perpétua treva" (VIII, p. 77).

Com efeito, o regime de profundas ambivalências que estrutura a construção do "caso Jim" se baseia exatamente na dificuldade de distinguir nele o que transgride o *ethos* em que se funda a "civilização" e o que é, pelo contrário, uma manifestação extrema desse mesmo *ethos*. Essa dificuldade se faz ainda mais visível na continuação do romance, quando as tentativas de Marlow de readaptar o jovem marinheiro à terra firme, encontrando-lhe um emprego decente, falham miseravelmente. Isso ocorre não porque ele seja aquele patife que também poderia ser, mas porque, diante do fatal ressurgimento da "culpa", uma suscetibilidade exacerbada o leva a repetir o mesmo crime (a deserção) contra as pessoas que lhe deram confiança e que se confiaram a ele. Sempre, o "fantasma daquele fato" (a lembrança daquela "fraqueza" fatal, com a dúvida que lança sobre sua integridade viril, sobre sua "coragem") torna a persegui-lo, e sempre seu modo de enfrentá-lo é fugir, renovando para os outros e principalmente para si mesmo o ordálio do sofrimento que tal deserção acarreta. Diante dessa mescla absurda de impávida coerência e covardia, e dessa necessidade compulsiva de "traição", Marlow se sente fascinado e assustado, e sobretudo perplexo: "o que jamais pude decidir é se sua linha de conduta equivalia a evitar seu fantasma ou a enfrentá-lo" (XIX, p. 150). Ele continuará, e o leitor também, com a mesma dúvida até o final, quando a decisão de Jim de permitir que Doramin o mate poderá parecer uma aceitação coerente e heroica da responsabilidade (uma plena expiação de suas "culpas") e, ao mesmo tempo, a última (a mais radical) de uma longa série de deserções – a da amada Jewel, do fiel Tamb'Itam, do próprio paternal Stein.

Essa dúvida com que se debate Marlow assinala, por assim dizer, um limite discursivo, além do qual, porém, o texto se estende quase como se procurasse – descartado tanto o jargão da degeneração quanto o antiquado aparato moralista da legalidade, culpa e expiação – outras palavras para contar as peripécias de um desejo conflitante por não conseguir suportar sua própria realização, ou de uma economia libidinal em que o tormento da inadequação diante do ideal de si próprio alimenta o sentido de si (a identidade) do sujeito, que por isso busca coercitivamente aquele mesmo tormento: pois, parafraseando as palavras do velho Stein, como é que Jim "se conhece", a não ser "por intermédio de uma dor íntima" (xx, p. 163)? Enquanto segue imaginativamente o protagonista, o romance parece avançar para conceitos como "neurose", "perversão", "masoquismo", que possam dar legibilidade e, ao mesmo tempo, controlar a inquietante mescla de rigorismo e transgressão que marca o perfil moral do jovem Jim, entrelaçando contraditoriamente as razões da vida e da morte, da civilização e da desordem.

Desnecessário dizer que a prosa conradiana não tem problemas em prosperar nessa falha epistêmico-discursiva que separa o que pode ser dito e o que ainda não consegue ser dito. Aliás, justamente esse estado de suspensão e incerteza favorece o desdobramento virtuosista da *imagery* conradiana típica, com as névoas que velam a interioridade misteriosamente fragmentada de Jim, e a reiterada oposição entre branco e negro, noite e dia, que constrói e amplifica o alcance emblemático da história. Seu efeito, em última análise, é o de legitimar a tendência de Marlow em reconhecer Jim como "um de nós", reconduzindo sua individualidade atormentada de desertor das fileiras do humano para a grande confraternidade das raças brancas da terra. Em Conrad, tais raças (à frente a anglo-saxã) aparecem situadas nas franjas do crepúsculo – isto é, tal como Jim, sempre estendidas (demais?) para a luz da civilização e sempre espreitadas (consequentemente?) pelo perigo da regressão:

> Jim dominava a floresta, a tristeza secular, a velha humanidade. Era como uma figura num pedestal, representando em sua persistente juventude a força, e talvez as virtudes, de raças que jamais envelhecem, que emergiram das trevas (XXVI, p. 198).

Retoricamente falando, portanto, as contas são reapresentadas. As coisas, porém, se situam de maneira um pouco diferente no plano da narração. Com efeito, os romances de Conrad muitas vezes parecem ter dificuldade em administrar, em termos de enredo, os resultados de sua extraordinária capacidade de construir a psique como aquele lugar fraturado e contraditório com que a psicanálise nos familiarizou, e isso certamente é verdade em *Lord Jim*, onde Conrad – por meio de Marlow – parece considerar, muito mais explicitamente do que em outras obras, sua bagagem conceitual como um fator limitante. O próprio episódio do encontro com Stein, que Marlow consulta na esperança de obter indicações úteis sobre o "caso Jim", parece refletir o embaraço de Conrad diante do demônio da "coerção de repetir" incautamente invocado no texto. Trata-se, com efeito, de um episódio com alto índice de metanarratividade, que nos confirma que o narrador, impossibilitado de levar a história de Jim a uma conclusão coerente no âmbito da nova e austera ficção modernista, foi literalmente forçado a procurar uma solução *em outro lugar*: numa tradição cultural (a "alemã"), num outro tempo (o de um individualismo "romântico" combativo: Stein, entre outras coisas, é um sobrevivente das barricadas de 1848), num outro gênero literário (o do romance colonial de aventura), e, por fim, numa outra representação do conflito entre o eu e o mundo – a do homem diante do seu "destino" inefável.

O que se revela é a história de Jim em Patusan – uma história que, em primeiro lugar, é uma reformulação do episódio do *Patna*, que concederá ao jovem sonhador sua desejada dose de glória e heroísmo. Em Patusan, Jim pode proteger os fracos e derrotar seus opressores, dar provas de uma coragem inaudita, iniciar um processo de pacificação e civilização dos povos da floresta, salvar graciosas donzelas de padrastos malvados, trocar juras de amor eterno, agir com compaixão mesmo com quem não a merece e imolar-se heroicamente por coerência com a palavra dada. Nesse cenário, o retorno perturbador do mesmo (a coerção de "trair" – a si mesmo e aos outros) é reescrito como maligna fatalidade que leva o pirata Brown justamente àquele canto perdido do mundo, para perturbar a ordem a ser erigida. Brown, naturalmente, é o duplo vulgar e aviltado de Jim: o aventureiro mau, o desertor das fileiras da civilização, não mais situado nas franjas do crepúsculo, mas totalmente submetido ao princípio das trevas. É, em outras palavras, sua parte "culpada", criminalizada – isto é, "má" como somente o olhar intransigente de seu rigorismo moral juvenil pode julgar –, e depois expulsa e solta na floresta, o que, no final do século XIX, só pode ocorrer nesse subgênero narrativo, o romance, que satisfaz o "sonho" sem inibições.

Poderíamos acrescentar muitas coisas sobre essa parte final do romance, e ainda mais sobre o romance como um todo – que tão tipicamente atravessa o *great divide* modernista, a "falha" que divide a literatura "séria" ("verdadeira") e a literatura de consumo ("popular").[6] A esse propósito, e para concluir, talvez caiba apenas acrescentar que, formação discursiva tão fragmentada e liminar quanto a interioridade de seu protagonista, *Lord Jim* põe em jogo – junto com diversas modalidades de representação – imagens diversas do romancista. São imagens que parecem incompatíveis com o próprio Conrad, e depois com gerações de críticos: a "altomodernista", virilmente austera, e a exótico-aventurosa, comprometida com

6 Cf. A. Huyssens, *After the Great Divide: Modernism, Mass-Culture and Post-Modernism*. Londres: 1987. Mas, sobre a posição estratégica de Conrad, e particularmente de *Lord Jim*, nessa fenda cultural, veja-se a contribuição fundamental de F. Jameson, *O inconsciente político*, op. cit., pp. 213-90.

o mercado. Esta última é, sem dúvida, a parte culpada com que o conjunto do romance se vê às voltas, negociando, pactuando e por fim fazendo conluio – "seguindo o sonho", conforme a receita do "romântico" Stein.

O que resultou dessa operação narrativa complexa e atormentada não foi, porém, uma reconciliação de Conrad com seu duplo criminoso, o imaginativo romancista popular. Foi antes um sugestivo ritual de autopurificação que se encenou no sacrifício melodramático de Jim. Como se sabe, foi exatamente depois dessa aventura do texto em torno do enigma da repetição e da culpa que Conrad passou a se dedicar a outro gênero de texto, o romance difícil, áspero e desencantado de sua fase dita "ocidental". Em suma, ao contrário de seu protagonista "fraco", Conrad abandonou o Oriente com seus langores, e por anos esforçou-se em se adaptar ao glacial *Diktat* da estética modernista. Questão de "decência profissional", sem dúvida, e de corajosa resistência à sedução da má literatura e do ganho fácil; mas também, talvez, mutilação masoquista da própria vocação narrativa facetada – traumática adequação ao enrijecimento contemporâneo daquelas que, com Bourdieu, poderíamos chamar de "regras da arte".[7]

7 Cf. Pierre Bourdieu, *Les Règles de l'art. Genèse et structure du champ littéraire*, Paris: Seuil, 1992 [ed. bras.: *As regras da arte. Gênese e estrutura do campo literário*, trad. Maria Lucia Machado. São Paulo: Companhia das Letras, 1996].

MARIOLINA BERTINI

# O ciúme: *No caminho de Swann*

## Marcel Proust (1913)

No momento em que Marcel Proust se torna escritor – com um grupo de contos, um deles intitulado "O fim do ciúme", de 1894 –, o tema literário antiquíssimo do ciúme é objeto de uma redescoberta por parte dos romancistas europeus, desde cerca de trinta anos antes,[1] ligada à superação e ao esfacelamento do grande mito do amor romântico. Antes dessa redescoberta, a representação do ciúme constituía um dos ingredientes fundamentais do teatro antigo e moderno e da novelística medieval e barroca: tanto Otelo, que, como as princesas e os tiranos de Racine,[2] termina destruindo por ciúme o objeto do próprio amor, quanto certos maridos ou tutores de Molière, enganados com genial inventividade por esposas ou pupilas sequiosas de liberdade,[3] são o ponto de chegada de uma longa tradição. No entanto, é muito raro, antes da segunda metade do século XIX, encontrar o ciúme como elemento central de um enredo de romance.

1 Cf. P. Chardin, *L'amour dans la haine ou la jalouisie dans la littérature moderne. Dostoïevski, James, Svevo, Proust, Musil.* Genebra: Droz, 1990, pp. 23-32.

2 Vejam-se, em especial, *Andrômaca* (1667), *Britannicus* (1669), *Bajazet* (1772), *Fedra* (1677).

3 Vejam-se, por exemplo, *O ciúme de Barbouillé* (1646?), *Escola de maridos* (1661), *Escola de mulheres* (1662). Um tratamento mais sério do ciúme se encontra em *Dom Garcia de Navarra, ou o príncipe ciumento* (1661) e no *Misantropo* (1666).

Quando isso ocorre – por exemplo, na *Zayde* (1669), de Madame de La Fayette, espécie de enciclopédia do amor ciumento, que esgota todas as suas configurações possíveis, ou na *História de uma grega moderna* (1740), do Abbé Prévost, relato em primeira pessoa da vida de um amante-patrão que não consegue ter a certeza da culpa nem da inocência da mulher amada –, o público, a longo prazo, não premia esses resultados: Madame de La Fayette está incluída entre os clássicos do romance não por *Zayde*, mas por *A princesa de Clèves*, onde o marido morto por ciúmes é figura secundária em relação aos amantes, e o Abbé Prévost é lembrado principalmente por *Manon Lescaut* (1731), onde o ciúme certamente está presente, mas em zonas muito circunscritas do texto, e subordinado a outros temas, como o do amor fatal e da redenção final da pecadora arrependida. Permanecem, presentes durante séculos na memória coletiva, e não só dos franceses, as *Máximas* do amigo mais íntimo de Madame de La Fayette (e colaborador na redação de *Zayde*), La Rochefoucauld:

> O ciúme é, de qualquer maneira, justo e razoável, porque tende apenas a conservar um bem que nos pertence ou que acreditamos nos pertencer, enquanto a inveja é um furor que não consegue suportar o bem dos outros.[4]
>
> Se julgarmos o amor pela maioria de seus efeitos, assemelha-se mais ao ódio do que à amizade.[5]
>
> No ciúme existe mais amor-próprio que amor.[6]
>
> O ciúme nasce sempre com o amor, mas nem sempre morre com ele.[7]
>
> O ciúme é o maior dos males, e o que menos inspira piedade aos que o provocam.[8]

Há no ciúme, conforme é definido na primeira máxima acima, algo estático, inevitavelmente imóvel, que nos ajuda a entender por que essa paixão estava destinada a se manter nas margens do romance no século XVIII e primeira metade do século XIX: o que a exclui é a dinâmica da forma romance, sua exigência de lidar com personagens que se transformam, vivem existências aventurosas e movimentadas, realizam uma difícil ascensão social ou atingem, após mil vicissitudes, uma maturidade reconciliada.

4 Máxima 28 da edição de 1678, in F. de La Rochefoucauld, *Œuvres complètes*. Paris: Gallimard, 1964, p. 407.

5 Máxima 72, op. cit., p. 412.

6 Máxima 324, op. cit., p. 447.

7 Máxima 361, op. cit., p. 451.

8 Máxima 503, op. cit., p. 469.

O ciumento é inevitavelmente o herói de um interminável *piétinement sur place*: sua existência não é um movimento retilíneo como o do ambicioso rumo ao sucesso ou do libertino rumo à punição merecida; é uma oscilação contínua entre certezas opostas, que renascem alternadamente das próprias cinzas, perpetuando um tormento sem fim. A "matéria" do ciúme, escreve La Rochefoucauld em outra máxima, é a "incerteza";[9] para o ciumento, a única saída do suplício intolerável é a morte ou o fim do amor:

> O remédio do ciúme é a certeza daquilo que se teme, porque causa o fim da vida ou o fim do amor; é um remédio cruel, mais doce, porém, do que as dúvidas e as suspeitas.[10]

Esta última máxima, que faz cintilar a possibilidade de um resultado fatal do ciúme, desaparece da edição definitiva das *Máximas*; ao excluí-la, La Rochefoucauld sacrifica a um realismo psicológico rigoroso a idealização trágica do sofrimento do ciumento, elimina a possibilidade de enobrecê-lo ao lado do grande mito da "morte por amor". Excluído de qualquer grandeza e de qualquer itinerário formativo, preso em seu inglório martírio, ao ciumento resta apenas esperar que se debrucem sobre seus tormentos e desatinos aqueles narradores da segunda metade do século XIX que explorarão os territórios negligenciados tanto pela tradição neoclássica quanto pelo romantismo: o cotidiano "sem qualidades" da existência burguesa, os mesquinhos sofrimentos dos "homens do subterrâneo", as torturas interiores dos "ineptos", dos ressentidos, dos falidos.

No horizonte do herói romântico, o espaço do ciúme é necessariamente reduzidíssimo. Os obstáculos que se interpõem entre os amantes são inconsistentes diante do absoluto da paixão: Werther sofre por não possuir Lotte, mas não pode sentir ciúme do medíocre noivo (e depois marido) da amada, porque jamais lhe aflorou ao espírito a ideia de que este possa atingir com Lotte aquela íntima comunhão que é apanágio do autêntico amor, e que ele conheceu por alguns instantes. Estamos – diria René Girard[11] – no reino da "mentira romântica", não ainda no da "verdade romanesca" a que terão acesso Stendhal, Flaubert, Dostoiévski e Proust: o amor é apresentado como o desdobramento de uma energia irrefreável – "Eu sou uma força que avança", diz o Hernani de Hugo –, que gera a si mesma e transtorna tudo, causando por vezes devastações terríveis, mas ignorando a corrosão da dúvida e a inautenticidade daquele

9 Máxima 239 do *Manuscrit Liancourt*, op. cit., p. 379.
10 Máxima 240 do *Manuscrit Liancourt*, op. cit., p. 379.
11 Cf. R. Girard, *Mensonge romantique et vérité romanesque*. Paris: Grasset, 1961.

"desejo metafísico", ao qual apenas um estímulo externo (rivalidade, inveja, ciúme) pode fornecer alguma aparência de realidade. Na divisa entre "mentira romântica" e "verdade romanesca" situa-se a obra de Balzac: se no jovem *Wann-Chlore* (1824) vemos a protagonista, torturada pelo ciúme, "imolar-se à felicidade de seu amado",[12] segundo um estereótipo romântico ambiguamente autodestrutivo, na *Jovem dos olhos dourados* (1834) a "verdade romanesca" do desejo violento alimentado pelo obstáculo da rivalidade aparece à plena luz; mas apenas dois romances balzaquianos tardios, *Memórias de duas jovens esposas* (1841) e *A prima Bette* (1846) consagrarão ao ciúme uma análise detida e irão utilizá-lo como mola decisiva da ação. Para que isso pudesse ocorrer, foi necessário abandonar aquela imagem idealizada do *amour-passion* que o jovem Balzac havia tomado de empréstimo aos *Amores dos anjos* (1823), de Thomas Moore; melhor ainda, ela devia se tornar objeto de crítica e ironia, como ocorre em alguns romances balzaquianos dos anos 1840 (*A musa do departamento*, *Modeste Mignon*). São justamente esses dois romances que preparam o terreno para a impiedosa autópsia dos estereótipos românticos a que assistimos em *Madame Bovary* (1857); e se nas vicissitudes de Emma é mínimo o espaço concedido ao ciúme, será nas pegadas de Flaubert – com olhos postos também no erotismo voyeurista de *H.B.*, de Mérimée (1850) – que Ernest Feydeau, em 1858, irá construir aquele que é talvez o primeiro romance oitocentista fundado exclusiva e obsessivamente sobre o ciúme, *Fanny*, destinado a um notável e escandaloso sucesso. Sainte-Beuve, que o admirava como muitos outros contemporâneos, observou surpreso a inversão do tema tradicional nas mãos de Feydeau:[13] em *Fanny*, a experiência do ciúme devastador, que destrói o amor e leva à beira da morte, é vivida não pelo marido traído da protagonista, e sim por seu jovem amante, que não consegue suportar a "divisão" da amada, atormenta-se sem cessar e submete a infeliz a interrogatórios intermináveis. Mais ainda do que com essa inversão dos papéis, que parece ousada para a época, o leitor de hoje se surpreende com outra característica de *Fanny*: é o primeiro romance moderno em que o ciúme domina totalmente o enredo sem gerar eventos significativos. Na *Jovem dos olhos dourados*, ele provocava um homicídio; em *Memórias de duas jovens esposas*, levava uma das protagonistas ao suicídio; em *Prima Bette*, estava na origem de uma complicada vingança da qual nasciam mil peripécias. Com *Fanny*, temos uma história – narrada na primeira pessoa

12 H. de Balzac, *Wann-Chlore*, in *Premiers romans (1822-1825)*, org. A. Lorant. Paris: Robert Laffont, 1999, v. II, p. 866. Para esse romance, Balzac se inspirou no drama *Stella* (1775), de Goethe.

13 Cf. C.-A. de Sainte-Beuve, *Fanny, étude, Par M. Ernest Feydeau* (1858), in *Causeries du lundi*, v. XIV. Paris: s.d., p. 166.

– cujos únicos eventos são os avanços do ciúme obsessivo, os motivos externos que o espicaçam e as associações mentais que, internamente, tornam-no cada vez mais insuportável: desvanecidas as magnânimas ilusões do amor romântico, estamos no terreno daquele egoísta *Amor moderno* cuja natureza infernal e destrutiva será desnudada em 1862 pelo poema homônimo de Meredith. Agora estamos nas adjacências do romance proustiano: do Tolstói da *Sonata a Kreutzer* (1891) ao D'Annunzio de *O inocente* (1892), do Bourget da *Physiologie de l'amour moderne* (1888-90) ao Anatole France de *O lírio vermelho* (1894) (para nos limitarmos a textos que Proust conhecia muito bem), as coerções e os fantasmas do desejo masculino, exaltado até o paroxismo pelo ciúme, e transformado logo a seguir em tortura inominável, não têm mais segredos e ocupam com destaque a cena narrativa, substituindo qualquer vestígio de encanto ou idílio por imagens de empedernida sordidez. Dessa constelação do ciúme *fin-de-siècle* – que cada romancista, naturalmente, acentua de maneira diversa – parte Proust,[14] convertendo esse tema privilegiado por seus contemporâneos num dos pilares de sua visão de mundo e de sua revolução literária.

Em *No caminho de Swann*, escrito entre 1909 e 1913, o motivo do ciúme parece ocupar um espaço bastante reduzido e ainda muito semelhante ao da narrativa francesa mundano-psicológica dos anos 1890: na segunda parte do romance, intitulada "Um amor de Swann", e que se pode ler isoladamente como uma obra independente, um narrador onisciente nos relata o amor de Charles Swann, elegante Dom Juan parisiense, por uma jovem senhora de moral duvidosa, Odette de Crécy. De início quase indiferente ao fascínio de Odette, que não representa o tipo de beleza física preferido por ele, Swann a corteja superficialmente; mas numa noite em que, certo de que iria vê-la, encontra-se privado de sua presença, ele sente uma angústia intolerável, uma "crise de carência" que marca o nascimento de um amor atormentadíssimo e incurável. Os desdobramentos dessa paixão, em que se entrelaçam ódio e atração e em que o ciúme acicata o desejo até transformá-lo em sofrimento, não se distinguem em nada daqueles descritos, com notável virtuosismo psicológico, por Anatole France em *O lírio vermelho* ou por Paul Bourget em *Mentiras* (1896):[15] o que é inteiramente novo é o modo como Proust, por meio de

14 Antes da redação de *Em busca do tempo perdido*, que se estenderá de 1909 a 1922, Proust introduz o tema no conto de inspiração tolstoiana "O fim do ciúme" (1894; publicado em *Le Plaisir et les jours* em 1896) e no romance juvenil inacabado *Jean Santeuil* (1896-1900) [ed. bras.: *O fim do ciúme e outros contos*, trad. Dorothée de Bruchard. São Paulo: Hedra, 2001].

15 Em "Um amor de Swann" afloram reminiscências precisas de *Mensonges*: o protagonista, como Swann, mantém perto de si a fotografia de um quadro de Botticelli que lhe parece →

uma rede de mil imperceptíveis toques, cria entre o relato das penas amorosas de Swann e o grande conjunto do romance, onde se inclui esse relato, uma relação ao mesmo tempo estreitíssima e múltipla, que envolve conteúdo e forma, psicologia e tecido metafórico, perspectivas filosóficas e estruturas narrativas.

Um dos princípios da estética de Proust consiste em que a finalidade precípua da arte é destruir nossa percepção esclerosada das coisas, distanciá-la,[16] descobrindo os pontos de contato que existem entre objetos e fenômenos aparentemente remotos: a representação do ciúme em *No caminho de Swann* obedece justamente a esse princípio e constitui uma aplicação sua particularmente feliz. Qual é a sobreposição inovadora com que Proust demole a visão do ciúme codificada por seus predecessores? É aquela entre o ciúme de Swann, maduro e experiente esteta, e o sofrimento – relatado na primeira parte do romance, "Combray" – do narrador em sua infância, obrigado, nas noites em que há um convidado para a ceia, a se separar da mãe sem receber seu precioso beijo de boa-noite e a se atormentar na solidão de seu quarto, enquanto no jardim iluminado se celebra o rito de uma comunhão festiva da qual ele é o único excluído. O fato de que o hóspede em questão seja Swann – um Swann que, tendo se libertado com o passar do tempo das espirais do ciúme, desposou Odette, a qual, a partir de então, se lhe tornou quase indiferente – coloca o leitor na pista da sobreposição que o romancista quer sugerir:

> Julgava que Swann zombaria da angústia que eu acabava de experimentar [...]; ora, pelo contrário, como vim a saber mais tarde, uma angústia semelhante à minha foi o tormento de longos anos da sua vida, e talvez ninguém pudesse compreender-me melhor do que ele; essa angústia que há em sentir a criatura a quem se ama em um lugar de festa onde a gente não está, e aonde não pode ir vê-la, foi o amor que lhe deu a conhecer, o amor ao qual está de certo modo predestinada e que ele termina por açambarcar e singularizar; mas quando, como no meu caso, essa angústia nos penetra

→ uma antecipação do retrato da amada, e mora no edifício dos Sainte-Euverte, cujo nome aparece na onomástica proustiana e se liga ao episódio crucial do concerto durante o qual Swann toma consciência de sua irremediável infelicidade: M. Proust, *À la recherche du temps perdu* [1913-27] [ed. bras.: *Em busca do tempo perdido*, v. 1, *No caminho de Swann*, trad. Mario Quintana. Porto Alegre/Rio de Janeiro: Globo, s.d.].

16 Justamente Carlo Ginzburg, num ensaio iluminador, apresentou as analogias entre a teoria do distanciamento dos formalistas russos e a estética proustiana. Cf. C. Ginzburg, "Straniamento. Preistoria di un procedimento letterario", in *Occhiacci di legno. Nove riflessioni sulla distanza*, Milão: Feltrinellli 1998, pp. 29-34 [ed. bras.: *Olhos de madeira – Nove reflexões sobre a distância*, trad. Eduardo Brandão. São Paulo: Companhia das Letras, 2001].

> antes que o amor tenha feito o seu aparecimento em nossa vida, fica ela flutuando à sua espera, sem atribuição determinada, hoje a serviço de um sentimento, amanhã de outro, ora da ternura filial, ora da amizade a um camarada.[17]

Paixão comum em épocas e em condições diversas, o ciúme nos ajuda, segundo Proust, a compreender a essência originária do desejo humano, empenhado em perseguir o que lhe foge e inevitavelmente extinto pela satisfação ou pela quietude: ele possui um irrenunciável valor heurístico, do qual suas próprias vítimas às vezes se apercebem, *per intervalla insaniae*. Nas mãos do romancista, esse valor heurístico se transforma em instrumento de representação, cria valor estético: em seu quadro mundano, a crônica da paixão de Swann se torna uma *mise en abŷme* das maiores devastações que o ciúme fará na existência do narrador após o desaparecimento de Albertine, e por sua vez é valorizada pela descrição das angústias do narrador durante a infância, que a antecipam e lhe oferecem uma inesperada anamorfose nas páginas de "Combray". Em *Em busca do tempo perdido*, que se distancia daquele mundo de identidades bem definidas a que ainda pertenciam os romances sobre o ciúme da segunda metade do século XIX, os rostos de Swann, do narrador menino e do narrador adulto se esfumam uns nos outros; o leitor, diante da retomada do discurso de La Rochefoucauld condensado em máximas autorais não menos fulgurantes do que as do moralista seiscentista,[18] resiste a duras penas à vertigem da identificação; ou melhor, nem sequer resiste, como o próprio Proust desejava, e converte as diversas perspectivas e os diversos motivos do texto num instrumento para ler sua própria experiência, enquanto o romancista complacente lhe sugere: "Experimente se vê melhor com estas lentes, com aquelas, ou com aquelas outras".[19]

17 Proust, *Em busca do tempo perdido*, v. I. *No caminho de Swann*, trad. Mario Quintana, op. cit., p. 33. Existe uma longa variante desta página, onde o paralelismo entre a experiência do narrador e a de Swann é mais amplamente desenvolvido. Na variante aparece explicitamente a palavra *jalousie*, eliminada do texto definitivo, que aparentemente não quer rotular com uma definição explícita a "angústia" do narrador.

18 Dois exemplos: "Muitas vezes o ciúme não é senão uma inquieta necessidade de tiranias aplicada às coisas do amor", in Proust, *Em busca do tempo perdido*, op. cit., v. V, *A prisioneira*, trad. it. de P. Serini, p. 89 [ed. bras.: *A prisioneira*, trad. Manuel Bandeira e Lourdes Sousa de Alencar. São Paulo: Globo, 1994]; "É extraordinário como o ciúme, que passa seu tempo a construir pequenas suposições no falso, tem pouca imaginação quando se trata de descobrir o verdadeiro", id., ibid., v. VI, *A fugitiva*, trad. it. de F. Fortini, p. 20 [ed. bras.: *A fugitiva*, trad. Carlos Drummond de Andrade. São Paulo: Globo, 1995].

19 Id., ibid., v. VII, *O tempo redescoberto*, trad. Lúcia Miguel Pereira. 9ª ed. São Paulo: Globo, 1989, p. 184.

# ICONOGRAFIA

MARGARET DOODY

# Dar um rosto ao personagem

Um dos principais significados do vocábulo inglês *character* (personagem) é o de "figura" ou "signo". De fato, os personagens dos romances são, desde o início (pelo menos para os leitores, mas também para os escritores, embora nem sempre em nível consciente), figuras ou signos de determinadas qualidades ou abstrações: vícios, virtudes, opiniões políticas, posições sociais, questões de sexo e comportamentos mais ou menos adequados a ele. A iconografia de um personagem pode ser entendida como representação de alguém a ser admirado e desejado, ou desprezado e ridicularizado – mas, de qualquer forma, responde a uma curiosidade que o texto escrito não consegue satisfazer por inteiro. Assim, cabe aos editores, mais do que aos autores, decidir se um personagem precisa de uma iconografia. A decisão não é neutra: apenas os personagens mais significativos merecem ter uma representação visual. A iconografia constitui uma espécie de ornamento adicional, que personifica ideias e abstrações que o romancista já delineou numa complexa enteléquia. Poderíamos inclusive sustentar que a iconografia de um romance subtrai uma parcela do poder do autor; mas o mais adequado é, talvez, considerá-la como uma forma de tradução.

A concepção iconográfica mais satisfatória, ainda que irrealizável, seria aquela em que a "figura", no sentido de personagem da história, coincidiria com a "figura", no sentido de signo gráfico impresso na página, sem o intervalo espaço-temporal geralmente imposto pelas ilustrações normais. No esplêndido exemplo de poesia narrativa que nos chegou do antigo Egito, comumente conhecido como *O relato do náufrago*, o marinheiro termina numa ilha deserta e descobre horrorizado que terá de enfrentar um monstro em forma de serpente. No texto que hoje consultaria um egiptólogo iniciante, as palavras são hieróglifos e o símbolo da serpente é justamente uma serpente. A palavra "terrível", em grego *deinos*, é representada por um outro símbolo muito significativo, a saber, um pequeno animal de cauda bifurcada, conhecido como "animal de Seth", que representa o poder destrutivo do deus Seth (inimigo de Hórus e Osíris). Essa forma escrita da expressão "uma serpente monstruosa ou terrível" é tão completa em si mesma que não requer outras imagens. E, no entanto, trata-se de um engano parcial, de uma ilusão criada pelas edições modernas dos textos egípcios, visto que, desde o final do século XIX, prevalece a prática de transformar a escrita hierática em hieroglífica, e o cursivo simplificado dos manuscritos de *O relato do náufrago* que nos chegaram já está muito distante (tanto quanto, em suma, nosso próprio cursivo alfabético) da eficaz imediaticidade pictórica do hieróglifo, signo gráfico que contém em si a própria explicação. Além disso, esse texto, organizado e transcrito em hieróglifos por John L. Foster, agora foi transformado numa história infantil, com grandes ilustrações a cores, em que os hieróglifos se transformam em pequenos grafitos que emolduram a página, sem invadir o texto escrito. Vindo ao encontro do desejo moderno por ilustrações, o relato, sofrendo ligeiras modificações, se transforma numa "história para crianças", porque é neste tipo de livro que as ilustrações são mais frequentes (fig. 1).

As primeiras obras que podemos definir como "romances" já vêm ilustradas para os leitores da época. O texto usualmente intitulado *Metíoco e Partênope*, que conhecemos apenas num fragmento, vem, por exemplo, ilustrado num mosaico descoberto na região de Antióquia. Apuleio – cujo "asno de ouro" foi relacionado ao animal Seth – parece ter inventado a história de Amor e Psiquê. Seu romance, que transforma uma figura abstrata e uma semidivindade mitológica em personagens narrativos, funda assim um novo mito, enquanto o abraço e o beijo entre Amor e Psiquê, por sua vez, se tornam objeto de múltiplas e repetidas representações: imagens e estátuas que reforçam o poder do "pequeno épico" (*epyllion*) de Apuleio.

Assim, o que chamamos de "personagens" de romance são figuras ligadas à divindade. Os primeiros personagens que tiveram suas histórias contadas por

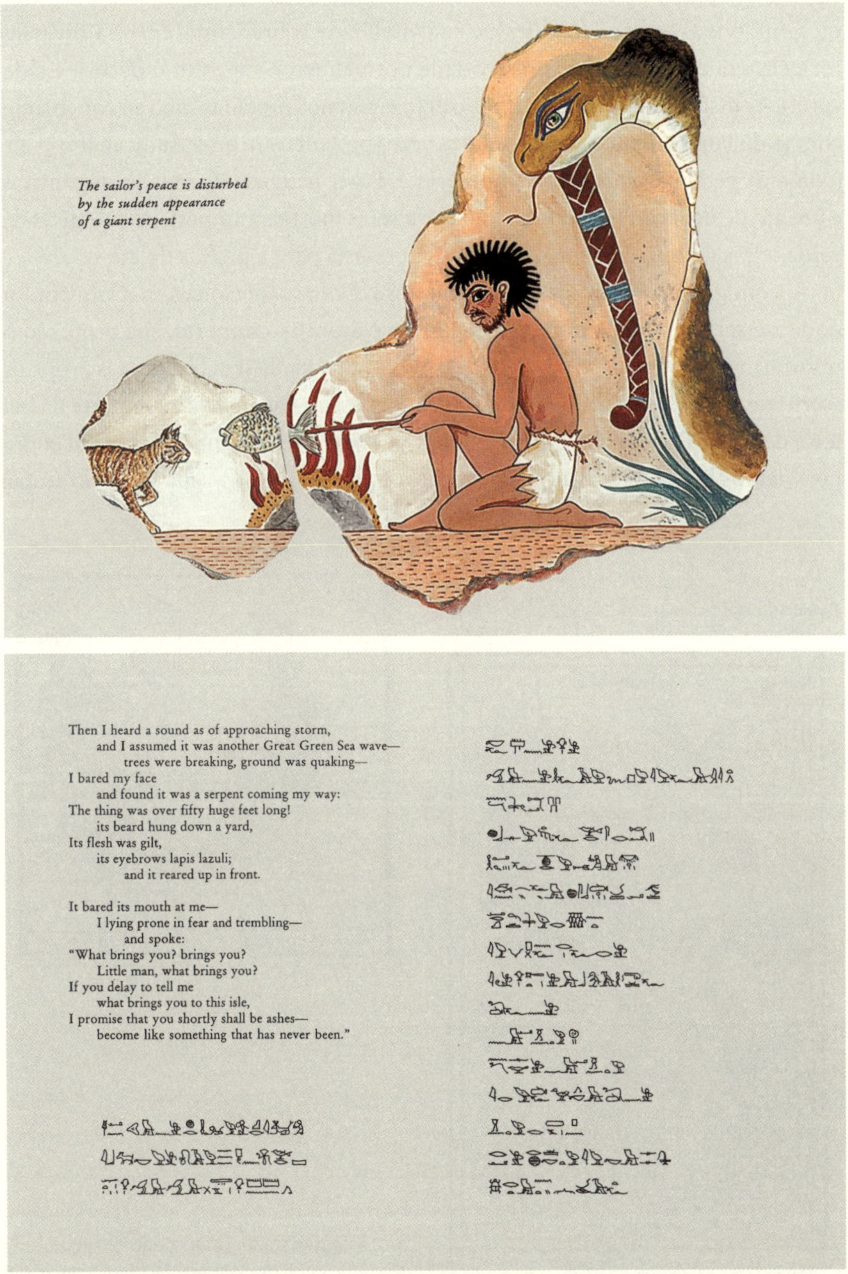


1. Lyla Pinch Brook, ilustração para *The shipwrecked sailor* [O relato do náufrago].

extenso, em palavra escrita, possuem características divinas (como a suméria Inana, ou semidivinas, como Hércules), e sua vitalidade sobrenatural inspira diversas imagens onde a força e a expressividade normalmente superam o decoro e a devoção. As histórias que costumamos catalogar como "profanas" não só concorrem com as de tema religioso, como muitas vezes pertencem a uma tradição limítrofe (como os personagens da épica homérica). Fazer imagens de seus protagonistas é um ato de devoção pervertida, que eleva seres mortais e imperfeitos ao nível de verdadeiras divindades, cuja imagem é necessária para a prática do culto.

A iconografia, portanto, confere uma aura divina ao personagem. O ilustrador pode até ser uma mediocridade a soldo do editor: não importa, sua profissão o transforma num criador de divindades, numa autoridade sem limites. Os próprios escritores se tornam tema para os ilustradores, assim passando a fazer parte da história do texto. Desde a antiguidade os leitores querem imagens do autor, tal como hoje damos por assente que o livro trará a foto do autor na capa ou contracapa:

2. Xilogravura do frontispício de uma edição quatrocentista da *Vida de Esopo*.
3. *Boccaccio e a princesa Maria*, xilogravura.

a ideia de que a figura do autor é uma invenção recente, nascida no começo da Modernidade, ela sim é que é uma invenção recente. Por exemplo, o retrato de Virgílio que podemos ver no mosaico do museu do Bardo de Túnis desfruta de justa fama. E por vezes os autores até acabam incluídos nos mundos narrativos de terceiros. No século XV, Thomas Hoccleve utiliza um retrato de Geoffrey Chaucer para ornamentar seu manuscrito, enquanto o mosaico de Antióquia (conservado no Museu de Arte Antiga da Universidade de Princeton), que supostamente representa "Menandro", em verdade parece ser uma imagem extraída de um relato *sobre* Menandro, talvez uma história de amor cujo protagonista é o comediógrafo.

A *Vida de Esopo*, o relato ou romance anônimo que narra a vida do inteligente escravo, inspirou imagens muito interessantes: o disforme Esopo se torna um fascinante autor-herói, e o ilustrador consegue transmitir plenamente o impacto de seu aspecto físico e as qualidades que o ligam, por um lado, aos animais de que fala e, por outro, ao engenho humano (fig. 2). A imagem nos diz que o texto escrito que conhecemos na verdade é uma reinterpretação daquele Esopo (*vox et praeterea nihil*) que se limitou a narrar oralmente, e que se torna a nossos olhos muito mais evanescente do que a corporeidade da ilustração, levando-nos quase a crer que estamos vendo o autor em carne e osso. Hoje em dia está na moda transformar um autor em personagem (sobretudo nos romances populares, em que aparecem todos os tipos de escritores, de Aristóteles a Jane Austen), mas isso não é novidade para os romancistas. A iconografia, por sua vez, pode ir ainda mais além, mesclando numa meta-história a vida do autor nas histórias e nos personagens por ele criados. É o que vemos na introdução a uma versão do *Filocolo*, em que o autor Boccaccio e a filha do rei Roberto, à qual presumivelmente foi dedicado o romance, por sua vez se transformam em personagens: "senhora Maria" e "senhor Iohanne Boccaccio" são apresentados ao leitor como se fizessem parte da história e eles mesmos tivessem sua própria história de amor (fig. 3).

A imagem de Esopo ganhou cores para ficar parecida com as imagens dos manuscritos, visto que os textos decorados com iluminuras, do final da Idade Média, eram muito mais bonitos do que os primeiros livros impressos. Naquela época, as ilustrações eram muito apreciadas, mesmo que, naturalmente, o trabalho fosse executado expressamente para cada manuscrito e não pudesse ser reproduzido em série (podia ser, no máximo, copiado). É raro sabermos o nome do artista, mas há exceções, como no caso das ilustrações detalhadíssimas e encantadoras de Benedetto Bordon para a *História verdadeira* de Luciano, no manuscrito executado para a família Mocenigo e hoje conservado na Biblioteca Nacional Austríaca, em

4. Imagem de abertura do *Asinus aureus*, miniatura, 1388.

Viena. Mas as imagens também podem ser de dimensões reduzidas, como o delicioso burrico que decora a página inicial de um manuscrito do *Asinus aureus* de 1388 (fig. 4). Um manuscrito bizantino conservado no Instituto Helênico, anexo à Escola de São Jorge dos Gregos, em Veneza, contém ilustrações extraordinárias da antiga *História de Alexandre*: a imagem das Amazonas, recebendo com suas vistosas roupas vermelhas a embaixada de Alexandre, acentua o papel delas como adversárias e inimigas. Força, beleza e resistência são exaltadas na representação dessa discussão entre mulheres, uma espécie de assembleia de monjas escarlates. O brilho cromático, unido à singular disposição geométrica das figuras, faz dessa imagem uma das mais belas ilustrações do período medieval.

Logo que surgem os romances impressos (o que acontece bastante cedo, sendo o de Apuleio um dos primeiros), as imagens amiúde vêm a figurar no frontispício do volume, para incentivar a compra. O nome do ilustrador muitas vezes tem uma visibilidade igual à do tradutor, ou até mesmo à do autor, e igualmente frequentes são as fórmulas do tipo "*ornée de figures*". Algumas das melhores ilustrações se encontram numa das mais cuidadosas edições críticas já feitas para um romance: a de Filippo Beroaldo nas *Metamorphoses, sive Asinus aureus*, publicada em Veneza no início do século XVI. Foi inicialmente publicada sem imagens, em 1500, mas a segunda edição, de 1510, traz xilogravuras formidáveis, mantidas nas edições seguintes. Os comentários eruditíssimos de Beroaldo, em latim, circundam a exígua ilha da prosa de Apuleio: colocada no meio da página, ela se torna o centro de um labirinto, cujas chaves estão disseminadas entre a inesgotável moldura de comentários. Apuleio é quase subjugado por seu brilhante e douto editor, enquanto as imagens acrescentam ao texto mais um elemento inovador, visto que muitas páginas, se não todas, trazem uma representação iconográfica de personagens e acontecimentos, quase formando o núcleo tanto do texto narrativo quanto dos comentários. Assim, nas páginas das *Metamorfoses* de Beroaldo, autor, ilustrador e comentador disputam o espaço e o direito de expressar suas ideias. O asno se torna quase propriedade do ilustrador, que oferece uma comovente representação sua, mostrando a humildade e a emoção de sua prece à lua, junto ao mar (fig. 5). Trata-se de uma imagem complexa porque o ilustrador não só insere algumas testemunhas não mencionadas na história, como também propõe duas versões do asno: uma em que ele ainda conserva um rosto parcialmente humano, outra com a cabeça totalmente asinina, mostrando-nos o animal comendo as flores que deveriam lhe restituir o aspecto humano original. A imagem não corresponde a

5. *Lúcio faz uma prece à lua*, xilogravura.

duas cenas diferentes do romance, e sim a um complexo desdobramento do protagonista, o qual, nessa altura da história, tem consciência apenas íntima de sua humanidade, visto que seu aspecto externo é inteiramente animal. A imagem do asno se alimentando de flores representa não um evento futuro (a metamorfose se dará de outra maneira), e sim o sonho do asno, aquilo que ele deseja e espera naquele momento. Por isso a imagem não se reduz a uma simples "ilustração" do que está escrito no texto (o asno dirigindo sua prece à lua), e é um expediente gráfico de grande refinamento, que exige por sua vez uma interpretação que permita captar o personagem por dentro e por fora. O drama do asno é estar prisioneiro de um *character* – figura, signo, representação, personagem – que é justamente o do asno, que ele não quer; por isso há uma outra figura "interior", latente e intangível, que procura se manifestar. A maneira como o artista enfrenta graficamente o problema ressalta a natureza problemática do conceito de personagem. Assim, no caso de Esopo, a aparência visível oculta o que é abstrato (como o uso da linguagem) ou invisível (a alma, o espírito) ou divino. Subvertendo o signo gráfico, por assim dizer, o ilustrador indica a possibilidade de um conhecimento que vai além do mundo fenomênico, e que é acessível apenas parcialmente na inevitável

6. *Florio sobe a bordo do navio*, xilogravura.

visibilidade das palavras escritas ou impressas. Oferecendo à mente uma saída da página escrita, permitindo-nos entrever um outro "espaço", o artista nos promete novas intuições que ultrapassam os limites do texto.

De modo geral, os ilustradores se concentram nos acontecimentos: tal como os diretores de cinema, eles querem nos mostrar os personagens em ação. Nas numerosas ilustrações do *Filocolo*, de Boccaccio, do final do século XV, por exemplo, as emoções dos personagens são transmitidas por suas ações: quando está para partir, Florio entrelaça o lamento pela amada desaparecida, a determinação de reencontrá-la e, a despeito da dor, também uma certa satisfação à ideia de embarcar num veleiro tão bonito (fig. 6). Aqui, Florio faz lembrar certos personagens de *Voyage of the "Dawn-Treader"*, de C. S. Lewis, livro juvenil que, naturalmente, é ilustrado. Numa outra esplêndida ilustração de Boccaccio, a ingênua e confiante heroína é julgada culpada de assassinato e levada à fogueira por ter oferecido ao soberano um alimento que estava envenenado – uma armadilha para se livrarem dela. Mas a xilogravura, à diferença dos manuscritos com iluminuras, não consegue transmitir por completo a força visual do vestido vermelho que a infeliz jovem

7. *Brancaflor iça o cesto*, xilogravura.

8. *Os amantes na fogueira*, xilogravura.

foi obrigada a usar, adotando a imagem de prostituta. Geração após geração, as crianças devem ter se divertido em colorir alguns desses desenhos (daí provêm nossos "livros para colorir"), mas crianças e adultos muitas vezes tinham como tarefa colorir as xilogravuras para tornar esses primeiros livros impressos mais semelhantes aos manuscritos: passar do branco e preto para o *technicolor*, por assim dizer. Mais adiante, Brancaflor exibe comicamente sua força física içando até o alto da torre o cesto de rosas onde está escondido seu amado (fig. 7). A cena em que Florio e Brancaflor estão amarrados juntos na fogueira, enquanto os carrascos atiçam o fogo com os foles, é realmente uma imagem de ação que nos transmite o desespero e a fidelidade dos amantes e nos dá a certeza de que sairão sãos e salvos (fig. 8).

Às vezes, os ilustradores representam os personagens em posições meditativas, como fazem os retratistas quando querem captar o lado íntimo e reflexivo de seu modelo, cercando-o de emblemas que indicam a maneira como ele representa a si e aos outros. Por vezes, a ação mais representativa de um personagem consiste em não fazer nada: uma edição quinhentista francesa de *Fiammetta*, de Boccaccio (fig. 9), por exemplo, mostra a jovem em atitude pensativa – está aspirando uma flor, enquanto um cãozinho tenta atrair sua atenção. Essa imagem, que muito bem se adapta a uma heroína tão reflexiva, é reproduzida outras vezes ao longo do livro.

Por mais eficientes que sejam na criação dos retratos imaginários, os ilustradores preferem enfocar o personagem em ação, seja num evento propriamente dito ou numa situação extrema, como o suplício numa fogueira. Às vezes a ação é expressa com mais calma do que ocorre dentro do romance: numa ilustração setecentista de Rabelais, mostrando a discussão por gestos entre Panurge e o erudito inglês (fig. 10), é evidente que Picart, o ilustrador iluminista de Pantagruel, quis, seguindo a vontade do editor Le Duchat, apresentar gigantes refinados e, por assim dizer, protestantes, que transmitem o aspecto absurdo da narrativa, mas as obscenidades ou outros sintomas de caos são tratados com grande cautela. Embora a cena seja rica de ação e de absurdo, Pantagruel é um gigante pacato e calmo, que observa as gesticulações de Panurge e do interlocutor, que por sua vez estão cercados de indícios de fé racional e esperança no progresso. A ilustração condiz com a introdução de Le Duchat e, de modo mais geral, com a imagem de Rabelais proposta na edição. É claro que podemos discordar e considerar o mundo rabelaisiano bem mais instável e problemático – mas a decisão editoral certamente consegue conferir uma nova dimensão moral aos personagens.

Flammette.

Cōplainte des triſtes amours de Flāmette a ſon amy Pāphile/ Tranſlatee Ditalien en vulgaire francoys.

Flammette.

On les vend a Lyō par Claude nourry/ dict Le Prince: pres noſtre dame de Cōfort.

9. *Fiammetta.*

10. B. Picart, *Panurge e o inglês discutem por gestos.*

Os ilustradores de *Dom Quixote* mostram particular interesse em representar o herói em ação, e certas passagens do romance acabam se tornando *de rigueur*: Dom Quixote contra os moinhos de vento, por exemplo, ou a batalha com os odres. Hoje estamos tão acostumados com as imagens de Gustave Doré e às sucessivas elaborações de Salvador Dalí que é fácil esquecer a existência dos outros personagens além de Dom Quixote e Sancho Pança; mas, no Renascimento e até anos entrados do século XIX, os ilustradores dedicam aos personagens "menores" da primeira parte – como Doroteia e seu amor perdido – uma atenção que hoje seria impensável. (É o caso de uma edição do *Ingenioso hidalgo don Quijote de la Mancha* publicada em Barcelona em 1840, repleta de ilustrações de personagens como Cardênio, Doroteia, o pároco e outros mais.) O século XX simplificou as coisas convertendo o personagem de Dom Quixote num emblema complexo do homem moderno, mas os críticos a que devemos tal visão foram influenciados pela força da iconografia anterior, em particular a de Doré, e depois, por sua vez, influenciaram as sucessivas reapresentações dos personagens de *Dom Quixote*, hoje praticamente reduzidos apenas a dois: Dom Quixote e Sancho Pança.

Tendemos a crer que os leitores do passado não sabiam captar o dinamismo do personagem de Dom Quixote e interpretavam-no como uma figura exclusivamente cômica, extravagante, "quixotesca". Mas o testemunho oferecido pelas ilustrações sugere, pelo contrário, que até meados do século XIX os leitores viam Quixote como uma figura interessante, complexa, não desprovida de uma dimensão trágica própria, cuja complexidade, porém, se revelava na relação com outros personagens. Por exemplo, uma edição francesa da *Histoire de l'Admirable don Quichotte*, lançada em 1768, mostra o momento em que Dom Quixote se apaixona por Dulcineia. De maneira muito mais similar a Dalí do que se poderia esperar, o ilustrador une aspectos expressionistas, simbólicos e toques de realismo, para nos dar uma ideia do estado mental de Dom Quixote. Vemos o protagonista como cavaleiro valoroso montado em seu cavalo, Eros, nu, esvoaça à sua frente, e ainda mais acima uma sugestiva figura emplumada, a Glória, indica o caminho a seguir. Essas figuras se fazem tão presentes que Dom Quixote – cujo ponto de observação é diferente do nosso – só consegue vislumbrar a atarracada Dulcineia por entre eles, enquanto nós podemos ver que a jovem é um meio-termo entre uma anã e uma infanta. Ao fundo ergue-se o moinho de vento, personificado num gigante, mas que também é, como todas as outras coisas, uma projeção de Dom Quixote no ato de transpor o severo portal românico para ingressar num reino de infinitos espaços e possibilidades. O céu tempestuoso intensifica a perturbação e a solenidade de Dom Quixote, o qual se vê como gostaria de ser, e não se apercebe que sua Glória é, na verdade, uma Loucura, com uma espada que é um bastão de bufão (fig. 11).

Durante o Renascimento e o Iluminismo, os artistas gráficos procuram apresentar os personagens de maneira a torná-los prontamente emblemáticos. Isso fica muito claro no caso de Ariosto e de Tasso, tanto no registro cômico do primeiro quanto no registro trágico do segundo. Evidentemente, os leitores desejam "ver" Rinaldo, Armida e os demais (mas sobretudo os dois) representados de modo espetacular, como semideuses extremamente humanos, a exemplo dos quadros de Tiepolo.

11. "Dom Quixote levado pela loucura e tomado do amor extravagante por Dulcineia, deixa-a para ser cavaleiro errante"

12. Jacopo Amigoni e Giovanbattista Tiepolo, *Encontro de Ânzia e Abrocome nas festas de Diana*, óleo sobre tela, meados do século XVIII.

Os personagens não são heróis estáticos, mas personificam paixões, retratadas em circunstâncias específicas. Essas pinturas aproximam as figuras representadas à mente e ao coração do observador. Uma tal representação heroica requer que o leitor contemple o personagem dessa maneira, mas também que ele se deixe envolver em certa medida pelas emoções sentidas pelos personagens. Para exaltar os estados de espírito e trazê-los ao primeiro plano, recorre-se a expedientes pictóricos que guardam uma curiosa semelhança com as pinturas impressionistas que surgiriam cerca de duzentos anos depois. É a esta tradição que se liga o ilustrador francês de *Don Quichotte*: olhando a imagem, entendemos o estado de espírito de Dom Quixote; somos convidados a nos identificar com suas emoções e compartilhar a atmosfera que o rodeia.

Usualmente, ao representar os personagens, os artistas do Renascimento e do Iluminismo não se preocupavam em ressaltar a diferença entre o romance e as formas modernas de épica cômica ou trágica. No século XVIII, a redescoberta de um "novo" romance antigo de Xenofonte de Éfeso, as *Efesíacas*, levou à execução de uma obra atribuída, quase com certeza erroneamente, a Giambattista Tiepolo. Mesmo não sendo muito bem realizado, este *Encontro de Ânzia e Abrocome nas festas de Diana* reproduz claramente o espírito dos ilustradores de Ariosto e Tasso (fig. 12). Na cena, inspirada, mesmo que muito livremente, nos episódios do romance, vemos o encontro e o amor à primeira vista entre Ânzia e Abrocome. A imagem parece involuntariamente cômica: o propósito era atrair a atenção do espectador para o complexo fenômeno do enamoramento, mas os dois protagonistas mais parecem duas pessoas quaisquer que se encontram num parque, onde foram passear com seus cães.

As tradições iconográficas de outras obras (inclusive a Bíblia e a épica renascentista) irão influenciar a iconografia do romance nas mais diversas épocas. Embora as obras de Samuel Richardson sejam lidas como exemplos do surgimento do realismo na literatura, o próprio autor está ciente do valor simbólico e emblemático de suas criações, e de sua ligação não só com a tradição romanesca anterior, mas também com Spenser, Ariosto e Tasso, a quem Richardson se refere várias vezes em seus romances e cartas. Joseph Highmore, que ilustrou a história de *Pamela* numa série de quadros a óleo, tenta capturar o fascínio deliberadamente doméstico da obra e também a tensão dramática que agita os protagonistas e dá vida a suas relações. O leitor da imagem é convidado a compartilhar as emoções dos personagens, e o artista se esforça em se pôr à altura do romancista ao mostrar Pamela em sua beleza e virtude. A ironia é que, tratando-se de um romance epistolar, nós leitores podemos conhecer a heroína apenas por meio de suas cartas. Richardson tentou retratar o personagem a partir de seu interior, levando os leitores a crer que era possível conhecer "por dentro" os sentimentos, os pensamentos e as opiniões da heroína. Mas o pintor, que só pode nos mostrar esse personagem interiorizado pelo lado externo, se afasta inevitavelmente do estilo narrativo do romance e se concentra em alguns momentos dramáticos da relação entre Pamela e os demais (fig. 13). Aqui também o artista gráfico se interessa pelo acontecimento visível e toma os personagens *in media res*, em meio às situações.

O romance de Richardson era muito apreciado pelos ilustradores, tanto que algumas cenas acabaram como tema decorativo de leques e outros objetos de uso pessoal. *Pamela*, entre outras coisas, se tornou o nome de um famoso e elegante chapéu de palha, e as modelos que apareciam com um *Pamela* nas revistas de moda para o verão podem ser consideradas, por sua vez, como uma forma de representação iconográfica. Evidentemente não faltam as versões ilustradas. Nas gravuras em cobre que Gravelot executou sobre desenhos de Francis Hayman, para ornamentar

13. Joseph Highmore, *Pamela mostra ao sr. Williams um esconderijo para as cartas*, óleo sobre tela, c. 1744.

a sexta edição do romance (1742), Pamela aparece menos vivaz e impetuosa do que na versão de Highmore, menos provinciana e mais refinada. No início da história, quando o sr. B. se apodera da carta de Pamela e se põe a lê-la, a heroína está de pé a seu lado, entre cortinas e tecidos flutuantes, com uma touca de rendas. Ela parece tão elegante e aristocrática que o violento conflito entre os dois personagens e a diferença de classes entre ambos sofrem um drástico redimensionamento (fig. 14). Na imagem do casamento – onde Pamela aparece de perfil (favorecendo ainda mais sua cintura esbelta) e o sr. B., o marido, se mostra embaraçado e desengonçado –, a cara de sapo da gorda sra. Jewkes acrescenta um toque deliberadamente cômico ao amplo espaço desnudo, mais parecido com uma igreja urbana do que com a capela privada de uma casa de campo (fig. 15).

É possível registrar as transformações das tendências morais, e não só estéticas, observando as diferenças entre ilustrações do mesmo romance, feitas em diversos períodos. Tomemos o exemplo de *Clarissa*. O ar um tanto estático das ilustrações

14 e 15. F. Hayman e H. Gravelot, ilustrações para *Pamela or Virtue Rewarded*.

inglesas cede lugar a uma heroína mais revolucionária na nova edição francesa de 1785 (a primeira tradução integral em francês). Clarissa aparece mais ousada e provocante. Chodowieck, o novo ilustrador, atribui a ela um papel dominante em quase todas as cenas em que comparece, mesmo quando está ameaçadoramente cercada por outros, como na imagem com sua família e Solmes (como se vê na fig. 5 da edição de Paris, 1785). Nessa versão, Clarissa quase sempre usa chapéu (a ausência de chapéu é sinal de vulnerabilidade sexual e de tensão emocional). Na representação gráfica da "Cena da faca", vestindo uma roupa modesta e uma touca rendada, ela se ergue atrás de uma mesa ornada de candelabros como uma deusa atrás de um altar, e enfrenta as prostitutas e um Lovelace ajoelhado comprimindo uma lâmina junto ao peito (ver a ilustração 14 da mesma edição). Com a solenidade de uma heroína clássica ou como a imagem da Liberdade que, na década seguinte, irá dominar esse gênero de estampa, Clarissa se contrapõe magnífica a Lovelace e o recusa na conversa que se segue ao estupro, enquanto ele nos surge

16. Daniel Chodowieck, ilustração para *Clarisse Harlowe*.
17. "Miss Fletcher", *Mrs. Elton and Mr. Knightley*.

como uma figura insignificante, retórica, inerme. Nessa cena, Clarissa é indomável: uma mulher que age com a cabeça erguida (fig. 16).

É opinião corrente que as personagens femininas dos romances precisam de descrições elaboradas, porque os leitores querem saber tudo sobre elas. Frances Burney foi criticada por não ter descrito melhor a heroína de seu romance *Cecilia*: a cor dos olhos ou dos cabelos, por exemplo. Os romances de Jane Austen foram valorizados por seu colorido histórico; e até o final do século XIX procurou-se acrescentar outros detalhes aos descritos por Jane Austen. Em 1895, surgiu um curioso livrinho de Rosina Filippi, com o título *Dialogues and Scenes from the Novels of Jane Austen. Arranged and Adapted for Drawing-Room Performance* [Diálogos e cenas dos romances de Jane Austen. Organizados e adaptados para apresentações domésticas], que, além das imagens, fornece informações detalhadas sobre as roupas de sr. Collins, Elizabeth Bennet, sra. Elton e sr. Knightley (fig. 17):

18. C. E. e H. M. Brock, ilustração para *Sense and Sensibility*.

Trajes

*Sra. Elton.* Tafetá de seda castanho-rosado com um folho do mesmo tecido sobre a saia, gola com renda de cor creme; faixa fina cor de cereja sob o corpete [...] elegante chapéu de palha com plumas de cor creme e fitas vermelhas; xale rosa-pálido, combinando com as fitas.

*Sr. Knightley.* Casaca cor de camurça, com forro de veludo escuro, de feitio elegante; camisa rendada; colete curto azul-escuro; calças de cor creme.

Apesar de bizarro, esse livro insólito nos oferece uma visão emblemática e uma crônica de moda; numa vinheta, Emma aparece sendo atingida por uma flecha de Cupido. A imagem, implícita numa frase de Jane Austen, é reconduzida a suas origens figuradas: "Cruzou-lhe o espírito com a velocidade de um dardo que o sr. Knightley não deveria se casar com ninguém, a não ser com ela" (*Emma*, vol. III, cap. XI). Um leitor amigo dos romances terá, por assim dizer, ainda mais

19. Maurice Leloir, *Le Miroir*, ilustração para *Manon Lescaut*.

romance – não só com essas novas ilustrações, mas também com os detalhes das roupas. A obra abre caminho para as futuras interpretações teatrais e as versões cinematográficas do século XX. O desejo de ilustrar os romances de Jane Austen (que, quando foram publicados, no começo do século XIX, não traziam nenhum complemento iconográfico) teve uma guinada no final do século, quando surgiu a edição das obras em dez volumes, organizada por R. Brimley Johnson, "com ilustrações a cores de C. E. e H. M. Brock" (J. M. Dent & Co., Londres, 1898). O estilo dessas ilustrações, à Kate Greenaway, edulcora a obra de Austen, quase convertendo-a numa peça de antiquário. Longe de vibrantes e primárias, as cores escolhidas, exceto o branco e o marrom, são tons pastel claro que produzem um efeito de delicada distância: rosa salmão, azul-celeste, verde pálido. As ilustrações de Brock podem ter um efeito irritante, mas no conjunto não deixam de ser inteligentes. Por exemplo, quando Elinor e a desavisada Marianne, em *Razão e sentimento*, vão à recepção e encontram Willoughby em companhia de uma dama desconhecida, a felicidade de ambas parece destinada a soçobrar. Ao representar esta cena, o ilustrador Brock toma uma decisão inovadora. Se o leitor, no romance, acompanha os acontecimentos do ponto de vista de Elinor, a ilustração o coloca *diante de* Elinor, fazendo seu olhar deslizar para além de Willoughby e da desconhecida. Quem olha a imagem, portanto, está no ponto de vista contrário em relação a Elinor, e portanto pode ver o que ela não vê – em primeiro lugar, ela própria (fig. 18). Além disso, podemos contemplar os encantos da srta. Gray, desconhecida até o momento, que aparece junto a Willoughby, como se fossem os personagens principais. Willoughby e a srta. Gray ainda não se deram conta da presença das irmãs Dashwood, que até agora passaram despercebidas, mas logo se darão. Elinor é reduzida a um elemento menor da narrativa e se torna uma figura qualquer, por sua vez, objeto de observação dos outros personagens e do leitor/espectador. Ela se recuperou da emoção de ter visto Willoughby, enquanto Marianne, em seus últimos segundos de amor feliz, ainda está na abençoada ignorância da presença de Willoughby e de tudo o que irá acontecer logo mais.

A mulher apaixonada pode ser representada de várias maneiras: por exemplo, como uma sereia ou uma esfinge, ou seja, como um personagem que ataca o herói sorrateiramente. Em algumas ilustrações de *Manon Lescaut*, do final do século XIX, por exemplo, a heroína de Prévost é representada segundo a imagem tradicional da mulher sedutora se mirando no espelho (a didascália tem o título de *Le Miroir*) (fig. 19). As ilustrações oitocentistas dos clássicos setecentistas se tornam cada vez mais cientes de si, cada vez mais "em grande estilo", porque o artista se sente diante de uma

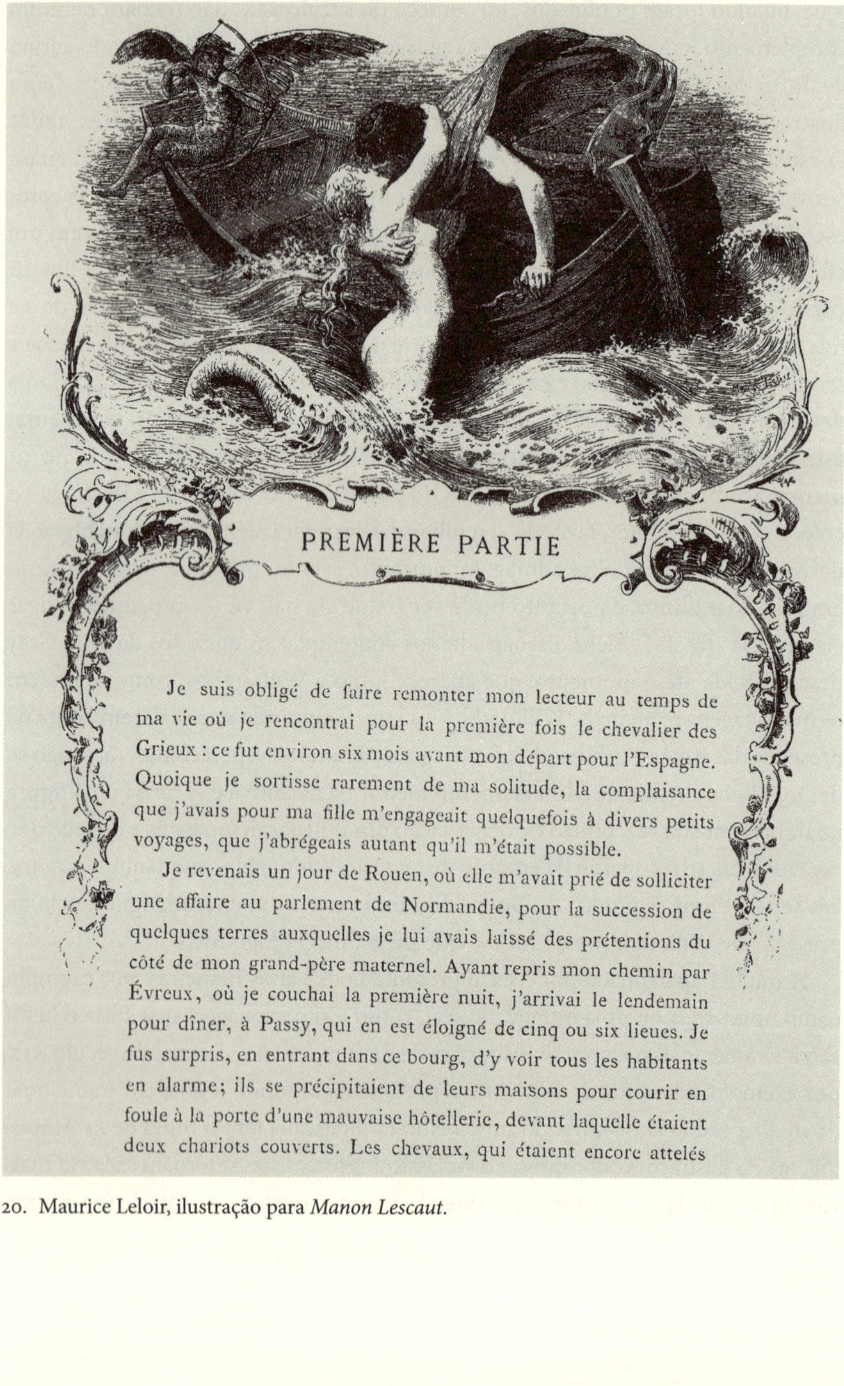

PREMIÈRE PARTIE

Je suis obligé de faire remonter mon lecteur au temps de ma vie où je rencontrai pour la première fois le chevalier des Grieux : ce fut environ six mois avant mon départ pour l'Espagne. Quoique je sortisse rarement de ma solitude, la complaisance que j'avais pour ma fille m'engageait quelquefois à divers petits voyages, que j'abrégeais autant qu'il m'était possible.

Je revenais un jour de Rouen, où elle m'avait prié de solliciter une affaire au parlement de Normandie, pour la succession de quelques terres auxquelles je lui avais laissé des prétentions du côté de mon grand-père maternel. Ayant repris mon chemin par Évreux, où je couchai la première nuit, j'arrivai le lendemain pour dîner, à Passy, qui en est éloigné de cinq ou six lieues. Je fus surpris, en entrant dans ce bourg, d'y voir tous les habitants en alarme; ils se précipitaient de leurs maisons pour courir en foule à la porte d'une mauvaise hôtellerie, devant laquelle étaient deux chariots couverts. Les chevaux, qui étaient encore attelés

20. Maurice Leloir, ilustração para *Manon Lescaut*.

21. Lucien Pisarro, frontispício para *Un coeur simple*.

narrativa já consagrada. Além do mais, o século XVIII já vinha envolto numa aura de nostalgia, e os temas ligados ao sexo eram mais fáceis de tratar se fossem transferidos ao passado. E Thackeray ambientou *A feira das vaidades* justamente numa época anterior, tornando menos inquietante a nossos olhos o encontro com Becky Sharp, descrita pelo autor, recuperando a caracterização simbólica, como uma perigosa sereia devoradora de homens, dotada de "uma terrível cauda de monstro marinho que sob a superfície quase transparente das ondas [...] se agita e freme" (cap. LVI). Curiosamente, Leloir, o ilustrador do final do século XIX de *Manon Lescaut*, parece ter se deixado influenciar pela imagem da mulher-sereia de Thackeray, inserindo a perigosa sedutora numa vinheta que ilustra a narrativa de Prévost, como se a evidente simbologia moral, amplamente enfatizada, justificasse a leitura de uma história tão escandalosa (fig. 20). É um claro exemplo da tendência, comum a todos os ilustradores de romances, de simplificar o personagem reconduzindo-o a suas raízes simbólicas.

Esse tratamento gráfico pode comportar um fenômeno ainda mais estranho, a saber, a suavização do personagem. Em 1901, uma edição de *Um coração simples*, de Flaubert, traz um gracioso frontispício de Lucien Pisarro, em que Félicité aparece ao lado de uma vaca. É uma figura levemente cômica, mas com uma certa elegância rural, muito diferente da camponesa com o papagaio, obstinada, extravagante e solitária que todos nós recordamos. Félicité foi transportada para o reino do bucólico e do idílico (fig. 21).

Uma outra forma de ilustração, na verdade bastante rara, é a transformação dos personagens dos romances em esculturas. A origem dessa prática remonta ao costume do final da Antiguidade de esculpir as figuras de Eros e Psiquê (cuja história de amor parece ter sido, em sua essência, uma invenção de Apuleio). Os afrescos de Rafael no Palazzo Farnese, que George Eliot menciona em *Middlemarch*, conferem uma nova celebridade aos dois personagens, a tal ponto que Eros e Psiquê foram um estímulo ao ímpeto escultórico de Canova no começo do século XIX, num período especialmente fecundo para a transformação dos personagens literários em formas esculpidas. A Salambô de Flaubert e seu amante atormentado foram modelados em bronze (fig. 22). Um artista americano executou uma grande escultura de mármore inspirada num personagem dos *Últimos dias de Pompeia*, de Blower Lytton, a jovem cega que tenta explicar no mármore que a heroína consegue ouvir, mas não enxergar (Snite Museum, Notre Dame). A escultura resgata o personagem – quase sempre feminino, diríamos – dos limites e das convenções da modernidade, atribuindo-lhe um lugar na antiguidade heroica ou bárbara. Essas obras, mais do que qualquer outra modalidade iconográfica, ilustram a tendência

22. Theodore Rivière, *Salammbô chez Mathô. "Je t'aime! Je t'aime!"*, bronze, final do século XIX.

de reconverter os personagens dos romances em deuses ou semideuses. Embora se façam estátuas de homens e mulheres que realmente existiram – e a escultura de uma figura imaginária ofereceria, talvez, uma enganosa garantia de realidade à pessoa representada –, o efeito obtido é o de colocar o personagem no reino do icônico e do simbólico, de afastá-lo do papel de simples pessoa para incluí-lo no drama da divindade.

Os ilustradores de romances por vezes registram o desejo difuso de conferir cor ou movimento à ação. O tradutor inglês de *Os sofrimentos do jovem Werther*, que com razão define o romance como *Uma história alemã* (ainda que sua tradução, na verdade, tome como base a "fiel edição francesa"), lamenta que

> a história de Werther avança penosamente devido a obstáculos definidos, à ausência daquela variedade de personagens geralmente tida como essencial para garantir o êxito de tais criações, à escassez de acontecimentos que mantenham o espírito concentrado sempre num único tema ("Prefácio", 2 v., 1, Londres, 1789).

Os ilustradores costumavam mostrar Werther sentado ao luar em pose melancólica, evocando imagens meditativas românticas. Em 1786, foi publicada uma imagem menos estática, uma meia-tinta inglesa com o título *A última conversa entre Charlotte e Werther* (fig. 23). Assim, o romance tinha popularidade suficiente para levar um ilustrador a crer que sua obra teria mercado: em outras palavras, a ilustração se torna independente dos limites físicos do livro. *A última conversa* pode ser definida como "uma imagem de ação emocional". Werther, impecável em seu casaco azul-escuro, se lança aos pés de uma angelical Lotte, graciosa e arrebicada, adotando uma posição desajeitada, retorcida e anatomicamente impossível para qualquer homem dotado de uma perna esquerda normal e de um joelho não deslocado. O contraste entre as cores graciosas e a postura pouco natural desperta não tanto empatia, e sim risada.

No século XIX, os ilustradores demonstram uma predileção ainda mais acentuada pela variedade dos personagens em cenas de ação. Com efeito, é difícil encontrar um personagem sem aquilo que o "tradutor" de Goethe chama de "variedade de personagens": como se cada personagem só pudesse ser conhecido em meio a outros personagens, e dentro de uma sequência de ações e relações dramáticas. Ninguém soube satisfazer melhor essas exigências do que Charles Dickens, cujas obras (sobretudo as primeiras) despertaram o interesse dos artistas, e cujas relações com a cinemática não são difíceis de rastrear. As ilustrações de Cruikshank para *Oliver Twist* criam uma série de imagens sucessivas, de grande tensão e intensidade. A ilustração chamada *Sr. Fagin e seus alunos socorrem Nancy* enfatiza a ação e as relações entre os personagens, e todos os efeitos tendem a excluir os sentimentos e a retratar a ação (fig. 24). Nancy, pálida, exausta, com o peso da gravidez, tem traços feios: a clássica irlandesa pobre. Os sentimentos ficam subordinados à intenção satírica. Bill Sykes é claramente malvado, com o queixo sombreado pela barba, como Richard Nixon. Todos os personagens realistas de Dickens se prestam a uma interpretação emblemática: a imagem de Charley Bates empenhado em atiçar o fogo guarda um certo parentesco com os carrascos (frustrados) de Florio e Brancaflor e todos os seus semelhantes. Como em *Filocolo*, simboliza-se o fogo do inferno, mas também o fogo do amor – mesmo que o fogo do amor de Nancy pareça deslocado neste mundo infernal e comicamente frenético.

23. G. R. Ryley e T. Ryder, *A última conversa entre Charlotte e Werther*.
24. George Cruikshank, ilustração para *Oliver Twist*.

25. Gwyneth Paltrow no filme *Emma* (D. Mc Grath, 1996).

No começo do século XXI, costuma-se pensar que a iconografia dos personagens de ficção se limita aos livros infanto-juvenis. Na verdade, hoje as formas iconográficas mais eficazes e mais difundidas são, sem dúvida, as adaptações para a televisão e as versões cinematográficas dos romances, que, aliás, seguem o caminho indicado pelas ilustrações figurativas, visto que privilegiam a variedade dos personagens, as cenas de ação, os significados emblemáticos. Pode-se dizer que a melhor imagem contemporânea de Emma, personagem de Jane Austen, é o rosto da atriz Gwyneth Paltrow (fig. 25), que também aparece na capa de uma edição popular do romance. Ao que parece, existe uma necessidade "natural" (o adjetivo "natural" se referindo à nossa "segunda natureza") de representar os personagens em que "acreditamos". Os divos e divas, astros e estrelas do cinema, assim redespertam uma vez mais a antiga relação entre o personagem de romance e a divindade.

# 3

# GENTE QUE ESCREVE, GENTE QUE LÊ

CHRISTA BÜRGER

# O sistema do amor

Gênese e desenvolvimento da escrita feminina

## 1. Maria de França

Oferece-nos seu nome como uma súplica. Deseja que nos recordemos dela. "Nomear-me-ei para ser recordada:/ o meu nome é Maria, sou de França" [*Me numerai pur remembrance:/ Marie ai num, si sui de France*]. Surge de repente, é uma mulher que se faz reconhecer, mesmo se ignoramos a origem e as circunstâncias de sua vida. As vozes de suas precursoras, se as teve, foram perdidas, mas a dela nos acode ao ouvirmos as escritoras subsequentes falarem dos amores das mulheres. Porque a declaração de soberania daquela que escreve, Maria de França, é, simultaneamente, a declaração de soberania da mulher que ama. Antes dela, nós a encontramos uma única vez, nas cartas de Heloísa, às quais, no entanto, o tom abertamente blasfemo confere um *páthos* desconhecido por Maria de França.

O tema exclusivo das cartas de Heloísa e dos *lais* de Maria é o amor. Mas as duas mulheres dele falam de modo tão diferente em relação às concepções de seu tempo, que a liberdade espiritual que adotaram para si parece-nos absolutamente inverossímil. Pois, quando Heloísa confessa, abertamente e sem fingir arrependimento, as alegrias pecaminosas que desfrutou com Abelardo (com palavras provocadoramente explícitas), ela o faz em um ambiente no qual a criação de Adão e Eva e a história de sua queda representam uma profissão de fé então compartilhada, seja pela elite seja pelo povo. De tal maneira, a versão misógina da história da criação proposta pelo Gênesis poderia ser lida como o texto que funda a ideia de feminilidade da cultura europeia e ocidental: foi a sedução de Adão por Eva que causou a expulsão do paraíso e marcou a humanidade pelo pecado original. A luta contra a sexualidade, sobretudo feminina, e o controle da própria estão entre os principais motivos de confronto entre o poder eclesiástico e o secular: e dessa luta, no decorrer do processo de civilização, nasce uma imagem ideal – o amor cortês – cujo fulcro é constituído de um feminino imaginário. Por volta de 1130, à época em que Heloísa se tornou abadessa e provavelmente Maria veio à luz, o ideal atinge a plenitude de seu desenvolvimento. O modelo cultural do amor cortês ainda é um enigma a ser investigado: resta esclarecer não apenas o papel desempenhado pelo pensamento religioso ou mítico na espiritualização do amor, mas também o problema da correspondência entre realidade aristocrático-feudal e ideal cortês. Aqui me ocuparei brevemente desse argumento, pois acredito que na França exista uma tradição de escrita feminina que se nutre de uma utopia do amor próxima daquela que, pela primeira vez, encontramos na lírica trovadoresca e nos romances de cavalaria do século XII.

O amor cortês é, como sugere o próprio nome, um ideal de classe que se baseia na exclusão e na delimitação. A idealização e a sublimação são os modos pelos quais o cavaleiro, durante o crescente processo de aristocratização, consegue afastar-se da satisfação direta e comum das necessidades sensíveis. Isso comporta a exclusão, como objeto amoroso, tanto da mocinha ainda imatura quanto até da mulher e limita o amor elevado, cortês, à relação com a mulher de outrem: o senhor. É, de fato, a senhora, a dama, que representa o ambicionado objeto de amor do cavaleiro. Ela é sempre inatingível, mas impele a préstimos sempre mais elevados, ao aperfeiçoamento de si, à disposição para imolar-se. O amor se torna uma arte, cujas regras são estabelecidas pela "mulher cortês". De uma perspectiva feminista, o ideal do amor cortês é indubitavelmente criticável: o casamento fazia parte da política familiar e era concebido em função da procriação, não da felicidade pessoal: em todo caso, não a da mulher. Também é verdade que o modelo, em igual medida, eleva e valoriza a mulher: no ordenamento masculino ela era objeto abstrato, imaginário, de amor – a mulher, para o cavaleiro que praticava o amor cortês; e a Virgem Maria, para o religioso.

Maria de França serve-se dos elementos do amor cortês com uma segurança desconcertante: extrapola-os do contexto patriarcal e, transformando-os e recombinando-os, inventa para si um mundo de amor utópico e encantado, onde a circulação dos desejos eróticos não é limitada por qualquer tipo de ordenamento dos sexos, e todos têm o direito de ser feliz bem como o dever de fazer feliz. Os *lais* têm por título nomes masculinos, mas são narrados de uma perspectiva feminina, que os diferencia da literatura de *aventure* coeva. Mas a escolha da perspectiva também lhes explica a atmosfera singular, a oscilação entre o mundo real e o ideal, entre o sonho e o conto popular. O amor, em Maria de França, não é um ritual solene, como o culto dedicado pelo cavaleiro à mulher amada, que transfigura e mitiga a insuportável gravidade da sociedade feudal, mas uma força transformadora, que, mesmo ao falhar, realiza igualmente as aspirações iniciais, pois exige o que Marc Bloch chamou de um "lugar de satisfação", um mundo no qual também as mulheres possam, finalmente, viver. Os *lais* de Maria de França narram sonhos acordados, sonhos compreensíveis, fatos para serem compartilhados:

> De seus amores e suas alegrias
> os antigos fizeram um *lai*,
> e eu, que os escrevi,
> ao contá-los, muito me diverti.[1]

Esse "divertimento" (*delit*) é contagioso. Quando se atravessa o mundo dos *lais* deseja-se narrá-los, porque é um mundo repleto de *déjà-vu* felizes. Narrarei, portanto, mas me limitarei a um único exemplo, o de "Yonec", uma narrativa em muitas camadas cujo título, prólogo e exposição muitas vezes confundem os leitores. A história das origens de Yonec, em realidade, interessa à narradora apenas por permitir-lhe tratar o amor, e no momento em que o amor entra em jogo a narrativa abandona o plano da realidade e se transforma em conto popular. Dito de outro modo, o fundo genealógico, oscilante entre história e lenda, fornece à narrativa apenas um pretexto para acompanhar a dolorosa luta de uma jovem mulher pela própria autodeterminação. Para a narradora basta a construção passiva e a ironia da rima emparelhada para delinear a relação entre a bela esposa e seu velho e rico marido ("Que ao rico homem foi dada;/ E por sua beleza, muito amada").[2] O homem confina em uma torre a valiosa propriedade que lhe foi entregue e deixa de guarda

1 "*De lur amur e de lur bien/ Firent un lai li auncïen,/ E jeo, ki l'ai mis en escrit,/ Al racunter mut me delit.*" Maria de França, *Lais* (segunda metade do século XII) [tradução italiana, *Lais*, org. G. Angeli. Milão: 1983, pp. 248-51, daqui em diante citado diretamente no texto e nas notas com o número da página entre parênteses; ed. bras.: *Lais de Maria de França*, trad. Antonio L. Furtado. Petrópolis: Vozes, 2001].

2 "*Ki al riche hume fu donee;/ Pur sa beauté l'ad mut amee*" (p. 179).

a irmã, velha e má. A bela consome-se e deseja a morte. Mas a primavera chega e Maria orquestra a sua narrativa em outro tom, que conhecemos bem da lírica trovadoresca: "Foi no início do mês de abril,/ Quando os pássaros se põem a cantar".[3] A reclusa na torre anseia pelo amor e não irá esperar por muito tempo. Um belo pássaro introduz-se por entre as grades de sua janela e transforma-se em um jovem e fascinante cavaleiro ("Transformou-se em um cavaleiro belo e gentil").[4]

Imperceptivelmente, a narradora nos arrastou para o seu mundo. Os nossos pensamentos estavam voltados para uma mulher jovem e bela, prisioneira de um casamento que lhe fora imposto, privada das relações jurídicas vigentes na juventude e na vida, e, repentinamente, vemos Rapunzel que joga da torre os seus longos cabelos, vemos a princesa que acaricia o seu amado travestido de animal, e de novo a mulher à janela da torre, de olhos abertos perdida nos próprios sonhos, enquanto ouve o canto do seu trovador. Mas, depois, retornamos à realidade, a uma reclusa que, decidida, busca uma saída e não renega o seu ardente desejo de amor.

Aqui a narradora suspende o fluxo da narração: no mundo dos *lais* o amor é uma realidade séria, na qual estão em jogo a vida e a morte. A *dame*, como daqui em diante será chamada, está pronta para aceitá-lo com o *chevalier*, atraído, por assim dizer, pelo mesmo anelo ao amor da mulher. Mas, como para assegurar-se de que não se trata apenas de um sonho, pergunta-lhe pela sua religião e obtém uma confissão de fé que torna explícita a suspeita de heresia, à qual, provavelmente, a própria Maria de França foi exposta. Em sua versão do pecado original, Eva e a serpente não figuram, foi Deus quem fez a humanidade cair na dimensão da *tristur*, a aflição criatural, foi Adão, "nosso pai", quem a ativou com a mordida dada na "maçã amarga". E foi o homem quem impôs a si mesmo e à amada um tipo de prova de continência, antes que os dois confirmem, após cearem juntos, o vínculo amoroso. Assim é sancionada uma união conforme o direito do amor.

No mundo real, vigoram outras leis, portanto a história, como a de Tristão e Isolda, deve terminar tragicamente. Os amantes são descobertos e o marido traído prepara uma arapuca para o cavaleiro-pássaro. Ferido de morte, este se despede da amada anunciando-lhe um filho que vingará a ambos. Começamos então a entender que a Maria de França não interessa tanto a libertação, mas a justiça para a mulher que ama. A torre onde ela está recolhida, com efeito, parece inesperada e miraculosamente liberada. A protagonista, por sua vez, feita leve como um pássaro, precipita-se da

3 "*Ceo fu el mies d'avril entrant/ Quant cil oisel meinent lur chant*" (p. 181).

4 "*Chevaliers bels e genz devint*" (p. 185).

janela, sem que a narradora julgue necessário dar explicações. Coberta apenas por um vestido leve e guiada pelos rastros de sangue que a ave ferida deixou atrás de si, a amada atravessa uma região desconhecida com montes, jardins, cidades: sempre lugares desabitados; por todos os lados, poças de sangue. Com segurança alucinatória encontra o caminho para o castelo do amado; ao morrer, este lhe dá um anel, uma espada e um manto... Aqui são antecipados motivos do romance gótico, que alguns anos mais tarde serão propostos por Ann Radcliffe, mas o leitor não experimenta sobressalto. De fato, a narradora não quer provocar piedade nem horror. Ao final de sua história, não há expiação, como no início não havia sedução. Nada é imerso em escuridão e nada é inundado pela luz, não o amor, não a morte. Uma mulher está ao lado do amado morto; envolve-se no manto dado por ele, e oculta ao nosso olhar a sua dor. Assim ela volta para o marido, que a recebe como se nada houvesse acontecido. Como se voltasse à realidade após sonhar acordada, não fosse pelo filho do cavaleiro, que, no momento em que lhe é revelada a história de seus pais, assassina o velho e assim dá prosseguimento à descendência de seu verdadeiro pai.

E tudo é narrado de modo tão natural, tão harmonioso, que quase não nos damos conta da maneira como a narradora modifica os nossos valores. O assassínio do velho aparece como castigo merecido; a relação adúltera, como uma união legítima; o filho natural, como o legítimo herdeiro. Se o *lai* dos poetas bretões, que Maria afirma ter reelaborado, conservou, para transmitir-lhe a memória, a triste história de amor entre o cavaleiro e sua dama, a narrativa de Maria funda, a partir dele, uma nova realidade, na qual o amor é o único a ditar normas. Legítimo, segundo as leis do amor, é o vínculo entre os amantes e não o casamento contraído à força, que faz da mulher uma triste reclusa. O sistema do amor não se ocupa das regras do jogo do romance de *aventure*, que distribui as personagens, aquelas que cortejam e aquelas que são cortejadas, em um territótio demarcado por limites claros e precisos. O desprezo por essa distribuição e por essa estratégia em Maria de França é programático como em poucos outros casos (cf. "Guigemar"). Maria faz os amantes procurarem um ao outro e declararem reciprocamente o seu amor (*druerie*), mas, em geral, é a mulher que dá o primeiro passo. O que une e mantém unidos os amantes é a alegria (*joie*). A narradora não se ilude com o fato de o seu sistema do amor ser, obviamente, uma utopia: em "Lanval", a dama rapta seu cavaleiro de um mundo (cortês) hostil ao amor para conduzi-lo, em uma espécie de "viagem a Citera", a "Avalon [...]/ Em uma ilha muito bela".[5]

5 "*Avalun* [...]/ *En un isle ki mut est beaus*" (p. 161).

## 2. Marie Le Jars de Gournay

A Michel Seigneur de Montaigne.

Vós entendeis bem, meu pai, que chamo a isto [o manuscrito] o vosso pátio, porque, enquanto passeávamos juntos, há apenas três dias, contei-vos a história que segue.[6]

Quatrocentos anos após o aparecimento dos *lais*, uma outra Maria nos oferece o seu título como um escudo atrás do qual pode ocultar-se: "*fille d'alliance*". Se a biografia de Maria de França permanece envolta nas trevas da história, a de Marie Le Jars de Gournay é iluminada pela luz que irradia da conexão com o nome de Montaigne. *Le Proumenoir de Michel de Montaigne* [O pátio de Michel de Montaigne] "*par sa fille d'alliance*" é, por muitos aspectos, um passeio com o pai. Marie de Gournay, por certo, não nos arrebata a partir de um mundo singular, como a narradora da Alta Idade Média, mas vive a sua vida de escritora como momento de resistência no interior de um sistema patriarcal inflexível, que impõe à mulher, como única felicidade e suprema virtude, a permanência na ignorância. Talvez pareça paradoxal, mas essa resistência funda-se precisamente na submissão ao nome do pai. Trata-se, de todo modo, de uma submissão a uma autoridade espiritual que não pode exercer sobre ela nenhum poder jurídico ou físico. Assim, até hoje, Marie Le Jars de Gournay só foi percebida por intermédio de seu pai eletivo, mas, com o título de "*fille d'alliance*", reconhece a si mesma como sujeito de uma livre escolha.

Esse paradoxo historicamente necessário também é observado em *O pátio de Michel de Montaigne*, cuja dedicatória tem a função de legitimar um escrito que, por si só, não possui legitimação alguma, Marie de Gournay apresenta-se ao público sob a égide de Montaigne. Sequer o material da própria narrativa Maria inventou pessoalmente: encontrou-o em uma coleção de histórias, publicada por volta da metade do século XVI, e a que ela escolheu, provavelmente, remonta a Plutarco. Se, ao narrá-la, ela submete a tradição masculina a uma perspectiva feminista, não consegue, porém, emancipar-se plenamente dos modelos narrativos patriarcais. A autora intervém repetidas vezes em sua narrativa com reflexões ético-filosóficas

6 "*A Michel Seigneur de Montaigne./ Vous entendez bien mon père, que ie nõme cecy vostre Proumenoir, parce qu'en nous promenãt ensemble, il n'y a que trois iours, ie vous contay l'historie qui suit.*" Marie Le Jars de Gournay, *Le Proumenoir de Michel de Montaigne* (1594), in P. F. Cholakian (org.) Nova York: 1985.

e, como antes dela fizera Christine de Pizan, em *Cité des dames* [Cidade das damas] (1404-05), evoca a autoridade dos antigos gregos para persuadir o "pai" da igualdade entre homens e mulheres. *O pátio de Michel de Montaigne*, efetivamente, já contém em germe os argumentos que ela empregará em seu grande tratado. Marie de Gournay reconhece o fundamento da efetiva disparidade entre os sexos na ignorância na qual as mulheres foram mantidas, precisamente, para evitar que questionem essa disparidade. Surge, assim, a motivação pela qual Marie de Gournay escreve: não por ambição literária, mas para instruir. As suas técnicas narrativas são didáticas e, portanto, conservam-na no interior da tradição, à época já um pouco ultrapassada, da narrativa pelos *exempla*.

A história narra a sorte de uma princesa e se desenrola segundo uma lógica tão previsível quanto impiedosa. A bela Alinda, que o pai, o rei da Pérsia, prometeu a um usurpador estrangeiro para salvaguardar o próprio império da destruição iminente, não é, por isso, um objeto desprovido de vontade própria, submetido a manobras políticas e de poder. Ela mesma decide renunciar à própria felicidade por amor à pátria: um motivo conhecido, que a autora recupera da mitologia romana. O propósito de renúncia, contudo, não é mais forte que a sedução movida por um jovem e nobre persa. A princesa consente em realizar um matrimônio secreto e foge com o amado por mar; uma tempestade surpreende os fugitivos e os faz naufragar em uma ilha longínqua, cujo soberano logo começa a insidiar a bela estrangeira. E para atingir o seu intento com maior rapidez, oferece ao jovem esposo a própria irmã em troca da princesa. Oprimida pela vergonha e pelo arrependimento, pela dor da infidelidade do amado e pelo medo da violência que a aguarda, a protagonista decide entregar-se à morte. Finge prestar-se à troca, mas impõe como condição que sua serva, a única pessoa que conhece a história, seja morta. Depois, com um pretexto, afasta-a do respectivo quarto e, em seu lugar, espera pelos golpes mortais dos assassinos.

Marie de Gournay, a autodidata, aproxima-se do romance helenístico com os seus heróis aventurosos e os seus casais de namorados separados pelo destino, que em rápida sequência são raptados, vendidos e, por todos os lugares, expostos à intromissão de novos amantes. Recupera o ideal de virtude masculina da antiguidade romana, conferindo à sua heroína as características morais de uma nova Lucrécia. Por que, então, interessar-se por uma tentativa de escrita tão manifestamente epigonal? De fato, estava para deixar de lado, impaciente, *O pátio de Michel de Montaigne*, obra de uma autora esteticamente limitada, composta no áspero francês quinhentista, com aqueles períodos modelados a partir do latim erudito e aqueles comentários pedantes, quando, *a posteriori*, ocorreram-me alguns motivos que não se harmonizavam completamente com essa diluída versão epigonal da narrativa por meio de *exempla*.

A autora arranjou com muita meticulosidade a imolação da bela Alinda para que, sob a superfície, não se entreveja um intento programático. Se essa morte heroica pertence ao mundo da *virtus* romana, a tradição do sacrifício pertence ao mundo patético das mulheres. Alinda, "filha de pai" como a autora, morre pensando na infeliz velhice de sua mãe, afastada da própria filha, e a narradora, por sua vez, recorre ao lamento fúnebre, evocando assim o "Carpido das Mães",[7] que representa uma ameaça para o sistema patriarcal. Se o suicídio aparece como a última e, no fundo, legítima saída para a violência sexual, a narradora restitui a uma morta aquela autodeterminação que a mulher, quando viva, não pôde defender. Alinda não morre como objeto inerte e sem vontade própria dos desejos masculinos, mas como sujeito, cuja liberdade, ou melhor, liberdade desesperada, consiste em escolher a própria morte. E mesmo o tipo de morte escolhido não pode ser casual: na tragédia antiga, a "bela morte" é reservada aos homens, ao passo que as mulheres não possuem a própria morte e são assassinadas na coxia. E quando põem fim à própria vida, fazem-no enforcando-se no quarto de dormir. Há também mulheres que, por assim dizer, "roubam" aos homens a morte deles, ou seja, que, ao morrer, interpretam a parte do homem, apunhalando-se; porém, mesmo estas, como a Jocasta de Eurípedes, morrem no lugar que é símbolo do matrimônio. Assim, sob a variação trágica oculta-se, mais uma vez, a norma do casamento patriarcal: as mulheres só podem subtrair-se à violência mediante a mímese da violência. A mesma violência que a tão desdenhada e criticada "*Carte de Tendre*", de Madeleine de Scudéry, tentará domesticar.

## 3. Madeleine de Scudéry

A "*Carte de Tendre*" está inserida no romance de amor e de aventura *Clélie*, publicado em numerosos volumes por volta da metade do século XVII. Madeleine de Scudéry dedicou a topografia imaginária concebida por ela à marquesa de Rambouillet, em cujo salão nasce o movimento das preciosas. E visto que se fala de um código amoroso, é bom que se saiba que Madeleine de Scudéry fixou-o da

7 Cf. N. Loraux, *Come uccidere tragicamente una donna*. Roma: Laterza, 1988.

perspectiva das mulheres. Sem dúvida, houve precursoras: mesmo secularizada, a concepção de amor de Scudéry não esconde que a sua origem está na mística feminina, no platonismo cristianizado das novelas de renúncia do *Heptameron* (1558) de Margarida de Navarra e na *Rigle des fins amans* das comunidades medievais de beguinos. A rainha de Navarra, no entanto, pode emular uma tradição que, ao acercar-se das preciosas do Hôtel de Rambouillet, estava presente apenas em forma de vestígio. Em uma de suas obras espirituais tardias, Margarida presta homenagem a uma mulher corajosa de Hennegau, Marguerite Porète, que, devido à sua atípica concepção do amor, foi queimada viva em 1310 em Paris, na Place de Grève, como herética reincidente. Margarida de Navarra escreve que se perguntou, ao ler o *Miroir des simples âmes* [Espelho das almas simples] daquela Margarida que vivera séculos antes dela, como uma mulher de origem tão simples poderia ser dotada de uma plenitude de graça tão admirável ("*je m'esmerveillay/ Comme un esprit d'une vierge si basse/ Fut si remply de divine grace*" [admirei-me/ Como o espírito de uma virgem tão modesta/ foi tão pleno de graça divina]).[8] Marguerite Porète, em realidade, escreveu o seu tratado do amor para a "grande igreja" das almas amorosas; da "pequena", da fé institucionalizada, não cuidou. Madeleine de Scudéry, também núbil, ainda que de condição não propriamente humilde, quer tornar o amor endêmico sobre a Terra e conduz os seus leitores e leitoras a um país de ternura, obviamente acessível apenas aos "corações nobres", às "almas belas", como serão chamadas em *A nova Heloísa,* de Rousseau.

A teoria do amor de Scudéry não procede por oposição abstrata, mas por proximidade ou distância em relação a um terceiro elemento. Assim, a amizade e a amizade terna são definidas em relação à indiferença, que no mapa topográfico do amor representa a mancha escura que ameaça o amante ao longo de seu caminho. Devemos reconhecer a coragem dessa escritora incansável que, em um mundo de intrigas cortesãs e de luta por prestígio, no qual as mulheres servem de joguete de acordo com os interesses de poder ou são meros objetos de desejo sexual, elabora uma doutrina do amor terno. O viajante que se deixa guiar pela "*Carte de Tendre*" é, positivamente, um homem, ao fim da viagem, porém, não há a conquista da mulher, mas o amor (*Tendre sur inclination*). E o amor impõe ao homem anos de aprendizado do coração, durante os quais deve desenvolver capacidades como a indulgência, a submissão, a constância, a sensibilidade e a fidelidade, ou mesmo apenas uma generosidade que simule o amor, após o enfraquecimento deste, e mantenha-no vivo,

8 Apud K. Ruh, *Geschichte der abendländischen Mystik*, v. II. Munique: Beck, 1993, p. 346.

ao menos como fingimento "inocente". "Quero", escreve Scudéry e ao fazê-lo assume, na expressão e nas inflexões, o papel de quem está habituado a ditar normas:

> quero que se ame por generosidade [*generosité*], quando não se pode mais fazê-lo por inclinação [*inclination*], e quero também, quando não mais se possa amar, que se obrigue a proceder como se amasse ainda: de fato, esta é a única circunstância em que é consentido enganar inocentemente, ou melhor, na qual é até mesmo belo fazê-lo.[9]

O paradoxo desse fingimento legalizado consiste, e não poderia ser diferente, no fato de ele se aplicar, declaradamente, a um âmbito no qual a instituição do casamento não tem validade alguma. As figuras femininas de Madeleine de Scudéry querem "um amante, não um marido", um amante que se contente em possuir os seus corações e as ame até a morte.

E, assim, chega-se também ao problema dessa doutrina do amor: a duração. A dor da qual se nutre a escrita das mulheres – de Madeleine de Scudéry, passando por Madame de La Fayette, até Madame du Deffand e Julie de Lespinasse, ou seja, ao auge do Iluminismo – é expressão de uma profunda consciência: que o amor, mas sobretudo o amor passional, não dura, existe apenas no não mais; que o discurso sobre o amor, que desde *Astrée* [Astréa], de Honoré d'Urfé (1607-1627), caracteriza tanto a cultura dos salões quanto a literatura romanesca, é um tipo extremamente ambíguo de experiência, pois que o adjetivo mesmo que deveria resguardar o amor de sua caducidade, ao mesmo tempo, provoca a dúvida sobre seu caráter autêntico. As mulheres são particularmente atingidas pela impossibilidade da duração, pois as ideias predominantes no sistema dos sexos reservam um lugar estável, nesse sistema, ao *inconstant*, ao qual corresponde apenas, sob a perspectiva da mulher, a amante abandonada. Desse modo, a resistência das mulheres é, cada vez mais, também expressão de uma necessidade de paz. O romance, nota Goethe, que todavia pensa no romance de uma mulher, em *Gabriele* de Johanna Schopenhauer (1819), descreve "aquilo que nos proscreve do mundo, a paixão absoluta; para a qual, depois, ao surgirem obstáculos intransponíveis, só resta satisfação no desespero e só encontra paz na morte".[10] Esta definição tão geral quanto abissal do

9 Apud N. Luhmann, *Amore come passione*. Bari: Laterza, 1987 [ed. port.: *O amor como paixão: para a codificação da intimidade*, trad. Fernando Ribeiro. Lisboa: Difel, 1991].

10 J. W. Goethe, "*Gabriele* von Johanna Schopenhauer", *Über Kunst und Altertum*, IV, n. 1, 1821. Também incluído em *Sämtliche Werke*, v. XXI. Frankfurt: Hanser, 1998.

romance feminino, talvez possa ser aplicada a *A princesa de Clèves*, de Madame de La Fayette, um romance completamente dominado por aquela *tristur* que Maria de França remontava ao legado de Adão. *Tristesse* é sua palavra-chave.

## 4. Marie-Madeleine, condessa de La Fayette

Marie de Rabutin-Chantal, marquesa de Sévigné, e Marie-Madeleine Pioche de la Vergne, condessa de La Fayette, logo foram inscritas na história da literatura de modo duradouro: mas as vicissitudes desta amizade ainda seriam narradas, pois essa história de amor com um código todo seu, provavelmente, está relacionada de um modo tão necessário quanto difícil de determinar com a história de sua escrita. O amor destas duas *grandes dames* do século XVII, se algum dia optassem por conferir-lhe concretude, teria violado o código amoroso dominante, que contrapõe um sujeito (masculino) a um objeto (feminino) de desejo em uma relação de poder. O amor delas é, de fato, fundado em uma contraposição que vai além desse sistema: para Madame de La Fayette, Marie de Rabutin é a alegria personificada: para Madame de Sévigné, a amiga é uma criatura nascida sob o signo da melancolia, cuja natureza é sintetizada em uma única frase, quase agramática – "*Elle avait une tristesse mortelle*". *Tinha* uma tristeza mortal, como se tem uma doença incurável.

*A princesa de Clèves* foi publicado, anônimo, em 1678. Um livro pequeno e, só por isso, uma novidade literária, depois dos infindáveis romances em muitos tomos da primeira metade do século XVII. Uma *histoire*, como realça o prefácio, ou seja, uma história "verdadeira": romance histórico, quanto ao *sujet*, novela quanto à dimensão e à modalidade narrativa. Madame de La Fayette sempre negou-lhe a autoria. Talvez, lembrada dos princípios de Descartes, quisera ater-se às regras da *bienséance*, que de fato violaria, pertencente como era à alta nobreza do ambiente de corte, se se expusesse como autora; ou, talvez, a fama lhe era indiferente e buscou reconhecimento unicamente no pequeno círculo de amigos escolhidos, que se reuniam em seu *Hôtel* na rue de Vaugirard: além de Madame de Sévigné, em especial o duque de La Rochefoucauld. Era, ao que se sabe, um cenáculo concebido com o intuito de diferenciar-se do mundo da corte – considerado um mundo governado pelas aparências –, que desenvolveu uma linguagem própria, passível de ser reconstruída mediante as interferências de textos tão diversos como as cartas da marquesa, as máximas do duque e o romance da condessa. "Existem os bons casamentos, mas não os deliciosos", reza uma das máximas de La Rochefoucauld.

Madame de Sévigné deveria tê-la em mente quando descreveu a relação da amiga com o duque como uma "relação deliciosa".

A atmosfera comum a esses amigos devia ser a desilusão, a consciência de pertencerem a uma classe social cujos modos já haviam perdido a validade. A liberdade feudal que definira a autocompreensão aristocrática da época fora obscurecida com a Fronda. Aquele "*délicieux commerce*" de que fala Madame de Sévigné é uma relação com um homem profundamente marcado por um ferimento de guerra deformador, que, na condição de ex-*frondeur*, sabe que deve perfilar-se junto aos perdedores da história. A melancolia de La Rochefoucauld é, portanto, mais do que uma mera inclinação subjetiva: é um instrumento de conhecimento extraordinariamente desenvolvido. Sua psicologia do desmascaramento, escandalosa não apenas para os contemporâneos, que descobre motivações egoísticas desconhecidas pelo eu por trás das ações as mais elevadas, é o suprassumo da experiência de um derrotado que alcançou extrair da própria derrota um conhecimento: que o eu não é unicamente o lugar da razão, mas, em igual medida, o da ilusão, do autoengano. Desse conhecimento nasce o exercício de autoanálise levado aos limites da autodestruição, que faz de *A princesa de Clèves* um evento tão singular na literatura do período. E, se hoje lemos o romance de Madame de La Fayette como uma experimentação sobre si mesma de espantosa modernidade, é também porque, na figura da narradora, podemos reconhecer o ceticismo da autora.

A trama se desenrola segundo a lógica inexorável das tragédias racinianas: uma jovem mulher que contraiu um matrimônio ditado pela razão é desestabilizada pela paixão que um outro homem demonstra sentir por ela. Determinada a manter-se fiel ao marido, recorre a um meio extremo: confessa-lhe o amor que sente pelo duque de Némours, o qual, sem ser visto, também escuta a confissão. O príncipe de Clèves, que ama a mulher, não domina o tumulto de sentimentos que lhe despertou a confissão, adoece e morre. A princesa, agora livre, decide, porém, renunciar ao amor. Retira-se do mundo, enquanto a paixão do duque de Némours enfraquece lentamente.

A história da literatura francesa atribui a *A princesa de Clèves* o início da tradição do romance (de amor) psicológico ou analítico que, por intermédio de Marivaux e Prévost, Benjamin Constant e Stendhal, chegará até Proust. Mas talvez Madame de La Fayette funde uma outra tradição, que ainda estamos por descobrir.

Foi dito, e é verdade, que a narradora procede analiticamente, que observa de longe os erros e as inquietações de suas personagens (um dos verbos que ocorrem com muita frequência é "parecer") e que as suas descrições, abstratas, generalizantes, tão "classicamente moderadas", agem sobre nós como a língua raciniana. Todavia, seu romance obedece uma estética diferente daquela dos romances de amor, precedentes e posteriores, pois Madame de La Fayette não se interessa pelo que Stendhal, que a admirava, chama de "cristalização", tampouco narra a história de um amor infeliz. *A princesa de Clèves* não é um romance de renúncia, mas uma história do dizer, onde o famoso *aveu*, a confissão de amor da princesa – censurada pelos contemporâneos como uma extraordinária infração às regras –, não constitui o fulcro do tema apenas formalmente, mas *é* o próprio tema.

O quadro da ação é dado pela corte de Henrique II. Mas o lugar histórico da ação, retrodatado de um século, não evoca um passado heroico; a autora utiliza-o mais como teatro de uma experiência de autodeterminação que se descortina aos olhos da narradora e que, em consequência das circunstâncias históricas dadas, deve assumir as feições de uma catástrofe. Se, ainda hoje, damos crédito à fidedignidade de testemunha dessa narradora, uma das principais é que Madame de La Fayette foi a testemunha empática de uma experiência análoga que, no entanto, foi bruscamente interrompida pela súbita morte da jovem protagonista, Henriqueta de Inglaterra...

Talvez seja possível reconstruir o projeto literário da autora mais facilmente se forem sinteticamente relacionados *A princesa de Clèves* e *L'Histoire d'Henriette d'Anglaterre* [A história de Henriqueta de Inglaterra] e se, ao fazê-lo, houver o cuidado de esquecer, de imediato, se se está diante de uma (auto)biografia, de um livro de memórias ou de um romance: ou seja, se eles estão no âmbito da história ou da narrativa. De fato, percebe-se aí um espaço no qual se cria, no processo de narrar, uma espécie de "sin-história" [*Symgeschichte*]. Entretanto, são mulheres que narram – como Henriqueta de Inglaterra, a cunhada de Luís XIV, e Marie-Madeleine de La Fayette. Henriqueta tem prazer em narrar: talvez, ao narrar, pense em apoderar-se da própria história. "*J'entrais avec plaisir dans cette pensée, et nous fîmes ce plan de notre Histoire telle qu'on la trouvera ici*" ["Detive-me com prazer neste pensamento, e fizemos este plano de nossa História tal qual se achará aqui"].[11] Narram-se os amores ou a tentativa das mulheres de se desvencilharem do labirinto das ilusões no qual entram ao se apresentarem à corte: como madre Angélica (La Fayette), que diante do amor do rei retira-se ao convento. Essas repetições produzem o estranho uníssono mítico dessa *Histoire*.

11 Madame de La Fayette, *Histoire de Madame Henriette d'Angleterre* [1720], in G. Sigaux (org.). Paris: Mercure de France, 1965, p. 21.

Na narrativa histórica de Madame de La Fayette, Mademoiselle de Chartres apresenta-se à corte e é acolhida no círculo que a jovem delfina Maria Stuart reúne em torno de si, narradora na narração que, por sua vez, refere-se a uma narradora: Margarida de Navarra. Maria Stuart narra a história do planejado casamento do duque de Némours com Elizabete da Inglaterra, e da infeliz Ana Bolena, que cometeu o erro de fazer de um amante marido. Na narrativa-*exemplum* da sábia Maria prefigura-se o destino de sua jovem ouvinte. Mademoiselle de Chartres tem uma mãe excepcional, em cujo retrato oculta-se uma afetuosa homenagem a Madame de Sévigné. Em um mundo de aparências, no qual cada palavra, cada movimento, cada detalhe do vestuário e da gesticulação é interpretado como um sinal que pode denotar verdade ou engano, Mademoiselle de Chartres, que concede a própria mão ao príncipe de Clèves não por inclinação mas por "reconhecimento" acima de tudo, ainda tem na mãe um guia em cujo discernimento pode confiar. Com a morte desta última, desfaz-se toda estabilidade: aprendeu, sim, a interpretar os sinais, mas não a se defender do poder interpretativo daquele que a corteja, o duque de Némours. Assim, entre o homem e a mulher começa uma luta tácita pelo domínio do olhar, cujo vencedor é o homem. Casualmente, ela o observa apanhar às escondidas, no salão da delfina, uma miniatura que a retrata, e ele vê que ela o vê, mas age como se não houvesse visto: a narradora reitera por diversas vezes, em cada um dos longos períodos que descrevem em todos os mínimos detalhes o desenrolar da pequena cena, o simples verbo *voir*, semanticamente pregnante. Acredita-se que ele tenha sido ferido em um incidente durante um torneio; ela não consegue ocultar a própria aflição; ele interpreta a expressão do rosto dela, e, com o olhar, leva-a a entender a própria interpretação. A narração torna-se análise de uma luta pela tomada de consciência, combatida por meio do olhar:

> Quando levantou a cabeça, viu em primeiro lugar a senhora de Clèves. Observou-lhe no rosto a piedade manifestada por ele e olhou-a de maneira a lhe atestar o quanto isso o sensibilizava. [...] A senhora de Clèves, depois de se recompor do susto, refletiu na mostra que sua emoção transparecera.[12]

Mas a inferioridade da mulher neste mundo onde tudo são aparências manifesta-se mais claramente quando a palavra entra em jogo. Mesmo nas situações

12 *A princesa de Clèves* (1678), trad. Léo Schlafman. Rio de Janeiro: Record, 2004, parte II, pp. 92-93.

mais embaraçosas, Némours permanece senhor dos próprios meios expressivos. A princesa não é dotada da mesma presença de espírito: sob a aparência de uma reflexão genérica, Némours lhe faz uma declaração de amor; ela entende do que se trata e sabe que deveria responder, mas cala porque não sabe dominar tão bem essa linguagem ambígua. Cai em um estado de penosa confusão, que a narradora analisa como uma derrota:

> A senhora de Clèves entendia perfeitamente a parte que lhe dizia respeito nessas palavras. Achava que não devia escutar nem dar a entender que as percebera. [...] Acreditava que devia falar e também que nada devia dizer. O discurso do senhor de Némours simultaneamente lhe agradava e a ofendia. [...] Manteve-se calada [...] (II, pp. 79-80).

Como Floride, que na programática décima novela do *Heptameron* descobre a fragilidade do ideal do amor perfeito por meio da eloquente casuística amorosa do próprio amante, Madame de Clèves censura o domínio do homem sobre a palavra como um poder, contra o qual não pode defender-se. A única saída que lhe resta é um "salto mortal" na autenticidade, na firme excentricidade de um eu que, inicialmente, nada é além da admissão da própria debilidade.

O fato de Madame de La Fayette consentir que a sua personagem recorra tão firmemente a um ato que parece violar os princípios sociais e estéticos fundamentais da época – a *bienséance*, que La Rochefoucauld afirma ser a lei mínima, e justamente por isso a mais obedecida, e a *vraisemblance* – não seria imaginável sem a relação com seus amigos jansenistas. Quase por acaso, é dito repetidas vezes, pela princesa, que levava "uma vida de completa solidão", uma alusão, transparente para os contemporâneos, aos "*solitaires*" [solitários], como eram chamados os homens que, de livre escolha, levavam uma vida de ascese nos arredores de Paris, nas proximidades do convento de Port-Royal, restaurado pela madre Angélica (Jacqueline Arnault). Foucault relacionou o nascimento da subjetividade moderna ao poder pastoral, aquela forma de poder que visa assegurar a salvação da alma individual no além e que, para tanto, deve cuidar de esquadrinhar a alma humana. A produtividade desse poder patenteia-se em Port-Royal e nas tragédias de Racine; mas o que ele produz é a verdade individual, aquela dolorosa e ao mesmo tempo jubilosa confissão "sou eu", que brota constantemente das mulheres divididas entre amor e casamento: a Paulina de Corneille (*Polyeucte*) ou a Fedra de Racine, cujo lamento entremeado de confissão ecoa nos monólogos da princesa de Clèves, aquele "eu o vi", a sujeição através do olhar, os remédios impotentes, a autoacusação ("tomei a minha vida em ódio e a minha culpa em horror [...]"), a coação para confessar, e o destrutivo, nostálgico anseio pela "paz" perdida. Mas, nem as heroínas de Corneille e de Racine, nem os senhores de Port-Royal, nem La Rochefoucauld mergulharam tão fundo na autoanálise quanto Madame de La Fayette:

> Logo que o príncipe partiu, e a senhora de Clèves ficou sozinha, ela meditou sobre o que acabara de fazer. Ficou tão espavorida que mal pôde imaginar que fosse verdade. Parecia-lhe ter arrancado o próprio coração e perdido a estima do marido, descendo a um abismo de onde jamais sairia. Perguntou-se por que fizera coisa tão temerária e achou que se comprometera além de sua intenção. A singularidade da confissão, sem exemplo conhecido, mostrava todo o perigo.
>
> Mas quando pensava que o remédio, ainda que violento, era o único que a podia defender do senhor de Némours, achava que não devia se arrepender, nem que fora longe demais (III, p. 125).

Se o esforço que a confissão lhe custou levou-a a conhecer a si mesma, se conseguiu desenredar-se com as próprias mãos do emaranhado no qual se encontrava, a narradora não se contenta com este triunfo sobre a *passion*. Submete a sua protagonista a uma prova ainda mais árdua: através da indiscrição de Némours, a *aventure* da cena da confissão torna-se de domínio público e, nos salões, discute-se a respeito de sua verossimilhança e oportunidade. O príncipe de Clèves, que morrerá em consequência de tal indiscrição, começa a duvidar da integridade da princesa, sua mulher, e esta última, no salão da delfina, onde se pergunta pela identidade da heroína de um ato tão anormal, é obrigada a escutar a própria história, transformada em objeto da conversação geral, e a manifestar-se a respeito. Acha-se obrigada a tratar como ficção inverossímil o que sabe ser a própria verdade individual, enquanto a dor causada pela traição do amado já a aflige. A consciência da indignidade dele, com efeito, diminui o valor de seu ato. Agora, a princesa está realmente à beira de um abismo: a aparência assenhoreou-se de sua verdade, e ela não mais se reconhece nessa sua imagem deformada. O seu "*laissez-moi en repos!*", esta declaração direta dos próprios sentimentos, a única em toda a narrativa, é portanto a expressão de um desespero incurável, no verdadeiro sentido da palavra, que é confirmado pela decisão da princesa de renunciar, após a morte de Monsieur de Clèves, à concretização do próprio amor para levar, como sintetiza a narradora na frase conclusiva, uma vida de santa.

Essa conclusão induziu a maior parte dos comentadores a ver em *A princesa de Clèves* um romance de renúncia. Mas a *singularité* da princesa, ressaltada com frequência pela escritora, consiste realmente no ato do *aveu* e na renúncia à relação com o amado, que então se tornara possível? Ou, antes, em sua exigência de verdade, em sua necessidade de coerência consigo mesma? Que uma mulher, num mundo onde só a aparência externa tem valor, rejeite a aparência de liberdade porque a sua consciência lhe diz que é culpada pela morte do marido, este é o verdadeiro escândalo do romance. Madame de La Fayette conhecia a doutrina – tão bem acolhida pelos *directeurs de conscience* da aristocracia feudal – dos casuístas, aos quais bastava o simples gesto, mesmo quando era notória ilusão. Pascal, o jansenista, combateu os jesuítas, mas compartilhava com eles a crença no poder das aparências. Com a distinção entre *action* e *sentiment*, Madame de Clèves entra em outro âmbito, e o faz também em proveito da narradora do século XVIII. Ou melhor, divide-se em duas pessoas que habitam mundos diferentes: Madame de Clèves move-se em um mundo de aparências e nenhum de seus gestos trai o fato de seu amor não ser dedicado ao homem de quem é cônjuge; com aquela que já foi Mademoiselle de Chartres, abandona-se à tempestade de sentimentos que se abateu sobre ela. E, paradoxalmente, nessa tempestade, encontra a paz ansiada, porque agora pode manifestar seu amor: o segundo *aveu* da princesa é uma declaração aberta de amor que, ao mesmo tempo, nega o amor como realidade concreta, vivida. Após essa declaração, a princesa retira-se na solidão de Coulommiers, a residência de campo de Monsieur de Clèves.

Nos domínios utópicos de Maria de França, o tempo, como nos contos populares, não existe; Avalon sempre está onde estiverem os amantes. E também a "*Carte de Tendre*" de Madeleine de Scudéry é mais do que uma mera ideia preciosa: é uma tentativa de pensar o amor conferindo-lhe um espaço. No país da ternura, o objetivo não é a posse do objeto desejado, mas o próprio amor, o trabalho dos sentimentos. Aqueles que se abandonam à tempestade do desejo, que são partidários da Inclinação, da Estima ou do Reconhecimento, terminam, inevitavelmente, no mar perigoso da paixão, que os arroja a terras desconhecidas. A narradora, de todo modo avara em descrições, descreve com prolixidade ostentosa o lugar aonde a princesa de Clèves chega, na última parte da narrativa, para viver em completa solidão. Vemos os jardins, o pavilhão onde o duque de Némours escutara a confissão dela, o salão da princesa, e vemos quem a vê às escondidas, o próprio Némours, tanto mais definitivamente excluído desse lugar quanto mais está presente. Madame de La Fayette não escolheu por acaso, sem mais, o nome do local onde a sua protagonista se refugia: Coulommiers. Como demonstrou Faith E. Beasley em um belo ensaio sobre a literatura memorialística das mulheres no século XVII,[13] ao fazê-lo, a autora desloca a ação para o presente imediato. O castelo foi construído por Catarina Gonzaga, que o decorou com retratos de mulheres ilustres da mitologia e da história, como, na narrativa, a princesa faz chegar a Coulommiers cópias feitas a partir dos originais de Diana de Poitiers, entre elas uma pintura representando uma cena de batalha, na qual os guerreiros são retratados com extraordinária fidelidade e entre eles também está o duque de Némours... Portanto, Coulommiers é o lugar onde, e aqui o inglês nos auxilia, *history* e (*her*)*story* se entrelaçam, e Madame de Clèves se insere na galeria das heroínas da duquesa Catarina Gonzaga.

Sem dúvida, Madame de La Fayette tem pouco em comum com a ideia tradicional de heroísmo. Ao deixar passado e presente interpenetrarem-se, sem explicações, ela dissolve os limites entre as categorias e transfere a ação para um espaço singularmente atemporal: ao mesmo tempo, espaço interno e palco. Aqui, nós leitoras somos testemunhas, junto ao *voyeur* masculino, de uma das cenas mais comoventes da literatura do século XVII, a de uma mulher absorta diante do retrado do amado, a quem, por livre escolha, já renunciou intimamente por não acreditar no amor duradouro:

> Reclinava-se num leito de repouso, com uma mesa diante de si, onde havia vários cestos com fitas. Escolheu algumas e o senhor de Némours notou que eram das mesmas cores que ele usara no torneio. [...] Terminado o trabalho, com graça e doçura que refletiam no rosto os sentimentos que alimentava no coração, ela apanhou um candelabro e se dirigiu para perto de uma mesa em frente ao quadro do cerco de Metz, onde o senhor de Némours estava retratado. Sentou-se e se pôs a fitar o quadro com um devaneio que só a paixão pode proporcionar (IV, p. 158).

O *voyeur* ainda não sabe da resolução tomada pela princesa em seu íntimo, mas a narrativa já o liquidou. Ao menos, resta-lhe a satisfação de ter sido amado. Ela, por sua vez, conserva, na renúncia, a inexauribilidade do próprio amor, que poderá desfrutar para sempre em seus sonhos acordados. Como a amiga, Marie de Rabutin-Chantal, marquesa de Sevigné, que, no jardim do convento de Livry, evoca a imagem da filha-amada ausente.

13 F. E. Beasley, *Revisiting Memory. Women's Fiction and Memoirs in Seventeenth-Century France*. New Brunswick/Londres: Rutgers University Press, 1990.

## 5. Alexandrine de Tencin

Se o Iluminismo é sempre mais que Iluminismo, Alexandrine de Tencin, "muito admirada e muito criticada", levou aos limites da autodestruição – em si mesma, em sua vida-escritura – o conflito entre *raison* e *sentiment* que percorre todo o século XVIII. Os seus admiradores viram nela a continuadora de Madame de La Fayette, e essa designação tradicional nivela todo um projeto de escrita e uma atribuição de valor.

As *Mémoires du comte de Comminge* [Memórias do conde de Comminge][14] retomam o enredo histórico e de histórias de amor desenvolvido em *A princesa de Clèves*, mas Madame de La Fayette, narradora destacada, deixa à mulher, cujo destino adquire um *pathos* suprapessoal em razão do fundo histórico, a aura de inacessibilidade. As falsas memórias, ao contrário, tornam o *pathos* subjetivo, uma *confession* com a exigência programática de autenticidade. Mesmo na "*démolition du héros*" (Paul Bénichou), Madame de Tencin vai além de sua antecessora. Com sua confissão escrita, o conde de Comminge quer fixar na própria memória a culpa do martírio conjugal e da morte da amada; mas, essa mesma forma permite à autora aprofundar, por meio das impressões subjetivas do próprio eu que narra, as estruturas de poder do amor, da família, da religião: o poder do pai sobre o filho, do amante e do marido sobre a mulher. Esta última, contudo, não aparece como vítima impotente mas como sujeito, ainda que de decisões desesperadas, como a princesa de Clèves. E sob essa tragédia de amor, não desprovida de traços folhetinescos, começamos a decifrar a mensagem subversiva de uma escritora que, desde menina, esteve presa em um convento e depois haveria de travar uma luta de anos e anos para ser dispensada dos votos que lhe foram impostos à força.

É Adelaide, portanto, a verdadeira heroína das *Memórias*. Como os mártires da tragédia barroca, leva o espírito de sacrifício ao extremo: para salvar o amado da vingança de seu pai, ela aceita esposar um outro; mas, também para preservá-lo dos tormentos do ciúme, escolhe o mais indigno de seus pretendentes. Em Madame de Tencin, o motivo do conflito entre *sentiments* e *action* suportado pela mulher assume uma importância que ainda não existia, em sua predecessora. Em *A princesa de Clèves* o casamento não é discutido (e disso se encarrega a figura do príncipe, que reúne em si o esposo e o amante); nas *Memórias*, é nulo desde o princípio: uma

14 Madame de Tencin, *Mémoires du comte de Comminge* [1735], in J. Decottignies (org.). Lille: Giard, 1969.

farsa, se não fosse a inquietante atmosfera de Barbazul que alivia os arredores do castelo perdido, para onde Adelaide é levada pelo marido. (Possível inspiração de Ann Radcliffe para o seu livro *Os mistérios de Udolfo.*) E se Adelaide resiste à tentação do adultério é por respeito a si mesma, não à instituição do matrimônio.

A autora dá livre curso às próprias energias destrutivas na intensa encenação do *aveu*, ao final das *Memórias*. A cena se desenrola em um convento, onde Comminge leva vida de eremita. Na presença dos confrades reunidos ao pé de sua cama, à beira da morte um monge se confessa: é... Adelaide que, disfarçada de homem, tinha-se refugiado no mesmo convento; agora, à beira da morte, revela a própria identidade e, como Heloísa na carta a Abelardo, confessa ser o amor o sentido exclusivo de sua vida no convento, o único lugar onde podia pensar ininterruptamente no amado (como, cem anos depois, a tísica Ourika, a heroína negra de uma novela de Claire de Duras, na qual conversão e confissão estão ligadas por uma relação nada transparente). Este momento derradeiro, que anuncia a paz da morte, restitui à moribunda a voz e a libertação do dizer-se. Assim, como em Madame de La Fayette o duque de Némours ouve escondido o *aveu* da princesa, em Madame de Tencin o conde de Comminge ouve, uma vez ainda, dos lábios da amada sua própria história e a de seu amor destruído. Mas para ele não há esperança.

É inegável: a maior parte das escritoras do século XVIII serviu-se da forma epistolar, e Richardson as antecedeu ou, talvez devamos dizer, antecipou. É inegável: a maior parte das escritoras do século XVIII não se importa com a distinção entre realidade e ficção. Donde a acusação de falta de originalidade ou, acusação ainda mais grave, de epigonismo, sempre acompanhadas pela de autobiografismo complacente. Com esta última, todavia, é pronunciado o veredito sobre a sobrevivência delas. Levei muito tempo para entender que os juízos de valor da historiografia literária estão baseados em um princípio dicotômico, tão mais eficaz quanto mais aparenta ser quase natural, que, como os "mitos de hoje" descritos por Roland Barthes, produz "afirmações extremamente justificadas". No caso do autor de *A nova Heloísa*, a suposição de um fundo autobiográfico estimula a pesquisa biográfica; no caso de Marie-Jeanne Riccoboni, no entanto, produz um juízo negativo. Quanto a Rousseau, interessa o que ele fez de uma determinada forma, ou seja, partimos do pressuposto de uma escolha deliberada do meio artístico. Já as *Lettres de Mistriss Fanni Butlerd à Milord Charles Alfred, comte d'Ereford* [Cartas de mistriss Fanni Butlerd a Milord Charles Alfred, conde de Ereford] (1757) são um romance epistolar, e nada mais.

Naturalmente, podemos considerar um artifício literário desastrado a carta intitulada "*Mistriss Fanni a un seul lecteur*" [Mistriss Fanni a um só leitor],[15] na qual a escritora, na terceira pessoa do singular, volta a endereçar as cartas de amor que fez publicar ao homem para quem originalmente foram escritas. Mas também podemos suspeitar que aí esteja subentendido um projeto literário bem definido. As variações do esquema preestabelecido, de fato, é algo que sempre deve chamar a nossa atenção. A autora apresenta-nos somente as cartas de Fanni, e esta renúncia a uma pluralidade de vozes segue, manifestamente, uma intenção programática, sobre a qual a autora não faz mistério. O balanço feito por Fanni da própria história é: "Ela não odeia absolutamente o amor, odeia apenas você". E começamos a nos perguntar se por trás desse romance epistolar não se oculta um tratado feminista.

Nesse caso, a restrição da perspectiva seria um procedimento artístico deliberadamente escolhido, propositado. Embora só nos sejam dadas as cartas de Fanni, a partir delas, de fato, podemos decifrar a estratégia de seu nobre sedutor. Este apenas induz a mulher a continuamente submeter o próprio amor à prova, tanto que, ao final, ela está disposta a oferecer o que há de mais extremado: a abnegação, o sacrifício. Quanto mais a relação se intensifica, mais Fanni se torna prisioneira de uma rede cuja malha acredita haver tecido sozinha, e mais se reforça a nossa impressão de que não esteja apaixonada por determinado homem, mas por suas cartas, por um *discours amoureux* que, por acaso, é personificado na figura de um certo Milord Alfred. A esse propósito, parece-me ainda mais importante a análise indireta da mulher apaixonada, que observa as regras do código com uma precisão extrema, quase como se estivesse submetida a um experimento científico. Ela ocupa o lugar que o código reserva às mulheres, o de objeto: "não, não enrubesço por deixar-vos ver os desejos que nascem dos vossos". Sobre frases semelhantes, Lacan fundamentou a sua argumentação sobre a não existência da mulher, mas, entre aquelas que cita em *Encore*, talvez nenhuma seja tão rogativa quanto esta: na ausência de um desejo próprio, a mulher deseja o desejo do homem.

Não por acaso, o homem está ausente desse romance epistolar, que já podemos definir como negativo. Porque Fanni, ao escrever para o amado fazendo-se objeto do desejo dele, simultaneamente, reflete sobre a disparidade dos papéis. Desde

15 M.-J. Riccoboni, "*Lettres de Mistriss Fanni Butlerd à Milord Charles Alfred, comte d'Ereford*", in R. Trousson (org.), *Romans des femmes du XVIII^e^ siècle*. Paris: Robert Laffon, 1996. Essa antologia também compreende os romances de Isabelle de Charrière, de Madame de Genlis, de Claire de Duras e de Sophie Cottin, de quem se falará mais adiante.

o início, ela sabe que, da perspectiva do homem, a doação de si não existe. Em relação a um sujeito masculino, o verbo *se donner* produz uma frase agramatical. O sacrifício que a doação de si da mulher comporta é, para o homem que o recebe, *sans prix*, inestimável, enquanto o espera; e carente de valor, logo após se realizar. Como Fanni se dá conta de que se deixou enganar por um sedutor banal, retira-se do lugar que até então ocupara para assumir o de simples observadora. Escreve uma última carta aberta, que constitui uma acusação a Milord, mas faz de si mesma o tema de uma história de desengano.

Exagero se também leio as *Cartas de Mistriss Fanni Butlerd* como uma crítica aos romances epistolares de Richardson, e de seu extraordinário sucesso? A conclusão de *A história de uma moça*, de Richardson, publicado dez anos antes das *Cartas*, adia infinitamente a morte de Clarissa para poder encenar a apoteose da *fair sufferer* ("bela vítima"), à qual, moribunda, é restituída a inocência perdida com o *virgin white* ("branco virginal") de um vestido de noiva que, ao mesmo tempo, é sudário: "Quando nos aproximamos, ela se mostrou nesse repouso de partir o coração, e estávamos próximos o suficiente para termos o seu rosto gracioso diante de nós".[16]

Esta morta angelical é uma vítima *para* o sistema dos sexos, não *do* sistema dos sexos, mesmo que o seu perseguidor caia em duelo, ou seja, morra a "bela morte" dos heróis masculinos. Inversamente, Fanni Butlerd sabe que a sua "queda" é irreparável, e a autora é muito sensata para dar razão ao modo de agir de Milord. O *contrat moral* entre os sexos, com o qual talvez ela sonhe, ainda não está efetivamente estipulado. Pratica, contudo, uma sutil vingança, que talvez possa projetar nova luz sobre a conclusão de *A princesa de Clèves*. Ao escrever, quando reflete sobre a sua história como um caso universal, a imagem do amado se esvai, e ele se reduz a "*cette espèce de chasseur*" à qual Lovelace também pertence.

> A ideia ilusória que constituía a minha felicidade desfez-se para sempre. Aquele ídolo amado, adorado, despojado dos ornamentos com os quais a minha imaginação embelezara-o, oferece-me apenas um esboço imperfeito. Enrubesço do culto que me comprazia em render-lhe. Assim o meu coração, iludido por seus desejos, iluminado por sua pena, gozou tão-só de um erro vão.[17]

16 S. Richardson, *Clarissa* [1748] [ed. it.: *Clarissa*, v. III, carta 474, trad. M. D'Amico. Milão: Frassinelli, 1996, p. 2582].

17 Apud R. Trousson, *Romans des femmes du XVIII^e siècle*, op. cit., p. 270.

Não era *amour*, o que viveu, era *amur*... E a sua carta, que começava como manifesto feminista, torna-se uma despedida para o amor romântico.

## 6. A sombra de Julie

A publicação, em 1761, de *Julie ou la Nouvelle Héloïse* [Julie ou a Nova Heloísa] de Rousseau assinala uma, ou talvez *a* viravolta na história da literatura feminina. Não sem razão, Ina Schabert, que se ocupou dos *conduct books* – os manuais de comportamento para os dois sexos difundidos sobretudo na Inglaterra –, fala de um masoquismo moral das autoras, que se identificam com a severidade punitiva do superego patriarcal.[18] Donde o papel de conselheiro assumido por Rousseau na correspondência com as mulheres que a ele se dirigem com queixas e autoacusações pelo vazio interior que sentem, mesmo quando têm vidas familiares que, vistas de fora, parecem harmoniosas.

> Esse vazio interior de que vos lamentais – ele escreve em janeiro de 1770 para Madame B. – só é sentido pelos corações feitos para serem cumulados [...]. Jovem mulher, quereis empenhar-vos para vos tornardes feliz? Em primeiro lugar, começai a amamentar vosso filho.

Rousseau não foi apenas o legislador de um sistema de sexos, cujo funcionamento também será analisado por Simone de Beauvoir já na metade do século XX: a imagem sedutora da bela alma de Julie d'Etange, proposta como modelo para as suas leitoras, tornou-as cúmplices de uma imagem patriarcal da feminilidade. A extraordinária influência, hoje quase incompreensível para nós, de *A nova Heloísa* é testemunhada por uma quantidade igualmente incompreensível de documentos: atinge mesmo a emulação literal, a repetição da história do modelo. Marie-Anne La Tour de Franqueville, por exemplo, conseguiu envolver, por quinze anos, o autor de *A nova Heloísa* em um epistolário que girava em torno a uma única ideia fixa: ser reconhecida por ele, que ela teimava em chamar de Saint Preux, como Julie. Aliás, esta Marie-Anne não é a única das correspondentes de Rousseau a se

18 I. Schabert, *Englische Literaturgeschichte. Eine neue Darstellung aus der Sicht der Geschlechterforschung*. Stuttgart: Alfred Kröner, 1997.

recusar a aceitar a distinção entre arte e vida: o que é romance deve ser realidade, ou ao menos deve tornar-se, por intermédio delas.

Não é simples explicar a influência doentia de *A nova Heloísa*, mas talvez possamos dizer que o romance de Rousseau é quase uma síntese da literatura feminina, cuja história procurei contar. Na história de amor entre a nobre Julie d'Etange e o seu preceptor burguês Saint Preux está subentendido o modelo do amor cortês, mas a contradição inerente ao modelo entre favor incondicional e recompensa ansiada, entre renúncia e satisfação (unicamente realizável como adultério) sofre em Rousseau uma significativa dramatização: Saint Preux obtém o sacrifício de Julie ao apelar para a compaixão dela. Assim, no romance de formação do homem, um estágio é concluído, e podem começar os seus anos de peregrinação. Com o casamento imposto pelo pai, a mulher, ao renunciar à história de amor, retorna àquela paz interior que o desejo do homem perturbara...

O casamento de Julie com o bastante mais velho Monsieur de Wolmar é representado por Rousseau com tamanho dispêndio de meios que devemos, imediatamente, decifrar a sua mensagem: assistimos à transformação da pecadora penitente em mulher exemplar. A própria Julie descreve a Saint Preux ter vivido o momento solene diante do altar como uma conversão, uma "*heureuse révolution*": "*Je crus me sentir renaître*" [Acreditei ter renascido]. E formula uma sorte de *cogito* da mulher ("*je vis clairement...*" [eu vi claramente...]): a espontânea submissão a um sistema natural ditado por Deus e às regras da razão. Sob o "olho eterno que tudo vê" de Deus, do pai e do marido, Julie promete solenemente harmonizar o próprio sentir com o próprio agir, e desse modo renuncia àquela firme reserva na qual a princesa de Clèves ou Adelaide depositam os fundamentos da autodeterminação. A promessa solene, naturalmente, revela-se uma ilusão, e assim o autor nega à sua bela renunciante inclusive a libertação do dizer: Julie, que ao salvar o filhinho do afogamento encontra a própria morte, escreve a sua declaração de amor em uma carta ao amado ausente que será o testamento de uma morta: "Não sou mais eu que te falo; já estou nos braços da morte. Quando virdes esta carta, os vermes estarão roendo a face de sua amante, e o coração, no qual não mais estarás".[19]

19 J.-J. Rousseau, *Julie ou la Nouvelle Héloïse* [1761], parte VI, carta XII [ed. it.: *Giulia o la Nuova Eloisa*, trad. P. Bianconi. Milão: Rizzoli, 1999; ed. bras.: *A nova Heloísa*, trad. Fúlvia M. L. Moretto. São Paulo/Campinas: Hucitec/Ed. Unicamp, 1995].

As autoras do século XVIII, exceção feita a Isabelle de Charrière, não souberam escapar à sombra da defunta Julie.[20] *Claire d'Albe* (1799), um romance epistolar polifônico de Sophie Cottin, retoma teses, motivos e cenas de *A nova Heloísa* para reelaborá-los numa justificativa do amor como paixão na qual a autora não recua diante das alucinações eróticas do romance de terror. Com a artista improvisada Corinne, Germaine de Stäel criou para si uma imagem especular com a qual, por sua vez, procura superar o modelo rousseauniano de renúncia. Também seu romance *Corinne* (1807) teve uma extraordinária ressonância. O par tão diferente de irmãs criado por Madame de Stäel, a sibilina Corinne e a angelical Lucille, uma morena e a outra loira, está na origem de uma longa tradição que de pronto desembocará nos romances populares.

Talvez devamos ter presente hoje essa sombra autoral para compreendermos como o retorno à narrativa histórica de Caroline-Stéphanie-Félicité du Crest de Saint-Aubin, condessa de Genlis, é uma escolha formal consciente e deliberada. De todo modo, *Mademoiselle de Clermont* (1802) inicia com um enérgico *Non*, proferido por um *je* que dispõe de um saber amoroso alimentado por fontes antigas e que, com um salto temporal, transporta-nos de seu presente para um lugar singularmente livre do tempo, da época de *A nova Heloísa* (que continuará presente através de alguns motivos, como a "*inoculation de l'amour*" e a "*promenade sur l'eau*") nos jardins de Chantilly ou "na ilha do Amor", onde a *dame* dita as leis. É uma voz narrativa que podemos reconhecer: enquanto narra, passando com facilidade do mundo real ao ideal, do sonho à fábula, ouvimos a voz de Maria de França: "*De lur amur e de lur bien/ Fire un lai auncïen*" [De seus amores e de suas alegrias/ os antigos fizeram um *lai*].[21] Lembramo-nos dos amantes narrados, e de suas "dores antiquíssimas" (Rilke): "Foi no caminho fatal de Melun, sobre os vestígios dos dois amantes desventurados, que planejei esta triste narrativa de seus amores...".[22]

Para a mulher o sistema é, sem dúvida, sombrio. A cadência elegíaca da narradora contempla um passado no qual o amor era uma dádiva arbitrária concedida pela *dame*: "*pour toujours*", como reza a divisa que Mademoiselle de Clermont, Louise de Bourbon-Condé, faz inscrever na própria aliança de noivado. No destino desta princesa, o antigo e o novo sistema se cruzam sem encontrar conciliação.

20 Cf. C. Bürger, "Kein Augenblick des Lebens ist mir gleichgültig. Belle de Zuylen, Isabelle de Charrière", in *Diese Hoffnung, eines Tages nicht mehr allein zu denken. Lebensentwürfe von Frauen aus vier Jahrhunderten*. Stuttgart: Metzler, 1996.

21 Cf. nota 1.

22 Madame de Genlis, *Mademoiselle de Clermont* [1802], in R. Trousson (org.), op. cit., p. 784.

A narradora sabiamente dirige o nosso olhar para uma imagem que devemos gravar muito bem na mente: a princesa, decidida a casar-se em segredo, atravessa o pátio do castelo de Chantilly sob a luz da lua; mas a cauda de seu vestido enrola-se em uma estátua, a do conde de Condé, seu pai.

> Uma sensação supersticiosa imobilizou Mademoiselle de Clermont; tomada por uma emoção inexprimível, ela levantou os olhos em direção à estátua, cuja cabeça imponente e severa estava perfeitamente iluminada pela lua. A princesa, intimidada e trêmula, foi tentada a prostrar-se diante daquela imagem [...]. Pareceu-lhe que o rosto do herói tinha uma expressão ameaçadora.[23]

A princesa prossegue até o lugar combinado, onde o amor aguarda por ela. Mas o leitor já compreendeu que o sistema paterno irá castigá-la por sua independência: agora ele também se assenhorou da natureza, que em Maria de França era aliada do amor. A cerva profética dos *lais* transformou-se em cervo feroz, que fere mortalmente o homem: "no caminho fatal de M. de Melun"... Mas, com essa morte, a punição paterna ainda não está completa. Em Chantilly, festeja-se com bailes e diversões a visita do rei, e a morte do amado é ocultada da princesa para que ela participe dos festejos. Ao final da narrativa, Madame de Genlis nos despede sem consolação alguma. Mais uma vez nos é proposta uma imagem: a de uma morta viva, de uma mulher enlutada, prostrada na soleira da porta fechada, atrás da qual jaz o marido morto, cuja derradeira mensagem, "*jusqu'au tombeau*", realizou-se literalmente. Devemos considerar o *pathos* desta imagem: exige uma lembrança, mas sem acusar. A assimetria do sistema dos sexos, de fato, destruiu o amor, seja o do homem seja o da mulher.

Na história da literatura feminina do século XVIII, Isabelle de Charrière ocupa um lugar especial, não sujeito à sedução de *A nova Heloísa*, obstinado na realização de uma vida-escritura que não obedece as concepções literárias da época.

Belle van Zuylen, nobre senhora holandesa que, após o casamento, assumiu o nome de Isabelle de Charrière e viveu em Colombier, próximo a Neuchatêl, escreveu muito e coisas bem diversas: uma série de romances curtos de surpreendente modernidade e... cartas. Sim, Madame de Charrière caracteriza-se pelo anacronismo de ainda fazer uso, por volta do final do século XVIII, da forma epistolar, mas,

23 Id., ibid., p. 808.

para ela, a carta é uma forma necessária, pois mediadora de uma rede de relações que mantém com uma série de amigas mais jovens do que ela. Suas cartas e as de suas amigas testemunham, de modo evidente, uma prática política que faz circular a experiência feminina e desse modo aumenta-lhe o valor.

Para Isabelle de Charrière, a carta é forma necessária mediante a qual se certifica da própria autoconsciência. Ao contrário do eu abstrato do *cogito*, que é enquanto pensa, Charrière, na realidade, procede como unidade mutável de momentos cambiantes, dependente das percepções sensíveis; os próprios estados da alma e as próprias sensações físicas estão de tal maneira sujeitos à casualidade dos encontros, dos eventos, das condições atmosféricas, que ficamos com a impressão de ser não tanto uma pessoa única, mas muitos indivíduos, sem com isso renunciar à consciência de uma identidade que, ao escrever, desenvolve um exercício todo pessoal de intensificação dos momentos da própria existência, dos próprios "*moments of being*", como dirá posteriormente Virginia Woolf.

*As cartas de Mistriss Henley* (1784) são uma espécie de monólogo epistolar e descrevem um conturbado processo de autoalienação feminina, que se torna inescapável, uma vez que a protagonista atribui a si mesma a culpa por tudo. Aquilo que confia à amiga, a quem procura explicar a própria infelicidade conjugal, não é nada de chocante: somente pequenas coisas cotidianas, fragmentos de discursos, frases lançadas ao acaso que, a princípio, parecem inócuas e só pouco a pouco desenvolvem o seu efeito desagregador. Nesse drama conjugal, Mister Henley revela-se um rousseauniano convicto. Quando vem a saber que a mulher está grávida, ele a considera somente como a mãe de *seus* filhos, que carregam seu nome e são educados sob seu controle e com base em seus critérios. Mistriss Henley é só uma mulher: não se matará, tanto mais que a distância entre vida e morte torna-se cada vez mais exígua a cada dia que passa. *As cartas de Mistriss Henley* terminariam de modo lúgubre e desconsolado se não intuíssemos, subentendida, a intenção de conhecimento da autora e a sua aspiração a um exercício, do qual possa nascer a liberdade das mulheres; se nesse pequeno texto perfeito não decifrássemos uma polêmica tão sutil quanto precisa com *A nova Heloísa*, ou seja, um tipo de romance de tese em negativo.

Deveríamos tentar minimizar a diferença entre o romance epistolar de Isabelle de Charrière e sua correspondência, pois me parece que *toda* a sua escrita seja um exercício, um exercício de confiança mútua. Novo e talvez, em sentido empático, moderno, contudo, é igualmente estreito o vínculo entre narrativa e autobiografia, a trama de conteúdos entre epistolário "real" e fictício. Os contos de Charrière foram claramente interpretados – o que, no entanto, também significa entendidos – como provocação moral (a censura vienense colocou-os no Index). No conto filosófico *Trois femmes* [Três mulheres] (1796) achamo-nos, com efeito, diante de uma refutação da ética kantiana do dever; neste caso, diversamente da crítica a Rousseau, exposta de modo provocativo. O livro narra as estratégias de sobrevivência de três mulheres jovens levadas a um lugarejo na Vestfália em consequência das desordens provocadas pela Revolução Francesa. Apesar das condições iniciais desfavoráveis, as três conseguem coroar as suas aspirações de felicidade. A bela Emília casa com o filho do proprietário de terras local, a não mais "inocente" *soubrette* casa com o criado de quarto deste, e a sábia Constance, com a sua pensão de viúva, constrói para si uma bela casa, perto das amigas. Nessa história, a moral é medida com base na capacidade de participação. A práxis das três mulheres é uma contestação viva do universalismo desligado da experiência do imperativo categórico. Segundo uma dramaturgia totalmente semelhante, o romance se desenreda da realidade que Isabelle de Charrière vive com uma jovem amiga; termina, embora não seja uma história de amor, com um casamento.

Se se considera com quanta obviedade, ainda por todo o século XIX, o romance não faz outra coisa senão narrar os "anos de aprendizado do homem", só se pode admirar a independência de uma escritora que ataca a clássica divisão dos papéis sexuais. Com efeito, é às jovens mulheres que se permite fazer experiências, pois que não estariam prontas, para usar a terminologia hegeliana, a entrar na "concatenação do mundo". Em Charrière, elas não o fazem a qualquer custo, não porque considerem razoáveis as condições vigentes, mas porque, cada uma a seu modo, sabem resignar-se à irracionalidade delas. E talvez, no interior do sistema vigente, conheçam um espaço no qual é possível sonhar um outro.

Embora fale insistentemente do próprio realismo, Isabelle de Charrière não pretende subordinar-se a um determinado rótulo estilístico. Seu realismo permanece, por assim dizer, no limiar da "literatura", e eu o interpretarei, preferencialmente, no sentido de uma postura moral, que, de modo completamente aprogramático, acaba por tornar incerta a hierarquia das coisas vigentes, mediante uma instintiva atenção dada aos inúmeros pequenos objetos da vida cotidiana. Evidentemente, o que a autora busca é o escrever da vida como existência única, que em dado momento começa e cedo ou tarde finda: no meio, toda uma sucessão de encontros e de acontecimentos casuais, de expectativas de felicidade, de confissões de culpa, de sucessos, de desenganos. De que vale procurar um fundamento em tudo isso, um sentido, um propósito quando, ao invés, tudo é como é, simplesmente é? Assim,

Charrière não narra a partir do fim, do fim a partir do qual os eventos narrados ganham sentido, posto que adiante. Cada ação tem consequências, normalmente involuntárias, e o todo é: a vida.

Isabelle de Charrière não cuidou da própria reputação literária, e desse modo a sua modernidade passou despercebida. Devo elogiá-la por ter decifrado, na bela alma de Rousseau, as características ambíguas da Manon de Prévost e por ter desmontado, em seu melancólico *Caliste* (1787), uma das mais inexauríveis fantasias masculinas do século XIX, antes mesmo que atingisse o pleno desenvolvimento, a da "nobre prostituta", da reabilitação da concubina? Ou talvez, com a refiguração do homem passivo, que se sente culpado por sua incapacidade de decidir-se, por ter investido contra o romance de formação e por ter antecipado a tradição do romance romântico de desilusão? A evolução literária tem sua própria lógica: um procedimento artístico, embora possa ser prenhe em consequências na história de sua aplicação posterior, é reconhecível como tal apenas a partir de um determinado momento. A escrita das mulheres, entretanto, está, particularmente – e seria tentada a dizer: "naturalmente" –, interessada por esta não contemporaneidade. Bettina von Arnim começa seu *Dies Buch gehört dem König* [O livro do rei] (1843) com um monólogo interior de "Frau Aja", a mãe de Goethe; como nova técnica narrativa, esse procedimento nasce somente no final do século XIX e está associado ao nome de Édouard Dujardin.

Não, não sinto a necessidade de propor a canonização póstuma da obra de Isabelle de Charrière. Além disso, os processos de revisão no interior das instituições arte/literatura raramente têm sucesso. A mim, basta saber que Isabelle de Charrière, vivendo-escrevendo, retomou o fio que, inicialmente fiado pela nobre narradora Maria Stuart, conduziria a inexperiente princesa de Clèves através do labirinto das intrigas amorosas da corte. E é certo que a "*dame du Pontet*", como Charrière era chamada por suas amigas mais jovens, ampliou ainda um pouco mais o âmbito do narrar recíproco.

## 7. George Sand

A longa sombra de Julie também se abate sobre George Sand, por isso agora deveria escrever a história de uma derrota. Mas o curto e pouco estimado romance *Isidora* (1845) contém os elementos para uma desconstrução tanto do clássico romance de formação (masculino) quanto da imagem patriarcal da feminilidade. A primeira parte, o "*Journal d'un solitaire à Paris*" [Diário de um solitário em Paris], com alusões irônicas a Rousseau, é constituída por fragmentos de diários escritos paralelamente. Em sua água-furtada, o jovem filósofo Jacques (!) toma notas para um tratado sobre a diferença entre os sexos e a essência da mulher, e em um *journal intime* relata o seu encontro com a cortesã Isidora, para quem o problema filosófico assume forma concreta. Meio Julie, meio *damme aux camélias*, Isidora explica-lhe os erros de Rousseau: "Tratou da ama de leite acreditando tratar da mãe. Tomou o seio materno pela alma criadora. O mais espiritualista dos filósofos do século passado foi materialista quanto à questão das mulheres".[24]

Vestindo um "*domino noir à noeuds roses*" [dominó negro com laços rosas] Isidora seduz o jovem filósofo com uma apologia do amor livre. Mas no momento em que Jacques reconhece as feições de Julie sob o capuz do dominó, seu amor desmorona como seu sistema filosófico, e ele desaparece do romance como sujeito do conhecimento e da ação. A narrativa de como a história prossegue é empreendida de modo coerente pela própria autora, na qualidade de comentadora dos diários de Jacques. Nesta segunda parte do romance, é mais uma vez apresentado o "enigma mulher", o contraste dama-prostituta, em um arranjo abertamente experimental, só que agora Jacques aparece como intermediário de uma aliança entre mulheres, consubstanciada pelo sentido de renúncia e pela aceitação da cortesã por parte da outra mulher. Mas a sublime renúncia de Alice, a nova Julie de Sand, aplica-se a um amor há muito extinto: Jacques e Isidora, unidos pelo gesto de Alice, reconhecem que o seu *amour* transformou-se em *amur*. Isidora restitui o amado à amiga. Na conclusão, Sand mais uma vez altera a perspectiva narrativa: desta vez, é Isidora a última a ter a palavra e, em uma série de cartas, descreve para a amiga a própria "conversão". Fez para si um "jardim da velhice" e deu um sentido à própria existência ao adotar uma menina abandonada. E agora cria esta filha adotiva segundo princípios diferentes daqueles com os quais, há um tempo, desconcertara Jacques, fazendo-a um *angel in the house*. E sonha tornar-se, graças a Agathe (a pura) e ao jovem filho de Alice, mãe de uma santa família…

Talvez hoje *Isidora* possa parecer-nos um pouco melodramático demais. Naturalmente, na minha reconstrução limitei-me a seguir a estrutura experimental da trama e o fio vermelho de filosofia dos sexos que a percorre. Mas a vasta disponibilidade de procedimentos artísticos que distingue a nossa época deveria tornar-nos receptivos a uma escrita que, sem declarações programáticas, investe contra a forma contemporânea do romance; que ainda se deixa impregnar pela oralidade,

24 G. Sand, *Isidora* [1845], in É. Sourian (org.). Paris: Éditions de Femmes, 1990, p. 68.

como no caso de Isabelle de Charrière; que concebe o narrar como um âmbito no qual as mulheres confiam umas nas outras, como no caso de Madame de La Fayette; em suma, que torna lábeis, permeáveis, os limites com o ensaio, como no caso do romance moderno. E George Sand demonstra nutrir ainda menos preocupação pelo "herói" do que pela forma do romance: em vez de enraizá-lo na realidade e em vez de seguir-lhe a formação, desaparece com ele. A narradora, que reordena e interpreta a correspondência dispersa de Jacques, não nos diz se ele volta para Alice e procura realizar ao lado dela, no casamento, a própria ideia de *parfait amour*: sem dúvida, uma escolha artística perspicaz, que elimina aquela sensação de tratadística que, do contrário, poderia eventualmente instaurar-se.

E se, apesar disso, a leitura nos deixa com a desagradável sensação de havermos assistido a uma derrota, é porque a autora não explicita claramente qual a própria posição. Assim, ao cabo, não sabemos se o fio vermelho, no qual devemos confiar, afasta-nos do labirinto do sistema dos sexos ou, ao contrário, leva a perdermo-nos ainda mais em seus meandros. Este sistema, quando o observamos com os olhos do jovem filósofo, torna-se reconhecível como tal, ou seja, como uma construção patriarcal; mas, para o comportamento dos protagonistas, esta tomada de consciência permanece desprovida de consequências. É verdade que Isidora formula uma acusação apaixonada da instituição do matrimônio, e que esta é até valorizada pela história anterior de Alice. Mas a sua teoria do amor livre (depois vivido, a cavaleiro de dois séculos, por mulheres como Franziska Reventlow) não encontra correspondência na trama do romance, pelo contrário, no último capítulo, fica em evidente contradição com a postura de Maria Madalena da cortesã "convertida", com sua mística da dor e sua aspiração às alegrias da família. E, assim, esse romance, no qual o sistema dos sexos parecia tornar-se reflexivo, conclui-se, para nós, com uma maçante ou perturbadora dissonância: a metamorfose de duas individualidades femininas autônomas em mães.

## 8. Entre obra e não obra: Bettina von Arnim

A série de renúncias que vem na esteira de *A nova Heloísa* é um tanto longa e, por fim, desagua no romance popular. Então, a sombra de Julie retorna à vida, porém, graças ao terrível ato de uma bela mulher. Em uma noite de dezembro do ano de 1835, Charlotte Stieglitz matou-se para alimentar, com o desespero, a fantasia poética do marido adorado. O seu derradeiro sacrifício, assim esperava, faria dele um poeta, poeta que buscava na obra conforto para a dor da perda da amada. O sacrifício desta mulher, que, como Karoline von Günderode trinta anos antes, soube desferir a punhalada com tamanha precisão que nenhuma gota de sangue maculou o seu vestido cândido e o lençol da cama sobre a qual estava deitada ao morrer, não provocou em Heinrich Stieglitz aquela revolução que ela tanto desejara. Mas, nesse ato, podemos hoje decifrar o lado obscuro da cisão arte-vida, pois, se a autonomia da arte, que se funda exatamente sobre esta cisão, traz consigo a dicotomia fatal entre literatura alta e baixa, ou seja, em última análise, entre arte e não arte, então esta autonomia termina – quando se trata de mulheres que escrevem – por incidir sobre a própria vida, produzindo uma cisão cuja dinâmica letal encontra-se de modo exemplar em *Malina*, de Ingeborg Bachmann: a cisão da escritora em um sujeito-autor idêntico, capaz de interpretação, feroz, atroz, e um eu feminino não idêntico, vivente mas incapaz de viver. Com a frase concisa que conclui o romance, Bachmann propõe a interpretação: "Foi homicídio".[25] A mulher deve morrer para que a obra seja.

O extinguir-se da literatura das mulheres ao longo do século XIX é caracterizado por um momento de irrevogabilidade que sempre chamou a minha atenção. A instituição arte/literatura, do modo como se formou por volta de 1800, põe as mulheres diante de uma escolha impossível: entre obra e não obra, entre extinção do próprio eu feminino e morte cultural. O que falta à mulher é a inequivocidade. Contudo, a arte e a literatura admitem em seu cânone apenas o que é inequívoco e claro, definido; o indefinido, o indefinível, o que não quer ser obra, o que não é completamente absorvido e dissolvido na forma é suprimido. A mistura de dados autobiográficos, os traços de vida que, ao invés de se dissolverem na forma, permenecem expressão, lança sobre elas a suspeita de inábil banalidade. A obra, "expressão incomparável de uma distância", não deve ter contato com a existência cotidiana. O que se limita à vida, o que com a vida se contenta, perde o direito de pertencer à esfera da arte. Assim, as mulheres são o fundamento e o substrato, o objeto e a energia secreta da obra, mas lhes falta a exclusividade da aspiração a uma autorrealização que transponha tudo em obra. Somente poucas souberam escapar a esse dilema, como Bettina von Arnim.

Bettina von Arnim entrou na história da literatura como a "pequena *Bettina*", figura etérea como um fogo fátuo, que infirma a validade da contraposição ficção-realidade. Antes de tudo, devemos libertar esta figura da cristalização alegórica

25 I. Bachmann, *Malina* [1971], trad. it. M. G. Manucci. Milão: Adelphi, 1994.

de que foi vítima, como encarnação da poesia romântica, se quisermos perceber aquela energia rebelde, de uma subversão de valores plenamente deliberada, que anula a negação através da negação. Que importa, para esta Bettina, o romance como categoria, o *status* da própria escrita, a problemática da "paternidade" feminina da obra, o sistema dos sexos e o amor que por estes é determinado? Sem dúvida, Bettina é outrem e está alhures, jamais naquele "alhures" onde esse sistema quer desterrá-la. Seus romances epistolares, portanto, são o oposto de inequívocos. Se os lemos como documentos, não alcançamos o presente nem o projeto literário de Bettina von Arnim, que transfigura fantasiosamente a própria vida em uma autobiografia de acordo com os próprios desejos; se os lemos como "romances", esquecemos que neles está encoberta a substância de uma vida. Bettina von Arnim oculta, como de costume, conscientemente, o processo de dar forma e mantém a própria escrita equilibrada entre poesia e verdade. Mas este território indefinido é o reino etéreo da pequena Bettina, que narra para uma velha senhora, a mãe de Goethe, a história de seu amor por Günderode, a amiga, a poetisa, a filósofa, a sonhadora, coinquilina de um espaço dialógico concebido a partir de uma pessoalíssima *Carte de Tendre*.

Nesse espaço, que Bettina von Arnim reabre muitos anos após o precoce desaparecimento da amiga ávida de morte, evocando-o na lembrança, percebemos um "erotismo do diálogo", no qual tudo tem significado, porque tudo está em amoroso contato com tudo: eu e tu, espírito e natureza. Assim, a não obra de Bettina von Arnim é forma ao mesmo tempo necessária e viva, e quanto mais julgo entendê-la, nela mais claramente distingo os contornos de um outro sistema, de uma filosofia do amor.[26]

26 Sobre Bettina von Arnim e sobre a escrita feminina em geral ver também: Beasley, *Revising Memory*, op. cit.; G. Brinker Gabler (org.), *Deutsche Literatur von Frauen*. Munique: Beck, 1988; C. Bürger, *Leben Schreiben. Die Klassik, die Romantik und der Ort der Frauen*. Stuttgart: Metzler, 1990; id., "Ganz verstanden sein – die einzige Himmelfahrt. Bettine das Kind und die Günderode", in *Diese Hoffnung, eines Tages nicht mehr allein zu denken*, op. cit.; P. Bürger, *Das Verschwinden des Subjekts. Eine Geschichte der Subjektivität von Montaigne bis Barthes*. Frankfurt: Suhrkamp, 1998.

CATHERINE GALLAGHER

# Ficção

Nada no romance é tão óbvio e ao mesmo tempo tão invisível quanto o fato de ser ficção. Juntamente com o termo prosa, ficcional ("inventado") é um daqueles termos fundamentais ("um romance é uma longa narração de invenção em prosa") que, na maioria das vezes, os historiadores dessa forma preferiram deixar de lado. No entanto, todos sabem o quanto os atos de fingir e de inventar estão presentes em nossa cultura: basta entrar em uma livraria para depararmos com a principal distinção interna ao nosso universo textual, aquela entre ficção e não ficção, entre narrativa e ensaísmo. Talvez pensemos que não valha a pena gastar tantas palavras com uma divisão tão disseminada, ou que seja redundante definir um fenômeno tão claro. Ou julguemos até que as diversas teorias da ficção nos digam muito pouco sobre a história e sobre as características específicas do romance para que valha a pena conhecê-las a fundo. Nem se deve esquecer que muitos de nós consideram essas teorias um exercício estéril, contentando-se portanto em reconhecer a ficção no momento em que nos surge. Se a radical expansão de fronteiras, operada pelos pós-estruturalistas até incorporar toda forma de narração, abalou tal indiferença, aumentou, porém, o sentido de futilidade das análises teóricas. Negligenciada pelos estudiosos da literatura e sequestrada por filósofos e defensores do pós-moderno, a ficção, como traço distintivo do gênero romanesco, necessita, portanto, ser redescoberta. E, no entanto, existem outras razões – razões intrínsecas à própria forma romanesca – que tornam difícil sua análise e nela estão incluídas.

Aqui se tentará explicar por que é tão difícil manter essa característica no centro de nossa atenção, por que ela sempre tende a ocultar-se por trás de outros elementos ou a deixar-se absorver por termos como "narração" e "significação". Enfrentarei a questão ao examinar o caso do romance inglês de meados do século XVIII, quando a reflexão sobre a ficção torna-se explícita e disseminada. Em minha análise, seguirei o costume anglo-americano de considerar a diferença de gênero literário entre *novel* e *romance* com o objetivo de evidenciar como, na Inglaterra setecentista, a natureza da ficção mudou de modo tão radical que deu lugar a novas formas narrativas. O caráter atípico da invenção no *novel* do século XVIII é hoje o fundamento de nossas expectativas como leitores. Com efeito, nos textos setecentistas descobrimos o que esse gênero, em seus primórdios, quando sua necessidade de diferenciar-se dos gêneros literários rivais era mais forte, tinha a dizer sobre a ficção.

## 1. Da "fantasy" à "fiction", do "romance" ao "novel"

Desde o início, a ficção romanesca é única e paradoxal. O *novel* não é apenas um gênero de narrativa ficcional dentre outros, é o gênero por meio do qual a ficção torna-se explícita e manifesta e é compreendida e aceita por todos. Entre o *novel* e a ficção, em suma, há uma conexão histórica íntima. Muito se falou, contudo, do *novel* como uma forma que, por dois séculos, no mínimo, tendeu a mascarar a própria ficcionalidade com a verossimilhança e o realismo, insistindo sobre determinados tipos de referencialidade e apresentando frequentes pretensões de veracidade. Se é legítimo atribuir a um gênero literário uma intenção, podemos dizer que o *novel* situou-se de modo ambivalente quanto ao próprio estatuto ficcional – fazendo dele seu fundamento ontológico e, ao mesmo tempo, impondo-lhe rígidos liames. Aparentemente, os romancistas do século XVIII libertaram a ficção ao renunciarem às tentativas daqueles que lhes antecederam de convencer os leitores de que suas histórias eram verdadeiras ou, de algum modo, diziam respeito a pessoas reais. Ao distinguirem explicitamente as próprias obras do tipo de referencialidade proclamado pelos outros gêneros literários, convenceram os seus leitores a aceitarem o estatuto imaginário das personagens, aprisionando-as, porém, nos limites do crível.

Em suma, o *novel* ao mesmo tempo descobriu e ocultou a ficção. Embora contraditórias, ambas as coisas são verdadeiras; isso é o que pretendo demonstrar.

Afirmar que o *novel* tenha descoberto a ficção não é desmentido, mas confirmado por uma evidência histórica cada vez mais forte. Já se acreditou que todas as culturas praticassem a ficção, ao menos a julgar pela difusão, aparentemente universal, de histórias que não fazem profissão alguma de veracidade referencial, como as fábulas. Donde resultava que um equivalente da palavra moderna ficção deveria existir por toda parte, ou que o fenômeno, conquanto não nomeado, teria alcance universal. A faculdade humana de reconhecer discursos que – segundo Sir Philip Sidney – "nada afirmam e, ainda assim, nunca mentem" legitimaria o uso do termo para narrações em qualquer tempo e lugar. Estudos mais recentes, porém, demonstraram que o conceito moderno de narrativa de invenção desenvolveu-se na Europa a partir do início da era moderna, como comprova a mudança de significado sofrida pela palavra ficção em inglês. Ao lado das primeiras acepções – "algo modelado ou construído; uma maquinação, uma intriga com propósito de fraude ou não" ou "algo inventado ou imaginado" –, emerge uma nova no limiar do século XVII: "Gênero literário que narra eventos imaginários e retrata personagens imaginárias; composição inventada", que se firmou cada vez mais no decorrer do século XVIII e tornou obsoleto o significado mais antigo de "engano, dissimulação, fingimento". Assim, a narrativa de ficção deixou de ser uma subespécie da dissimulação para tornar-se fenômeno literário. Se a etimologia da palavra tem algo a nos ensinar, devemos concluir que a ficção foi descoberta como modalidade discursiva com estatuto próprio somente quando os leitores desenvolveram a capacidade de distingui-la tanto da realidade como – sobretudo – da mentira.

Num determinado sentido (mas só em um), essa distinção provavelmente sempre tenha existido: as obras de fantasia só podiam ser diferenciadas da mentira quando eram explicitamente inverossímeis. De uma ficção honesta, esperava-se que fosse explicitamente não crível. Se uma narração não tentava tornar-se crível, isto é, se correspondesse à definição de "poesia" dada por Sir Philip Sidney ("nada afirmar"), então não poderia mentir. Quando a evidente inexistência dos objetos narrados distinguia a ficção tanto do verdadeiro quanto do falso, então, mesmo os leitores mais ingênuos saberiam reconhecê-la. Sir Philip Sidney era tudo menos ingênuo, porém também ele defendia a "poesia" apenas sob a condição de que suas "douradas" criações não se confundissem com o nosso mundo de vil metal.

Muitos gêneros literários anteriores ao século XVIII, precisamente em virtude de sua manifesta não credibilidade, poderiam ser considerados ficção, na acepção dada ao termo por quase todos os teóricos modernos. Embora se conceba a ficção – mundos possíveis, atos elocutórios simulados, *Gestalt* ou jogos linguísticos –, os teóricos ainda hoje seguem a definição de "poesia" dada por Sidney: de algum modo, a ficção suspende, desvia ou mesmo segrega qualquer exigência de veracidade em relação ao mundo da experiência ordinária. Em termos modernos podemos dizer que os *romance*, os contos populares, as alegorias, as fábulas, os poemas narrativos – todos gêneros pré-modernos que não eram tomados literalmente como verdade, mas que não tinham pretensão alguma de enganar – modificavam drasticamente ou suspendiam a "'referencialidade' dos próprios enunciados".[1] Os *romance*, portanto, podem, retroativamente, e, como veremos, *anacronicamente*, definir ficção, mesmo que, no passado, não fossem chamados assim nem fossem agrupados em uma única categoria, nem sequer na de "poesia", segundo Sidney.

Todavia, não se pode dizer que a ficção, assim considerada, seja realmente um conceito diferente do de fantasia. Só as narrações verossímeis fornecem a prova decisiva da afirmação de um conceito mais refinado de ficção, e no início do século XVIII os leitores comuns ainda consideravam as ficções verossímeis fraudes. A única marca confiável da ficção narrativa era igualmente a pura e simples ausência de credibilidade, enquanto a verossimilhança equivalia a uma profissão de veracidade. Se não continham animais falantes, tapetes voadores ou personagens humanas muito diferentes do normal, as narrações pareciam referenciais e, portanto, incorriam com facilidade na acusação de fraude ou difamação; e habitualmente eram consideradas culpadas. No século XVII e no começo do XVIII, as narrações críveis em prosa – inclusive aquelas que atualmente definimos como ficção – eram lidas ou como relatos reais ou como reflexões alegóricas sobre pessoas ou eventos da contemporaneidade. Quando, por exemplo, em 1719, Daniel Defoe publicou *As aventuras de Robinson Crusoé*, ele sem dúvida pretendia enganar o público, e teve pleno êxito. Um ano depois, no prefácio à continuação do romance, Defoe, solicitado a admitir que mentira, insistiu ainda sobre a exatidão histórica daquilo que tinha narrado, mas, depois, com pouca coerência, acrescentou que cada episódio da "história fictícia" aludia a um "fato real".[2] Por não estar disposto a negar

1 S. Schmidt, "Beyond Reality and Fiction?", in Calin Andrei Mihailescu e Walid Hamarneh (orgs.), *Fiction Updated. Theories of Fictionality, Narratology and Poetics*. Toronto: University of Toronto Press, 1996.

2 D. Defoe, *The Life and Strange Surprising Adventures of Robinson Crusoe* [1719] [ed. it.: *Le avventure di Robinson Crusoe*, trad. A. Meo e G. Sertoli. Turim: Einaudi, 1998, p. 553; ed. bras.: *Robinson Crusoé*, trad. Celso M. Paciornik. São Paulo: Iluminuras, 2004].

que as referências eram pertinentes, a Defoe restava apenas deslocar o discurso da verdade literal para a alusão alegórica.

Um exemplo da forma oposta de engano é fornecido pelos autores de livros de escândalo que apinhavam a arena literária: Delarivier Manley, acusada de difamação em 1709 por aristocratas de muita influência, defendeu-se afirmando ter publicado uma obra de pura imaginação.[3] Seu livro tinha as características da alegoria difamatória: um reino imaginário povoado por caricaturas monstruosas, mas ainda assim reconhecíveis, de famosos ministros de governo e damas da corte. A "alegoria" legitimava a pretensão de Manley de ter escrito uma obra de ficção, cuja popularidade, aliás, por certo era devida à convicção dos leitores de que revelasse os segredos dos poderosos e de que se referisse a indivíduos seus contemporâneos. Um terceiro exemplo de imperativo referencial pode ser encontrado na forma parodiada por Manley: o *romance*. A alegoria referida a pessoas específicas também constituía a espinha dorsal desse gênero literário, considerado frequentemente o precursor imediato do *novel*. Embora fossem continuamente lidos como obras de total fantasia, os *romance* franceses do século XVII, nos quais os ingleses se inspiraram, originalmente eram escritos e lidos como "reflexões" sobre poderosos disfarçadas de obras de imaginação. Os *romance* exaltavam determinados aristocratas ou damas da corte, elevando-os a exemplos de virtude, enquanto as *chroniques scandaleuses*, como eram chamadas as sátiras difamatórias à maneira de Manley, parodiavam as convenções dos *romance*, invertendo-lhes os juízos. Nenhuma das duas formas, porém, renunciava à exigência de veracidade e à referência a indivíduos concretos. Nas primeiras décadas do século XVIII, raramente ocorria de narrações verossímeis serem acolhidas como histórias de indivíduos totalmente imaginários, como viria a tornar-se absolutamente normal para os leitores europeus do século ulterior.

Faltava ainda algo para que isso ocorresse: uma categoria conceitual de ficção, no sentido de histórias críveis que não tivessem a pretensão de serem tomadas por verdadeiras. Foi o *novel* que proporcionou a junção das duas coisas, fato que explica a relação paradoxal que mantêm com a ficção. Esta, com efeito, torna-se perceptível apenas quando se torna crível: visto que a diferença entre ficções e mentiras tornara-se menos óbvia, e a ausência de credibilidade não era mais o único critério distintivo, fez-se necessária uma verdadeira conceituação. Isto é, a ficção elaborou um discurso próprio ao tornar-se menos vistosa: quanto menos

3 F. Morgan, *A Woman of No Character: An Autobiography of Mrs. Manley*. Londres: Faber & Faber, 1986, pp. 146-51.

era evidente, mais tinha necessidade de emergir como categoria conceitual. Para afirmar-se, a contrapelo dos panfletos escandalizantes, o *novel* serviu-se da ficção como sinal diacrítico para marcar a própria especificidade, por conseguinte torna-se necessário esclarecer e definir melhor o conceito. Mas, por outro lado, como a definição de *novel* inclui a verossimilhança, a história da ficção desloca-se de uma maior a uma menor visibilidade. Se o novo gênero distingue-se graças à invenção, esta última, por sua vez, diferenciou-se das formas precedentes de inverossímil. Donde o paradoxo: o *novel* abre, pouco a pouco, o espaço conceitual próprio da invenção enquanto parece restringir-lhe a prática.

Nas últimas décadas, o deslizamento discursivo que conduziu o *novel* à descoberta da ficção, obtida por meio da verossimilhança narrativa, recebeu atenção crítica notável. Lennard Davis, por exemplo, vincula o nascimento do gênero à "matriz *news-novel*" – uma barafunda de jornalismo, textos de escândalo e controvérsias políticas e religiosas, e sublinha como escritores como Delarivier Manley recorreram amiúde ao álibi da ficção com o propósito de evitar consequências judiciárias e, desse modo, precisaram o conceito e conferiram-lhe maior respeitabilidade.[4] Embora de má-fé, tais romancistas tornaram a ficção uma alternativa inocente às histórias difamatórias referidas a fatos reais. As intenções escandalizantes de suas alegorias levaram-nos rumo a ambientações e narrações cada vez mais elaboradas e críveis, que podiam ser apreciadas por si mesmas, para além das referências às pessoas que tinham em mira. O álibi da ficção ligava-se, assim, à viva e facetada complexidade do mundo narrado.[5]

Michael McKeon, por seu turno, mostrou como o desenvolvimento interno do gênero *romance* ampliou a ideia de verdade até incluir a verossimilhança. McKeon demonstrou como a passagem do *romance* ao *novel* se insere em uma mudança epistemológica geral, de uma concepção limitada da verdade como exatidão histórica a uma mais ampla que também inclui a simulação mimética. A aceitação geral da verossimilhança como forma de verdade, antes que de fraude, está na origem do conceito de ficção e, ao mesmo tempo, na do romance como gênero literário.[6]

4 L. J. Davis, *Factual Fictions: The Origins of the English Novel*. Nova York: Columbia University Press, 1983.

5 C. Gallagher, *Nobody's Story: The Vanishing Acts of Women Writers in The Marketplace, 1760-1820*. Berkeley: University of California Press, 1994.

6 M. McKeon, *The Origins of the English Novel, 1600-1740*. Baltimore: The Johns Hopkins University Press, 1987.

Nesse momento, a não referencialidade da ficção verossímil ainda era um fenômeno estritamente limitado e específico. A suspensão global das exigências de veracidade, que segundo Sir Philip Sidney havia tornado impossível mentir, ainda não era um gesto legítimo no jogo linguístico do *novel*. É como se uma ficção crível continuasse a necessitar de alguma verdade. Em consequência, alguns historiadores viram o romance do século XVIII como ainda parcialmente vinculado a normas antiquadas. Para termos uma ideia clara da relação contraditória entre os primeiros *novels* e a ficção devemos entender a que forma de referencialidade, precisamente, eles renunciaram, e qual abraçaram. Desse modo, podemos compreender como o banimento de um certo tipo de referência tornou necessário um outro, e como a plausibilidade foi redescoberta como atributo da ficção.

## 2. "Não indivíduos, mas espécies"

O instrumento chave da não referencialidade do *novel* foi, e ainda é, o nome próprio. Embora com estratégias distintas, Daniel Defoe, Delarivier Manley e os autores dos *romance* do século XVII moviam-se todos no interior de um jogo linguístico que dava por certa, em uma narração crível, a correspondência entre um nome próprio e um indivíduo real. Defoe asseverava que existia efetivamente um indivíduo de nome "Robinson Crusoé" (de qualquer modo, indicado alegoricamente por este nome). Mas, em meados do século, um certo número de *novels* formulou um novo princípio teórico para uma nova forma literária: *estas obras não falam de ninguém em particular*, isto é, os nomes próprios não se referiam a indivíduos específicos reais, por conseguinte nenhum dos enunciados que contêm podem ser considerados verdadeiros ou falsos.

Em *Joseph Andrews*, de Henry Fielding, o narrador ilustra a superioridade e as vantagens da nova ordem, afirmando: "Eu não descrevo homens, mas costumes; não indivíduos, mas espécies". As suas caracterizações têm o intuito:

> não de zombar de um pobre desgraçado para o prazer do pequeno e desprezível círculo de seus conhecidos, mas de pôr um espelho diante dos olhos de milhares de homens no íntimo de seus lares, de modo que possam contemplar o seu defeito e tentar eliminá-lo e, assim, evitar a vergonha pública, sofrendo apenas uma mortificação privada. É isto que marca o limite entre o satirista e o panfletário e distingue ambos: o primeiro, de fato, corrige reservadamente o defeito, pelo que faz o bem a

> quem sofre, como faria um padre; o outro, por sua vez, escarnece publicamente da pessoa, como exemplo para os outros, ao modo de um carrasco.[7]

Ao deixar claro que a nova forma (definida por Fielding como "épica cômica em prosa") deve ser diferenciada daquilo que anteriormente era chamado romance (ou seja, os livros de escândalo, como os de Delariviere Manley), o narrador fundamenta essa distinção na renúncia a "interpretações malévolas" ou referências pessoais. Embora estejam em jogo eventuais acusações de difamação, não se trata unicamente, porém, de declarar a não culpabilidade da própria obra. O narrador tem a intenção de reivindicar maior humanidade e maiores ambições para esta nova forma, a qual pode tratar, em geral ou em particular, de uma classe inteira de pessoas exatamente porque nela os nomes próprios não se referem, de modo específico, a indivíduo algum.

Logo, o fundamento da nova forma era uma não referencialidade, entendida como referencialidade *mais ampla*. Os novos escritores distinguiam-se dos panfletários porque insistiam no fato de que o referente do texto não deveria ser um indivíduo extratextual determinado, mas uma generalização, uma "espécie". O romance continuava a dar exemplos, mas pela primeira vez evitava referir-se a exemplos individuais tomados da realidade: a ficção comportava agora a *invenção* de exemplos, não mais a simples escolha deles. E, dado que as personagens inventadas tinham um referente genérico, o romance podia ser considerado genericamente verdadeiro, ainda que todos os seus detalhes fossem imaginários. Pretensão de verdade e uso da ficção, consequentemente, não estavam em contraste: os escritores descobriram que a validade geral do romance dependia da natureza explicitamente fictícia de seus detalhes, posto que o uso de exemplos reais tinha apenas confundido as coisas. Para continuar a ter um valor referencial, os romances só podiam aludir àquilo que Fielding chamava "espécie".

Fielding e os que pensavam como ele custaram a considerar novo esse tipo de referencialidade. Preferiam considerar Manley e assemelhados como degenerações modernas e voltavam a Aristóteles. A *Poética* fornecia-lhes, efetivamente, não apenas uma autoridade respeitável mas também uma formulação baseada, entre outras, na verossimilhança e no imaginário:

7 H. Fielding, *The History and Adventures of Joseph Andrews and his Friend Mr. Abraham Adams* [1742] [ed. it.: *Joseph Andrews*, trad. G. Melchiori. Milão: Garzanti, 2000, pp. 210-11].

> Pelas precedentes considerações se manifesta que não é ofício de poeta narrar o que aconteceu; é, sim, o de representar o que poderia acontecer, quer dizer: o que é possível segundo a verossimilhança e a necessidade. Com efeito, não diferem o historiador e o poeta por escreverem verso ou prosa [...], diferem, sim, em que um diz as coisas que sucederam, e outro as que poderiam suceder. Por isso a poesia é algo de mais filosófico e mais sério do que a história, pois refere aquela principalmente o universal, e esta o particular. Por "referir-se ao universal" entendo eu atribuir a um indivíduo de determinada natureza pensamentos e ações que, por relação de necessidade e verossimilhança, convém a tal natureza; e ao universal, assim entendido, visa a poesia, ainda que dê nomes às suas pesonagens.[8]

Ao falar da comédia, Aristóteles vincula explicitamente a plausibilidade da história e a não referencialidade dos nomes próprios:

> Quanto à comédia, já ficou demonstrado: porque os comediógrafos, compondo a fábula segundo a verossimilhança, atribuem depois às personagens os nomes que lhes parecem, e não fazem como os poetas jâmbicos, que se referem a indivíduos particulares.[9]

Os romancistas de meados do setecentos pretendiam, ao recuperar as teses aristotélicas, salientar que a plausibilidade devia fazer parte do âmbito da ficção, além de ser uma técnica útil para evitar que os nomes próprios contivessem referências pessoais.

Naturalmente, a elaboração desta teoria logo encontrou dificuldades. Para começar, as personagens romanescas, embora previamente criadas como exemplos de uma certa classe de pessoas, logo se mostraram muito peculiares para cobrirem todos os casos de uma "espécie". A excessiva e irrelevante minúcia de cada exemplo individual tendia a ocultar a categoria geral de referência, por conseguinte, em meados do setecentos, os autores debateram por muito tempo sobre quanto o comportamento de uma personagem deveria ser típico para ser considerado "plausível". Por exemplo, respondendo ao escritor suíço Albrecht von Haller, Samuel Richardson defende Lovelace – o aristocrata libertino protagonista de sua *Clarissa* (1748) – da acusação de comportamento implausivelmente odioso, remetendo aos

8 Aristóteles, *Poética*, IX, trad. Eudoro de Souza, in *Aristóteles* II. São Paulo: Abril Cultural, 1984, p. 249 (Os Pensadores).

9 Id., ibid.

numerosos detalhes de seu romance em que particularizava as circunstâncias de seus atos. A correspondência entre Von Haller e Richardson revela o que Robert Newsom definiu como "antinomia da plausibilidade fictícia":

> Von Haller recorre ao mundo real e Richardson responde recorrendo ao romance. Recorrer ao mundo real é tentar determinar a plausibilidade de um determinado comportamento para o tipo de jovem como Lovelace, [...] enquanto o recurso ao romance, da parte de Richardson, remete o discurso ao caso individual para definir com mais exatidão o tipo ao qual pertence Lovelace [...]. Assim, aquele tipo específico de jovem do mundo "real" termina por contar com um único representante, e a questão fecha-se em si mesma: quão plausível é que um jovem exatamente como Lovelace comporte-se exatamente como Lovelace?[10]

Em outras palavras, Richardson defende a plausibilidade de Lovelace reduzindo ao mínimo o seu alcance referencial. Acrescente-se ainda que os romancistas marcavam o estatuto referencial genérico das próprias personagens de modo aparentemente contraditório, "nomeando-as da mesma forma que os indivíduos particulares são nomeados na vida real".[11] Dado que, para citar Thomas Hobbes, "os nomes próprios evocam uma só coisa; os universais, uma qualquer de muitas",[12] atribuir a uma personagem um nome inglês muito comum, como Tom Jones ou Pamela Andrews, é um modo um pouco contraditório de referir-se a um tipo genérico. Mas esses paradoxos obrigavam ainda mais os romancistas a explicar e defender o que estavam fazendo.

Na Inglaterra, entre 1720, quando Defoe afirmara que Robinson Crusoé era um indivíduo "real", e 1742, quando Henry Fielding asseverou que as suas personagens não eram inspiradas em pessoas específicas, um verdadeiro discurso sobre a ficção tomou forma no romance inglês e à sua volta, definindo novas regras e novas técnicas de não referencialidade. Precisamente em virtude dessa teorização explícita e articulada é que se pode dizer que o *novel* descobrira a ficção. O que Fielding tinha (e que faltava a Defoe) não era uma fundamentação da ficção, mas a capacidade de usá-la como um modo peculiar de dar forma ao conhecimento

10 R. Newsom, *A Likely Story: Probability and Play in Fiction*. New Brunswick: Rutgers University Press, 1994, pp. 92-93.

11 I. Watt, *A ascensão do romance. Estudos sobre Defoe, Richardson e Fielding*, trad. Hildegard Feist. São Paulo: Companhia das Letras, 1990, p. 19.

12 T. Hobbes, *Leviatã* [1615], 1, 4, apud Watt, op. cit., p. 16.

através da encenação de pormenores fictícios. Posteriormente, advertências como as de Fielding não foram mais necessárias, porque o público tinha-se habituado a ler os romances como histórias de pessoas fictícias.

Ao que parece, essa transformação teve uma história mais complexa na França, onde a discussão sobre *vraisemblance* nos *romance* de corte foi longa e bastante sofisticada, enquanto o ato de conceituar a ficção foi mais lento. Se, já em 1678, Madame de La Fayette, em *A princesa de Clèves*, apresentava personagens concebidas e acolhidas como ficcionais, em 1796 o marquês de Croismare, amigo de Diderot, ainda tinha dificuldade em compreender a verdadeira natureza de *A religiosa*, não apenas porque caíra no ardil preparado pelo autor, mas também porque a história parecia muito plausível e realista para ter sido inventada. Evidentemente, a plausibilidade ainda não era indício de ficção. De resto, esta última não era bem compreendida nem mesmo nos Estados Unidos de finais do século XVIII, ao menos a julgar pelo fato de a obra habitualmente considerada como o primeiro romance americano, *The Power of Sympathy* [O poder da compaixão] (1789), de William Hill Brown, ser de fato um exemplar de um gênero literário mais antigo, a *chronique scandaleuse*. Quanto à Espanha, Cervantes, *sozinho*, abriu caminho para a arte de escrever já no século XVII, mas o seu caso foi isolado.

Como demonstra o caso de *Dom Quixote*, já existiam romances antes do século XVIII, e como sugerem Aristóteles e Sir Philip Sidney, tampouco faltavam os elementos necessários a uma conceituação de sua natureza ficcional. Porém, não houve uma difusão do conceito nem uma prática literária duradoura até que, na Inglaterra setecentista, as duas coisas coincidissem. Todos os elementos estavam à disposição em muitos lugares e momentos históricos, mas nunca se tinha sentido a necessidade de reuni-los. Por que isso ocorreu precisamente na Inglaterra do começo de setecentos? O secularismo, o Iluminismo científico, o empirismo, o capitalismo, o materialismo, a consolidação nacional e a ascensão da burguesia, tudo contribuiu para caracterizar o contexto no qual surge o *novel* e tudo estava relacionado com o que Ian Watt definiu como "realismo formal". Na Inglaterra, diz-se, surgiu antes do que nas outras nações uma classe de leitores burgueses, e a burguesia desejava ler a si mesma, reencontrar o próprio mundo descrito de modo minucioso e circunstanciado, bem como imaginar a existência simultânea de outras pessoas em partes remotas da nação.[13] Por serem práticos e materialistas, assim

13 B. Anderson, *Comunidades imaginadas*, trad. Denise Bottmann. São Paulo: Companhia das Letras, 2008.

continua o raciocínio, os leitores burgueses preferiam a plausibilidade à fantasia, o familiar ao exótico. Isso, porém, não explica a descoberta da ficção, mas apenas a sua subordinação ao princípio de realidade, e considera-a algo já adquirido, que só necessitava ser reentronizado pela hegemonia cultural da burguesia.

Apesar disso, como vimos, os primeiros *novels* procuravam distinguir-se das narrações plausíveis com referentes reais, não das histórias inverossímeis de inspiração fantástica. Portanto, na tentativa de delimitar um espaço no universo discursivo, eles não salientavam o próprio realismo, mas sua natureza ficcional. Por isso, devemos perguntar-nos pela relação desta última com a modernidade. Responder essa pergunta permite precisar o caráter da invenção romanesca e entender o que significa considerar crível uma narração, mesmo quando se sabe que ela nada afirma de verdadeiro.

## 3. Os usos da incredulidade

A modernidade favorece a ficção porque encoraja o ceticismo e a conjectura. A ênfase dada pelos primeiros romances à ingenuidade, à inocência enganada, às promessas quebradas e aos arrebatados investimentos emotivos e financeiros põe no centro de atenção uma atitude mental, em relação à qual fica de sobreaviso: a confiança. A irrefletida generosidade de heróis e heroínas e sua ingênua vulnerabilidade deixam o leitor apreensivo, produzindo nele mesmo o desengano que falta às personagens. Por conseguinte, embora simpatizando com a inocente credulidade dos protagonistas, o leitor habitua-se a um determinado ceticismo que termina por se revelar uma forma superior de discernimento. Os leitores desses romances eram solicitados a antecipar os problemas, a fazer previsões, a conceber soluções e interpretações múltiplas. Em suma, à diferença da personagem, o leitor ocupava o posto elevado de quem reflete sobre a ação, passando em revista diferentes hipóteses. Essas reações desencadeadas pela trama correspondem, exagerando-as, às mais abstratas exigências formais que os primeiros escritores de ficção faziam aos seus leitores: considerar a história como uma especulação hipotética. Sem dúvida, os romancistas não esperavam que os leitores, mentalmente, antepusessem a cada frase a restrição ilocutória "o leitor suporá que...", mas Fielding, por exemplo, ao explicar como suas personagens não deveriam ser consideradas indivíduos determinados, autorizava o leitor a não acreditar na história, ou melhor, desencorajava-o abertamente a fazê-lo. A confiança na realidade da história era, assim, substituída pela "credulidade irônica".[14] O *novel* tentava suspender a incredulidade do leitor da mesma maneira que se suspende um elemento em uma solução, e desse modo a incredulidade torna-se um pressuposto da leitura ficcional que induz a formular juízos, não mais sobre a *realidade* da história, mas sobre a sua *plausibilidade*.

O *novel* promove uma atitude de credulidade irônica que se torna possível graças a uma incredulidade otimista: o leitor, dissuadido de crer na verdade literal de uma representação, admira-lhe a verossimilhança, simulando crer o suficiente para entrar no jogo narrativo. Essa flexibilidade mental foi uma condição essencial para a formação da subjetividade moderna. Facilitou, por exemplo, a formação da família moderna baseada em sentimentos. A partir do século XVIII os jovens em idade de casar começaram a dispor de maior liberdade de escolha, com a perspectiva de um afeto genuíno entre os cônjuges, que implicava uma certa forma de "conjectura afetiva". As mulheres, em particular, deviam ser aptas a imaginar, sem se comprometerem e antes mesmo de receberem uma proposta de casamento, como seria amar um determinado homem. E o que valia para o amor valia também para o comércio. Mercadores e seguradores tinham necessidade de calcular os riscos, os investidores davam a própria confiança em troca de garantias mínimas, convictos de que um risco maior importaria em maior lucro; e, de modo mais geral, nenhuma empresa poderia prosperar sem um certo grau de imaginação. A própria capacidade de suspender as exigências de verdade literal ajudou as pessoas comuns a aceitarem o papel-moeda: muito calejadas para acreditarem que o Tesouro do Estado contivesse metal precioso suficiente para cobrir todas as cédulas emitidas, as pessoas, contudo, entenderam que a confiança coletivamente concedida tornava supérfluo o entesouramento privado dos metais preciosos. Logo, uma espécie de "assentimento irônico" torna-se uma necessidade universal. Quase todos os progressos ligados à modernidade – de uma maior tolerância religiosa às descobertas científicas – requisitaram o tipo de provisoriedade cognitiva que se experimenta ao ler ficção, ou seja, a capacidade de outorgar um crédito contigente e temporário. Um significativo reconhecimento das vantagens desta atitude mental foi a utilização crescente da palavra ficção para indicar "uma suposição que se aparta explicitamente da realidade dos fatos, mas que é convencionalmente aceita por uma razão qualquer de conveniência prática, em conformidade aos costumes, ao decoro etc.", como, por exemplo, na ficção jurídica.

14 F. Martínez-Bonati, *Fictive Discourse and the Structures of Literature: a Phenomenological Approach*. Ithaca (NY): Cornell University Press, 1981, p. 35.

A Inglaterra setecentista praticava uma espécie de ficção pragmática e cotidiana. Isso, evidentemente, não quer dizer que o *novel* fosse apenas um exercício conjectural entre tantos, porque a ficção romanesca tinha uma relação bem particular com a convenção. Enquanto as outras formas de conjectura tinham fins práticos – uma circulação econômica mais fluida, casamentos mais felizes –, a ficção romanesca normalmente não tinha outro fim reconhecido além do prazer. Os outros tipos de imaginação eram necessários à vida social; ler um romance, ao contrário, parecia um luxo, não comportava riscos: identificar-se com as aventuras de seres de pura imaginação não põe em perigo o próprio coração ou o próprio casamento. E no momento de fechar o livro, é provável que as emoções experimentadas se desfizessem. Enfim, o romance fornecia aos leitores um espaço aparentemente livre, no qual se permitiam, por algum tempo, o jogo da imaginação. Como escreveu Coleridge no início do século XIX, a ficção solicita uma suspensão *voluntária* da incredulidade. Era propriamente esse sentido de controle individual sobre o ceticismo que distinguia a leitura de romances daqueles atos conjecturais obrigatórios que impunham um desengano permanente. Separada da circunspecção que a acompanha normalmente, a incredulidade transformava-se em uma barreira capaz de evitar consequências perigosas aos prazeres da imaginação.

O deleite, de início perseguido, poderia esmagar o leitor e impossibilitar-lhe o distanciamento que a forma romanesca deveria garantir. E, com efeito, os comentadores e os satiristas do século XVIII, repetidas vezes, acusaram o romance de envolver os leitores em experiências imaginárias das quais seria difícil sair. Coleridge, a partir de tais críticas, mas convertendo a censura em elogio, também fala desse suposto esmorecimento do autocontrole do leitor:

> Com desenvoltura, costuma-se dizer que durante o sono confundimos os nossos sonhos com a realidade, mas isso é inconciliável com a natureza do sono, que consiste em uma suspensão da intencionalidade e, portanto, da faculdade de comparação. O fato é que não emitimos qualquer tipo de juízo: simplesmente não julgamos reais os sonhos, dado que as imagens atuam sobre nossas mentes, admitido que atuem de algum modo, justamente por sua força de imagem. Enquanto sonhamos, o nosso estado difere, mais em grau do que em natureza, daquele em que nos encontramos quando estamos mergulhados na leitura de um romance envolvente.[15]

15 T. Middleton Rayson (org.), *Coleridge's Sheakespeare Criticism*. Londres: Constable & Co, 1960, v. 1, p. 116.

Coleridge reconhece que o abandonar-se à leitura de um romance contraria, justamente, o que, alhures, ele associou à ficção: o exercício da vontade. A vontade, que deveria fazer ilusão e realidade coincidirem, encontra-se em um estado de suspensão. Ele, contudo, refuta explicitamente a opinião pela qual a recepção estética induziria a falsas crenças e, em vez disso, afirma que quanto mais nos envolvemos com a leitura de um romance, mais se torna impossível crermos nele, pois perdemos a faculdade mesma de acreditar em qualquer coisa. Para Coleridge, a faculdade de acreditar é um juízo e os juízos não podem ser exercidos na ausência da vontade: sobre o estatuto cognitivo das representações de um romance, apenas podemos dizer que "simplesmente não as julgamos reais". A impossibilidade de acreditar na realidade daquilo que é representado percorre toda a leitura de um romance. Todavia, embora restrito ao nível psicológico, o elemento de vontade pertence ao estatuto ontológico da experiência: ler um romance, assim como dormir, é uma situação controlada, no interior da qual não é necessário exercitar controle algum.

Desse ponto de vista, o prazer nasceria, ao menos em parte, da possibilidade de pôr-se voluntariamente em uma condição – a suspensão da incredulidade – que pode ser experimentada sem riscos. Com um ato de vontade inicial, renuncia-se à desconfiança e à prudência, que normalmente acompanham a incredulidade, e põe-se numa condição de maior receptividade às imagens. Essa sensibilidade, de tal modo autoinduzida, permite, por sua vez, um envolvimento mais intenso com a ficção: a consciência leva o leitor a uma disponibilidade maior e a uma percepção mais viva ou até, nos momentos de maior envolvimento, a um interesse tão forte que não mais questiona o estatuto (verdade ou ficção) daquilo que experimenta. O fato de entrar voluntariamente no jogo linguístico da ficção, como diriam hoje alguns teóricos, insere-o numa condição psicológica de indiferença temporária pela natureza fictícia da sensação prazerosa que esteja provando.

As observações de Coleridge são iluminadoras. Revelam o quanto as reações do leitor de romances, que se deixa levar pela narração a ponto de experimentar (e não mais somente imaginar) aquilo que lê, estão relacionadas com o prazer. Ele goza de um profundo envolvimento com a ilusão porque a natureza voluntária da incredulidade torna-a não enganosa. E esse envolvimento leva-o de volta à ficção logo que possível, mesmo com a ausência de lucros tangíveis ou vantagens práticas.

A análise de Coleridge nos remete ao paradoxo do qual partimos. O romance exibe-nos uma ficção explícita e, ao mesmo tempo, parece negá-la: o leitor abre o que sabe ser uma ficção exatamente porque é uma ficção, e logo descobre que o mais sutil dos elementos dessa experiência é precisamente este conhecimento inicial que, ao se revelar, oculta-se no não dito.

## 4. Identificar-se com ninguém

Como há boas razões para não empreender uma análise da categoria personagem! É de fato impossível isolar esta última dos outros elementos do romance: narração, trama, história, ponto de vista, foco narrativo etc. – todos argumentos amplamente estudados pela narratologia. A personagem fictícia, ao contrário, até tempos muito recentes, gozou de tão pouca reputação que os estudiosos anglo-americanos preferiram deixá-la aos filósofos analíticos. Ainda hoje a maior parte dos estudiosos de literatura considera a personagem de ficção uma questão embaraçosa: um motivo ou para mexerico ou para formas mais ingênuas e banais de discurso crítico.

Nietzsche atribuía às personagens a responsabilidade pelo declínio do mito e da música dionisíaca na tragédia grega: a partir de Sófocles a personagem

> não deve mais se alargar como tipo eterno, mas, ao contrário, mediante traços secundários e sombreados artificiais, mediante uma precisa determinação de todas as linhas, deve agir de modo tão individual que, geralmente, o espectador ouve não mais o mito, mas a poderosa verdade naturalista e a força de imitação do artista. Também aqui, divisamos a vitória da aparência sobre o universal.[16]

Alguns escritores do século XX fizeram ressalvas análogas, tentando, com uma certa ingenuidade, derrotar a intolerável impressão de personalidade, suscitada pelas personagens. É bastante conhecida a disputa filosófica desencadeada pela afirmação de Bertrand Russel, segundo a qual todos os enunciados relativos à entidade ficcional devem ser considerados falsos. Logo, os estudiosos estruturalistas da narrativa não faziam nada de novo ao minimizarem a importância da personagem e destacarem a função ideológica dela ("A 'personagem-pessoa' reina no romance burguês", escrevia Roland Barthes).[17]

16 F. Nietzsche, *La nascita della tragedia*. Milão: Adelphi, 1977, p. 116 [ed. bras.: *O nascimento da tragédia*, trad. Jacó Guinsburg. São Paulo: Companhia das Letras, 1992].

17 R. Barthes, "Introduzione all'analisi strutturale dei raconti", in *L'analisi del racconto*. Milão: Bompiani, 1980, p. 29 [ed. bras.: "Introdução à análise estrutural da narrativa", in *Análise estrutural da narrativa*. Petrópolis: Vozes, 1971].

A questão da identificação provoca igual embaraço: de hábito, pensa-se que o envolvimento do leitor em um romance ocorra através de alguma forma de investimento psíquico nas personagens, ou identificação. A essa posição, assumida por tantos estudiosos, leitores e romancistas, contrapõe-se o zelo em notar o erro inerente a confundir personagens e pessoas. "A personagem", escreve Barthes em tom de desaprovação,

> tornou-se um indivíduo, uma "pessoa", em suma, um ser plenamente constituído, mesmo em caso de não fazer nada e, naturalmente, mesmo antes de agir. A personagem deixou de subordinar-se à ação, encarnou imediatamente uma essência psicológica.[18]

Além disso, com frequência afirmou-se que a consciência da falta de estatuto ontológico das personagens teria impedido esse errôneo processo de identificação. A esse respeito, os desmistificadores estruturalistas não ousaram insistir no óbvio: "*le personnage* [...] *n'est personne*" ["a personagem não é [...] ninguém"].[19]

Mas a identificação *consciente* com *ninguém* é conatural à forma romanesca. Os primeiros *novels* brincam com o absurdo de narrar as aventuras de pessoas inexistentes, frequentemente determinando com argúcia a origem da personagem no "caráter", no sentido de letra impressa.[20] E naturalmente sobejam as personagens quixotescas, que confundem as pessoas do texto com as da realidade. Desse modo, os romances ironizavam a si mesmos e, ao mesmo tempo, faziam pouco de muitos críticos do século XVIII que, como os estruturalistas, supunham que levar a sério as personagens de ficção significasse, automaticamente, tomá-las por pessoas reais. Às vezes, os escritores lamentavam a extraordinária disponibilidade dos leitores para identificar-se com as personagens, e exprimiam a preocupação de que, a estes, não restasse energia emotiva suficiente para dedicarem aos próprios semelhantes, se a transferissem toda para as "peripécias imaginárias de uma heroína".[21] Alguns romancistas tentaram igualmente opor-se ao investimento emotivo, interrompendo de quando em quando a

18 Id., ibid.

19 C. Grivel, *Prodution de l'intérêt romanesque. Un état du texte (1870-1880), un essai de constitution de sa théorie*. Paris: The Hague, 1973, p. 113.

20 D. S. Lynch, *The Economy of Character: Novels, Market Culture, and the Business of Inner Meaning*. Chicago: University of Chicago Press, 1998, pp. 80-122.

21 J. Tinnon Taylor, *Early Opposition to the English Novel: The Popular Reaction from 1760 to 1830*. Nova York: King's Crown, 1943, p. 53.

narração.[22] Mas, com o passar dos anos e com a difusão de um maior conhecimento sobre a invenção narrativa, os romancistas deixaram de preocupar-se com a eventual ingenuidade ontológica dos próprios leitores, e pareceram conscientizar-se da forte atração emotiva exercida pelo caráter fictício das personagens.

Devemos portanto voltar a atenção para as novas oportunidades emotivas oferecidas, em nível narrativo, por *ninguém* em especial. Se, de fato, os leitores são convidados muitas vezes a olhar de cima as loucuras dos protagonistas, também era esperado que se pusessem no lugar destes. "Toda alegria ou dor pela felicidade ou desventura dos outros", explicava Samuel Johnson, "é produto de um ato da imaginação que torna real mesmo um fato inventado [...] pondo-nos, por algum tempo, na condição daqueles cujo destino contemplamos."[23] O que fazia dos "outros" romanescos os candidatos ideais a uma operação semelhante era a sedutora disponibilidade deles: ninguém lhes fazia sombra, então todo leitor podia assenhorear-se deles sem correr o risco de haver-se com algum sósia no mundo real ou de, acidentalmente, sentir algo por uma pessoa de verdade. De mais a mais, diferente dos heróis trágicos ou lendários, as personagens do romance, em regra, eram pessoas comuns, ignoradas pela História. Por certo, carregavam o fardo do tipo humano representado, do que Fielding chamou de "espécie", mas a dependência da personagem a uma categoria, ao menos no caso dos protagonistas, era reduzida, de modo considerável, pelo processo de individualização. Era, precisamente, o fato de "*le personnage n'est personne*" [a personagem não ser ninguém] que a fazia tão atraente.

Em tempo recente, alguns estudiosos recuperaram essa ideia, afirmando que nós, como nossos predecessores setecentistas, também nos emocionamos não "malgrado", mas "por causa" da consciência do caráter fictício das personagens. Portanto, realçar-lhes a inexistência não nos dissuade de nos identificarmos com elas. Sabemos bem que não são reais, mas isso não torna as nossas sensações menos intensas. Desse ponto de vista, o nosso modo de imaginar as personagens é, sim, absurdo, mas igualmente constitutivo do gênero, logo, pede uma explicação.

De modo paradoxal, as mesmas teorias estruturalistas e pós-estruturalistas podem nos ajudar a entender essas nossas reações. Ainda que nos possa parecer ingênuo, hoje, degradar as personagens a actantes, estruturalistas e pós-estruturalistas, contudo, deram a sua contribuição ao focalizarem as personagens como efeitos textuais, inspirando pesquisas sobre as técnicas de construção da personagem e

22 Gallagher, *Nobody's Story*, op. cit., pp. 273-88.

23 Cf. S. Johnson, *The Rambler*, 13 out. 1750.

estudos ulteriores de feição historicista.[24] Suspendendo o véu que encobria o aparato ficcional, não foram capazes de impedir a nossa identificação com *ninguém*, mas ao menos nos deram uma visão mais clara do processo.

A eles, por exemplo, devemos um longo debate sobre estrutura e função do nome próprio no romance. Como já sabemos, o *novel* nasce com a utilização de nomes cuja "morfofonologia" acha-se no mundo cotidiano.[25] As personagens das narrativas romanescas ou das *chroniques scandaleuses* chamavam-se "Hipólito", "M. Ingrat" [sr. Ingrato] ou "duquesa de L'Inconstant" [de Inconstante], em relação aos quais "Tom Jones", "Clarissa Harlow" ou "Pamela Andrews" soavam como nomes ingleses comuns. Essa normalidade indicava aos leitores que o nome não se referia a ninguém em particular, mas a uma entidade fictícia, visto que, oportunamente, indicava-se a existência de um referente específico, em geral por iniciais e espaços vazios (por exemplo, "H_l_x" por Halifax) ou por pseudônimos, como aqueles citados antes, inspirados amiúde em características morais. A conotação transmitida por esses sinônimos diferenciava-os da norma semântica dos nomes próprios, que, como sublinhou John Stuart Mill, suprimem a conotação limitando-se a denotar um indivíduo. Decerto, os nomes também podem transmitir algumas informações de caráter social: a região de origem, o sexo, o grupo étnico, a condição econômica, ou até (no caso dos nomes de batismo) as ambições sociais ou a história familiar. Eles nos dão, com frequência, as coordenadas sociais da identidade individual, mas, devido à sua função eminentemente denotativa, não os interpretamos como emblemas da essência interior e o mesmo vale para os nomes das personagens do *novel*. "Tom Jones", por exemplo, é um nome inglês ostensivamente popular, mas, de resto, distingue-se pela quantidade mínima de informações contextuais que fornece. *Dom Quixote* começa com o protagonista, decidido a libertar-se de sua identidade banal, trocando seu nome de família, a respeito do qual o narrador é ironicamente impreciso ("Quijada", "Quesada" ou "Quijana"), para "Dom Quixote", numa tentativa desajeitada de nobilitar-se. Assim, Cervantes nos mostra como a diferença entre o *novel*, com os seus *ninguéns* fictícios, e o *romance*, com as suas individualidades exemplares, era, para ele, essencialmente uma questão de nomes.

À diferença dos nomes reais, os romanescos, quando os encontramos pela primeira vez, também nos parecem ditados pela intenção do autor de descrever uma personagem: os nomes são promessas de personagens e a repetição anafórica daqueles

24 Por exemplo: I. Hunter, "Reading Character", *Southern Review*, n. 13, jul. 1983; e Lynch, op. cit.
25 E. Nicole, "L'Onomastique littéraire", *Poétique*, 1983, n. 54, pp. 233-53.

prepara-nos para o surgimento destas.[26] Como disse Roland Barthes: "quando semas idênticos atravessam por diversas vezes o mesmo Nome próprio e parecem fixar-se, nasce uma personagem".[27] Na maioria dos romances realistas, essas repetições organizam a sintaxe da obra inteira, do mesmo modo que os sujeitos organizam a sintaxe das frases e, depois, são empregados como se se referissem a entidades antecedentes sem problema algum. Mas, como leitores de romances, sabemos que a personagem como tal é uma convenção, que os nomes próprios no texto referem-se apenas àquilo que eles mesmos (com a participação ativa, acrescentarei, do leitor consciente) estão criando naquele momento. Interpretamos os nomes próprios dessa maneira, mais nos romances do que na vida, porque os acolhemos como indícios intencionais de modos diferentes de leitura. Por exemplo, em *Our mutual friend* [Nosso amigo comum], de Dickens, "Rogue Riderhood" não nos suscita expectativa alguma de subjetividade: logo entendemos que quem carrega esse nome (que já revela tudo sobre o caráter da personagem) será apenas funcional à trama. O pseudônimo extremamente insípido de "John Rokesmith", ao contrário, contém uma promessa de subjetividade, mantida ao longo do romance. E quanto ao "verdadeiro" nome, que finalmente decide seu destino – "John Harmon" –, embora produza muitas associações de ideias, nunca o leremos como uma suma da personagem que o porta. Desde que tenhamos bem presente seu caráter fictício, os nomes, nos romances, não apenas nos ajudam a distinguir as personagens em principais e secundárias, esféricas e planas, sérias e cômicas, mas também nos levam a iniciar – ou a não iniciar – aquela intensa atividade de imaginação que consiste em "ler" uma personagem.

Antes de aprofundar a natureza dessa atividade e de seus efeitos emotivos, desejo confrontar um outro discurso sobre a personagem ficcional: o da filosofia analítica inglesa. Enquanto os estruturalistas pretendiam desmistificar a ideologia da personagem, ilustrando as técnicas literárias de sua construção, os filósofos analíticos se aproximaram da questão como quem lida com um problema relativo às teorias referenciais da linguagem. Desprovidas de qualquer interesse pelo romance enquanto tal, as suas análises concentraram-se em "paradoxos bem conhecidos, ligados à noção de objeto irreal ou inexistente" do discurso.[28] No início do século, Bertrand Russel, na tentativa de tornar a linguagem cientificamente confiável,

26 Id., ibid., p. 236.

27 R. Barthes, *S/Z*. Turim: Einaudi, 1973, p. 65 [ed. bras.: *S/Z*, trad. Léa Novaes. Rio de Janeiro: Nova Fronteira, 1982].

28 Martínez-Bonati, op. cit., p. 153.

dissentiu, de modo implícito, de Sir Philip Sidney ao declarar falsos os enunciados relativos ao ente ficcional. Afirma poder demonstrar a falsidade de um enunciado, como "Pickwick é sábio", parafraseando sua estrutura lógica: "Existe um e apenas um ente correspondente a Pickwick e, seja Pickwick quem for, ele é sábio". Uma vez que a primeira proposição da sequência, a que assevera a existência de Pickwick, é falsa, então todo o enunciado também o é; naturalmente, essa prova poderia ser repetida para cada enunciado relativo a Pickwick e, *a fortiori*, para todo o Círculo Pickwick.[29] Outros filósofos analíticos, menos convencidos da legitimidade da discussão a respeito da verdade de enunciados relativos a entes ficcionais, discordaram: Peter Frederick Strawson afirma que os enunciados desse gênero são espúrios e ilegítimos mais do que falsos, e Gilbert Ryle definiu o nome próprio "Pickwick" como uma pseudodesignação, não uma designação propriamente dita:

> Quando Dickens diz "Pickwick usava suspensórios", o nome próprio parece indicar alguém; mas, se não existe ninguém com o nome Pickwick, então o enunciado não pode ser verdadeiro ou falso em respeito a um homem chamado Pickwick, pois não existe ninguém com esse nome. Por isso, o enunciado, na verdade, não se refere a ninguém.[30]

Embora exposta de modo menos elegante, a opinião de Ryle evoca a de Sidney e nos leva à venerável distinção entre ficção e falsidade, sem acrescentar nenhuma contribuição nova.

A filosofia analítica, porém, também tinha algo a dizer a respeito da personagem ficcional. Um roteiro ulterior de investigação desenvolveu-se a partir das pesquisas sobre semântica modal, que trata dos mundos imaginários e dos mundos possíveis, e, em determinado momento, parecia a um passo de resolver alguns dos problemas lógicos ligados aos referentes inexistentes. A afirmação de Saul Kripke, segundo a qual "Sherlock Holmes não existe, mas existiria em outro contexto",[31] deu início a um debate sobre o modo pelo qual as personagens ficcionais assemelham-se aos habitantes de mundos logicamente possíveis. Os teóricos que trabalharam as semelhanças entre mundos fictícios e mundos possíveis por vezes retomaram a noção aristotélica de verossimilhança,[32] mesmo que, nesta última,

29 T. Pavel, *Mondi di invenzione. Realtá e imagginario narrativo.* Turim: Einaudi, 1992, pp. 22-23.
30 G. Ryle, "Immaginary Objects", *Aristotelian Society*, Supplementary Volume XII, pp. 18-43.
31 Pavel, op. cit.
32 Id., ibid.; cf. também N. Wollsterstorff, *Works and Worlds of Art.* Oxford: Clarendon, 1980, pp. 134-58.

por "possibilidade" se entendia apenas possibilidade lógica. Thomas Pavel, na tentativa de assentar uma abordagem da ficção no quadro da teoria dos mundos possíveis, afirmou que os nomes de personagens, bem como os de seres reais em enunciados imaginários, são designadores rígidos que se aplicam a um único ente que mantém suas características essenciais em todos os mundos possíveis nos quais existe, mesmo que depois suas características acidentais variem bastante. Embora, do ponto de vista teórico, correspondam a uma tradição filosófica baseada na referencialidade, essas criaturas e seus mundos demonstraram ser pouco úteis aos críticos de texto, e hoje a interpretação da invenção narrativa baseada na teoria dos mundos possíveis está superada. Se a recordo aqui, é só porque no debate sobre as diferenças entre mundos possíveis e mundos ficcionais emergiram algumas características da personagem de ficção que nos ajudam a compreender a atração emotiva por ela exercida.

Os filósofos analíticos deveriam ter mais presente o elemento originário do qual partiram os narratólogos e os pós-estruturalistas: a textualidade. As personagens não são ontologicamente diferentes porque habitam mundos possíveis em vez de reais, são diferentes porque são "construções da atividade textual".[33] Ao voltar a atenção para a "atitude linguística do falante",[34] a teoria do ato linguístico de John R. Searle representou um novo ponto de partida. Segundo Searle, o escritor de ficção não realiza um ato ilocutório assertivo "sério", mas se limita a fingir fazê-lo.[35] Assim, Dickens fingiria fazer asserções relativas a Pickwick, que seria não um ente em um mundo possível ou um conjunto de características selecionadas por Dickens entre uma série de características possíveis[36], mas antes o produto imaginário dessas asserções simuladas: "Ao fingir referir-se a pessoas e narrar eventos que lhes dizem respeito, o autor cria personagens e eventos ficcionais".[37] Os nomes próprios, nota Searle, são "expressões referenciais relativas a um paradigma", por conseguinte o romancista, ao usá-los, imita o ato linguístico da referência. Diversos indicadores convencionais permitem aos leitores reconhecer a natureza simulada dessas referências, cujo aspecto sério é definido com a intenção de *criar* uma personagem. Assim, Searle permitiu-nos deslocar o discurso da questão

33 L. Dolozel, "Mimesis and Possible Worlds", *Poetics Today*, IX, 1988, n. 3, p. 488.

34 Pavel, op. cit., p. 20.

35 J. R. Searle, *Expression and Meaning. Studies in the Theory of Speech Acts*. Cambridge: Cambridge University Press, 1979, p. 65.

36 Wollsterstorff, op. cit.

37 Searle, op. cit., p. 73.

da referência ("Uma das condições do êxito de um ato linguístico de referência é a existência do objeto ao qual o falante se refere"[38]) ao problema crítico mais promissor de saber "até que ponto as convenções horizontais da ficção rompem as conexões verticais dos atos linguísticos sérios".[39]

Decerto, muitas teses de Searle revelaram-se passíveis de crítica. É o caso das que propõem: que os usos fictícios da linguagem sejam, para dizê-lo com John Langshaw Austin, "parasitários" em relação aos sérios;[40] que o autor "finja" fazer algo diferente de escrever um romance;[41] que os nomes próprios sejam, necessariamente, "expressões referenciais";[42] que "não exista propriedade textual, sintática ou semântica, capaz de identificar um texto como obra de ficção".[43] Todavia, a abordagem de Searle permitiu à filosofia analítica estabelecer relações com a narratologia[44] e instigou estudos posteriores sobre os indicadores textuais da ficção. Alguns deles nos fazem retornar, diretamente, para nossa pesquisa sobre a atração emotiva exercida pelos não entes romanescos.

## 5. As personagens: familiares e estranhas, indeterminadas e acabadas

É voz corrente que, nas narrações em terceira pessoa, o sinal distintivo da ficção manifeste-se quando o narrador entra na subjetividade, ou consciência, de uma personagem. A onisciência do narrador, o discurso indireto que revela os estados mentais da personagem, o monólogo interior, são todos modos de retirar "as experiências subjetivas íntimas das [...] personagens, o aqui e agora de suas vidas que, no mundo real, permaneceriam inacessíveis a qualquer observador".[45] A acessibilidade à vida interior é sinal evidente de que nos achamos diante de uma

38 Id., ibid., p. 71.

39 Id., ibid., p. 73.

40 Cf. J. Derrida, *Margini della filosofia*. Turim: Einaudi, 1997 [ed. bras.: *Margens da filosofia*, trad. Joaquim Torres Costa e António M. Magalhães. Campinas: Papirus, 1991].

41 Martínez-Bonati, "The Act of Writing Fiction", *New Literary History*, 1980, n. 11, pp. 425-34.

42 R. Rorty, "Is There a Problem about Fictional Discourse?", in D. Henrich e W. Iser (orgs.), *Funktionen des Fiktiven*. Munique: Fink, 1983.

43 A. Banfield, *Unspeakable Sentences: Narration and Representation in the Language of Fiction*. Boston: Routledge & Kegan Paul, 1982; D. Cohn, *The Distinction of Fiction*. Baltimore: The Johns Hopkins University Press, 1999.

44 G. Genette, "Gli atti di finzione", in *Finzione e dizione*. Parma: Pratiche, 1994.

45 Cohn, op. cit., p. 24.

personagem ficcional.[46] Ao contrário do que ocorre com as pessoas representadas nas autobiografias e nas obras biográficas e históricas, as personagens romanescas parecem já ser compreendidas antes mesmo de serem interpretadas. Com a licença de Searle, o discurso indireto livre – que representa o grau máximo de interpenetração entre o discurso do narrador e a expressão subjetiva da personagem – mostra características gramaticais (e não só de representação) próprias à ficção.[47] Os estudos de Ann Banfield, em particular, demonstraram a coincidência entre construção ficcional e *novel*, ilustrando como esses indicadores gramaticais surgem apenas com o nascimento desse gênero.[48] Em outras palavras, para os leitores competentes, a revelação da intimidade das personagens coincide com a revelação de sua natureza textual.

A força emotiva da personagem deriva, na minha opinião, da interseção, nela, de uma ilusória cognoscibilidade com uma aparente profundidade: do vínculo entre sua inexistência no real e a sensação de profunda intimidade que inspira ao leitor. Depois de sabermos que a acessibilidade está ligada à ficcionalização operada pela escrita, somos levados a deixar-nos invadir por um prazeroso sentido de familiaridade com a personagem. Para isso contribui o extremo rigor da representação, criando o que foi definido como "efeito personagem":[49] a impressão, conscientemente ilusória, de uma criatura preexistente, com muitos níveis de existência e com exterioridade e interioridade próprias. Temos a impressão de encontrarmo-nos diante dos múltiplos estratos que compõem uma pessoa, mas sem os usuais impedimentos que se interpõem à nossa consciência. A personagem é, como Jeremy Bentham definiu em *A Fragment on Onthology*, um "não ser imaginário": a sua própria inexistência reforça o efeito de realidade provado pelo leitor. Se a personagem realmente existisse, também existiriam os limites destinados a extinguir a realidade criada pela ficção. Não existiria modo algum de "entrarmos" em outra pessoa e não poderíamos experimentar aquele sutil alívio que sentimos ao pensarmos em nossa

46 Cf. Banfield, op. cit.; Cohn, "Signposts of Fictionality – A Narratological Perspective", *Poetics Today*, XI, 1990, n. 4, pp. 775-804; K. Hamburger, *Die Logik der Dichtung*. Stuttgart: Klett, 1957 [ed. bras.: *A lógica da criação literária*, trad. Margot P. Malnic. São Paulo: Perspectiva, 1975]; P. J. McCormick, *Fictions, Philosophies, and the Problems of Poetics*. Ithaca (NY): Cornell University Press, 1988.

47 Ver Banfield, op. cit.; Cohn, "Signposts of Fictionality", op. cit.; Cohn, *The Distinction of Fiction*, op. cit.; Hamburger, op. cit.

48 Banfield, op. cit., pp. 225-53.

49 M. Bal, *Introduction to the Theory of Narrative*. Buffalo: University of Toronto Press, 1997.

imperscrutabilidade.[50] A atração exercida pela personagem faz lembrar a do fetiche freudiano: para ambos, a eficácia resulta do estatuto ficcional, da extraordinária combinação de diferença e semelhança com os outros seres. Personagem e fetiche alentam seus usuários, embora permaneçam conscientes da realidade das outras coisas.

O que foi dito toca sobretudo aos romances realistas em terceira pessoa com narradores oniscientes. Os romances com narradores em primeira pessoa, ao contrário, revelam a sua natureza de ficção, sobretudo, por meio de técnicas utilizadas para indicar a diferença entre o narrador e o autor implícito, resultado do que Dorrit Cohn define como "a dúplice origem vocal da ficção".[51] Nesse caso, o narrador mantém a ilusão de opacidade das personagens, tornando-as veículos essenciais à articulação da incerteza epistemológica típica do modernismo.[52] O narrador de Proust nunca chega a conhecer totalmente Albertine; Marlow nunca poderá compreender Kurtz a fundo. Aqui, o compartilhamento do desastroso esforço hermenêutico realizado pela personagem-narradora (muitas vezes interpretado como alegoria da leitura do romance) dá origem a uma afecção emotiva melancólica, reforçada pelo contraste entre a insistente exibição da subjetividade do narrador e o caráter obscuro e impenetrável da personagem, objeto de seu desejo.

A maior ou menor cognoscibilidade e acessibilidade da personagem é apenas um dos elementos que convidam à identificação. Existe um outro par de características, à primeira vista paradoxais, ligadas entre si e compartilhadas por todas as personagens, independentemente do modo narrativo: as personagens do romance são, em todos os aspectos, acabadas e, ao mesmo tempo, inevitavelmente incompletas. Peter McCormick descreve assim a primeira dessas características:

> as personagens de ficção são completamente esgotáveis como objetos de conhecimento, pois, ao contrário dos objetos materiais, carecem da infinidade determinada por horizontes perceptivos continuamente fugidios, e, ao contrário dos entes dotados de consciência, são desprovidos da intimidade inviolável de estados mentais em mutação contínua.[53]

A regularidade absoluta, atribuída por McCormick ao modo pelo qual as personagens são decodificadas pelos textos, torna a sua análise mais filosófica que crítica,

50 D. A. Miller, *The Novel and the Police*. Berkeley: University of California Press, 1988.
51 Cohn, *The Distinction of Fiction*, op. cit., p. 125.
52 Bal, op. cit., p. 117.
53 McCormick, op. cit., p. 240.

mas, de qualquer modo, a tese geral permanece válida. Não obstante a sensação de estratificação e de plenitude transmitida pelas estratégias de representação, as personagens, como seres textuais, são sempre "delimitadas". Por exemplo, podemos ler e reler *Ana Kariênina*, porém nada de novo descobriremos sobre sua infância ou a de seu irmão. O nome próprio "Ana Kariênina" é composto por uma série finita de enunciados, não importa o quanto a nossa leitura possa tornar-se mais profunda ou mais perspicaz. O texto pode ser hermeneuticamente inesgotável e indeterminado e, nesse sentido, pode produzir uma multiplicidade de Anas, mas nenhuma delas terá uma infância descrita de modo mais detalhado.

O corolário da delimitação da personagem é sua incompletude. Assim a define Ruth Ronen:

> Essa incompletude diz respeito ao estatuto lógico-semântico dos entes ficcionais. A ausência de um referente completo produz zonas de indeterminação e uma impossibilidade de verificar as propriedades do ente ficcional que não lhes são atribuídas pelo próprio texto [...]. A incompletude é, portanto, o reflexo da diferença lógica entre um objeto real extraliterário e um produto da ficção.[54]

Talvez um crítico literário não dissesse que as propriedades da personagem não especificadas pelo texto fossem "impossíveis de verificar", dado que essas propriedades não existem. Poder-se-ia observar que também as pessoas são incompletas, caso isso significasse que seria infrutífero procurar definir e verificar cada detalhe de sua existência. No entanto, é razoável afirmar que, em princípio, podemos, por exemplo, determinar a data exata na qual Charles Stokes, um missionário rebelde que de fato existiu, pôs pela primeira vez os pés no Congo, enquanto não podemos obter nenhuma informação do gênero quanto a Kurtz, de *Coração das trevas*. Por definição, e não por uma casual falta de documentação, não podemos recorrer a fontes externas à ficção para obtermos informações suplementares sobre uma personagem. Diferentes técnicas romanescas podem enfatizar ou atenuar essa incompletude. A narrativa realista europeia do século XIX, via de regra, tende a transmitir o sentido do que Erving Goffman chamou de "suficiência" da caracterização. Por exemplo, o texto não nos suscitará curiosidade alguma a respeito da primeira infância de Ana Kariênina e de seu irmão Stiva. O modernismo e o pós-modernismo,

54 R. Ronen, "Completing the Incompleteness of Fictional Entities", *Poetics Today*, IX, 1988, n. 3, pp. 497.

ao contrário, tendem a subverter essa regra, explicitando a carência constitutiva da personagem. O enigma de Kurtz, que nunca será resolvido, é emblemático quanto a esse propósito: o nosso desejo de descobrir o que não está dito (ou seja, o que Kurtz fez) pode ser lido como uma metáfora do encontro com o vazio (modernismo) ou como um sinal do caráter ficcional da personagem (pós-modernismo).

Também a incompletude, ao lado da perturbadora acessibilidade, suscita o envolvimento emotivo do leitor. Com isso não pretendo dizer que, ao lermos, preenchemos os espaços em branco do texto e, portanto, que as personagens são, em certa medida, criações do leitor, como afirmou Hans Robert Jauss; nem que a leitura requeira um investimento imaginário tamanho que, como escreveu Samuel Johnson, enquanto lemos não conseguimos mais distinguir entre nós mesmos e o protagonista. Antes, tenho em mente algo mais próximo das teorias de John Frow, que, a partir de considerações psicanalíticas e semióticas, chega a afirmar que "a descontinuidade linguística, ao abrir um campo de pressuposição, representa a condição para que o leitor se inscreva no texto como sujeito *unificado* da leitura".[55] Frow emprega o conceito lacaniano de "corte", do modo como é aplicado na teoria cinematográfica, para analisar um aspecto da construção da personagem, por nós já examinado em uma outra perspectiva: o deslocamento do discurso *sobre* uma personagem *para* a personagem como produtora de linguagem. Frow, sublinhando o modo como essa técnica evidencia uma "descontinuidade entre o sujeito da enunciação e o sujeito do enunciado", retoma afirmações anteriores de outros críticos, entre os quais Banfield:

> A representação da consciência é essencial à ficção. A contemporaneidade linguística entre PASSADO e PRESENTE e a correferência do SI e da terceira pessoa deram lugar a uma linguagem capaz de representar aquilo que só pode ser imaginado ou suposto – os pensamentos dos outros. Ao cindir o SI do falante, esse estilo mostra que é, como toda representação da consciência, essencialmente, ficção.[56]

Como a personagem de ficção é imaginada exclusivamente com base nesses fragmentos descontínuos de linguagem, os leitores devem concentrar-se mais intensamente nas relações dinâmicas internas a esses fragmentos do que o fazem quando leem obras não ficcionais, ainda que, por vezes, elas empreguem técnicas semelhantes

55 J. Frow, *Spectacle Binding: On Character*, ivi, VII, 1986, n. 2, p. 237.
56 Banfield, op. cit., p. 260.

para apresentar hipóteses sobre pensamentos não expressos pelas pessoas. Ademais, nas raras ocasiões em que, por exemplo, os biógrafos representam a consciência da figura à qual dedicam seu trabalho, as posições daquele que representa e daquele que é representado tendem a ser gramaticalmente mais estáveis do que na ficção.[57] Nos romances em terceira pessoa com narrador onisciente, em particular naqueles que utilizam o discurso indireto livre, a acessibilidade à vida mental da personagem ficcional reforça a inquietante separação, para usar os termos de Banfield, entre o SI (a mente da personagem) e o FALANTE (o narrador), exacerbando a instabilidade da posição do sujeito. Quem lê acha-se, por um lado, "ligado" ao texto na tentativa de satisfazer a pressuposição de unidade criada pelo nome próprio da personagem e, por outro, termina por "oscilar [...] entre a estabilidade enunciativa e o temor de sua interrupção ou dispersão".[58] É uma oscilação que também pode ser considerada agradável, enquanto estimule e satisfaça parcialmente o desejo do leitor de ser, ao mesmo tempo, sujeito do texto e independente de suas subjetividades variadas e descontínuas. Longe de perceber o próprio ego fragmentado por essa experiência, o leitor de romance é movido pelo desejo de realizar-se como sujeito flexível e duradouro, com múltiplas possibilidades de identificação.

Essa análise, simultaneamente, complica e corrige a afirmação de Roland Barthes em *S/Z*, segundo a qual:

> a ilusão de que a soma [dos semas que conotam uma personagem] seja suplementada por um resto precioso (algo como a *individualidade*, porquanto qualitativa, inefável, ela escaparia a uma trivial contabilidade das características componentes) é o Nome Próprio [...]. O nome próprio permite à pessoa existir fora dos semas, cuja soma, no entanto, a constitui inteiramente.[59]

Para Barthes, nomear uma personagem significa automaticamente: conferir-lhe um caráter de pessoa, impor o compromisso ideológico segundo o qual a personagem consiste em tudo aquilo que lhe é atribuído pelo texto; e, além disso, transmitir-lhe tudo o que sirva para torná-la um ser humano. O nome próprio recolhe e unifica todo o material semântico, a menos que lhe seja impedido intencionalmente de fazê-lo (como no *nouveau roman*), proporcionando, na opinião de Barthes,

57 Cohn, *The Distinction of Fiction*, op. cit., pp. 18-37.

58 Frow, op. cit., p. 248.

59 Barthes, op. cit., p. 174.

o prazer ideologicamente suspeito de perceber uma pessoa do outro lado do texto. A incompletude, afirma ele, inevitavelmente traz consigo um desejo de completude, de que o nome próprio se encarrega. No entanto, seria mais justo dizer que, sim, o nome introduz uma pressuposição de unidade, à qual, porém, é constitutivamente impossível sobrelevar a incompletude e a descontinuidade das perspectivas textuais sempre mutáveis. A pressuposição de unidade não faz outra coisa além de permitir o jogo imaginativo dos leitores entre as diversas posições enunciativas. Podemos acrescentar que, se a incômoda pressuposição de unidade e o suplemento do efeito pessoa não existissem, o jogo do leitor seria carente de direção. E se, ao contrário, fosse realmente criada uma impressão de totalidade tão forte capaz de fazer desaparecer a incompletude e a descontinuidade, não existiriam os caminhos atraentes pelos quais os leitores podem arriscar-se, nem os vazios de subjetividade prontos a serem preenchidos por seu ego.

Além das vias criadas pela contínua alteração das perspectivas textuais e pela separação entre subjetividade e falante, não devemos esquecer daquelas, já mencionadas, entre referência e construção da personagem ou entre tipificação e individualização, que nos remetem à questão da personagem ficcional como exemplificação de um tipo humano. Entre tipo e exemplificação abre-se um abismo, sobretudo no romance do século XIX, com seu duplo intento de classificar o corpo social e de caracterizar a personagem. A presença frequente de protagonistas que não logram ser genuínos ou autênticos (como, por exemplo, Julien Sorel, de Stendhal, ou Emma Bovary, de Flaubert), ou aos quais parece impedida uma existência normal (como a Anna Kariênina, de Tolstói, ou a Dorothea Brooke, de George Eliot), poderia aludir à dificuldade da forma literária em transmitir a sensação de um indivíduo particular sem se afastar da tipicidade referencial. O contraste implícito entre quem lê (com sua individualidade autônoma, que não usa álibi referencial algum para ter sentido) e a personagem (com sua radical falta de quididade, que a faz resvalar continuamente em direção ao tipo abstrato) também pode levar a leitora ou o leitor a viver uma experiência que se resumiria nos seguintes termos: a incompletude das personagens ficcionais pode não apenas conferir um sentido de plenitude ontológica à "realidade" de quem lê, como também nos fazer pensar em nossa imanência corpórea à luz de sua possível ausência, instigando-nos, assim, a um desejo perturbador pela materialidade de nossa própria existência.

Tornou-se quase um lugar-comum dizer que o limite entre ficção e não ficção se está dissolvendo e que os nossos campos discursivos estão, mais uma vez, mudando de fisionomia. Historiadores e biógrafos cada vez mais apropriam-se das técnicas dos romancistas, apresentando livremente como fatos o que são conjecturas sobre as pessoas de que falam, ou ainda introduzindo personagens e eventos fictícios. De sua parte, os romancistas pós-modernos adoram construir personagens ricas em referências a pessoas reais e desenterrar eventos históricos como se fossem de sua imaginação. Podemos prever que o jogo ontológico assumirá maior importância para os leitores do século XXI do que teve no curso dos três séculos precedentes. Todavia, as novas formas narrativas mistas não tornarão obsoleta a pesquisa sobre o que sabemos acerca da ficção – ou seja, o que sua história legou para nossas práticas de leitura –, ao contrário, irão torná-la cada vez mais necessária.

KATE FLINT

# Livros em viagem

## Difusão, consumo e romance no século XIX

> Não estamos mais aqui: esta é a leitura.
>
> HÉLÈNE CIXOUS

A leitura tem o poder de nos transportar para outro lugar. E a sua capacidade de deslocamento é dupla: anula de um só golpe nossa identidade cotidiana e sua tranquilidade do "aqui", e nos conduz a um espaço-tempo novo e inédito. Em *Martin Chuzzlewit* (1843-44), um romance com muitas viagens e inquietação, Tom Pinch olha as vitrines das livrarias de Salisbury que expõem

> as últimas novidades de Londres, abertas no frontispício e às vezes também na primeira página do primeiro capítulo; para tentar os incautos a iniciar a leitura do livro e depois, na sua impossibilidade de virar a página, despertar-lhes a vontade de precipitar-se para dentro e comprá-lo! Naquelas vitrines sempre faziam bela mostra delas, os frontispícios requintados com gravuras esplêndidas que, como placas indicando a periferia das grandes cidades, evidenciavam a enorme quantidade de aventuras contidas nas páginas internas.[1]

1 Charles Dickens, *Martin Chuzzlewit* [1843-44], trad. B. Oddera. Milão: Adelphi, 1967, pp. 116-17.

A exposição dos livros, a sua transformação em mercadoria são consideradas um incitamento à viagem da fantasia. Enfim, o leitor como viajante; uma imagem na qual coexistem mobilidade, iniciativa e capacidade de sobrevivência: saber interpretar as convenções semióticas (enredos, tipologias das personagens, compreensão do não dito, do indizível, do que é submetido à autocensura), e saber reunir os desafios das expectativas frustradas, dos finais abertos, dos enganos e das mudanças de voz e ponto de vista. Assim sendo, pode-se descrever a leitura com termos que também definem a viagem: fluida, provisória, variável. Em particular, ela nos permite encontrar paisagens e pessoas que na realidade nunca veremos, e observar o nosso mundo com olhar distanciado de visitante. Portanto, quanto mais o leitor é estático e doméstico, tanto maior será a separação entre texto e experiência, e tanto mais terá ampliada a imaginação. "Lembrem-se", admoestou uma guia oitocentista de leitura trepidante às sedentárias e submissas senhoras vitorianas,

> que graças a um livro podem se tornar grandes viajantes; e esquecendo por um pouco o escovão e a agulha podem sulcar os oceanos, e aprender como Deus plasmou nações distantes para que pudessem viver onde ele as colocou, e usufruir dos espetáculos divertidíssimos e da vida da África tórrida ou da gélida Groenlândia.[2]

São as peregrinações, as explorações e as vagabundagens que provocam o estado mental desejado por Nietzsche:

> Se me figuro a imagem de um leitor perfeito sempre surge um monstro de coragem e de curiosidade, com alguma coisa de dúctil, astuto, cauteloso, um aventureiro e um descobridor nato.[3]

Essa ideia de leitura pressupõe um leitor que se encontre "em casa", num quadro familiar do qual temporariamente se evade lendo um romance. Mas o que acontece se o leitor já está em movimento? Num primeiro nível, a literatura leva ao turismo: penso nos escritores que gostam de viajar – que visitam um lugar para lhes render homenagem – ou nos membros da classe média ansiosos por enobrecer

2 Mrs. A. Higginson, *The English School-girl: her Position and Duties. A Series of Lessons from a Teacher to her Class*. Londres: 1879, p. 70.

3 F. Nietzsche, *Ecce homo*. Milão: Adelphi, 1981, p. 61 [ed. bras.: *Ecce homo*, trad. Paulo César de Souza. São Paulo: Companhia das Letras, 1995].

culturalmente o seu tempo livre. Os visitantes vitorianos da Escócia eram irresistivelmente atraídos pela Abbotsford de Walter Scott, que Lydia Sigourney, em 1842, definiu como "uma Meca do país".[4] Thomas Roscoe, em seu primeiro *Landscape Annual* (1830), assegura que os turistas circulam por Genebra com uma cópia de *A nova Heloísa* debaixo do braço, e que desejam visitar a casa de Gibbon em Lausanne e a cidade natal de Madame de Staël, Coppet.

Mas o que significa ler quando se está longe de casa? Qual é o efeito do mergulho numa narrativa que fala do lugar que se está visitando? Lendo-as no lugar, páginas do contrário opacas podem ganhar vida, como descobriu a governanta de Mark Twain, Katy Leary. A senhora Clemens tinha a senhorita Leary sob severa vigilância, controlando e discutindo com ela suas leituras: chocada por tê-la surpreendido lendo com prazer um "mau" romance francês encontrado no salão de bilhar ("Sim, eu o examinei palavra por palavra, e explica tudo de maneira muito clara"), recomendou-lhe aproximar-se da França de outro modo, e lendo precisamente *A Tale of Two Cities* [Um conto de duas cidades]. Mas

> não conseguiu ir adiante com o livro. Somente quando fomos à França, e vimos as Tulherias e a Bastilha e as outras coisas que estavam no livro, quis lê-lo. Disse então: "Oh como me agradaria ter *Um conto de duas cidades* agora! Agora sim poderia compreendê-lo". Assim o recompramos. Pegou-o a irmã da senhora Clemens, a senhora Crane; ela também queria lê-lo. Não estava melhor do que eu, porque na América também ela não conseguira; mas o leu, lá, e apenas havia acabado eu o li. Pois bem, me fez enlouquecer, então. Sim, faz uma certa diferença depois que você viu os lugares e conheceu as pessoas. Isto é o que acontece com as viagens ao exterior. Descobre-se que o mundo é um lugar sobretudo grande.[5]

E, ao contrário, qual é o papel que a literatura desenvolve ao determinar nossas expectativas sobre lugares que ainda não conhecemos? Com qual frescor pode-se interpretar o lugar alcançado quando se procura somente a confirmação das próprias imagens mentais e das construções fantásticas?

Com certeza, além desta leitura como ativa "exploração", há também a leitura como simples meio de aliviar o tédio de um lugar estranho: por exemplo,

4 Mrs. L. H. Sigourney, *Pleasant Memories of Pleasant Lands*. Boston: 1842, p. 120.

5 M. Lawton, *A Lifetime with Mark Twain. The Memories of Katy Leary*. Hartcourt (NY): Harcourt, Brace and Co., 1925, pp. 55-57.

o narrador de *White-Jacket,* de Melville, abre o capítulo XLI afirmando que: "Para a maior parte dos homens a bordo de um navio de guerra o tempo em nenhum lugar passa tão lentamente como quando se está no porto. No Rio um dos meus principais antídotos contra *l'ennui* era a leitura".[6] Delineia-se aqui um tipo de viajante menos curioso, na defensiva, que pode desenvolver uma resistência ainda maior ao ambiente circunstante: o que dizer neste caso de uma leitura que serve para defesa e proteção, quase respeito àquele mundo estranho e desconhecido que está fora do texto? O que significa o mergulho na ficção para viajar não em direção ao estranho, mas ao familiar? Até que ponto a leitura pode confirmar o sentido de identidade – pessoal e nacional – que os leitores levam consigo ao exterior? Aprofundar-se numa narrativa pode servir para recusar as possibilidades de mudança oferecidas por uma viagem, como observava John Ruskin a propósito de duas jovens americanas que no trem de Veneza a Verona abaixaram

> as cortinas no mesmo instante em que entraram no vagão, para depois se abandonar nas almofadas; tinham consigo romances franceses, limões e cubos de açúcar para enganar o tempo; romances mantidos unidos por um fio de linha com o qual haviam sido costurados há tempos, ou com orelhas espessas e gastas nos cantos das páginas, e dos quais as jovens algumas vezes arrancavam, molhando os dedos, uma folha pegajosa.

A negligência com que as jovens tratavam os livros, o que suscita nele um desgosto visceral, tem relação profunda com a negligência ignorante em relação ao ambiente externo. O fato de as duas jovens terem fechado os olhos e a mente ao panorama de fora do vagão – "Um delicioso sol de meia-estação, com seus raios baixos, delineava entre as folhas de videira; todos os Alpes estavam límpidos, do lago de Garda ao Cadore, até o mais distante Tirolo" – é um sintoma daquela crescente indiferença pelas belezas naturais, ao que Ruskin olha com espanto. O ópio da ficção contribui portanto para o frio desinteresse pela natureza,[7] que é, aos olhos de Ruskin, uma manifestação da modernidade.

Modernidade, movimento, trânsito: a versão cotidiana das turistas de Ruskin são os leitores indecisos, que se abastecem com material de leitura nas bancas das

6 Hermann Melville, *White-Jacket* (1850) [ed. it.: *Redburn/ Giacca bianca*, trad. S. Monferlotti. Milão: Mursia, 1989, cap. XLI, p. 399].

7 J. Ruskin, *Fors Clavigera,* in *The Complete Works of John Ruskin*, E. T. Cook e A. Wedderburn (orgs.), v. 39. Londres: George Allen, 1903-12, v. XXVII, Carta 20, ago. 1872, p. 346.

estações, onde são comercializados romances de má qualidade. A ficção serve para enganar o tédio do trajeto, mas também do trabalho. Em 1893, a americana Agnes Repplier observava que "os empregados e os artesãos, os vendedores, os alfaiates, as modistas que toda manhã se espalhavam pelas ruas de Londres tinham, todos, um exemplar de qualquer pequeno romance popular para se distrair durante o curto trajeto".[8] As viagens podem também provocar encontros casuais, felicíssimos e imprevisíveis com textos desconhecidos; uma olhada na reserva de ficção do vizinho pode ser o ponto de partida para as próprias excursões fantásticas. Elizabeth Gaskell, escrevendo às filhas, confessa:

> Na caminhonete estava sentada vizinha a um homem [...] que lia *The Little Dorritt* [A pequena Dorritt], e eu com ele, por cima de seu ombro. Oh Polly, lia tão lentamente, você teria compreendido – Meta não – a minha impaciência por ele nunca chegar ao final da página. Tínhamos lido apenas os dois primeiros capítulos, assim não consegui descobrir quem seria a pequena Dorritt, mas somente que a história começa numa prisão de Marselha, com um prisioneiro suíço e um italiano comendo as suas rações. No segundo capítulo, as personagens inglesas são postas no isolamento em Marselha [...], o nome da heroína é Pet Meagles, e tinha uma irmãzinha gêmea morta, cuja lembrança sempre lhe provoca uma atitude virtuosa, e que suspeito seja a "*pequena Dorrit*".[9]

Neste ensaio procuraremos ver como certos textos transpõem as fronteiras, seja literal seja metaforicamente. Toda leitura é, por si, um encontro complexo e, quando o consumidor ou o romance, ou ambos, estão distantes de seu contexto de origem, ela cria um tipo particular de troca intercultural. O texto interage obviamente com a subjetividade e a formação ideológica e cultural do leitor, mas aqui pesquisaremos um aspecto mais específico, o excesso de sentido gerado por uma leitura que tem lugar em precisas circunstâncias espaciais.

Muitas perguntas podem ser feitas sobre o tema da viagem, da espacialidade e da leitura: qual é a relação entre o movimento da cultura, o seu consumo e os fluxos financeiros e comerciais de outro tipo? Como evitar a cilada de um conceito de

8 A. Repplier, *English Railway Fiction*, in *Point of View*. Boston/Nova York: Houghton, Mifflin & Co., 1893, p. 209.

9 J. A. V. Chapple e A. Pollard (orgs.), *The Letters of Mrs.Gaskell*. Manchester: Manchester University Press, 1966, p. 373.

imaginação "transnacional" – erro tão caro a certos comparatistas[10] – mesmo quando reconhecemos que no século XIX alguns escritores, como Walter Scott, Charles Dickens, Harriet Beecher Stowe, conquistaram um público vastíssimo, pelo menos no mundo das colônias europeias? Existem gêneros literários que viajam melhor, e talvez se transformem melhor que outros? Estamos desenvolvendo métodos sempre mais sofisticados para caracterizar as linhas de distribuição e desenvolvimento da cultura impressa, aquela que se chama a "geografia do livro",[11] para se ter uma ideia mais clara de quais romances, onde e para quem estariam disponíveis em curtos espaços de tempo: nesse quadro, qual poderá ser a relação entre o nosso conhecimento empírico da difusão da narrativa e a experiência concreta da leitura?[12] Em outras palavras, neste ensaio queremos pesquisar as relações entre três elementos: a metáfora da leitura como viagem; as reações, observadas ou presumidas, do leitor, distante de casa e/ou em trânsito; e a verdadeira e própria viagem do texto.

## I. 1838: Dickens na Índia

Em 22 de agosto de 1838, da Índia, Emily Eden escreve:

> Há dois dias chegou uma caixa de livros novos. Novos para nós. Talvez para você remontem aos primeiros tempos do reinado de Vitória I, e todavia o prazer de vê-los é grande. Li todos os livros que tínhamos (e a nossa coleção é considerável) pelo menos três vezes, incluídos os 21 volumes de Saint-Simon, que li a primeira vez durante uma viagem de navio e depois de novo aqui, e que é sem dúvida uma obra extraordinariamente fascinante. Se não tivesse chegado essa caixa eu o teria recomeçado novamente.
>
> Pensar que desse modo direto, legal, havíamos somente recebido o décimo oitavo episódio de Pickwick! Há seis meses já o tínhamos concluído, visto que foi impresso e reimpresso em Calcutá com base nas cópias que haviam chegado por terra. *Mais,*

10 Para uma discussão mais ampla sobre esse ponto, ver S. Snaider Lanser, "Compared to What? Global Feminism, Comparatism, and the Master's Tools", in M. R. Higonnet, *Borderwork: Feminist Engagements with Comparative Literature*. Ithaca: Cornell University Press, 1994, pp. 280-300.

11 L. Febvre e H. J. Martin, *O aparecimento do livro*, Fulvia M. L. Moretto. São Paulo: Editora UNESP, 1992, cap. VI.

12 Ver, p. ex., F. A. Black, B. H. Mac Donald e J. M. W. Black, "Geographic Information Systems: A New Research Method for Book History", in *Book History* I, 1998, pp. 11-31.

> *je vous demande un peu*, como teríamos feito, se tivéssemos esperado as cópias legais, para conhecer o final de Pickwick? Sei que você se movimentou muito pelos direitos etc., o que não consigo entender, desde que o vimos um pouco por vez; da minha parte, declaro-me totalmente favorável à pirataria e às condições clandestinas e econômicas, e a uma rápida edição americana de um romance inglês a doze rúpias, no lugar de uma lenta edição inglesa a 22 xelins.[13]

Emily Eden acompanhava o irmão George, que em 1835 tornara-se governador geral da Índia. Suas cartas para casa, além de exprimir todo o interesse, a diversão, as frustrações provocadas pelas pessoas, as cerimônias e as paisagens com as quais depara, jogam continuamente com as diferenças entre distância física e mental. A narrativa, ao que parece, devia servir para distraí-la do ambiente em que se encontrava, cheio de poeira e às vezes de perigos, e ao mesmo tempo assegurá-la da estabilidade agradável que a espera ao retornar. "*Boz* é a única leitura divertida de verdade, não acredita?", pergunta, demonstrando preferi-lo a Catherine Gore ("recebemos de Calcutá *The Glanville Family*, da qual lhe falei tanto").[14] Mas se *As aventuras do sr. Pickwick* podiam oferecer divertimento, não se podia dizer o mesmo de *Nicholas Nickleby*: "Não o achou atroz?", pergunta à irmã, pensando num processo de alguns anos antes, promovido contra uma escola de Yorkshire dirigida com métodos terríveis e, perguntando-se se não haviam sido os mesmos fatos que inspiraram Dickens, conclui: "Eu gostaria que não tivesse começado a escrever sobre horrores, ele sabe exprimi-los de modo tão dolorosamente real".[15] Com certeza não é aquela Inglaterra que Emily deseja lembrar como a própria "casa".

No seu agudo estudo sobre a utilidade e os limites da metáfora da viagem a respeito das relações interculturais, Caren Kaplan lembra os significados que o termo carrega na história euro-americana:

> Sobre a "viagem", na acepção em que o termo é usado pelos críticos europeus e americanos, estão gravadas inevitavelmente as hereditariedades históricas do desenvolvimento e da acumulação capitalistas, da expansão imperialista, e de injustiças de vários gêneros.[16]

13 E. Eden, *Up the Country. Letters from India* [1866]. Londres: Virago, 1983, pp. 157-58.

14 Id., ibid., pp. 286-87.

15 Id., ibid., pp. 174-75.

16 C. Kaplan, *Questions of Travel, Postmodern Discourses of Displacement*. Durham/Londres: Duke University Press, 1996, p. 131.

Nas cartas aos familiares, Emily Eden mostra-se capaz de desafiar as mais evidentes manifestações da mentalidade colonialista: ironiza suas compatriotas que em Simla observam as senhoras indianas ocupadas em preparar objetos para uma feira de beneficência, como se na verdade a pele escura delas pudesse maquiá-los; sabe tomar as distâncias de "casa" com um impulso de fantasia, imaginando, no futuro, um homem do governo indiano que visita as ruínas de Londres como o neozelandês de Macaulay. Para ela, o equilíbrio político do mundo não é fixo e imutável. Por outro lado, as mudanças que enfrentou para viver, e que lhe permitiram adquirir uma perspectiva flexível, são obviamente fruto de uma condição social e econômica privilegiada; para dizer como Kaplan, a crítica de Emily a alguns aspectos da dominação inglesa na Índia foi possível graças ao privilégio de classe. Longe da Inglaterra e da sua concepção sempre mais opressiva sobre o papel da mulher, o *status* social e a distância do país natal colaboraram para lhe garantir uma liberdade de pensamento muito mais difícil de obter, se ela, mulher, tivesse permanecido em casa.[17] Por outro lado, que suas escolhas literárias diferenciam-se daquelas de pessoas que encontra em viagem é demonstrado pela posição central ocupada por Dickens, que não estava entre os autores mais amados pelos leitores indianos. Como Meenakshi Mukherjee e Priya Joshi têm de fato ressaltado, os romances lidos e disputados com maior entusiasmo na Índia não correspondiam totalmente às leituras preferidas pelos dominadores britânicos.

O entusiasmo de Emily Eden por Dickens era amplamente compartilhado não somente na Inglaterra, mas também em outros países de língua inglesa. "Todo sucesso literário londrino", relata Frank Luther Mott em *Golden Multitudes. The Story of Bestsellers in the United States*, "repercutia imediatamente além do Atlântico."[18] A empresa Carey, Lea e Blanchard, de Filadélfia, em particular, servia-se de agentes de Londres que escolhiam os últimos *bestsellers* e com toda rapidez – graças aos novos navios a vapor – expediam suas cópias para além do oceano, onde as novas tecnologias (as máquinas impressoras a cilindro de Napier e Hoe, e as máquinas Fourdrinier, capazes de produzir em pouco tempo grande quantidade de papel) permitiam sua rápida reprodução. Assim, em novembro de 1836 foi introduzido no mercado um pequeno volume verde com etiqueta de papel, que continha os

17 Sobre a liberdade de pensamento da mulher viajante, cf. D. Birkett, *Spinsters Abroad: Victorian Lady Explorers*. Londres: Basil Blackwell, 1991; J. Wolff, *Resident Alien: Feminist Cultural Criticism*. Cambridge/New Haven: Polity Press/Yale University Press, 1995.

18 F. L. Mott, *Golden Multitudes. The Story of Bestsellers in the United States*. Nova York: Macmillan, 1947, p. 81.

quatro primeiros episódios de *As aventuras do sr. Pickwick*: como antes na Índia, também nos Estados Unidos as obras de Dickens eram encaminhadas com vistas a se tornar *bestsellers* naquela completa ausência de acordos internacionais sobre *copyright* (pelo qual Dickens e outros protestaram com veemência), o que possibilitou uma difusão descontrolada até julho de 1891. "O 'livre comércio' de literatura", observa Frank Mott, "favoreceu publicações a baixo preço para as massas em quantidade impensável na Inglaterra."[19] A popularidade das obras de Dickens prolongou-se para muito além do século XIX. Em *Australian Readers Remember. An Oral History of Reading 1890-1930*, Martyn Lyons e Lucy Taska registram que entre os australianos com mais de setenta anos, por eles entrevistados, o nome de Dickens é aquele que se repete com mais frequência (60,7%), seguido a distância por Walter Scott (36,1%).[20] "Dickens", sustenta um artigo de 1906 sobre as leituras das jovens nas colônias, "é certamente o romancista mais lido, seja na Grã-Bretanha ou em qualquer colônia."[21]

Mas se *As aventuras do sr. Pickwick*, que trazia aquela versão nostálgica e pré-industrial da cultura britânica, estava destinado a permanecer, na Inglaterra, como o mais amado dos romances de Dickens, nos Estados Unidos o romance de maior sucesso foi *A Christmas Carol*, seguido por *David Copperfield* (um verdadeiro manual de individualismo maleável) e *Um conto de duas cidades* (talvez também por ser lido na escola com certa frequência, o que ressalta o papel da pedagogia institucional na difusão de alguns textos).

*A Christmas Carol* reúne sentimentalismo e sensacionalismo: dois ingredientes decisivos do romance oitocentista. O sentimentalismo, com ênfase nas emoções, na vida familiar, e cenas excessivamente patéticas, até maçantes, cheias de leitos de morte, criancinhas e jovens mulheres, era particularmente adaptado ao mercado americano; o sensacionalismo, ao contrário, jogando com assassinos, disfarces, bigamia, adultérios e chantagens, em várias combinações, era, ao que parece, um fator facilmente exportável. Segundo Mukherjee, por exemplo, muito mais populares que Dickens e Thackeray na Índia eram Wilkie Collins, Marie Corelli e G. W. Reynolds (e, entre os romances do passado, *The Pilgrim's Progress* [A viagem do peregrino], *História de Rasselas, príncipe da Abissínia*, e *O vigário de Wakefield*,

19 Id., ibid., p. 93.

20 M. Lyons e L. Taska, *Australian Readers Remember. An Oral History of Reading 1890-1930*. Melbourne: Oxford University Press, 1992, p. 45.

21 C. Barnicoat, "The Reading of the Colonial Girl", in *Nineteenth Century*, n. 60, 1906, p. 966.

apreciados por suas qualidades morais). Também Bulwer-Lytton e Frances Marion Crawford tiveram um enorme sucesso. Mukherjee observa:

> Pitorescos, exuberantes e livres, os personagens desses escritores pareciam viver vidas dotadas de possibilidades ilimitadas, enquanto a existência dos indianos do século XIX, condicionada pela sujeição política, pelas privações econômicas e barreiras sociais, aparecia, em comparação, como decisivamente limitada.[22]

Os enredos amorosos do *romance* ocidental, acrescenta Mukherjee, eram difíceis de serem imaginados pelos escritores indianos, que "viviam numa sociedade regulada por convenções matrimoniais extremamente restritivas".[23] A essência metafísica do romance russo, ou as acentuadas preocupações morais da narrativa americana talvez fossem mais adequadas ao escritor indiano do século XIX, mas a superioridade da condição inglesa fora introjetada tão a fundo no mundo colonial que a própria literatura inglesa serviu de modelo para os primeiros romances indianos.[24] Harinarain Apte, o primeiro grande romancista no idioma marathi, traduziu *The Seamstress*, de G. W. Reynolds; o romance satírico *Kolicatur Nukochuri* [Nascido em Calcutá] do bengalês Chunilal Mitra foi subtitulado, em inglês, como *Mysteries of Calcutta*, numa clara referência aos famosos *Mysteries of London*, de Reynolds, do qual o expurgado *Pickwick Abroad* foi mais popular que as próprias *As aventuras do sr. Pickwick*.[25]

Priya Joshi, sublinhando acertadamente que na Índia quase não existia correlação entre posição social e culto de uma literatura "alta" ou "baixa", reforça a hipótese de Mukherjee, segundo a qual a *fiction* mais sensacionalista e improvável atraía mais que aquela em estilo realista porque não constrangia os leitores à consideração da enorme distância entre a história narrada e as suas experiências concretas. Esses romances ofereciam antídotos e alternativas à vida cotidiana dos leitores, e além do mais muitos *topoi* das histórias góticas, românticas e melodramáticas "revelavam uma afinidade simbólica e estrutural com formas literárias

22 M. Mukherjee, *Realism and Reality. The Novel and Society in India*. Delhi: Oxford University Press, 1994, p. 17. Ver também P. Joshi, "Culture and Consumption: Fiction, the Reading Public, and the British Novel in Colonial India", in *Book History* I, 1998, pp. 196-220.

23 Id., ibid., p. 8.

24 Além das barreiras linguísticas, fatores econômicos também pesaram na difusão da ficção europeia: sobre os livros não ingleses recaía uma taxa de importação de 3%.

25 Joshi, *Culture and Consumption*, op. cit., p. 209.

indianas mais antigas (poemas épicos e romances cavalheirescos)".[26] Em outras palavras, quando a narrativa atinge novos grupos de leitores, o seu significado, e também a sua função de capital cultural, se transforma. Quando um romance não pode mais significar a "casa", a mãe-pátria de quem lê, então ele entra num novo sistema de relações literárias e sociais, e as suas potencialidades inventivas estão livres para tomar outros caminhos.

## 2. Walter Scott em Diamantina

O contexto da Índia, todavia, é um caso muito especial na difusão do romance de língua inglesa, dada a rede de distribuição interna, cada vez mais organizada, e a rápida difusão, na segunda metade do século, de salas de leitura e bibliotecas locais; a esses fatores somava-se ainda a multiplicidade das línguas regionais e das relativas faixas de leitores, por sua vez em crescimento.

Mas se a leitura é uma viagem, é certo também que nem todos têm acesso igual aos caminhos. Deslocando-se para uma outra parte do mundo onde a economia e a cultura britânicas tinham uma influência considerável, mas que não pertencia ao império, defronta-se com uma modalidade diferente de encontro textual. George Gardner, em seu *Travels in the Interior of Brazil* [Viagens ao interior do Brasil], lembra a sua viagem a Diamantina, em Minas Gerais, uma cidade de mineração, joia da arquitetura barroca, empoleirada em colinas altas e áridas:

> Numa das casas que eu visitava ocasionalmente, me deparei com as traduções portuguesas de *Ivanhoé* e *Guy Mannering*. Haviam sido enviadas do Rio de Janeiro a uma das filhas, que as tinha lido com a maior admiração; a jovem recebera uma excelente educação, e compunha versos com grande facilidade. Fiquei sobretudo surpreso quando me informaram que na cidade não existia nem livraria e nem biblioteca.[27]

Quanto à disponibilidade de material de leitura, nos vinte anos seguintes, ao que parece, a situação não mudou muito. (Ao final do próprio século XX, além do mais, não existe ainda nenhuma livraria em Diamantina – embora haja uma videoteca

26 Id., ibid., p. 213.

27 G. Gardner, *Travels in the Interior of Brazil*. Londres: Reeve Brothers, 1846, p. 468 [ed. bras.: *Viagem ao interior do Brasil*, trad. Milton Amado. Belo Horizonte: Itatiaia, 1975].

abastecida, e a banca de livros no mercado ofereça, toda semana, uma ampla seleção de romances de nível relativamente alto, de Kafka a Helen Dunmore.) Richard Burton, em seu *Explorations of the Highlands of Brazil* [Viagens aos planaltos do Brasil], descreve as viagens por ele realizadas entre 1866 e 1869. Quando em Diamantina, em agosto de 1867, observa o contraste entre a modernidade tecnológica e o deserto cultural:

> Como sempre acontece no interior do Brasil, a cidade é privada de círculos, cafés, escolas profissionalizantes, associações cristãs da juventude ou sociedades de ajuda mútua, com exceção de associações musicais; as bandas são todas consideradas, de modo geral, de bom nível. Mas não há nenhuma biblioteca, nem escritório literário e nem livraria, ainda que naturalmente exista um fotógrafo. Há cerca de três anos o único jornal, *O Jequitinhonha*, que tratava exclusivamente de política, fechou, e agora não existe na cidade nem sequer um tipógrafo.[28]

Em outras palavras, todos os acessos ao capital cultural que existiam abertos de par em par, pelo menos para os jovens do sexo masculino, nos grandes centros urbanos, estavam fora do alcance dos trabalhadores brasileiros do interior. Essa diversidade entre as metrópoles e os outros lugares foi sublinhada, vinte anos mais tarde, por May Crommelin, em viagem a uma outra região da América do Sul:

> Naturalmente, no interior [...] os nossos jornais não chegavam nem sequer uma vez por semana, assim como os livros recentes, ainda que em Buenos Aires a biblioteca magnífica de Mackern e Shine, e também as bancas das estações, pudessem-nos induzir a pensar que ainda estivéssemos na terra de Smith e Mudie.[29]

Se um autor inglês tinha a certeza de aportar nas Américas, este era Walter Scott. "As vitórias de Napoleão não foram de tão vasto alcance, nem seus monumentos tão duráveis", escrevia Walter B. O. Peabody na *North American Review* a propósito dessa colonização cultural.[30] Bentinho, o narrador de *Dom Casmurro,* de Machado

28 R. Burton, *Explorations of the Highlands of Brazil; With a Full Account of the Gold and Diamond Mines*, 2 v., v. II. Londres: Tinsley Brothers, 1869, p. 105 [ed. bras.: *Viagens aos planaltos do Brasil*, trad. Américo Jacobina Lacombe. São Paulo: Companhia Editora Nacional, 1983].

29 M. Crommelin, *Over the Andes. From the Argentine to Chili and Peru*. Londres: Bentley, 1896, p. 28.

30 Apud Mott, *Golden Multitudes*, op. cit., p. 66.

de Assis (que começa no Rio por volta de 1857), conta que José Dias, agregado de sua família, "vinha andando cheio de leitura de Walter Scott que fizera a minha mãe e a prima Justina".[31] Dickens, conversando com Pitchlynn, um chefe indiano da tribo choctaw encontrado no navio a vapor no qual embarcou em Cincinnati, descobre como ponto comum entre eles o fato de terem lido Scott (nesse caso, os poemas épico-líricos):

> Havia lido muitos livros, e parecia que a maior impressão fora deixada pela poesia de Scott: agradavam-lhe especialmente o início de *The Lady of the Lake* [A dama do lago], e a grande cena de batalha em *Marmion*, talvez pela ligação estreita desses temas com seus gostos pessoais. Via-se que tinha compreendido tudo aquilo que havia lido e que estava séria e intensamente – eu poderia dizer quase com fúria – apaixonado por todas aquelas obras de fantasia que lhe eram agradáveis.[32]

No final do século, no romance de Owen Wister, *O virginiano*, ambientado nos ranchos do Wyoming, a nova professora da escola isolada de Bear Creek, Molly Clark, escreve para casa a fim de que lhe mandem alguns livros: Shakespeare, Tennyson, Browning, Longfellow "e vários romances de Scott, Thackeray, George Eliot, Hawthorne e outros menores".[33] Todavia, mais que um retorno nostálgico à segurança dos textos familiares na originária Vermont, trata-se de uma verdadeira exportação de cultura idealizada para lisonjear os vigorosos, mas rudes habitantes do lugar. *The Mill on the Floss* [O moinho sobre o Floss] "fala demais" (p. 113), segundo o virginiano, que aprecia mais um romance russo não especificado, Shakespeare e o *Kenilworth*, de Scott, mas sobretudo admira incondicionalmente a Elizabeth I retratada por Scott. Ao prescindir dos ideais cavalheirescos celebrados pelo romance, o virginiano sente-se semelhante a um personagem capaz de investir tudo nas oportunidades que progressivamente se apresentem, e por isso imagina a rainha como uma ótima jogadora de pôquer: "Com um ás na mão, ela era capaz de fazer Robert Dudley, com um *full*, sair do jogo como um raio" (p. 125).

31 J. M. Machado de Assis, *Dom Casmurro* [1899], *Obra completa*, v. I, org. Afrânio Coutinho. Rio de Janeiro: Nova Aguilar, 1997, p. 833.

32 C. Dickens, *American Notes* [1842] [ed. it.: *America*, trad. G. Corsini e G. Miniati. Milão: Feltrinelli, 1996, cap. XII, p. 253].

33 O. Wister, *The Virginian* [1902] [ed. it.: *Il virginiano*, trad. A. Pellegrini. Milão: Longanesi, 1965, p. 113. Daqui em diante citado diretamente no texto com número de páginas entre parênteses].

A que deve Scott uma popularidade tão duradoura? E se nunca viaja tão rapidamente, de que modo o leitor pode senti-lo de repente como um semelhante? Susan Stanford Friedman perguntou-se sobre o sucesso internacional de Virginia Woolf:

> De que maneira criou raízes e prosperou em terras estrangeiras? Sua origem inglesa a favoreceu? Ou fora do solo inglês perde o direito de ser lida no interior do seu contexto nacional? Existe uma Woolf global, um fenômeno ou um conjunto de significados transnacionais?[34]

Do mesmo modo, existe um Scott "global"? A resposta, naturalmente, é parcial: como sempre, seria preciso lembrar as palavras de Steven Mailloux segundo as quais "um ato de leitura é precisamente a intersecção histórica dos diversos instrumentos culturais que servem para ler certos textos dentro de um determinado contexto social e histórico".[35] Scott prestava-se, por algumas de suas características, a ser bem recebido em muitos desses contextos. Em sua crítica à biografia de Scott, de John G. Lockhart, que se tornou um ponto de referência para muitos críticos posteriores, Carlyle exaltava a "natureza tão *íntegra*"[36] do escritor, e o elogiava pelo espírito democrático que inspirava o seu interesse pelas pessoas mais diferentes, e pela capacidade de combinar o entretenimento com passagens mais comprometidas e filosóficas – em última análise, a capacidade de contrapor-se às mais comuns objeções contra o romance, gênero considerado superficial e capaz de perturbar e corromper. Comumente, depois era elogiada a habilidade de Scott em evocar um período histórico, e mostrar a história como se fosse efetivamente repleta de "homens de carne e osso", como disse Carlyle (e Harriet Martineau notou também aí uma defesa tácita dos direitos das mulheres), e não apenas uma colagem de documentos de arquivo empoeirados.[37]

Mas é preciso ser cauteloso ao supor uma correlação mais direta entre os temas de Scott e o contexto político imediato de quem o lia. Ele pode ser visto – são palavras

34 S. Stanford Friedman, *Mappings. Feminism and the Cultural Geographies of Encounter*. Princeton: Princeton University Press, 1998, p. 115.

35 S. Mailloux, "Misreading as a Historical Act: Cultural Rhetoric, Bible Politics, and Fuller's 1845 Review of Douglass's Narrative", in J. L. Machor (org.), *Readers in History. Nineteenth-Century American Literature and the Context of Response*. Baltimore/Londres: The Johns Hopkins University Press, 1993, p. 3.

36 T. Carlyle, crítica a *Life of Sir Walter Scott, Baronet*, de John Gibson Lockhart, in *London and Westminster Review*, XXVIII [1838], pp. 293-45. Reimpressa in J. O. Hayden (org.), *Scott: The Critical Heritage*. Londres: Routledge, 1970, p. 364.

37 Id., ibid., necrológio de Harriet Martineau in *Tait's Edinburgh Magazine*, II [1833], pp. 445-60.

de Christopher Harvie – como "o claro precursor daqueles reconstrutores das identidades históricas que no século XIX teriam conduzido o nacionalismo europeu",[38] e as suas histórias adaptavam-se bem a batalhas semelhantes também num contexto diverso. No Canadá, por exemplo, onde era popularíssimo (incontestavelmente também graças ao fato de que muitos imigrantes, entre os quais os comerciantes de livros que negociavam com a província, eram de origem escocesa), a evolução histórica do país coincidia com a "clássica situação scottiana de duas nações, duas culturas em conflito".[39] Aqui, portanto, podia-se esperar uma reação parecida com aquela contada pela tia Emily no romance *Obasan*, da nipo-canadense Joy Kagawa:

> A página iniciava com três versos:
> "Lá respira o homem com o ânimo exausto
> Que nunca disse para si mesmo:
> Esta é a minha terra, onde nasci!".
> Os cantos escuros das páginas esmigalhavam-se como folhas outonais enquanto eu alisava o manuscrito.
> O instante exato em que senti a embriaguez de pertencer a este país aconteceu quando tinha doze anos, enquanto decorava *O lamento do último menestrel.*
> Muitas outras vezes, em seguida, repeti aqueles versos tristemente, desesperadamente, e amargamente.
> Mas aquela primeira vez havia me deixado orgulhosa: "Esta é a minha terra, onde nasci!".[40]

Mas nem sempre as coisas são assim. B. J. Tysdahl analisou esse problema no contexto norueguês, baseando-se na forte analogia entre as relações políticas e culturais da Noruega e Dinamarca no século XIX e aquelas da Escócia e Inglaterra (em ambos os casos, um país do Norte ligado a um mais próspero do Sul). Pelo seu extenso exame de documentos de bibliotecas não parece, porém, que a consciência histórica tenha desenvolvido algum papel na escolha de quem levava

38 C. Harvie, *Scotland and Nationalism: Scottish Society and Politics, 1770-1977*. Londres: Allen & Unwin, 1977, p. 132.

39 W. M. Bogaards, "Sir Walter Scott's Influence on Nineteenth Century Canadian Historians and Historical Novelists", in J. H. Alexander e D. Hewitt, *Scott and His Influence*. Aberdeen: Association for Scottish Literary Studies, 1983, p. 446. O volume oferece muitas informações interessantes sobre a difusão dos textos de Scott, seja no original ou em traduções.

40 J. Kagawa, *Obasan*. Nova York: Anchor, 1982, pp. 47-48.

Scott emprestado: ao que parece os leitores procuravam apenas o seu último romance, "sem perguntar nada sobre temas nacionais".[41] Entretenimento e evasão: esses, conclui, foram os fatores determinantes do sucesso de Scott.

Mais reflexiva é a atitude de Harriet Beecher Stowe, turista literária exemplar. Em *Sunny Memories of Foreign Lands* [Lembranças solares de terras estrangeiras], contando sua viagem ao Norte, instintivamente (mas talvez com um olhar voltado para os leitores), Stowe sela as próprias reações nos lugares que visita, comentando-os com referências aos romances: "Carlisle é o cenário do epílogo de *Guy Mannering*"; "os coches pararam em Lockerby, onde estão sepultados os verdadeiros puritanos de *Old Mortality*"; "é nesta Catedral (Glasgow) que é ambientada aquela parte de *Rob Roy*".[42] Mas, além de Abbotsford, decepciona-a profundamente o escasso apego dos escoceses a seu elogiado autor. Durante os seus discursos abolicionistas, somente ao nome de Bannockburn desencadeia-se a gritaria, enquanto ao de Scott ecoa um silêncio quase total, porque, ela supõe, "Scott pertencia ao passado, e não ao futuro. Embelezou o que envelhece e desaparece", e o feudalismo que faz fundo a muitas de suas tramas é qualquer coisa a que muitos desejam dar um fim; mas as simpatias de um leitor americano "são tão livres das experiências de privação e de injustiça que ele comporta, que podemos nos permitir regozijar de quanto tem de pitoresco".[43]

A reação de Stowe é particularmente iluminada, vindo de uma leitora que, ao contrário, abstém-se de questões como os direitos humanos e as liberdades individuais; além do mais, estava empenhada numa viagem por motivações essencialmente políticas, de propaganda cultural, que pretendia reforçar as simpatias abolicionistas suscitadas pela *Cabana do pai Tomás*. Mas, diante da leitura de Scott, é como se o eu político de Stowe entrasse em férias. Totalmente oposta a esse desejo entusiasmado de evasão é, ao contrário, a atitude de um outro leitor-viajante, Mark Twain, que em *Life on the Mississippi* [Vida no Mississippi] ataca violentamente a influência perniciosa do amor de Scott por "formas de religião decadentes e toscas; sistemas de governo corrompidos e degradados; com a estupidez e a vacuidade, a falsa grandiosidade, os falsos brilhos e as falsas cavalarias de uma sociedade estúpida e inútil há tempo desaparecida". Uma ideologia que,

41 B. J. Tysdahl, "Sir Walter Scott and the Beginnings of Norwegian Fiction, and a Note on Ibsen's Early Plays", in Alexander e Hewitt, *Scott and His Influence*, op. cit., p. 477.

42 H. Beecher Stowe, *Sunny Memories of Foreign Lands*. Boston: Phillips, Sampson, and Co., 1854, pp. 47, 49 e 54.

43 Id., ibid., p. 69.

unida a uma "prolixa, vazia e floreada 'eloquência', ao romantismo e ao sentimentalismo", produziu exatamente aquele tipo de cultura escravocrata do Sul que ele detestava.[44]

Ler romances enquanto se viaja somente por prazer e passatempo equivale, portanto, a ficar em casa lendo um livro sem levar em conta o seu contexto original. Acaba sendo uma evasão dupla: o prazer da viagem é intensificado de fato pelo alívio ao se imaginar numa realidade temporal e social diversa da nossa. O remédio proposto por Twain é ler resistindo às seduções da fantasia: ver (na sua típica maneira hiperbólica) que as culturas podem ser plasmadas pelos aspectos mais perigosos da língua e da ideologia, como se encontravam, em forma mais do que nunca cativante nas leituras populares de evasão. Uma atitude, em suma, diametralmente oposta àquela de olhar um lugar através da lente da ficção.

## 3. Charlotte Brontë na Nova Zelândia

Mary Taylor, natural de Yorkshire e amiga de Charlotte Brontë, foi para a Nova Zelândia em 1845, e ali permaneceu por dezoito anos, administrando uma loja de tecidos, em Wellington, com a prima Ellen. Em agosto de 1850 teve uma experiência de leitura particularmente "perturbadora". "Depois de uma espera de mais de seis meses", escreve a Charlotte, "finalmente recebemos *Shirley*. Chegou de Constantinopla numa tarde de segunda-feira bem no meio dos preparativos para uma 'pequena festa' marcada para o dia seguinte." Interrompendo a decoração da sala, ansiosas, abrem o pacote, agarrando as cartas que vêm com outras delícias, entre as quais cordões para espartilhos e ligas. O romance devia esperar até depois da festa, mas

> quarta-feira comecei *Shirley* e continuei até agora numa curiosa confusão mental, sobretudo quanto àquele estrangeiro robusto de quem cuidaram na nossa casa quando eu era uma menina. Entre parênteses, você o meteu no cativeiro. Você fez todos nós falarmos, como eu penso que deveríamos fazer se tivéssemos somente ousado abrir a boca. Você me fez um exemplo de virtude! Prova-se uma sensação estranha ao lê-lo, e

44 M. Twain, *Life on the Mississippi* [1883]. Oxford/Nova York: Oxford University Press, 1990, pp. 303 e 305.

> a nos ouvir todos falando. Nesses cinco anos nunca tinha chegado a rever com tanta precisão o átrio coberto de esteiras e as janelas coloridas da sala de visitas.[45]

Ao descrever a casa da família Yorke, Charlotte Brontë de fato se inspirou diretamente no ambiente, nos irmãos e na pessoa de Mary Taylor. A jovem Mary é Rose, que num certo ponto troca com Caroline Helstone algumas impressões sobre *O italiano* de Ann Radcliffe; o romance gótico, diz, nutre o seu desejo de viajar, aquela fome de experiências às quais dá uma descrição enfática:

> Não posso viver sempre em Brianfield. O mundo não é enorme, comparado a todo o universo! Quero ver, pelo menos, a superfície do nosso planeta redondo.
>
> – Quantas partes você quer ver?
>
> – Primeiro o nosso hemisfério, depois o outro. Estou decidida a fazer de maneira que minha vida seja mesmo uma vida e não uma espécie de catalepsia profunda, como aquela de um sapo incrustado no mármore, ou como a nossa vida num convento, que se assemelha a uma morte lenta.[46]

E agora Mary, a encarnação adulta desse jovem espírito errante, lê o retrato juvenil de si mesma, que é ao mesmo tempo similar e diverso dela: uma personagem literária que teve também uma existência no mundo material, conhecido. Aquela casa de Yorkshire, de qualquer modo, pode existir agora para Taylor somente na lembrança, e nas palavras de outros.

Mas então – é esta a pergunta que Mary se coloca – o que é a realidade, e o que existe, ao contrário, na sua imaginação? A conclusão recorrente nas cartas à amiga de infância é que a distância as impede de uma resposta. Os limites entre o espaço real, e o que aí acontece, e o espaço mental caíram por razões geográficas. Alguns anos antes Taylor escrevia ter recebido e lido *Jane Eyre*.

> Parecia-me inacreditável que você tivesse escrito de verdade um livro. Coisas do gênero não aconteciam, quando estive na Inglaterra. Começo a acreditar na sua existência

45 J. Stevens (org.), *Mary Taylor. Friend of Charlotte Brontë. Letters from New Zealand and Elsewhere*. Oxford: Oxford University Press, 1972, p. 97.

46 Charlotte Brontë, *Shirley* [1849], trad. F. Dei. Milão: Mondadori, 1995, cap. XXIII, p. 385.

> tanto quanto acredito naquela de Rochester. Numa disposição de ânimo confiante acredito totalmente em ambas.[47]

A sua correspondência é permeada por uma sensação de desdobramento, a sensação de morar em dois lugares simultaneamente:

> Um mundo que contém os livros, a Inglaterra e todas as pessoas com quem posso trocar ideias; e um outro mundo, que é aquele que vejo e sinto e ao qual falo de viva voz.[48]

Numa outra ocasião, diz a Charlotte que

> os momentos mais excitantes da minha vida são as chegadas da Inglaterra. Ler todas as notícias, escritas e impressas, é como viver uma outra vida, totalmente distinta desta de agora.[49]

Havia ficado feliz que sua prima a tivesse alcançado, escreve a Ellen Nussey, porque pôde falar de assuntos sobre os quais devia calar há tempos:

> Alguns deles pareciam então tão estranhos que uma vez pensei tê-los sonhado. Entre esses estavam também os livros de Charlotte. A política era uma outra coisa pela qual somente eu nutria interesse [...].[50]

Na realidade, Wellington na época não era de toda privada de estímulos intelectuais, ainda que Taylor fale somente de fugas e com desprezo da biblioteca circulante e da inauguração de uma escola para adultos na qual havia lições semanais (mas com tema, ao que parece, não literário: frenologia, astronomia, magnetismo terrestre). O *Wellington Independent* fazia publicidade regularmente da chegada de novos livros; em 31 de julho de 1850, por exemplo, o vendedor William Lyon informava aos leitores ter recebido apenas o *Pendinnis* [sic] de Thackeray, dezoito volumes da "Murray's Home and Colonial Library", edição econômica dos romances de Dickens, 45 volumes da "Family Library" e dezoito da "Burn's Fireside Library". Em 10 de

47 Stevens (org.), *Mary Taylor*, op. cit., p. 73.
48 Id., ibid., p. 77.
49 Id., ibid., p. 108.
50 Id., ibid., p. 102.

agosto anunciava a chegada, em outro navio, de uma edição econômica de Scott, e de textos de divulgação científica.[51] O conteúdo do carregamento demonstra, como já havíamos visto na Índia, que existia uma produção específica de livros a baixo preço para o mercado de além-mar: as edições de Tauchnitz, de Lipsia; a "Colonial and Home Library", de John Murray; a "Empire Library", de Bentley, a "Colonial Library Series", de Macmillan, a "Colonial Library of Popular Fiction" de Heinemann – e outras ainda se acrescentaram nos últimos decênios do século. Numa carta de 11 de março de 1851, acidentalmente, Taylor relata ter-se arriscado junto a uma outra pessoa sobre um novo episódio de *David Copperfield.*

Poder-se-ia dizer que Taylor procura enfatizar a distância entre remetente e destinatário, e quer quase que sublinhar o seu isolamento cultural. Quando termina de ler *Jane Eyre* deseja se comunicar com Charlotte: "Subi no alto do Monte Vittoria, e com o olhar procurei um navio que lhe pudesse levar a minha carta. Era um pequeno barco com somente um mastro, e também a 'Fly' da Marinha britânica, e nada mais".[52] E no entanto ler, tanto os romances quanto as cartas, problematiza o sentido de distância e põe em dúvida a estabilidade de um modelo binário, de uma distinção não somente entre o real e o imaginário, mas também entre "casa" e "fora dela".

O desdobramento vivido por Mary Taylor não é, de qualquer modo, limitado à vertigem epistemológica da confusão entre realidade e invenção. Sua relação com os romances como meio para entrar no mundo da imaginação e das ideias coexiste com a percepção dos livros como bens materiais, como mercadorias. Quando visita o empório de Bethune e Hunter, em abril de 1850, para comprar sabão e salitre, chá e picles, ali, sobre a escrivaninha do empregado,

> havia uma circular de Smith e Elder que dava notícia dos novos livros mais importantes. O trecho mais longo dizia respeito a *Shirley*, um livro que eu tinha visto citado no *Manchester Examiner* como obra de Currer Bell. Corei até a raiz dos cabelos.[53]

Por que corada? Pela intrusão no seu mundo pessoal e fantástico, passado e presente, na tagarelice cotidiana, ultrapassando as linhas de demarcação usuais e seguras? Qualquer que fosse a razão, a sua primeira reação com Charlotte Brontë depois da leitura do romance é significativa. Mesmo com o imediatismo da fala

51 *Wellington Independent*, 31 jul. e 10 ago. 1850, p. 2.
52 Stevens (org.), *Mary Taylor*, op. cit., p. 73.
53 Id., ibid., p. 93.

pessoal, e com a liberdade dada pela amizade, os seus comentários não resguardam a intimidade da relação ou da distância, mas o mundo do trabalho:

> Observei alguns trechos de *Shirley* em que você fala das mulheres que trabalham. E esse que é o primeiro entre os deveres, essa necessidade elevada – seria possível dizer que segundo você é coisa a que algumas mulheres têm a permissão para se dedicar, posto que renunciam ao matrimônio e não se tornam desagradáveis demais para o outro sexo. Você é uma covarde e uma traidora. Uma mulher que trabalha é, por si só, um fato melhor que uma que não o faz, e uma mulher que não é rica e todavia não ganha nem deseja fazê-lo, envolve-se numa culpa grave, quase um crime: uma negligência do dever que conduz rapidamente e quase certamente a toda sorte de degradação.[54]

Essa resposta de Mary Taylor é enérgica, em parte devido ao conteúdo polêmico do texto que está lendo, mas sobretudo é de tal ordem que as próprias reações ao romance tornam-se um meio para restabelecer um diálogo com a amiga. É um modo de realizar e personalizar "a associação oitocentista entre leitura e contato pessoal".[55] E, no entanto, a sua não é uma reação empática, mas intelectual: é uma resposta a *Shirley* destinada a prolongar-se no tempo, até se tornar póstuma (a comunicação com os mortos equivale talvez àquela com quem vive a 20 mil quilômetros de distância?) nas páginas do seu romance, *Miss Miles*, publicado em 1890, mas iniciado na Nova Zelândia, e nos artigos escritos para o *Victoria Magazine*, entre 1865 e 1870, sobre a importância do trabalho feminino. A escolha da identificação subjetiva com as páginas do romance comportava o risco de confinar-se num mundo solipsista da imaginação, em que realidade e ficção fundem-se num todo retórico. Reconhecer ao contrário que *Shirley* é um romance de ideias, e por isso requer uma tomada de posição, é um estratagema com o qual Taylor tem laços afetivos vivos e antigos, ao mesmo tempo afirmando a própria identidade e reconhecendo tacitamente o papel que os lugares têm ao determiná-la. Sem o imperativo do trabalho, um tipo de trabalho que para uma mulher da sua origem era mais acessível num país estrangeiro do que na pátria, Mary Taylor não seria encontrada nem ao menos na Nova Zelândia, a percorrer os complexos caminhos através dos quais língua e narrativa traçam e cancelam a distinção entre mãe-pátria e colônias.

54 Id., ibid., pp. 93-94.

55 B. Hochmann, "Disappearing Authors and Resentful Readers in Late-Nineteenth Century American Fiction: The Case of Henry James", in *English Literary History*, LXIII, 1996, p. 181.

## 4. 1864-71: Charles Kingsley nos Alpes, Harriet Beecher Stowe na Jamaica

Ao se aproximar da leitura, Mary Taylor nos parece ciente da introspecção que isso implica e das relações que mantém com a mudança de lugar. Mas o que acontece quando as reações são muito menos claras, e quando é o crítico, não o leitor, a assumir o risco de se achar implicado numa projeção pessoal?

Em 7 de junho de 1864, Lucy Lyttelton casa-se com Frederick Cavendish. Depois de uma estadia no Lake District, partem para a Suíça. Poucos dias depois das núpcias, Lucy escreve:

> Finalmente começamos alguns dos livros que F. escolheu para a lua de mel: um trio sobretudo bizarro! *A revolução francesa* de Carlyle, *Analogia* de Butler, e *Westward Ho!*.[56]

Um mês depois, no alto dos Alpes, relata:

> O tempo estava belíssimo, e chegamos, primeiro a cavalo e depois a pé, a Camballas; ali repousamos, sentados num prado cheio de flores, lemos *Westward Ho!*, e fizemos uma pequena refeição com pão, manteiga e leite [...]. Em Martigny subimos numa caminhonete cheia de ingleses, mas que, ao que parece, não invadem o nosso hotel. Por que no exterior os próprios compatriotas são sempre desprezados?[57]

O leitor que não revela nada sobre suas leituras: um pano branco no qual um outro leitor pode projetar as próprias especulações. E fundamentando-se sobre o quê? O contexto das leituras, a viagem de núpcias? Já esta última constitui, para a jovem esposa, uma mudança em termos de papel e muito provavelmente – mas esta já é uma conjectura, uma história... – em termos de experiência amorosa e sexual. Lucy Lyttelton era, como seus diários testemunham, uma leitora assídua e ávida, e a sensação de se ver roubada em sua habitual liberdade de escolha, submetendo-se a imposições nunca antes conhecidas, emerge claramente de seu comentário sobretudo mordaz às escolhas do marido. Não são livros recém-impressos. Nas semanas precedentes ao casamento, as publicidades de semanários como *Athenaeum*, *Spectator*, *Saturday Review* centravam-se nas *sensation novels* agora em

56 J. Bailey (org.), *The Diary of Lady Frederick Cavendish*, 2 v. Londres: F. A. Stokes, 1927, v. 1., p. 223.

57 Id., ibid., p. 228.

moda: *Trevlyn Hold!*, "da autora de *East Lynne*", Ellen Wood; *Eleanor's Victory*, de Mary Braddon; *Maurice Dering*, de George Lawrence. Como alternativa, a cópia poderia ser provida da primeira parte do *Nosso amigo comum*, de Dickens, ou do décimo sétimo e décimo oitavo capítulos de *The Doctor's Wife* [A mulher do doutor], de Braddon sobre "Temple Bar", ou da sexta parte de *Can You Forgive Her?* [Você pode perdoá-la?], de Trollope, ou, ainda, desejando qualquer coisa mais comprometedora, de *Emilia in England* [Emília na Inglaterra], de George Meredith. A publicidade estava atenta para ressaltar que se tratava de novidade: "NOVOS ROMANCES, NOVO CATÁLOGO, NOVO VOLUME". Nesse contexto, o programa de leituras escolhido para a viagem de núpcias parecia decisivamente prudente.

Podemos tentar adivinhar as razões da escolha de um romance como *Westward Ho!* por parte de Frederick Cavendish: talvez o tivesse lido, e quisesse compartilhá-lo com a mulher, ou simplesmente desejasse ler um livro de sucesso do decênio anterior (8 mil cópias vendidas nos dois anos sucessivos à publicação, numa época em que, na Inglaterra, era muito mais comum pegar emprestado um livro de uma biblioteca circulante do que comprá-lo).[58] Mas se dava conta de quanto o romance era reacionário em matéria de relações entre os sexos? Nas últimas páginas o herói do livro, Anyas Leigh, chora pela sua cegueira, e é consolado pela reaparição imprevista de Ayacanora, encontrada tempos antes na selva amazônica, que não é uma indígena, mas a filha de um velho explorador, e que se prostra aos seus pés dizendo:

> Oh, não chore! Não posso suportar! Eu lhe trarei tudo aquilo que quiser! Deixe que seja eu a trazer-lhe tudo isso que o serve, para atendê-lo, nutri-lo, guiá-lo, como sua escrava, como seu cão! Deixe-me ser a sua escrava!

E caindo de joelhos aos seus pés, agarra-o pelas mãos e as cobre de beijos.[59]

É impossível dizer se Cavendish pretendia enviar uma mensagem à mulher, ou se os novos esposos neste ponto desataram a rir, e muito menos dizer se chegaram a isso (o fato de ter lido uma parte de um livro ou de tê-lo escolhido como companheiro de viagem não significa que o leiam por inteiro). Do mesmo modo, é impossível calcular o impacto da reiterada mensagem patriótica do livro – ou da disparidade entre a sua ambientação em Devon, na Irlanda e na Amazônia e

58 Charles Morgan, *The House of Macmillan (1843-1943)*. Nova York: Macmillan, 1944, pp. 42-43.
59 Charles Kingsley, *Westward Ho!* [1855]. Londres: Macmillan, 1899, p. 590.

uma viagem de núpcias nos Alpes. O sentido de superioridade nacionalista de Kingsley, de qualquer modo, não parece influenciar a atitude de Lucy Cavendish diante dos compatriotas que encontra.

Na realidade, é natural suspeitar que a mulher tenha provado um certo fastio frente às opiniões de Kingsley em matéria racial. Sete anos depois, visitando a Jamaica, não hesita em citar as descrições contidas em *At Last* (1871) como aquelas que melhor transmitem o esplendor das belezas naturais. Mas durante um jantar, depois de ter escutado as opiniões desagradáveis da sociedade local, e ouvido quais medidas políticas tinham sido invocadas sobre a onda da revolta de 1864-65, brutalmente reprimida pelo governador Eyre, Cavendish recorre pelo contrário à autora:

> O comandante senhor K[err], interrogado sobre o porquê de quatrocentos negros terem sido condenados à morte pelo assassinato de vinte brancos, além do mais depois que o governador havia oficialmente declarado que a revolta fora aplacada, não abriu a boca; após um breve silêncio, o comandante limitou-se a repetir que o governador tinha salvado a vida de todos os brancos da colônia. Não posso deixar de sentir repugnância diante das evidentes implicações do fato de que quatrocentos negros possam morrer tranquilamente para vingar vinte brancos: lembra-me a frase de Legree na *Cabana do pai Tomás*: "Depois de tudo, quanto clamor por um negro morto".[60]

*Westward Ho!* é um livro *sobre* a viagem, no sentido que utiliza uma ambientação exótica para uma aventura de navegadores na época elisabetana, na realidade, uma prefiguração dos ideais de expansão imperialista. Na *Cabana do pai Tomás* a mobilidade das personagens tem uma função diferente no enredo: está ligada à aspiração e à conquista da liberdade, como também ao objetivo último de Stowe de uma repatriação africana dos escravos; estruturalmente, é um componente básico do fascinante e sensacional enredo que foi um dos fatores determinantes do sucesso internacional do livro. Como as obras de Scott que Stowe tanto amava, o seu romance difundiu-se em todo mundo: a um ano da publicação, na Grã-Bretanha e nas colônias existiam quarenta edições piratas. Em dezembro de 1852, George Sand escrevia à autora que "estava nas mãos de todos, e nas páginas de todos os jornais [...] as pessoas o devoram, cobrem-no de lágrimas".[61] No decorrer

60 Bailey (org.), *The Diary of Lady Frederick Cavendish*, op. cit., p. 118.

61 Apud Mott, *Golden Multitudes*, op. cit., p. 118.

de um ano havia sido traduzido para o francês, alemão (existiam pelo menos 75 edições alemãs, com 45 traduções diferentes), italiano, holandês, sueco, dinamarquês, flamengo, polonês e húngaro. Sua adaptação para o teatro (em dezembro de 1825, em Londres, foram encenadas simultaneamente onze versões) contribuiu para a sua mais ampla difusão; podiam ser comprados – sem colher a ironia vinculada à produção das matérias-primas em questão – o "genuíno café do pai Tomás", as "porcelanas do pai Tomás", "trajes do pai Tomás, novos e usados", "meias curtas de lã do pai Tomás", comer em cabanas do pai Tomás que eram leiterias ou confeitarias, comprar papel pintado com cenas do romance, ou bonecas com as feições de Topsy.

Mas, à parte a referência aos derramamentos copiosos de lágrimas, sinais da adesão emotiva, toda essa popularidade não oferece nenhuma prova certa do tipo de reação suscitada pelo livro (em particular depois que o original foi filtrado pelas convenções e técnicas melodramáticas dos palcos populares); quanto às provas, a situação é a mesma da das leituras de Lucy Cavendish na viagem de núpcias. Se excluídas as análises críticas, produto de um tipo muito particular de leitor, para avaliar o impacto efetivo de Stowe e sua capacidade de suscitar raiva e comoção, é preciso confiar nas referências extemporâneas contidas em algumas autobiografias (também aqui, de pessoas dotadas de um insólito conhecimento literário ou social). O sucesso dos seus encontros públicos, dos quais fala em *Sunny Memories*, com as respectivas crônicas jornalísticas atesta a capacidade de uma obra de ficção de criar uma comunidade de leitores; a experiência de leitura será certamente diferente segundo as ressonâncias pessoais e emotivas do texto, mas esse é um fator menos relevante do poder de um romance de dar vida a um quadro de referências comuns. O sensacionalismo e o sentimentalismo da *Cabana do pai Tomás* foram sem dúvida fatores-chave da sua popularidade, o que confirma mais uma vez como tais características ultrapassaram sem dificuldade fronteiras nacionais e regionais. O modo como o texto foi recebido à sua época demonstra a potencialidade estimulante da leitura para criar vínculos tais que induzissem, em circunstâncias análogas, até a ação ("Fala-se que na Rússia alguns proprietários tinham liberado os servos da gleba após terem lido *A cabana do pai Tomás*).[62] Vale lembrar, todavia, que o romance, ao lado do forte apelo ao abolicionismo, comunica também uma condescendência idealista para com muitas personagens negras, a expectativa de sua submissão, e a sustentação para uma política colonialista. Por mais forte

62 Id., ibid., p. 121.

que pudesse ser a compaixão de Stowe, em suma, a globalização de seu texto nos lembra, ao lado da difusão internacional de formas de ação política, o poder da cultura dominante, com o suporte das redes comerciais e do mercantilismo correlato, de reduzir ao silêncio o ponto de vista de quem tem menor acesso aos meios de comunicação.

## 5. 1887: Fenimore Cooper em Londres

Um texto que viaja muito pode condicionar de modo determinante a opinião comum sobre os grupos sociais desprivilegiados. Em maio de 1887 foi aberto em Londres o *Buffalo Bill's Wild West Show*, a atração mais popular da grande exposição americana montada em Earl's Court. Em 5 de maio, o *Morning Post* informava que "as janelas das livrarias de Londres já estão cheias de edições de romances de Fennimore [*sic*] Cooper, *O piloto: uma história do mar*, *Os caçadores de cervos*, *O último dos moicanos*, *Leatherstocking Tales*".[63] Nesse caso não se tratava de livros em viagem com os próprios leitores, nem de aventureiros que em suas mudanças se defrontassem com um certo volume, ou de exilados que recebessem um livro como presente do país natal; é sobretudo um exemplo significativo de como as expectativas ante a diversidade cultural são em certa medida construídas pelos romances. Ao nome de Cooper, no final dos anos 1820, ponto de referência para os viajantes e comentaristas europeus a respeito dos nativos da América, outros jornalistas ingleses contemporâneos aproximaram frequentemente o de Mayne Reid, o mais importante autor britânico de *western*. Parte da atração do *Wild West Show* de Cody era devida, como repetia incansavelmente o material publicitário, ao fato de que ao público não eram oferecidas imagens artificiais, mas seres humanos e verdadeiros animais, que estavam claramente muito melhor do que em qualquer representação. Em 1892 o *Evening News and Post*, de Londres, escrevia:

> Ouvimos uma grande fala sobre o realismo no teatro, e aplaude-se a reprodução de uma sala de visitas do West End como um triunfo artístico, mas o *Buffalo Bill Show* é alguma coisa maior que o realismo: é a realidade.[64]

63 *Morning Post*, 5 maio 1887.

64 *Evening News and Post*, 14 maio 1892.

Por sua vez, o *Liverpool Daily Post* comentava:

> Os leitores de Fenimore Cooper e Mayne Reid não podem deixar de se interessar pelo destino dos peles-vermelhas, mas esses dois elogiados escritores pintaram essa raça em tons de qualquer modo caricatos, enquanto o objetivo do *Buffalo Bill* é [...] representar o índio tal como ele é.[65]

Mas o círculo vicioso parece evidente ao se entender que a "realidade" do espetáculo é autêntica exatamente pelo fato de confirmar expectativas criadas pela literatura. Com satisfação, o *Guardian* explica:

> Esses peles-vermelhas são claramente verdadeiros. Não há nenhuma imitação. O seu vestuário e as suas maneiras, a sua ingenuidade e a sua majestade confirmam de modo fascinante que eles são exatamente o tipo de pessoas com as quais Leatherstocking tinha o que fazer.[66]

Cooper fazia parte notoriamente de um movimento mais vasto que, nos Estados Unidos da primeira metade do século XIX, sugeria que "a história e os mitos dos índios da América podiam oferecer o sentimento de origens 'primitivas'[67] à nova nação". Como ele escrevia sobre a posição do

> colono que lutava para separar os americanos dos ingleses, comportando-se no entanto como imperialista na nova terra, a sua obra acaba por alimentar uma ideologia do poder exatamente ao traçar uma pesada linha de demarcação com o Outro, o indígena, ao mesmo tempo em que firma com o Outro um vínculo, deveras uma identificação; com isso obtendo (pelo menos do ponto de vista do colono) um controle, seja físico ou psicológico.[68]

A aproximação dos não americanos aos romances de Cooper é diversa: a pergunta frequente é se a leitura os teria provido de estereótipos míticos ou se teria sido um guia para a realidade. Ainda que o perigo efetivo representado pelos nativos tenha

65 *Liverpool Daily Post*, 7 jul. 1891.

66 *Guardian*, 29 abr. 1887.

67 S. Scheckel, *The Insistence of the Indian. Race and Nationalism in Nineteenth-Century American Culture*. Princeton: Princeton University Press, 1998, p. 16.

68 J. Kilpatrick, *Celluloid Indians. Native Americans and Film*. Lincoln/Londres: University of Nebraska Press, 1999, p. 3.

diminuído no decorrer do século, para a maioria dos viajantes, Cooper permanece sempre como uma pedra de toque. Em 1829, Frances Trollope, convalescendo de tifo em Cincinnati, recebeu os romances americanos, entre eles Cooper:

> Ao final desses estudos americanos, não consigo fechar os olhos sem ver à minha volta miríade de escalpos ensanguentados; dedos indígenas, longos e afilados, insinuavam-se em silêncio nos meus sonhos, panteras me fixavam, florestas queimavam; e para qualquer direção que eu fugisse, estava certa de que um passo rápido, um olhar agudo, um longo fuzil teriam me surpreendido ao longo do caminho. Qualquer grama a mais de calomelano [cloreto mercuroso] bastava para neutralizar a custo o efeito dessas aventuras repletas de crânios dilacerados e ossos ensanguentados. Aconselharam-me a mergulhar imediatamente numa série de romances sobre a alta sociedade londrina [...], mas como a minha mente ainda estava obscurecida, às vezes misturava num estranho amontoado os patifes e os assassinos civilizados de Bulwer e os massacres selvagens de mulheres e crianças de Cooper; e, na verdade, eu passava os meus sonhos em péssima companhia.

Por sorte ela tinha leituras mais edificantes ao alcance da mão:

> Tive uma ideia feliz: decidi começar *Waverley*, e ler, não pela primeira vez, com certeza, a série inteira. Em que mundo me reencontrei! O vigor genuíno de cada página parecia penetrar nos meus nervos; deixei de ser casada e entediada [...].[69]

Mais tarde, no entanto, o tom muda nos escritos de viajantes: não mais se preocupam com os peles-vermelhas à espreita do lugar onde se alojam, pelo contrário, lastimam-se por sua ausência, como também pela perda do sentido de descoberta e de aventura das primeiras viagens aos Estados Unidos e ao Canadá. Isabella Bird, durante sua estadia na ilha de Prince Edward no início dos anos 1850, visita uma aldeia indígena:

> Estávamos entrando numa tenda quando um velho carrancudo nos barrou na estrada, brandindo uma cabaça, e do interior vozes agressivas gritavam: "Nove pences, nove pences!". Lembrei-me de Unkas e Magua, e suspirei diante da degeneração da raça. São somente mendigos, além do mais insistentes.[70]

69 F. Trollope, *Domestic Manners of the Americans*. Nova York: Alfred A. Knopf, 1949, p. 178.
70 I. L. Bird, *The Englishwoman in America* [1856], in A. Hill Clark (org.). Madison/Milwakee/Londres: University of Wisconsin Press, 1966, pp. 48-49.

Em seguida, observando do trem uma fila de apaches peles-vermelhas que pedem esmola, começa a duvidar da veracidade dos contos de Cooper, porque aqueles que vê contrastam "estranhamente com a majestade de Unkas, ou a nobreza de Chingachgook; chega a duvidar-se que Cooper tenha se inspirado na realidade para fazer aqueles retratos".[71]

Em 1865, Frances Hodgson Burnett emigra com a família para o Tennessee e, logo após, relatando aquele evento com total ironia, dada a ingenuidade de seus dezesseis anos, mostra como as próprias expectativas sobre o lugar de destino baseavam-se exclusivamente na literatura:

> Parecia tão incrivelmente maravilhoso! Ir à América! A terra da *Cabana do pai Tomás*! Onde talvez poderíamos ver plantações e magnólias, e seríamos servidos pela tia Chloe e Topsy![72]

Na sua chegada, relata, a parte da casa construída com troncos encantou-a. Parecia um romance de Fenimore Cooper, mas sem índios. Consumia-se de desejo de ver os peles-vermelhas. Deviam ter existido ali, algum deveria ter permanecido também nas florestas. Isso era o que ela esperava e tentava descobrir. As suas indagações sobre a questão deixavam provavelmente desconcertados os habitantes das casas brancas de madeira, que achavam os indígenas muito menos excitantes. Descobriu que ocasionalmente um ou dois eram vistos por ali, mas não tinham sede de sangue e nem eram majestosos; não erguiam tendas nas florestas e nem usavam mocassins e cocar; e nem diziam "Palavras de Rosto Pálido fazer quente coração de Águia Branca". Um dos proprietários das casas de madeira lhe disse:

> Costumeiramente vêm pedir qualquer coisa de bom para comer. O que procuram é qualquer coisa de bom para comer, ou uma pitada de tabaco ou um trago de uísque. E contam patranhas e roubam, porque os índios são índios. E eu não quero ter nada com isso.

71 Id., ibid., p. 233.

72 F. Hodgson Burnett, *The One I Knew The Best of All*. Londres: Frederick Warne & Co., 1893, p. 217.

Não era exatamente como em Fenimore Cooper, mas ela se convenceu de que as pessoas que havia interrogado não tinham tido a ocasião de encontrar o tipo certo de aborígene.[73]

A mesma lástima é expressa também pelos viajantes de outros países; o popularíssimo Cooper, de fato, havia criado grandes expectativas em toda a Europa. Samuel F. B. Morse, em 1833, observava:

> Em toda cidade europeia que visitei, os romances de Cooper eram expostos em belas mostras nas vitrines de todas as livrarias. São publicados, tão logo termine de escrevê-los, em 34 lugares diferentes da Europa. Foram vistos por viajantes americanos na Turquia e na Pérsia, em Constantinopla, no Egito, em Jerusalém, em Ispahan.[74]

Em suma, eles criavam expectativas em muitos futuros viajantes, e ao mesmo tempo davam ao americano em viagem, somente com a sua presença, um sentimento agradável de familiaridade. O polaco Henryk Sienkiewicz ficou muito desiludido com os peles-vermelhas que encontrou numa estação ferroviária, em 1876 – *O último dos moicanos* fora traduzido para o polonês, com o título *Ostatni Mohikanin*, em 1830: "Infelizmente, no lugar das nobres qualidades atribuídas aos heróis dos livros de Cooper, encontrei somente ilusão".[75] Com o século XX há a separação definitiva entre realidade e representação, à medida que a imagem de Chingachgook e de Unkas se distancia dos peles-vermelhas contemporâneos, obrigados a deixar as terras de suas tribos, e se transforma numa metáfora da perda.

O título de "último dos moicanos" aflora com bastante frequência nos escritos de Lênin. Entre 1929 e 1940, Aleksandr Fadeiev escreveu um romance que copiava o título de Cooper, *O último dos udegue*, uma das pequenas comunidades nacionais do extremo oriente da União Soviética. No decorrer do século, a metáfora se enriquece com uma rede sempre mais arraigada de alusões. Na primeira parte da fantasia *gay* de Tony Kushner, *Angels in America*, o rabino Isidor Chemelwitz, da casa de repouso para os judeus do Bronx, pronuncia uma elegia fúnebre sobre o caixão de uma pessoa transformada aos seus olhos no emblema do emigrante "que atravessou o oceano, e que trouxe para cá, na América, as aldeias russas e

73 Id., ibid., p. 233.

74 Apud Mott, *Golden Multitudes*, op. cit., p. 75.

75 Henryk Sienkiewicz, apud I. Rusinowa, "Indians in the Reports of Polish Travelers of the Second Half on the 19th Century", in C. H. Feest (org.), *Indians and Europe. An Interdisciplinary Collection of Essays*. Lincoln/Londres: University of Nebraska Press, 1999, p. 298.

lituanas [...] era a última dos moicanos, esta mulher. Muito em breve... todos os velhos estarão mortos".[76]

É certamente difícil estabelecer o momento preciso em que "o último dos moicanos" saiu do contexto literário imediato e se tornou uma metáfora para indicar o declínio de um estilo de vida e de ideais românticos. As reações da imprensa ao show de Cody citavam Fenimore Cooper por descrever um limitado enredo de realidade e de hábil artifício; e do mesmo modo pode-se supor, no que diz respeito à presença e à representação dos indígenas, uma dupla consciência também por parte de muitos viajantes: o *topos* cooperiano do "último dos moicanos" era a reprodução concisa de um tipo particular de (não) encontro; permitia mediar toda desilusão pessoal (e, para o que serve, as próprias culpas culturais) através da retórica comprovada do romance popular.

## 6. 1893: Zola em Malta

Grande parte dos romances que tomei como exemplo da "diáspora" ou da viagem dos textos pode ser classificada como *romance*: têm em comum estruturas míticas de sucesso e de sobrevivência, o fato de fornecer uma evasão imediata do cotidiano, e de contribuir para um processo de mediação cultural. A frequência altíssima com que os nomes de alguns autores – Dickens, Scott, Stowe e Cooper – ocorrem em cartas, diários, relatórios publicados ou contos inventados por leitores distantes de casa sugere a existência de um vocabulário largamente compartilhado através do qual a experiência é filtrada; um vocabulário que pode ser, por sua vez, um meio para neutralizar o não familiar, e amainar o choque do deslocamento espacial.

Mas tomemos agora em consideração o consumidor de um tipo diferente de texto. Evadne, a heroína do *"new woman" novel*, ou seja, do romance de introdução do feminismo de Sarah Grand, *The Heavenly Twins*, publicado em 1893, nos foi apresentada como uma leitora séria, e não como consumidora de literatura de evasão. Quando jovem, tomou notas sobre os romances, quase seguindo os preceitos dos manuais de aperfeiçoamento pessoal destinados às adolescentes vitorianas. Lendo *O vigário de Wakefield*, de Oliver Goldsmith, sente-se culpada pelo fato de que os personagens masculinos são instruídos, e os femininos, ignorantes. *As aventuras de Roderick Random*, de Smollett, e *Tom Jones*, de Fielding "tomados

76 T. Kushner, *Angels in America: fantasia gay su temi nazionali*. Milão: Ubulibri, 1995, p. 14.

juntos mostram bem o egocentrismo e a injustiça dos homens, e a ignorância destrutiva e a apatia servil das mulheres".[77] Suas leituras não se limitam aos romances, e abrangem também a fisiologia:

> Depois de ter estudado anatomia e fisiologia, havia se aprofundado em patologia, e consequentemente passara à profilaxia e à terapia, mas sem tê-las tocado, porque não teve meio de aplicar pessoalmente os próprios conhecimentos, como usa fazer a mais grosseira cabeça masculina do estudante normal de medicina (p. 23).

Considerando o seu caráter naturalmente equilibrado, não surpreende que não se admire quando, no dia das suas núpcias, uma carta a informa que se casou com um homem com "um passado". Depois de alguns dias de reflexão decide que viverá com ele, mas não terá relações sexuais. Nos nove cômodos que o marido, major Colqhoun, decora para ela em Malta, reencontra "todas as coisas que lhe eram caras, livros, quadros e objetos, que deixara para trás". Entre os volumes familiares o marido coloca alguns atrativos:

> "Olhe, aqui tem todos os Daudet e Zola, e George Sand. Quando os tiver conhecido um pouco, imagino, lhe agradarão mais que os de Herbert Spencer e Francis Galton." Ele havia arrumado os livros, colocando em evidência Zola e Daudet, antefruindo o divertimento que provaria ao observar sua reação. Pensava que acabaria por fazer amor com ele (pp. 175-76).

O major é um receptáculo de várias formas de conformismo: fez aquisições, *grosso modo*, baseando-se nas ideias correntes sobre a emotividade da mulher e de sua tendência a se deixar levar emotiva e fisicamente pelas leituras fortes e estimulantes; ele encarna além do mais a posição reacionária no que diz respeito à cultura francesa, que para muitos romancistas, jornalistas e polemistas vitorianos era sinônimo de imoralidade. Samuel Smith, deputado de Flintshire, na moção apresentada em 18 de maio de 1888 à Câmara dos Comuns, deplorava a "rápida difusão em nosso país de uma literatura que enfraquece a moral", citando como exemplo as traduções inglesas dos romances de Zola publicados

77 S. Grand, *The Heavenly Twins* [1893]. Ann Arbor: University of Michigan Press, 1992, p. 20. Todas as citações seguintes são tiradas dessa edição e indicadas diretamente no texto com número de páginas entre parênteses.

por Henry Vizetelly, e convidava os presentes a considerar "o que uma literatura similar tinha significado para a França. Difundira-se rapidamente por todo o país, e o seu veneno estava destruindo a vida nacional".[78] Na realidade, as campanhas publicitárias de Vizetelly eram jogadas sobre chamadas análogas: reunidas sob rótulos tais como "Os romances realistas de Zola", "Os romances dos bulevares de Maupassant", ou "Os grandes sucessos franceses de Vizetelly", o próprio fato de serem anunciados como "edições integrais" atrairiam a atenção sobre a possibilidade de o conteúdo ser picante ou licencioso.

Mas os volumes reexportados do major Colqhoun não surtem o efeito esperado sobre sua mulher. Uma noite, depois do jantar, enquanto retardam o café, ele lhe pergunta, em tom casual: "Você leu algum dos livros que lhe trouxe, algum dos franceses?". O rosto dela se endurece por um momento, mas de repente levanta os olhos até ele e responde sem hesitação: "Sim. Li *Naná*, *A terra*, *Madame Bovary* e *Safo*". Depois de ter esperado inutilmente que exprima uma opinião, o marido lhe pede: "Então, o que a tocou mais?", e ela exclama: "O sofrimento, George, *o terrível e inútil sofrimento*!" (p. 221).

A autora quer mostrar desse modo as convicções morais inatacáveis da heroína: Evadne é uma mulher pura, isenta de qualquer tipo de fragilidade, não se deixa corromper por livros ou situações novas, e pela suavidade sedutora das noites mediterrâneas; a sua integridade constitui o fundamento da sua resistência ao que lhe é estranho, aquela ficção realista que ela enfrenta racionalmente, sem que o corpo se deixe influenciar, como havia esperado o marido na sua rígida ortodoxia machista.

*The Heavenly Twins* é um veículo importante na difusão do pensamento feminista no tardio século XIX; efetivamente foi um *bestseller* na Grã-Bretanha (Heinemann o reimprimiu seis vezes no decorrer do ano da publicação) e nos Estados Unidos, onde se vendeu "pelo menos cinco vezes as cópias vendidas no primeiro ano na Inglaterra".[79] Entretanto mais que o pensamento feminista, aqui nos interessam os livros citados: não mais *romance*, mas romances realistas, não mais em língua inglesa, mas em francês. São as novas tendências predominantes na escala mundial no final do século XIX, aquelas que nutriram, por exemplo, os

78 S. Smith, *Pernicious Literature Debate in the House of Commons. Trial and Conviction for Sale of Zola's Novels. With Opinions of the Press*. Londres: The National Vigilance Association, 1889, p. 6.

79 Mott, *Golden Multitudes*, op. cit., p. 182.

estilos das nascentes literaturas nacionais na América do Sul, de autores como o brasileiro Machado de Assis ou de seus compatriotas Inglês de Souza e Aluísio Azevedo, ou ainda a peruana Clorinda Matto de Turner (que teve com referência à questão indígena uma aproximação totalmente diferente à de Cooper); essas mesmas tendências influenciaram fortemente as formas da ficção também nas culturas de língua inglesa. O *romance*, como demonstrou Mark Twain, de forma notável, em *Life on the Mississippi*, está intimamente ligado ao passadismo; não é o caso de Scott e Cooper que, entre os autores oitocentistas de sucesso dos quais falamos, escreveram romances históricos, como Dickens também o fez, esporadicamente, mas com sucesso. No final do século, ler esse tipo de romance, ou de qualquer maneira plasmar as próprias expectativas naqueles termos, equivalia a viajar, se de viagem pode-se falar, no sentido inverso.

No final de *Um punhado de pó*, Evelyn Waugh imagina um leitor exatamente oposto àquele que viaja, um leitor para quem a prisão sádica é agravada pela obrigação de ler Dickens em voz alta para o seu carcereiro, Todd. No coração da Amazônia, na fronteira pantanosa e incerta entre o Brasil e a Guiana Holandesa, Todd entregou ao convalescente Tony Last um volume encadernado em couro: "Era uma velha edição americana de *Bleak house* [Casa desolada]".[80] Assim o prisioneiro é obrigado a obedecer, e passa de *Dombey e filho* a *Martin Chuzzlewit* – em cujas páginas encontra uma descrição trágica do suplício análogo imposto ao seu predecessor – de *Nicholas Nickleby* a *A pequena Dorritt* a *Oliver Twist*. O prazer de Todd, além do domínio sobre um outro ser humano, procede da reiteração das próprias reações: nos pontos em que está acostumado a rir, ri (parece, de um modo geral, quando está escutando as passagens que representam misérias humanas); ali onde já chorou, chora novamente. À chegada dos possíveis salvadores de Tony, Todd dopa o inglês, engana os visitantes, e torna a pôr o prisioneiro no seu inferno literário: "Vamos reler *A pequena Dorritt*. Há passagens naquele livro que não posso escutar sem que me venha vontade de chorar".[81] A imobilidade de Tony e Todd representa de qualquer modo a camisa de força vestida por quem consome romances somente para obter uma confirmação daquilo que já sabe. A evasão prometida por um livro pode ser uma liberação, mas também uma fuga, uma recusa em se confrontar e em pensar a própria situação. Os dados fornecidos

80 E. Waugh, *A Handful of Dust* [1934] [ed. it.: *Una manciata de polvere*, trad. M. S. Ferrari. Milão: Mondadori, 1983, cap. VI, p. 235].

81 Id., ibid., p. 244.

por uma série de fontes oitocentistas sobre o consumo dos textos de língua inglesa mais populares e difundidos falam-nos exatamente dessa modalidade de literatura: o seu sucesso parece estar ligado ao sentido de segurança que transmitem quanto às convenções narrativas, às conclusões e às certezas morais. O leitor preparado tanto para o envolvimento empático quanto para o desafio e a resistência, como Mary Taylor, é sobretudo muito raro.

A questão da qual essa conclusão pessimista não dá conta é, porém, o fato de que ela mesma repropõe inesperadamente a distinção, frequente nos debates recentes sobre turismo e viagem, entre o consumidor passivo e aquele que ativamente procura uma nova e/ou insólita experiência, o "autêntico" em vez do "pré-fabricado". Tanto um como outro são evidentemente produtos de um estilo de vida privilegiado (que os distingue dos *Gästarbeiter*, os imigrantes forçados, os exilados políticos), e ambos movem-se com relativa facilidade entre lugares social e economicamente muito diversos. Mas o primeiro é geralmente mais apreciado, em prejuízo do segundo ("Eu sou um viajante, você é um turista"), em termos que repropõem a contraposição entre cultura erudita e cultura popular. O fato de considerar as distâncias e analisar a retórica da leitura no exterior, aliás, equivale a adotar exatamente o ponto de vista do viajante perspicaz: "A teoria", escreve o antropólogo James Clifford, "é produto de um deslocamento, de uma comparação, de uma certa distância. Quem teoriza, distancia-se de casa".[82] Pesquisar as mudanças de perspectiva oferecidas pela distância, em vez de optar pela segurança tranquila do que é conhecido ou prudentemente mediado: isso é o que faz do teórico um viajante, e que distingue o indivíduo das massas.

Existe um perigo, todavia, ligado a um problema crucial em toda teorização sobre leitura e leitores: arrisca-se, vale dizer, a misturar apressadamente dois tipos diferentes de história, a que é a matéria do livro e a da resposta subjetiva – nesse caso, as duas categorias, diversas mas igualmente importantes, da distribuição e do consumo pessoal. É preciso ser muito prudente ao aproximá-las quando se considera a história da leitura no século XIX e aquela do livro, ambas fortemente hipotéticas. Nesse caso pode ser útil a admoestação de Aijaz Ahmad no sentido de se precaver contra a tentação de confundir a condição metafórica do exílio com as condições materiais dos sujeitos distantes da própria casa:[83] entendendo que o termo exílio seja um estado mental ou uma condição política, esta é uma dicotomia

82 J. Clifford, "Notes on Travel and Theory", in *Inscriptions*, v, 1989, p. 177.
83 A. Ahmad, in *Theory: Classes, Nations, Literatures*. Londres: Verso, 1992, p. 86.

substancialmente absoluta, e nos serve como aviso necessário para não assimilarmos muito rapidamente o movimento físico àquele representado.

Há, no entanto, um âmbito crucial no qual essas duas linhas da história da leitura se cruzam, e é no interior da própria ficção. Já vimos como as características particulares do cenário social e cultural indiano do século XIX e as modalidades de narrativa já existentes no país asseguraram a adoção e a exploração do romance numa série de línguas regionais com mudanças de perspectivas referentes aos modelos. A história da literatura pós-colonial baseia-se exatamente sobre a recombinação das duas linhas que no mesmo discurso foram temporárias mas até o final inutilmente separadas: a grande difusão de textos provenientes de um centro colonial (colonização administrativa como também econômica) e as reações individuais, subjetivas. Essas últimas, que incluem mudanças de ponto de vista, estilos narrativos, ênfases ideológicas, demonstram quanto é acidentada a viagem dos romances, revelando por sua vez os esquemas mentais de quem os recebe, as consolidadas mas limitadas perspectivas de quem inicialmente os acompanhou em sua viagem. Não pode ser por acaso que os textos com argumento colonial mais frequentemente reelaborado, *A tempestade* e *Coração das trevas*, coloquem em primeiro plano a questão da viagem. Por outro lado, nascem novos tipos de narrativa de viagem, com desejos inéditos de deslocamento. No romance autobiográfico de Jamaica Kincaid, *Annie John*, a narradora conta de quando tinha quinze anos e vivia em Antigua:

> A minha fantasia mais frequente compreendia cenas pessoais de quando morava sozinha na Bélgica, um país que eu tinha escolhido quando li num dos meus livros que Charlotte Brontë, autora do meu romance preferido, *Jane Eyre*, ali havia passado um ou dois anos. Eu o escolhera também porque pensava que era um lugar onde minha mãe poderia ter dificuldade para me encontrar e portanto deveria me escrever cartas assim endereçadas:
>
> Para: Miss Annie Victoria John
> Em qualquer parte
> Bélgica.[84]

*Lucy*, o romance seguinte de Kincaid, presta homenagem a Brontë de vários modos: o nome da narradora, a sua viagem para se empregar numa cidade estrangeira

84 J. Kincaid, *Annie John* [1983] [ed. it.: *Anna delle Antille*, trad. C. Calabi. Novara: Istituto Geografico De Agostini, 1987, cap. VI, p. 235].

(o destino, embora não especificado, é claramente Nova York, assim como o indefinido centro urbano Villette é Bruxelas), e a presença de uma mulher mais velha, ao mesmo tempo patroa e conselheira. Alguns paralelos porém são lançados: Lucy não é perturbada pela tentação de desenvolver uma relação com o seu pretendente, Paul; além disso, ao invés de se tornar professora ou escritora, ocupa-se com fotografia. Com a sua precursora tem em comum uma atitude contraditória no que se refere à independência: deseja a autonomia, mas quer também ser amada; deseja cortar as relações com a família de origem, mas quer também defender os laços com o passado e com as próprias origens caraíbas. Casa e distância: o entrelaçamento desses dois temas no romance de Kincaid simboliza de modo paradigmático a relação entre grande parte da literatura pós-colonial e seus antecedentes oitocentistas: analogia reconhecida e desejo de uma identidade autônoma. A tensão entre os textos que viajaram e o lugar onde foram lidos torna-se assim um instrumento decisivo de transformação na produção do texto pós-colonial.

STEFANO CALABRESE

# *Wertherfieber,** bovarismo e outras patologias da leitura romanesca

## 1. O retorno de Pigmalião: gênese da identificação estética

Por volta de 1970, ao mesmo tempo que em Konstanz buscava-se uma taxonomia geral do "Leitor" (fosse designado "implícito" ou "modelo"), o historiador Rolf Engelsing e o etnólogo Rudolf Schenda inauguravam uma história da literatura *real* perguntando-se qual papel haveria desempenhado a literatura no contexto biográfico dos leitores. A mudança foi crucial, embora hoje ninguém invista capital teórico algum na distinção engelsinguiana entre uma arcaica *leitura intensiva* – canônica, repetitiva e litúrgica, mais ligada a momentos específicos do dia e do ano do que ao conteúdo, considerado estatutariamente incontestável – e a moderna *leitura extensiva*, dominada pela *curiositas* nômade de indivíduos que já podem dispor de um mercado editorial em forte expansão, no qual os sujeitos receptores têm necessidade de estímulos sempre novos para superar o processo de desgaste das informações. Com efeito, por um lado, os *leitores extensivos* existiam bem antes da suposta "revolução da leitura", que teria ocorrido em torno de 1770: em primeiro lugar, os leitores de jornal e principalmente os eruditos, uma classe de intelectuais

* Febre Werther.

que, desde o século XVII, constituíam os "leitores forçados" de todo o saber;[1] por outro, os *leitores intensivos* sobreviveram à sua pretensa morte e continuaram a aplicar modelos de recepção litúrgica a textos seculares, como Giambattista Casti que, em 21 de junho de 1765, confessava a um amigo ter lido *A nova Heloísa* duas vezes seguidas e pretender reler "pela terceira, com você, quando voltar".[2]

Por isso, casos de bulimia extensiva cruzam-se há muito tempo com sobrevivências intensivas quando, na segunda metade do século XVIII, observa-se uma verdadeira mudança, definida pela teoria schöniana em termos de progressiva "imobilização" de um leitor[3] desejoso de manter com o texto romanesco um corpo a corpo solitário e íntimo, que pressupõe estados bastante avançados de formação do *self*. Para Mercier e seus contemporâneos, uma lógica mesmérica da influência já domina a imagem epifânica do livro de ficção, lido durante a noite, enquanto o relógio bate as horas no silêncio e a luz bruxuleante da lâmpada a óleo vai-se extinguindo. Terminada a era da "recepção programada", o romance irrompe na mente do leitor e modifica-lhe a orientação até incidir sobre o curso histórico dos eventos: se os escritores são os autênticos legisladores do mundo,[4] quem lê é um êmulo que

1 Conforme H. E. Bödeker, "D'une *histoire littéraire du lecteur* à l'*histoire du lecteur*", in R. Chartier (org.), *Histoires de la lecture. Un bilan des recherches*. Paris: IMEC, 1995, pp. 97-98.

2 G. Casti, *Epistolario*, in A. Fallico (org.), Viterbo: Amministrazione Provinciale, 1984, p. 48: "Tudo o que posso fazer é [...] levar-lhe seis pequenos livrinhos intitulados *A nova Heloísa*, ou *Cartas de dois amantes*, obra do famoso Jean-Jacques Rousseau. São proibidos e por isso roguei-lhe que os levasse com cuidado, e ele me fez o favor de encarregar-se de entregar-lhos em mãos. As cartas são belíssimas [...], li-as duas vezes com o máximo prazer e espero relê-las pela terceira, com você, quando para aí voltar".

3 Sobre a "imobilização" do leitor ver E. Schön, *Der Verlust der Sinnlichkeit oder die Verwandlungen des Lesens*. Stuttgart: Klett-Cotta, 1987, pp. 63 ss.: o abandono da leitura em voz alta e a situação de abandono físico do leitor facilitariam as faculdades intelectuais simples e produziriam uma maior resistência ao *movere*. De modo geral, cf. R. Schenda, *Volk ohne Buch. Studien zur Sozialgeschichte der populären Lesestoffe 1770-1910*. Frankfurt am Main: Klostermann, 1970; R. Engelsing, *Der Bürger als Leser. Lesergeschichte in Deutschland 1500-1800*. Stuttgart: Metzler, 1974; W. J. Gilmore, *Reading Becomes a Necessity of Life: Material and Cultural Life in Rural New England, 1780-1835*. Knoxville: University of Tennessee Press, 1989; R. Darnton, "A resposta dos leitores", in *Os* bestsellers *proibidos na França pré-revolucionária*, trad. Hildegard Feist. São Paulo: Companhia das Letras, 1998. Para a Itália, veja-se ao menos G. Vigo, "Quando il popolo comminciò a leggere. Per una storia dell'alfabetismo in Italia", *Società e storia*, n. 22, 1983, pp. 803-28, e M. Roggero, *L'alfabeto conquistato. Aprendere e insegnare nell'Italia tra Sette e Ottocento*. Bolonha: Il Mulino, 1999, especialmente pp. 19-53.

4 Cf. L.-S. Mercier, "Discours sur la lecture", in *Eloges et discours philosophiques*. Amsterdã: E. van Harrevelt, 1776, pp. 289-90.

pretende descobrir a verdade enterrada no próprio destino e submeter-se a uma *Wirkung* [efeito] inexorável, pois as leituras são metabolizadas por um aparato mental bem diferente do nosso (a palavra impressa não tem concorrentes fortes pelo menos até a metade do oitocentos).[5] Jovens esposas, artesãos desocupados, soldados doentes ou saídos das fileiras do exército devido à idade, empregados desejosos de desligar-se dos patrões devoram textos de ficção e, por vezes, organizam uma oferta didática capilar, reunindo de povoado em povoado – como se lê em um documento municipal italiano de 1805 – pequenas classes "de cinco ou seis rapazes cada uma, ensinando-lhes toscamente a ler e escrever da melhor maneira que sabem". Mas a dupla competência de ler e escrever (com frequência só a primeira) convive forçosamente com um hiato entre decifração e compreensão, no qual o acesso ao sentido é obstruído pelos habituais processos em ação no âmbito dessa *restricted literacy*: descontextualização, simplificação semântica, segmentação temática de um texto, considerado apenas em algumas de suas partes, limitam sensivelmente os benefícios do exercício intelectual e tornam quase perniciosa a circulação dos livros.

> Para que servem estes, se alguém, dispondo apenas do mecanismo da leitura, explica-os conforme os entende e, enchendo a cabeça com ilações quiméricas, não distingue o defeito da perfeição, a sombra da clareza, da mentira a verdade?[6]

Aos olhos desses jovens semianalfabetos – que segundo os testemunhos da época decoravam um texto com o objetivo de lê-lo e que adquiriram competência de leitura primeiro soletrando cada palavra (ou seja, escandindo as sílabas) e depois decifrando-as – a linguagem escrita deveria permanecer suspensa em um halo mágico: os lexemas duravam mais, por assim dizer, as frases instituíam espaços e tempos dilatados por trabalhosos processos de leitura, cada topônimo guardava uma valência dêitica, como se fosse um índice fincado na realidade, de tal modo

5 Uma tabela recapitulativa pode ser lida em M. Beaujean, *Der Trivialroman in der zweiten Hälfte des 18 Jahrhunderts*. Bonn: Bouvier, 1964, p. 178. Entretanto, ressalve-se que o mercado editorial apresenta cifras modestas mesmo no oitocentos: na França, durante 1830, 80% dos romances publicados tiveram uma tiragem de cerca de mil cópias, enquanto somente alguns best sellers atingiram os 10 mil exemplares, por exemplo o *evergreen* de Fénelon, *As aventuras de Telêmaco*. Veja-se P. Orecchioni, "Note sur les romans de 1830", *Romantisme. Revue du dix-neuvième siècle*, XV, 1985, n. 47, p. 31.

6 Ver *Progetto del cittadino dottor Paolo Boschetti cremasco, alla municipalità provisoria di Venezia*. Veneza: 1797. Apud Roggero, op. cit., p. 240.

que o adensamento ontológico dos mundos ficcionais entre os séculos XVIII e o XIX também é interpretado em termos de *Rezeptionsgeschichte* [história da recepção].[7] Prova disso é o fato de, até o século XIX, os livros proibidos não serem classificados com base em critérios temáticos (afirmações heréticas, descrições pornográficas, axiomas políticos revolucionários), mas epistemológicos: "proibidas" são as leituras que alteram o equilíbrio natural entre invenção e realidade, até o caso limite de uma confusão quiasmática,[8] quando, sob a tutela da distância ficcional, a biografia dos leitores, vítimas consencientes de suas ilusões, é escrita em registro de romance. Pois a certeza de que este último, ao menos por incidência quantitativa, constituíra o meio privilegiado para o aprimoramento das nascentes habilidades de leitura, implica também a convicção – hoje demonstrada por um eloquente material comprobatório – de que as objeções ao romance estavam baseadas em sua extraordinária natureza *worldmaking*: toda a história do romance moderno traz inscrita no próprio código do gênero o desejo de fingir uma realidade que, por meio de estratégias semióticas adequadas, deve parecer absolutamente coeva ao ato de leitura. Já com as primeiras chuvas de lágrimas provocadas por *Clarissa*, a recepção indireta ou *dativa*, pela qual o texto clássico era traduzido e reconfigurado a partir de sua estranheza linguístico-cultural, dá lugar a uma leitura direta ou *acusativa*, pela qual o texto é fagocitado à

7 Condições "espúrias" de leitura estão documentadas, por exemplo, nas notas autobiográficas de Angela Veronese, filha de um jardineiro de Treviso, nascida em 1779, que relembra as longas noites de inverno, quando o pai reunia com o capelão da aldeia uma pequena "sociedade camponesa" para ler seus "romances heroicos" e as tragédias alfierianas: "Ó, dirá alguém, como faziam para entendê-los? Eu tinha a paciência de explicar-lhes tudo que fosse obscuro [...] comoviam-se às lágrimas [...] e depois batizavam as crianças com o nome de Orestes, Carlos, Virgínia etc.; com alguma relutância do pároco". A. Veronese, *Notizie de sua vita scritte da lei medesima*. Florença: Le Monnier, 1973, p. 45.

8 Por exemplo, no panfleto *Sulle malvagie letture. Discorso letto nell'occasione della solenne distribuzione de' premi scolastici in Savignano*, Forlí, 1836, p. 6, os textos proibidos são os que "tumultuam e elevam ao máximo as paixões e os afetos, quando o homem, a quem tudo se mostra, quase que por encanto, exagerado e falso, ao ver crescer em torno de si um mundo de ilusão, que crê real, precipita-se no imenso reino das Quimeras". A referência constante à natureza *worldmaking* do romance aproxima os estudos de H. Gaus, *The Function of Fiction: The Function of Written Fiction in the Social Process. An Investigation into the Relation Between the Reader's Real World and the Fictional World of His Reading*, Gent, E. Story-Scientia, 1979; P. C. Kern, "Wie baut sich im Leser eine fiktive Wirklichkeit auf? Sieben Thesen und eine Anwendung zur ästhetischen Rezeption", *Literatur in Wissenschaft und Unterricht*, n. 18, 1985, pp. 137-62; P. Watzlawick (org.), *La realtà inventata*, Milão: Feltrinelli, 1981. Sobre a importância assumida por Gombrich nessa perpectiva epistemológica, ver M. Krieger, "The ambiguities of representation and illusion: an Ernst H. Gombrich retrospective", *Critical Inquiry*, n. 11, 1984, pp. 181-94.

maneira de um "quase sujeito", e suas irregularidades morfológicas, suas obstinadas peculiaridades temáticas desaparecem ao longo de uma "privatização" hegemônica: terminada a *âge classique* do livro, procede-se a uma reintegração axiológica através de sua incorporação imediata à existência dos leitores.[9] Os mundos ficcionais ambicionam tornar-se realidade, primeiro como triunfo homodiegético do romance epistolar que sistematiza a concomitância entre aquele que narra e a personagem, o simular de antiquários apócrifos (por exemplo, em *Aristipp und einige seiner Zeitgenossen*, de Wieland) e o recurso maciço ao artifício do manuscrito achado para dar autenticidade ao enredo dos romances históricos (por exemplo, em *Rob Roy*, de Walter Scott), posteriormente, durante o século XIX, com a construção de *faits divers* naturalistas e com a falsa pátina do *Professorenroman* [romance de professor] alemão, fornido incessantemente por Bulwer-Lytton e Freytag.[10]

Aparatos simbólicos, estratégias diegéticas, mudança do horizonte de expectativa favorecem portanto uma "mania de leitura"[11] e a gênese de modelos de identificação empática do leitor de romances com os mundos ficcionais (a taxonomia tradicional,

9 As leitoras das primeiras partes de *Clarissa*, que suplicam a Richardson para assegurar-lhes um *happy end*, aparecem em diversos testemunhos históricos: cf. D. Wellershof, *Der Roman und die Erfahrbarkeit der Welt*, Colônia: Kiepenheuer & Witsch, 1988, pp. 88-96, e sobretudo R. Sühnel, "Tränen im empfindsamen Roman Englands: *Handkerchiefly feeling* bei Richardson, Sterne, Mackenzie", in AA.VV., *Das weinende Saeculum*, Heidelberg: Winter, 1983, Winter, pp. 62-71, para quem o modelo epistolar, se teve o inquestionável mérito de favorecer a empatia do leitor setecentista, mostrou contudo limites técnicos intransponíveis e com frequência incorreu em um defeito de inverossimilhança elativa, como acontece na *Pamela* richardsoniana, quando a protagonista, durante a tentativa de Mr. B. de arrombar a porta do quarto, continua a escrever, registrando no ato o que ocorre. Inverossimilhança e elatividade que, aliás, justificariam o confronto entre gênero epistolar e tragédia enunciado por Richardson.

10 Na opinião de V. Neuhaus, "Illusion and Narrative Technique: The Ninetheenth-Century Historical Novel Between Truth and Fiction", in F. Burwick e W. Pape (orgs.), *Aesthetic Illusion*, Berlim/Nova York: Walter de Gruyter, 1990, pp. 275-97, antes que a vocação metadiegética do romance novecentista anule todo ilusionismo, este último conhece um triunfo tardio com Joyce por meio de um duplo remodelamento morfológico: a ampliação do raio de ação da mimese, que incorpora no texto todas as esferas da realidade (do sublime noético ao excrementício), e a adoção da técnica *camera-eye*, com o leitor identificado com um ponto de vista extremamente individualizado e perspectivo. De modo geral, esclarecimentos histórico-teóricos não subestimáveis são dados por O. Marquard, *Krise der Erwartung – Stunde der Erfahrung. Zur ästhetischen Kompensation der modernen Erfahrungsverlustes*, Konstanz: Universitätsverlag Konstanz, 1982, e L. J. Davis, *Factual Fictions. The Origins of the English Novel*, Nova York: Columbia University Press, 1983.

11 À *Leseucht* setecentista, H. Kreuzer dedica um capítulo muito informado de *Leser und Lesen im 18. Jahrhundert*, Heidelberg: Winter, 1977, pp. 62-75.

por sua vez, previa mediações estéticas de tipo admirativo, catártico ou irônico). "Imóvel" diante do texto, indeciso entre continuar a ser ele mesmo ou a adquirir um rosto novo, crível, esse leitor começa a agir de acordo com papéis predeterminados e a desfrutar do aprendizado do jogo narrativo, com a possibilidade de interromper, reativar, concluir definitivamente uma forma de comunicação, na qual ele se torna objeto de si mesmo. Com a decadência do paradigma trágico - pelo qual a identificação admirativa (*aemulatio*) provocava um ato de distanciamento cognitivo da mediocridade do leitor em relação à heroicidade da personagem literária -, já assinalado por Lessing, o romance começa a instituir dispositivos de solidariedade simpática com o herói do texto. A ausência de distância cria uma nova tipologia de imitáveis, embora nenhuma reflexão judicativa permita ao leitor diminuir a distância entre participação estética e agir moral.[12] O texto promove identidades grupais inéditas. A identificação (*homoiosis*) vale-se do desaparecimento do universal que sempre excedia, no herói clássico, a limitada individualidade do leitor.[13]

Essa vocação identificativa logo encontra um suporte logístico na estética iluminista tardia que, com Moses Mendelssohn, Henry Home e a *Theorie der schönen Künste und Wissenschaften* (1774) de Friedrich J. Riedel, tende a legitimar a ilusão

12 Cf. H. R. Jauss, *Ästhetische Erfahrung und literarische Hermeneutik*, Munique: Fink, 1991, v. 1, que nesse caso reelabora hipótese de H. Blumenberg, "Wirklichkeitsbegriff und Möglichkeit des Romans", in H. R. Jauss (org.), *Nachahmung und Illusion*, Munique: Eidos, 1964. O leitor simpático oitocentista agenciaria mecanismos integrados ou "polissintéticos" de abrangência das funções próprias ao intelecto, da vontade e da emoção, de modo tal a não atribuir às coisas elemento distintivo algum, mas propriedades correntes: nesse sentido, as patologias da leitura romanesca revelariam uma continuidade da "lei de participação" característica do pensamento religioso, em condições de legitimar aquilo a que as representações místicas queriam induzir - uma identidade essencial, o movimento simultâneo de extensão e de aniquilação do múltiplo. Cf. M. Scheler, *Essenza e forme della simpatia*, Roma: Città Nuova, 1980, pp. 114-26. Observe-se que para Scheler a unipatia, irredutível à simpatia, seria constituída por um contágio emotivo que anula a própria ideia de individualidade e caracterizaria a psicologia dos primitivos, das crianças, dos estados hipnóticos e psicopatológicos. Trata-se de um estado intermediário ou "pré-categorial" entre a atividade noética do espírito e a perceptiva do corpo, que conserva a porta de entrada semiótica para a gramática da expressão.

13 Kreuzer, op. cit., p. 68. A *homoiosis*, uma modalidade do ser semelhante de que falava Marcel Mauss em relação à *mentalité primitive*, é uma questão de sábias dosagens a partir das quais os eventos, no ápice de uma diversificação puntiforme, invertem-se na assimilação participativa que os transforma em um conjunto indistinto de equivalentes. Recorde-se que também o pensamento de Lévy-Bruhl sobre a "mentalidade arcaica" e os estudos de Max Scheler sobre a *Essenza e forme della simpatia*, ainda nos anos 1920, procuraram contestar a ideia de que a ativação da unipatia ou, de maneira geral, de obrigações ilusórias para com o outro constituía uma mera forma de expropriação cognitiva.

como uma condição de transe preterintencional, no qual o sujeito esquece-se de si mesmo para adentrar no reino do indistinto, do desdiferenciado. Retraçados os limites epistemológicos do verdadeiro histórico e do diegético ficcional, ultrapassado o umbral do cronotopo cotidiano, o leitor *inluso* achar-se-ia em contato com signos que lhe permitiriam mover-se do representante ao representado, da linguagem à realidade: e tudo isso, explicam hoje alguns estudiosos, com a finalidade de restabelecer na moderna sociedade segmentada uma condição primária de indivisibilidade. Quanto mais se assiste à gênese do eu e à sua progressiva autonomização, mais a ilusão estética deseja, por um lado, representá-la por meio de uma torrente de memórias, diários, correspondências e autobiografias, por outro, compensá-la por meio de mecanismos ilusionistas sob rígido controle estético:

> Se as transformações relativas à constituição da subjetividade nas sociedades modernas tiveram por alvo reforçar a autonomia do ego, elas também favoreceram a gênese de soluções de compromisso estéticas capazes de reconduzir o indivíduo ao exterior de sua prisão.[14]

O ano em que é publicada a *Theorie der schönen Künste und Wissenschaften* é aliás aquele em que Mesmer passa do magnetismo mineral da tradição ao animal, supondo que certos agentes, e entre eles a literatura, pudessem repor em circulação os fluidos contidos em qualquer organismo – espécie de linha de maré onde se alternam o fluxo e refluxo do líquido vital. Assim, enquanto no final do setecentos sonambulismo, casos de mimetismo e hipnose são aproximados, pois neles a vontade é sempre e de qualquer maneira contida,[15] em âmbito literário começa a gloriosa carreira do termo "influência": junto a *éblouissement, transe, étourdissement,* a ele recorrerá também

14 D. von Mücke, *The Veil of Illusion in the Service of Virtue: Semiotic Transformations and Literary Genres Between 1740 and 1800*, São Francisco: Stanford University Press, 1989, pp. 23-24; a cotejar com as páginas de J. Schulte-Sasse, "Aesthetic Illusion in the Eighteenth Century", in Burwick e Pape (orgs.), op. cit., pp. 104 ss., para quem os rodeios ontológicos da leitura romanesca têm um caráter sistêmico desde o século XVIII, quando a imagem do contágio através da leitura é com frequência engastada em *mise en abŷme* apostos (por exemplo, no romance de La Morlière, *Angola*, de 1746).

15 Após os estudos de Robert Darnton sobre a incidência do mesmerismo na Revolução Francesa e na formação política dos girondinos, o tema da *influence* foi retomado atualmente por K. M. Marcus, *The Representation of Mesmerism in Honoré de Balzac's* La comédie humaine, Nova York: Peter Lang, 1995, e A. Spiquel, "Mesmer et l'influence", *Romantisme. Revue du dix-neuvième siècle*, n. 98, 1997, pp. 33-40.

Stendhal em seu *Journal littéraire* para descrever os efeitos desempenhados por alguns escritores sobre ele, que mais do que a mimese apreciava sua variante eufórica superficial, o mimetismo, com o objetivo de abolir a distância entre o sujeito e o objeto, condição imprescindível da leitura romanesca e também da paixão amorosa. Gloriosa carreira, de fato, a julgar pelos panfletos de La Platrière (*De l'influence des lettres dans les provinces, comparée à leur influence dans les capitales*, 1786), Dalberg (*De l'influence des sciences et des beaux-arts sur la tranquilité publique*, 1802), Millevoye (*Satire des romans du jour considérés dans leur influence sur le goût et les moeurs de la Nation*, 1802) e Brisson (*De l'influence de l'homme de lettres sur la societé*, 1862). De qualquer modo, após a Revolução Francesa começa a impor-se a certeza de que o pensamento, e em particular a arte fossem depositários de uma força mágica, como se fora um fluido – assim se exprimia George Sand – de efeitos incomensuráveis.[16]

Basta pensar em Diderot e nos amigos que se reuniam em torno a Madame d'Épinay, em 1758, quando o marquês de Croismare deixa Paris para permanecer por alguns meses em um castelo perto de Caen. Sua falta é sentida, não há dia que não se tenha saudade de sua bonomia irônica. Acima de tudo, é insanável o vazio que deixou nas discussões diuturnas que o pequeno círculo dedicou às vicissitudes de uma jovem decidida a rebelar-se contra a família por forçá-la a tomar o hábito. Sua rebelião não valerá de nada, e Marguerite Delamarre permanecerá no convento para sempre, mas, como o marquês acompanhou-lhe as vicissitudes, inclusive intercedendo em favor dela junto ao parlamento, Diderot envia-lhe uma série de cartas assinadas pela religiosa, embora fosse ele mesmo a redigi-las, para tentar trazer Croismare de volta a Paris. Em sentido epistemológico, portanto, a situação é a seguinte: o texto (epistolar) tem as características pré-romanescas de uma ficção "real"; o autor, graças a uma ironia digna de *Jacques, o fatalista*, estabelece com o destinatário um pacto narrativo que favorece a própria credibilidade; o leitor cai vítima do poder ilusivo das palavras, enunciadas em um contexto pragmático adequado. O que representa de fato o marquês de Croismare senão o leitor acometido de "cratilismo", bravo defensor da referencialidade do signo linguístico?[17] No entanto, como Croismare não deixa Caen, a ficção termina com a morte simulada da religiosa, mas nesse momento (estamos no verão de 1760) é

16 J.-L. Diaz, "Un siècle sous influence", *Romantisme. Revue du dix-neuvième siècle*, n. 98, 1997, pp. 20-22.

17 Em *Theory of Moral Sentiments* [1759], Adam Smith dá um fundamento epistemológico para a identificação do leitor com a personagem romanesca por meio da ideia de *sympathy*.

Diderot quem não pode mais passar sem sua ficção e deseja viver uma existência cheia de equivalências fictícias: o ímpeto audaz e corrosivo da mentira desgasta até a verdade das coisas cotidianas ou das relações interpessoais, pelo que ele se identifica com a religiosa e começa a escrever-lhe um diário escrito às pressas, como indica para d'Épinay.[18] Esse texto fictício, cuja ideia original nasce da impossibilidade de perpetrar uma "mistificação real" e que é gerado por uma dupla identificação, "verídica", do narrador e do narratário na protagonista, é *A religiosa*; e seu célebre "*Préface-annexe*" reúne a correspondência entre Diderot-Delamarre e o marquês de Croismare, na qual Herbert Dieckmann reconheceu o testemunho narrativo mais precoce das ambíguas relações de consanguinidade entre o romance moderno e o mundo da vida,[19] entre simulação e verdade, distância crítica e empatia emotiva.

## 2. Fortalecimento da identificação e primeiras patologias

O modelo epistolar, portanto, é uma ficção heurística que marca, em um plano meramente morfológico, mudanças psicogenéticas na época que vai da publicação de *Pamela*, de Richardson, ao momento em que Rousseau diagnostica uma cisão entre existência natural e existência civilizada: o culto da interioridade – necessariamente antissocial e ancorado na necessidade de assumir a natureza como modelo – alimenta a necessidade de *novels*, e a estrutura apelativa gravada com letras claras no modelo epistolar cumpre a função de agente de conjunção ou até de sobreposição entre destinatário *fictus* da correspondência e leitor real. Certamente, só a partir de Goethe – que, em *Os sofrimentos do jovem Werther*, explora intensivamente Homero e Klopstock – uma compreensão sentimental poderá ser produzida pela experiência da leitura, entretanto, já em Rousseau, o êxtase da identificação entre leitores e personagens romanescas constituía um exemplo, e somente um exemplo mais óbvio que outros, de recepção produtiva do texto.[20] O caso da jovem que, em

18 Quanto a isso, o comportamento de Diderot corresponde precocemente à *Einfühlungstheorie* [teoria da empatia], dominante na filosofia alemã entre Robert Vischer e Wilhelm Worringer, na qual está implícito o desejo de celebrar o triunfo de uma interioridade que transborda em exterioridade, ao passo que sensações (*Empfindung*) e emoções (*Fühlung*) assinalariam o movimento oposto.

19 H. Dieckmann, "The 'Préface-annexe' of *La religieuse*", *Diderot Studies*, II, 1952, pp. 21-147.

20 Com justiça, permanecem famosas a esse propósito as reflexões de H. R. Jauss, *Ästhetische*

desobediência à mãe, lê *A nova Heloísa* e molda a própria existência pela da heroína pode ter sido uma invenção de Mercier, que o cita em *Tableau de Paris*,[21] mas é improvável que também sejam inventados os testemunhos das cartas endereçadas a Rousseau e conservadas atualmente em Neuchâtel: o aumento das taxas de empréstimo do romance junto aos gabinetes de leitura, o desejo de evitar uma releitura de *A nova Heloísa* para não se expor novamente ao sofrimento e à dor, a mudança repentina do adúltero que volta para a legítima mulher, a tentativa de continuar a história de Saint-Preux por intermédio de uma epistolografia apócrifa e vicária.[22]

Somente com a *Wertherwirkung* [efeito Werther], porém, é que se começa a questionar se transferir a irrealidade da ficção para a vida não significaria, por acaso, despedir-se desta última.[23] A resposta é positiva, mesmo após a intervenção do *editor*, na edição de 1787, que pede aos leitores que se distanciem do texto. Nascido como antificção necessária para restituir um adensamento ontológico à realidade, carcomido na raiz pelas transformações das dimensões espaço-temporais, pela primeira vez o *novel* e sua ética de ação despertam alguma suspeita, não sem a confirmação póstuma de Goethe em *Poesia e verdade*:

> O efeito daquele livrinho [...] foi tão poderoso porque o mundo dos jovens já estava minado por si só, e a confusão foi tão grande exatamente porque cada um deu vazão às suas necessidades exageradas, às paixões insatisfeitas e aos sofrimentos imaginários.[24]

Esparsos como penedos insulares, afloram então autênticos casos de patologia da literatura romanesca, a começar pelos supostos modelos originais de *Werther*, quando ainda estava viva a lembrança dos conflitos opressores que marcaram seu nascimento. Jerusalém, que ao lado de Goethe é o “modelo” de Werther, mata-se enquanto (segundo o testemunho de Kestner, o Albert do texto) “alimentava-se de romances e

*Erfahrung und literarische Hermeneutik*. Munique: Wilhelm Fink, 1991, v. 2.

21 L.-S. Mercier, *Tableau de Paris* [1781-88]. Amsterdã: 1783, v. v, p. 28.

22 Sobre a recepção do rousseauísmo ver, ao menos, A. Attridge, “The Reception of *La Nouvelle Héloïse*”, *Studies on Voltaire*, CXX, 1974, pp. 227-67; C. Labrosse, *Lire au XVIII^e siècle*. La Nouvelle Héloïse *et ses lecteurs*. Lyon: Presses Universitaires de Lyon, 1985; Schön, *Der Verlust der Sinnlichkeit*, op. cit.; R. Darnton, “Os leitores respondem a Rousseau: a construção da sensibilidade romântica”, in *O grande massacre de gatos*, trad. Sonia Coutinho. Rio de Janeiro: Graal, 1986.

23 Cf. W. Salber, *Lesen und Lesenlassen. Zur Psychologie des Umgangs mit Büchern*. Frankfurt am Main: Börsenvereins des Deutschen Buchhandels, 1971, pp. 24-33.

24 W. Goethe, *Memórias – Poesia e verdade*, trad. Leonel Vallandro. Porto Alegre: Globo, 1971, 2 v.

confessava haver lido quase todos" (quando se mata, em sua mesa havia uma cópia de *Emilia Galotti*, de Lessing); Kestner não aceita ter sido descrito como uma "caricatura", para que melhor aparecesse a imagem transposta do autor, encarnado em Werther e desejoso de gritar ao leitor: "em comparação, olhe que espécie de homem sou eu!"; a pequena sociedade de Wetzlar, onde foi elaborado o texto, é levada a ler *Werther* como um *roman à clef*, tanto que Breitenbach, um lugar-tenente de Hannover estabelecido provisoriamente na cidadezinha, escreve sessenta páginas de emendas à história do jovem Werther, *Berichtigung der Geschichte des jungen Werthers* [Emenda à história do jovem Werther]; o próprio Goethe declarou ter-se salvado, ao escrever *Werther*, da ameaça de um tumulto interior, sentindo-se "como depois de uma confissão, mais uma vez livre e contente, autorizado a viver uma nova existência". Não se trata apenas da produção em larga escala de porcelanas que retratam Lotte nos braços de seu amante ou da moda de vestir-se à Werther, com colete azul e calças amarelas (em 14 de maio de 1775, Goethe, o conde Stolberg e Haugwitz partem para a Suíça vestidos com essas mesmas roupas), nem do fato de um amigo de Lavater declarar a wertherização de sua existência.[25] Hohenhausen, cujo filho suicidou-se em Bonn, após ler *Werther*, escreveu a Goethe que aos "homens de engenho, dos quais se esperaria que educassem os homens, um dia Deus pedirá contas do uso pernicioso de vosso talento",[26] e dirige-lhe uma acusação explícita de lesa-identidade. Em Halle, nos bolsos de um sapateiro aprendiz que se jogou da janela, foi encontrado um exemplar de *Werther*; e em Weimar, a jovem Christel von Lassberg, pensando ter sido abandonada pelo homem que amava, suicida-se nas águas de um rio na manhã de 16 de janeiro de 1778, também levando com ela uma cópia do romance goethiano. Enquanto isso, reelaborações e continuações sucedem-se sem trégua.[27]

25 "Fiz os passeios de Werther, à noite dou uma volta pelo campo com um trenó guiado por mim mesmo. Agora me faço matar por Goethe", D. Hartmann apud P. Müller, *Der junge Goethe im Zeitgenössichen Urteil*. Berlim: Akademie, 1969, p. 196.

26 Datas e citações incluídas na cuidadosa e utilíssima *recensio* das reações "altas" ao texto goethiano organizadas por K. Rothmann, *Erläuterungen und Dokumente. J. W. Goethe, "Die Leiden des jungen Werthers"*. Stuttgart: Reclam, 1974, p. 120.

27 Pela agudeza interpretativa, ver G. Jäger, "Die Wertherwirkung. Ein Rezeptionsästhetischer Modelfall", in W. Müller-Seidel (org.), *Historizität in Sprach-und Literaturwissenschaft*. Munique: Fink, 1974, pp. 389-409, que também remete a alguns títulos dos romances epistolares (geralmente anônimos) destinados a dar prosseguimento à história de Werther, por exemplo, *Lottes Briefe an eine Freundin, während ihrer Bekanntschaft mit Werthern*, Berlim, 1788, do qual se deduz o desejo de adotar um foco homodiegético também para a protagonista feminina do texto (id., ibid., p. 408).

Mas a *Wertherkrankheit* [doença Werther] parece aspirar à *longue durée*. Em 1818, reúne-se em Paris uma pequena mas ilustre comunidade de leitores que declamam, além de *Werther*, *René*, de Chateaubriand, *Obermann*, de Sénancour, *Manfred*, de Byron. André-Marie Ampère, Jules Bastide e Albert Stapfer vivem existências simuladas, ao empregarem modelos de recepção holísticos e "configuracionais", uma ameaça concreta para quem deve resignar-se a ser o que é. Ampère, por exemplo, lê *Manfred* duas vezes seguidas e escreve para Bastide afirmando estar literalmente "doente", mas o pior ocorre a Sautelet – outro do grupo, discípulo promissor de Victor Cousin, diretor do *National* e acérrimo wertheriano – que se suicida na noite de 13 de maio de 1830, quando planeja uma ópera intitulada *Werther de la verité*. As notas de diário que escreve nos últimos dias de vida são o melhor testemunho do modo como os processos textualizantes efetuados pelo gênero romanesco precedem e seguem o recurso aos signos verbais. No texto, o signo deixa efetivamente de ser aquilo que os linguistas ensinaram-nos a configurar – um mero valor, a soma das diferenças inscritas em uma estrutura opositiva – para transformar-se na matéria constitutiva de um conjunto ordenado, homogêneo, teleológico e isotrópico. Esses são os gêneros de que necessita o pobre Sautelet. As contas não lhes são vantajosas, e então, para ele, *Werther* torna-se uma morada pertinente, uma *cosmografia* de onde pode observar o mundo. Enquanto as horas correm rumo a um êxito fatal, ele compreende que a experiência perceptiva direta ou o simples uso das palavras não lhe garantiriam nada além de descrições incompletas e descontínuas: somente o texto romanesco – com seus procedimentos narrativos, descritivos, argumentativos coerentes – permite a acumulação centrípeta da realidade e parece protegê-lo da pilhagem dessa coerência, da qual não pode prescindir. Por certo, cai em uma *inlusio* imperdoável e falha; enquanto produz o *self*, perde-se em um romance que deveria restituir-lhe uma certeza probatória e seu velho e gasto eu despede-se da obrigação de existir.[28]

A lenda do poder ilusionista de *Werther*[29] firma-se em todos os lugares, também na Itália, onde, em 1816, o governo austríaco propaga informações profundamente censórias contra a "nociva leitura de romances", responsável por "conclamar os sentidos" sem oferecer nenhum ganho cognitivo e por favorecer leituras empáticas, ou seja, processos de anulação da polaridade semiótica destinador-destinatário:

28 F. Jost, "Littérature et suicide. De *Werther* à *Madame Bovary*", *Revue de Littérature Comparée*, XLII, 1968, n. 1, pp. 1-14.

29 Cf. Rothmann, op. cit., p. 140, e W. Kayser, "Die Entstehung von Goethes *Werther*", in H. P. Herrmann, *Goethes* Werther. *Kritik und Forschung*. Darmstadt: Wiss Buchges, 1994, pp. 132-33.

> Não se fala aqui dos poucos entre eles que iluminam a razão e formam o coração, mas do terrível amontoado de romances que só tratam de amor e enchem a fantasia de quimeras.[30]

No mesmo ano, a sofrer o vórtice ilusionístico de *Werther*, mencionando aqueles que o precederam nessa queda, também está um censor vêneto:

> *Werther* – Romance de mão engenhosa; mas, artificiosamente, tende a tornar-nos a existência insuportável; e de tal modo abala as fibras do coração que pode ser motivo de consequências terríveis [...]. As penetrantes reflexões que transmite aos leitores, misturando-as, com finíssima astúcia, a ideias políticas naturais e religiosas do homem, são como o canto da sereia, que, à viva força, conduzem a esse terrível crime. Portanto, é assaz frequente o suicídio à Werther, e, não há muito, tivemos nas folhas públicas que um rapaz, na tenra idade de doze anos, cometeu suicídio e, a seu lado, foi encontrado esse livro perigoso.[31]

Em 1820, Cesare Cantú aproveita para maldizer a "fantasia confusa e bêbada" de Goethe:

> O efeito que produziu esse curto romance foi maravilhoso. Todas as mulheres da Alemanha também queriam ser Charlotte e houve mais de um jovem imprudente que, romanescamente, imitou o mísero fim de Werther.[32]

"Romanescamente": um modalizador aplicado para definir um evento real que não para de repetir-se: na manhã de 29 de abril de 1869, um preceptor eclesiástico

30 *Piano generale di censura per le provincie lombarde, attivate col Dispaccio Presidenziale 20 aprile 1818*, Arquivo de Estado de Milão, Fundo "Estudos, parte moderna", estojos 74-75.

31 Documento citado por V. Malamanni, "La censura austriaca delle stampe nelle province venete (1815-1848)", *Rivista storica del Risorgimento italiano*, n. 2, 1909, p. 529. Sobre a recepção italiana de *Werther*, a partir da primeira tradução de 1782, cf. R. B. Boniello, *Opere di narrativa tedesca tradotte e publicate in Lombardia durante la Restaurazione*, in AA.VV., *Rapporti fra letteratura tedesca e italiana nella prima metà dell'Ottocento*. Milão: Vita e Pensiero, 1990, pp. 57 ss., e I. Sanfilippo, "Introduzione", in W. Goethe, J. M. R. Lenz, G. Büchner, *Werther – L'eremita – Lenz*. Roma: Ediesse, 1997.

32 C. Cantú, "Vita di Giovanni Volfgango Goethe", *Ricoglitore*, n. 9, 1820, p. 160. A uma data posterior, mas ainda bem próxima, a crer-se em Tarchetti – "Idee minime sul romanzo", in *Tutte le opere*, v. II, E. Ghidetti (org.). Bolonha: Cappelli, 1967, p. 529 –, remontaria o suicídio de um jovem leitor dos romances históricos de Guerrazzi.

seleciona um *exemplum*, para mostrar aos alunos do "ginásio municipal" de Biella "as relações simpáticas e as comoções sociais, segundo as quais todos aqueles que leem um romance acreditam reconhecer algum episódio de suas vidas ou, ao menos, desejam fazê-lo", não se sabe até que ponto ficcional mas, certamente, ele alimenta a convicção "judiciária" de que a "desesperada mania de suicídio que tanto aflige a sociedade moderna" deve ser remontada ao sucesso de *Werther* e de *Le ultime lettere di Jacopo Ortis* [As últimas cartas de Jacopo Ortis]:

> Júlio tem quinze anos [...]. Sempre foi o primeiro da escola, pois ao engenho desembaraçado conjuga uma vontade tenaz: assim como os professores regozijam-se, os colegas admiram-no e amam-no. Quando volta da escola, corre para a mãe, joga-se em seu colo, abraça-a e a saúda com um terno beijo [...]. Numa ocasião, porém, Júlio entra em casa com passo incerto, com olhar tímido e receoso; seu rosto está preocupado; cumprimenta a mãe de relance e entra no quarto. A mãe, que com os olhos do amor escruta os sentimentos mais recônditos do filho, observa-o e o surpreende lendo: ele tenta esconder o livro, mas a mãe pede-o: "Vai me dar esse livro, não é, Júlio?"; titubeou por um instante, mas o amor e o respeito pela mãe ainda não estavam totalmente destruídos e entrega-o: era o sórdido romance da rosa [*Roman de la rose*] de Guilherme de Loris. Queima-o a mãe; mas as torpes e irreligiosas pinturas do livro passam para o coração do jovem incauto [...]. O mal agiganta-se; não mais estudo, não mais religião, amor e ciúme apoderam-se de seu coração e submetem-no. Certa manhã, ouve-se um ruído surdo no quarto de Júlio, acorrem ofegantes os pais, e Júlio agoniza no próprio sangue com um revólver de um lado e o romance *Werther* de outro![33]

33 A. Cinquino, *Del romanzo*. Biella: 1869, pp. 18-19; cotejar com o opúsculo anterior, *Del leggere libri malvagi*, Reggio, 1821, p. 8, no qual um preceptor de retórica da Companhia de Jesus define os romances como "novelas fantásticas e imaginosas de atrativos torpes para luxúrias acumuladas". O sintagma "relações simpáticas e comoções sociais" a que recorre Cinquino é bastante indicativo da natureza sociogenética das patologias que acometem os leitores de romances no século XIX, mesmo porque o termo "simpatia" assume um determinado valor médico quando se trata de explicar fenômenos de tipo sistêmico: cf., por exemplo, E.-M. Moncamp, *Les sympathies pathologiques*, Paris: Didot, 1819, p. 7, para quem "simpática é a união, a correspondência, o acordo existente entre todas as partes do corpo, que fazem que uma alteração em uma parte específica do corpo reflita em outros órgãos, mais ou menos distantes em um mesmo corpo, através dos nervos", ou ainda M. Fodera, *Recherches sur les sympathies et sur d'autres phénomènes*. Paris: J.-B. Baillière, 1822, p. 10, que afirma que em caso de síndrome simpática, "sentem-se angústia e fibrilação cardíaca, dificuldade respiratória e ânsias de vômito".

Enfim, em 18 de fevereiro de 1892, os principais diários alemães informam aos leitores que

> Georg Kestner, nascido em 1805, suicidou-se em Dresden em um acesso de febre. Trata-se do neto de Charlotte Buff, a Lotte do *Werther* de Goethe, e, por uma estranha coincidência, seu suicídio ocorreu na véspera do dia em que o *Werther* de Massenet foi representado em Viena.[34]

Nessa data, porém, já está consolidada a dupla certeza, também presente no âmbito médico-científico e nas rigorosas compilações de estatísticas, de que o alto grau de alfabetização aumenta o número de suicídios e de que o "espírito de imitação" veiculado pelos romances é "uma decisiva influência que favorece o aumento de suicídios".[35] Os humores mudaram e a opinião pública está pronta para inflamar-se contra as aspirações totalitárias da narração romanesca: criado para livrar o leitor da obrigação de viver em um mundo sem visibilidade, imprevisível e complexo, o romance sofreu uma aceleração evolutiva tão marcante que se tornou, em fins do oitocentos, o responsável pelo desaparecimento da própria realidade. Com suas simulações de trajetórias existenciais, ele favoreceu a incidência do ilusionismo nos comportamentos individuais: é o ilusionismo – essa fábrica semiótica que dá a sensação de ver o inexistente e inocula a vontade de reificar as ficções – que

> ora ruge e grita na alma social e dilata-se e tudo corrompe; grita e produz as larvas do simbolismo, os desvarios anormais de uma nova metafísica, as aberrações de uma ciência sentimental, os produtos sociais mais monstruosos e mórbidos; obscurece o pensamento e a vida, desenha e escreve nessa sombra, como enigmas, visões enlouquecidas e ideais absurdos, e transforma o mundo e a consciência em uma alucinação.[36]

34 Cf. Rothmann, op. cit., p. 150.

35 A. Vicentini, *Su le diverse cause dell'odierna frequenza del suicidio.* Treviso: Tip. L. Zoppelli, 1889, pp. 13 e 39: "Pareceria inquestionável que a instrução, principalmente a popular, fosse elemento capitalíssimo de civilização e, por conseguinte, de moralidade. Ao contrário, é fato certo que, entre os suicidas, o maior número é de pessoas instruídas, o menor de analfabetos"; afirmação que retoma C. Ravizza, *Il suicidio, il sacrificio della vita e il duello. Saggi psicologici e morali.* Milão: Carlo Branca, 1843, p. 115: "a literatura, apartada da ideia de dever, não raras vezes favoreceu aqueles sentimentos que predispõem ao suicídio".

36 E. Troilo, *Il misticismo moderno.* Turim: Bocca, 1899, pp. 269-70. De maneira ainda mais explícita, E. Roncati, *Le illusione.* Turim: Bocca, 1924, pp. 192-93, determinará as *Leserstellen* [posições de leitores] posteriormente "descobertos" pela escola de Konstanz: "O autor dispõe, no espírito →

No final do século XIX, quando está para terminar a época áurea do romance, tudo é "contágio e imitação", perda da responsabilidade individual "no grande mar da responsabilidade coletiva e da influência do ambiente" e seria realmente singular que "se quisesse renegar esse contágio e essa imitação" – relacionados não apenas às "ideias e aos sentimentos", bem como à "materialidade da roupa e do comportamento" – "no que concerne à literatura",[37] sobretudo quando os leitores são "jovens de alma ainda cândida", "mulheres ou moças que desconhecem a vida e desejosas de conhecê-la", "temperamentos neuróticos".

A situação é tão grave que urgem remédios. Nos *Annales médico-psychologiques* de 1894, o psiquiatra francês Marandon de Montyel publica um ensaio, intitulado "Impulsions homicides consécutives à la lecture d'un roman passionel chez un dégénéré", para descrever como a recepção da *Besta humana*, de Zola, induzira um jovem joalheiro parisiense a realizar uma anamnese minuciosa de seus antepassados: oprimido por uma série regressiva de comportamentos desviantes e por um passado que reclama imperiosamente seus direitos, ao cabo, o eu de Jules B. não passa de uma decalcomania actancial, um texto já escrito por outros em outras eras.[38] Em 1900, Proal – que cita sobretudo atas processuais a que teve acesso como juiz – corrobora-o reforçando que uma das razões do aumento anual de suicídios na França (1739 em 1830, 9253 em 1895) era um cada vez maior "*penchant à l'imitation*" demonstrado pelos leitores de romances: "Estudando como magistrado as causas dos crimes passionais, constatei com frequência que se trata de imitações de romances: literalmente, *literatura em ação*".[39] Embora não estivesse disponível nenhuma teoria literária à altura desse faça-você-mesmo hermenêutico, que à

→ do leitor sensível, as cenas nas quais operam as personagens do poema, e a faculdade do leitor enlaça-se com a do criador intimamente no vínculo da ilusão [...]. Isso posto, no momento em que o autor mostrou a cada um a maneira de contribuir com o próprio eu, quase a completar a obra de arte segundo a propensão de seu espírito, consequentemente, nasce a obra-prima".

37 S. Sighele, *Letteratura tragica*. Milão: Treves, 1906, cap. IV, "La suggestione letteraria", especialmente pp. 204-05.

38 No período napoleônico, uma visão mecanicista da "influência" emulativa havia sido elaborada por L. Mabil, *Dell'emulazione e dell'influenza della poesia sui costumi*, Brescia, Tip. Dipartamentale, 1804, p. 19, para quem, no momento em que um texto literário entra no sistema vascular do corpo social, "então tudo se comove, tudo ferve e fermenta, e os espíritos cultivam-se, os braços suam, todo afeto é paixão, todo movimento é esforço, desponta a emulação, multiplicadora de forças, geradora de prodígios".

39 L.-J. Proal, *Le Crime et le suicide passionels*. Paris: Alcan, 1900, p. 407. Nesse sentido, é fundamental o antigo estudo de F. Baldensperger, *La littérature. Création, succès, durée*. Paris: Flammarion, 1919, em particular o capítulo "L'Influence et l'action sociale".

simples leitura do texto prefere sua execução (*performance*), procura ao menos defender a faixa de mercado pré-adulta: as primeiras leituras desarmadas deixam "impressões indeléveis" nos adolecentes, também porque a influência da literatura durante o oitocentos não é mais contrabalançada pela das instituições sociais.

> A ação da religião diminuiu, sobretudo nos estratos populares; a dos governos sofreu um enfraquecimento sensível, nem persegue o objetivo de proteger as tradições nacionais; enfim, a autoridade paterna e marital enfraquece a cada dia.[40]

O costume foi reformado pelos romances; texto e contexto, destinos ficcionais e *status* civis turvam os respectivos limites, criando um novo território, para o qual a "suspensão da incredulidade" tornou-se, afinal, um contrassenso epistemológico. Naturalmente, trata-se de uma ação recíproca: os escritores chamados realistas procuram na existência atual um modelo imaginativo, enquanto os leitores inspecionam os textos ficcionais à procura de modelos de comportamento reais. Quanto aos leitores, nos processos do século XIX movidos contra textos literários, eles são citados simultaneamente pela defesa, como prova de inocência – porque é ato interpretativo imaginar o que o texto abstém-se de descrever –, e pela acusação, como prova de culpa – pois o que interessa não é a imanência silenciosa do texto, mas o eco emotivo que este suscita. De fato, se no século XIX os destinatários não deixam de ser submetidos a *expertises* judiciais, quais figuras actanciais de leitor entram em jogo? Os leitores reais são radicalmente excluídos dos autos processuais, com exceção dos magistrados que assinam as peças de acusação, recortando no texto algumas áreas "erógenas" para as quais se prevê supressão, e dos eventuais denunciantes.[41] Grande destaque teórico, ao contrário, têm: o *leitor modelo*, detentor de uma competência apropriada para decodificar o texto (nos processos franceses institui-se uma espécie de *lectorat* ideal, um júri composto de professores, nobres, oficiais do exército e comerciantes); o *leitor implícito*, pressuposto pelo autor como aquele a quem se dirige (não raramente do sexo feminino e mais exposto aos efeitos perniciosos do texto);[42] o *narratário*, constituído pelo tu da superfície textual,

40 Proal, op. cit., p. 385.

41 Foi bem estudado o caso de Ernest Pinard, protagonista dos processos literários franceses mais célebres, discutido extensamente por Y. Leclerc, *Crimes écrits. La Littérature en procès au XIX^e siècle*. Paris: Plon, 1991, especialmente pp. 87 ss.

42 Assim afirmava E. de Budé, *Du danger des mauvais livres et des moyens d'y remédier*. Paris: Sandoz et Thuillier, 1883, p. 19.

com frequência encapsulado naquelas cenas de leitura que representam uma *mise en abŷme* da imoralidade performativa do romance, da qual se pode avocar em testemunha o "desagradável gosto de tinta" [*affreux goût d'encre*] que Flaubert faz a leitora Emma sentir no momento em que ingeria o arsênico.[43]

## 3. Teoria e práxis da ilusão romanesca

Um passo atrás. A gênese oitocentista do *feuilleton*, representando o *turning point* de um mercado, quando pela primeira vez a oferta modificou a demanda, está relacionada a um drástico aumento das patologias da recepção, em particular ao surgimento de uma tendência "antissegregacionista"[44] que faz do leitor (contextual) e da personagem (textual) dois inquilinos da mesma realidade; o contínuo recurso ao clichê para "naturalizar" a diegese, a revogação categórica do narrador e de tudo o que dê consistência ao ato da enunciação (*récit*) para otimizar a aderência do leitor aos sucessos narrados (*histoire*) representam igualmente convites para os paraísos artificiais da ilusão: como escreveu Michel Picard, "nenhuma dificuldade de leitura, logo, nenhuma oportunidade para aperceber-se de que se lê".[45] Semianalfabeto e impelido pela necessidade de um auxílio financeiro, um dos muitos leitores de Eugène Sue, por exemplo, "reifica" o romance e chega a uma imperturbável coincidência entre signo e realidade, ao perguntar pelo endereço do protagonista dos *Mistérios de Paris*:

> Paris, 4 de setembro de 1843
>
> Senhor Sue,
>
> encontro-me em Paris sem ocupação e trabalho. Quero achar o que fazer e ser honesto, mas não podendo achá [*sic*] um trabalho, pensei que me dirigindo ao senhor poderia ser apresentado ao senhor grã-duque de Gérolstein, ou Rodolphe, como o

43 Cf. sobre esses temas o clássico A. Zévaès, *Les procès littéraires au XIXe siècle*. Paris: Perrin, 1924, e os mais recentes N. Wing, *The Limits of Narrative. Essays on Baudelaire, Flaubert, Rimbaud and Mallarmé*. Cambridge: Cambridge University Press, 1986; e AA.VV., *Censures. De la Bible aux larmes d'éros*. Paris: Bibliothèque Publique d'Information Beaubourg, 1987.

44 Segundo T. Pavel, *Fictional Worlds*. Cambridge: Cambridge University Press, 1986, antissegregação é definida por toda recepção disposta a tornar permeáveis ou até sobrepostos os limites entre texto literário e contexto histórico.

45 M. Picard, *La Lecture comme jeu*. Paris: 1986, p. 152; cf. L. Queffélec, *Le Roman-feuilleton français au XIXe siècle*. Paris: Minuit, 1989, pp. 30 ss., e D. Couégnas, *Introduction à la paralittérature*. Paris: Seuil, 1992, pp. 65-84.

> senhor habitualmente o chama nos *Mistérios de Paris*. Elogiou-o tanto que é impossível que ele não me dê uma mão.
>
> Espero por sua benevolência para saber se posso escrever para ele, ou, se me permite, poderei escrever-lhe uma carta que o senhor entregaria a ele...[46]

Bazire – o nome do leitor aos olhos de quem a estátua de Pigmalião enche-se de vida – tem tão pouco a perder que prontamente se apresenta para habitar as grades tipográficas do texto. É sua última esperança, seu caminho para Damasco: para o pobre Bazire uma fundamentação puramente linguística da literatura é inadmissível, antes lhe é conveniente deslocar-se cada vez mais do horizonte de expectativa interno ao texto (*innerliterarisch*, segundo a definição do último Jauss) ao externo, do mundo da vida (*lebensweltlisch*), onde se descobre ser o mesmo ou inventa-se uma nova identidade. Pobre Bazire, para ele os textos romanescos são agregados seletivos de comportamentos; a objetividade resulta de uma mediação intersubjetiva; a leitura constitui o instrumento operativo de uma deliberação prática; paralelismos e iterações do texto folhetinesco induzem efeitos de condensação da identidade; as palavras são gestos de que dependem os ganhos, certamente, não signos que representam realidades pré-textuais. Portanto, não estava errado Albert Thibaudet ao afirmar que se o romance sempre existiu, os leitores de romances (precisamente, *liseurs*) nascem apenas com a modernidade e constituem autênticos *viveurs de romans*, para os quais a literatura não se dá como um excedente comparativo ou uma adição de experiência, mas como uma despedida de si mesmo ou uma autossubtração.[47] Ora, por que razão os Bazires medram somente e sobretudo em solo romanesco? Por que este último, como Zêuxis, consegue atrair os pássaros para as uvas pintadas? Viu-se como, *a parte subiecti*, um primeiro motivo encontra-se nos hábitos de leitura de um público precariamente alfabetizado. Mas um segundo fator etiológico é constituído, *a parte obiecti*, pelas funções socioantropológicas desenvolvidas a partir da aurora setecentista do *novel*, um organismo polifuncional que tende à isenção, isto é, à compensação de uma perda histórica: de fato, ele *a*) ressarce da incompletude do mundo graças à temporalidade de um enredo unitário e piramidal, no qual convenções narrativas com fim "defensivo", como o retorizar-se do *incipit* e do *explicit*, a crescente segmentação do narrado em capítulos e sua

46 J.-P. Galvan, Les mystères de Paris. *Eugène Sue et ses lecteurs*. Paris: L'Harmattan, 1998, v. II, pp. 416-17.

47 A. Thibaudet, *Réflexions sur le roman*. Paris: 1938, pp. 242-46.

elaboração diacrônica em "episódios", restituem coesão ao tempo cotidiano; *b*) dá ao leitor a possibilidade de distanciar-se do próprio "papel" e de dominá-lo por intermédio da identificação momentânea a uma personagem, pressupondo-se que até em sistemas sociais complexos tal exploração simbólica permite conhecer realidades que se tornaram estranhas, devido à crescente divisão do trabalho e dos papéis; *c*) aumenta a distância entre realidade e experiência estética, de tal modo que torna factível uma inversão funcional do próprio romance, que pode desempenhar um papel de pré-orientação, antecipar a experiência real ou contrariá-la em virtude de um poder de sedução, cujo arquétipo foi dado por Cervantes.[48]

No século XVIII, uma disseminada "perda de experiência" (e ter uma experiência significa projetar para o futuro algo que foi válido no passado, ou seja, acreditar no dogma *historia magistra vitae*) favoreceu a gênese de simulações existenciais probabilísticas, pois, enquanto a realidade sempre vai além da experiência à espera de eventos inéditos, os autores de textos romanescos reintegram *en artiste* essa experiência. Mas no século XIX o déficit de realidade agrava-se: a velha *Erfahrungsverlust* [perda de experiência] adquire o contorno histórico do "grande tédio", e o enredo romanesco começa a desenvolver tentativas de verdadeira manutenção simbólica do sistema social. Embora tenha criado a hipérbole relativa à aventura – o rocambolesco de Ponson du Terrail –, em verdade, o século XIX é o mesmo que experimentou o torpor paralisante da rotina, correlacionando o *ennui* que se condensa na vida cotidiana com a volição imaginária de agir, que emerge da identidade da personagem romanesca. A ampliação epistemológica do "como se" e o novo papel cognitivo da ficção, teorizado pelo filósofo alemão Hans Vaihinger em torno de 1876, ilustram a relevância da teoria da *Erfahrungsverlust* para a gênese do romance mas, em particular, explicam a difusão europeia de casos patológicos de "ilusão romanesca", com os leitores que incorporam, literalmente, as características das personagens.[49]

Os narradores não são diferentes. A ânsia epistolar de Hoffmann, ao declarar-se "farto da realidade" para não se desligar escrevendo um romance (e a doída história de seu noivado impossível com Julia Marc sofre efetivamente várias transformações diegéticas, primeiro em "Nachricht von den Schiksalen des Hundes Berganza" e

48 Retomo algumas teses gerais contidas em Blumenberg, op. cit., pp. 9 ss.; F. Jameson, *Signatures of the Visible*. Nova York: 1992, e F. Moretti, *Opera mondo. Saggio sulla forma epica dal* Faust *a* Cent'anni di solitudine. Turim: 1994, que examino em S. Calabrese, *Intrecci italiani. Una teoria e una storia del romanzo (1750-1900)*. Bolonha: 1995.

49 Com justiça, na opinião de Bödecker, op. cit., p. 100, o déficit de experiência explicaria a importância do público feminino, por definição desocupado, na recepção do romance.

depois em "Kreisleriana"); a "nostalgia da realidade" que invade os protagonistas do *Werther* de Goethe, da *Lucinde* de Friedrich Schlegel e das *Peregrinações de Franz Sternbald* de Ludwig Tieck; o aforístico "Então, para aonde estamos indo? Ainda para casa" com o qual Novalis, em *Heinrich von Ofterdingen*, propõe um caminho fabuloso para a história: tudo isso indica o estreito parentesco, na época romântica, entre gênese do romance, perda da experiência histórica e desejo comprometido em reduzir as complexidades que são ativadas graças à configuração de uma nova personagem e à solidão na qual o leitor da modernidade se acha imerso. Em *O gênio do cristianismo*, Chateaubriand censurava essa solidão pelo fato de multiplicar a capacidade interior do leitor ao mesmo tempo que lhe subtraía qualquer objeto real com o qual se exercitar: uma "*faute d'objet réel*", um "*désœuvrement*" que bem descrevem a condição de impasse gerada pela ilusão romanesca. Seria possível intuir muito do que estava minando o horizonte de expectativa dos leitores por esse modo de resgatar a realidade, pela instauração do eco, do prolongamento mimético, do bigeminismo, da sombra apotropaica. Não é preciso lembrar *A extraordinária história de Peter Schlemil*, de Adalbert von Chamisso, para compreender quanto de socialmente ritual existia nas tramas romanescas, nem aludir as frequentes incursões swedenborguianas de Balzac ou os esconjuros necromânticos de Gógol para concluir que, através dos romances, os escritores não imitavam a realidade, mas a oficiavam.

No momento em que o leitor é cada vez mais solicitado a estabelecer um pacto fáustico, pelo qual se faz dono da própria identidade civil sem que lhe seja garantida a possibilidade de concordar com ela, o romance, uma vez monopolizado o mercado e transformado em uma mercadoria cultural que vende identidades sociais a preços módicos, torna-se de novo o *malum* do qual é preciso libertar-se. Ele é o responsável pelas primeiras *victimes du livre* em meio a um público que – a afirmação é de Jules Vallès – transforma a "tinta" em "sangue" e a "impressão" tipográfica em impressão do coração: *O discípulo*, de Paul Bourget, endereçará, afinal, uma acusação de difamação moral precisamente contra as narrações que facilitam a identificação indiscriminada do leitor com o herói romanesco, utilizando como pretexto o *fait divers* de um jovem estudante de ciências jurídicas, aluno do próprio Bourget, que em 25 de janeiro de 1888 mata sua amante a golpes de revólver e depois tenta suicidar-se em vão.[50]

50 Durante o processo, o acusado e algumas testemunhas lembrarão a influência exercida por *Les Amants*, de Vigny, e sobretudo por *A mulher de trinta anos*, de Balzac, no qual Julie d'Anglemont e Arthur Greuville são protagonistas de uma cena análoga. Musset definia-a uma "*littérature cadavéreuse et infecte*" [literatura cadavérica e infecta]; Bourget, em *O discípulo*, reconstruirá enfim a história fazendo de Robert Greslou um corrompido pela literatura →

Uma inesgotável fonte documental é constituída pelas cartas que chegaram à rua de la Pépinière, em Paris, endereço de Eugène Sue, entre junho de 1842 e outubro de 1843, durante os dezoito meses em que o *Journal des Débats* publicou *Os mistérios de Paris*.[51] Essas cartas, que, já em 1843, Sainte-Beuve ironicamente estimava ultrapassarem os milhares, não falam apenas do teor ficcional do romance, mas também de seus aspectos histórico-sociais, uma vez que os leitores enviam, de todas as partes da Europa, opiniões e documentos sobre as instituições penais, os sistemas prisionais, as associações operárias de assistência mútua e as casas de penhores: e em suas pontuais missivas de resposta, Sue aparecia na roupagem inédita de autor-ator, que empresta dinheiro, consegue um emprego aos indigentes ou encaminha a alguns conhecidos os leitores que pedem trabalho em Paris, junto a alguma família nobre. Mas, evidentemente, interessa-nos o processo de desficcionalização sistemática do texto, pois este permite estabelecer ao menos dois modos pelos quais os leitores substituíam-se a um ou mais agentes do texto romanesco.

*a*) *Forma de "semelhança"*: é a categoria que compreende os leitores mais ambiciosos – mas seria oportuno defini-los narratários –, também eles desejosos de "autorizar" um mundo ficcional, mantendo a ordem das numerosas personagens e regulando com imparcialidade o destino de cada uma. Assim, percorrem nervosamente as ruas de Londres, várias vezes ao dia durante quatro meses, memorizando cenários e acontecimentos – como ocorre com um professor de desenho, Hippolyte Berteau, que aliás pede a Sue o dinheiro necessário para voltar a Paris e apresentar-lhe o plano –,[52] ou enviam um poema em versos, intitulado "La prière du naufrage",[53] que imita o enredo de *Os mistérios de Paris,* escrito, surpreendentemente, por uma menina de catorze anos que frequenta o conservatório. Quanto a

→ de Stendhal e Baudelaire. Na Itália, Ruggiero Bonghi – *Nuova Antologia*, XXIV, 1889, pp. 706-18 – participou da querela ético-judicial; a posição de Vallès, por sua vez, foi recentemente explicada por R. Bellet, "Jules Vallès et les victimes du livre: questions vallèsiennes", *Lectures*, XVII, 1985, n. 2, pp. 23-31.

51 O fundo, que recolhe 347 cartas enviadas para Sue, está conservado na Bibliothèque Historique de la Ville de Paris e recentemente foi reproduzido na íntegra por Galvan, op. cit. Sobre a gênese do texto, relacionada às reações dos leitores, cf. R. Guise, "*Les mystères de Paris*, histoire d'un texte: légende et vérité", *Bulletin des Amis du Roman Populaire*, XII, 1902, n. 17. Uma casuística análoga em relação ao *sensation novel* americano é indicada e documentada por E. Cherniavsky, "Charlotte Temple's Remains", in K. Lohmann (org.), *Discovering Difference. Contemporary Essays in American Culture.* Bloomington/Indianapolis, 1993, pp. 35-47.

52 Galvan, op. cit., p. 381.

53 Id., ibid., v. II, p. 384.

esses exemplos, porém, o modelo identificativo daqueles que desejam transformar a própria existência em um enredo narrativo, com ou sem a colaboração em equipe de Sue, é mais complexo: os eventos funestos que a semianalfabeta Marie, declarando morar na rua "janjaque rousseau", apresenta ao autor de *Os mistérios de Paris*, ou a história de um filho ilegítimo narrada pelo pintor Lagarde[54] mostram um desejo de autotestemunho (ou melhor, de autotextualização), no qual o autor, o narrador e a personagem coincidem do modo mais preciso, por assim dizer, em relação à diegese autobiográfica normal, como se o narrar pudesse otimizar as defesas com as quais os leitores individuais se armam para reatarem seus destinos a um sintagma feliz e coeso. Dado que coincidem com o texto, querem meter-lhe uma assinatura e exigem aparecer nele à custa de confessar a prática da prostituição – como Amélie, ansiosa por tornar-se protagonista em um futuro episódio de *Os mistérios de Paris*: "creio que, se for instruída, transcreverei o que tenho suportado com tamanha verdade que todo leitor seria obrigado a identificar-se comigo e a não mais me abandonar".[55] Deseja-se uma cena de dramaticidade "operária"? Basta ir ao número 34, sexto andar, da rua Coquillère, onde mora uma amiga da correspondente ocasional de Eugène Sue, cotejada com uma personagem inventada pelo escritor.[56]

Como se vê, nesses casos os leitores identificam-se com o texto e nele querem entrar; são eles quem desbancam as personagens ou, mais simplesmente, ambicionam tranformar-se nelas, mas, como estão produzindo a realidade, devem elaborar códigos de interceptação e cifrar as ficções. Não gostam de protelar: vivem partidas dobradas – primeiro vivendo algo, depois textualizando-o em tempo real, ou vice-versa – e se estão cansados de suas existências medíocres é porque não suportam não ser os seus autores. A casuística toma então o rumo da loucura, e ultrapassa em muito o uso popular de Sue. O médico Bancal, por exemplo: corrompido pela leitura de um romance de George Sand, *Indiana*, suicida-se com sua amante Zélie Trousset, uma mulher casada que decide seguir o trágico plano do homem por quem está

54 Id., ibid., v. I, p. 407, e v. II, p. 246.

55 Id., ibid., v. II, p. 79.

56 Id., ibid., v. II, p. 25: "Ao ver o estado de minha pobre amiga e insuscetível [*sic*] de ajudá-la, ocorreu-me uma ideia repentina e ouso suplicar por ela. Posso dizer-lhe que é do tipo de sua interessante Rigolette, ao menos quanto ao trabalho; operária inteligente, excessivamente trabalhadeira, seu único defeito foi ter amado um rapaz que a fez acreditar que ela seria sua mulher [...]. Não pense, senhor, que eu queira enganá-lo ou comovê-lo, o senhor mesmo poderá certificar-se ou enviar um dos caridosos representantes das mulheres da alta sociedade, que sabe muito bem os indicar, e à rua Coquillère, n. 34, sexto andar, encontrará o triste quadro que acabo de descrever".

fascinada,[57] justamente por isso, durante o processo, o *novel* é chamado a testemunhar tanto pela acusação como pela defesa.[58] O advogado de defesa está convencido de que foi a literatura romântica que corrompeu as intenções do acusado ("Se busco a origem dessa sem-vergonhice [*dévergondage*] das ideias, ela não se encontra talvez no romantismo, nesses livros antissociais e nas representações dramáticas que corrompem a imaginação?"); da mesma maneira, para o promotor público, Bancal estaria sob a influência "daquela literatura facciosa, na qual a repulsa pela vida ativa, o desprezo pelos deveres comuns, a negação das virtudes mais simples e modestas são exaltados tanto quanto outras demonstrações de uma organização forte e privilegiada".[59] De fato, antes do evento macabro no qual sua amante perde a vida, Bancal copia em um caderno grande parte do texto sandiano e põe em prática a catástrofe, imitando literalmente *Indiana*: a perícia médico-legal – notará depois o advogado de defesa – constitui uma espécie de paráfrase do romance, sua reescrita lúgubre e patética. Mais: os primos Henri e Clément Muchembled são acusados de terem desferido dezessete facadas em uma moça e são considerados culpados pelo tribunal criminal de Pas-de-Calais. Leitores fanáticos de Cooper nomearam a si mesmos com alcunhas retiradas de *O último dos moicanos*, planejaram mudar-se para a América após o delito e, antes de emboscarem a moça, haviam escrito um relato sobre o que iria acontecer, intitulado *Drame horrible*.[60]

A escansão temporal que preside a recepção dos romances é, portanto, bastante peregrina: primeiro, lê-se um texto, depois se reescreve o que foi lido e por fim vive-se-lhe em primeira pessoa. Os operadores de identificação atuam quando o leitor se acha em uma condição de "*semelhança*" (ou seja, o destinatário do romance é mais "típico" que a personagem romanesca), caindo no efeito ilusivo precisamente enquanto realiza um processo analógico e constrói, com rigor inconsciente, os graus de similitude com base no conceito de "proeminência": o que

57 Recorde-se que Alphonse de Lamartine já havia representado em *Graziella* a situação de periculosidade da leitura romanesca, com o narrador que seduz a filha de um pobre pescador napolitano lendo em voz alta *Paulo e Virgínia*. Quanto a *Indiana*, é o texto que revela o índice de contágio mais elevado: com efeito, domina os casos judiciais da nobre Angelina Lamoine – que, no departamento de Indre-et-Loire, mantém uma relação com um funcionário, de quem tem um filho o qual decidem matar (exatamente como sucede em *Indiana*) – e de Madame Lafarge que, em suas *Mémoires*, confessa ter-se deixado condicionar pelo romance de Sand ao decidir envenenar o marido.

58 Os autos do processo podem ser lidos em *Chronique des Tribunaux*. Bruxelas: 1835, v. I.

59 Id., ibid., p. 4.

60 Proal, op. cit., p. 409.

o leitor recebe vem decomposto em *features* ou linhas demarcatórias e, em um segundo momento, é comparado à existência real, de tal modo que o autoengano, o reconhecimento falaz são tão mais rápidos quanto mais típico da "classe" for o exemplar encarnado no leitor.[61]

*b*) *Formas de "semelhança a"*: entre os leitores de Sue, o clímax do código de identificação leva a um plano de êxtase emulativo, também ironicamente interessado ("O caráter de Rodolphe", escreve um admirador zeloso, em 31 de março de 1843, "despertou em alguns o desejo de imitá-lo e em outros o de também possuir uma renda de 2 milhões"[62]), a uma proximidade emotiva que induz ao pranto (a morte de uma personagem faz uma leitora chorar por "um dia inteiro", e na manhã seguinte ainda está "abalada") ou à rápida continuação de um enredo, cujo epílogo recusa-se a aceitar – como um horticultor de Gand, incapaz de conformar-se "à ideia de que este romance não tenha continuação", a ponto de exclamar, em 18 de outubro de 1843: "*tout est mort donc, pour vos lecteurs!!!*" [então tudo está acabado para seus leitores!!!].[63] Até aqui, as formas de empatia ainda são integráveis na gestão da realidade cotidiana, e o possível romanesco limita-se a domesticar com verossimilhança aristotélica as contradições da existência, também porque o mercado das identificações está dominado por um *laissez-faire* estatutário: o *limonadier* Joseph opta pela personagem de Germain, que, assim como ele, conheceu o cárcere;[64] uma mulher maltratada pelo marido escolhe a protagonista de um outro romance de Sue, *Mathilde*, e, diversas vezes à noite, sonha ter sido salva pelo herói masculino do texto, Rochegune;[65] um porteiro está convencido de ser absolutamente idêntico a seu homônimo textual Pipelet (de que toma até o nome), descrito pejorativamente, fato que o leva a exigir uma retratação pública da ofensa e a inclusão de uma variante elogiosa no romance em uma carta dirigida ao autor no *Journal des Débats*.[66]

61 Iluminadoras as observações de A.-M. Boyer, "Le contrat de lecture", in AA.VV., *Littérature populaire: peuple, nation, région*. Limoges: 1988, v. I, pp. 90 ss.

62 Id., ibid., v. I, p. 162.

63 Id., ibid., p. 379, e v. II, p. 104.

64 Id., ibid., p. 326: "Não lhe direi os sofrimentos que penei [no cárcere], pois os descreveu até muito bem em seus *Mistérios de Paris*; eu me reconheci completamente em Germain".

65 Id., ibid., v. I, p. 45: "Saiba que lendo e relendo *Mathilde* disse a mim mesmo: Ah! se Rochegune existisse de verdade, iria até ele contar-lhe meus sofrimentos, e ele me consolaria. Esse pensamento era incessante. Uma noite, prostrada pela melancolia, deitei-me na cama com o volume de *Mathilde* ao lado, perdida nos pensamentos mais tristes [...]".

66 Id., ibid., p. 167.

Embora esses leitores nutram algumas reservas "segregacionistas" e não incorram em um cratilismo radical, ou seja, em uma sobreposição definitiva entre texto e contexto, tendem a anular a si mesmos para eleger uma morada virtual no texto: imersos em um estado de "*semelhança a*", os leitores reconhecem nas personagens um tipo, ou seja, um exemplar suficientemente "indeterminado", cuja distância da categoria de pertencimento é menor em relação àquela nas quais eles se autorreconhecem. Daí a importância de uma condição avaliada como imprescindível por Ernst H. Gombrich para a efetivação dos fenômenos ilusionísticos – a presença de uma "tela de projeção", um espaço vazio que não contrarie as antecipações projetivas do leitor –, em meio aos sugestivos aforismos que tornaram célebre *Arte e ilusão*: toda leitura baseia-se, completa ou parcialmente, em uma "projeção dirigida", e é exatamente o "conhecimento projetado" que substitui a "percepção"; são os horizontes de expectativa que criam a ilusão, e os "hábitos" que demandam a possibilidade de movimentos integrativos; a fase de Pigmalião – na qual as imagens são substituídas pela realidade, e não por representações desta – pode renunciar à verossimilhança, mas não à eficácia performativa das imagens em um determinado contexto.

O sedentarismo dos leitores é um dos principais fatores constitutivos da "tela de projeção", comprova-o o fato referido por Proal para demonstrar como as profissões estáticas favorecem as funções nocivas da leitura: na manhã de 2 de novembro de 1893, no centro de Marselha, o sapateiro aprendiz Nizolli tenta inutilmente suicidar-se – como testemunhará a mãe no processo – por causa de uma paixão doentia pela leitura de romances. Esse testemunho é confirmado por uma carta de despedida que o aspirante a suicida deixa na própria casa, logo anexada aos autos da investigação:

> Amados pais,
>
> os romances estão na origem do meu gesto desesperado. Se o homem está destinado a arrastar-se na lama, para que dar-lhe a conhecer as alturas mais sublimes? Por que fazê-lo esperar por uma vida de encantos?
>
> Sejam malditos, os livros! Ah! Se os autores de romances fizessem alguma ideia dos males que trazem! Desde a adolescência acreditei ser possível consagrar a existência ao bem e à verdade, sonhando uma vida de romance. Entretanto, desgostoso e abatido, dou-me conta do quanto são inatingíveis as quimeras que a minha jovem mente acreditava poder perseguir, e agora não sou mais capaz de adaptar-me à lama a que serei destinado. Visto que o homem é um bruto com instintos mais baixos do que qualquer outro animal, e a vida, um inferno, decidi encontrar paz na morte.

> Perdoem-me a dor que lhes causo e que não lhes queria causar, mas só tenho vinte anos e a vida já me é insuportável.
>
> Adeus para sempre.[67]

Após sair do hospital, depois da tentativa de suicídio, Nizolli venderá todos os romances amealhados e com o dinheiro comprará uma bicicleta, o que demonstraria – segundo alguns alienistas célebres, como por exemplo Sigismond Jaccoud, no verbete "Lypémanie" do *Nouveau dictionnaire de médecine* – como a *dynamis* física teria sobrepujado um sedentarismo que alimenta as dimensões do possível em detrimento da realidade. Não é diferente o caso de Lamaître, quinze anos, que mata uma menina e é declarado culpado pelo tribunal criminal de Seine em julho de 1881; Henri Legrand du Saulle assina um *expertise* que reconstrói a etiologia do crime e, mais uma vez, é o romance que se senta no banco dos réus:[68] "Lia por muito tempo, sobretudo romances, deitado na cama", confessara Lemaître, "e foi num destes que encontrei a cena do crime por mim praticado".[69] Com isso, retorna-se à teoria schöniana da isenção perceptiva do leitor pós-setecentista, na condição vazia, imóvel e intersticial dos destinatários do romance. No entanto, é claro como, além dos hábitos de leitura e das funções socioantropológicas desempenhadas pela narração romanesca, uma terceira causa do adensamento da *Wirkung* [efeito] ilusionística é constituída pela nova morfologia da trama narrativa, sobretudo por aquela tecida pelos *feuilletons*, a partir de 1840: em vez de ser reconstruída com probabilidade indutiva, agora, a intriga pode ser adivinhada com certeza dedutiva pelo leitor; os epílogos delineiam não simples *happy ends*, mas autênticas utopias, a forma mais ingênua – escreveu Simmel – de a história ser pensada como "interminável"; as personagens, heróis renascidos, são ordenadas segundo oposições semânticas bastante nítidas, a partir das quais não se trata de aceitar ou não as regras sociais, mas de aprendê-las melhor do que outros "concorrentes" e é necessário abandonar o ponto de vista subjetivo em nome de uma imanência do sentido nas coisas; os eventos são precedidos por profecias, os elementos atributivos (os "motivos livres", como foram definidos pelo formalista russo Boris Tomasévski)

67 Proal, op. cit., p. 371.

68 Concorda com essa opinião S. Jaccoud, ao afirmar que "as vítimas das paixões são, com frequência, as vítimas do romance". *Trattato sulla malattie nervose*. Nápoles: 1889.

69 Proal, op. cit., pp. 327 ss.; são de grande interesse as duas obras de Henri Legrand du Saulle, anteriores ao evento citado: *La folie devant les tribunaux*. Paris: 1864, e *Les signes physiques des folies raisonnantes*. Paris: 1878.

transformam-se em indícios teleológicos, a inércia narrativa é posta à margem do texto justamente pelo fato de tudo se fazer sintagma ou relação; os narradores reutilizam incessantemente a díade aristotélica tensão/dissolução e dão preferência a posições de radical onisciência em terceira pessoa, o que favorece a preparação de "panoramas", ou seja, visões do ambiente em plano geral. Variante secularizada da história do *romance* ou releitura tardoburguesa do sublime kantiano, no *feuilleton* e nas novas técnicas de *story processing* foi identificada a importante função social de mediar a oralidade residual de uma sociedade e uma civilização da escrita, à qual acedem pela primeira vez leitores hesitantes e confusos.

Se há uma revolução da literatura, em sentido ilusionista, ela ocorre no momento de maior sucesso do romance, de que é causa e ao mesmo tempo efeito. Não por acaso os anos 1840 assistem ao extraordinário sucesso das *Physiologies*, textos panópticos que são difundidos contemporaneamente aos panoramas e aos *roman de mœurs* [romance de costumes], sobretudo graças a Paul de Kock – modelos textuais de "espelhamento", na estrita acepção da palavra; a partir desses textos "ambientalistas", continentes dogmáticos do *déjà-écrit*, os leitores podiam observar-se em um ambiente classificado por tipologias e tornar-se, eles mesmos, os atores ("Physiologie du député", "Physiologie du curé de campagne" etc.). De modo semelhante, mais do que representar pictoricamente a realidade, os romances das novas gerações substituíam-na plasticamente, fazendo a mediação entre o leitor e o inexistente do qual provêm. Com sua tridimensionalidade hiper-referencial, é a estatuária que permite uma refiguração adequada das tendências empáticas dos leitores e do hábito de interpretar os romances como autênticos *trompe-l'œil*: pense-se no sucesso de *Atala*, que imediatamente provocou uma proliferação de estatuetas de cera, conservadas em estojos de madeira, representando as personagens de Chateaubriand, como se fossem "imagens da Virgem e dos Santos que se acham nas festas".[70] Afinal, seria demasiado temerário afirmar que as patologias da leitura

70 O fato é recordado por R. de Chateaubriand, *Mémoires d'outre tombe*, Paris, 1956, v. II, pp. 20-21, mas eventos e comportamentos análogos ocorrem também nos romances "metadiegéticos" de H. Monnier, *Le roman chez la portière*, Paris, 1830 e M.-J. Brisset, *Le cabinet de lecture*, Paris, 1843; cf. J. Smith Allen, *Popular French Romanticism. Authors, Readers, and Books in the 19th Century*. Syracuse: 1981, pp. 176 ss. Quanto aos mecanismos perceptivos que anunciam o ilusionismo, o *trompe-l'œil* vale-se sobretudo da ação exercida em contexto (por exemplo, um desenho que reproduza uma janela ilude o espectador se for executado em uma parede), como mostrou E. H. Gombrich, em *Arte e ilusão. Um estudo da psicologia da representação pictórica*, trad. Raúl de Sá Barbosa. São Paulo: Martins Fontes, 1986.

romanesca equivalem a resíduos de iconofilia em estado puro, sobrevivências idólatras sob forma secular? Se fosse assim, como o ilusionismo perspectivo em pintura nasce apenas quando a idolatria não mais existe, a acribologia descritiva do *novel* oitocentista deveria pressupor um enfraquecimento ontológico da realidade.[71]

## 4. O bovarismo: apogeu e declínio do ilusionismo romanesco

É certo, porém, que as empatias multiplicam-se, tornando contraditória uma das acusações dirigidas contra *Madame Bovary*: não ter permitido ao leitor encontrar uma "boa" identificação com alguma personagem. O problema, de fato, era impedir a identificação, fosse boa ou má, e para compreendê-lo, depois do *feuilleton*, basta dar uma olhada em ao menos três características gerais do romance europeu na metade do século XIX, quando o gênero literário como um todo evidencia uma drástica expropriação aos danos das capacidades volitivas da personagem, substituídas pela importância assumida, de quando em vez, por automatismos genealógicos, regularidade nomotética e naturalista, pressões sociais que se tornaram intoleráveis. *Madame Bovary* (1857) pode ser considerada a sua encarnação: um romance no qual circula um determinismo transbordante quanto aos efeitos da hereditariedade, aos hábitos corrosivos da vida provinciana, à influência nociva da imaginação; que começa sob o tríplice signo do torpor, da inadequação e da resignação, e que termina com as palavras de Charles Bovary diante do cadáver da mulher: "Foi culpa da fatalidade". É o período da máxima rentabilidade *problem-solving* do romance, como mostra a difusão de estruturas romanescas cíclicas, galáxias textuais nas quais as vicissitudes de um indivíduo são sobredeterminadas por um quadro normativo histórico-social. E se essa primeira característica, relacionada ao aumento do *milieu* e à diminuição do sujeito, favorece uma identificação "generalista" do leitor em um território mais do que em uma personagem literária específica, a segunda diz respeito aos enredos e estimula os leitores a adquirirem uma reconfortante claustrofilia. De fato, como os processos usuais de compreensão da realidade – a asserção é de Iuri M. Lotman – estão ligados à transferência para esta de divisões discretas, as tramas romanescas desempenham essa função, incluindo, para além da metade do século, pedaços cada vez maiores de realidade,

71 Nesse sentido, merecem destaque as reflexões de C. Ginzburg, *Olhos de madeira. Nove reflexões sobre a distância*, trad. Eduardo Brandão. São Paulo: Companhia das Letras, 2002.

mas trata-se justamente de um mundo sujeito à trama, um mundo interligado e "dependente", cujas complexidades são reduzidas e guliverizadas.[72] Enfim, a terceira característica, de maneira simétrica à primeira, diz respeito às *dramatis personae* e favorece a identificação do leitor com uma personagem completamente dependente do *milieu*: até o momento, o romance dera preferência às personagens poliparadigmáticas que atraíssem o maior número de eventos, indivíduos adaptáveis ou até camaleônicos, como Julien Sorel, disponíveis à pseudonímia e ao compromisso; agora, os heróis romanescos têm um destino já escrito e alimentam paixões que exigem totalidade, até reduzir-se à caricatura, a gestos de delírio como os Bouvard e Pécuchet de Flaubert, os idiotas de Dostoiévski, as criaturas símili-setecentistas de Thackeray, os "caracteres" patológicos de Maupassant e Capuana, ou cair em uma indecisão niilista, como o homem do subsolo dostoievskiano. A "prova" não é uma ocasião mas um obstáculo, e o mundo cotidiano oculta automatismos atávicos, fantasmas sutis que transformam as lembranças em profecias, o presente em passado, o familiar em estranho, o sentido do fim (e a importância do fim) em uma obsessão pela origem, cujo modelo pode ser dado pelo niilismo de Bazarov, apresentado em *Pais e filhos*, de Turguêniev.[73]

É no vácuo desses automatismos fatalistas que entra o leitor precariamente alfabetizado da segunda metade do oitocentos, sobretudo quando realiza o seu "passeio inferencial" no habitat diegético de *Madame Bovary*:[74] com um paradoxo apenas aparente, o romance que pela primeira vez elevou a impessoalidade à patente de administrador plenipotenciário do texto é, com efeito, o que mais convenceu os leitores a pôr em jogo o próprio eu no ato da leitura, a "personalizar" o texto ou a "textualizar" sua existência real.[75] Desnecessário recordar os numerosos casos, aliás mal documentados, de contaminação e influência exercidos pelo romance flaubertiano sobre as leitoras provincianas, satisfeitas por encontrarem um respeitável incentivo ao adultério: o termo "*bovarysme*" – esse "diorama infi-

72 Segundo W. Iser, "Die Doppelungsstruktur des literarischen Fiktiven", in D. Henrich e W. Iser (orgs.), op. cit., pp. 497 ss.

73 Cf. E. Lämmert et al., *Romantheorie. Dokumentation ihrer Geschichte in Deutschland set 1880*. Colônia: 1975, e V. Tzmegatch, *Der europäische Roman. Geschichte seiner Poetik*. Tübingen: 1990.

74 G. Dubosc, "La Véritable Madame Bovary", *Journal de Rouen*, 22 nov. 1890, p. 3, republicado em *Trois normands*. Rouen: 1917. Informações úteis sobre as patologias da leitura de *Madame Bovary* e sobre a oposição entre flaubertistas e bovaristas como modelos de *Rezeptionsgeschichte* em C. Gothot-Mersch, *La Genèse de* Madame Bovary. Paris: 1966, pp. 19-61.

75 É a tese de V. Roloff, "Zur Thematik der Lektüre bei G. Flaubert", *Germanisch-Romanisch Monatsschrift*, n. 56, 1975, pp. 322-37.

nitamente complexo do mundo moral", a vocação "de pensar-se outro do que se é", a partir do qual Jules de Gaultier fundará uma variante idealista do bergsonismo – nasce, precisamente, sob o impulso dessa recepção desviante.[76] Não só. Com extraordinária agudeza, Arnold van Gennep, no início do século XX, aplicará a "teoria ilusionista" de Jules de Gaultier ao estudo das sociedades coloniais (em particular, em uma pesquisa sobre a *forma mentis* da população negra da Guiné), para demonstrar: *a*) a pouca ocorrência do cálculo econômico na escolha de um modelo de ação, determinado, em maior grau, pelo horizonte simbólico de expectativa, e *b*) a gênese sistemática do bovarismo em sociedades dinâmicas, nas quais se assiste ao conflito entre "filosofia e estética tradicionais e perspectivas político-econômicas de origem recente".[77] Assim a literatura, da qual se esperaria a orientação dos aparatos simbólicos coletivos, torna-se, também para o antropólogo, um fator de mudança a ser submetido a análises interdisciplinares.

O epistolário flaubertiano é o testemunho mais importante dessa recepção diversificada e "generalista". Em março de 1857, por exemplo, uma jovem de Angers, ela mesma leitora e autora de romances inéditos, identifica-se com o texto de Flaubert porque conhece a vida provinciana (que define como "*arriérée*" [atrasada]), mas é justamente essa projeção que a convence da radical autenticidade desse texto e que a faz desejar alguns esclarecimentos do autor, que lhe responde, em 18 de março de 1857, com uma recusa enérgica. Alguns meses depois, é a vez de um leitor de Ardenne, igualmente "segregacionista", mas capaz de suscitar uma resposta irônica de Flaubert, em 4 de junho de 1857:

> Senhor, sua carta elogiosa obriga-me a responder sua pergunta com franqueza. Não, senhor, nenhum modelo está na origem de meu texto, e *Madame Bovary* é pura invenção. Todas as personagens do romance são absolutamente imaginárias e

76 J. de Gaultier, *Le Bovarysme*. Paris: 1902, pp. 15-16; a comparação com Bergson pode ser lida em G. Palante, *La Philosophie du bovarysme. Jules de Gaultier*. Paris: 1912, pp. 48-53.

77 A. van Gennep, "De quelques cas de bovarysme collectif", *Mercure de France*, 16 mai. 1908, pp. 228-42, em particular p. 230. Convencido pela *reference-group theory* de Robert Merton, sobre a ineficácia das causas materiais caso não estejam relacionadas às "expectativas" de uma comunidade, recentemente M. McKeon, *The Origins of the English Novel, 1600-1740*, Baltimore, 1987, fez do realismo não um produto de um "espelhamento" do qual não se conheceria o fim, mas a tradução epistemológica de uma série de "instabilidades categoriais" (verdade/ficção, *status*/classe, particular/universal etc.), abordagem teórica discutida analiticamente em Calabrese, op. cit, pp. 37-44.

> Yonville-l'Abbaye não existe [...] o que não impediu que, na Normandia, tenha-se descoberto uma miríade de alusões em meu romance.[78]

Mas foi só o começo. Com os anos, o processo de desficcionalização do texto flaubertiano intensifica-se, atingindo o auge no momento em que Hortense Cornu, amiga de infância de Napoleão III, assina o álbum das "*victimes du roman*". Dessa vez Flaubert tem um acesso de cólera:

> Todos creem encontrar alusões onde elas absolutamente não existem. Quando escrevi *Madame Bovary* perguntaram-me com frequência: "Foi Madame x que você quis retratar?", e recebi cartas de completos desconhecidos, entre outras, uma de um senhor de Reims que me agradecia por tê-lo vingado (por ofensas recebidas de uma mulher infiel)! Todo boticário do Seine-Inférieure reconhecia-se em Homais e queria vir-me encontrar para cobrir-me de tapas. Mas o mais surpreendente, como descobri cinco anos depois, é que então havia, na África, a mulher de um médico militar de nome Madame Bovaries [...]. Tudo isso para lhe mostrar, cara senhora, como o público atribuía-nos, erroneamente, intenções que nunca tivemos.[79]

Quando se considera a gênese problemática de *Madame Bovary*, editado originalmente em *Le Nouvelliste de Rouen* com o título *Madame de Bovery*, o rigor "segregacionista" de Flaubert parece excessivo: o romance, no qual o autor começa a pensar em 1851, é muito semelhante a seu conto juvenil "Passion et vertu", mas entre os dois interpõem-se no mínimo dois *faits divers*: em 1848, o suicídio da pré-bovarista Delphine Delamare, mulher de um cirurgião de Ry, e antes disso, em 1844, o caso de Madame Loursel, envenenada pelo marido boticário, que logo depois da cerimônia de casamento tornou-se amante de uma certa senhorita Bovery, definida pelo seu advogado de defesa como "uma vítima da literatura moderna, na qual o mau gosto sempre acompanha a imoralidade".[80] Um entrecruzamento de fontes verdadeiramente suspeito, também porque, paralelamente, Flaubert faz declarações de profunda aversão à realidade: "a vida cotidiana repugna-me"; "as pessoas acham que eu amo a realidade, embora eu a deteste, e só foi por ódio

78 G. Flaubert, *Correspondence.* Paris: 1926-33, quarta série, 1927, p. 191.

79 Id., ibid., sexta série, 1930, p. 107 (a carta é de 20 de março de 1870).

80 J. Pommier, "L'Affaire Loursel", *Les Lettres Française*, 11 abr. 1947; Gothot-Mersch, op. cit., p. 41.

ao realismo que escrevi *Madame Bovary*"; "a vida só me parece tolerável se for ludibriada".[81] Por outro lado, a origem de "Passion et vertu" teria sido um caso de suicídio por envenenamento, feito célebre pelo *Journal de Rouen* de 5 de outubro de 1837, além disso, aconselhado por Louise Colet, Flaubert, durante a elaboração de *Madame Bovary,* teria lido as *Mémoires* de Marie Capelle, viúva Lafarge, uma mulher neurótica e leitora apaixonada de romances que, em 1840, envenenara o marido. Mais ou menos está tudo aí, e pode-se ironizar o quanto se queira as pesquisas arquivísticas que os estudiosos positivistas dedicaram ao texto de Flaubert, mas elas revelam, muito antes do desconstrucionismo, a tendência a celebrar o triunfo do leitor sobre um romance predisposto a retornar ao útero histórico-biográfico dos destinatários, que de fato dele se apoderaram. O *milieu* era consubstancial a *Madame Bovary*, cujo destino seria voltar a misturar-se a ele.

Sigamos, então, o percurso desse pequeno exército de estudiosos positivistas e de pseudoeruditos que, sob as formas estéticas da ciência crítica, veiculam um desejo latente de identificação, tão vibrante quanto o dos leitores semianalfabetos de Sue. Jules Levallois está entre eles. Filho de um advogado e respeitável *homme des lettres,*[82] mostra-se convencido de que a literatura é um destilado de mimese; ama as leituras performativas, fazê-las em paisagens reais, decifrar as ficções, encontrar a *clef* [chave] referencial e, no caso de *Madame Bovary*, sequer descuida de um subsídio autobiográfico. Nascido em Rouen, em 1829, veraneou em Ry (identificada pelos positivistas como a cidadezinha que Flaubert teria tomado como modelo para a imaginária Yonville do casal Bovary) em casa de um tio médico, cujo filho exercia a profissão de cirurgião e era concorrente do médico Delamare, sem dúvida alguma, correspondente a Charles Bovary. Portanto, sem que percebesse, Levallois viveu a infância em companhia de Homais, dos Bovary, de Léon e Rodolphe, e isso favoreceu uma alteração retroativa do passado, pela qual a perda de objetividade só é recuperada graças ao substancialismo soberano da *durée*.[83] O arco de sua existência distende-se além do horizonte do invisível coincidindo, por fim, com a existência ficcional do romance, sobretudo quando, já adulto, em Ry, vê passar um homem triste, precocemente envelhecido, e ouve do tio que se trata de Delamare/Bovary, desconsolado pela perda da mulher.

81 Flaubert, *Correspondence*, op. cit., p. 214.

82 J. Levallois, *Milieu du siècle. Mémoires d'un critique.* Paris: 1896, pp. 26-28.

83 Em um sentido não exclusivo ao texto de Flaubert, assim afirmava Jules Gaultier no fundamental *La Fiction universelle.* Paris: 1903, p. 404.

O próprio tio – doutor Laloy – redigiu a certidão de óbito de Emma Bovary (pelo registro civil, Delphine Couturier, casada em 1839 com o cirurgião Eugène Delamare, suicida, morreu na noite de 6 de março de 1848) e é portanto considerado uma espécie de narrador original, o *Ur-Erzähler* do texto flaubertiano, enquanto Jules Levallois, em seu apoio, faz as vezes de testemunha ocular: para garantir a veracidade de *Madame Bovary* aos leitores de suas *Mémoires*, ele não hesita em sagrar-se personagem daquela verdade textual. A dizimação do eu, seu incansável fracionamento nas *dramatis personae* romanescas, permite que Levallois reencontre um *milieu* celebrado pelos laços diegéticos de um romance, mas com essa filiação as representações verbais perdem seu mero valor analógico em relação aos referentes históricos, transformando-se em autênticas metonímias.

De um lado, temos um romancista obcecado pelas responsabilidades autorais e decidido a receber os *royalties* por cada lexema, cujo sentido gostaria de refundar e validar; de outro, uma multidão de leitores que pretendem apossar-se do texto, redistribuindo espaços e tempos no cenário de suas existências. Uma *Rezeptiongeschichte* [história da recepção] alta e erudita, na qual, após Levallois, Raoul Brunon entra a justo título: não apenas é o sucessor do pai de Flaubert na direção da Escola de Medicina de Rouen, pode também orgulhar-se de a mãe ter nascido na aldeia de Delphine Couturier/Emma Bovary e de ter vivido com ela em um pensionato para "*jeunes démoiselles*".[84] Ou ainda Georgette Leblanc-Maeterlinck que, ao fazer compras na botica de Ry em companhia da mãe, intercepta a heroína flaubertiana, encontra o jovem que levou a carta de Emma a Rodolphe e o adolescente que assistiu a cerimônia fúnebre desta, constatando perplexa como todos "falam da heroína e do senhor Gustave como se falassem de suas colheitas ou do gado":[85] também para eles, a vontade flaubertiana de sugerir com o pequeno aglomerado de Yonville a ideia de uma vida limitada e irremediavelmente presa transforma-se em uma lisonja poderosa. Ou, mais uma vez, Jouanne, boticário em Ry depois de 1848 e filho de Désiré-Guillaume Jouan, também boticário e suposto modelo de Homais: Jouanne entra lentamente no papel, estuda os movimentos das personagens flaubertianas, assume as convicções políticas delas com atraso anacrônico e vive uma existência alternativa, mostrando de maneira convincente

84 R. Brunon, "À propos de *Madame Bovary*", *La Presse Médicale*, 1º dez. 1907, p. 713; cf. G. Venzac, *Au pays du Madame Bovary*. Paris/Genebra: 1957, pp. 29-30.

85 G. Leblanc-Maeterlinck, "Un Pèlerinage au pays du Madame Bovary", *Figaro – Supplément littéraire*, 31 out. 1908. É um dos muitos casos selecionados por F. Clérembray, *Flaubertisme et bovarysme*. Rouen: 1912; cf. Gothot-Mersch, op. cit., p. 28.

aos primeiros representantes de um turismo cultural em expansão a botica da família, inspecionada por Flaubert, e o armarinho onde estava guardado o arsênico ingerido por Emma. Suas virtudes camaleônicas logo impressionam os repórteres que se sucedem em Ry, e de fato ele se torna um dos "casos mais extraordinários de mimetismo literário, pois sempre se esforçou para parecer-se com Homais, encarnando na realidade o tipo ideal forjado por Flaubert".[86]

No restrito território da Normandia flaubertiana, os que gravitam em torno a um vórtice textual que parece inibir atos de leitura criticamente vigiados e conscientes existem em grande número: é a eco-leitura, a recepção ambientalista, a exploração lucrativa do cronotopo romanesco, acreditando desentocar a realidade e persegui-la quando, ao contrário, deseja desintoxicar-se de suas incongruências desencontradas. Assim, o *ludus* eucarístico só pode proliferar copiosamente: a velha empregada dos Delamare/Bovary não lembra coisa alguma em 1902, quando Brunon a entrevista, mas, três anos depois, conversando com Georgette Leblanc, já havia se tornado a Félicité que propiciava as distrações de Emma Bovary; um cocheiro se reconhece em Hivert ("é minha cópia!"); um tabelião de Oise opta sem pestanejar por Léon, mas um colega de Yvetot também pretende ser-lhe a "cópia original"; os habitantes de Ry – quem o observa é Robert Duquesne, estudante de medicina em Rouen nos anos da maturidade de Flaubert – "*dévorent le roman*" [devoram o romance], sublinhando seus exemplares, substituindo seus nomes aos das personagens, preenchendo as folhas de guarda com digressões autobiográficas.[87] Bandos de desocupados, verdadeiros e virtuais, aglomeram-se ao redor das fábricas que produzem ficções e toda uma coletividade identifica-se com os mundos romanescos, assim como ocorrera ao modelo real de Emma, Delphine Couturier, leitora fervorosa e apaixonada que tomava emprestado um grande número de romances junto a um gabinete de leitura de Ry, na rua Ganterie, contraindo muitas dívidas: o último volume registrado – o esclarecimento encontra-se em outro estudioso positivista, inconsciente do *récit spéculaire* que compõe –, não por acaso, foi

86 M. Gérard-Gailly, *Recherches du pharmacien Homais*. Paris: 1939, pp. 5-6.

87 R. Duquesne, *Monsieur Homais voyage*. Paris: 1905. Mas não é só em Ry que os leitores interpretam Madame Bovary como um ídolo substitutivo: também os habitantes de Neuchâtel acreditam lembrar-se do que nunca viveram, e povoam o passado de suas adolescências com os fantasmas flaubertianos, como se lê em G. Rocher, "Les Origines de *Madame Bovary*", *Revue de France*, dez. 1896, pp. 55-56.

a *Laitière de Montfermeil* [Leiteira de Montfermeil], de Paul de Kock.[88] Declínios absolutos do desejo, enquanto põem no centro da leitura a autogênese do eu ou a refundação do sujeito, essas recepções empáticas removem, como fonte de mal-estar, a constatação da contingência do homem e da sua ausência de necessidade, compensadas por uma ficção diegética, de sorte que quem a lê transforma-se em *artifex*, como se, retroativamente, ainda pudesse de fato mudar algo da realidade. Se os choques ameaçadores dos eventos coletivos, o desgastante impulso à pulverização das velhas *Gemeinschaften* [comunidades], o desencanto que corrompe os fins da ação e subverte os dogmas da razão prática prejudicam a existência do indivíduo tardo-oitocentista, só lhe resta a força do ilusionismo romanesco, que o isenta da autoformação. Depois, será realmente muito tarde: com sua vocação metadiegética capaz de criar distâncias abissais entre o texto e o leitor, com sua obstinada vontade de abjurar à trama, mostrando o mundo em sua fragmentária falta de coesão, o romance do século XX acabará por oferecer o que antes nunca quis produzir: um espelhamento da realidade. Um dos últimos casos documentados de patologia da leitura romanesca remonta a 1911, quando um pastor de Val de Susa, que apreciava Graf e Stecchetti e é conspurcado por um crime causado por "intoxicação literária", atrai a atenção de Guido Gozzano, que escreve um saboroso artigo sobre o ocorrido.[89] Mas nesse momento a liderança do ilusionismo já está passando aos seguidores dos irmãos Lumière.

88 Emma/Delphine "tinha uma pronunciada vocação para sonhar de olhos abertos, passando seus dias a ler, a devorar romances recém-lançados, a memorizar toda a poesia que possuísse" (E. Deshays, "La Genèse de *Madame Bovary*", *La Revue Illustrée*, 1º set. 1897, p. 166).

89 "A vida não forja a literatura; a literatura forja a vida. Desse mimetismo, todos somos um pouco vítimas; todos vivemos um pouco para a educação literária, procurando inconscientemente imitar um modelo tomado das várias leituras prediletas." Escreve Guido Gozzano no artigo "Intossicazione", publicado em *Il Momento* de 17 de maio de 1911; cf. E. Sanguinetti, *Guido Gozzano. Indagini e letture*. Turim: 1966, pp. 27 ss.

## Leituras

*Bestsellers* perdidos

MONICA CENTANNI

## *O romance de Alexandre*

*O romance de Alexandre* começa onde termina a história. Ou melhor, antes que comece a história:

> Conta-se que o mais valoroso e nobre dos homens foi Alexandre, o rei dos macedônios, que realizou todas as suas proezas encontrando sempre na divina providência um precioso aliado de seu valor: levou a guerra a todos os povos da terra, conquistando cidade após cidade tão rapidamente que o tempo que levou não seria suficiente para que outro sequer visitasse os diversos lugares.[1]

Trata-se de um texto constituído, e grosseiramente reunido em trechos espaçados, com materiais diversos entre os séculos III a.C. e I d.C., formado por três partes distintas. A primeira, composta visivelmente em região alexandrina, traz a fábula do nascimento e infância do menino Alexandre. Já seu nascimento no *Romance* é fabuloso: nascido do último faraó-necromante Nectanebo, fugido para

1 *Il Romanzo di Alessandro.* Tradução, comentários e organização de M. Centanni. Turim: 1991, livro II, capítulo I, p. 5.

a Macedônia após a conquista persa do Egito, Alexandre, como num conto de Sherazade, é ao mesmo tempo filho do adultério e da fraude, mas também do deus Amon – carneiro e serpente – que se encarna em seu sacerdote. Nasce um menino que, como acontece nas fábulas e nos mitos dos heróis, carrega em seus traços físicos o signo de uma natureza extraordinária.

A infância de Alexandre, tal como é relatada no *Romance*, segue os traços da infância heroica do personagem, carregada e enfeitada nos pontos dramáticos.

Mas, depois, a estrutura do *Romance* se complica, abrindo-se a outros estopins narrativos imperfeitos: e é o retorno da parte das "cartas" (talvez extraídas de um "romance epistolar" inteiro), visível fruto de reelaborações escolásticas sobre materiais originais.

Colagem de materiais diversos e mal costurados, ele tem uma terceira parte que se tornaria a verdadeira fonte das lendas sobre Alexandre nos séculos vindouros.

Movidos por uma ânsia sempre ulterior, os limites do desejo deslizam num movimento incessante *ad infinitum*: mas a esperança que os move, para realizar gestas imprevisíveis, não são o amor ao poder, desejo de conquista, nem a atração das imensas riquezas do Oriente. O empreendimento que Alexandre adotou como emblema – a estrela que guia a direção de seu caminho – é a esperança tenaz da conquista da glória.

A *philotimia*, o desejo de glória – escreve Plutarco – era a sua grande paixão: e Alexandre, lendo as gestas de Aquiles, aprendera que somente na luta e na competição poderia tentar saciar seu desejo devorador. O *pothos aretes* se torna desambientação, perda do senso de limite: "Muitas vezes meus companheiros teriam decidido voltar atrás, mas eu não, porque queria ver os confins do mundo".[2] A aventura de Alexandre se torna uma busca, seu itinerário um percurso na selva. E em tudo predomina a maravilha: não só prodígios e presságios, mas monstros, anjos, híbridos fantásticos, provas iniciáticas aguardam o herói nos confins do mundo. Na selva das maravilhas, Alexandre se perde.[3] Esfuma-se na lenda a história do último herói grego, e nasce seu mito.

2 Id., Ibid., II, 37, p. 145.

3 A ultrapassagem de limites, a perda do senso de medida de Alexandre, ensinada por seu mestre Aristóteles, são os traços seguidos por Plutarco em sua biografia (que menciona a versão segundo a qual Aristóteles teria sido o mandante, a distância, do envenenamento de Alexandre): sobre o tema, ver P. Citati, *Alessandro com i Diari e le Lettere*, org. F. Sisti. Milão: Rizzoli, 1974; em esp. S. Mazzarino, *Il pensiero storico classico*, Roma/Bari: Laterza, 1983, v. II, →

O *romance de Alexandre* pode ser considerado, de vários pontos de vista, o modelo do novo gênero literário, que tanto sucesso terá, mesmo popular, até o final do helenismo imperial romano: já estão presentes no confuso esquema compositivo do "primeiro romance" todos os elementos temáticos e estruturais. Em prosa, o relato se desenvolve em torno da figura de um protagonista, desde o nascimento assinalado por traços excepcionais. Sua formação coincide com a viagem em territórios distantes e fabulosos (que no caso extraordinário da vida de Alexandre torna-se a ocasião para a conquista do mundo); segue, portanto, uma busca constelada de maravilhas e prodígios, uma história de amor heterossexual (aqui, a única "mulher" de Alexandre, Roxane), e depois o retorno (no *Romance*, a morte e o retorno da múmia a Alexandria).[4]

Documentos falsos e verdadeiros se entrelaçam com as tradições orais, as anedotas sobre as incríveis qualidades físicas e morais de Alexandre, as memórias fabulosas dos regressados sobre as maravilhas do Oriente. E todos esses materiais – autênticos, astuciosamente falsificados ou francamente espúrios – confluem para as escolas de retórica, onde proliferam os exercícios retóricos, os discursos de Alexandre aos soldados e aos amigos, mas também as dramatizações de episódios miúdos e privados; e depois, as cartas aos generais, ao mestre Aristóteles, à mãe Olímpia, aos amigos, aos grandes antagonistas Dario e Porus, e as respostas deles.

Entre os diversos materiais que compõem o *Romance*, prevalece uma tonalidade: a da maravilha e da nostalgia. Enquanto Alexandre avançava para um horizonte cujo limite se deslocava sempre mais para a frente, os outros, os soldados, iam voltando aos poucos. Mas, retornando à pátria, começavam a lembrar e a construir fantasias sobre aquela aventura que, de repente, devia parecer incrível aos próprios protagonistas. Assim começaram a transfigurar – como queria Alexandre – as gestas e proezas em glória e lenda. Nostalgia às avessas, da qual nasce a fábula exótica dos espaços infinitos do Oriente, onde as formas são outras formas, e as cores outras cores, e mais inebriantes e estranhos os perfumes: onde o horizonte, diferente daqui, não é marcado, mas está sempre além.

→ pp. 37 ss. Uma tentativa de leitura "filosófica" da ultrapassagem de limites de Alexandre in M. Centanni, *Da Alessandro ai confini del mondo: Alessandro o dell'inveramento della meraviglia*, in "Strumenti Critici", n.s., III (1988), fasc. 2, pp. 249-55.

4 O relato da imponente procissão que conduz o corpo de Alexandre da Babilônia até "sua" Alexandria é especialmente amplo e sugestivo in Diodoro Sículo, *Biblioteca Storica*, XVIII, pp. 27-28.

Não são apenas os "poetastros" e os aduladores que promovem a lenda: é o próprio Alexandre que investe sua vida e seus feitos na construção de seu mito. Muito antes de imaginar até onde chegariam suas conquistas, leva consigo uma corte de arquivistas, cronistas e historiadores, testemunhas e poetas: porque Alexandre pouco acredita na realidade objetiva dos fatos, crendo apenas na duração da narrativa sobre eles.

O mito de Alexandre, do qual ele mesmo foi o primeiro criador, ultrapassa a narração da história: de fato, a história não consegue conter em sua forma as contradições e as esperanças – largamente extra-históricas – do personagem. Com efeito, não só os contemporâneos ou os sucessores imediatos – os vários Calístenes, Ptolomeu, Clitarco, Efipo, Eumenes, Jerônimo e depois Erastótenes e os outros – devem ter sido fortemente condicionados por experiências e interesses diretos, ao transmitir suas versões parciais dos fatos, da mesma forma que, à distância de séculos, os historiadores helenístico-romanos Diodoro, Cúrcio, Arriano, até os autores da *Historia Augusta* (mas indiretamente também Lívio e Tácito) sentem visivelmente a influência que o modelo de Alexandre continua a exercer, através dos séculos, sobre os novos cosmocratas, a tal ponto que toda a história constitucional do Império Romano e das vicissitudes individuais de seus *principes* pode ser proveitosamente lida à luz da *imitatio Alexandri*.[5]

Assim, a glória de Alexandre floresce (talvez como ele próprio esperava) fora – e em parte a contrapelo – dos textos mais especificamente históricos, logo se tornando um grande mito político e literário.

E nesse ínterim, com a consolidação do mito político, a imagem de Alexandre, graças à difusão "popular" de sua lenda, propagada através das várias redações do *Romance*, adquire um valor mágico, mais do que simbólico.

O *romance de Alexandre*, através de suas várias e inúmeras versões, é o texto que, "de todas as tradições saídas da antiguidade greco-romana (exceção feita ao Novo Testamento), [...] teve a mais importante difusão no tempo e no espaço".[6]

5 Mazzarino, *Il pensiero storico*, op. cit., pp. 54 ss.; o ensaio de referência sobre o tema continua a ser P. Treves, *Il mito di Alessandro nella Roma di Augusto*, Milão/Nápoles: Riccardo Ricciardi, 1953; ver também os ensaios in M. Sordi (org.), *Alessandro Magno. Tra storia e mito*, Milão: Edizioni Universitarie Jaca Book, 1984, e sobre o episódio da embaixada "ocidental" de Alexandre e sua relação lendária com Roma, ver L. Braccesi, *L'ultimo Alessandro*, Pádua: Esedra, 1986.

6 E. Baumgartner, *La fortuna di Alessandro nei testi francesi medievali del secolo XII e l'esotismo nel "Roman d'Alexandre"*, in R. Benedetti (org.), *Le Roman d'Alexandre. Riproduzione del ms.* Veneza: Biblioteca Museo Correr 1493, Tricesino, 1998.

São infinitas, até o século XV no Ocidente (e até época mais avançada no Oriente), as redações, traduções, resumos, reelaborações desse texto, desde a data incerta de sua primeira compilação (a qual, porém, se situa – pelo menos para uma parte dos materiais que confluem na composição – numa cronologia remota, entre os séculos III e II a.C., logo após os feitos históricos de Alexandre).

As redações gregas do *Romance*, atribuídas ao historiador Calístenes (o sobrinho de Aristóteles, segundo Plutarco aprisionado por Alexandre e morto pela malária na prisão), se entrecruzam com a versão latina do século IV d.C. de Júlio Valério, da qual foi extraído um *Epítome* no século IX; com falsos tardo-antigos e medievais como o *Testamento de Alexandre* e a *Carta a Aristóteles sobre as maravilhas da Índia*; com a *Collatio Alexandri cum Dindimo* (que no *Romance* é Dandame, o chefe dos brâmanes gimnosofistas);[7] com a versão latina a partir de uma redação bizantina do século X, do arcipreste Leo – conhecida como *Historia de Preliis* –; com o *Alexandreis*, em versos latinos, de Gautier de Châtillon.[8] E todas essas fontes fornecem materiais para as diversas versões medievais do *Romance*: a primeira, em ordem cronológica, é um *Roman d'Alexandre* em francês, do início do século XII, obra de um clérigo que, não fosse por isso, seria totalmente desconhecido, de nome Albéric de Pisançon, o primeiro, talvez, a ousar extrair o tema para um poema épico não da hagiografia de um santo ou de um cavaleiro, mas de uma história pertencente à antiguidade clássica.[9] O texto de Pisançon foi provavelmente a fonte para a primeira versão alemã do *Romance*: o *Alexanderlied*, do padre Lamprecht, datada dos meados do século XII. Nessas primeiras versões medievais, já aparecem, em forma medievalmente "moralizada", todos os elementos extraídos das fontes antigas que fornecerão os motivos para os romances dos séculos XIII e XIV: a infância extraordinária de Alexandre (comparável à de Cristo, de Artur, de Orlando), o colorido cavaleiresco de seu empreendimento, a proteção da Divina Providência, da qual o herói não tem consciência, sobre suas conquistas. Em suma, um Alexandre feito cavaleiro, revestido como paladino, arquétipo do monarca

7 O trabalho que deu início à revisão da situação crítica e textual do *Romance* e ao estudo de suas intricadíssimas fontes é o fundamental R. Merkelbach, *Die Quellen des griechischen Alexanderroman*, Munique: C. H. Beck, 1977.

8 Um ponto de partida para os estudos sobre o destino medieval do *Romance* continua a ser o ensaio de G. Cary, *The Medieval Alexander*, Cambridge: Cambridge University Press, 1967; ver a coletânea de textos medievais, amplamente comentados, in M. Liborio (org.), *Alessandro nel Medioevo Occidentale*, Milão: Mondadori/Fondazione Valla, 1997.

9 Baumgartner, *La fortuna di Alessandro*, op. cit., p. 11.

sábio, bravo e corajoso, levado aos confins do mundo para dar provas de suas excepcionais virtudes de cavaleiro,[10] assim como para materializar um desígnio desejado pela Divina Providência (mas a cristianização da lenda já ocorria nas primeiras redações gregas da área alexandrina, nos primeiros séculos d.C.). Assim as redações vernáculas do *Romance*, em francês, alemão e espanhol, entram nos ciclos épicos das *chansons des gestes*, ao lado das várias redações do *Romance de Troia*, do *Romance de Tebas*, do *Romance de Enéas*, e os heróis pagãos ingressam nas bibliotecas de todas as cortes, para constituir o modelo antigo da nova ética de cavalaria.[11] Passando pelas *Vidas* provençais e pelos *Exempla bonorum* romanescos, Alexandre entra assim no cânone dos "nove valorosos", dos quais faziam parte três pagãos (o próprio Alexandre, com Ettore e Júlio César), três hebreus (Josué, Davi e Judas Macabeu) e três cristãos (Artur, Carlos Magno e Gofredo de Buglione), uma série cujo exemplo mais famoso é o do Castelo da Manta de Saluzzo.[12]

Paralelamente à difusão literária do *Romance*, ocorre a difusão da iconografia referente aos episódios mais sugestivos da lenda. Trata-se principalmente das miniaturas, muitas vezes estupendas, que acompanham o texto das redações medievais, orientais e ocidentais, do *Romance*. Nessas ilustrações, Alexandre aparece vestido com trajes "modernos", ou seja, medievais, e frequentemente os elementos compositivos não se distinguem dos de outros "ciclos" extraídos da antiguidade. Essa história iconográfica dos episódios do *Romance* no Ocidente tem uma duração cronológica muito precisa: das primeiras miniaturas dos manuscritos em vernáculo que aparecem no Ocidente apenas a partir do final do século XIII,[13] até as tapeçarias com as *Histórias de Alexandre*, graças às quais motivos formais e temáticos medievais parecem resistir nas escolhas da clientela e no alto artesanato têxtil, até o final do século XV, ou até as primeiras décadas do século XVI.

10 P. Dronke, "Introduzione", in Liborio (org.), *Alessandro nel Medioevo Occidentale*, op. cit., pp. XLI ss.

11 Baumgartner, *La fortuna di Alessandro*, op cit., p. 17.

12 Ponto de partida para os estudos dos ciclos dos homens ilustres continua a ser P. Schrubing, "Uomini famosi", in *Repertorium für Kunstwissenschaft*, XXIII (1900), pp. 424 ss.; ver também R. W. Scheller, "Uomini famosi", in *Bulletin van het Rijks-museum*, X (1962), pp. 56-67; M. M. Donato, "Gli eroi romani tra storia ed 'exemplum'. I primi cicli umanistici di Uomini Famosi", in S. Settis (org.), *Memoria dell'antico nell'arte italiana*. Turim: Einaudi, 1985, v. II, pp. 95-152; I. Scalabroni, "Masolino a Montegiordano: un ciclo perduto di *uomini ilustri*", in A. Cavallaro e E. Parlato (orgs.), *Da Pisanello alla nascita dei Musei Capitolini*. Catálogo da exposição, Milão/Roma: Mondadori, 1988, pp. 161-63.

13 R. Wittkower, *Allegoria e migrazione dei simboli*, Turim: Einaudi, 1987, p. 171.

O exemplo mais notável desse gênero são as duas grandes tapeçarias com episódios do *Romance* conservadas na Galeria Doria-Pamphili de Roma: quase certamente encomendadas às manufaturas flamengas de Tournay por Carlos, o Temerário, no último quartel do século XV, as tapeçarias ilustram todos os episódios de destaque do *Romance*, e mostram um Carlos de Borgonha com a intenção evidente de se identificar com o macedônio, ao ponto de lhe emprestar seus traços físicos.[14] Um exemplo extraordinário de persistência, em pleno Renascimento, de temáticas de cavalaria e estilemas gótico-internacionais, segundo um gosto ainda totalmente cortesão, em franco descompasso com a revolução artística e cultural da época. Além da presença desses ciclos figurativos completos da *História de Alexandre* nos manuscritos e nas tapeçarias, existe, porém, um episódio em particular da lenda que conhece uma fortuna, simbólica e iconográfica, totalmente autônoma. Trata-se do voo de Alexandre: o episódio do voo mágico pelo céu com os grifos foi o que teve a maior difusão nas artes figurativas maiores e menores, no Oriente e no Ocidente, e se encontra nos tecidos, nas joias, na torêutica, nas miniaturas, em composições decorativas de monumentos religiosos, em museus e capitéis, até, justamente, as tapeçarias da arte tardo-cortesã do final do século XV.[15]

Paralelamente à circulação das diversas redações cavaleirescas das histórias de Alexandre, o voo pelo céu é talvez o único que tem um destino iconográfico próprio, sendo conhecido mesmo por quem não tem familiariadade com a palavra escrita.[16] Mas, incrivelmente, o significado de um motivo tão difundido e conhecido perdeu-se com o passar dos séculos. Mesmo o destacadíssimo relevo da ascensão de Alexandre (proveniente do saque de Constantinopla, em 1204), colocado na fachada norte da basílica de San Marco, em Veneza, até pouco mais

14 A. Warburg, *Aeronave e sommergibile nell' immaginazione medievale*, in id., *La rinascita del paganesimo antico* [1913]. Florença: La Nuova Italia, 1966, pp. 273-82.

15 Para o aprofundamento do destino que teve o tema da lenda de Alexandre e sua utilização política no Renascimento, devo remeter a M. Centanni, "Carlo di Borgogna nel mito di Alessandro: gli arazzi Doria Pamphili a Roma", in *Fantasmi dell'antico*, no prelo.

16 C. Frugoni, *Historia Alexandri elevati per griphos ad aerem. Origine, iconografia e fortuna di un tema.* Roma: 1973; retomado e parcialmente modificado in "La fortuna di Alessandro nel Medioevo", in C. Alfano (org.), *Alessandro Magno. Storia e mito.* Catálogo da exposição. Milão: Leonardo Arte Collana, 1995, pp. 161-73, ver, por último, uma nova revisão das fontes e dos materiais iconográficos sobre o tema da ascensão in V. M. Schmidt, *A Legend and its Image. The Aerial Flight of Alexander the Great in Medieval Art.* Groningen: Egbert Forsten, 1995.

1. Manufatura de Borgonha, *Luta de Alexandre contra os selvagens*, detalhe de uma tapeçaria, após 1474. Roma, Galeria Doria Pamphili.
2. Roger van der Weyden, *Retrato de Carlos, o Temerário*, óleo sobre madeira, c. 1455. Berlim, Staatliches Museum.

de cem anos já não era reconhecido: as fontes dos séculos XVIII e XIX falam da lâmina de mármore, atribuindo-lhe os significados mais díspares. O obscurecimento secular do significado original e elementar do tema do baixo-relevo de San Marco constitui um indício particularmente interessante: trata-se, de fato, de um caso exemplar da dinâmica cultural do esquecimento, que, a partir de um determinado momento, derruba e sepulta toda a tradição lendária, literária e iconográfica, das histórias de Alexandre.

Na reconstrução da figura de Alexandre, há, sem dúvida, um momento preciso em que as pesquisas históricas e biográficas prevalecem sobre as sugestões fabulosas e mitográficas: a história lendária de Alexandre, a partir da metade do século XV, seria primeiramente desprezada como fantasia medieval, e depois esquecida por completo. O fator que determina o declínio cultural total de sua imagem lendária é, paradoxalmente, a descoberta humanista e a respectiva difusão cultural dos outros textos – as histórias de Arriano, Diodoro Sículo, Cúrcio Rufo, e a própria biografia de Plutarco –, considerados "históricos" ou, melhor dizendo, "autênticos", realmente "antigos", e assim dignos de substituir as várias redações do *Romance*, consideradas em bloco como fábulas "medievais". Assim, todos os episódios lendários da história são desautorizados e descartados pelos humanistas como corrupções medievais que distorcem a verdade das fontes antigas.

Um texto em especial assinala a data em que finda o destino da lenda de Alexandre e o fim da circulação do seu *Romance*: na edição de 1462 do livro VI do *De politia litteraria*, de Angelo Decembrio, encontramos um ataque aos episódios lendários da vida de Alexandre, em particular como objeto das luxuosas tapeçarias nórdicas.[17] Transparece uma atitude de desprezo, já agora totalmente humanista, pela literatura de romances cortesãos: em sua operação de recuperação sistemática da *politia litteraria*, Decembrio chega a deplorar que, nas bibliotecas, as obras tardo-antigas e medievais se encontrem perto dos "originais" clássicos, e aconselha colocar Dante, Petrarca e Boccaccio junto com os livros em língua *"gallica hispaniaque"* *"cum Gualfredis, Gualterisque similibus, cum Cassiodoris Isidorisque"* (como

17 M. Baxandall, "A Dialogue on Art from the Court of Leonello d'Este. Angelo Decembrio's *Politia Litteraria* pars LXVIII", in *Journal of the Warburg and Courtland Institutes*, XXVI (1963), pp. 304-26, em esp. p. 317, e a recente releitura de C. Rosenberg, "Arte e politica alle corti di Leonello e Borso d'Este", in A. Mottola Molfino e M. Natale (orgs.), *Le Muse e il Principe. Arte di corte nel Rinascimento padano*, catálogo da exposição. Modena: Panini, 1991, pp. 39-62, em esp. pp. 60 ss.

3. Oficina de Constantinopla, *Alexandre no carro puxado pelos grifos*, lâmina de mármore, século XI. Veneza, Basílica de San Marco, lado setentrional.
4. Rafael, *Núpcias de Alexandre e Roxane*, sanguínea sobre papel. Viena, Graphische Sammlung Albertina.

se notou, "todos desdenhosamente no plural").[18] Os contemporâneos, para ser admitidos, deviam se adequar ao estilo dos antigos: *"modo pro veterum more loquantur"*.

Assim, desde o final do século XV, na literatura e na iconografia, a história de Alexandre se desencanta, seu mito se desfaz gradualmente. No âmbito artístico, Alexandre é despido dos trajes medievais com que aparecia nos relevos e nas tapeçarias: é o que acontece, por exemplo, numa famosa sanguínea [pastel a tinta vermelha] de Rafael, sobre o tema das núpcias de Alexandre e Roxane segundo a descrição de Luciano, conservada no Albertina de Viena; daqui por diante, na pintura renascentista madura e ao longo de todo o século XVIII, o rei macedônio portará trajes "antigos" e será retratado não mais nos episódios de sua lenda, mas como líder à frente de seus exércitos nas batalhas grandiosas, ou em alguns episódios anedóticos extraídos de Plínio ou de Plutarco, que se tornam exemplos essenciais de magnanimidade real: a doação da modelo Campaspe ao pintor Apelle, e o episódio da continência ante as mulheres de Dario.

O Alexandre da lenda, portanto, é esquecido por muitos séculos, e sua figura, entregue aos livros de história, desaparece quase inteiramente do horizonte cultural da literatura e da arte ocidentais: seu personagem sobrevive durante séculos apenas no folclore (ou na iconografia artesanal e *naïve*) dos povos às margens da comunicação literária erudita. Mas subsiste um fantasma desse Alexandre lendário, ainda carregado com toda a energia do mito. Suas roupas variam: de herói grego, de rei bárbaro, de paladino medieval. Sua voz, enfim, é a da ânsia, da fome e da sede filosóficas, da busca infinita. Mas o valor mais alto a que aspirava seu desejo, e pelo qual ele conquistou o mundo – a ressonância de seu nome, transmitido ao longo dos milênios com a lenda de seu *Romance*, apesar das longas pausas de silêncio da história – é, como ele queria, realmente imortal.

18 A. Tissoni Benvenuti, "Guarino i suoi libri e le letture della corte estense", in Mottola Molfino e Natale (orgs.), *Le Muse e il Principe*, op. cit., pp. 63-79, em especial p. 76.

GIUSEPPE E. SANSONE

## *Tirante, o Branco*
### Joanot Martorell (1940)

*Tirante, o Branco*, volumoso romance do valenciano Joanot Martorell,[1] de Gandia, aparentemente não se afasta do esquema usual e primário daquela grande erupção que percorre toda a Europa a partir do século XV, que é o romance de cavalaria. Aqui também temos seções cortesãs e inúmeros combates singulares, histórias de amor (guardando pouca semelhança com as modalidades "cortesãs") e choques entre exércitos, bem como os múltiplos e variados acontecimentos relacionados com aquele contínuo "errar" que dissemina homens e fatos pelo Oriente Médio,

1 M. de Riquer, o estudioso de maior prestígio do romance, escreveu muitas vezes sobre a vida de Martorell. Basta aqui consultar o volume M. de Riquer, *Aproximació al Tirant lo Blanc*. Barcelona: Quaderns Crema, 1990, pp. 72-94. Por muito tempo, considerou-se 1414 como a data de nascimento, não documentada. A meu ver, analisando esse livro, ela deve ser antecipada para os primeiros anos do século XV [cf. M. de Riquer, "Medioevo romanzo", VI (1990), pp. 452-56, em esp. p. 454]. Em 1992, foi publicada pelo Ayuntamiento de Valencia a importante coleção de documentos de J. Villalmanzo e J. J. Chiner, *La pluma y la espada. Estudio documental sobre Joanot Martorell y su familia*. Valencia: Ajuntament de Valencia, 1992. Os autores estabelecem a data de nascimento entre 1405 e 1410, e confirmam o ano de 1465 (no dia 24 de abril) como a data de sua morte; no início de 1460, o autor começou a escrever seu romance (cf. id., ibid., pp. 59-89).

África do Norte e por toda uma Europa ocidental percorrida aos saltos, em busca (a *quête*) de uma ambicionada fama que apenas a aventura pode proporcionar.

Também *Tirante* apresenta seus belos palcos de migrações e necessárias perambulações, tanto é que em seus macrossetores ele passa de episódios situados na Inglaterra e na Sicília, para o local que é seu núcleo central, ou seja, a corte de Constantinopla, transfere-se para o cativeiro norte-africano para depois voltar, sem grandes diferenças nos gestos e ações, ao local que é a espinha dorsal da narrativa, ou seja, Bizâncio. Assim, essa narrativa de Martorell[2] se desenvolve entre inúmeros choques e batalhas – inclusive no mar – de homens de armas irrepreensivelmente valorosos e encontros sentimentais ora alegres, ora dolorosos, mas, obviamente, sempre impetuosos e extremos. E aqui também o entrelaçamento das situações não se faz seguindo percursos solidamente lineares, mas mostra a conhecida preferência por becos e cruzamentos, e portanto pela pluralidade e ondulações indo além do esquema primordial simples. E aqui apresentam-se também algumas poucas inserções que não parecem propriamente concretas e realistas, mas heterogêneas, breves e com outra chave de leitura, como por exemplo a intromissão do rei Artur numa passagem entre o onírico e o didático.[3]

E no entanto, salvo poucos enxertos, marginais e estruturalmente secundários, o que caracteriza o *Tirante* é a modalidade realista, a organização ao extremo concreta, diríamos até "burguesa", apesar do aparato faustosamente cortesão. Esse romance, que ultrapassa as mil páginas, é todo impermeável à massa de patranhas mirabolantes e sobrenaturais, absurdas e maravilhosas que desencadearam o desprezo de Cervantes quando, em *Dom Quixote de la Mancha*, faz com que os três zelosos amigos alimentem a fogueira com romances de cavalaria para afastar o protagonista da loucura. O *Tirante*, visto por acaso e definido pelo convalescente como "o melhor livro do mundo", é poupado ao fogo, principalmente porque ali os homens comem, bebem e até morrem em seus leitos.[4] Cervantes, como se

2 M. de Riquer incluiu um resumo breve, mas preciso, do romance no volume *Tirant lo Blanch, novela de historia y de ficción.* Barcelona: Sirmio, 1992, pp. 245-67. Nesse estudo, a obra é examinada passo a passo em comparação com os acontecimentos reais (mas tendo sempre em mente que se trata de um romance, e não de história romanceada).

3 Leve-se em conta, porém, que no caso específico pode-se considerar a inserção como uma representação teatral. Afirma Riquer, *Aproximació*, op. cit., p. 154: "O episódio do rei Artur é, portanto, um *intermezzo* que foi representado diante da corte de Constantinopla, o que não interrompe o constante realismo do *Tirante*".

4 Cervantes prossegue ressaltando que "aqui comem os cavaleiros e dormem e morrem em seus leitos e fazem testamento antes de sua morte, com coisas tais que faltam a todos os →

sabe, tinha clareza do que estava dizendo e, ao selecionar uma preferência tão definida e motivada, não levava em conta apenas um aspecto externo, como o caráter terreno dos personagens, mas ia muito além, fascinado sobretudo pelos vários lugares e ações que certamente distanciam o *Tirante* das obras similares, em particular o humorismo. E evidentemente é muito problemático que, num texto percorrido por uma onda arguta e irônica (talvez temperada também com um erotismo muito natural), esta possa se amalgamar com um traçado mágico e o abandono da realidade.[5]

Mas não se trata apenas disso. Mario Vargas Llosa – que certamente se conta entre os leitores mais apaixonados do romance, também por se reconhecer nele –, numa primeira intervenção importante do final dos anos 1960, chegou a definir a obra como "romance total", não sem ter indagado antes, com a astúcia natural de um escritor que sabe delinear um horizonte de expectativa, onde se encontrava o *quid*, o cerne, do ato narrativo. O *Tirante* é um romance de cavalaria? um romance histórico? um romance militar? um romance social e de costumes? um romance erótico? um romance psicológico (talvez, acrescento eu, *avant la lettre*)? Em suma: o que é ele? Justamente um romance total, afirma Vargas Llosa, um texto que permite, e solicita, leituras plurais, até opostas, múltiplas e tão variadas, que, abordado pela via da univocidade, logo enreda o leitor entre mil surpresas e contradições insolúveis.[6]

Como se pode ver, a obra-prima de Martorell é um excelente exemplo daquilo que se chama "obra aberta", como o são todas as obras que, no emaranhado dos registros, coordenam modalidades literárias de diversos níveis, valendo-se de uma multiplicidade de atuações que configuram um movimento narrativo de grande dinamismo, com uma pluralidade errante e interligada, e sabiamente atraentes, justo por serem múltiplas e variadas. Isso é tanto mais surpreendente quando se pensa que Martorell não era escritor profissional, mas apenas um pequeno nobre

→ demais livros deste gênero [...]". A avaliação de Cervantes, que recomenda o livro logo depois de lê-lo, tem valor de primeiro juízo crítico do *Tirante*.

5 O humorismo de Martorell toca pontos francamente dessacralizantes, quando narra que Carmesina, chorando desesperada sobre o corpo de Tirante, que morreu de doença, quebra o nariz, o qual começa a sangrar abundantemente; a menos que se queira considerar a cena um paradoxo. Mas, seja como for, está certa a crítica em considerar o humorismo ou a ironia jocosa elementos intrínsecos do realismo.

6 M. Vargas Llosa, *Carta de batalla por Tirant lo Blanc*, na reedição de 1968 que figura como prólogo na versão moderna em espanhol aos cuidados de J. F. Vidal Jové.

bastante presunçoso e muito briguento,[7] em suma, um antipático (ou talvez simpático) encrenqueiro que, não se sabe por que motivo (vocação, prazer, dinheiro?), escreveu este único livro, colocando nele todos os humores de sua personalidade e fantasia, e de uma considerável cultura usada de várias formas, e sempre a propósito.[8] E, acrescente-se desde já, que a costura do texto, na coordenação entre as partes grandes e pequenas, a capacidade de harmonizar os ziguezagues novelísticos, é, exceto por alguns fios soltos, exemplar.[9]

Tudo isso é um indicador claro de vitalidade, a ponto de se poder afirmar que esse amplo afresco de continuidade múltipla é assinalado pela marca flamejante de uma energia que se realiza, afinal, enquanto prazer de narrar: e isso apesar de certas partes que são geralmente consideradas pesadas e tediosas, ou por excesso de minúcias descritivas ou por referências cultas, claras ou veladas, não propriamente indispensáveis. Enfim, uma narrativa com tamanha dimensão e tão plural se assemelha a um grande rio que, entre suas águas cristalinas, arrasta também algumas impurezas não comprometedoras, visto que uma construção em caleidoscópio inclui também cores talvez desbotadas, mas que não prejudicam a homogeneidade essencial. A mesma que permite ao autor mesclar recursos eruditos e modalidades da linguagem cotidiana, como num discurso sempre oscilando entre a imediatez e o rebuscamento. Martorell adequa a língua à linguagem, assim confirmando também a liberdade de uma escrita variada e original, como original é toda a sua construção narrativa tão autonomamente distante dos modelos, já um tanto gastos, do sistema dos romances de cavalaria.

7 Riquer escreve que a atividade literária, que pertence essencialmente aos últimos anos de vida de Martorell, foi sobretudo um "ornamento de sua personalidade". Riquer, *Aproximació*, op. cit., p. 77. Na página 84, ele apresenta a definição sucinta do caráter do autor.

8 A lista das imitações, não raro levadas até o plágio, é enorme e foi tema de inúmeros estudos. Bastam alguns nomes: Muntaner, Metge, Corella, Villena, Guido delle Colonne, Ovidio, Dante, Honoré de Bouvet, Brunetto Latini, Boccaccio, Ramón Llull, Rodriguez del Padrón etc. Naturalmente, mesmo que o número de inserções não seja pequeno, e se se leva em conta o cânone da *imitatio*, num romance que tem em certo sentido a dimensão do *pastiche* bem organizado, é claro que as inclusões grandes e pequenas se amalgamam sem gerar desequilíbrios.

9 "A organicidade estrutural do volumoso romance se dá, portanto, na base de um desenho, certamente articulado no conjunto, mas bem pensado nas junções as mais críticas, atentamente motivado em seu desenvolvimento e escandido com precisão." G. E. Sansone, "*Tirant lo Blanch* e le vie del romanzo", in *Scritti catalani di filologia e letteratura*. Bari: Adriatica, 1994, pp. 35-50, em esp. p. 43; cf. também o capítulo "Tirant al bivio", id., ibid., pp. 51-59 (de 1986).

Mas o ponto central do discurso martorelliano, o fundamento e a importância da obra residem na representação realista dos personagens e das ações, na determinação com que se persegue a concretude própria e verdadeira do viver humano, terreno, natural. Tome-se Tirante, cujo destino é inquestionavelmente excepcional e extraordinário, a partir do momento em que, valoroso cavaleiro e combatente de rara maestria, alcança os graus mais elevados da fortuna, estrategista no mar e na terra, chefe e líder por qualidades naturais, até se apresentar como imperador de Bizâncio. Porém sua ascensão vertiginosa é tão excepcional quanto plausível, signo de glória única, mas verdadeira, normal, absolutamente terrena (e a história traz outros exemplos semelhantes). Ela se faz sem nenhuma magia e nenhuma intervenção sobre-humana, e seus espaços existenciais estão sempre assentados na terra e com a naturalidade de quem vive aventuras e desventuras com surpreendente (para os tempos) simplicidade. Como se vê, a modalidade do romance de cavalaria tradicional vai pelos ares, ao ponto de Martín de Riquer propor a clara distinção entre "romance de cavalaria" e "livro de cavalaria": o primeiro, narrativa eminentemente inventiva, ainda que possa vez por outra incluir algumas referências a fatos históricos; o segundo, transcrição, talvez um pouco fantasiosa, dos acontecimentos e da realidade.[10] E não há dúvidas em relação a qual dessas duas classificações pertence o *Tirante*, apesar de imitar ou retomar aqui e ali materiais históricos e de o protagonista se aproximar daquele personagem real que foi Roger de Flor.[11]

A indiscutível originalidade de Joanot não significa, porém, distanciamento total ou recusa absoluta da tradição, e menos ainda da cavaleiresca. Tanto é verdade que Riquer comprovou largamente que o autor mostra uma tendência indubitável de zombar ou brincar com representações que despertam o riso, irônicas e divertidas, mas quando aborda momentos militares ou de cavalaria é sempre e absolutamente sério. Isso demonstra que sua autonomia em relação aos exageros de cavalarias sobrenaturais e fantasiosas é uma recusa específica, e não uma oposição de princípio. Basta um exemplo: naqueles anos, os turcos conquistaram Constantinopla, perda que consternou profundamente toda a cristandade; mas Martorell introduz em seu romance uma seção inteira, cheia, como sempre, de detalhes bélicos,[12] dedicada

10 A diferença, já mencionada antes, foi retomada em Riquer, *Aproximació*, op. cit., pp. 70-71.

11 Cf. nota 2, e Riquer, *Aproximació*, op. cit., pp. 168-69.

12 Quem estudou com particular atenção o aspecto bélico e o respeito pelas armas no romance foi, mais uma vez, Riquer, já na longa introdução (duzentas páginas) de sua edição do romance, de 1947. Aproveito a ocasião para assinalar aqui também a edição a cargo de A. Hauf e V. J. Escartí, Generalitat Valenciana, 1990, 2 v.

a uma reconquista absolutamente hipotética (talvez sonho da última das últimas cruzadas), claro que conduzida pelo infalível Tirante, agora refinado estrategista de um desejo impossível, mas totalmente realista e terreno. Por outro lado, na primeira parte da narrativa, quando o autor aproveita uma pequena adaptação sua de uma *chanson* em francês arcaico, o *Willem de Warwick*, que se entrelaça com uma doutrinação, obviamente didascálica, sobre a educação e a investidura do cavaleiro, retomada de Ramón Llull,[13] Martorell confirma sua opção pela honra das armas, a ligação profunda com a cavalaria (como mostra sua própria vida).

Nada de fadas, dragões, sortilégios ou qualquer espécie de magia e eventos de invenção sobrenatural, enquanto, por outro lado, a inquestionável devoção pelo mister das armas (como convinha, aliás, a quem fora destinado a ele por posição social) recebe o maior apreço de quem se reconhece na descrição de seus gestos e formas. Há no prazer descritivo, agora ainda mais minucioso e detalhado do que o usual,[14] a evidência de quem ilustra seu próprio ofício: justamente por isso não só exclui as patranhas ridículas da narração de *mirabilia*, mas afasta-se também, nas passagens nada casuais de tamanho empenho profissional, daquela outra característica presente no texto, que é o gosto pelos prazeres risonhos, pelas situações de uma comicidade ágil e graciosa. Mas se essa redução do irreal e fantástico ao real é um elemento concreto em si, nem por isso se chega automaticamente à formulação realista. Em suma, uma coisa é expor como se conduzem os empreendimentos bélicos em sua substância prática – e de maneira não totalmente distante daquele didatismo natural que permeia os textos medievais –, e outra coisa é o realismo integral da representação novelística. É no ato literário, na determinação operacional do escritor, que o realismo, enquanto substância constante e não marginalmente esporádica, se desdobra na natureza espontânea e na necessidade do narrar. Seria, de fato, um grave erro de perspectiva supor que o cotidiano em estado bruto é realismo *sic et simpliciter*,

13 Trata-se de um texto curto, *Guillem de Varoic*, editado por P. Bohigas Balaguer na coletânea *Tractats de cavalleria*. Barcelona: Barcino, 1947, pp. 43-77. Quanto a Llull, trata-se do conhecido *Llibre de l'orde de cavalleria*. Já Amador de los Ríos, em sua história literária, e pouco depois M. Menéndez Pelayo, que escreveu com a habitual agudeza sobre o romance, em *Orígines de la novela*. Ed. Naz., v. 1, p. 397, tinham salientado essa situação. Claro *excursus* do problema em Riquer, *Aproximació*, op. cit., pp. 257-71, bem como *Tirant*, op. cit., pp. 69-81.

14 Ainda recentemente, P. Gimferrer dedicou-se a um tema definido como "prurido" e depois como "afã de precisão", na intervenção "Lectura del *Tirant lo Blanc*", in VV.AA., *Actes del Symposion Tirant lo Blanc*. Barcelona: 1993 (1990), pp. 301-16.

como também insiste Vargas Llosa,[15] cuidadoso em distinguir a coisa em si e sua representação, o evento e sua projeção numa escrita motivada pelo interior do projeto, existente ou inventado.

Voltemos, porém, a alguns traços em que se reconhece a referida projeção na condução dos personagens, e em primeiro lugar do protagonista. Com Tirante, acontece de tudo, pois combate e se fere, ri e chora, tomba e arranja casamentos, come e se desespera, murmura e vive, "vive" como um homem qualquer, mais ou menos como os outros intérpretes: e todos falam, falam "sem trégua e sem misericórdia",[16] porque o aspecto dialógico é, como veremos, traço fundamental do texto. A relação de Tirante com as armas é a de um profissional dotado de qualidades magníficas; sua capacidade de mediador entre as intrigas da corte, e sua própria participação nesse gênero de sociedade, são as de quem se livra com habilidade não isenta de ardis; sua atração exclusiva por Carmesina (a cor escarlate da paixão) é tão vividamente natural que, não fosse o predomínio do sexo, teria se esvaído qualquer credibilidade, talvez indo terminar no intelectualismo abstrato típico do solipsismo trovadoresco.[17] Quando ele se encontra na corte da Sicília, onde o grotesco Filipe, "bastante ignorante e conservando grande rudeza", quinto filho do rei da França, se apaixona por Ricomana, a bela jovem dotada de pele alva, tão fina que se enxergava o vinho correndo transparente pela garganta (invejável paradoxo de quem lida bem com a ênfase literária), Tirante revela dotes extraordinários de mediador matrimonial, recorre a estratagemas e magníficas maquinações até convencê-la. E depois, ainda, a relação, ou o desentendimento, com a Viúva Serena (mas também Endiabrada, verdadeira peste) que o deseja a todo custo e cria mil embustes, ou ainda a paixão posterior pelo Nosto (ou melhor, Nostíssimo)

15 O qual, entrando na discussão, ressalta como se entra em "águas procelosas" como são as do realismo literário: in M. Vargas Llosa, "*Tirant lo Blanc*: las palabras como hechos", in *Symposion*, op. cit., p. 600. C. Segre, na contribuição "La comunicación indirecta en Tirant lo Blanc", id., ibid., pp. 573-86, se mostra rigoroso: "Em geral, pode-se dizer que a verdade do livro é quase mais verdadeira do que a realidade, neste triunfo da literariedade" (pp. 576-77). Cumpre dizer que se falou demais do realismo no romance sem se especificar sua essência literária, o que tem sido feito em tempos mais recentes.

16 Como escreve Vargas Llosa, "*Tirant lo Blanc*", op. cit., p. 598, definindo em outra passagem uma característica que salta aos olhos (e por isso recorrente): a "incontinência verbal" ou, ainda, "diarreia verbal", pp. 595 e 596.

17 Cf., a propósito da poética da "*fin'amor*", G. E. Sansone, *La poesia dell'Antica Provenza*. Parma: Guanda, 1993, pp. 18-24, ou ainda *La poesia dei trovatori*, in VV.AA., *L'Europa dei popoli*. Roma: 1996, v. III, pp. 117-28.

na África, aonde chega prisioneiro e desamparado, e onde, claro, conquista outras esplêndidas glórias, sobretudo o coração da filha do rei.

E os outros intérpretes dessa profusa representação não deixam a desejar, embora menos exuberantes do que o protagonista. Carmesina é bela e astuta, encantadora mas absolutamente comum, numa corte imperial incomumente burguesa, cuja mãe, simpática velhota, logo leva para a cama o jovem Hipólito (que, após a morte do Imperador e de Tirante, ascenderá ao trono), enquanto se entrelaçam outras histórias de amor, e nunca apenas sentimentais, entre Stefania e Diafebo, ou entre Hipólito e Plaerdemavida, ou seja, um Prazerdeminhavida que constitui um programa inteiro. E é principalmente nessas seções fluidas do romance que o erotismo predomina, um erotismo que se apresenta como uma piscadela sorridente aqui e ali, acolá como desejo ardente, ali como sensualismo cortesão e lá como frêmito cobiçoso: portanto, variado e calibrado segundo registros diversificados, mas cuja dimensão primária reside na representação agradável do divertimento, na gentil efervescência de um jogo conduzido entre a alusividade e a suavidade, quase como numa companhia de balé setecentista, e no entanto sempre modelado pela qualidade normal do viver tanto no desejo feliz quanto no infeliz e frustrado.

Logo se evidencia que, em toda a ampla seção cortesã, como, por exemplo, também naquelas em que se lançam desafios, o diálogo se torna modalidade primária da narrativa, uma narrativa que, mesmo se consumando eminentemente no dialogismo transbordante, não exclui de maneira alguma a descrição dos movimentos físicos, das atitudes, de todas as formas de acompanhamento capazes de avivar a figuração: e se o diálogo é forma primeira e necessária da ação teatral,[18] não de menor importância é a implicação descritiva, por meio da qual a página se ilumina com movimentos de cena e ganha vida com a descrição feita em primeira pessoa pelos atores e da habilidosa ilustração dos ambientes. Mas é também verdade que, nessa formulação do texto, modalidade ulterior da descrição realista e por vezes francamente cronista, em que a escrita ocupa todos os espaços considerados oportunos, os cenários narrativos aparecem geralmente bastante propensos ao fausto e à opulência, o que induz a algumas repetições, a redundâncias e talvez a uma utilização da retórica, dominante naquela época, um tanto excessiva.[19]

18 Cf. por último Vargas Llosa, "*Tirant lo Blanc*", op. cit., pp. 591-94, e a intervenção de G. Grilli, "*Tirant lo Blanc* e la teatralità", in *Symposion,* op. cit., pp. 361-77.

19 Definida por F. Lázaro Carreter como "esplêndida potência", na contribuição "Atardecer medieval en *Tirant lo Blanc*", id., ibid., pp. 411-40, em esp. p. 439.

Em compensação, a substância dos fatos, ao fim e ao cabo, é geralmente essencial, nua, despojada, como que para determinar um equilíbrio precário entre o gesto e a palavra: e talvez essa situação nos permita perceber como e quando a forma estilística ocupa amplo espaço na invenção dessa literatura da intriga e da bravura, aqui jocosa, ali tecnicizada, mas sempre projeção da escolha de fundo de narrar vidas reais e circunstâncias terrenas.

O romance de Martorell rompe as barreiras tumefatas do tradicionalismo da cavalaria na literatura e lega à história um outro modo de inventar e descrever, que Dámaso Alonso definiu como "novela moderna".[20] O ilustre estudioso deixou bem claro, talvez sem descer aos detalhes num escrito que teve ressonância considerável, que a modernidade do romance não significa de maneira nenhuma um afastamento completo do passado, seu abandono total e definitivo. De fato, se há polêmica por parte de Joanot, ela está totalmente implícita, e se realiza sob a forma de uma independência que não precisa ser alardeada, de uma autonomia a par da originalidade que brota de todas as suas páginas. Inclusive poderíamos até suspeitar que Martorell deixou correr as águas de sua liberdade sem querer se envolver em situações capazes de perturbar os equilíbrios de sua narrativa, confiando sua recusa do tradicionalismo aos próprios atos e não às incursões polêmicas. Por outro lado, o discurso do autor, apesar dos fermentos, dos prenúncios, dos distanciamentos, não podia dissociar-se do conjunto da tradição cultural a que pertencia. Com efeito, é verdade que ele recusa a cavalaria fantástica, mas acredita com toda a sua alma na cavalaria dos cavaleiros da metade do século XV, assim como é inquestionável que se deleita com seu *divertissement* entre intrigas eróticas e outras, não é de se acreditar, porém, que a literatura anterior, a cortesã, ignorasse inteiramente situações amenas ou outro gênero de entretenimento – muito pelo contrário.

Todavia, o que mais se destaca é a configuração das personagens. No tratamento delas reconhece-se, mesmo que em menor medida, a característica de todos os intérpretes de qualquer narrativa medieval, qual seja, a fixidez, e com ela a transcrição nua da interioridade, dita e não demonstrada. A personagem, na literatura da época anterior, não conhece dinâmica de caráter (salvo em suas formas rudimentares), simplesmente porque é ator, não de uma pessoa e de uma personalidade, mas apenas de um símbolo, que reforça continuamente sua natureza, como queria o difuso didatismo: didatismo este que, por outro lado, não está absolutamente

20 D. Alonso, "*Tirant lo Blanc*, novela moderna", de 1951, depois incluído nas *Obras completas*. Madri: 1985, VIII, pp. 499-536.

ausente em Martorell, em vez disso faz-se ubíquo. E fixidez significa não só que a personagem aparece com uma conformação pré-definida e assim permanece até o final, quaisquer que sejam os acontecimentos, quiçá tremendos e tumultuosos que vivencia; mas significa também não colocar a contradição, a crise, a mobilidade interior que conforma seu viver numa suspensão dinâmica que modifique seus traços segundo uma modernidade problemática que só surgirá posteriormente. Sem dúvida, a personagem medieval sofre, ama, chora, mas permanece sempre a mesma a despeito do que lhe aconteça, máscara com pouca disposição problemática e sem expressão no desconforto do difícil existir. Se assim não fosse, a condição primária da firmeza simbólica iria pelos ares; entretanto, a condição interior é afirmada, asseverada, reforçada fixamente, estabilizada e reiterada até a imobilidade de uma estátua. Os tempos da *Elegia di Madonna Fiammetta*, os tempos de Petrarca e de Boccaccio, ainda não subverteram as ordens tradicionais, substancialmente medievais, e o percurso "moderno" ainda não conquistou espaço.[21]

Um último e ulterior aspecto do romance martorelliano, por isso na "encruzilhada" entre passado e futuro, deve ser esclarecido, justamente para não impor à sua originalidade, excepcional na área do romance de cavalaria, avaliações impróprias. Certamente Joanot, recusando o fantástico e adotando o real e concreto, sabia estar rompendo um esquema tradicional e tinha plena consciência de sua dissidência, da distância, da oposição e também de sua "modernidade". Mas não se pode de modo algum afirmar que ele dê qualquer mínimo sinal de consciência de que sua ação poderia pôr em movimento uma verdadeira palingênese. Martorell sabe e faz o que quer fazer; mas será preciso esperar um século e meio antes que a música mude (Cervantes), e ele não tem a menor premonição da crise futura que poderia desencadear; sua inquestionável genialidade não soube se estabelecer no território da história – a futura, naturalmente –, nem sequer como minúsculo presságio.[22]

A história editorial de *Tirante, o Branco* tem características próprias, consistindo em primeiro lugar na coautoria, transmitida desde o primeiro incunábulo (1490; o segundo é de 1497), agregando ao nome de Joanot Martorell o de Martí Joan de

21 Cf. Sansone, "*Tirant lo Blanch*" *e le vie del romanzo,* op. cit., pp. 47-48.

22 Cf. id., *Tirant al bivio*, pp. 51-59. Assinalo aqui que M. de Riquer, no "Prólogo" da *Aproximació,* op. cit., traça um lúcido panorama crítico reservado às intervenções de maior impacto. No final do volume, há uma bibliografia completa (para a época). Para atualizações posteriores, veja-se a revisão bibliográfica da Universidade de Gerona, aos cuidados de A. Rossich e L. Badia, "Qüern", 1999, n. 3, atualizada até o final de 1998.

Galba. Como o enorme número de capítulos do romance, variadamente manipulados na distribuição do assunto, não trazia nenhuma indicação sobre as formas e os locais das intervenções de Galba, tanto na primeira como nas posteriores impressões, pode-se facilmente imaginar como o problema originou múltiplas hipóteses (obra completada pelo segundo autor; correções de natureza variada em todo o texto, e assim por diante). Na edição de 1990, Riquer levantou decididamente a sugestão de que a única intervenção de Galba consistia em seu nome como autor, e que deveria ser excluído.[23] Dois anos depois, no valioso livro documental de Villalmanzo e Chiner,[24] foi demonstrado, com documentos de arquivo decisivos, que Galba era simplesmente a pessoa que atendeu ao pedido de dinheiro adiantado de Martorell, recebendo como garantia do empréstimo o manuscrito do *Tirante*. Após a morte de Joanot, um irmão seu tentou inutilmente resgatar o manuscrito, mas Galba não só recusou a oferta, como acrescentou seu nome ao do único autor, como que para granjear uma fama indevida. Trata-se, pois, de um nome a ser apagado definitivamente.

No início de sua intervenção de 1968, Vargas Llosa escreve que os estudos eruditos, que tiveram a primazia, contribuíram "involuntariamente para acentuar a condição funérea desse livro sem leitores".[25] Seja como for, a difusão do *Tirante* teve um destino variado e sobretudo descontínuo, tanto é que essencialmente apenas a partir de 1947, ano em que surge a importante edição de Riquer, a presença da obra martorelliana começa a gozar de verdadeira fama, primeiro na Catalunha e depois em outros lugares. Fama que não faltou no início, não só em terras catalãs, mas também com pronta resposta nos dois territórios de maior familiaridade, ou seja, a Espanha e a Itália. A tradução para o castelhano, anônima e não propriamente muito fiel (como acontecia naquela época), embora, no final das contas, aceitável (para aqueles tempos) e útil, é de 1511.[26] Desde os primeiros anos do século XVI, Isabel d'Este, marquesa de Mântua, empenhou-se numa versão em italiano. Malogrado o projeto encomendado a Niccolò da Correggio (que com certeza nem sequer começou o trabalho), foi Lelio Manfredi quem fez a tradução, concluída por volta de 1520, utilizando o texto catalão e não o espanhol. A obra de Manfredi, seguramente a mais feliz pela fidelidade e qualidade, veio à luz somente em 1538,

23 Cf. Riquer, *Aproximació*, op. cit., pp. 285-97.

24 Villalmanzo e Chiner, *La pluma y la espada*, op. cit., pp. 82-89.

25 Vargas Llosa, *Carta de batalla, op.* cit., p. 9.

26 A edição do *Tirant el Blanco* se deve a M. de Riquer. Madri: 1974, 5 v [ed. bras.: *Tirant lo Blanc*, trad. Claudio Giordano. São Paulo: Ateliê, 2004].

em Veneza, com novas edições em 1566 e 1611.[27] Foi apenas em 1737 que o conde de Caylus, notoriamente possuidor de imensa e valiosa cultura, mandou imprimir uma tradução resumida do volumoso romance, selecionando o que poderia atrair um público interessado e curioso, mas também frívolo e volúvel. Essa *œuvre badine*, certamente baseada no texto espanhol (Caylus ignorava que o original era catalão), mas também levando esporadicamente em conta o texto italiano, teve sucesso e foi reeditada em 1775 e 1786.[28]

Como se vê, o destino de um texto notável como *Tirante, o Branco* foi, em suma, medíocre e irregular, num certo sentido também coleante e subterrâneo. Na verdade, pode-se tranquilamente afirmar que o devido reconhecimento, seja no plano da valorização ou no plano do sucesso editorial, concomitante com o sólido crescimento da literatura catalã nos tempos recentes também no plano da divulgação no exterior, foi conquistado somente nas últimas décadas.

27 Versão italiana de *Tirante, o Branco* se deve a um grupo de pesquisadores sob minha coordenação, e foi editada em Roma em 1984. A introdução foi incluída in Sansone, *Scritti catalani di filologia e letteratura,* op. cit., pp. 61-79.

28 Os não poucos problemas da bela tradução resumida de Caylus (entre outros, o relativo à atribuição incongruente da excelente introdução a Nicolas Fréret, agora documentalmente desmentida) foram abordados por G. E. Sansone, *Il "Tiran" del Conte di Caylus*, reed. in *Scritti catalani di filologia e letteratura,* op. cit., pp. 81-103. Quanto à avaliação crítica da obra do conde, cf. *Le "Tiran" du Conte de Caylus: volonté littéraire et dérivation duelle*, a ser publicado em "Romania".

GIAN CARLO ROSCIONI

## *O explorador turco*

Estranho romance aquele que requer – para ser lido nas redações ou versões mais antigas que chegaram até nós – o conhecimento de três línguas, o italiano, o francês e o inglês; fácil imaginar, por trás dessa anomalia, complexas vicissitudes bibliográficas, delicados problemas de paternidade. Mas não coloquemos o carro na frente dos bois, e tentemos abordar a obra com o espírito e a ingenuidade de todos os que, desde 1684 até o final do século XVIII, tiveram-na nas mãos em italiano, francês, inglês, holandês, alemão ou russo.

Este é o enredo, em linhas gerais. Um árabe chamado Mahmut, súdito do Grão Senhor, é enviado em 1637 à França para "explorar", averiguar, tudo o que ocorre na cena diplomática e política europeia, e informar o Divã. Espionando no Ocidente, como era de se esperar, acontece-lhe de tudo: encontros, ciladas, atentados, traições, aventuras dos sentidos e do espírito. Até que, em 1682, depois de quase meio século de permanência em Paris, Mahmut desaparece subitamente, "não sem a suspeita de ter sido atirado, durante a noite, ao rio".[1] Todo o enredo

1 *L'Esploratore turco*, a cargo de G. Almansi e D. Warren, in *Studi secenteschi*, IX, 1968, p. 172. A Almansi e Warren deve-se a publicação de todo o texto italiano da obra in *Studi secenteschi*, →

é colocado dentro do quadro necessário: lemos no prefácio do *Esploratore turco* (publicado em italiano, em Paris, em 1684, pelo editor Barbin) que o genovês Gio. Paolo Marana, tendo descoberto no quarto de despejo de seu alojamento em Paris os rascunhos das cartas de Mahmut a ministros do império otomano, a parentes, amigos, eclesiásticos, cientistas, decidiu "traduzi-los" do árabe para sua língua e publicá-los. Se no primeiro volume ele oferece uma pequena amostra, compromete-se a publicar todo o curiosíssimo epistolário num futuro próximo. De fato, entre 1686 e 1694, não mais em italiano, mas agora em francês (*L'Espion du Grand Seigneur*) ou em inglês (*The Turkish Spy*), aparecem em Paris e Londres – após as traduções do *Esploratore turco* para as duas línguas – centenas de novas cartas de Mahmut. Sabemos que as "francesas" são de Marana, mas a paternidade das "inglesas" é controversa, mesmo desenvolvendo com coerência a ficção inicial.

Ao acrescentar aos usuais artifícios narrativos e satíricos do manuscrito encontrado e do observador estrangeiro imaginário invenções ligadas ao papel e à atividade de espionagem, Marana deu vida a um gênero literário – em it.: a carta pseudoestrangeira, como foi batizada pela crítica anglo-saxã – destinado a uma extraordinária fortuna no século XVIII. Mas não nos deteremos num fenômeno muito conhecido: quem ignora que as *Cartas persas* e *O cidadão do mundo* nasceram nas pegadas do epistolário de Mahmut? Mais do que a história extrínseca e os ecos despertados pelo romance, interessam-nos, na verdade, os ingredientes que o tornaram uma das obras mais surpreendentes da literatura do final do século XVII. Aqui e ali velados pela multiplicidade e variedade dos temas abordados na correspondência de um grafômano – "correspondendo-se com toda a humanidade", como dirá jocoso Alexander Pope –,[2] eles podem escapar ao leitor de hoje, tão estreitamente vinculados que estão à bizarra e ambígua personalidade do protagonista, sobre a qual devemos desde já deter nossa atenção.

Pelo dono da casa onde fixou residência, o prefaciador italiano do *Explorador turco* conta que ficou sabendo que seu quarto em Paris tinha sido ocupado por longo tempo por

→ IX (1968), pp. 159-257, X (1969), pp. 243-88, XI (1970), pp. 75-165, XII (1971), pp. 325-65, XIII (1972), pp. 275-91, XIV (1973), pp. 253-83, XVIII (1977), pp. 245-61. De pouca utilidade é a antologia de G. P. Marana, *Letters writ by a Turkish Spy*, a cargo de A. J. Weitzman. Londres/Nova York: Routledge and Kegan Paul, 1970.

2 Carta a W. Broome de 30 dez. 1725, in G. Sherburn (org.), *The Correspondence of Alexander Pope*. Oxford: Clarendon, 1956, v. II, p. 359.

> um homem que dizia ser da Moldávia, com hábito de abade, baixa estatura, aspecto pesado e disforme, mas de incorruptível bondade, aparentemente muito religioso e sumamente aplicado ao estudo.[3]

De fato, Mahmut decidiu esconder sua identidade sob o nome de Tito da Moldávia: se seu "aspecto pesado e disforme" – franca violação das convenções do romance seiscentista – reflete a associação feiura-sabedoria, estabelecida na tradição europeia pelo chamado *Romance de Esopo*,[4] o fato de ser "*aparentemente* [grifo meu] muito religioso e sumamente aplicado ao estudo" revela sua natureza de dissimulador e de "espírito forte". Como convém a um libertino de tipo "erudito", como o definiu René Pintard,[5] Mahmut conhece muitas línguas, antigas e modernas, orientais e ocidentais, leu os clássicos gregos e latinos, traduziu Sêneca, e se entretém redigindo diários "em estilo agradável":[6] é, em suma, um homem de letras. Isso bastaria para convertê-lo num personagem insólito no quadro literário da época: se a figura do herói letrado não é totalmente desconhecida no século XVII – Dom Quixote, a seu modo, pertence a essa família –, somente muito mais tarde ela terá o destino que conhecemos.

Mahmut tem também uma perigosa tendência ao *spleen*, comum aos letrados. É que o ofício da espionagem – explica-nos ele – provoca em quem o exerce um gradual processo de afastamento, primeiro dos outros, e depois de si mesmo. Como poderia um muçulmano, que para viver despercebido entre os infiéis tem de se passar por cristão, não sentir um constante e angustioso sentimento de culpa? Seu *spleen*, que por vezes assume as formas de um verdadeiro delírio persecutório, está na origem de curiosas fantasias, às quais não é estranha a cidade em que lhe cabe viver. Mahmut odeia Paris, que, como todos os grandes aglomerados urbanos, parece-lhe a sede natural de todos os vícios e todas as infelicidades. Para se defender de uma atmosfera tão corrupta, ele procura refúgio, sempre que pode, em seu pequeno aposento onde, além de ler e escrever, dedica-se – como Espinosa e o polimento de lentes – à fabricação de complicados relógios. Mas nem mesmo entre aquelas paredes ele encontra paz, pois julga amiúde distinguir em suas

3 "*L'Esploratore turco*", in *Studi secenteschi*, IX (1968), p. 170.

4 Cf. G. C. Roscioni, *Sulle tracce dell' "Esploratore turco"*. Milão: Rizzoli, 1992, pp. 249 ss.

5 Cf. R. Pintard, *Le Libertinage érudit dans la première moitié du XVII^e^ siècle*. Genebra/Paris: Slatkine, 1983.

6 "*L'Esploratore turco*", in *Studi secenteschi*, X (1969), p. 251.

superfícies figuras e cenas horripilantes: uma vez, inclusive, chegou até a enxergar uma inquietante e perfeita imagem de si mesmo.

Por assustadores que sejam, seus sonhos satisfazem estranhas tendências e aspirações. Há em Mahmut, com efeito, uma "curiosidade audaciosa [...] que adora se arriscar em extremos",[7] uma acentuada predileção pelo remoto e pelo medonho. Pois não prefere à vista de um prado coberto de flores a visão de um "velho penhasco escarpado", relíquia do caos originário?[8] A simples ideia do Pântano Meotides e dos "pântanos e charcos horríveis" que circundam a terra dos tártaros desperta-lhe uma paixão inexprimível:

> *Those ample deserts, those untrack'd solitudes appear to my imagination like the limits of this old habitable world, and the frontiers of some new, strange and unknown region, some Terra incognita, where an universal disolation and silence keep their seat for ever.*[9]

Se tais são as fantasias que a distância espacial lhe sugere, a distância temporal lhe desperta elucubrações ainda mais sinistras. A um amigo que mora no Cairo, ele escreve:

> *Oh that I were in one of the Pyramids near the city where thou residest, shut up in tremendous darkness, in the most obscure and horrible vault of the royal pile!*[10]

Gostaria de percorrer "*up and down the dismal galleries, or on the nest of bats, screech-owls, harpies, and the rest of the winged monsters*[...]".[11]

Perguntamo-nos se esse livro, com tantas histórias de angústias dilacerantes, de aparições terríveis, de culpas inexpiáveis (não só do protagonista: *The Turkish*

7 *The Turkish Spy*. Londres: 1723, v. VI, p. 261.

8 Id., ibid., v. IV, p. 71.

9 Id., ibid., v. VI, pp. 194-95 ["Aqueles vastos desertos, aquelas solidões jamais palmilhadas aparecem à minha imaginação como os confins deste velho mundo habitável e as fronteiras de alguma nova região estranha e desconhecida, alguma *Terra incognita*, onde reinam para sempre uma desolação e um silêncio universais"].

10 Id., ibid., p. 36 ["Oh quisera estar numa das Pirâmides perto da cidade onde tu resides, encerrado numa tremenda escuridão, na mais obscura e horrível câmara mortuária do monumento real!"].

11 Id., ibid. ["acima e abaixo as lúgubres galerias, ou subir aos ninhos de morcegos, corujas, hárpias e os demais monstros alados [...]"].

*Spy* marca uma etapa importante na elaboração da lenda do Judeu Errante,[12] personagem que Mahmut tem a sorte de encontrar em Paris), com seus cenários de terras desertas e inóspitas, ou – agora – de escuras "galerias sombrias" povoadas de animais medonhos, não será por acaso o primeiro romance gótico, quase desconhecido. A julgar pela data da composição, parece legítimo responder pela afirmativa, mesmo tendo de levar em conta dois elementos que complicam um pouco a questão. O primeiro é que as fantasias de Mahmut sobre os horrores das pirâmides têm origens, não tardo-renascentistas como as dos futuros romances "negros", mas autenticamente árabes: sua fonte principal é um livro de Murtadã ibn al-'Afif, publicado na tradução francesa em Paris, em 1666, com o título de *L'Egypte de Murtadi*.[13] O segundo é que o destino europeu das cartas de Mahmut se deve fundamentalmente a fatores de outra natureza.

"Nunca um livro vendeu tão bem",[14] observava Bernard de La Monnoye algumas décadas depois da publicação das primeiras edições francesas; e a proximidade cronológica entre seu comentário e a recepção clamorosa das *Cartas persas* (1721) pode nos levar a atribuir o sucesso das duas obras, montadas sobre o mesmo artifício, a motivações semelhantes. Mas *L'Espion turc* – é este o título com que o romance será lembrado por quase todos os leitores e críticos de língua francesa – tem muitas facetas: além de ser uma *spy-fiction* e um engenhoso libelo contra a civilização e a religião do Ocidente, é de fato uma crônica política difusa, uma confusa enciclopédia histórico-filosófica, uma antologia de contos, anedotas, relatórios e divagações de todas as espécies. Se esse aspecto compósito da obra é, para nós, o menos atraente, os leitores de outrora pareciam apreciá-lo. "Encontramos aqui romance, reflexões de todo gênero, o que torna a obra bastante agradável", dizia Lenglet-Dufresnoy, aparentemente conquistado pela "variedade bastante divertida" da correspondência de Mahmut.[15] Por mais de um século (a última edição completa do romance é de 1801), alguns leitores chegaram a enxergar em suas páginas a fonte de toda a sabedoria: ainda em 1870, um certo James Crossley contava em "Notes and queries" que havia conhecido um "velho cavalheiro" que, tendo adotado o livro como sua

12 Cf. G. K. Anderson, *The Legend of the Wandering Jew*. Providence: Brown University Press, 1970, pp. 128-32, e E. Knecht, *Le Mythe du Juif errant*. Grenoble: Presses Universitaires de Grenoble, 1977, pp. 76-78 e 84-85.

13 Cf. Roscioni, *Sulle tracce dell' "Esploratore turco"*, op. cit., pp. 306-11.

14 B. de la Monnoye, *Œuvres choisies*. Dijon/Haia: 1769-70, v. III, p. 197.

15 A.-N. Lenglet-Dufresnoy, *De l'usage des romans, ou l'on fait voir leur utilité & leurs differens caractères*. Amsterdã: 1734, v. II, p. 85.

Bíblia, conhecia-o tão bem "passando-se por pessoa de consideráveis conhecimentos e áreas de domínio entre seus pares".[16] A verdade é que agora já existia um novo e vasto público ávido por curiosidades históricas e científicas, mais do que por episódios de romance: e a mistura, à primeira vista surpreendente, de espírito crítico e imaginação ardente, de racionalismo e esoterismo nas cartas de Mahmut parecia plenamente adequada para atender a essas exigências.

No curso do século XVIII, o romance também caiu nas mãos de escritores como Defoe e Voltaire, Prévost e Johnson, Pope e Herder, mas nenhum deles parece ter se apercebido de sua originalidade, para além da fórmula da carta pseudoestrangeira, na personalidade e nas aventuras mentais do protagonista: seus humores se refletem, no máximo, no despeito de Oliver Goldsmith que, deprimido por uma involuntária estada em Edimburgo, escreveu um dia que se sentia "recluso como o espião turco em Paris".[17] Mas antigas atribuições da obra atestam que a solidão, a melancolia, o complexo de culpa de Mahmut despertaram em outros leitores o interesse que mereciam. Segundo uma dessas atribuições, o autor do romance (inclusive a parte que sabemos com certeza ser de Marana!) seria um certo William Bradshaw, tão "desgraçadamente tomado pela melancolia" que "sua escuridão predominava em seu semblante". Outra atribui as cartas de Mahmut a Richard Sault, homem que "estava à mercê dos mais implacáveis terrores de sua própria consciência", e cujo aspecto é descrito nos seguintes termos: "seu desespero e sua melancolia fizeram-no parecer uma alma penada".[18]

São afirmações que mais mostram as reações de um público setecentista anônimo do que esclarecem a intricada história bibliográfica do romance. Mas aqui não é o lugar para reabrir a discussão sobre a paternidade das cartas "inglesas" de Mahmut.[19] Basta saber que, entre os escritores aos quais elas foram atribuídas, constam uns dois italianos (Marana em primeiro lugar, naturalmente), dois ou três franceses, sete ingleses; e que, segundo um estudioso americano, um exame atento dos argumentos apresentados a favor e contra as candidaturas tão somente

16 "Notes and queries", IV série, 26 mar. 1870, pp. 323-24.

17 K. C. Balderston (org.), *The Collected Letters of Oliver Goldsmith*. Cambridge: Cambridge University Press, 1928, p. 5.

18 Cf. W. H. McBurney, "The Authorship of *The Turkish Spy*", in PMLA, LXXII, (1957), pp. 922-23.

19 O ponto de partida mais útil para reconstituir a história da questão é o artigo de J.-P. Gaudier e J.-J. Heirwegh, "Jean-Paul Marana, *L'Espion du Grand-Seigneur* et l'histoire des idées", in *Études sur le XVIII*[e.] siècle, 1981, n. 8, pp. 25-52. Mas ver também Roscioni, *Sulle tracce dell' "Esploratore turco"*, op. cit., pp. 236-45 e 387-419.

do outro lado do canal da Mancha daria corpo a um livro razoavelmente grosso.[20] A reconstituição da vida, realmente misteriosa, de Marana e um estudo um pouco aprofundado de *The Turkish Spy* levam o autor do presente texto a ver nas cartas, aparecidas pela primeira vez em Londres nos anos 1690, um remanejamento inglês substancial dos doze pequenos volumes manuscritos do *Esploratore turco* que o escritor genovês disse a seus leitores franceses, em uma outra obra, não ter conseguido publicar: "a lentidão dos que me deram a honra de traduzir os relatos de Mahmut, o Árabe" e "obstáculos secretos são a razão de, há cerca de três anos, uma dúzia de pequenos volumes que estão completos em minha língua ainda não estarem na sua".[21] Nem é preciso dizer que esses originais italianos sumiram sem deixar vestígios.

Se a paternidade de tantas cartas de Mahmut há de permanecer incerta, poucas dúvidas há sobre o público que decretou sua sorte: um público de leitores que logo estariam prontos a se reconhecer nas "*lumières*", mas também curiosos acerca de uma filosofia que não se acanhava em abordar crenças "supersticiosas" e saberes excêntricos. E talvez seja justamente por causa da convivência de ideias e tensões no romance, capazes de alimentar atitudes aparentemente contraditórias, que surgiu inesperadamente na narrativa europeia do final do século XVII um personagem como o inquieto e obscuro Mahmut.

20 E. Tucker, "On the Authorship of the *Turkish Spy*: An *Etat Présent*", in *The Papers of the Bibliographical Society of America*, LII (1958), pp. 34-47.

21 Marana, *Les Evénements les plus considérables du Règne de Louis le Grand.* Paris: 1690, "Introdução".

PATRIZIO TUCCI

# As aventuras de Telêmaco

Fénelon (1699)

Atualmente negligenciado, *As aventuras de Telêmaco*, de Fénelon, foi por muito tempo o livro francês mais famoso e mais lido.[1] Prova disso é a quantidade impressionante de edições, as traduções em inúmeras línguas – entre elas, seria digna de figurar a turca que o protagonista das *Memórias e aventuras de um homem de qualidade* (1728), primeiro romance do Abbé Prévost, diz ter realizado "para o divertimento e a instrução" da família otomana da qual era escravo[2] – e a densa coleção de imitações, remanejamentos, paródias, algumas das quais com assinaturas ilustres: citemos pelo menos *Telêmaco disfarçado* (1713-15), de Marivaux, e *Cândido* (1759), de Voltaire, *A nova Heloísa* (1761), de Jean-Jacques Rousseau, e aquele cruzamento explícito entre Fénelon e Dada que são *As aventuras de Telêmaco* (1922), de Louis Aragon. Cumpre ainda lembrar, como prova da imensa

1 Fénelon, *Les aventures de Télémaque* [1699], edição a cargo de J. Le Brun, in *Œuvres*, 2 v. Paris: Gallimard, 1983-97, v. II, pp. 1-326. Todas as citações foram extraídas desta edição do romance e estão indicadas diretamente no texto e nas notas com o número do livro e página entre parênteses.

2 A. Prévost d'Exiles, *Mémoires et aventures d'un homme de qualité* [1728-31]. Paris: PUF, 1995, p. 149.

fortuna desfrutada pelo romance, que o "sábio" Mentor, segundo personagem principal, ou talvez (e sem talvez) o verdadeiro protagonista, tornou-se uma antonomásia em muitas línguas europeias.

Fénelon escreveu *Telêmaco* entre 1694 e 1696, para uso do sobrinho de Luís XIV, o duque de Borgonha (nascido em 1682), que era seu pupilo desde 1689 e para cuja instrução já preparara uma coletânea de *Fábulas*, os *Diálogos dos mortos* e a tradução de alguns livros da *Odisseia* (V-X), provida com o resumo dos demais.[3] É justamente a essa obra veneranda que *As aventuras de Telêmaco* fazem referência explícita, tanto é que a edição *princeps*, com privilégio, mas anônima e incompleta (Paris, abril 1699), traz o título de *Continuação do quarto livro da Odisseia de Homero, ou As aventuras de Telêmaco, filho de Ulisses*. No livro de abertura do poema de Homero, como sabemos, Atenas, que descera a Ítaca sob traços humanos, incentiva Telêmaco a sair em busca do pai. Os três livros seguintes relatam a estada do jovem príncipe em Pilo e depois em Esparta, onde Menelau lhe dá a notícia de que Odisseu está preso por Calipso na ilha de Ogígia. Do começo do livro V até o livro XV, quando pai e filho se reencontram em Ítaca, a *Odisseia* se concentra nas peripécias do herói epônimo, excluindo Telêmaco do horizonte narrativo. O que acontece com ele nesse ínterim? Fénelon remedia o silêncio de Homero.

Tal como a *Odisseia*, a *Ilíada* e a *Eneida*, o relato principia *in medias res*, com as lágrimas de Calipso dilacerada pela partida de Ulisses e com o naufrágio de Telêmaco em Ogígia, acompanhado por Minerva sob a figura de Mentor. Calipso o interroga, profundamente perturbada pela absoluta semelhança entre pai e filho, e Telêmaco lhe conta as várias experiências que partilhou com Mentor desde a partida de Esparta. A primeira etapa do périplo de ambos foi a Sicília, a seguir, o Egito agrícola dirigido pelo bom Sesóstris, a Tiro mercantil sob o cruel tirano Pigmalião, Chipre, reino malsão do amor, e Creta, reino frugal da lei (livros I-V). Do sexto livro em diante, a narrativa obedece à ordem cronológica. Assim vemos discípulo e mestre desembarcarem em Salento, em guerra contra o povo selvagem dos mandurianos. Mentor restabelece a paz na cidade e realiza uma reforma econômica, política e social, ensinando ao rei Idomeneu a arte de governar. Enquanto isso, Telêmaco, após procurar inutilmente o pai nos Ínferos, combate e mata o ímpio Adrasto. Nos dois livros finais (XVII e XVIII), a dupla se reúne

3 Saliente-se que nos *Dialogues sur l'éloquence*, de sua juventude, ele havia enaltecido a suma virtude educativa dos versos de Homero, "próprios para instilar, pelo prazer, a sabedoria no fundo dos corações infantis", Fénelon, *Œuvres*, op. cit., v. I, p. 13. Cf. p. 19.

novamente e ruma para Ítaca: durante a viagem, Mentor revela sua identidade divina a Telêmaco, dá-lhe as últimas instruções e desaparece numa nuvem azul e dourada. As últimas linhas do romance narram com rara brevidade a chegada do príncipe a Ítaca e o encontro com o pai na casa do fiel Eumeu. A tais acontecimentos, que concorrem para desenhar aquela que os teóricos seiscentistas do romance e do poema épico chamam de "ação principal", reúnem-se vários eventos secundários, de que o leitor toma conhecimento através de outros personagens: entre eles destaca-se a evocação das maravilhas edênicas da Bética, feita pelo fenício Adoamo (livro VII).

Fénelon afirmará numa carta de 1710 ao padre Le Tellier, confessor do rei, que *Telêmaco* fora publicado não só sem sua autorização, mas também por meio de uma fraude:

> Propus-me unicamente a divertir o duque de Borgonha com essas aventuras, e instruí-lo divertindo-o, sem jamais pensar em oferecer o livro ao público. Todos sabem que escapou a mim pela infidelidade de um copista.[4]

Fato é que as edições se sucedem a rodo: poucos meses depois da *princeps*, já somam uma dezena completa, e com o nome do arcebispo de Cambrai no frontispício. Por que tanta curiosidade? Várias fontes atestam que o público lia a obra procurando "aplicações": ou seja, considerava que ali, sob vestes antigas, era narrada a história grande e miúda da própria época, e identificava este ou aquele personagem com o rei, seus íntimos, ministros, conselheiros, membros da corte de Versalhes, e de fato algumas edições posteriores serão pontilhadas de notas traduzindo explicitamente todas as supostas alusões e alegorias. Basta um único exemplo: no livro V, diz-se que "o mais infeliz de todos os homens é um rei que julga ser feliz tornando miseráveis os outros homens" (V, pp. 66-67). Eis a glosa:

> Nem isso nem o que se segue é uma contraverdade; é uma pintura ao vivo do reinado de Luís XIV. Cada palavra tem seu significado, sem necessidade de outras explicações.[5]

4 Fénelon, *Œuvres*. Paris: 1838, v. III, p. 631ª. Ver também a carta latina de 1702 ao cardeal Gabrielli, in *Correspondance*, a cargo de J. Orcibal. Paris/Genebra: Klincksieck, 1972-92, v. X, p. 259.

5 *Les Aventures de Télémaque fils d'Ulysse, par Feu Messire de Salignac de la Motte Fenelon* [*sic*]. Veneza: 1768, v. I, p. 97. Nicolas Gueudeville, primeiro comentador das *Aventuras de Telêmaco*, afirma que na opinião da maioria "a política de Mentor" não era senão "a inversão de nosso governo" (*Critique générale des Aventures de Télémaque*. Colônia: 1700, p. 89).

Que o arcebispo nutria intenções malévolas, ficou evidente para o próprio Luís XIV, o qual, segundo algumas testemunhas, teria lido a obra ainda em manuscrito, e teria se sentido "atingido em cada página". Por outro lado, alguns meses antes da publicação das *Aventuras de Telêmaco*, ele destituiu Fénelon do cargo de preceptor do sobrinho, devido à sua proclamada adesão à doutrina quietista, relegando-o a Cambrai. É de se lembrar também que, em março de 1699, o papa Inocêncio XII condenou, por instigação da Igreja francesa, a *Explication des maximes des saints*, que Fénelon havia publicado no início de 1697, propugnando o quietismo. Por essas razões, não admira que *Telêmaco* fosse considerado pela opinião pública como o panfleto rancoroso de um dignitário caído em desgraça. Na carta já citada ao padre Le Tellier, Fénelon nega enfaticamente qualquer culpa, sustentando que seu objetivo tinha sido o de oferecer uma exemplificação completa do exercício do "poder soberano", com as virtudes a serem praticadas e os vícios a evitar, como convém a um livro destinado a um adolescente que um dia viria a reinar; e isso sem querer compor "retratos satíricos e insolentes", nem ter em mente "caracteres" precisos, e muito menos a pessoa do soberano.

De fato, a longa viagem mediterrânea permite ao filho de Ulisses (e, por meio dele, ao duque de Borgonha) conhecer e comparar vários modelos, positivos e negativos, de reis; a instrutiva demonstração é selada pelos espetáculos contrários, de suplício e de beatitude, que as sombras dos tiranos e as dos monarcas virtuosos oferecem a seus olhos no Tártaro e nos Campos Elíseos (para os primeiros, o castigo é infligido, significativamente, não tanto pelo mal que praticaram, mas pelo bem que deixaram de fazer). Peregrinando de uma terra a outra, Telêmaco viaja também de uma organização social a outra, de um sistema econômico a outro, segundo uma lógica ascendente que tem seu ponto de chegada na Salento reformada por Mentor. A Bética, região metafísica da perfeição inatingível, habitada por sábios subtraídos ao devir da história, constitui um caso à parte, e não à toa é o único local que Telêmaco não chega a conhecer: ela representa um mundo anterior à queda, e lembra às sociedades humanas o desígnio original da Providência.

Assim, *As aventuras de Telêmaco* se situam com pleno direito na tradição da *institutio principis*, que tem como texto fundador a *Ciropédia*, de Xenofonte (à qual alguns compararam, no século XVIII, a obra de Fénelon), e possui vários exemplos insignes, entre eles os mais recentes na França seiscentista, os volumes escritos por Bossuet para o Grande Delfim, futuro pai do duque de Borgonha. No entanto, Fénelon, por razões expressas de eficácia pedagógica ("instruir divertindo"), não estrutura seu texto de acordo com os cânones usuais das obras didáticas *ad usum Delphini*, súmulas dogmáticas e abstratas do saber: pelo contrário, costura essas noções dentro da trama de uma narrativa romanesca. Romanesca ou épica? Os primeiros leitores discutiram com insistência nada inocente a classe literária a que pertence *Telêmaco*. Observando-se bem, o duplo título da edição *princeps* dá indícios do embaraço do próprio editor (nenhuma indicação no manuscrito autógrafo): *Continuação do quarto livro da Odisseia*, de fato, reconecta a obra à poesia épica, enquanto *As aventuras de Telêmaco* sugere a ligação com o âmbito do romance. A definição dada retrospectivamente por Fénelon, na carta ao padre Le Tellier, como "uma narrativa fabulosa em forma de poema heroico, sobre o modelo de Homero e Virgílio" tende para a hipótese épica.[6] Mas, justamente, se o público da época se obstinava em querer atribuir *Telêmaco* a este ou aquele gênero, não era apenas por amor à classificação. Qualificar o livro equivalia a louvá-lo ou a desprezá-lo, seja sob o aspecto estético ou o aspecto ético. Quem o classificava de romance estava denunciando automaticamente sua frivolidade, devido aos preconceitos que os bem-pensantes nutriam diante de tal categoria de obras, com o agravante de que o autor era um prelado. Considerá-lo uma epopeia, inversamente, significava conferir-lhe um certificado de nobreza e considerá-lo um texto perfeitamente adequado para a educação de um príncipe. Sem contar que, naquela época, ainda se arrastava a famosa controvérsia sobre a superioridade dos antigos ou dos modernos, e os defensores da modernidade não achavam que um autor vivo conseguiria competir com e vencer Homero e Virgílio no terreno a que eles próprios haviam conferido glória.

Na verdade, atendo-se aos cânones, mesmo variáveis, da época, *Telêmaco* não pode ser considerado propriamente nem romance nem epopeia. Como observou Voltaire, no capítulo XXXII do *Século de Luís XIV* (1751), ele está a meio caminho entre os dois polos, mesclando características de ambos: acrescente-se que há ainda pontos de contato evidentes com outros gêneros, do dramático, e particularmente do trágico (com dívida em relação a Racine), ao histórico e ao utópico. Dois elementos fundamentais, estreitamente relacionados, afastam a narrativa de Fénelon da epopeia e aproximam-na do romance – para sermos mais precisos, do romance heroico-galante, que lhe fora apresentado nos exemplos de Georges

6 Fénelon, *Œuvres* [1838], op. cit., p. 631ª. Na carta latina de 1702, o arcebispo invoca os mesmos modelos, e fala ora de "poema em prosa" ("*ita ut poemati nihil praeter metrum deesse videretur*"), ora genericamente de "*carmen*", ora de "*fabula*" (*Correspondance*, op. cit., pp. 258-59).

e Madeleine de Scudéry, La Calprenède, Le Roy de Gomberville, e cujos preceitos foram definidos por Pierre-Daniel Huet em seu célebre *Tratado sobre a origem dos romances* (1669): um deles é o destaque atribuído ao amor ("o amor deve ser o principal argumento do romance", decretara Huet),[7] enquanto na poesia épica ele vale como tema acessório. O outro elemento deve ser identificado na evolução interior de Telêmaco, que no final de seu périplo não só se torna homem, mas um outro homem, diferente do que seria por sua índole natural; já os heróis de Homero e de Virgílio, pelo contrário, conservam em todo o decorrer dos acontecimentos o caráter, esculpido, com que haviam sido apresentados aos leitores (o impetuoso Aquiles, o astuto Odisseu, o piedoso Enéas). Reduzido à sua essência profunda, pode-se dizer que *Telêmaco* é precisamente a história de um amadurecimento: é um "romance de formação", ou melhor – e literalmente –, um "romance de educação" ou "de instrução", com o educador convertido em personagem e incluído no circuito da ação. Num singular jogo de reflexos entre texto e realidade extratextual, o pedagogo Fénelon educa um futuro rei mostrando-lhe a pedagogia de um pedagogo que educa um outro futuro rei.[8] E, além disso, faz com que o próprio filho de Ulisses louve o plano educacional posto em ação no livro: "Felizes os que se divertem aprendendo!" (II, p. 21).

No amadurecimento de Telêmaco, o amor tem um papel importante, chegando a ser programaticamente seu fator central. É até evidente demais que as provas que ele deve enfrentar sucedem-se numa progressão calculada, que obedece muito mais às necessidades da *paideia* do que ao prazer da análise psicológica ou a considerações ligadas à economia narrativa. O "secreto e doce langor" que lhe é instilado pelas nativas de Chipre, favorecido pelo ar suave e lascivo da ilha, a paixão sensual que lhe inspira a encantadora Calipso, o amor contido nos limites do sentimento, mas não menos paralisante e alienante, que sente pela ninfa Eucárides, encarnam as terríveis ciladas às quais está exposta uma alma inexperiente. E a cada vez Telêmaco sucumbiria, não fosse a intervenção de Mentor, explicando-lhe que a voluptuosidade é o mais horrível dos males saídos da caixa de Pandora (IV, pp. 50-52), ou persuadindo-o, com palavras e fatos, de que contra os arroubos venenosos dos sentidos e do coração não há outro remédio a não ser a fuga (VI, pp. 90-94). Todavia, a renúncia ao amor pregada pelo divino mestre não é, e nem poderia ser, total, pois é preciso que um príncipe se una em

7 P.-D. Huet, *Trattato sull'origine dei romanzi*. Turim: Einaudi, 1977, p. 3.
8 Conforme ressaltou F.-X. Cuche, *Télémaque entre père et mer*. Paris: Champion, 1994, p. 31.

matrimônio e tenha um herdeiro. A última etapa da educação sentimental de Telêmaco é, assim, a do amor decente e razoável, encarnado na pudica, discreta, sensata e sincera Antíope, destinada a desposá-lo. E, como em outras realizações do pupilo de Mentor, Fénelon se dá ao cuidado de lembrar, para a edificação do duque de Borgonha, a importância e a qualidade da distância percorrida: "Telêmaco não era mais o mesmo que fora escravizado por uma paixão tirânica na ilha de Calipso" (XVII, p. 302).

À experiência do amor se segue, na segunda parte da obra, a experiência das armas, e por dois livros inteiros (XIII e XV) *Telêmaco* assume a dimensão épica, com batalhas e combates singulares que fazem lembrar os narrados na *Ilíada* e na *Eneida*. Isso não impede – o que se nota ainda melhor na medida em que o texto tem a ambição de se configurar como um "poema heroico" – que o clima geral que se respira seja inteiramente outro, e os valores pregados muito diferentes. À arte da guerra o arcebispo de Cambrai prefere uma arte da paz, cujas regras são minuciosamente apresentadas no livro IX, expondo uma política de relações internacionais fundada em medidas de segurança mútua e na arbitragem; de resto, o pacifismo que permeia *Telêmaco* é um dos traços que mais lhe valeram a consideração dos *philosophes*. O rei que ama a paz é elevado por Fénelon ao topo da hierarquia – e mesmo nos Campos Elíseos sua recompensa é suprema (XIV, pp. 246-47) –, enquanto os reis belicosos são severamente reprovados, e a guerra de conquista é inapelavelmente condenada (como não pensar em Luís XIV?). As únicas guerras admitidas são as "justas" e "necessárias", travadas para defender a pátria atacada por um vizinho cobiçoso e para preservar a liberdade em perigo: se Telêmaco adquire a ciência da guerra através da experiência direta, é porque depara com circunstâncias semelhantes, que um rei deve saber enfrentar.

Em consonância com o propósito educativo da obra, mesmo nessa esfera o caminho a ser percorrido é acidentado, com crises e recaídas no erro, não nocivas, mas salutares: com efeito, é a tomada de consciência das próprias fraquezas, com os sofrimentos resultantes, que faz o homem se conhecer a si mesmo e se superar. E o Telêmaco das primeiras provas bélicas, altivo, impaciente, insensível ao sofrimento dos outros, vai corrigindo gradualmente sua conduta, para chegar enfim à humildade, à moderação e à compaixão. Vemos, em suma, que as verdadeiras aventuras de Telêmaco se desenvolvem mais na alma do jovem príncipe do que no campo de batalha ou nas navegações arriscadas. Todo o ciclo de suas experiências é montado explicitamente em função da meta a ser atingida: a virtude.[9] Pois, segundo a ótica de Fénelon, é impossível ser um bom rei sem ser um homem bom; em outros termos, o bem político não pode existir independente do bem moral. E a virtude, como vem constantemente repetido ao longo de todo o texto (II, p. 21; VI, p. 94 etc.), consiste essencialmente na vitória sobre as paixões: não por acaso, os reis apresentados como antimodelos – Adrasto, Idomeneu de Creta, Bócoris, Pigmalião – compartilham, sob diversas formas, a incapacidade de refreá-las.

Sendo o livro destinado a um determinado leitor – e que leitor! – e estando subordinado a uma finalidade didascálica não só atuante em cada página, mas também explícita, ficam em larga medida esclarecidos os defeitos no plano estritamente literário: a começar pelo passo cansativo com que a ação avança, ou melhor, se adiciona ao texto, sendo com excessiva frequência substituída por discursos. Mentor está sempre fazendo sermões a respeito de qualquer assunto, mas nem seu discípulo nem os outros personagens (em maior ou menor medida) são menos eloquentes do que ele. Essa eloquência torrencial por vezes ultrapassa qualquer limite de credibilidade: mesmo quando estão no meio dos vagalhões num temporal, agarrando-se a uma tábua, como lhes acontece no final do livro V, Mentor e Telêmaco não param de dissertar, e sobre nada menos do que a influência dos deuses sobre as vicissitudes humanas. É verdade que uma verborragia de caráter fortemente oratório já havia caracterizado os romances da primeira metade do século, os quais Fénelon devia ter em mente ao escrever *Telêmaco*. Por outro lado, no tratado *De l'éducation des filles* (1687), ele tinha se referido explicitamente à "linguagem grandiosa dos heróis romanescos", para deplorar sua ascendência perniciosa sobre as almas sonhadoras das jovenzinhas.[10] Mas é verdade também que o discurso prolixo é o meio mais prático de inculcar noções e princípios. E é com excessiva frequência que o zelo didascálico leva Fénelon a tomar esse atalho: Telêmaco tem de aprender que a paixão amorosa deve ser evitada, que os aduladores e os maus conselheiros não devem afastá-lo do caminho que lhe indica a consciência, que um sacerdote ou um profeta são homens dignos de veneração, e basta. Não importa se são as homilias do preceptor ou os mecanismos da narrativa que irão lhe ministrar essas e outras verdades.

9 No penúltimo livro, lê-se (e a especificação é tão direta e honesta que beira a ingenuidade): "Mentor regulava todos os momentos da vida de Telêmaco", e "fazia-o deter-se em cada lugar apenas pelo tempo necessário para praticar sua virtude e permitir-lhe adquirir experiência" (XVII, p. 304).

10 Fénelon, *Œuvres* (1983-97), op. cit., v. I, p. 95.

No *Discours de la poésie épique et de l'excellence du poème de Télémaque*, incluído na edição póstuma de 1717 e reproduzido em muitas edições posteriores, André-Michel de Ramsay louvava no livro "a união entre a política mais perfeita e as ideias da Virtude mais consumada" e "a grandeza, a quantidade e a extensão de suas visões morais", celebrando simultaneamente sua elevada qualidade poética.[11] A profusão de opiniões semelhantes, reunidas pelos estudiosos,[12] indica que, durante 150 anos, com exceções bastante reduzidas, esse zelo didascálico não chocou os leitores, e que aliás foram os ensinamentos éticos e políticos prodigalizados por *Telêmaco*, e as formas pelas quais foram prodigalizados, que vieram a lhe granjear tamanho apreço. Veja-se, entre outros, o significativo testemunho do editor veneziano Pietro Zerletti, que, ao lançar uma nova edição vinte anos após a citada neste artigo, glorifica o livro pelo fato de que, composto por um "douto e pio Autor" para um menino de sangue real, "foi depois escolhido pelo sufrágio universal como o mais adequado para formar a juventude e instruí-la em seus deveres".[13]

Talvez a pátina que o decorrer do tempo depositou sobre os temas e problemas discutidos em *Telêmaco*, bem como as ideias defendidas ou criticadas, torne as perspectivas e as posturas menos agradáveis, e os defeitos mais evidentes e fastidiosos. E talvez seja a sua própria unidirecionalidade, seu pedagogismo esquemático, sem máscaras nem freios, que afasta o leitor de hoje, ao qual certamente são mais familiares e mais agradáveis as maneiras do *Bildungsroman*. No romance de formação propriamente dito, o protagonista extrai lições com autonomia das experiências que lhe tocam, e o leitor junto com ele. Aqui, pelo contrário, um tutor grandiloquente explica a ambos, pupilo e leitor, passo a passo, o sentido e a finalidade de cada acontecimento, ao longo de uma cadeia de fatos já intrinsecamente privada de qualquer suspense: Telêmaco deve voltar a Ítaca e reencontrar o pai, porque assim prescreve a *Odisseia* e assim acontecerá. A recusa das elipses, a opção de dizer tudo e repetir até que esteja clara e minuciosamente entendido, parece, em suma, pesar mais sobre a qualificação das *Aventuras de Telêmaco* como uma "viagem ao fundo do tédio", do

11 Nas *Aventures de Télémaque fils d'Ulysse*, op. cit., v. I, pp. XXVI e XXVIII.

12 Ver em esp. A. Chérel, *Fénelon au XVIIIe siècle en France (1715-1820). Son prestige, son influence*. Paris: Slatkine, 1917; e V. Kapp, *"Télémaque" de Fénelon. La signification d'une œuvre littéraire à la fin du siècle classique*. Tübingen/Paris: Gunter Narr/Jean-Michel Place, 1982.

13 Fénelon, *Les Aventures de Télémaque fils d'Ulysse*. Veneza: 1788, v. I, pp. II-III.

que uma outra característica que lhe é frequentemente censurada, qual seja, a de ser um amontoado de alusões e citações da Antiguidade. O fato de Fénelon contar uma viagem pelos livros, e não pelas cidades e mares, não incomoda a sensibilidade moderna e pós-moderna: pode até estimulá-la. Mas nada, nem mesmo o fato de ser a deusa da sabedoria – ou a própria Graça – disfarçada sob traços humanos, pode absolver Mentor de uma onisciência opressiva que por vezes assume ares de petulância: "Não me admira absolutamente, caro Telêmaco, vê-lo chorar. A causa de sua dor, que lhe é desconhecida, não o é para Mentor" (XVIII, p. 321).

APRIL ALLISTON

## *Amor em excesso*
Eliza Haywood (1719-20)

Um dos fatos mais escandalosos e, portanto, mais interessantes da história da literatura é que, nos anos que antecedem a publicação de *Pamela* (1740), as obras de ficção mais populares da literatura inglesa eram *As viagens de Gulliver*, *Robinson Crusoé* e o romance de estreia de Eliza Haywood, *Love in Excess, or, the Fatal Enquiry*. Na década posterior à publicação do livro, Eliza Haywood se tornaria a autora mais importante de narrativas populares antes de Richardson.[1]

Geralmente, a crítica não procura explicar por que *Love in Excess* (1719-20), após uma acolhida inicial tão calorosa, foi esquecido: prefere tentar justificar o fato "embaraçoso" de que um semelhante livro tenha disputado o primado com obras hoje canônicas, como as de Swift e Defoe. Já é hora de inverter essa postura e indagar por que o romance de Eliza Haywood caiu no esquecimento por quase dois séculos, mesmo tendo sido "ampla e continuamente lido nas quatro primeiras

1 J. J. Richetti, *Popular Fiction Before Richardson: Narrative Patterns, 1700-1739*. Oxford: Clarendon Press, 1992, p. 179.

décadas do século XVIII".[2] Algumas respostas estão no lugar mais óbvio: o título. Por que *Love "in Excess"*? Qual é a *Fatal Enquiry*, a indagação fatal, e como ela se vincula ao excesso de paixão? E mais: o que significava, em 1719, definir um livro como "A Novel", trazendo já no frontispício essa indicação do gênero literário?

À diferença das *Viagens de Gulliver* e das *Aventuras de Robinson Crusoé*, *Love in Excess* é um livro sobre o "amor", mas não o amor puro e simples, ou domesticado, e sim o amor "em excesso", um desejo que leva os personagens a se perderem. De fato, embora não atravessem as fronteiras da Europa "civilizada", como ocorre com Gulliver ou Crusoé, as heroínas de Haywood ultrapassam os limites da civilização europeia. Um livro sobre o desejo transgressor, portanto. A tensão que alimenta o enredo, tal como acontece em muitas outras obras, é a do desejo e da proibição; neste caso, porém, o campo de batalha entre as duas forças é uma determinada ideia de feminilidade, o que hoje chamamos de *gender*, gênero ou sexo, e que no século XVIII era chamado de "caráter feminino". As convenções de gênero vigentes em 1719, apesar da importância que a sociedade atribuía à castidade feminina, implicavam também a ideia de que as mulheres eram vítimas de desejos sexuais violentos e irrefreáveis, sendo demasiado fracas mental, moral e fisicamente para controlar as paixões, ao contrário dos homens:

> Mas quando ela considerava o quanto lutara, e quão longe estivera de conseguir afastar o desejo, admirava-se de ter pensado que houvesse alguma possibilidade para uma *mulher*, de imaginação tanto mais forte quanto mais débil era seu julgamento, de vencer a influência daquela poderosa paixão contra a qual nem leis, nem regras, nem a força da razão ou da filosofia são defesas suficientes.[3]

Nessa mitologia do gênero e do desejo, mesmo os homens podem "amar em excesso": nem sua maior "força da razão" é defesa suficiente contra o amor.

> Aquela paixão é [...] o *senhor* absoluto da *vontade* [...]. O amor deixa de ser digno desse nome tão logo esteja em nosso poder; quem é possuído por ele não *sabe* ser dono de suas ações; e os efeitos provocados pelo amor não são mais condenáveis do

2 Id., ibid., p. 120.

3 E. Haywood, *Love in Excess, or, the Fatal Enquiry* (1719-20). Ontário, Canadá: Broadview, 1994, p. 177. Todas as citações foram extraídas dessa edição do romance e estão indicadas diretamente no texto com o número da página entre parênteses.

que os da pobreza, da doença, da deformidade ou de qualquer acidente desventurado da natureza humana (p. 191).

Para Haywood – que herdava essa ideia das escritoras francesas seiscentistas – o "amor" é uma forma de desejo heterossexual que se pode combater com maior ou menor êxito (sob a condição, porém, de se exercer uma grande violência contra si próprio), mas que em última instância transcende o controle do indivíduo e subjuga o corpo (com rubores, desmaios e todos aqueles sinais involuntários que, no decorrer do século, serão considerados sintomas de "sensibilidade") e o inconsciente (com sonhos, delírios, desfalecimentos). Nesse sentido, o "amor" de Eliza Haywood antecipa o conceito freudiano das pulsões libidinais, que devem ser reprimidas, mesmo retornando continuamente; e sempre nesse sentido, o desejo despertado pelo amor é "fatal", nas duas acepções que a palavra carregava no século XVIII: "mortal", mas também "atuante com a força da fatalidade", pois capaz de guiar as ações dos personagens e decidir de seus destinos.

Num romance em que ambos os sexos estão sujeitos a esse destino heterossexual, o "caráter feminino" se torna o primeiro terreno de luta dos conflitos amorosos, porque a maior sensibilidade das mulheres – que não é apenas fraqueza, mas também efeito de uma força superior da imaginação ("imaginação tanto mais forte") – contrasta com as proibições sociais, incomensuravelmente maiores, que pesam sobre seu desejo. A história começa com a paixão de Aloisa pelo conde D'Elmont, universalmente desejado. Aloisa é uma herdeira que se encontra numa extraordinária posição de independência, porque não tem pai nem irmãos para controlar sua conduta ou seu patrimônio. A mulher exprime seu amor numa série de cartas que infringem cada vez mais "aquele costume que proíbe as mulheres de declarar seus pensamentos" (p. 41). São cartas muito dramáticas, porque Aloisa, mesmo sendo uma rica herdeira, faz o que nenhuma mulher culta do século XVIII jamais poderia fazer, se quisesse conservar um bom *character*, no sentido então corrente de "reputação": a qualidade que permite receber propostas de casamento, e ter convites sociais de outras mulheres, ou seja, de atuar plenamente como membro de sua classe social. Assim, Aloisa encarna o conflito fatal entre o desejo feminino e a proibição social de exprimi-lo: "Ela se consome, e quase morre, porque quer confessar seu desejo (sem violar demais o pudor)". Mas aqui reside a dificuldade, porque confessar o desejo *como seu*, identificar o ego com esta força, constituiria uma violação inconcebível do decoro, a que seria impossível sobreviver. Movida pela vontade de "confessar", Aloisa escreve uma carta que contém um "desvendamento total de seu coração" e está "para assinar o nome", mas se detém antes de escrevê-lo. "Quase morre" por causa da censura social que a impede de se expressar; mas confessar o desejo levaria a uma morte pública que a faria querer a morte física: "Não, prefiro morrer [...] a me tornar culpada de uma vileza que me faria indigna da vida" (pp. 49-50). A expressão não solicitada da paixão amorosa infringe a primeira regra da respeitabilidade social: é por isso que, para o romance e para o público da época, o amor é *em excesso*.

Num tal mundo, o desejo sexual feminino é essencialmente inexprimível, e o paradoxo que Eliza Haywood, na condição de mulher escritora, deve enfrentar em sua representação modela o enredo, os personagens e o estilo. Para escrever o indizível, Haywood inverte os papéis de gênero dos romances gregos. Nessas obras, o enredo é conduzido por Eros – entendido como a divindade personificada, mas também como um certo tipo de desejo masculino onipresente, que se concentra numa heroína que o deus do amor tornou perfeita e inelutavelmente desejável. Da mesma forma, Eliza Haywood apresenta D'Elmont como um agradável e exemplar objeto de desejo heterossexual generalizado, e o "pequeno deus", como o elemento que desencadeia a paixão, começando justamente pelo coração de Aloisa (pp. 41-43). A força do destino, portanto, ainda é Eros, desta vez sob a forma de desejo feminino por um objeto masculino. Mas a inversão dos antigos códigos de gênero evoca uma outra força fatal, rigorosamente iluminista e muito diferente do deus que organiza as tramas dos romances gregos. Imaginando que "aquele deus tocou o coração dele, tendo influenciado tão poderosamente o dela" (p. 42), Aloisa ousa exprimir o que sente, na esperança de gerar uma reação análoga em D'Elmont; todavia, em vez de inspirar amor, as cartas despertam uma paixão correlata, mas muito diferente: a curiosidade. Na obra de Haywood, a curiosidade, como o amor, é uma paixão fatal a que ambos os sexos estão sujeitos. Tanto o amor quanto a curiosidade implicam o desejo de "conhecer" uma outra pessoa (em todos os sentidos, inclusive o bíblico); mas a curiosidade, à diferença de Eros, sempre erra seu alvo, como se tivesse a tendência de se perder, exatamente como as cartas ("Estou ciente dos incidentes que ocorrem às cartas", p. 65). Se no romance grego Eros assume o papel do destino, guiando os personagens para uma meta decidida pelos deuses, na obra de Haywood a curiosidade assume o papel do acaso, uma força típica do *novel* moderno, enquanto gênero oposto ao velho *romance*.

Portanto, a "indagação fatal" de *Love in Excess* é, no sentido mais imediato, a curiosidade suscitada no conde D'Elmont pelas cartas anônimas de Aloisa, e a tentativa de descobrir a verdadeira identidade da remetente. A indagação se mostra "fatal" nos dois sentidos acima mencionados: porque é mortal, visto que causa a morte de três mulheres, e porque, conduzindo a um final trágico, faz do amor uma força semelhante à fatalidade. Tão irresistível quanto Eros, a curiosidade é realmente a paixão que guia o enredo de *Love in Excess*. A "indagação" do conde, porém, não é a única, e talvez nem a mais "fatal" do livro. O crime de Aloisa, de fato, não consiste apenas em estar submetida ao poder de Eros, mas também em não saber reprimir a expressão do próprio desejo; ainda mais pecaminosa é a "diabólica curiosidade que assalta os espíritos das mulheres" (p. 161), e que subjuga Aloisa após o casamento com D'Elmont. O insucesso de sua complicada intriga para descobrir quem é a amante e o verdadeiro amor de D'Elmont provoca o incidente no qual ela é literalmente ferida de morte pela espada do marido. A "indagação" mais "fatal" é a de Aloisa, e a paixão mais fatal é a curiosidade.

A curiosidade se assemelha tanto ao amor que a única diferença significativa surge por contraste: o amor *fixa* a personagem e a personalidade, ao passo que a curiosidade comporta mudanças infindáveis, e passagens de um personagem a outro, de uma personalidade a outra. Isso vale em dois sentidos: o verdadeiro amor concentra os desejos libidinais do sujeito num único objeto, assim tornando imutável aquele que deseja. Como o conhecimento que sacia a mera curiosidade não pode satisfazer o desejo do verdadeiro amor, o sujeito desejante não pode mais mudar:

> Sim, meu senhor, a suave e trêmula jovem que se consumia de amor; abandonava-me sem reservas e meus arrebatamentos eram correspondidos com igual ardor; e eu declaro solenemente à vossa senhoria que aquilo que em outros extingue o desejo acrescentava novas forças ao meu; *quanto mais eu sabia, mais eu me inflamava* [...] (p. 203, grifo meu).

Se a curiosidade aciona o enredo, dando início a uma série potencialmente ilimitada de deslocamentos do desejo, apenas o amor pode levá-lo a uma conclusão. Paradoxalmente, o amor permite um epílogo narrativo justamente porque, à diferença da curiosidade, não pode *jamais* se saciar de seu único objeto.

Eliza Haywood disse abertamente que a "disposição predominante" de seus leitores é a "curiosidade" pelos "assuntos dos outros", mas afirma que a satisfação da curiosidade através da ficção deve ser justificada por preceitos que ensinem "como regular seus próprios assuntos".[4] Em *Love in Excess*, porém, o narrador desafia o leitor a se comportar como um daqueles "poucos que têm suficiente delicadeza de sentimentos" para compreender, mais do que julgar, a heroína tiranizada pelo desejo e o narrador que "fala imperfeitamente" (p. 127). Em vez de convidar o leitor a afastar-se das paixões ou censurá-las, o romance de Haywood apresenta o amor e a compreensão como os instrumentos que regulam a curiosidade, assim subtraindo-se aos mecanismos do julgamento, objetivação e mercantilização que esta acarreta. Como D'Elmont, que se transforma de personagem intocado pelo amor, e movido apenas pela curiosidade e ambição, em apaixonado sincero e inalterável, da mesma forma o processo narrativo deve transformar o público curioso num público capaz de compreender, apreciar e justificar as "penas de amor" (p. 230).

Por que uma obra que satisfez tão bem e por tanto tempo as paixões dos leitores foi depois tão negligenciada? Para o gosto das épocas posteriores, *Love in Excess* era talvez demasiado contido e, ao mesmo tempo, demasiado ousado: talvez tenha gratificado e, ao mesmo tempo, frustrado a curiosidade com demasiada intensidade ou de forma equivocada. O problema, em suma, era tanto o amor quanto o excesso.

Em princípios do século XVIII, o *novel* não era uma mercadoria corriqueira: como estava implícito no termo, saciava aquilo que Aphra Behn definiu como "desejo curioso dos leitores pelo novo e pelo insólito". Exatamente o que oferecem Swift e Defoe com seus *bestsellers*, respectivamente de 1719 e 1726: dois romances que lemos ainda hoje, e que falam de curiosidade, mas não de amor. Ausente de *Robinson Crusoé*, o amor heterossexual é vilipendiado nas *Viagens de Gulliver*, onde pode-se dizer que é totalmente inexistente. São romances escritos para satisfazer a paixão da curiosidade: a curiosidade pelos fatos dos outros, mais do que pelo novo e insólito; a curiosidade de quem aspira ao conhecimento através das viagens, da exploração e do acesso aos pensamentos do explorador. A viagem é típica tanto do *romance* quanto das obras de Defoe e Swift, mas com uma claríssima diferença: nos romances gregos, tal como em *Love in Excess*, a viagem representa as etapas reiteradas do desejo deslocado e o poder universal do amor, e em Swift e Defoe, a paixão da curiosidade iluminista pelo conhecimento do novo e do insólito. Haywood disciplina a curiosidade convertendo-a em amor e compreensão: assim,

4 E. Haywood, "The Female Spectator", I (abril 1744), n. I.

liga-se novamente à tradição do *romance*, em particular à tradição do *romance* feminino francês, duplamente estigmatizada na medida em que a tradição do *novel* inglês adquiria legitimidade e conotação nacional.

Entre 1719 e 1720, a novidade agora chamada *novel* ainda era vista como produto francês, e Eliza Haywood participava de sua importação como tradutora. Mas na época em que *Love in Excess* se proclamou "A Novel", escritores e teóricos ainda não estavam de acordo sobre a definição desse gênero. Desde o final do século XVII e ao longo de todo o século XVIII, o *novel* é contraposto ao *romance* como o gênero da probabilidade ou da verossimilhança. Uma das primeiras fontes dessa antítese é o ensaio de Du Plaisir, *Sentiments sur les lettres et sur l'histoire avec des scrupules sur le style* (1683), usado como prefácio a *A princesa de Clèves* (1678), de Madame de La Fayette. Mais tarde, quando foi traduzido, serviu de prefácio a *The History of Queen Zarah, and the Zarazians* (1705), de Mary Delarivier Manley, à qual foi por longo tempo atribuído pelos críticos ingleses. Segundo Du Plaisir, as *nouvelles historiques*, entre elas a de Madame de La Fayette, distinguem-se dos *romances* de Madeleine de Scudéry por serem mais verossímeis. Mas as *nouvelles* também estão mais próximas da tradição continental da novela do que da tradição inglesa das *news*, dos *travelogues* e da autobiografia espiritual. Resumindo, se os *novels* de Defoe e Swift são *news* ingleses, o *novel* de Eliza Haywood é uma *nouvelle* francesa.

Nos séculos XVIII e XIX, a narrativa inglesa rejeitou a tradição internacional e femininocêntrica a que Eliza Haywood pertenceu. Franco Moretti estudou "como a Inglaterra narrativa se torna uma ilha, repudiando sua familiaridade setecentista com os livros franceses em prol da autarquia vitoriana".[5] Enquanto era legitimado como gênero literário, o *novel* inglês adotou um tom mais nacionalista e literalmente insular. No século XX, um importante crítico liquidou Eliza Haywood como uma autora "em larga medida influenciada pela ficção francesa", como se sua desvinculação da árvore genealógica da narrativa inglesa explicasse e justificasse por si só o esquecimento em que haviam caído os seus romances.[6] E quanto mais o *novel* inglês se tornava nacionalista, tanto mais assumia um aspecto "masculino", a ponto de as escritoras oitocentistas terem de mudar o nome para publicar seus

5 F. Moretti, *Atlas do romance europeu 1800-1900*, trad. Sandra Guardini Vasconcelos. São Paulo: Boitempo, 2003, p. 166.

6 B. Dobrée, *English Literature in the Early Eighteenth Century*. Oxford: Oxford University Press, 1959, pp. 409-10; apud Richetti, *Popular Fiction*, op. cit., p. 119.

livros, enquanto na época de Eliza Haywood uma boa parte, se não a maioria, dos romances era assinada por mulheres, mesmo quando eram escritos por homens.

No interior da tradição femininocêntrica francesa, a ligação genealógica de Haywood com a *nouvelle historique*, enquanto gênero contrário ao *roman*, não é nada clara. *Love in Excess* tem as características de certos romances antigos de que falamos, características que, por outro lado, partilha com a novela medieval e renascentista, mas carrega ainda os traços específicos do romance seiscentista francês de assinatura feminina. Eliza Haywood tomava como modelo as obras de Madeleine de Scudéry, pela anatomia exata da paixão de amor (por exemplo, p. 170), e porque mostravam que o amor outorgava um enorme poder às mulheres, para depois levá-las à ruína (um tema típico mais da *nouvelle historique* do que do *romance*, como notou Ros Ballaster).[7] Em ambos os casos, as ambientações e as características francesas de Eliza Haywood constituem uma homenagem aos precursores literários, e aludem também a uma tradição feminina internacional, conferindo uma certa verossimilhança às representações do "excesso" do desejo feminino, que, em si, seriam um obstáculo à sobrevivência literária da escritora.

Um lugar-comum da crítica afirma que Eliza Haywood teve não só uma, mas duas carreiras de romancista: a primeira nos anos mais licenciosos que antecedem a transformação cultural que, após Richardson, converteu a virtude e a compreensão feminina (*sympathy*) em pilares da moral; a segunda, depois de 1740, quando Haywood se adequou aos tempos, modificando drasticamente seu tom moral, para ressurgir como escritora mais "conservadora" após um longo "silêncio". Costuma-se dizer que Eliza Haywood foi levada a essa mudança pela violenta sátira a que a submeteram Pope, Fielding e Savage, pela influência moralizante de Richardson sobre o gosto popular e por aquela profunda modificação da atitude diante dos sexos que se verificou nos meados do século XVIII, e que poderíamos chamar de *the Great Gender Shift*, a grande mudança dos gêneros. Na verdade, o modo mais simples e fácil de explicar o esquecimento que coube a *Love in Excess* é sustentar que, durante a vida de Eliza Haywood, a cultura inglesa rejeitou um determinado modelo de feminilidade. O modelo que se afirmou a seguir impôs o ocultamento de todos os traços de concupiscência feminina da primeira modernidade, não só com uma condenação moral, como geralmente ocorria, mas também com o

7 "Da apresentação do amor no *romance* como forma de artifício elaborado, passamos para a descrição do amor como efeito incontrolável e entrópico da natureza." R. Ballaster, *Seductive Forms: Women's Amatory Fiction from 1684-1740*. Oxford: Clarendon, 1992, p. 54.

esquecimento. Essa resposta seria verdadeira, mas parcial, porque a diferença entre Haywood e Richardson reside não tanto na representação dos sexos quanto na expressão do desejo. Perigosa, devendo-se portanto evitá-la, a expressão do indizível desejo feminino, em *Love in Excess*, abre caminho já a partir do título e prossegue página após página. O "excesso" é o tema que Eliza Haywood retomava justamente das fontes francesas, e que seus contemporâneos masculinos evitavam, como, de resto, fizeram os escritores ingleses posteriores. Nos romances de Richardson e Defoe, os personagens femininos, embora sejam heroínas epônimas e falem em primeira pessoa, nunca expressam abertamente o desejo sexual como fazem tantas mulheres em *Love in Excess*. Até Moll Flanders e Roxana, impavidamente lascivas e inconvenientes em sua conduta, são movidas sobretudo pela ambição, pela vontade de "aproveitar a vida" (de sobreviver, enriquecer e viver na comodidade e na respeitabilidade social), mais do que pelo amor ou pelo desejo sexual, que servem para alcançar objetivos mais burgueses. Reduzido a mercadoria ou a instrumento para ganhar a vida, através do casamento ou da prostituição, o sexo que tão amiúde se permitem as heroínas de Defoe não é a expressão do desejo feminino, mas uma resposta ao desejo masculino que se torna inevitável devido às necessidades econômicas. Depois, no final do século XVIII, o espaço concedido ao desejo feminino se reduz ainda mais.

SERGIO LUZZATTO

## ***O ano 2440***

Louis-Sébastien Mercier (1770)

Passeando em Paris no ano de 2440, o narrador de um "sonho diferente de qualquer outro" – o próprio Mercier, com setecentos anos de idade – acompanha uma visita à biblioteca do rei. Num canto da sala, seus olhos caem sobre um "livro curioso", a começar pelo título: *As reputações usurpadas*. Não é apenas um "livro curioso"; é também um livro "benfeito", que explica por que certas obras, depois de terem sido saudadas como obras-primas pelo público de sua época, acabam sendo condenadas à morte pelo tribunal da posteridade. O livro esclarece também como os autores dessas obras terminam partilhando a desgraça: invejados pelos contemporâneos devido ao sucesso, são considerados pelos pósteros como fogos-fátuos.

Embora ainda não seja o ano 2440, é bastante forte a tentação de incluir a celebridade do próprio Mercier – e daquele *bestseller* que foi *O ano 2440* – no rol das reputações usurpadas. Não há dúvidas sobre a fortuna comercial do livro, cuja primeira edição (anônima) é de 1771: até o final do século XVIII, são dezenas de reimpressões, edições piratas, traduções, edições revistas pelo autor.[1] Com cautela

1 Cf. E. C. Wilkie Jr., *Mercier's "L'an 2440": Its Publishing History during the Author's Lifetime*. Harvard: Harvard University Library, 1986.

talvez excessiva, Mercier teria aguardado o final do Antigo Regime para assumir a paternidade da obra; mas o anonimato não penalizou absolutamente o destino editorial de *O ano 2440*: significativamente, foi o livro mais vendido no catálogo da Société typographique de Neuchâtel, a editora suíça que Robert Darnton nos ensinou a olhar como o sismógrafo cultural da Europa pré-revolucionária.[2] Quanto à fama do autor junto aos contemporâneos, seria selada no verão de 1792, com sua eleição como deputado na Convenção nacional.[3] Poucas dúvidas – por outro lado – sobre a atual desventura, se não de Mercier, pelo menos de seu romance utópico. Enquanto o monumental *Tableau de Paris* (1781) ainda delicia todos os que apreciam uma *flânerie* baudelairiana *avant la lettre*, ninguém mais lê as trezentas páginas de *O ano 2440*. E quem tenta chega ao final cansado.

Começando com o sonho, o livro tem uma série inicial de capítulos que descrevem a evolução urbanista de Paris entre os séculos XVIII e XXV. Seguem-se – vagamente reunidos por temas – uns trinta capítulos sobre as reformas sociais, religiosas, culturais, econômicas e políticas da capital futura: uma Paris transformada de vitrine das desigualdades em teatro do justo meio, de antro do obscurantismo em ginásio da tolerância, de centro de corrupção em pátria do bom governo. Depois de uma sucessão de reportagens fictícias do mundo inteiro, *O ano 2440* se encerra com a parábola de Luís XIV que circula, ainda mais decrépito do que Mercier, entre as ruínas de um Palácio de Versalhes torturado pela nêmesis da história. A banalidade de tal montagem narrativa não basta para justificar seu destino de *bestseller* "perdido". Literariamente falando, pastiches "filosóficos" como as *Cartas persas*, de Montesquieu, ou o *Cândido*, de Voltaire, não apresentam nada de mais notável: no entanto, o leitor do ano 2000 continua a lê-los com uma admiração comparável à do leitor setecentista.

Por outro lado, é original – como tem-se notado com frequência – a opção de Mercier de situar a ficção utópica no tempo, e não no espaço, inaugurando o gênero literário da "ucronia". *O ano 2440* é considerado um dos primeiros romances de ficção científica:[4] uma ficção científica ao alcance da mão, pois a Paris do futuro

2 Cf. R. Darnton, *Libri proibiti: pornografici, satira e utopia all'origine della rivoluzione francese*. Milão: Mondadori, 1987 [ed. bras.: *Os* bestsellers *proibidos da França pré-revolucionária*, trad. Hildegard Feist. São Paulo: Companhia das Letras, 1998].

3 Para a carreira política de Mercier durante a revolução, cf. A. Kuscinski, *Dictionnaire des Conventionnels*. Paris: 1916, *ad vocem*.

4 Cf. G. Spagnoletti, *Letteratura e utopia. Alle origini della fantascienza*. Roma: Empiria, 1998, pp. 11 ss.

continua a ser Paris, não é a Lua de Astolfo nem a Polinésia de muitas outras utopias. Nessa Paris de 2440, as pessoas se vestem *casual*, a circulação pelas ruas é controlada por guardas de trânsito, os animais são abatidos fora da cidade; um serviço meteorológico adequado garante a previsão do tempo; os casais que não se amam mais podem se divorciar; na escola, além do grego clássico e do latim, ensinam-se também línguas vivas, e no cemitério, além das sepulturas, os corpos podem ser cremados. Mas tampouco a qualidade visionária de *O ano 2440* parece capaz de explicar o primitivo sucesso e a posterior desgraça. Mais do que profecias surpreendentes, sonhos diferentes de qualquer outro, as fantasias de Mercier eram comuns nas Luzes: sonhos diariamente partilhados por uma intelectualidade enjoada de perucas e pó de arroz, irritada com o embaraço do trânsito parisiense, ansiosa por um ar saudável. Seria injusto usar nossa data de nascimento para ridicularizar a ciência futurológica de Mercier; igualmente impróprio seria atribuir o sucesso de *O ano 2440* a seu registro divinatório.

A fortuna setecentista do romance de Mercier se explica acima de tudo, *a contrario*, pelo seu defeito mais evidente: a dependência estilística de Rousseau. Vejamos as datas. A década de 1770, quando se sucedem as reedições de *O ano 2440*, coincide com o eclipse de Rousseau da cena continental da República das Letras e se encerra com sua morte. Mas o autor de *A nova Heloísa* tinha estreitado com o público da Europa inteira uma relação absolutamente peculiar, extraordinariamente direta e passional: e eram milhares de leitores (e centenas de livreiros) que não pretendiam renunciar a esse diálogo coletivo com Jean-Jacques.[5] Daí a tentação de atribuir a Rousseau qualquer texto anônimo que soasse rousseauista na letra ou no espírito. *O ano 2440* não escapou a esse destino.[6] E mesmo quando ficou claro que Jean-Jacques não tinha qualquer ligação com a elaboração do texto, ainda restavam razões válidas para apreciar no romance de Mercier uma espécie de testamento de Rousseau: uma mistura de moralismo cansado e narcisismo estudado, mas também o manifesto de uma futura aliança entre escritores e leitores. *O ano 2440* continha – boiando num *mare magnum* de boas intenções – a promessa de um mundo onde a leitura e a escrita constituiriam o fundamento da vida cívica. Nenhuma censura na Paris do futuro, porque todos os que escrevessem

5 Cf. R. Darnton, "I lettori rispondono a Rousseau: la costruzione della sensibilità romantica", in *Il grande massacro dei gatti*. Milão: Adelphi, 1988, pp. 267 ss. [ed. bras.: *O grande massacre dos gatos*, trad. Sonia Coutinho. Rio de Janeiro: Graal, 1986].

6 Cf. C. Cave e C. Marcandier-Colard, *Introduction* a L.-S. Mercier, *L'an 2440. Rêve s'il en fut jamais*. Paris: La Découvert, 1999, pp. 5 e 295, nota.

falsidades seriam condenados a usar uma máscara especial da vergonha, e os diários de todos os cidadãos idosos se tornariam livros de educação cívica para o uso das novas gerações.

Uma segunda razão *a contrario* explica o sucesso de *O ano 2440* na França tardo-setecentista: o caráter ideológico genérico do romance. Envolta nas formas editoriais de um "livro proibido", a proposta ficcional de Mercier, ao fim e ao cabo, nada tinha de radical: parecia feita expressamente para agradar ao público das Luzes, um público literariamente aventuroso, mas sociologicamente variado e ideologicamente prudente. A única instituição realmente criticada por Mercier era a Igreja católica, que saía devastada com a explosão do usual arsenal de denúncias laicas. Mas os outros pilares institucionais do Antigo Regime continuavam de pé na Paris do século XXV: a monarquia absoluta, a nobreza da corte, os Estados gerais. Nem sempre: em algumas passagens do "sonho", o poder do rei aparecia como simbólico, e a aristocracia como totalmente abolida. Tratava-se, em todo caso, de um soberano reformado, sinceramente devotado à felicidade dos súditos, e de nobres com perfil humano, impregnados de escrúpulos humanitários. Os ícones de um e de outros reproduziam aqueles sonhados por toda uma geração de *philosophes*, com a esperança do advento de um "rei patriota" e convicta do papel de coesão social dos "corpos intermediários". *O ano 2440* era um livro polêmico o suficiente para transmitir ao leitor o arrepio da heterodoxia, canônico o suficiente para lhe infundir a segurança do *déjà-vu*.

Mas o poder de atração de *O ano 2440* junto ao público francês tardo-setecentista se encontra sobretudo na força de um consenso: a necessidade urgente de um bom governo da vida cotidiana. Nascido em 1740, Mercier pertencia à segunda geração dos *philosophes*. Era, portanto, no jargão de seus detratores, um típico exemplar de "Rousseau du ruisseau", um dos tantos diluidores que perseguiam a fama vulgarizando o credo dos mestres. Pena que a segunda geração dos *philosophes* não se tenha limitado a ser a executora testamentária papagueante da primeira. Esta ainda havia sentido o fascínio dos *arcana imperii*, a ponto de continuar enredada nos jogos de poder da época de Luís XV.[7] No reinado de Luís XVI, a geração de Mercier – a mesma de Brissot e de Marat – soube decifrar melhor a demanda de política que brotava do fundo da sociedade francesa. Não se tratava apenas de um interesse mórbido pelas intrigas da corte, ou de vaga curiosidade

7 Cf. F. Diaz, *Filosofia e politica nel Settecento francese*. Turim: Einaudi, 1963.

pelos debates de teoria constitucional. Tratava-se da descoberta da política como lugar de governo das vidas privadas.[8]

Longe de trabalhar na pura fantasia, Mercier baseou sua descrição da Paris do futuro numa colagem de projetos de reforma urbanista, fiscal e sanitária efetivamente circulantes na década de 1760.[9] Como dissemos, seus sonhos de *embellissement* da cidade eram partilhados por quase toda a intelectualidade reformadora. A astúcia de Mercier consistiu em enxertar esses projetos concretos no tronco abstrato do sentimentalismo rousseauísta, levando às suas consequências extremas o ideal moralista de uma fusão entre o público e o privado. Veja-se o índice do romance, olhem-se os títulos dos capítulos. Alguns – como em qualquer livro político que se respeite – são dedicados a formas de governo, organização judiciária, impostos, comércio. Muitos outros capítulos são dedicados a coisas totalmente diversas: roupas, carregadores, carroças, chapéus, pontes, hospitais, refeitórios, alimentação, bebidas, teatros, lanternas, bibliotecas, museus... Escritor medíocre e polígrafo tedioso, Mercier teve uma única intuição genial: compreendeu que a crise do Antigo Regime era dramática a ponto de colorir as coisas mais comuns com tintas políticas. A força da mensagem contida em *O ano 2440* era inversamente proporcional ao prosaísmo de seus temas. Ao eclodir a Revolução, em 1789, poucos franceses tinham lido um livro original, mas difícil, como *O contrato social,* de Rousseau, porém muitos tinham lido um livro banal, mas simples, como o romance utópico de Mercier.

Exatamente aquilo que explica o sucesso extraordinário de *O ano 2440* junto ao público pré-revolucionário contribui para explicar sua irreparável desventura posterior. À demanda de política que brotava do fundo da sociedade francesa, a revolução respondeu com um excesso de política: à medida que o jacobinismo se afirmava como uma espécie de "rousseauísmo real", mesmo as coisas mais comuns – vestidos ou chapéus, receitas de cozinha ou *pièces* de teatro – foram se revestindo de implicações políticas. A almejada fusão entre público e privado se transformou numa confusão delirante, e os mais edificantes imperativos moralistas deram espaço a inúmeros abusos morais. Onde encontrar vontade de ler Mercier após o Terror? Para quem tivesse sobrevivido à fase mais radical da revolução, a imaginação de um futuro distante contida em *O ano 2440* podia parecer uma descrição

8 Cf. S. Maza, *Private Lives and Public Affairs. The "Causes célèbres" of Prerevolutionary France.* Berkeley: University of California Press, 1993.

9 Cf. A. Vidler, "Mercier urbaniste: l'utopie du réel", in J.-C. Bonnet (org.), *Louis Sébastien Mercier (1740-1814): un hérétique en littérature.* Paris: Mercure de France, 1995, pp. 223-43.

do passado recente. A França prefigurada por Mercier lembrava demais a França governada por Robespierre: uma sociedade das proibições, sem mendigos nem prostitutas, sem monges nem padres, sem corporações de ofícios nem comércio exterior, sem chefes de cozinha nem professores de dança...

Analogamente, onde encontrar vontade – duzentos anos depois – de ler Mercier após o Muro? Escapando a novos terrores, o leitor do ano 2000 divide com o leitor do ano 1800 a desconfiança pelo que é próprio de todos os escritos utópicos: o autoritarismo mais ou menos proclamado, o detalhismo prescritivo, o anti-hedonismo explícito ou velado. Parece muito distante a época em que nós mesmos sonhávamos com lugares idílicos e a imaginação no poder. Mas não ter mais vontade de ler Mercier é reflexo de mais outra coisa. Pois o "sonho" sobre o ano 2440 continha a aspiração por uma sociedade mais justa, mais educada, mais limpa do que a sociedade francesa do Antigo Regime e – no fundo – do que a nossa. Hoje, Mercier nos entedia não só por ser um escritor pedestremente retórico e astuciosamente fluente, "Rousseau du ruisseau". Ele nos entedia porque não pretendemos mais ouvir as coisas que ele tem a dizer. Para que ler *O ano 2440*, se não temos mais vontade de considerar a igualdade como um valor, a corrupção como um problema, a fome como um escândalo?

EMANUELLA SCARANO

## *Ettore Fieramosca ou O desafio de Barletta*

Massimo d'Azeglio (1833)

Para explicar as razões do grande sucesso desse romance, temos de nos identificar com os leitores italianos da década de 1830, então consumidores habituais do romance histórico, já naturalizado e de fato codificado em suas diversas possibilidades de execução, pelo menos a partir de 1827, quando foram publicados, além de *Os noivos*, *Il Castello di Trezzo* e *La battaglia di Benevento.*

A inclusão do livro de d'Azeglio[1] no gênero "misto", então mais em voga, já se dava a partir do duplo título: *Ettore Fieramosca ou O desafio de Barletta*. Dispositivo conhecido, e por isso capaz de orientar as expectativas do leitor nas duas direções complementares da "história" e da "invenção". De fato, enquanto o segundo título evocava um fato histórico atestado pela tradição (e portanto presumivelmente conhecido, pelo menos pelo leitor competente de história),[2] o nome do primeiro título muito provavelmente não exercia nenhum poder evocativo. Com efeito,

1 O romance foi publicado em Milão em 1833, pelo editor Ferrario.

2 Sobre o problema das relações entre historiografia e romance, cf. E. Scarano, "Riscrivere la storia: storiografia e romanzo storico", in AA.VV., *Il romanzo della storia.* Pisa: Nistri-Lischi, 1986, pp. 11-83; S. Calabrese, "Etica dell'azione e intreccio nel romanzo storico italiano", in *Rivista di letterature moderne e comparate*, XLVI (1993), n. 1, pp. 46-67.

Ettore Fieramosca, embora atestado pela historiografia, aparece apenas como um entre os outros nomes da relação dos treze cavaleiros que, em 1503, nas cercanias de Barletta, combateram e venceram treze cavaleiros franceses, para demonstrar o valor dos italianos, tocados pelas palavras ofensivas do francês La Motte.

O mesmo nome, convertido em título do romance oitocentista, confere ao personagem de *Ettore Fieramosca*, antes quase desconhecido, o relevo de protagonista epônimo, apesar do estatuto "misto" entre "história" e "invenção". E, como é de praxe no romance histórico de feitio clássico, a reescritura da história enriquece a tradição com as vicissitudes imaginárias do amor infeliz entre Ettore e Ginevra. Episódio obviamente desconhecido, mas rico de ingredientes familiares aos leitores da época, como é fácil perceber pelo resumo que se segue.

Ternamente ligados desde a infância por um amor jamais abertamente declarado, Ettore e Ginevra são separados pela guerra. Na ausência de Ettore, Cápua é saqueada pelos franceses, que irrompem também na casa de Ginevra. Seu pai, mortalmente ferido, para evitar que a filha seja violentada e desonrada, dá sua mão em casamento a Graiano d'Asti, italiano a serviço dos franceses. Ginevra, portanto, acompanha o marido a Roma, onde encontra Fieramosca e lhe informa de sua penosa condição. Em Roma, encontra-se também o malvado duque Valentino, que se apaixona por Ginevra e, para raptá-la, faz com que lhe ministrem uma droga que provoca sua morte aparente. Mas o plano falha, porque, depois do funeral, Fieramosca, desesperado e decidido a morrer sobre o corpo da amada, abre o caixão. Beijando-a nos lábios, ele percebe que ela está viva e salva-a. Vindo a saber que Graiano d'Asti foi com Valentino até a Romagna, Ettore leva-a consigo e encontra-lhe um refúgio no convento de Santa Úrsula, perto de Barletta, onde ele, alistado no exército dos espanhóis, combate sob o comando de Próspero Colonna.

Estes são os antecedentes, narrados na primeira pessoa pelo próprio Fieramosca ao amigo Brancaleone (outro dos treze paladinos italianos), enquanto ambos seguem para o campo francês, para apresentar o convite ao desafio e combinar as modalidades do combate. Nessas circunstâncias, volta à cena Graiano d'Asti (do qual se tinha perdido qualquer traço e não se sabia se estava vivo ou morto), pronto para combater ao lado dos cavaleiros franceses contra os italianos. Sua traição será depois exemplarmente punida, pois morrerá em combate.

Sua morte poderia determinar um final feliz para o caso de amor, não tivesse o duque Valentino chegado a Barletta, alguns dias antes do combate, ainda decidido a raptar Ginevra; desta vez consegue realizar seu projeto. Raptada e violentada, a moça morre. Fieramosca, que vem a saber do fato somente depois do desfecho feliz do desafio, lança desesperado seu cavalo num galope desenfreado, e depois disso "nenhum homem daquela época tornou a vê-lo novamente, nem vivo nem morto".

Nessa trama imaginária, é fácil reconhecer motivos e procedimentos familiares aos leitores da época. Em primeiro lugar, elementos típicos daquele romance gótico, que na Itália já tinha sido amplamente utilizado pelo romance histórico, e mesmo nos *Os noivos*, cuja ascendência é evidente em várias passagens de *Ettore Fieramosca*. Cumpre dizer, porém, que d'Azeglio, mesmo tendo em mente o prestigioso modelo manzoniano, modula sua criação adotando critérios consideravelmente mais retrógrados, que o aproximam mais de Bazzoni, Grossi, Guerrazzi e Cantú. Ginevra reproduz o clichê da jovem perseguida, vítima de um amor eivado da prepotência do senhor, como a Lucia de Manzoni, mas sobretudo como a Bice do *Marco Visconti* e, em parte, como a Ginevra do *Castello di Trezzo*. À sua volta distribuem-se os papéis, típicos e tópicos, de Fieramosca, cavaleiro heroico e enamorado devoto, do malvado duque Valentino, do frade Mariano, confidente e protetor da jovem infeliz. E a representação é fiel ao clichê até na descrição física e moral dos protagonistas.[3]

Outra mediação claramente visível do gótico é, obviamente, a scottiana. Pense-se, por exemplo, no final trágico, em que o desaparecimento de Ettore Fieramosca parece decalcado sobre o de Edgar de *A esposa de Lammermoor* (1819), romance muito conhecido na Itália e utilizado por d'Azeglio com uma drástica simplificação de tipo melodramático, que elimina qualquer elemento de natureza econômica e cultural, e coloca no centro da cena a dinâmica hiperbólica das paixões.

É precisamente na simplificação que se pode apontar a qualidade específica da narrativa de d'Azeglio, em comparação ao romance histórico da época.

Pense-se, por exemplo, na intriga dupla urdida por Valentino para raptar Ginevra. Nessa linha de sustentação do enredo confluem, além das sugestões oriundas do romance gótico e do romance histórico, alusões à sombria tradição multissecular a respeito dos Bórgias, bem como (sobretudo no episódio da morte aparente) reminiscências bandellianas e, obviamente, shakespearianas. E no entanto, apesar dessa variedade de contribuições, César Bórgia é um personagem bastante simples. Exatamente o contrário do que temos nos *Os noivos* em relação a Dom Rodrigo

3 Entre as numerosas contribuições sobre o tema, cf. pelo menos R. Macchioni Jodi, "Dal romanzo gotico al romanzo storico italiano", in *Italianistica*, XXIII (1994) n. 2-3, pp. 389-416.

e o Inominado, as circunstâncias culturais e ambientais são reduzidas ao mínimo, e a de Valentino é a psicologia monolítica do malvado, sem nuances nem complicações. Natureza, aparência física e papel do personagem se sobrepõem sem qualquer defasagem, e tudo é imediatamente visível na superfície.

Assim, a representação assume uma forma intensamente teatralizada: o discurso direto ocupa um espaço importante, e os pensamentos dos personagens (mesmo quando são confiados à palavra do narrador) preenchem uma função cênica muito semelhante à do monólogo.

A essa operação simplificadora de viés teatral e melodramático corresponde inversamente a engenhosidade tipicamente romanesca do enredo. União contrastante que deve ter sido uma das principais razões do sucesso do romance, e talvez o fator determinante em sua fruição. O leitor, de fato, encontrava um conjunto de procedimentos e temáticas a que já estava acostumado, e que, mesmo oferecendo-lhe todas as emoções da identificação e da expectativa, não o perturbavam com novidades, nem o cansavam com análises profundas ou complexas.

O que também deve ter contribuído para o sucesso, além do estilo simples e fluente,[4] é a desenvoltura com que o autor realiza a união canônica entre história e ficção. De fato, são muito reduzidas, em quantidade e em extensão, aquelas digressões que caracterizam o romance histórico da época, e nas quais a presença simultânea de narração romanesca e narração historiográfica acarretava quase inevitavelmente interrupções constantes do relato, além de redundâncias e disparidades de linguagem. Analogamente, as descrições, que em geral também criam esses longos intervalos no relato "misto",[5] são bastante enxutas, apesar de numerosas, e se mostram necessárias para o desenrolar da ação, mesmo nos raros casos em que ocupam longos trechos. Por exemplo, a descrição desempenha um papel considerável no episódio da festa em homenagem à filha do grande Capitão, que introduz no romance uma nota marcante de exotismo espetacular. Mas o narrador, em vez de adotar a linguagem (usual em outros romances) do historiador erudito, conserva, e até potencializa, seu papel de romancista, disseminando no espetáculo

4 Sobre o estilo e outros aspectos do romance, cf. A. M. Mutterle, "Narrativa e memorialistica dell'età romantica", in AA.VV., *Storia letteraria d'Italia. L'Ottocento*, v. II, A. Balduino (org.). Pádua: Piccin Nuova Libraria, 1990, pp. 1102-04.

5 Sobre os problemas concernentes às relações entre história e romance na descrição, cf. R. P. Ciardi, "Descrivere la storia: alcuni modi d'impiego delle fonti figurative", in AA.VV., *Il romanzo della storia*, op. cit., pp. 85-131; e C. Vannocci, "La *Biblioteca Italiana* come repertorio di fonti figurative", id., ibid., pp. 133-53.

uma série de indícios essenciais para a continuidade da ação. A descrição assume, assim, as características formais e funcionais da sequência narrativa.

Essa maneira desenvolta (e, a bem dizer, também superficial) de entrelaçar história e romance é favorecida também pela escolha do tema histórico: o episódio do desafio, pontual e muito breve, permite alimentar a conexão sobre o estatuto misto de vários personagens históricos.

Alguns chegam ao romance já mitificados por uma longa tradição: o grande Capitão, Próspero e Vittoria Colonna, o duque de Némours, César Bórgia. Assim, o autor pode aproveitar a força evocativa de seus nomes, o que lhe permite restringir as informações sobre o contexto ao mínimo indispensável.

Da tradição historiográfica provêm ainda, além de Ettore Fieramosca, seus amigos Fanfulla e Brancaleone, bem como o traidor Claudio Graiano d'Asti: personagens comprovadamente históricos, mas quase desconhecidos, pois são apenas citados nos textos de referência como cavaleiros do desafio. O romancista, portanto, pode atribuir-lhes ações fictícias, para além da trama histórica, preenchendo com grande liberdade e sem escândalo as lacunas e silêncios da tradição.

O tratamento romanceado da historiografia, além disso, é avalizado pelos próprios textos de referência também sob outros aspectos. De fato, já nos relatos de Guicciardini e de Giovio, a narração do desafio de Barletta apresenta traços nítidos de afinidade formal com o romance épico e de cavalaria, como quase sempre ocorre quando a historiografia se detém em episódios como desafios e duelos, que são fatos marginais e secundários nas guerras entre exércitos. Nesses casos, o relato histórico, inevitavelmente digressivo, assume quase sempre as modalidades do gênero naturalmente encarregado da representação dos combates de dois guerreiros ou de pequenos grupos, evidenciando ao máximo o parentesco original entre a historiografia e a épica e gêneros afins. Isso facilita ainda mais o trabalho de conexão entre história e romance. Para "encenar" o episódio, basta enfatizar os elementos romanescos já oferecidos pelos textos de referência e ampliar o relato com dados orgânicos e próprios de suas modalidades originárias.

Observações similares valem também para o plano ideológico. A tradição quinhentista já havia conferido ao desafio de Barletta o valor emblemático de demonstração da bravura italiana, dentro do quadro negativo de sujeição geral da Itália às potências transalpinas. No século XIX, bastava apresentar os relatos de Guicciardini e de Giovio para reativar seu valor ideológico e político, que quase espontaneamente se adaptava ao novo contexto, comparável ao antigo por uma homologia generalizadora. E, com certeza, o remanejamento literário do antigo episódio na perspectiva do *Risorgimento* constituiu uma outra razão para o sucesso imediato e duradouro do romance entre os leitores oitocentistas.

Mesmo aqui o autor simplificou a tradição. No patrimônio historiográfico em torno das "guerras de Itália", o desafio de Barletta é indicado como uma exceção positiva: um dos poucos episódios (se não o único) em que os italianos saíram vitoriosos, demonstrando seu valor militar com uma ação autônoma, sem aquela dependência de um ou outro exército transalpino que se tornou inevitável após o ano fatal de 1494. Além disso, os paladinos italianos, oriundos de regiões diversas e distantes, já aparecem definidos como representantes de uma unidade cultural percebida como homogênea.

Na perspectiva do *Risorgimento* do autor oitocentista, esses elementos são reelaborados para produzir uma representação do passado positiva e eufórica. O que, a bem dizer, não é muito frequente no romance histórico contemporâneo, em que muitas vezes o passado tende a se configurar como a imagem sombria de um amargo destino de opressão.

Na verdade, o desafio de Barletta também poderia ter sido apresentado nesses mesmos termos, se fosse considerado em relação à guerra que constitui seu contexto natural. Por exemplo, as palavras que Guicciardini acrescenta ao relato do episódio redimensionam vigorosamente seu valor positivo:

> E é uma coisa incrível o quanto essa humilhação tirou de ânimo ao exército francês e aumentou o do exército espanhol, cada qual pressagiando, a partir dessa experiência de poucos homens, o fim universal de toda a guerra.[6]

Guerra que terminará pouco tempo depois com a terrível derrota francesa de Cerignola e a afirmação do domínio espanhol sobre o reino de Nápoles. Em suma, a luminosa demonstração de bravura se resolverá com o êxito de um dos invasores e não será capaz de impedir a sujeição progressiva da Itália.

Ao reescrever o episódio, d'Azeglio põe o contexto na surdina e inverte as hierarquias do relato antigo, deslocando o desafio de sua posição lateral original para uma posição central. O contexto das guerras da Itália é evocado apenas em termos retrospectivos: como condição negativa frente à qual o desafio assume o aspecto de um episódio positivo completo em si mesmo. De fato, a "história" do romance

6 F. Guicciardini, *Storia d'Italia*, v, XIII, in *Opere*, E. Scarano (org.). Turim: UTET, 1981, v. II, p. 558.

inicia com a ocasião causadora do desafio e termina com o resultado glorioso do combate. Apresenta-se, portanto, como um caso de final feliz, e enquanto tal se entrelaça num contraste com o triste caso de amor da "invenção".

Casamento no qual confluem todos os procedimentos usuais do romance histórico italiano, mas agora mais leves graças a um feliz jogo de reduções e simplificações, que, mesmo sem a desmentir, atrai poderosamente a história para a órbita do romance.

SUSANA ZANETTI

## *María*
### Jorge Isaacs (1867)

> *Ó María de Jorge Isaacs,*
> *beijo branco no dia rubro*
> *das moradas celestes*
> *ali imobilizadas*
> *com a doce mentira*
> *que nos fez chorar de inocência.*
>
> PABLO NERUDA, *Memorial de Ilha Negra*

É a nostalgia que estimula a leitura, forma leitores e modos de ler? E como se entrelaça com aquele senso de perda aquele paraíso imaginário do qual não queremos sair ao virar a última página, quase um prolongamento da mão que de repente se acha vazia? A lembrança do texto "que nos fez chorar de inocência" restitui uma dupla nostalgia: da irrecuperável inocência e da recuperação, igualmente impossível, da primeira leitura (lê-se apenas uma vez). O *Memorial* reúne fios de uma outra hierarquia. Pressupõe a escrita, um final e a encenação do plural coletivo. O senso íntimo da falta em Neruda se abre a nós, a uma comunidade em que nos reconhecemos: é um sinal de identidade radicado no passado, onde são escolhidas algumas lembranças em vez de outras, nascem novos parentescos e novos cerimoniais... O *Memorial* inscreve *María*, do colombiano Jorge Isaacs, no rito de iniciação. O poeta consagrado, com seu gesto, confere substância àquela história sentimental e fundadora, envolta no frágil hálito da nostalgia pela perda do lar, do primeiro amor, da esplêndida natureza do Cauca, sempre em harmonia com o trabalho e com os homens, que não para de exercer seu fascínio persuasivo. Esse paraíso hoje está desaparecido. Fecharam-se as páginas do *bestseller* que nos uniu, para sempre exiladas naquele sótão onde tantos outros clássicos sonham com a glória?

*María* foi publicado em 1867. A história se desenrola no fascinante vale do Cauca, na fazenda escravista Casa de la Sierra, onde, num verão, nasce o amor adolescente entre Efraín, o primogênito da família, e María, jovem jamaicana, filha do primo do proprietário, que a levou ainda menina para a Colômbia. Naquele verão, María descobre que sofre de epilepsia, doença hereditária que causará sua morte, enquanto Efraín estuda medicina em Londres. O jovem, vindo a saber do grave estado de saúde da amada, volta a Cáli, numa viagem descrita em detalhes, atravessando os rios do delta do Orenoco. María já está morta. A narrativa, em primeira pessoa, é o legado das "lembranças de Efraín", que se convertem em romance após sua morte.

Naquele tempo, os romances hispano-americanos eram publicados inicialmente como folhetins, e portanto o sucesso nos jornais favorecia a publicação em livro, muitas vezes por editoras estrangeiras. *María* se diferenciou porque foi lançado diretamente em forma de livro, em uma edição nacional, e teve acolhida calorosa. Mesmo que o identifiquemos, no imaginário, como leitura adolescente e feminina, depois foi institucionalizado e suas edições seguidas – como folhetim, em edições escolares, como livro de bolso, com aparatos críticos, em diferentes suportes – atestam um público diversificado.

Em âmbito continental, poucos outros romances mostram tal pluralidade de leitores, de diferentes níveis e numa sucessão temporal que se consolida no século XIX e perdura durante boa parte do século XX, à medida que o aumento do público alfabetizado favorecia uma ampliação correspondente dos leitores. Em 1976, calculou-se um total de 164 edições na América Latina, Espanha e França. Os novos meios de comunicação de massa aumentaram seu público: desde 1918, foram quatro versões cinematográficas e, em 1978, virou telenovela. Ainda em 1997, podia-se assisti-la num canal de televisão em Buenos Aires.

A pudica protagonista se tornou lenda, com a ajuda do próprio Isaacs, cuja reticência sobre a existência real de María não o impediu de intervir na execução correta de seu retrato. Acrescente-se a isso que a antiga Casa de la Sierra, espaço privilegiado do romance, é hoje um museu, um "*lieu de mémoire*" da literatura colombiana e hispano-americana. O conjunto se completa com a imagem que

Isaacs montou de si mesmo, baseada nos aspectos autobiográficos de *María*, em que o trânsito entre vida e literatura é cuidadosamente velado. Além disso, o autor "deste livro escrito com as lágrimas" se torna protótipo do escritor romântico, que, além das vicissitudes pessoais conflitantes – mas também por causa delas –, encarna um modelo pouco comum na América Latina de então.

Quais foram as razões de tal acolhida? O que representava (e talvez represente ainda) *María*? Para Doris Sommer, trata-se de um singular "relato de fundação", na medida em que não procura respostas para os conflitos que impedem o desenvolvimento da nação ("seu sucesso extraordinário e sua consagração canônica são surpreendentes, quase perversos, visto que *María* está muito distante da literatura engajada da época na Colômbia e no resto da América Latina"),[1] perspectiva que corre o risco de conduzir a heterogeneidade dos leitores do livro a uma *leitura errônea*.

É preciso buscar motivações plurais, pois a razão de tal acolhida passa por elas. Costumava-se assinalar que *María* apareceu no mesmo ano que *O capital,* de Marx. Uma forma de ressaltar o constante atraso latino-americano, hoje interpretado como uma assincronia através da qual se constitui a nossa originalidade e, se quisermos, nossos textos *genuínos*.

Mas quero insistir sobre o aspecto arcaico, pois acredito que é o próprio "mundinho" de *María*, aquele universo *arcaico* e *arcádico*, que motiva em larga medida seu sucesso tão grande e duradouro. Explico-me. As guerras de independência e as guerras civis tinham abalado a sociedade hispano-americana, o estilo de vida e os sentimentos que estavam em suas bases. Quando os Estados nacionais atingem um certo equilíbrio, uma rápida modernização gera novas transformações violentas, permeadas por sentimentos de nostalgia que o futuro promissor não consegue extinguir. Essas transformações, além disso, incidem fortemente sobre o mundo rural, alterando a paisagem, provocando migrações que separam famílias e desfazem afetos... Nos séculos XIX e XX, multiplica-se a consciência de novas experiências: as agressões à natureza, as duras condições de trabalho, o exílio e também a necessidade de afirmar uma arte própria – aspectos estes presentes na narrativa hispano-americana – são representados, denunciados, alegorizados. *María* fala dessas tensões de maneira oblíqua. Elas não rompem a harmonia das "moradas celestes", imobilizadas pela "doce mentira" da poesia de Neruda, mesmo

1 D. Sommer, "El mal de *María*: (con)fusión en un romance nacional", in *Modern Language Notes*, CIV (março 1989), n. 2, p. 439.

que na data do texto reine apenas o exílio da Casa de la Sierra, o Paraíso: é impossível deixar de lembrar que este era o nome da *hacienda* onde se desenrola o romance, sede do museu acima mencionado. O romance é perpassado por uma ideia de desenraizamento: vivido por María, a órfã judia da Jamaica, e também por Nay, a escrava roubada na África. Ambas perdem sua religião e sua língua, fundamentos de suas culturas.

A maestria de Isaacs consiste em tecer essa trama de felicidade e perda. Assistimos à descoberta do amor, fusão de sensualidade e inocência, e ao mesmo tempo sabemos que seguimos para a morte. O romance nos diz isso desde o início, orientando os sinais de cada evento rumo ao trágico.

Durante o século XIX, até anos avançados do século XX, o romancista dificilmente deixa de intervir nas discussões sociais em curso sobre o modelo de família, de "gênero" e de sociedade mais adequado para nações que estão atravessando ou procuram uma rápida modernização. Com outro signo ideológico, as classes dirigentes confiaram à literatura nacional e ao jornalismo a formação de um imaginário social adequado: era preciso criar uma nação, e os atores e cenários que constituem a base de sua existência. O modelo ideológico europeu avançava com força, por ser um modelo desejado; e ao se nacionalizar concretizam-se as distâncias, o modelo sofre alterações, não só por irreverência voluntária ou imposta, mas, por estar imerso no âmbito hispano-americano, "é já uma outra leitura".[2]

*María* intervém nessas questões abrindo-se a leituras plurais que favorecem sua divulgação: redime, em parte, a marcha das ideias escravistas na convivência e na convergência das histórias narradas; idealiza uma sociedade patriarcal voltada para o progresso de novos setores sociais (os únicos que, no romance, alcançam a felicidade), defende o casamento baseado no amor e, ao mesmo tempo, esboça uma nova arte de amar, transforma o ambiente em paisagem e, como repetimos incansavelmente, revela *o prazer de chorar lendo*. A leitura como tema do romance será uma boa aliada de tais efeitos.

*María* sugere a ideia de leitura como experiência intensa, evocando a nostalgia por formas de leitura negligenciadas pela modernidade. A eficácia estratégica da nostalgia se difunde por todas as passagens da leitura, vindo a se compor naquela constelação semântica da perda, anunciada no início da obra, quando somos

2 S. Molloy, *Acto de presencia. La escritura autobiográfica en Hispanoamérica*. México: El Colegio de México/FCE, 1996, p. 16.

avisados de que quem escreve é um narrador ulterior, autor da dedicatória e do romance, que leu "o livro de recordações" de Efraín. Os leitores anônimos entram no relato que recria o ambiente familiar de Efraín, agora morto, suas leituras e aquela emoção irreprimível que Chateaubriand tentava despertar, ele, que escrevia para "fazer o mundo chorar".[3]

Os textos edificantes lidos em voz alta nos serões bucólicos da *hacienda* se harmonizam bem com a leitura completa do romance, feita na solidão ou junto com almas sensíveis, numa espécie de "educação sentimental" que funde virtude e sentimento. Em *María*, a passagem de um a outro tipo de leitura parece obedecer a um ritmo natural, da ingenuidade ao jogo amoroso, sem riscos, em que o livro volta a celebrar os afetos, favorecendo novas ligações, novas famílias, dissolvendo temores diante das transformações e, ao mesmo tempo, erotizando fortemente todos os vínculos. Essa mescla de candura e erotismo – os adolescentes também são primos – certamente favoreceu o sucesso dessa ficção doméstica, numa América espanhola onde ainda imperavam concepções de tipo colonial sobre o casamento.

Efraín chega a Bogotá com suas "estantes cheias de livros", que o convertem em preceptor improvisado das mocinhas da *hacienda.* A descoberta do amor, e a iminência de seu fim, são levadas à exasperação pelo toque das mãos, ou pelos cabelos que se roçam, e pela sedução da troca de olhares, que vão ocorrendo por ocasião dessas leituras conjuntas. O tratamento dado a essa tensão favoreceu o sucesso de *María*, na medida em que escritores e críticos o adotaram como origem de uma linhagem de romances, como exemplo de criação de uma literatura autônoma. Ele será citado e utilizado como modelo, e sua leitura, por sua vez, entrará em novas narrativas.

Vejamos como o romance realiza a apropriação e o distanciamento de um de seus modelos, Chateaubriand, cuja vasta fama na América espanhola dificultava o desafio e atraía o público. A segunda cena em que leem Chateaubriand se desenrola ao anoitecer, em plena paisagem paradisíaca do Cauca, constantemente descrita ao longo da narrativa. *María* reverte para si o espaço exótico de *Atala*, aproximando o leitor da leitura que estão fazendo e, ao mesmo tempo, recuperando a natureza latino-americana para quem vive nela, despojada de qualquer exotismo e inundada de uma subjetividade que lhe confere uma complexa carga simbólica.

3 J. Isaacs, *María* (1867). Cito aqui a edição de Caracas/Buenos Aires: 1986, p. 21. Todas as citações foram extraídas desta edição do romance e estão indicadas no texto com o número da página entre parênteses.

A luz tênue da tarde que finda torna o momento emblemático da passagem para a ideia de perda em seu ápice, bem como da passagem entre os fragmentos anteriores de leitura e esse trecho de Chateaubriand, entre a beleza do Cauca e a beleza de María. O texto transfere, através da técnica da antecipação, os significados de morte e exílio de *Atala* para *María*, estetizando insistentemente sua heroína:

> Depois de ter lido aquele dilacerante adeus de Chactas sobre o túmulo da amada, adeus que tantas vezes arrancou um soluço a meu peito: "Dorme em paz em terra estrangeira, jovem desventurada! Como recompensa de teu amor, de teu exílio e de tua morte, foste abandonada pelo próprio Chactas!". María, parando de me ouvir, descobriu o rosto, e sobre ele corriam grossas lágrimas. Era bela como a criação do poeta, e eu a amava com o amor que ele imaginara (p. 21).

A ligação explícita entre sentimento e virtude deve muito ao pré-romantismo, pela retórica das lágrimas. As lágrimas dos personagens ou do narrador se confundem no espaço social da leitura compartilhada, propiciando um sentimentalismo edificante, que possibilitou a leitura de *María* numa América espanhola muito atenta ao efeito supostamente corruptor do romance. Chora-se em família, entre amigos [...] em suma, articula-se um amplo código, cujas nuances são definidas pelo romancista, estabelecendo as lógicas da comunicação pelas lágrimas, que regulam a história de amor, a intimidade familiar e tudo o mais. Portanto, nessa cultura do sujeito que é a sensibilidade, agora são incluídos os corpos, os quais encarnam os sentimentos em suas secreções.

Chateaubriand, através da voz de Efraín, condensa o segredo intransferível da ligação amorosa e a impotência da escrita em exprimi-lo, visto que a voz de María desaparece:

> e seu acento, embora mantivesse aquela musicalidade que lhe era peculiar, se fazia lento e profundo ao pronunciar palavras docemente articuladas que inutilmente eu tentaria lembrar hoje; pois não mais as ouvi, e pronunciadas por outros lábios não são as mesmas, e escritas nestas páginas perderiam o sentido. Pertencem a uma outra língua, da qual há muitos anos não lembro sequer uma frase (p. 20).

Estaremos perante a fatalidade *também* dessa perda? Aqui Isaacs nos fala de um valor da arte, como duração e consolação, cuja eficácia como impulso para a escrita e a leitura está mais do que comprovada. Se o tempo foge para o nada, para aquele vazio apenas precariamente remediado pela escrita, e cujo destino é a separação, o texto se empenha obstinadamente em esconjurá-lo, detendo-se e dilatando-se em momentos sustentados quase exclusivamente por mil detalhes inúteis de um cotidiano idealizado. Se María é inalcançável na lembrança, sua figura circula no romance em múltiplos fragmentos, cujas singularidades intensificam sua presença: o olhar tateia as sinuosidades de um pé calçado numa chinelinha vermelha, acaricia a curva do braço ou os "flancos inquietos", e todo o corpo sob os movimentos da musselina. Mas se perfumes, vozes e passos parecem se desvanecer, é porque podem ser narrados. A beleza se concretiza apenas na arte, mediada pelo tempo: "as grandes belezas da criação não podem ser vistas e cantadas ao mesmo tempo: é preciso que retornem à alma, empalidecidas pela memória infiel" (p. 5).

"María, a mais divina de todas", diz Manuel Puig. *María* aparece à crítica e aos leitores de dois pontos de vista que acabam por se unificar na definição de "literatura juvenil". O primeiro exalta a capacidade de autodisciplina da pudica María em relação à *leitura malsã* de folhetins, naturalistas ou decadentes – mesmo que um bispo colombiano perceba a sensualidade de *María* e não hesite em colocá-la no Index. É um livro constantemente recomendado como leitura de iniciação, modelo feminino e de romance nacional, e como baluarte da tradição contra uma modernidade destrutiva. Os comentários, citações e resumos mais ou menos habituais de *María*, em autores ou críticos consagrados, contribuíram para divulgar sua leitura e, ao mesmo tempo, a obra de Isaacs cumpria seu papel na rede em que a existência de uma literatura hispano-americana adquiria corpo. Em 1937, comemora-se o centenário do nascimento de Isaacs: no Uruguai, estabelece-se que as escolas expliquem o significado continental de *María*, e em Buenos Aires a revista juvenil *Biliken*, de grande circulação, traz na capa a figura de uma mocinha em lágrimas lendo *María*. Borges se une à homenagem. Afirma que *María* compartilha modos de sentir da atualidade e trabalha a matéria narrrativa com procedimentos semelhantes, e até superiores, aos usados por autores de prestígio.[4] Numa cena ambientada mais ou menos naqueles anos, alguns personagens femininos da *Traição de Rita Hayworth* (1968), de Manuel Puig, vão à biblioteca municipal da cidade para retirar de empréstimo o romance, assim entrelaçando os já complexos sistemas literários e culturais com o auge dos novos meios de

4 Cf. J. L. Borges, *Textos cautivos. Ensayos y reseñas*, in *"El Hogar" (1936-1939)*. Buenos Aires: Tusquets, 1986, pp. 127-30.

comunicação de massa – especialmente o cinema – numa coexistência pacífica, de práticas institucionais e individuais, sem estigmatizar os contatos entre produções de "elevado valor estético", nacionais ou estrangeiras, e seu consumo de massa, aberto à liberdade de identificação com os personagens, de fruição e de imaginação. *María* aparece no romance de Puig como *leitmotiv* das conversas, é lido e relido, usado como subterfúgio amoroso e, sobretudo, como pretexto para chorar torrencialmente. *María* agora concorre e vence Rita Hayworth, uma "artista bela, mas traidora", para se transformar na "mais divina de todas".

O segundo ponto de vista ressalta os valores estéticos do livro, considerando-o como o fundador do romance hispano-americano até anos avançados do século XX. Darío reconhece sua difusão – "duas gerações americanas se sentiram cheias de Efraíns e de Marías"– e seu valor único...[5] *María* entrou sem dificuldade no cânone hispano-americano e, assim, foi incluído com pleno direito nas leituras escolares obrigatórias do continente, fato que, se promove sua divulgação, ao mesmo tempo altera a intimidade da leitura solitária, quase como uma confidência partilhada na identificação com os personagens – não esqueçamos que o artifício narrativo é a autobiografia fictícia do infeliz adolescente Efraín –, assim talvez colocando em risco justamente aqueles efeitos que constituíam o segredo de seu sucesso.

Podemos lembrar, como confirmação do valor literário de *María*, a interpretação de Meyer Minnemann, contrária à de Sommer, quando aponta a elaboração artística como a razão do êxito junto a leitores aptos:

> O fato de Isaacs conceber seu romance, não como veículo de mensagens políticas ou sociais, mas como uma obra [...] abertamente literária pode ser considerado como um primeiro passo na Hispano-América para uma concepção do discurso literário que favorece sua autonomia, desvinculando-o de sua função tradicional de tomar partido na disputa política.[6]

Se a ductibilidade do cânone obedece à lei de que os clássicos surgem de juízos complexos, representativos de um acordo sobre os valores e a identidade de uma sociedade, se a crítica os protege do desgaste e das mudanças de retóricas etc.,

5 R. Darío, *España contemporánea*. Paris: Garnier, 1901, p. 335.

6 K. Meyer Minnemann, "Mundo novelesco, efecto de lo real y literariedad en *María* de Jorge Isaacs", in H.-O. Dill, C. Gründler, I. Gunia e K. Meyer (orgs.), *Aproximaciones de realidad en la novela hispanoamericana de los siglos XIX y XX*. Frankfurt/Madri: 1994, p. 136.

*María* é, como vimos, um deles, mas não isento de problemas. Valem para nós as palavras de Jauss sobre a *Ifigênia* de Goethe:

> Podemos recordá-la de uma maneira que não seja a lembrança de uma arte distante, cuja idealidade é agora apenas histórica e que somente os filólogos sentimentais consideram como modelo de toda a poesia?[7]

Inclusive as alterações da sensibilidade e das ideias de prazer e sensualidade levantam questões semelhantes a respeito de *María*. Conserva uma aura clássica na densidade literária dos sentimentos de perda, mas não é mais leitura para adolescentes, o que constituía o segredo de sua durabilidade. As frases do romance, referentes a María, parecem anunciar esse declínio:

> e seu acento [...] se fazia lento e profundo ao pronunciar palavras docemente articuladas que eu inutilmente tentaria lembrar hoje; pois [...] escritas nestas páginas perderiam o sentido. Pertencem a uma outra língua, da qual há muitos anos não lembro sequer uma frase (p. 20).

7 Apud R. Warning (org.), *Rezeptionsästhetik. Theorie und Praxis.* Munique: Fink, 1975.

PETER MADSEN

## *A idade perigosa*
Karin Michaëlis (1910)

Em 27 de março de 1911, os leitores do *Danziger Zeitung* depararam com um anúncio dirigido "Às mulheres de Danzig!", advertindo-as de que "a palestra prevista de Karin Michaëlis sobre a idade perigosa leva as associações abaixo-assinadas a aconselhar as senhoras e senhoritas ciosas de sua dignidade feminina que evitem a citada conferência".[1] Assinavam todas as associações femininas de Danzig. No dia seguinte, o mesmo jornal resumia o conteúdo de um opúsculo escrito por Therese Wallner-Thurm, de Dresden, em forma de carta aberta a Karin Michaëlis, em reação a seu romance *A idade perigosa*: "se tivesse intitulado o livro de 'Mulheres histéricas' ou, ainda mais adequadamente, 'Mulheres afetadas de ninfomania', ela teria ido diretamente ao ponto e seu livro ao menos teria uma razão de ser".

A conferência de Karin Michaëlis estava marcada para o dia seguinte. Os protestos levaram as autoridades policiais a solicitar o manuscrito. Chegando ao *Danziger*

1 Para a exposição dos fatos e do debate de Danzig, baseei-me em recortes de jornal conservados no arquivo de Karin Michaëlis na Royal Library de Copenhague. Um outro arquivo de Karin Michaëlis se encontra no Lokalhistorisk Museum de Randers, sua cidade natal.

*Zeitung*, a pessoa encarregada de lê-lo não só estabeleceu que o texto podia circular livremente, como também o descreveu como "decididamente interessante".[2]

*A idade perigosa* foi publicado em dinamarquês em 1910;[3] o romance consiste, como indica o subtítulo, nas *Cartas e anotações de diário* da protagonista Elsie Lindtner. Depois de 22 anos de casamento vividos no ambiente da alta burguesia de Copenhague, a mulher, que está com 42 anos, abandona o marido e se retira para uma vivenda numa ilha: "Mas agora me veio a vontade [...] de *viver sozinha* [...] chamem de histeria, e talvez seja" (p. 7). A casa foi projetada por um jovem amigo, que descobrimos ser seu grande amor. Após um balanço de sua vida sentimental, Elsie o convida para a ilha: mas o encontro é uma desilusão. Quando o jovem vai embora, ela tenta se reconciliar com o marido, mas, nesse meio-tempo, ele se casou com uma mulher muito mais nova: "Como ousa! Trocar-me por uma mocinha de dezenove anos!" (p. 100). Então Elsie decide correr o mundo apenas na companhia da governanta.

Essa trama muito simples serve de quadro para uma série de reflexões de Elsie sobre sua vida e a de outras mulheres com que se corresponde diretamente ou que menciona aos seus missivistas. "Quando é possível a sinceridade entre um homem e uma mulher?" (p. 24). "Reina entre os dois sexos uma inimizade irreconciliável" (p. 25). "[Os ginecologistas] podem ser espertos o quanto quiserem, mas não adivinham nem de longe o que as mulheres confidenciam entre si" (p. 27). "Entre os dois sexos há não só inimizade, mas também o abismo insuperável da incompreensão" (p. 28). O livro revela alguns desses segredos, mas não todos:

> Aqui estou, escrevendo sobre mim mesma, sabendo que ninguém no mundo vai ler o que eu escrevo, e mesmo assim não consigo ser totalmente sincera. Nem sozinha comigo mesma consigo escrever a verdade (p. 30).

2 O texto manuscrito das conferências, apresentadas em Danzig e em outras cidades, encontra-se também na Royal Library de Copenhague.

3 K. Michaëlis, *Den farlige Alder* [1910]. A última edição dinamarquesa é de 1987, com posfácio de Dorrit Willumsen. Recentemente houve um redespertar do interesse internacional pelo romance e pela vida, realmente notável, de Karin Michaëlis. Ver *L'età pericolosa*. Florença: 1989, com uma nota crítica de Donatella Ziliotto [todas as citações foram extraídas desta edição italiana, indicadas diretamente no texto com o número da página entre parênteses. Tradução de E. Kampmann]; *The Dangerous Age. Letters and Fragments from a Woman's Diary*. Evanston (Ill.): 1991, com prefácio de Ph. Lassner (a tradução é a inglesa de 1911); *Das gefährliche Alter. Intime Tagebuchsaufzeichnungen*. Friburgo: 1998.

Mais uma vez na história do romance, o paradoxo narrativo pelo qual escritos íntimos se tornam públicos serve de veículo de confissões que, neste caso, desvendam uma mistura de sensualidade e medo de envelhecer, além de sentimentos que não correspondem exatamente à moral pública.

> Se eu fosse dotada de maior sensibilidade e um pouco de imaginação [...] começaria a escrever. Sou rica de material como o outono de folhas mortas. Com habilidade e sem comprometer meus modelos, eu abriria uma série de túmulos velhos recolhendo minhas múmias desenterradas sob o título geral de: A mulher na idade perigosa (pp. 59-60),

escreve Elsie Lindtner em seu diário. Em certo sentido, é isso o que faz Karin Michaëlis, cujo método é curiosamente parecido com os da psiquiatria contemporânea: demonstra-se uma tendência geral a partir da descrição de uma série de "casos".

Assim, no romance e depois no ciclo de conferências apresentadas na Alemanha e em outros países, ressurge sempre a mesma estrutura: afirmações gerais se alternam com exemplos concretos tirados de sua vida ou da vida de mulheres conhecidas suas:

> Muitas das coisas que essa mulher escreve em seu diário [...] são circunvoluções mentais histéricas e tolas. Mas por quê? Porque a senhora Elsie Lindtner está numa idade em que inúmeras mulheres estão no poder de seus humores e de suas fantasias.

*A idade perigosa* foi publicado quase ao mesmo tempo na Dinamarca e na Alemanha, onde teve um enorme sucesso, como aliás na França, Estados Unidos e outros países. A primeira edição se esgotou no mesmo dia, também devido a uma resenha muito favorável que ocupou a primeira página inteira do *Berliner Tageszeitung*.

Em julho de 1911, o *New York Times* publicou um artigo que descrevia esse sucesso nos seguintes termos:

> Quando um romance chega à centésima edição na Alemanha num prazo de seis meses, quando Marcel Prévost se dá ao trabalho de vestir um livro dinamarquês com roupas francesas, quando um texto é traduzido em onze línguas, o público inglês e americano tem boas razões para querer saber alguma coisa sobre o autor.[4]

Em sua introdução à edição francesa, Marcel Prévost, na época autor popularíssimo de romances com temas femininos, observou que o livro mais lido em todos

4 Cf. *New York Times*, 30 jul. 1911.

os países da Europa Central era, então, *A idade perigosa*. Para Prévost, o livro de Michaëlis era "um daqueles raros romances escritos por uma mulher em que a autora não fez nenhum esforço em assumir um ponto de vista masculino", era um "diagnóstico preciso das condições em que vive uma mulher, e uma observação acurada de sua interioridade complexa", a "mais sincera e completa, a mais humilde e comovente das confissões femininas". As memórias da protagonista parecem

> uma grande farra onde os demônios modernos da Neurastenia e da Histeria se esbaldam e fazem caretas [...] quanto mais se aproxima da crise, mais dolorosa e claramente ela percebe a antinomia entre dois desejos femininos: o desejo de dignidade moral e o desejo de gozo físico.[5]

Assim, a histeria é invocada por todos os leitores de *A idade perigosa*. Mas a protagonista, Elsie Lindtner, representaria mesmo um caso extremo, ou, como achava Prévost, representaria a realidade? Karl Kraus contribuiu para o debate com um comentário em seu estilo típico:

> A existência da sociedade de bem é garantida pelo fato de que Elsie Lindtner é um caso excepcional. As megeras da caneta e os masoquistas do *feuilleton* já responderam afirmativamente à pergunta se a idade perigosa é realmente tão perigosa assim, e insistiram sobre o fato de que a mulher até agora guiada pelo senso de honra, e não pela sexualidade, levou consigo para o túmulo as luminosas lembranças de uma *joie de vivre* oferecida por uma paraninfa.

Kraus certamente não partilharia da opinião de que "a sensualidade fosse uma doença ou uma imoralidade", e ridiculariza "os médicos de senhoras" que "em qualquer circunstância se alinham em defesa da decência pública, e a única coisa que podem declarar é que Elsie Lindtner é uma representante da escória da humanidade".[6]

Karin Michaëlis, portanto, apresentou sua conferência em Danzig, onde o protesto havia suscitado um grande interesse. Um comentarista anônimo do *Danziger Allgemeine Zeitung* julgou inconcebível para a "mentalidade alemã" que ela conseguisse

5 Cf. K. Michaëlis, *The Dangerous Age. Letters and Fragments from a Woman's Diary*, traduzido do dinamarquês com uma introdução de Marcel Prévost. Londres/Nova York: 1912, p. 8 (não consegui consultar a edição francesa).

6 Cf. *Die Fackel*, 31 mar. 1911, n. 319-20, p. 6.

falar dos "mais íntimos aspectos da sexualidade na vida das mulheres" para um público majoritariamente masculino. Suas observações sobre a distribuição igualitária das tarefas domésticas entre marido e mulher lhe pareceram assustadoras: "Em geral, graças a Deus, na Alemanha não chegamos a esse ponto, assim como não permitimos que as mulheres façam discursos em assembleias". O comentarista insistiu:

> O autocontrole funciona ainda melhor contra a histeria do que contra a neurastenia. Não por acaso, os maridos menos decididos sofrem frequentemente por causa de mulheres caprichosas e excêntricas para além dos limites suportáveis.

Poucos dias depois, o livro é apresentado em Leipzig. O *Leipziger Tageblatt* define a autora como pessoa "sábia, interessante", mas afirma discordar de suas ideias:

> A senhora Michaëlis fala e escreve apenas de mulheres doentes, histéricas, *decadentes*, e todos os exemplos não passam de mais histórias de doença; ela não tem olhos para quem está bem. [...] A senhora Michaëlis *super*estima a dimensão física e *sub*estima os aspectos morais intangíveis da vida humana.

Inversamente, a reação do *Thüringer Morgenzeitung* a uma apresentação realizada em Weimar, dois dias depois, é positiva: "O interessantíssimo trabalho [...] pode se tornar para muitas pessoas uma indicação para a cautela e a moderação". Poucos dias antes dos fatos ocorridos em Danzig, o *Neues Tageblatt* de Stuttgart tinha reagido ainda melhor à sua apresentação na cidade: "a autora reconheceu dolorosamente que este é um processo natural que a mulher não pode evitar, tão natural quanto os distúrbios periódicos do organismo feminino".

Mas a histeria é realmente uma condição patológica, ou será antes uma condição "natural" – ou seja, bastante comum naquele contexto? As pesquisas recentes sobre a história cultural da histeria têm enfatizado a interação entre a literatura médica e a narrativa francesa no século XIX: "Em poucas palavras", escreve, por exemplo, Mark Micale, "a teoria do caráter histérico elaborada pelo pensamento psiquiátrico francês no decênio 1860-70 aparece como a codificação diagnóstica dos comportamentos da personagem de Emma Bovary".[7] A esta luz, o impacto de *A idade perigosa* assume um significado mais amplo, no sentido de que a questão

7 Cf. M. S. Micale, *Approaching Hysteria. Disease and its Interpretation.* Princeton: 1995, p. 233.

da histeria estava sendo, por assim dizer, subtraída aos profissionais e conduzida para a *esfera pública da troca de experiências*. O romance e o texto da conferência de Karin Michaëlis representavam, além disso, uma *normalização* significativa, no sentido de que alguns dos sintomas classificados como histéricos passavam a ser interpretados como reações a uma experiência normal numa determinada idade da vida, e portanto não necessariamente um problema a ser enfrentado em estruturas específicas ou com conhecimentos profissionais, mas antes num âmbito privado entre marido e mulher, talvez com um pequeno auxílio do médico de família.

Em psiquiatria, a abordagem dominante considerava a histeria como material para especialistas, e achava que uma precondição importante para sua cura seria a separação da família.[8] A abordagem proposta pelo livro e pelo debate desencadeado era outra, e a diferença aparece claramente nas palavras de um crítico dinamarquês:

> O público fora da Dinamarca ficou assombrado perante o fato de que a literatura feminina dinamarquesa tratasse de problemas geralmente deixados a instituições de tratamento de doenças histéricas femininas.[9]

Mas a psiquiatria oficial acabou acolhendo favoravelmente o romance, e nos anos 1920 Karin Michaëlis foi até convidada para dar uma palestra num congresso internacional de medicina. Tais desdobramentos são indícios de uma profunda mudança na construção cultural de um dos núcleos temáticos centrais na interpretação da cultura europeia moderna. O final do século XIX e o início do século XX viram a afirmação de filosofias tremendamente ambiciosas, e às vezes francamente hiperbólicas: Nietzsche, naturalmente, mas também lia-se muito *Degeneração* (1892), de Max Nordau, e *Sexo e caráter* (1903), de Otto Weininger. A análise de Nordau era formulada em termos que lembravam conceitos da psiquiatria, enquanto a de Weininger se baseava na dicotomia entre traços de caráter masculinos e femininos. Ora, o termo "histeria" não designava um fenômeno claramente definido nem na tradição anterior, nem na passagem entre os séculos XIX e XX, quando se converteu num tema central do debate e da pesquisa psiquiátrica.

8 O exemplo mais relevante na Dinamarca era o do conhecido psiquiatra Knud Pontoppidan, irmão do escritor Henrik Pontoppidan. Muito sucintamente, ele propunha uma "mão de ferro" que devia ser sentida como que envolta numa "luva de profunda e sincera empatia" (apud *Vagn Lyhne: Eksperimentere som en gal. Psykiatriens sidste krise.* Arhus: 1981).

9 Cf. S. Leopold, *Tres Talenter.* Copenhague: 1918, p. 120.

> Foi no século XIX que a histeria se tornou uma questão central. [...] A histeria começou a ser considerada uma fórmula mágica que permitia o acesso a estratos impenetráveis da existência: a experiência religiosa, o enigma sexual e, sobretudo, o mistério dos mistérios, a mulher.[10]

O termo era entendido como uma possível chave explicativa de todo o conjunto da época: "Estamos, portanto, em meio a uma grave doença do corpo social, em meio a uma espécie de peste negra da degeneração e da histeria", escrevia Nordau,[11] cujo livro exerceu enorme influência. Entre os sintomas arrolados, ele mencionava:

> um cérebro que não está em condições de funcionar regularmente, portanto fraqueza de vontade, desatenção, predomínio da emoção, falta de conhecimento, ausência de compaixão, ausência de interesse pelo mundo e pelos semelhantes, a atrofia dos conceitos de dever e de moral.[12]

Tal descrição se adequava plenamente aos preconceitos sobre as diferenças entre homem e mulher, como fica ainda mais claro observando-se a solução apresentada por Nordau:

> A histeria da época não vai durar. Os povos [*die Völker*] se recuperarão da sua atual prostração. Os fracos, os degenerados perecerão [...]. Este é o tratamento para a doença da época que me parece eficaz: declarar doentes os dirigentes degenerados e os histéricos; desmascarar e estigmatizar os imitadores como inimigos da sociedade, alertar o público contra as mentiras desses parasitas.[13]

*Sexo e caráter*, de Otto Weininger – que, apesar do tom "desenfreado" do raciocínio, teve influência comparável –, se concentrava, por sua vez, na oposição entre natureza masculina e natureza feminina, atribuindo a esta última peculiaridades destrutivas para a cultura contemporânea. A histeria era o resultado das tentativas de dominar o caráter feminino e impor ideais masculinos.

10 Cf. R. Porter, "The Body and the Mind, the Doctor and the Patient. Negotiating Hysteria", in S. L. Gilman, H. King, R. Porter, G. S. Rousseau e E. Showalter, *Hysteria Beyond Freud*. Berkeley: 1993, p. 227.

11 M. Nordau, *Degenerazione*. Milão: 1893-94, p. 407 [as traduções desta edição foram levemente modificadas].

12 Id., ibid., p. 496.

13 Id., ibid., pp. 520 e 540.

> Não se pode reprimir a própria natureza, nem mesmo a física, dessa maneira artificiosa, de fora, sem que isso traga consequências. A punição higiênica para a negação da verdadeira natureza feminina é a histeria.[14]

A solução, segundo o autor, consistia em reconhecer o fato de que a natureza feminina é fundamentalmente determinada por duas obsessões: "o coito [*Koitus*]" e "a alcoviteirice [*Kuppelei*]". Sua análise da histeria é, ao mesmo tempo, a análise de uma sociedade excessivamente influenciada pelo princípio feminino e que, ao invés disso, deveria se ater aos princípios masculinos.

A desordem cultural do final do século, portanto, podia ser interpretada como um mal feminino, ou como fruto de uma influência excessiva das características femininas. A histeria era, pelo menos na mentalidade popular, um distúrbio eminentemente feminino. Qualquer tentativa de apontar a normalidade daquilo que era interpretado como sintoma histérico – e *A idade perigosa* foi uma dessas tentativas – significava recolocar em discussão os conceitos de "feminino" e de "espírito da época".

A questão era de ordem mítica, no sentido de que pertencia à esfera das filosofias correntes sobre o espírito da época, mas era também muito concreta. Eram os anos das lutas pelo direito de voto das mulheres, e de uma participação crescente delas no mercado de trabalho. Em 1908, dois anos antes da publicação de *A idade perigosa*, tinha sido fundada em Londres a *National League for Opposing Woman Suffrage* (Liga Nacional de Oposição ao Sufrágio Feminino), e dois anos depois, no início de 1912, foi fundado, baseando-se no exemplo inglês, o *Deutsche Bund zur Bekämpfung der Frauenemanzipation* (Liga Alemã para a Luta contra a Emancipação das Mulheres), em resposta ao *Deutsche Frauenkongress* (Congresso das Mulheres Alemãs). O manifesto dessa organização oferece um perfil dessa mistura de mitologia louca e política concreta:

> Mesmo que todos os povos [*Völker*] europeus tenham de ser corrompidos pelas mulheres [pela influência delas], o povo [*Volk*] alemão, o mais másculo da terra, cuja essência acabará por salvar o mundo, deve ser resguardado deste destino em nome do sacro interesse da humanidade.[15]

14 O. Weininger, *Sesso e carattere: un'indagine sui principi*. Pordenone: 1992, p. 344.
15 U. Baumann, *Protestantismus und Frauenemanzipation in Deutschland 1850-1920*. Frankfurt/Nova York: 1992, p. 206.

Assim, o romance e a conferência de Karin Michaëlis tocavam várias questões candentes: primeiro, o interesse propagandístico de uma parte do feminismo em negar os problemas colocados por ela; segundo, o interesse do *establishment* psiquiátrico em manter tais problemas em um âmbito profissional e institucional; terceiro, eles se inseriam no debate geral sobre a natureza das diferenças entre os sexos, entrelaçando-se, finalmente, com as mais vastas "filosofias" relativas aos problemas e aos desequilíbrios do "espírito da época".

Nenhuma dessas coisas se incluía entre os interesses de Karin Michaëlis, mesmo que constituíssem o húmus de onde brotaram as reações ao romance, e provavelmente contribuíram para seu sucesso extraordinário. Michaëlis se interessava pela vida concreta, efetiva, das mulheres. Dois comentários de algumas décadas depois dão uma ideia da importância duradoura de sua obra. Numa resenha de seu livro de memórias, *Little Troll*,[16] a *New York Herald Tribune Weekly Book Review*, de 12 de janeiro de 1947, assim avaliava o impacto de seu trabalho:

> Justamente graças à autora dinamarquesa, centenas e centenas de mulheres fugiram às convenções, viveram e lutaram por si mesmas e pelos outros, e quiseram divulgar suas experiências para que outras deixassem de se envergonhar e não se sentissem isoladas. [...] Muitos de seus livros ainda serão lidos por muito tempo na Europa, e a expressão "idade perigosa" será utilizada milhões de vezes para explicar as mudanças e as evoluções do comportamento humano.

Enfim, um retrato de Karin Michaëlis lançado na publicação mensal alemã *Sie und er*, em novembro de 1948, assim resumia o significado que *A idade perigosa* tivera para leitores e leitoras:

> As mulheres que até agora haviam suportado com uma atitude passiva e resignada, ou amarga e autodestrutiva, as modificações de seu estado, e os homens que não conseguiam mais entender as mulheres que, até então, tinham sido "normais", foram sacudidos de seu torpor. A sábia e sensível autora indicava às mulheres o caminho para envelhecer com dignidade, e abria os olhos dos homens sobre a frigidez delas; com tato e habilidade, tentava preencher a distância entre os dois sexos.

16 Karin Michaëlis escreveu suas memórias em dinamarquês, em duas versões: a primeira, romanceada, é dos anos 1920; a segunda, mais fatual, é do final dos anos 1940. Uma versão resumida foi publicada nos Estados Unidos, com o título de *Little Troll* (Nova York: 1946); a tradução alemã saiu com o título *Der kleine Kobold. Lebenserinnerungen von Karin Michaëlis* (Friburgo: 1998).

## NARRAR A MODERNIDADE

FRANCO MORETTI

# O século sério

Falarei aqui de discurso indireto livre, de estilo analítico e dos "preenchimentos" [*riempitivi*] romanescos (que são os episódios em que não ocorre algo relevante, e de que, terminada a leitura, mal se recorda). Coisas técnicas, que à primeira vista não prometem muito, mas coisas em cujo labor subterrâneo depois tomam forma alguns grandes valores do século XIX: a impessoalidade, a precisão, a conduta de vida regular e metódica, certo distanciamento emotivo, em uma palavra (uma palavra que sempre voltará), a "seriedade". Aliás, digamos de maneira abrangente, a seriedade *burguesa*: na França, na Grã-Bretanha e na Alemanha.

Burguesia e seriedade. No início eu pensava num horizonte mais vasto, mais indefinido. Redação após redação, porém, a argumentação se restringia cada vez mais em torno ao estilo sério e ao burguês do século XIX; um encontro que excluía infelizmente muitas outras coisas importantes (Stendhal; Dickens; toda a literatura de massa), mas que conferia ao ensaio aquele tom antropológico – história da literatura como história da cultura – que é a aposta deste volume. E, portanto, tentemos pensar acerca do século sério do romance europeu.

## 1. De Vermeer a Austen

Num belo livro de alguns anos atrás, intitulado *Arte del descrivere*, Svetlana Alpers afirma que o século XVII holandês mudara o curso da arte europeia, porque substituíra pela "imitação das ações humanas significativas", que fora típica da tradição pictórica, a "descrição do mundo observado". Os holandeses não representam mais as grandes cenas da história sagrada e profana, mas naturezas-mortas, paisagens, interiores, vistas de cidades, mapas geográficos... em suma: "uma arte descritiva, e não narrativa".[1]

Bela ideia; mas com uma exceção importante – Vermeer – em que me parece a verdadeira novidade não é tanto o desaparecimento do componente narrativo, mas a sua adoção de uma forma nova no que concerne ao passado. Tome-se a leitora de azul, de Amsterdã (fig. 1). Estranha forma do corpo. Está grávida, talvez?, e a carta que está lendo com tanta concentração, de pé, de quem é ela?, de um marido no além-mar, como sugere o mapa ali na parede?, e aquele cofrinho aberto, em primeiro plano, significa talvez que a carta é antiga, e que faz algum tempo que não chegam mais cartas? (Há muitas cartas, em Vermeer, e toda vez elas trazem consigo uma pequena história: ler uma carta significa que outro alguém a escreveu, tempos passados, sobre acontecimentos ainda anteriores. Três camadas temporais, naquele pedacinho de tela.) E essa outra carta (fig. 2), que a criada acabou de entregar à patroa (ou foi esta que deu a ela?); observe-se a dinâmica dos olhares: preocupação, desprezo, cumplicidade... Quase se pode ver a criada que se torna patroa de sua patroa. E que estranha moldura: a porta, a perspectiva malfeita – há alguém que espera uma resposta, lá fora? E no quadro da Frick Collection de Nova York (fig. 3), que sorriso é esse, o da moça? O quanto de vinho bebeu, daquele jarro que está sobre a mesa (uma pergunta nada tola, na pintura holandesa: e, uma vez mais, uma pergunta de tipo narrativo)? E o homem, por que está oculto? Que espécie de histórias lhe terá contado? E a moça, acreditou nessas histórias?

Paro por aqui; mas contra a vontade, porque essas cenas tão precisas, e ao mesmo tempo tão indefinidas, sugerem outras mil perguntas, porque são exatamente, *pace* Alpers, "ações humanas significativas": cenas de um conto, de uma história. Abertas. Certo, não são as grandes cenas da *Weltgeschichte* [História universal],

1 S. Alpers, *Arte del descrivere. Scienza e pittura nel Seicento olandese*. Turim: Bollati Boringhieri, 1984, pp. 13 e 16.

1. Johannes Vermeer, *Mulher lendo uma carta*. Óleo sobre tela, c. 1662-65. Amsterdã, Rijksmuseum.

2. Johannes Vermeer, *A carta de amor*. Óleo sobre tela, c. 1669-70. Amsterdã, Rijksmuseum.

3. Johannes Vermeer, *Soldado e moça risonha*. Óleo sobre tela, c. 1658. Nova York, Frick Collection.

não é o morticínio dos inocentes (que é o exemplo de pintura narrativa preferido por Alpers); mas a questão é que a narrativa *não é feita apenas de grandes cenas*. Esse foi o lampejo de gênio de Vermeer; e também nós procuraremos entender isso, com a ajuda da teoria narrativa.

1966. Roland Barthes escreve um ensaio intitulado "Introdução à análise estrutural da narrativa", em que subdivide os episódios narrativos nas duas classes das "funções cardinais (ou nós)" e das "catálises". A terminologia aqui varia, em *Storia e discorso* Chatman fala de "núcleos" e "satélites", eu falarei de "bifurcações" e "preenchimentos" (sobretudo por simplicidade); mas a terminologia não importa, o que importa são os conceitos. Assim, Barthes:

> Para que uma função seja cardinal [para que seja uma bifurcação], basta que a ação a que se refere abra (ou mantenha aberta, ou feche) uma alternativa que tem certas consequências para a sequência da história [...]. Entre duas funções cardinais é sempre possível dispor algumas notações subsidiárias, que se aglomeram em torno a um núcleo ou a um outro sem modificar as alternativas que foram apresentadas [...]. Essas catálises [ou preenchimentos] continuam a ser funcionais [...], mas a funcionalidade delas é atenuada, unilateral, parasitária.[2]

A bifurcação é um "possível" desdobramento da trama; o preenchimento não, é aquilo que acontece *entre* uma mudança e outra. Um exemplo, *Orgulho e preconceito* (1813); Elizabeth e Darcy se encontram no terceiro capítulo do romance, Darcy se comporta muito mal, e Elizabeth não gosta disso. Primeira "alternativa com certas consequências para o prosseguimento da história": os dois protagonistas são postos em conflito entre si. Passam-se 31 capítulos, e Darcy pede a Elizabeth que se case com ele. Segunda bifurcação: abriu-se uma alternativa. Outros 27 capítulos, e Elizabeth aceita: alternativa fechada, final do romance. Três bifurcações. Início, meio e fim; bem geométrico, bem Austen; mas naturalmente, entre uma e outra dessas três cenas o espaço narrativo vem "preenchido" com muitas outras coisas; Elizabeth e Darcy se encontram, se olham, se falam, pensam um no outro, conversam com outros personagens... em resumo, não é

2 R. Barthes, "Introduzione all'analisi strutturale dei racconti", in *L'analisi del racconto* [1966]. Milão: Bompiani, 1969, pp. 19-20 [ed. bras.: Roland Barthes et al., *Análise estrutural da narrativa*, trad. M. Z. Barboza Pinto. Petrópolis: Vozes, 1973].

fácil quantificar coisas desse tipo, mas fiz o melhor que pude, e encontrei cerca de 110 episódios do gênero. São esses os preenchimentos. E Barthes tem razão, não constituem nada relevante: acrescentam mil nuanças ao desenrolar do acontecimento, mas, na verdade, não conseguem nunca modificar "as alternativas que foram apresentadas". E não conseguem fazer isso porque, como já em Vermeer, são por demais *cotidianas* para que se faça isso: se janta e se jogam cartas, se dá um passeio, um pouco de música, de conversas, recebem-se cartas, bebe-se uma taça de vinho ou uma xícara de chá.

Narração: mas do cotidiano. São esses os preenchimentos. Narração, porque também há sempre uma incerteza (como Elizabeth reagirá às palavras de Darcy?, e este, aceitará passear com os Gardiner?); mas a incerteza continua a ser *local*, circunscrita, sem "consequências para o prosseguimento da história". Os preenchimentos, por assim dizer, conservam o conto no interior do *caráter ordinário* da vida.[3] Sente-se aqui a sua profunda afinidade com aquela civilidade das boas maneiras tão importantes no mundo de Austen; e é lógico, as boas maneiras servem justamente para conferir certa regularidade, certa forma à existência. Graças a elas, a vida cotidiana se mostra elevada, estilizada: era em parte uma comédia, e se enche de dignidade. Como os quadros de Vermeer com respeito à pintura "de gênero" holandesa: alguém olha para elas, e se dá conta de que ali ninguém mais ri; no máximo um sorriso, mas este também raramente, porque via de regra os seus personagens têm o semblante educado e composto da mulher de azul: sério. Sério, como na fórmula mágica – "imitação séria do cotidiano" – com a qual Auerbach define o realismo[4] (e já para os Goncourt, no prefácio a *Germinie Lacerteux*, o romance era "a grande forma séria"). Sério: "Alheio

3 No começo do século XIX, em todos os termos que indicam o caráter cotidiano – "alltäglich", "everyday", "quotidien", "quotidiano" – reforça-se justamente a conotação abstrata e um pouco vaga de "habitual", "ordinário", "frequente", em contraste com o significado mais antigo e vívido que opunha o cotidiano ao sagrado.

4 Embora o título escolhido por Auerbach para o livro aluda, principalmente, ao aspecto da "imitação" (mimesis), parece-me que a sua verdadeira descoberta consista justamente na união do "sério" e do "cotidiano", sobre que, de resto, versava o longo estudo preparatório para *Mimesis*, o ensaio "Über die ernste Nachahmung des alltäglichen" [Sobre a imitação séria do cotidiano] – em que vinham também tomados em consideração os termos "dialético" e "existencial" como alternativas possíveis a "cotidiano": pode-se encontrar o ensaio em *Travaux du séminaire de philologie romane*. Istambul: Istanbul Universitesi Edebiyat Fakültesi, 1937, pp. 272-73.

à superficialidade e às frivolidades" (Battaglia); "*in opposition to amusement or pleasure-seeking*" (*Oxford English Dictionary*); "*in Gegensatz von Scherz und Spass*" (Grimm).

Mas o que significa exatamente "sério" em literatura? Para Diderot, que introduz o *genre sérieux*, em 1757, nos *Entretiens sur le fils naturel*, trata-se de uma forma posta em posição intermediária entre tragédia e comédia.[5] É uma intuição genial. Porque efetivamente, com o advento do *ethos* sério, e a concomitante multiplicação dos preenchimentos, o romance encontra um ritmo novo, tranquilo, um tipo de "neutralidade" narrativa que lhe permite funcionar sem ter sempre de recorrer a medidas extremas. As pessoas escrevem e leem com um espírito novo, prosaico, pois que não esperam coisas inauditas a cada página virada. Basta que a história seja "interessante", para citar uma outra categoria dos *Entretiens* destinada por sua vez a uma grande fortuna.

A relação milenar entre o estilo e a condição vem assim conservada e ao mesmo tempo contornada: à altura aristocrática do trágico e ao baixo plebeu do cômico, a classe média acrescenta uma forma que lhe é profundamente peculiar: uma forma exatamente média, intermediária; mas intermediário não significa, pois, *equidistante*, e quer em Diderot[6] quer no século seguinte, o sério anseia claramente por aparentar-se ao estilo das classes dominantes do passado (especialmente ao estilo delas em público). Alguém depara com uma obra-prima da seriedade cotidiana do século XIX, como *Place de l'Europe*, de Caillebotte, por exemplo (fig. 4), e compreende que sério não quer dizer trágico, tudo bem, mas que certamente quer dizer cauteloso, impassível, grave, negro, frio. A classe média se enrigesse; nesse momento se chama burguesia, e usa a seriedade para se distinguir do imaginário ruidoso e carnavalesco do trabalho braçal.

Mas acerca da seriedade falarei ainda muitas vezes. Por ora, voltemos à teoria narrativa.

5 "Não me resta senão fazer-vos uma pergunta", lemos no final do segundo "Entretien": "Atentai para o gênero de vossa obra. Não é uma tragédia; não é uma comédia. Que coisa é, pois, e que nome é mister lhe dar?". Na abertura do terceiro "Entretien", Diderot responde definindo justamente o "genre sérieux" como "meio-termo entre os dois gêneros extremos", "posto entre os outros dois" etc. D. Diderot, "Entretiens sur le fils naturele", in *Œuvres*. Paris: Gallimard, 1951, pp. 1243 ss.

6 "Concluo que [o gênero sério] se inclina mais para a tragédia do que para a comédia", id. ibid., p. 1247.

4. Gustave Caillebotte. *Place de l'Europe*. Óleo sobre tela, 1877. Chicago, Chicago Art Institute.

## 2. As estradas se dividem: fatos inauditos, vida cotidiana

Cento e dez preenchimentos e três bifurcações: os 97% de *Orgulho e preconceito* ocupados por episódios inconclusos; mas por quê? Para que serve toda essa vida cotidiana? Há uma conversa como tantas, no capítulo VIII do romance, fala-se da irmã de Darcy, de como é alta, das suas qualidades, das capacidades femininas em geral, da importância da leitura; o todo entrelaçado a um jogo de cartas, ao jogo da cortesia. E uma pessoa examina o estilo, as normas da conversa, o aspecto cultural das personagens, tudo o que se quer, mas a certa altura se diz, "Tudo bem, mas, em suma, o que é que aconteceu aqui?", ou melhor, *aconteceu*, de fato, alguma coisa? E não, não aconteceu quase nada, e é absurdo, um episódio típico de uma grande narradora (97%...) e não acontece nada? A teoria narrativa tem uma tese muito simples e elegante a respeito disso, uma história que merece ser contada se uma norma foi violada (uma norma moral, ou de probabilidade, ou as duas coisas juntas): se apresenta um "fato inaudito", como dizia Goethe; mas não haverá nunca nada de inaudito numa conversa apropriada – e é justamente isso que torna a obra de Austen (e de grande parte do século XIX na Europa) tão estranha: por que querer fazer narrativa de uma matéria tão pré-escrita, tão avessa à narração?

É muito mais lógico, para dar um exemplo qualquer, aquele que ocorre no grande *bestseller* da Antiguidade tardia que foi o *Romance de Alexandre*: Alexandre está com Heféstos, os servos estão escovando os cavalos, é necessário que um pouco de tempo transcorra, e assim – da mesma forma como em Austen – os dois vão dar um breve passeio; mas depois deparam com o rei de Acarnânia, Nicolau, e em poucas frases se declara uma guerra. O preenchimento existe, mas só por um segundo: trata-se de uma maneira de passar de uma bifurcação a outra, e nada mais. O passeio, o cotidiano, são tratados em suma como *o oposto da narração*: um fardo que no fundo não se pode deixar de lado (de vez em quando também é necessário escovar os cavalos) mas que é removido o mais rápido possível para deixar espaço à história verdadeira e apropriada.

De resto, as coisas ainda são assim no início do século XIX. *Belinda* (1801), de Maria Edgeworth, é um dos tantos exemplos do enredo de casamento da tradição inglesa, em que as grandes diretrizes do enredo são muito semelhantes às de Austen; mas, quando se passa do macro ao micro, isto é, da trama no seu conjunto aos episódios individuais de que essa trama se compõe, nos damos conta de imediato de que dos preenchimentos aqui quase não há traços. Muito mais do que cotidiano, *Belinda* representa uma reviravolta total: o possível amante Clarence Hervey abre uma carta (Vermeer...), e dela cai uma mecha de cabelos – que Belinda nota, e interpreta da pior maneira. Um criado entra para um afazer qualquer, vê dinheiro sobre uma mesinha e espalha depressa uma calúnia de consequências dramáticas. Uma mãe reencontra a filha, uma filha reencontra o pai, uma mulher acha de novo o marido, ele a ela... a quatro páginas do final, "– teríamos sido os dois infelizes, – explica Lady Delacour – não fosse [...] pelo capitão Sutherland". "– O capitão Sutherland! E quem é esse capitão Sutherland? Nunca ouvimos falar dele – [...]." Tudo assim, rapidamente: cria-se um novo personagem (e decisivo!) apesar de terminado o romance.

E, repitamos, não há nada de estranho. Quando Edgeworth narra, ela narra o inaudito, como sempre se fez (e se continuará a fazer no *roman-feuilleton*, no romance policial, nos romances coloniais, em grande parte da ficção científica...), há um diagrama feito numa escola primária de Manhattan que exemplifica à perfeição o que estou tentando dizer. Mary Foote, a professora, e seus jovens colaboradores (ou melhor, muitíssimo jovens), leram o conto "Julian's Glorious Summer", de Ann Cameron, e visualizaram a situação do protagonista ao longo de todo o arco dos acontecimentos. E o gráfico salta continuamente de um extremo a outro: dez vezes feliz ou emocionado, catorze vezes triste, preocupado ou com medo – e só quatro vezes num estado intermediário (intermediário, como em Diderot) que eles chamam "neutro" (ou "ok"). Ora, a revolução levada a efeito pelo preenchimento romanesco ali pode ser visualizada desta forma: um gráfico em que o estado neutro se enche em demasia, e os dois extremos se esvaziam. O exato oposto do diagrama, em suma.

Ann Cameron, "Julian's Glorious Summer" (diagrama desenhado por Mary Foote, Dalissa, Janil, Michele, Nadine, Ricky, Robert).

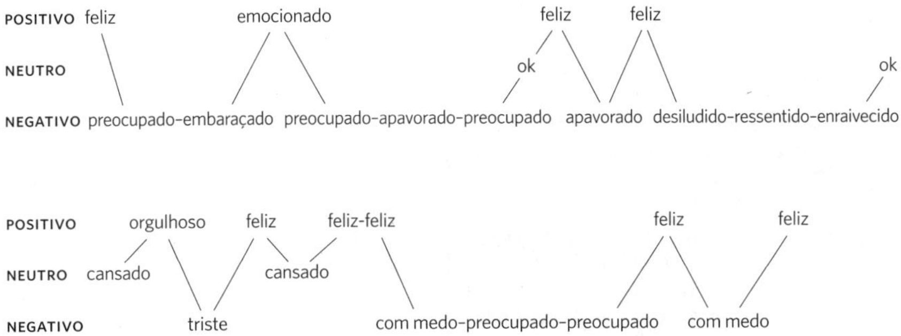


> Em primeiro lugar decidíamos qual era a ação principal do capítulo, dispensando atenção particular àqueles momentos em que Julian se sentia diferente. Dávamos um nome àquele estado emotivo, e o assinalávamos no diagrama. No final havia uma discussão interessante a propósito daquilo que as crianças notavam ao observar o diagrama. Elas disseram coisas como "Os sentimentos de Julian mudam bastante"; "Ele tem sempre certas emoções fortes, tanto negativas como positivas, mas com frequência se sente muito menos neutro"; "E com mais frequência triste em vez de infeliz".
>
> Mary Foote, carta de 17 de maio de 2000.

Isto é o que precisamente faz Austen: desloca o inaudito para o fundo, e traz o cotidiano ao primeiro plano.[7] Mas por que faz isso? Como lhe ocorre, essa ideia tão em

7 Talvez aqui fosse mais exato falar de "meia" Austen, porque a estratégia do inaudito, desativada ao longo do eixo central da trama, permanece ao contrário em vigor nos enredos secundários dos seus romances (a exemplo de Lydia e Wickham em *Orgulho e preconceito*, ou dos Crawford em *Mansfield Park*). Em resumo, embora tomando o novo caminho, Austen não se afasta de todo do antigo, que continua visível às margens de sua obra. Trata-se de uma mistura de passado e futuro bastante frequente quando um novo paradigma está tomando forma, mas que ainda não se acha completamente afirmado.

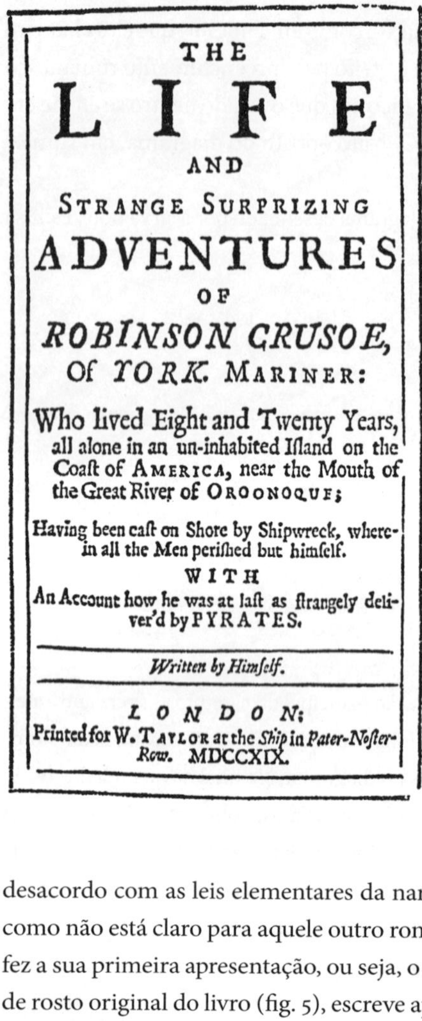

THE
LIFE
AND
STRANGE SURPRIZING
ADVENTURES
OF
*ROBINSON CRUSOE,*
Of *YORK*, MARINER:
Who lived Eight and Twenty Years, all alone in an un-inhabited Iſland on the Coaſt of AMERICA, near the Mouth of the Great River of OROONOQUE;
Having been caſt on Shore by Shipwreck, wherein all the Men periſhed but himſelf.
WITH
An Account how he was at laſt as ſtrangely deliver'd by PYRATES.

*Written by Himſelf.*

*LONDON:*
Printed for W. TAYLOR at the *Ship* in *Pater-Noſter-Row*. MDCCXIX.

5. Folha de rosto original das *Aventuras de Robinson Crusoé*, 1719.

desacordo com as leis elementares da narrativa? Isso, infelizmente, não está claro; como não está claro para aquele outro romance em que a nova hierarquia narrativa fez a sua primeira apresentação, ou seja, o *Robinson Crusoé* (1719). Lendo-se a folha de rosto original do livro (fig. 5), escreve apropriadamente Giuseppe Sertoli, parece adequado que Defoe tivesse em mente "um projeto narrativo diferente, do qual restariam traços no título do romance" – A vida, *e as aventuras estranhas e surpreendentes* de Robinson Crusoé – e que portanto "a sequência da ilha nada mais é que a expansão imprevista e descontrolada de um episódio interno" para aquele projeto inicial diverso.[8] Isto é, a ilha talvez fosse apenas um preenchimento entre os outros, que devia ligar entre eles as bem mais atraentes "aventuras" prometidas pelo título (e

8 G. Sertoli, *I due Robinson*, in D. Defoe, *Le avventure di Robinson Crusoe*. Turim: Einaudi, 1998, p. XIV.

6. Robinson e Xuri fogem dos mouros.
7. O naufrágio.

8. A chegada de Sexta-feira.

9. Robinson avista um navio.

colocadas depois sempre em evidência pelas edições populares e reduzidas do século XVIII, como o *chapbook*[9] de meados do século das figuras 6, 7, 8 e 9); mas no romance de aventuras do mar se verifica, pois, "uma expansão imprevista e descontrolada" do cotidiano: o superpreenchimento da ilha se liberta de suas funções estruturais, e se torna significativo em si e por si. Rousseau, no *Emílio*, é o primeiro a compreender o que aconteceu: o *Robinson* deve ser "limpo de toda a sua pacotilha", ele escreve, começar "com o naufrágio", e ser limitado à parte da ilha: de modo que Emílio não perca tempo sonhando com aventuras, e reflita de preferência sobre a parte séria do livro, o *trabalho* de Robinson ("ele vai querer saber tudo aquilo que é útil, e não vai querer saber mais do que isso").[10] O que é um modo antipático de tratar os meninos – mas é verdade, porque a ilha é efetivamente a pedra de toque de Robinson.

O cotidiano se libertou. E tomou um pouco todos de surpresa: o autor (que pensava num outro romance); os leitores (que até Rousseau "liam" exatamente o outro romance); até os piratas da atividade editorial. Bonito; mas se conseguíssemos descobir *por que* Defoe havia mudado de projeto, e ampliado a parte da ilha... seria ainda mais bonito. Visto que, no entanto, parece certo que nunca saberemos isso, deixemos de lado a gênese do preenchimento romanesco e rastreemos em vez disso as suas transformações no decorrer do século XIX.

### 3. A prosa do mundo

Goethe, *Os anos de aprendizagem de Wilhelm Meister* (1796); livro II, capítulo 12. Filina flerta com Wilhelm no meio do caminho. Depois se levanta, segue em direção ao albergue, volta-se para lançar-lhe uma olhadela; depois de um segundo Wilhelm a segue – mas bem à porta é detido pelo diretor de uma companhia teatral, Melina, a quem prometeu há tempos um empréstimo. Wilhelm pensa em Filina, garante ao outro o dinheiro para aquela mesma noite, e torna a partir; mas é detido novamente, por Federico, que o saúda afetuosamente... e corre para chegar antes dele a Filina. Wilhelm vai para o seu quarto, onde encontra Mignon; está aborrecido, não repara nela, Mignon se inquieta, Wilhelm sequer se dá conta

9 Tipo de livro comercializado por ambulantes (*chapmen*) por poucos *pence*, constituído por uma única folha impressa dobrada em doze ou dezesseis páginas. [N.E.B.]

10 J.-J. Rousseau, *Emile* [1762], in *Œuvres complètes*. Paris: Gallimard, 1969, v. IV, pp. 455-56 [ed. bras.: *Emílio*, trad. Roberto Leal Ferreira. São Paulo: Martins Fontes, 2004, 4ª ed.].

disso (para ele, é só um outro preenchimento). Sai de novo, vê o taberneiro que fala com um forasteiro, nota que este o está observando de esguelha...

Prosa do mundo, a chamará Hegel: o desejo de Wilhelm, frustrado e disperso numa nuvem de poeira de fatos sem significado; mas é uma prosa na qual o amargo da desilusão se confunde de modo curioso com um fortíssimo senso da *possibilidade*. Aquele empréstimo concedido contra a vontade, por exemplo, faz decolar a fase estética do romance, com as suas discussões memoráveis sobre a arte dramática; o medo de perder Wilhelm açula a paixão de Mignon (e lhe dita, um pouco mais adiante, o poema lírico "Kennst du das Land" [Conheces a terra]); o forasteiro que conversa com o taberneiro prepara a visita de Wilhelm ao castelo – onde o encontro com Jarno dará início à sequência conclusiva do romance. E assim por diante.

Façamo-nos entender: nada disso se *realiza* naquelas duas ou três páginas do segundo livro. São apenas possibilidades; mas bastam para "revelar" o cotidiano e torná-lo vivo, narrativo: se também o episódio não mantivesse todas as suas promessas, restaria de qualquer maneira a recordação daquele momento de abertura. Trata-se de um modo novo, *secularizado*, de contar uma história: o seu sentido está disperso em cem momentos diferentes; sempre precário, sempre insatisfatório, e misturado à indiferença do mundo; mas também sempre tenazmente presente. Trata-se de uma perspectiva que Goethe não consegue nunca conciliar de todo com o aspecto teleológico do *Bildungsroman* [romance de formação] (muitíssimo sentido, mas tudo no final); mas nesse ínterim o primeiro passo foi concluído.

Goethe revela o cotidiano com o sentido da possibilidade; Scott, em *Waverley* (1814), pondo em cena os rituais do passado: a caça, o canto, os banquetes, os brindes... cenas estáticas, também um pouco tediosas: mas Waverley é inglês, não conhece a Escócia, faz mil perguntas, não compreende, ofende os seus hóspedes – e a rotina cotidiana se ilumina de pequenas surpresas. Bem entendido, não que *Waverley* (e em geral o romance histórico) esteja constelado de preenchimentos como o *Meister*; isso não, a atmosfera é ainda meio gótica, a *Weltgeschichte* está às portas, as histórias de amor e de morte conferem um tom melodramático a tudo; mas, no interior do melodrama, Scott consegue, pois, *retardar* a ação, cumulando-a de pausas. E no interior dessas pausas, abrimos uma janela sobre a próxima seção deste ensaio, toma forma aquele estilo analítico-impessoal que será típico do romance do século XIX – e que permitirá por sua vez conceber a descrição de um modo inteiramente novo. E é lógico, se se pensa no assunto, que tudo isso ocorra nos preenchimentos em vez de nas bifurcações; estas são intensas, bruscas, não permitem olhar ao redor com calma; os preenchimentos são suaves, concedem o tempo suficiente para observar os detalhes, para ser precisos (e também um pouco mais "imparciais", dirá *The Heart of Mid-Lothian*). Típico da evolução literária, esse estafeta que conduz do preenchimento ao estilo analítico, e deste à descrição: a nova técnica não fica isolada, mas provoca uma pequena reação em cadeia no resto da obra: uma *wave of gadgets*, uma onda de pequenas invenções, como diriam os historiadores da revolução industrial. No decorrer de uma geração, a onda desenha de novo a paisagem.

Balzac, segunda parte das *Ilusões perdidas* (1839): Lucien de Rubempré está escrevendo (finalmente!) o seu primeiro artigo que constituirá uma verdadeira e legítima "revolução no jornalismo". É a oportunidade que ele espera desde o dia em que chegou a Paris; mas nos desdobramentos desse episódio oculta-se, pois, um outro: o jornal não tem artigos, servem alguns pedaços, rápido, não importa sobre o quê, basta preencher os espaços em branco; e um amigo de Lucien, introduzido por uma vírgula sem pretensões, põe-se também ele a escrever. Quase se trata da ideia platônica do preenchimento romanesco: um trecho que enche um pouco de espaço, nada mais. E em vez disso, o pedaço que serve para tapar buraco atinge um grupo de pessoas que, portanto, depois de mil reviravoltas, confirmam a derrocada de Lucien.

É o mundo de Balzac. Como no efeito-borboleta de que fala a teoria do caos, o acontecimento inicial pode muito bem ser insignificante, mas o sistema dentro do qual se verifica – a universal *sobredeterminação* da grande cidade – é rico o bastante de variáveis para engrandecer os efeitos além de toda expectativa. Entre o começo e o fim de cada ação sempre há alguma coisa que se põe de permeio, um vetor narrativo imprevisto, uma "terceira pessoa" que persegue os seus objetivos particulares, e acaba por desviar o curso das coisas para uma direção inesperada: e assim, também os episódios mais comuns e inócuos se tornam capítulos de um romance (mas isso, em Balzac, não é sempre agradável...)

O *Bildungsroman*, e o sentido agridoce da possibilidade; o *novel of manners*, e o mundo prescrito das boas maneiras; o romance histórico, e a ressurreição do cotidiano desaparecido; o romance urbano, e o caráter narrativo das estruturas complexas. Trata-se de uma real "descoberta" do cotidiano, a operada pelo romance da primeira parte do século XIX: a trama se adensa, enche-se de mil coisas (como quase tudo na época: as nações se enchem de estradas, depois, de ferrovias; as cidades, de casas, estas, de móveis, os móveis, de infinitos objetos...). Em Defoe, o preenchimento apresentava ainda um quê de abstrato e notadamente tedioso (um sujeito seminu que trança alguns cestos etc.). Mas é como se o século XIX quisesse subtrair o cotidiano ao tédio: estremecê-lo, fazer dele narração. E ele consegue isso, como vimos, até aproximadamente a metade do século. Depois, a atmosfera muda. Refletindo sobre uma página de *Madame Bovary* (1857) em que Emma e Charles jantam juntos – e pode haver um preenchimento mais perfeito do que esse? –, diz Auerbach:

> Nesta cena não acontece nada de extraordinário, e nada de extraordinário aconteceu no passado imediato. É um instante qualquer da hora regularmente recorrente em que marido e mulher comem juntos. [...] Nada acontece, mas este nada tornou-se algo pesado, surdo, ameaçador.[11]

Um cotidiano grave e ameaçador... Culpa do casamento com um homem medíocre? Sim e não. Sim, porque Charles é decerto um fardo na vida de Emma; mas também não, porque o remédio habitual para esse estado de coisas – o adultério; de preferência, os dois adultérios da senhora Bovary – não remedia propriamente nada: com Rudolphe e Léon Emma reencontra exatamente "os mesmos aborrecimentos do casamento"; as mesmas horas "que voltam regularmente", e em que de novo nada ocorre de extraordinário. Espera-se a "aventura", e se reencontra a gravidade do cotidiano.

A subversão levada a efeito por Flaubert se torna ainda mais visível em contraste com um outro romance de adultério – *Fanny* (1858), de Ernest Feydeau – que à época é associado a *Madame Bovary*, mas é justamente o seu exato oposto: êxtases e desesperos, suspeitas infames e revelações celestiais – o todo narrado em tons implacavelmente hiperbólicos. Nada mais distante do que o cinzento neutro de *Madame Bovary*, com os seus clichês baratos, suas frases torpes e graves, seu *éternel imparfait* (Proust)... O imperfeito: o tempo que não promete surpresas; o tempo do mundo conhecido, da repetição, dos preenchimentos, do pano de fundo – mas de um pano de fundo que se tornou agora *mais importante que o primeiro plano.*[12] Poucos anos

11 E. Auerbach, *Mimesis* [1946], trad. George Bernard Sperber. São Paulo: Perspectiva, 1971, p. 437. O trecho de Flaubert é o mesmo comentado na abertura do ensaio de 1937 "Über die ernste Nachahmung des Alltäglichen" mencionado mais acima. Hoje abrimos *Mimesis*, e o livro começa com a Bíblia e a *Odisseia* – mas num sentido mais profundo principia, ao contrário, com Madame Bovary, não, melhor, com os "preenchimentos" de Madame Bovary. É aí que Auerbach reconhece pela primeira vez os aspectos do "cotidiano sério".

12 "Os romances de Flaubert, como em geral a literatura narrativa do realismo e do naturalismo, distinguem-se precisamente por uma predominância evidente do *imparfait* na parte narrada [...] o pano de fundo se torna o mais importante, e o primeiro plano, o menos importante": lê-se assim em H. Weinrich, *Tempus. Le funzioni dei tempi nel texto* [*Tempus* →

depois, na *Educação sentimental*, nem o ano de 1848 consegue sacudir a inércia das coisas: aquilo que é de fato inesquecível, no romance, não é o "fato inaudito" da revolução, mas o seu oposto: as águas que se fecham novamente, o retorno dos velhos lugares-comuns, dos egoísmos estreitos, das fantasias sem força e sem objetivo...

O pano de fundo que engole o primeiro plano. O capítulo seguinte se dá na Inglaterra, em 1872, numa cidade de província, que parece dominada pela segunda lei da termodinâmica: "imperceptível esfriamento" dos entusiasmos juvenis, escreve George Eliot, que conduz inexoravelmente à "multidão de homens que receberam da média sua forma, tornando-se próprios para serem empacotados em bloco".[13] Aqui, Eliot está falando de Lydgate, o jovem médico que lhe sugeriu a ideia genial de narrar uma vida completamente arruinada pelas pequenas coisas: "esse desprezível ceder às pequenas solicitações das circunstâncias, que é uma história de perdição mais comum que qualquer simples barganha momentânea".[14] Tristeza: Lydgate não sabe mais sequer vender a própria alma, como em Goethe ou Balzac; ele a põe a perder distraído com aqueles mil "pequenos estímulos" que para ele não são nada – e que, em vez disso, estão decidindo sua vida.[15] Era um jovem estranho, esse Lydgate; depois de alguns anos em Middlemarch, ele também recebe "da média a sua forma". Nada ocorreu de extraordinário, diria Auerbach: no entanto, já ocorreu tudo.

Afinal, *Os Buddenbrook* (1901): em que o recurso ao *leitmotiv* oferece uma versão extraordinariamente elegante – quase um destilado – da vida cotidiana do século XIX. As frases animadas e sempre iguais de Tony, os gestos irônicos e um pouco desdenhosos de Tom, as palavras judiciosas e prosaicas das tantas personagens secundárias, a dor de dente do pequeno Hanno... nos *Buddenbrook*, todos esses preenchimentos se desfazem até das suas modestas tarefas narrativas, e se tornam, simplesmente,

→ *Besprochene und erzählte Welt*, 1964]. Bolonha: Il Mulino, 1978, pp. 134 e 136. Mais adiante, Weinrich acrescenta que os tempos verbais típicos do pano de fundo, e portanto também do preenchimento ("o *imparfait de rupture* em francês e os tempos terminados em *ing* da língua inglesa"), difundem-se exatamente no período de 1800-50 (id., ibid., p. 189).

13 G. Eliot, *Middlemarch* [1871-72], trad. Leonardo Fróes. Rio de Janeiro: Record, 1998, cap. XV, p. 165.

14 Id., ibid., cap. LXXIX, p. 819.

15 "Os pontos intermediários, as mediações – tudo isso que Middlemarch chama 'mediums' ('hostis', 'mesquinhos', 'atrapalhados', 'opacos e sufocantes') –, não são mais alguns simples preenchimentos postos ali para matar o tempo, mas desviam o curso das coisas do objetivo preestabelecido [...], e a vida [de Lydgate] é determinada justamente pela repetição das suas desatenções": D. A. Miller, *Narrative and its Discontents*. Princeton: Princeton University Press, 1981, p. 142.

*estilo*. Tudo passa e morre, aqui (como em *O anel dos Nibelungos*, de Wagner), mas as frases que compõem os *Leitmotive* permanecem, e tornam inesquecível aquilo que vai desaparecendo: a par daquele outro *Leitmotiv* esplêndido que é o livro de família dos Buddenbrook, com seu "respeito quase religioso pelos fatos", e o "relevo cheio de reverência, de acordo também com os acontecimentos mais modestos". Palavras que exprimem à perfeição o cuidado com que o século XIX burguês observou a vida de todos os dias, e que convidam a algumas reflexões ulteriores.

## 4. Racionalização

Que acontecimento rápido. Por volta de 1800, o preenchimento é ainda uma raridade: cem anos depois o encontramos em toda parte (os Goncourt, Zola, Maupassant, Fontane, Gissing, James...). Vocês acreditavam ter lido *Meister* ou *Middlemarch*, mas não, leram alguns enormes apanhados de preenchimentos – que de resto foram a única e verdadeira invenção narrativa do século XIX. E quando uma novidade tão prosaica e modesta consegue difundir-se em toda parte, deve haver alguma coisa, na cultura circunstante, que se encontra profundamente em sintonia com ela. Se os preenchimentos se multiplicam, os leitores europeus devem sentir prazer em lê-los, e os romancistas em usá-los em suas obras; mas, por que prazer? Livro estranho, esse *Buddenbrook*, escreve a Mann uma leitora inteligente, nada acontece, embora eu de nenhuma forma me aborreça. É verdade, é estranho. Como é que o cotidiano se tornou interessante?

Para compreender isso, é necessário que se faça um pouco de "*reverse engineering*", de engenharia reversa: reversa, no sentido de que o objeto já foi dado, e não se trata, portanto, de projetá-lo, mas, sim, de proceder para trás, do modo como foi feito à sua razão de ser. Sabemos *como* foi feito o preenchimento; está bem, agora se trata de compreender *por que* foi feito assim: que necessidade simbólica consegue satisfazer. E na passagem do como ao porquê, o horizonte muda. O "como" o encontramos na teoria narrativa, nos romances, na literatura; o "porquê" se encontra, em vez disso, do lado de fora da literatura: na história social, e mais exatamente na história da moderna vida privada. A começar justamente da Holanda de Vermeer, onde principia a tomar forma o privado que ainda nos acompanha: casas mais cômodas e iluminadas, em que as portas se multiplicam, e os aposentos se diferenciam, e um deles se torna precisamente o aposento da vida cotidiana: a sala de estar ("local destinado à recepção dos hóspedes, às conversas" [dicionário *Battaglia*]; a "*drawing room*", que é, pois, na verdade, a "*with-drawing room*", o aposento em que a classe média se separa da criadagem, e usufrui aquele bem novo que é o "tempo livre".[16] A sala de Vermeer e do romance: de Goethe, Austen, Balzac, Eliot, Mann... Um espaço sempre disponível, sempre pronto a fazer que se inicie uma história.

Essa história, porém, ocorre, pois, entrecortada pela *regularidade* cada vez maior da vida privada. As personagens de Vermeer são respeitáveis, bem cuidadas; lavaram paredes e pisos, janelas e toalhas e vestidos... aprenderam a ler, a escrever, a entender os mapas, a tocar o alaúde e o cravo... Têm muito tempo livre, é verdade, mas dele não fazem um uso tão sério que pareça sempre que estejam *trabalhando*. Lukács, *A alma e as formas*:

> A vida é dominada pelo que se repete sistematicamente, regularmente, pelo que por força deve repetir-se, pelo que deve ser feito sem consideração pelo prazer nem pelo desprazer. Em outras palavras: o domínio da ordem sobre os estados de espírito, do durável sobre o momentâneo, do trabalho tranquilo sobre a genialidade alimentada de sensações.[17]

O domínio da ordem sobre os estados de espírito. Sombras weberianas. Logo depois da Reforma, lê-se na *Ética protestante*, o controle sobre os comportamentos cotidianos se torna mais atento e severo:

> A ascese cristã [...] quase dominara eclesiasticamente o mundo; mas, de um modo geral, deixara à vida cotidiana profana o seu caráter naturalmente sem preconceitos. Agora ela vinha no mercado da vida, fechava atrás de si as portas do claustro, e principiava a impregnar com seu caráter metódico a vida cotidiana profana.[18]

16 As condições mencionadas por Jürgen Kocka "para que a cultura burguesa possa ter realização" parecem saídas de um quadro de Vermeer: "um rendimento constante e bem superior ao mínimo necessário à subsistência [...], certa liberdade da mãe e dos filhos de um trabalho manual precoce e sufocante, de modo que lhe seja possível conservar e reproduzir aquela cultura; seguramente também certa separação da burguesia quanto ao trabalho manual, e sobretudo: tempo livre": J. Kocka, "Borghesia e società borghese nel XIX secolo. Sviluppi europei e peculiarità tedesche", in Kocka (org.), *Borghesie europee dell'Ottocento*. Pádua: Marsilio, 1989, p. 23.

17 G. Lukács, "La borghesia e l'art pour l'art", in *L'anima e le forme* [1911]. Milão: Sugar, 1963, p. 124.

18 M. Weber, *L'etica protestante e lo spirito del capitalismo* [1922]. Florença: Sansoni, 1972, p. 258 [ed. bras.: *A ética protestante e o espírito do capitalismo*, trad. José Marcos Mariani Macedo. São Paulo: Companhia das Letras, 2004].

Assim, toma forma a urdidura secreta daquilo que Mann chamava "o meio milênio burguês". São os "ritmos ocultos" analisados por Zerubavel: aquelas atividades regulares, repetidas, que "interferem nos desejos espontâneos do indivíduo" e que com eles "enrijecem" a vida[19] (como no terrificante rito burguês da aula de piano); é "a inclinação típica a uma conduta de vida racional e metódica" mencionada por Jürgen Kocka,[20] e os "bons lucros" descritos por Barrington Moore ("aqueles pequenos mas estáveis, obtidos com uma atenção laboriosa ao particular"[21]); é "a domesticação do caso" (Ian Hacking) produzida pela estatística do século XIX, ou a veloz e reveladora difusão de palavras (e de ações) como "normalizar" e "estandardizar".

Por que o preencimento se firmou?, me perguntava mais acima. Por isto: ele oferecia aquele tipo de prazer narrativo compatível com a nova regularidade da vida burguesa. O preenchimento faz do romance uma "paixão calma", como soa o genial oxímoro com que Hirschmann define o moderno interesse econômico. Ele é um sintoma e um aspecto da "racionalização" (Weber) da existência moderna: um processo que se inicia nas esferas da economia e da administração, mas que depois as transpõe e invade os âmbitos do tempo livre e da vida privada, do divertimento e do sentimento (poucos fazem caso disso, mas o último livro de *Economia e sociedade* é dedicado à racionalização... da linguagem musical). Em suma, o preenchimento é uma tentativa de *racionalizar o romance*, e de liberar através disso o universo narrativo: poucas surpresas, ainda menos aventuras, e milagres nem pensar.

Ocorrem-me aquelas páginas da *Ética protestante* em que Weber contrapõe o capitalismo "de aventura" – destituído de controles e de escrúpulos éticos, carismático, que confia descaradamente no acaso: essa figura que parece viver no mundo do *romance* e que, justamente como o *romance*, é encontrada praticamente em todas as épocas e lugares – ao *ethos* sóbrio, constante, contido, sério, do capitalismo racional-burocrático (que é, em vez disso, como o *novel*, uma invenção europeia recente). E, com efeito, isso é exatamente o mundo do romance burguês: mas não pelos seus conteúdos, não porque se fale de comerciantes e industriais e bela sociedade comercial (de que, de preferência, se fala muito pouco): é que

19 E. Zerubavel, *Ritmi nascosti. Orari e calendari nella vita sociale*. Bolonha: Il Mulino, 1985, pp. 81 e 26.

20 Kocka, "Borghesia e società borghese nel XIX secolo", op. cit., p. 19.

21 B. Moore Jr., *Aspetti morali dello sviluppo economico*. Milão: Edizioni di Comunità, 1999, p. 69.

por meio do preenchimento a lógica da racionalização investe a *própria forma* do romance, seu ritmo narrativo. No ápice do processo, parece estender-se até a cultura de massa; penso na "lógica" de Holmes ou em Verne: *A volta ao mundo em oitenta dias* é cognominado "o romance do moto perpétuo", mas moto *prescrito* seria mais exato, com aquela sua ideia de uma pontualidade planetária, de um herói que *crê* no horário de navios a vapor e ferrovias como um monge beneditino no seu *horarium*, aquela primeira gaiola de aço da vida cotidiana...

Mas um romance não é apenas uma história, um concatenar de ações pequenas e grandes. A história vem posta em palavras; torna-se estilo. E aqui, o que ocorre?

## 5. George Eliot descreve

*Middlemarch*. Dorothea está em Roma, no seu quarto, e chora; "indefesa", explica Eliot, diante dessa "incompreensível Roma":

> Ruínas e as basílicas, palácios e colossos, postos no meio de um presente sórdido, onde tudo o que existia de vivente e sanguíneo parecia estar imerso na degradação de uma superstição divorciada da reverência; a vida titânica, indistinta no entanto ávida, a espreitar e debater-se pelas paredes e tetos; as longas vistas de formas brancas em cujos olhos de mármore dir-se-ia retida a luz monótona de um mundo alheio a quem somos: todos esses vastos destroços dos ideais mais ambiciosos, sensuais e espirituais, confusamente misturados com as marcas da decadência em processo, atingiram-na a princípio como um choque elétrico, precipitando-se a seguir sobre ela como essa dor intrínseca a uma indigestão de ideias confusas que impede o fluxo da emoção.[22]

Oitenta e sete polissílabos acumulados uns sobre os outros para formar o sujeito do período: e aquele minúsculo "a" como seu único objeto. O desequilíbrio entre Roma e Dorothea não poderia ser mais bem expresso; ou melhor, talvez não pudesse ser expresso absolutamente sem aquele traço inconfundível do estilo eliotiano que é a sua *precisão*. As ruínas e as basílicas estão "imersas" em um presente "sórdido", e onde tudo o que está vivo (melhor: "vivo e pulsante") se afunda (melhor:

22 Eliot, *Middlemarch*, cap. XX, pp. 216-17.

"parece se afundar") em uma degeneração "profunda", ligada a uma "superstição" ora "divorciada da reverência". Cada termo é ponderado, qualificado, precisado. Nosso mundo se tornou "infinitamente maior e em todas as suas partes mais rico de dádivas e perigos do que o mundo dos gregos", escreve Lukács na *Teoria do romance*:[23] e essa infatigável nomeação do detalhe constitui seu estilo. A prosa. Escrita. A prosa como *trabalho*, e mais exatamente trabalho *de análise*. Hegel:

> Podemos propor como lei da representação prosaica a exatidão, de um lado, e a distinta *determinação* e clara *inteligibilidade*, de outro, ao passo que o metafórico e o figurativo são em geral relativamente privados de clareza e exatidão.[24]

Trata-se de um outro nível semântico de "sério": de quem "*s'applique fortement à son objet*" (Littré); "profundamente concentrado naquilo que está fazendo" (Battaglia): e vemos novamente a mulher de azul, com aquela expressão de George Eliot jovem. Séria como *serious* mais do que como *ernst*, porque aqui o que importa não é a ética em si e por si (a recusa da *pleasure-seeking*, do *Spass*, e assim por diante), mas sobretudo a ética *profissional*: a ética do especialista (como o narrador de *Middlemarch*, especialista na linguagem): daquele que se põe inteira e escrupulosamente a serviço do trabalho a realizar. E não é apenas um dever exterior, a "distinta determinação e clara inteligibilidade" que emerge da página de *Middlemarch*: meio século depois de Eliot, na famosa conferência sobre a "Ciência como vocação", Weber explicará de maneira esplêndida como a moderna "vocação para a ciência" (e para a literatura) está ligada ao modo de proceder da especialização de uma forma tão profunda, "que o destino da própria alma depende justamente da exatidão daquela conjectura, diga-se, exatamente daquela [...]".[25] O destino da própria alma! E pensamos no *mot juste* de Flaubert, naturalmente, e na diagnose daquele estilo feita por Thibaudet: "não um dom gratuito e fulminante, mas o produto de uma disciplina a que ele chega um pouco tarde".[26]

23 G. Lukács, *Teoria del romanzo* [1920]. Roma: Newton Compton, 1972, p. 41 [ed. bras.: *A teoria do romance*, trad. José Marcos Mariani de Macedo. São Paulo: Editora 34/Duas Cidades, 2000].

24 G. W. F. Hegel, *Estetica* [1836-38]. Turim: Einaudi, 1967, p. 1124 [ed. bras.: *Cursos de estética*, trad. Marco Aurélio Werle e Oliver Tolle. 4 v. São Paulo: Edusp, 2001-2004].

25 M. Weber, "La scienza come professione" [1918], in *Il lavoro intellettuale come professione*. Turim: Einaudi, 1948, pp. 16 e 13 [ed. bras.: "A ciência como vocação", in *Ciência e política – duas vocações*, trad. Leonidas Hegenberg e Octany Silveira da Mota. São Paulo: Cultrix, s. d., 4ª ed., p. 967].

26 A. Thibaudet, *Gustave Flaubert*. Paris: Gallimard, 1935, p. 204.

Não um dom, mas uma disciplina: eis o romance do século XIX. E não só o romance:

> Toma, por exemplo, a "ideia", como vocês denominam aquilo [...], a ideia é coisa de três ou quatro compassos; não é? Nada mais. Todo o resto é elaboração, trabalho de pé de boi. Não achas? Muito bem, mas nós, como experientes conhecedores das belas-letras, constatamos que essa ideia não é nova, que se aproxima muito de alguma passagem de Rimsky-Korsakov ou de Brahms. Que fazer? A gente modifica simplesmente a ideia. Mas uma ideia modificada... hum... será que ela é ainda uma ideia? Dá uma olhada nos cadernos de esboços de Beethoven! Lá, nenhuma concepção temática permanece intacta, tal como Deus a forneceu. É alterada e acrescenta-se na margem: *Meilleur*. Nesse *meilleur* por enquanto nada entusiástico expressa-se falta de confiança na inspiração divina e pouca reverência a ela.[27]

"*Meilleur*". Eliot deve tê-la dito sempre, essa palavra. E relemos aquela página de *Middlemarch*, e nos perguntamos: mas valeu a pena? "E depois se impôs a ela com aquela aflição que não é senão uma profusão de ideias confusas que bloqueia o fluxo das emoções [...]": mas quem será capaz de seguir de fato – de *compreender* – essas frases, sem que se perca no labirinto da precisão? A riqueza da prosa romanesca, escrevia Lukács, custa a perda da totalidade: é verdade; no entanto, Eliot prossegue, acrescentando incisos, subordinadas, qualificações... Mas por quê? O que torna a precisão mais importante do que o sentido?

## 6. O princípio da realidade

Uma página célebre do primeiro livro de *Meister*:

> Que vantagens não proporcionam ao comerciante as partidas dobradas! É uma das mais belas invenções do espírito humano, e todo bom gestor deveria introduzi-las em seus negócios [...]. A ordem e clareza acentuam o gosto pela economia e pelo lucro. Um homem que gere mal seus negócios se sente muito à vontade nas trevas, pois não gosta de somar as parcelas de seu passivo. Mas, em contrapartida [a] nada poderia

27 T. Mann, *Doktor Faustus* [1947], P. de Mendelssohn (org.). Frankfurt am Main: 1980, cap. XXV, p. 320 [ed. bras.: *Doutor Fausto*, trad. Herbert Caro. Rio de Janeiro: Nova Fronteira, 1984, p. 321].

> ser mais agradável a um bom gestor [...]. Mesmo um acidente, que por acaso venha a surpreendê-lo, não o amedrontará, pois logo descobrirá que vantagens adquiridas pode colocar no outro prato da balança.[28]

Uma das mais belas invenções do espírito humano... Por razões econômicas, naturalmente, mas também, e no fundo sobretudo, por razões morais: no sentido de que a partida dobrada obriga a *encarar de frente os fatos*: todos os fatos, inclusive os desagradáveis. O princípio da realidade. Com a sua crescente dependência do mercado, escrevem Davidoff e Hall, as classes médias devem aprender a ter sob os olhos as entradas e saídas; e começam assim a ter a contabilidade delas mesmas nos novos *accounting books* impressos pela arte editorial a preços baixos – os quais deixam, pois, a sua marca também no resto da existência: como aquela Mary Young que, entre 1818 e 1844, a par das contas domésticas tem também "uma espécie de partida dobrada da própria vida pública e privada".[29] Um pouco a exemplo de Robinson, em suma, que enfileira frente a frente o "bem" e o "mal" de sua condição de náufrago; ou como o livro de família dos Buddenbrook, com seu "respeito quase religioso pelos fatos".

Terceiro aspecto da seriedade: a *ernste Lebensführung*, a conduta de vida sólida e responsável que é para Mann a pedra angular do mundo burguês. Não se trata tanto de questão de gravidade ética aqui, e tampouco da concentração profissional do especialista, mas de um tipo de *honestidade comercial* extensiva a todo o resto da existência: seriedade como confiabilidade, método, "ordem e clareza", *realismo*. Justamente no sentido do princípio da realidade: em que o acerto de contas com a realidade se torna, daquela necessidade que é, um "princípio", um valor. A contenção dos próprios desejos imediatos não é aqui mera repressão: é *cultura*, estilo. Lê-se esta cena do *Robinson*, com sua típica alternância dos desejos (em maiúsculas), dificuldades (sublinhadas) e soluções (itálico):

> Na primeira vez em que saí, PARA MINHA GRANDE SATISFAÇÃO, DESCOBRI QUE A ILHA POSSUÍA CABRAS. Mas isso veio associado a um grande infortúnio para mim, qual seja, <u>o de que elas eram tão ariscas, tão astutas e tão velozes, que era a coisa mais difícil do mundo alcançá-las</u>. *Isso, porém não me desanimou*, POIS NÃO DUVIDAVA

28 J. W. Goethe, *Os anos de aprendizado de Wilhelm Meister* [1795-96], trad. Nicolino Simone Neto. São Paulo: Editora 34, 2006, livro I, cap. X, pp. 53-54.

29 L. Davidoff e C. Hall, *Family Fortunes. Men and Women of the English Middle Class, 1780-1850*. Londres: Hutchinson, 1987, p. 384.

QUE, UMA VEZ OU OUTRA, PODERIA ATIRAR EM ALGUMA DELAS, como logo aconteceu. Assim, *quando descobri onde ficava o seu refúgio, fiquei à sua espreita.* Observei então que, ao me avistarem nos vales das rochas onde estavam, fugiam espavoridas; *mas quando estavam pastando nos vales e eu estava nas rochas, não notavam a minha presença. Disso concluí que, a partir da óptica das cabras, sua visão era dirigida de tal forma para baixo* [...]. Meu primeiro tiro nessas criaturas abateu uma cabra que amamentava um cabritinho ao seu lado. Isso me deixou muito penalizado; mas, quando a velha cabra desabou, o cabrito ficou parado ao seu lado até eu me aproximar e a recolher. E não foi só isso; quando carreguei a velha cabra nos ombros, o cabrito me seguiu até o cercado, onde depositei a mãe. Pegando o cabritinho nos braços, eu o carreguei por cima da paliçada NA ESPERANÇA DE DOMESTICÁ-LO. No entanto, como ele não queria se alimentar, *fui forçado a matá-lo para comer.*[30]

Um "mas" depois de outro (em inglês são sete, mais um "se bem que", em uma dúzia de linhas). "A vontade, a vontade tenaz, inflexível, indomável, é a suprema qualidade britânica", diz um excerto da metade do século sugestivamente intitulado *Du sérieux et du romanesque dans la vie anglaise et américaine*:[31] e essa página transbordante de proposições adversativas – que no entanto não impedem Robinson de alcançar seu objetivo – lhe confere plena razão. Tudo aqui é examinado *sine ira et studio*, como diz a máxima de Tácito com que Weber gostava de resumir o processo de racionalização: sem ira, sem parcialidade, como se Robinson não fosse tocado diretamente por isso. Cada problema se descompôs em elementos discretos (o ângulo visual das cabras; a posição de Robinson em relação a elas), e é tratado em conformidade. O desejo frustrado não explode em fúria irracional; o desejo realizado não acaba em preguiça satisfeita. Cada vez se recomeça do princípio: um preenchimento se segue a outro, até que o objetivo seja atingido. Dividir ordenadamente o fluxo confuso da vida, precisar bem os elementos, ligar com método meios e fins – em suma, de novo: *racionalizar a existência* – é o primeiro passo para dominá-la. O estilo analítico revela aqui a sua origem pragmática, a meio caminho entre a natureza de Bacon (a que se comanda quando se lhe obedece) e a burocracia de Weber, com sua "exclusão do amor e do ódio, de todos os elementos afetivos puramente pessoais, em geral irracionais e não calculáveis". E pensamos de novo em Flaubert – a quem

30 D. Defoe, *Robinson Crusoé*, trad. Celso M. Paciornik. São Paulo: Iluminuras, 2004, pp. 59-60.

31 *Revue des Deux Mondes*, 15 set. 1858, p. 451.

de resto a "impessoalidade 'objetiva'" do burocrata weberiano ("tão mais perfeito quanto mais se 'desumaniza'") não seria de fato desagradável.[32]

### 7. As estradas se dividem: narrar ou descrever?

Impessoalidade "objetiva": eis um belo modo de resumir a essência do estilo analítico. Este é "objetivo", entre aspas (como também o será, pois, a "seriedade 'objetiva'" de *Mimesis*), não porque os seus muitos detalhes possam abolir a diferença entre a representação e o seu objeto (isso nunca será possível, sejam quantos forem os detalhes), mas porque a sua presença maciça *impele a personalidade do escritor para as margens do quadro*. Não é tanto a objetividade que aumenta, em suma, mas a subjetividade que diminui. Hans Robert Jauss:

> A então nascente historiografia do século XIX [...] seguia o princípio de que *o histórico deve esconder a própria presença, de um modo tal que a história se narre por si mesma*. A poética aqui implícita não é outra senão a do romance histórico [...]. Essa nova poética da narração histórica ainda não é, porém, suficientemente caracterizada por aquela exploração material e por aquela revitalização poético-anedótica do passado com a qual os romances de Walter Scott sabiam satisfazer a curiosidade histórica infinitamente melhor que a historiografia precedente. Que o romance scottiano pudesse desafiar a historiografia científica para uma representação individualizante do passado, de que a historiografia precedente não fora capaz – isso dependia também de um princípio formal. O que nos romances de Scott tanto impressionou Augustin Thierry, Barante e os outros historiadores dos anos 1820 foi [o fato de que] o narrador do romance histórico fica de todo no pano de fundo.[33]

O narrador que fica no fundo... Tomemos *Castle Rackrent*, o romance (quase) histórico publicado em 1800 por Maria Edgeworth (e que Scott, no *General Preface* de 1829 aos *Waverley Novels*, apresenta como o modelo do próprio trabalho). *Castle Rackrent* é inteiramente narrado por um velho criado e *factotum* irlandês, Thady

32 M. Weber, *Economia e società* [1922]. Turim: Einaudi, 1999, v. IV, pp. 76 e 101 [ed. bras.: *Economia e sociedade*, trad. Régis Barbosa e Karen Elsabe Barbosa. Brasília: Editora UNB, 1991].

33 H. R. Jauss, "Storia dell'arte e storia generale", in *Storia della letteratura come provocazione*. Turim: Bollati Boringhieri, 1999, pp. 238-39 (o grifo é meu).

Quirk, graças ao qual Edgeworth pode lançar uma ponte entre o ontem dos fatos narrados e o hoje da narração, e também entre o "embaixo" da vicissitude irlandesa e o "aqui" do público inglês: Thady é um tipo vivaz, um pouco abjeto, um pouco dúplice, que confere densidade à narrativa; mas exatamente por isso ele não tem de fato a intenção de "esconder a própria presença, mas pretende que a história possa narrar-se por si mesma". Leiam-se as duas descrições seguintes: a primeira tirada de *Castle Rackrent* e a segunda de *Kenilworth*:

> Fui o primeiro a ver a esposa, porque, mal se abriu a porta da carruagem, e bem no momento em que apoiava o pé sobre o degrau, aproximei o archote do seu rosto a fim de iluminá-lo, no que ela fechou os olhos, mas consegui ver muito bem todo o resto, e foi mesmo um golpe, porque, à luz, era pouco melhor do que uma negra da África e parecia aleijada [...].[34]

> O astrólogo era um homem de baixa estatura, e parecia bem entrado em anos, pois que sua barba era longa e branca, e caía sobre o seu negro colete até a faixa de seda. Os cabelos eram da mesma cor venerável; mas as sobrancelhas eram escuras, a par dos olhos negros, agudos e penetrantes, que elas tornavam sobranceiros, e tal peculiaridade conferia um quê de selvagem e singular à fisionomia do velho. As maçãs do rosto ainda eram frescas e rosadas, e os olhos de que falamos, pela agudeza e crueldade, faziam pensar nos de um rato.[35]

Escolhi propositadamente dois trechos com o mesmo objeto – um *villain* judeu, com todos os automatismos simbólicos que tal figura comporta em tempos de antissemitismo difuso – e cujas diferenças não podem portanto ter uma origem temática. Entretanto, existem diferenças. Em Edgeworth, Thady se mistura fisicamente à cena ("*I got the first sight* [...]; *I held the flame* [...] *I had a full view*"), e ali projeta as próprias reações emotivas ("*little better than a blackmoor* [...] *and greatly shocked I was*"): o que a passagem comunica em primeiro lugar, em suma, são exatamente *as suas reações pessoais*. Em Scott, a personalidade do narrador é, em vez disso, "objetivada" nos detalhes interiores da cena: a barba é especificada por dois adjetivos emotivamente neutros; o seu comprimento é medido sobre algumas vestes comuns,

34 M. Edgeworth, *Castle Rackrent* [1800], in *Tales and Novels*, v. IV. Hildeshein: Georg Olms, 1969, p. 13.

35 W. Scott, *Kenilworth* [1821]. Harmondsworth: Penguin, 1999, parte II, cap. VI, p. 185.

de que se diz a cor, o tecido... Certo, a intervalos se sente também um impulso emotivo ("*a wild cast* [...] *the eyes resembled those of a rat*"); mas, somando-se tudo – e ainda que o *villain* de Scott seja muito mais sinistro do que o de Edgeworth –, em *Kenilworth* a coisa decisiva é a *apresentação analítica* da personagem, e não a sua avaliação ética. A definição *interna* da cena, não as reações de quem está de fora.

O histórico se põe de parte a fim de que a história se conte por si mesma... Ora se compreende mais aquilo que Jauss tem em mente; mas há um detalhe a mais: o estilo analítico-impessoal emerge não tanto na *história*, mas nas *descrições*. Vejamos.

No "Prefácio" de 1829, pouco depois de ter mencionado Edgeworth, Scott fala também de um outro protorromance histórico, *Queenhoo-Hall*, de Joseph Strutt, que foi publicado postumamente, em 1808, com uma "rápida conclusão" escrita pelo mesmo Scott por solicitação do editor. *Queenhoo-Hall* foi um fiasco total, que Scott atribui à linguagem "excessivamente arcaica" de Strutt (propondo-se de sua parte a usar uma prosa "mais ligeira e mais apropriada à compreensão geral"). Ora, que de quando em quando o inglês de Strutt cause espanto, isso é bem verdade;[36] mas as coisas não acontecem sempre assim, e isso não basta para explicar o fracasso. No caso, o verdadeiro mal é o modo como Strutt descreve o passado. Eis como apresenta a casa que confere o título ao romance:

> Os Boteler eram uma família de renome, em Hertfordshire. Lorde Edward Boteler, como já se disse, usufruía o favor do soberano, e tinha na corte um cargo importante. Queenhoo-Hall, a augusta casa da família, encontrava-se a cerca de quatro milhas de distância da cidadezinha de Hertford; era um edifício espaçoso; e dele hoje ainda restam inúmeros traços.
>
> Lorde Edward casou-se quando era ainda muito jovem [...].[37]

"*A spacious edifice*": final da descrição. Três palavras. Scott teria dedicado a isso meia página (no mínimo), e, em vez disso, Strutt, assim que lhe é permitido, para. Tampouco é o único. Em *The Loyalists* (1812), de Jane West, que é um romance sobre a época cromwelliana, a primeira descrição aparece depois de 334 páginas.

36 Eis um exemplo, bonito demais para ser arruinado com uma tradução: "Away, away, ye varlets! I weened it was an iddle frolic! – uncase in an instant; and off with these lozel knackeries!": J. Strutt, *Queenhoo-Hall*, a Romance. Edimburgo: 1808, v. 1, p. 7.

37 Id., ibid., v. 1, p. 9.

> Os lugares que atravessaram na sua viagem a Londres ofereciam um amplo panorama das desventuras e delitos que acompanham as guerras civis. Em muitos lugares os campos não apresentavam traços de cultivo; em outros, a colheita foi antecipada ou deliberadamente destruída para subtraí-la ao inimigo [...]. Os raros camponeses [...] não tinham o semblante alegre do esforço satisfeito, mas traziam no rosto a dor, e a miséria nas roupas [...]. Os trabalhadores desocupados apinhavam as estradas [...] demonstrando, com a magra ferocidade dos rostos, e com o esquálido desleixo das roupas, que da pobreza não tolerada emergem paixões violentas como a raiva, o ressentimento, a vingança e a revolta.[38]

Os campos, o semblante dos camponeses, as roupas dos trabalhadores... nada disso é realmente *descrito*. Serve apenas para evocar as abstrações morais (caráter laborioso, ferocidade, dor, desobediência...) que são, no fundo, as verdadeiras "personagens" do romance, e que, de fato, remetem-se rapidamente à obra (enquanto a descrição seguinte acontece depois de mais 250 páginas, e dura exatamente três linhas). Descrever significa fixar o curso dos acontecimentos – a rigor: para fazer isso, é necessário parar de narrar – e, é claro, para Strutt e West, um romance que renuncie à narração é um puro e simples contrassenso. É mais ou menos como quando Edgeworth, em *Belinda*, evita os preenchimentos: se se escreve para contar o inaudito, então retardar a narrativa com cenas da vida cotidiana não faz nenhum sentido – e menos ainda detê-la com descrições graves e pedantes. Todavia...

Todavia, aquele que escolhe as descrições se torna um fenômeno internacional, mil vezes traduzido e reimpresso, mesmo depois de séculos; enquanto Strutt e West permanecem encastelados na British Library, a empoeirar-se. Por quê? O que há por trás desse desejo de solidez e de gravidade dos leitores europeus?

## 8. "Realismus"

A resposta, mais do que em Scott, a encontramos em Balzac; mas é inútil analisar a descrição na *Comédia humana*; Auerbach já fez isso, e não podemos fazer melhor. Portanto:

38 J. West, *The Loyalists. An Historical Novel*. Londres: Longman, Hurst, Rees, Orme, and Brown, 1812, v. I, cap. XI, p. 334.

> [Balzac] não somente localizou os seres cujo destino contava seriamente, na sua moldura histórica e social perfeitamente determinada, como o fazia Stendhal, mas também considerou essa relação como necessária: todo espaço vital torna-se para ele uma atmosfera moral e física, cuja paisagem, habitação, móveis, acessórios, vestuário, corpo, caráter, trato, ideologia, atividade e destino permeiam o ser humano [...].[39]

A relação entre seres humanos e coisas concebida como uma necessidade: Madame Vauquer, em quem "também não é indicada nenhuma separação entre roupa e corpo, nem entre um traço físico e o seu significado moral".[40] Ora, essa inseparabilidade de pessoa e coisa também é típica daquela grande ideologia política da primeira metade do século XIX que foi o pensamento conservador. Em Adam Müller, escreve Mannheim, as coisas são "prolongamentos dos membros do corpo [...], fusão de *pessoa e coisas*" (parece que estamos lendo o que Auerbach diz sobre *O pai Goriot*); "a antiga 'e verdadeira propriedade' estava ligada ao proprietário de modo totalmente diverso daquela moderna", acrescenta, da sua parte, Justus Möser no ensaio *Sulla vera proprietà*: "Em suma, havia *uma relação exata, vital, recíproca* entre determinada propriedade e determinado proprietário".[41]

Mas em que se apoia, essa fusão de pessoa e coisas? Muito provavelmente, naquele outro pilar do paradigma conservador que é a subordinação – epistemológica, mais ainda que ética – do presente ao passado. Ao se fundir com a "paisagem, habitação, móveis, acessórios" as personagens da *Comédia humana* permanecem como que enredadas nos decênios (se não nos séculos) passados: não à toa, as maiores descrições de Balzac dizem respeito em geral a anciãos, cuja vida não é mais passível de mudança. Balzac "considera o presente como história; isto é, o presente é algo que ocorre *surgindo da história*", escreve sempre Auerbach: "os seus homens e os seus ambientes, por mais presentes que sejam, são sempre apresentados como fenômenos que emanaram dos acontecimentos e das forças históricas".[42] E Mannheim: "o progressista vive o presente como início do futuro, enquanto, para o conservador, o presente é *a última fase atingida pelo passado*".[43] Em ambos os casos, há o mesmo impulso na contracorrente do tempo; a mesma

39 Auerbach, *Mimesis*, trad. George Bernard Sperber. São Paulo: Perspectiva, 1971, p. 423.

40 Id., ibid., p. 421.

41 K. Mannheim, *Conservatorismo. Nascita e sviluppo del pensiero conservatore* [1925]. Roma/Bari: Laterza, 1989, pp. 108-09 (o grifo é meu, tradução ligeiramente modificada).

42 Auerbach, *Mimesis*, op. cit., p. 430 (o grifo é meu).

43 Mannheim, *Conservatorismo*, op. cit., p. 118 (o grifo é meu).

espacialização da experiência histórica, na qual o presente aparece como a ponta do iceberg do passado: um quê de visível, sólido – *concreto*, como ecoa uma outra palavra de ordem do pensamento conservador (e da retórica "realista").

Falei muitas vezes, nestas páginas, do caráter analítico, impessoal e também, de certa forma, "imparcial" (Scott) do estilo descritivo do século XIX. Mas se os *conteúdos* das diversas descrições podem ser efetivamente mais ou menos neutros, a *forma* da descrição, ao contrário, persegue um projeto que não é neutro, e é, em vez disso, típico como poucos do *ethos* da Restauração: *fixar a história*. Esta "sobrecarrega" a tal ponto o presente, ao fazer dele, tão claramente, um apêndice do passado, que se torna demasiado árduo imaginar alguma alternativa. Hans Blumenberg:

> As "expectativas imediatas" negam qualquer duração [...], arrebatam o indivíduo dos interesses históricos do seu povo, e lhe impõem a própria salvação pessoal como preocupação crucial e imediata. Visto que esse seja "o momento extremo", é possível de fato impor a cada um algumas exigências em contraste com cada atitude realista [*Realismus*] em relação ao mundo, e que teriam o oposto do valor de sobrevivência se o mundo viesse a perdurar.[44]

Exigências não realistas, *se o mundo devesse perdurar*... É aqui que tem início (e ganha força) o realismo das descrições do século XIX. O "momento extremo" da revolução, e, depois, de Napoleão, com as suas expectativas imediatas de uma mudança radical, havia posto em dúvida a "solidez" da sociedade europeia; mas a Restauração inverteu o veredito: as acelerações da história são fenômenos efêmeros, de superfície; a realidade com a qual é necessário realmente medir-se é a que perdura, que afunda as próprias raízes no passado – e que só o realismo "denso" da descrição romanesca está em condições de colher.

Realismo como princípio de realidade, eu dizia de Defoe e Goethe; ou como *Realpolitik*, pode-se acrescentar depois dos dois grandes conservadores Scott e Balzac. A política que "não opera no âmbito de um futuro indefinido, mas frente a frente com aquilo que é", escreveu Ludwig August von Rochau, que cunhou o termo nos anos seguintes à derrota da revolução de 1848 (isto é, mais ou menos quando na França se começa a falar de *réalisme* artístico); o "realismo da estabilidade",

44 H. Blumenberg, *Die Legitimität der Neuzeit*. Frankfurt am Main: Suhrkamp, 1997, p. 52.

acrescenta com amargura um anônimo comentador liberal.[45] Não que Balzac esteja todo aqui, naturalmente, há também o outro, a narração irrefreável que faz lembrar a hegeliana "fúria do dissipar, ou a página do *Manifesto* sobre "o incessante abalo de todas as condições sociais, a incerteza e o movimento eternos da sociedade burguesa". Mas ao lado do Balzac de Marx há o de Auerbach, e essa mistura de narrações burguesas e descrições conservadoras nos faz entender uma verdade importante sobre o romance do século XIX (e talvez sobre a literatura em geral): ele dá o melhor de si ao forjar um *compromisso* entre sistemas ideológicos diversos.[46] Um compromisso que, aqui, se assemelha quase a uma divisão do trabalho: cada técnica mantém certa independência, captura uma parte diversa da realidade circunstante, e transmite sua mensagem ideológica específica. Vem à luz uma estrutura compósita, que distribui as almas da classe dominante europeia em níveis distintos do texto, conseguindo, assim, fazer com que convivam: o capitalismo e o plano da narrativa, com o ritmo regular do seu novo presente; o conservadorismo político e as pausas descritivas, em que é mais forte o peso e a visibilidade do passado.

O burguês e o conservador. Trata-se realmente do embate decisivo pela forma do romance realista, de Goethe a Austen, Balzac, Flaubert, Mann (e Thackeray, os Goncourt, Fontane, James… e Weber, naturalmente). A esse pequeno milagre de equilíbrio, o estilo indireto livre deu o toque final.

## 9. As estradas se dividem: política, estilo

*Revista de Filologia Românica* [*Zeitschrift für romanische Philologie*], 1887. Em um longo artigo de gramática francesa, A. Tobler observa, quase de passagem, que a presença do imperfeito nas frases interrogativas muitas vezes está ligada a "uma peculiar mistura de discurso indireto e direto, que, daquele, toma para si os *tempos verbais* e os *pronomes*, e, deste, o *tom* e a *ordem da frase*".[47] A "mistura"

45 Sobre von Rochau e os *Grundsätze der Realpolitik*, cf. O. Brunner, W. Conze e R. Koselleck (org.), *Geschichtliche Grundbegriffe*. Stuttgart: Klett-Cotta, 1982, v. IV, pp. 359 ss.; a outra citação, de autor anônimo, encontra-se em G. Plumpe (org.), *Theorie des bürgerlichen Realismus*. Stuttgart: Reclam, 1985, p. 45.

46 Sobre a literatura como formação de compromisso, o estudo clássico é o de Francesco Orlando, *Per una teoria freudiana della letteratura*. Turim: Einaudi, 1973.

47 A. Tobler, "Vermischte Beiträge zur französischen Grammatik", in *Zeitschrift für romanische Philologie*, 1887, p. 437.

ainda não tem um nome (e depois terá nomes demais), mas o essencial foi dito: o estilo indireto livre é um lugar de encontro entre discurso direto e indireto, entre personagem e narrador, entre diegese e mimese. Eis um exemplo disso, tirado de *Emma* (1816), de Austen, que é um dos primeiros romances a fazer um uso constante desse expediente:

> Os cabelos haviam sido frisados, a criada despedida, e Emma se sentou para refletir e se compadecer. – Era realmente uma desgraça! – Tudo aquilo a que aspirava fora pelos ares! – Justamente tudo aquilo que nunca teria desejado acontecera! – E que golpe para Harriet! – Aquilo era o pior [...].[48]

"Emma se sentou para refletir e *se compadecer*. – Era *realmente uma desgraça*!" O tom e a ordem da frase, aqui grifados, são os de Emma, do discurso direto. "*Emma se sentou* para refletir e se compadecer. – *Era* realmente uma desgraça!" Os tempos verbais e os pronomes, por sua vez, são os do narrador, do discurso indireto. É estranho, há a impressão de estarmos de súbito mais próximos de Emma (porque se enfraquece o filtro do narrador), e mais distantes (Emma narra a si mesma, e, assim, se afasta). É realmente uma curiosa mistura, o indireto livre, e com um outro curioso ir e vir no tempo: frequente na Idade Média, mas, depois, raro no Renascimento; em todas as *Fábulas* de La Fontaine, embora pouco comum no século XVIII; bem como no XIX, quando também se torna uma espécie de quintessência estilística do romance europeu, as coisas são tudo, menos lineares. Na Inglaterra, por exemplo, por volta de 1800 o indireto livre paira claramente no ar, e o encontramos aqui e ali em muitos textos; no entanto, Austen é a única a fazer realmente um bom uso dele, e a desenvolver-lhe todas as potencialidades expressivas. Por quê? O que há, naquele parágrafo de *Emma*, que causa a reprovação de Opie e Edgeworth, Hofland e Charlton, e, ao contrário, o grande êxito de Austen?

Procuremos uma resposta no interior da própria técnica. Em geral, o indireto livre não aparece por acaso, mas em pontos específicos do texto, isto é, próximo das grandes reviravoltas da narrativa: momentos de dúvida, medo, excitação, e sobretudo (como naquele trecho de *Emma*) de saudade.[49] E, é lógico, nesses momentos

48 J. Austen, *Emma* [1816]. Harmondsworth: Penguin, 1996, cap. XVI, p. 112 [ed. bras.: *Emma*, trad. Ivo Barroso. Rio de Janeiro: Nova Fronteira, 1996].

49 "Quando ocorrem as mudanças das partes [entre narrador e personagem]? Via de regra [...]→

críticos há como que um excedente de intensidade que permite "saltar" da história ao discurso, preenchendo a distância – que estruturalmente é enorme – entre a voz da personagem e a do narrador; mas aqueles momentos são, por isso, também, o ideal para uma escolha que é o exato oposto do indireto livre, ou seja, para tirar a moral do acontecimento, estendendo-se sobre as desastrosas consequências de uma conduta errada. Ao se aproximar desses desdobramentos, quem escreve depara com uma bifurcação: aumentar a superioridade do narrador sobre a personagem com um trecho didático – ou exprimir a sua tendência à igualdade por meio do indireto livre. Uma coisa ou outra. E aqui não está em jogo apenas uma questão de estilo: são dois modos opostos de entender a literatura. No primeiro caso, prevalece uma concepção didática, segundo a qual um romance é acima de tudo um meio para transmitir uma mensagem ética unívoca e explícita (e de regra muito severa). No segundo caso, a mensagem torna-se implícita, e às vezes quase inadvertida.

Ora, as contemporâneas de Austen em geral têm uma ideia justamente didática da literatura: chegando àquela bifurcação, escolhem (quase) sempre realçar a missão ética do narrador – e devem, para tanto, renunciar ao indireto livre. Não que não saibam usá-lo; é que não *querem* usá-lo, porque esse estilo contradiz a sua vocação essencial. Um exemplo, *The Wife and the Mistress* (1802), de Mary Charlton. Lady Melville, viúva há dois meses, reflete sobre sua própria situação:

> Um segundo casamento, de fato, seria possível – mas o que afinal lhe proporcionaria um segundo casamento? [...] Renovaria as correntes de que há pouco se libertara, para torná-la uma escrava em vida, ou talvez, depois de alguns anos de uma servidão que mal se adaptava à altivez de seu espírito, torná-la novamente a viúva sem recursos de um imbecil, cuja família veria nela uma estranha para sustentar, um fardo [...].

Até aqui, tudo flui: o tom e a ordem da frase do discurso direto; os tempos verbais e os pronomes do discurso indireto. Depois, Charlton conclui.

→ os escritores reproduzem ideias e reflexões do seu herói, submetido a padecimentos procedentes da sua situação incerta, oscilante" (G. Herczeg, *Lo stile indiretto libero in italiano*. Florença: Sansoni, 1963, pp. 65-66 e 87). "Nos romances de George Eliot – escreve por sua vez Roy Pascal – a atitude da personagem em situação de tensão e de crise tende quase sempre a ser apresentada através do estilo indireto livre"; em *The Dual Voice*. Manchester: Manchester University Press, 1977, p. 78.

> Não lhe passava pela cabeça que essas queixas fossem comuns à maioria das mulheres de sua classe, e até às de condição muito superior e inferior. – Não! – a sua indignação provinha da ideia de achar que o seu fosse um caso todo particular![50]

Duas exclamações em três linhas, aquele "Não!" posto em extraordinário relevo tipográfico, o ódio repentino a Lady Melville (que uma página depois se torna "vaidosa, ambiciosa e desnaturada"). Que confusão. E pensa-se que talvez Charlton se sentisse desvalorizada, por ser tão indistinguível de Lady Melville; que não suportasse a ideia de uma "consciência representada sem a mediação de um ponto de vista judicioso".[51] E se alguma leitora acabasse pensando que Lady Melville tem razão, a propósito do casamento? Isso nunca. Assim, Charlton se afasta imediatamente da sua heroína: antes que misture a própria voz à dela, eleva-a para condená-la – e "apaga" o indireto livre. A limpeza ideológica acaba superando a flexibilidade estilística.

E é compreensível; mas, por que não Austen? Como ela sabe renunciar às penadas didáticas, deixando, assim, fermentar o indireto livre das poucas frases de *Northanger Abbey* até os longos trechos de *Orgulho e preconceito*, *Mansfield Park* ou *Emma*? O que faz de Austen tão mais flexível que suas rivais?

Vejamos antes de mais nada "como" Austen age, e, depois, discutiremos sobre o porquê. Um outro exemplo, dessa vez de *Orgulho e preconceito*, o momento em que o casamento entre Darcy e Elizabeth parece definitivamente esvaído:

> Elizabeth começou a compreender então que mr. Darcy era o homem que mais lhe convinha, tanto pelo temperamento como pelas qualidades. O gênio, embora diverso do seu, correspondia a todos os seus desejos. Essa união teria sido vantajosa para ambos. A espontaneidade e a naturalidade de Elizabeth contribuiriam para suavizar o espírito dele, e melhorar-lhe também as maneiras. Ela, por sua vez, receberia um benefício ainda maior com a segurança do seu julgamento e a sua experiência do mundo.[52]

À guisa de comentário, as palavras com que Roy Pascal, em *The Dual Voice*, expõe as teses de Bally sobre o indireto livre.

50 M. Charlton, *The Wife and the Mistress*. Londres: Minerva, 1802, pp. 3-4.

51 A. Banfield, *Unspeakable Sentences*. Boston: Routledge, 1982, p. 97.

52 J. Austen, *Orgulho e preconceito* [*Pride and Prejudice*, 1813], trad. Lúcio Cardoso. Rio de Janeiro: Civilização Brasileira, 2006, cap. L, p. 346.

> Lá onde o estilo indireto simples tende a obliterar o idioma pessoal característico do falante, o estilo indireto livre dele conserva alguns elementos – a forma da frase, as perguntas e as exclamações, o tom, o léxico individual – bem como conserva também o ponto de vista subjetivo da personagem.[53]

Preservar o tom individual e o ponto de vista subjetivo em vez de os obliterar. Aqui Pascal está falando de estilística, mas as palavras que usa evocam também uma outra coisa, e muito diversa: o modo, quero dizer, como o processo moderno de socialização impede que se anulem as peculiaridades individuais (a tentação perene de todo didatismo), e se limita a diluí-las, tornando-as compatíveis com a sintaxe suprapessoal das relações sociais. Aqui volta, como na seção precedente, a figura do compromisso. Por um lado, de fato, o capitalismo moderno necessita de energias subjetivas um pouco além da média; quer a originalidade e o espírito empreendedor de uma Elizabeth Bennet, por assim dizer (pelo menos da classe média para cima). Por outro, porém, a racionalização das relações sociais também exige o nivelamento, a "impessoalidade", a abstração tão bem representados pela voz narrativa de Austen. Bem, o estilo indireto livre é a técnica ideal para dar forma a esse compromisso: deixa um espaço livre à voz individual (e um espaço *variável*, conforme as personagens e as circunstâncias: exatamente como sucede às pessoas de carne e osso no decurso de sua socialização); mas ao mesmo tempo mistura e subordina a expressão individual ao tom abstrato e suprapessoal do narrador. E parece quase vir à luz uma *terceira* voz, uma voz intermediária e quase *neutra* – como justamente naquela página de *Orgulho e preconceito*, em que é realmente difícil desembaraçar as emoções de Elizabeth do bom senso de Austen, tão profundamente se acham misturadas. "*His understanding and temper, though unlike her own, would have answered all her wishes*"... Quem fala, aqui? Elizabeth? Austen? Talvez nem uma nem outra, mas *a voz do contrato social que se obteve*: a voz do *indivíduo socializado*. O compromisso foi obtido – e, ainda uma vez, sob o signo da seriedade: sem mais os dramas nem as burlas das narrações didáticas. Um pouco de ironia, um pouco de melancolia, e assim por diante.

Falar de compromisso, porém, não significa falar de equilíbrio: depois de tudo, a essência daquela passagem é que Elizabeth aceita ver a si mesma – "Agora começava a perceber..." – com os olhos do narrador. Observa-se de fora, como se fosse uma

53 Pascal, *The Dual Voice*, op. cit., pp. 9-10.

terceira pessoa (uma terceira pessoa: aqui, a gramática do indireto livre faz sentir o seu peso simbólico), e dá razão a Austen. É um estilo tolerante, indireto livre, mas é também sempre o estilo da *socialização*: não da individualidade. O tom emotivo permanece o de Elizabeth, subjetivo, de discurso direto: mas é um tom que se inclina ao valor mais alto que é a inteligência "objetiva" (isto é: socialmente aceita) das coisas. "A heroína que erra", como a chama Marilyn Butler, aprendeu a se corrigir:

> O enredo dos romances antijacobinos conduz a um momento decisivo no qual a personagem é obrigada a reconhecer seus próprios erros e aprende a tomar o seu lugar no mundo assim como ele é [...]. Esse momento de autoconsciência e de autossubmissão, seguido pela intenção de se fazer, de agora em diante, guiar pela razão, é o ponto culminante de muitos romances antijacobinos.[54]

Portanto, Austen entre os contrarrevolucinários? Sim e não. Sim, porque o armamento ideológico dos *antijacobinos* – o engano de si mesmo, a presunção individual de que se deverá fazer autocrítica, a vitória final do mundo "assim como ele é" – tem presença marcante também em Austen; mas nela há, além disso, algo que a faz diferente dos outros: não os valores, estes são os mesmos, mas *a avaliação das relações de força*. Austen, quero dizer, é uma conservadora, sim, mas uma conservadora *otimista*: à vontade no presente; convencida de dever defendê-lo, é certo, mas também de que não corre absolutamente o perigo imediato que muitos temem (e que produz aquela intransigência didática[55] tão fatal ao indireto livre). Austen não teve medo. Talvez seja apenas pela sorte de começar a escrever dez anos depois das outras, quando o pavor da revolução já havia passado; seja como for, o seu senso de realidade lhe sugere que no horizonte não há anarquia política nem desagregação das relações sociais, mas apenas um compromisso posterior entre os vários componentes da classe dominante (entre Darcy e Elizabeth, digamos), como tantos que a Grã-Bretanha já vira desde o final do século XVII. E com esse compromisso condiz muito bem a "curiosa mistura" – também um compromisso – do discurso indireto livre, no qual a "verdade" do Antigo Regime suplanta os sentimentos da nova época, todavia deixando-os sempre livres para se manifestar.

54 M. Butler, *Jane Austen and the War of Ideas*. Oxford: Oxford University Press, 1987, pp. 107 e 166. Como se vê, a estrutura narrativa de base do romance antijacobino é muito semelhante à que Hegel, na *Estética*, atribui ao romance *tout court*.

55 Na história do romance inglês, escreve ainda Butler, "nunca houve obras tão inflexivelmente didáticas como os romances conservadores da geração posterior a 1790": id., ibid., p. 97.

Uma conservadora otimista. Como Goethe, Scott, Balzac: todos conservadores, mas também todos capazes daquele "vivo prazer pelo que existe" que Butler reconhece em Austen. O jogo está ganho; não há mais necessidade de reiterações didáticas, nem há por que ter medo se o indireto livre deixa à narrativa certa margem de ambiguidade. A *Realpolitik* deixa livre o caminho à nova técnica; que, naturalmente, confere a Austen um alento estético e histórico que falta às suas rivais. Torna-a, como se costuma dizer, muito mais capaz; mas a capacidade depende muito mais do cinismo político do que da mestria estilística.

## 10. O estilo frouxo: Flaubert e o discurso indireto livre

Vimos os princípios do discurso indireto livre. Vejamos agora um exemplo plenamente maduro. Emma Bovary ao espelho, depois de seu encontro adúltero:

> [...] ao perceber sua imagem ao espelho, surpreendeu-se com seu rosto. Nunca tivera os olhos tão grandes, tão negros, nem de uma tal profundidade. Algo de sutil, disseminado em sua pessoa, a transfigurava.
>
> Repetia a si mesma: "Tenho um amante! Um amante!", deleitando-se com essa ideia como com a de uma outra puberdade que a tivesse atingido. Portanto ia possuir enfim aquelas alegrias do amor, aquela febre de felicidade da qual desesperara. Entrava em algo maravilhoso onde tudo seria paixão, êxtase, delírio; uma imensidão azulada a rodeava, os cumes do sentimento cintilavam sob seu pensamento, a existência comum só aparecia ao longe, lá embaixo, na sombra, entre os intervalos daquelas alturas.[56]

Em fevereiro de 1857, no seu requisitório contra *Madame Bovary*, o procurador substituto Ernest Pinard dedicou a essa passagem – "bem mais imoral do que a própria falta" – palavras particularmente ásperas.[57] Compreende-se: naquela

56 G. Flaubert, *Madame Bovary* [1857], trad. Fúlvia M. L. Moretto. São Paulo: Nova Alexandria, 2001, parte II, cap. IX, p. 178.

57 "E assim, depois dessa primeira culpa, depois dessa primeira falta, ela leva a efeito uma glorificação do adultério, ela entoa o cântico do adultério, a sua poesia, as suas volúpias. Eis, senhores, o que para mim é bem mais perigoso, bem mais imoral do que a própria falta!": citado em Flaubert, *Œuvres*, Albert Thibaudet e René Dumesnil (orgs.), v. I. Paris: Gallimard, 1951, p. 623.

página o indireto livre viola de modo inequívoco "o velho hábito de incluir juízos morais unívocos e autênticos sobre as personagens".[58] E de fato, insiste Pinard:

> Quem pode condenar essa mulher no livro? Ninguém. Esta é a conclusão. Não há no livro nem uma personagem que possa condená-la. Se encontrardes nele uma personagem sensata, se encontrardes um único princípio em virtude do qual o adultério seja estigmatizado, eu estarei errado.[59]

Longe de estar errado, um século e meio de crítica não fez mais que lhe dar razão;[60] *Madame Bovary* é a realização lógica daquele processo que subtraiu a literatura europeia às suas antigas funções didáticas: o narrador que tudo sabe e tudo julga sai de cena, substituído justamente por doses maciças de estilo indireto livre. E até aqui, todos estão mais ou menos de acordo; porém, acerca das *consequências* histórico-culturais desse fato, o acordo cessa e o campo se divide em dois. Para alguns, o indireto livre é um tipo de ruptura política que põe o romance europeu em conflito com a cultura dominante; para Jauss, por exemplo, ele "obriga o leitor [...] a uma intrigante incerteza de juízo [...] e repropõe um problema de moral pública [isto é: como julgar o adultério] que já parecia resolvido".[61] Pinard, em suma, compreendeu muito bem o que estava em jogo no tribunal de Rouen: Flaubert ameaçava a ordem constituída. Para nossa sorte, Pinard perdeu e Flaubert ganhou.

A outra posição vê as coisas de modo oposto. O indireto livre é uma espécie de panóptico tornado estilo, um dispositivo foucaultiano que dissimula e dissemina por toda parte a voz-dominante do narrador, que permite "limitar, cancelar, aprovar, ou subsumir todas as outras vozes às quais se concede a palavra".[62] Desse outro

58 H. R. Jauss, *Perché la storia della letteratura?* Nápoles: Guida, 1969, pp. 105-06.

59 "O processo", in G. Flaubert, *Madame Bovary*, op. cit., p. 383.

60 Um exemplo dentre outros: "No caso de Stendhal e Balzac, ouvimos com frequência, quase constantemente, aliás, o que o autor pensa acerca das suas personagens [...]. Isso falta quase inteiramente em Flaubert. A sua opinião sobre os acontecimentos e as personagens não é expressa [...]. Embora ouçamos o autor falar, ele não exprime qualquer opinião e não comenta [...]". Auerbach, *Mimesis*, op. cit., p. 435.

61 Jauss, *Perché la storia della letteratura?*, op. cit., p. 107. A tese de Jauss é retomada por Dominick La Capra (que escreve com entusiasmo sobre o "crime ideológico" cometido por Flaubert: *Madame Bovary on Trial*. Ítaca (NY): Cornell University Press, 1982, p. 18), e por Dorrit Cohn (*The Distinction of Fiction*. Baltimore: The Johns Hopkins University Press, 1999, pp. 170 ss.).

62 D. A. Miller, *The Novel and the Police*. Berkeley/Los Angeles: University of California Press, 1988, p. 25.

ponto de vista, a diferença entre Pinard e Flaubert não é aquela entre repressão e crítica, mas entre uma forma obsoleta e um pouco estúpida de controle social e uma outra mais flexível e eficaz. Dois tipos de poder simbólico: em resumo, duas formas da mesma coisa.

Se essas fossem as duas únicas posições possíveis, creio que escolheria a segunda; no fundo, minha interpretação do discurso indireto livre em Austen não está demasiado distante; mas o caso Flaubert me parece diferente, mais extremo. As frases de *Madame Bovary*, por exemplo, as palavras de Emma que fazem com que o procurador Pinard se enfureça tanto... são realmente *de Emma*? Não, naturalmente: são as dos romances sentimentais que ela leu quando moça, aos quais sucumbiu. São lugares-comuns, mitos coletivos ("no amor, tudo é paixão, êxtase e delírio"): são marcas *sociais* que estão dentro dela, não é sua individualidade. Quem fala – perguntei-me mais acima acerca de Austen –, a personagem ou o narrador? Talvez nem um nem outro, eu disse, mas a "terceira voz" do contrato social. Bem, aquilo que em Austen estava ainda latente, em Flaubert tornou-se realidade: personagem e narrador perdem suas vozes distintas e são suplantados um pouco em toda parte pelo tom abstrato e sempre igual da ideologia corrente. O tom emotivo, o léxico, a forma da frase – todos esses elementos, em suma, aos quais a crítica recorre para separar o lado subjetivo e o objetivo do indireto livre – agora se acham amalgamados numa única voz, realmente impessoal e *objetiva*, da *idée reçue*.

Mas se isso é verdadeiro, então se preocupar com a *master-voice* do narrador é de fato supérfluo: antes de Flaubert, a *doxa* já regulara – "limitar, cancelar e subsumir" – o espírito de Emma. E assim o problema muda inteiramente. Em uma sociedade já de todo homogênea, como é para Flaubert a França da segunda metade do século XIX, o estilo indireto livre se mostra terrivelmente inerme com respeito à ideologia dominante: a sua "seriedade objetiva" o paralisa, impede de reagir: uma vez que a voz do narrador se misturou com a das personagens (e portanto, por meio delas, à da cultura corrente) – uma vez que isso ocorreu, não se torna mais indireto. A mistura é entropia: irreversível fim das diferenças, como na gente "nivelada segundo a média" de Eliot. A socialização cultural operou profundamente: das muitas vozes que havia restou apenas "um nível intelectual médio, em torno ao qual oscilam as inteligências individuais de cada um dos burgueses".[63] E será o terror de *Bouvard e Pécuchet*: não estarem mais certos de poder distinguir um romance sobre estupidez de um romance estúpido.

63 R. Descharmes, *Autour de "Bouvard et Pécuchet"*. Paris: Librairie de France, 1921, p. 65.

Assim termina o século sério do romance europeu. Essa forma "weberiana" em que o tempo se regulariza, as coisas se tornam graves, a personalidade se oculta e a língua se nivela. Essa forma que nasce metade burguesa e metade conservadora e que não se livra dessa dupla hipoteca, a que deve, aliás, tanto da sua inteligência histórica. Essa forma séria, e um pouco triste, que com tanto empenho busca mudar o imaginário da Europa, e torná-lo, como se diz, *menos romanesco*.

Conseguiu? No decurso do século XIX, a coisa deve ter parecido possível, talvez até ao alcance da mão. É verdade que a conquista das massas pelo romance "romanesco" (o que em inglês se chama *romance*, em oposição a *novel*) nunca foi arranhada por pessoas como Austen, Flaubert ou Eliot; mas também é verdade que o estilo sério (estilo de vida, não só literário) conquistava continuadamente mais seguidores também fora da "burguesia culta", com que, no fundo, estava familiarizada; mas, depois, no século XX, tudo mudou aceleradamente. Política e economia se desembaraçaram sem saudade dos velhos hábitos burgueses; a indústria cultural cultivou os excessos do sentimento, mais do que o comedimento; a grande arte do início do século odiou o realismo com absoluto fervor, e o realismo "mágico" providenciou, pois, o reencantamento da experiência da modernidade. Cercado por todos os lados, e provavelmente esquecido de si, o estilo sério rendeu-se e saiu de cena.

Ao nos despedirmos dele, lembremo-nos como foram estreitos os seus limites. Uma vida toda de trabalho, sempre. Poucos sorrisos, poucas surpresas; mas lembremos também que a seriedade burguesa representou a descoberta – entre amarga e orgulhosa – de que nada nos é ofertado, nunca; e que só uma atenção profunda e constante pode dar forma ao mundo. Disso, em nosso tempo relaxado e injusto, talvez seja lícito sentir certa nostalgia.

STEVEN JOHNSON

# Complexidade urbana e enredo romanesco

## 1. O enigma da forma urbana

Numa passagem famosa de *A condição da classe operária na Inglaterra*, Engels conduz o leitor por um passeio em Manchester e mostra como uma determinada política se sedimenta na própria topografia das ruas:

> A cidade é construída de tal maneira que uma pessoa pode residir nela anos e anos e percorrê-la diariamente sem deparar com um bairro operário ou ter contato apenas com operários – quer andando a passeio ou indo para o trabalho. Isso se deve sobretudo ao fato de que, seja por um acordo tácito e inconsciente, seja por intenção consciente e explícita, os bairros habitados pela classe operária são nitidamente separados dos da classe média. [...] Sei que este modo hipócrita de construção é mais ou menos comum a todas as grandes cidades: sei também que os varejistas, devido à natureza de seus negócios, devem tomar conta das ruas principais; sei que nessas ruas há casas bastante boas, e que o valor do terreno nas redondezas é maior do que nas ruas afastadas; mas nunca vi, como em Manchester, uma exclusão tão sistemática da classe operária em relação às ruas principais, um véu tão delicado sobre tudo o que pode ofender os olhos e os nervos da burguesia. E no entanto Manchester não é

> construída muito regularmente nem segundo prescrições oficiais, obedecendo, pelo contrário, mais ao acaso do que qualquer outra cidade; e levando em conta o que a classe média afirma com grande zelo, a saber, que os operários passam bem, ainda assim creio que os fabricantes liberais, os *big wigs* de Manchester não são totalmente inocentes deste vergonhoso método de construção.[1]

Nesse trecho, quase ouvimos o ribombar das contradições, em uníssono com as "manufaturas sombrias e satânicas" de Manchester. A cidade ergueu um *cordon sanitaire* para separar os industriais capitalistas e a miséria por eles criada, isolando a sordidez dos bairros operários; mesmo assim, esse ocultamento vem à luz, sem "intenção consciente e explícita". Manchester parece deliberadamente projetada para esconder suas atrocidades; no entanto, seu desenvolvimento foi muito mais fortuito do que o de qualquer cidade anterior. Como escreve Steven Marcus em sua fundamental reconstituição do período de permanência do jovem Engels em Manchester:

> O ponto é que essa disposição urbana espantosa e cruel não pode ser plenamente entendida como resultado de uma conspiração, e nem de um projeto deliberado, mesmo sendo controlada por seus beneficiários. É um estado de coisas grande e complexo demais para que pudesse ter sido *pensado* previamente, para que preexistisse como ideia.[2]

Lendo as descrições de Engels cerca de 150 anos mais tarde, a combinação de ordem e anarquia se mostra imediatamente familiar. Na verdade, dispomos de uma terminologia para descrever esse tipo de comportamento: o que Engels observa nas ruas de Manchester é, utilizando a linguagem da teoria da complexidade, um sistema de auto-organização. Como escreve Thomas Schelling em seu clássico tratado sobre a teoria dos jogos, trata-se de um macrocomportamento gerado pelas micromotivações de milhares de atores inconscientes. Desde Lewis Mumford e Jane Jacobs, os estudiosos da urbanização sabem que as cidades possuem vida própria, com bairros que se adensam sem que nenhum Robert Moses imponha um projeto de cima.

1 F. Engels, *La condizione della classe operaia in Inghilterra*. Roma: Luigi Mongini, 1899, pp. 36-37 [ed. bras.: *A condição da classe operária na Inglaterra*, trad. Rosa Camargo Artigas e Reginaldo Forti. São Paulo: Global, 1986].

2 S. Marcus, *Engels, Manchester e la classe lavoratrice*. Turim: Einaudi, 1980, p. 173.

Quais são os traços que os sistemas de auto-organização têm em comum? Em termos mais simples, são sistemas que resolvem os problemas recorrendo não a um único "executivo" inteligente, e sim a grandes quantidades de elementos relativamente estúpidos. São sistemas que se configuram de baixo para cima, e não o contrário. Para usar uma linguagem mais técnica, são sistemas de atores difusos que dão vida a comportamentos coletivos não previsíveis a partir do comportamento delimitado de cada ator individual. Cada um deles segue regras simples, e utiliza os encontros acidentais e a retroalimentação para modificar sua própria ação. A retroalimentação geralmente consiste em identificar esquemas de ação no comportamento do outro. Assim, para compreender esses sistemas, é necessário mudar de escala: os atores operantes numa determinada escala geram um comportamento que se coloca numa ordem de escala superior. As formigas dão vida a colônias; os habitantes urbanos dão vida a bairros.

Essa maneira de ver as coisas se tornou patrimônio comum apenas em data recente; Engels, percorrendo as ruas de Manchester em 1840, há mais de um século, procurava se orientar na hegeliana "noite em que todos os gatos são pardos", em busca de um culpado por aquela diabólica organização urbana, onde, porém, reconhecia a evidente falta de planejamento. Se das ruas da cidade surge uma ordem, raciocina Engels, deve existir alguma força inteligente que a cria: neste caso, os industriais de Manchester, os poderosos não "totalmente inocentes".

A desorientação de Engels em Manchester também ocupa um papel fundamental no romance, seja nas epopeias urbanas oitocentistas de Dickens e Flaubert, seja em obras mais experimentais, como *Mrs. Dalloway* e *Nadja*. Essas obras podem ser consideradas tentativas engenhosas de resolver o enigma exposto por Engels em *A condição da classe operária na Inglaterra*: tomar a nova experiência e colocá-la em forma narrativa, tal como os romances de Jane Austen haviam codificado a experiência do capitalismo agrário no começo do século XIX, ou como os romances *cyberpunk* dos anos 1980 propuseram uma nova forma literária adaptada ao mundo desencarnado e mutável da revolução digital. Para os romancistas que se viam diante das cidades em processo de auto-organização, o problema era grave porque a forma do romance havia se especializado em apresentar a multiplicidade dos destinos individuais ou a vida de famílias interligadas. Como escreveu Raymond Williams, os romances tradicionais eram "comunidades cognoscíveis": narravam histórias de namoros e casamentos, acompanhando de perto as vissicitudes de uma dúzia de personagens que se conheciam entre si. O paradigma austeniano consiste em encontros e conversas pessoais. Mas o que Engels viu nas ruas de Manchester era algo totalmente diferente: uma forma que brotava da interação entre estranhos, nenhum deles com vontade ou intenção de criá-la.

A experiência da metrópole ou da cidade industrial era um desafio para a estrutura do romance tradicional; não só porque as novas cidades eram mais povoadas do que o Sussex de Austen, mas também porque a própria cidade se tornava protagonista ativa, personagem dotado de todas as nuances e potencialidades mutáveis de um herói literário. A cidade, porém, não era uma pessoa, e sim uma coletividade: um sistema de relações humanas com forma coerente e duradoura. A cidade era causa e efeito de seus habitantes-personagens: as ações deles criavam a cidade, e esta, por sua vez, influenciava o comportamento deles. Tome-se Jo, de *Casa desolada*: é causa e efeito do sombrio beco em que mora, Tom-all-Alon's: ao mesmo tempo parte e sintoma do problema. "Não é um selvagem autêntico crescido nos desertos e na floresta", escreve Dickens espicaçando a filantropia a distância de Mrs. Jelleby, "é um objeto comum fabricado aqui no país."[3] A cidade – ou, mais precisamente, seus bairros e ruas – não só abriga, mas *cria* personagens, o que a torna, de direito, uma espécie de "actante". Mas é claro que não se conversa com um bairro, nem se vai ao baile com ele. Os expedientes narrativos da comunidade cognoscível eram inadequados para a escala da cidade: incapazes de fazer justiça à complexidade da interação entre indivíduo e multidão. Precisava-se de uma nova forma.

"Complexidade" é um termo que aparece com frequência nas reflexões sobre o espaço metropolitano, desde o *flâneur* de Baudelaire e as *passagens* de Benjamin. Mas a cidade oitocentista conhece dois tipos diversos de complexidade, duas experiências com implicações muito diferentes para os sujeitos que procuram entender o sentido da vida urbana. Há, em primeiro lugar, a ideia de complexidade como sobrecarga sensorial: a cidade que leva ao limite o sistema nervoso, nisso ensinando-lhe uma série de reflexos e abrindo caminho a valores estéticos que se desenvolvem como uma cicatriz em torno da ferida original. Assim diz Benjamin:

> Talvez a visão cotidiana de uma multidão em movimento tenha sido por algum tempo um espetáculo a que os olhos, inicialmente, tiveram de se habituar. [...] pode-se talvez supor que, uma vez cumprida esta tarefa, eles acolheram bem todas as oportunidades

3 Charles Dickens, *Bleak House* (1852-53) [ed. it.: *Casa Desolata*, trad. A. Negro. Turim: 1995, cap. XLVII, p. 602].

> de se mostrar dotados da faculdade recém-adquirida. A técnica da pintura impressionista, que extrai a imagem do caos das manchas de cor, seria um reflexo de experiências que se tornaram familiares aos olhos do habitante de uma grande cidade.[4]

Por trás dessas frases há inúmeras descrições urbanas dos séculos XIX e XX, desde as seções londrinas do *Prelúdio* de Wordsworth às *flâneries* irlandesas da Dublin de Bloom: o barulho e a falta de sentido são, de alguma maneira, transformados em experiência estética, em "caleidoscópio dotado de consciência", como diria Baudelaire. Abraça-se a anarquia, mergulha-se nos braços da multidão em nome da poesia do todo.

> Entraram calmamente nas ruas ruidosas, inseparáveis e abençoados – escreve Dickens no final da *Pequena Dorrit* – e, enquanto avançavam no sol e na sombra, os ruidosos e os impacientes, os arrogantes e os obstinados e os fúteis se roçavam e se atritavam, e faziam seu alarido costumeiro.

Mas a complexidade não é apenas uma questão de sobrecarga sensorial. Há também a concepção da complexidade como sistema que se auto-organiza: mais Instituto de Santa Fé[5] do que Escola de Frankfurt. Essa complexidade descreve a cidade como sistema, e não como recepção fenomenológica de seus habitantes. É uma vista do alto, não do nível da rua. A cidade é complexa porque predomina sobre o indivíduo, mas também porque tem personalidade própria, que se organiza a partir de milhões de decisões individuais, uma ordem global que nasce das interações locais. É esta complexidade "sistemática" que Engels viu nas ruelas de Manchester: não a sobrecarga nem a anarquia, mas uma estranha espécie de ordem, um esquema que promovia os valores políticos da elite de Manchester, sem ter sido planejado por ela. A partir dos modelos cibernéticos e sociológicos – que vão além dos estudos dos sistemas gerados pelos insetos sociais –, hoje sabemos que ações circunscritas não coordenadas podem levar ao surgimento de esquemas mais amplos. Mas, para Engels e seus contemporâneos, aquelas formas não planejadas deviam parecer obra de espectros.

4 W. Benjamin, "Di alcuni motivi in Baudelaire", in *Angelus novus. Saggi e frammenti*. Turim, 2001, p. 108 [ed. bras.: "Sobre alguns temas em Baudelaire", in *Charles Baudelaire, um lírico no auge do capitalismo. Obras escolhidas*, v. 3, trad. Hemerson Alves Baptista. São Paulo: Brasiliense, 1989].

5 Referência ao Instituto de Santa Fé, Novo México, centro de ensino e pesquisa sobre sistemas de auto-organização, fundado em 1984. [N.T.]

Assim, protomodernistas como Dickens e Flaubert, às voltas com o "superorganismo" da cidade, estavam diante de um problema formal de grande magnitude: o romance sabia como se conduzir com pessoas de carne e osso (por assim dizer), mas não era possível tomar a cidade como personagem propriamente dita sem as técnicas do realismo mágico. Dickens se aproxima bastante dele, num trecho muito famoso e fortemente autorreferencial de *Dombey e filho*: "Ah, se um espírito benigno descobrisse as casas com uma mão mais poderosa e benévola do que o diabo coxo da história, revelando a um povo cristão as formas escuras que saem de suas casas".[6] Mas esse espírito benigno sempre ergue os telhados das casas para enxergar melhor a vida dos *indivíduos*. E a *cidade*: como representá-la? Como converter a metrópole em algo além da mera soma de seus telhados?

## 2. Coincidências e sentimentalismo: Dickens

A resposta convencional diz que os romancistas oitocentistas levaram a cidade ao palco revestindo-a com os ornamentos floreados da retórica: longas e demoradas imagens no pano de fundo, geralmente tingidas com os previsíveis elementos do clima e da sujeira (a névoa em *Casa desolada*, os montes de lixo em *Nosso amigo comum*). Em alguns momentos específicos, as metáforas se concentram ao redor de um único objeto:

> E ali se sentou a mastigar e roer, olhando a grande cruz que cintila sobre uma nuvem de fumaça vermelha e violácea sobre a cúpula da Catedral de São Paulo. Pelo rosto do rapaz, seria de imaginar que o emblema sagrado representa, a seus olhos, a confusão suprema da cidade grande e confusa: tão dourado, alto e inacessível. Jo fica ali, enquanto o sol se põe, o rio continua a correr e a multidão passa na frente dele, em duas correntes.[7]

É um trecho forte, mas é poesia. No plano *narrativo* não resolve o problema da auto-organização: a história se interrompe, e é a linguagem que ocupa o centro, por um ou dois parágrafos. Mas, depois que o romancista abandona os emblemas sagrados,

6 C. Dickens, *Dombey and son* [1847-48] [ed. it.: *Dombey e figlio*, trad. G. Angiolillo Zannino. Milão: Rizzoli, 1994, cap. XLVII, p. 859].

7 Id., *Casa desolata*, op. cit., cap. XIX, p. 259.

somos diligentemente reconduzidos ao enredo, e as histórias narram as *pessoas*, não as multidões. Neste sentido, a "confusão suprema" de Dickens não se adequa à escala de grandeza da cidade, como tampouco se adequara, meio século antes, o "monstruoso formigueiro na planície" de Wordsworth. Na verdade, sabendo o que hoje sabemos sobre as colônias de formigas e a auto-organização, Wordsworth foi mais preciso.

Mas enfatizar apenas esse modo retórico de representar a cidade presta um desserviço aos resultados alcançados pelo romance oitocentista. Dickens e Flaubert realmente conseguiram integrar a auto-organização da cidade nas estruturas narrativas de seus grandes romances urbanos, mas de uma maneira cuja importância é geralmente subestimada. Não seria exagero definir essa solução do problema da complexidade urbana como uma das inovações narrativas mais originais e largamente imitadas da literatura oitocentista, sobretudo se considerarmos que muitos expedientes formais – sobretudo o enredo de herdeiros – eram um legado dos romances anteriores. A solução de Dickens e Flaubert lança uma sombra que atinge o próprio cerne do cânone modernista, embora de uma forma curiosamente alterada. E se funda no mesmo espaço urbano que, cem anos depois, daria vida ao ensaio de Jane Jacobs, *Morte e vida das grandes cidades*: a calçada.

Qual é a ligação entre calçada e auto-organização? Comecemos com a interpretação de Jacobs. As cidades, para ela, são entidades que se organizam de baixo para cima, criadas não pelas comissões dos planos reguladores, e sim por ações mínimas executadas por pessoas quase estranhas entre si, que cuidam de seus assuntos em espaços públicos. O espaço metropolitano é normalmente apresentado como um conjunto de fatias recortadas contra o céu, mas a verdadeira magia da cidade vem de baixo. Jacobs foi a primeira a compreender com absoluta clareza a importância dos esquemas do trânsito de pedestres para dar uma forma ao desenvolvimento das cidades. Com a exceção de alguns projetos de remodelação urbana, os bairros animados – fervilhantes de bistrôs ou lojinhas, de confeitarias ou cafés – quase nunca são criados por decreto. Pelo contrário, desenvolvem-se em resposta ao fluxo nas calçadas: quanto maior o número de olhos e pés a percorrer um determinado trecho, maior a probabilidade de que algum comerciante empreendedor abra alguma loja ou restaurante naquela esquina; enquanto abrem novos negócios, novos olhos surgem, criando aquele tipo de retroalimentação capaz, em dez anos, de transformar um cruzamento abandonado num fulgurante ponto de encontro, e dez anos depois novamente numa favela. A duração dos bairros e sua tendência à especialização é uma espécie de efeito secundário dessa repetição: o desgaste provocado por milhares de transeuntes que palmilham diariamente o mesmo trecho de calçada.

> Sob a aparente desordem das velhas cidades, existe – sempre que a cidade cumpre bem sua função – uma ordem maravilhosa que pode manter as ruas em segurança e, ao mesmo tempo, manter a cidade livre. É uma ordem complexa, cuja essência reside na mistura adequada de usos das calçadas e na sucessão ininterrupta dos olhares. Esta ordem, feita de movimento e mudança, é vida e não arte [...]. O espetáculo oferecido pelas ruas de um bairro urbano cheio de vida muda constantemente de um lugar para outro, e em cada lugar ele sempre traz uma profusão de novas improvisações.[8]

A partir de *Morte e vida das grandes cidades*, a celebração da cultura de rua se tornou uma ideia fixa dos urbanistas de esquerda, um axioma largamente compartilhado dentro da cultura *liberal*. Por ironia, porém, muitos dos que reconheciam em Jane Jacobs a primeira guerreira dessa "cruzada pela rua" entenderam erroneamente suas ideias. E isso porque viam a cidade como uma espécie de teatro político, e não como um sistema complexo de auto-organização. A balbúrdia e os contrastes das ruas do centro da cidade – em contraposição às segregações assépticas dos bairros residenciais mais afastados – se tornaram uma virtude em si, algo a que as pessoas deveriam se expor para seu próprio bem. É a descrição baudelairiana da complexidade, um projeto estético envolto no fino véu da política, levado nas últimas décadas a extremos de risível condescendência. O programa político do multiculturalismo de rua é louvável, embora um pouco paternalista, e talvez possamos nos tornar mais abertos e benevolentes caso encontremos maior diversidade em nossas ruas. Mas tais prescrições não têm nada a ver com a interpretação de Jacobs sobre as ruas e seus usos. Segundo *Morte e vida das grandes cidades*, os indivíduos se beneficiam apenas *indiretamente* com os rituais de rua: vias melhores formam cidades melhores, que por sua vez melhoram a vida dos habitantes. O valor do contato entre estranhos consiste em seus efeitos sobre a cidade como superorganismo, e não sobre os próprios estranhos. As calçadas existem para criar a "ordem complexa" da cidade, não para tornar os cidadãos mais completos, e funcionam porque permitem que as interações locais criem uma ordem global.

A vida da cidade depende da interação casual entre estranhos, a qual modifica o comportamento do indivíduo: o desvio imprevisto para a loja nunca notada ou a decisão de sair de um bairro após ter encontrado o enésimo rapazinho grudado

8 J. Jacobs, *Vita e morte delle grandi città. Saggio sulle metropoli americane*. Turim: Einaudi, 2000, p. 46 [ed. bras.: *Morte e vida de grandes cidades*, trad. Carlos S. Mendes Rosa. São Paulo: Martins Fontes, 2000].

no celular. Deparar com a diversidade não incide de maneira alguma sobre o sistema global da cidade, a não ser que esse encontro consiga modificar os comportamentos. Os encontros são mais ou menos fortuitos, mas a forma mais ampla por eles criada não é de forma alguma acidental. A natureza casual das interações é essencial e se assemelha ao papel desempenhado pelas mutações genéticas na seleção natural: sem aqueles desvios improváveis, a cidade seria incapaz de crescimento e transformação. É isso que as teorias de Jane Jacobs nos ensinam. As redes de informações da vida de rua criam uma organização de nível superior, porque possibilitam encontros casuais entre estranhos. As diferenças internas à cidade já são um bom teatro, mas os encontros casuais ligados à vida da calçada têm um papel fundamental no sistema.

Dickens, Balzac e sobretudo Flaubert observaram o mesmo fenômeno e o traduziram na linguagem da narrativa. O título memorável que Jacobs deu à primeira seção de sua obra, "As funções das calçadas", seria um bom subtítulo para *A educação sentimental*. Os romances de Dickens e Flaubert, portanto, estão ligados a mecanismos urbanos que desconcertariam os leitores de Austen ou Stendhal: o que acontece, acontece por causa da rua.

Os críticos formalistas nos ensinaram a analisar os recursos e os lugares que tornam *possível* uma narrativa. Possível não como meio instrumental para o fim a que tende a história, geralmente o casamento ou alguma recuperação familiar/financeira (na maioria dos romances ingleses do século XIX, o desfecho se dá invariavelmente com a leitura correta de um testamento). Possível porque impede que se chegue à conclusão desde o primeiro parágrafo. As possibilidades narrativas não devem ser definidas apenas pelo desenrolar rumo a um final da história; mesmo dispensando o dogma pós-estruturalista que dá mais valor ao adiamento do que à realização, o que faz avançar a narrativa, em geral, é historicamente mais significativo do que o término. Se compararmos os finais de Richardson e os de Dickens, veremos que não houve uma grande mudança no decorrer de cem anos: a história quase sempre termina quando um personagem se casa ou quando uma herança termina nas mãos legítimas. Mas se olharmos o que leva ao desenrolar da história, vemos que os universos narrativos foram reinventados. Antes, o que guiava o enredo era a falibilidade das redes de informação: num romance como *Pamela* (1740), o episódio começa e continua ou porque houve o extravio de uma carta, ou porque um diário foi roubado, ou porque uma declaração de amor demorou demais para chegar. Nos romances da época, existem milhares de variações sobre o tema. É o tipo de história que se conta quando a informação demora a chegar e as comunidades estão espalhadas pelo território.

Em Dickens, pelo contrário, as histórias acontecem porque os diversos entrechos entram literalmente em colisão entre si. Um órfão sem um tostão topa com um infeliz estenógrafo contratado pelo benfeitor de sua ex-amante; um jovem promissor depara com a filha de seu benfeitor anônimo. São os encontros casuais – os anéis da "cadeia de associações", usando as palavras de Dickens – que originam a narrativa, que a tornam possível. Esses encontros casuais ocorrem graças à densidade e à heterogeneidade da vida metropolitana, e permitem reunir as linhas de parentesco separadas no começo da história.

As "cadeias de associações" proliferam em todos os romances de Dickens, o que explica por que ele continua a ser o escritor menos "realista" do cânone oitocentista. Em Dickens, o anel da cadeia costuma assumir a forma de uma vaga semelhança, que mal se percebe e logo depois é esquecida. Em toda a sua obra, os personagens deparam com feições de estranhos em que distinguem alguma vaga semelhança, que no entanto não conseguem identificar. Esses momentos ressurgem em seus romances como espectros, como semilembranças, e é esta qualidade etérea que os aproxima da desorientação subjetiva do modernismo e do fluxo de consciência. Vejam-se as reflexões de Pip sobre sua misteriosa companheira de jogos e objeto de seu amor, Estella:

> O *que* foi que nela me atingiu, enquanto me olhava atentamente em silêncio? [...]
>
> *O que era*? [...]
>
> Enquanto meus olhos seguiam sua mão branca, aquela mesma sensação vaga, que eu não conseguia definir, voltou a se apoderar de mim. Meu sobressalto involuntário fez com que ela pusesse sua mão em meu braço. E de novo se desvaneceu imediatamente.
>
> *O que era*?[9]

Essas epifanias parciais não se resumem a simples ornamentos estilísticos: constituem o principal motor do suspense. Identificar uma certa semelhança, ligar um anel a outro na cadeia, dar nome a um rosto: tudo isso confere ao romance *the sense of an ending*, a sensação de um fim, e restaura a ordem em meio a uma enorme desordem.

9 C. Dickens, *Great Expectations* [1860-61] [ed. it.: *Grandi speranze*, trad. M. L. Giartosio de Courten. Turim: Einaudi, 1993, cap. XXIX, pp. 255-56].

As "cadeias de associações", de semelhanças apenas vislumbradas, possuem tal importância porque fundam as duas principais obsessões temáticas de Dickens: os órfãos e as heranças. No romance dickensiano, ficar órfão na meninice é uma *conditio sine qua non*, tal como a infidelidade conjugal no romance francês – é simplesmente inimaginável que a forma sobreviva em sua ausência. Os romances dickensianos mais complexos dos últimos anos – *Casa desolada, Nosso amigo comum, Grandes esperanças* – são repletos de crianças abandonadas, tutores e benfeitores anônimos. Quanto aos valores familiares, os vitorianos têm fama de conservadores, mas seu romancista mais talentoso dedicou toda a carreira a seccionar e recombinar a unidade da família com uma criatividade que teria impressionado o marquês de Sade.

No entanto, por mais experiências que faça, no final Dickens sempre volta sobre seus próprios passos, redescobrindo alguma espécie de núcleo familiar (serão necessários mais vinte anos para que se possa dispensar tal convenção). E com a "legítima" restauração da unidade familiar, consegue-se também uma outra recuperação, a financeira. Como quase todos os romancistas ingleses oitocentistas, Dickens construiu suas narrativas em torno de heranças problemáticas. No romance vitoriano, os testamentos impugnados, os benfeitores anônimos e as situações patrimoniais complicadas proliferam numa quantidade suficiente para manter todos os advogados de Londres ocupados por mais um século. Os órfãos, evidentemente, são os esplêndidos protagonistas desses enredos de heranças. Em quase todos os romances, a reconstrução da unidade familiar dispersa e a descoberta de parentes entre os personagens principais dependem da legítima atribuição de um patrimônio longamente disputado. Existe maneira melhor de manter o suspense do leitor do que apresentar uma semelhança sugestiva, mas não identificada, um indício de filiação? Por fim, quando se chega ao reconhecimento, a unidade recriada possui a força da biologia e do capital. É um autêntico lance teatral:

> Olhei aquelas mãos, olhei aqueles olhos, olhei aqueles cabelos flutuantes, e comparei a outras mãos, outros olhos, outros cabelos que conhecia, e ao que poderiam ter se tornado após vinte anos com um marido brutal e uma vida tempestuosa. [...] Pensei como um único elemento associativo fora suficiente àquela identificação no teatro, e como esse elemento, antes faltante, agora me prendera a atenção, ao passar casualmente do nome de Estella para os dedos tricotando e para os olhos atentos. E senti absoluta certeza de que aquela mulher era a mãe de Estella.[10]

10 Id., ibid., cap. XLVIII, p. 416.

Para o leitor do século XX, esses nexos são surpreendentes também por juntar grupos sociais radicalmente diferentes. O triângulo familiar de *Grandes esperanças* é composto por um galeote fugitivo, uma criada doméstica e uma jovem abastada; em *Casa desolada*, por uma baronesa aristocrática, um opiômano que trabalha como estenógrafo para estudos jurídicos e uma órfã criada por um tio da alta burguesia. Todas as vezes, sabemos desde o começo que a unidade familiar se encontra fisicamente dispersa, e o final mostra que seus membros também tiveram diferentes destinos econômicos. Há muito sentimentalismo, mas também um certo heroísmo. Dickens, em seus romances, pelo menos tentou ver a "totalidade", construindo uma forma ampla o suficiente para vincular as vidas de moleques de rua, capitães de indústria, mestres, gente de circo, damas de companhia, detentos, loucos, reis dos mendigos, nobres de idade avançada e jovens cavalheiros em ascensão. Nenhum romancista do século XIX construiu uma estrutura narrativa tão abrangente com tanto sucesso popular, e desde então poucos tentaram algo parecido. No entanto, a reconciliação entre diferentes classes sociais tem toda a aparência de uma fantasia, de uma compensação imaginária – como dizia Freud – para uma contradição real. Não seria impróprio, invertendo a definição de Raymond Williams, pensar nos enredos de Dickens como comunidades incognoscíveis que são apresentadas umas às outras, como por milagre.

Essas apresentações ocorrem graças à multidão da nova metrópole. Os mundos se encontram, mas apenas porque são muito mais *densos* do que antes. E a densidade cria coincidências inusitadas – o advogado da baronesa contrata o ex-amante dela como estenógrafo – e inconcebíveis em ambientes semirrurais. Os romances tradicionais giram em torno de informações não confiáveis; as histórias de Dickens são alimentadas por informações imprevistas, que o personagem descobre por acaso. Nos romances anteriores, as histórias acontecem porque as linhas genealógicas divergem; nos dele, as linhas se cruzam.

Londres fornece a Dickens o pretexto para reunir despudoradamente os personagens, mesmo que raras vezes eles se encontrem no espaço público da calçada. Os reconhecimentos dickensianos se dão quase sempre num aposento privado, e não sob o olhar público da cidade. Mas nem todos os romancistas oitocentistas da cidade compartilham um expediente tão discreto. Em *A educação sentimental*, os contratempos que surgem no decorrer da história – os mesmos contratempos que dão vida ao enredo – não têm mais nada em comum com os atrasos epistolares de Richardson. Em *Pamela*, o que possibilita a história é a imprevisibilidade do sistema postal; em Flaubert, é a da calçada.

## 3. Uma ordem que nasce do acaso: Flaubert

Não há dúvida de que o olhar público da cidade entrou no romance francês antes de Flaubert. Em *Ilusões perdidas*, Balzac ambienta uma cena no teatro de ópera, onde seu ambicioso herói se mostra a um leque heterogêneo de personagens do romance: avaliando-os, e sendo avaliado por eles, como objetos de um leilão (mais tarde, Flaubert tomaria essa metáfora ao pé da letra, numa cena famosa de *A educação sentimental*). É um papel adequado à vida pública num universo narrativo governado pela *doxa*, pelas vicissitudes do mundo, da sociedade. As pessoas aparecem em público para ganhar nome, para fazer pose. Como escreve Franco Moretti a respeito de *Ilusões perdidas*, "O que dá um sentido ao que acontece não é mais a interioridade fechada do herói, mas precisamente a 'sociedade': que o observa, comenta, põe-se a par das mudanças de sua fortuna".[11]

No entanto, esses encontros urbanos não fazem parte da cidade que se auto-organiza, de Jane Jacobs: são coreográficos demais. Os personagens de Balzac saem à rua quando querem impressionar. Para eles, a rua é o espaço público da teatralidade, palco de ações e contra-ações. E os momentos de virada – inclusive os que tratam do desmascaramento em público – continuam restritos aos interiores, ainda mais do que em Dickens. Os personagens da *Prima Bette* vagam a esmo pela cidade, mas quase todas as cenas cruciais se desenrolam na sala de jantar ou na sala de visitas. Nos momentos realmente importantes, as narrativas se tornam agorafóbicas.

Na cidade de auto-organização, não basta a presença das pessoas na rua: é preciso também que as ações sejam governadas pelo acaso. Não se pode falar em auto-organização se a interação já foi previamente orquestrada. Costuma-se falar em acaso nos enredos da *Comédia humana*, mas aqui também a polissemia do termo é enganosa. O "acaso" de Balzac é o da roleta. A cidade se estende diante dos protagonistas como uma mesa de jogo no cassino: sabe-se que geralmente a banca ganha, mas também se deseja correr o risco. O discurso de Balzac não é apenas figurado: na *Comédia humana*, o jogo de azar é quase uma epidemia e a especulação na bolsa corre solta (em *A prima Bette*, Valérie, a amante de Hulot, transforma suas rendas numa pequena fortuna jogando na bolsa – uma cena que se prestaria muito bem às propagandas atuais sobre os investimentos no mercado de ações). O "acaso" da auto-organização é totalmente diverso: solta-se um milhão de atores dentro de um sistema e deixa-se que entrem em colisão a esmo;

11 F. Moretti, *Il romanzo di formazione*. Turim: Einaudi, 1999, p. 144.

deste tipo de encontros casuais surgirá uma ordem superior: as colônias de formigas aprendem a distribuir sua força de trabalho com uma precisão miraculosa; os neurônios se conectam para produzir lembranças e capacidades mentais; os encontros na calçada dão origem a bairros e zonas comerciais. O acaso gera a ordem num nível superior.

Dickens quase captou esse processo, mas usou de sentimentalismo a ponto de torná-lo quase irreconhecível. Há encontros casuais em *Casa desolada, Grandes esperanças* e *Nosso amigo comum*, e eles ocorrem porque a densidade da cidade reuniu os vários fios narrativos. Mas são encontros improváveis demais: calha que o advogado de Lady Dedlock venha a contratar justamente o ex-amante da mulher, e assim por diante. São coincidências que pertencem ao mundo das fábulas: encontros casuais, sim, mas que nada têm de acidental. São a tal ponto justificados pelas exigências superiores do enredo que quase ouvimos ranger as rodas da invenção: como encontrar uma maneira de reunir Esther e a mãe? E se...

Flaubert se lançou ao problema do "acaso" e da narração adotando uma outra perspectiva, e assim enfrentou o problema de representar a cidade em auto-organização de uma maneira descartada por Balzac e Dickens. Em *A educação sentimental*, a rua é um expediente que gera narração: há na cidade um milhão de histórias, e aquela que vamos seguir vai depender de quem encontrarmos, enquanto estamos indo ao café. Durante os distúrbios provocados pelo protesto contra uma reforma eleitoral, Frédéric Moreau, o anti-herói de Flaubert, encontra Hussonet e Dussardier, que acaba de ser preso por engano. Deste encontro fortuito surge um segmento inteiro da história, embora nada obrigue a esse desenvolvimento. Se *A educação sentimental* fosse um romance de Dickens, no final descobriríamos que Dussardier é o primo do benfeitor anônimo de Frédéric, ou então o testamenteiro de um testamento longamente disputado. O fato de encontrá-lo na rua ocultaria todo um subtexto narrativo, e a história teria o objetivo de revelar os anéis da secreta "cadeia de associações" entre os dois homens. Em Flaubert, o encontro não tem atrás de si nenhum segredo prévio, nada, exceto o caráter acidental do encontro e os efeitos que dele derivam.

De acordo com a concepção de cidade de Jacobs, esses encontros casuais não se limitam às interaçoes entre pessoas. Frédéric é talvez o mais refinado amante de vitrines da história da literatura, pelo menos até *Au Bonheur des Dames* [O Paraíso das Damas], em que Zola narra a mania das grandes lojas de departamento. Ele é constantemente distraído por lojas, lojinhas, restaurantes e pequenas travessas: são distrações que geram desenvolvimentos narrativos. Veja-se a passagem abaixo, que começa com uma fantasia baudelairiana de teatralidade parisiense:

> A multidão caminhava devagar. Grupos de homens conversavam no meio da calçada, mulheres passavam, e tinham um langor nos olhos e aquele tom de camélia que o esgotamento dos grandes calores dá às carnes femininas. Algo enorme se expandia, envolvia as casas. Nunca Paris lhe parecera tão bela. Via no futuro apenas uma série interminável de anos cheios de amor.
>
> Deteve-se diante do teatro da Porte-Saint-Martin olhando o cartaz, e por tédio comprou um ingresso.[12]

O segundo parágrafo, tão brusco e curto, é um exemplo clássico de ironia flaubertiana: o coração do herói está repleto de aspirações e admiração pela majestosidade de Paris, mas depois, por puro tédio, vai assistir a uma *féerie* oriental de segunda categoria. Há na cena, porém, mais do que um simples contraste entre as "vastas possibilidades" que reserva a cidade e a inanidade de Frédéric. Essa sua perambulação, na verdade, dá origem a um evento narrativo crucial: no teatro, Frédéric topa com os Dambreuse, que ainda não conhecia e que se revelarão, na década seguinte, figuras centrais em sua vida. O ponto é que a expansão épica da cidade não é mera questão de contemplação estética, e os movimentos das pessoas são, mais do que nunca, governados pelo acaso. Todavia, a casualidade traz consequências narrativas. A história não fica remoendo a sobrecarga sensorial da rua; pelo contrário, é a rua que torna a história possível. Quando Frédéric volta ao interior, o motor narrativo de Flaubert se torna mais lento. Assim, nada mais justo que o escritor tome de empréstimo uma parte do arsenal narrativo dickensiano – a herança imprevista – para retomar o ritmo da história. Tal é o problema das narrativas de rua: não funcionam no campo.

A forma de *A educação sentimental* se funda num desencanto realmente radical: tem-se a impressão de que Flaubert poderia ter arrastado seus personagens para qualquer lado, criando uma história completamente diferente, gerada por encontros totalmente diversos: mesmo assim, o romance seria tão coerente como agora. A relação no centro do texto – o triângulo entre Frédéric e os Arnoux – nasce de um encontro casual num espaço semipúblico: na ponte perto do barco que está para sair do Cais Saint-Bernard em Paris. Volte o filme, faça com que Frédéric pegue

12 G. Flaubert, *L'éducation sentimentale* [1843-45] [ed. it.: *L'educazione sentimentale. Storia di un giovane*, trad. L. Romano. Turim: Einaudi, 1994, parte I, cap. V, p. 124; ed. bras.: *A educação sentimental*, trad. Adolfo Casais Monteiro. São Paulo: Círculo do Livro, s.d.].

o barco seguinte, e pronto – ele irá deparar com um objeto de amor inteiramente outro, e a história não terá qualquer semelhança com *A educação sentimental* que conhecemos. Compare-se tudo isso com as cadeias de associações dickensianas: podem parecer encontros casuais, mas o leitor sabe que são dados viciados por exigência do enredo. Se Pip deixa escapar um indício revelador sobre as origens de Estella, logo a seguir irá deparar com uma outra indicação, pois a história não pode terminar enquanto não se reconstruir toda a genealogia familiar. Os encontros casuais, retomando Peter Brooks, são predeterminados pelo enredo latente do romance; por isso, a densidade da cidade responde a um fim epistemológico: as cadeias de associações se formam para que seja possível desenterrar um *significado* preexistente. Em Flaubert, as cadeias de associações, pelo contrário, são meramente fortuitas: como bolas atiradas numa mesa de bilhar, elas não têm outro significado além de seus efeitos. Os personagens não têm destino, exceto o que lhes é imposto, por amor ou por necessidade, pelo turbilhão da vida urbana.

A passagem da coincidência dickensiana para a casualidade flaubertiana é um movimento na direção do realismo. Podemos ler os encontros de Frédéric como uma espécie de versão narrativa do "efeito de real" de Roland Barthes. Barthes observa com razão que o romance oitocentista é cheio de inúmeros detalhes esparsos, de divagações e objetos marginais que não esclarecem nem impelem a narrativa, e que não podem ser legitimamente agrupados sob categorias tradicionais, como os objetos simbólicos ou as funções de Propp. E se no romance oitocentista esses detalhes são abundantes, nos romances de Flaubert assumem as proporções de uma autêntica epidemia. Como destaca Jonathan Culler,

> em Flaubert há muitos trechos cujos detalhes não parecem submetidos a qualquer determinação temática específica, e onde nem sequer se põe em andamento o processo interpretativo. Instaurar relações causais ou nexos simbólicos parece totalmente deslocado.

Para o leitor comum – presumivelmente não muito interessado nos formalismos e nos modelos arquetípicos –, o efeito de real é plenamente compreensível, e seu significado, que se supõe "ausente", não é esvaziado de seu conteúdo, e sim elevado a um nível mais alto, num movimento que Fredric Jameson define como "uma rotação de noventa graus em que a forma se torna momentaneamente um novo tipo de conteúdo". Esvaziado de qualquer significado simbólico, o detalhe assinala a simples *realidade* do objeto descrito. Escreve Barthes: "o barômetro de Flaubert, a portinhola de Michelet não dizem, em suma, nada além disto: *somos o real*; assim, é a categoria do 'real' (e não seus conteúdos contingentes) que é significada".[13] No universo flaubertiano, isso vale para os objetos e também para os *eventos*: as pessoas deparam umas com as outras sem qualquer razão em particular, exatamente como ocorre na vida real. Quando Jo, perambulando pela cidade, cruza o caminho de Tulkinghorn, ele se encontra ali – não intencionalmente, claro – para revelar o segredo das origens de Esther, ao passo que, quando Frédéric topa pela primeira vez com Dussardier, ele está simplesmente ali, e pronto.

Mas os encontros urbanos de Flaubert não se resumem a um redirecionamento da fábula londrina de Dickens, a um simples sinal de deliberada falta de sentido. A cidade de Flaubert é mais realista do que a de Dickens não só porque não permite coincidências altamente improváveis, mas porque a relação entre os encontros de rua e a estrutura narrativa reflete a relação complexa entre micromotivações e macrocomportamento da cidade que se auto-organiza. Em outros termos, as interações flaubertianas são a solução que o romance oferece ao problema que Engels viu em Manchester: como se explica a conexão entre as ações individuais isoladas e os esquemas metropolitanos mais amplos? Mesmo se enquadrando no campo da sociologia, o problema de Engels também tinha implicações literárias: qual é o expediente formal que permite passar da escala das existências individuais para a escala da metrópole? A resposta de Flaubert foi colocar a narrativa à mercê da rua; ele foi de uma ousadia jamais vista, ao fazer da história um material que surge de dezenas de encontros urbanos. Se eram as heranças disputadas que alimentavam as histórias urbanas de Dickens e as ambições individuais que impeliam as de Balzac e Stendhal, o primeiro motor do enredo de *A educação sentimental* é a casualidade dos encontros na cidade.

É inquestionável que o relevo psicológico sofre com isso. Frédéric Moreau é um recipiente notoriamente vazio, que segue flutuando nas correntes sempre mutantes do agir metropolitano, e é provável que sua vacuidade resulte da ampliação do papel da vida urbana. Um protagonista forte talvez fosse incômodo demais num romance onde o sistema da cidade ocupa um papel tão determinante. Enquanto trabalhava no livro, Flaubert escreveu a Jules Duplan, numa carta famosa de 14 de março de 1868: "Temo que o fundo devore o primeiro plano; este é o problema do

13 R. Barthes, "L'effetto di reale", in *Il brusio della lingua*. Saggi critici IV. Turim: Einaudi, 1988, pp. 151-59 [ed. bras.: "O efeito de real", in *O rumor da língua*, trad. Mário Laranjeira. São Paulo: Martins Fontes, 2004].

*genre historique*". Como é evidente, ele se referia aos acontecimentos políticos do período 1848-1851, amplamente descritos no romance; mas a tensão entre o fundo e o primeiro plano também contrapõe o indivíduo e a cidade. Flaubert foi o primeiro a permitir que a casualidade épica da metrópole moldasse a narrativa, e isso reduzia inevitavelmente a clareza simbólica que circunda os heróis e heroínas do romance tradicional. Os personagens se transformam em peões dos mecanismos urbanos, tornando ainda mais indistintos os limites entre plano de fundo e primeiro plano.

Claro que, como ocorreu em todas as revoluções francesas desde 1789, o fundo político de 1848 é, em larga medida, a rua. De fato, a política pode ser um exemplo perfeito dos movimentos complexos que brotam das interações de rua. Eis o que escreve Flaubert sobre a multidão, após a queda da monarquia:

> Como os negócios estavam suspensos, a inquietação e a curiosidade levavam as pessoas a sair de casa. O desalinho das roupas atenuava a diferença entre os níveis sociais, o ódio se escondia, as esperanças afloravam, a multidão era uma doçura só. O orgulho por um direito conquistado brilhava em todos os rostos. Era uma alegria de carnaval, um comportamento de albergue: nada foi mais divertido do que o aspecto de Paris nos primeiros dias.[14]

Divertido, sim, mas também criador de histórias. Flaubert teve um lance de gênio ao se recusar a traduzir o tumulto e a agitação numa experiência meramente estética para o *flâneur* ou para o "homem da multidão". O espaço público da rua constituía muito mais do que um mero estímulo visual: gerava um outro tipo de cidade e, com isso, um outro tipo de romance.

## 4. Cidades de sonhos: *Mrs. Dalloway* e *Nadja*

Nos cinquenta anos posteriores à publicação de *A educação sentimental*, as narrativas de calçadas tiveram um grande sucesso (os romances da Paris de Zola, por exemplo, utilizaram largamente as inovações de Flaubert), e algumas de suas características formais começaram a desempenhar um papel fundamental na descrição modernista da vida metropolitana. Mas, enquanto se tornava parte do arsenal retórico da vanguarda do século XX, o expediente narrativo do encontro de rua se distanciava cada

14 G. Flaubert, *L'educazione sentimentale*, op. cit., parte III, cap. I, p. 409.

vez mais de suas características originais, perdendo a especificidade que o tornara tão convincente na interpretação de Flaubert. O acaso manteve sua importância, mas a passagem de uma escala a outra – da calçada à cidade, do personagem à narrativa – desapareceu. O mecanismo se tornou uma celebração do acaso, e não conseguiu mais ligar a força do encontro ao sistema urbano mais abrangente.

Vejamos a transformação desse expediente narrativo em *Mrs. Dalloway* (1925). Virginia Woolf se baseia muito nos encontros improváveis de absolutos estranhos nas ruas apinhadas de Londres (e nos parques da cidade: poucos romances podem concorrer com este, quanto à exaltação dos amplos espaços verdes de Londres). No plano formal, com os admiráveis deslocamentos do ponto de vista criados por personagens que se cruzam na rua, o romance é uma exploração da força metonímica da vida urbana. Na abertura do romance, Woolf passa em revista os pensamentos de uma dúzia de personagens ao longo de uma dúzia de páginas. A passagem entre eles se dá graças a pequenos eventos públicos compartilhados: um automóvel que tem retorno de chama, um aeroplano que traça letras no céu. Esse mecanismo extraordinário capta bem aquele misto de proximidade pública e interioridade privada que é o núcleo da *flânerie* urbana. Em certo sentido, o ponto de vista móvel de Woolf é uma continuação do "espírito benigno" de Dickens que olha do alto dos telhados, só que em *Mrs. Dalloway* ele espia as mentes dos indivíduos, e não as salas de estar.[15] E o que nosso olhar vê de memorável é a mente da fúlgida Clarissa Dalloway e a do delirante Septimus Smith, ambas perdidas na energia das ruas de Londres, uma apreciando a experiência e a outra se sentindo petrificada:

> Nos olhos dos passantes, na sua pressa, no seu andar, na sua demora; no burburinho e vozearia; carros, altos, ônibus, caminhões, homens-sanduíches bamboleantes e tardos; charangas; realejos; na glória e no rumor e no estranho aerocanto de algum avião sobre a sua cabeça estava isto, que ela amava: a vida, Londres; aquele momento de junho (p. 8).

15 A ligação com o "espírito benigno" de Dickens se manifesta com força especial no seguinte trecho, extraído do monólogo interior de Mrs. Dalloway: "[...] que significava para ela essa coisa a que chamava vida? Oh! era muito estranho. Era fulano, de South Kensington; algum outro, de Bayswater; e mais alguém, digamos, de Mayfair. E ela experimentava continuamente a sensação das suas existências; e achava isso um desperdício; uma pena; se ao menos se pudessem juntar... era o que tentava", in V. Woolf, *Mrs. Dalloway* [1925], trad. Mario Quintana. 13ª ed. Rio de Janeiro: Nova Fronteira, 1980, p. 118; doravante citado diretamente no texto com o número da página entre parênteses.

E ainda:

> E ali estava o auto, de cortinas descidas, que tinham um curioso desenho semelhante a uma árvore, pensou Septimus, e aquela gradual centralização de todas as coisas ante os seus olhos, como se algo fosse surgir daquilo e tudo estivesse a ponto de estalar em chamas, aterrorizou-o. O mundo oscilava, fremia e ameaçava estalar em chamas. Sou eu que estou estorvando o caminho, pensou. Não era ele que estava sendo olhado e apontado? Não estava ali plantado, na calçada, com um firme propósito? Mas que propósito? (p. 18)

São os dois extremos do teatro baudelairiano: "o alarido e o estrépito" da cidade ou revigoram ou levam à beira do abismo. Mas os dois casos nos reconduzem à poesia da "sobrecarga sensorial" de *Casa desolada* ou *A pequena Dorrit*; a história se interrompe, discorre sobre o tumulto da cidade e depois retoma o fio. Mas, à diferença de Dickens e de Flaubert, os encontros casuais de Woolf não levam a lugar algum. As narrativas de rua continuam como fios separados, dá-se de ombros e segue-se adiante. Não precisam iluminar nenhuma história familiar enterrada, nem preparar uma cadeia de acontecimentos futuros. A única coisa a uni-las é o ponto de vista do narrador; mesmo para os personagens, os encontros são aparições fugazes, registradas por um instante e depois abandonadas. Quando Frédéric depara com os Dambreuse naquela *féerie* absurda, sua vida se transforma; quando Peter Walsh, em Regent's Park, passa ao lado de um transtornado Septimus e de Rezia, o resultado é uma reflexão de poucos segundos:

> O que é ser jovem! pensou Peter Walsh, ao passar por eles. Estão fazendo uma terrível cena – a pobre moça parecia completamente desesperada – em plena manhã. Que se passará? perguntou-se. Que lhe estará dizendo o jovem de sobretudo, para a pôr em tal estado? Em que dificuldades não se haveriam metido, para estarem tão desesperados numa manhã tão linda? (p. 70)

E mesmo antes de responder a si mesmo, ele se perde numa outra *rêverie* sobre sua infeliz corte a Clarissa, trinta anos antes. Na Londres de Virginia Woolf, a vida privada continua a ser uma questão pessoal mesmo se entremostrando no espaço público: apenas a voz narrativa une os personagens.

Nas mãos dos surrealistas franceses, a função narrativa do acaso se torna ainda mais frouxa; a cadeia de associações entre o encontro casual e a estrutura se rompe, e resta somente a celebração da coincidência, dos nexos secretos que aparecem aqui e ali. É um mundo onírico – o que não surpreende, em vista da influência que a análise freudiana da linguagem dos sonhos exerceu sobre Breton e Aragon. Mas, a despeito dessa influência, os mecanismos flaubertianos ainda desempenham um papel decisivo no romance urbano. Quase no início de *Nadja* (1928), Breton anuncia de passagem que "não sou dos que cultuam Flaubert",[16] mas o herói autobiográfico do livro guarda semelhanças nada remotas com os entusiasmos desatentos de Frédéric Moreau. Diverte-se em se refugiar nos cinemas baratos, sem saber o filme que está passando; passa um tempo realmente excessivo a vaguear pelas calçadas da Rive Gauche; descobre súbitas epifanias no olhar fugidio de uma bela mulher. Mais que tudo, porém, aprecia os encontros casuais e as coincidências da vida metropolitana. A bem dizer, "aprecia" é provavelmente um termo muito fraco: Breton eleva o acaso ao nível do êxtase místico. Mais uma vez, conta histórias de imprevisibilidades metropolitanas: encontra um desconhecido num concerto; dois dias depois inicia uma correspondência com Paul Éluard; meses mais tarde, encontra Éluard e descobre que era o homem do concerto. Nadja usa a mesma frase que ele havia lido, no dia anterior, num livro que Nadja não conhece. Até a mulher de Breton entra em cena:

> Saio por volta das três, com minha mulher e uma amiga; no táxi, continuamos a falar de Nadja, como já havíamos feito durante o almoço. De repente, sem que estivesse prestando a menor atenção nos transeuntes, sei lá que mancha rápida, ali, na calçada da esquerda, na entrada da Rue Saint-Georges, me faz quase mecanicamente bater no vidro do carro. Era como se Nadja tivesse acabado de passar. Corro, ao acaso, para uma das três direções que ela pudesse tomar. É ela, de fato, agora parada, conversando com um homem que, me pareceu, havia pouco a acompanhava. (pp. 86-87).

São cadeias de associações sem segredos anteriores, e que não acionam nada, a não ser sua própria carga momentânea, como num universo onírico onde mesmo os eventos mais espetaculares não têm nenhuma consequência. Como as cadeias de associações dickensianas, trazem consigo os ecos de alguma distante implicação, mas esses ecos, em *Nadja*, não são explorados:

16 A. Breton, *Nadja* (1928) [ed. bras.: *Nadja*, trad. Ivo Barroso. São Paulo: Cosac Naify, 2007, p.23].

> Sim, são fatos de valor intrínseco pouco controlável, mas que, por seu caráter absolutamente inesperado, sua incidência violenta, e pelo gênero de associações suspeitas que despertam no pensamento, uma maneira de passar do fio para a teia, isto é, aquela que seria a coisa mais cintilante e mais graciosa do mundo se, num canto ou nas proximidades, não estivesse a aranha; fatos que, mesmo que fossem da ordem da pura constatação, a cada vez apresentam todas as aparências de um sinal, sem que se possa dizer de que sinal se trata propriamente (p. 16).

Há algo inegavelmente belo nessa passagem, mas há também uma espécie de loucura. Provavelmente Septimus percebia um sinal parecido no verde de Regent's Park. Em Dickens, esse sinal levava a uma linha genealógica secreta: uma rede de conexões que apontavam numa única direção. Em Flaubert, o sinal indicava uma ordem superior: a forma da cidade que se auto-organiza a partir de milhões de conexões casuais, uma forma que encontra seu análogo na narrativa de *A educação sentimental*. Existem conexões casuais no mundo de Flaubert, mas formam uma estrutura mais ampla. Com *Nadja*, aquele nível superior de significado deixa de existir, e o que sobra é apenas o sinal: misterioso, onipresente, evocando um significado, mas em última instância privado de qualquer significado. A pergunta de Septimus nas ruas de Londres – que fim? – se torna puramente retórica. A cidade que se auto-organiza, cujas calçadas eram palmilhadas por Frédéric Moreau em 1848, se dissolve numa cidade de sonhos.

JEAN-MICHEL RABATÉ

# O estranhamento de uma língua

## Os estilos do modernismo

O melhor ponto de partida para abordar a tentativa modernista de transformar a linguagem e enfrentar a questão do estilo é uma carta que Ezra Pound escreveu em 1915 a Harriet Monroe, então diretora da revista *Poetry*:

> A poesia deve ser *escrita tão bem como a prosa*. Sua linguagem deve ser uma boa linguagem, que não se afasta de maneira alguma da língua falada, a não ser para uma maior intensidade (isto é, simplicidade). Não deve haver palavras livrescas, nem perífrases, nem inversões. Não deve haver clichês, frases feitas, jargões estereotipados. O único modo de evitar tudo isso é a precisão, resultado de uma atenção concentrada no que é escrever. A prova de um escritor é sua capacidade de se concentrar dessa maneira. E de continuar concentrado até o final de seu poema, tenha ele dois ou quatrocentos versos.[1]

É uma síntese perfeita de todos os manifestos escritos por Pound e seus amigos em favor do imagismo e do vorticismo:[2] a nova poesia deveria surpreender o leitor

1 Ezra Pound, *Lettere 1907-1958*, A. Tagliaferri (org.). Milão: 1980, pp. 50-51.

2 Para um estudo dos manifestos modernistas, ver J. Lyon, Manifestoes. *Provocations of the* →

com a evidência da música e a intensidade das imagens. A nova língua (Pound afirmou adiante que "a poesia é uma novidade que continua como tal") seria de um modo que conseguiria, por si só, estilhaçar, substituir ou legar ao esquecimento o estilo poético dos vitorianos.

O termo "estranhamento" (em russo *ostranenie*) significa literalmente "tornar [algo] estranho" ou "distante". Quando Victor Chklovski introduziu este conceito, pretendia promover a dificuldade dos textos, e via na "literariedade" o meio para se contrapor ao peso fatal do hábito: porque textos escritos de acordo com pretensões e expectativas mais radicais obrigariam o leitor a enxergar as coisas de uma nova maneira, segundo um princípio que, sem dúvida, funciona perfeitamente na escrita imagística, como também no *Verfremdungseffekt* [efeito de distanciamento] brechtiano. Em "A arte como procedimento", Chklovski afirma:

> O objetivo da arte é dar a sensação do objeto como visão e não como reconhecimento; o procedimento da arte é o procedimento da singularização (*ostranenie*) dos objetos e o procedimento que consiste em obscurecer a forma, aumentar a dificuldade e a duração da percepção. O ato de percepção em arte é um fim em si mesmo e deve ser prolongado; *a arte é um meio de experimentar o devir do objeto, o que é já "passado" não importa para a arte.*[3]

Pound certamente discordaria da última afirmação, mas concordaria com as anteriores: as palavras "a beleza é difícil" (retomadas por Beardsley) ressurgem várias vezes nos *Cantos*, e os escritores modernistas têm sido, a cada caso, criticados ou elogiados justamente por sua obscuridade. Mas tentarei demonstrar que o objetivo deles não era ser difíceis, e sim obrigar os leitores a ter uma outra percepção do mundo, educá-los e fornecer-lhes uma lente para enxergar as coisas de maneira "diferente".

Os leitores de obras-primas modernistas como *Ulisses* ou *Os cantos* enfrentam o desafio de se mostrar à altura das expectativas que o texto constrói com sua ideia de cultura, fruto de materiais e fragmentos das mais variadas espécies: quem aceita ser "leitor" enfrenta um complexo percurso educativo que se distingue do tradicional conceito de cultura (aquilo que vagamente aflora a partir

→ *Modern*. Ithaca: Cornell University Press, 1999.

3 V. Chklovski, "A arte como procedimento", trad. Ana Mariza Ribeiro Filipouski et al., in Dionísio de Oliveira Toledo (org), *Teoria da literatura: Formalistas russos*. 2ª ed. Porto Alegre: Globo, 1973, pp. 39-56, p. 45.

de um oceano de referências, ao passo que todo o restante se afunda no esquecimento) para estabelecer associações renovadas e mais rápidas com os grandes espíritos do passado, numa descoberta contínua, numa "odisseia" que, por meio do contato com estilos historicamente definidos, leva os leitores a uma indagação sobre a própria língua. Tal é o propósito de obras como *A terra desolada*, *Ulisses*, a produção poética inicial de H. D. e *Os cantos* de Pound. Aliás, segundo Valéry, descobrir que as civilizações são mortais significa também compreender que elas sobrevivem justamente porque legam como herança estratos de sedimentos estilísticos, vestígios subliminares depositados em cada um de nós. O primeiro dos *Cantos* de Pound ilustra bem essa tendência: é a versão de uma tradução latina quinhentista da *nékuia* de Homero (a viagem de Ulisses ao Hades), de um certo Andreas Divus. Para tornar essa retradução "estranha", Pound recorre ao estilo já utilizado nas versões de poemas anglo-saxões, como o *Timoneiro*. E a estratificação de uma métrica com muitos tempos fortes, de técnicas aliterativas (poesia anglo-saxã), de compasso latinizante, de renascimento pós-virgiliano (Divus) e, por fim, da fase mais "arcaica" de Homero (a exploração do mundo das sombras, com ecos de rituais sangrentos, fórmulas mágicas e espectros sedentos, embora imateriais) resulta num palimpsesto tipicamente modernista: "Assestamos a quilha contra as vagas/ E frente ao mar divino içamos vela".[4]

Essa odisseia estilística realmente pode nos levar a regiões estranhas, a espirais temporais onde, com a finalidade de "inovar" uma coisa, sempre acompanha um olhar à "tradição" e às "origens", encarnadas num outro texto. Ou, como escreve Pound, quase enraivecido, no canto CV: "Tenho de aprender um pouco de grego para lidar com isso/ mas também você, diabo".[5]

Assim, o "estranhamento" modernista tende, acima de tudo, a confundir os gêneros, porque a poesia deve ser tão bem escrita quanto a prosa, mas exige ainda uma revisão, uma "depuração" da língua cotidiana. A modernidade, segundo a definição de Roland Barthes, renuncia à renovação do "belo estilo", mas na esperança de enfrentar diretamente o problema da língua com um novo conceito de escrita. Barthes, em *O grau zero da escritura*, propunha uma distinção útil e pioneira entre três níveis principais: a "literatura", história da evolução das formas; a "língua", meio social garantido a todos, que evolui, mas com tanta lentidão que os

4 Ezra Pound, *I Cantos*. Milão: 1999, p. 21 [ed. bras.: *Os cantos*, trad. José Lino Grünewald. Rio de Janeiro: Nova Fronteira, 1986].

5 Id., ibid., pp. 784-85.

fruidores individuais nem se apercebem; por fim, o "estilo", um *quid* que pertence ao autor individual enquanto singularidade biográfica ou "destino" inelutável de seu corpo.[6] Segundo Barthes, apenas a "escritura" pode fornecer aquele espaço de historicidade e liberdade capaz de se inserir entre a determinação biográfica e as interações sociais da língua e da literatura.

Esta análise certamente faz sentido para uma história muito "francesa" da modernidade, de Flaubert e Mallarmé até o *nouveau roman*, mas não capta em absoluto o objetivo dos modernistas ingleses e americanos: compreender o estilo em sua função histórica, a meio caminho entre o indivíduo falante (há um estilo de Stendhal, assim como houve um estilo de Sigismondo Malatesta) e as formações coletivas (o estilo do Quatrocentos, como o dos "poetas metafísicos"). Desse modo, Barthes e os principais escritores e teóricos modernistas compartilham a convicção de que é possível criar e aplicar esse novo estilo com o exercício da escrita. Uma "escrita" que, naturalmente, não levará em conta a usual distinção entre poesia e prosa: ainda que muitos modernistas tomem a poesia como modelo, os êxitos estéticos mais notáveis ocorreram naquele gênero de prosa poética que foi a marca de Proust, Joyce e Woolf. Com os modernistas, em suma, as convenções de gênero relativamente estáveis que haviam, até o momento, estabelecido os limites entre prosa e poesia (com seus diversos subgêneros, da lírica à épica) sofrem uma mudança e um deslocamento. Proust dissemina por *Em busca do tempo perdido* poemas em prosa de magnífico lirismo, tomando como modelo autores do século anterior como Flaubert, Chateaubriand, Ruskin e Nerval; Joyce faz mais ou menos o mesmo (voltaremos a isso) quando transforma a autobiografia inequivocamente naturalista de *Stephen Hero* no modernista *Retrato do artista quando jovem*, usando justamente as "epifanias" poéticas.[7]

Portanto, falarei em "estilos" no plural, para acompanhar o desdobrar histórico e inconsciente de investimentos e posições libidinais, seguindo os moldes do ensaio de Fredric Jameson sobre Wyndham Lewis, *Fables of Aggression: Wyndham Lewis, the Modernist as Fascist*.[8] Segundo Jameson, não se pode falar no "efeito" ou na

6 R. Barthes, "Che cos'è la scrittura?", in *Il grado zero della scrittura*. Turim: 1982, pp. 9-15 [ed. bras.: *O grau zero da escritura*, trad. Anne Arnichand e Álvaro Lorencini. São Paulo: Cultrix, 1971].

7 Deste ponto de vista, pode-se levantar a hipótese de que, entre outros, o termo "modernismo" não se difundiu na crítica francesa precisamente porque, na França, as relações entre poesia e prosa já haviam se transformado com os poemas em prosa de Baudelaire e com a prosa do último Nerval, como *Aurélia*.

8 F. Jameson, *Fables of Aggression: Wyndham Lewis, the Modernist as Fascist*. Berkeley: 1979.

"força" do estilo de Lewis (em *Tarr*, por exemplo) sem abordar de alguma maneira a questão da carga emotiva da língua e, por conseguinte, o contexto social, político e psicológico em que o texto se coloca: o estilo, com efeito, não pode ser reduzido a "conteúdos" ou "temas", nem mesmo quando são explicitamente políticos ou ideológicos, e sua própria eficácia ou ação política provém de todo um "inconsciente" social e afeta todos os recursos dos aparatos libidinais. Assim, proponho explorar alguns "estilos" do modernismo, examinando inicialmente as origens do movimento no interior de um simbolismo difuso, mas cada vez mais rejeitado, e tratando de dois autores, Joyce e Lewis, cuja contraposição paradigmática trará à tona a imagem do "novo leitor" prenunciado pelos autores modernistas. Por fim, analisarei o "tardomodernismo", fase caracterizada, como se vê em Stein e Beckett, pela recusa do veto até então vigente contra a repetição textual.

## 1. A linguagem adormece

O modernismo desenvolve novas estratégias estilísticas, sobretudo para obter e plasmar um novo tipo de subjetividade. Virginia Woolf explicou maravilhosamente essa questão numa frase famosa: "Em dezembro de 1910, a personalidade humana mudou".[9] Aqui tomou-se como divisor a exposição dos pós-impressionistas, inaugurada em novembro de 1910 nas Grafton Galleries de Londres, e, como Woolf foi visitá-la em dezembro de 1910, sua frase na verdade significa: "Em dezembro de 1910 *minha* personalidade mudou".

Assim, Woolf tende a identificar com o período georgiano a mudança de mentalidade que costumamos definir como modernismo, ao passo que a primeira década do século, que coincide com o reinado de Eduardo VII, teria presenciado apenas os primeiros balbucios da nova geração, ainda envolta nos ideais vitorianos antiquados. Joyce, Eliot e Lawrence já se encontram deste lado da linha divisória, com o agressivo rosto dos *Jeunes* estampado na face, enquanto Wells, Bennett e Galsworthy nos saúdam timidamente por trás da paliçada que cerca o universo vitoriano. Mas, se mudarmos de perspectiva e adotarmos a do modernismo "viril" e "duro" de que falava Pound (e depois Kenner), Joyce então se afigura não tanto um georgiano, mas quase um expoente do último vitorianismo. Pound e Lewis,

9 V. Woolf, "Bennet e la signora Brown", in *Saggi, prose, racconti*, N. Fusini (org.). Milão: 1998, p. 245. Ver também P. Stansky, *On or about December 1910*. Cambridge: 1996.

por sua vez, muitas vezes opuseram os "homens de 1914" aos "georgianos", assim ressaltando a diferença entre os escritores ingleses provincianos e sua vanguarda internacional, cosmopolita e radical.

A periodização, em suma, é uma tarefa repleta de consequências. Em janeiro de 1927, resenhando Joyce no primeiro número de *The Enemy*, Lewis ataca ferozmente seu vitorianismo fora de hora:

> O que se tem em *Ulisses* é o obsessivo e fanático naturalismo oitocentista [...]. É como um grosso acolchoado ou cobertor vitoriano. Ou como a pesada cortina que cai, atrasada (com o ímpeto ameaçador de duas toneladas de uma personalíssima bobajada), sobre o palco vitoriano. Tamanha é sua irreprimível incontinência, sua prolongada explosão, que ele permanecerá no tempo, monumento eternamente catártico, como um recorde de desinteria. Ninguém que pouse o olhar nele desejará jamais indagar sobre o que está por trás. É o escarninho catafalco do mundo vitoriano.[10]

Pound havia exprimido uma opinião semelhante, num tom que nos anos 1930 se tornou cada vez mais áspero. Pound e Lewis atribuíam claramente características femininas à cultura inglesa, e por isso lhe davam a definição depreciativa de "vitoriana". Joyce, porém, definia a cultura que lhe servira de inspiração não como "vitoriana", mas "simbolista", na fronteira entre a arte da sugestão de Mallarmé e a argúcia mais mordaz de Wilde, baseada na subversão sistemática das certezas sociais tranquilizadoras. A frase de Buck Mulligan em *Ulisses*: "Já nos libertamos de Wilde e seus paradoxos",[11] soa mais como um ambíguo reconhecimento de atraso do que como uma declaração de maturidade.

Costuma-se dizer que *Os loureiros estão cortados*, de Edouard Dujardin (1887), inspiraram a Joyce a ideia do monólogo interior. Com efeito, Joyce reconheceu sua dívida em muitas ocasiões, talvez para ocultar (como sugeriu seu irmão Stanislaus) dívidas mais importantes para com autores famosos como Tolstói; embora isso tenha contribuído para divulgar a opinião, totalmente infundada, mas ainda constante em diversas enciclopédias e manuais, de que a maior parte de *Ulisses* teria sido escrita com essa técnica. Após a publicação de *Ulisses*, Dujardin dedicou

10 Wyndhan Lewis, *Time and Western Man*, P. Edwards (org.). Black Sparrow Press, 1993, p. 90.

11 James Joyce, *Ulisses* [1922], trad. Antônio Houaiss. Rio de Janeiro: Civilização Brasileira, 1966, p. 20. O número da página em que se encontram as citações será indicado, daqui em diante, diretamente no texto.

*Os loureiros estão cortados* a Joyce, definindo-o como um "Jesus" que o ressuscitou, e Joyce retribuiu dedicando *Ulisses* a Dujardin, "*annonciateur de la parole intérieure*" e assinando como "*le larron impénitent*". Na esteira de *Ulisses* e do entusiasmo de Valéry Larbaud, o romance simbolista de Dujardin foi reeditado em 1924 e reintroduzido na pré-história do modernismo, e o próprio Dujardin se tornou um dos primeiros joyceanos franceses, com seu *Monologue intérieur*, de 1931. A modernidade de *Os loureiros estão cortados*, ainda hoje visível, permite-nos captar as ligações entre os romances simbolistas e a escrita modernista propriamente dita.

> Mas sob o caos das aparências, entre os tempos e os lugares, na ilusão das coisas que se geram e nascem, um em meio aos outros, um igual e um a mais, do infinito das existências possíveis, eu surjo; [...] Paris, uma tarde clara ao crepúsculo, os rumores monótonos, as casas brancas, as folhagens de sombra; o entardecer mais suave e uma alegria de existir, de caminhar; as ruas e as multidões, e, no ar que se estende a distância, o céu.[12]

É uma descrição um pouco desfocada e impressionista que poderia pertencer a *Mrs. Dalloway*, e que também sugere a unanimidade indistinta da "cidade grande" das preciosas descrições urbanas de *Dublinenses*.[13] A técnica narrativa de Dujardin, porém, não é a mais adequada para a reconstrução, mesmo subjetiva, da vida cotidiana de uma cidade grande. O início do romance é infeliz, e o estilo perspectivístico da narração dificulta a descrição dos movimentos individuais. Eis como Prince, o protagonista de *Os loureiros estão cortados*, sobe tateando as escadas da casa de seu confidente:

> Esta é a casa onde devo entrar, onde encontrarei alguém; a casa; o portão; entremos. Cai a noite; o ar é agradável; há uma alegria no ar. A escada; os primeiros degraus.

12 Edouard Dujardin, *Les Lauriers sont coupés* [1888] [ed. it.: *I lauri senza fronde*, trad. N. Neri. Turim: 1975, p. 3. Daqui em diante as citações dessa edição serão indicadas pelo número da página diretamente no texto; ed. bras.: *Os loureiros estão cortados*, trad. Hilda Pedrollo. Porto Alegre: Brejo, 2005].

13 "O crepúsculo cinzento e quente de agosto caíra sobre a cidade e uma cálida brisa, lembrança do verão, circulava nas ruas. As lojas estavam fechadas para o repouso de domingo, e nas calçadas formigava uma multidão alegre e colorida. Como pérolas iluminadas, as lâmpadas brilhavam no alto dos postes sobre a tessitura inquieta dos pedestres que, mudando de forma e matriz a cada instante, elevava na tepidez do crepúsculo um murmúrio incessante, monótono." James Joyce, *Dublinenses* [*Dubliners*, 1914], trad. Hamilton Trevisan. Rio de Janeiro: Civilização Brasileira, 1984, p. 43.

> E se, por acaso, ele saiu adiantado? Às vezes ele faz isso; e eu quero lhe contar meu dia. O patamar do primeiro andar; a escada larga e clara; as janelas. Confiei a este bom amigo minha história de amor (p. 3).

Essa passagem desengonçada parece não um modelo a ser imitado, e sim um fracasso que Joyce preferiria evitar... Todavia, o romance tem um ritmo próprio: *Os loureiros estão cortados* não é propriamente o primeiro romance urbano fundado numa nova subjetividade, mas o primeiro romance wagneriano; com efeito, foi Dujardin que apresentou Wagner a Mallarmé (de cujos *mardis* participava regularmente), tornando-se mais tarde diretor da *Revue Wagnerienne* (1885-1888).

Valéry Larbaud observou que quase todas as invenções formais desenvolvidas no *Ulisses* já estavam presentes no romance de Dujardin. Por exemplo, numa cena especialmente complexa, a música de um realejo reproduzida num pentagrama se entrelaça com os pensamentos de Prince passeando pelos bulevares: da cançoneta "te amo mais do que meus perus" surge o *leitmotiv* "te amo mais", que por sua vez desencadeia uma sôfrega fantasia erótica que se interrompe bruscamente com "amanhã, tenho aula" (pp. 54-56). Assim está aberto o caminho para o uso joyceano das analogias musicais nas "Sereias" de *Ulisses* e, de modo mais geral, para o emprego dos *leitmotive* como elementos estruturais do romance. E ainda, assim como Bloom tem sua visão do "brilho de seda ricas meias brancas" de uma bela senhora subindo na carruagem atrapalhada por um bonde, da mesma forma Prince, que entreviu uma atraente mulher de cabelos ruivos, é perturbado por um amigo que vem inoportunamente falar com ele; tal como Stephen, em "Nestor", dá uma rápida olhada na carta do sr. Deasy, da mesma forma Prince folheia seu diário e uma série de cartas que Léa lhe escreveu (pp. 38-52). São invenções formais que Dujardin introduz com graça, quase *en passant*, e controla com ironia constante.

Essa mescla de ironia e erotismo não podia deixar de atrair Joyce. Daniel Prince, herói e narrador, é o cortejador delicado, mas não assexuado, de uma cocote, Léa d'Arsay, que o explora às claras e consegue lhe extrair, em troca de alguns favores, somas consideráveis de dinheiro. A história se desenrola na noite em que Prince está decidido a cobrar a fatura *in natura*, mas, para o cúmulo da ironia, a jovem está plenamente disposta, ao passo que ele se sente refreado por escrúpulos e ideais românticos de um amor "puro". Quando Léa finge adormecer entre os braços do admirador, para colocá-lo à vontade, temos uma descrição sensual da cena ("este perfume mesclado, sutil, íntimo, com que ela se perfumou, se mescla ao perfume de seu corpo, que reconheço entre a intensidade das essências das flores mescladas;

sim, sua feminilidade; e o profundo mistério de seu sexo no amor; luxuriosamente, oh, demoniacamente, quando sob o domínio viril as forças da carne se liberam no amplexo, e sobe a acre e terrível e pálida embriaguez [...]", p. 63), que faz lembrar aquela retórica das "doçuras do pecado" dos romances eróticos populares magistralmente parodiada em *Ulisses* ("Sua boca se colou à dele num lascivo beijo voluptuoso, enquanto as mãos dele procuravam as curvas opulentas do *deshabillé*", p. 322).

No fim, o próprio Prince começa a dormitar ("Ela dorme; sinto que adormeço; fecho os olhos ... eis seu corpo; seu seio que se ergue e desce; e o dulcíssimo perfume mesclado ... a bela noite de abril ... daqui a pouco iremos passear ... o ar fresco ... agora vamos sair ... daqui a pouco ... as duas velas ... lá ... nos bulevares ... 'te amo mais que meus carneiros' ... te amo mais...", p. 63), para depois ser despertado por Léa com um "Parabéns, meu caro [...]" (p. 64).

Em *Pilgrimage* (1938), de Dorothy Richardson, encontramos um mesmo tipo de apresentação dos pensamentos do personagem (Miriam Henderson), à beira de adormecer ("Os trejeitos deles... existe um lugar onde não há ninguém? ... ser uma cigana... Sempre há alguém...").[14] As reticências que se entrelaçam com o estado de consciência de Miriam conferem ao texto um obsessivo poder meditativo, que torna o ritmo de *Pilgrimage* lento e sonhador. O uso reiterado do monólogo interior, seja em *Pilgrimage*, seja em *Os loureiros estão cortados*, revela por trás de cada entrevero sexual bolsões de ignorância e gera uma áspera ironia. Enquanto Miriam ainda é inocente e ao abrigo das perversões do mundo, Prince se trai continuamente, suas ações contrastam com seus discursos e ele aparece paralisado por um "respeito" romântico que oculta cálculos mesquinhos sobre as somas de dinheiro que pode gastar com Léa. Quando se faz ouvir o apelo da carne, ele exclama com ingenuidade: "as renúncias, tanto pior para as renúncias, eu a desejo!"; mas no final, gasto todo o dinheiro, ele se despede, e não sabemos se por alguns dias ou para sempre. Suas palavras "não tornarei mais a vê-la" parecem de cançoneta. Eis a despedida:

> [...] findas para sempre, as possibilidades de amor entre ela e mim [...]. Inesquecivelmente clara e graciosa, minha amiga me estende a mão.
>
> Até logo.
>
> Até logo.
>
> Ela sorri amigavelmente; sobre seu seio esvoaçam brilhos louros e noturnos (p. 92).

14 Dorothy Richardson, "Pointed Roofs" [1915], in *Pilgrimage*, v. 1. University of Illinois Press, 1979, p. 171.

Mesmo em *Ulisses* falta um verdadeiro desfecho à história, e não sabemos o que acontecerá em 17 de junho: Molly manterá sua relação com Boylan, ou Leopold fingirá comer na cama, restaurando o predomínio masculino que havia sido abalado? Em suma, as verdadeiras transformações ocorrem no nível dos símbolos, das imagens e das metáforas. Por outro lado, uma técnica que consiste em mostrar o personagem por meio de suas palavras acaba colocando em primeiro plano a função daquele "arranjador" invisível e onipotente que organiza a montagem musical e irônica. Ou seja, paradoxalmente, quanto mais "livre" é um personagem, tanto mais ele depende do titereiro invisível. E este princípio vale tanto para *Os loureiros estão cortados* quanto para *Ulisses*, onde o "arranjador" invisível, como um deus, acaba por coincidir com a crescente autonomia estilística de cada "episódio".

Mallarmé logo percebeu a originalidade do "achado" de Dujardin, e agradeceu-lhe o novo romance numa significativa carta de 1888:

> Vejo que criou um modo de notação de viravoltas rápidas e fluentes [*un mode de notation virevoltant et cursif*], cuja única finalidade, separada das grandes estruturas literárias, da poesia ou de um fraseado decorativo e sinuoso, é a de exprimir, com o uso equilibrado dos sublimes meios em jogo, o cotidiano tão precioso de se captar [*le quotidien si précieux à saisir*].[15]

Esta última frase condensa o programa de um novo modernismo, caracterizado por um realismo psicológico mais profundo, que quer descrever a vida da cidade grande com seus encontros fortuitos banais, celebrando-lhes a beleza fugidia com uma sensibilidade lírica: programa que, como veremos, lembra de perto as "epifanias" do primeiro Joyce.

Contudo, não podemos considerar o monólogo interior como o único responsável por esta nova sensibilidade, visto que Virginia Woolf, por exemplo, em *Mrs. Dalloway*, consegue obter exatamente o mesmo efeito sem recorrer àquilo que provavelmente consideraria um impressionismo psicológico grosseiro. Peter Walsh, após uma primeira visita desastrosa a Clarissa Dalloway, se entretém seguindo uma jovem até a porta de casa, e depois acaba adormecendo ao sol num banco em Regent Park. Woolf nunca abandona a narrativa na terceira pessoa, mas lança mão de uma grande quantidade de imagens poéticas para evocar "as florestas escuras" do sono e do mundo onírico.

15 Carta citada por Dujardin em seu *Monologue intérieur*.

> *Such are the visions which proffer great cornucopias full of fruit to the solitary traveller, or murmur in his ear like sirens lolloping away on the green sea waves, or are dashed in his face like bunches of roses, or rise to the surface like pale faces which fishermen flounder through floods to embrace.*

> Tais as visões que oferecem ao passeante solitário grandes cornucópias cheias de frutas, ou sussurram aos seus ouvidos como sereias no mar verde, ou jogam-se em seus rostos como ramos de rosas, ou vêm à tona como pálidas faces que o pescador tenta abraçar através das ondas.[16]

A série quase monótona de aliterações em "f", no original, evoca o aprofundamento no inconsciente, e aquilo que Peter vê ou sente sempre é introduzido pela fórmula "tais são as visões", e o narrador não finge enxergar as coisas pelos olhos dele ou pensar com sua mente.

Mesmo um especialista em monólogos interiores como Joyce nunca teve a mesma eficiência em evocar o sono que vemos naquela passagem do *Ulisses* em que, tomando Bloom no instante em que adormece, o autor cria não propriamente um "monólogo interior", e sim um autêntico adormecer numa ladainha infantil que vai se transformando para conciliar o sono:

> Ventre? Vergado?
> 
> Ele repousa. Ele há viajado.
> 
> Com?
> 
> Sinbad o Mareiro e Tinbad o Tareiro e Jinbad o Jarreiro e Whinbad o Whareiro e Ninbad o Nareiro e Finbad o Fareiro e Binbad o Barreiro e Pinbad o Parreiro e Minbad o Sareiro e Hinbad o Hareiro e Rinbad o Rareiro e Dinbad o Xareiro e Vinbad o Quareiro e Linbad o Yareiro e Xinbad o Phtareiro (p. 791).

Agora não podemos escapar ao fluxo de consciência de Molly Bloom, na famosa cena em que, estendida na cama, ela rememora toda a sua vida e o romance inteiro, que chegou ao fim sem ter uma conclusão. Cabe aqui comparar sua situação ao começo de *Em busca do tempo perdido* de Proust: o narrador proustiano se deita cedo, desperta de súbito sem saber onde está, e seu eu muda de acordo com o

16 V. Woolf, *Mrs. Dalloway* [1925], in E. Showalter (org.). Londres: Penguin, 1992, p. 62; ed. bras.: *Mrs. Dalloway*, trad. Mario Quintana. 13ª ed. Rio de Janeiro: Nova Fronteira, 1980, p. 58.

ambiente circundante ou se transforma nas personagens de um livro que acabou de ler antes de adormecer; Molly, por sua vez, é retratada num momento de "insônia ideal" (e pensa várias vezes: "Adeus pro meu sono esta noite", p. 823); tenta inclusive contar carneirinhos ("deixa eu ver se eu posso me 1 2 3 4 5 que espécie de flores são aquelas", p. 844), e o monólogo inteiro é uma vasta expansão da tentativa de dormir, um discurso muito criativo, mas, no fundo, com a mesma função do contar carneirinhos. O maravilhoso prólogo de Proust é um hino à labilidade do eu, ou à ausência do eu em qualquer pessoa que o leia (ou escreva); já Molly, em seus pensamentos, revela a si própria.

Naturalmente existem diferenças nítidas: os pensamentos entorpecidos de Marcel são um introito ao ciclo inteiro dos romances, ao passo que Molly conclui o romance sem acrescentar maiores detalhes ao conjunto impressionante de "fatos" que já conhecemos. Todavia, Proust e Joyce precisam desses dois capítulos, uma *ouverture* e um fechamento, para transformar os leitores nos próprios livros. Transformação paradoxal, pois pressupõe, nos dois casos, uma leitura anterior:

> E, meia hora depois, despertava-me a ideia de que já era tempo de procurar dormir; queria largar o volume que imaginava ter ainda nas mãos e soprar a vela; durante o sono, não havia cessado de refletir sobre o que acabara de ler, mas essas reflexões tinham assumido uma feição bastante particular; parecia-me que eu era o assunto de que tratava o livro: uma igreja, um quarteto, a rivalidade entre Francisco I e Carlos V.[17]

A ênfase com que Proust insiste num dos segredos revelados apenas nas páginas finais da obra ("parecia-me que era de mim mesmo que o livro falava") encontra paralelo no *Ulisses*, não tanto porque Joyce repete "Molly Bloom, *c'est moi*", mas porque leva todos os leitores à mesma identificação *Madame Bloom, c'est nous!*

Assim, a série de despertares de Marcel, que assinalam a perda do velho e estável "eu", corresponde à insônia ideal de Molly, um estado de vigília em que ela consegue distinguir as contradições entre sua psique e seus desejos fervilhantes e inconciliáveis: quer novamente consigo o(s) amante(s) (Boylan, e também Stephen, que o substituiu em sua fantasia) e também o marido, quer voltar atrás e apagar tudo, quer cantar e ficar em silêncio. Como escreve Joyce numa carta, ela

17 M. Proust, *Em busca do tempo perdido* [1913-27], v. I, *No caminho de Swann*, trad. Mario Quintana. 9ª ed. Rio de Janeiro: Globo, s.d., p. 11.

é obscena, amoral e mítica, mas dotada de uma tal potência lírica que se torna a encarnação "pré-humana" e "pós-humana" do desejo terreno, e não só a limitada alegoria da feminilidade.

Molly encerra magnificamente uma longa viagem pelos estilos. E Joyce – este é o ponto – passa a ser o leitor de si mesmo, visto que o autor nasce do crescimento orgânico da própria língua. Um bom exemplo é o terceiro parágrafo da seção "Éolo":

> Carroceiros embotamancados rolavam barris surdibundos para fora dos armazéns Prince e chocavam-nos adentro da carroça cervejeira. Na carroça cervejeira chocavam surdibundos barris rolados fora dos armazéns Prince por carroceiros embotamancados (p. 133).

Na versão original do episódio, a primeira frase abria o capítulo, mas, quando o episódio foi publicado na *Little Review*, ela foi por engano impressa duas vezes. Joyce, que gostava desse tipo de incidente, manteve a repetição, aproveitando a oportunidade para alterar a ordem das palavras e introduzir uma estrutura quiástica, criando dessa maneira um eco do *incipit* do episódio.

Portanto, é impossível deixar de lado a história do texto, cuja evolução pode ser descrita como uma série de estratos criativos: conforme avançava na redação e completava os capítulos faltantes, Joyce ia aprendendo com suas descobertas estilísticas. Assim, as "ousadias" da língua do romance brotam não da vontade de surpreender o público, e sim de um paciente trabalho textual, que o leva a soluções cada vez mais arrojadas. Michael Groden, em *Ulysses in Progress* [Ulisses em andamento],[18] distingue cerca de três fases no processo. A primeira delas, que Joyce definiu como "estilo inicial" do romance, corresponde aos nove primeiros capítulos e apresenta os personagens principais mesclando rápidas descrições na terceira pessoa e o fluxo de seus pensamentos em tempo presente, ou seja, o monólogo interior que já analisamos. Corresponde ainda a um procedimento literário clássico, nascido, digamos, da fusão entre *Dublinenses* e *Retrato do artista quando jovem*. Todos os traços de Stephen, na autobiografia romanceada, passam para o *Ulisses*, e mesmo Bloom não é muito diferente daqueles "dublinenses", a não ser pela complementaridade simbólica com o jovem, que o converte num Odisseu em busca de um Telêmaco.

18 M. Groden, *Ulysses in Progress*. Princeton: Princeton University Press, 1977.

Na segunda fase da redação suspendem-se os fios narrativos convencionais, e surgem incursões em novas estratégias linguísticas: "Os rochedos serpeantes", "As sereias", "O ciclope", "Nausícaa" e "Gado do sol" transformam a narrativa convencional numa enciclopédia de raças, línguas e religiões. As ações dos personagens ficam subordinadas a uma rede complexa de técnicas particulares: estruturas labirínticas, paródias complexas, inserções tolas ou grotescas, improvisações absurdas, uma autonomia crescente da língua modulada a partir de dentro para imitar a música ou a gestação dos idiomas. O monólogo interior perde a prioridade e passa a ser fragmentado e tratado como os demais clichês culturais.

A terceira fase, por fim, corresponde ao árduo e excepcional trabalho de Joyce no episódio "Circe" (1920), onde ele liberta radicalmente a língua de seus condicionamentos culturais e históricos, e inventa um texto que se autocomenta ininterruptamente. Concebendo e escrevendo os episódios aos pares, "Circe" com "Eumeu" e "Ítaca" com "Penélope", Joyce aprofunda o significado das técnicas do "monólogo" e do "diálogo" e, como num sistema cósmico em que todos os elementos guardam correspondências mútuas, utiliza seus progressos linguísticos para reescrever os episódios anteriores.

Avançando de um estilo a outro, o autor fica preso num paradoxo: como vimos, com Molly ele deve "se tornar" o personagem, trazido à cena e ali ficando sozinho, e ao mesmo tempo se converter no Outro que transcende o personagem, o "deus da criação". Em termos psicológicos, à renúncia ao controle sobre o personagem corresponde um maior controle sobre a língua e o estilo. O escritor modernista, em suma, está constantemente dividido entre a histeria e a paranoia, entre o prazer "feminino" da dissolução do eu e o desejo "masculino" de controlar, se não a realidade, pelo menos a língua que a descreve. A solução joyceana para o conflito entre ordem e caos foi saudada por Eliot como uma descoberta científica. Segundo a interpretação feminista do *high modernism*, porém, ela deve ser considerada como reação a uma literatura vitoriana tida como demasiado "feminina". De fato, como ressaltaram Gubar, Gibert e outros críticos, o próprio Joyce é o escritor masculino que "rouba" a alteridade feminina para reinscrevê-la numa tradição masculina, como um monge medieval que se entrega a fantasias obscenas contemplando os mistérios da Virgem. A seguir, de uma perspectiva sociológica, Andreas Huyssen afirma, em seu *Mass Culture as Woman: Modernism's Other* [A cultura de massa como mulher: o outro do modernismo], que para entender o modernismo inglês e americano é preciso situá-lo no contexto de uma cultura de massa feminilizada: a frase de Flaubert, "*Madame Bovary, c'est moi*" (daí o "*Molly Bloom, c'est moi"*, de Joyce), agora se converte no gesto inaugural do modernismo, desde o começo marcado por uma oscilação entre a identificação com o feminino e a recusa do que comporta a feminilidade.[19]

## 2. Das epifanias ao *Bildungsroman* modernista

Agora, para traçar a genealogia masculina do ambicioso herói modernista, podemos começar pela rivalidade entre o *Retrato do artista quando jovem*, de Joyce, e *Tarr*, de Lewis, dois romances cuja vocação artística se torna a chave para uma nova compreensão da modernidade. Ambos saíram em capítulos em *The Egoist*; o último capítulo do *Retrato* foi publicado em 1º de setembro de 1915, enquanto *Tarr* foi publicado entre 1º de abril de 1916 e novembro de 1917. Em 1919, foi a vez de *Ulisses*, que saiu em episódios na mesma revista.

A primeira versão do romance *Retrato do artista quando jovem*, de 1904, recusada pela revista irlandesa *Dana*, para a qual fora escrita, realmente ainda hoje é de difícil leitura, porque condensa em poucas páginas a maioria dos temas principais da versão final, depois "esquecidos" na redação de *Stephen Hero*. O *flashback* da experiência de Stephen com uma prostituta é um bom exemplo dessa mistura desconcertante de modernidade, alegorias e ambiguidades pós-simbolistas:

> Anos antes, na infância, quando a energia do pecado lhe desvendara um mundo, ele se apercebera de você. As chamas a gás que surgiam diante de seu olhar agitado amarelo contra o céu outonal, que resplandecia misteriosamente frente a um altar. Os grupos concentrados nas portas – dispostos como para um rito – violento – os entrevistos fragmentos de uma alegria orgiástica de fantasmas – o vulto indefinido de uma que, saudando-o, parecia redespertar sob o seu olhar de um sono de séculos – a cega confusão (iniquidade! iniquidade!) que de repente o dominava – até mesmo qualquer ardente aventura da luxúria continua a significar? Benfeitora! (no nome estava a astúcia do amor!) você veio na hora precisa, como uma bruxa para agonia do devorador de si mesmo, mensageira das esplêndidas cortes da vida.[20]

19 Andreas Huyssen, "Mass Culture as Woman: Modernism's Other", in VV.AA., *After the great Divide*. Bloomington: 1986, p. 45.

20 J. Joyce, "Rittrato dell'artista" [1904], in *Romanzi e racconti*, trad. G. Melchiori. Milão: Mondadori, 1999, pp. 538-39. Daqui em diante as indicações de páginas, sempre dessa edição, ocorrerão diretamente no texto.

A cena, que no *Ulisses* atingirá as proporções monstruosas do episódio "Circe", é construída aqui com a montagem entre E. C. (Emma), a amada de Stephen, e a prostituta que, com seu beijo profundo, concluirá o segundo capítulo do *Retrato do artista quando jovem*. A linguagem de certo modo arcaica é típica das "epifanias", sobretudo quando descrevem cenas reais e não oníricas. Veja-se, por exemplo, esta frase da 18ª epifania juvenil: "E lembro aquela resposta que resumia em si a perfeita doçura do corpo e da alma com todo o seu mistério: *Inter ubera mea commorabitur*".[21] As epifanias, últimas metamorfoses da busca simbolista de um profano espiritualizado, captado no fluxo contínuo da vida cotidiana, mostram um caráter fragmentário evidente: o problema crucial da estética modernista, portanto, será como incluí-las num "todo", numa "ordem". Surge uma solução na passagem de *Stephen Hero* dedicada às epifanias: o protagonista, passando na Eccles Street (rua onde moram Molly e Leopold Bloom, no *Ulisses*), ouve por acaso o fragmento de uma conversa trivial entre um homem e uma mulher:

> A Senhorita (modulando discretamente): "Oh sim ... estive ... na ... igre... já...".
>
> O Jovem (sussurrando imperceptivelmente): "Eu ..." (ainda mais imperceptivelmente) "eu...".
>
> A Senhorita (devagar): "Oh... mas você ... é ... mui... to ... malvado".[22]

Esse fragmento desperta na mente de Stephen todo um programa artístico:

> Essa pequena cena banal o levou a pensar na possibilidade de reunir vários daqueles momentos num livro de epifanias. Por epifania Stephen entendia uma manifestação espiritual imprevista, num discurso, num gesto ou num pensamento, digna de lembrança. Julgava digno de um homem de letras registrar essas epifanias com extremo cuidado, considerando que eram instantes muito delicados e evanescentes (pp. 755-56).

As epifanias realmente são instantâneos urbanos "banais", pois geradas por encontros casuais com desconhecidos anônimos, vistos ou ouvidos numa esquina, e não se inspiram em devaneios de cenas bucólicas num romântico silêncio.

21 Apud R. Scholes, *The Workshops of Daedalus*. Evanston: 1965, p. 34 (a tradução italiana encontra-se em Joyce, *Poesie e prosa*, trad. G. Melchiori, F. Ruggieri (orgs.). Milão: Mondadori, 1992, pp. 186-87).

22 *Stephen Hero* (1944) [ed. it.: *La gesta de Stephen*, trad. G. Monicelli e C. Linati, in *Romanzi e racconti*, op. cit., p. 755].

Mas, curiosamente, sua falta de conteúdo gera uma ideia serial: captada uma epifania, Stephen decide construir um livro inteiro com ela, assim mostrando a ligação implícita nessa "*teoria* estética" entre a captura de um momento revelador e a "progressão" rumo a uma ordem ou processo de tais momentos.

Os textos curtos das *Epifanias* mostram uma grande variedade de gêneros e cenas evocadas: transcrições de sonhos, trechos de diálogos, rascunhos de natureza relativamente objetiva ou confissões intensamente biográficas. Sem dúvida esses primeiros esboços foram de grande importância para Joyce, pois ressurgem sistematicamente em suas obras posteriores.

*Retrato do artista quando jovem* parece se estruturar em torno de doze epifanias importantes, pelo menos, desde a primeira cena com a imagem das águias que arrancam os olhos (que já constava na *Epifania* número um) até a última página, em que o diário de Stephen celebra "o encanto dos braços e das vozes" (citando a *Epifania* n. 17).[23] Mas cumpre notar que, quando os fragmentos escritos previamente são incorporados ao romance, perdem a qualidade de epifanias; por isso o termo nunca é sequer mencionado no *Retrato*, enquanto no *Ulisses* assume claramente uma acepção depreciativa: *a posteriori*, Stephen reflete com ironia sobre sua ideia juvenil de enviar cópias de suas "epifanias em verdes folhas ovais" a "todas as grandes bibliotecas do mundo, inclusive Alexandria" (*Ulisses*). Para alguns comentadores, isso demonstra que Joyce, no final dos anos 1910, não acreditava mais numa teoria da epifania: o termo agora pode ser usado para definir um certo gênero de escrita rápida, próximo a seu hábito de tomar notas sistematicamente, registrando nos cadernos episódios de sua vida, lembranças, fragmentos de sonhos, trechos de diálogos, passagens de conversas que, até uma fase bem avançada, continuarão a entrar nas páginas recheadas do arquivo, muitas vezes sendo reelaboradas e incluídas em *Finnegans Wake*.

As epifanias não definem um estilo nem um tipo de objeto, e sim um processo temporal que liga um objeto e um sujeito; também podemos hesitar em defini-las segundo um aspecto objetivo (se "o relógio do Ballast Office era capaz de comunicar uma epifania"; assim, em *Stephen Hero*, cada objeto será capaz de um processo similar de iluminação) ou subjetivo, que implica o "dever" do artista em "registrá-las". Joyce, ao reescrever *Stephen Hero*, abandonou as ressonâncias platônicas e românticas da teoria: com efeito, no *Retrato* encontramos a mesma terminologia, mas liberta do conceito de "manifestação", de modo que a teoria das epifanias nos

23 Id., ibid., *Poesie e prose*, op. cit., respectivamente pp. 150-51 e 185-86.

parece uma simples fase, um estágio de uma estética neoshelleyana da juventude. É verdade que "Os mortos", nos *Dublinenses*, gira em torno da epifania, mas a "manifestação" da natureza divina do menino desemboca, neste caso, numa revelação negativa. Gabriel não traz nenhuma "boa nova" à Virgem nem a si mesmo, e se vê diante de sua cegueira, de seu egoísmo e de seus limites. Como Stephen, que se pavoneia de sua nova "teoria" elucubrada a partir de um São Tomás de Aquino não muito bem entendido, Gabriel nos obriga a ver na obra um processo narrativo mais crucial do que a percepção do esplendor da coisa em si.

Assim, ao mostrar o poder de sua manifestação, não é que a epifania guarde uma certa opacidade, mas parece ser uma espécie de "traição", que revela uma coisa que deveria se manter oculta. Neste sentido, ela é próxima ao sintoma freudiano e ao drama político de uma Irlanda sistematicamente golpeada e traída por dentro e por fora. Segundo as informações preciosas fornecidas por Stanislaus Joyce, as "manifestações ou revelações" das epifanias desvendam o processo do ocultamento ideológico, ao mesmo tempo expondo ironicamente a repressão em ação. A epifania, em suma, não é a chave de uma teoria estética, mas uma ponte para uma prática mimética da linguagem: pode-se quase afirmar que, para Joyce, a teoria da epifania torna o mundo em sua totalidade disponível e representável por meio da escrita. A "realidade da experiência" (para citar o diário de Stephen no final do *Retrato*) já não se distingue mais da realidade de um texto: a epifania revela que "não existe nada fora do texto", como diz Derrida, e sugere que essa fusão entre o interno e o externo obriga o artista a voltar à prática da imitação, uma imitação total: o estilo se torna autônomo como uma *mimesis* sem limites.

É a *mimesis* que reconhecemos nas páginas do *Retrato*, quando Stephen imagina que seu corpo produz os pensamentos como piolhos. Já compôs um primeiro poema, e está conversando com os amigos nas escadas da biblioteca quando ali passa Emma, a jovem por quem se sente vagamente apaixonado. A visão lhe evoca um verso que cita errado ("Cai do ar a escuridão"), depois sente um piolho andando pelo pescoço, e de repente percebe o erro e a sordidez em que se encontra:

> Um piolho se arrastou sobre a sua nuca e, colocando seu polegar e indicador habilmente por baixo de seu colarinho solto, ele o pegou. Enrolou o corpo dele, frágil e contudo quebradiço como um grão de arroz, entre o polegar e o outro dedo por um instante antes de deixá-lo cair e se perguntava se o inseto viveria ou morreria. Veio-lhe à mente uma frase curiosa de Cornelius a Lapide em que ele dizia que os piolhos nascidos do suor humano não tinham sido criados por Deus como os outros animais

> no sexto dia. Mas a comichão no pescoço feria e avermelhava a sua pele. A vida do seu corpo, malvestido, malnutrido, comido por piolho, o fazia fechar os olhos com um súbito espasmo de desespero; e na escuridão ele via os corpos frágeis e claros de piolhos caindo do ar e se virando frequentemente enquanto caíam. Sim; e não era a escuridão que tombava do espaço. Era a claridade.
>
> *A claridade tomba do espaço.*
>
> Nem sequer se lembrara corretamente do verso de Nash. Todas as imagens que ele despertara tinham sido falsas. Sua mente engendrava a peste. Seus pensamentos eram piolhos nascidos do suor da indolência.[24]

O terror da descoberta de um piolho no pescoço pode ser interpretado como o retorno mascarado da corporeidade reprimida; o corpo sujo destrói a idealização romântica e impede qualquer tentativa de se elevar acima do cotidiano sórdido de Dublin. Mas a cena também é uma obsessão e alucinação textual: Stephen crê que seus pensamentos se materializam em piolhos, rompendo os limites entre humanidade e animalidade, entre corpo e pensamento. A literatura foi contagiada pela própria poesia: a passagem de Cornélio a Lapide e ao verso de Nash (em *Summer's Last Will and Testament*) literalmente transforma o verso num piolho. Stephen precisa visualizar os inúmeros piolhos que lhe caem em volta para descobrir seu engano. A primeira versão ("A escuridão cai do ar") podia ter sido sugerida pelo desejo erótico, presumidamente favorecido pela escuridão; mas, ainda assim, a frase continua obscura, e William Empson, de fato, considera-a um exemplo de "ambiguidade obtida com a vagueza", levantando inclusive a hipótese de que *air* seria um erro tipográfico, em lugar de *hair*.[25] A inquietude amorosa, portanto, encontrou uma metáfora adequada, mas o resultado final é curiosamente severo e negativo: a vergonha leva Stephen a rejeitar a tentação sexual de Emma, ao invés de abraçar a fundo a corrupção, física e mentalmente. A saída paradoxal é a decisão de deixar que Emma "vá ao diabo!", enquanto a fantasia de um rival com "pelos negros no peito", que se lava "toda manhã até a cintura", fornece um anticlímax irônico. Em momento algum do romance Stephen parece um personagem agradável, mas

24 *A Portrait of the artist as a Young Man* [1917] [ed. bras.: *Um retrato do artista quando jovem*, trad. Bernardina da Silveira Pinheiro. Rio de Janeiro: Objetiva, 2006, p. 246].

25 "Cabe aqui lembrar a teoria um tanto cética de que Nash teria escrito ou pretendido escrever *hair*; também neste caso, embora menos imaginativa, a versão é adequada", in William Empson, *Sette tipi di ambiguità* [*Seven Types of Ambiguity*, 1930]. Turim: Einaudi, 1965,. pp. 69-70.

não há nenhuma outra passagem em que fique tão evidente que o preço a pagar pela descoberta de sua vocação artística é a renúncia a uma vida sexual feliz e satisfatória. É a partir daí que Wyndham Lewis inicia sua contraofensiva em *Tarr*.

## 3. Um *Künstlerroman*[26] para encerrar o modernismo: *Tarr*

Não é nada evidente que se deva filiar ao modernismo alguém que, como Lewis, não fez outra coisa além de criticar os temas e os personagens mais ilustres do movimento. *Time and Western Man* [O tempo e o homem ocidental], por exemplo, é uma guerra sem quartel contra Stein, Joyce, Pound e Woolf, acusados de um retrocesso infantil que os torna incapazes de plasmar formas de solidez escultural, devido à sua cega adesão à nova temporalidade de Bergson e Einstein. A crítica mais áspera dirigida a Joyce é que ele é um ótimo escritor, mas sem nada de novo a dizer:

> Joyce é essencialmente um artesão. [...] O que lhe interessa é o *modo de fazer as coisas*, os processos técnicos, não as *coisas a fazer*. Diante das várias coisas a fazer, ele mostra a imparcialidade do artesão autêntico. Tornou-se um tal especialista da escrita que pouco lhe importa sobre *o que* escreve, ou qual ideia ou visão exprime, desde que possa praticar e mostrar seu aprazível virtuosismo. Em suma, ele não tem nenhum ponto de vista particular: nenhum, ou pelo menos nenhum digno de nota.[27]

Em seu ensaio sobre Lewis, Jameson apresenta essas críticas como alegoria da difícil relação entre os modernistas e a política, inclusive a política do estilo. Mas cabe perguntar se realmente devemos considerar Lewis como o "inimigo" que semeou a confusão no "movimento", ou antes como um autor obrigado, por razões de coerência, a romper radicalmente com o modernismo: é o que provaria *Tarr*, seu livro mais famoso.

O enredo é simples: Tarr, figura típica do artista, deseja e ao mesmo tempo rejeita Bertha, a alemã romântica que toda a pequena comunidade artística de Montparnasse considera como namorada. O personagem nos aparece sob uma luz não muito lisonjeira, e o estilo revela uma violência contida:

26 Romance que tem como tema o artista, por exemplo, *Doutor Fausto* de Thomas Mann.
27 Lewis, *Time and Western Man*, op. cit., p. 88.

> O assunto de conversa oferecido por uma travessa, por uma ausência, por um panamá usado pelo amigo, havia se esgotado. Tarr não tinha habilidade manual nem capacidade de moderação: os músculos do braço se lhe dilatavam além do necessário ao levar uma taça de vinho aos lábios, como tampouco dispunha de qualquer diplomacia social, e avançava apenas na medida em que lhe permitia a inteligência atrapalhada. Na verdade conseguia ir tocando adiante, mas nele havia marchas que não engatavam direito, peças que precisavam de reposição, conexões com problemas. Quando queria ser amável, conseguia apenas assustar.[28]

Aqui estamos próximos da ideia do cômico, no ensaio de Bergson sobre *O riso*: o paralelismo instável entre o homem e a máquina, a redução das sensações humanas a peças desmontadas de uma engrenagem. O resultado, além de burlesco, também é doloroso, como no caso do desconforto e ambiguidade de Tarr em relação a Bertha, que não consegue deixar, mesmo empurrando-a para os braços de outro.

O romance, na verdade, adquire vida com o surgimento de Kreisler. Desesperado com sua situação financeira e humilhado pelo pai que lhe tirou a namorada e lhe cortou os meios de subsistência, Kreisler vive sempre à beira de uma extrema frustração, prestes a explodir numa raiva homicida. Encontra quase por acaso a bela russo-americana Anastasia, que acaba se tornando amante de Tarr, enquanto Kreisler se contenta em violentar Bertha, aliás com seu semiconsentimento. Kreisler e Bertha, os dois anti-heróis alemães, de fato compartilham o mesmo niilismo, fruto de um nietzscheanismo imaturo e de ilusões pós-românticas. Kreisler, em seu percurso autodestrutivo, chega a forçar o "rival" Soltyk a um duelo farsesco, que culminará na morte do adversário e em seu suicídio. É uma cena magistral, que lembra uma fusão entre tragédia e humor negro ao estilo de Dostoiévski: o pobre Soltyk, arrastado contra a vontade para o duelo, engole alguns tranquilizantes para se acalmar, Kreisler percebe e pede as mesmas pílulas, gritando: "Quero uma bala! Peçam a Herr Soltyk!" (p. 371), enquanto o rival embaraçado começa a se mover "com a graça impetuosa de um bailarino russo"; no final, Kreisler anuncia que desistirá do duelo se Soltyk lhe der um beijo, mas o pedido enfurece o pacato rival, que se arremessa sobre Kreisler tentando estrangulá-lo; na balbúrdia

28 W. Lewis, *Tarr* [1918], P. O'Keefe (org.). Santa Rosa (CA): Black Sparrow Press, 1990, p. 23 [ed. it.: *Tarr*, trad. E. Siciliano. Milão: Feltrinelli, 1959, p. 21; daqui em diante a página da citação será indicada diretamente no texto].

e "absurda loucura" geral, Kreisler é atingido por Staretsly, cai e dispara contra Soltyk, matando-o (p. 374).

Como nos melhores romances de Dostoiévski, o leitor tem consciência da imprevisibilidade nos comportamentos dos personagens, e ao mesmo tempo se apercebe da sorte trágica a governá-los: em *Tarr* prevalece o humor negro, "Uma brincadeira amarga demais para se rir dela", como diz o título da quarta parte. Eliot, geralmente avesso a grandes entusiasmos, ficou tão impressionado com o romance que, ao resenhá-lo em *The Egoist*, definiu Lewis como "a personalidade mais fascinante de nossa época" (completando essa definição com "[...] mais que um romancista"); Eliot frisava também que, ao se acentuar o paralelo com Dostoiévski, não se capta a novidade da linguagem de Lewis:

> À diferença de Dostoiévski, Lewis é surpreendentemente intencional, frígido. Seu interesse pelos personagens é exclusivamente intelectual. É uma intelectualidade peculiar, diferente da de Flaubert; e talvez inumano seja uma definição melhor do que frígido.[29]

Eliot aprecia também a originalidade com que Lewis trata os temas universais da humilhação ("Kreisler é um ensaio sobre a humilhação") e do humorismo, que têm a função de proteger Tarr das duas mulheres, Bertha e Anastasia.

O humorismo e o sarcasmo dominam o final, em que o enredo construído até aquele ponto é posto de lado para revelar desdobramentos inesperados: Tarr se casa com Bertha, que lhe dá um filho de paternidade duvidosa, mas vive com Anastasia, a "mulher perfeita", sem filhos; e o último parágrafo revela ainda outras traições:

> Tarr, porém, teve três filhos com uma senhora chamada Rose Fawcett, que o consolava periodicamente dos esplendores de sua "mulher perfeita". Mas, por trás da figura turva e sórdida de Rose Fawcett, desponta uma outra. Esta representa a volta do pêndulo para os privilegiados. O absurdo tétrico e pesado de Rose Fawcett requer em compensação o rosto maquiado, fino e inquisidor de Prism Dirkes (p. 422).

Logo depois deste epílogo irônico, *The Egoist* publicou o prefácio ao romance de 1918, em que Lewis, dissociando-se de seu herói ("é um de meus personagens, mas, naturalmente, tem uma vida privada independente da qual muito me desagradaria ser considerado responsável"), mostrava compartilhar o humor de *Tarr*.

29 T. S. Eliot, "Tarr", in *The Egoist*, set. 1918, p. 105.

Na verdade, o termo "humor" não é talvez o mais apropriado, como diz o próprio Lewis: "Se você observar de perto meu sorriso, verá que é um esgar bastante lógico e deliberado". Um esgar que não se limita a atacar uma "ideologia alemã", um nietzscheanismo distorcido em glorificação da violência bruta, tido como responsável pela grande guerra (para evitar esse equívoco, Lewis declarou ter concluído o romance antes do início do conflito): seu alvo era, a bem dizer, a ideologia do modernismo, que para ele equivalia ao egoísmo. Seguindo Paul Peppis, Lewis pretendia acima de tudo parodiar a mixórdia criada por Dora Marsden, que misturava feminismo, anarquismo e radicalismo literário, definida justamente como "egoísmo".[30] Tarr é tão responsável quanto Kreisler por essa ideologia egoísta associada ao conceito de modernismo, mesmo que consiga manter o riso e o amor, ao passo que Kreisler perde o juízo e a vida numa anárquica busca de ordem.

Mais tarde, a propósito dos "homens de 1914" (os protagonistas do *high modernism*), Lewis comentou que, por trás de suas tentativas, estava o desejo de estetizar a política e politizar a estética (parafraseando uma famosa frase de Walter Benjamin), como explica em *Blasting and Bombardiering*: "Toda essa agitação organizada era a Arte que se comportava como a Política", e também "talvez fosse efetivamente política".[31] Ao lado do radicalismo político, a arte e a literatura de vanguarda queriam criar um novo público: é exatamente neste ponto que, a meu ver, malogra a tentativa de Lewis. Depois de sua recusa em se associar ao modernismo, aos poucos ele se torna inimigo de todos, passando da histeria masculina do *high modernism* para uma posição paranoica de isolamento. À diferença de Salvador Dalí, que soube transformar a paranoia num método de criação derivado do surrealismo, Lewis adotou um classicismo que o privou das potencialidades da paranoia. Isso explica sua mudança de opinião sobre Hitler, elogiado em 1933 como inofensivo campônio alemão, depois como expressão de um país humilhado empenhado em reafirmar a dignidade própria, e por fim – mas apenas em 1939! – denunciado como perigoso agitador racista.

Ao contrário de Lewis, Joyce continuou modernista até o final, e a evolução que leva de *Ulisses* a *Finnegans Wake* parece confirmar a intuição de Lewis: Joyce é um modernista precisamente no sentido de estar interessado nos "modos de fazer as coisas", e não tanto nas próprias coisas, e sobretudo por não acreditar que se

30 Cf. P. Peppis, *Literature, Politics, and the English Avant-Garde: Nation and Empire 1901-1918*. Cambridge: Cambridge University Press, 2000, especialmente pp. 133-60.

31 W. Lewis, *Blasting and Bombardiering*. Londres: Eyre and Spottiswoode, 1937, p. 32.

possa fazer a mesma "coisa" duas vezes. Tal como para Adorno, que na *Filosofia da nova música* contrapõe Schoenberg e Stravinski, para Joyce não pode existir volta ao passado, e são impossíveis as repetições. O objetivo do novo trabalho é criar um novo leitor. *Ulisses* já repetiu o suficiente a produção literária do vitorianismo tardio e, portanto, a nova *work in progress* terá de inventar uma nova língua sintética. O risco de Joyce é semelhante ao triste destino de Lewis, ainda que por razões diametralmente opostas: ou seja, podem facilmente perder o contato com o público que pretendem criar, seja porque se apresentam de uma maneira demasiado decidida como inimigos de todos (Lewis), seja porque o desejo de transformar o leitor em "outro", em "estranho", é demasiado radical (Joyce). Tal como as provocações políticas de Lewis, a utopia política e linguística de Joyce acaba por relegá-lo a uma terra de ninguém linguisticamente rarefeita.

Por outro lado, o que acontece quando não se evita a repetição e, pelo contrário, quando é até cultivada por ela mesma? É esta a última variante do paradigma modernista a que nos ateremos, abordando Stein e Beckett.

## 4. Repetir-se para não se repetir: Stein, Beckett e o modernismo tardio

Gertrude Stein é talvez conhecida sobretudo por um verso de "Sacred Emily", geralmente citado de maneira errada ("Uma rosa é uma rosa é uma rosa"): "Rosa é uma rosa é uma rosa é uma rosa./ Beleza suprema".[32]

Note-se que Stein escreve "*Rose is a rose is a rose is a rose.*" com maiúscula no começo e ponto no fim. Uma rápida vista de olhos a *Sacred Emily* mostra muitos outros jogos semelhantes com nomes próprios e substantivos, em que a sintaxe gera uma confusão entre as duas categorias.

> Uma mão é Willie.
> Henry. Henry. Henry.
> Uma mão é Willie.
> Henry. Henry. Henry.
> Uma mão é Willie.
> Henry. Henry. Henry.

32 G. Stein, "Sacred Emily" (1913), in *Stein: Writings*, org. Catharine R. Stimpson e Harriet Chessman. Nova York: Library of America, 1999, pp. 387-96.

Rosa está em maiúsculo porque está no começo da frase ou porque é nome próprio? Em "Sacred Emily", Stein faz uso frequente das minúsculas para os nomes próprios, como já ocorre no terceiro verso: "Vem, vai fica philip philip philip". A repetição verbal gera uma curiosa ecolalia que desnorteia a razão:

Por favor repita.
Por favor repita para.
Por favor repita.
Este é uma nome para Anna.
Almofadas e peras.
Razão enruga-se.
Razão enruga-se para trocar tapetes.

O verso "*Rose is a rose is a rose is a rose*" foi escrito por Stein, inclusive como um fragmento que Alice Toklas teria encontrado num manuscrito e converteu num "mote", numa figura retórica que se transforma em puro motivo ornamental. Assim diz Toklas na "autobiografia", obviamente escrita por Stein:

> Por falar no emblema de uma rosa é uma rosa é uma rosa, fui eu que encontrei a frase num dos manuscritos de Gertrude Stein e insisti em usá-la como timbre do papel de cartas, nas toalhas de linho das refeições e em tudo quanto foi lugar que permitiu que usasse. Fiquei toda contente com minha façanha.[33]

Retomando a distinção de Huyssen entre modernismo e cultura de massa, vemos que a associação entre Stein e Toklas pretende justamente preencher a distância entre a escrita experimental e a puramente decorativa; com efeito, nos anos 1930, Stein e Toklas davam a máxima atenção aos sinais do apreço público, que realmente surgiram com o grande sucesso do *tour* americano de 1934.

Assim, Stein e Toklas podem ser consideradas as iniciadoras de um novo estilo modernista baseado na repetição e na abstração, e fundado no uso sistemático de algumas poucas técnicas de fundo: em primeiro lugar, repetir uma coisa pelo menos quatro vezes, assim impedindo qualquer forma de recuperação pela superação dialética (a *Aufhebung* hegeliana); com isso, eliminar as diferenças entre

33 Id., *Autobiografia de Alice B. Toklas* (1907-1914), trad. Milton Persson. Porto Alegre: L&PM, 1984, cap. V, p. 116.

substantivos e nomes próprios, de um lado, e entre nomes próprios e verbos, de outro; assim torna-se difícil dissociar o substantivo *a rose* ("uma rosa") de *arose*, passado de *to arise* ("surgir, levantar-se"), e deste modo sugere-se a infinita ressurreição de uma rosa que é também uma mulher (Rosa). Para Stein, realmente "um substantivo é um nome próprio de alguma coisa".[34]

Esse gênero de repetição não é dialético nem especulativo, baseando-se no senso de ritmo, na fruição textual gerada pelas "rosas" e num duplo excesso, o do corpo que a linguagem não consegue controlar, e o da linguagem que continua a operar e se autoproduzir. Stein chegou a estabelecer esses princípios bastante cedo: tomarei como exemplo o romance *The Making of Americans*, iniciado em 1903, abandonado e retomado entre 1906 e 1909, concluído em 1911 e finalmente publicado em 1925. O livro é um hino de quase mil páginas à repetição, que, insiste Stein, provoca um misto de prazer e irritação:

> Escrevo para mim e para quem não conheço. Faço por mim e por todos os que sabem que sei que se parecem com outros e que ora são destoantes, ora são repetições. Há alguns que ficam contentes de saber que eu sei que eles são iguais a muitos outros, mas há também muitos que nunca conseguem aceitar realmente o fato.
>
> Há muitos que eu conheço e sabem disso. Eles se repetem e eu escuto. A coisa me agrada muitíssimo e digo, adoro tudo isso e quero escrever a respeito. E o que se segue é uma história onde conto como são alguns deles.[35]

O conceito de "repetição" sugere, em primeiro lugar, que, se todos imitam os outros, todos os seres humanos têm evidentemente algo em comum que permite ao escritor estabelecer paralelos e classificações entre eles. Expor por escrito essas semelhanças dá prazer, mas também gera uma nova consciência da profunda humanidade de cada um de nós. Portanto, escrever significa também enfrentar a questão da diferença e da semelhança, princípio que só se pode concretizar com uma osmose contínua entre a universalidade e a singularidade, obtida com a repetição serial. Se a repetição, como vimos, não é dialética, ou seja, não pode ser contida em nenhum conceito, ela se torna infinita, numa espécie de criação

34 Stein, *How to write*. Nova York: Dover, 1975, p. 131.

35 *The Making of Americans* [1925] [trad. it.: *C'era una volta gli americani*, trad. B. Lanati e L. Sampietro. Turim: Einaudi, 1979, p. 179, doravante citada diretamente no texto com o número da página entre parênteses].

contínua. A música repetitiva de Stein avança em círculos concêntricos baseados numa sintaxe muito simples, mas de difícil tradução, mesmo porque sempre se sente aí a cantilena familiar de uma voz americana:

> Como eu ia dizendo, há quem consiga nos desconcertar durante anos. E por mais que ouçamos repetidamente o que a pessoa tem a nos dizer, nunca chegamos a uma compreensão plena de seu ser. Às vezes passamos anos a ouvir uma pessoa sem que aquilo o que ela é consiga se compor numa história verdadeira para quem ouve. [...] Cada qual repete continuamente o todo que tem dentro de si (pp. 181-82).

Depois de algumas páginas, surge lentamente uma "descrição":

> Portanto sempre dou ouvidos, vejo e ouço a repetição que se manifesta em todo mundo. O gosto pela repetição está dentro de mim em todos os instantes de minha vida. Algumas vezes, como eu ia dizendo, continuar a escutar repetições pode se tornar monótono. Outras vezes, porém, isso acaba servindo para compor a história completa de todos os que eu conheço. [...] o que se segue é uma breve descrição (p. 187).

A singularidade de Stein se baseia numa *jouissance* radical da escritora, um gozo da escrita vista como relação sexual infinita e sem orgasmo, os "mil platôs" literários imaginados por Deleuze e Guattari. Um gozo semelhante ao sentido por Alice Toklas, que, como sabemos, datilografava lentamente os manuscritos da amiga ("marido"), esperando que o processo nunca acabasse. É impossível negar a precedência da história de Stein, que fazia experiências de escrita cubista e prosa não figurativa, enquanto Pound ainda lutava para se libertar de seus arcaísmos e Joyce definia seu "artista" inspirando-se em Pater e Wilde. Stein, em suma, inaugurou e encerrou o *high modernism*, englobando-o nas espirais concêntricas de seu "eterno presente".

A singularidade de Stein não escapou a Beckett, o qual, no entanto, dizia-se mais próximo de Joyce ou de Proust. Aliás, traçando um novo programa poético, numa carta de 1937, ele via em Stein um modelo mais útil do que Joyce:

> [...] cada vez mais minha linguagem me parece um véu a ser arrancado para chegar às coisas (ou ao Nada) que estão por trás. Gramática e Estilo. Parece-me que se tornaram obsoletos como um traje de banho vitoriano ou a impassibilidade de um autêntico cavalheiro,

e até aqui ainda estamos próximos da crítica ao "inglês oficial" do *work in progress* de Joyce:

> Abrir furos e mais furos [na linguagem] para que comece a brotar o que está oculto por detrás; não consigo imaginar um objetivo mais alto, hoje, para um escritor. [...] A meu ver, os últimos trabalhos de Joyce não têm nada a ver com tal programa. [...] Talvez os logogramas de Gertrude Stein se aproximem mais daquilo que tenho em mente.[36]

Joyce, em suma, ainda é obcecado demais pela "apoteose da palavra" para chegar àquela negação da língua com a própria língua que busca Beckett. Mas tampouco Stein é poupada: segundo Beckett, na verdade, ela chegou à "porosidade" linguística apenas "por acaso" e sofre, quase como Joyce, de um apego narcisista ao meio: "A infeliz dama (ainda está viva?) sem dúvida é apaixonada por seu veículo, mesmo que seja apenas como um matemático é apaixonado por seus números".[37] Essa ironia impiedosa certamente está ligada aos contrastes que marcaram os anos 1930, sobretudo após a ruptura entre os defensores de Joyce e os defensores de Stein, em que Beckett tomou o primeiro campo, apesar de alguns atritos pessoais com a família Joyce. Beckett encarna aquilo que Tyrus Miller define como "modernismo tardio":[38] o emprego deliberado do *high modernism* de Stein, unido à recusa de seus valores intrínsecos. O otimismo verbal de Stein, sua *jouissance* infinita, sua utopia de uma "história de todos" e até seu desejo de reconciliar alta e baixa cultura não são compartilhados pelo jovem irlandês. Beckett, pelo contrário, quer destruir essa ilusão coletiva em nome de uma "verdade irreversível" que explode literalmente como uma bomba. É uma outra analogia matemática que sugere a solução do problema de uma "literatura da não palavra": "Façamos pois como aquele matemático louco que usava uma escala de medida diferente para cada fase de seu cálculo".[39] É a descrição mais adequada do que acontece em *Watt*.

*Watt*, o último romance inglês de Beckett, não existiria sem a trágica ruptura da guerra, a resistência, os relatos de traições e torturas e a clandestinidade no Roussillon. É um adeus tardomodernista a "Gramática e Estilo", no sentido de Stein, uma escrita que apresenta continuamente sua retórica. O primeiro parágrafo do

36 Samuel Beckett, *Disjecta*. Londres: John Calder, 1983, pp. 171-72.

37 Id., ibid.

38 Tyrus Miller, *Late Modernism: Politics, Fiction, and the Arts between the World Wars*. Berkeley: University of California Press, 1999.

39 Id., ibid., p. 173.

livro termina com um aparente paradoxo que desmistifica o desejo humano, mostrando-o triangular: "Era esta a atitude do sr. Hackett em relação às coisas que lhe agradavam. Sabia que não eram suas, mas considerava-as como tal. Sabia que não eram suas, justamente porque lhe agradavam".[40] Nas linhas seguintes, a cena do sr. Hackett olhando o casal que se beija é conduzida com um uso magistral da elipse:

> Avançando um passo, para se certificar de que a outra mão do homem não perdia tempo, o sr. Hackett ficou muito impressionado ao ver que ela pendia frouxamente atrás do encosto do banco, com três quartos de um cigarro apagado entre os dedos.
>
> Não vejo nada de inconveniente, disse o policial.
>
> Chegamos tarde demais, disse o sr. Hackett. Que vergonha (1, p. 4).

É como se Beckett, cansado da modernidade, voltasse no início do romance a *Tristram Shandy*, aos jogos intertextuais (não falta um poema parodiando *A terra desolada*) e aos jogos de palavras joycianos:

> Quantos anos tem Larry? disse a senhora. Larry vai fazer quarenta anos em março, se Deus quiser.
>
> É o tipo de adeus que sempre lhe agrada, disse o sr. Hackett.
>
> Não irei muito além disso, disse o senhor (1, p. 10).

A fluência narrativa da história é perturbada pelo uso de uma lógica entimemática, de deduções incompletas em vez de silogismos perfeitos:

> É uma coisa que me perguntei várias vezes, disse o sr. Hackett, o que se sente quando se corta o cordão.
>
> A mãe ou a criança?, disse Goff.
>
> A mãe, disse o sr. Hackett. Não foi a cegonha que me trouxe, até onde sei (1, p. 10).

O personagem de Watt é introduzido aos poucos, enquanto os outros personagens recuam. Por fim, temos o sr. Spiro, um "neotomista" (1, p. 23) que, com suas brincadeiras obscenas sobre a teologia, inaugura na língua de Beckett o campo

40 S. Beckett, *Watt* [1953] [ed. it.: *Watt*, trad. G. Frasca. Turim: Einaudi, 1998, cap. 1, p. 3, doravante citada diretamente no texto com o número do capítulo e da página entre parênteses; ed. port.: *Watt*, trad. Manuel Resende. Lisboa: Assírio & Alvim, 2005].

da "matemática louca". Spiro fala de uma hóstia consagrada engolida por um rato, mas Watt não lhe dá atenção:

> Mas Watt não ouviu nada daquilo, por causa de outras vozes que a seus ouvidos cantavam, gritavam, falavam, sussurravam coisas ininteligíveis. As vozes não lhe eram familiares, mas mesmo assim não pareciam estranhas. Tanto é que não o assustavam demais. Ora, essas vozes por vezes só cantavam, por vezes só gritavam, por vezes só falavam, por vezes só sussurravam, e por vezes cantavam e gritavam, por vezes cantavam e falavam, por vezes cantavam e sussurravam, por vezes gritavam e falavam, por vezes gritavam e sussurravam, por vezes falavam e sussurravam, e por vezes cantavam e gritavam e falavam, por vezes cantavam e gritavam e sussurravam, por vezes cantavam e falavam e sussurravam, e por vezes cantavam e gritavam e falavam e sussurravam todas juntas ao mesmo tempo, como naquele momento, para citar apenas esses quatro tipos de vozes, porque havia outras (I, pp. 24-25).

É a primeira vez no romance que aparecem essas longas séries que culminarão nas repetições hipnóticas de *O inominável*. Junto dessas listas aparece um curioso ponto de interrogação, marcando o texto por razões obscuras: "Não conseguia ver as cadeiras, as de honra, as dos assinantes, as do público pagante, isso? quando vazias em seu vermelho e branco, porque estavam longe demais" (I, p. 25). A ruptura de "gramática e estilo" vai caracterizar a linguagem psicótica de Watt depois do período que passou na casa do sr. Knott, agora recuperado e herói de um alucinado *Doutor Caligari* irlandês.

Encontramos no romance uma lógica absolutamente exaustiva, com a enumeração de todas as combinações possíveis: as várias posições de Watt e a sra. Gorman quando se beijam, o número de membros da família Lynch, as características físicas do sr. Knott, "alto, gordo, pálido e moreno, e no dia seguinte magro, baixo, corado e louro, e no outro dia robusto, mediano, lívido e ruivo", e assim por diante (III, pp. 202-03); mas também uma lógica lacunar, com "adendos" atrasados que não se encaixam, de rasuras e perturbações textuais simbolizadas por parênteses como "(Lacuna no manuscrito)" (IV, p. 231). Mas estamos avisados: "símbolos não existem onde não há intenção" (*Adendos*, p. 248), ou seja, visto que "apenas o cansaço e o desprazer" (*Adendos*, p. 241) impediram a incorporação dos "adendos", eles não podem ser estudados com demasiada atenção. Assim, em *Watt*, a repetição prepara o caminho para o desenvolvimento serial do programa, até que a busca de significado termina em fracasso. "Mas o que era essa busca de um significado, em tal indiferença em relação ao significado?" (II, p. 68). É o adeus de Beckett a Stein, mas também a Joyce, um adeus que esvazia a *tabula* (*non*) *rasa* da literatura antes de começar outros jogos.

Como Stein, porém, Beckett é obrigado a repetir o gesto, pelo menos um pouco. Ele precisa das repetições de *Molloy*, como no famoso trecho com a sequência das mudanças de lugar de dezesseis caroços em vários bolsos para evitar chupar duas vezes o mesmo caroço, que parece uma paródia de um dos fundadores do modernismo, Schoenberg, que baseou a música dodecafônica justamente na proibição das repetições das séries. Beckett não propõe uma música repetitiva como alternativa à composição serial, antes usando a repetição para gerar a não repetição. Mas aqui entramos numa outra modernidade, para a qual a definição de modernismo começa a perder o significado.

## 5. Conclusão

Falei de três estilos diferentes, sugerindo a hipótese de que a combinação entre eles permite definir "um" estilo modernista: o estilo histérico, dominante na poesia (Pound e Eliot), mas presente também em Joyce e Woolf; o estilo paranoico, latente em Joyce e evidente em Lewis; e o estilo obsessivo de Stein e Beckett com suas repetições seriais. Essas definições não resultam de um exercício psicanalítico improvisado sobre diferentes autores, mas são instrumentos para especificar as várias reações às condições sociais numa época de experimentações, que se situa de modo geral no entre guerras.

Por trás do "estilo histérico" está a questão da mulher ou, melhor, da feminilidade, entendida como aparência ou verdade, disfarce vistoso ou interioridade mais profunda, capaz de provocar pânico em homens e mulheres. A pergunta fundamental ("Sou homem ou mulher?") pode se desenvolver numa recusa sistemática ou, pelo contrário, numa adoção entusiástica da feminilidade, e isso, como vimos, tem consequências importantes para o *high modernism*, quando tenta se distinguir de uma cultura mercantilizada.

O "estilo paranoico" diz respeito ao Grande Outro, seja ele o "inimigo" que Lewis gosta de inventar para poder execrá-lo constantemente, ou aquele Outro que, como em Joyce, obriga a escrita a penetrar nos recessos mais íntimos da esquizofrenia feminina. Grande parte do *Finnegans Wake* foi escrita tendo como "leitor ideal" e interlocutor privilegiado a "hebefrênica" Lucia Joyce. Curiosamente, a paranoia é a resposta às primeiras dificuldades do estilo histérico. Como depois mostraram Salvador Dalí e Thomas Pynchon, ela pode servir para preencher a distância entre alta cultura e baixa cultura: Dalí projetava fobias arcaicas (por gafanhotos ou asnos em putrefação) em imagens de valor universal, e seu "estilo paranoico" evoca a maneira pela qual verdadeiros psicóticos, como o dr. Schreber, plasmam um mundo de acordo com suas fantasias insanas; mais próximo de nós, Pynchon se dedicou à ideia americana de um "estilo paranoico" na política, cuja origem ele atribui à herança puritana de uma ideia de predestinação e pureza a ser reencontrada na natureza selvagem: desde Oedipa Maas, que descobre uma outra América por meio da paranoia criativa em *O leilão do lote 49*, aos pirotécnicos jogos verbais e tecnológicos de um foguete lançado na Alemanha nazista e ainda suspenso sobre nossas cabeças em *O arco-íris da gravidade*.

O "estilo obsessivo", por sua vez, enfrenta a questão da vida e da morte (a pergunta obsessiva é: "Estou vivo ou morto?"), que se reflete numa linguagem que deve sobreviver à sua negatividade absoluta. Em Stein, a sobrevivência do mundo depende literalmente da repetição, ao passo que o martelar linguístico incessante de Beckett mostra a "Coisa" em todo o seu horror, e ao mesmo tempo exige um esvaziamento de significado.

Se tivessem se fundido numa justa proporção, como quase nunca ocorre, esses três estilos teriam produzido o "modernismo", cujo estilo, evidentemente, não é a soma de estratégias estilísticas, e sim um confronto direto com a língua em si: foi precisamente nesse aventurar-se com os instrumentos fundamentais da expressão humana que o modernismo mostrou que podia oferecer uma contribuição duradoura à cultura.

ALBERTO ABRUZZESE

# Cinema e romance: do visível ao sensível

> Da profundeza das trevas, do fantástico imaginativo do cérebro tu extrais cidades e templos, mais belos do que as obras de Fídias e Praxíteles, mais soberbos do que o esplendor da Babilônia e de Hecatonfilo; da anarquia do pesadelo onírico tu chamas à luz do sol os rostos de belezas há muito tempo sepultadas.
>
> THOMAS DE QUINCEY

## 1. Visões

### 1.1. O cinema como estimulante e sedativo

O cinema rapidamente começou a trabalhar no espaço imaginativo entre o ver e o ter visões, no caráter excessivo e desviante de uma visão que olha não o mundo como ele é, e sim a alteridade do mundo, sua duplicação imprevista e não natural, onde se dá livre acesso aos mortos, aos ausentes e aos não nascidos. Narrador e ilustrador, cenógrafo e projetista dos espetáculos realizados em Paris durante a Grande Exposição Universal de 1900, Albert Robida é o autor que melhor exemplifica as estratégias oitocentistas da visão, que atingiam o ponto culminante de sua longa história na cena metropolitana ao vivo e começavam a se desmaterializar nas superfícies luminosas do filme.

O espaço periódico e festivo das exposições relançava em escala popular e metropolitana a atração dos Salões artísticos, desenvolvendo a qualidade visionária das fantasmagorias e dos panoramas até se converter numa imensa extensão das práticas de animação da pintura, adotadas nos interiores domésticos (*tableaux vivants*). Aqui, as imagens bidimensionais da pintura se espacializavam, tomavam corpo, se abriam ao espectador que podia entrar, participar, ser ator: inúmeros *visitors* nos bastidores do Grand Palais e nas ficções do *Vieux Paris*, reconstruído "por encanto" no Sena.

Saindo dos teatros, das galerias, das ilustrações dos livros e das fotografias, as imagens se põem em movimento com os ritmos das multidões e do tempo de lazer. Os aparelhos cenográficos obtêm um efeito de maravilhamento – uma emoção fantástica – que se intensifica quando, ao invés de reproduzirem os mapas usuais da existência, se apresentam como espaço de transgressão do tempo presente: cenas de mundos perdidos, distantes ou inexistentes. Um grande autor desses espetáculos efêmeros foi, justamente, Albert Robida, com sua propensão para mostrar o passado no fluir ruinoso de seus vestígios e narrar o futuro em algumas felizes narrativas de ficção científica. Seu trabalho como diretor é um dos vínculos mais fortes entre o século XIX visionário e os primeiros filmes do século XX.

Robida recria em escala maciça os modelos fantasmagóricos elaborados em escala menor, mas já coletiva, por alguns artistas visionários da revolução industrial no começo do século XIX. Dois momentos significativos dessa experiência foram Thomas de Quincey e John Martin, autores de imagens fantásticas fundadas na criação de espaços programaticamente desviados em relação ao tempo da modernização. Dois modos de criar espetáculos em registro visionário; espetáculo do espetáculo, imaginação que trabalha sobre a exaltação extrema, catastrófica, do visível: o excesso romântico de um literato, de Quincey, que cria poesia a partir de uma visão exaltada, drogada, do mundo, e os quadros de um pintor, Martin, que toma esse mundo expresso em palavras e lhe dá uma representação que ultrapassa qualquer sentido identificável de pertencimento social.

Em sua inquestionável matriz piranesiana, estamos numa zona de mescla entre o passado e o futuro: o presente – o olhar do espectador – consome o intervalo entre sua própria espera do outro e a magnificência que se perde e também se revela nas ruínas: uma necessidade extrema de metamorfoses perceptivas se estende entre as arqueologias do passado e as arquiteturas de um imaginário por trás da materialidade do mundo. *Belshazzar's Feast* (1826) e *The Great Day of His Wrath* (1852) são quadros de Martin em que – nas pegadas dramatúrgicas de William Blake e formais de Joseph Mallord William Turner – se inscrevem todas as dimensões futuras do sublime tecnológico do século XX, todas as fusões cinematográficas entre o melodrama pop e as imagens da catástrofe.

Por trás dessas fermentações de uma fantasia artística, levada além de toda e qualquer determinação social dos limites espaçotemporais do habitar – Wolfgang Schivelbusch[1] captou bem o nítido ponto de conjunção entre a natureza "panorâmica" do desenvolvimento industrial oitocentista (o aumento da velocidade e a desmaterialização do mundo, a que voltaremos adiante) e as estratégias empregadas com a introdução dos bens voluptuários em grande escala: café, tabaco, álcool, ópio. Modos de ficar *alterado*, de se tornar outro; atos psicossomáticos com os quais o sujeito se excede em relação à normalidade, manipula-a artificialmente e, nos casos mais "pesados", ultrapassa-a até construir dimensões sensoriais profundamente transgressoras da representação social da realidade: cronotopias realizadas, espacializações que se tornam possíveis em outro lugar, em territórios e arquiteturas da ficção, chegando, porém, a invadir a vida vivida, os valores e tramas da civilização burguesa.

Embora possa parecer uma leitura demasiado simplificada, a tela de cinema pode ser interpretada dentro dessa mesma ordem de bens voluptuários, que se tinham tornado objeto de forte propensão de consumo das classes populares no século XIX, por uma complexa série de razões: as duras condições da exploração moderna da mão de obra, a nostalgia de tempos e modos de vida pré-industriais, arcaicos e religiosos, físicos e simbólicos, necessidade de evasões sensoriais intensas e de desdobramentos da personalidade, aumento estratégico do tempo de lazer, concentrado e, no entanto, sabiamente aberto a derivas transgressoras. Assim, o cinema se apresenta às massas como *estimulante* e *sedativo*: por isso a cultura oficial o trata, no início, com o mesmo tom moralista utilizado para o populacho, de apetites apenas carnais, que corre a se embriagar nos feriados. O cinema, aqui, é um recurso que se equilibra entre as virtudes pedagógicas e os riscos de evasão e de revolta, quando não de crime.

### 1.2. O espaço das metrópoles

Substituindo os espetáculos das exposições (e não por acaso a exposição de Paris em 1900 foi o auge e o fim), o cinema simplifica e potencializa os mecanismos de um produto de consumo intensivo ainda ligado à representação teatral, mas acessível em termos de custos e comercialização em grande escala. Ao mesmo tempo, para alcançar tal objetivo, ele deve renunciar ao território físico e, assim, adia por cem anos a possibilidade de que o espectador volte a entrar dentro da imagem, a

1 Cf. W. Schivelbusch, *Storia dei generi voluttuari*. Milão: Mondadori, 1999.

habitar fisicamente a cena; adia a sensação – sem intermediários ou sucedâneos – de ser ele mesmo, concretamente, a figura do pano de fundo imaginado. O *flâneur* se subtrai aos fluxos metropolitanos e se detém assombrado diante da luz das telas. Exilado das festas ao vivo e colocado diante da *estranheza* das imagens fílmicas, logo o espectador sentiu necessidade de figuras intermediárias, de esquemas interpretativos, de plataformas culturais para dar sentido à sedução direta da tela. Foi aqui que se inseriram, como veremos, a tradição e a mecânica da narrativa.

O cruzamento entre cinema e literatura teve sua base primeira e mais substancial na experiência do espaço das metrópoles como zona de convergência, na qual se encontraram o escritor e o leitor do romance oitocentista, mas de onde derivou a forma culta das *arquiteturas do imaginário*, e não sua forma coletiva, desde então muito mais próxima do espaço do consumidor do que do leitor. A ideia mais sugestiva de uma comparação direta entre cinema e arquitetura tem suas origens em Walter Benjamin,[2] que vê esse ponto de contato na realidade do espaço físico e sua percepção *distraída*, portanto, desviada num intervalo do tempo subjetivo que não é *marcado* pelo tempo social: o cinema adota a diferença entre território e mapa, oferece-lhe uma linguagem, a possibilidade de se exprimir.

A relação entre as estratégias modernas de organização e redefinição da cidade e os modelos espaçotemporais praticados pelo cinema poderia ter sido muito mais estudada do que o foi. Mas dispomos de alguns indícios para intuir qual é a forma territorial que o cinema absorve, já mediada pelos textos, pelos romances, pelo *estilo* deles. É significativo que Eisenstein, mesmo com todos os cuidados por causa da censura comunista, não tenha recorrido a Balzac, enquanto exemplo canônico e quase obrigatório, e tenha insistido no caráter cinematográfico espontâneo de Zola. É a pressão do espaço urbano sobre o corpo das personagens e sua relação com Paris,[3] nos romances deste autor, que dá proximidade – que coloca imediatamente à disposição do diretor – às *figuras*, ao *espaço* e ao *enredo*, numa "triangulação" praticamente já pronta para ser retomada no espaço-tempo da imagem em movimento, no *set* entre figuras e enredo, entendendo por *set* o trabalho de execução de que participam o roteiro, a filmagem e a montagem.

2 Cf. W. Benjamin, *La opera d'arte nell'epoca della sua riproducibilità tecnica* [1936]. Turim: Einaudi, 1966 [ed. bras.: "A obra de arte na época de sua reprodutibilidade técnica", in *Obras escolhidas, vol. 1: magia e técnica, arte e política*, trad. Sérgio Paulo Rouanet. São Paulo: Brasiliense, 1994].

3 Cf. F. Moretti, *Atlas do romance europeu 1800-1900*, trad. Sandra Guardini Vasconcelos. São Paulo: Boitempo, 2003.

Aqui surge uma tendência particular do discurso sobre o cinema (estimulada pela distinção entre conto e narrativa), que pretende resolver a relação entre romance e cinema aludindo à *escultura*,[4] como se ambos fizessem referência à profundidade volumétrica de um mesmo ato criativo, próximo também da simultaneidade do desenho poético. O próprio Eisenstein recorreu a regras de escrita do texto comuns à poesia e ao conto, e portanto à escrita criativa, que se fundavam numa construção *tridimensional* e não linear dos textos:

> Poe afirma que todo conto é escrito a partir do final, ou seja, é necessário montar uma composição absolutamente detalhada, em que o conto leve a construir a trama em sentido contrário ao do enredo. [...] é preciso construí-lo [o conto], quero dizer, a partir do começo e do fim ao mesmo tempo, calculando as posições intermediárias. Então teremos de fato uma relação correta entre todas as partes.[5]

É na espacialidade de todas essas partes que os movimentos da câmera e do ator poderão encontrar sua teoria e sua prática. Mas é precisamente na escolha e administração dessas distribuições, necessárias para conferir à obra um caráter pronto, *clássico*, que prevalece a força da escrita romanesca contra a fragilidade estrutural de um cinema de montagem, um cinema puramente visionário. E nesse ponto central ainda encontramos Eisenstein, mas sobretudo Hollywood.

### 1.3. Sobre o divertimento

De qualquer modo, a referência a EdgarAllan Poe remete o discurso à estrutura visionária consciente com que algumas estratégias textuais, já antes do cinema, tinham voltado a inscrever o leitor no espaço do texto, como espaço em que a técnica compositiva – escolha *obrigatória* do tema, da ambientação e do ritmo conjunto das sequências – substitui em forma de bem voluptuário a representação daquilo que não mais pode ser representado a não ser através de uma estratégia programada das sensações, estratégia *tátil* já plenamente visível no romance gótico.

4 Cf. M. Grande, "L'operatore tempo nella narrazione filmica", in L. Albano (org.), *Il racconto tra letteratura e cinema*. Roma: Bulzoni, 1997, pp. 83-96; mas a bibiliografia a respeito é bastante extensa.

5 Cf. S. M. Ejzenstejn, "Cinema e litterarietà" [1929], in *Stili di regia*. Veneza: Marsilio, 1993, p. 374.

Estamos perante a aquisição do espaço como zona de fuga pessoal das coerções temporais externas do mundo. No entrelaçamento de figuras e pano de fundo insinua-se e vem a se impor um surgimento afetivo da percepção, uma referência a ela como deformação, transgressão do espaço estruturado, controlado e ordenado pelo tempo histórico e social. No século XIX há várias aberturas incipientes a essas derivas da percepção, presentes com grande frequência tanto nas classes baixas quanto nas classes altas, como necessidade compartilhada de escapar à vida cotidiana e a seus limites. Mas foi a valorização feita por alguns artistas românticos – segundo a tese convincente de Schivelbusch[6] – que contribuiu para o amadurecimento ou, quando menos, para a definição ou reforço de uma estratégia burguesa antivisionária.

A partir daí – e também em nossa época –, decidiu-se vetar juridicamente campos perceptivos declarados perigosos para a ordem e a produção, deixando que essa proibição, praticada no mundo da realidade, fosse compensada por uma maior tolerância nos mundos da ficção. Todavia, e até hoje, as leis aplicadas contra ações e comportamentos visionários adotados no campo da vida real vieram acompanhadas – embora com doses de maior ou menor agressividade ideológica – por medidas de repressão equivalentes contra as formas de consumo cultural tidas como demasiado extremadas e escapistas.

Os praticantes de tais medidas são as leis escritas da estética e do gosto, os protocolos da moral cívica e religiosa. Pode-se interpretar a história do cinema dentro dessa dimensão de censura. Os sistemas modernos têm exercido seu poder sobre a imagem alternando fases de fechamento e abertura das relações identitárias entre as dimensões do fantástico e as mudanças sociais. A inibição do potencial visionário das imagens fílmicas age não só sobre os processos de legitimação do cinema e, na medida do possível, sobre as políticas de orientação institucional de suas estratégias de mercado, mas também no interior das teorias e poéticas da produção cinematográfica.

Na verdade, foi apenas nos primórdios de seu choque com a grande cultura burguesa que o cinema teve realmente algum tipo de reconhecimento, tendendo a valorizar as dimensões liberadoras da nova linguagem, ao invés de mortificá-las dentro das velhas estéticas. O caso mais significativo é o de Lukács,[7] que, ao estabelecer a originalidade do cinema em relação à tragédia, antecipa Benjamin[8] em diversos

6 Cf. W. Schivelbusch, *Storia dei viaggi in ferrovia* [1977]. Turim: Einaudi, 1988; id., *Luce. Storia dell'illuminazione artificiale nel secolo XIX* [1983]. Parma: Nuova Pratiche, 1994.

7 Cf. G. Lukács, "Riflessioni per una estetica del cinema" [1913], in *Scritti di sociologia della letteratura*. Milão: Sugar, 1964.

8 Cf. Benjamin, "A obra de arte na época de sua reprodutibilidade técnica", op. cit.

pontos e, por muitas razões, retorna às teses hegelianas sobre o *fantástico*. De fato, a qualidade antinaturalista do cinema é obtida como que *naturalmente*, por meio da subversão do tempo e do espaço possibilitada pelo meio técnico. Por isso, Lukács é atraído não pela reprodução da encenação, pelo *drama*, e sim pelos *truques* dos primeiros filmes mudos, por algo que, de outra maneira, seria impossível. Assim, o cinema se destina não ao romance, que é o tempo da história, nem ao teatro dramático, mas à *diversão*: diversão enquanto divergência de um plano a outro da representação do mundo. Não narração de destinos, mas destino, talvez, da narração.

Aqui a diversão se mostra como vertente. Lugar em que o artifício substitui a coisa perdida. Dessa mesma "subjetividade criadora", que segundo Lukács se realiza na epopeia de uma época como ironia do projeto moderno – seu desvio necessário, mundo paralelo, mas complementar, em que "a totalidade extensiva da vida não mais se dá em forma sensível",[9] surge o grandioso desígnio de conseguir recuperar e substituir, nos modos distintos e complementares do romance e do cinema, e através da escrita e suas imagens, os processos intensivos necessários para *fazer ver* as coisas que, nos regimes comunitários da oralidade, podiam aparecer e ser ditas *hic et nunc*. Mas a grandiosidade desse desígnio, para se realizar no tempo histórico em que se realiza, será obrigada a negar a qualidade primária do cinema: ser praticamente alheio à escrita.

## 2. Como nasce o cinema

### 2.1. Narrações e imagens

Tentemos especificar os pontos históricos em que as semelhanças e as diferenças entre o cinema e o romance se expressaram num processo gradual e estratificado de conexões e desconexões quanto ao poder da escrita e aos temas de reflexão e relato que operam automaticamente dentro dela. Já de saída, o cinema apresentou – outro traço inédito – a qualidade destinada à narração do tema coletivo da sociedade industrial, que substituía os heróis do individualismo burguês. Como veremos melhor, voltando a definir os dispositivos do roteiro, os aparatos cinematográficos se estruturam graças às relações entre os códigos do romance e os códigos da indús-

9 Cf. G. Lukács, *Teoria del romanzo* [1920]. Milão: Garzanti, 1974, p. 68 [ed. bras.: *A teoria do romance*, trad. José Marcos Macedo. São Paulo: Editora 34/Duas Cidades, 2000].

tria cultural. As grandes narrativas cinematográficas, por sua vez, amadureceram em situações de conflito textual entre essas duas subjetividades: a burguesa e a de massas. O *deus ex machina* desses conflitos foi o mercado, o consumo, a escolha do público. Os grandes resultados expressivos do cinema foram obtidos onde as estratégias da encenação estabeleceram um *contraste* com os valores do texto escrito, e desse contraste fizeram o verdadeiro conteúdo dramático do filme.

O esquema acima esboçado não revela os percursos complexos e alternados com que o cinema escrito e o cinema-cinema têm se entrelaçado desde as origens até o presente. Devemos procurar estabelecer os pontos mais significativos, a nosso ver, retomando várias questões mencionadas no parágrafo anterior. A sequência que pretendemos privilegiar, escolhendo indicadores de vários tipos, dimensões e funções, é a seguinte: a utilização dos dispositivos do roteiro *antes* do cinema (Polti, em 1895); o encantamento do cinematógrafo e seu desencantamento narrativo (dos irmãos Lumière ao cinema dos anos 1930); do filme clássico dos anos 1930 e 1940 ao cinema de efeitos especiais (Barjavel, ou na verdade o destino do cinema como cinema total).

Um percurso hipotético: cada uma dessas três passagens é capaz de agregar em si conjuntos complexos de referências, remetendo a processos muito anteriores ao cinema e, por isso mesmo, também a processos que funcionam atualmente e estão gerando o futuro. Desenvolvendo rapidamente essas passagens, esperamos fornecer os elementos de base necessários não só a um estudo particular sobre o cinema, mas também a um estudo geral sobre as formas de expressão da modernidade, precisamente as grandes narrativas do romance e do audiovisual em seu avanço progressivo para os mundos do *sensível*, oferecidos pelas linguagens digitais. Mundos que tendem a ir muito além da economia política do *visível*, aquele campo a que, durante dois terços do século passado, ficaram ligados e restritos os temas da literatura, bem como os temas dos meios de comunicação de massa, ambos protagonistas da velha sociedade que agora está à beira da *new economy*.

### 2.2. De Polti a Hegel

O modelo de protorroteiro elaborado por Georges Polti, com a publicação das *Trente-six situations dramatiques* [Trinta e seis situações dramáticas],[10] tem seus pressupostos intelectuais no racionalismo classicista setecentista, mas funda sua

10 Cf. G. Polti, *Les trente-six situations dramatiques*. Paris: Mercure de France, 1895.

necessidade e suas raízes culturais no pensamento reordenador – estruturante – que, com a revolução industrial, a própria complexidade do desenvolvimento da modernidade impõe ao mundo e a suas *obras*. O tratado de Polti fica no meio desse percurso: entre a formalização dos processos expressivos fundados no romance e no teatro e a formalização dos processos expressivos fundados no cinema. Nos anos 1920 e 1930, quando os padrões avançados da produção hollywoodiana decidiram recorrer a verdadeiros manuais para a criação fílmica, ou seja, para os roteiros, os autores empenhados nesse decisivo trabalho de qualificação do produto cinematográfico recorreram maciçamente às páginas de Polti, tido como herdeiro – como ele mesmo havia declarado – de uma longa tradição literária: Gozzi, Schiller, Goethe, Nerval.

Embora não subestimasse o papel da invenção, Polti se baseava em registro antirromântico (o que Edgar Allan Poe já havia feito em sua "Filosofia da composição")[11] em modalidades criativas que se fundam na arte da *combinação* e também atribuem aos dispositivos da invenção a mesma qualidade do trabalho combinatório. Antecipando a linguística estrutural e muitos de seus frutos, bem como os modelos que estruturalistas e narratologistas aplicariam com resultados especialmente felizes ao romance e ao cinema, o tratado de Polti estabelecia os repertórios narrativos da História, história de acontecimentos e comportamentos, e também história de textos, num mapeamento fechado, graças ao qual a quantidade de situações disponíveis pode ser aparentemente infinita, e no entanto elas são sempre reconhecíveis, sempre passíveis de serem reconduzidas a uma matriz previamente constituída.

O cenário que precede e impregna o trabalho *sintético* de Polti é o de um mundo que vinha sendo profundamente subvertido pelas estratégias da metrópole, mas um mundo que também se sente no auge de sua história, cheio de si, pronto a se reproduzir no tempo e no espaço. O tratado de Polti é monumental, quase celebrativo em seu projeto de compêndio universal, mas seus traços obsessivos não ocultam a tentativa implícita de reconhecer, e portanto reelaborar e produzir – ao invés de sofrer –, aquela proliferação excessiva de mudanças socioantropológicas criada pela dimensão moderna e metropolitana. De desfazer a confusão dessa dimensão através do controle dramatúrgico programado de todas as situações de conflito possíveis, através da narração em formas ficcionais sempre novas do previsível e do previsto.

11 Cf. E. A. Poe, "La filosofia della composizione" [1846], in *La filosofia della composizione e altri saggi*. Nápoles: Guida, 1986 [ed. bras.: "A filosofia da composição", trad. Oscar Mendes e Milton Amado, in *Poemas e ensaios*. São Paulo: Globo, 1999].

Assim, Polti se coloca no ápice da definição hegeliana de morte da arte, isto é, da arte que ultrapassou definitivamente os limites do mundo clássico e que, a partir daí, só poderá se dividir entre os extremos da subjetividade e da objetividade.

Leia-se em especial uma passagem decisiva da *Segunda seção* da *Estética* de Hegel, publicada em 1836-38, mas na verdade escrita em 1817-29:

> O artista se encontra, por isso, acima das Formas e das configurações determinadas, consagradas, e se move livremente por si, independente do Conteúdo e do modo da intuição, nos quais anteriormente a consciência tinha diante de seus olhos o sagrado e o eterno. [...] cada matéria pode lhe ser indiferente, basta que ela não contradiga a lei formal de ser em geral bela e passível de um tratamento artístico. Hoje em dia não há nenhuma matéria que esteja acima desta relatividade [...]. Por isso, no todo o artista se refere ao seu conteúdo, por assim dizer, como um dramaturgo, que apresenta e expõe [*exponiert*] outras pessoas estranhas. Ele, na verdade, agora ainda introduz seu gênio nisso, ele tece com sua matéria própria, mas apenas o que é universal ou o que é completamente contingente; a individualização mais precisa, em contrapartida, não é a sua, mas ele emprega a este respeito sua provisão de imagens, de modos de configuração, de Formas de arte anteriores, as quais, tomadas por si mesmas, são indiferentes, e apenas tornam-se importantes quando justamente aparecem como as mais adequadas para esta ou aquela matéria.[12]

O que aqui se evidencia é a possibilidade de abarcar num único grande movimento do imaginário moderno tanto o romance burguês quanto o cinema, entendido como aparato que adotou como plataforma produtiva uma escrita dramatúrgica a ser confiada às funções do diretor, figura profissional que absorve em si os papéis originais, justamente, do dramaturgo e do diretor teatral. Mesmo o arcabouço conceitual referente às situações dramáticas encontra um precedente significativo nas páginas que Hegel dedica à "situação".[13] Da mesma maneira, para além de Polti, muitas páginas sobre a especificidade da linguagem por imagens, posta em uso pelo filme, encontram suas mais surpreendentes raízes – ainda mais por ser inconscientes – nas páginas hegelianas sobre a *Metáfora, imagem, símile*.[14]

12 Cf. G. W. F. Hegel, *Cursos de estética* II, trad. Marco Aurélio Werle e Oliver Tolle. São Paulo: Edusp, 2000, pp. 340-41.
13 W. F. Hegel, *Cursos de estética* I, pp. 215-23.
14 W. F. Hegel, *Cursos de estética* II, pp. 129-47.

### 2.3. Bentham e Mesmer

O mapeamento das situações enumeradas por Polti pressupõe um mundo legível, porque já foi escrito, e visível, porque já foi representado; narrativamente unificável e organizável graças ao excesso de seus próprios conflitos; um mundo contido em si graças a suas próprias desordens, tendo sempre à disposição um final apropriado para dar fecho aos episódios, para conter as linhas de fuga de seus delírios. Tinha sido e era o projeto da metrópole como máquina comunicativa, onde o tempo se tornara linear, o espaço descontínuo, a matéria superfície e transparência, os objetos troca simbólica de mercadorias, os corpos físicos entidades expandidas. Um processo – a progressiva metropolização da civilização urbana pré-industrial – que condensava em si o gosto setecentista pelos fantasmas da literatura gótica, as primeiras estratégias de organização do "grande irmão", do olhar panóptico nas relações de poder entre o centro e a periferia, entre os vigilantes e os vigiados; os primeiros fenômenos de fluidificação da realidade física através da fotografia; as primeiras formas de estetização dos objetos da vida cotidiana.

Indícios que chegam ao espetáculo fílmico ao longo de mais de cem anos de história ocidental. Nos processos generativos que antecedem o cinema, as dinâmicas organizadoras e ostentadoras da metrópole haviam se entrelaçado com outras raízes, como, especialmente, as teorias dos fluidos de Franz-Anton Mesmer, cujo principal resultado foi uma das primeiras (1784) e mais extraordinárias teorizações sobre o poder da imaginação; e o projeto do Panopticon (1786), elaborado por Bentham para uso em penitenciárias e instituições, mas implicitamente assimilado pelas estratégias da transparência social adotadas na indústria do espetáculo.[15]

A plataforma de operações em que se realizaram todos esses processos foi sua generalização nos mercados da vida cotidiana: este salto qualitativo foi dado pelo *art nouveau*, ao conceber como público das artes não mais o público setorial dos produtos artísticos em sentido estrito, e sim – graças à integração entre artesanato e indústria, inovação e produção em série – o público inteiro de consumidores (fenômeno que, agora em plena sociedade de consumo, será finalmente aceito pelos sociólogos e definido como "estetização da vida cotidiana"). O espírito do *art nouveau*, que inicialmente requalificara os objetos de uso corrente, encontrou no cinema seu primeiro autêntico dispositivo de massas, enquanto intensa e

15 Cf. A. Abruzzese, "La fabbrica panoptica. Il cinema nel vuoto tra scrittura e lettura", in L. Albano (org.), *Modelli non letterari nel cinema*. Roma: Bulzoni, 1999, pp. 39-62.

progressiva cotidianização das artes, do estético e do narrativo no espaço de um consumo coletivo de baixo custo e com efeitos publicitários.

### 2.4. Dickens, Griffith e Eisenstein

Os manuais americanos de roteiros dos anos 1920 concediam um grande espaço aos cruzamentos *sui generis* entre romance e cinema, mas também à estratégia de aquisição jurídica (direito autoral) da figura do escritor profissional voltado para o trabalho industrial e o mercado, especificando o salto a ser dado na aplicação das situações de Polti:

> No cinema, apela-se diretamente à mente e ao coração do espectador, por meio de uma clara apresentação de um conflito em imagens. Assim, ao examinar as situações cinematográficas, cumpre lembrar que é necessário apresentar uma *ação* que seja interessante *do ponto de vista das imagens* e dos conflitos baseados em imagens claras e eficazes. O sucesso do cinema, como forma de entretenimento popular, depende da imediatez e da clareza de seu apelo. Ao estudar as situações, examinaremos não só o valor dramático, mas também o valor *do ponto de vista da tela.* Visto que as experiências emotivas em questão precedem a palavra escrita, é evidente que muitas situações têm maior eficácia quando transmitidas por um *medium* silencioso, como a tela, do que na literatura escrita.[16]

Esta citação é suficiente para entendermos o interesse de Eisenstein pelo cinema americano de Griffith (mesmo em relação ao contexto soviético) e o papel central assumido pela montagem das imagens:

> Tratava-se de um elemento até então pouco familiar, mas de nome familiar não no campo da arte, e sim no da engenharia e da eletricidade; e que pela primeira vez ingressava na arte através de seu setor mais avançado: a cinematografia. Este elemento, este método, este princípio de construção e estruturação era a *montagem.*[17]

16 Cf. F. Palmer, *Palmer Plan and Book*, cit. por Alberto Abruzzese in "Introduzione allo studio delle teoriche cinematografiche (1910-1929)", in Alberto Abruzzese e B. Placido (orgs.), *Industria culturale e cinema in USA negli anni Dieci e Venti,* Material de documentação, Seminário de estudos. Veneza: La Biennale di Venezia, 1975, pp. 98-99.

17 Cf. S. M. Ejzenstejn, "Dickens, Griffith e noi" (1944), in *La forma cinematografica.* Turim: →

Eisenstein concentra o discurso sobre a cultura da montagem, e não sobre a pura e simples duplicação da imagem ou o fascínio da fotografia em movimento. Neste plano, a referência a Dickens é inteiramente pertinente:

> Griffith chegou à montagem através do método da ação paralela, e foi levado à ideia da ação paralela por... Dickens. [...] De fato, é assombrosa a afinidade de Dickens com as características do cinema no método, no estilo e sobretudo no ponto de vista e na exposição.
>
> Portanto, antes do cinema e da escrita, há "este modo particular de escrever".[18]

Esse fascínio de Eisenstein pelo cinema evitava a *arte* do filme expressionista, que ele bem conhecia, orientando-se em favor de uma técnica voltada "para a vida, no meio das pessoas, na realidade vertiginosa de um país que se renovava", exatamente como no caso do cinema americano:

> a força ilimitada de temperamento e ritmo dessas obras maravilhosas (e maravilhosamente inúteis!) provenientes de um país desconhecido nos levava a refletir sobre as possibilidades de um uso profundo, inteligente, refinado, deste admirável instrumento.[19]

Na fórmula eisensteiniana deste paradoxo, "obras maravilhosas e ao mesmo tempo maravilhosamente inúteis", tem-se a intuição e talvez a remoção daquilo que, por trás da montagem americana, não se limitava a um simples dispositivo temporal da representação, mas constituía toda a "profundidade de superfície" do cinema americano. A natureza classista de Hollywood não residia no capitalismo em si, mas nas estratégias afetivas do mercado. Daí o estatuto do roteiro, que consistia numa não arte combinatória pela arte do diretor, e sim pela arte da produção de massa; não para produzir obras, e sim consumo. Essa natureza já se faz plenamente clara na propaganda americana dos anos 1910, nos "críticos de cinema", como Louis Reeves Harrison e W. Sthephen Bush, que escreviam nas páginas das revistas do setor, dispositivos de ligação entre produção e consumo do filme, como *Moving Picture World.*

→ Einaudi, 1964, pp. 213-14 [ed. bras.: "Dickens, Griffith e nós", in *A forma do filme*, trad. Teresa Ottoni. Rio de Janeiro: Jorge Zahar, 2002].

18 Id., ibid., p. 214.

19 Id., ibid., p. 213.

Nessa propaganda profissional, é evidente que o recurso ao dispositivo de controle do roteiro é teorizado e promovido para evitar prejuízos econômicos que ocorreriam caso os produtos não fossem rigidamente pré-ordenados, programados, prescritos. Sinal evidente de um roteiro que vinha em auxílio de um modo de produção das imagens até então demasiado arriscado, instável, quase imprevisível. Este, portanto, era contrabalançado pelo caráter coletivo, e no entanto textualmente inalterável, de uma escrita para a qual podiam convergir as principais atividades profissionais – criativas e econômicas – envolvidas na produção, a ponto de definir a realização do filme em todos os seus detalhes: de considerá-lo pronto antes mesmo de começá-lo. Aqui a escrita não é a essência literária do romance, mas, por assim dizer, sua essência política: é a forma do comando, marcando os tempos e os espaços da produção.

### 2.5. Entre o olho e a página: do efeito especial às narrações coletivas

Com a referência a Polti, nossa intenção foi sugerir que os textos dos filmes nascem graças a um processo formal já ocorrido na arte e na literatura. Mostramos que a necessidade do roteiro – e, portanto, de uma revisão da tradição escrita, mas ao mesmo tempo da valorização de seu caráter normativo e autoritário – nasce, não do cinema em si, mas da relação territorial entre sujeito moderno e formas de vida da metrópole, formas em que o desvio e o controle tendem a se sobrepor. Agora raciocinemos em termos absolutamente abstratos: coloquemos a página de um romance diante dos olhos do leitor e tentemos reconstruir os modos como ele consegue conferir sentido à expressão alfabética. Para que o relato adquira vida, o leitor precisa recorrer a seu arquivo de imagens, à sua enciclopédia pessoal. Antes do nascimento do cinema, portanto, temos um fruidor do romance que, para ver e então reconhecer as coisas narradas, recorre a imagens dispersas entre sua experiência direta e a experiência indireta de outras leituras e visões.

O cinema foi a tecnologia criada pelo mercado para poder atender externamente aos processos mentais do indivíduo. Este, antes do cinema, caso quisesse encontrar um meio de expressão à altura da generalidade da metrópole, devia reprimir sua qualidade de espectador – de cidadão e público – e, podendo, devia se tornar um leitor isolado, posto diante do *personal medium*, que, então, era para ele o recipiente-livro (o veículo-página, sempre com seus textos e seus programas). O leitor devia representar a escrita, encená-la dentro de si. Devia fruir formas escritas de representação, que – rigidamente pré-fixadas em comparação à comunicação oral – exigiam um grande esforço cognitivo pessoal para o consumo e a recepção. E sem pleno conhecimento da escrita não poderia haver a intensidade emotiva necessária para o envolvimento. O cinema vinha ao encontro dessa dificuldade pessoal e social. Como tecnologia que traduzia em si a espetacularidade e complexidade espaçotemporal da metrópole, ele oferecia plataformas adequadas de produção e consumo que permitiam a expressão coletiva do imaginário individual.

O meio cinematográfico forneceu instrumentos, aparatos e lugares para padronizar o trabalho social do leitor de massa. A tecnologia fílmica, colocando-se entre o olho e a página, tomou a si a tarefa de colocá-la em cena de maneira não alfabética, de lhe dar visibilidade imediata, unificando na superfície fantasmática da tela, à guisa de simulacro, a pluralidade de imagens, não só do leitor isolado em si e em seu espaço mnemônico e cognitivo, mas também do não leitor a quem estava vedada a leitura (e vedado o controle da escrita sobre ele). O cinema, portanto, foi o instrumento de uma leitura que – exilada da oralidade viva da comunidade e das fábulas narradas ao pé do fogo doméstico – *devia* voltar a ser uma linguagem comum. Libertando-se da linguagem alfabética, obtinha-se o resultado de reforçar os efeitos da escrita.

No final do século XIX, a indústria editorial passa a visar um público recém-alfabetizado, muito heterogêneo em termos culturais, corpo vivo da complexidade metropolitana e das realidades territoriais ainda não incluídas em sua experiência direta. Nas sombras de sua mente, cada leitor daquela época tinha de pôr em cena vestígios narrativos que – afora um público-alvo restrito, com cultura literária – eram frágeis, avulsos, incoerentes para a grande maioria. Esta tinha muita dificuldade de acesso aos arquivos da memória guardados pelas narrativas escritas. E este era um sério limite, tanto do ponto de vista dos processos de socialização quanto do ponto de vista das exigências de mercado da indústria cultural. O cinema sabia superar tais limites.

Fazia-se necessária uma operação radical em termos de inovação de produtos e de processos: estava superada a tradição de um sistema rigidamente dividido entre narrativas escritas e narrativas orais, entre visibilidade individual da escrita e visibilidade coletiva do ambiente. A escrita oitocentista havia inscrito a emotividade dos novos públicos de massa em seus textos, mas agora trata-se – por assim dizer – de inscrever o valor dos textos, sua eficácia, no público de massa (é justamente a estratégia do *art nouveau*).

Os instrumentos educativos da escrita eram lentos demais e, em todo caso, tornavam-se muito falhos quando, ao invés de fornecer elementos de base para as ações sociais, deviam transmitir as capacidades necessárias para representar os mundos imaginários produzidos por uma comunidade de escritores fechada nos limites de classe de sua própria tradição. O cinema, desde o começo antropomórfico, conquistava, porém, o duplo significado da vida cotidiana, híbrido de rapidez da sociedade e lentidão do ambiente. A fruição fílmica, graças à sua espontaneidade, educava o público – atraía-o a si – em modos muito mais extensivos e intensivos.

A ideia convencional de que existem, de um lado, os conteúdos informativos e, de outro, os meios para transmiti-los encerra um grave defeito: muitas vezes ela passa por cima da natureza dos conteúdos e raramente capta a natureza socioantropológica dos meios. O cinema como linguagem nasce das necessidades do mercado e de uma complexa negociação social do sentido a ser atribuído ao meio técnico. O espetáculo cinematográfico surge porque permite uma clamorosa transferência, um transporte dos conteúdos dos regimes expressivos anteriores para um público de massa. A negociação das funções do aparato cinematográfico interveio no corpo de um espectador que mal sabia usar o veículo da escrita-leitura, que, por sua vez, estava em ascensão; um objeto cada vez mais importante para as relações sociais e para os consumos, mas que estava detido numa experiência vivida, imediata, que no máximo podia gozar dos modelos de literalidade difundidos na comunicação oral e no cenário urbano e metropolitano.

Bem: este público – reconhecível nos processos de transformação geral de todos os objetos em mercadoria e, portanto, em seu poder aquisitivo nos mercados culturais inaugurados pela indústria do lazer – é um público apontado, pretendido pelo dispositivo cinematográfico, isto é, identificado por uma tecnologia que intervém sobre um mundo em que todas as outras linguagens foram absorvidas até se tornarem a natureza intrínseca de sua própria organização social. O cinema sempre vem carregado de pressupostos científicos e técnicos, certamente econômicos e também de muitas inserções artesanais, mas em sua aparência ele não passa de pura visibilidade do mundo físico através de sua duplicação: mito – esta duplicação – que enfim, graças à técnica, se realiza plenamente.[20]

No ponto virtual dessa sua inserção no mundo preexistente, o uso social do cinema será negociado pelos conflitos de poder entre uma visibilidade mediada pela tradição – e, portanto, pelos saberes da escrita, pela qualidade e quantidade dos seus modelos narrativos, pelos valores normativos das estéticas da cultura moderna – e uma visibilidade mediada pela emotividade instintiva do consumidor,

20 Cf. M, Bettini, *Il ritrato dell'amante*. Torino: 1992.

pela subjetividade de uma vida cotidiana que antecede a escrita e não participa internamente nos destinos de seu objeto histórico. Diferença imediatamente captada pelas estratégias narrativas do cinema americano e, ao contrário, removida das estratégias do cinema europeu, também e talvez sobretudo onde a linguagem cinematográfica foi ideologicamente entregue não à inovação de todo o sistema social, mas à emancipação das massas.

De início, o cinema está suspenso entre dois regimes diferentes da percepção, o do *prever* (os textos e as imagens que adquirem um sentido a partir daqueles textos) e o do *sentir* (as coisas expressas por meio de si mesmas). Na negociação de seu desenvolvimento, pode-se distinguir dois momentos, que funcionam como base para o cinema clássico e para sua longa duração até a crise pós-moderna, crise que, como diremos à guisa de conclusão, coloca-os em conflito aberto.

Numa fase inicial, abrangendo uma década na virada do século XIX para o século XX, o consumo de cinema é praticado sob o signo do reencantamento, da maravilha e da magia do meio enquanto tal. É aquele cinema que, com um típico preconceito da historiografia e das estéticas do moderno, foi qualificado de "primitivo". As sequências cinematográficas (dos irmãos Lumière, de Méliès ou de muitos outros "pioneiros"), independentemente do que apresentassem e narrassem, eram antes de mais nada imagens do cinema, sensações perceptivas jamais provadas – ou apenas parcial e levemente experimentadas – com os meios anteriores de reprodutibilidade: eram as vivas emoções do público nascidas numa sala perante o fato da duplicação da experiência. O alcance semântico da absoluta originalidade técnica do cinema não escapou, como vimos, a Lukács que, em 1913, ao invés de reconduzir a linguagem do filme à encenação teatral ou à épica do romance, inseriu-a no ponto de crise entre antigo e moderno, onde o *estranho* emerge como alheamento inesperado do mundo, como reencantamento do desencanto moderno.

Numa segunda fase de não mais de vinte anos – falhando a capacidade de venda de um simples efeito especial e, portanto, entrando em crise o cinema dos operadores ou dos artistas, um cinema sem diretores nem cenógrafos –, a escrita narrativa passa a predominar sobre as formas de cinema ligadas ao circo, ao cômico, à música ou às artes figurativas (e, em especial, às vanguardas históricas). Mas este novo domínio, para poder se exercer com eficácia – para além da eficácia estrutural de que falamos apoiando-nos em Polti – e, portanto, para poder agir de modo sedutor, nunca poderá prescindir totalmente da matéria iletrada e psicofísica que se lhe opõe e a ele resiste mesmo ao socorrê-lo.

Quanto ao contraste sedutor entre materiais literários e materiais puramente visuais, Orson Welles e Francis Ford Coppola são ótimos exemplos do tipo de complexidade que o cinema, partindo do recurso direto à imagem, consegue exibir, mesmo quando aceita extrair seu tema e mesmo a sequência narrativa de um romance ou de um texto teatral. No que se refere a Welles, basta um único detalhe: veja-se a cena de *Otelo* (1952), em que Iago mata Roderigo. Os cortes de luz do ambiente encobrem e, ao mesmo tempo, revelam o movimento de câmera sobre um crime que se consuma em seus próprios meandros entre interioridade e exterioridade do sensível, de modo que o efeito de realismo fica a cargo da situação perceptiva do espectador, e não tanto de uma clara sequência descritiva da ação. A solução cênica aqui escolhida já não guarda relação alguma com Shakespeare nem com qualquer tradutibilidade sua, tendo criado um dos expedientes mais fortes e felizes do cinema espetacular, uma "ótica da emotividade" constantemente retomada no cinema contemporâneo, se pensarmos em dois filmes de perfil tão diverso como *Blade Runner* (1982), de Ridley Scott, e *9 ½ semanas de amor* (1986), de Adrian Lyne.

A referência a Coppola pode recair em *Apocalypse Now* (1979), mas, neste caso, não em função de algumas sequências de intensa narratividade fílmica, mas pela narratividade literária e pelo conjunto da obra, que se revela um dos pontos culminantes da capacidade do cinema para jogar com o contraste, a distância, e não a integração com o romance.

Costa aponta como a referência ao romance *Coração das trevas* de Joseph Conrad funcionou como catálise expressiva, em que cada elemento está descentrado e desalinhado: o livro, o roteiro, o elenco, o set, a filmagem, a história política e social americana, a psicologia dos atores, o diretor e sua família, o acaso, a sorte.[21] E mais coisas, na verdade, tudo. Um conjunto aberto de fatores aparentemente desconexos entre si, onde cada ocorrência se cruza e se separa dramaticamente numa progressão de significados todavia decisivos, que constituem o verdadeiro conteúdo do filme e lhe conferem o caráter de grande obra, cuja incompletude (próxima à das "obras-mundo" examinadas por Moretti)[22] está talvez relacionada com seu verdadeiro catalisador, seu conteúdo substancial: o dinheiro necessário para a produção, uma forma-dinheiro que fratura e subverte até mesmo o sentido

21 Cf. A. Costa, *Immagine di un'immagine. Cinema e letteratura*. Turim: UTET, 1993.

22 Cf. F. Moretti, *Opere Mondo. Saggio sulla forma epica dal "Faust" a "Cent'anni di solitudine"*. Turim: Einaudi, 1994.

do cinema espetacular, opondo-se ao prazer da narração e à cultura como civilização pelo simples fato de que o capital disponível encarna a mera exequibilidade ou não do filme, a possibilidade de dispor de um material para ser organizado e trabalhado.

Aqui, mais do que nunca, evidencia-se a distância entre os dispositivos autorais do romance e os do cinema: o escritor precisa ordenar a narração em sua mente e na página de uma maneira que, tendencialmente, não encontra muitas dificuldades, a não ser as relacionadas com a inteligência e o estilo a serem adotados na obra; o diretor, por seu lado, precisa ordenar um mundo inteiro de pessoas, objetos e relações, um mundo *externo* – incluídos os atores, o roteiro, o set – que deve tomar a si, mas que é tão resistente ao trabalho da escrita fílmica que acaba se tornando seu oposto, sua negação: os escolhos, para adotar a imagem usada por Lukács (1911), contra os quais as formas da alma são sempre levadas a se quebrar.[23]

O conflito romântico entre o artista e a vida, entre o sujeito e o objeto, entre o espírito e a matéria, o caráter dado do mundo, encontrou sua metáfora no trabalho complexo, por vezes titânico, da produção cinematográfica. Em relação ao romance, uma das diversas especificidades do cinema, e talvez a mais relevante, é a seguinte: o romance, enquanto texto, não perde em complexidade para o cinema; indica apenas um modo de ser da textualidade cinematográfica que traz em si, inevitavelmente, a complexidade dos mundos que ele quer circunscrever; e nisso reside pelo menos a capacidade do cinema de narrar de uma maneira diferente da escrita e ainda mais de saber recontar, caso aquilo que queira dizer seja o imprevisto da narrativa, seu elemento perturbador, seu impensável: aquilo que habitualmente escapa das formas narradas. O olhar do cinema habita e observa o mundo de fora; filma o que é externo à interioridade do escritor, do diretor, do artista, do espectador; o filme é uma forma de expressão em larga medida incontrolável, pelo menos por ser imprevisto o mundo dos acontecimentos: o externo e material que o escritor traduz em palavras para dar sentido à página deve ser assumido e tomado como incumbência pelo cineasta. Para um fragmento de mundo, ele precisa controlar um mundo inteiro. Entre sua mente e o visível que ela deve criar em seu exterior há um trabalho gigantesco, como dirigir uma fábrica, construir uma cidade. Os grandes diretores são os que dominam esteticamente sua exterioridade, os grandes filmes são os que melhor a atendem.

23 Cf. G. Lukács, *L'anima e le forme* [1911]. Milão: Sugar, 1963.

## 2.6. O cinema total

> O cinema é a única arte cujo destino depende estritamente da técnica. [...] O autor, hoje, não pode mais fazer um filme mudo. Amanhã não poderá mais fazer um filme em branco e preto, depois de manhã, um filme bidimensional.

São as frases iniciais de um ensaio sobre o cinema, publicado por René Barjavel em 1944: *O cinema total*.[24] Apesar de todas as suas contradições internas, e talvez exatamente por causa delas, trata-se de um ensaio de interesse extraordinário. Não por acaso, este autor extravagante foi também um empenhadíssimo escritor de ficção científica ("*roman extraordinaire*"). O pensamento adotado por Barjavel baseia-se apenas em parte na literatura cinematográfica originária (pelo menos devido à sua adesão irrestrita ao cinema falado), aproximando-se mais da futura contribuição de Marshal McLuhan, a saber, a radicalidade teórica e estratégica com que o mediólogo canadense reconhece, já nos anos 1950, o caráter irreversível do desenvolvimento moderno das linguagens audiovisuais.[25] Provavelmente é por causa desta sua adesão total às determinações tecnológicas do cinema que Barjavel é tão pouco mencionado nos estudos sobre as teorias do cinema. Uma exceção é Edgar Morin, que se referiu explicitamente a ele em seus escritos sobre o cinema, e precisamente nos pontos de maior originalidade.[26]

Como prova da ligação com McLuhan, há uma passagem em que Barjavel, declarando-se contrário a qualquer nostalgia estética ("Reflexo de gente que não sabe mais imaginar, mas só recordar"), retoma e antecipa paradigmas críticos voltados para uma estratégia cognitiva que não se afasta, pelo contrário, adere totalmente à experiência emotiva, fascinada, do objeto de análise:

> O artesão local que entalhava a porta de um armário possuía uma experiência da beleza, um gosto tátil e visual da matéria e das formas agradáveis que já não possuem os operários das oficinas Renault nem os milionários transportados pelo elevador expresso do Rockefeller Center. Mas o mundo, tal como o homem, não pode voltar à sua juventude. Não lamentemos o que não existe mais. Pelo contrário, admiremos

24 Cf. R. Barjavel, *Cinéma total*. Paris: Denöel, 1944 [trad. it. a ser publicada pela Editori Riuniti. Os trechos citados neste ensaio foram traduzidos por R. Sappa].

25 Cf. M. McLuhan, *La sposa meccanica* [1951]. Milão: Sugar, 1987.

26 Cf. E. Morin, *Il cinema o l'uomo immaginario* [1956]. Milão: Feltrinelli, 1982; id., *L'industria culturale* [1962]. Bolonha: Il Mulino, 1963.

> o que vislumbramos no futuro. O caminho que leva ao abismo é magnífico. Como não podemos recuar, avançamos num bom ritmo e de bom humor. Aproveitamos o que nos é oferecido, antes de nos precipitar. Entre as criações do mundo de amanhã, o cinema total será um dos mais poderosos meios de sujeição dos homens, devido aos prazeres atordoantes que verterá sobre eles.[27]

O significado totalmente particular que estamos atribuindo às declarações de Barjavel talvez possa surpreender, mas depende – a despeito das diversas banalidades a que o autor se entrega – da lógica de um raciocínio que pretende recuperar e reapresentar o cinema como espaço de um delírio imaginativo muito próximo à cultura visionária oitocentista, assim definido no primeiro parágrafo: um excesso da representação que os vários cânones cinematográficos, mesmo os mais espetaculares e de consumo de massa, não conseguiram abarcar com a mesma decisão ou, pelo menos, não levaram a tais extremos. Em outros termos, Barjavel nos parece a súmula do ponto de vista do espectador inscrito no cinema, apesar de qualquer escrúpulo ou preconceito histórico-cultural e, portanto, à revelia também do próprio Barjavel. Assim prossegue ele:

> Desde o nascimento, o cinema está em evolução constante. Alcançará sua plena realização quando tiver condições de nos apresentar personagens completos, cheios de cor, talvez até de odores; quando esses personagens se destacarem da tela e da escuridão da sala de projeções para ir passear pelos locais públicos e em nossos aposentos pessoais.[28]

O cinema a que se referem estas páginas é sempre literário, ligado a histórias, personagens e situações, portanto fundado em mecanismos com que o roteiro traduzia o romance em filme. Mas Barjavel espera a máxima expansão e intensificação desse cinema, estendendo o sentido da visão para uma meta formal que o cinema em si, alimentado no moderno e pelo moderno, ainda está muito longe de alcançar. Pelo contrário, foi o excesso expressivo das formas da indústria cultural que abraçou e introduziu os exageros visionários de Barjavel na velha estrutura romanesca do cinema: todo o sistema de multimídia dos aparatos de produção e consumo pós-modernos tende a forçar até o paroxismo as tecnologias pesadas do filme clássico, para superá-las integralmente com a leveza dos novos *personal media* digitais.

27 Cf. Barjavel, *Cinéma total*, op. cit., pp. 11-12.
28 Id., ibid., p. 9.

Barjavel, portanto, pensa num cinema que já ultrapassou a televisão, e que não precisa mais de suportes e lugares destinados a seu consumo. Um cinema que se confunde com o mundo tecnológico enquanto tal. Com seu ensaio-manifesto, Barjavel antecipava os tons da literatura apocalíptica:

> A ciência, pelas forças que liberou, um dia destruirá o mundo. Antes de abatê-lo, fa-lo-á maravilhoso e terrível. As máquinas libertarão o homem de seu esforço e o aprisionarão a mil novas necessidades. Farão tudo por ele. Até escolher. Nosso filho não buscará mais suas alegrias, as alegrias se imporão a ele. Receberá e não precisará dar. Irá se tornar uma partícula de uma massa passiva, sem vigor, que alguns senhores do mundo, eles mesmos escravos da fatalidade, moldarão e plasmarão. O indivíduo se anulará, se fundirá na carne e na alma coletiva. Quando chegar o dia de sua morte, não haverá nele mais nada a matar.[29]

Ao ler esta passagem, notamos que, aqui, o ponto de vista visionário consegue não só apresentar o quadro da futura sociedade de consumo, como também antecipar o relato do cinema sobre tal sociedade, encenando a progressiva imersão e queda do indivíduo, do sujeito histórico do mundo moderno, numa coletividade destinada a se tornar a nova testemunha, o novo narrador. A identidade romanesca entre as formas e a sociedade é privada de seu fundamento originário, o projeto de dominar os processos de socialização, ao invés de serem dominados por eles. O resultado automático da tecnologia e da sociedade de massas coincide com a consciência da crise irreversível do projeto moderno, narrada pelo romance novecentista de qualidade e retomada pelo cinema popular. Passagem não insignificante, se pensarmos que, geralmente, a cultura se sente atraída pela ideia de que é o cinema de autor, mais do que o cinema comercial, que tem mais condições de estabelecer comparações e analogias entre a crise do romance e o cinema.

Neste sentido, encontramos páginas ainda mais significativas – em plena sintonia com o espírito das vanguardas de tipo futurista – onde Barjavel critica os autores que, quando fazem cinema, continuam ligados à literatura ou ao teatro, não se dispondo "a se afastar da realidade" e da "aparência da vida material", "para mergulhar sem remorsos no inverossímil psicológico, expor, esbanjar a estupidez", para "agitar fantasmas bisbilhoteiros absolutamente semelhantes a seres vivos".[30]

29 Id., ibid., p. 11.
30 Id., ibid., p. 14.

Assim, Barjavel atribui valor de arte universal à linguagem cinematográfica, desde que ela se dilate, abandone a ideia de que teria atingido a plenitude de sua qualidade estética no *passado* das origens e da história e a transfira para o futuro de sua efetiva realização. Deste modo, o paradigma cultural das artes tradicionais (a execução de um modelo, a existência prévia de uma forma já plena) se inverte num paradigma mais próximo ao das modas, das culturas que têm como ponto central a efemeridade e a inovação dos processos criativos: a produção de um modelo que é continuamente consumido em seu desejo de realização.

É aqui que a alternativa constituída pelo cinema total adquire um significado preciso:

> Os personagens do drama, imensos, aparecerão na sala, ou no gramado do estádio, diante de centenas de milhares de pessoas prontas para abrir o coração. As perspectivas coloridas se estenderão ao infinito, as arquiteturas romperão os céus. Desfila o exército das cruzadas, num som tonitruante de ferros, animais, relinchos. Os cavalos são da altura de Notre-Dame. Os estandartes de cem cores adejam ao vento. O cheiro eterno dos exércitos em marcha, do esterco, do suor, do couro, atinge o rosto. Embarcam. Vogam as galeras, vogam sobre nossas cabeças. As filas de remos se movem acima de nós, o mar nos engole, a tempestade do deserto nos sufoca, as espadas cortam, ficamos ofuscados. O sangue nos mancha. Gritamos pela vitória.[31]

O trecho invoca a passagem primordial a que nos referimos quando vinculamos o cinema primitivo à sensorialidade da vida metropolitana. Mas ele o invoca com uma dilatação tão extremada daquele assombro inicial do espectador que remete diretamente ao cinema atual de efeitos especiais, essa forma de espetáculo fílmico que aos poucos pulverizou as narrativas, os roteiros, por meio de uma enorme corrosão de todos os seus elementos estruturais: o personagem como figura de um pacto consensual entre o ponto de vista psicológico e o ponto de vista social; o ambiente geopolítico que opera como pano de fundo da história; os motivos que acionam o mecanismo narrativo, os conflitos a enfrentar, o equilíbrio final a ser alcançado. Tudo isso deixou de compor a trama visual: ela se apresenta, na melhor das hipóteses, como número de circo.

Ao descrever o futuro "cinema total", Barjavel pode mencionar apenas a emoção coletiva diante dos primeiros grandes resultados obtidos pelo cinema primitivo,

31 Id., ibid., p. 13.

que chegou a realizar filmes espetaculares de grande impacto (pense-se em *Intolerância* [1916], de Griffith, ou em *Cabíria* [1914], de Pastrone). Mas ele interpreta esses resultados de uma maneira tão distorcida que chega a transfigurá-los em puro e simples efeito da percepção. Atraído por uma perspectiva anti-histórica e antinarrativa, ele parece falar, com sessenta anos de antecedência, em *Gladiador* (2000), de Ridley Scott, onde os traços literários de um drama histórico se tornam materiais emotivos e psicofísicos, tanto quanto os clamores sensoriais das batalhas. Assim, do ponto de vista de Barjavel, todo o desenvolvimento do cinema se revela como uma amplificação psicofísica das maravilhas circenses, que haviam dado inevitavelmente o impulso inicial ao filme.

Barjavel nos permite entrever a possibilidade de uma história do cinema enquanto história de sua progressiva intensificação sensorial, história de um meio que, enquanto efeito, contribuiu constantemente para o reforço e a erosão daquilo que narra. Antes de *Gladiador*, Barjavel também poderia encontrar um outro referente significativo em *Spartacus* (1960), de Stanley Kubrick, extraído da abundante produção literária do gênero "Roma antiga" que tão frequentemente inspirou o cinema de espetáculo. No entanto, excluindo a distância entre a clara ambientação burguesa, quase de classe média, com que Kubrick tratou o poder, e a elisabetana escolhida por Scott, a verdadeira diferença entre os dois filmes não se refere à estrutura narrativa, o que é confirmado pela base dramática shakespeariana comum a ambos. Pelo contrário, a divergência aparece desde a escolha das citações pictóricas, no primeiro caso voltadas para a autoridade do realismo, no segundo mais voltadas para a transfiguração da pintura visionária, como, por exemplo, a de um Joseph Michael Gandy. E, no filme como um todo, a verdadeira diferença consiste no extraordinário aumento de violência perceptiva com que Scott envolve os sentidos do espectador. A grande batalha não se desenrola dentro da história, mas aparece já na abertura, quando o público ainda não participa da vida dos personagens: em vez do enredo, o trailer, o arrebatamento das imagens e dos sons. O resto procura se manter à altura.

A gênese dessa intensificação cada vez maior das emoções visuais – acompanhada por uma progressiva adequação dos roteiros à máxima condensação do enredo e ao enxugamento dos diálogos – pode ser rastreada no desenvolvimento dos telefilmes e das minisséries de tevê de produção norte-americana, e se encontra plenamente exposta nas produções em que a presença dos ambientes e dos objetos (aqui, a palavra "cenografia" perde o sentido) desempenha um número crescente de funções de primeiro plano ou plano-sequência, numa única solução rítmico-visual com os corpos dos atores. Outros indicadores dessa radicalização da percepção em comparação à narrativa se encontram nos spots de propaganda, em que o efeito visionário anulou os elementos narrativos de base que, mesmo que a conta-gotas, funcionavam como fatores de contextualização necessários para colocar o produto à venda.

O "sangue" evocado por Barjavel como sensação ao vivo, como prazer oferecido ao futuro espectador do cinema total, de fato remete, no tom com que é avaliado, ao sangue que passou a jorrar cada vez mais no cinema pós-moderno, quadro de eventos catastróficos em que todos os corpos e objetos do roteiro estão destinados a se quebrar, romper ou estilhaçar, representação de um mundo em que as ações não são expressão de uma história, mas pretexto para destruir qualquer sinal: vidraças, ruas, carros, edifícios, arsenais, utensílios, mobílias; tudo explode em mil pedaços.

A espectralidade do cinema clássico guarda uma dívida fundamental para com a potência ordenadora do roteiro, capaz de conter os delírios das imagens dentro da estrutura do relato: foi o que ocorreu em todas as fases em que a indústria cinematográfica conseguiu realizar obras ou gêneros com forte referencialidade social. Ao aderir aos arcabouços do imaginário moderno, esses produtos colocaram em cena, por meio das motivações da ficção narrativa, um excesso de vida descontrolada que, no entanto, tinha suas razões fora de si, nas fímbrias entre a remoção e a metabolização dos traumas da vida cotidiana.

Por outro lado, observando o que a narração reprime no cinema, Barjavel espera um excesso de imagens que ultrapasse as mediações postas pelo relato e por suas cláusulas sociais. Ele dedica um parágrafo ao filme falado, que se abre numa direção semelhante às teorias que, partindo de Vertov, chegaram a Eiseinstein e foram além: Barjavel remete o cinema a uma pulsão profundamente antinarrativa, comparável, talvez, à poesia:

> Paro, escuto meus próprios rumores. Ouço o bater surdo de meu coração, o correr do sangue pelas dobras das artérias. Ouço a fome roncar em meus intestinos. Quero arrancar o cimento que me tapa os ouvidos. Quantos gritos, quantos cantos não chegam a mim! Esta casa adormecida está repleta deles, os móveis, as tábuas se distendem. A fenda na parede aumenta um milímetro. [...] A árvore se encorpa, rompe a casca, alonga a ponta dos ramos. Na terra, entre as lajotas, mil animais se devoram.[32]

32 Id., ibid., pp. 25-26.

Nesta página, reencontramos as sensações primitivas do cinema mudo, os desvios alucinados dos primeiros filmes de Buñuel, mas também todo o som inorgânico do filme de horror atual, tão cheio de *sex appeal*, e em geral do cinema que, reduzindo os cenários metropolitanos a um fundo ou *décor*, se transformou em som de alta fidelidade, arrepio da pele: o *espaçamento* do *serial killer*, de sua filosofia e prática das coisas; estar no limiar entre interioridade e exterioridades dos olhos e da carne (o que, no final das contas, corresponde àquela impossibilidade de criar, a não ser no corpo das coisas, que, como vimos, é a função do diretor de cinema).

A partir do momento – portanto, desde o início – em que o cinema mostrou a capacidade de interpretar tecnicamente essa pulsão, a única coisa que restou para os autores literários foi fechar os olhos a tanta dissipação ou se converter em meros leitores da imagem, de uma catástrofe convertida em imagem, de uma tecnologia da catástrofe das imagens da modernidade. A montagem cinematográfica tinha sido o sinal de uma desestruturação fantasmática da realidade; agora, o cinema "radical" a traduz numa execução efetiva da relação dionisíaca entre os corpos reais e seus simulacros. À diferença de outros profissionais da escrita, como, por exemplo, os sociólogos, nostalgicamente presos a uma rígida determinação do jogo das partes entre figura e fundo, somente alguns narradores de amplo consumo foram capazes de se tornar leitores do mundo como cinema, de um mundo transformado em cinema.

A partir dos filmes produzidos e consumidos até o momento, Barjavel tinha plena consciência do futuro do cinema, até do já previsto "cinema tridimensional", antecipação de um espetáculo que, como hoje realmente acontece com a tecnologia Imax, renuncia radicalmente à linearidade do relato escrito, a visões ainda fundadas na relação consensual entre ficção e realidade:

> Os diretores de amanhã sentirão a tentação de usar a cor e o relevo com vistas a um realismo simples. Terão o poder de reproduzir personagens em três dimensões [...]. Por que haveriam de fazer um esforço suplementar? Este milagre técnico não será suficiente para assombrar as multidões? Teremos dançarinas, um dilúvio de coxas redondas e rosadas e diálogos sérios entre velhas senhoras em torno de uma xícara de chá que parecerá de verdade.[33]

Despida de sua ironia antipassadista, esta passagem profética realmente descreve os relatos cinematográficos que agora consumimos: algo de dialógico e narrativo,

33 Id., ibid., p. 14.

que quer parecer verdadeiro, e por meio do qual, dentro dos limites dessa aspiração, a qualidade do romance continua a prevalecer sobre a do cinema.

Barjavel intuiu que o salto descontínuo que teria de ser dado para superar a "idade estúpida" do cinema consistia na pura qualidade da tecnologia, na valorização de suas possibilidades de desenvolvimento, capaz de vencer os velhos programas com que a sociedade moderna a utilizava e, com efeito, ainda tende a utilizar:

> [...] a própria potência dos meios colocados à disposição dos autores de filmes os arrancará desse realismo pobre. A lógica não permite que um trator de dez toneladas seja mobilizado para puxar um carrinho de criança. A dificuldade da tarefa fará uma seleção. Toda nova descoberta irá oferecer uma nova ocasião para errar. Logo os medíocres deixarão de ousar ou ficarão para trás. Um dia irá se revelar o homem capaz de empunhar os instrumentos prodigiosos. Convocará todas as artes, irá engrandecê-las, construirá sua síntese e a lançará viva, animada, à humanidade. Terá alcançado, para além dos séculos, o tempo das grandes epopeias primitivas. Terá alcançado a poesia. O cinema total será o meio de expressão do gênio.[34]

É uma passagem importante do ensaio, em que surge sua contradição externa. Aqui, retomando a sequência inteira que apresentamos para entender o sentido do cinema em relação ao sentido do romance, Barjavel estabelece o curto-circuito não só entre tecnologia e mundo primitivo, mas também entre tecnologia e espírito das vanguardas, a que se deve, justamente, a teorização novecentista do gênio. Referindo-se a esta figura, Barjavel passa de primitivo das imagens a civilizador da cultura. Após acumular cenas e mais cenas de um cinema visionário que encontra sua mais evidente qualidade na destruição da cultura, de qualquer cultura, o caráter destrutivo da proposta se inverte e passa a ser construtivo.

O caráter anfíbio de seu discurso emerge logo depois de demonstrar – sem que, a nosso ver, tenhamos forçado muito – a tese que queríamos defender: a tecnologia cinematográfica continuou socialmente submetida ao vínculo da escrita, e este vínculo se revela na capacidade do dispositivo histórico e social do romance literário em descer até as massas graças aos roteiros, e assim acolher em si o sujeito coletivo da sociedade industrial avançada, oferecendo-lhe todos os dispositivos de gênero já elaborados em sua mercantilização e socialização oitocentista. Verificamos que Barjavel caminha em sentido contrário. Mas, ao tocar o tema culminante

34 Id., ibid., pp. 14-15.

da verdadeira realização do cinema total e fazendo referência à figura do gênio, ele entra em contradição com aquelas que pareciam ser suas premissas. O cinema, na ordem de seu discurso, parecia ter adquirido vida própria, mas agora retorna aos limites do sujeito histórico.

O ponto central se situa nos anos entre o primeiro dadaísmo e o surrealismo. Nos anos 1930, o relançamento novecentista da grande plataforma de expressão, constituída pelos meios de comunicação de massa, tinha passado pela conciliação produtiva entre dois extremos: o analfabetismo do público a ser atraído progressivamente para a esfera do imaginário fílmico narrativo, o máximo de divulgação cultural, e a qualidade suprema do gênio, de um agir intelectual isolado que domina o mundo da experiência negando a linearidade do processo moderno e suas narrativas, precisamente, enquanto fatores de socialização e de massificação.

Os artistas das vanguardas históricas haviam representado o ponto máximo de resistências às teorias e práticas do romance. O breve período de suas atividades, antes que se sucedessem as formas iterativas de suas aplicações setoriais no campo da experimentação, mostra a incompatibilidade essencial entre os conteúdos da vanguarda e as modalidades narrativas da sociedade, de seus aparatos, instituições e dispositivos. A ideia dominante de se subtrair ao tempo da vida social e da história – sem participar de suas *guerras* – levara as vanguardas a formular o manifesto, o slogan "Tornar todas as coisas visíveis", ou seja, a rasgar todas as redes comunicativas, todas as tramas narrativas, todos os produtos, inclusive os artísticos, para ver o que as retóricas sociais ocultam e recobrem com *drama* e espetáculo. Projeto que, como o meio cinematográfico em si, interrompia, bloqueava a matriz moderna da imagem e da escrita, Gutenberg e a perspectiva renascentista.

No espaço exclusivo da genialidade, dava-se a máxima proximidade, o choque, entre o mundo das coisas e o espírito da modernidade; mas, nesse mesmo trauma, a dinâmica inclusiva, com que o sujeito moderno reduz a si o outro que lhe resiste, elevava-se ao regime de funcionamento máximo. Sem esse salto qualitativo, a indústria cultural de massas não teria se efetivado. Aqui percebemos melhor a razão pela qual Barjavel, depois de prefigurar uma sociedade do espetáculo como forma de vida coletiva totalmente passiva e alienada, apesar de sensorialmente maravilhosa, passou com tanta facilidade por sobre o problema ético, se não político-social, de uma sujeição radical do indivíduo, ao defender mesmo assim uma adesão plena e entusiástica ao caráter totalitário e heterodirigido de uma *new society* integralmente dominada pela imagem tecnológica. A razão é que, por fim, ele julga que, para sanar essa perdição da civilização, surgirá a gratificação do gênio que a domina e reduz a si.

Barjavel permanece – e não poderia deixar de ser assim – dentro do dilaceramento supremo da modernidade: sentir os próprios limites e, no entanto, não ver outra subjetividade além da encarnada nesses limites. Ele pressente o futuro da televisão, mas ao final entrega seu destino a um sujeito que precede a coletividade, ao invés de ser sua superação, um sujeito que pacifica o mundo histórico, ao invés de desenvolver sua tremenda fragilidade. Não esqueçamos um outro fator: Barjavel escreveu seu ensaio sobre o cinema na expectativa do final da Segunda Guerra Mundial e no desejo intelectual de se libertar de suas trevas: a mesma expectativa na base da utopia panóptica que vinha sendo retomada no primeiro projeto da cibernética. Aqui, pelo contrário, o que se propõe como ressarcimento do homem é o caráter extremo da visão.

No espaço obscurecido pela falência histórica da modernidade, o projeto wagneriano que havia fascinado Ricciotto Canudo, em sua definição do cinema (1923),[35] também parece ressurgir em Barjavel com uma vontade de poder e uma pulsão dionisíaca e antiestética – antinarrativa, antissocial – que, entregues à satisfação de uma palingênese final, perdem coerência e se tornam ingênuas e empobrecidas. A redução de toda a sociedade humana a uma "obra total do gênio vindouro" é – tal como a cibernética enquanto utopia – a projeção tecnológica do domínio ocidental sobre o mundo: a morte da arte, de novo inscrita e congelada na perfeição (recomposição entre subjetividade e objetividade) da arte clássica, se converte em arte da morte. Readotando a forma daquela mesma totalidade que o romance burguês imagina perdida e, como tal, inutilmente buscada, a estética de Barjavel remete à mesma impotência desesperada das atuais poéticas pós-modernas.

A história moderna, definida primeiramente pela dialética idealista, depois recolocada em movimento pelos conflitos de classe e, finalmente, pelo sujeito coletivo das democracias de massas, considera, em última instância, que a tecnologia é sua única possibilidade de recomposição, sua única possibilidade de abranger dentro de si tudo o que excluiu ao longo de seu percurso. A originalidade de autores como Barjavel consiste em ter apontado nas tecnologias audiovisuais uma dimensão neocosmogônica que esvazia, por dentro e por fora, as razões da invenção romanesca e que, no entanto, precisa mantê-las em circulação.

Desenvolvendo o cinema não narrativo, Barjavel retoma a função máxima das vanguardas históricas, e desempenha-a tal como elas a desempenhariam nas instituições da arte: recolocando em movimento seus sistemas de produção e consumo. Seu ponto de vista, devido aos materiais envolvidos, aborda de perto a integração

35 Cf. R. Canudo, *L'officina delle immagini* [1923]. Roma: Bianco e Nero, 1966.

entre linguagens altas e linguagens baixas operada pelo mercado: reconduz ao centro do discurso um espectador de massa que, fascinado pelo naufrágio, mesmo assim espera reconquistar a província da arte graças ao caráter cósmico do cinema. A excitação máxima do cinema volta a se vincular à sua função sedativa (que voltará a ser um elemento obrigatório também na relação entre a alteração perceptiva provocada pelas drogas e a gerada pela navegação na rede). Nesse esboço de projeto recompositivo, Barjavel se filia, embora num registro tendencialmente pagão, à linha de continuidade entre as antecipações de 1947 de Pierre Teilhard de Chardin,[36] teórico de uma desmaterialização eletrônica religiosa do mundo, resultante do desenvolvimento das tecnologias como resultado da espiritualidade do ser, e o universo aberto, flexível, mas também simultâneo e esférico, filosoficamente descrito por Lévy, em 1994, em sua ideia de "inteligência coletiva".[37]

E assim, abordando o motor da indústria cultural com uma leitura afirmativa e não negativa das vanguardas, Barjavel encerra o futuro do cinema total numa solução universalista da ambiguidade das estéticas e das teorias do primeiro cinema mudo, perde o sentido primígeno de sua ignorância, seu desconhecimento, sua instintividade. Acaba por atender, mesmo que sob a forma de um novo Michelangelo, justamente àquele cinema que gostaria de evitar, o cinema comum, nem verdadeira arte, nem verdadeira vanguarda; o cinema inevitavelmente embotado por aquilo que, mesmo quando se liberta do romanesco e do prosaísmo dos diálogos, continua sempre a ser o único conteúdo efetivo da obra: a narração moderna em si e por si, disposta a sofrer qualquer mortificação para não desaparecer. Essas narrações dependem do trabalho criativo de uma genialidade artística que, recusando-se a calar-se, às vezes cintila com seus "últimos clarões" e amiúde se degrada cada vez mais na repetição de si mesma: um afastamento que, em alguns casos isolados, se expressa no único tipo de obra ainda capaz de oferecer o espírito do tempo às comunidades de massas, mas que na maioria das vezes se manifesta num provincianismo cultural que aproxima autor e público.[38]

36 Cf. P. Teilhard de Chardin, "La formation de la noorsphère" [1947], in *L'avenir de l'homme*. Paris: Seuil, 1959.

37 Cf. P. Lévy, *L'intelligenza collettiva*. Milão: Feltrinelli, 1996 [ed. bras.: *A inteligência coletiva: por uma antropologia do ciberespaço*, trad. Luiz Paulo Rouanet. São Paulo: Loyola, 1998].

38 A literatura sobre a relação entre cinema e romance é imensa. Para uma tentativa de sistematização, cf. A. Abruzzese, "Il cinema oltre la letteratura e oltre se stesso", in "Critica del testo", v. III/1 (2000), *Il Canone alla fine del millenio*. Departamento de Estudos Românicos, Universidade de Roma La Sapienza, pp. 469-522.

## **Leituras**

Experiências com a forma, 1900-1950

ANDREINA LAVAGETTO

## ***Os cadernos de Malte Laurids Brigge***

Rainer Maria Rilke (1910)

Com a publicação dos *Novos poemas* (1907 e 1908), e ainda mais dos *Cadernos de Malte Laurids Brigge* (1910),[1] Rilke se viu na obrigação de justificar a numerosos leitores uma brusca mudança em sua escrita: a guinada para um estilo seco, tenso, duramente "objetivo" na representação também de aspectos sórdidos e dolorosos

1 R. M. Rilke, *Die Aufzeichnungen des Malte Laurids Brigge* [1910], in *Sämtliche Werke*, ed. Rilke-Archiv, E. Zinn (org.), com a colaboração de R. Sieber-Rilke, 7 v., Frankfurt am Main: Insel, 1955 ss., v. VI, 1966, pp. 709-978. [As citações estão indicadas diretamente no texto com o número do volume e página entre parênteses; ed. bras.: *Os cadernos de Malte Laurids Brigge*, trad. Lya Luft. São Paulo: Novo Século, 2008.] Minhas observações se devem sobretudo aos seguintes ensaios críticos: P. de Man, "Tropi (Rilke)", in *Allegorie della lettura*. Turim: Einaudi, 1997, pp. 28-63 [ed. bras.: *Alegorias da leitura*, trad. Lenita Esteves. Rio de Janeiro: Imago, 1996]; U. Fülleborn, "Form und Sinn der Aufzeichnungen des Malte Laurids Brigge. Rilkes Prosabuch und der moderne Roman", in K. Lazarowicz e W. Kron (orgs.), *Unterscheidung und Bewahrung. Festschrift für Hermann Kunisch zum 60. Geburtstag*. Berlim: Walter de Gruyter, 1961, pp. 147-69; A. Destro, "Rainer Maria Rilke – I quaderni di Malte Laurids Brigge", in G. Baione, G. Bevilacqua, C. Cases e C. Magris (orgs.), *Il romanzo tedesco del Novecento. Dai "Buddenbrooks" alle nuove forme sperimentali*. Turim: Einaudi, 1973, pp. 81-99; M. Koch, "Mnemotechnik des Schönen". *Studien zur poetischen Erinnerung in Romantik und Symbolismus*. Tübingen: Niemeyer, 1988, pp. 203-53.

do real. Justamente seus leitores e amigos mais entusiastas, aqueles que tinham amado o *Jugendstil* intimista e ornamental de *Celebração a mim mesmo* [*Mir zur Feier*] ou o *pathos* neorromântico do *Livro de horas*, afastaram-se dele. Desde o princípio, apreciadores e detratores foram unânimes em descrever *Malte* com categorias exclusivamente negativas. A atmosfera dominante era uma angústia capilar e difusa; a descarnada linha narrativa, uma alternância de dor, decadência, solidão e morte; no mosaico de anotações, rebeldes a qualquer tentativa de leitura linear, uma tendência que já estava presente nos *Novos poemas* chegava a consequências extremas: a insistência da escrita – sempre luminosa e cortante – sobre as faces medonhas e disformes do mundo. Corpos assolados de pragas infectas, criaturas desfiguradas pela alienação e pela miséria, objetos abandonados e espectrais que exibem restos repugnantes da antiga vida. Rilke, em seu epistolário, contribuiu para uma leitura em negativo do romance: seja glosando o destino de fracasso e morte de seu personagem, seja comentando a montagem formal da obra como uma série desconexa de anotações díspares e arbitrariamente selecionadas.[2]

A dupla ruptura de que falam as cartas sobre *Malte* – a da unidade do indivíduo e do destino, e a da narrativa fechada e linear – desiludia quem havia acreditado na religião estética que tivera Rilke, em sua obra de juventude, como seu profeta: rompia-se a enfática promessa de salvação através do belo artístico, sobre a qual Rilke havia construído sua cumplicidade com os leitores. Ao mesmo tempo, aquela ruptura era o traço por meio do qual *Malte* ingressava na história da prosa moderna. A crítica concorda em considerar *Malte* como um dos grandes romances da vanguarda de língua alemã. Cronologicamente, também, é um precursor daquela dissolução experimental da forma épica que será assinalada, na Áustria e na Alemanha, pela obra de Kafka, Musil, Broch e Benn, e que correrá paralelamente às grandes epopeias modernas de Joyce e Proust.

As anotações do diário do protagonista Brigge se alinham em sequências não mais guiadas pelo padrão oitocentista: continuidade narrativa, coerência espaço-temporal, desenvolvimento da trama. Pelo contrário, são segmentos em prosa em que um sujeito de contornos fluidos registra a única experiência do mundo agora

2 Ver, entre muitas outras, as cartas a Clara Rilke de 19 de outubro de 1907 (in R. M. Rilke, *Briefe aus den Jahren 1906 bis 1907*, R. Sieber-Rilke e C. Sieber (orgs.). Leipzig: Insel, 1930, pp. 393-95), de 8 de setembro de 1908 (in *Briefe aus den Jahren 1907 bis 1914*, R. Sieber-Rilke e C. Sieber (orgs.). Leipzig: Insel, 1939, pp. 49-52), a Manon zu Solms-Laubach, de 11 de abril de 1910 (id., ibid., pp. 97-101), a Witold Hulewicz, de 13 novembro 1925 (in *Briefe aus Muzot 1921 bis 1926*, R. Sieber-Rilke e C. Sieber (orgs.). Leipzig: Insel, 1937, pp. 369-77).

possível: a libertação definitiva frente ao real, em suas manifestações urbanas e tardoburguesas, o qual só pode ser vivido pelo sujeito como violência e alienação. Exposto à vida crua da metrópole parisiense, o jovem aristocrata dinamarquês, último de uma linhagem decaída, começa a escrever para combater o medo. As anotações iniciais ainda podem ser vinculadas ao cânone do diário; relatam o peso das jornadas entre os lugares da miséria, as ruas, os hospitais, os refeitórios, os parques. À primeira sequência de anotações, todas breves, segue-se em contraste um longo trecho onde, pela primeira vez, aparecem as lembranças de Malte. À crônica da realidade cotidiana vem se alternar, nas anotações seguintes, a memória da infância nos feudos dinamarqueses de Ulsgaard e Urnekloster, residências seculares das famílias de origem. Ao fragmentado relato autobiográfico começam a se entrelaçar lembranças culturais: anotações sobre a música e o teatro, cujos respectivos centros, jamais nomeados, são Beethoven e Ibsen. Os "materiais" começam suas incursões no romance e crescem conforme avança o texto: se os retratos na galeria de Urnekloster, as tapeçarias de Cluny, as rendas, a *mise en abŷme* do marquês de Belmare, os episódios de Nikolai Kusmitsch e do estudante de medicina ainda têm um enquadramento narrativo (a recordação, justamente), e o "livro verde" introduz os episódios de Grischa Otrepjow e de Carlos, o Temerário, o material histórico se emancipa totalmente nas longas notas sobre Carlos, o Louco, e João XXII. Com as anotações sobre o teatro romano de Orange, sobre a arte trágica da modernidade, sobre Safo, e, por fim, com a parábola do filho pródigo, Brigge desaparece definitivamente do texto que, no auge de sua autonomia, se despedaça e se interrompe.

Assim, *Malte* pode parecer uma rede de motivos ligados pela fantasia do autor, uma espécie de mostruário de materiais heterogêneos. Como nos *Novos poemas*, "coisas" esquisitas ou horrendas, magníficas ou repugnantes, alinham-se segundo um princípio compositivo – horizontal, metonímico – que Paul de Man[3] remete à categoria do interessante: dissolvida qualquer diferença entre os cânones do feio e do belo, todos os objetos (a hortênsia azul e o rei leproso, o necrotério e o anjo do relógio de sol) têm o mesmo poder de sedução. O vínculo entre o romance e a grande coletânea lírica em dois volumes é estreitíssimo: o esforço de "ver" as coisas do mundo em sua nudez e simplicidade, indiferente a qualquer vontade humana de posse, sustenta a esplendorosa galeria dos *Novos poemas* e as estações dolorosas de *Malte*. Mas a supremacia do *Ding* [objeto], exaltada e triunfante nas esplêndidas figurações líricas, converte-se em sofrimento na prosa. Exatamente

3 De Man, "Tropi (Rilke)", op. cit., pp. 30-31.

aqui, na passagem de uma a outra modalidade do "dizer objetivo", é que se deve procurar o verdadeiro papel do romance na poética de Rilke.

Mas convém continuar, por ora, no plano da observação exterior. Seria possível discernir a intenção da obra no avanço crescente rumo à dissolução final do sujeito narrativo, engolido pelos materiais: colocar-se como *analogon* formal da desagregação da experiência na sociedade tardoburguesa. A natureza dos materiais pareceria confirmar essa hipótese. Extraídos de fontes ostensivamente remotas,[4] eles entram nos papéis de Malte com uma dicção contraditória: fiéis à fonte e radicalmente elípticos. Passagens inteiras são citações quase literais, mas se subtraem à compreensão porque aludem a fatos sabiamente eliminados; o leitor é obrigado a integrar continuamente o significado ou a aceitar, como sugeria Rilke, a "tensão do anonimato": seja como for, o sentido se coloca como a entidade em vias de consunção progressiva, de erosão, até a desagregação final. Como se o romance reproduzisse em sua estrutura o eclipse do sentido. Ali, no registro da crise, no paradoxal relato da impossibilidade de relatar, ele se encontraria com as outras grandes experiências romanescas da época.

Mas não é assim. *Malte* vem a ser um grande romance moderno por uma via excêntrica. Parte, como apontaram importantes estudos,[5] de premissas singulares. Não é fruto de uma reflexão sobre o destino da narrativa; não participa do trabalho de destruição da velha forma para atingir a forma nova; não segue as vias da dissolução ensaística (Musil), do fluxo de consciência (Joyce), da recordação (Proust), da parábola (Kafka), para projetar uma narrativa que responda às questões metafísicas colocadas pela nova era. Sem *pars destruens*, sem experiências, sem trabalho sobre o passado, Rilke parte do nada para chegar a uma narrativa radicalmente moderna. Não é um romancista, na verdade. Não tem talento épico, nem urgência em dar

4 As fontes foram reconstruídas, para o conjunto de motivos dinamarqueses e germano-setentrionais, por F. Lüning, "Einflüsse auf Rilkes Malte Laurids Brigge von Haseldorf und dänischen Buchveröffentlichungen", in E. Schlee (org.), *Kunst in Schleswig-Holstein 1959*. Flensburg: Christian Wolff, 1959, pp. 53-76. Em sua totalidade, por B. von Witzleben, "Quellenstudien zu Rilkes Die Aufzeichnungen des Malte Laurids Brigge", in H. Engelhardt (org.), *Materialen zu Rainer Maria Rilkes "Die Aufzeichnungen des Malte Laurids Brigge"*. Sttutgart: Suhrkamp, 1974, pp. 280-302.

5 Em primeiro lugar Fülleborn, "Form und Sinn der Aufzeichnungen", op. cit.; a seguir, W. Seifert, *Das epische Werk Rainer Maria Rilkes*. Bonn: Bouvier, 1969, e A. R. Stephens, *Rilkes Malte Laurids Brigge. Strukturanalyse des erzählerischen Bewusstseins*. Berna/Frankfurt am Main: Herbert Lang, 1974. Na Itália, Destro, "Rainer Maria Rilke – I quaderni di Malte Laurids Brigge", op. cit.

conformação narrativa ao real (pelo contrário: a prosa, para ele, é a menos natural das formas). É um grande lírico e, como Benn e George, autor de ciclos líricos. Chega a *Malte* com e graças à experiência do *Livro de horas*, do *Livro das imagens*, dos *Novos poemas* coetâneos; com um repertório multiforme de motivos já consolidado; com uma "fantasia associativa" tão exercitada capaz de andar sozinha, com leveza e segurança;[6] com uma sólida prática de encerrar fenômenos complexos e cambiantes em composições breves, compactas, estruturadas até os mínimos detalhes da sintaxe, do léxico e do som; com um senso de ritmo impecável. Essa ascendência lírica permite descrever as anotações de Malte com categorias positivas; em vez de estilhaços e resíduos de uma unidade perdida, elas podem ser vistas como breves unidades em prosa com sólida escansão interna, autônomas e completas: *poèmes en prose* na tradição – citada claramente num dos pontos nevrálgicos de *Malte* – de Baudelaire. Da mesma forma, sua sucessão, longe de ser casual ou arbitrária, corresponde ao princípio associativo e rítmico do ciclo lírico. A gênese lírica – e não épica – de *Malte* explica a ordem peculiar, mas rigorosa, por trás da aparente falta de estrutura.

A ossatura retórica de *Malte* é um princípio – observável também e sobretudo na lírica – ao qual Rilke se manteve fiel por toda a vida: os maiores intérpretes a definiram como uma lei de complementaridade. Pela "*sainte loi du contraste*" de que ainda fala um dos tardios *Vergers* (II, p. 528), figuras e motivos tendem, no texto rilkeano, a evocar motivos e figuras de sinal contrário, que se colocam como o "inverso", e portanto como integração necessária. A unidade assim constituída não é estática; é antes uma totalização dinâmica em que as duas partes adquirem o poder de se iluminar reciprocamente, de conferir e adquirir fisionomia. Na interação com a "outra parte", em obediência às "*ordres complémentaires*" (II, p. 529), cada figura chega à plenitude de sua função. No romance, esse mecanismo é visível em diversos planos. Toda a estrutura temporal, por exemplo, se articula segundo a complementaridade de duas dimensões: ao presente parisiense narrado nas sete primeiras anotações, segue-se, na oitava, o passado da infância dinamarquesa. A contraposição é clara: à angustiante fragmentação do moderno se opõe a coerência do antigo; à morte "imprópria" das multidões anônimas na metrópole corresponde a morte autêntica, ritual do Camareiro. O presente "chama" o passado como seu complemento. Da oitava anotação em diante, o romance alternará crônica cotidiana e evocação do passado. Somente quando Brigge começa a relacionar as duas dimensões temporais, a mover-se no novo e fluido espaço da "plenitude perfeita"

6 Fülleborn, "Form und Sinn der Aufzeichnungen", op. cit., p. 154.

(VI, p. 723; ed. bras.: p. 18), é que se abre para ele a possibilidade de entender: a percepção de si e da cidade se amplia para incluir aspectos positivos ao lado dos negativos; a infância começa a se desenterrar e, de sob o rígido manto mortuário do medo, a se unir com a idade adulta. Apenas na tensão da complementaridade os dois tempos lançam luz e sentido um sobre o outro.

O material histórico também permite vislumbrar uma clara trama de relações complementares. Os episódios (como mostraram Walter Seifert e Alberto Destro) se ligam e interagem segundo uma lei de polaridade que lhes tira a gratuidade do anedótico e os estrutura em unidades significantes. Mas é sobretudo a complementaridade de ausência e presença que dá forma a *Malte*: no momento em que o cão corre ao encontro de Ingeborg ausente, ao vazio deixado por Ingeborg, a totalidade de Ingeborg – viva e morta ao mesmo tempo – se manifesta, numa espécie de epifania, à família reunida para o chá (VI, pp. 790-92; ed. bras.: pp. 77-78). A parede que restou após a demolição, diante da qual Brigge foge horrorizado, evoca, com seus resíduos nauseantes, a casa ainda inteira com a vida esquálida e miserável de infinitas existências anônimas (VI, pp. 749-51; ed. bras.: pp. 40-42). O castelo dos Schulin foi destruído por um incêndio, mas é do vazio que provém sua presença, tão forte e impositiva que se faz viva em cada gesto dos personagens (VI, pp. 836-41; ed. bras.: pp. 119-26). Quando, na cidade adormecida por um instante, se aplaca o rumor que o atormentava e Brigge "ouve", ainda mais terrível, o silêncio, ele compreende toda a violência da realidade que o circunda (VI, p. 710; ed. bras.: p. 7). A antiga morada de Urnekloster é feita de ausências: parentes e avós mortos, salas desertas, escadarias escuras, jardins abandonados, silêncios. Mas o velho conde Brahe e o menino Erik, em sua cumplicidade, vivem uma dimensão integral porque não distinguem entre os vivos e os mortos, entre os vivos e os fantasmas, entre os vivos e os ainda não nascidos (VI, pp. 729-41; ed. bras.: pp. 23-33).

A ausência, a forma oca, o vazio são figura central e constante na prosa de *Malte*; como na lírica dos *Novos poemas*, são o que dá início ao movimento da totalização, a inversão que gera totalidade ("envoltório", "avesso", "conversão", como disseram, às vezes, os intérpretes). Apenas na tensão com seu contrário, retornando, por assim dizer, da negatividade, cada fenômeno adquire forma autêntica. A figura que se afirma no final do processo, na totalização, é mais forte, mais intensa, mais plena. É sinal e promessa de uma existência potencializada.

Não é preciso lembrar que, muitos anos depois dos *Novos poemas* e de *Malte*, no final de um longo e penoso percurso, as *Elegias de Duíno* serão o poema da passagem humana sobre a terra e de sua chegada, através da dor e da morte, a uma "presença excedente" (I, p. 720), que, justamente por se nutrir da amaríssima consciência do exílio e da caducidade, afirma a magnificência de ser no mundo (I, p. 710). Nas *Elegias* e nos contemporâneos *Sonetos a Orfeu*, o lamento se inverterá na celebração órfica da existência.

A filosofia rilkeana da arte ocupa uma posição difícil numa época marcada pela herança de Nietzsche e dominada pela *Sprachskepsis*. Estamos diante de um imponente *opus* poético que, pelo menos a partir do *Livro da pobreza e da morte* (1903), enfrenta os grandes temas existenciais da morte, da dor, do amor irrealizado: no universo rilkeano, os homens são criaturas fragílimas, efêmeras, debilitadas pela consciência da morte; exilados do mundo "aberto" das criaturas, não têm morada em lugar algum e estão sempre no ato de se despedir. Em versos que se tornaram célebres ["*Nicht sind die Leiden erkannt,/ nicht ist die Liebe gelernt,/ und was im Tod uns entfernt,/ ist nicht entschleiert*", I, p. 743],[7] o *Soneto a Orfeu* (I, XIX) enumera os grandes deveres do ser diante dos quais a alma humana sempre falhou e continua a falhar. E a ideia central de *Malte*, escreve Rilke em 1915 a Lotte Hepner, é:

> apenas *isto*, com todos os meios e com todos os exemplos isto: *isto*, como é possível viver, se os elementos desta vida nos são totalmente inapreensíveis? Se no amor somos sempre insuficientes, no decidir incertos e diante da morte ineptos, como é possível existir?[8]

E no entanto, justamente ao constatar a separação metafísica entre natureza e consciência, o texto rilkeano promete salvação. É o lugar onde o mal da existência se afirma e, no mesmo gesto, se configura como superável. Mas seria uma simplificação liquidar esse pensamento assimilando-o a posições mais banais do esteticismo do início do século.

Na biografia espiritual de Rilke, a felicidade da criação poética é, em medida particularmente evidente, experiência primária. "Dizer" as coisas do mundo é seu instinto mais antigo; desde a juventude, um instinto inconteste. A identidade

7 "Não se conhecem as dores,/ não se aprendeu o amor,/ e o que na morte nos afasta/ não está desvendado", in R. M. Rilke, *Poemas – As elegias de Duino, Sonetos a Orfeu*, trad. Paulo Quintela. Porto: Asa, 2003, 5.ª ed., p. 210.

8 Carta de 8 de novembro de 1915, in *Briefe in zwei Bänden*, H. Nalewski (org.). Frankfurt am Main/Leipzig: Insel, 1991, v. I, pp. 599-600.

de Rilke se constitui na absoluta consciência de um talento linguístico e musical extraordinário. A facilidade e o virtuosismo com que sua língua dútil, rica e flexível se apropria de todas as matérias e as transforma em eufonia e ordem figurativa dão-lhe, desde o início, um senso de onipotência capaz de colocar na sombra qualquer experiência de dor e miséria existencial. O eu empenhado no ato da criação e restituído, como num espelho, pelo texto poético (perfeito, feliz, coerente), entra em concorrência com o eu empenhado no contato com o real. O universo dos sons e das figuras é para Rilke, desde o princípio, mais autêntico do que o universo material. A obra de juventude tem como único conteúdo a euforia derivada de faculdades de expressão ilimitadas;[9] condição absolutamente autorreferente, celebra sua própria maestria. E conforme a subjetividade do poeta vai se espraiando no verso, cantando o próprio mundo interior, ele assume o tom e o gesto do anúncio profético. Rilke vê no texto poético o lugar de fundação e constituição do sentido; faz-se porta-voz enfático de uma religião da arte que promete redenção da dor. Suas primeiras coletâneas líricas e os textos que as acompanham – ensaios, resenhas, diários e cartas pelo menos até 1903 – têm o *pathos* de quem anuncia a salvação.

Logo Rilke intui os perigos presentes na abstração intimista e estetizante de sua poesia. Entende quão próxima do *kitsch* está uma arte que – nessa absolutização enfática do significante – renuncia a lidar com a matéria, com a irredutível alteridade da natureza, com as formas concretas da história e da cultura. O caminho do poeta que, ébrio com seu próprio poder, transforma as coisas em puras funções de sua voz e se faz profeta do sentido é inevitavelmente o caminho do diletante. Assim Rilke toma uma penosa estrada de disciplina que, em 1902, o leva a Paris, à escola de Rodin. A dureza dos primeiros anos parisienses (dos quais extraiu o material biográfico e psicológico de *Malte*), a impiedosa severidade com que a vida no ateliê-parque de Meudon transforma o jovem poeta, estão documentadas em dezenas de cartas. Rilke aprende o *ethos* do trabalho cotidiano, obscuro e sem reconhecimento; exercita o olho a ver as formas do real em sua independência da percepção humana; estuda a simples manifestação delas, sua inacessível presença no espaço. Dos ensinamentos de Rodin nasce a práxis poética do *sachliches Sagen*: um "dizer" que respeite a misteriosa autonomia das coisas e restitua sua pura evidência. Os *Novos poemas* são o resultado da labuta e da profunda transformação. A experiência tem um resultado magnífico. O perigo do sentimentalismo e do

9 Ver, sobre este ponto, De Man, "Tropos (Rilke)", op. cit., pp. 36-40.

*kitsch* parece esconjurado. Sua nova arte – Rilke sabe – é lírica, sábia e elevada, longe de qualquer diletantismo.

Mas a retórica da obra desmente o assunto programático; a língua dos *Novos poemas* rompe o obstáculo que ela mesma se colocara. Parece olhar o próprio objeto e restituí-la em sua rude obejtividade, mas na verdade faz outra coisa. Olha, com certeza, mas do real capta apenas aquilo que permite o jogo retórico da totalização. Escolhe aquelas "coisas" que, na lógica figurativa, podem chegar, na integração com seu contrário, a uma totalidade. O virtuosismo é tal que uma enorme gama de objetos, fatos e pensamentos se faz presente nos *Novos poemas*; e o sucesso é tanto maior onde maior é o desafio, onde a negatividade se inverte em positividade. A ordem figurativa criada pelo texto se coloca como *exemplum* de unidade, coerência e totalidade contra a separação, fragmentação e parcialidade do real. No texto constitui-se aquele sentido negado pela realidade.

Sabe-se que, na conclusão dos *Novos poemas* (1908), inicia-se para Rilke um período de profundo mal-estar, temor e angústia pelo destino de sua poesia. Comentando a poética da *Sachlichkeit* [objetividade], nos meses e anos seguintes, Rilke fala de soberba, voracidade e violência; em longas confissões epistolares, admite ter cedido uma vez mais, apesar da ascese programática e da ética do respeito, ao antigo instinto de possuir as coisas, violentando-as com a força e a astúcia de seus instrumentos retóricos.[10] Ao invés de uma fase de segurança e felicidade pelos extraordinários resultados alcançados, abre-se para Rilke o tempo da crise. Interminável e atormentada, como sabemos, só se encerrará em 1922 com as *Elegias de Duíno* e os *Sonetos a Orfeu*.

*Malte*, composto em grande parte entre 1908 e 1910, geralmente é visto como a obra da crise. E de fato é; é seu primeiro ato, sofrido como uma doença. Mas o sofrimento não é (apenas) explicável com o apagar-se da inspiração, com o esvair-se da assombrosa e longa concentração dos *Novos poemas*; nem com a árdua tentativa de recuperar materiais psicológicos e históricos para a escrita, e menos ainda com uma necessidade genérica de mudança. A fase poética que se abre com *Malte* é talvez inteligível como uma decisão de Rilke de submeter a provas extremas sua fé, inextinguível pois constitutiva, nas capacidades redentoras e palingenéticas da poesia. Diante do paradoxal fracasso de sua obra mais perfeita – é o que lhe revelam, em outubro de 1907, as telas de Cézanne expostas no Salon d'Automne –,

10 Ver, entre outras, as cartas a Marie Taxis, de 30 de agosto de 1910, e a Magda von Hattingberg, de 17 de fevereiro de 1914.

Rilke radicaliza a experiência: toma o caminho da negatividade mais exacerbada, enfrenta os temas da mais crua dor existencial, relata a história de dissolução e morte de Laurids Brigge. Num tecido retórico, porém, que propõe constantemente a figura da inversão do negativo em positivo.

Em *Malte*, como em todas as grandes obras que se seguiram, Rilke conserva inabalada a fé no sentido gerado pelo jogo dos significantes e – ciente de todas as suas fraquezas – procura dar-lhe dignidade de projeto filosófico. Nisso, ele difere dos outros grandes poetas e romancistas do moderno: não respeita o limite de uma dimensão do ser irremediavelmente "outra" em relação ao humano, não admite a imperscrutabilidade e irredutibilidade da lei que governa o real. Da lúcida noção da dor chega a uma "ontodiceia" cujo porta-voz é o poeta, celebrando a totalidade da existência.[11]

Assim se pode entender, talvez, o que Rilke, na carta já citada, escreve a Lotte Hepner, dizendo ver *Malte*

> como uma forma vazia, um negativo cujas cavidades e depressões, todas, são dor, desconsolo e dolorosíssima consciência, mas cujo molde, se fosse possível construir um (como num bronze a figura positiva que resultaria), seria talvez felicidade, concordância – exata e plena beatitude.[12]

11 Fülleborn, "Form und Sinn der Aufzeichnungen", op. cit., p. 169.
12 Rilke, *Briefe in zwei Bänden*, op. cit., p. 65.

ANN BANFIELD

# *Mrs. Dalloway*
## Virginia Woolf (1925)

Muitas vezes Virginia Woolf manifestou a vontade de "descobrir" uma forma narrativa que exprimisse plenamente o que Lytton Strachey definia como o "ponto de vista moderno".[1] "Descoberta", e não tanto "criação", porque em seu espírito a "ficção moderna" devia corresponder à realidade moderna, ou seja, aquela que os romances de Arnold Bennett, por exemplo, eram incapazes de captar. Longe de querer simplesmente "contar histórias", Woolf concebia sua arte em termos quase científicos, talvez influenciada, como Clarissa Dalloway, pela leitura precoce de John Tyndall, o físico vitoriano amigo de seu pai. Para dar nova forma ao romance, a escritora tomou como modelo as artes visuais, visto que o modernismo, segundo sua intuição, foi de início um movimento pictórico. Tal ponto de vista tinha-lhe sido sugerido pelas teorias do amigo Roger Fry, o crítico e artista que, com sua exposição de 1910, havia divulgado na Inglaterra os pintores então conhecidos como "pós-impressionistas". Segundo Fry, o impressionismo levara a uma conclusão lógica a análise das aparências visíveis, mas com isso dissolvera a unidade do espaço pictórico; depois, Cézanne, partindo justamente das pesquisas impressionistas, havia conferido a essa "visão" um "desenho" que, para

1 Q. Bell, *Virginia Woolf*. Milão: Garzanti, 1974, p. 292.

Fry, não era uma forma imposta de fora ao material visual, mas algo já presente, pelo menos em parte, por trás das próprias aparências, como a estrutura dos cristais, descoberta por Tyndall, ou "a rede de relações [...] que nos é revelada pelas experiências científicas".[2]

Mas como apresentar essas "transformações" da visão em desenho, como dizia Fry, por meio da linguagem? Woolf, em suas experiências, voltou a percorrer a história da arte, tal como a entendia Fry. Depois das explorações cautelosas de *The Voyage Out* (1915), a autora retornou, com *Night and Day* (1919), ao que definiria depois como "meu exercício no estilo tradicional". Mas ao mesmo tempo concedia-se alguns "prazeres": "Nunca esquecerei o dia em que escrevi 'The Mark on the Wall', de um só fôlego".[3] O jogo experimental, como em outros romancistas modernos, assumia aqui a forma do conto curto. "A grande descoberta foi 'An Unwritten Novel'", declara no verão de 1917; "fez-me entender como podia dar corpo a todas as minhas reservas experimentais numa forma adequada."[4] Nessas narrativas curtas, mas diferentes do conto tradicional por serem construídas como coletâneas de impressões fugidias, a fase "impressionista" se manifesta justamente na experiência mental de imaginar o mundo de uma outra perspectiva espaçotemporal. Porque, de fato, existiam. Outros pontos de vista".[5] Em "An Unwritten Novel", por exemplo, a narradora, sentada no compartimento do trem, busca "o conhecimento em cada [rosto]",[6] isto é, inventa a vida interior da mulher sentada em frente; e essa experiência está na base de *Mr. Bennett e Mrs. Brown* (1924), o ensaio em que Woolf contrapõe seus conceitos de romance e de "realidade" moderna aos de Bennett, que a definira polemicamente como "impressionista". Esses pontos de vista hipotéticos substituíam a descrição da realidade segundo o "ponto de vista masculino":[7] no lugar das coisas que "não eram afinal tão verdadeiras assim", como os almoços de domingo, havia uma "marca na parede", uma coisa "importante e séria".

2 J. Tyndall, *Lectures on Light: Delivered in the United States in 1872-73*. Nova York: D. Appleton, 1873, p. 31.

3 Bell, op. cit., p. 292.

4 Id., ibid.

5 V. Woolf, *Mrs. Dalloway* [1925], trad. Mário Quintana. 13.ª reimp. Rio de Janeiro: Nova Fronteira, 1980. Daqui em diante citado diretamente no texto com o número da página entre parênteses.

6 Idem, "Um romance não escrito", in *Contos completos*, trad. Leonardo Fróes. São Paulo: Cosac Naify, 2005, p. 149.

7 "Il segno sul muro", in *Saggi, prose, racconti*, trad. N. Fusini. Milão: Mondadori, 1998, p. 9.

> Assim, despertando de um sonho de horror à meia-noite, logo a pessoa acende a luz e se mantém quiescente, adorando o gaveteiro, adorando a solidez, adorando a realidade, adorando o mundo impessoal que é prova de alguma existência que não a sua.[8]

Não se trata apenas da substituição de mundos privados por regras sociais tranquilizadoras, evocadas pelo "almanaque Whitaker" e pelo "Ordem de Precedência",[9] mas do curto-circuito entre a intimidade e um mundo vazio privado de presença humana. Dos móveis, devido à madeira, o pensamento passa para as árvores, que crescem e nós "não sabemos como".[10] "Onde é que eu estava? Do que é mesmo que se tratava? Uma árvore? Um rio? A região dos Downs? O 'Almanaque de Whitaker'."[11] O estilo impressionista desses contos é formado também por livres associações, por peregrinações da mente que dão

> uma nova forma para um novo romance. Imaginemos que cada coisa se ligue a outra – como num romance não escrito – só que não por dez páginas, mas por duzentas [...], nenhum andaime, e a custo se verá um tijolo crepuscular.[12]

Mas Virginia Woolf também foi sensível à crítica de Fry ao impressionismo. Quando elaborava *Jacob's Room*, havia declarado: "a unidade, tenho ainda de descobri-la [...], tenho ainda de tatear e experimentar",[13] e mais tarde demonstrou a preocupação de que os resenhistas achassem *Mrs. Dalloway* um romance "solto, porque as cenas da loucura não combinam com as cenas na casa da família Dalloway".[14] Com efeito, *Mrs. Dalloway* tinha nascido como um conto, "Mrs. Dalloway in Bond Street", esboço do início do romance; comparando-se os dois textos, são evidentes as mudanças que converteram o conto impressionista num romance pós-impressionista. Desaparece a primeira pessoa utilizada em "An Unwritten Novel" e "The Mark on the Wall". A representação da consciência de Clarissa Dalloway – condensada no conto em curtos monólogos interiores, como seu

8 Id., ibid., p. 112.
9 Id., ibid., p. 111.
10 Id., ibid., p. 112.
11 Id., ibid., p. 113.
12 *Diario di una scrittrice, 26 jan. 1920*. Milão: Mondadori, 1979, p. 43.
13 Id., ibid., pp. 43-44.
14 Id., ibid., 13 dez. 1924, p. 104.

diálogo com Hugh Whitbread – se transforma no romance em discurso indireto livre, o que permite ampliar os pensamentos de Clarissa, e, além disso, a quantidade de pontos de vista é drasticamente multiplicada, tal como Monet havia multiplicado as perspectivas da catedral de Rouen. "Para sustentá-la, posso invocar inúmeros outros personagens", escreve Woolf sobre Clarissa:[15] é o que Auerbach definiu como estilo "pluripessoal" de Woolf.[16] Essa proliferação dos pontos de vista explodiria todos os personagens, dispersando a "chuva de ideias" de que falava "The Mark on the Wall", exatamente como um tiro dispersa os corvos, segundo a metáfora predileta da autora.

Mas o problema da unidade colocado por uma técnica radicalmente impressionista exigia bem mais do que a explosão do ponto de vista singular: Woolf afirma, em *Modern Fiction* (1919), que as ideias esparsas deviam, por assim dizer, "depositar-se" numa segunda ou terça-feira, exatamente como, segundo Tyndall, "os corpos naturais recebem sobre si, na branca luz solar, a soma total das cores, que eles apenas filtram".[17] O "desenho", em suma, devia adquirir uma dimensão temporal, segundo o modelo de Proust e Joyce, que Woolf estava lendo na época em que trabalhava em *Mrs. Dalloway*. O romance toma de empréstimo a *Ulisses* a unidade de tempo e espaço, sua geografia urbana, e, para dar profundidade histórica à sua jornada de junho, Woolf adota aquele "tatear durante um ano inteiro para descobrir o que eu chamo de meu avanço por galerias",[18] cujo resultado é o "passado em prestações", que faz de *Mrs. Dalloway* uma espécie de *Tempo redescoberto* (a obra de Proust também termina com uma festa que reúne os personagens principais), um *Em busca do tempo perdido* condensado num único volume. O procedimento – que, em 1923, Woolf definiu como sua "principal descoberta, até agora"[19] – estava ausente de *Jacob's Room* (1922), e, embora baseado em leituras de Proust, não era muito semelhante ao do escritor francês, e diferente também era o seu papel no desenho da obra. Quanto a *The Hours* (que originalmente seria o título de *Mrs. Dalloway*), a escritora já tinha pensado "como eu escavo belas cavernas por trás de meus personagens",[20] mas o ponto era que "as cavernas se

15 Id., ibid., 15 out. 1923, p. 92.
16 E. Auerbach, *Mimesis*, trad. George Bernard Sperber. São Paulo: Perspectiva, 1971, p. 492.
17 Tyndall, *Lectures on Light*, op. cit., p. 29.
18 Woolf, *Diario di una scrittrice*, op. cit., 15 out. 1923, p. 92.
19 Id., ibid.
20 Id., ibid., 30 ago. 1923, p. 91.

comuniquem e cada qual apareça à luz no momento certo".[21] Uma técnica que não deve ser entendida apenas como substituição de um ponto de vista objetivo por um subjetivo: cada sujeito elabora seus pensamentos, mas estes contêm referências a tempos e lugares nos pensamentos de outros sujeitos que, assim, adquirem uma existência independente – daí, talvez, o recurso à ideia platônica da caverna. O personagem pensante não é necessariamente consciente dessas sobreposições, embora Clarissa tenha uma vaga percepção delas: com Peter Walsh e Sally Seton, "mais do que com qualquer outra pessoa", Clarissa partilhava o

> passado [...]; o jardim; as árvores; o velho Joseph Breitkopf a cantar Brahms sem voz nenhuma; o papel do salão; o cheiro dos estofos. Sally seria sempre uma parte disso tudo; Peter também (pp. 174-75).

Se a festa é uma ocasião para reunir todos os conhecidos, é o estilo do romance que vem ligá-la com todos os que não conhece: "Tinha estranhas afinidades com gente a quem nunca falara [...]" (p. 147). A capacidade de mudar os pontos de vista, e acompanhar os saltos arbitrários da mente, estabelece no romance relações entre os diversos pontos de vista e constrói um passado comum independente da mente individual, assinalado, no "tempo público", pelo bater das horas. As cavernas se comunicam graças a um passado impessoal, para além da memória humana e de uma geografia – não só a da populosa Londres – onde também existem espaços privados de presença humana. O mais importante não são os momentos de comunicação entre duas subjetividades,

> Não era beleza; não era inteligência. Era essa coisa central, que se comunica; alguma coisa de cálido que quebra a superfície e encrespa o frio contato de homens e mulheres, ou de mulheres entre si. Pois *isto* ela obscuramente compreendia (p. 34).

O que mais importa é a consciência, que nenhum personagem possui plenamente, de que existem afinidades ocultas. Normalmente, para designar esse saber impessoal do romance, fala-se em "narrador onisciente", mas Woolf não concordaria com essa noção quase teológica de um único sujeito "pessoal" de conhecimento. Mesmo escrevendo que "o mundo inteiro é uma obra de arte, e nós somos parte da obra", Virgina Woolf se opunha à ideia de um deus nessa criação:

21 Id., ibid.

> Mas não existe nenhum Shakespeare, não existe nenhum Beethoven; certamente, absolutamente, não existe nenhum Deus; nós somos as palavras; nós somos a música; nós somos a coisa mesma.[22]

Esse universo sem um motor primeiro assumiria uma posição estrutural separada, que a escritora definiu como "interlúdio" nos dois romances posteriores a *Mrs. Dalloway*: *To the Lighthouse* (1927) e *The Waves* (1931).

Tal projeto literário, que assume a forma lógica de um conhecimento mais amplo do que o de qualquer indivíduo, define também uma visão social, como aparece claramente, no início do romance, na cena em que o automóvel atravessa Londres levando em seu interior… "Mas de quem era a face, ninguém sabia. Do príncipe de Gales? da rainha? do primeiro-ministro?" (p. 17). A ocorrência é registrada por muitos, não só pelos personagens principais, mas também por quem, por ora, é um simples nome próprio: Edgar J. Watkiss, sir John Buckhurst, Moll Pratt, Sarah Bletchley, o senhor Bowley. Eles se fundem na multidão: à passagem do automóvel, "as faces, de ambos os lados da rua" foram banhadas "com o mesmo obscuro sopro de veneração, não se sabia se pela rainha, o príncipe, ou o primeiro-ministro" (p. 19). "Todas as cabeças se inclinavam no mesmo sentido" (p. 20). Uma mesma deferência se insinua entre os convidados à festa de Clarissa; sem terem consciência da emoção partilhada na rua,

> […] sentiam, até a medula, a passagem daquela majestade; o símbolo do que todos eles representavam, a sociedade inglesa. […] uma espécie de arrepio, de emoção, perpassava de um em um: o primeiro-ministro! (p. 165)

Podemos falar das "consequências" dessa sua "afinidade" nos mesmos termos econômicos com que Keynes falava de "consequências econômicas da paz", que agiam independentemente das personalidades individuais que haviam estipulado o tratado de Versalhes. No plano pessoal, embora tratada com delicado humorismo, a emoção encerrada em cada coração não é apresentada como ridícula nem grotesca: "como que prontos a servir seu soberano, até à boca dos canhões, se preciso fosse, como o tinham feito seus antepassados" (p. 21). Há, porém, um outro ângulo pelo qual essa sensação é avaliada: a dos "rapaces e insidiosos […] dedos da guerra europeia" (p. 285), que o romance nos recorda continuamente.

22 "Momenti di essere", in *Saggi, prose, racconti*, op. cit., p. 1106.

É sobretudo Septimus Warren Smith que dá seu testemunho, muitas vezes de maneira silenciosa, de um outro ponto de vista: quando, por exemplo, ouve Edgar J. Watkiss anunciar respeitoso "o carro do primeiro-ministro", tem um "olhar desconfiado que inspira desconfiança aos demais" (p. 17); embora tivesse sido um dos primeiros voluntários, não sintonizava mais com as reverências gerais. "Entrincheirado", verifica-se "a mudança que Brewer pressagiava, aconselhando-o a jogar futebol": e aqui nos voltam as palavras de Lucky, de Samuel Beckett, após uma outra guerra na Europa:

> não obstante os avanços na educação física na prática de esportes tais quais quais quais o tênis o futebol a corrida o ciclismo a natação a equitação a aviação a conação o tênis a camogia a patinação no gelo e no asfalto o tênis a aviação [...] numa palavra a perda líquida per capita.[23]

Porque Septimus, que sofre daqueles sintomas que Sir William Bradshaw diagnostica como "repercussões tardias dos choques cerebrais" (p. 176), que o levam ao suicídio, notou "o leve enrugamento" deixado pelo automóvel,

> Alguma coisa tão insignificante, em certo sentido, que nenhum instrumento matemático, embora capaz de registrar terremotos na China, lhe poderia captar a vibração; mas, considerada em si mesma, formidável e comovente; pois, em todas chapelarias e alfaiatarias, pessoas estranhas entreolharam-se e pensaram nos mortos; na bandeira; no império. Na taberna de uma rua transversal, um colonial insultou a Casa de Windsor, o que ocasionou discussões, copos de cerveja quebrados, um tumulto geral [...] (p. 21)

Esse poder de fascinação se propaga em ondas concêntricas, tal como se difundem "em círculos de sons" (p. 51) do Big Ben e de Saint Margaret quando batem as horas: e a metáfora das ondas é perfeitamente análoga à das cavernas intercomunicantes.

Se a esfera social é um sistema de mentes que pensam em uníssono, mesmo na presença de um sujeito fora de sintonia (pois Peter Walsh, apesar de suas críticas ao Império, partilha a emoção patriótica da multidão), ela também pode se

23 S. Beckett, *En attendant Godot* [1952] [ed. it.: *Aspettando Godot*, trad. C. Fruttero. Turim: 1956, pp. 56-57; ed. bras.: *Esperando Godot*, trad. Fábio de Souza Andrade. São Paulo: Cosac Naify, 2009, 3ª reimp., p. 86 ].

tornar um lugar de conflito entre pontos de vista. Com efeito, há no romance um ponto de vista totalmente negativo, em oposição ao entusiasmo da multidão, o da "odiosa" (p. 123) Doris Kilman: "E também falava sobre a guerra. Afinal de contas, havia gente que não pensava que os ingleses estavam invariavelmente com a razão" (p. 126). O ódio de Clarissa por ela (p. 167) dificilmente é contrabalançado pelo retrato que nos fornece a autora. À diferença dos romances de Arnold Bennett, em *Mrs. Dalloway* não há uma voz do autor a resolver os conflitos e impor um ponto de vista; o romance se furta à Conversão, "uma deusa agora mesmo empenhada – no sol e nas areias da Índia, na lama e pântanos da África, nas cercanias de Londres", que "adora as próprias feições estampadas na face do populacho" (p. 98), que tem seus missionários em Doris Kilman e Sir William Bradshaw.

*Mrs. Dalloway*, que retrata o pós-guerra com o triunfo da Grã-Bretanha e a derrota do movimento pacifista no qual se envolvera o grupo de Bloomsbury, opõe essa multidão atônita, que leva em si infinitas possibilidades futuras, a algumas figuras jovens, cujos pontos de vista mal chegam a ser esboçados. A filha de Clarissa, Elisabeth, dividida entre Kilman, sua "sedutora" (p. 167), e a mãe, vagueia pelas ruas de Londres, flutua incerta em suas correntes. "Agradava-lhe a cordialidade, a fraternidade daquele tráfego. Parecia-lhe bom, aquilo. O ruído era tremendo [...]" (p. 133). Mas Elisabeth se sente uma "pioneira", "pois os Dalloway não frequentavam o Strand" (p. 133), e permanece estranha ao alarido.

Os diversos pontos de vista, sem que nenhum chegue a ser privilegiado, são equivalentes a realidades concretas, como a guerra, por exemplo, ou o conflito de classes. É a obra de um estilo que vai além do momento presente, para um outro tempo,

> [...] quando Londres fosse um caminho cheio de ervas e todos aqueles que se afanavam pela rua naquela manhã de quarta-feira não fossem mais que ossos com algumas alianças misturadas a seu pó [...] (p. 19)

um estilo que vai além do "pequeno ponto de vista pessoal" (p. 161), até outras mentes e ainda mais além, até o mundo objetivo, onde os automóveis, "o perdurável símbolo do Estado", seriam reconhecidos por "curiosos arqueólogos [...] a remexer os destroços do tempo" (p. 19). Entre os instrumentos desse estilo "objetivo", estão as semelhanças épicas, que com sua força universalizante interligam as cavernas entre elas, mas também a um mundo mais vasto, social e natural, a uma história mais longa do que a humana: "Assim, antes do início de uma batalha, os cavalos escarvam o chão" (p. 46); "[...] como uma rainha cujos guardas adormeceram" (p. 45); "como uma nuvem atravessa o sol" (p. 51); "como as nuvens e espirais de fumo" (p. 92); "como uma mulher que retira o simples vestido estampado" (p. 155).

> Nisto, como acontece num terraço enluarado, quando uma pessoa começa a sentir-se vexada do seu aborrecimento, enquanto a outra permanece silenciosa, quieta, olhando tristemente a lua, sem querer falar, e então a primeira move o pé, compõe a garganta, nota um parafuso na perna da mesa, brinca com um ramo, mas não diz nada – assim estava agora Peter Walsh (p. 44).

Da mesma maneira, enquanto Elisabeth vagueia pelas ruas ouvindo as "cornetas (dos desocupados) que ressoavam", o texto, com procedimento analógico, levanta a hipótese de uma outra verdade: se, em vez de um cortejo,

> [...] e se houvesse um moribundo?... [...] aquela música marcial teria chegado triunfalmente a seus ouvidos, consoladora, indiferente. [...]
>
> Não reconhecia nem a ventura nem a desgraça de ninguém, e por isso mesmo era consoladora, até para aqueles que haviam sondado os últimos vislumbres de consciência na face de um moribundo.
>
> O esquecimento dos homens nos pode ferir, como nos pode corroer a sua ingratidão, mas aquela voz, brotando interminavelmente, anos a fio, carrega tudo o que pode; esta promessa; aquele carro; esta vida; aquela profissão; envolve-os e arrasta-os, como na torrente do degelo é arrastado e sumido um fragmento de osso, uma pétala azul, um tronco de carvalho (pp. 133-34).

A imagem da geleira, extraída diretamente da leitura juvenil de *The Glaciars of the Alps*, de John Tyndall, oferece uma visão da história onde as forças contrárias ao Império, em contraste com os "Rapazes de uniforme, com os fuzis, [que] marchavam, de olhar fixo para frente" (p. 52), são depuradas do rancor pessoal de Kilman; o protesto dos desempregados anônimos permite vislumbrar uma esperança para o pós-guerra, em oposição à dócil deferência da multidão diante da "voz da autoridade" (p. 17): porque as cabeças tinham se inclinado todas juntas apenas "durante trinta segundos" (p. 20), mas logo depois poderiam tocar as cornetas dos desempregados. A multidão, ora venerando, com efeitos desastrosos, as forças com que depara, ora opondo-se a elas, oscila como a juventude. O momento e o indivíduo continuam a ser contingentes, do mesmo modo, quando Peter Walsh, "como ninguém soubesse que ele estava em Londres", percebe "o sentimento estranho de encontrar-se sozinho, vivo, desconhecido, às onze e meia, em Trafalgar Square" (p. 53). Mas, uma vez preso no rio gelado da história, como o fragmento de osso ou a pétala, aquele momento de junho continuará para sempre em seu lugar dentro daquela série; e ali, se a geleira o alcançasse, Peter Walsh ficaria sentado para sempre imerso em seu embaraço, diante da ocasião perdida.

Se qualquer tentativa de orientar a leitura num ou noutro sentido parece viciada pelo mesmo espírito de "Conversão", não é menos verdade que o texto absolve as vozes contaminadas pelo *ressentimento* – o de Kilman, "amargurada" ("com aquela injustiça cravada no coração", p. 15) – ou pela indiferença do privilégio – a de Clarissa –, e tira as conclusões implícitas em seus preconceitos. É assim, por exemplo, que a contínua confusão de Clarissa entre armênios e albaneses (p. 117) não é apenas uma maneira de condenar a negligência de sua classe ou desmascarar a atividade do comitê do marido em favor deles. Pelo contrário, é justamente sua imperturbável repetição de "os armênios" que permite curiosamente ao texto registrar os fatos nus e crus.

> Escorraçados da vida, trôpegos, mortos de frio, vítimas da crueldade e da injustiça (tantas e tantas vezes ouvira Richard repeti-lo) – não, não podia fazer nada pelas albanesas... ou seriam os armênios? (p. 117)

Esta é uma das raras referências da literatura da época àquele genocídio; o romance veste o luto da indiferença de uma senhora de Mayfair, instrumento inconsciente da escritora, como a indiferença, consoladora, atribuída ao alarido das ruas de Londres, como "a queda dos idiotas" do beckettiano Lucky, grito de protesto dissimulado na linguagem da burocracia e a custo ouvido no fluxo de palavras: mas por trás de seu ponto de vista estão os fatos, um daqueles que, segundo o *Tractatus logico-philosophicus* de Wittgenstein, concebido nos anos de guerra e lançado uns dois anos antes de *Mrs. Dalloway*, constituem a totalidade do mundo. Nessa combinação de fato e ponto de vista, o romance sugere, sem oferecer esperança nem desconforto, que existem alternativas futuras. Tudo reside na relação entre a multidão e os jovens: juntos, que mudança poderão gerar? Aqui reside a modernidade do realismo inovador desse romance do entreguerras.

ENRICO TESTA

## *Um, nenhum e cem mil*

Luigi Pirandello (1925-26)

A passagem para a modernidade, analisada de diversas maneiras ao longo do século XX, também pode ser sinteticamente interpretada como uma espécie de despedida da "ideologia do contínuo"; do quadro interpretativo que, fundado sobre a remissão "à plenitude do ser", vê "o mundo – o real" como um dado unitário e compacto, e o descontínuo como a veste imperfeita que ele assume nas representações incompletas do "homem insuficiente", incapaz de compreender sua totalidade.[1] A época da crise, que desde o final do século XIX marca o compasso dos movimentos da consciência no campo da literatura e do pensamento, se origina, com o ar de uma perda irreparável, dessa fratura do senso de continuidade. No romance, os princípios de coordenação do desenvolvimento narrativo, o olhar que, ao nomear os eventos, se apropria imperiosamente deles e os conecta em torno do sentimento de certeza da "personalidade" – quer seja figura ou autor –, até então considerada goetheanamente como o "bem supremo",[2] são substituídos

1 Maurice Blanchot, *L'infinito intrattenimento* [1969]. Turim: Einaudi, 1977, p. 547 [ed. bras.: *A conversa infinita*, trad. Aurélio Guerra Neto. 2 v. São Paulo: Escuta, 2001-2007].

2 Franco Rella, "Vertigine del moderno", introdução a L. Aragon, *Il paesano di Parigi*. Milão: Il Saggiatore, 1982, p. XLIII.

pela dissolução do cenário e da ilusão mimética, em favor da "dimensão espectral do acontecer",[3] pela decomposição das coerências, próprias do cânone realista, entre personagem e história, palavra e ambiente; pelo aumento progressivo do componente autorreflexivo (indagação ou justificação do modo de escrever) em detrimento da sucessão "natural" dos fatos, percebidos como fugidios ou interpretáveis marginalmente como prospecção alegórica ou "figura".

Como pontos-chave dessa transformação, perpassada pelas razões do descontínuo, podem-se indicar facilmente dois dados: um como princípio originário, o outro como cartão emblemático de procedimentos compositivos variados. O primeiro diz respeito à questão do sujeito e de sua representação, sua ausência ou desagregação.[4] O segundo se refere à dissolução da forma-romance tradicional, de sua construção fundada sobre os princípios da continuidade sintática, semântica e referencial: a consciência da "arenga das coisas verdadeiras", como escreve Benjamin a propósito de Kafka,[5] em lugar da sabedoria, da verdade e de seus fundamentos "reais", segue cada passo da interrupção daqueles planos de linearidade narrativa que, outrora, ofereciam a ilusão da possível reconstrução da experiência e da memória:

> Aquele fio que nos tranquiliza é a sucessão simples [...], seguir um fio, aquele famoso fio do relato de que é feito também o fio da vida, através de tudo o que aconteceu no tempo e no espaço.[6]

Ambos os aspectos – entrada em cena da destruição do eu e subversão da lógica tradicional do narrar – estão na base do último romance pirandelliano, *Um, nenhum e cem mil*, e instituem sua originalidade no panorama literário da época.[7] Este livro,

3 R. Musil, *Diari*. Turim: Einaudi, 1980, v. II, p. 1565.

4 Mas Flaubert já escrevia numa carta a Louis Bouilhet, de 2 de junho de 1850: "Onde pegar nosso ponto de apoio, mesmo admitindo que temos uma alavanca? [...] O que nos falta é o princípio intrínseco, a alma da coisa, a ideia mesma de sujeito" (Gustave Flaubert, *Correspondance*, J. Bruneau (org.). Paris: Gallimard, 1973, v. I, pp. 627-28).

5 Numa carta a Gerhard Scholem, de 12 de junho de 1938, apud Walter Benjamin, *Lettere 1913-1940*. Turim: Einaudi, 1978, p. 347.

6 R. Musil, *Der Mann ohne Eigenschaften* [1930, 1933, 1943] [ed. it.: *L'uomo senza qualità*, trad. A. Rho. Turim: Einaudi, 1972, v. I, parte II, p. 630; ed. bras.: *O homem sem qualidades*, trad. Carlos Abbenseth e Lya Luft. Rio de Janeiro: Nova Fronteira, 1989].

7 L. Pirandello, *Uno, nessuno e centomila* [1925-26], Giancarlo Mazzacurati (org.). Turim: Einaudi, 1994 [citada daqui em diante diretamente no texto com o número do livro, capítulo e página entre parênteses a partir da edição brasileira: *Um, nenhum e cem mil*, trad. Maurício Santana Dias. São Paulo: Cosac Naify, 2001].

que, segundo o juízo do autor, é "o mais amargo de todos" os seus romances, "profundamente humorístico, de decomposição da vida",[8] apresenta traços marcantes de experimentação formal, observáveis em muitos níveis. Em primeiro lugar, no de sua genealogia compositiva: escrito num longo período de tempo,[9] ele é o resultado de uma complexa operação de recuperação e inserção de muitos "pedaços" e materiais ensaísticos e narrativos, que assim assumem um aspecto móvel, inquieto e errante entre os vários níveis e fases da redação. Se a montagem é um dos elementos característicos da modernidade, a "técnica mutável de transposições"[10] na base de *Um, nenhum e cem mil* realiza plenamente tal princípio formal: com efeito, nele se recompõem trechos reflexivos extraídos de ensaios como "L'umorismo" (1908) e "Non conclude" (1909), situações narrativas, personagens e cenas que chegam ao romance vindos de uma série de novelas dos anos 1909-1913, entre eles *Stefano Giogli, uno e due*, *L'Avemaria di Bobbio*, *Risposta* e *Canta l'Epistola*.

A história de Vitangelo Moscarda, o protagonista de *Um, nenhum e cem mil*, parte da descoberta, na frente do espelho, da imperfeição de seu nariz. Desse episódio banal e rico de antecedentes literários (de Sterne a Gógol), brota uma crise radical de sua identidade, multiplicada numa fantasmagoria de aparências refratadas dos outros e de si mesmo. A partir da convicção de que habitam cem mil Moscarda dentro de si, de que o eu não passa de uma máscara convencional do vazio, ele passa por cima de todas as normas sociais, ganha fama de louco, abandona seu papel de burguês rico, marido tranquilo e cidadão exemplar, e despenca rolando pelos degraus da escada social, para morar num hospício, fundado com rendimentos de agiotagem que seu pai lhe deixara de herança. O processo pelo qual se expõe a perda de identidade do protagonista narrador, até sua feliz chegada à condição de entidade natural, parte de uma transformação ininterrupta que renuncia ao pensamento e à lembrança ("Sou esta árvore. Árvore, nuvem. Amanhã, livro ou vento: o livro que leio, o vento que bebo. Tudo fora, errante", VIII, IV, p. 207), se desenvolve numa espécie de triangulação instituída por três vértices: o do eu, ora ícone esvaziado das razões do sujeito, ora

8 Cf. Pirandello na "Lettera autobiografica", in *Saggi, poesie, scritti varii*, Manlio Lo Vecchio-Musti (org.). Milão: Mondadori, 1960, p. 1288.

9 As fases decisivas de sua redação podem ser situadas, segundo Mazzacurati, nos períodos de 1909 a 1916 e de 1919 a 1925. O romance, lançado em episódios na Fiera Letteraria em 1925, será publicado em livro no ano de 1926. Sobre a elaboração da obra, além de G. Mazzacurati, "Introdução" a Pirandello, *Uno, nessuno e centomila*, op. cit., cf. Marziano Guglielminetti, *Il romanzo del Novecento italiano*. Roma: Editori Riuniti, 1986, pp. 161-84.

10 G. Macchia, *Pirandello o la stanza della tortura*. Milão: Mondadori, 2000, p. 67.

simples indicativo gramatical, o do corpo (e *Um, nenhum e cem mil* é também, para além do componente reflexivo que o permeia, o romance de "um pobre corpo mortificado" [I, VII, p. 37] e, por fim, o do nome próprio, cuja centralidade é confirmada no final: "Um nome não é mais do que isso: um epitáfio. Convém aos mortos, aos que concluíram. Eu estou vivo e sem conclusão" (VIII, IV, p. 207).

Através do excesso raciocinante do protagonista, que atenta sistematicamente contra o tradicional ponto de convergência desses três componentes do ser humano – a consciência de si – e o inverte em seu contrário ("a consciência, quer apenas dizer *os outros em nós*", V, IV, p. 140), cortam-se os vínculos que unem o eu a seu corpo, e este ao nome que carrega no mundo: quase uma manobra de guerra civil que, totalmente travada no interior da fortaleza do sujeito, agora com brechas, se desenrola sob a égide do descontínuo, do rompimento do sentido e do desaparecimento do princípio (e antes ético do que metafísico) da unicidade da experiência do homem na história e no destino que lhe cabe.

Ora, tudo o que há de esgarçado e flutuante no plano temático também tem sua representação no plano formal. E não se trata apenas da distribuição fragmentada da matéria em capítulos curtos, do contínuo tropeço do passo narrativo nos obstáculos interpostos pela vocação ensaística do autor, do rico arsenal de matriz sterniana adaptado para a exibição do desenrolar do conto ou, ainda, da paródia do romance naturalista, ridicularizado como concatenação pacificadora de "seguríssimos dados de fato" (IV, III, p. 107). A paginação descontínua do romance e seu andamento neuroticamente desengonçado se devem basicamente, mais do que a todos esses fatores, a dois outros dados: o caráter heterogêneo de seus materiais e a natureza particular das relações e transições que, ao longo da obra, se instituem entre seus componentes. "Longo 'diário de escritura' vestido de romance",[11] *Um, nenhum e cem mil* não só elege a postura filosófica e argumentativa da palavra como elemento dominante, que rompe e desarranja constantemente a "história" – como outras obras fundamentais do começo do século XX –, mas também, em aparente atrito ou conflito, coloca ao lado desses dois polos listas e relatórios de consumo, registra canções e trechos de gramática inglesa, recorre à nota de rodapé, usada como manobra, ao mesmo tempo, de explicação e de prolepse; apresenta um capítulo inteiro (V, VII) entre parênteses sublinhando iconicamente o solilóquio do protagonista; enxerta no tronco híbrido da narração argumentativa camadas descritivas que, de um lado, se diferenciam – como gemações parasitárias – do

11 G. Mazzacurati, *Pirandello nel romanzo europeo*. Bolonha: Il Mulino, 1987, p. 304.

contexto e, de outro lado, se referenciam reciprocamente seja por módulos técnicos (a exposição dêitica e o estranhamento deformador dos traços), seja por repetições semânticas – a "esqualidez" (IV, V, p. 114), de ambientes e figuras, cujos dados referenciais são sempre assumidos sob o signo de uma "melancolia desesperada" (IV, V, p. 114), e do "lamento pela inutilidade do tempo e da vida" (VII, VII, p. 186). Essas dimensões e componentes da escrita recebem também a interferência do lirismo, especialmente intenso no capítulo final, onde a reconquista de uma relação íntima com a natureza – os "fiapos de grama, também tenros de água" (VIII, IV, p. 207), o "Mas agora eu ouço esses sinos [...] suspensos no belo céu azul, cheios do calor do sol misturado ao som das andorinhas" (VIII, IV, p. 208) – dita numerosas figuras iterativas (como "E essa estradinha aqui, cortada entre colinas escuras e muros gretados, que parece parada na ruína de seus sulcos, sem levar a lugar nenhum. [...] E tudo é o que é, segundo a segundo, iluminado de vida", VIII, IV, p. 207) e a "libertação" da despedida: "[...] morro a cada segundo e renasço novo e sem lembranças: vivo e inteiro, não mais em mim, mas em cada coisa externa" (VIII, IV, p. 208).

Mas os lugares onde se destaca com mais força o desarranjo do plano isotópico da continuidade (ou, melhor, a ilustração artificiosa de sua crise)[12] são, talvez, aqueles em que se propõe uma passagem súbita, não só entre um e outro registro, ou entre os diversos materiais do romance, mas entre níveis semânticos inicialmente estranhos entre si. Assim, por exemplo, no segundo capítulo do livro III, a reflexão sobre o corpo e o nome cede lugar repentinamente, sem qualquer transição além da gesticulação oral e exclamativa, ao tema da família: "A história da minha família! A história da minha família na minha cidade. Eu não pensava nisso [...]" (II, III, p. 65). Analogamente, no sexto capítulo do mesmo livro, o aparecimento das figuras de Marco di Dio e sua mulher se dá *ex abrupto* através de uma autocorreção oralizante que evita as "apresentações" canônicas do personagem ao leitor:

> [...] todos podiam me olhar quase sem ódio e até sorrir para esse bom filho feroz.
> Todos?
> Senti subitamente cravados na alma dois pares de olhos como quatro punhais envenenados: os olhos de Marco di Dio e de sua mulher, Diamante, que eu encontrava todos os dias na minha rua, ao voltar para casa (III, VI, p. 87).

12 Sobre a ruptura das isotopias no texto literário, cf. A. J. Greimas, *Da imperfeição*, trad. Ana Cláudia M. A. Oliveira. São Paulo: Hacker, 2002.

E mais: no quarto capítulo do livro V, a argumentação sobre a "vista dos outros" se interrompe diante da súbita aparição de uma cena de infância ("Correu-me pela espinha o arrepio de uma lembrança distante", V, IV, p. 140), que reverbera no presente do texto a descoberta aterrorizante do vazio em que transcorre nossa vida.

Esse aspecto particular da técnica narrativa do romance, porém, é menos alienante e mais complexo do que pode parecer à primeira vista. Ele se funda sobre um sistema de relações que, de início, mostra as aberturas e os silêncios, e depois, com uma série de retomadas, preenche-as e sutura-as. A ausência de uma transição semântica explícita no primeiro dos três exemplos anteriores está num trecho iniciado pela fórmula "Julgava-me até então um homem na vida. Um homem, só isso, e basta. Na vida" (III, II, p. 79). Ora, tal fórmula ressurge logo depois do "salto" provocado pela inserção imprevista sobre a "minha família" ("Eu achava que era um homem na vida, um homem qualquer [...]", id., ibid.), assim terminando por criar uma estrutura circular, para transformar a fratura em enxerto, para voltar a soletrar o descontínuo com os instrumentos da continuidade. O resultado é um sistema de reiterações iterativas que, reforçado no segundo exemplo pela interrogação em eco, e no terceiro pelo retorno obsessivo, após o *enclave* da lembrança de infância, do motivo da "vista dos outros" com que se iniciara o capítulo, chega, em seu movimento essencial, a uma alternância de fraturas e retomadas, de "vazios" sintáticos e "preenchimentos" verbais. Os deslocamentos do sentido são tratados, num contraponto dissonante, com a ortopedia da retórica.

No centro desta última reside a grande invenção do maior texto pirandelliano, o ponto extremo de seu experimentalismo formal: uma fala simulada que persegue a mimese da língua viva, da "pronta enunciação e da resposta, da teatralização de sua palavra e da palavra do outro".[13] Por isso as alocuções, os grifos das palavras, os movimentos de ênfase, os sinais discursivos, as torrentes de indicadores espaciais e temporais. E, especialmente forte em *Um, nenhum e cem mil*, a introdução do leitor – como simulacro da contradição e espectador envolvido na história – dentro da máquina narrativa:

> [...] a simples ideia de que minha mulher estava em casa bastava para eu me tornar consciente de mim mesmo, e era justo isso que eu não queria.
>
> Na sua opinião, o que quer dizer "estar só"?
>
> Ficar na companhia de si mesmo, sem nenhum estranho por perto.
>
> Ah, sim, eu lhes garanto que esse é um belo modo de estar só (I, III, pp. 27-28).

13 M. A. Grignani, *Retoriche pirandelliane*. Nápoles: Liguori, 1993, p. 87.

Mas agora cabe uma pergunta. Quem fala aqui? Quem desenrola o fim da própria palavra naquela "arte das superfícies e das duplicações, das singularidades nômades e do ponto aleatório sempre deslocado",[14] que é o humorismo? Quais são os traços do intérprete dessa *fictio* de enunciação, dessa ansiosa busca de um contato frente a frente com o leitor? Apesar de todas as "cumplicidades" (IV, II, p. 106), o protagonista de *Um, nenhum e cem mil* não converte seu solilóquio em diálogo. À diferença do que ocorre, por exemplo, na obra de Dostoiévski, em que o herói enfrenta constantemente, com sua figura e sua palavra, o risco representado por um simples "mas..." do interlocutor, aqui, em Pirandello, quem diz "eu" ilustra as réplicas do outro simplesmente não abandonando nunca sua postura discursiva e utilizando-as apenas para reforçar seus próprios argumentos.[15] O experimentalismo pirandelliano se detém no limiar da polifonia, sempre hesitando no espaço de seu pseudodialogismo.

Paralelamente a tudo o que ocorre nas junções dos diversos planos semânticos, onde os "vazios", em última análise, são os instrumentos de um repertório articulado de retomadas, da mesma forma, na gramática do discurso, a fragmentação da palavra "falada", suas hesitações e embaraços são largamente compensados pelo "resmungo submisso, obstinado"[16] do dizer aqui representado e, sobretudo, pelo perfil, ao fim e ao cabo, resoluto do sujeito da enunciação. "Instância literária"[17] que controla despoticamente a fisiologia vocal do texto, precisamente quando simula conceder a palavra a outrem, esse sujeito enunciante determina, numa movimentação textual estereoscópica, um efeito adicional de complexidade. Em antíteses paradoxais entre tema e forma da representação ou, melhor, entre sujeito do *narratum* e sujeito da narração, "o mecanismo mais catastrófico de demolição que as instâncias centrífugas do sujeito novecentista jamais provocaram"[18] entra em cena, dito e "recitado" por um eu que se conserva, em seu humorismo específico, monologicamente forte. A relação contínuo/descontínuo, que irriga a obra em muitos níveis, encontra aqui seu ponto de equilíbrio (e portanto, ainda, suas razões de continuidade, mesmo que inegavelmente diferente da tradicional). O fato é que, como escreve Lukács, "a alma do humorista" tende inevitavelmente

14 G. Deleuze, *A lógica do sentido*, trad. Luís Roberto Salinas Fortes. São Paulo: Perspectiva, 1982, pp. 139-40.
15 Cf. Guglielminetti, *Il romanzo del Novecento italiano*, op. cit., p. 95.
16 Id., ibid., p. 96.
17 Grignani, *Retoriche pirandelliane*, op. cit., p. 88.
18 Mazzacurati, *Pirandello nel romanzo europeo*, op. cit., p. 297.

a fazer "em pedaços todas as formas e fronteiras da frágil totalidade da vida, com o objetivo de chegar à única fonte verdadeira da vida, ao puro Eu dominador do mundo". E nessa fragmentação milesimal, o que prevalece é sempre uma subjetividade que "pretende representar tudo" e que, "justamente por isso, não pode refletir mais do que um retalho".[19]

Para que essa subjetividade abdique de suas pretensões oniscientes e encontre um destino inédito, Pirandello terá de "sair" do romance, enfrentar o tema (este, sim, descontínuo por excelência) da morte, recorrer a uma sintaxe desvinculada tanto das cumplicidades oralizantes demasiado ostensivas quanto dos módulos comprobatórios da argumentação, entrar numa dimensão em que a eliminação de "qualquer distinção entre passado, presente e futuro" exprime "o vazio de uma imobilidade, onde espaço e tempo estão privados de valor".[20] É a situação temática e compositiva cada vez mais estreita das últimas grandes novelas (sobretudo, "Di sera, un geranio", de 1934, e "Una giornata", de 1935).[21] Aqui, onde mais "ninguém fala, ninguém conta",[22] o eu se dissolve na aura de sua despedida de si mesmo. Transforma-se em "quarta pessoa do singular", em que toda significação, "toda profundidade e altura" são eliminadas.[23] Renuncia a qualquer "mensagem", cala todas as lições e todas as supostas filosofias, ruma para uma angústia, ao mesmo tempo do ser e não mais ser, que coincide com a minuciosa visão moderna e distanciadora das coisas:

> Agora, já sem o corpo, agora é essa dor, é esse terror de sua desagregação e diluição em todas as coisas, às quais, para se controlar, volta a aderir, mas aderindo, o medo de novo, não de adormecer, mas de se esvanecer na coisa que ali permanece por si, já sem ele: objeto: relógio sobre a mesinha de cabeceira, quadrinho na parede, lâmpada rosa suspensa no meio do quarto. Ele é agora essas coisas; não mais como eram, quando ainda tinham um sentido para ele; aquelas coisas que, por si mesmas, não têm nenhum sentido e que agora, portanto, não são mais nada para ele. E isso é morrer.[24]

19 G. Lukács, *Teoría del romanzo* [1920]. Milão: 1962, pp. 85-86 [ed. bras.: *A teoria do romance*, trad. José Marcos Mariani de Macedo. São Paulo: Editora 34, 2000].
20 B. Terracini, *Analisi stilistica*. Milão: Feltrinelli, 1966, p. 319.
21 Pirandello, *Novelle per un anno*, M. Costanzo (org.). Milão: Mondadori, 1990, v. III, pp. 676-79 e 782-88.
22 Macchia, *Pirandello o la stanza della tortura*, op. cit., p. 119.
23 Deleuze, *A lógica do sentido*, op. cit., p. 127.
24 Pirandello, *Novelle per un anno*, v. III, op. cit., p. 677.

FRANCO RELLA

# *O camponês de Paris*

Louis Aragon (1926)

Em 1926, em pleno clima surrealista, a Gallimard de Paris lançou um pequeno livro, *O camponês de Paris*, de Louis Aragon.[1] Walter Benjamin, numa carta a Adorno de 1935, declara que esse texto está na base da imensa obra sobre o moderno a que ele se refere como *Das Passagenwerk*:[2]

> Nas suas origens está Aragon – o Paysan de Paris, de que à noite na cama não conseguia ler mais do que duas ou três páginas, porque meu coração batia tão forte que

1 L. Aragon, *O camponês de Paris*, trad. Flávia Nascimento. Rio de Janeiro: Imago, 1996. O livro começa com um "Prefácio para uma mitologia moderna", prossegue com "A Passagem do Opéra", de 1924, em que o Camponês se debruça com olhar de entomologista sobre a maravilhosa multiplicidade da Passagem; então, com "O sentimento da natureza no parque de *Buttes-Chaumont*", exprime a "tentação" de uma solução místico-surrealista da variedade do mundo e de suas formas; e se encerra com uma grande retomada dos temas teóricos do "Prefácio", no "Sonho do camponês".

2 Walter Benjamin, *Passagens*, Willi Bolle (org.). Belo Horizonte/São Paulo: Editora da UFMG/Imprensa Oficial do Estado de São Paulo, 2006.

> tinha de pôr o livro de lado. Que advertência! Que apelo aos anos que vou ter de interpor entre mim e tal leitura![3]

Mas se Benjamin, em 1935, já se sente em condições de enfrentar e entender *O camponês de Paris*, por outro lado o livro é tratado marginalmente nos estudos sobre o surrealismo, e acaba por se tornar marginal para o próprio Aragon, que logo depois tomará outros caminhos, bem distantes do "domínio da imaginação" que anima essas suas páginas.

O que havia enfeitiçado Benjamin e continua a nos enfeitiçar em *O camponês de Paris*? O que, pelo contrário, levou os críticos e os teóricos do surrealismo a tratar essa obra com uma cautela desconfiada? Pensemos em sua ousadíssima técnica experimental de montagem de materiais heterogêneos, manifestos, reflexões, coordenadas topográficas, fragmentos autobiográficos, que aproximam esse texto das mais temerárias experiências dadaístas e surrealistas, e que de repente se converte num questionamento da teoria e da prática da vanguarda, no período heroico de suas atividades. Mas isso ainda não basta para explicar o fascínio e a desconfiança que o livro despertou. Podemos supor que Aragon foi tão longe que ele mesmo achou melhor se afastar de *O camponês de Paris* já a partir do *Traité du style*,[4] escrito nos anos imediatamente seguintes. Mas até onde ele tinha chegado com esse livro? Quais são os territórios explorados? Pretende ser uma nova cartografia do quê?

Para entender o "lugar" a que Aragon chegou, o lugar onde ocorreu o encontro com Benjamin, devemos entrar no livro, e logo deparamos com a primeira descoberta desconcertante. *O camponês de Paris* não é uma obra surrealista, mas é a superação do próprio surrealismo num projeto de romance experimental – quase "uma espécie de romance" –, capaz de enfrentar aquilo que o próprio Aragon define como a "vertigem" do moderno, e que tem talvez em *O camponês de Paris* uma de suas descrições mais enxutas, dramáticas e significativas.

Aragon propõe já de saída, no "Prefácio a uma mitologia moderna" que abre o livro, uma estranha mescla, que dá origem a "estranhas flores da razão". A filosofia ilude com o sofisma de que "a certeza é realidade", mas qualquer certeza e qualquer evidência só o são se vierem acompanhadas pelo erro. A primavera que entra pela

3 Benjamin, *Lettere 1913-1940*. Turim: Einaudi, 1978, p. 288. Lembremos que as primeiras anotações para o livro das "passagens" são de 1926, data da publicação de *O camponês de Paris*.

4 L. Aragon, *Traité du style*. Paris: Gallimard, 1928 [ed. port.: *Tratado do estilo*, trad. Julio Henrique. Lisboa: Antígona, 1995].

janela, os mistérios "brilhantes e móveis" da rua, o acaso demonstram a presença inextirpável dos sentidos. Apenas o hábito de um pensamento abstrato levou à oposição entre o "conhecimento que vem da razão" e o "conhecimento sensível". Mas a ânsia de fundamento e de certeza, que ditou esses movimentos, é inadequada à realidade. Nada, diz Aragon, "pode me assegurar de que eu não a fundamente sobre um delírio de interpretação", pronto a reduzir e encerrar o múltiplo no uno, enquanto a única linguagem capaz de captar a realidade é a linguagem da mistura:

> São esses contrários misturados que povoam nossa vida [...]. Existimos somente em função desse conflito, na zona em que se chocam o branco e o negro. E que me importam o branco ou o negro? Eles são do domínio da morte.[5]

É aqui, portanto, como Rimbaud havia profetizado, que nascem as "estranhas flores da razão", em que o erro se mescla à verdade, e o corpo à razão.

O pensamento encontrou seu lugar: são "as metamorfoses desprezadas", as misturas e os híbridos que caracterizam o moderno e constituem, com sua evidência, o choque que despedaça aquela morfologia dentro da qual, como num museu ou num ossário, eram depositadas as experiências humanas atrofiadas. Tal é a "ciência" do Camponês. Com esse saber, ele inicia a primeira etapa de sua viagem, que o leva ao interior da mais "forte promessa do incerto", no "glauco clarão abissal" das passagens de Paris e, em especial, no universo da *Passagem do Opéra*.

A viagem começa. Abrem-se diante do Camponês as "praias do desconhecido e do *frisson*", habitadas por divindades desconhecidas, pela estranha fauna da imaginação. Entra-se no reino da sombra, onde esfinges silenciosas fazem suas perguntas mortais somente àqueles passantes, verdadeiros vagabundos que viajam por viajar, que lhes dedicam uma "distração meditativa", ou seja, distraídos das regras da racionalidade abstrata e distraídos também daquela sensibilidade sem razão que apresentava suas pretensões com a vanguarda surrealista. Essas esfinges habitam justamente nas "passagens", nos "santuários do efêmero", onde "ninguém [pode] deter-se por mais de um instante". Lugares que estão cedendo ao avanço das picaretas, mas que, justamente enquanto estão se arruinando, tornam-se o receptáculo de uma miríade de mitos modernos – os mitos da transitoriedade –, de profissões e de atitudes que ontem eram incompreensíveis, "e que o amanhã

5 Id., ibid., *O camponês de Paris*, op. cit. Todas as citações neste parágrafo pertencem ao "Prefácio para uma mitologia moderna", id., ibid., pp. 37-42, em esp. p. 41.

não conhecerá jamais". É aqui que o vagabundo transforma sua condição, afasta-se da pura e simples *flânerie* e se torna o conhecedor "dos mistérios de amanhã", que fazem sua primeira aparição nessas plagas.[6]

O modelo da viagem é o dos *Bildungsromane* [romances de formação]. Mas, aqui, o que a viagem revela não é uma consciência "adulta", mas sempre "equívoco e instabilidade", movendo-se entre os mais ínfimos detalhes, com uma atenção de entomologista. Vida e morte se enfrentam, se enrijecem no caixão de vidro de uma vitrine, e depois se manifestam novamente na "claridade do sepulcro à sombra de volúpia" da prostituição. Aqui, nessa mescla de vida e morte, respira-se "um sopro de derrota da razão", onde a lembrança também se dissolve e "se casa com a mentira". O Camponês, portanto, é:

> [...] como um homem que se sustenta na beira de seus abismos, solicitado igualmente pelas correntes dos objetos e pelos turbilhões de si mesmo, nessa zona estranha em que tudo é lapso, lapso da atenção e da desatenção [...].

Aqui é o lugar da "vertigem". Tudo "se destrói sob minha contemplação": "Sinto estremecer o solo e encontro-me de repente como um marinheiro a bordo de um castelo em ruínas".[7]

É a sensação terrível do enjoo de mar em terra firme, descrita por Flaubert, Nietzsche, Kafka. Mas o Camponês não se detém. Foge à "masmorra eterna" de seus fascínios, e volta a seguir os "homens sombrios no coração das multidões", aqueles que tentam arrancar algum fugaz prazer ao real. A meta do Camponês é "a busca do infinito", tal é o objetivo de sua "errância da incerteza",[8] da confusão, da perversão das coisas, do assincronismo dos desejos, que parece despedaçar irredimivelmente a linearidade temporal. Ele chega aonde parece possível vislumbrar uma espécie de salvação: à maneira de Baudelaire, na soleira da imaginação.[9]

A inteligência não ama a imaginação. Não ama sua criatividade baseada na incerteza. Mas a imaginação toma a palavra e parece falar a linguagem surrealista.

6 Id., ibid., pp. 43-45.

7 Id., ibid., pp. 63, 68-69, 75-76.

8 Id., ibid., pp. 79-80.

9 Baudelaire, a partir do Salon 1859, teoriza a imaginação como "a rainha das faculdades". Os textos baudelairianos relativos a este tema estão reunidos in F. Rella, *Bellezza e verità*. Milão: Feltrinelli, 1990.

Esta é sua atual encarnação, o novo "vício" da consciência. Mas logo essa etapa também é deixada para trás.

Eis de novo a passagem, as vitrines, as coleções, a geografia dos selos, os torpes segredos que têm um ar familiar. A própria passagem é "um método [...] um meio de ter acesso, além de minhas forças, a um domínio ainda proibido", ainda não descoberto sequer pela imaginação. De fato, o efêmero "é uma divindade polimorfa", e nosso itinerário para as profundezas da imaginação nos conduz por um "labirinto sem minotauro". Aqui, no labirinto, "nessa grande vertigem", a "consciência se sente um simples patamar dos abismos".

O Camponês é, e sabe disso, um habitante do moderno. Mas é precisamente aqui, nesse espaço, que:

> Uma grande crise nasce, uma perturbação imensa [...]. O belo, o bem, o justo, o verdadeiro, o real [...] nesse mesmo instante vão à bancarrota. Seus contrários, se preferidos, logo se confundem com elas mesmas.[10]

O Camponês, o sujeito dessa nova experiência, é ele também "um limite, uma relação": um ser de fronteira, que está mudando junto com o mundo em mudança, num terrível pressentimento, que se manifesta num arrepio que percorre homens e coisas.

E então, na segunda parte do livro, impelido por uma obscura tristeza, o Camponês, em companhia de André Breton e Marcel Noll, entra uma noite no parque de Buttes-Chaumont, ou seja, num híbrido de artifício e natureza. Sua linguagem também se torna híbrida. Suas palavras obedecem inicialmente a uma fúria descritiva de agrimensor, e depois se rasgam numa enorme abertura, numa imensa dilatação para uma região sombria, onde a natureza aparece como uma espécie de inconsciente do espírito, como seu "coração das trevas". Aqui, andando lentamente nas trevas que confinam com o vago luzir da cidade distante, onde mora um povo que perdeu até "o direito da nostalgia", aqui, entre os frêmitos obscuros de amores fugazes e enganosos e os gestos inumanos das estátuas, o homem descobre "a marca monstruosa de seu corpo", que precipita a ilusão do poder da própria imaginação num cemitério. E nesse "cemitério da imaginação", ele, o Camponês, o homem do moderno, "conhecerá o poder divino imprudente, suscitador de entidades, infeliz prisioneiro da desproporção e do sonho".[11]

10 Aragon, *Il paesano di Parigi*, op. cit., pp. 65, 81 e 101.
11 Id., ibid., pp. 168-69 e 177.

Sentia-se no ar a expectativa de uma catástrofe, de um desastre. E no silêncio, através do labirinto do parque que nenhuma topografia pode descrever, através da percepção monstruosa do corpo, na morte da imaginação como via alternativa à consciência racional, no final, no "lugar sagrado" do terror pânico, o Camponês descobre uma afinidade secreta de todas as coisas, uma psicologia que liga a alma da matéria à alma do espírito numa unidade mítica em que se manifesta o divino, onde tudo cabe, como num dicionário do qual "nenhuma palavra deve ser banida". É o momento da "iluminação profana" em que a viagem deveria terminar. O Camponês desaparece. Aos poucos, seu corpo, o corpo que havia mostrado seus traços inquietantes e monstruosos, "se fez luz [...]. E o homem não foi mais do que um sinal entre as constelações".[12]

Este é também o momento do mito, que extrai a forma do sagrado de uma profundidade abissal, mas que não é mais o precipício em que parece despencar numa infinita vertigem, na infinita vertigem do sonho. E o sonho – o sonho do Camponês que encerra o livro – revela novamente a desordem. Aquela desordem que o homem não pode suportar porque "não pode pensá-la". É o momento de uma espécie de conversão surrealista à unidade mística das coisas no cosmo.

Mas a viagem, que parecia terminada, não acabou, e o Camponês chega agora a uma metafísica enquanto "conhecimento do concreto", ou enquanto "noção". E daquela unidade, que por um instante se acreditara ser a afinidade universal do mundo e do espírito, o Camponês volta ao particular: "Tenho dificuldade em elevar-me ao particular. Adianto-me no particular". E a imaginação, portanto, também retoma seus direitos. Ela assume sobre si a derrota que dá grandeza a um pensamento. De fato, "a imagem não é o concreto". Não existe uma correspondência "surrealista" entre coisa e imagem, uma transparência mágica. A imagem é apenas saber, é somente "a consciência possível, a maior consciência possível do concreto".

E, assim, o Camponês pode afirmar: "Meu problema é a metafísica. E não a loucura". Não a loucura que é "a predominância do abstrato", que é "*uma* realidade, *uma* razão": justamente aquela realidade e aquela razão outra, invertida, em que os surrealistas achavam que encontrariam uma verdade mais secreta e mais profunda, oculta por detrás do mundo dos afazeres. Aqui, no sonho do Camponês, Aragon dribla Breton e o surrealismo. O "maravilhoso" não é uma dimensão oculta,

12 Id., ibid., pp. 192-93 e 213. Todas as citações seguintes no texto são do "Sonho do camponês", id., ibid., pp. 215-29.

um outro reino do espírito que possa ser desvendado pela iluminação, mas é "a contradição que aparece no real". E ele, o real, como lugar de contradições e de diferenças, é o que importa, e não uma suposta e inexistente "verdade", que acabaria, como também Nietzsche apontava, por recobrir com um manto opaco o variegado mundo real das aparências, dos sons e das cores.[13] "Não amo suficientemente as mentiras para falar da verdade", diz o Camponês. É preciso avançar, avançar além da noção de um sujeito, como lugar onde se harmonizam "muitas qualidades": "Levem até o extremo a ideia de destruição das pessoas e ultrapassem-na".

O sonho destrutivo do Camponês não se detém no amor às ruínas, não busca uma atônita redenção delas, mas tem de avançar pelo caminho que assim foi liberado. A "perda" que parece acompanhar essa destruição é "todo o verdadeiro conhecimento", é o "metal precioso", são as infinitas "joias da experiência", que até agora estavam ocultas naquilo que, aos olhos da racionalidade abstrata, parecia ser "uma floresta encantada".

A loucura "é *uma* realidade e *uma* razão". Mas toda filosofia sempre falou de uma realidade e de uma razão, e de uma única linguagem a ser falada. A obra de Aragon, portanto, lança-se contra a filosofia, que não consegue falar da contradição e da mistura, rumo a um saber e uma linguagem que vai além da filosofia, mas também além dos gêneros literários. Seu objetivo é a poesia enquanto *phronesis*, enquanto saber para a vida, enquanto saber que emerge do *pathos* e do conjunto da experiência humana.

Somente Proust havia se colocado esse objetivo com igual clareza, na *Busca do tempo perdido*, naquilo que ele definia como "uma espécie de romance", que deve chegar à verdade "com o auxílio de figuras".[14]

Portanto, dois romances aparentemente opostos na forma, *O camponês de Paris* e *Em busca do tempo perdido*, quase no mesmo momento, abrem um novo espaço para a literatura e o pensamento, num dos gestos mais significativos e fecundos em toda a modernidade, traçando o mapa de um percurso que, até hoje, ainda não foi totalmente explorado.

13 A esse respeito, há uma referência implícita, mas clara, tanto à *Genealogia da moral*, de Friedrich Nietzsche (*Opere*, G. Colli e M. Montinari (orgs.). Milão: Adelphi, 1964 ss., v. VI, t. II) quanto à "Manhã de embriaguez" das *Iluminações* de Arthur Rimbaud (Opere, I. Margoni (org.). Milão: Feltrinelli, 1978).

14 As reflexões de Proust estão na segunda parte de *O tempo redescoberto* (trad. Lúcia Miguel Pereira, São Paulo: Globo, 1989), que é um dos vértices da literatura e do pensamento do século XX.

JOSÉ LUIZ PASSOS

# *Macunaíma, o herói sem nenhum caráter*

## Mário de Andrade (1928)

Quando, em 1928, Mário de Andrade (1893-1945) publicou *Macunaíma, o herói sem nenhum caráter*, ele já era autor de quatro volumes de poesia, uma coleção de contos, uma poética modernista e um romance, publicado no ano anterior. A história da prosa de ficção brasileira era recente, havia iniciado há pouco mais de oitenta anos e assumido sua tendência propriamente nacionalista a partir do indianismo romântico de José de Alencar.[1] Em meados do século XIX o romantismo brasileiro inaugurara no romance o tratamento da matéria nacional; o modernismo no Brasil – contemporâneo das vanguardas europeias da década de 1920 – resgataria da velha geração romântica um padrão semelhante de intencionalidade estética: atualizar-se formalmente frente à Europa a fim de sondar a identidade nacional através da sofisticada incorporação de temas do folclore e da cultura popular. O romance romântico brasileiro, sobretudo em sua vertente indianista, dedicou-se a

1 A relação entre a ficção brasileira do século XIX e os seus possíveis modelos literários para o "romance americano", principalmente Sir Walter Scott, Chateaubriand e Fenimore Cooper, é vista com ansiedade pelo mais importante prosador romântico brasileiro. Cf. José Martiniano de Alencar, "Como e porque sou romancista," *Obra completa*, v. 1. Rio de Janeiro: J. Aguilar, 1958, pp. 148-50.

assegurar à jovem nação – independente de Portugal desde 1822 – uma aparente profundidade lendária através de narrativas sobre a fundação da sua nacionalidade.[2] Nos dois casos mais bem-sucedidos desta operação, nos romances *O guarani* (1857) e *Iracema* (1865) de José de Alencar, os heróis estão sujeitos à transformação das suas identidades, culminando na extinção simbólica ou fatual dos protagonistas através da conversão do elemento indígena à civilização cristã, que resulta no matrimônio inter-racial ou, em última instância, na sua própria morte altruística e redentora. Três elementos fundamentais do indianismo romântico voltariam a estar presentes na composição de *Macunaíma*: o aproveitamento de lendas, mitos e fábulas indígenas para a organização do entrecho modernista; a mistura deste repertório tradicional com argumentos e dados históricos concernentes à formação nacional brasileira; e, por fim, a insistência na utilização de uma nova linguagem, baseada na aderência ao léxico e, em muitos casos, à sintaxe popular e indígena. Neste sentido, os percalços da representação de uma cultura híbrida e a disposição para fundar uma língua brasileira moderna – distinta do português lusitano –, bem como a persistência de temas associados à transformação e à morte, fazem parte dos objetivos que Mário de Andrade herdara do século XIX na composição deste romance ao mesmo tempo enciclopédico, nacionalista e experimental.[3] No entanto, as duas conquistas fundamentais do romance romântico brasileiro seriam invertidas pela paródia modernista: a composição detalhada de espaços e tipos sociais específicos redefine-se pela ambiciosa representação simultânea de todos os possíveis espaços e tempos brasileiros; e a criação de um herói virtuoso, que deveria fundir em si a pureza da cultura primitiva com a nobreza dos valores cristãos, é invertida pelo herói moderno marcado pela combinação de traços psicológicos e biofísicos não raro grotescamente contraditórios.

A produção modernista no Brasil, ao menos em sua fase inicial e mais profundamente transgressora, parece apontar para uma mudança na organização regional

2 Cf. Doris Sommer, *Foundational Fictions: The National Romances of Latin America*. Berkeley: University of California Press, 1991, pp. 138-71, e Renata R. Mautner Wasserman, *Exotic Nations: Literature and Cultural Identity in The United States and Brazil, 1830-1930*. Ithaca: Cornell University Press, 1994, pp. 186-219.

3 Em uma carta aberta ao poeta Alberto de Oliveira, publicada em 1925 na revista modernista *Estética*, Mário de Andrade faz uma importante revisão do significado do romantismo no processo cultural brasileiro. Na carta pode-se perceber claramente o vínculo proposto pelo autor de *Macunaíma* entre o romantismo e o modernismo brasileiros. Mário de Andrade, "Carta a Alberto de Oliveira," *Estética*, Pedro Dantas (org.), edição fac-similar. Rio de Janeiro: Gernasa, 1974, pp. 332-39.

e política do sistema literário nacional: a capital federal – na época situada no Rio de Janeiro – começa a perder o papel exclusivo de centro produtor e irradiador dos movimentos literários e, em vários sentidos, o modernismo brasileiro deve a sua existência ao crescimento acelerado da economia do café. Entre 1890 e 1930, São Paulo foi responsável por uma intensa modernização da economia agrícola brasileira, em parte resultante do uso da mão de obra estrangeira. A diversificação agrícola, a urbanização e o início da moderna industrialização nacional, inicialmente financiada pela economia do café, permitiu que a cidade de São Paulo, já no início da década de 1920, se tornasse a mais jovem – e talvez a única – moderna metrópole brasileira. Este processo acelerado de mudança social e econômica, associado à forte presença da imigração, colocou os intelectuais e a elite proprietária paulista diante de uma aparente contradição: assumir o papel de agentes do progresso e, ao mesmo tempo, lidar com os aspectos propriamente tradicionais do tipo de organização social que esta modernização implicava. Em outras palavras, não se deve perder de vista o fato de que esse surto de desenvolvimento econômico e de renovação intelectual apoia-se em uma economia nacional essencialmente agrária, de produção de gêneros pré-industrializados dirigidos ao mercado externo. A originalidade do modernismo brasileiro reside, em grande parte, na elaboração de respostas estéticas aos impasses gerados por essa modernização contraditória. O contraste do arcaico com o moderno, através da convivência de relações, valores e símbolos de distintas origens socioculturais, marcaria profundamente a produção artística do movimento modernista brasileiro e seria convertido, sobretudo em *Macunaíma*, em um princípio de composição claramente apoiado na paródia da cultura letrada.

Baseado em uma considerável coleção de dados etnográficos e linguísticos, *Macunaíma* foi composto principalmente a partir das fábulas recolhidas pelo antropólogo alemão Theodor Koch-Grünberg entre 1911 e 1913, editadas na Alemanha durante a década de 1920.[4] Mário de Andrade encontrou nesta reunião de mitos das tribos amazônicas taulipang e arecuná um semideus burlão e

4 Mário de Andrade baseou-se principalmente nos relatos etnográficos coletados no segundo volume de Theodor Koch-Grünberg, *Vom Roroima zum Orinoco, Ergebnisse einer Reise in Nordbrasilien und Venezuela in den Jahren 1911-1913*, 5 v. Berlim: D. Reimer, 1917-1928. As várias fontes históricas e literárias aproveitadas em *Macunaíma* foram traçadas pelo trabalho pioneiro de Manoel Cavalcanti Proença, *Roteiro de Macunaíma*, 5ª ed. Rio de Janeiro: Civilização Brasileira, 1978, e posteriormente pelo estudo minucioso da marginália e da biblioteca do autor, realizado por Telê Porto Ancona Lopez, *Macunaíma, a margem e o texto*. São Paulo: Hucitec, 1974.

contraditório, "sem nenhum caráter nem moral nem psicológico" que o escritor julgou "concordar um bocado com a época nossa".[5] Dividido em dezessete pequenos capítulos e um breve epílogo, o romance baseia-se na combinação das aventuras de várias entidades indígenas, em especial nas do *trickster* indígena Makunaíma, que seria transformado por Mário de Andrade em um herói egoísta, preguiçoso, interesseiro e mentiroso, não raro perverso, mas também alegre, valente, terno e encantador.[6] Embora o romance seja caracterizado pela constante presença de inúmeras lendas e fábulas intercaladas ao longo do enredo principal, a narrativa possui uma progressão linear. A unidade da trama é garantida pela atenção exclusiva às façanhas do herói: Macunaíma, nascido "preto retinto" de uma tribo de índios do norte da Amazônia, parte com os dois irmãos em uma viagem sem destino após ter causado a morte da sua mãe.[7] No caminho, a sua violenta união com a amazona Ci, a Mãe do Mato, converte-o no Imperador do Mato Virgem. Depois da morte prematura do seu filho com Macunaíma, Ci decide ir para o céu, transformada em uma estrela, e presenteia o herói com a pedra muiraquitã. A pedra é fonte de boa fortuna e lembrança das peripécias amorosas do casal. O herói perde-a em uma das suas fugas após enfrentar-se com mais uma entidade mítica e, mais tarde, recebe a notícia de que ela se encontrava em São Paulo nas mãos do regatão peruano Venceslau Pietro Pietra, o gigante Piaimã comedor de gente. A caminho de São Paulo, Macunaíma se embranquece depois de banhar-se em uma fonte de águas mágicas, transformando-se juntamente com os seus dois irmãos em uma síntese racial da cultura brasileira – "um louro um vermelho outro negro".[8] Os três partem para São Paulo e o gigante passa a ser o principal oponente do herói, que rejeita casar-se com uma das filhas de Vei, a sol, deixando de se tornar o filho integral e herói primaz das civilizações do trópico. Ao invés disso, Macunaíma prefere ir viver na metrópole paulista, em meio a prostitutas e malandros. Em suas várias tentativas de vencer Venceslau

5 Mário de Andrade, *71 cartas de Mário de Andrade*, Lygia Fernandes (org.). Rio de Janeiro: Livraria São José, 1963, p. 31.

6 As relações de derivação e aproveitamento entre o herói modernista, Macunaíma, e o personagem das fábulas indígenas, Makunaíma, encontram-se traçadas na edição crítica do romance, cf. Telê Porto Ancona Lopez, "O texto e o livro", em Mário de Andrade, *Macunaíma, o herói sem nenhum caráter*. Edição crítica, Telê Porto Ancona Lopez (org.), 2ª ed. Paris/Brasília: ALLCA XX; CNPq, 1988, pp. 311-39 (Coleção Arquivos).

7 Andrade, *Macunaíma*, op. cit., p. 20.

8 Id., ibid., p. 38.

Pietro Pietra, o gigante Piaimã – e também no seu trato com os outros personagens da cidade – o herói morre duas vezes e em ambos os casos é revivido por um dos seus irmãos. Finalmente, Macunaíma consegue matar o seu adversário através de uma combinação de jogos maliciosos e pueris. Com a muiraquitã reconquistada, os três irmãos voltam ao Uraricoera, sua terra de origem, onde os ciúmes e o egoísmo do herói acabam por causar a morte dos seus irmãos e da sua companheira. Macunaíma passa a viver sozinho, acompanhado de um papagaio que escuta e repete as suas histórias. Finalmente, Vei, a sol, vinga-se da traição do herói – que recusara o casamento com uma das suas filhas – e arma o cenário para a sua morte: instigado pelo calor e seduzido pela visão da Uiara, uma espécie de sereia de água doce, ele mergulha em uma lagoa e é destroçado pelas piranhas, voltando a perder o seu amuleto, a pedra muiraquitã.

O resumo da trama do romance torna evidente a aderência de Mário de Andrade à feição lendária dos materiais nos quais se baseou para compor o seu herói modernista.[9] O enredo progride com rapidez, acompanhando o perene estado de deslocamento e mudança do herói, capaz de transformar os outros – e a si mesmo – em diversos objetos e animais. No capítulo final, quando Macunaíma emerge da lagoa recompondo o seu corpo mutilado pela luta com os bichos que buscavam vingar Vei, a sol, o herói tenta, sem sucesso, buscar um sentido para a sua existência desgovernada. Procurando uma das suas pernas e a lembrança da sua amada Ci, muito embora sem nunca encontrá-las, o herói – não pela primeira vez – desiste da vida e a fábula modernista se encerra poucas páginas depois, levando a cabo as várias prefigurações da morte de Macunaíma e aproximando o herói do destino comum aos protagonistas híbridos que a literatura brasileira já havia sepultado:

> [...] O herói não podia mais, parou. Cruzou os braços num desespero tão heroico que tudo se alargou no espaço pra conter o silêncio daquele penar. [...]
>
> Então Macunaíma não achou mais graça nesta terra. Capei bem nova relumeava lá na gupiara do céu. Macunaíma cismou inda meio indeciso, sem saber si ia morar no céu ou na ilha de Marajó. Um momento pensou mesmo em morar na cidade da Pedra com o enérgico Delmiro Gouveia, porém lhe faltou ânimo. Pra viver lá, assim como

9 Baseando-se na análise morfológica proposta por V. Propp, a relação de correspondência estrutural entre o romance e as matrizes fabulares foi esclarecida por Haroldo de Campos, *Morfologia do Macunaíma*. São Paulo: Perspectiva, 1973.

tinha vivido era impossível. Até era por causa disso mesmo que não achava mais graça na Terra… Tudo o que fora a existência dele apesar de tantos casos tanta brincadeira tanta ilusão tanto sofrimento tanto heroísmo, afinal não fora sinão um se deixar viver; e pra parar na cidade do Delmiro ou na ilha de Marajó que são desta terra carecia de ter um sentido. E ele não tinha coragem pra uma organização. Decidiu:

– Qual o quê!… Quando urubu está de caipora o de baixo caga no de cima, este mundo não tem jeito mais e eu vou pro céu!

Ia pro céu viver com a marvada. Ia ser o brilho bonito mas inútil porém de mais uma constelação. Não fazia mal que fosse brilho inútil não, pelo menos era o mesmo de todos esses parentes, de todos os pais dos vivos de sua terra, mães, pais manos cunhãs cunhadas cunhatãs, todos esses conhecidos que vivem agora do brilho inútil das estrelas.

Plantou uma semente do cipó matamatá, filho-da-luna, e enquanto o cipó crescia agarrou numa itá pontuda e escreveu na laje que já fora jabuti num tempo de dantes:

NÃO VIM AO MUNDO PARA SER PEDRA.[10]

Macunaíma desiste da vida e vai para o céu, transformado em uma constelação. O desfecho do romance de Mário de Andrade transforma o tema da redenção moral ou da conversão cristã, típica do romance romântico do século XIX, em um motivo correlato que marcaria a ficção brasileira do século XX: a conexão entre linguagem, identidade e morte. Macunaíma fora um herói sem causa, comodista, revoluto, hedonista e, em vários sentidos, solitário por decisão própria. Sua morte é menos uma punição do que uma convicção íntima. Para o herói, a morte é sossego e guia de gerações futuras. No desfecho que funde elementos da mitologia indígena com a simbologia cristã, Macunaíma ascende aos céus desistindo das opções de retornar à tradição – indo morar na ilha de Marajó – ou apostar na modernidade – voltando para São Paulo, a cidade da Pedra. O céu e a metrópole formam um par antinômico, opondo-se entre a inutilidade do brilho das estrelas e a organização pragmática da vida urbana, que desencantava o gozo de viver aqui na terra segundo o próprio herói. A ilha de Marajó seria a possibilidade do retorno a um espaço lendário e original, mas Macunaíma opta por ir para o céu transformado pelo Pai do Mutum – na verdade, a constelação do Cruzeiro do Sul –

10 Andrade, *Macunaíma*, op. cit., pp. 164-65.

na Ursa Maior. A imagem do brilho inútil das estrelas traduz o ideal do puramente estático, da contemplação que se opõe ao ritmo maquinal da metrópole moderna. A alegoria da sua conversão em uma constelação resume a máxima do herói, "Ai!... que preguiça!...", associada à ideia do ócio criativo, que funciona ao longo da narrativa pausando a construção agitada das ações do protagonista e solapando seu engajamento a qualquer princípio absoluto ou valor coletivo. As constantes prefigurações da morte do herói e sua paulatina degeneração por definhamento e mutilação contrastam com o caráter sublime e catártico do desenlace, como se este final tratasse de expurgar as culpas dos dois mundos que definem o herói, o histórico e o mítico. A decisão de Macunaíma aparentemente favorece o isolamento inútil e resignado, mas de fato ela pode ser tomada, ainda que parcialmente, como uma comunhão redentora com a memória, cuja contribuição seria precisamente o antídoto contra as perversidades da vida imoderada e anônima que havia inicialmente encantado o herói na metrópole moderna. O seu encontro com os elementos degradados da civilização ocidental já fora glamourizado na chamada "Carta pras Icamiabas" – capítulo IX do romance e ponto mais alto da prosa experimental do modernismo brasileiro –, onde o herói passa a encontrar no caráter grotesco da cidade moderna, no Velho Mundo, um traço equivalente às suas disposições mais naturais: a "pornografia desorganizada", para usar os termos do próprio autor; a compulsão ao ganho fácil; e um perene estado de enfermidade.[11] Desse modo, com Macunaíma transformado pela sua visita a São Paulo, o desfecho transcendente da vida do herói pode ser tomado como o princípio de uma crítica tropical, realizada através da paródia primitivista à modernidade latino-americana.

O encontro com a diferença e a mistura caracteriza tanto este herói impaciente por colecionar os traços ambivalentes de sua própria definição, como também o modo pelo qual Mário de Andrade organizou seu material narrativo. Alguns dos precursores de *Macunaíma* já haviam se defrontado com um conjunto de motivações semelhantes nos níveis formal e temático. *O guarani* e *Iracema,* de José de Alencar, por exemplo, também compartilham desta obsessão pela procura de uma lenda ou romance de fundação do Brasil, que tem na mistura e no encontro de culturas a origem de uma nova linguagem e de um novo herói composto pela

11 Mario de Andrade, "Prefácios para 'Macunaíma,'" *Brasil: 1º tempo modernista – 1917/29; documentação*, Marta Rossetti Batista, Yone Soares de Lima e Telê Porto Ancona Lopez (orgs.). São Paulo: Instituto de Estudos Brasileiros, 1972, p. 290.

conjunção entre conversão cultural e morte. No espírito do experimentalismo nacionalista, o próprio Mário de Andrade já havia composto um livro de poemas, *Clã do Jaboti* (1926), e um romance de formação sentimental, *Amar, verbo intransitivo* (1927). No primeiro se constata a ampliação geográfica e cultural dos temas tratados pelo autor, que deixa de se ater exclusivamente a São Paulo e passa a incorporar lendas e temas regionais em sua poesia. No romance de 1927, entretanto, encontra-se o primeiro esforço de longo fôlego por parte do autor no sentido de "escrever brasileiro", adotando uma dicção mais oral e uma sintaxe de cunho popular.[12] *Macunaíma* leva ao limite esse projeto de sistematização de uma língua brasileira capaz de gerar uma nova linguagem artística para tratar a matéria nacional. O romance foi urdido em uma linguagem impossível, enciclopédica. Ele reúne elementos lexicais e sintáticos de várias regiões brasileiras, misturando as lendas e os ditos populares não apenas no nível do conteúdo, mas também no plano da forma, através da incorporação dos registros linguísticos e culturais que conformam a aparente unidade da cultura nacional.[13] Contrastando diretamente com os padrões de verossimilhança e homogeneidade da matéria, presentes desde o romance romântico até o pré-modernista, *Macunaíma* apresenta, em contraste, um panregionalismo linguístico que buscava na operação de bricolagem das manifestações do folclore e da cultura popular os elementos para a criação de um herói e de uma fala que transcendesse os particularismos.[14]

12 No posfácio inédito (1926?) a *Amar, verbo intransitivo*, Mário de Andrade havia insistido na "necessidade de empregar brasileirismos vocabulares não só no seu exato sentido, porém já no sentido translato, metafórico, tal qual eu fiz", com vistas à "formação futura duma gramática e língua literária brasileiras", Mário de Andrade, *Amar, verbo intransitivo*; idílio, 16ª ed. Belo Horizonte: Itatiaia, 1989, pp. 151-52. Logo a seguir, em anotações para um prefácio nunca publicado, o autor afirmaria que "Amar Verbo Intransitivo + Clan do Jaboti = Macunaíma", Andrade, "Prefácios para 'Macunaíma'", p. 295.

13 Sobre os esforços do autor em direção a uma gramática da língua brasileira que pudesse inclusive sistematizar a expressão linguística nacional no nível literário, ver José Maria Barbosa Gomes, *Mário de Andrade e a revolução da linguagem: A gramatiquinha da fala brasileira*. João Pessoa: Editora da UFPB, 1979, e Edith Pimentel Pinto, *A gramatiquinha de Mário de Andrade: Texto e contexto*. São Paulo: Duas Cidades, 1990.

14 Uma das enormes dificuldades da tradução de Macunaíma para uma língua estrangeira encontra-se no fato de que o próprio romance já foi constituído a partir de um grande esforço de tradução interna, dentro da própria língua portuguesa falada no Brasil, em suas variações dialetais. Tal dificuldade é particularmente notável nas frequentes enumerações que a narrativa utiliza para descrever o ambiente que rodeia o herói. As enumerações em muitos casos dizem respeito a um mesmo referente, provocando, pela apresentação das variações regionais do mesmo termo, um efeito de saturação vocabular que desregionaliza o cenário →

A opção de Mário de Andrade pelo perfil do *trickster* da mitologia indígena para compor seu protagonista modernista resultou em uma inversão dos padrões e valores geralmente associados à caracterização do herói da tradição épica ocidental.[15] Tal como o coiote da mitologia navajo e o pícaro do romance espanhol renascentista, Macunaíma é um herói trapaceiro; ele representa o elemento caótico e subversivo do cosmos, avesso a hierarquias e ao caráter regular do trabalho. Sua ingenuidade sagaz é reveladora e sua falta de compromisso com regras em geral compõem uma tendência personalista e "sem caráter", que bem pode ser entendida simultaneamente como falta de características homogêneas e indiferença para com os valores morais ocidentais. A lição de Mário de Andrade frutificou. No regionalismo do romance social de 1930 – tendência que se segue imediatamente à publicação de *Macunaíma* – a exploração de particularismos linguísticos e culturais, embora desde uma perspectiva narrativa mais tradicional, constitui-se no fundamento da busca de uma nova estética literária nacional. Posteriormente, nas mãos daquele que talvez tenha sido o mais notável dos narradores brasileiros do século XX, João Guimarães Rosa, o tema do protagonista híbrido e hesitante entre duas culturas voltaria ao seu caráter experimental no conto "Meu tio, o Iauaretê" (1961). Nele, um narrador mestiço, caçador de onças, tece um longo monólogo que procura seduzir seu ouvinte a fim de subjugá-lo; ao final, o narrador se transforma através da linguagem em uma onça e obriga o seu interlocutor a matá-lo. Nos romances *Maíra* (1976), de Darcy Ribeiro, e *A expedição Montaigne* (1982), de Antonio Callado, também se encontra o tema do experimentalismo linguístico que explora os limites da forma do romance para narrar as desventuras de dois índios aculturados, que após suas conversões

→ no qual se encontra Macunaíma, tornando-o presente em vários lugares do Brasil ao mesmo tempo e situando-o em um espaço "desgeograficado", tal como apontou o próprio autor.

15 Gilda de Mello e Souza, em *O tupi e o alaúde: Uma interpretação de Macunaíma*. São Paulo: Livraria Duas Cidades, 1979, propõe sugestivamente que diversas formas da cultura musical popular foram incorporadas em *Macunaíma* a fim de compor uma narrativa que mimetiza e parodia a tradição do romance arturiano e a busca do Santo Graal. Sobre o aproveitamento e a redefinição da épica na modernidade, ver Franco Moretti, *Modern Epic: The World-System from Goethe to García Márquez*. Londres: Verso, 1996. Aproximações entre *Macunaíma* e o modernismo europeu são raras, embora necessárias. As relações entre o romance de Mário de Andrade e *Ulisses*, de James Joyce, *Orlando*, de Virginia Woolf, e *O homem sem qualidades*, de Robert Musil, são evidentes. Para uma tentativa de comparação parcial entre os heróis Leopold Bloom e Macunaíma, ver José Luiz Passos, "Prefiguração musical em *Ulisses* e *Macunaíma*", in *Ruínas de linhas puras: Quatro ensaios em torno a Macunaíma*. São Paulo: Annablume, 1998, pp. 71-97.

aos valores ocidentais caminham em direção à dissolução.[16] Em todos estes textos – entre vários outros – encontra-se o verdadeiro legado de *Macunaíma*: a combinação dos motivos da linguagem híbrida, da identidade e da morte como uma solução para o primeiro dilema da recém-independente literatura brasileira: certificar-se de que sua "fala impura"[17] era capaz de glosar o inefável e responder com graça à pergunta que parece não se esgotar: afinal de contas, quem somos nós, os que vivemos entre dois mundos?

16 Uma análise comparativa de três dos romances mais importantes do neoindianismo brasileiro entre 1967 e 1982 encontra-se em José Luiz Passos, "A figura, o réquiem e a cerveja: Três visões de um Brasil entre Darcy Ribeiro e Antonio Callado", *Revista de crítica literaria latinoamericana*, ano 24, n. 49, 1997, pp. 217-30.

17 Andrade, *Macunaíma*, op. cit., p. 168.

GIUSEPPE DIERNA

## *O fim dos velhos tempos*

Vladislav Vančura (1934)

> *Minha postura quanto ao enredo de tipo comum é como a do dentista em relação aos dentes. Baseei o livro no contraste entre pessoas de duas culturas diferentes: os acontecimentos mencionados no texto se desenrolam apenas como material para metáforas. É um procedimento comum para as obras eróticas: nelas, nega-se o plano real e se afirma o plano metafórico.*
>
> V. SKLOVSKI, *Zoo, ou cartas não de amor*[1]

Peguem um bibliotecário falante, Bernard Spera, e que talvez também sinta uma atração perigosamente excessiva pelos livros que deveria vigiar, e ponham-no num castelinho (*talvez* no sul da Boêmia) com o nome improvável de Kratochvile (isto é, "Divertimento"), no momento em que – está acabando a Primeira Guerra Mundial e nascendo o Estado tchecoslovaco – sua administração passa para o irresoluto Josef Stoklasa, um dos novos-ricos da burguesia tcheca ascendente. Ou melhor: peguem um bibliotecário de idade já um pouco avançada, que conta em suas memórias como viveu, quinze anos antes, a difícil transição da velha para a nova ordem, e de ponto em branco lhe apareceu pela frente uma figura misteriosa de um russo emigrado, um trânsfuga da Rússia revolucionária, que se apresenta com o nome altissonante de príncipe Alexei Nikolaievitch Megalrogov, oficial

1 V. Sklovskij, *Zoo o lettere non d'amore* [1923]. Turim: Einaudi, 1966, p. 8.

do czar Nicolau II, e que – no curto prazo de três meses –, com suas histórias e maneiras estranhas, subverteu os equilíbrios na tranquila residência, encantando os meninos e despertando o amor de quase todas as mulheres presentes. Antes de desaparecer, agora acompanhado pelo jovem criado Marcel.

Surgindo inicialmente como roteiro de um filme jamais realizado,[2] *O fim dos velhos tempos* (1934),[3] do escritor tcheco Vladislav Vančura, narra em dezenove capítulos não numerados, enquadrados por um prefácio e um posfácio (num total de quase 350 páginas), as aventuras do fanfarroníssimo príncipe Megalrogov – moderno barão de Münchhausen – no castelo de Kratochvile, enquanto proliferam em torno as intrigas políticas dos que querem que a propriedade passe para o controle dos grandes latifundiários (aqui representados pelo político Jakub Lhota e seu filho Jan), afastando os adversários mais fracos constituídos pelos camponeses e pelos pequenos proprietários (representados pelo zarolho Charousek e pelo advogado Pustina). Se, num olhar superficial, o romance parece apresentar essencialmente o contraste estridente entre o mundo extinto da aristocracia e o mundo um pouco vulgar da nova economia de mercado, uma leitura mais atenta mostra que, exatamente quando está se intensificando o debate sobre o que se deve entender por "realismo socialista",[4] Vančura – o maior prosador tcheco da primeira metade do século XX e autor especialmente atento às modalidades da escrita, sobre as quais realizou conferências no Círculo Linguístico de Praga – propõe uma variante pessoal de crítica social extremamente herética, que, negando os pressupostos teóricos de matriz soviética, passa pela pura elaboração literária. Pois, adotando em parte procedimentos de narração cinematográfica, negando a linha experimental então dominante (Joyce, Proust, Gide, eventualmente Breton) e retornando a Rabelais e aos narradores setecentistas, mas influenciado principalmente – talvez um dos primeiros no Ocidente – pela leitura da *Teoria da prosa* (1925), de Víktor Chklóvski, lançada em tradução tcheca no ano anterior, o que Vančura apresenta em

2 Como outros membros do grupo vanguardista Devetsil, Vančura (nascido em 1891 e fuzilado em 1942 pelos nazistas, por sua atividade na Resistência) escreveu nos anos 1920 breves roteiros, realizando na década seguinte seis filmes como diretor. O roteiro em questão, chamado *Baron Prasil. Konec starých casu* [O barão de Münchhausen. O fim dos velhos tempos], de 1932 aproximadamente, foi publicado em *Sovetská literatura*, 1981, n. 6, pp. 146-79.

3 V. Vančura, *Konec starých casu*. Praga: 1934. Todas as citações foram extraídas dessa primeira edição e estão diretamente indicadas no texto com o número da página entre parênteses.

4 O Primeiro Congresso dos escritores soviéticos, que teria apresentado uma primeira codificação do realismo socialista, ocorreu em Moscou em agosto de 1934. Ver suas atas in G. Kraiski (org.), *Rivoluzione e letteratura*. Bari: Laterza, 1967.

*O fim dos velhos tempos* é o conflito entre veracidade e ficção, e o caráter fictício do sistema de valores dos dois sujeitos (políticos, sociais) que disputam a cena do romance.[5] E o principal instrumento dessa complexa construção romanesca será a voz narrativa, reatualizada principalmente pela teoria literária anglo-americana da década anterior (Joseph Warren Beach e Percy Lubbock).

À deliberada simplicidade do enredo (aliás, já antecipado pelo bibliotecário em seu longo prefácio), Vančura logo contrapõe a figura robusta de Bernard Spera que, nas amplas volutas de sua linguagem castiça e encorpada, serve de mediador aos acontecimentos, autêntico motor do relato, espetáculo dentro do espetáculo. E é principalmente a sinceridade que parece dar o tom geral ao relato do bibliotecário, que não hesita em confessar sua covardia aos primeiros sinais das revoltas proletárias ("desacostumado a nadar contra a corrente, eu me transferi para o escritório do duque e, em lugar de Sêneca, comecei a ler Marx", p. 23), assim como não esconde sua necessidade constante de dinheiro, a desonestidade no jogo e até o furto de um antigo volume da biblioteca, para revendê-lo a um antiquário holandês e mandar o valor auferido para a irmã. Mas, prosseguindo o relato, ele é obrigado a desmentir a motivação caridosa e confessar que "a verdadeira razão desse furto é minha natureza baixa e minha cupidez pelo dinheiro" (p. 231), pela qual inclusive sua franqueza inicial – base do pacto de veracidade firmado entre o narrador e o leitor – se revelará tão mentirosa quanto todo o universo do romance mediado por ele, e do qual Spera, com todas as suas forças, tenta (inutilmente) tomar distância.

Parente não muito distante do Tristram Shandy, de Sterne, justamente pela atitude comum a ambos de comentar e diminuir o ritmo da ação, fabulista como que saído da pena de Rabelais (com o qual divide a profunda participação emocional e o gosto pela invectiva), malandro de poses extremamente melodramáticas, na verdade o bibliotecário *Spera* é apenas o primeiro tijolo desse mundo de ostensiva ficção, criando até o próprio nome como anagrama do nome do autor das verdadeiras *Aventuras do barão de Münchhausen*, Rudolf Erich Raspe, também bibliotecário, guardião das antiguidades de Frederico II, e obrigado a fugir

5 Como observou Mukarovski: "a arte narrativa tende a oscilar continuamente na linha ficção/veracidade, enfatizando ora o primeiro, ora o segundo elemento da antinomia. A arte moderna, por seu lado, tende a ressaltar a antinomia entre ficção e veracidade, muitas vezes através de uma intensificação dessas oscilações, a que chega baseando-se numa estratificação complexa das nuances intermediárias entre os dois polos". Cf. J. Mukarovski, *Dialektické rozpory v moderním umení* [Conflitos dialéticos na arte moderna], in *Listy pro umení a kritiku*, III (1935), n. 11-12, p. 351.

precipitadamente para a Inglaterra, devido a negócios escusos relacionados com o desaparecimento de algumas medalhas.[6]

Não menos declaradamente fictício é o castelo de Kratochvile, descrito em detalhes – desde suas remotas origens medievais – no primeiro capítulo, onde o narrador, depois de ter antecipado veladamente as intenções paródicas de sua narrativa, logo dá início à série de pastiches literários que pontuarão todo o romance, aqui imitando o estilo das crônicas medievais ("O castelo de Kratochvile foi construído no século XII por um certo cesteiro", p. 21), mais adiante lidando com o estilo dos idílios rurais, com a narrativa épica, com as cadências dos romances de aventuras… Digno local de encontro de um bando de intrigantes de moral duvidosa e do pretenso oficial de um czar já morto e enterrado, Kratochvile saiu também *de um jogo de palavras* do arguto cesteiro Koketák (isto é, o senhor Namorinho), que, tendo ido ao mercado, havia se chocado com o irado abade da Coroa de ouro, o qual – ofendido com uma blasfêmia do cesteiro – tinha pisoteado seus cestos acrescentando: no futuro, "não me limitarei a pular *sobre as tuas coisas*, mas te castigarei com intensidade cem vezes maior" (p. 22). Obtendo do abade a confirmação de que ele havia pisoteado coisas realmente *suas*, o cesteiro lhe agradeceu pela doação daqueles "25 pés de terreno", e o religioso – recuperando o bom humor com a presença de espírito do Janotinha – logo lhe concedeu uma área ainda maior, "pelo *divertimento* [*kratochvíle*] que me porporcionaste" (p. 22). Daí, obviamente, o nome depois destinado a imperecível memória.[7]

Do ponto de vista compositivo, *O fim dos velhos tempos* é fortemente marcado pela experiência de roteirização cinematográfica que Vančura tivera na década anterior, e que no âmbito literário tinha sido teorizada – para a vanguarda tcheca – pelo escritor Karel Schulz, na metade dos anos 1920. Dela derivam, de fato, os cortes rápidos das cenas, a brusca alternância dos espaços narrativos, a atenção

6 E no ano seguinte à publicação do romance de Vančura, uma outra bibliotecária, a pérfida governanta Therese Krombholz, depois esposa do professor Peter Kien, se dirigirá – acompanhada pelo porteiro – a um banco de penhores bem mais miserável para negociar os livros subtraídos da coleção do marido. Cf. Elias Canetti, *Die Blendung* [1935] [ed. it.: *Auto da fé*, trad. L. e B. Zagari. Milão: Garzanti, 1987, p. 323; ed. bras.: *Auto de fé*, trad. Herbert Caro. São Paulo: Cosac Naify, 2004].

7 Igualmente transparentes são os nomes dos personagens. Se Megalrogov parece remeter à raiz grega *megas*, "grande" (somada ao russo *rog*, "chifre", "chifres"), os nomes do regente Stoklasa [cem-espigas] e do político Lhota [comuna, povoado, burgo] remetem à "rudeza" deles, enquanto o advogado Pustina [deserto] mostra já no nome o vazio interior que o anima.

com a trilha sonora, mas sobretudo alguns procedimentos específicos como o uso constante do detalhe e do primeiríssimo plano, os movimentos de câmera,[8] a dissolução cruzada ("a figura das senhoritas Stoklasa se dissolve na luz do entardecer e vejo novamente o oficial", p. 296), ou efeitos como de "câmera na mão" ("e agora sigam o rapaz enquanto ele foge subindo pelas escadas e abre a porta do quartinho de Kitty", p. 330), ou até de "carrinho lateral externo" ("se meu olhar pudesse atravessar o teto, eu veria acima de mim o advogado nas mesmas condições que eu: de pé diante de Stoklasa, com o lenço na mão", p. 314), culminando nos efeitos especiais (ironicamente sublinhados pelo narrador), quando o advogado Pustina – já derrotado em seu sonho de obter Kratochvile – deixa desconsolado o castelo:

> Numa curva da estrada, sente vontade de se virar e olhar Kratochvile, cujas janelas já estão iluminadas. Na profundeza das trevas, ele distingue sua imagem sobre o fundo do castelo. Dediquemos a esse espelhamento uma migalha de atenção: em alguns aposentos, as luzes de nossas janelas tinham fragmentado seu retrato *dando a impressão de que o próprio edifício estava dentro de sua cabeça. Não é uma bela brincadeira?* (p. 320)

E se o uso de procedimentos codificados pela prática cinematográfica serve inegavelmente para Vančura agilizar o pesado mecanismo romanesco, as rápidas mudanças de cena e a sobreposição das ações – muitas vezes interligadas por uma superabundância de marcações microtemporais ("Naquele momento", "enquanto..."), mas privadas de sua função primária – têm no romance a função precisa de *simular* algum desenvolvimento narrativo, algum movimento na trama, mais um tijolo daquele conflito entre realidade e ficção que postulamos estar na base do romance.

Pois não há nenhum avanço em nível narrativo (Megalrogov chega e vai embora sem que *nada* mude realmente no castelo), e o movimento – um indubitável movimento que até desconcerta o leitor – é entregue ao nível dos personagens, *dentro* deles, principalmente no que tange a Megalrogov e o narrador.

8 Veja-se a primeira aparição de Megalrogov: "De costas para mim, era um homem com um casaco de caçador. De pé com as pernas abertas, agitava o chicote com força. [...] Enquanto o observei por trás, pensei que estava furioso e descarregando um golpe atrás do outro nas costas do servo, mas que nada! Aquele homem estava rindo às gargalhadas!". Para as relações entre cinema e literatura na vanguarda tcheca, ver G. Dierna, *Cinema come progetto: gli scenari cinematografici di Karel Teige degli anni '20*, in *Bianco & nero*, LXI (1998), n. 4, pp. 137-55.

Construídos por uma somatória de ínfimos pormenores e pequenos gestos, com um uso sábio do primeiríssimo plano e do detalhe, também os personagens traem – agora no nível fisionômico – seu deliberado caráter artificial, mas mostrando ao mesmo tempo um inusitado dinamismo interno, acrescido da ampla urdidura metafórica da narrativa.[9] Assim descobrimos no sórdido advogado Pustina "um rubor nas faces em movimento contínuo como o fluxo e o refluxo da maré, [...] um perfil romano e a maxila de morcego" (pp. 37-38); quanto ao antigo proprietário de Kratochvile, ficamos sabendo que tinha "um nariz fino e recurvo como um sabre turco, [...] olhos como a ponta de um punhal, dentes de lobo, cabelos de selvagem, o queixo como um punho" (pp. 15-16), e do príncipe Megalrogov destacam-se "as asas de dois imponentes bigodes, sobrancelhas grossas e um longo nariz fino, em parte parecendo um gancho, em parte parecendo uma faca, em parte o arbítrio vestido de gente" (p. 52). Desse modo, os detalhes substituem a história, sinédoques de uma biografia, enquanto a deformação animal dos rostos parece remeter à tradição fisiognômica de Charles Le Brun, talvez mediada pela variante mais recente e moderna apresentada pelas superposições de imagens de focinhos sobre os rostos dos provocadores na *Greve* (1925), de Sergei Eisenstein.[10]

Mas o campeão dessa dinamização é, sem dúvida, a figura proteiforme do príncipe Megalrogov, que desperta dúvidas até sobre sua origem aristocrática, enquanto sua identidade flutua perigosamente com a mudança do observador, e isso desde sua primeira aparição, quando alguns pensaram que era o *heitman* de Kopník, outros que era o conde Koda, e outros ainda, "Aulenburg, guardião do Santo Sepulcro" (pp. 59-60). Para Spera, que o viu pela primeira vez de costas e achou que era "um ator ambulante", Megalrogov é alternadamente "um histrião", "um impostor", "um filósofo sábio", "pobre e rico, nobre e sem nome", "um mago", "um louco", "um artista da vida", "um mentiroso que diz a verdade, um endividado profissional,

9 Com efeito, metáforas e analogias substituem no romance as descrições inúteis. Assim, lemos a respeito da frágil professora Susanne que, "durante a corrida dos cavalos, o vento redobrou de intensidade, avermelhando as faces da jovem como um ourives martelando uma rosa" (p. 153), ao passo que Spera descreve seu furto da seguinte maneira: "como um pintor que, sob uma magnífica abóbada, executa o retrato zombeteiro de Judas, da mesma forma eu, com uma última pincelada, com um último tremor da mão, selei meu destino" (p. 230).

10 Um outro fio dessa tradição – e a variada "nasologia" vancuriana – leva diretamente ao já mencionado Rabelais: "Panurge era de estatura mediana, [...] e tinha o nariz um pouco aquilino, feito um cabo de navalha", cf. F. Rabelais, *Gargantua et Pantagruel* [1523-64] [ed. it.: *Gargantua e Pantagruele*, trad. M. Bonfantini. Turim: Einaudi, 1966, livro II, cap. XVI, p. 238; ed. bras.: *Gargântua e Pantagruel*, trad. David Gomes Jardim Júnior. Belo Horizonte: Itatiaia, 2003].

um chantagista, um amante de putarias, um impostor e ao mesmo tempo um nobre, um príncipe daqueles que hoje nem conseguimos imaginar", "um patife", "um imoral", "um palhaço que recita *Oniêguin*", "um mau poeta [...]". O advogado Pustina, que mal suporta ficar perto de Stoklasa, não tem qualquer dúvida: trata-se de "um suboficial desertor que surripiou de algum lugar os documentos de um príncipe" (p. 79), enquanto – ao contrário – "cada uma das moças ali presentes reconhecia em seu rosto algum traço particular ou algum sinal que o identificava como príncipe" (p. 83). O contraste, a *dissonância*, é o elemento constitutivo de Megalrogov, e isso é confirmado ulteriormente por pequenos sinais irônicos disseminados no próprio discurso do bibliotecário, em que a descrição da nobreza do príncipe avança ao lado de sua respectiva negação.[11]

No romance, Megalrogov, construído pelo acúmulo de características contrárias que *se anulam mutuamente*, trapaceiro devido à relação incomprovada com a realidade, mas sem nenhuma intenção de tirar vantagens pessoais, tem seu contraponto nos intrigantes que, inversamente, agem de maneira muito concreta para pôr as mãos na propriedade de Kratochvile (o velho Lhota, Charousek) ou – variação temática de um mesmo "objeto de valor" – na filha de Stoklasa, Michaela (o jovem Lhota, o advogado Pustina), quase como se Vančura quisesse contar a mesma história *em paralelo*, uma vez do ponto de vista do romance das intrigas políticas, outra vez do do romance das intrigas amorosas. Mas, em comparação ao príncipe, contando quando foi caçar tigres nas estepes do Turquestão, e que na Lituânia perseguiu um cervo branco como a neve, em comparação a ele, que descreve a guerra civil na Sibéria e a fome ("a fome nos guiou como uma peregrina que tamborila nas panelas vazias e bate no caldeirão", p. 221), esses "heróis de pantufas" (p. 178), "cem vezes mais ávidos de lucros do que de aventuras" (p. 67), atentos apenas ao relato de seus "desprezíveis negócios" (p. 60), na verdade parecem apenas uma paródia malfeita: às florestas percorridas por Megalrogov se contrapõem seus "pequenos bosques, onde contam o número de árvores" (p. 67), o gosto do príncipe pela caça ecoa debilmente em suas anedotas de caça, como que tiradas de algum livro, a suas maneiras amáveis e a seu "riso gracioso" corresponde seu

11 Veja-se a descrição de seu primeiro encontro com os nobres: "'Sou o príncipe Alexander Megalrogov, oficial de Nicolau II. Foi um prazer para mim passar algumas horas hoje com vocês. [...]' Esse discurso foi pronunciado pelo príncipe com altivez e com voz nasal, como falam os atores durante um espetáculo beneficente, quando o caixa está cheio. [...] Eu achava que ele ia se dirigir de cabeça erguida para a porta, mas nem dessa vez acertei: ele se atirou para beijar a mão das senhoras" (pp. 63-64).

escangalhado "grasnido de corvos" (p. 60). Porque, em oposição "à forma pura, à arte grandiosa e autossuficiente da mentira da cultura feudal moribunda",[12] representada pelo emigrante russo, recortam-se nas páginas do romance os mais baixos e prosaicos embustes (políticos) dos ineptos representantes dessa "jovem classe social dotada de elegância, dinheiro e relógios de pulso" (p. 316), portadores de valores tão insossos que desaparecem até quando confrontados com o mundo de papelão do pretenso príncipe Megalrogov.

O instrumento narrativo dessa reprimenda é, mais uma vez, o bibliotecário Spera, figura empobrecida de intelectual oscilante entre os dois grupos, mas no *interior* de ambos, "suficientemente presunçoso para pensar que tinha o direito de julgar, e ao mesmo tempo tão incapaz de um ponto de vista próprio que se via forçado a julgar [...] ora do ponto de vista do velho duque, ora do de Stoklasa, ora ainda do de Megalrogov [...]".[13] Ao domínio da mentira (e das intrigas políticas: sua variante social), que a sábia construção de seu discurso está sempre colocando na berlinda, o bibliotecário Spera contrapõe sua (simulada) sinceridade de narrador, mas obrigado, com o avançar das páginas, a aceitar, ele também, a lógica perversa daquela sociedade na qual ele – "mísero administrador de livros de outrem, de palavras e pensamentos de outrem, macaqueador de seus patrões e de sua ideologia" (R. Jakobson) – já se integrou: "não adianta nada: na página que cubro com minha caligrafia miúda e agradável, a verdade veste o manto dos mentirosos e dos dissimuladores" (p. 204).

Em 1934, quando – depois da tomada hitleriana do poder na vizinha Alemanha – a tensão política se intensifica e o mundo da cultura se divide, mesmo na Tchecoslováquia, em duas frentes contrárias, convocando também os escritores para um engajamento político mais direto, Vančura, com *O fim dos velhos tempos*, parece ter escrito um romance de puro entretenimento, enquanto, na verdade, ele relata a triste parábola de um intelectual dos tempos modernos. Convicto, como declarou numa conferência em 1931, de que a boa literatura se diferencia da má literatura "na base de seu aspecto formal e funcional" (mas logo especificando que "em sentido funcional a boa literatura é expressão de um espírito que [...] participa das mudanças do país, dos deveres da época, da construção da ordem contemporânea"),[14]

12 Palavras de Roman Jakobson numa resenha curta, mas penetrante, do romance. *Slovo a slovesnost*, I (1935), n. 2, p. 131.

13 Cf. J. Mukarovski, "Vancuruv 'Konec starých casu'", in V. Vančura, *Konec starých casu*. Praga: 1958, p. 366.

14 Cf. V. Vančura, *O spolecenské funkci umení* [Sobre a função social da arte, 1931], hoje in *Rád nové tvorby* [A ordem da nova criação]. Praga: 1972, p. 89.

participando à sua maneira da discussão sobre o realismo socialista inaugurada no ano anterior, na região da Boêmia, pelos artigos do crítico Kurt Konrad, e como que adotando as palavras de Ilya Ehrenburg, que havia deplorado que a única novidade do realismo socialista era a utilização de personagens extraídos da nova realidade socialista, mas narrados de acordo com as regras do romance realista oitocentista,[15] Vančura, provocativo, decide usar os atores da velha estrutura social, mas imersos numa nova construção narrativa, que revela o caráter irreal e atravancador deles. Em *O fim dos velhos tempos*, Vančura descreve com extremo pessimismo um universo ilusório e mendaz[16] povoado de figuras que lembram até demais a Tchecoslováquia daqueles anos, um universo narrativo onde a prática do compromisso já suplantou os valores superados (mas ainda fascinantes), estendendo o verniz descorado do novo sobre o mundo variegado dos "velhos tempos" e deixando a Bernard Spera, demasiado fraco, a sensação de ter abandonado definitivamente os ideais originários ("pareceu-me ter prendido novamente com um prego meus mapas de navegação", p. 263), uma inquietação melancólica por aquela fuga de Megalrogov e do pequeno Marcel, que sanciona irremediavelmente "o fim dos velhos tempos. O fim dos percursos e das buscas, o fim do mistério, o qual agora só é seguido pela estatística da criminalidade" (pp. 318-19).

15 O artigo de I. Ehrenburg, "Za nás sloh" [Para um estilo nosso], saiu na revista eslovaca *Dav*, em dezembro de 1934, e foi retomado depois por Karel Teige no ensaio "Realismo socialista e surrealismo", publicado em Praga em 1935 no almanaque *Socialistický realismus* [O realismo socialista]. Cf. K. Teige, *Surrealismo. Realismo socialista. Irrealismo*. Turim: Einaudi, 1982, p. 18, ao qual remetemos para toda essa questão.

16 A apoteose desse uso até indiscriminado da mentira é a cena do duelo entre Megalrogov e o jovem Lhota, seu rival no amor, em que o príncipe é ignominiosamente derrotado e – desmascarado como trapaceiro – decide abandonar Kratochvile. Só que na desforra logo a seguir ele se mostrará exímio espadachim.

VITTORIO STRADA

## *O Mestre e Margarida*

Mikhail Bulgakov (1928-40)

*O Mestre e Margarida* é uma obra singular em sua estrutura e em sua história. A história se refere à sua elaboração e reelaboração durante doze anos, sendo que o autor, isolado e encerrado naquele mundo sem igual que era a Rússia soviética da época de Stálin, escreve e reescreve até o final de seus dias, de 1928 a 1940, um romance em que concentra toda a sua imaginação e sua própria razão de vida, sabendo muito bem que não só a obra viria à luz apenas num futuro remoto, como além disso nem poderia ser lida em manuscrito, a não ser por um círculo muito estreito de amigos fiéis. Depois, quando foi publicado em 1966-67 na revista *Moskva*, mutilado pelos cortes da censura, o romance teve imediatamente um duplo sucesso: de um lado, conquista uma popularidade sem precedentes, tornando-se o romance russo contemporâneo talvez mais conhecido em seu país e no mundo, mais ainda do que um outro romance clamoroso por suas vicissitudes, além de notável por seu valor, *Doutor Jivago*. Esse sucesso faz ressurgir a obra restante do autor, que tinha sido proibida no passado e permanecera ignorada, e a própria figura de Mikhail Bulgakov, antes semidesconhecida, transformando-a numa espécie de mito, ainda mais do que um "clássico" do século XX. De outro lado, o romance, tão fascinante para todos os leitores, gera uma sucessão crescente de interpretações, no âmbito da obra completa de Bulgakov, envolvendo estudiosos do mundo inteiro numa espécie de competição hermenêutica, com o uso dos instrumentos críticos mais diversos e sofisticados, a tal ponto que acompanhar a bibliografia sobre *O Mestre e Margarida* tornou-se uma tarefa pesada.[1] Mesmo reconhecendo o mérito e o valor dos melhores exemplos dessa literatura crítica, sente-se vontade de retornar ao texto do romance para relê-lo com os olhos fascinados, como se fosse a primeira vez.

Mas essa leitura "ingênua" é impossível, sobretudo porque, em nosso caso, temos de apresentar uma exposição crítica.

A melhor maneira de entrar no mundo mágico de *O Mestre e Margarida*, em vez de repetir ou ampliar a relação das "fontes" compiladas pelas leituras intertextuais ou de aumentar o labirinto de significados ocultos rastreados pelas leituras interpretativas, será, então, colocar uma pergunta falsamente "simples", mas adequada à falsa "simplicidade" do texto, pergunta esta que um famoso "formalista" russo, Boris Eichenbaum, tinha se colocado sobre a obra de um autor predileto de Bulgakov, a saber, sobre *O capote*, de Gógol. Podemos nos perguntar: "como é feito *O Mestre e Margarida*?". É verdade que se trata de um "romance mágico", usando essa expressão não num sentido genérico, mas no sentido de uma verdadeira obra de mágica. Para tentar entender "como é feito", podemos imaginar esse romance como um ato de prestidigitação, um passe de mágica *sui generis*, fruto de um artifício mais ou menos oculto a ser "desmontado".

*O Mestre e Margarida* é uma união de dois romances, um "romance no romance", mecanismo não inédito (ao lado do "teatro no teatro"), mas aqui substancialmente renovado. Não é a história da redação de um romance: o romance de que se fala no romance chamado *O Mestre e Margarida* já foi escrito e depois destruído, e a história narrada se refere à sua recuperação, sua ressurreição através da descoberta de que ele, mesmo sendo inédito e proibido, e queimado pelo próprio autor, não só teve leitores extraordinários, sobrenaturais, mas sua própria reconstrução prodigiosa é obra desses leitores supraterrenos que atestam sua veracidade. O romance em questão

1 Da vasta bibliografia sobre *O Mestre e Margarida*, e sobre Bulgakov de modo geral, indico apenas duas obras que, entre outras coisas, oferecem indicações bibliográficas adicionais: A. Barrat, *Between Two Worlds. A Critical Introduction to The Master and Margarita*. Oxford: Oxford University Press, 1987, e B. Sokolov, *Enciklopedija Bulgakovskaja*. Moscou: Lokid-Mif, 1966. Permito-me acrescentar, para integrar o que escrevi acima, meu ensaio "Velikolepnoe prezrenie: Proza Michaila Bulgakova", in *Literature, Culture, and Society in the Modern Age. In Honor of Joseph Frank*, v. IV, parte II, Stanford, Stanford Slavic Studies, 1991, publicado em italiano com o título "Bulgakov narratore", como introdução a M. Bulgakov, *Romanzi* (La guardia bianca. Romanzo teatrale. Il Maestro e Margherita). Turim: Einaudi, 1988, pp. I-XCIII.

é, de fato, uma obra que quer revelar pela primeira vez o verdadeiro desenrolar de um grande acontecimento realmente ocorrido, e por isso seu autor, o Mestre, repele desdenhosamente a qualificação de "escritor", almejada pelos literatos, e prefere se definir como "historiador". O romance escrito pelo Mestre é a reescrita de um outro livro, que ele considera não corresponder à realidade dos fatos nele narrados, é a reescrita de um livro sagrado: o Evangelho. Seu protagonista é Jesus, chamado pelo nome aramaico de Yeshua Hanozri, no momento final de sua vida terrena, o momento da condenação e da crucificação. O outro protagonista do romance histórico do Mestre é Pôncio Pilatos, o procurador romano da Judeia, que ratifica a condenação de Jesus. *O Mestre e Margarida* é executado com o procedimento do romance dentro do romance, mas com uma relação particular entre continente e conteúdo: o conteúdo, por sua vez, contém uma terceira caixinha chinesa ou uma terceira boneca russa, ou seja, um outro texto narrativo: o Evangelho como texto de referência.

Deixemos o romance contido, o do Mestre, e consideremos o romance continente, o de Bulgakov, o qual, evidentemente, é autor de ambos. Mas é autor de cada um deles com um estatuto diverso, com estilos diferentes, com um desdobramento enigmático que constitui um aspecto importante da magia do romance em seu conjunto. Não se trata apenas de diferença de escrita: hieraticamente severa, classicamente equilibrada, suntuosamente elegante no romance do Mestre; efervescente, desabrida, corrosiva no romance sobre o Mestre. Há também a impessoalidade do primeiro romance, que contrasta com a subjetividade do segundo: não se sabe quem narra a história evangélica, a voz narrativa parece provir de uma altura ou de uma profundidade insondável, tendo no Mestre um simples porta-voz, aquele que, intuindo a Verdade, transmite-a sem interferências; o narrador do romance sobre o Mestre, pelo contrário, não tem intuições graças a uma virtude superior, mas reconstrói os fatos a partir de indícios, e se refere a eles de uma maneira divertida e participativa, com uma mímica verbal que ressalta sua presença.

Apresentado esse primeiro mecanismo do romance de Bulgakov, perguntamo-nos como funcionam as engrenagens que regulam os movimentos dos dois sistemas narrativos, estabelecendo entre eles uma rede de correspondências. Note-se que os dois sistemas são dois mundos, duas entidades espaçotemporais, além de dois universos simbólicos: o romance do Mestre se desenrola em Jerusalém ("Yerushalayim"), no início da era cristã; o romance sobre o Mestre se desenrola em Moscou 1900 anos depois, em 1929. A oposição entre esses dois mundos é clara, e a narração a coloca em evidência concreta: tempo-espaço sagrado em Jerusalém, sede do Mistério cristão; tempo-espaço não simplesmente profano, mas dessacralizado, em Moscou, centro de uma ideologia ateia. Por isso, o romance do Mestre sofre reveses terríveis, e tanto o manuscrito quanto seu autor só podem ser salvos graças a uma intervenção extraordinária, que constitui a história de *O Mestre e Margarida*. Aliás, se for lícita uma rápida passagem do mundo da "ficção" para o da biografia, o próprio autor de *O Mestre e Margarida*, Mikhail Bulgakov, sofreu pessoalmente inúmeros reveses por razões semelhantes, conforme mencionamos no início, e seu romance foi prodigiosamente salvo, chegando até nós, mesmo que vinte e cinco anos após sua morte, graças à dedicação da Margarida de Bulgakov, sua esposa (Elena Sergueievna), que, como a protagonista do romance, dedicou sua vida a seu Mestre e depois à sua memória.

Os mecanismos de ligação entre os dois sistemas narrativos têm de ser particularmente delicados para poder sincronizar analogicamente os movimentos do mundo sacro de Jerusalém e os do mundo ímpio de Moscou. Mas *O Mestre e Margarida* não é constituído apenas por esses dois sistemas ou mundos; há um terceiro mundo, que não é o da terceira dimensão temporal, após o passado jerosolimitano e o presente moscovita: não é o futuro; aliás, o futuro está ausente do romance de Bulgakov, que é o mais antiutópico ou autópico que possa existir, e nem por isso é desesperado, pois o terceiro mundo, ou terceiro sistema narrativo, é atemporal ou supratemporal: é eterno. É um supramundo, de onde vem para a terra, para Moscou, um ser misterioso enviado para salvar aquele que intuiu e serviu à Verdade: o Mestre. A salvação do Mestre, se por um lado se deve a essa intervenção supraterrena, por outro lado se deve também a uma energia inteiramente terrena, mesmo em sua excepcionalidade como dádiva inigualável: o amor de uma mulher, Margarida, eleita pelas forças supraterrenas como sua eterna companheira, quando finalmente lhes for concedida a Paz após as provações da existência terrena.

O ser misterioso que chega à terra, a Moscou, em pleno regime comunista, para punir os perseguidores do Mestre e proteger a ele e ao manuscrito, o ser que, além de desempenhar essa função, pode avaliar a obra do Mestre e comprovar a verdade do texto, pois foi testemunha dos eventos narrados, este ser é o Demônio, com o nome de Woland no romance. Não se trata, portanto, apenas de mecanismos de ligação entre os três diferentes sistemas narrativos (o do presente, o do passado e o do eterno, além do metassistema que permeia o conjunto: o do amor, nas duas hipostasias, a do amor terreno e a do amor celeste): trata-se da relação entre Woland e Hanozri, isto é, de uma questão metafísica, como já sugere a epígrafe do romance, extraída do *Fausto*, de Goethe, onde a pergunta "Então quem é você?" é respondida enigmaticamente: "Uma parte daquela força que quer constantemente o Mal e pratica constantemente o Bem". Duplo enigma, porque, se é verdade que Woland "pratica constantemente o

Bem" e pune os inimigos do Bem, mesmo que com uma alegre impiedade e às vezes com uma imperturbável crueldade, é de se perguntar se ele de fato "quer constantemente o Mal". A demonologia de *O Mestre e Margarida*, assim como sua teologia, é desconcertante, mesmo nunca esquecendo que estamos num mundo do imaginário, irredutível a uma teoria. Aqui também, seguindo o método aplicado até agora, ao invés de nos abandonarmos, como tantos outros doutos exegetas do romance, a altos voos filosóficos, ater-nos-emos sobriamente ao "como é feito" o romance, procurando no texto os procedimentos semânticos, e não só estruturais, da narração.

O início de *O Mestre e Margarida* introduz imediatamente o leitor a uma situação paradoxal, onde a realidade cotidiana é margeada pela presença inquietante de uma força enigmática e é narrada com um tom irônico-jocoso que prosseguirá ao longo de todo o "romance sobre o Mestre" ou na parte soviético-moscovita: "Na hora de um crepúsculo primaveril insolitamente quente, apareceram duas pessoas perto dos pântanos Patriarsie".[2] As duas pessoas são Mikhail Alexandrovitch Berlioz, diretor de uma revista literária e presidente de uma das mais importantes associações literárias de Moscou, com a sigla de Massolit, e o jovem poeta Ivan Nikolaievitch Ponyriev, conhecido pelo pseudônimo literário de Bezdomnyi (o "sem-teto"). A conversa entre os dois é das mais estranhas: um poema sobre Jesus escrito por Ivan Bezdomnyi no espírito antirreligioso soviético não satisfaz o ateísmo militante do ideólogo Berlioz. O que Berlioz não pode aceitar é que Bezdomnyi apresente Jesus como uma pessoa que realmente existiu, sendo que, sustenta ele, nunca houve nenhum Jesus histórico e trata-se de uma ficção, de um mito. Enquanto o ideólogo doutrina o poeta no assunto, aparece um terceiro personagem tão esquisito que parece estrangeiro aos olhos dos dois soviéticos. O desconhecido entra educadamente na conversa, conduzindo-a para temas "elevados" como a existência de Deus, a autonomia do homem, a predestinação, e se apresenta aos dois interlocutores estupefatos como um "especialista em magia negra": Woland, ou o diabo. Toda a parte "moscovita" se desenrolará como uma sátira, ora leve, ora violenta, com um colorido grotesco e carnavalesco e uma fantasia ao mesmo tempo macabra e alegre, às custas de todos os tipos como Berlioz, ou seja, os representantes do *establishment* moscovita, desnudando a miséria humana do mundo soviético comunista em todos os seus níveis, dos mais baixos aos mais altos. É a realidade

2 *Master i Margarita* [1966-67] [ed. it.: *Il Maestro e Margherita*, trad. V. Dridso, in *Romanzi*, op. cit., p. 533. Lembre-se também a edição integral com prefácio de V. Strada. Turim: Einaudi, 1989; ed. bras.: *O Mestre e Margarida*, trad. K. Asryants. São Paulo: Ars Poetica, 1992].

onde o Mestre se encontra como prisioneiro e vítima, o qual, com sua dedicação espiritual à busca da Verdade, é a antítese daquele mundo: a sátira é "antissoviética", visto que se trata da Rússia pós-revolucionária, mas pode-se imaginá-la apontando para uma outra sociedade de massa, mesmo que menos opressora do que a totalitária. O ponto de vista da sátira, com efeito, é extremamente elevado: o de um Evangelho relido em chave mística. Nesse Evangelho, reescrito pelo Mestre e que o leitor vem a conhecer através de diversas fontes (o relato de Woland, que foi testemunha dos fatos; o sonho de Ivan Bezdomnyi, que sofre uma transformação desde seu aparecimento no início do romance; o manuscrito do Mestre, prodigiosamente reconstituído por Woland), um Evangelho que se torna uma espécie de texto absoluto, cujos protagonistas, Hanozri e Pilatos, estão presentes no romance quase como se tivessem saído do texto evangélico; neste Evangelho, Jesus é uma figura mais do que humana, misteriosamente divina, e Pilatos, verdadeiro protagonista do verdadeiro romance do Mestre, aparece como figura humana, demasiado humana, capaz de viver o drama da dúvida, da solidão, da vileza, num infinito confronto com aquele que enviou para a morte, obedecendo à plebe e ao poder. A plebe e o poder como entidades coletivas, e os seres humanos individuais enquanto dotados de liberdade são os portadores do Mal e do Bem: o demônio é uma espécie de provocador e experimentador que, como uma subdivindade sujeita à divindade suprema que tem sua emanação no bondoso Jesus, cumpre uma missão em Moscou para salvar o Mestre e seu manuscrito, divertindo-se em demonstrar que o "homem novo", pretenso resultado da vontade revolucionária, não é menos miserável do que o homem antigo.

*O Mestre e Margarida* se encerra com a dissolução do passado (o mundo de Jerusalém), cujos protagonistas, Jesus e Pilatos, saídos do tempo, prosseguem no além-tempo um diálogo iniciado no romance do Mestre, naquele além-tempo e além-espaço onde o Mestre e Margarida foram acolhidos, numa esfera inferior, enquanto o presente, o cotidiano moscovita, depois das "experiências" feitas por Woland e seu séquito, retoma sua rotina. Apenas Ivan Bezdomnyi mudou, mas não ao ponto de se tornar outra pessoa, inteiramente estranha àquele cotidiano. O romance se encerra em si mesmo, como uma esfera mágica, cuja superfície pura e cristalina mostra fatos e figuras misteriosas e fascinantes. É inútil tentar procurar seus mecanismos ocultos: a esfera, sem revelar como é feita, mostra suas visões a cada vez que a escrutamos, sem jamais esgotar seus significados. É a esfera que Mikhail Bulgakov continuou a fazer rolar até sua morte, na cidade terrena onde vivera o Mestre antes de ascender à cidade celestial com que havia sonhado.

CLAUDIO MAGRIS

# O romance é concebível sem o mundo moderno?

Em uma página de diário, Croce escreve que "o autor de romances Moravia" foi encontrá-lo naquele dia. A nota traz sua inconfundível malícia, aquele humor ferino, sagaz e penetrante, que talvez permaneça o gênio maior e mais duradouro de *don* Benedetto; a caprichosa qualificação, "autor de romances", também e sobretudo é um rude rebaixamento de Moravia e uma limitação implícita de sua importância e de sua fama, como se o nome "Moravia" não fosse por si só bastante e houvesse a necessidade de especificar sua profissão ou algum outro elemento, como se se tratasse de um visitante anônimo qualquer, para conferir-lhe uma identidade.

A definição, ademais, não soa como um elogio. Isoladamente neutra, como uma informação de passaporte, parece quase redutora, a indicação de uma atividade honesta e respeitável, ao menos pela boa vontade, mas não especialmente brilhante e portanto situada em um nível pouco elevado da vida do espírito; mais o exercício de uma função prática – por certo dialeticamente útil – do que uma criação de poesia, do que para Croce é a poesia. Certamente, Croce gostou de alguns romances e soube interpretá-los, mas o romance permaneceu, fundamentalmente, estranho à sua estética e à sua crítica. Não por acaso, pois o romance é expressão daquela modernidade radical, daquele mundo moderno que ele celebrava como progresso e como afirmação do espírito – a história como história da liberdade, o liberalismo libertado de dogmatismos políticos e religiosos e assim por diante – mas que a sua natureza mais íntima impedia-lhe de compreender e compartilhar o modo de ser e de sentir, as transformações da sensibilidade e da própria subjetividade em sua relação com o mundo, a empoeirada, parodística, por vezes degradada mas aventurosa e radicalmente nova odisseia.

O romance nasce e cresce quando se desfaz a civilização agrária e a ordem feudal, espelho de estruturas perenes – ou ao menos de longuíssima duração – do ser, que são e permanecem as categorias essenciais da fantasia e do gosto de Croce, de seu modo de enxergar e viver o mundo e de acolher sua evolução. No plano político, Croce exalta a burguesia, que destruiu o classicismo agrário e criou e amou o romance, mas no plano estético ele permanece completamente estranho e insensível à moderna "prosa do mundo" que, como poderia ter-lhe ensinado seu caro Hegel, constitui a premissa e essência do romance. Croce soube viver – e com inteligência desabusada – contemporaneamente a política moderna, mas não a cultura, a arte, a literatura, ou seja, a maneira pela qual os homens vivem a vida e, em consequência, também a política; é um contemporâneo aguerrido de Mussolini e de Lênin, mas não de Kafka.

Pode-se imaginar o romance sem o mundo moderno? O romance *é* o mundo moderno; não apenas não poderia existir sem este, como a onda sem o mar, mas por alguns aspectos identifica-se com este, é a mutável expressão dele, como o olhar e o contorno da boca são a expressão de um rosto. Decerto, o termo "romance" remonta à epoca medieval, e há os romances gregos, mas se poderia dizer que estes, quando merecem ou justificam o nome, já trazem – em formas embrionárias e com todas as características culturais, sociais e estilísticas de suas épocas – aquelas características de modernização, para bem e para mal, e de ambivalência que definem o verdadeiro romance: sua relação com a dissolução da épica, a ambivalente simbiose de crise epigonal e inovação técnica, resíduos do universo épico remodelados e recompostos em novas estruturas, declínio de antigos valores e arrojada construção da realidade; mistura de estratégias narrativas populares, *serial* e *feuilletons* que fascinaram o público antigo, como mais tarde o burguês, polifônica contaminação de gêneros – e especialmente de registros e temas – altos e baixos. De resto, o fim do mundo antigo parece, cada vez mais, um espelho do fim do moderno (também do pós-moderno?) e da elusiva iminência de algum outro, e radicalmente diferente, que percebemos mas não sabemos definir nem imaginar.

O primeiro romance em sentido próprio é o incomensurável *Dom Quixote*, que, segundo Dostoiévski, seria suficiente, sozinho, para justificar a humanidade aos olhos de Deus; a partir de seu modelo, séculos mais tarde, o romantismo inventa e codifica o romance como expressão por excelência da modernidade. Em *Dom Quixote* o *epos* e a confiança no *epos* testam o próprio fim e a própria ilusão, sem deixar de aventurar-se pelas estradas esburacadas do mundo, como se este fosse floresta encantada, cheias de poesia e de significado. O romance nasce com essa desilusão e com essa desencantada e paradoxal resistência; é a epopeia do desencanto e conserva e esbanja, ao menos no início, na lúcida descoberta e na narração do triunfo da prosa, o eco e a ressonância da poesia e da epopeia.

"O grande estilo épico", escreve Hegel, "consiste no fato de a obra parecer cantar-se sozinha e apresentar-se como autônoma, sem ter na fronte o nome do autor"; Homero é um, nenhum e muitos. O herói do *epos* – e com ele o autor – sente viver em um mundo poético, ou seja, sensível e concreto, rico de significados e de poesia como as florestas do mito antigo, povoadas por deuses. É a condição "originariamente poética" do mundo, como Hegel a chama, na qual os valores, as normas éticas, a unidade da vida não são sentidas pelo indivíduo como algo imposto exteriormente, mas como fundido e temperado em sua disposição de espírito, que ignora qualquer cisão.

O sujeito se sente em harmoniosa e inocente unidade consigo mesmo e com a vida, que lhe parece repleta de sentido. A variedade das coisas parece unificada em uma ordem superior, iluminada por um significado que lhes confere um valor insubstituível e transforma as descartáveis bacias de barbeiro no elmo de Mambrino, como queria Dom Quixote, único e irrepetível.

Essa condição originariamente poética acaba, segundo Hegel, com a moderna idade do trabalho, um estágio adulto que prescreve fins objetivos, aos quais o indivíduo deve propender mesmo contra a sua individualidade, adequando-se ao progresso social que exige a sua especialização – ou seja, a restrição de seu desenvolvimento pessoal, a renúncia à formação completa de sua personalidade – em favor de um aumento unilateral de sua capacidade de especialização profissional. Quando se instaura essa cisão, as determinações universais que guiam a ação humana – diz Hegel – não fazem mais parte da alma do indivíduo, mas se erguem ante ele como uma coação estranha, como uma "ordenação prosaica" das coisas.

A abstração e a natureza mecânica do trabalho parecem desautorizar o sujeito e contrapor à sua poesia do coração – à sua exigência de viver uma vida verdadeiramente *sua*, experiências irrepetivelmente individuais e significativas – a "prosa do mundo", a rede anônima de relações sociais, na qual se encontra apenas como meio, a ser empregado pelo mecanismo social para finalidades que lhe escapam. Hipérion, o herói do romance-poema de Hölderlin que sonha o renascimento da Hélade, ou seja, o nascimento de uma nova civilização total e harmoniosa, fala de uma vida cortada pela raiz, do homem que era – e deveria e deverá voltar a ser – tudo e que, ao contrário, é nada.

O romance nasce do triunfo da "prosa do mundo", que se põe – e é percebida e afirmada filosoficamente – como guinada de período na história, mudança subversora da sociedade e da relação entre os homens, suas vidas e da narração de suas vidas; como guinada metafísica da história, de que a verdadeira metafísica é um elemento fundante. À modernidade é essencial, entre outras coisas, a ideia de domínio da história e da natureza, do projeto capaz de mudar-lhe e dirigir-lhe o curso. Não importa o fim a que se proponha, esse projeto comporta a sensação concreta – que sempre irá aumentar até se exasperar em nossos dias – de uma mutabilidade vertiginosa de tudo o que se mostrava – ao menos em relação ao tempo histórico do homem – como eterno e imutável. O próprio homem, pouco a pouco – ou seja, suas paixões, suas percepções, sua consciência, sua lógica, seu ser –, surgirá mutável em sua essência, e mutável surgem, por conseguinte, os próprios cânones e ideais de poesia e beleza. O romance é o gênero literário por excelência dessa transformação universal, que envolve e destrói todo classicismo, todo Belo poético eterno, e não permite mais crer que, sobre os modernos, brilhe ainda o mesmo sol de Homero. Não é difícil entender por que não era um gênero literário particularmente agradável a Croce, para quem a alternativa poesia/não poesia tinha um estatuto imutável.

O romance é o gênero literário que representa o indivíduo na "prosa do mundo"; o sujeito sente-se inicialmente estrangeiro na vida, cindido entre sua nostálgica interioridade e uma realidade exterior indiferente e desvinculada. O romance é com frequência a história de um indivíduo que busca um sentido que não há, é a odisseia de uma desilusão. Hegel, entretanto, acreditava e esperava que o romance fosse a nova epopeia burguesa, mostrando como o sujeito, superada a exigência juvenil da poesia do coração, inseria-se judiciosamente "na concatenação do mundo", subordinando-se à realidade prosaica das relações sociais, que no princípio haviam-no aterrorizado. O conflito entre o indivíduo e o fluxo do mundo deveria conduzir, portanto, passando pelas forcas caudinas[1] do desencanto e da depressão

1 Na história da Roma republicana, episódio em que os romanos são subjugados sob duras condições, após a segunda guerra sanítica (326-304 a.C.). [N.E.B.]

subjetiva, a um epílogo positivo, ao reconhecimento de uma totalidade social na qual se integrar e à aceitação consciente do duro preço – a exautoração do indivíduo – que o progresso histórico exige.

A "moderna epopeia burguesa", inspirada nesta fé dialética, será de fato quase inexistente; uma realização sua – por certo não muito importante – poderá ser paradoxalmente, por exemplo, o romance realista-socialista ou stalinista, que representará a construção de um mundo épico, coletivo – a revolução, a sociedade comunista, os planos quinquenais –, capaz de conferir significado à vida dos indivíduos que se lhe submetem, mesmo sendo triturados.

Antes que "epopeia moderna", como queria Hegel, o romance moderno será a antiepopeia do desencantamento, da vida fragmentária e desagregada. Talvez apenas o romance setecentista, anterior à Revolução Francesa, revele um caráter de epopeia moderna, que aceita até o fim a "prosa do mundo" e nela encontra o espaço para a própria aventura vital, emancipada de qualquer código valorativo. O *Tom Jones* de Fielding é uma autêntica epopeia burguesa, uma alegre correspondência entre um sujeito sem valores e um mundo sem valores, que se oferece inesgotavelmente ao seu inesgotável desejo e ao conflito sempre salutar. As personagens de Defoe – em primeiro lugar Moll Flanders, a cortesã indestrutível – constroem e desfrutam seus mundos confiando em suas energias vitais, que se afirmam graças à indiferença e à permutabilidade de valores, usados e descartados como roupas. Essa "epopeia moderna" está fundada na confiança em que da luta cruel e da concorrência universal nasça uma liberdade maior.

A "mão invisível" de Adam Smith, deusa do mundo moderno, governado pela "ciência triste" da economia, rege portanto o ordenamento do universo romanesco como os deuses do Olimpo – e, acima deles, o destino – regiam o universo da épica? Também nesse caso, a ordem das coisas e seu êxito final não estão, porém, garantidos. O mesmo Adam Smith, de resto, usa a metáfora da mão invisível – como demonstrou Giorgio Gilibert – menos do que se acreditava (três vezes) e com uma fé incontestável em seu agir, mas menos incondicionalmente otimista do que se costuma supor.

De acordo com o diagnóstico de Fichte, retomado e evocado genialmente por Lukács muito mais tarde, o romance surge como o gênero literário de uma época, a moderna, que Fichte define época da culpa, da "completa pecaminosidade" ou da liberdade vazia, do feroz conflito que desagrega toda ordem, da luta egocêntrica e cruel de todos contra todos, da anarquia dos particulares desenraizados de qualquer totalidade.

Mesmo que Fichte acredite no advento final de uma era resgatada e liberada, ele sente a idade moderna como uma contraditoriedade inesperada e é por esse sentimento culpado de uma contradição desacorde que nasce a maior arte moderna e sobretudo o grande romance moderno. O sentimento de culpa, a "pecaminosidade", não diz respeito, moralmente, ao indivíduo isolado, ao seu agir privado, pelo qual é subjetivamente responsável, mas à condição histórica geral, à impossibilidade objetiva de instaurar valores e de encontrar um sentido da vida, o caos e a angústia do mundo. O indivíduo experimenta o sentimento de viver em um mundo caído e o próprio sentimento é percebido como culpado: como ocorrerá com as personagens de Kafka, que se sentirão culpadas exatamente porque incapazes de remir sua condição de fraqueza e de vaidade, porque incapazes de resistir ao mecanismo do mundo que as ameaça, inadequadas à força – criadora e ao mesmo tempo destrutiva – da existência.

A melancolia, a sensação oprimida de sentir-se vítima, é vivida como culpa. Esse sentimento de culpa não menospreza o progresso e suas conquistas, nem se volta a idealizações nostálgicas e falsas do antigo, mas realça o nexo estreitíssimo entre o progresso e a violência das transformações que o realizam, o perigo que ameaça o indivíduo, que corre o risco de ser destronado e tragado em um anonimato indistinto.

A arte arroga-se a própria antítese da prosa moderna e simultaneamente o próprio enredamento desta última, a própria estranheza à vida e a impossibilidade de enraizar-se nesta, a própria falta de atualidade epocal. O moderno surge marcado pela falta de um código ético e estético, de um fundamento, de um valor central e fundante que dê sentido e unidade à multiplicidade da vida, que parece um acervo desconexo e desarticulado de objetos indiferentes. O romance nasce dessa desconexão e a reproduz. Ele é urbano e a grande cidade moderna, emblema do moderno, logo aparece como alegoria da caducidade, de um tumultuoso progresso, que transforma o mundo e constrói realidades ciclópicas, mas também e sobretudo acumula ruínas.

O romance é com frequência uma mistura de celebração e crítica da modernidade; o que mais conta é que, assim, esta última se torna sua respiração, a circulação de seu sangue. O romance é simultaneamente a cruel representação e a manifestação do novo demônio do mundo moderno, o consumo. O romance é o gênero literário burguês por excelência e a burguesia é criadora e protagonista do mundo moderno e de seu nexo de produção e consumo; ela produz e consome romances, em um ciclo e em um ritmo que torna difícil dizer – como, de resto, em toda atividade do *homo oeconomicus* – se é a demanda que condiciona a oferta ou vice-versa. "A burguesia" escreve Giuliano Baioni, "vive diretamente a instabilidade do moderno", aquela "variabilidade da vida histórica" destacada por Simmel.

O romance – criatura e voz dessa instabilidade – insere a literatura no mecanismo do consumo e da concorrência, no mercado, realidade deliciosamente moderna. Em seu genial ensaio "Sobre o estudo da poesia grega" (1797), Friedrich Schlegel observa que o Belo e o objetivo do classicismo foram substituídos pelos modernos "interessante", novo e excêntrico, que devem estimular com surpresas cada vez mais excitantes o gosto de consumidores cada vez mais sofisticados e, portanto, necessitados de solicitações e estímulos de intensidade crescentes, como no uso de uma droga que reclama doses maiores e novas combinações.

Inventor do romantismo, Schlegel teoriza a arte da vanguarda contemporaneamente, com suas experimentações necessariamente cada vez mais radicais e a produção massificada, como processos indispensáveis aos novos tempos. O romance – pense-se na contaminação do romântico promovida por Schlegel – apropria-se radicalmente do consumo, destino do moderno, e integra-se, em diversos níveis, no mecanismo do "interessante": do interessante por atacado ao mais refinado e ao poeticamente grandioso.

Ele ainda se apropria do novo sentimento do tempo característico do moderno, tornando-o sua estrutura profunda; a consciência peculiar, nova em relação à tradição precedente, do efêmero, da caducidade, do tempo entendido como melancolia. O grande tema da moda – presente em *Manon Lescaut*, bem como em tantas páginas de Goethe, para mencionar só alguns exemplos – combina sedução e caducidade, eros, artifício e instabilidade tornados substância do vivido. Por esse caminho surgirão obras-primas da literatura romanesca e universal, de *O vermelho e o negro* a *Niels Lyhne*, de *A educação sentimental* a *Oblomov*, odisseias extraordinárias do indivíduo moderno expatriado da transcendência e sujeito a um tempo que não chega a cumprir-se, a uma vida que é um mero dissipar da vida mesma.

O romance também é impensável sem a nova função do dinheiro, que nasce com a ascensão da burguesia. O dinheiro se torna um protagonista da literatura, especialmente narrativa; o grande romance inglês setecentista – para dar um exemplo apenas – articula sua aventura também levando em conta a nova qualidade do dinheiro, o ritmo de sua circulação, de sua mobilidade e fluidez que transforma a existência, elimina fronteiras e ergue outras, rompe e forja grilhões. O dinheiro parece escorrer como sangue nas veias, até confundir-se com a vida, com as pulsões do indivíduo liberto da tradição e entregue ao mundo, que o eleva ou avilta.

Em uma passagem do *Fausto* goethiano, Marx via uma das primeiras expressões da nova natureza demoníaca do dinheiro e uma das primeiras intuições da essência do capitalismo, no qual o dinheiro não se limita a oferecer bens, mas transforma a pessoa, torna-se um modo de ser e torna-se sobretudo instrumento de uma permutabilidade universal, que pode converter uma coisa – também afetos e valores – em outra qualquer. De Defoe a Goethe ou a Balzac, para citar apenas alguns nomes, o dinheiro e os seus diversos, até opostos, empregos – o consumo, o investimento, a especulação – são inseparáveis do quadro de sedução e violência que a literatura – com sentimentos e opiniões diversos, de acordo com os autores, as épocas e as situações – traça, narrando a vida, o encontro e o desencontro entre o indivíduo e a realidade.

A nova concepção do dinheiro é indissolúvel do gênero literário por excelência que narra essa modernidade capitalista, o romance. Este último se torna inclusive um protagonista do mercado, com *bestsellers* (impensáveis em épocas precedentes) como *As aventuras de Robinson Crusoé* ou *Os sofrimentos do jovem Werther*, mas, acima de tudo, assume e interioriza o mercado na própria estrutura. A literatura austríaca constitui um caso à parte. Nela, esse sentido do dinheiro está quase ausente e a economia – embora cultivada, com resultados excepcionais, por grandes escolas de pensamento, da era teresiana ao século XX – nunca se torna uma *Weltanschauung*, uma visão de mundo, mas permanece – apesar de seu alto grau de complexidade científica – a velha crematística aristotélica, a arte de equilibrar os balanços, arte requintada a ser aprendida com rigor e necessária, mas para criar as premissas que tornam possível a realização de valores que não pertencem à economia. Na literatura austríaca do século XIX o dinheiro é exorcizado, gasto na taberna, recebido como aposentadoria, imobilizado na propriedade agrária; nunca é investido, nunca se torna uma substância vital, como para as personagens de Balzac ou para Fausto, com sua emancipatória e devastadora atividade empresarial.

Não é por acaso que a literatura austríaca oitocentista, grande em outros gêneros, quase não conheça o romance. A cultura austríaca, que no século XIX, frequentemente, permanece atrasada em relação às grandes filosofias da modernidade, permeadas pela fé no progresso imanente à história, torna-se uma cultura de vanguarda quando essa modernidade forte – com suas filosofias sistemáticas que tendem a confinar e ordenar em grandes sínteses a totalidade do mundo – entra em crise. A cultura austríaca torna-se, então, um posto avançado e um sismógrafo sensibilíssimo da crise – Viena como “estação meteorológica do fim do mundo”, dirá Karl Kraus –, um laboratório da interminável análise que decompõe cada unidade, a começar pelo próprio indivíduo; um observatório da incerteza, da indeterminação, do caos probabilístico que marcam a civilização contemporânea.

A literatura austríaca terá então grandes romances-antirromance; não afrescos sociais, mas afrescos da desintegração do tecido social e de toda unidade, inclusive a do eu – as obras-primas de Musil, Kafka e de outros grandes. A cultura austríaca é atentíssima à fenomenologia do moderno, tanto mais quanto menos aceita suas pretensões globais; ninguém entendeu como Karl Kraus, por exemplo, o poder midiático e a transformação dos meios de informação, mas exatamente por isso aquela civilização relutava a crer que a leitura dos jornais pudesse substituir a prece da manhã, como queria Hegel, mesmo quando acabava de proferir aquelas preces ou não mais soubesse a quem as endereçar. Exatamente por isso, a cultura austríaca foi uma fina intérprete da crise da modernidade forte, quando as certezas desta última desfizeram-se na incerteza, na indecidibilidade, na virtualidade, quando ao sentido da realidade – que com frequência absolutiza a realidade presente, considerando-a a única imaginável – contrapôs-se, com Musil, o sentido da possibilidade, o pensamento de que as coisas também poderiam muito bem ser de outro modo.

Mesmo esse romance radicalmente inovador e destruidor das estruturas narrativas é impensável sem a transformação do real e mais ainda da subjetividade que surge no mundo moderno; sem o processo de fragmentação e decomposição que invadiu todos os campos e sobretudo o eu, tornado uma "anarquia de átomos" (Nietzsche), um "outro" (Rimbaud), um "homem sem qualidades" (Musil), ou uma multiplicidade de núcleos e atributos desprovidos de um centro unificador, um conjunto de qualidades sem o homem. "Todo nosso ser", escreve Musil, "não passa de um delírio de muitos."

Na *Teoria do romance* – obra-prima ensaística ainda fundamental para entender o que ocorreu à vida e à narrativa da vida nos últimos dois séculos –, Lukács mostra como o romance move-se em um mundo no qual, à diferença do universo da épica, o sentido não é mais dado, imanente às coisas, ainda que latente, mas deve ser construído – quando não se mostra a impossibilidade de construí-lo, como ocorrerá progressivamente. No frontispício do romance moderno parece estar, como epígrafe recapitulativa, aquela frase terrível de Ibsen segundo a qual pretender viver – viver verdadeiramente – é para megalômanos. Naturalmente, Ibsen queria dizer que tal megalomania, a busca da verdadeira vida, é necessária, mas que somente a consciência do quanto ela seja temerária e difícil pode permitir aproximar-se dessa vida verdadeira.

O romance é a peripécia dessa busca, a odisseia de sua desilusão ou chegada, apesar de tudo, à plenitude de sentido; nascido da desagregação da épica, ele – principalmente o grande romance oitocentista – é também reconstrução de uma qualidade dela, de uma totalidade de vida.

O romance-epopeia não nasce da "prosa do mundo" como queria Hegel, de uma totalidade identificada com o puro mecanismo social, mas de uma totalidade concebida em termos mítico-religiosos; ou seja, nasce de uma civilização agrária ou até pré-burguesa, pré-industrial. A épica moderna, ou seja, a arte capaz de alcançar o todo unitário da vida acima das cisões, não se reconcilia com a prosa social, mas a refuta e a transcende. O grande fôlego de Tolstói, que condensa a lei do todo na mazurca de Natasha, está enraizado em uma totalidade natural, ou seja, em uma sociedade e em uma ideologia que lhe correspondem.

Na literatura americana, para dar um outro exempo, a totalidade épica não é expressa pelo *novel,* que se concentra na esfera social, mas pelo *romance,* afastado da verossimilhança realista-social ou psicológica e aberto à "visão intuitiva e poética do mundo", como a pequena Pearl em *A letra escarlate,* de Hawthorne. Epopeia não é o romance burguês, mas o *romance* mítico-fantástico, livre – dizia Henry James – da sujeição à casualidade, à vulgaridade e ao prosaico cotidiano e insubordinado não apenas às determinações sociais, mas também aos problemas extremos e às coisas últimas, às interrogações sobre o destino, a culpa e a liberdade.

Essa épica, ainda próxima da natureza e ainda não fagocitada pela segunda natureza da técnica e das relações sociais, é frequentemente incompleta, "deixa o telhado para o futuro" – como diz Melville – porque tateia em busca de um sentido último para a vida; não o possui de início, como o *epos* da tradição, mas o procura rompendo todo limite social "prosaico". Esse *epos* pode narrar, como *Moby Dick* ou, mais tarde, os livros de Faulkner, a aniquilação da vida, mas não a extinção de seu significado. Também em anos recentes, o *epos* desenvolve-se contra o romance, às margens ou fora da civilização burguesa: na narrativa sul-americana, por exemplo, como revela a maior obra saída desse filão, o *Grande sertão: veredas*, do brasileiro João Guimarães Rosa, epopeia de uma vida errante no sertão que nunca perde, no fluir e na poeira de suas peripécias, o sentido da própria unidade faustiana. Também nesse caso, o fim objetivo que transcende o indivíduo não é a mediação social das relações de trabalho, tampouco é a negação subversiva, irônico-vanguardista, dessas relações, mas é um sentido mítico-religioso da unidade da vida, a confiança em um universal que une o múltiplo.

O romance é um paradoxo, uma lança de Aquiles que fere e cura; é tecido com as lacerações do moderno e simultaneamente abarca-o em uma nova totalidade. De Hugo a Dickens, a Tolstói ou a Dostoiévski o romance, nascido como fragmento da desagregação da épica, parece produzir aquela unidade e totalidade de vida que o moderno, de quem ele provém como Eva da costela de Adão, tende a despedaçar; celebra ideais e narra paixões, debate grandes questões sociais, mas também fornece informações e notícias, é um mapa de fantasia e até de conhecimento. Ou ele exaspera a negatividade (categoria substancialmente criada pelo moderno), a dissociação entre o indivíduo e a vida, a sua incompatibilidade.

O romance do eu, desde *Anton Reiser*, de Moritz, é o romance da negação do eu, de sua repressão e de sua anulação: alguns dos maiores heróis do romance moderno – ou melhor, daqueles que vivem e representam a crise da modernidade com *m* maiúsculo, de seus projetos de domínio da terra e da História – são, de algum modo e de diferentes formas, de acordo com os períodos e os contextos culturais, personagens sem mundo e sem história, de Frédéric Moreau a Oblomov, de Niels Lyhne ao escrivão Bartleby, de Josef K. a Peter Kien. Grande mundo épico e isolado fragmento inacessível convivem por vezes no mesmo autor, como em Melville, que escreveu *Moby Dick* mas também "Bartleby, o escrivão".

Nada e ninguém escrutou a fundo o abismo, o impasse, Cila e Caríbdes sem remissão do moderno como o romance; o riso de Zeno, que só pode provir de um romance, é a derradeira praia, tanto mais trágica quanto mais irônica e elusiva, do niilismo ocidental. Sem este último, o romance europeu – ao menos como o conhecemos – não existiria; seu protagonista, sob tantas, tão diferentes e antitéticas máscaras, é o "super-homem" nietzschiano, o sujeito que se está transformando em uma mutação antropológica radical. Mas o "super-homem", como dizia o próprio Nietzsche, está intimamente associado ao homem do subsolo de Dostoiévski. Como Nietzsche, este último efetivamente divisa em seu tempo e no futuro – um futuro que, em parte, ainda o é para nós, mas, em parte, já é nosso presente – o advento do niilismo, o fim dos valores e dos sistemas de valores, com a diferença que, para Nietzsche, como lembra Vittorio Strada, trata-se de uma libertação a ser festejada e para Dostoiévski, de uma doença a ser combatida. Em Dostoiévski, em Tolstói e em tantos outros grandes autores do romance (ainda que não apenas do romance, obviamente, mas da literatura em geral) este último é o cenário do advento do niilismo, fato da modernidade; de seu triunfo, de sua catástrofe e da resistência a ele.

Além disso, no romance, a realidade moderna constitui a própria estrutura narrativa. A descrição que Musil faz da metrópole é a radiografia do romance experimental, tentacular como ela:

> Não damos, portanto, especial importância ao nome da cidade. Como toda metrópole, era constituída de irregularidades, alternâncias, precipitações, intermitências, choques de coisas e de eventos e, de permeio, momentos de silêncio abissal; de trilhos e de terras virgens, de uma grande pulsação rítmica e do eterno desencontro e confusão de todos os ritmos; e no conjunto assemelhava-se a uma bexiga pulsante posta em um recipiente formado de casas, leis, regulamentos e tradições históricas.

Essa estrutura múltipla caracteriza também o protagonista de *O homem sem qualidades*, o grande romance interminável da ilimitada realidade contemporânea.

Em muitos romances – de *Berlin Alexanderplatz* às obras de Dos Passos e tantos outros exemplos – a complexidade, a organização, a desconexão e o caleidoscópio da vida na metrópole tornam-se montagem e colagem narrativa, estilo e respiro da narração. Em *Karl e o século vinte*, Rudolf Brunngraber transforma em romance e personagens romanescos os eventos históricos, a estatística, as flutuações dos preços, os índices de emprego e de inflação.

O romance não é só mimese do mundo moderno mas também se pôs como seu instrumento cognitivo privilegiado: no período entre o fim do século XIX e os anos 1930 – o grande período da cultura novecentista, até hoje a fronteira mais avançada que a literatura alcançou –, escritores como Musil, Joyce, Proust, Svevo, Mann, Broch, Faulkner e outros exigiram da narrativa um conhecimento do mundo que o enorme progresso das ciências não permitia confiar-lhes, porque elas, com sua especialização extrema que tornava cada uma inacessível aos cultores de todas as outras e mais ainda ao homem médio, despedaçaram todo sentido de unidade do mundo. Somente um romance que assumisse os problemas científicos, mostrando como os homens vivem o mundo desagregado, poderia e pode alcançar o sentido da realidade e de sua dissolução, imitada mas também obtida e dominada por intermédio das mesmas formas experimentais do narrar, da desagregação e recriação das estruturas narrativas.

É impossível imaginar o romance sem o mundo moderno? É uma pergunta absurda, cuja resposta, absurdamente, corre o risco de distender-se em um panorama e uma história do romance moderno. Hoje, uma outra questão é posta em seu lugar, talvez com maior legitimidade e sobretudo com mais inquietação:

o mundo moderno, a modernidade com *m* maiúsculo, acabou ou está acabando, em uma guinada histórica de enormes dimensões, que só pode ser comparada ao fim da Antiguidade.

Por quase dois séculos, a mais alta literatura ocidental pôs-se, nos confrontos da história, como o outro lado da lua, como a zona deixada à sombra do devir e do curso do mundo. Essa denúncia da insuficiência do existente, esse sentimento de uma grande ausência na vida e na história, era a exigência de algo irredutivelmente outro, de um resgate messiânico e revolucionário, aliás, negado por toda revolução historicamente ocorrida. Desde seu nascimento – ou seja, desde o romantismo ou já no final do século XVIII –, a literatura contemporânea é marcada pelo sentimento de uma ferida profunda que a história parece ter infligido ao indivíduo, impedindo-o de realizar plenamente a própria personalidade em acordo com a evolução social e fazendo-o sentir a impossibilidade e a ausência da vida verdadeira, o exílio dos deuses e a fragmentação de sua própria existência. O progresso social, absolutamente desprezado pela grande literatura inovadora, ao contrário do que ocorre com as nostalgias reacionárias de um romantismo amaneirado, evidenciava ainda mais o mal-estar e a incerteza do único.

O romance – a literatura em geral – foi essa voz do moderno, a sua poesia, o seu tribunal e sua contestação. Agora tudo isso parece findo; um karaokê em diversos níveis suplantou toda utopia e toda revolução e, como previra Nietzsche, o próprio homem está mudando radicalmente. É uma mudança que acontece em períodos muito curtos e não mais em milênios como no passado. Em um mundo onde a bioengenharia está criando "super-homens", criaturas e espécies de difícil definição, onde a virtualidade substitui a suposta realidade, onde os imateriais *bits* – como são chamados – substituem os átomos, o que pode fazer ou ser o romance?

Por enquanto, genericamente, parece que reluta em tomar conhecimento dessa inversão e antes parece recuar em relação às grandes experimentações narrativas do passado recente. A produção romanesca média parece florescer viçosa, ao menos no plano quantitativo, na absoluta ignorância do mundo e de sua transformação, no tranquilo desconhecimento da realidade; a maior parte dos romances assemelha-se a aparelhos antiquados e obsoletos. Nesse sentido, o romance médio cada vez mais se assemelha – também na pátina nobre de sentimentos perenemente humanos ostentados e garantidos como se nada ocorresse – àqueles gêneros literários envelhecidos e antiquados que o grande romance moderno, ao irromper violentamente em cena, havia varrido. Nesse recuo ou regressão há uma capitulação à "potência estéril do existente enquanto tal", como escrevia Lukács nas notas para o livro inacabado sobre Dostoiévski, em cujas obras – em sua opinião, não se trata em absoluto de romances – ele via e esperava o surgimento de um novo mundo resgatado da iniquidade (de que o escritor russo teria sido o Homero e o Dante) e de um novo modo de narrá-lo.

No lugar desse novo *epos* utópico, um século após essa página de Lukács, parece triunfar um supermercado político-social, no qual os romances – com frequência *remakes* da tradição – são produtos secundários, mas respeitados e vendáveis. Talvez o romance termine em uma autoparódia involuntária. Mas esta, como dizia Kipling, é uma outra história.

## Bibliografia crítica

### Livros

AHMAD, Aijaz. *In Theory: Classes, Nations, Literatures*. Londres: Verso, 1992.

ALLEN, James Smith. *Popular French Romanticism. Authors, Readers, and Books in the 19th Century*. Syracuse: Syracuse University Press, 1981.

ALPERS, Svetlana. *Arte del descrivere. Scienza e pittura nel Seicento olandese*. Turim: Bollati Boringhieri, 1984, pp. 13 e 16.

ALTHUSSER, Louis. *Montesquieu, Rousseau, Marx: Politics and History*. Londres: Verso, 1982 [ed. port.: *Montesquieu: a política e a história*, trad. Luz Cary e Luisa Costa. Lisboa: Presença, 1972].

ANDERSON, Benedict. *Imagined Communities*. Londres: Verso, 1983 [ed. bras.: *Comunidades imaginadas*, trad. Denise Bottmann. São Paulo: Companhia das Letras, 2008].

______. *Comunità immaginate. Origini e fortuna dei nazionalismi*. Roma: Manifestolibri, 2000.

ANDERSON, George K. *The Legend of the Wandering Jew*. Providence: Brown University Press, 1970.

ARMSTRONG, Nancy. *Desire and Domestic Fiction: a Political History of the Novel*. Nova York: Oxford University Press, 1987.

ATTERBURY, Paul. (org.), *Pugin: A Gothic Passion*. New Haven: Yale University Press, 1994.

______. *Pugin: Master of Gothic Revival*. New Haven: Yale University Press, 1995.

AUBERT, Raphael. (org.), *L'affaire Rushdie*. Paris: Cerf, 1990.

AUERBACH, Erich. *Mimesis* [1946], trad. George Bernard Sperber. São Paulo: Perspectiva, 1971.

BAGGIO, Oswaldo. *Faide e parentele. Lo stato genovese visto dalla Fontanabuona.* Turim: Einaudi, 1990.

BAGGIONI, Daniel. *Langues et nations en Europe.* Paris: Payot, 1997.

BAL, Mieke. *Introduction to the Theory of Narrative.* Buffalo: University of Toronto Press, 1997.

BANFIELD, Ann. *Unspeakable Sentences: Narration and Representation in the Language of Fiction.* Boston: Routledge & Kegan Paul, 1982.

BARJAVEL, René. *Cinéma total.* Paris: Denöel, 1944.

BARRAT, Andrew. *Between Two Worlds. A Critical Introduction to The Master and Margarita.* Oxford: Oxford University Press, 1987.

BARTHES, Roland. "Introduzione all'analisi strutturale dei raconti", in *L'analisi del racconto.* Milão: Bompiani, 1980 [ed. bras.: "Introdução à análise estrutural da narrativa", in *Análise estrutural da narrativa.* Petrópolis: Vozes, 1971].

______. "L'effetto di reale", in *Il brusio della lingua. Saggi critici IV.* Turim: Einaudi, 1988 [ed. bras.: "O efeito de real", in *O rumor da língua,* trad. Mário Laranjeira. São Paulo: Martins Fontes, 2004].

______. "Che cos'è la scrittura?", in *Il grado zero della scrittura.* Turim: 1982 [ed. bras.: *O grau zero da escritura,* trad. Anne Arnichand e Alvaro Lorencini. São Paulo: Cultrix, 1971].

______. *S/Z.* Turim: Einaudi, 1973 [ed. bras.: *S/Z,* trad. Léa Novaes. Rio de Janeiro: Nova Fronteira, 1982].

BAUMANN, Ursula. *Protestantismus und Frauenemanzipation in Deutschland 1850-1920.* Frankfurt/Nova York: 1992.

BAUMGARTNER, Emmanuèlle. *La fortuna di Alessandro nei testi francesi medievali del secolo XII e l'esotismo nel "Roman d'Alexandre",* in Roberto Benedetti (org.), *Le Roman d'Alexandre. Riproduzione del ms.* Veneza: Biblioteca Museo Correr 1493, Tricesino, 1998.

BAVAJ, Ursula. *Mythoscopia romantica. Teoria del romanzo in Germania 1629-1698.* Roma: Castelvecchi, 1996.

BEASLEY, Faith E. *Revisiting Memory. Women's Fiction and Memoirs in Seventeenth-Century France.* New Brunswick/Londres: Rutgers University Press, 1990.

BEAUJEAN, Marion. *Der Trivialroman in der zweiten Hälfte des 18 Jahrhunderts.* Bonn: Bouvier, 1964.

BENJAMIN, Walter. "Il narratore. Considerazioni sull'opera di Nicola Leskov", in *Angelus Novus. Saggi e frammenti.* Turim: Einaudi, 2001 [ed. bras.: "O narrador: considerações sobre a obra de Nikolai Leskov", in *Magia e técnica, arte e política: ensaios sobre literatura e história da cultura,* trad. Sergio Paulo Rouanet. São Paulo: Brasiliense, 1994].

______. *Tesi de filosofia della storia* in *Angelus novus.* Turim: Einaudi, 1962 [ed. bras.: "O narrador: considerações sobre a obra de Nikolai Leskov", in *Magia e técnica, arte e política: ensaios sobre literatura e história da cultura,* trad. Sergio Paulo Rouanet. São Paulo: Brasiliense, 1994].

______. "Di alcuni motivi in Baudelaire", in *Angelus novus. Saggi e frammenti.* Turim, 2001 [ed. bras.: "Sobre alguns temas em Baudelaire", in *Charles Baudelaire, um lírico no auge do capitalismo. Obras escolhidas v. 3,* trad. Hemerson Alves Baptista. São Paulo: Brasiliense, 1989].

______. *La opera d'arte nell'epoca della sua riproducibilità tecnica (1936).* Turim: Einaudi, 1966 [ed. bras.: "A obra de arte na época de sua reprodutibilidade técnica", in *Obras escolhidas: magia e técnica, arte e política,* trad. Sérgio Paulo Rouanet. São Paulo: Brasiliense, 1994].

______; BOLLE, Willi (org.). *Passagens*, Belo Horizonte/São Paulo: Editora da UFMG/Imprensa Oficial do Estado de São Paulo, 2006.

BECHTEL, Guy; CARRIÈRE, Jean-Claude. *Dictionnaire de la bêtise et des erreurs de judgement.* Paris: Robert Laffont, 1984.

BERNI, Francesco. *Dialogo contra i poeti*, Roma, 1526 in *Poesie e prose*, edição crítica E. Chiorboli. Genebra/Florença: Leo S. Olschki, 1934.

BHABHA, Homi K. "Introduzione" a *Nazione e narrazione*. Roma: Meltemi, 1997.

BIDDICK, Kathleen. *The Shock of Medievalism*. Durham: Duke Univesity Press, 1999.

BIRKETT, Dea. *Spinsters Abroad: Victorian Lady Explorers*. Londres: Basil Blackwell, 1991.

BLANCO, Ignacio Matte, *L'inconscio come insiemi infiniti. Saggio sulla bi-logica*. Turim: Einaudi, 2000.

BORGES, Jorge Luis. "Sobre il *Vathek* de William Beckford". *Otras Inquisiciones*, in *Obras completas* v. II, *1952-1972*. Barcelona: Emecé, 1996 [ed. bras.: *Outras inquisições*, trad. Davi Arrigucci Jr. São Paulo: Companhia das Letras, 2007].

BOSSUET, Jacques-Benigne. *Contre les plaisirs illicites*, in *Oeuvres philosophiques et morales.* Paris: 1843.

BOURDIEU, Pierre. *La distinzione: critica sociale del gusto.* Bolonha: Il Mulino, 1983

BRETONNE, Nicolas-Edme Restif de la. *Les Françaises.* Neuchâtel/Paris: 1786, v. II.

BREUILLY, John. *Il nazionalismo e lo stato*. Bolonha: Il Mulino, 1995.

BROWN, Homer. *Institutions of the English Novel: From Defoe to Scott.* Filadélfia: University of Pennsylvania Press, 1997.

BUDÉ, Eugène de. *Du danger des mauvais livres et des moyens d'y remédier.* Paris: Sandoz et Thuillier, 1883

BUJANDA, Jesus Maria de (org.), "Introduction historique", in *Index de Rome 1557, 1559, 1564. Les premiers index romains et l'index du Concile de Trente*, v. VIII da série *Index des livres interdits.* Sherbrooke-Genève: Droz, 1990.

BURKE, Edmund. *A Philosophical Enquiry into the Origin of our Ideas of the Sublime and Beautiful* (1757). Londres: Oxford University Press, 1990, parte II, seções III-IV [ed. bras.: *Uma investigação filosófica sobre a origem de nossas ideias do Sublime e do Belo*, trad. Enid Abreu Dobránszky. Campinas: Papirus, 1993].

BURKE, Kenneth. *The Rhetoric of Religion: Studies in Logology*. Boston: Beacon Press, 1961.

BÜRGER, Christa. "Kein Augenblick des Lebens ist mir gleichgültig». Belle de Zuylen, Isabelle de Charrière", in *Diese Hoffnung, eines Tages nicht mehr allein zu denken. Lebensentwürfe von Frauen aus vier Jahrhunderten.* Stuttgart: Metzler, 1996.

______. *Leben Schreiben. Die Klassik, die Romantik und der Ort der Frauen.* Stuttgart: Metzler, 1990.

BÜRGER, Peter. *Das Verschwinden des Subjekts. Eine Geschichte der Subjektivität von Montaigne bis Barthes.* Frankfurt: Suhrkamp, 1998.

BURNETT, Francis Hodgson. *The One I Knew The Best of All.* Londres: 1893: Frederick Warne & Co.

BURTON, Richard. *Explorations of the Highlands of Brazil; With a Full Account of the Gold and Diamond Mines*, 2 v., v. II. Londres: Tinsley Brothers, 1869 [ed. bras.: *Viagens aos planaltos do Brasil*, trad. Americo Jacobina Lacombe. São Paulo: Companhia Editora Nacional, 1983].

BUTLER, Marilyn. *Jane Austen and the War of Ideas*. Oxford: Oxford University Press, 1987.

BYLES, Alfred T. P. (org.), *The Book of the Ordre of Chyualry*. Nova York: Oxford University Press, 1971.

CALABRESE, Stefano. *Intrecci iatliani. Una teoria e una storia del romanzo (1750-1900)*. Bolonha: 1995.

CALVETTI, Paolo. *Introduzione alla storia della lingua giapponese*. Nápoles: Università degli studi di Napoli – dipartamento di studi asiatici, 1999.

CAMILLE, Michael. *The Gothic Idol: Ideology and Image-Making in Medieval Art*. Cambridge: Cambridge University Press, 1989.

CAMPOS, Haroldo de. *Morfologia do Macunaíma*. São Paulo: Perspectiva, 1973.

CANNISTRARO, Philip. *L'organizzazione del consenso*. Bari: Laterza, 1975.

CANUDO, Ricciotto. *L'officina delle immagini*. Roma: Bianco e Nero, 1966.

CARY, Georges. *The Medieval Alexander*. Cambridge: Cambridge University Press, 1967.

CAVE, Christophe; MARCANDIER-COLARD, Christine. *Introduction* a Louis-Sébastien Mercier, *L'an 2440. Rêve s'il en fut jamais*. Paris: La Découvert, 1999.

CELATI, Gianni. *Finzioni occidentali*. Turim: Einaudi, 1975.

CERTEAU, Michel de. *La scrittura della storia*. Roma: Il Pensiero Scientifico, 1977 [ed. bras.: *A escrita da história*, trad. Maria de Lourdes Menezes. Rio de Janeiro: Forense, 1982].

CHADWICK, Hector Munro; CHADWICK, N. Kershaw *The Growth of Literature*. Cambridge: Cambridge University Press, 1932-1940.

CHANDLER, Alice. *A Dream of Order: The Medieval Ideal in Nineteenth-Century English Literature*. Lincoln (Nebraska): University of Nebraska Press, 1970.

CHAPPLE, John A. V.; POLLARD, Arthur. (org.), *The Letters of Mrs.Gaskell*. Manchester: Manchester University Press, 1966.

CHARDIN, Philippe. Teilhard de. "La formation de la noorsphère", in *L'avenir de l'homme*. Paris: Seuil, 1959.

CHÉREL, Albert. *Fénelon au XVIIIe siècle en France 1715-1820. Son prestige, son influence*, Paris: Slatkine, 1917.

CHIH-TSING, Hsia. *The Classical Chinese Novel: A Critical Introduction* (Nova York: Columbia University Press, 1968).

CINQUINO, Antonio. *Del romanzo*. Biella: 1869.

COHN, Dorrit. *The Distinction of Fiction*. Baltimore: The Johns Hopkins University Press, 1999.

CONTINI, Gianfranco. "Un'interpretazione di Dante", in *Varianti e altra linguistica*. Turim: Einaudi, 1970.

COSTA, Antonio. *Immagine di un'immagine. Cinema e letteratura*. Turim: UTET, 1993.

COUÉGNAS, Daniel. *Introduction à la paralittérature*. Paris: Seuil, 1992.

CROCE, Benedetto. *La poesia de Dante*. Bari: Laterza, 1966.

CURTIUS, Ernst Robert. *Literatura europeia e Idade Média latina*, trad. Teodoro Cabral e Paulo Rónai. São Paulo: Hucitec/Edusp, 1996.

DANIEL, Norman. *Gli Arabi e l'Europa nel Medio Evo*. Bolonha: Il Mulino, 1981.

DANIELS, Bruce C. *Puritans at Play: Leisure and Recreation in Colonial New England*. Nova York: St. Martin's Press, 1995.

DARNTON, Robert. *Libri proibiti: pornografici, satira e utopia all'origine della rivoluzione francese.* Milão: Mondadori, 1987 [ed. bras.: *Os best-sellers proibidos da França pré-revolucionária*, trad. Hildegard Feist. São Paulo: Companhia das Letras, 1998].

______. "I lettori rispondono a Rousseau: la costruzione della sensibilità romantica", in *Il grande massacro dei gatti.* Milão: Adelphi, 1988 [ed. bras.: *O grande massacre dos gatos*, trad. Sonia Coutinho. Rio de Janeiro: Graal, 1986].

DAVIDOFF, Leonore; HALL, Catherine. *Family Fortunes. Men and Women of the English Middle Class, 1780-1850.* Londres: Hutchinson, 1987.

DAVIS, Lennard J. *Factual Fictions: The Origins of the English Novel.* Nova York: Columbia University Press, 1983.

DEJOB, Charles. *De l'influence du Concile de Trente sur la littérature et les beaux arts chez les peuples catholiques.* Paris: E. Thorin, 1884.

DELICADO, Francisco. *La Lozana andalusa.* Milão: Adelphi, 1970.

DELEUZE, Gilles. A lógica do sentido, trad. Luís Roberto Salinas Fortes. São Paulo: Perspectiva, 1982.

______; GUATTARI, Félix. *L'anti-Edipo: capitalismo e schizofrenia.* Turim: Einaudi, 1975 [ed. *bras.: O anti-Édipo,* Georges Lamazière. Rio de Janeiro: Imago, 1976].

______; ______. *Millepiani: capitalismo e schizofrenia* I, *Rizoma.* Roma: Castelvecchi, 1997 [ed. bras. *Mil platôs. Capitalismo e esquizofrenia, v. 1*, trad. Ana Lúcia de Oliveira. São Paulo: Editora 34, 1995].

DERRIDA, Jacques. *Margini della filosofia.* Turim: Einaudi, 1997 [ed. bras.: *Margens da filosofia,* trad. Joaquim Torres Costa e António M. Magalhães. Campinas: Papirus, 1991].

DESCHARMES, René. *Autour de* Bouvard et Pécuchet. Paris: Librairie de France, 1921.

DIAZ, Furio. *Filosofia e politica nel Settecento francese.* Turim: Einaudi, 1963.

H. Weinrich, *Tempus. Le funzioni dei tempi nel texto.* Bolonha: Il Mulino, 1978.

DIONISOTTI, Carlo. *Geografia e storia della letteratura italiana.* Turim: Einaudi, 1967.

DONALD, Merlin. *L'evoluzione della mente.* Milão: Garzanti, 1996.

DURKHEIM, Émile. *As formas elementares da vida* religiosa, trad. Joaquim Pereira Neto. São Paulo: Paulinas, 1989.

EISENSTEIN, Sergei Mikhailovitch. "Cinema e litterarietà" (1929), in *Stili di regia.* Veneza: Marsilio, 1993 ______. "Dickens, Griffith e noi" (1944), *in La forma cinematografica.* Turim: Einaudi, 1964 [ed. bras.: "Dickens, Griffith e nós", in *A forma do filme*, trad. Teresa Ottoni. Rio de Janeiro: Jorge Zahar, 2002].

ELIOT, George. *Silly Novels by Lady Novelists*, in Rosemary Ashton (org.), *Selected Critical Writings.* Oxford: Oxford University Press, 1992.

ENGELS, Friedrich. *La condizione della classe operaia in Inghilterra.* Roma: Luigi Mongini, 1899 [ed. bras.: A condição da classe operária na Inglaterra, trad. Rosa Camargo Artigas e Reginaldo Forti. São Paulo: Global, 1986].

ENGELHARDT, Hartmut (org.). *Materialen zu Rainer Maria Rilkes "Die Aufzeichnungen des Malte Laurids Brigge".* Sttutgart: Suhrkamp, 1974.

ENGELSING, Rolf. *Der Bürger als Leser. Lesergeschichte in Deutschland 1500-1800.* Stuttgart: Metzler, 1974.

EMPSON, William. *Sette tipi di ambiguità.* Turim: Einaudi, 1965.

FEBVRE, Lucien; MARTIN, Henri-Jean. *O aparecimento do livro*. São Paulo: Editora UNESP, 1992.

FIELDING, Henry. "The Covent Garden Journal", 1752, n. 24, citado em I. Williams (org.), *The Criticism of Henry Fielding*. Londres: Barnes & Noble, 1970.

FINNEGAN, Ruth. *Oral Literature in Africa*. Oxford: Clarendon, 1970.

FOUCAULT, Michel. *La volontà di sapere*. Milão: Feltrinelli, 1998 [ed. bras.: *História da sexualidade I. Vontade de saber*, trad. Maria Theresa da Costa Albuquerque e J. A. Guilhon Albuquerque. Rio de Janeiro: Graal, 1977].

______. *Vigiar e punir: Nascimento da prisão*, trad. Ligia M. Pondé Vassalo. 2ª ed. Petrópolis: Vozes, 1983.

FRADENBURG, L. O. Aranye. *City, Marriage, Tournament: Arts of Rule in Late Medieval Scotland*. Madison: University of Winsconsin Press: 1991.

FRAGNITO, Gigliola. *La Bibbia al rogo. La censura ecclesiastica e i volgarizzamenti della Scrittura (1471-1605)*. Bolonha: Il Mulino, 1997.

FRAJESE, Antonio. *Il popolo fanciullo, Silvio Antoniano e il sistema disciplinare della Controriforma*. Milão: Franco Angeli, 1987.

FRANCO, Franklin J. *Trujillismo: Génesis y rehabilitación*. Santo Domingo: Cultural Dominicana, 1971.

FRANZETTI, L. (org.), *L'America violata*. Milão: Feltrinelli, 1981.

FREUD, Sigmund. "Il poeta e la fantasia", in *Opere*. Turim: Bollati Boringhieri, 1989, v. V.

______. *L'interpretazione dei sogni*, cap. VI, C, trad. Fachinelli, in *Opere*, v. III. Turim: Bollati Boringhieri, 1967, p. 293 [ed. bras.: *A interpretação dos sonhos*, Edição *standard* brasileira das obras psicológicas completas de Sigmund Freud, v. IV-V, org. Jayme Salomão, Rio de Janeiro: Imago, 2006].

______. "Os chistes e sua relação com o inconsciente", in Edição *standard* brasileira das obras completas de Sigmund Freud, v. VIII, org. Jayme Salomão. Rio de Janeiro, Imago, 1995].

FRIEDMAN, Susan Stanford. *Mappings. Feminism and the Cultural Geographies of Encounter*. Princeton: Princeton University Press, 1998.

FRUGONI, Chiara. *Historia Alexandri elevati per griphos ad aerem. Origine, iconografia e fortuna di un tema*. Roma. Istiuto Storico per il Medio Evo, 1973.

FRYE, Northrop. *Anatomia della critica*. Turim: Einaudi, 1969 [ed. bras.: *Anatomia da crítica*, trad. Péricles Eugênio da Silva Ramos. São Paulo: Cultrix, 1973].

______. *La scrittura secolare. Studio sulla struttura del romance*. Bolonha: Il Mulino, 1978.

FUMERTON, Patricia. *Cultural Aesthetics: Renaissance Literature and the Practice of Social Ornament*. Chicago: University Of Chicago Press, 1991.

FUNKENSTEIN, Amos. *Teologia e immaginazione scientifica dal Medioevo al Seicento*. Turim: Einaudi, 1996.

GAJANO, Sofia Boesch. "Le metamorfosi del racconto", in *Lo spazio letterario di Roma antica*. Roma: Salerno, 1990, v. III.

GALLAGHER, Catherine. *Industrial Transformation in the English Novel*. Chicago: University of Chicago Press, 1985.

______. *Nobody's Story: The Vanishing Acts of Women Writers in the Marketplace, 1760-1820*. Berkeley: University of California Press, 1994.

GALVAN, Jean-Pierre. Les mystères de Paris. *Eugène Sue et ses lecteurs*. Paris: L'Harmattan, 1998, vol. II.

GARDNER, George. *Travels in the Interior of Brazil*. Londres: Reeve Brothers, 1846 [ed. bras.: *Viagem ao interior do Brasil*, trad. Milton Amado. Belo Horizonte: Itatiaia, 1975].

GAUS, Helmut. *The Function of Fiction: The Function of Written Fiction in the Social Process. An Investigation into the Relation Between the Reader's Real World and the Fictional World of His Reading*. Gent: E. Story-Scientia, 1979.

GENETTE, Gérard. "Gli atti di finzione", in *Finzione e dizione*. Parma: Pratiche, 1994.

GILBERT, Sandra; GUBER, Susan. *The Madwoman in the Attic: The Woman Writer and the Nineteenth Century Literary Imagination*. New Haven: Yale University Press, 1979.

GILMORE, William. J. *Reading Becomes a Necessity of Life: Material and Cultural Life in Rural New England, 1780-1835*. Knoxville: University of Tennessee Press, 1989.

GINZBURG, Carlo. "Tiziano, Ovidio e i codici della figurazione erotica nel Cinquecento", in *Miti, emblemi, spie. Morfologia e storia*. Turim: Einaudi, 1992 [ed. bras.: *Mitos, emblemas, sinais: morfologia e história*, trad. Federico Carotti. São Paulo: Companhia das Letras, 1989].

______. *Occhiacci di legno. Nove riflessioni sulla distanza*. Milão: Feltrinelli, 1998 [ed. bras.: *Olhos de madeira. Nove reflexões sobre a distância*, trad. Eduardo Brandão. São Paulo: Companhia das Letras, 2001].

GODMAN, Peter. *The Saint as a Censor. Robert Bellarmine between Inquisition and Index*. Leiden: Brill, 2000.

GOEZE, Johann Merchior. *Kurze aber nothwendige Erinnerungen über die Leiden des jungen Werthers, über eine Recension derselben, und über verschiedene nachher erfolgte dazu gehörige Ausfsätze*, in *Goethe im Urteil seiner Kritiker. Dokumente zur Wirkungsgeschichte Goethes in Deutschland*. Munique: Beck, 1975.

GOMBRICH, Ernst H. *Arte e ilusão. Um estudo da psicologia da representação pictórica*, trad. Raúl de Sá Barbosa. São Paulo: Martins Fontes, 1986.

GOODY, Jack. *La cultura dei fiori*. Turim: Einaudi, 1993.

______. *The Myth of Bagre*. Oxford: Oxford University Press, 1972.

GOMES, José Maria Barbosa. *Mário de Andrade e a revolução da linguagem: A gramatiquinha da fala brasileira*. João Pessoa: Editora da UFPB, 1979.

GRASSI, Corrado. *Corso di storia della lingua italiana*, Turim: G. Giappichelli, s/d.

GREIMAS, Algirdas Julien. *Da Imperfeição*, trad. Ana Cláudia M. A. Oliveira. São Paulo: Hacker, 2002.

GRIGNANI, Maria Antonietta. *Retoriche pirandelliane*. Nápoles: Liguori, 1993.

GRIVEL, Charles. *Prodution de l'intérêt romanesque. Un état du texte (1870-1880), un essai de constituition de sa théorie*. Paris: The Hague, 1973.

GRODEN, Michael. *Ulysses in Progress*. Princeton: Princeton University Press, 1977.

GUICCIARDINI, Francesco. *Storia d'Italia*, V, XIII, in *Opere*, Emanuella Scarano (org.). Turim: UTET, 1981, v. II.

HABERMAS, Jürgen. *Mudança estrutural da esfera pública*. Rio de Janeiro: Tempo Brasileiro, 2ª edição, 2003.

HAMBURGER, Käte. *Die Logik der Dichtung*. Stuttgart: Klett, 1957 [ed. bras.: *A lógica da criação literária*, trad. Margot P. Malnic. São Paulo: Perspectiva, 1975].

HARTMAN, Geoffrey H. "The Struggle for the Text", in *A Critic's Journey 1958-1998*. New Haven: Yale University Press, 1999.

HARVEY, Chrarles; PRESS, Jon. *William Morris: Design and Enterprise in Victorian Britain*. Manchester: Manchester University Press, 1991.

HARVEY, David. *La crisi della modernità. Alle origini del mutamenti culturali*. Milão: Il Saggiatore, 1997, p. 259.

HARVIE, Christopher. *Scotland and Nationalism: Scottish Society and Politics, 1770-1977*. Londres: Allen & Unwin, 1977.

HEGEL, Georg Wilhelm Friedrich. *Estetica*. Turim: Einaudi, 1976 [ed. bras.: *Cursos de estética*, trad. Marco Aurélio Werle e Oliver Tolle. 4 v., São Paulo: Edusp, 2001-2005].

HEGEL, R. *The Novel in Seventeenth-century China*, Nova York: Columbia University Press, 1981.

HEIDEGGER, Gotthard. *Mythoscopia Romantica: oder der Discours von dem so benanten Roman*. Zurique: 1698 [ed. ital.: *Mythoscopia romantica. Teoria del romanzo in Germania 1629-1698*, trad. U. Bavaj. Roma: Castelvecchi, 1996].

HIGGINSON, Mrs. A. *The English School-girl: her Position and Duties. A Series of Lessons from a Teacher to her Class*. Londres: 1879.

HIGONNET, Margareth R. *Borderwork: Feminist Engagements with Comparative Literature*. Ithaca: Cornell University Press, 1994.

HILTON, Rodney. *Una società medievale. L'Inghilterra centro-occidentale alla fine del XIII secolo*. Bolonha: Il Mulino, 1992.

HOLTON, R. J. *The Transition from Feudalism to Capitalism*. Nova York: Macmillan, 1985.

HUCHET, Jean-Charles (org.). "*Flamenca*". *Roman occitan du XIIIe siècle*. Paris: Union Générale d'Éditions, 1988 (Série "Bibliothèque médiévale" 10/18).

HUET, Pierre-Daniel. *Trattato sull'origine dei romanzi*. Turim: Einaudi, 1977.

INGHAM, Patricia. *Sovereign Fantasies*. University of Pennsylvania Press, 2000.

ISELLA, Dante. *La lingua e lo stile di Carlo Dossi*, Milão: R. Ricciardi, 1968.

ITALIA, Paola. *Glossario di C. E. Gadda 'milanese'*, Alexandria: Edizioni dell'Orso, 1998.

JACOBS, Jane. *Cities and the Wealth of Nations: Principles of Economic Life*. Nova York: Random House, 1990.

______. *Vita e morte delle grandi città. Saggio sulle metropoli americane*. Turim: Einaudi, 2000 [ed. bras.: *Morte e vida de grandes cidades*, trad. Carlos S. Mendes Rosa. São Paulo: Martins Fontes, 2000].

JAMESON, Frederic. *O inconsciente político. A narrativa como ato socialmente simbólico*, trad. Valter Lellis Siqueira. São Paulo: Ática, 1992.

______. *Signatures of the Visible*. Nova York: Routledge, 1992.

JAUSS, Hans Robert. *Ästhetische Erfahrung und literarische Hermeneutik*, Munique, Fink, 1991, v. 1.

______. *Ästhetische Erfahrung und literarische Hermeneutik*. Munique: Wilhelm Fink, 1991, v. 2.

______. *Perché la storia della letteratura?* Nápoles: Guida, 1969.

______. "Storia dell'arte e storia generale", in *Storia della letteratura come provocazione*. Turim: Bollati Boringhieri, 1999.

JENNINGS, Michael W. *Dialectical Images: Walter Benjamin's Theory of Literary Criticism*. Ithaca: Cornell University Press, 1987.

JIN'ICHI, Konishi. *A History of Japanese Literature*, v. II. Nova Jersey: Princeton University Press, 1986.

JOSHI, Priya. "Culture and Consumption: Fiction, the Reading Public, and the British Novel in Colonial India", in *Book History* I. University Park (PA): Pensylvania State University Press, 1998.

KANTOROWICZ, Ernst H. "Pro Patria Mori", in *Medieval Political Thought* in *Selected Studies*. Lucust Valley: J.J. Augustin, 1965.

KAPLAN, Caren. *Questions of Travel, Postmodern Discourses of Displacement*. Durham/Londres: Duke University Press, 1996.

KAPP, Volker. *"Télémaque" de Fénelon. La signification d'une oeuvre littéraire à la fin du siècle classique*. Tübingen/Paris: Gunter Narr/Jean-Michel Place, 1982.

KAY, Sarah. *The Chansons de Geste in the Age of Romance: Political Fictions*. Oxford: Oxford University Press, 1995.

KEENE, Donald. *Seeds in the Heart, Japanese Literature from Earliest Times to the late Sixteenth Century*. Nova York: Henry Holt, 1993.

KERMOL, Enzo. *La rete di Vulcano. Inquisizione, libri proibiti e libertini nel Friuli del Seicento*. Trieste: Università degli Studi di Trieste, 1990.

KIECKHEFER, Richard. *La magia nel medioevo*. Roma/Bari: Laterza, 1993.

KILPATRICK, Jacquelyn. *Celluloid Indians. Native Americans and Film*. Lincoln/Londres: University of Nebraska Press, 1999.

KNECHT, Edgar. *Le Mythe du Juif errant*. Grenoble: Presses Universitaires de Grenoble, 1977.

KOCH, Manfred. *"Mnemotechnik des Schönen". Studien zur poetischen Erinnerung in Romantik und Symbolismus*. Tübingen: Niemeyer, 1988.

KOCKA, Jürgen. "Borghesia e società borghese nel XIX secolo. Sviluppi europei e peculiarità tedesche", in Kocka (org.), *Borghesie europee dell'Ottocento*. Pádua: Marsilio, 1989.

KRAISKI, Giorgio (org.). *Rivoluzione e letteratura*. Bari: Laterza, 1967.

LABROSSE, Claude. *Lire au XVIIIe siècle.* La Nouvelle Heloïse *et ses lecteurs*. Lyon: Presses Universitaires de Lyon, 1985.

LACAN, Jacques. *Il seminario*, VII. *L'etica della psicoanalisi 1959-1960*. Turim: Einaudi, 1994.

LÄMMERT, Eberhard et al., *Romantheorie. Dokumentation ihrer Geschichte in Deutschland set 1880*. Colônia: 1975.

LE CLERC, Yvan. *Crimes écrits. La Littérature en procès au XIXe siècle*. Paris: Plon, 1991.

LERER, Seth. *Chaucer and His Readers: Imagining the Author in Late-Medieval England*. Princeton: Princeton University Press, 1993.

LEVALLOIS, Julles. *Milieu du siècle. Mémoires d'un critique*. Paris: 1896.

LÉVY, Pierre. *L'intelligenza collettiva*. Milão: Feltrinelli, 1996 [ed. bras.: *A inteligência coletiva: por uma antropologia do ciberespaço*, trad. Luiz Paulo Rouanet. São Paulo: Loyola, 1998].

LEWIS, Gilbert. *A Failure of Treatment*. Oxford: Oxford University Press, 2000.

LEWIS, Wyndham. *Blasting and Bombardiering*. Londres: Eyre and Spottiswoode, 1937.

LOCKE, John. *Segundo tratado sobre o governo*, trad. Anoar Aiex e E. Jacy Monteiro. In *Carta acerca da tolerância*; *Segundo tratado sobre o governo*; *Ensaio acerca do entendimento humano*. Coleção "Os pensadores", 3.ª ed. São Paulo: Abril Cultural, 1983.

LOHMANN, Christoph K. (org.). *Discovering Difference. Contemporary Essays in American Culture*. Bloomington/Indianapolis, 1993.

LOYOLA, Inacio de. *Il racconto del Pellegrino. Autobiografia di Sant'Ignazio di Loyola*. Milão: Adelphi, 1966.

LUKÁCS, Georg. *Il romanzo storico*. Turim: Einaudi, 1965.

______. *L'anima e le forme*. Milão: Sugar, 1963.

______. *Teoria del romanzo*. Roma: Newton Compton, 1972 [ed. bras.: *A teoria do romance*, trad. José Marcos Mariani de Macedo. São Paulo: Editora 34/Duas Cidades, 2000].

LUHMAN, Niklas. *Amore come passione*. Bari: Laterza, 1987 [ed. port.: *O amor como paixão: para a codificação da intimidade,* trad. Fernando Ribeiro. Lisboa: Difel, 1991].

LUZIO, Alessandro. "Lettere inedite di fra Sabba da Castiglione", in *Archivio storico lombardo*, S. II, XIII, 1886.

LYNCH, Deirdre Shauna. *The Economy of Character: Novels, Market Culture, and the Business of Inner Meaning*. Chicago: University of Chicago Press, 1998.

LYON, Janet. *Manifestoes. Provocations of the Modern*. Ithaca: Cornell University Press, 1999.

LYONS, Martyn; Taska, L. *Australian Readers Remember. An Oral History of Reading 1890-1930*. Melbourne: Oxford University Press, 1992.

MABIL, Luigi. *Dell'emulazione e dell'influenza della poesia sui costumi*. Brescia: Tip. Dipartamentale, 1804.

MADRIGNANI, Carlo Alberto. *All'origine del romanzo in Italia. Il "celebre abate Chiari"*. Milão: Liguori, 2000.

MAN, Paul de. *Allegorie della lettura*. Turim: Einaudi, 1997 [ed. bras.: *Alegorias da leitura*, trad. Lenita Esteves. Rio de Janeiro: Imago, 1996].

______. *Cecità e visione/ Linguaggio letterario e critica contemporanea*. Nápoles: Liguori, 1975.

MANZONI, Alessandro. *Della lingua italiana*, org. R. Librandi, Nápoles, 1986.

______. *Introduzione a Fermo e Lucia*, org. A. Chiari e F. Ghisalberti, Milão, 1964.

MANNHEIM, Karl. *Conservatorismo. Nascita e sviluppo del pensiero conservator*. Roma/Bari: Laterza, 1989.

MARCUS, K. Melissa. *The Representation of Mesmerism in Honoré de Balzac's* La comédie humaine, Nova York, Peter Lang, 1995.

MARCUS, Steven. *Engels, Manchester e la classe lavoratrice*. Turim: Einaudi, 1980.

MARGHERITA, Gayle. *The Romance of Origins. Language and Sexual Difference in Middle English Literature*. Filadélfia: University of Pennsylvania Press, 1992.

MARQUARD, Odo. *Krise der Erwartung — Stunde der Erfahrung. Zur ästhetischen Kompensation der modernen Erfahrungsverlustes*. Konstanz: Universitätsverlag Konstanz, 1982.

MARTÍNEZ-BONATI, Felix. *Fictive Discourse and the Structures of Literature: a Phenomenological Approach*. Ithaca: Cornell University Press, 1981.

MAUSS, Marcel. *Teoria generale della magia e altri saggi*. Turim: 2000.

MAY, Georges. *Le Dilemme du roman au XVIIIe siècle*. New Haven/Paris: 1963.

MAZZACURATI, Giancarlo. *Pirandello nel romanzo europeo*. Bolonha: Il Mulino, 1987.

MCKEON, M. *The Origins of the English Novel, 1600-1740*. Baltimore: The Johns Hopkins University Press, 1987.

MAZA, S. *Private Lives and Public Affairs. The "Causes célèbres" of Prerevolutionary France*. Berkeley: University of California Press, 1993.

MCCORMICK, Peter J. *Fictions, Philosophies, and the Problems of Poetics.* Ithaca: Cornell University Press, 1988.

MCLUHAN, Marshal. *La sposa meccanica (1951).* Milão: Sugar, 1987.

MCMULLEN, Ian James. *Idealism, Protest and the Tale of Genji: the Confucianism of Kumazawa Banzan.* Oxford: Clarendon, 1999.

MELLO E SOUZA, Gilda de. *O tupi e o alaúde: Uma interpretação de Macunaíma.* São Paulo: Livraria Duas Cidades, 1979.

MENESTÒ, Eenrico; BRUFANI, Stefano (org.). *Fontes franciscani.* Assis: 1995, v. I.

MENOCAL, Maria Rosa. *Shards of Love: Exil and the Origins of the Lyric.* Durham/Londres: Duke University Press, 1994.

MERCIER, Louis-Sébastien. "Discours sur la lecture", in *Eloges et discours philosophiques.* Amsterdã: E. van Harrevelt, 1776.

MERKELBACH, Reinhold. *Die Quellen des griechischen Alexanderroman*, Munique: C. H. Beck, 1977.

MICALE, Mark S. *Approaching Hysteria. Disease and its Interpretation.* Princeton: 1995.

MILANI, Marisa (org.). *Streghe e diavoli nei processi del S. Uffizio. Venezia 1554-1592.* Pádua: Centro Stampa Palazzo Maldura, 1989.

MILLER, David A. *Narrative and its Discontents.* Princeton: Princeton University Press, 1981.

______. *The Novel and the Police.* Berkeley: University of California Press, 1988.

MILLER, Tyrus. Late *Modernism: Politics, Fiction, and the Arts between the World Wars.* Berkeley: University of California Press, 1999.

MILLS, Maldwyn.; FELLOWS, Jennifer.; MEALE, Carol M. (org.), *Romance in Medieval England.* Cambridge: D.S. Brewer, 1991.

MOLLOY, Sylvia. *Acto de presencia. La escritura autobiográfica en Hispanoamérica.* México: El Colegio de México/FCE, 1996.

MONCAMP, Evenor-Martin. *Les sympathies pathologiques.* Paris: Didot, 1819.

MOORE JR. Barrington, *Aspetti morali dello sviluppo economico.* Milão: Edizioni di Comunità, 1999.

MORETTI, Franco. *Atlas do romance europeu, 1800-1900*, trad. Sandra Guardini Vasconcelos. São Paulo: Boitempo, 2003.

______. *Il romanzo di formazione.* Turim: Einaudi, 1999.

______. *Modern Epic: The World-System from Goethe to García Márquez.* London: Verso, 1996.

______. *Opera mondo. Saggio sulla forma epica dal* Faust *a* Cent'anni de solitudine. Turim: 1994.

MORIN, Edgar. *Il cinema o l'uomo immaginario.* Milão: Feltrinelli, 1982.

MORINO, Angelo. Introduzione a T. D'Avila, *Il castello interiore.* Palermo: Sellerio, 1999.

MOTT, Frank Luther. *Golden Multitudes. The Story of Bestsellers in the United States.* Nova York: Macmillan, 1947.

MÜCKE, Dorothea von. *The Veil of Illusion in the Service of Virtue: Semiotic Transformations and Literary Genres Between 1740 and 1800.* São Francisco: Stanford University Press, 1989.

MUKHERJEE, Meenakshi. *Realism and Reality. The Novel and Society in India.* Delhi: Oxford University Press, 1994.

NENCIONI, Giovanni. *La lengoa dei Malavoglia e altri scritti*, Nápoles: Morano, 1988.

NEWSOM, Robert. *A Likely Story: Probability and Play in Fiction.* New Brunswick: Rutgers University Press, 1994.

NICOLE, Pierre. *De la Comédie*, in *Les Visionnaires, ou Seconde partie des Lettres sur l'hérésie imaginaire.* Liège, 1667.

NIETZSCHE, Friedrich Wilhelm. *Ecce homo.* Milão: Adelphi, 1981 [ed. bras.: *Ecce homo,* trad. Paulo César de Souza. São Paulo: Companhia das Letras, 1995].

______. *La nascita della tragedia.* Milão: Adelphi, 1977 [ed. bras.: *O nascimento da tragédia*, trad. J. Guinsburg. São Paulo: Companhia das Letras, 1992].

OLSON, Glending. *Literature as Recreation in the Later Middle Ages.* Ithaca: Cornell University Press, 1982.

ORLANDO, Francesco. *Gli oggetti desueti nelle immagini della letteratura.* Turim: Einaudi, 1994.

______. *Illuminismo, barocco e retorica freudiana.* Turim: Einaudi, 1997.

______. *Per una teoria freudiana della letteratura.* Turim: Einaudi, 1992.

PALANTE, Georges. *La Philosophie du bovarysme. Jules de Gaultier.* Paris: 1912.

PARRY, Milman. *The Making of Homeric Verse.* Oxford: Clarendon, 1971.

PAVEL, Thomas G. *Fictional Worlds,* Cambridge, Cambridge University Press, 1986.

______. *Mondi di invenzione. Realtá e imagginario narrativo.* Turim: Einaudi, 1992.

PEÑA DIAZ, Manuel. *El laberinto de los libros. Historia cultural de la Barcelona del Quinientos.* Madrid: Fundación Germán Sánchez Ruipérez, 1997.

PEPPIS, Paul. *Literature, Politics, and the English Avant-Garde: Nation and Empire* 1901-1918. Cambridge: Cambridge University Press, 2000.

PIGNA, Giovan Battista. *I romanzi divisi in tre libri.* Veneza: 1554.

PINTARD, R. *Le Libertinage érudit dans la première moitié du XVIIe siècle.* Genebra/Paris: Slatkine, 1983.

PINTO, Edith Pimentel. *A gramatiquinha de Mário de Andrade: Texto e contexto.* São Paulo: Duas Cidades, 1990.

PIZZORUSSO, Arnaldo. *La poetica del romanzo in Francia 1660-1685.* Caltanissetta/Roma: Salvatore Sciascia, 1962.

PLAKS, Andrew (org.). *Chineses Narrative: Critical and Theoretical Essays.* Princeton: Princeton University Press, 1977.

PRANDI, Michele. *Procedimenti di deformazione astrattiva nei "Partigiani"*, in Giovanna Ioli (org.), *Beppe Fenoglio oggi*, Milão: Mursia Gruppo Editoriale, 1991.

PROAL, Louis-Joseph. *Le Crime et les suicide passionels.* Paris: Alcan, 1900.

PROSPERI, Adriano. *Tribunali della coscienza.* Turim: Einaudi, 1986.

QUEFFÉLEC, Lise. *Le Roman-feuilleton français au XIXe siècle.* Paris: Minuit, 1989.

QUIGNARD, Pascal. *Le lecteur.* Paris: Gallimard, 1976.

RAFFO, Guiliano (org.). *La "Ratio studiorum". Il metodo degli studi umanistici nei collegi dei gesuiti alla fine del secolo XVI.* Milão: San Fedele, 1989.

RAVIZZA, Carlo. *Il suicidio, il sacrificio della vita e il duello. Saggi psicologici e morali.* Milão: Carlo Branca, 1843.

RAYSON, Thomas Middleton (org.). *Coleridge's Sheakespeare Criticism.* Londres: Constable & Co, 1960, v. I.

REMBAR, Charles. *The End of Obscenity.* Londres: Bantam, 1969.

RENATO, Camillo. *Opere. Documenti e testimonianze.* Florença/Chicago: G. C. Sansoni/The Newberry, 1968.

REPPLIER, Agnes. *English Railway Fiction*, in *Point of View*. Boston/Nova York: Houghton, Mifflin & Co., 1893.

REYNOLDS, Anne. *Renaissance Humanism at the Court of Clement VII. Francesco Berni's "Dialogue Against Poets" in Contest.* Nova York/Londres: Garland, 1997.

RICHETTI, John J. *Popular Fiction Before Richardson: Narrative Patterns, 1700-1739.* Oxford: Clarendon Press, 1992.

RIQUER, Martin. de. *Aproximació al Tirant lo Blanc.* Barcelona: Quaderns Crema, 1990.

RONCATI, Emilio. *Le illusione,* Turim: Bocca, 1924.

ROSA, Alberto Asor. "La fondazione del laico", in *Letteratura italiana*, v. *Le Questioni.* Turim: Einaudi, 1986.

ROSCIONI, Gian Carlo. *Sulle tracce dell' "Esploratore turco".* Milão: Rizzoli, 1992.

ROTHMANN, Kurt. *Erläuterungen und Dokumente. J. W. Goethe, "Die Leiden des jungen Werthers".* Stuttgart: Reclam, 1974.

ROTONDÒ, Antonio. "La cultura ecclesiastica e la censura", in *Storia d'Italia*, v. *I documenti.* Turim: Einaudi, 1973.

ROTTERDAM, Erasmo de. *Elogio da loucura*, trad. Maria Arminda Galvão G. Pereira. 3ª ed. São Paulo: Martins Fontes, 2000].

RUH, Kurt. *Geschichte der abendländischen Mystik* v. II. Munique: Beck, 1993.

RUSSELL, Peter Edward. "El Concilio de Trento y la literatura profana", in *Temas de "La Celestina" y otros estudios. Del "Cid" al "Quijote".* Barcelona: Ariel, 1978.

RYAN, Marleigh Grayer. *Japan's First Modern Novel: Ukigumo of Futabatei Shimei.* Nova York/Londres: Columbia University Press, 1971.

SABA, Agostino. *La biblioteca di S. Carlo Borromeo.* Florença: Olschki, 1936.

SADE, D. A. F. de. *Considerazioni sui romanzi*, in *Opere.* Milão: Mondadori, 1997.

SAENGER, Paul. *Space between Words. The Origins of Silent Reading.* Stanford: Stanford University Press, 1997.

SAID, Edward. *Cultura e imperialismo*, trad. Denise Bottmann. São Paulo: Companhia das Letras, 1995.

SALBER, Wilhelm. *Lesen und Lesenlassen. Zur Psychologie des Umgangs mit Büchern.* Frankfurt am Main: Börsenvereins des Deutschen Buchhandels, 1971.

SALIBRA, Luciana. *Il toscanismo nel Mastro-don Gesualdo*, Florença, 1994.

SANSONE, Giuseppe E. *La poesia dell'Antica Provenza.* Parma: Guanda, 1993.

______. "*Tirant lo Blanch* e le vie del romanzo", in *Scritti catalani di filologia e letteratura*, Bari: Adriatica, 1994.

SATER, William F. *The Heroic Image in Chile: Arturo Prat, Secular Saint.* Berkeley/Los Angele/Londres: University of California Press, 1973.

SCARPATI Claudio; BELLINI, Eraldo. *Il vero e il falso dei poeti.* Milão: Vita e Pensiero, 1990.

SCHECKEL, Susan. *The Insistence of the Indian. Race and Nationalism in Nineteenth-Century American Culture.* Princenton: Princeton University Press, 1998.

SCHELER, Max. *Essenza e forme della simpatia.* Roma: Città Nuova, 1980.

SCHENDA, Rudolf. *Volk ohne Buch. Studien zur Sozialgeschichte der populären Lesestoffe 1770-1910.* Frankfurt am Main: Klostermann, 1970.

SCHMIDT, Victor Michael. *A Legend and its Image. The Aerial Flight of Alexander the Great in Medieval Art.* Groningen: Egbert Forsten, 1995.

SCHIVELBUSCH, W. *Storia dei generi voluttuari.* Milão: Mondadori, 1999.

______. *Storia dei viaggi in ferrovia* (1977). Turim: Einaudi, 1988

SCHOLES, Robert. *The Workshops of Daedalus.* Evanston: 1965.

SCHÖN, Erich. *Der Verlust der Sinnlichkeit oder die Verwandlungen des Lesens.* Stuttgart: Klett-Cotta, 1987.

SCHWARZ, Roberto. "As ideias fora do lugar", in *Ao vencedor as batatas.* São Paulo: Duas Cidades/ Editora 34, 2000.

SEARLE, John R. *Expression and Meaning. Studies in the Theory of Speech Acts.* Cambridge: Cambridge University Press, 1979.

SEIFERT, Walter. *Das epische Werk Rainer Maria Rilkes.* Bonn: Bouvier, 1969.

SEIGLE, Cecilia Segawa. *Yoshiwara, The Glittering World of the Japanese Courtesan.* Honolulu: University of Hawaii Press, 1993.

SERIANNI, Luca. *Prefazione* a G. Antonelli, *Alle radici della letteratura di consumo. La lingua dei romanzi di Pietro Chiari e Antonio Piazza*, Milão, 1966.

______. *Le varianti fonomorfologiche dei* Promessi Sposi *(1840) nel quadro dell'italiano ottocentesco,*, in Id., *Saggi di storia linguistica italiana*, Nápoles, 1989.

SHEPHERD, Stephen H. A. (org.). *Middle English Romances.* Nova York: Norton, 1995.

SIGHELE, Scipio. *Letteratura tragica.* Milão: Treves, 1906.

SMITH, Samuel. *Pernicious Literature Debate in the House of Commons. Trial and Conviction for Sale of Zola's Novels. With Opinions of the Press.* Londres: The National Vigilance Association, 1889.

SOKOLOV, Boris. *Enciklopedija Bulgakovskaja.* Moscou: Lokid-Mif, 1966.

SOMÉ, Malidoma. *Dell'Acqua e dello Spirito: rituali, magia e iniziazione nella vita di uno sciamano africano.* Vicenza: Il Punto d'Incontro, 1999.

SOMMER, Doris. *Foundational Fictions: The National Romances of Latin America.* Berkeley: University of California Press, 1991.

SOMMERVILLE, Charles John. *The News Revolution in England: Cultural Dynamics of Daily Information.* Oxford: Oxford University Press, 1996.

SORDI, Marta (org.). *Alessandro Magno. Tra storia e mito*, Milão: Edizioni Universitarie Jaca Book, 1984.

SORRENTINO, Andrea. *La letteratura italiana e il Sant'Uffizio.* Nápoles: Francesco Perrella, 1935.

SORRENTO, Luigi. *Stampe popolari e libri figurati del Rinascimento lombardo.* Milão: Edizione de L'Arte, 1942.

SPAGNOLETTI, Giacinto. *Letteratura e utopia. Alle origini della fantascienza.* Roma: Empiria, 1998.

STEPHAN, Beatriz González. *La historiografía literaria del liberalismo hispanoamericano del siglo* XIX. La Habana: Casa de las Américas, 1987.

STEPHENS, Antony R. *Rilkes Malte Laurids Brigge. Strukturanalyse des erzählerischen Bewusstseins.* Berna/Frankfurt am Main: Herbert Lang, 1974.

STEVENS, Joan (org.). *Mary Taylor. Friend of Charlotte Brontë. Letters from New Zealand and Elsewhere*. Oxford: Oxford University Press, 1972.

SUZUKI, Tomi. *Narrating the Self, Fictions of Japanese Modernity*. Stanford: Stanford University Press, 1997.

SWEEZY, Paul M. *La transizione dal feudalesimo al capitalismo*. Roma: Savelli, 1983.

Tsubouchi Shoyo, *Shosetsu shinzui* [A essência do romance]. Tóquio: Nihon Kindai Bungakkan, 1999.

TATUM, James (org.). *The Search for the Ancient Novel*. Baltimore: The Johns Hopkins University Press, 1994.

TAYLOR, John Tinnon. *Early Opposition to the English Novel: The Popular Reaction from 1760 to 1830*. Nova York: King's Crown, 1943.

TEDLOCK, Dennis. *The Spoken Word and the Work of Interpretation*. Filadélfia: University of Pennsylvania Press, 1983.

TEIGE, Karel. *Surrealismo. Realismo socialista. Irrealismo*. Turim: Einaudi, 1982.

TODOROV, Tzevtan. *Introdução à literatura fantástica*, trad. Maria Clara Correa Castello. 2.ª ed. São Paulo: Perspectiva, 1992.

TERRACINI, Benvenuto. *Analisi stilistica*. Milão: Feltrinelli, 1966.

THIBAUDET, Albert. *Gustave Flaubert*. Paris: Gallimard, 1935.

______. *Réflexions sur le roman*. Paris: 1938.

TROILO, Erminio. *Il misticismo moderno*. Turim: Bocca, 1899.

TROLLOPE, Frances. *Domestic Manners of the Americans*. Nova York: Alfred A. Knopf, 1949.

TYNDALL, John. *Lectures on Light: Delivered in the United States in 1872-73*. Nova York: D. Appleton, 1873.

TZMEGATCH, V. *Der europäisch Roman. Geschichte seiner Poetik*. Tübingen: 1990.

VARESE, Claudio (org.). *Prosatori volgari del Quattrocento*. Milão/Nápoles: Ricciardi, 1955.

VENZAC, Géraud. *Au pays du Madame Bovary*. Paris/Genebra: 1957.

VERONESE, Angela. *Notizie de sua vita scritte da lei medesima*. Florença: Le Monnier, 1973.

VICENTINI, Apolo. *Su le diverse cause dell'odierna frequenza del suicidio*. Treviso: Tip. L. Zoppelli, 1889.

VILLALMANZO, Jesus.; CHINER, Jaime J. *La pluma y la espada. Estudio documental sobre Joanot Martorell y su familia*. València: Ajuntament de València, 1992.

VITALE, Maurizio. *La lingua di Alessandro Manzoni*, Milão, 1992.

WARBURG, Aby. *Aeronave e sommergibile nell' immaginazione medievale*, in ., *La rinascita del paganesimo antico* (1913), Florença: La Nuova Italia, 1966.

WASSERMAN, Renata R. Mautner. *Exotic Nations: "Literature and Cultural Identity" in The United States and Brazil, 1830-1930*. Ithaca: Cornell University Press, 1994.

WATT, Ian. *A ascensão do romance. Estudos sobre Defoe, Richardson e Fielding*, trad. Hildegard Feist. São Paulo: Companhia das Letras, 1990.

______. *Jane Austen: A Collection of Critical Essays*. Englewood Cliffs (NJ): Prentice-Hall, 1965.

WATZLAWICK, Paul (org.). *La realtà inventata*, Milão: Feltrinelli, 1981.

WEBER, Max. "La scienza come professione", in *Il lavoro intellettuale come professione*. Turim: Einaudi, 1948.

______. Economia e società. Turim: Einaudi, 1999, v. IV [ed. bras.: Economia e sociedade, trad. Régis Barbosa e Karen Elsabe Barbosa. Brasília: Editora UNB, 1991].

______. L'etica protestante e lo spirito del capitalismo. Florença: Sansoni, 1972 [ed. bras.: A ética protestante e o espírito do capitalismo, trad. José Marcos Mariani Macedo. São Paulo: Companhia das Letras, 2004].

WEIL, François. *L'Interdiction du roman et la librairie: 1728-1750.* Paris: Aux amateurs de livres, 1986.

WELLERSHOF, Dieter. *Der Roman und die Erfahrbarkeit der Welt,* Colônia, Kiepenheuer & Witsch, 1988.

WILKIE JR., Everett C. *Mercier's "L'an 2440": Its Publishing History during the Author's Lifetime.* Harvard: Harvard University Library, 1986.

WING, Nathaniel. *The Limits of Narrative. Essays on Baudelaire, Flaubert, Rimbaud and Mallarmé,* Cambridge: Cambridge University Press, 1986.

WITTKOVER, Rudolf. *Allegoria e migrazione dei simboli,* Turim: Einaudi, 1987.

WOLLSTERSTORFF, Nicolas. *Works and Worlds of Art.* Oxford: Clarendon, 1980.

YATES, Frances A. *L'arte della memoria.* Turim: Einaudi, 1993.

ZACCARIA, Francescantonio. *Storia polemica delle proibizioni de' libri.* Roma: 1777.

ZARRI, Gabriella. *Donna, disciplina, creanza cristiana dal XV al XVII secolo. Studi e testi a stampa.* Roma: Edizioni di Storia e Letteratura, 1996.

______. *Finzione e santità tra medioevo ed età moderna.* Turim: Rosenberg & Sellier, 1991.

______. *Per lettera. La scrittura epistolare femminile tra archivio e tipografia.* Roma: Viella, 1999.

ZATTI, Sergio. *L'uniforme cristiano e il multiforme cristiano. Saggio sulla "Gerusalemme Liberata".* Milão: Il Saggiatore, 1983.

ZERUBAVEL, Eviatar. *Ritmi nascosti. Orari e calendari nella vita sociale.* Bolonha: Il Mulino, 1985.

ZÉVAÈS, Alexandre. *Les procès littéraires au XIXe siècle,* Paris, Perrin, 1924.

ZOLA, Émile. *O romance experimental,* trad. Italo Caroni e Célia Berretini. São Paulo: Perspectiva, 1982.

## Capítulos em livros coletivos

ABRUZZESE, Alberto. "La fabbrica panoptica. Il cinema nel vuoto tra scrittura e lettura", in Lucilla Albano (org.), *Modelli non letterari nel cinema.* Roma: Bulzoni, 1999.

ALBERDI, Juan Bautista. "Las bases y puntos de partida para la organización política del la República Argentina" (1852), in Tulio Halperín Donghi, *Proyecto y construcción de uma nación (Argentina, 1846-1880).* Caracas: Ayacucho, 1980.

ALTAMIRANO, Ignacio Manuel "La literatura nacional" (1868), in José Luis Martínez (org.), *La literatura nacional.* México: Porrua, 1949.

ANTONELLI, Giuseppe. *Sintassi e stile della narrativa italiana dagli anni Sessanta a oggi,* in Nincj Borsellino e Walter Pedullà (orgs.), *Storia generale della Letteratura italiana,* XII. *Il Novecento. Sperimentalismo e tradizione del nuovo,* Milão, 1999.

BALIBAR, Etienne. "Subjection and Subjectivation", in Joan Copjec (org.), *Supposing the Subject*. Londres: Verso, 1994.

BAUMGARTNER, Emmanuèlle. *La fortuna di Alessandro nei testi francesi medievali del secolo* XII *e l'esotismo nel "Roman d'Alexandre"*, in Roberto Benedetti (org.), *Le Roman d'Alexandre. Riproduzione del ms.* Veneza: Biblioteca Museo Correr 1493, Tricesino, 1998.

BLACK, F. A.; MAC DONALD, B. H.; BLACK, J. M. W. "Geographic Information Systems: A New Research Method for Book History", in *Book History* I, 1998.

BLUMENBERG, Hans. "Wirklichkeitsbegriff und Möglichkeit des Romans", in Hans Robert Jauss (org.), *Nachahmung und Illusion*. Munique: Eidos, 1964.

BÖDEKER, Hans Erich. "D'une *histoire littéraire du lecteur* à l'*histoire du lecteur*", in Roger Chartier (org.), *Histoires de la lecture. Un bilan des recherches*. Paris: IMEC, 1995.

BOGAARDS, W. M. "Sir Walter Scott's Influence on Nineteenth Century Canadian Historians and Historical Novelists", in J. H. Alexander e David Hewitt, *Scott and His Influence*. Aberdeen: Association for Scottish Literary Studies, 1983.

CHERNIAVSKY, Eva. "Charlotte Temple's Remains", in Christophe K. Lohmann (org.), *Discovering Difference. Contemporary Essays in American Culture*. Bloomington/Indianapolis, 1993.

CLARKE, H. B. D. "The Development of Edo Language", in C. Andrews Gerstler (org.), *19$^{th}$ Century Japan*. Sidney: 1989.

DESTRO, Alberto. "Rainer Maria Rilke – I quaderni di Malte Laurids Brigge", in G. Baione, Giuseppe Bevilacqua, Cesare Cases e Claudio Magris (org.), *Il romanzo tedesco del Novecento. Dai "Buddenbrooks" alle nuove forme sperimentali*. Turim: Einaudi, 1973.

DONATO, Maria Monica. "Gli eroi romani tra storia ed "exemplum". I primi cicli umanistici di Uomini Famosi", in Salvatore Settis (org.), *Memoria dell'antico nell'arte italiana*. Turim: Einaudi, 1985, v. II.

FICHTE, Johann. "Caxton's Concept of *Historical Romance* within the Context of the Crusades: Conviction, Rhetoric and Sales Strategy", in R. Rield (org.), *Tradition and Transformation in Medieval Romance*. Cambridge: D. S. Brewer, 1999.

FIELD, Rosalind. "Romance in England: 1066-1400", in David Wallace (org.), *The Cambridge History of Medieval English Literature*. Cambridge: Cambridge University Press, 1999.

FINEMAN, Joel. "The Structure of Allegorical Desire", in Stephen J. Greenblatt (org.), *Allegory and Representation*. Baltimore: The Johns Hopkins University Press, 1981.

FÜLLEBORN, Ulrich. "Form und Sinn der Aufzeichnungen des Malte Laurids Brigge. Rilkes Prosabuch und der moderne Roman", in K. Lazarowicz e W. Kron (org.), *Unterscheidung und Bewahrung. Festschrift für Hermann Kunisch zum 60 Geburtstag*. Berlim: Walter de Gruyter, 1961.

GANIM, John M. "The Myth of Medieval Romance", in R. Howard Bloch e Stephen G. Nichols (orgs.), *Medievalism and the Modernist Temper*. Baltimore: The Johns Hopkins University Press, 1996.

GATTEN, Aileen. "Three Problems in the Text of *Ukifune*", in Andrew Pekarik (org.), *Ukifune: Love in the Tale of Genji*. Nova York: Columbia University Press, 1982.

GILL, Katherine. "Women and the Production on Religious Literature in the Vernacular, 1300-1500", in E. Ann Matter e John Coakley (org.), *Creative Women in Medieval and Early Modern Italy. A Religious and Artistic Renaissance*. Filadélfia: University of Pennsylvania Press, 1994.

GRANDE, Maurizio. "L'operatore tempo nella narrazione filmica", in Lucilla Albano (org.), *Il racconto tra letteratura e cinema. Roma: Bulzoni, 1997.*

GRENDLER, Paul F. "Introduction historique" a Jesus Maria de Bujanda, Ugo Rozzo, P. Bietneholz e Paul F. Grendler (orgs.), *Index de Rome 1590, 1593, 1596. Les premiers index romains et l'index du Concile de Trente*, v. IX da série *Index des livres interdits.* Genebra: Sherbrooke-Genebra, 1994.

GUTHMÜLLER, Bodo. "Ein Beispiel von Bildzensur im italienischen Buchdruck der Renaissance (der "Ovidio Methamorphoseos vulgare", Venedig 1497)", in Jozsef Jankovics e S. Katalin Németh (orgs.), *Freiheitsstufen der Literaturverbreitung. Zensurfragen, verbotene und verfolgte Bücher.* Wiesbaden: Harrassowitz, 1998.

HUYSSEN, Andreas. "Mass Culture as Woman: Modernism's Other", in vários autores, *After the great Divide.* Bloomington: 1986.

JÄGGER, Georg. "Die Wertherwirkung. Ein Rezeptionsästhetischer Modelfall", in Walter Müller-Seidel (org.), *Historizität in Sprach und Literaturwissenschaft.* Munique: Fink, 1974.

LONGO, Nicola. "La letteratura proibita", in *Letteratura italiana*, A. Asor Rosa (org.), *Le Questioni.* Turim: Einaudi, 1986.

LÜNING, Franke. "Einflüsse auf Rilkes Malte Laurids Brigge von Haseldorf und dänischen Buchveröffentlichungen", in Ernst Schlee (org.), *Kunst in Schleswig-Holstein 1959.* Flensburg: Christian Wolff, 1959.

MAILLOUX, Steven. "Misreading as a Historical Act: Cultural Rhetoric, Bible Politics, and Fuller's 1845 Review of Douglass's Narrative", in James L. Machor (org.), *Readers in History. Nineteenth-Century American Literature and the Context of Response.* Baltimore/Londres: The Johns Hopkins University Press, 1993.

MAN, Paul de. "Pascal's Allegory of Persuasion", in Stephen J. Greenblatt (org.), *Allegory and Representation.* Baltimore: Johns Hopkins University Press, 1981.

MENGALDO, Pier Vincenzo. "Colori linguistici nelle Confessioni del Nievo", in Guiseppe Zaccaria, *Lingua e stile nell'Ottocento italiano. Due saggi*, Novara, 1999.

MILLÁN, José Martinez."Aportaciones a la formación del estado moderno y a la politica española a través de la censura inquisitorial durante el periodo 1480-1559", in Joaquin Perez Villanueva (org.), *La Inquisición española. Nueva visión nuevos horizontes.* Madri: Siglo XXI, 1980.

MIYAKE, Lyiìne. K. "The Tosa Diary: In the Interstices of gender and Criticism", in Paul G. Schalow e Janet A. Walker (orgs.), *The Woman's Hand.* Stanford: Stanford University Press, 1996.

NEUHAUS, Volker. "Illusion and Narrative Technique: The Ninetheenth-Century Historical Novel Between Truth and Fiction", in Frederick Burwick e Walter Pape (orgs.), *Aesthetic Illusion*, Berlim/Nova York: Walter de Gruyter, 1990.

ÖTVÖS, Peter. "Büchervisitation in einem katholischen Lande. Das Beispiel Tirol", in Jankovics e Katalin Németh (orgs.), *Freiheitsstufen der Literaturverbreitung*, Wiesbaden: Harrassowitz, 1998.

PATTERSON, Lee. "The Romance of History and the Alliterative *Morte Arthure*", in *Negotiating the Past: The Historical Understanding of Medieval Literature.* Madison: University of Winsconsin Press, 1987.

PEARSALL, Derek. "The Development of Middle English Romance", in D. Brewer (org.), *Studies in Medieval English Romances: Some New Approaches.* Cambridge: Brewer, 1988.

PORTER, Roy. "The Body and the Mind, the Doctor and the Patient. Negotiating Hysteria", in Sander L. Gilman, Helen King, Roy Porter, Georges S. Rousseau e Elaine Showalter, *Hysteria Beyond Freud*. Berkeley: University of California Press, 1993.

RORTY, Richard. "Is There a Problem about Fictional Discourse?" in Dieter Henrich e Wolfgang Iser (orgs.), *Funktionen des Fiktiven*. Munique: Fink, 1983.

ROSENBERG, Charles. "Arte e politica alle corti di Leonello e Borso d'Este", in Alessandra Mottola Molfino e M. Natale (orgs.), *Le Muse e il Principe. Arte di corte nel Rinascimento padano*, Catálogo da exposição, Modena: Panini, 1991.

RUCH, Barbara. "Medieval Jongleurs and the Making of a National Literature", in John W. Hall e Takeshi Toyoda (orgs.), *Japan in the Muromachi Age*. Berkeley/Los Angeles/Londres: University of California Press, 1977.

RUSINOWA, Izabella. "Indians in the Reports of Polish Travelers of the Second Half on the 19th Century", in Christian H. Feest (org.), *Indians and Europe. An Interdisciplinary Collection of Essays*. Lincoln/Londres: University of Nebraska Press, 1999.

SABATINI, Francesco. *Questioni di língua e non di stile. Considerazioni a distanza sulla morfosintassi nei "Promessi Sposi"*, in vários autores, *Manzoni. L'eterno lavoro*, Milão, 1987.

SCHICHTMAN, M. B.; FINKE, Laurie A. "Profiting from the Past: History as Symbolic Capital in the *Historia Regum Britanniae*", in James P. Carley e Felicity Riddy (orgs.), *Arthurian Literature XII*. Cambridge: D. S. Brewer, 1993.

SCHMIDT, Siegfried. "Beyond Reality and Fiction?", in Calin Andrei Mihailescu e Walid Hamarneh (org.), *Fiction Updated. Theories of Fictionality, Narratology and Poetics*. Toronto: University of Toronto Press, 1996.

SPIVAK, Gayatri Chakravorty "Three Women's Texts and a Critique of Imperialism", in Henry Louis Gates Jr. (org.), *"Race", Writing and Difference*. Chicago: University of Chicago Press, 1985.

SÜHNEL, Rudolf. "Tränen im empfindsamen Roman Englands: *Handkerchiefly feeling* bei Richardson, Sterne, Mackenzie", in vários autores, *Das weinende Saeculum*, Heidelberg: Winter, 1983.

TASSO, Torquato. "Apologia", in Ettore Mazzoli (org.), *Scritti sull'arte poética*. Turim: Einaudi, 1977, v. I.

TOMASI, Massimiliano. "Quest for a New Written Language, Western Rhetoric and the genbun Itchi Movement", in *Monumenta Nipponica*, LIV (1999), n. 3.

VIDLER, Anthony. "Mercier urbaniste: l'utopie du réel", in Jean-Claude Bonnet (org.), *Louis Sébastien Mercier (1740-1814): un hérétique en littérature*. Paris: Mercure de France, 1995.

## Artigos em periódicos e anais

AUERBACH, Erich. *Figura*, in *Archivum Romanicum*, XXII, 1939 [ed. bras.: *Figura*, trad. Duda Machado. São Paulo: Ática, 1997].

BARNICOAT, C. "The Reading of the Colonial Girl", in *Nineteenth Century*, n. 60, 1906.

BAXANDALL, Michael. "A Dialogue on Art from the Court of Leonello d'Este. Angelo Decembrio's *Politia Litteraria* pars LXVIII", in *Journal of the Warburg and Courtland Institutes*, XXVI, 1963.

BELLET, Roger. "Jules Vallès et les victimes du livre: questions vallèsiennes", in *Lectures*, XVII, n. 2, 1985.

BRUNI, Francesco. "Sondaggi su língua e tecnica narrativa del verismo meridionale", in *Filologia e critica*, VII, 1982.

BUJANDA, Jesus Maria de. "L'exercice de la censure de l'Inquisition portugaise au XVIe siècle", in *Le Contrôle des idées à la Renaissance.* Genebra: Actes du Colloque de la FISIER. Montréal, 1996.

BUOMMINO, Nevia. "Lo specchio nel teatro di Giovan Battista Andreini", in *Atti della Accademia Nazionale dei Lincei*, Classe de ciências morais, históricas e filológicas, Memórias, s. IX, v. XII, fasc. I. Roma, 1999.

CENTANNI, Monica. *Da Alessandro ai confini del mondo: Alessandro o dell'inveramento della meraviglia*, in *Strumenti Critici*, n.s., III, fasc. 2, 1988.

CLIFFORD, James. "Notes on Travel and Theory", in *Inscriptions*, V, 1989.

COCI, Laura. *Ferrante a Venezia: nuovi documenti d'archivio (II)*, in *Studi secenteschi*, XXVIII, 1987.

COPELAND, Rita. "Between Romans and Romantics", in *Texas Studies in Literature and Language*, 1991, n. 33.

DARDANO, Maurizio. *Aspetti della tecnica narrativa nel Mastro don Gesualdo*, in "Nuovi annali della Facoltà di Magistero dell'Università di Messina", VII, 1989.

DIAZ, José-Luiz. "Un siècle sous influence", in *Romantisme. Revue du dix-neuvième siècle*, n. 98, 1997.

DOLOZEL, Lobomir. "Mimesis and Possible Worlds", in *Poetics Today*, IX, n. 3, 1988.

DONATI, Lamberto. "Il mito di Francesco Colonna", in *La bibliofilia*, VI, 1962.

DUBOSC, Georges. "La Véritable Madame Bovary", in *Journal de Rouen*, 22 nov. 1890.

FELSKI, Rita. "Nothing to Declare: Identity, Shame and the Lower Middle Class", in PMLA, CXV (2000), n. IFRADENBURG, L. O. Aranye. "The Wife of Bath's Passing Fancy", in *Studies in the Age of Chaucer*, 1986, n. 8.

FRAGNITO, Gigliola. "Girolamo Savonarola e la censura ecclesiastica", in *Rivista di storia e letteratura religiosa*, XXXV (1999).

FROW, John. *Spectacle Binding: On Character*, VII, 1986, n. 2.

GAUDIER, J.-P; HEIRWEGH, J.-J. "Jean-Paul Marana, *L'Espion du Grand-Seigneur* et l'histoire des idées", in *Études sur le XVIII[e.]* siècle, 1981, n. 8.

GIMFERRER, Pere. "Lectura del *Tirant lo Blanc*", in *Actes del Symposion Tirant lo Blanc.* Barcelona: 1993 (1990).

GOODY, J. "Tradizione orale e ricostruzione del passato nel Ghana del Nord", in *Quaderni Storici*, 1977, n. 35.

GUISE, René. "*Les mystères de Paris*, histoire d'un texte: légende et vérité", in *Bulletin des Amis du Roman Populaire*, XII, n. 17, 1902.

HUNTER, Ian. "Reading Character", *Southern Review*, n. 13, jul. 1983.

INGLEDEW, Francis. "The Book of Troy and the Genealogical Construction of History: The Case of Geoffrey of Monmouth's *Historia Regum Britanniae*", in *Speculum*, n. 69, 1994.

JOST, François. "Littérature et suicide. De *Werther* à *Madame Bovary*", in *Revue de Littérature Comparée*, XLII, n. 1, 1968.

KERN, Peter Christoph. "Wie baut sich im Leser eine fiktive Wirklichkeit auf? Sieben Thesen und eine Anwendung zur ästhetischen Rezeption", in *Literatur in Wissenschaft und Unterricht*, n. 18, 1985.

KRIEGER, Murray. "The ambiguities of representation and illusion: an Ernst H. Gombrich, retrospective", in *Critical Inquiry*, n. 11, 1984.

LEVY, Anita. "Blood, Kinship, and Gender", in *Gender*, n. 5, 1989.

LUZIO, Alessandro; RENIER, Rodolfo. "La coltura e le relazioni letterarie di Isabella d'Este Gonzaga", in *Giornale Storico della Letteratura Italiana*, XXXIII, 1899.

MARTÍNEZ-BONATI, Felix. "The Act of Writing Fiction", *New Literary History*, n. 11, 1980.

MASTRANGELO, Matilde. "Japanese Storytelling: a View on the Art of *Kodan*. The Performances and the Experience of a Woman Storyteller", in *Rivista degli Studi Orientali*, LXIX, fasc. 1-2, 1995.

MCBURNEY, William Harlin. "The Authorship of *The Turkish Spy*", in PMLA, LXXII, 1957.

MORETTI, Franco. "Allegory and Dialetics: A Match Made in Romance", in *Boundary 2*, XVIII, n. 1, 1991.

NICOLE, Eugène. "L'Onomastique littéraire", in *Poétique*, n. 54, 1983.

NIERO, Antonio. "Decreti pretridentini di due patriarchi di Venezia", in *Rivista di storia della Chiesa in Italia*, XIV, 1960.

PANOFSKY, Erwin. "Erasmus and the Visual Arts", in *Journal of the Warburg and Courtauld Institutes*, XXXIII, 1969.

PROSPERI, Adriano. "L'Inquisizione fiorentina al tempo di Galileo", in *Novità celesti e crisi del sapere*, atas do encontro internacional de estudos galileanos, org. Paolo Galluzzi, suplemento dos *Annali dell'Istituto e Museo di storia della scienza*. Florença: Salimbeni, 1983.

PUGA, Maria Luisa Cerrón. "Materiales para la construcciòn del canon petrarquista: las antologías de *Rime* (libri I-IX)", in *Critica del texto*, II , n. 1, 1999.

ROCHER, Georges. "Les Origines de *Madame Bovary*", *Revue de France*, dez. 1896.

ROLOFF, Volker. "Zur Thematik der Lektüre bei G. Flaubert", *Germanisch-Romanisch Monatsschrift*, n. 56, 1975.

RONEN, Ruth. "Completing the Incompleteness of Fictional Entities", *Poetics Today*, IX, n. 3, 1988.

RYLE, Gilbert. "Immaginary Objects", in *Aristotelian Society*, Supplementary Volume XII.

SCHELLER, Robert W. "Uomini famosi", in *Bulletin van het Rijks-musuem*, X , 1962.

SCHWARZ, Roberto. "Misplaced Ideas: Literature and Society in Late Nineteenth-Century Brazil", in *Comparative Civilizations Review*, n. 5,1979.

SOMMER, Doris. "El mal de *María*: (con)fusión en un romance nacional", in *Modern Language Notes*, CIV, n. 2, mar. 1989.

SPIQUEL, Agnès. "Mesmer et l'influence", in *Romantisme. Revue du dix-neuvième siècle*, n. 98, 1997.

STROHM, Paul. "The Origin and Meaning of Middle English Romance", in *Genre*, n. 10, 1977

TWYNE, Nanette. "The Adoption of Punctuation in Japanese Script", in *Visible Language*, XVIII, n. 3, 1984

________. "The Genbunitchi Movement, Its Origin, Development, and Conclusion", in *Monumenta Nipponica*, XXXIII, n. 3, 1978.

WAGNER, Klaus ; CARRERA, Manuel. *Catalogo dei libri a stampa in lingua italiana della Biblioteca Colombina di Siviglia*. Modena: Panini, n. 596, 1991.

## Índice de obras

Ao título de cada obra, seguem, entre parênteses, o nome do autor e a data de publicação. Muitos títulos de obras não traduzidas para o português o foram literalmente, para uso meramente instrumental. Nesses casos, ao título traduzido de cada obra segue também, entre parênteses, o título original.

# Índice onomástico

## Sobre os autores

ALBERTO ABRUZZESE é professor de Sociologia dos Processos Culturais e Comunicativos na Libera Università di Lingua e Comunicazione (IULM), em Milão. Lecionou Sociologia das Comunicações de Massa na Universidade La Sapienza, em Roma. Desenvolveu pesquisas sobre mídias de massa para o Ministério dos Bens Culturais. Publicou, entre outros, *L'Intelligenza del mondo, fondamenti di storia e teoria dell'immaginario* (Roma: Meltemi, 2001) e *Sociologie della comunicazione*, con Paolo Mancini (Roma/Bari: Laterza, 2007). No Brasil, *O esplendor da TV* (São Paulo: Nobel, 2006).

APRIL ALLISTON é professora de Literatura Comparada na Universidade de Princeton. Publicou *Virtue's Faults: Correspondences in Eighteenth-century British and French Women's Fiction* (Stanford: Stanford University Press, 1996) e organizou a edição do romance *The Recess: a Tale of Other Times* (Lexington: University Press of Kentucky, 2000), da escritora inglesa setecentista Sophia Lee.

NANCY ARMSTRONG é professora de Literatura Comparada e Estudos Femininos na Universidade Brown, em Providence – Rhode Island, desde 1992. Atuou como professora-visitante em diversas instituições americanas. É autora de *Desire and Domestic Fiction: a*

*Political History of the Novel* (Nova York: Oxford University Press, 1990) e *How Novels Think: The Limits of Individualism from 1719-1900* (Nova York: Columbia University Press, 2005), em que propõe a identidade entre a história do romance e a história do sujeito moderno.

ANN BANFIELD é professora no Programa de Estudos Franceses da Universidade da Califórnia, onde desenvolve pesquisa sobre o romance de formação francês do século XIX. Publicou ensaios sobre Virginia Woolf e Samuel Beckett, além dos livros *Narration and Representation in the Language of Fiction* (Boston: Routledge & Kegan Paul, 1982) e *The Phantom Table: Woolf, Fry, Russell, and the Epistemology of Modernism* (Nova York: Cambridge University Press, 2000).

MARIOLINA BERTINI é professora de Literatura Francesa na Universidade de Parma. Escreveu duas introduções à narrativa de Marcel Proust (*Guida a Proust* e *Introduzione a Proust*), a coletânea de ensaios *Proust e la teoria del romanzo* (Turim: Bollati Boringhieri, 1996), além de ter organizado diversas edições de traduções do romancista francês. Organizou *Poetica del romanzo* (Florença: Sansoni, 2000), edição dos escritos teóricos de Balzac, e é curadora das obras escolhidas do mesmo autor publicadas na coleção I Meridiani Mondadori.

RACHEL BOWLBY é professora de Literatura Inglesa na Universidade de Sussex. Pesquisadora das áreas de Psicanálise, Realismo e Literatura Comparada, suas publicações mais recentes incluem *Feminist Destinations and Further Essays on Virginia Woolf* (Edinburgh: Edinburgh University Press, 1997), *Carried Away: The Invention of Modern Shopping* (Londres: Faber and Faber, 2000) e *Freudian Mythologies: Greek Tragedy and Modern Identities* (Oxford: Oxford University Press, 2007).

CHRISTA BÜRGER foi, entre 1973 e 1998, professora do Departamento de Língua e Literatura Alemã da Universidade de Frankfurt. Desde 1980 sua pesquisa está voltada para o estabelecimento de uma perspectiva feminina no campo dos estudos comparados de literatura. Organiza a série de publicações acadêmicas intitulada Frankfurter Feministische Texte – Literatur und Philosophie (Königstein im Taunus: Ulrike Helmer), iniciada em 1998. Dentre os seus livros, contam-se *Das Denken des Lebens* (Frankfurt: Suhrkamp, 2001), *Mein Weg durch die Literaturwissenschaft 1968-1998* (Suhrkamp, 2003) e *Goethes Eros* (Frankfurt: Insel, 2008).

MONICA CENTANNI ensina Arqueologia na Universidade IUAV de Veneza. Especialista em literatura grega e tragédia clássica, traduziu o *Romance de Alexandre* (Turim, Einaudi:

1990) e as tragédias de Ésquilo (*Le tragedie*, Milão, Mondadori, 2003). Autora dos livros *Metro, ritmo e parola nella tragedia greca. Le scene in tetrametri trocaici* (Lecce: Argo, 1996), *Atene assoluta. Crizia dalla tragedia alla storia* (Pádua: Esedra, 1997) e *Nemica a Ulisse* (Turim: Bollati Boringhieri, 2007). É coordenadora do periódico on-line *Engramma*.

VITTORIO COLETTI é professor da Faculdade de Letras e Filosofia da Università deggli Studi di Genova. Crítico e historiador da literatura, além de lexicógrafo, publicou, entre outros, *Da Monteverdi a Puccini. Introduzione all'opera italiana* (Turim: Einaudi, 2003), *Dietro la parola. Miti e ossessioni del Novecento* (Alessandria: Edizioni dell'Orso, 2000), *Storia dell'italiano letterario. Dalle origini al Novecento* (Turim: Einaudi, 2000), *Prove di un io minore. Lettura di Sbarbaro. Pianissimo (1914)* (Roma: Bulzoni, 1997) e *Italiano d'autore. Saggi di lingua e letteratura del Novecento* (Gênova: Marietti, 1989).

GIUSEPPE DIERNA, especialista em literatura tcheca, autor de ensaios sobre o modernismo e o barroco, é um importante tradutor de prosadores tchecos na Itália, responsável pela tradução de autores como Milan Kundera (*L'insostenibile leggerezza dell'essere*. Milão: Adelphi, 1989), Jiri Weil (*Una vita con la stella*. Milão: Rizzoli, 1982) e Bohumil Hrabal (*Ho servito il re d'Inghilterra*. Roma: E/o, 1986; *La tonsura*. Roma: E/o, 1987).

MARGARETH DOODY é especialista no período da Restauração e em narrativa inglesa do século XVIII, publicou ensaios sobre Richardson, Burney, Swift e Jane Austen e é colaboradora do *London Review of Books* e do *Times Literary Supplement*. Professora de literatura na Universidade de Notre Dame (Indiana), é autora de uma série de romances policiais que tem Aristóteles como protagonista e que foi traduzida para várias línguas. Preparou edições do romance *Evelina* (Harmondsworth: Penguin, 1994), de Frances Burney, e dos escritos juvenis de Jane Austen (*Catherine and other Writings*. Oxford: Oxford University Press, 1998). É ainda autora, entre outros, de *The Daring Muse: Augustan Poetry Reconsidered* (Cambridge: Cambridge University Press, 1985), *Frances Burney: The Life in the Work* (New Rutgers University Press, 1988) e *The True Story of the Novel* (New Brunswick, NJ: Rutgers University Press, 1996).

ANTONIO FAETI criou na Itália o primeiro Departamento de Literatura para a Infância, na Univesidade de Bolonha, onde lecionou até o ano 2000, quando se transferiu para a Academia de Belas Artes de Bolonha, onde leciona Gramática da Imaginação. Dentre seus livros recordem-se *Dacci questo veleno!* (Milão: Emme, 1980), sobre quadrinhos juvenis, *I diamanti in cantina. Come leggere la letteratura per ragazzi* (Milão: Bompiani,

1995), sobre novos autores de literatura para jovens, de Roald Dahl a Bianca Pitzorno, e *La casa sull'albero* (Tirum: Einaudi, 1998), sobre a narrativa de Stephen King. É o mais conhecido especialista em literatura para jovens na Itália e autor de romances juvenis e para adultos.

FRANCESCO FIORENTINO é, desde 2001, professor de Literatura Alemã no Departamento de Línguas e Literaturas Estrangeiras na Università degli Studi – Roma 3. De 1995 a 1997 atuou como pesquisador de literatura alemã no Instituto Universitário de Línguas Modernas de Milão. Em 2007 lecionou como professor-convidado na Universidade de Frankfurt. Estuda principalmente o teatro alemão do século XIX e a literatura suíça de expressão alemã e é autor de ensaios sobre Heiner Müller, Ernst Jünger, Brecht, Heinrich von Kleist, entre outros. Publicou, entre outros, *La sentinella perduta. Ernst Jünger e la Grande Guerra* (Florença: La Roccia di Erec, 1993) e *Il ridicolo nel teatro di Molière* (Turim: Einaudi, 1997). Organizou, com Giovanni Sampaolo, o *Atlante della letteratura tedesca* (Macerata: Quodlibet, 2009).

KATE FLINT ensina literatura na Universidade Rutgers, Nova Jersey. Organizou o volume dedicado ao período vitoriano da série New Cambridge History of English Literature e *Victorian Love Stories* (Oxford: Oxford University Press, 1996), além de textos de autores como Dickens, D. H. Lawrence, Virginia Woolf e Anthony Trollope para as séries Penguin Classics e Oxford University Press World's Classics. É autora de *The Victorians and the Visual Imagination* (Cambridge: Cambridge University Press, 2000) e seu livro mais recente é *The Transatlantic Indian 1776-1930* (Princeton: Princeton University Press, 2008).

L. O. ARANYE FRADENBURG é professora de Literatura Comparada e Estudos Femininos no Departamento de Língua Inglesa da Universidade da Califórnia, e dedica-se particularmente ao estudo das literaturas inglesa e escocesa do período medieval. Autora de *City, Marriage, Tournament: Arts of Rule in Late Medieval Scotland* (Madison: University of Wisconsin Press, 1991) e *Sacrifice Your Love: Psychoanalysis, Historicism, Chaucer* (Minneapolis: University of Minnesota Press, 2002). É organizadora de *Women and Sovereignty* (Edinburg: University of Edinburgh Press, 1992) e, com Carla Freccero, de *Premodern Sexualities* (Nova York: Routledge, 1996).

CATHERINE GALLAGHER é historiadora e crítica literária. Leciona no Departamento de Língua Inglesa da Universidade da Califórnia desde 1980. Suas pesquisas concentram-se em história do romance inglês dos séculos XVIII e XIX. Em 2002 foi eleita para a Academia

Americana de Artes e Ciências. Autora de, entre outros, *Nobody's Story. The Vanishing Acts of Women Writers in the Marketplace, 1670-1820* (Berkeley: University of California Press, 1994), *Practicing New Historicism*, com Stephen Greenblatt (Chicago: University of Chicago Press, 2000) e *The Body Economic. Life, Death, and Sensation in Political Economy and the Victorian Novel* (Princeton: Princeton University Press, 2006).

ROBERTO GILODI ensina História da Crítica Literária na Faculdade de Letras e Filosofia da Universidade de Turim. Estudioso de hermenêutica literária e história do romance, organizou edições italianas das obras de Peter Szondi. É autor de *Una vita in forma di libro. Ermeneutica e romanzo tra illuminismo e Romanticismo* (Gênova: Il Nuovo Melangolo, 2005).

SERGIO GIVONE é professor de Estética no Departamento de Filosofia da Universidade de Florença desde 1991, tendo antes ensinado a mesma disciplina nas universidades de Perúgia e Turim. Foi conferencista em instituições universitárias francesas, americanas, alemãs e espanholas. Publicou *Dostoevskij e la filosofia* (Laterza, 1984), *Storia dell'estetica* (Laterza, 1988), *Storia del nulla* (Roma/Bari: Laterza, 1995), *Eros/ethos* (Turim: Einaudi, 2000), *Prima lezione di estetica* (Laterza, 2003) e *Il bibliotecario di Leibniz* (Einaudi, 2005). Também ficcionista, publicou em 2008 seu terceiro romance, *Non c'è più tempo* (Einaudi).

JACK GOODY é professor emérito de Antropologia Social na Universidade de Cambridge, onde atuou de 1954 a 1984. Membro da Academia Britânica, pertence ainda, desde 1980, à Academia Americana de Artes e Ciências. Em 2004, foi eleito para a Academia Nacional de Ciências e em 2006 nomeado Commandeur des Arts et Lettres. Teve vários de seus livros publicados em português, como *A lógica da escrita e a organização da sociedade* (Lisboa: Edições 70, 1987), *Família e casamento na Europa* (Oeiras: Celta, 1995), *Cozinha, culinária e classes* (Celta, 1998), *O Oriente no Ocidente* (Lisboa: Difel, 2000), *As consequências do letramento*, com Ian Watt (São Paulo: Paulistana, 2006), *O roubo da história* (São Paulo: Contexto, 2008) e *O oriente, o antigo e o primitivo* (São Paulo: Edusp, 2008).

STEVEN JOHNSON é considerado um dos principais pensadores contemporâneos do ciberespaço e das tecnologias digitais em geral. Foi colunista das revistas *Discove*, *Slate* e *Wired* e é formado em Semiótica e Literatura Inglesa. Foi um dos fundadores da revista on-line *Feed*, em 1995. Criou o site outside.in, que mapeia conteúdos publicados em blogs pelo princípio da vizinhança e os apresenta de modo georreferenciado. Em português, publicou *Cultura da interface* (Rio de Janeiro: Jorge Zahar, 2001), *Emergência: a dinâmica de rede em formigas, cérebros, cidades* (idem, 2003) e, em coautoria com Diego Alfaro, *De cabeça aberta – conhecendo o cérebro* (idem, 2008). Mantém um site na internet: www.stevenberlinjohnson.com.

ANDREINA LAVAGETTO é pesquisador do Departamento de Anglo-germanística da Universidade de Veneza. Tradutor de Kafka (*La metamorfosi e tutti i racconti publicati in vita*. Milão: Feltrinelli, 2001; *Il silenzio delle sirene – scritti e frammenti postumi (1917-1924)*. Feltrinelli, 1994) e Thomas Bernhard (*Estinzione*, Milão, Adelphi, 1996), organizou uma edição anotada da poesia de Rilke (*Poesie [1908-1917; 1908-1926]*. Turim: Einaudi, 1994-95) e *Storie e leggende chassidiche*, de Martin Buber (Milão: Mondadori, 2008).

MARIO VARGAS LLOSA é um dos mais reconhecidos romancistas latino-americanos, além de dramaturgo e ensaísta. É membro da Academia Peruana de Línguas e da Real Academia Espanhola, além de ter sido consagrado *doutor honoris causa* por diversas universidades europeias e americanas. Seu último romance, publicado em 2006, é *Travesura de la niña mala* (Madri: Alfaguara).

SERGIO LUZZATTO leciona História Moderna na Universidade de Turim. Foi professor nas universidades de Gênova e Macerata. Especialista em Revolução Francesa e história do século XIX italiano, publicou vários livros, dentre os quais *Il corpo del duce. Un cadavere tra immaginazione, storia e memoria* (Turim: Einaudi, 1998), *La mummia della repubblica. Storia di Mazzini imbalsamato, 1872-1946* (Milão: Rizzoli, 2001), *Ombre rosse. Il romanzo della Rivoluzione francese nell'Ottocento* (Bolonha: Il Mulino, 2004) e *La crisi dell'antifascismo* (Einaudi, 2004).

PETER MADSEN é professor de Literatura Comparada na Universidade de Copenhague. Foi um dos organizadores de *History of Danish Literature* em oito volumes e publicou ensaios sobre Laurence Sterne, Baudelaire, Ibsen e outros. Organizou, com With R. Plunz, *The Urban Life World. Formation, perception, representation* (Londres: Routledge, 2002), e, com Ib Bondebjerg, *Media, Democracy and European Culture* (Bristol: Intellect, 2009). Faz parte do projeto coletivo de pesquisa Islam in European Literature (2008-2010), financiado pelo Danish Research Council for the Humanities.

CLAUDIO MAGRIS deixou Trieste, sua terra natal, aos dezoito anos, em direção a Turim, onde formou-se em Literatura Alemã, matéria que leciona na Universidade de Trieste desde 1978. Escreveu ensaios sobre Ibsen, Italo Svevo, Robert Musil e Hermann Hesse. É autor dos romances *Danúbio* (São Paulo: Companhia das Letras, 2008, reed.) e *O senhor vai entender* (São Paulo: Companhia das Letras, 2008), entre outros.

FRANCESCO ORLANDO lecionou Língua e Literatura Francesa na Scuola Normale de Pisa e Teoria Literária na Universidade de Veneza, onde fundou o primeiro departamento italiano desta disciplina. Autor de *Per una teoria freudiana della letteratura* (Turim: Einaudi, 1973), *Iluminismo, barocco e retorica freudiana* (Einaudi, 1997) e *Gli oggeti desueti nelle immagini della letteratura* (Einaudi, 1994), entre outros.

MARIA TERESA ORSI formou-se no Istituto Universitario Orientale di Napoli, onde iniciou sua carreira acadêmica. Trabalhou muitos anos no Japão, país ao qual empreendeu numerosas viagens subsidiadas por instituições como a Fundação Japão, a Universidade de Tóquio e a Universidade Waseda de Tóquio. É docente de Língua e Literatura Japonesa na Faculdade de Estudos Orientais da Universidade La Sapienza, de Roma, autora de ensaios e tradutora literária, tendo vertido ao italiano obras como *Racconti di pioggia e di luna*, de Ueda Akinari (Veneza: Marsilio, 1988), *Sanshiro*, de Natsume Soseki (Marsilio, 1990), *Il figlio della fortuna*, de Tsushima Yko (Firenze: Giunti, 1991) e *Racconti della pioggia di primavera*, também de Ueda Akinari (Marsilio, 1992).

JOSÉ LUIZ PASSOS é professor de literatura portuguesa e brasileira na Universidade da Califórnia. Publicou *Ruínas de linhas puras* (São Paulo: Annablume, 1998), sobre Mário de Andrade, e *Machado de Assis, o romance com pessoas* (São Paulo: Edusp, 2007). Publicou o romance *Nosso grão mais fino* (Rio de Janeiro: Alfaguara, 2009).

ALESSANDRO PORTELLI é professor de Literatura Anglo-americana na Faculdade de Ciências Humanísticas da Universidade La Sapienza, de Roma. Dirige a revista de estudos americanos *Acoma*. Participou nos trabalhos do Istituto Ernesto de Martino (Florença) e é presidente e fundador do Circolo Gianni Bosio (Roma), dedicado ao estudo e ao fomento da cultura popular. Colaborador dos jornais *Liberazione* e *L'Unità*. Publicou *Woody Guthrie e la cultura popolare americana* (Roma: Donzelli, 2000), *Canoni americani. Oralità, letteratura, cinema, musica* (Donzelli, 2004), *Città di parole. Storia orale da una periferia romana* (Donzelli, 2006) e *Storie orale. Racconto, immaginazione, dialogo* (Donzelli, 2007).

ADRIANO PROSPERI é historiador e dedica-se particularmente à história das descobertas geográficas e missões no início da Idade Moderna e é especialista na história da Reforma e Contra-reforma, matéria que ensina atualmente na Scuola Normale Superiore di Pisa.

É autor de *Tribunale della coscienza* (Turim: Einaudi, 1996) e *L'eresia del libro grande* (Milão: Feltrinelli, 2000).

JEAN-MICHEL RABATÈ é crítico literário, autor de estudos sobre Beckett, Thomas Bernhard, Pound e Joyce. Desde 1992 leciona Literatura Inglesa e Comparada na Universidade da Pennsylvania. Organizou *Writing the Image after Roland Barthes* (Filadélfia: University of Pennsilvanya Press, 1997), *The Cambridge Companion to Jacques Lacan* (Cambridge: Cambridge University Press, 2002) e *The Future of Theory* (Oxford: Blackwell, 2002). É autor de *Given: 1° Art 2° Crime – Modernity, Murder and Mass Culture* (Portland/Oregon: Sussex Academic Press, 2007) e *The Ethics of the Life* (Nova York: Other Press, 2008).

FRANCO RELLA é docente de Estética na Faculdade de Design e Artes da Universidade IUAV de Veneza. Foi coordenador do Comitê Científico do Museo de Arte Moderna de Trento e Rovereto, instituição junto à qual atua como curador e crítico de arte. Também colabora com o Museo Palazzo Forti e a Galleria dello Scudo de Verona. Colaborador dos jornais *L'Unità* e *La Repubblica*. Seus mais recentes livros são *Ai confini del corpo* (Milão: Feltrinelli, 2000), *Figure del male* (Feltrinelli, 2002), *Miti e figure del moderno. Letteratura arte e filosofia* (Feltrinelli, 2003) e *Dall'esilio. Creazione artistica e testimonianza* (Feltrinelli, 2004).

GIAN CARLO ROSCIONI é um dos principais estudiosos da obra de Carlo Emilio Gadda. Professor de História da Língua Francesa na Universidade de Roma 3, também ocupou-se com atividades editoriais e como jornalista, colaborando por mais de dez anos com o jornal *La Repubblica*. Dentre suas publicações, destacam-se *Il desiderio delle Indie* (Turim: Einaudi, 2001), *Sulle tracce del "Esploratore Turco"* (Milão: Rizzolli, 2002) e *L'arbitrio letterario* (Einaudi, 2005).

ROSSANA ROSSANDA é jornalista e tradutora. Foi dirigente do Partido Comunista Italiano nos anos 1950 e 1960 e uma das fundadoras do jornal *Il Manifesto*. Em 1969 foi afastada do Partido devido a suas críticas ao socialismo soviético. É autora, dentre outros, de *Anche per me. Donna, persona, memoria dal 1973 al 1986* (Milão: Feltrinelli, 1987), *Appuntamenti di fine secolo* (com Pietro Ingrao, Roma: Manifestolibri, 1995), *Brigate rosse. Una storia italiana* (com Carla Mosca. Milão: Mondadori, 2002) e *La ragazza del secolo scorso* (Turim: Einaudi, 2005).

GIUSEPPE EDOARDO SANSONE (1925-2003) formou-se em Filologia pelas universidades de Nápoles, Florença e Roma. Lecionou nas universidades de Porto Rico e Columbia. Especialista em literatura catalã, foi, desde 1978, presidente da Associazione Italiana di Studi

Catalani. Organizou edições de diversos textos de prosadores e poetas catalães. *Doutor honoris causa* pela Universidade de Barcelona. Organizou os dois últimos volumes da *Antologia de Poetes Catalans. Un mil·lenni de literatura*, dirigida por Martin de Riquer (Barcelona: Galàxia Gutenberg, 4 v., 1997). Dentre os livros de sua autoria incluem-se *Il carriaggio di Nîmes. Canzone di gesta del XII secolo* (Bari: Dedalo, 1969), *La poesia dell Antica Provenza I y II Testi e storia dei trovator* (Milão: Guanda, 1984) e *Le trame della poesia. Per una teoria funzionale del verso* (Florença: Vallecchi, 1988).

EMANUELLA SCARANO, docente de Literatura Italiana na Universidade de Pisa, é estudiosa do Renascimento, do decadentismo e da narrativa dos séculos XIX e XX. Conhecida sobretudo por seus estudos sobre Guicciardini, de cuja obra organizou a edição (*Opere*. Turim: UTET, 1970-1981, 3 v.), concentra-se também na análise das relações entre o discurso historiográfico e os outros gêneros. Publicou *Dalla Cronaca bizantina al Convito* (Florença: Vallecchi, 1971), *Guicciardini e la crisi del Rinascimento* (Roma/Bari: Laterza, 1973), *D'Annunzio* (Laterza, 1978) e *La voce dello storico* (Nápoles: Liguori, 2004).

WALTER SITI lecionou Literatura Italiana Contemporânea na Universidade de Aquila. Publicou *Il realismo dell'avanguardia* (Turim: Einaudi, 1973) e *Il neorealismo nella poesia italiana* (Einaudi, 1980), em que trata de poetas como Montale, Penna e Pasolini. Organizou, para a coleção I Meridiani da editora Mondadori, a edição das obras de Pasolini em oito volumes (1998-2003). Escreveu também seis romances, *Scuola di nudo* (Einaudi, 1994) foi o primeiro e *Il canto del diavolo*, o mais recente (Milão: Rizzoli, 1999).

DORIS SOMMER leciona Literatura Latino-americana na Universidade de Harvard, onde atua também como diretora do Harvard Seminar of Latino Cultures. Organizou *The Places of History* (Durham: Duke University Press, 1999) e co-organizou *Nationalisms and Sexualities*. Autora de *One Master for Another: Populism as Patriarchal Rhetoric in Dominican Novels* (Lanham: University Press of America, 1984), *Proceed with Caution* (Cambridge: Harvard University Press, 1999) e *Bilingual Aesthetics: A New Sentimental Education* (Duke University Press, 2004). Em português, foi publicado *Ficções de fundação – Os romances nacionais da América Latina*, de 1991 (Belo Horizonte: UFMG, 2004).

VITTORIO STRADA é professor de Língua e Literatura Russa na Universidade de Veneza. Foi diretor do Istituto Italiano di Cultura, em Moscou. Idealizador da *Storia della letteratura russa* em sete volumes editada parcialmente na Itália pela editora Einaudi e integralmente em francês pela editora Fayard. Fundou a revista *Rossija/Russia*, publicada em Moscou. Organizou edições da obra de Mikhail Bulgakov (*Il maestro e Margherita*. Turim: Einaudi, 1972) e Boris Pasternak (*Opere narrative*. Milão: Mondadori, 1994). Publicou *Le veglie della ragione. Mitti e figuri della letteratura russa da Dostoevskij a Pasternak* (Turim: Einaudi, 1986), *Simbolo e storia. Aspetti e problemi del Novecento russo* (Veneza: Marsiglio, 1988) e *Autoritratto autocritico. Archeologia della rivoluzione d'Ottobre* (Roma: Liberal Edizione, 2004).

ENRICO TESTA é professor de História da Língua Italiana na Faculdade de Letras e Filosofia da Universidade de Gênova desde 2000 e atuou como pesquisador nas universidades de Pávia e Siena entre 1991 e 1998. Publicou ensaios sobre a narrativa dos séculos XV e XVI e sobre poesia moderna, especialmente sobre Eugenio Montale. Organizou uma antologia da poesia italiana na segunda metade do século XX (*Dopo la lirica. Poeti italiani 1960-2000*. Turim: Einaudi, 2005). É autor de *Il libro di poesia* (Gênova: Il Melangolo, 1983), *Simulazione di parlato* (Florença: Accademia della Crusca, 1991) e *Lo stile semplice* (Einaudi, 1997). Publicou ainda os livros de poesia *Le faticose attese* (Gênova: Edizioni San Marco dei Giustiniani, 1988), *In controtempo* (Einaudi, 1994), *La sostituzione* (Einaudi, 2001) e *Pasqua di neve* (Einaudi, 2008).

PATRIZIO TUCCI leciona Literatura Francesa na Universidade de Pádua. Organizou a edição de *Le antichità di Roma*, de Joachim du Bellay (Roma: Carocci, 2005). Publicou os ensaios "Une poésie sépulcrale au XVe siècle" (Actes du IIIe Colloque international sur la littérature en moyen français, in *L'analisi linguistica e letteraria*, XII/1-2, 2006), "Due città simboliste" (*La coscienza e il coraggio: esperienze letterarie della modernità. Studi in onore di Sandro Maxia*, org. G. Caltagirone. Cagliari: AM&D, 2006), "Mallarmé palinsesto. Lettura di Tristesse d'été" (*Studi in onore di P. V. Mengaldo*. Florença: Edizioni del Galluzzo, 2007) e "Modes de la citation dans la poésie du XVe siècle (Charles d'Orléans, Jean Regnier, François Villon)", *Poétique*, n. 150 (2007).

LUISA VILLA é professora de Literatura Inglesa na Faculdade de Línguas da Universidade de Gênova. Especialista no período vitoriano e na narrativa anglófila da virada do século XIX para o XX. Traduziu ensaios de Henry James (*Tre saggi su Balzac*. Gênova: Il Melangolo, 1988; *Hawthorne*. Gênova: Marietti, 1990) e é autora de *Esperienza e memoria. Saggio su Henry James* (Il Melangolo, 1989), *Riscrivendo il conflitto. Indagine sull'incidenza del genere nella narrativa di George Eliot* (Alessandria: Edizioni Dell'Orso, 1994) e *Figure del risentimento. Aspetti della costruzione del soggetto nella narrativa inglese ai margini delle "decadenza"* (Pisa: ETS, 1997).

ENRICA VILLARI ensina Literatura Inglesa na Universidade de Veneza. Pesquisadora da história do romance moderno e do Realismo do século XIX, publicou ensaios sobre Defoe, Swift, Scott, G. Eliot e Thomas Hardy. Organizou a edição italiana de *Fanny Hill*, de Cleland (Veneza: Marsiglio, 2001), *Cavalleria*, de Walter Scott (Turim: Bollati Boringhieri, 1991) e *Jacob e suo fratello*, de G. Eliot (Marsiglio, 1999). É autora de *Il vizio moderno dell'irrequietezza – Saggio sul romanzi di Thomas Hardy* (Bari: Adriatica, 1990).

SUSANA ZANETTI é professora de Literatura Latino-americana na Universidade Nacional de la Plata e na Universidade de Buenos Aires. Autora de *La dorada garra de la lectura. Lectoras y lectores de novela en América Latina* (Rosario: Beatriz Viterbo, 2002). Em português, publicou o ensaio "O intelectual modernista como artista: Rubén Darío" (*Tempo Social*, Revista de Sociologia da USP, v. 19, n. 1, junho 2007).

HENRY ZHAO é colaborador da *New Left Review*. Organizou, com C. Yandin, *Fissures – Chinese Writing Today* (Boston: Zephyr Press, 2000) e *Chinese American Poetry – An anthology* (Seattle: Washington University Press, 1992). Publicou, entre outros, *The Uneasy Narrator – Chinese Fiction from the Traditional to the Modern* (Oxford: Oxford University Press, 1995), *Towards a Modern Zen Theatre: Gao Xingjian and Chinese Theatre Experimentalism* (Londres: School of Oriental and African Studies/ University of London, 2000) e *Duian de Youhuo – The Lure of the Other Shore, China-West Cultural Exchange in the 20th Century* (Pequim: Zhishi, 2003).

# Créditos de imagens

Ilustrações do ensaio "Dar um rosto ao personagem".

p. 565 Lyla Pinch Brook, ilustrações para *The Shipwrecked Sailor. A Tale from Ancient Egypt* (Cairo: American University of Cairo Press, 2000), de John L. Foster.

p. 566 Xilogravura no frontispício de uma edição do século XV da *Vida de Esopo*.

p. 566 *Bocaccio e a princesa Maria*, xilogravura para *Filocolo* (Nápoles: 1478), de Giovanni Bocaccio.

p. 568 Imagem de abertura em *Asinus aureus*, miniatura, 1388 (Veneza: Biblioteca Nazionale Marciana, MS Lat Z. 468, col. 1967, *fol.* 1 r.).

p. 570 *Lúcio faz uma prece à lua*. Em *Apuleius cum commento Beroaldi*, (Veneza: *aedibus Iohannis Taccuini de Tridino*, 1516).

p. 571 *Florio sobe a bordo do navio*, xilogravura em *Filocolo* (Nápoles, 1478), de Giovanni Boccacio.

p. 572 *Brancaflor iça o cesto*, xilogravura. *Ibidem*.

p. 572 *Os amantes na fogueira*, xilogravura. *Ibidem*.

p. 574 *Fiammetta*. Em *Flammette. Complainte des tristes amours de Flammette a son amy Pamphile* (Lyon: 1532), de Claude Nourry.

p. 575 B. Picart, *Panurge e o Inglês discutem por gestos*. Em *Oeuvres de maître François Rabelais, avec des remarques historiques et critiques de M. Le Duchat*, vol. I, livro II, cap. XIX (Amsterdã: 1741).

p. 577 "Dom Quixote levado pela loucura e tomado do amor extravagante por Dulcineia, deixa-a para ser cavaleiro errante". Em *Histoire de l'Admirable Don Quichotte* (1768).

p. 578 Jacopo Amigoni e Giovan Battista Tiepolo, *Encontro de Anzia e Abrocome* nas festas de Diana, óleo sobre tela, metade do século XVIII. Veneza, Gallerie dell'Accademia (Foto Studio Bohm).

p. 580 Joseph Highmore, *Pamela mostra a Mr. Williams um esconderijo para as cartas*, óleo sobre tela, c. 1744. Cambridge, Fitzwilliam Museum.

p. 581 F. Hayman e H. Gravelot, ilustração para *Pamela or Virtue Rewarded*, vol. I, (Londres, 1742), de S. Richardson, J. Osborn e John Rivington.

p. 581 F. Hayman e H. Gravelot, ilustração para *Pamela or Virtue Rewarded*, vol. II.

p. 582 Daniel Chodowiecki, ilustração para *Clarisse Harlowe. Traduction Nouvelle et seule complete par M. Le Tourneur, ornée de figures du célèbre Chodowiecki, de Berlin* (Paul Barde: Genebra, 1785).

p. 582 "Miss Fletcher", Mrs. Elton e Mr. Knightley. Em *Diologues and scenes from the novels of Jane Austen arranged and adapted for drawing room performance* (J. M. Dent & Co., Londres, 1895), de Rosina Filippi.

p. 583 C. E. e H. M. Brock, ilustração para *Sense and Sensibility* (J. M. Dent & Co., Londres, 1898), de Jane Austen.

p. 584 Maurice Leloir, *O espelho*, ilustração para *Histoire de Manon Lescaut* (Paris: Librairie artistique H. Launette, 1885), do Abade Prévost.

p. 586 *idem, ibidem.*

p. 587 Lucien Pisarro, frontispício para *Un Coeur simple, dessiné & gravé sur bois par Lucien Pisarro* (Londres: Hacon & Rickets, 1901), de Gustave Flaubert.

p. 589 Theodore Rivière, *Salammbô chez Mathô. "Je t'aime! Je t'aime!"*, bronze, final do século XIX. Paris, Musée D'Orsay (foto RNM – Hervé Lewandosky).

p. 591 G. R. Ryley e T. Ryder, *A última conversa entre Carlota e Werther*. Gravura publicada em S. Watts, Strand, 1 de janeiro de 1786.

p. 591 George Cruikshank, ilustração para *The Adventures of Oliver Twist* (Londres: Oxford Universitiy Press – Humphrey Milford, 1848), de Charles Dickens.

p. 592 Gwyneth Paltrow no filme *Emma* (D. Mc Grath, 1996). © Photomovie/Miramax Films.

O romance

Projeto e direção

FRANCO MORETTI

Comitê científico

ERNESTO FRANCO, FREDRIC JAMESON, ABDELFATTAH KILITO, PIER VICENZO MENGALDO, MARIO VARGAS LLOSA

vol. 1 **A CULTURA DO ROMANCE**

1. O romance se faz espaço
2. Narração e mentalidade
3. Gente que escreve, gente que lê
4. Narrar a modernidade

vol. 2 **AS FORMAS**

1. Os gêneros literários
2. A escrita romanesca
3. Alto e baixo
4. Limites incertos

vol. 3 **HISTÓRIA E GEOGRAFIA**

1. Poligênese
2. A aceleração europeia
3. Em direção à literatura mundial
4. Futuro passado

vol. 4 **TEMAS, LUGARES, HERÓIS**

1. A longa duração
2. Temas
3. Lugares
4. Heróis

vol. 5 **LIÇÕES**

Capa: objeto de Waltercio Caldas, 2009

Coordenação editorial MILTON OHATA
Projeto gráfico GUSTAVO MARCHETTI
Preparação IURI PEREIRA
Revisão LAURA RIVAS GAGLIARDI e CECÍLIA RAMOS

Equipe editorial da edição italiana
Coordenação IRENE BABBONI
Digitação VERONICA BUZZANO e ALESSANDRA LEONE (EdiText, Turim)
Pesquisa bibliográfica VINCENZO QUAGLIOTTI e MARIO VIGIAK
Pesquisa iconográfica LUCA BIANCO e MARIA PEROSINO
Secretaria editorial CARMEN ZUELLI
Índices STEFANIA PICO

*Nesta edição, respeitou-se o novo Acordo Ortográfico da Língua Portuguesa*

Dados Internacionais de Catalogação na Publicação (CIP)
(Câmara Brasileira do Livro, SP, Brasil)

Moretti, Franco
*O Romance, 1: A cultura do romance* / FrancoMoretti, (org.)
tradução Denise Bottmann. -
São Paulo : Cosac Naify, 2009.
Título original: *Il romanzo : la cultura del romanzo*
Vários autores.
1120 pp., 40 ils.

Conteúdo: v. 2. As formas - v. 3. História e geografia - v. 4.
Temas, lugares, heróis - v. 5. Lições.

Bibliografia
ISBN 978-85-7503-840-6 (obra completa)
ISBN 978-85-7503-826-0 (v. 1)

1. Ficção 2. Ficção - História e crítica
I. Moretti, Franco, 1950-.

09-06415 CDD-809.3

Índices para catálogo sistemático:
1. Ficção : História e crítica 809.3

COSAC NAIFY
Rua General Jardim 770, 2º andar
01223-010 São Paulo SP
Tel: [55 11] 3218 1444
www.cosacnaify.com.br

Atendimento ao professor: [55 11] 3218 1473

ISBN 978-85-7503-826-0

9 788575 038260

FONTES Minion e Whitney
PAPEL Pólen Soft 70 g/m²
IMPRESSÃO Geográfica
TIRAGEM 5000